本书为国家社科基金青年项目"百年词史研究"（10CZW035）、吉林大学青年学术领袖培育计划"近百年词史研究"结项成果

吉林大学文学院高水平著作出版项目

百年词史

（1900—2000）

上卷

马大勇 著

中国社会科学出版社

图书在版编目（CIP）数据

百年词史：1900—2000：全二册 / 马大勇著. --北京：中国社会科学出版社，2024.4
ISBN 978-7-5227-2021-0

Ⅰ.①百… Ⅱ.①马… Ⅲ.①词(文学)—词曲史—中国—1900—2000 Ⅳ.①I207.23

中国国家版本馆CIP数据核字(2023)第106592号

出 版 人	赵剑英
责任编辑	张 潜
责任校对	贾森茸
责任印制	王 超

出　　版	中国社会科学出版社
社　　址	北京鼓楼西大街甲158号
邮　　编	100720
网　　址	http://www.csspw.cn
发 行 部	010-84083685
门 市 部	010-84029450
经　　销	新华书店及其他书店

印　　刷	北京明恒达印务有限公司
装　　订	廊坊市广阳区广增装订厂
版　　次	2024年4月第1版
印　　次	2024年4月第1次印刷

开　　本	710×1000　1/16
印　　张	88.25
字　　数	1401千字
定　　价	298.00元(全二册)

凡购买中国社会科学出版社图书，如有质量问题请与本社营销中心联系调换
电话：010-84083683
版权所有　侵权必究

总目录

上　册

绪论　行走在古典与现代之间 ………………………………… (1)

第一编　古典词史的"花间晚照"：清民之际（1900—1920）词坛研究

第一章　《庚子秋词》与《春蛰吟》 ………………………… (57)
第二章　"晚清四大家"平议 …………………………………… (84)
第三章　"兀傲拔戟"的文廷式与"偶开天眼"的王国维 ……… (157)
第四章　群星丽天的清末民初词坛 …………………………… (187)

第二编　"亦狂亦侠亦温文"：南社词研究

第一章　论南社"情志派"词 ………………………………… (263)
第二章　论南社"格律派"词 ………………………………… (303)
第三章　论南社"情格兼重派"词 …………………………… (333)

第三编　以学人为主干的民国中后期词坛（1920—1949）

第一章　曲学大师吴梅与朴学大师黄侃 ……………………… (383)
第二章　以龙榆生为眉目的"彊村友生"词群 ……………… (412)

第三章　民国四大词人 …………………………………………（443）
第四章　以学人为主干的民国词坛群星谱 ……………………（538）

下　册

第四编　1949—1976年词坛

第一章　上追湖海楼的汪东与直摩云起轩的钱仲联 ……………（617）
第二章　梦窗派"南能北秀"朱庸斋、寇梦碧及
　　　　分春馆、梦碧词群 ……………………………………（660）
第三章　词苑三奇峰：绝代公子张伯驹与隐逸儒宗马一浮、
　　　　蕉窗病叟刘凤梧 ………………………………………（716）
第四章　走进词史的毛泽东 ………………………………………（766）

第五编　"新时期"（1976—2000）词坛

第一章　"新时期"的"鲁殿灵光"词群 ………………………（799）
第二章　白描两圣手：论启功与许白凤词 ………………………（818）
第三章　"谁家玉笛暗飞声"："新时期"的名门高弟词群 ……（852）
第四章　"新时期"词坛补说 ……………………………………（890）

第六编　"种子推翻泥土，溪流洗亮星辰"：论网络词坛

第一章　网络词坛之守正派（上）：留社词人群 ………………（921）
第二章　网络词坛之守正派（下）………………………………（958）
第三章　网络词坛之"开新派" …………………………………（1017）
第四章　网络词坛余论：词课三例与"草根"三词人 …………（1078）

第七编　中国港澳台、海外词坛

第一章　近百年中国香港、澳门词坛 …………………………（1095）
第二章　"寂寥故国山中月，荡潏天风海上波"：论近百年中国
　　　　台湾词坛 ……………………………………………（1126）
第三章　海外词人词作举隅 ……………………………………（1152）

第八编　"天将间气付闺房"：近百年女性词坛

第一章　开启大幕的"吕碧城一代" …………………………（1169）
第二章　近百年女性词的"黄金一代" ………………………（1205）
第三章　潜行波谷的二十世纪后半期女性词坛 ………………（1257）
第四章　作为"白银一代"的网络女性词坛 …………………（1322）

结语（代后记） …………………………………………………（1367）

补　记 ……………………………………………………………（1370）

本书部分章节刊发情况表 ………………………………………（1371）

主要参考文献……………………………………………………（1374）

目　录

（上　册）

绪论　行走在古典与现代之间

　　——关于二十世纪词史的若干问题 ················· （1）

一　"二十世纪中国文学"与二十世纪词史 ················· （1）

二　千年词史与百年词史 ····························· （6）

三　以词证史：百年史与百年词 ····················· （11）

四　守正与开新：百年词的艺术品质 ················· （18）

五　关于结社的考察：百年词史的一个重要截面 ········· （28）

六　百年词文献概说 ······························· （41）

第一编　古典词史的"花间晚照"：清民之际（1900—1920）词坛研究

第一章　《庚子秋词》与《春蛰吟》 ················· （57）

第一节　留得悲秋残影在：论《庚子秋词》 ············· （57）

第二节　漆室之叹与曲江之悲：论《春蛰吟》 ··········· （71）

第三节　"庚春词人群"扫描 ······················· （78）

第二章　"晚清四大家"平议 ······················· （84）

第一节　"四大家"并称由来、基本定位与理论祈向 ········· （84）

第二节　"直逼稼轩"的半塘词

　　附　邓鸿荃、姚鹓雏、王以敏、裴维侒 ············· （95）

第三节　"以词托命"的郑大鹤

　　附　张祥龄、陈锐、张尔田、沈琇莹 ··········· （112）

第四节 "涩"与"重":论彊村词

附 夏孙桐、陈洵、陈曾寿、"粤两生" ················· (125)

第五节 哀艳与性灵:论蕙风词

附 赵尊岳、陈运彰 ····························· (144)

第六节 余论:关于"清遗民" ···················· (154)

第三章 "兀傲拔戟"的文廷式与"偶开天眼"的王国维 ········ (157)

第一节 "兀傲拔戟"的文廷式

——兼谈清民之际"稼轩风" ··············· (157)

第二节 "偶开天眼"的王国维

——兼谈"哲理词"之流变 ··············· (174)

第四章 群星丽天的清末民初词坛 ················ (187)

第一节 被双重遮蔽的大家:论易顺鼎词

附 易顺豫、程颂万、樊增祥、杨圻 ·············· (187)

第二节 清民之际词坛的地域观照(上):江苏、浙江、

福建词坛 ······························· (211)

第三节 清民之际词坛的地域观照(下):四川、云南、

贵州词坛 ······························· (234)

第二编 "亦狂亦侠亦温文":南社词研究

第一章 论南社"情志派"词 ···················· (263)

第一节 "寸心万古情魔宅":论黄人词

附 周实、宁调元、杨铨 ····················· (263)

第二节 "灵气胸中未已":论柳亚子词

附 金天羽、陈去病、高旭、高燮、高增 ·········· (274)

第三节 "诗狂"林庚白与"湖湘巨子"傅尃

附 刘鹏年 ······························· (287)

第四节 情志派余论 ··························· (297)

目录（上册）　3

第二章　论南社"格律派"词 ………………………………………（303）

第一节　"箫愁剑恨满词笺"：论庞树柏词

　　附　蔡守、叶玉森、寿玺、易孺 …………………………………（303）

第二节　南社学人"格律词"双璧：陈匪石与邵瑞彭

　　附　陆峤南、胡先骕 ………………………………………………（316）

第三章　论南社"情格兼重派"词 …………………………………（333）

第一节　面目漫漶的大手笔吴眉孙 …………………………………（333）

第二节　"词章名手"王蕴章与"信口而歌"的姚鹓雏

　　附　郑泽、程善之、顾无咎 ………………………………………（341）

第三节　"投荒万里一词人"：论张素词

　　附　俞锷、陶牧、胡颖之、刘冰研 ………………………………（353）

第四节　南社"老名士"词群 …………………………………………（370）

第三编　以学人为主干的民国中后期词坛（1920—1949）

第一章　曲学大师吴梅与朴学大师黄侃 ……………………………（383）

第一节　"如此江山合放歌"：论吴梅词

　　附谈其散曲、卢前 …………………………………………………（383）

第二节　"情深文跌宕，气迈洒波澜"：论黄侃词

　　附　刘师培 …………………………………………………………（401）

第二章　以龙榆生为眉目的"彊村友生"词群 ……………………（412）

第一节　"词坛尊宿，合继王朱"的夏敬观与冒广生

　　附　诸宗元、何嘉、袁思亮、仇埰 ………………………………（412）

第二节　泪洒人间授砚图：论龙榆生及其词

　　附　杨铁夫、郑德涵 ………………………………………………（428）

第三章　民国四大词人 ………………………………………………（443）

第一节　"民国四大词人"辨说 ………………………………………（443）

第二节　一代词宗夏承焘与天风阁词群 ……………………………（445）

第三节 南中国士，岭海词宗：论詹安泰词 …………………… （492）

第四节 "我词非古亦非今"：论顾随词

附 胡适、陈柱、曾今可 …………………………………… （506）

第四章 以学人为主干的民国词坛群星谱 ………………………… （538）

第一节 唐圭璋与乔大壮、沈尹默等雍园词群

附 "金鱼唱和词"、马叙伦 ……………………………… （538）

第二节 刘永济与抗战词坛 ………………………………………… （563）

第三节 "由来此事关襟抱"：论缪钺词

附 庞俊、白敦仁、雷履平、钟树梁 …………………… （578）

第四节 主持风雅的叶恭绰、郭则沄与"柯亭词人"蔡嵩云

附 吴湖帆 ………………………………………………… （593）

第五节 晚清民国词坛余论：以"鸳蝴三词人"为例 ……… （605）

绪论 行走在古典与现代之间

——关于二十世纪词史的若干问题

一 "二十世纪中国文学"与二十世纪词史

本书所界定的"百年词史"或可称"二十世纪词史"或"近百年词史",实即以1900—2000年这一百年为基准线的词创作史。它区别于已成热点的二十世纪"词学史"研究①,也区别于严格意义上的"现当代"词史。近百年词史研究如何成为可能?或者说,如何获得属于它自身的理论支点?这是本书伊始必须面对的疑问,而且,这也实在不是三言两语能说清楚的问题。

再三权衡,首先还是应该提到"二十世纪中国文学"。1985年,北京大学两位青年教师钱理群、黄子平与博士生陈平原在《文学评论》联名发表《论"二十世纪中国文学"》一文。当年10月至翌年3月,三人又在《读书》接连进行了六期《关于"二十世纪中国文学"的对话》,对此概念进行更加全面深入的阐释,这就是著名的"二十世纪中国文学三人谈"。"三人谈"足以构成一次改变现代文学学术史走向的重量级事件,如陈平原夫子自道:"目前,这一尚未得到充分论证与阐发的概念,已被学界广泛使用,对'中国现代文学'作为一个独立学科的存在与发展,构成了一定程度的威胁。但是,当我谈论'走出'时,着眼点却是'补天',而非'取而代之'。或者说,是站在本学科

---

① 如曹辛华《二十世纪中国古代文学研究史·词学卷》(东方出版中心2006年版)、朱惠国、陈水云的诸多相关研究论著。

2 绪论 行走在古典与现代之间

的立场，来反省面临的危机，以及可能的出路。"① 陈思和则完全从正面评价："'二十世纪中国文学'的命题的提出，不但解放了现代文学的研究对象，也解放了研究者自身。"②

若干年来，学界在反思中国文学史分期问题的过程中形成了比较统一的认识：文学发展有其自身的特殊规律，比照政治历史运程存在着相当的不同步性，故以朝代或重大历史事件作为中国文学史的划界依据已严重呈现出不适应状态③，但是由于约定俗成，也由于"朝代分期法"仍具相当合理性，目前仍是"性价比"最高的分界依据。相比之下，作为公元纪年法的"二十世纪"并不比朝代界限更能切合文学历史的实际，可是回望"二十世纪中国文学"这一学术概念，我们还是清晰地感受到一束探照灯般雪亮的强光打在脸上。它照亮了此前现代文学研究不能、不愿、不屑去勘测的黑暗角落，也同时照亮了深度掘进的基本路向。二十几年来，"二十世纪中国文学"已经成为中国现代文学研究影响最大的基本范型之一，而有关讨论也已成为推动整个现代文学研究的重要动力。④

然而必须注意到，"二十世纪中国文学"与"现代文学""新文学"等概念一样，都存在着明显的"探照灯效应"，也就是说，它的探射范围虽较之其他有所拓展，但在阐释和认同中依然存在诸多黑暗区域，或曰盲点。⑤ 应该看到，这一概念是立足于新文学本位发言的，也即陈平原所说"站在本学科的立场"。当讨论到中国古典文学传统这个"纵向的大背景"时，黄、陈、钱几位先生用了"断裂"这个关键词："断裂正是一种深刻的联系，类似脐带的一种联系，而没有断裂，也就不成其

---

① 陈平原：《学术史上的"现代文学"》，《中国现代文学丛刊》1997 年第 1 期。

② 陈思和：《中国新文学整体观》韩文版，青年社（汉城）1995 年，第 8 页。转引自全炯俊《二十世纪中国文学论批判》，《文艺理论研究》1999 年第 3 期。

③ 如以 1840 年鸦片战争作为"近代文学"开端，明显切割了清代文学的整体性。早有学者指出，作为一个"区域性事件"的鸦片战争，并未对文学整体发生立竿见影的影响，其震动效应要到数十年后才逐渐体现出来。可参见蒋寅主编的《清代文学通论》有关章节，辽宁人民出版社 2005 年版。

④ 全炯俊：《二十世纪中国文学论批判》编者按，《文艺理论研究》1999 年第 3 期。又可见贺桂梅《重读"二十世纪中国文学"》，《当代作家评论》2008 年第 4 期。

⑤ 陈思和 2006 年 6 月 22 日在吉林大学的一次讲座《关于现当代文学研究的几个问题》曾用来比喻文学史研究的某些状况，与社会学概念所指不同。

式——二十世纪词史也即获得充分的合理性与合法性。

由此我们或者还可以有更辽阔的联想。自新文学勃兴以来，我们众口一词，做出古典文学样式已经死亡的结论。即便是诸多卓有见识的古典文学研究者，也都自觉地把脚步停止在了二十世纪之初，并多方参与论证古典文学消亡的过程与原因。看来是大局底定、狂澜既倒了，可是，我们还是要问一句，会不会发布这个"死亡通知书"为时尚早呢？

这并非不识时务的无用之问，把目光投射到曼衍绵长的三千年诗歌史运程上，很多事实都会提醒我们，一种文类的发展有着极为复杂的轨迹，过于简单草率的死亡判定常常会贻讥后人。我们知道，自唐初近体诗成熟以后，原有的"古典体式"——即后来所谓"古体诗"——并没有消亡，而是与之齐头并进，成为古典诗体的两大范型之一；元曲盛行以后，原有的"古典体式"词虽在一段时间内江河日下，然一线元气未绝，历经元明两代数百年的衰微，最终在清代振翮怒飞，赢得"中兴"局面，其总体成就较之全盛时代非但无多逊色，甚且可凌驾而上之。那么在二十世纪，白话自由体新诗自发轫至今只有短短几十几年，仅大略相当于唐初或清初的时间长度，我们又凭什么可以武断地说：古典诗歌已经消亡，再无前途，而新诗自此可以一统天下，巍然高踞诗国坛坫呢？

我对新诗并无偏见，不仅涉笔写作，且多次在有关论述中为新诗张目，提出"不薄新诗爱旧诗"之说①，这里只是想说，白话自由体诗歌的出现，只是古老诗国又一次平常的变异而已，从长远的视角来看，其结果或许只是又一次丰富了诗歌斑斓的色彩，而不是要对古典诗歌体式取而代之，扫荡一空。而我们也不妨摆脱掉文化激进主义那种不由分说的霸气，带着一种"平常心"来看待这次"平常"的变异。在"二十世纪中国文学"，甚至二十一、二十二世纪中国文学的行程中，究竟是古典诗歌从此让位于新诗？还是二者可以经过交锋，最终相视一笑、恩仇尽泯？抑或新诗无法继续繁荣，最终成了诗歌天空迅疾滑过的流星？对此，我们似乎都还不忙下结论，时间在运行，历史在前进，最终我们

---

① 如拙作《略论新诗对古典诗歌资源的接受与整合》（《吉林大学社科学报》2008 年第 2 期）、《20 世纪旧体诗词研究的回望与前瞻》（《文学评论》2011 年第 6 期）等。

总会找到一个意味深长的答案。

需要特别说明"百年词史"的时限问题："三人谈"中提到的"物理时间与文学史时间"之区别也同样适用于近百年词史。1900—2000年是物理时间，而文学史的发展当然无法从此截然割断。因而，尽管本书对"百年词史"加上了物理限定，其上下限应该也必须在此基础上有所延伸，即十九世纪最后若干年至二十一世纪初。与此紧密相关的问题是：谁可以成为近百年词史的描述对象？刘梦芙《二十世纪中华词选》之《编选说明》取"十九世纪出生，1901年尚在世者，其作品皆入选"的标准，自"壮观百年词坛声色"之用意而言之，似不应有争议，然而有些情形还需做具体分析。例如该书第一卷开篇选入之谢章铤（1820—1903）、俞樾（1821—1906）、易佩绅（1826—1906）、张鸣珂（1829—1908）、谭献（1832—1901）、冯煦（1843—1927）等，晚年虽还介入某些词学活动①，然大抵已不填词。此类主要活跃于十九世纪中后期之词家，至文学史时间的二十世纪（含十九世纪末）已跨过词创作的"澎湃期"而进入"凝冻期"，似不应厕列本课题研究范围，否则"20世纪词史"之体量将过于庞大，同时也失去自足特质。有鉴于此，本书重点考虑"词人"身份成立之年限，大抵以"四大词人"及其同时代作者为上限，行辈前此者皆从略。② 至于下限，因课题本身即延伸至21世纪至今的所有年份，故不成其为问题。

二　千年词史与百年词史

仅从"二十世纪中国文学"概念出发还不足以辨认百年词史之来龙去脉，千年词史是其不可或缺的大背景。中国文学是一条绵延的长河，干流支派各成体系，各具层次，共同演进合构为纷繁多样的文学生态系统。如何辨认这条长河的主干与流向？被奉为圭臬的观点莫过于王国维的"一代有一代之文学"说。"一代"说最早可溯源至《易经》的通变

---

① 如谭献参与光绪二十五年（1899）的寒碧词社，张鸣珂参与次年左运奎等发起的词社，冯煦参与光绪十九年（1893）至二十四年（1898）徐乃昌发起的《同声集》唱和等。

② 此一划界大抵取施议对《当代词综》之说法，又见其《历史的论定：二十世纪词学传人》，《词学》第二十六辑。然而亦有个别例外如樊增祥等，详见后文。

观，历经金元明清数代学者之阐发，加之西方进化论以及康德、叔本华、尼采、席勒诸人学说的影响，最终定格于王国维之手。① 在 1912 年发表的《宋元戏曲考·自序》中，王国维明确表达："凡一代有一代之文学：楚之骚，汉之赋，六代之骈语，唐之诗，宋之词，元之曲，皆所谓一代之文学，而后世莫能继焉者也。"作为二十世纪最重要的文学史命题，最具权威、影响最广泛的中国文学史观，这段表述自有不可磨灭的价值。然而历经一个世纪的"经典化"——也即极端化、曲解化——历程，其弊端也正在日益显现，正处于学界反思和扬弃的转捩点上。先师严迪昌先生在《清诗史》中对此有精辟的论说："由于这一观念的不断被推崇和引申，简单化地从纵向发展上割断着某一文体沿革因变的持续性，又在横向网络中无视同一时代各类文学样式间的不可替代性，终于导致原本丰富多彩、无与伦比的中国文学史变成为一部若干断代文体史的异体凑合缝接之著……在文学研究领域内架构任何定于'一尊'的格局都是非科学的，其本身不符合文学发展的史程实际。"② 齐森华等也呼吁："正是这种片面性的引申，每每把一个时代多元并存的文学格局人为地单一化，把文学样式相蝉相承的演进轨迹机械地中断化，并进而把文学丰富多彩的发展历史线性化、平面化……'一代有一代之文学'论似乎已到了暂可悬置的时候了。"③ 在 2011 年出版的《中国文学史》（下册）中，龚鹏程说得更直接："一代有一代之胜的观点，重视的是历史中的变貌……这样论史，毋乃知变而不知常。因为唐代仍有古诗，不能仅注目其律绝；宋代诗体仍盛，不能仅重其词；元代尤不能重曲而轻诗词文章。可惜近世文学史偏要如此……此等忽略漠视沿续性文体而仅重其变异之眼光，岂不甚偏？"④

对"一代"观的清算有利于我们重拾失落甚久的完整的文体流变意识。我们有必要回到文体本位，勘测探研每一种文体的源头、中游、下

---

① 可参齐森华、刘召明、余意《"一代有一代之文学"论献疑》（《文艺理论研究》2004 年第 5 期）、路海洋《诗意光照下的"一代有一代之文学"观》（《南阳师范学院学报》2004 年第 7 期）等论著。

② 严迪昌：《清诗史》，浙江古籍出版社 2002 年版，第 2 页。

③ 齐森华等：《"一代有一代之文学"论献疑》。

④ 《中国文学史》（下册），世界图书出版公司 2012 年版，第 453 页。

游，乃至干涸的过程与缘由。这是拥有完整的文体史意识的学者起码该思考的问题。举例来说，我自己是从清代诗词研究介入二十世纪诗词研究——也即通常所谓现当代旧体诗词研究——的，在我眼中，二十世纪诗词是清代诗词顺理成章的自然延伸，并不存在一条"新"与"旧"的界河。我觉得需要追问，假如诗词这种流衍千年的文学体式没有随着最后一个封建王朝的灭亡而消失，那么它是以怎样的形态存在的？它在另外一种文化背景下具有何样的意义和价值？它是否折射了自己所在时空的光影？是否撑起了作者的心灵境界？在艺术上比照前代的诗词写作有何变化和发展？……显然，一大批这样的提问都需要谨慎作答，那么这一研究区域的存在就是既合理，也合法的。①

那么我们就必须回到千年词史进程中来观照近百年词史。发轫于唐，繁兴于宋，衰亡于元明，复振于清，作为中国韵文体式"晚生代"的词史，也已经跨过千年风雨，划出了一道清晰的马鞍形流线。其中，自身成就极高而研究投入较低，故而应获得密切关注的当数清代。在史家艳称为"中兴"的有清一代，词家多至一万之数，词作不少于二十万首②，且名手林立，百派争流，诚可谓凌踪唐宋，洋洋大观，令人生仰止之感。无论创作实绩抑或理论归结，都能集前代贤哲之大成而自辟户牖，为千年词史添加了醒目的惊叹符号。清代之尾声即近百年词史之开端，二者承接递嬗关系之紧密不言可喻，故应予稍微详细的梳理。

清代二百六十余年的词史运程大体可分为初、中、晚三期。其初期实乃中国历史罕见的运会转移时代，伴随着颠顶昏暴的明王朝崩塌的还有汉民族的衣冠制度、文化传统，而伴随着生机勃勃的新朝崛起的还有"蛮夷"政权的暴戾心术。王纲解纽，新枝难栖，潜伏反抗暗流的智识群体更成为统治集团的眼中钉肉中刺。种种复杂因由的作用下，一向被目为"小道""诗余"的词终于从明代的一片榛莽中振翮而起，可庄可媚，亦庄亦媚，呈现出卓特多样的抒情功能，因而在整体意义上发展为

---

① 参见拙作《现代旧体诗词研究的几个前提》，《中国社会科学报》2009 年 10 月 23 日。

② 此为严迪昌据编辑《全清词·顺康卷》时所估测之数据。《清词史》，江苏古籍出版社 1990 年版，第 1 页。根据目前《全清词》编纂工作的进行情况可以预见，《全清词》收录词作总数肯定大大超过 20 万首，但究竟能达到怎样的数字尚未有定论。

与"诗"完全并立的抒情文类。① 从明清之际的云间、梅里、柳洲诸词群，广陵、江村、秋水轩几大唱和中发生的词风胚变，到阳羡、浙西两大流派的声响流布，笼盖词苑，以及今释澹归、王夫之、纳兰性德、顾贞观、曹贞吉等大家名家的卓然峭立，乃至傅世垚、刘榛、金人望、宋俊、何采、陆震等才人繁星丽天般的点缀，清初词苑上演了宋代以后最为璀璨磅礴的一幕大剧，而清词之"中兴"说也只有从抒情功能之复归角度辨认方能探骊得珠，赢得令人信服的解释。

站在新朝立场上看，顺康雍几代帝王均堪称智珠在握、权术邃深的雄主，尤以圣祖玄烨为杰出。随着大局底定，人心渐次摧服，气盛胆张、引吭高唱不和谐音调的阳羡词派必然呈衰败之势；纳兰容若挟贵介优势大倡性灵，可惜天不假年，一个呼之欲出的词派胎死腹中②；而以清空醇雅为旨归的浙西词派也顺乎逻辑地走向琐碎饾饤，奄奄无生气。至乾隆"盛世"，在鲜花着锦、烈火烹油的炽烈壮观背后，则是"江山惨淡埋骚客"的窒息与威劫。③ 清中叶词坛也不能脱离这条历史轨迹而另走一路，故虽有厉鹗、郑燮、蒋士铨、黄景仁、洪亮吉、姚椿、史承谦、郭麐等或沿阳羡家数大张铜琶铁琶之音，或承浙西门户而竭力变换身段，企求突越，其百卉凋敝、黄茅白苇之总体态势则已难挽回。清词三期相比较，中叶成就较弱，"蜂腰"形状极为显明。

循此行程走下去，则晚近词坛必定难逃"再而衰，三而竭"的命运。然而历史从来多偶然变数，在内外因的综合作用下，晚近词坛的整体成就虽不及清初，却能突过中叶，因而予人"复振"之感，并由此衍生出"嘉道中兴""吴中七子首功"等影响不小的说法。④ 从内因上讲，晚近是词学理论极盛的时代。大批词人、词论家有感于中叶以来多"苟为雕琢曼辞"，多"淫词、游词、鄙词"⑤的现实，提出"比兴寄

---

① 参见严迪昌《清词史》，第2页。
② 严迪昌：《一日心期千劫在——纳兰早逝与一个词派的夭折》，《纳兰词选》后附，中华书局2011年版。
③ 黄景仁：《寄洪对岩》其二。
④ 可参见刘毓盘《词史》"论清人词至嘉道而复盛"章。
⑤ 张惠言：《词选序》、金应珪《词选后序》。

托"（张惠言）、"词史"（周济）、"拈大题目出大意义"（谢章铤）、"沉郁"（陈廷焯）、"重拙大"（王鹏运等）、"词心"（况周颐）、"境界"（王国维）等一系列深具见地和创新性的理论以矫正之，将贯穿清代词学史的"尊体"说发挥到极致。这些理论的提出和阐扬，无疑大大促进了词家对于词体本质的全方位思考，用之于实践亦起到一定的澄清、提高的作用。从外因上讲，晚清乃是旷古未有的社会矛盾、民族矛盾尖锐时期，风雨如晦，鸡鸣不已，鸦片战争、太平天国战争、中法中日战争、义和团运动、八国联军侵华……"三千年未有之大变局"给词人们带来的肉体摧伤和心灵动荡堪称亘古罕见，他们捉起词笔，既记录下时代的迷乱恶浊，也记录下内心的惊惧悲慨，从而使这一时期的写作具有了丰富的社会史与心灵史的双重意义。三期当中，此期当为烂熳余霞而无愧色。

二十世纪就这样到来了。站在二十世纪的门槛左右张望，一面是漫长沉重的古典时代，一面是前程未卜的现代文明。两个界域中都有勃勃生机，也都有沉沉死气；都有经天长虹，也都有满地沙尘。近百年词史正是在这样一种光怪陆离的情形下敞开自己的大门的。

千年词史是近百年词史的根源和背景，更是观照近百年词史所必须站立的高度。在 2011 年发表的《二十世纪旧体诗词研究的回望与前瞻》一文中，我专设了一小节来谈"高度"问题。文中说："二十世纪旧体诗词研究不能只拘囿在一个世纪，甚至一个世纪中的某一时段来进行考量。那必将会自设牢限，自缚手脚，拘墟偏狭，坐井观天。必须看到，这一个百年只是中国悠长曼衍的诗歌史的三十分之一，是她的一个有机组成部分。既不可分割，也不能须臾剥离。只有站在三千年诗歌史的高度来看待刚刚过去的这一个百年，诸多关键性的险隘才有可能找寻到突破的契机……那么，这个高度就不仅是严谨的学术研究所必备，同时，它也是对二十世纪诗词的信心和尊敬。"① 合诗词而言之是三千年，千年词史自然是从属其中，也适用这一说法的。

---

① 《文学评论》2011 年第 6 期。

三 以词证史：百年史与百年词

二十世纪是人类有史以来最为特殊的一个百年，也是中国最为特殊的一个百年，社会现实以及知识群体心态的相应激变皆为空前未有的。在这个过程中，传统抒情样式的诗词充任了重要的、也是独特的记录者角色，印下了知识群体的真实心音，澎湃激荡出了感人肺腑的艺术魅力。从这一意义上讲，二十世纪诗词既不可被历时性的诗词写作所取换，也不可被共时性的其他文学体裁所掩盖。倘若抛弃了大量的诗词，仅靠新诗、小说、散文、戏剧，我们就能全面准确地剖解出二十世纪历史、文学以及其他方面的底蕴吗？我们面对的二十世纪历史、知识阶层的心灵史该是怎样的苍白、贫乏和不完善！

文学是人学，文学史也应该是文学人的历史。如果这个前提没有争议而二十世纪诗词史得不到充分研究的话，首先，我们会遗漏像遗老群体、学人群体、汉奸群体在现当代时空中运行的大量具有历史价值和文学价值的活动，会遗漏像沈祖棻、顾随、聂绀弩、毛泽东、启功等虽没有（或很少）进行新诗创作却在中国诗歌史上具有独特魅力和不可忽视的成就的一大批诗人，留下文学史难以补填的空洞①；其次，如果旧体诗词不能入史，已有的大量文学人也将得不到全面深入的解析。试问，没有了"心事浩茫连广宇，于无声处听惊雷"的阔大、"躲进小楼成一统，管他冬夏与春秋"的冷峻，我们该如何去解读鲁迅的思想构成？没有了"曾因酒醉鞭名马，生怕情多累美人"的放诞执着，我们又该如何理解郁达夫身上那种传统文人的心态与作派？还有郭沫若、闻一多、老舍、田汉……缺失了他们创作生涯中如此鲜明的旧体诗作品，其心灵的种种秘密怎样得到合理的解释？不能顾见全人，我们的文学史写作又怎样令人信服地以"学院化的经典性文学史观"自居呢？②

---

① 参见拙作《二十世纪诗词史之构想》，《文学评论》2007 年第 5 期。

② 王泽龙在《关于现代旧体诗词的入史问题》一文中说："现有的中国现代文学史研究不把旧体诗词纳入文学史研究，既有历史的原因，也是符合中国现代文学学科历史与现状的客观性发展的一种选择，体现了一种学院化的经典性文学史观，不存在'压迫''拒绝'与'悬置'的问题。"《文学评论》2007 年第 5 期。

12 绪论 行走在古典与现代之间

与诗相较，词因婉曲多讽、尤宜于承载个人情怀的文类特点，其记录"大历史"之功能稍显逊色。然而因为"小道""艳科"观念的全面突破，"以词证史"观念的充分发挥，词在此一方面亦能够自成一格，颇有作为。

且举几例。先读汪文溥《大江东去·吊广州死难七十二烈士用东坡原韵》之二：

> 英雄宁死，要河山还我，当年之物。一十二旬军再起，取次功成赤壁。洒酒灵旗，椎牛铜像，白者衣冠雪。招魂来下，故人多少英杰。　　满眼流水华轮，游龙骏马，意气风云发。整顿乾坤余子在，往事空谭兴灭。化鹤归来，尉佗城畔，山缕青于髮。伤心凭吊，珠江独酹明月。

汪文溥（1869—1925），字幼安，号兰皋、忏庵，江苏武进人。曾任《苏报》主编，光绪二十九年（1903）任醴陵知县。翌年黄花岗起义兴，汪氏联络湘地革命党人，遥相呼应，辛亥起义后尝参加湘桂联军增援武昌，为著名民主革命先驱。本篇见于《南社丛刻》第六集，原为两首，其一亦佳，而沉痛有所不及。"英雄宁死，要河山还我，当年之物"，词开篇即警拔激昂，逼真呈现烈士心魂。以下"洒酒灵旗，椎牛铜像，白者衣冠雪""整顿乾坤余子在，往事空谭兴灭"等句皆紧扣"英雄"二字，淋漓悲咤，一气单行，堪称黄花岗起义最闪光的纪念文字之一，足可与黄兴《蝶恋花》竞美①，故钱仲联许为"气壮河山，辞铿金石，一代词史之丰碑"②。

再如杨度所作《百字令·江亭词》：

> 一亭无恙，剩光宣朝士，重来醉倒。城郭人民今古变，不变西山残照。老憩南湖，壮游瀛海，少把潇湘钓。卅年一梦，江山人物

---

① 黄词题为"辛亥秋哭黄花岗诸烈士"，词云："转眼黄花看发处，为嘱西风，暂把香笼住。待酿满枝清艳露，和风吹上无情墓。　　回首羊城三月暮，血肉纷飞，气直吞狂虏。事败垂成原鼠子，英雄地下长无语。"

② 《南社吟坛点将录》，《苏州大学学报》1994年第1期。

俱老。　　自古司马文章，卧龙志业，无事寻烦恼。一自庐山看月后，洞彻身心俱了。岁岁沧桑，人人歌哭，我自随缘好。江亭三叹，人间哀乐多少。

杨度堪称中国近现代史上第一"变形金刚"。他一生先倡君主立宪，继而拥护专制，为袁世凯"劝进"而组织筹安会，演出乞丐、妓女、人力车夫请愿团等"洪宪大戏"，后又转向共和制度，加入国民党，进而秘密加入中国共产党。其行迹诡秘多端，无人能出其右，为那大变动时代留下了一帧复杂的面影。民国十六年（1927）春，杨度与好友夏寿田（午诒）重会京师，游陶然亭（即"江亭"）。上距二人"光绪戊戌同赴京师应礼部试……偶游城南江亭……依《百字令》题词亭壁"恰三十年，因有此作。① 刘梦芙《冷翠轩词话》云："此词原不佳，笔墨颓唐，以人存词耳"，"笔墨颓唐"或者有之，而"以人存词"云云岂不正因为其中蕴涵着一种罕觏的珍贵历史认识价值？"卅年一梦，江山人物俱老"，此类句子出之旁人自也寻常，而自戊戌入都应试至今周旋于各党派风云变幻之间，杨皙子笔下该潜藏蕴蓄多少"沧桑""歌哭""哀乐"？杨度平生制作，挽联最佳。如挽同学黄兴云："公谊不妨私，平日政见分驰，肝胆至今推挚友；一身能敌万，可惜霸才无命，死生自古困英雄。"挽袁世凯云："共和误中国，中国误共和，千载而还，再评此狱；君宪负明公，明公负君宪，九原可作，三复斯言。"挽孙文云："英雄作事无它，只坚忍一心，能成世界能成我；自古成功有几，正疮痍满目，半哭苍生半哭公"，字字坚苍，极感喟之至。所谓三十年"江山人物"，不尽在其中？本篇正可为认知这位奇特人物的心灵轨迹

---

① 本篇词序颇长，对认知杨度心绪亦颇有价值，部分迻录于此，以备参酌："盖人生哀乐全由心境。境既生心，心复生境……予与午诒……光绪戊戌同赴京师应礼部试，午诒以一甲第二人及第入翰林，而予落第南归。将出京时，偶游城南江亭……依《百字令》题词亭壁……词意皆言朝政……未几而清室亡，共和成，予仍坚持君宪主义不变，一败于前清，再败于洪宪，三败于复辟……予于君宪三败之后，自谓对国家、对主义忠矣，可以已矣，乃不更言经世，而由庄以入佛，数载修心，遂有庐山悟道之事……世变愈亟，人心愈扰，午诒复续《江亭词》示予索和。其词则曰：'听唱孤蒲新曲子，洗尽从前懊恼。'予词亦曰：'一自庐山看月后，洞彻身心俱了。'词意全同，与前尽异，盖皆悟后之辞矣……于是午诒与予各为词序，彼序其事，我序其心。此如寒山、拾得之诗，游戏人间，偶然唱和，词耶？偈耶？非所问矣。"

14 绪论 行走在古典与现代之间

提供有力注脚的。

还可看丰子恺（1898—1975）《贺新郎》：

> 七载飘零久。喜中秋、巴山客里，全家聚首。去日孩童皆长大，添得娇儿一口。都会得、奉觞进酒。今夜月明人尽望，但团圞、骨肉几家有？天于我，相当厚。　故园焦土蹂躏后，幸联军、痛饮黄龙，快到时候。来日盟机千万架，扫荡中原暴寇。便还我、河山依旧。漫卷诗书归去也，问群儿、恋此山城否？言未毕，齐摇手。

丰子恺乃画坛大家，词不多作，然别走一路，未同凡响。本篇作于1944年抗战胜利之前，其"漫卷诗书归去也"的欣喜略同老杜《闻官军收河南河北》的神采，而全用白话，不着典故，笔调真挚，意思深沉之处又兼有顾贞观《金缕曲·以词代书寄吴汉槎宁古塔》的韵味。对日八年抗战是史无前例的民族矛盾激化的时代，敌忾同仇，血火交迸，传统样式的诗词也以自己的笔调记录下了伟大民族骨骼的强度和硬度，足可同步织构成一部史无前例的"抗战诗词史"。丰氏此篇于沉痛中多欢畅，正为"抗战诗词"增一抹异色。顺便提及，丰氏作于1970年6月的《浣溪沙》亦颇佳，惜常为选家忽略："春去秋来岁月忙，白云苍狗总难忘。追思往事惜流光。楼下群儿开电视，楼头亲友打麻将。当时只道是寻常"，笔致平易，略同前作，而将特殊政治生态下的特殊心境写得淡而有味。

与丰氏《浣溪沙》背景相通而心境更显悲凉的是徐懋庸（1911—1977）《菩萨蛮·牛棚中》：

> 纱窗划作阴阳界，楼高不见日光晒。窗外响惊雷，窗中拨死灰。　死灰犹蓄热，热意向谁说。无计诉东风，灵犀只暗通。

徐懋庸本为左联虎将，因与鲁迅争执名闻天下。鲁迅去世，徐氏有"敌乎友乎，余惟自问；知我罪我，公已无言"之挽联，语气微妙而寓沉痛。新中国成立后，徐氏任武汉大学副校长、教育部副部长等职，

1957 年被划右派。本篇作于 1966 年冬，写牛棚生涯至为真切，而"死灰"与"热"的顶针用法亦颇经心，虽尚不及聂绀弩同时作《血压》之"哀莫大于心不死"之悲慨，赤诚心地则略同。

再如吕君忾《阳台梦》：

> 暮云收尽腥红色，猁儿夹尾猫儿匿。谁家铁管又新磨，时民居壮汉多以自来水管磨尖，聊作自卫武器，乍寒光奕奕。　　城隍何处去，满路钱灰冷寂。今宵人鬼未分明，独荷彷徨戟。

吕君忾（1939—2020），字无斋，朱庸斋词弟子，又从陈寂等学诗，晚任《诗词》报编辑。本篇作于 1967 年六七月间，是时羊城武斗甚剧，只能闭户不出，无斋因与同门陈永正（沚斋）相约日作同题词二首，盖仿《庚子秋词》旧例也。"二斋"唱和词沉郁悲凉，既直面时世，亦忠实记录内心怆痛，不愧"词史"之誉。[①] 其《菩萨蛮》云："城西夜半枪声歇，城南啄肉乌啼彻。不寐坐平明，东风吹血腥"，《四犯令》云："烽举高楼楼欲陷，杀气连天暗。浊血横流珠河溢，尸布地，无人殓"，皆振笔直书，不稍假借。与丰子恺、徐懋庸的词风不同，吕无斋这一首《阳台梦》冷峻锋锐，令人读之不寒而栗，其所留存浩劫中之心影较之胡风、聂绀弩等诗似还觉模糊[②]，却也凸显了鲜明的"民间意识、文人心态与文学精神"，放在"潜在写作"的大背景下观照，弥可珍视。[③]

谈潜在写作当然不能忘却胡风。胡风是当代最优秀的旧体诗人之

---

① 刘梦芙：《冷翠轩词话》，《二十世纪中华词选》，第 1345 页。说又见后文"庚子秋词"部分。

② 如胡风《一九五五年旧历除夕》"竟在囚房度岁时，奇冤如梦命如丝。空中悉索听归鸟，眼里朦胧望圣旗。昨友今仇何取证，倾家负党忍吟诗。廿年点滴成灰烬，俯首无言见黑衣"，此为次鲁迅原韵者。

③ "潜在写作"概念由陈思和提出："这个词是为了说明当代文学创作的复杂性，即有许多被剥夺了正常写作权利的作家在哑声的时代里，依然保持着对文学的挚爱和创作的热情，他们写作了许多在当时客观环境下不能公开发表的文学作品。"《中国当代文学史教程》，复旦大学出版社 1999 年版，第 12 页。"民间意识"等为刘志荣《潜在写作 1949—1976》第三编之标目，复旦大学出版社 2007 年版。

16 绪论 行走在古典与现代之间

一，其《怀春室杂诗》二十一首、《怀春室感怀》二十四首全步鲁迅原韵，志深而笔长，梗概而多气，与聂绀弩的连番酬和更是诗史罕见之奇观。本书于此不能详说，留待《近百年旧体诗史》之撰著。且看其1966年作《临江仙·步东坡原韵，但反其意而用之……》：

> 坐地观天朝复暮，由它岁月潜更。杜鹃声罢夜莺鸣。催耕还忆苦，总是有情声。　剩得此身皆我有，无军岂怕偷营。安居脚懒一心平。寄语圣郡守，不必怕逃生。

胡风词作甚少，并非当行，故比之"夜饮东坡"之名作，这首步韵之作艺术上未见高明，然而心音可贵。彼时胡风沦为"反革命集团"祸首已十许年，更新被判处有期徒刑十四年，在成都监外执行。明了这一点背景，词中涵蕴的那种坦荡豁达、郁愤苍凉即可以得到深刻的体认。丰子恺、徐懋庸、吕君忾、胡风，他们以词笔对那段荒唐残酷岁月的真挚记录不仅可以"证史"，甚且可补"正史"之未足，令人感喟万端。

陈声聪《读词枝语》云："周总理逝世，全球震悼，挽章不下万首，自以赵朴初《金缕曲·周总理逝世周年感赋》一首最为动人。"词云：

> 转瞬周年矣。念年前、伤心情景，谁能忘记？缓缓灵车经过路，万众号呼总理。泪尽也、赎公无计。人似川流花似海，天安门、尽尽觇民意。愁鬼蜮，喜魑魅。　古今相业谁堪比？为人民、鞠躬尽瘁，死而后已。雪侮霜欺香益烈，功德长留天地，却身与、云飞无际。乱眼妖氛今净扫，笑蚍蜉、撼树谈何易。迎日出，看霞起。

赵朴初以佛教活动家名世，慈悲为怀，功德卓著，词乃余事，所作亦夥。作者身在庙堂，不能免去应制"表态"习气，然心怀恻悯，茹古涵今，自与视诗词为斗争工具者有别（刘梦芙语）。六十年代所作《蝶恋花·杨花》《贺新郎·得双辽来书谈风戏作》《临江仙·夜梦江上⋯⋯》、七十年代所作《木兰花·芳心》等多有冷眼旁观、触犯时忌之笔①，很能见出独立人格与当行本色。此一首《金缕曲》作于1977年初，故合"四人帮"倒台事而致悼念情，言之有物而由衷，与一般"老干体"不同，志此段历史者当可取参。②

最后可看蔡若虹《摸鱼儿·审判四人帮》一首：

> 怎能忘、十年灾祸，蛇神牛鬼几个？斑斑血债从头数，多少人亡家破。踞宝座。结帮伙、红旗影里藏奸货。阴谋一摞。剥下画皮看，灵魂深处，只有肮脏"我"。　　银铛锁。八宝山前葬火，天安门外花朵。广场诗檄长街和，都是辉煌战果。长夜过。曙光吐、东风浩荡西风挫。祸根是左。历史莫重来，英雄碑畔，"四五"钟声播。

若准当代文学之命名，则控诉"文化大革命"之诗词可称"伤痕文学"一大分支。其中蔡若虹以名画家身份为之，奋笔疾书，墨沈淋漓，虽数量有限，却是很沉郁痛快、头角峥嵘的一家。本篇不外乎彼时清算"四人帮"之常言，但点出"祸根是左"一句，极见真识。其《金缕曲·看张志新展览会》亦慷慨雄迈，而最佳莫过于《沁园春·怀念鲁迅先生》两首。其二有句云，"信战士微瑕，依然战士；苍蝇完美，还是苍蝇"，"忆文坛斗法，讥嘲似火；刀丛索句，哭笑皆兵"，颊上添毫，精神毕出，实为精悍的诗体鲁迅传记。

以上我有意选择了若干直接有关史事之词作，作者或别有造诣，并不以词名家，或于词坛未收远名，声华销寂，然而他们笔下反映出的时代风云与心灵世界已足够动魄惊心，为二十世纪历史速写出了清晰的轮

---

① 《木兰花》一篇为"四五"天安门事件后所作，词云："春寒料峭欺灯暗，听风听雨过夜半。门前锦瑟起清商，陡地丝繁兼絮乱。　　人间自古多恩怨，休遣芳心轻易换。等闲漫道送春归，流水落花红不断。"

② 所谓"老干体"本非学术意义之指称，它指向的是以"老干部"为主的当代文人与准文人的诗词创作，多取材重大政治事件，基调以歌颂和浅薄的抒情为主，格律、对仗等技术环节破绽较大。这本来是一个略带嘲讽意味的民间词汇，但我们也很难找到另外一个更恰切的名词来指称这一类型的创作。详见拙作《二十世纪诗词史之构想》，《文学评论》2007年第5期。

廓。在以下的词史叙述中,我们将会看到:那些词坛大家名家更是以如椽之笔托呈出百年中国,乃至百年世界的繁复影像。我们完全有理由说,"拈大题目,出大意义"的诸多"词史"之作是二十世纪词苑最可宝贵的品格。①

四 守正与开新:百年词的艺术品质

正如拙作《论现代旧体诗词不可不入史》中所说:"只谈以诗/词证史的功能性作用无疑也是偏颇的,那将会取消诗歌独立的审美品性和艺术品格。需要着重指出,现代旧体诗词在艺术上并非毫无作为,她在狂澜既倒的大形势下仍然以'语不惊人死不休'的创造精神为古典诗词创作添砖加瓦,献替多端。"②

诗词之"献替"均可从守正与开新两大层面来认知,这里只谈词。

所谓"守正",即是对古典诗歌漫长传统的尊重和传承。我们讨论的近百年词史当然是以千年词史作为舞台背景的,它不可能割裂脱离之而横空出世,独立图存。综观近百年词史运程,自清季四大家以迄新世纪初之网络词界,每一位杰出词人的杰出作品背后都矗立着千年词史厚重沉积而成的崇峰峻岭。温韦、欧晏、周秦、苏辛、姜张、吴文英、李清照、陈维崧、朱彝尊、纳兰性德、厉鹗、郭麐、龚自珍、蒋春霖……每一位伟大词人,甚且诸多中小词家亦都能在二十世纪找到自己的同声回响。"守正"之佳作不胜枚举,详列亦非绪论文字所宜,我们姑勉力举网络词界的几首作品为例,进入网络时代尚且保存如此的"守正"姿态,则此前更可概见。

首先看网间著名的神秘女词人孟依依之《苏幕遮·冬日》:

雪霏霏,春杳杳。一树梅花,一树梅花好。爱惜琼瑶何忍扫。雪满园庭,雪满园庭道。　　念行人,铺素稿。欲写相思,欲写相思巧。只说梅花将落了。君要归来,君要归来早。

---

① 谢章铤语,见《赌棋山庄词话》。
② 《文艺争鸣》2008 年第 1 期。

应持谨慎批评之立场，不必据惯性思维一棒打死。这一点下文还有详细辨说，此处不赘。退一步说，就文艺创作而言，"奇创"诚为必需，一味因循，成就必定有限；然而无"守正"为根基，则奇创亦必沦入荒诞游移，故"开新"与"守正"实为一个硬币的两面。作为"开新"的前提条件，"守正"亦自有不可磨灭的价值。

次说"开新"。广义之"开新"应涵括两个层面，即题材之开新与艺术手段之开新。近百年词在这两个向度上均有斩获，可一一说之。

题材之开新应典型体现于对新事物、新领域的吟咏探究，兹举数例：

> 值得黄金范。指沧溟、神光离合，大千瞻恋。一簇华灯高擎处，十岳九渊同灿。是我佛、慈航舣岸。絷凤羁龙缘何事，任天空、海阔随舒卷。苍霞渺，碧波远。　衔砂精卫空存愿。叹人间、绿愁红悴，东风难管。筚路艰辛须求己，莫待五丁挥断。浑未许、春光偷赚。花满西洲开天府，是当年、种播佳莳遍。翻史册，此殷鉴为自由苦战，见予所译《美利坚建国史纲》。
>
> ——吕碧城《金缕曲·纽约港口自由神铜像》

> 海波浮籁山如动，孤舟已悬天半。云幕周遮，星芒摇漾，月黑冷磷零乱。狂澜正卷。怎海若频翻，鱼龙未厌。梦入空蒙，射潮强弩倩谁挽？　关河此时日远。镇无言徙倚，清泪如霰。万里波涛，百年身世，一样苍茫无畔。幡然意涣，羡浴羽鱼闲，眠窝燕懒。蓦地忧来，奈何空自唤。
>
> ——汪精卫《齐天乐·印度洋舟中》

> 夜空灿灿，银汉无声球似霰。几万光年，智慧高峰在那边。
> 九霄云外，一颗星辰一世界。贝阙珠宫，多少鲛人碧海中。
> ——张珍怀《减兰·近阅天文研究云，银河系星球有高级动物，智慧远胜地球人，居水中者，楼阁宏丽》

> 是神机、妙算破天来，巧计解连环。破乾坤陈设，机关造化，

瞬变千翻。控贮化工信息，飞跃过尘寰。竭尽囊中智，为我攻关。
不用眉头频蹙，但灵机一动，便上尖端。笑如龙诸葛，此计可曾娴？倚鸿图、寻消探息，化神奇、朽腐合惊叹。长征路，宏观世界，更要微观。

——谢堂《八声甘州·咏电子计算机》

长依玉腕殷勤护，曾教钗钏生妒。引耳倾听，凝眸更觑，分秒萦回疑误。针锋指处，怪点点流光，暗偷将去。亘岁无休，一腔拃缕意难抒。　徐催美人迟暮，惧芳春逝也，无计留驻。凹馆联诗，回廊待月，还又频频相顾。微音似诉。念阅世良多，独伊如故。且伴余年，一声声细数。

——刘惜闇《齐天乐·和蒙庵咏手表》

一气破鸿蒙，浩荡天风。兜罗绵裹碧芙蓉。日近长安归去也，夸与儿童。　帝座俯苍穹，呼吸能通。九关虎豹倘相逢。如带蜿蜒东注海，足底吴淞。

——徐定戡《浪淘沙·自西安飞沪》

以上数例，无论词题抑或文字，皆前人不曾梦见。吕碧城以"海外新词"系列为词史开拓一新天地，"空际散花，缤纷光怪"①，而最著见地者莫过本篇。所谓"衔砂精卫空存愿""筚路艰辛须求己""花满西洲开天府，是当年、种播佳莳遍。翻史册，此殷鉴"等句及末句小注，皆具见其"自立即所以平等之基，平权即所以强种之本"之思想精粹。② 汪精卫早岁为革命志士，晚年堕民族罪人之阱，世所定论。然而孔雀有毒，不掩文章，其《双照楼诗词稿》实堪称民国一名家。本篇为其早年作，斟酌万象，咆哮百端，忧患深重，已非"词笔清健，颇见才情"一语可以概括之。③ 张珍怀《减兰》一首以词抒写关于外星智慧

---

① 沈轶刘、富寿荪：《清词菁华》评语。
② 英敛之：《吕氏三姊妹集序》引。
③ 陈永正：《岭南文学史》，转引自《二十世纪中华词选》，第317页。

生命之遐思，想入非非，为《天问》之苗裔。笔法亦雅洁明快，举重若轻，颇具现代感。谢堂①《八声甘州》作于 1987 年，彼时计算机尚属新生事物，词人敏感地将其摄入笔端，戛戛独造，平允妥溜，极尽巧思。与其命意略似而笔法更接近传统咏物词者为刘惜闇②《齐天乐·咏手表》一首。诸如"怪点点流光，暗偷将去""徐催美人迟暮，惧芳春逝也，无计留驻""微音似诉""且伴余年，一声声细数"等句自具象之手表而追摄至抽象之时间，乃至韶华老去之心境，极得咏物词"高者摹神"之意趣。相较之下，谢堂《八声甘州》则"次者赋形"矣。徐定戡《浪淘沙》一首为"飞行词"，行辈较前之于右任、较后之魏新河皆多此类佳作。徐氏此作独能扣紧西安、上海两地，镶嵌入"日近长安"典故，写来一气直下，而自饶雅意。

以上六首词之选择或仍嫌率易，亦不充分，但已经可以大概展现出近百年词对于新题材、新境界的拓展。至于艺术手法之开新最可说者莫过于"白话倾向"，请详言之。

诗词本均有白话一体。在文言系统建构成功并逐渐与口语剥离之后，古典诗歌史上涌现出一批诸如寒山、王梵志、柳永、李清照、杨万里、辛弃疾、郑燮、袁枚、金和等优秀的白话诗人，而在二十世纪白话文运动的大背景下，此类诗词写作更是与之风云际会，创造出前所未见的奇观。胡适在大倡"活文学"——即"白话文学"——之时已经明言："白话久已入韵文，观唐宋人白话之诗词可见也"，"白话之文学种子已伏于唐人之短诗小词。"③ 除开彼时打造"国语文学"的目的不算，即便就诗史论诗史，这也是很有识见的判断。与诗相比，词的白话倾向历来较浓厚一些，与白话文运动的应和自然表现得更加"抢眼"。20 世纪词坛上，自胡适、顾随、毛泽东、许白凤、启功，以迄网络词界，这条"白话词"流线鲜亮清澈，婀娜多姿，足为千年词业生色。

试读顾随的两首《清平乐》：

---

① 谢堂为王天方晚号，曾任职上海文艺出版社，见陈声聪《读词枝语》。
② 刘惜闇（1909—2003），原名秾，字西棣，浙江慈溪人。能诗善书，《四明书画家传》称其"尤擅行书，远宗王羲之，近师梅调鼎，挺拔秀丽"。
③ 胡适：《文学改良刍议》《历史的文学观念论》，载《胡适古典文学研究论集》，上海古籍出版社 1988 年版，第 29、46 页。

眠迟起早，都把愁忘了。磨道驴儿来往绕，那有工夫烦恼。
我今不恨人生，自家料理调停。难道无花无酒，不教我过清明。

白天黑夜，黄尘如雨下。这样春天真笑话，便没有他也罢。
昨宵细雨如麻，醒来依旧风沙。总算清明过了，虽然没看桃花。

再读许白凤的两首词①：

偶然兴会，趁个重阳醉。多谢霜溪渔父馈，团一尖三搭配。
水塍郭索成帮，稻粱滋长膏黄。双手剥开红壳，笑它全没肝肠。

——清平乐·醉八螯

谁写东湖晚景图，夕阳红到有还无。渡舟隔岸几人呼。　　野
老归挑青竹担，柳条斜贯菜花鲈。一头挂个酒葫芦。

——浣溪沙·东湖晚眺

还可读启功的两首词：

旧病重来，依样葫芦，地覆天翻。怪非观珍宝，眼球震颤；未
逢国色，魂魄拘挛。郑重要求，"病魔足下，可否虚衷听一言？亲
爱的，你何时与我，永断牵缠？"　　多蒙友好相怜，劝努力、精
心治一番。只南行半里，首都医院，纵无特效，姑且周旋。奇事惊
人，大夫高叫："现有磷酸组织胺。别害怕，虽药称剧毒，管保
平安。"

——沁园春·病

古史从头看。几千年，兴亡成败，眼花缭乱。多少王侯多少
贼，早已全部完蛋。尽成了、灰尘一片。大本糊涂流水帐，电子

---

① 许白凤情况详见后文。

机、难得从头算。竟自有，若干卷。　　书中人物千千万，细分来，寿终天命，少于一半。试问其余哪里去，脖子被人切断。还使劲、断断争辩。檐下飞蚊生自灭，不曾知、何故团团转。谁参透，这公案。

——贺新郎·咏史

似乎不必多费唇舌，我相信任何一个懂诗的人，都会在启颜之余，惊叹于白话在几位词人笔下呈现出的语言力量。甚或不太懂诗的人，看到"磨道驴儿来往绕，那有工夫烦恼""这样春天真笑话，便没有他也罢""总算清明过了，虽然没看桃花""双手剥开红壳，笑它全没肝肠"①"一头挂个酒葫芦""亲爱的，你何时与我，永断牵缠""试问其余哪里去，脖子被人切断"之类的句子，不也会发出会心的微笑，感知到一种别样的美？在这里，格律既不妨害思考，也不妨害描述与表达。它不再是一种生僻的和僵硬的束缚，而是从另一层面构建了诗歌的音律跌宕之美。这样的作品，即使置之数千年中国诗歌的长河中来观看，也仍然是新颖的、独异的、引人瞩目的。

进入网络时代，口语白话在诗词中的运用更是标新立异，别有洞天，甚至到了令人咋舌称奇的地步。姑举数例：

下地回来爹喝酒，娘亲没再嘟囔。今天俺是读书郎。拨烟柴火灶，写字土灰墙。　　小凳门前端大碗，夕阳红上腮帮。远山更远那南方。俺哥和俺姐，一去一年长。

——李子《临江仙·今天俺上学了》

我是怎么了，谁与说分明。此时情绪难定，坐对暗之冥。若以光之速度，证以今之唯物，追梦也无情。却渴望蓝色，飞至海王星。

水之恋，凝结痛，陨成冰。偶然天外来客，风去不晶莹。气化相思仍错，早作空虚泡沫，收拾死魂灵。残夜如能睡，迟起看黄庭。

——象皮《水调歌头》

---

① 本篇作于 1976 年，乃刺"四人帮"者，故有"团一尖三搭配""笑它全没肝肠"语。

26 绪论 行走在古典与现代之间

什么是爱，为什么存在。恍惚不能知梗概，梦醒蛾飞窗外。

起来走走何妨，天空几点微光。偶尔一声虫泣，夜风吹过身凉。

——象皮《清平乐》

时间飞了，草帽被风吹着跑。我是花儿，看见阳光头就低。

噢乖听话，你的明天美如画。夜也光明，月亮摇船带梦行。

——杨弃疾《减字木兰花·失学儿童》

奇丽的白话，奇幻的语感，奇特的思维，网络词坛在艺术手段上的这种创新无疑是值得关注，也值得肯定的。以上这些词例既让我们对近百年词的艺术品质发出惊叹，也必然让我们对未来词业的发展葆有信心。

对近百年词艺术品质稍加条理后，似可略费笔墨谈一点"现代性"问题，这是近年不少人用来斩杀二十世纪诗词（或称"现代旧体诗词"）的一把"尚方宝剑"。王泽龙的说法很具代表性："文学的现代性不仅是文学的思想内容、精神特征的现代性，而且是包括了文学语言、文体样式、文学思维等文学本体形式的现代性特征的。就诗歌而言，主要体现为诗歌语言、诗歌体式、诗歌音节、诗歌意象、诗歌诗思等方面的现代性特征，这一些是构成现代诗歌区别于古代旧体诗歌的不同诗质性因素。"主要基于此种认识，王先生得出现代旧体诗词不具备现代性，也不宜被写入现代文学史的结论。[①]

对此，我深不以为然。我不想去推导"现代性"概念的内涵是否被误读，仅就王先生自己的界定而言，这种宏观的、面面俱到的概括当然没有问题，但我很怕一旦分析到具体作品的时候，便会有力不从心的情况出现。我的意思是，当一篇文学作品不能全面具备以上质素的时候（这种情况很不少见），其中哪些因素更重要，决定了它更贴近现代性呢？在我们还不能把所有作品一概视为"形式即内容"的前提下，我绝对倾向于"思想内容"与"精神特征"这些内在的基核，而不是文学语言、文体样式这些外在的元素。在这个意义上说，所谓现代性与古

---

① 王泽龙：《关于现代旧体诗词的入史问题》，《文学评论》2007 年第 5 期。

典语言、古典文体形式之间并不是截然对立的，它不应以排斥这些因素为前提才能得以确立。牛汉曾说："对诗来讲，一千年前的诗有的到现在仍觉得清新，而当今新出现的诗，有不少一诞生已苍老不堪。"这句话既道出了不少读者的感受，对"现代性"的有关判断也不啻为一剂清凉散。①

试读聂绀弩1966年写下的《血压三首》之三："尔身虽在尔头亡，老作刑天梦一场。哀莫大于心不死，名曾羞与鬼争光。余生岂更毛锥误，世事难同血压商。三十万言书说甚，如何力疾又周扬。"再读1985年写下的《悼胡风》："精神界人非骄子，沦落坎坷以忧死。千万字文万首诗，得问世者能有几？死无青蝇为吊客，尸藏太平冰箱里。心胸肝胆齐坚冰，从此天风呼不起。昨梦君立海边山，苍苍者天茫茫水。"前一首是比较标准的七律，其中更用到了"刑天""毛锥""耻与魑魅争光"等事典和语典②；后一首是很漂亮的七古，典故用得不多，但笔法思致则得力于吴伟业的千古绝唱《悲歌赠吴季子》。③无须费辞解说，在文学语言、文体格式等层面如此不"现代"的旧体诗，其"思想""精神"等内在的基质不是比大量的空洞枯槁、软媚无骨的新体诗更新，更靠近"现代性"吗？

或许有人会说，这只是极少数的杰出之作，不能代表现代旧体诗词的总体都具有现代性。那么好吧，请找出1966年的新诗创作中谁发出过比"哀莫大于心不死，名曾羞与鬼争光"更雄浑洪亮的声音？1985

---

① 《中国诗歌》第一辑封底题词，云南人民出版社1996年版。

② "名曾羞与鬼争光"一句典出欧阳询《艺文类聚》卷四十四引裴启《语林》："嵇中散夜灯火下弹琴，忽有一人，面甚小，斯须转大，遂长丈余，黑单衣革带。嵇视之既熟，乃吹火灭，曰：耻与魑魅争光。"

③ 诗云："人生千里与万里，黯然销魂别而已。君独何为至于此，山非山兮水非水。生非生兮死非死。十三学经并学史，生在江南长纨绮，词赋翩翩众莫比，白璧青蝇见排抵。一朝束缚去，上书难自理，绝塞千里断行李。送吏泪不止，流人复匄倚。彼尚愁不归，我行定已矣。八月龙沙雪花起，橐驼垂腰马没耳，白骨皑皑经战垒，黑河无船渡者几，前忧猛虎后苍兕，土穴偷生若蝼蚁，大鱼如山不见尾，张鬐为风沫为雨，日月倒行入海底，白昼相逢半人鬼。噫嘻乎悲哉！生男聪明慎莫喜，仓颉夜哭良有以，受患只从读书始，君不见，吴季子！"聂绀弩深喜此诗，1977年2月2日在写给舒芜的信中说："吴梅村送吴汉槎……初读时喜极，认为他很投合我的桀骜之气，而且真写得一通到底。"见舒芜《记聂绀弩谈诗遗札》，《聂绀弩诗全编》，第500页。

年的新诗创作中哪一篇悼念胡风的作品（如果有的话）能比得上散宜生的这首诗?[1] 再以上引词例而言之，吕碧城对于民主建国之企慕算不算现代性? 张珍怀对于外星智慧生命的遐想算不算现代性? 启功对人类历史的透彻解悟算不算现代性? 象皮对自身和宇宙关系的哲思算不算现代性? 在本书正文还有无数作品可以证明，二十世纪中国诗歌史从来就不欠缺"现代性"，而有趣的是，这些真正的"现代性"更多还是隐藏在"旧体"诗词的外壳中的。在大量的现代新诗中——如郭小川、贺敬之、郭沫若[2]、汪国真等——我们又能看到多少现代性?"现代性"在中国语境中到底是什么难道不值得好好反思一下么?

我以为，谈"现代性"概念最应注意两点：一是现代眼光、视野、思维。着眼于积极层面，即对人类共同价值的高度认同，当然同时也应包括现代与后现代文化对人性的扭曲、摧残、异化。二是"现代性"不应完全拒斥人性中永恒不变的部分，用龚鹏程的话讲，要知变，也要知常。[3] 即便"守正""复古"到亦步亦趋，那也是"现代人"的选择，不能说没有"现代性"的成分，更不能成为文学史漠视、掩盖某些客观存在的理由。所以，拘守狭隘的"现代性"而无视二十世纪诗词的巨大存在，此论可以休矣！

五 关于结社的考察：百年词史的一个重要截面

先师严迪昌先生撰著《清词史》时，尝根据词在清代这个特定时空运行之特质，选定地域、家族、流派/群体等"中观"视角进行史程构架。[4] 考察近百年词之历程，以上几大特点整体上走向消沉淡散，而自晚清至民国末共和国初，乃至新时期以来——包括网络时代——词社的

---

① 以上几段言论来自拙作《论现代旧体诗词不可不入史》（《文艺争鸣》2008 年第 1 期），有修改。

② 特指其在中华人民共和国成立以后的创作。

③ 本为论"一代之文学"观之语，见前文征引。

④ 如严先生在《筏上戋语》中谈道："我以为流派、群体的研究是'中观'研究。在形成大文学史前，必须有相当数量的断代文学史、文体史的研究专著，而以作家论为基础的流派群体的研究则又是断代文学史、文体史借以'全景式'展现文学历史现象的必不可少的中介环节和重要组合。"《文史知识》1990 年第 8 期。

大量崛起构成了一道崭新的风景线。

文学社团从根本上说，乃是审美共同体和创作共同体的集成。无论是嘤鸣求友、切磋琢磨，还是标举风气、月旦人物，文学社团的存在均可起到其他样式无可取替的作用，历来是辨认文学生态系统最应关注的焦点之一。带着古典文化的流香遗韵，融合现代文明的衍进方式，层峦叠嶂的词苑结社现象不仅为词这一文类的发展提供了良好的观察视角，同时，词社也挽起了地域、家族、流派/群体等"中观"参照环节。它的蓬勃兴起理应成为我们切入近百年词史的一个重要截面。

对于词坛结社现象，施议对、曹辛华、查紫阳、万柳等先生已有精审的研究。施议对《当代词综前言》中曾提及聊园、须社、沤社、湖海艺文社等十余个词社，将其作为词业较为活跃的重要标志，已为后来的词社考察导夫先路。[1] 查紫阳《晚清词社知见考略》考得 1890 年后至辛亥前所结词社 23 个。[2] 曹辛华《民国词社考论》则考得清末（断自 1890 年左右）至共和国初期词社共计 134 个，可谓洋洋大观。[3] 尽管曹氏所考以广搜博取为原则，其中不少难副"词社"之名，可也充分展现出词坛结社的隆盛程度。至于新时期至二十世纪末的二十年间，以诗词学会面目出现的结社性质活动更是风起云涌，难以数计。新世纪以来，以网络为传播媒介的虚拟性词社亦悄焉勃兴，成为新一代词坛同人唱酬商榷的大本营。这两项数据或均无法精确数计，但也正因无法精确数计，才更折射出当代词业统计学意义上的繁荣。当然，其间菁芜杂陈，鱼龙混杂，可议处不少，本书正文对此还将有诸多批评辨析。

根据词社的活跃度、词人阵容、产生影响、作品结集刊刻等多项指标综合评量，我试着列出近百年的若干最重要词社，其中对前贤时彦著述采撷不少，或未一一注明，先此致谢：

---

[1] 《当代词综前言》（即《百年词通论》），海峡文艺出版社 2002 年版。

[2] 《中国韵文学刊》2010 年第 2 期。该文共考得光绪年间词社 52 个，其中 1890—1908 间 21 个，加宣统年间 4 个。文中考于齐庆结社，以为即"春蛰吟"唱和词事。又考宣南词社，以为"因清末京师词社多结于宣南地区，故此宣南词社一名或为咫村词社等社之总称。宣南，明其结社所在地是也"，说甚是，此二社因不计入以上数字。

[3] 《词学国际学术研讨会论文集》，2008 年。

30 绪论 行走在古典与现代之间

1. 咫村词社与《庚子秋词》《春蛰吟》词课

咫村词社光绪二十二年（1896）由王鹏运创立于北京，郑文焯、朱祖谋、宋育仁、缪荃孙、夏孙桐、许玉瑑、况周颐等为中坚。其中朱祖谋先以诗名，为半塘强邀入社，始悟填词之道，是乃彊村文学生涯最巨大之转折。咫村词社活动高潮期在戊戌、己亥（1898—1899）两年，张仲炘、王以敏、华辉、裴维侒、黄桂清、易顺豫、成昌等皆参与唱和。其中己亥年王鹏运邀约朱祖谋校勘《梦窗词》，故又有"校梦龛词社"之名，实即咫村词社阶段性称谓。① 庚子年（1900），义和团攻打租界使馆区，引发八国联军之役，北京遭受空前未有之浩劫。王鹏运、朱祖谋、刘福姚等困居于北京城中，百无聊赖，愁肠百结，遂集宣武门外教场头条胡同王鹏运寓宅——即声名煊赫之"四印斋"——以词课形式销解忧心，后加宋育仁唱和之作，辑成《庚子秋词》两卷。本年底至翌年三月，又续作《春蛰吟》。唱和者除王、朱、刘三人外，尚有郑文焯、张仲炘、曾习经、刘恩黻、于齐庆、贾璸、吴鸿藻、恩溥、杨福璋、成昌、左绍佐等。《庚子秋词》与《春蛰吟》之唱和刊刻活动非严格意义上的词社之谓，然唱和过程既深具词社性质，可视作咫村词社之延续形态，更作于特殊历史机缘之下，无论证史功能、词坛影响、艺术造诣皆极具分析价值，故合于一处，以为百年词社之滥觞。

2. 南社

南社已为读者所熟知，诸多相关情况不必在此交代。需阐明者，诗文为南社创作之大宗，而词亦占据相当不小的比重。据汪梦川博士的统计，《南社丛刻·词录》载词人146人，词多至2800首以上。加其他口径计数，则南社能词者总数近190人，其中有词集传世者即75人，词集百数十种。② 这些数字令我们无法忽视南社在近百年词史中占据的极显赫席位，故应厕入最重要词社之列，本书正文也将以一编之体量展现南社词苑之崇高成就。

3. 春音词社

该社民国四年（1915）初夏由周庆云、王蕴章、陈匪石、庞树柏

---

① 详可参见万柳《咫村词社考论》，《东北师范大学学报》2010 年第 4 期。
② 《南社词人研究》，博士学位论文，南开大学，2007 年，第 45—51 页。

等创立于上海。① 曰"春音"者,取《楞严经》典故,既自明混沌世界中不昧本性,亦以词坛钟鼓自任。② 据周延礽《吴兴周梦坡先生年谱》云:"第一集以樱花命题,调限《花犯》。推朱沤尹为社长。先后入社者有朱沤尹、徐仲可、庞檗子、白也诗、恽季申、恽瑾叔、夏剑丞、袁伯夔、叶楚伧、吴瞿安、陈倦鹤、王莼农诸先生。"③ 徐珂《可言》云:"词社罕见,沪曾有之。周梦坡所提倡者,予与焉……至十七集而风流云散,檗子且早谢世矣。"④ 王蕴章有《春音余响》述之,其中除周、徐二氏所提及诸人外,尚有曹元忠、李岳瑞、陈方恪、郭则沄、邵瑞彭、林葆恒、叶玉森、杨铁夫、林鹍翔等⑤,阵容颇为强大,彼时寓沪之词坛名家大半在社。

4. 聊园词社

该社民国十四年(1925)由谭祖任发起于北京⑥,社友如夏孙桐、章华、邵章、赵椿年吕凤伉俪、汪曾武、陆增炜、三多、邵瑞彭、金兆藩、洪汝闿、溥儒、罗复堪、向迪琮、寿玺等,月一集,多在谭氏寓中。盖其姬人精庖制,即世所称谭家菜也。津门章钰、郭则沄、杨寿楠等亦往往于春秋佳日,欢然与会。一时耆彦,颇称盛况。其始仍以梦窗玉田流派居多,继则提倡北宋,尊高周柳,风气为之一变。至谭氏南

---

① 关于词社发起人异说颇多,见杨柏岭《春音词社考略》(《词学》十八辑)与汪梦川《〈春音词社考略〉补正》(《词学》二十六辑)。本文综合两家说法,以王、陈、庞为发起人,而以周为主要出资人。周庆云(1866—1934),字景星,号湘龄,别号梦坡,浙江吴兴人,以南浔巨富为著名实业家,亦亲风雅,颇多著述,如《梦坡室丛书》《中国盐法通志》《梦坡诗文》《南浔志》《历代两浙词人小传》等。春音、沤社之外,尚主持淞滨吟社、晨风庐唱和等,为近现代一大风雅主盟。

② 见汪梦川《〈春音词社考略〉补正》。另,依王蕴章、徐珂之说,"春音"又有"燃灯""劳者歌事"之义,见王蕴章《春音余响》、徐珂《可言》,本文不详辨。

③ 转引自杨柏岭《近代上海词学系年初编》,上海教育出版社 2003 年版,第 276 页。

④ 徐珂:《可言》,1919 年刊。转引自曹辛华《民国词社考论》。

⑤ 龙榆生:《同声月刊》创刊号《杂俎》,1940 年。汪梦川考证以为黄孝纾彼时年幼,未入词社,又以为陈方恪、郭则沄、林葆恒、杨铁夫、林鹍翔等当存疑,是。见其《〈春音词社考略〉补正》。

⑥ 谭祖任,字瑑青,广东南海人,谭莹孙,谭宗浚子。民国初出任国会议员,后任职于铁道部。张尔田《近代词人逸事》云:"南海谭瑑青久客京师,精治庖膳。客有北行者,以不得就一餐为恨。"其时有"戏界无腔不学谭(鑫培),食界无口不夸谭(瑑青)"之语。著有《聊园词》。

归，社事销歇，前后亦达十年以上。① 夏纬明《近五十年北京词人社集之梗概》梳理北京文坛之脉络，以为辛亥后词坛寂寞，迨癸亥（1923）春，夏孙桐在清史馆偶赋《露华》平仄韵二阕，同人争相唱和，于是言词者又复渐盛。② 则聊园词社于彼时词坛风气关系极巨，自可想见。

5. 潜社　附潜社渝集

该社民国十五年（1926）由东南大学爱好词曲学生组成，公推吴梅教授主盟。之所以名"潜"，盖因吴梅以为东大教授颇有借学术组织作其他企图者，以此名警惕学子"潜"心学业，不必牵入政治旋涡。③潜社活动时间"自丙寅（1926）至丙子（1936）合十一年"④，1936年后徐益藩又赓续之。规定月集两次，轮流出题，即时填词作曲，一一评定，列出名次。先后参加者达70余人，多为东南大学和金陵大学学生。所作后来汇集成册，名为《潜社汇刊》，共十二集，收词曲306首。如唐圭璋、段熙仲、王季思、任中敏、卢前、张世禄、王玉章、盛静霞、徐益藩、周法高、常任侠、沈祖棻等所作均在其中。后抗战正炽之1939年，卢前又在重庆召集潜社集会，社员有盛静霞、周仁齐、张乃香、殷焕先、张恕、金启华等。

6. 冰社/须社

民国十四年（1925）前后郭则沄、李放等在天津成立冰社，以诗为课。十七年（1928）上半年过渡为词社，月三集，限调与题。约在1930年改名为须社。⑤ 须者，胡须之意。⑥ 社友有陈恩澍、查尔崇、李孺、章钰、周登皞、白廷夔、杨寿楠、林葆恒、王承垣、郭宗熙、徐

---

①　夏纬明：《近五十年北京词人社集之梗概》，载《春游社琐谈》，北京出版社1998年版，第22页。

②　二词详见李思清《清史馆总纂夏孙桐〈露华〉词手稿》，《中国社会科学报》2011年7月28日。

③　王季思：《忆潜社》，载王卫民《吴梅和他的世界》，河北教育出版社2002年版，第73页。

④　吴梅：《潜社汇刊·总序》，1936年刊，转引自曹辛华《民国词社考论》。

⑤　见昝圣骞《民国词人郭则沄诗词社团活动考论》中的有关考证，《2012词学国际学术研讨会论文集·金元明清卷》，第349页。

⑥　谢草：《四十年代的天津梦碧词社》，《天津文史资料选辑》第七辑，天津人民出版社1980年版，第148页。

沅、陈实铭、周学渊、许钟璐、胡嗣瑗、陈曾寿、李书勋、郭则沄、唐兰、周伟，计20人。陈宝琛、樊增祥等亦间与之。社集满百次，至二十年（1931）春散。社作经朱祖谋、夏孙桐选定后，于二十二年（1933）刻《烟沽渔唱》二册行世。[①] 袁思亮为之序云："感于心而发于言，言不可以遂乃托于声。声之幼眇跌宕，悱恻凄丽，言近而指远，可喻若不可喻，莫如词。天津之有须社，上海之有沤社，胥此志也，而须社为之先。"天津非人文荟萃之地，词虽有乾隆间"北查"查为仁、厉鹗等沾溉，亦难称风气。下迨民国，则因北京之辐射，须社、梦碧等先后并起，遂成北地词坛重镇。此乃近百年词坛一大关目也。

7. 沤社

该社民国十九年（1930）由周庆云、夏敬观、黄孝纾等倡议成立于上海，推朱祖谋为社长，曰"沤社"者，取"沤尹"之号也。每月一会，以二人主之。题各写意，调则同一。社中同人有朱祖谋、潘飞声、周庆云、程颂万、洪汝闿、林鹍翔、谢抡元、林葆恒、杨铁夫、姚景之、许崇熙、冒广生、刘肇隅、夏敬观、高毓浵、袁思亮、叶恭绰、郭则沄、梁鸿志、王蕴章、徐祯立、陈祖壬、吴湖帆、陈方恪、彭醇士、赵尊岳、黄孝纾、龙榆生、袁荣法，共29人，前后社集二十次，填词280余阕。和作同人有汪兆镛、赵熙、陈洵、张茂炯、邵章、路朝銮、张尔田、胡嗣瑗、陈曾寿、包安保、黄孝平、陈文中等。此社基本囊括当时填词名家，亦可觇沪上自晚清以来之词学中心地位。

8. 如社

该社民国二十三年（1934）由廖恩焘、林鹍翔倡议成立于南京，社名取《诗经·小雅·天保》中"九如"之意。先后入社者有24人，一时词坛老宿新秀如廖恩焘、杨铁夫、吴梅、汪东、唐圭璋、林鹍翔、蔡嵩云、夏仁虎、向迪琮、乔大壮、卢前、邵启贤、夏仁沂、周树年、陈匪石、仇埰、石凌汉、寿玺、卢前、吴白匋、程龙骧、杨胜葆、孙浚

---

① 何泳霖：《朱彊村先生年谱及其诗词系年》有"龙榆生等在天津创须社"之表述，误。《华学》9、10辑合刊，第2170页。

源、蔡宝善等皆在其列。月一集，地点多选在夫子庙老万全酒家西厅。根据吴梅日记统计，如社从 1935 年 3 月 9 日举行第一集到 1937 年 6 月 5 日最后一集，先后雅集共十八次。[1] 每集取同一词牌，限韵而不限题。词牌以冷调、难调、孤调居多，务求四声相依，不易一字。[2] 1936 年 9 月，汇集社员词作二百二十六首，梓成《如社词钞》。至 1937 年初夏，因抗战而自行解散。[3]

9. 声社

该社民国二十四年（1935）在上海成立。《词学季刊》二卷四号"词坛消息"："声社以本年六月十八日成立于沪西康家桥夏映庵宅，主其事者为夏敬观映庵、高敏澎潜子、叶恭绰遐庵、杨玉衔铁夫、林葆恒迒庵、黄濬秋岳、吴湖帆丑簃、陈方恪彦通、赵尊岳叔雍、黄孝纾公渚、龙沐勋榆生、卢前冀野。"

10. 瓶花簃词社

该社民国二十六年（1937）由郭则沄主持创立于北京。本年郭氏由天津移居北京，结蛰园律社及瓶花簃词社。成员有夏仁虎、傅岳棻、陈宗藩、张伯驹、黄孝纾、黄孝平、关赓麟、黄默园等。

11. 雍园词社

该社民国二十七年（1938）由乔曾劬、杨公庶等创立于巴县杨氏雍园。杨氏《雍园词钞》序云："仆往与内子溯江入蜀，卜居巴县沙坪坝之雍园，并嗜倚声，雅志搜访。越明年抗战军兴，并世词客多聚西南，刻羽引商，备闻绪论，比九更寒暑矣……民国三十五年一月杨公庶识。"据此可知其活动时间下限在 1945 年左右。《雍园词钞》内收叶麟、吴白匋、乔大壮、沈祖棻、汪东、唐圭璋、沈尹默、陈匪石八人的词作九种（其中沈尹默二种），则其社员当亦如此数。

---

① 吴白匋记述集会为十六次，并详列各集所用词调，又备一说，俟考。见其《金陵词坛盛会——记南京"如社"词社始末》，《吴白匋诗词集》后附，南京大学出版社 2000 年版。

② 徐益藩：《师门杂忆——纪念吴瞿安先生》，《吴梅和他的世界》，第 46 页。

③ 据张柳《词学大家唐圭璋先生的南京情缘》（网文，2012 年 1 月 4 日访问）与谢永芳《杨铁夫词学活动考论——以梦窗词研究为中心》（《中国韵文学刊》2009 年第 3 期）等综述。

12. 午社

该社民国二十八年（1939）六月由夏敬观等发起于上海①，社中同人有廖恩焘、金兆藩、林鹍翔、林葆恒、冒广生、仇埰、夏敬观、吴庠、吴湖帆、郑昶、夏承焘、龙榆生、吕贞白、何嘉、黄孟超，约定每月一集，每集两人为东道主。自七月起，第一集限调《归国谣》《荷叶杯》，各得十八阕。第二集限调《卜算子》，得五十九阕。第三集限调《绿盖舞风轻》，得十三阕。第四集限调《玉京谣》，得十三阕。第五集限调《霜叶飞》，得十一阕。第六集限调《垂丝钓》，得十二阕。第七集限调《雪梅香》《小梅花》，分别得十一阕和五阕。此七集共得词一百六十阕，翌年编为《午社词》刊行。又以林鹍翔病殁，故后附录"半樱翁挽词"七首。此后午社仍多有集会，而人员亦有变动，胡士莹、陆维钊、陈运彰等陆续加入。② 至1942年4月3日，夏敬观、林葆恒、吴眉孙、吕贞白、夏承焘等集会于林葆恒家，为仇埰、冒广生祝七十寿。其时廖恩焘、仇埰、夏承焘等皆将离沪，此殆为最后一集。《天风阁学词日记》。

13. 梦碧词社　附天津诗词社、梦碧后社

该社民国三十二年（1943）由寇泰逢（梦碧）创立于天津。寇氏1939年尝参加林修竹组织之玉澜词社，至此自创门庭，始名癸未文社，内分诗词、诗钟、谜语诸门，而以词为主。翌年经向迪琮、姚灵犀、周公阜等前辈宣导，社务日益发展，更名为甲申文社，姚灵犀任社长，是年秋再更名为吟秋社。抗战胜利后尝一度中断，1946年夏，寇梦碧邀集旧社社友，并征求新社友于报端，遂有梦碧社。③ 1948年第一阶段活

①　施议对《当代词综前言》称午社创立于1930年，稍晚于沤社。据夏承焘《天风阁学词日记》1939年6月11日可知本日午宴，夏敬观倡为词社。6月30日接林鹍翔函，以申社、午社二名征求意见。7月1日接廖恩焘函，示社课《荷叶杯》《归国谣》各二三首。以上可知午社成立于1939年，施先生所说未知何据。

②　《天风阁学词日记》1940年2月25日："夜，午社在廖忏翁家会宴……金篯翁因脑贫血退社，胡遹春补其缺。" 5月28日："晚在廖忏翁寓午社社集，予与陆微昭作东，到映庵、子有、述庵、眉孙、午昌、宛春、贞白，惟疢翁不到，殆欲出社矣。" 陈运彰则1941年初入社，较晚。

③　杨轶伦：《梦碧词社沿革小记》，载魏新河《词林趣话》，黄山书社2009年版，第300—301页。

动停止。① 其社友有姚灵犀、赵浣蕖、周汝昌、杨寿楠、寇泰逢、冯孝绰、姜毅然等，先后入社者百余人。中华人民共和国成立后，梦碧词社与张伯驹在北京举办之庚寅词社联袂，续有活动②，并结识张牧石、陈机峰，同声相求，多有唱和，奠定日后津门词苑三家之基本格局。③ 二十世纪六七十年代，梦碧陆续收曹长河、王蛰堪等入门。④ 1987 年，天津诗词社成立，梦碧任社长。1989 年，梦碧后社成立。⑤ 自 1943 年至此，寇氏词学活动已近半个世纪，至 1990 年病逝，犹牵挂社务不止，确乎为"春蚕到死丝方尽"，令人感喟不止。⑥ 此为二十世纪活动最久之词社，虽影响不能称大，然二三素心人，荒江野老屋，风雅正脉，薪尽火传，对于百年词史乃至千年词史之功勋劳绩可谓甚巨。

14. 庚寅词社　附咫社

该社 1950 年 8 月由张伯驹创立于北京西郊展春园，成员有章士钊、叶恭绰、夏仁虎、龙榆生、王冷斋、黄孝平、萧劳、黄畬、汪曾武、许季湘、陈宗藩、关赓麟、寇梦碧、周汝昌、孙正刚、溥儒、夏纬明等。其中关赓麟又倡立咫社，大抵以其所主稊园诗社为班底，亦多中央文史馆馆员。旋将诗词合而为一，仍称稊园吟集。夏纬明以为其时北京两词社"张主精，而关主广，（关）有时亦联合稊园社友，并征及外省，多至百余人，然能应课者为数仍不多。曾选印诗词两次，不无滥收之诮"，

---

① 寇梦碧：《霜叶飞·题斜街唤梦图》小序："天津梦碧词社尝宴集于癸未（1943）戊子（1948）之间，三十年来，旧游零落，十二石山堂主人姜毅然先生为绘斜街唤梦图，爰赋此解，依梦窗韵。"寇梦碧：《夕秀词》，黄山书社 2009 年版，第 42 页。

② 阿顿：《看花人去后，寂寞海棠心——纪念张牧石先生》："1950 年 8 月，张伯驹先生在北京主持成立了庚寅词社，与天津的梦碧词社开展了许多雅集活动，自兹持续多年（除去张伯驹在长春的 1961—1971 年十年时间），牡丹花开时，梦碧词社同人受邀赴京赏花，海棠花开时，庚寅词社同人受邀来津观赏。张伯驹有海棠癖，来津最勤，大都住张牧石先生家，白天在李氏园中赏花吟咏，诗人词客酬唱甚多，为一时之盛。"

③ 津门三家见后文，此处仅引陈兆雄《七二钟声整理本跋》曰："六六年文革事起，斯文扫地，时寇梦碧、张牧石两君执教席，陈机峰君业会计，皆布衣蔬食、诗酒自娱而与时无争者也。际此乱世，在劫难逃，批斗检讨，不得宁处。三君者，固风雅士也，丁此艰厄，涸辙犹欢，暇暑觅罅，嘤鸣相响。夏则相携于海河桥畔，寒则相约盘桓于陋室炉边，弃烦器之不顾，撞诗钟以遣怀。"

④ 曹长河入门在 1967 年，王蛰堪入门在 1974 年。分别见其《春蚕到死丝方尽》《传灯琐记》。

⑤ 《夕秀词》有《清平乐·天津诗词社成立》，又有《清平乐·己巳初春梦碧后社成立喜而赋此》《减兰·己巳暮春梦碧后社诸子李园看海棠》二词，该书第 64、69 页。

⑥ 曹长河：《春蚕到死丝方尽》。

可覘其大概。夏氏又曰："辛丑（1961）秋，丛碧（张伯驹）应聘出关。壬寅（1962），颖人（关赓麟）遽归道山。于是坛坫萧条，词客星散"①，则民国词社之最后遗响在是矣。

以上十四个词社应为二十世纪前半期之主要词社，兼有词社性质之综合社团如丽则吟社②、著浔吟社③、希社④、超社⑤、苔岑吟社⑥、坚社⑦等，虽词社而影响不大者如稷园词社⑧、六一消夏词社⑨、玉澜词社⑩、延秋词社⑪、藕波词社⑫等皆未列入。自以上之梳理可得到几点结

---

① 《近五十年北京词人社集之梗概》。又：诸多著述不详关赓麟卒年，仅称其1936年左右尚在世。

② 光宣之际杨葆光等创立于上海，社员有名者如陈栩、奚囊、戚牧、杨了公等，有《丽则吟社诗词杂著》《丽则吟社词选》。杨葆光，字古酝，号苏盦、红豆词人，江苏娄县人，以岁贡生官龙游、新昌知县，学问淹博，兼工书画。著《苏盦文集》《文录》《诗录》《词录》。

③ 光绪三十四年（1908）沈宗畸、金绶熙、陈霞章等创立于北京宣南，有社刊《国学萃编》，沈宗畸任主编。尝刊行《著浔吟社诗词钞》。该吟社一时影响甚巨，丘逢甲亦为社员之一，《岭云海日楼诗钞》中社课不少。

④ 周庆云、高翀1912年创立于上海，至1915年尚有社集。社员大多为上海、苏州、嘉兴等地区诗人与寓沪文人，著名者如刘炳照、姚东木、潘飞声、金大翮、李瑞清等，凡44家。后刊有《希社丛编》六册。

⑤ 1913年樊增祥倡立于上海，为超然吟社之简称，至1915年改名逸社。社员有沈曾植、易实甫、杨钟羲、梁鼎芬、周树谟、李瑞清、陈三立、吴庆坻、郑孝胥、陈曾寿、缪荃孙、沈瑜庆、潘飞声、冯煦、胡思敬等，遗民特质相当突出。同时有周庆云发起之淞滨吟社，性质略同而阵容有别。

⑥ 吴放民国六年（1917）创立于常州。社中人数最多时有六百，广布八九省，持续十余年，至吴氏逝世而后止。社友如钱振锽、谢玉岑等皆有名。吴放，字松盦，号剑门，武进人。曾师事王先谦，屡试不售，官中书，改盐大使。著有《剑门诗集》《衲兰盦词》《十二楼诗》等。

⑦ 1950年冬，廖恩焘与刘景堂于香港共创坚社，每月一会，社友有张权俦、罗忼烈、王韶生、张转换、任汝珩、曾希颖、汤定华、任援道、区少干、王季友等，至1953年冬结束。

⑧ 汪曾武1928年前后创设。

⑨ 潘承谋、邓邦述、吴梅等1929年创于吴县。

⑩ 见梦碧词社之叙述。词社之得名盖因社中人喜林红玉、张翠兰之京韵大鼓，名"玉兰词社"，又因"兰"字近俗，遂改现名。见谢草《四十年代的天津梦碧词社》，《天津文史资料选辑》第七辑，天津人民出版社1980年版，第148页。

⑪ 张伯驹等1941年创立于北京。

⑫ 1943年成立于成都。前一年冬，任教金陵大学的孙望宴请庞石帚、萧中仑、沈祖棻、刘君惠、高石斋、陈孝章等于枕江楼餐馆，散席前沈成《高阳台》一首，中有"断蓬长逐惊烽转，算而今、易遭华年。但伤心，无限斜阳，有限江山"之句，余人和之。此次共写成七首《高阳台》，被称为《枕江楼悲歌》，一时在成都各大学竞相传抄，流播颇广。以枕江楼雅集为契机，上述几位词家组成名为"藕波"之词社。见刘彦邦《记藕波词社的一次作诗会》，《世纪》1999年第4期。

论：（1）南方上海、南京，北方北京、天津为二十世纪前半期词创作之四大坛坫。（2）结社活动中，朱祖谋、夏敬观、周庆云、郭则沄、寇梦碧等数子最为活跃，而诸如廖恩焘、林鹍翔、吴梅、龙榆生、叶恭绰、黄孝纾、夏仁虎等亦多中流砥柱之作用。（3）对词社之整体性把握有助于我们了解二十世纪前半期词坛的基本面貌，可谓串联该数十年词史的一条红线。对此，我们应在钩沉文献、还原面貌的基础上予以更多关注和更深探研。

二十世纪六十年代以后，由于政治文化气候的原因，社集饮馔、无聊吟咏当然更属奢侈，其销声匿迹可不待想象而后得之。八十年代以迄世纪末，随着社会生活全面正常化，以中华诗词学会为代表的新一代社集活动不仅全面回潮，比之数十年前势头且远过之。然而，单纯从数量观察已难得出正确判断。以诗词学会面目出现的社集存在两大致命问题：一是诗词学会带有半官方色彩，抒情言志大多有既定轨道，难以畅所欲言，罕见文人情怀的真实披露；二是经由数十年文化断裂之后，诗词学会中人学殖谫陋贫乏者极多，不必求可上埒古人之佳作，即便基本格式能过关、表情写心稍顺畅者亦不易觏见。故总体而言，诗词学会之社集必然沦为"老干体"之主要据点，在本质上较以上盘点之社集行为已存在巨大差异。故此处从略。

二十一世纪前后，对传统文明予以确认的社会思潮渐踞主流，诗词的民间写作随之焕发勃勃生机，而网络又恰在此际忽焉勃兴，这就为接续古典文明样式提供了新的可能性与全新的平台。故完整考察百年词坛的结社行为，不能够缺少网络时代。网络时代的结社具有传统结社之特点，如雅集、游览等，同时又借助高科技条件，将传统的邮筒互寄等唱和形式挪移为网络信息的交换，唱酬等活动极为便捷。其形式崭新，而按其实质，则与此前的结社没有本质区别。经请教李子、徐晋如等友人，并经整合裁量，我试着列入与词密切相关的几个社团：

1. 留社

2003 年 11 月，莼鲈归客（亦简称"莼客"）、军持等发起人在杭州因诗词为缘结社，后定名为留社，取"留以存脉，文以致道"之意。其《留社丛刊第一期序》云，"久矣哉诗道之寰零也……今文遽兴，如浊浪排空，喧腾沆瀣，为时不过百年而诗道遂衰，犹江河入海，晚景恋岫，挽之无计，留之乌能，而留社因之作焉……曰'留'者，存古雅淳朴之人本，以当纷繁倏忽之世界……汉语音节苟存一日，文言诗词必不能废。诗道所存，又何难哉"①，文化保守主义倾向至为明显。留社正式成立大会于 2004 年 11 月 20 日举行，至 2011 年 6 月，共有社员六十九名，雅集酬唱多次，饶具古风。② 留社中莼客、军持、伯昏子、嘘堂等为网络诗词界之代表人物，青衫客醉、刀把五、燕垒生、天吴、莫大等亦实力不凡，而如王翼奇、刘梦芙、傅国涌等前辈诗人学者亦厕身其列，声势颇壮。留社中人多擅词，军持、青衫客醉、江东散人等尤专力而杰出，是为网络时代最具古典气质的一个社团。

2. 甘棠社

全称甘棠古典研习社，2006 年端午节由徐晋如（胡马）发起成立，并在北京陶然亭举行祭屈活动，引发媒体关注。③ 甘棠社发起时以首都师范大学赵敏俐教授为社长，主要成员有徐晋如、伯昏子、檀作文、李子等，一度与留社呈南北呼应之势。"其内部成员并没有统一的风格和诗歌主张，更多的是以友情维系，和而不同。"④ 主要活动区域在北京地区。2006 年编纂印行《甘棠初集》，收录徐晋如（胡马）、高松（殊同）、陈骥（披云）、眭谦（伯昏子）、曾少立（李子梨子栗子）、檀作文（周穆）诗词共 270 首⑤，即世所谓"甘棠六子"。徐晋如《甘棠初集序》大倡"诗教"之旨，"惟自暴秦隳宗周，四始之心，渐成坠绪，每思及此，良以喟叹。近世士风凌替，古近体诗乃竟不乏作者，两戒以内，会社林立，惟多率尔操觚，浅近鄙野，不然则荡诗游词，矜为才人。欲求贤士大夫之心，乌可得乎……呜呼！红羊劫后，圣门诗教几成广陵绝响，任重道远，凡吾甘棠社人，不可以不弘毅也"，感喟邃深，目光宏远，较留社之保守主义倾向尤觉浓烈。目前甘棠社因人员走散及其它原因，活动渐少。然李子、徐晋如、檀作文之词数量颇丰，且也别开境界。

---

① 网文《留社丛刊第一期序》。
② 《留社简介》，留社网站首页。其雅集酬唱仅据网站主页所载即有三十七次。
③ 《新京报》以三个整版的篇幅报道甘棠社此次活动。
④ 李子语。
⑤ 自印本，王翼奇题签。

3. 菊斋诗社

2002 年成立，是一个完全的网上虚拟诗社，以菊斋网站为活动据点。社长为秋水轩主，副社长为人淡如菊、孟依依、诗与刀、飘然、落花风雨。其《章程》所规定之活动方式为：每月由诗社出一题，同题、同韵、同体裁（诗或词牌）。每月一题结束后附点评、注解，汇总成《菊斋诗刊》发表，邮至会员信箱，同时将会刊向外宣传。① 截至 2010 年 10 月，注册社员已逾四百，充分显示出网络传媒之便捷。菊斋最活跃之成员如孟依依、任淡如、秦月明等皆富于闺阁色彩，而亦不乏批判现实和具有思想深度的作品。同时，网络诗词界多位重量级人物，如嘘堂、胡僧、碰壁斋主、添雪斋、军持、沙子石子、莼客等亦把菊斋作为自己的重要发布平台。其中名词人多，佳作亦夥。

4. 居庸诗社

2005 年 11 月由赵京战、吴金水、王冰、王燕、张伯元、张力夫、孙书玉等发起，即所谓"居庸七子"，后王蛰堪、熊盛元、青凤（李静凤）等亦入社。截至 2011 年 9 月，计得社员 17 人。② 居庸社员年龄相对较长，如赵京战、熊盛元、王蛰堪等皆生于四十年代，亦多五十年代者。其中赵京战任中华诗词学会副会长，张力夫曾任《中华诗词》编辑，显示出网络诗词与主流阵营之互渗趋势，"但总体来说，还是反对体制内'歌德派'的，可以认为是网下诗词山林派的代表"③。居庸诗社中，王蛰堪专力为词，乃当今词坛重镇之一，熊盛元以诗为主，词亦不同凡响，而张力夫、赵京战等亦颇有所作，时见佳篇。

5. 持社

2010 年 11 月王翼奇、杨启宇、熊盛元、刘梦芙、段晓华、龚鹏程六人发起创立于四川乐山，18 日登峨眉金顶，宣告成立。持社取诗"持"人情性之义而命名，以"戒虚声，绝伪学""诗起百年之衰，功在千秋之后"为宗旨。陈永正为顾问，杨启宇、段晓华为正、副社长，熊盛元、刘梦芙为正、副主编。首批社员为陈永正、王翼奇、滕伟明、

---

① 见《菊斋诗社章程》，后来似未坚持下去。
② 此数字为当时正式在社者，不含曾加入后退出如熊盛元等。
③ 李子评语。

王邦建、蔡淑萍、杨启宇、王玉祥、熊盛元、王蛰堪、刘梦芙、陈仁德、段晓华、王燕、龚鹏程、吴金水、汪茂荣、魏新河、景蜀慧、张青云、潘乐乐、陈伟21人。[①] 持社成立时间甚短，而阵容极强，其中名词人甚多，值得特别关注。

对以上数十个词社详略不等的梳理足以令我们意识到这样一个横截面对于20世纪词史研究的重要价值与意义：它不仅构成了探察百年词史的一条主导性线索，同时也对群体地域流派研究、词人生平及心态研究、词艺词风成因研究，乃至词文献研究等方面均具有不可忽视的作用。学界之有心者当于此窥入。

六　百年词文献概说[②]

文献是理论建构之基石，作为起步晚、起点低、学界投入精力少、尚处于萌芽状态的二十世纪诗词研究来说，文献的整合尤其具有特殊的难度。

首先，由于时间较少淘洗和传媒手段现代化的原因，造成相关文献数量极大而且面貌庞杂。目前，我们对二十世纪诗词文献还没有一个基本的把握。有多少诗词家？作品总量多少？修订情况若何？评论资料怎样？似乎没人能给出一个哪怕比较模糊的数字。1998年，江苏教育出版社出版王晋光等编著的《1919—1949旧体诗文集叙录》，收入该三十年间出版的旧体诗文别集、总集计322种。该书系目前唯一有关该领域的目录提要之著，筚路蓝缕，意义重大。尤其提要部分包含创作背景、总体风格、作品品评等内容，颇切实用。惜仅录三百余种，还是过少。仅翻看《南社丛刻》《民国诗话丛编》《当代词综》及《青鹤》《同声月刊》《小说月报》等书刊，即可知民国诗词家实已远过此数。倘再加上当代，则"汗牛充栋"恐非虚言。对二十世纪旧体诗词进行一个可靠的、全面的编目应是当务之急。有了编目，即可以准确的数据澄清现

---

① 《持社成立启》，"中华诗词论坛"网页。
② 本节文字作于2012年初，所谈文献情况亦以当时经眼者为准，其后相关文献续有增添变化，可参见本书所附参考文献，正文仅于网络文献部分略作改动，未大修订。

代文学史的某些误解，如"新诗早已在现代诗坛一统天下"之类，其文献意义和理论意义都将同样重要。

其次，在文献数量巨大、头绪纷乱的情况下，还存在着诸多作品搜集不易的难题。由于二十世纪诗词的边缘化地位及其他原因，很多诗词家将作品束之高阁，秘不示人，仅以油印本、稿抄本、日记等形式保存，多不见于公共图书馆之庋藏。即或有机会梓行，也出于诸多考虑，将干犯时忌或情调"颓废"之类真实心音芟替一空。① 如不能尽量占有资料，仅凭公开版行的作品是难以觅见某些作家之真精神的。这就要求我们一家一家、踏踏实实做文献，做好一家，就可能从根本上改变一家的研究面貌。近年《南社丛书》中的有关别集整理，如郭长海、殷安如等编校的柳亚子、高旭、陈去病作品集，以及上海古籍出版社陆续推出的"近代文学丛书"、黄山书社新近推出的"二十世纪诗词名家别集丛书""当代诗词家别集丛书"均可称这方面的典范。

回到词的界域，我们不得不在进入百年词史叙述之前对文献进行一点粗略的分类叙说。

总集类。首先，总集部分应首推施议对的《当代词综》（以下简称"施选"）。早在1976年，施议对即已萌生了编选一部《当代词综》的想法，"拟将清季四大词人之后名家代表作汇为一编，以补词史之阙，并作为当代人读词、品词、填词的参考书"②。在夏承焘、吴世昌、黄寿祺等先生的支持下，1983年春，该书正式向海内外词坛名家征稿。1988年，全书竣事，共选作者300余家，作品3000余首。是编采择广博，拣选精当，足可称保存一代词苑文献的皇皇巨帙。尤其值得注意，施氏所撰长达三万字之前言对百年词史做了非常本色而高明的描述与归纳。无论是词史的分期、流派、词人代际、词坛大家的界定等根本问题，还是词体继续存在并发展的原因、词业现状及发展前景等理论问题，在此《前言》中均得到相当程度的解决。③ 遗憾的是，该书竣工后

---

① 如聂绀弩《赠周婆》（二首其一）中有句出版时被抽掉，郭隽杰有按语云："绀弩极为恼火，曾对我说：'自认为这是我最好的诗，这样的诗抽走，还出我的诗集做什么？'"《聂绀弩诗全编》，学林出版社1999年版，第90页。

② 《当代词综后记》，海峡文艺出版社2002年版。

③ 参看本书《前言》，该文又以《百年词通论》为题发表于《文学评论》1989年第5期。

搁置十余年，直至 2002 年才由海峡文艺出版社付梓问世，否则当对 20 世纪词史研究起到更大的推进作用，甚至从根本上改变其走向。

其次，应提到刘梦芙主编《二十世纪中华词选》（以下简称"刘选"）。① 刘梦芙自八十年代有志于此，历经二十余年，通读 2000 多家词作，最终拣选词人 838 家，词作 7034 首，凡 160 余万字，较之施选篇幅多一倍以上。编者系著名词人，家学渊源，交游广阔，采择亦允称精当，当可与施选合并而观百年词之概貌。其值得一说者，本书第十八卷至二十卷为女性词人卷，以近 300 页、1000 首以上篇幅集中凸现二十世纪女词人之特异光彩，足可为续写《女性词史》提纲挈领。② 此一安排看似走古人选政之老路，其实蕴含着编者的特殊学术眼光。另外，本书最后一卷为"网上词坛"，共选录网络时代词人 30 家，词 205 首，虽分布未尽均衡合理，可也是网络词界在"二十世纪词史"大背景下的首次群体性亮相，"惊艳感"十足，编者之视域胸襟于斯可觇。

再次，作为中华诗词（BVI）研究院项目丛书之一、由王蛰堪担纲主编的《二十世纪诗词文献汇编·词部第一辑》亦是弥足珍贵的一部词总集（以下简称《汇编》）。③ 该辑专选 1940 年以后出生之作者，最年轻作者为 1989 年出生，计选入 240 家，3783 首词作。不仅数量可观，选目方面亦可作施、刘两家选本的重要补充。盖施选成书较早，时间下限断自四十年代初生人，此后不收。④《汇编》或有感于此，遂成"补编"形态。如施议对词刘选仅载 3 首，《汇编》载 58 首；陈永正词施选无，刘选 50 首，已经不少，而《汇编》高达 97 首；曹长河词刘选 30 首，《汇编》亦高达 93 首。类此者尚有很多，不一一赘说。

此三种严格意义上的"二十世纪词总集"之外还需提到先师严迪昌先生的《近代词钞》。⑤ 作为最早公诸学界的相关词总集，这部选本对于二十世纪词史研究具有特殊意义，本课题之衍生即很大程度上得益于先师此书之发蒙。《近代词钞》全文凡 150 万字，共收词人 201 家，录

---

① 黄山书社 2008 年版。
② 邓红梅：《女性词史》，山东教育出版社 2000 年版。
③ 巴蜀书社 2009 年版。
④《施选》中 20 世纪 40 年代生人仅陈明远、怀霜两家，为全书殿末。
⑤ 江苏古籍出版社 1996 年版。

词 5500 余首，诚为近代词研究资料之大观，其中自刘炳照以下三十余词人皆可阑入近百年词史之研究范围。学界每视此书为选本文献之著，实则本书前有两万余字之《近代词史札论》，正文中于二百词人各系一小传，极是精详，因而阐明了近代词史分期及词坛风会流衍、词人生平行迹、词学主张、词史地位等诸多问题，不啻为一部别具心裁的《近代词史》。此外，1995 年黄山书社出版的迪昌师《近现代词纪事会评》采撷故实颇繁富，间作考辨，多存精义，亦为近现代词学研究提供了可靠的资料。依刊布时间计算，这两部书是学界首次对近现代词业资料的系统搜集整理，不仅具开拓之功，相关论述点评亦多予人启益，其理论价值应得到学界的重新审视。①

即以上述四种词总集综而观之，我们可把握的二十世纪词家当不少于 1000 人，词总量当不少于 10000 首。这当然距离完整数字还有莫大差距，然而已经为我们开展推进近百年词史研究奠定了厚实的基础。更值得注意的是，以上四种总集的编者或为学人，或为词人，或兼而一之，其所操选政大抵手眼不凡，足可信赖地勾勒出近百年词史的基本轮廓。

其余词总集之颇见功力者还可举出《历代蜀词全辑》《历代蜀词全辑续编》②《当代八百家诗词选》《二十世纪名家诗词钞》《海岳风华集》③《东瓯词征》④ 等。

别集类。如前文所说，二十世纪诗词文献的整理存在诸多困难，这就造成创作总量颇大，而能寓目并资为研究者过少的悖反局面。以"晚清四大家"为例，这算是近年来很受学界青睐的热点了，然而论者凿凿而谈，绝大多数所依据不过是《半塘定稿》《樵风乐府》《彊村语业》《蕙风词》，而很少注意到此四部定稿固属菁萃，却只是其实际创作量的一部分（除彊村外，另三家都只是一少部分）。更何况，四家词刻本、稿本均多，词作改动频繁，如无辑佚、校勘工作，则很难认定四大

---

① 朱惠国《民国词研究的回顾与展望》对此做出充分肯定，《清华大学学报》2010 年第 6 期。

② 李谊辑校，重庆出版社 1992 年、1994 年版。

③ 此三种皆为毛谷风选编，分别为浙江大学出版社 1990 年版、华东师范大学出版社 1993 年版、浙江文艺出版社 1998 年版。最后一种与熊盛元合编。

④ 薛钟斗编辑、余振棠校补，上海社会科学院出版社 2004 年版。

词人的真面目。2008 年，笔者受上海古籍出版社"近代文学丛书"之委托，与合作者共同从事四大家词集的整理工作①，在此过程中时时对文献之基石作用生出诸多感性体认。如大鹤山人《庆春宫·同羁夜集，秋晚叙意》一首，国家图书馆藏《苕雅》稿本作：

> 霜月流阶，芜烟衔苑，戍笳愁度严城。残雁关山，寒蛩庭户，断肠今夜同听。绕阑危步，万叶战、风涛暗惊。悲秋身世，翻羡垂杨，犹解先零。　　行歌去国心情。宝剑凄凉，泪烛纵横。临老中原，惊尘满目，朔风都作边声。梦沉云海，奈寂寞、鱼龙未醒。伤心词客，如此江南，哀断无名。

以此为底本，参校诸本，并尽量校出改动印迹，于是得以下长达八百字之校记：

> 【校记】"暗惊"，《樵风乐府》作"自惊"。"悲秋"三句，底本原作"独怜衰柳，偏为秋悲，悔不先零"。"惊尘"，底本原作"京尘"。
>
> 【又校】《苕华诗余》："衔苑"原作"迷浦"。"戍笳"句原作"卧愁孤枕严城"，改作"卧愁孤坐严更"，定作"暗催钟鼓严更"。"断肠"句原作"可怜秋到无声"，改作"过秋犹恨难平"，改作"断肠还为秋鸣"，定作"为谁秋尽还鸣"。"万叶"句作"乱风叶、波涛自惊"。"悲秋"三句原作"百年衰鬓，一夜回肠，镜里分明"，改作"从今白发，休为愁多，镜里重生"，又改定作"黄花开了，可待人间，秋鬓重青"。"行歌"句原作"悲歌旧客狂情"。"临老"三句原作"故国天荒，数峰未了，肯留老眼余青"，改作"临老中原，惊尘望断，朔风都作边声"。"伤心"三句原作"伤心前事，词客江南，一例飘零"，改作"伤心词客，悲秋江南，歌苦无名"，又改作"伤心词客，哀到江南，无泪堪倾"。
>
> 【又校】《苕华诗余》又一阕：题作"秋尽日同羁夜集，秋晚

---

① 该书因故尚未出版。

叙意"。"戍笳"句作"黯催清吹严城"。"关山"作"关河"。"万叶"句作"乱红起、无风自惊"。"悲秋"三句作"匆匆年事,翻羡垂杨,先及秋零"。

【又校】南图稿本本篇有三版本,逐录于下,不一一出校。其一词题作"冬绪羁怀","羁怀"又作"孤怀"。词曰:"霜月流阶,烟芜连苑,草堂岁晚余清。残雁来稀,寒蜩吟断,但闻风叶窗鸣。夜帘灯飐,乱愁泻、空山雨声。伤心年事,多少繁华,看到飘零。　　年光犹忆堪惊。雨雪重逢,衰鬓星星。金狄摩挲,铜驼歌舞,旧游还是承平。过江如梦,奈寂寞、鱼龙未醒。半生怊怅,都到尊前,一醉无名。"其二曰:"霜宿庭芜,烟荒门柳,岁寒揽景余清。南雪鸿稀,西堂蛩断,卧愁还枕秋声。夜窗灯晕,镇摇落、江山旧情。伤心年事,何限繁华,不抵飘零。　　春光几日逢迎。青眼云骄,红泪花盈。谁信萧条,哀时词赋,过江空老兰成。"(其下缺)其三与前"冬绪羁吟"一篇略同,不赘。

没有此类文献整理工作,我们的研究势必谈不上深度,更谈不上探骊得珠、顾见全人、"理解之同情"等鹄的。赘说以上老生常谈之"闲话",无非为提醒百年词史文献中确存在巨大空白,此应为学界下一步投入精力的最重点区域之一。当然,在此前提下,学界已经贡献出了诸多优异成绩,有心搜集,亦颇可观。

首先值得一说者乃中华诗词研究院主持、黄山书社出版的《二十世纪诗词名家别集丛书》。自 2009 年以来,已出钱仲联《梦苕庵诗文集》、寇梦碧《夕秀词》、沈轶刘《繁霜榭诗词集》、张珍怀《飞霞山民诗词》、周学藩《周弃子先生集》、陶世杰《复丁烬余录》、潘受《海外楼诗》、陈小翠《翠楼吟草》、高二适《高二适诗存》、李瑞清《清道人遗集》、陈寂《枕秋阁诗文集》11 种,即出者尚有徐澄宇、陈家庆《澄碧草堂集》,陈世宜《陈匪石先生遗稿》,罗尚《戒庵诗存》,唐玉虬《唐玉虬诗集》,胡先骕《胡先骕诗文集》5 种。此一丛书编校精审,刘梦芙先生与力尤多,是为此类文献之最优者。与此并袂者为《当代诗词家别集丛书》,已出刘世南《大螺居诗文存》、王蛰堪《半梦庐词》、刘梦芙《啸云楼诗词》、魏新河《秋扇词》、添雪斋《添雪韵痕》5 种,即出者有周退密《周退密诗文集》、碰壁斋主《安归集》、张青云《弘毅山房诗钞》、王震宇《独笑楼诗存》、嘘堂《嘘堂集》5 种。此数十种别集构成了二十世纪诗词一次别具力度的展示。

早在此两套丛书出版前五年，黄君主编、北京图书馆出版社曾推出《当代名家诗词集》，第一辑有赵朴初《无尽意斋诗词选》、钱仲联《梦苕庵诗词》、李锐《龙胆紫集》、饶宗颐《固庵诗词选》、霍松林《唐音阁诗词选集》、刘征《风花怒影集》、沈鹏《三余诗词选》、杨金亭《虎坊居诗草》、周笃文《影珠书屋吟稿》等，大多出自作者手订，亦极可珍贵。2006 年始，黄君主编《中青年名家诗词集》多种，胡秋萍、梁鉴江、叶鹏飞、陈云君、岑路、林峰、王功权、陈永正等皆在其列，当视为《当代名家诗词集》之续编。

近年南社文献之整理亦取得极可喜之成绩，有关词者比重不小，不得不特别提出。除相关总集如影印之《南社丛刻》《南社词集》外，南社人物的著述中，有三位发起人的《陈去病诗文集》《高旭集》《柳亚子文集补编》以及南社后期主任姚石子的《姚光集》（后汇补为《姚光全集》），有《姚鹓雏剩墨》、《高燮集》、刘季平《黄叶楼遗稿》、林学衡《丽白楼遗集》、《吴江沈氏长、次二公剩稿》和《徐蕴华、林寒碧合集》等十余家别集。自 2009 年以来，又由各出版社陆续推出《刘三遗稿》《姚鹓雏文集·诗词卷》《南社张素诗文集》《林北丽诗文集》等别集①，虽比之南社著述总量差距尚大，已令人颇感满意。

此外，上海古籍出版社"近代文学丛书"中可得陈宝琛《听水斋词》、金天翮《红鹤词》、杨圻《江山万里楼词钞》、陈曾寿《旧月簃词》、樊增祥词等数种，江西人民出版社"义宁陈氏文献史料丛书"中可得陈衡恪、陈方恪两家词，"湖湘文库"中可得易顺鼎、程颂万、章士钊、宁调元、傅尃等多种。至于单行者如吴昌硕、吴梅、卢前、张伯驹、吴湖帆、刘永济、夏承焘、唐圭璋、沈祖棻、毛泽东、张大千、启功等实难尽述。

还需提到近年一些优秀的词集笺注本。笺注近今人作品，难度最大。一来罕有依傍，二来阐释今典，动辄掣肘。故所费工夫，往往为笺

---

① 均见南社研究网，不一一注明版本情况。

注古人集之数倍。然而没有一批精善的笺注本出现，则作家作品研究势必沦入无根游谈。近年来白敦仁笺注之《彊村语业》①，陈永正、祖保泉、陈鸿祥、叶嘉莹、安易诸家笺注解说之王国维词②，李保民笺注之吕碧城词③，刘斯翰笺注之陈洵词④等均功力湛深、慧心独具，为未来二十世纪词集的整理笺注树立了很好的楷范。

报刊文献与网络文献。杨义《中国新文学与现代中国精神谱系》云："现代文学与古典文学的根本区别，在于他拥有报刊……报刊的出现，改变了文学的存在形态和生命形态，因而对于现代文学而言，具有发生学和本体论的价值。""'报刊意识'应该成为现代文学史写作的基本意识。"⑤ 其实不独新文学为然，进行"旧体"诗词研究同样需要借助报刊之特具的文献价值，进而生成理论价值。

对此学界已经有所关注并展开了初步但是有效的研究。如朱惠国教授指导、周银婷撰写的硕士论文《民国报刊与词学传播》即对民国时期有关词学的 400 余份报刊进行了比较详尽的研究。其正文第二章第一节中对有关报刊情况绘制表格汇总说明，再结合附录的《民国主要词人与刊登作品一览表》与《待考报刊目录》，则民国时期报刊与词学的关系已大概摸清了家底。据《民国主要词人与刊登作品一览表》统计，103 位词人共在报刊上发表词集 24 种，单篇词作 2900 余首。尽管其中刊布于《南社丛刻》的南社词人词作占据一定比例，亦有极少数词人属清代⑥，这一数字和现象本身也足以证明，在二十世纪，作为新的传播样式的报刊完全应当作为一种极其重要的词学文献资源来对待，在辑佚、校勘等方面具有不可替代的价值。

仍以笔者校点的《大鹤词集》举一例：《瘦碧词》卷一《齐天乐·

---

① 巴蜀书社 2002 年版。

② 陈永正书为《王国维诗词笺注》，上海古籍出版社 2011 年版。祖保泉书为《王国维词解说》，安徽教育出版社 2006 年版。陈鸿祥书为《人间词话人间词注评》，江苏古籍出版社 2002 年版。叶嘉莹、安易书为《王国维词新释辑评》，中国书店 2006 年版。

③ 上海古籍出版社 2001 年版。

④ 上海古籍出版社 2002 年版。

⑤ 《文艺争鸣》2008 年第 3 期。

⑥ 如赵我佩，虽生卒年不详，据其词集刊刻年代与其他文献综合判断，应属严格意义上的清代词人。

登虞山兴福寺楼，时癸未始秋》一首即据《国粹学报》二十期校勘五条。[①]《满江红·再泛南荡，晚花向残，以南吕宫旧谱歌之》则据《小说新报》第一年第七期（1915 年）校勘三条[②]，《台城路·见池上南枝有感》一首中"闭雨闲门"一句，"门"字原缺，故尝疑为"闲雨闲云"，仍据《小说新报》补"门"字，始释疑窦。至于辑佚，则可据《同声月刊》第一卷第五、六、七号揭载的《大鹤山房未刊词》补数十首之多。下延至当代词人词作，则《诗刊》《词学》《诗潮》《中华诗词》《当代诗词》《诗词报》《东坡赤壁诗词》等报刊乃是相当有力的资源库存。这为常识，不必赘说。

重视报刊文献的同时还需重视新起的网络文献。网络文献庞杂多端，质量参差，故常被排斥于学术规范之外，然而在实际学术工作中，我们也已能够渐渐认同网络文献本质上与其他文献形式并无差异。它不仅有补充其他文献形式的作用，有时候还相当重要。只要详加审辨，谨慎利用，它是并不与严谨的学术规范相冲突，也不应遭到排斥的。就我个人从事近百年词研究工作过程而言，得力网络文献之处实已不少。如校点彊村、大鹤两家词时，即曾据网络刊布之两家手书得校记数条，并补大鹤词《临江仙·樵风园索居……》一首。再如寻觅别集信息时，得见陈梦渠博客"折梅斋"，其上专列"近百年词"一栏。截至 2012 年初，共刊布 52 家词集。其中尚有未完者，然如刘景堂《沧海楼词》、徐震堮《梦松风阁词稿》、马祖熙《缉庵词稿》、邓潜《牟珠词》、王易《藕孔微尘词》、何琳仪《残贝词钞》、谢觐虞《白菡萏香室词》、胡小石《愿夏庐词钞》、陆维钊《庄徽室词髓》、朱生豪《芳草词撷》、缪钟《君山遗稿词》、雷履平《雷履平剩稿》、莫仲予《留花盦词》、徐续《对庐词》、林士模《沧浪室遗词》、严既澄《驻梦词》、周无《桂影疑月词》、邵祖平《培风楼诗余》、梅际郇《念石斋词》、徐树铮《碧梦盦词》、崔浩江《抹云楼词》等皆为可贵罕见之文献。

---

① "登临地"，《国粹学报》作"登临处"。"水国"，《国粹学报》作"江国"。"望转"句，《国粹学报》作"莫问虞丘言里"。"画阑"句，《国粹学报》作"看残朱断碧"。"清异"，《国粹学报》作"凄异"。
② "歌钿"，《小说新报》作"翠钿"。"袜罗"，《小说新报》作"袜飞"。"乱点"，《小说新报》作"绿点"。

署名"云狂月傲"者在西陆网的个人空间尤其值得注意。截至2012 年 8 月,所发帖已多达一百九十六,词家数逾一百,皆为二十世纪词文献,难能觅见者居大半,而当代词人词集尤多,较陈梦渠"折梅斋"更加丰富。入选词人稍杂,然从保存文献角度亦极可称道。另如署名"枫橘亭"者在 360 图书馆发布大量个人录入之词集,特便迻录使用。由于录入者皆甚有学养,态度严敬,大多校对精审,可靠程度比之传统样式之文献并无逊色。作为研究者,我们当然应引起重视、善加利用并表示由衷感谢。

应该说,以上蜻蜓点水般的梳理比照百年词的实际存量不过九牛而一毛,此处仅对经眼文献匆忙一叙,意在警醒而已。文献是最基础的工作,也是似易实难、"高投入低产出"的工作,在现行科研评估体系中备遭冷遇。这些因素都导致甘愿板凳坐冷的学者渐行渐稀,从而给 20世纪诗词研究带来严重的迟滞效应。①徐晋如尝慨乎言之:"在(文献)工作尚未取得阶段性的进展之前,任何通论性质的、文学史性质的专著、论文都是靠不住的"②,从强调文献重要性的角度来说,此语不啻一记棒喝,值得我们警戒。

当然,着眼于积极方面,我也觉得,二十世纪诗词目今具有的文献已经足够我们画出一些基本坐标,描述一个基本的史程轨迹,或许不是全部,或许有时偏颇。但这项工作做比不做好,早做比晚做好,何况我们还可以增删校正,逐渐靠近真实。文献工作诚然需要"阶段性进展",但如果一味等待文献而迟迟不能进入"通论性质的、文学史性质的"宏观描述的话,对二十世纪诗词研究亦未必有益。边做文献、边做理论归纳亦是学术正道,不能简单化地否认。③

以上笔者分六个专题对近百年词坛进行了基本勾勒。虽尚多可说者,然作为绪论文字,已嫌芜杂冗长,不如就此收束,且走入百年词史"山阴道上,山川自相映发,使人应接不暇"的奇丽景观中去。

---

① 以上数语指十年前情况而言,现今则文献较受重视,甚而超过理论著述矣。
② 《现代旧体诗词研究的几个问题》,《中山大学学报》2007 年第 1 期。
③ 参见拙作《二十世纪旧体诗词研究的回望与前瞻》。

第一编

古典词史的"花间晚照"：清民之际
（1900—1920）词坛研究

52　第一编　古典词史的"花间晚照"：清民之际（1900—1920）词坛研究

本书第一编叙述晚清至民国初期词的发展状况。之所以将下限定在1920 年，乃是因为本年 3 月北京政府教育部颁布白话为"国语"并通令国民学校采用这一件大事的发生。此前之三年，胡适在《新青年》发表《文学改良刍议》为标志，一直不能登大雅之堂的白话文终于向汉语言的主要书面系统文言文发动总攻。时势转毂，人心思变，仅仅数年，数千年雄踞至尊地位的文言文系统奇迹般地一触即溃。我以为，这一事件的文化史意义或不亚于五四运动：作为一个符号，它既象征着边缘化地位的白话文的完胜，也象征着以文言为主要载体的古典时代的崩溃与坍塌。那么，此前的各种古典文类创作就不可避免地成了灿熳花间的最后一抹斜阳。"文学史固然亦属历史之畴，可是文学发展的史程与以社会性质演变为指认的历史行程并非是相互可能取代或借假，两者有时很不同步"①，以此为分水岭进行切割，似较辛亥革命、五四运动等政治事件的标尺更具合理性。

然而，我们也不能截然割断历史轨迹来单纯谈论文学史过程，更何况冥冥中若有巧合，正是作为二十世纪开端的清光绪二十六年庚子，公元 1900 年，正式拉开了"三千年未有之大变局"（李鸿章语）的帷幕。这一年，饱受列强欺侮的清廷作出了比接受屈辱更愚蠢的决定：他们竟认定义和团刀枪不入的神话并非荒谬，并以此为扶清灭洋的良药，于是同日向多个强国宣战。② 结果是，都城北京在 40 余年后第二次遭到异国铁蹄的残酷践踏，慈禧与光绪帝"蒙尘""西狩"，辇下繁华，竟成一梦。"有闭门自焚者，有全家身殉者，有被逐无处投缳自尽者，有被污羞忿捐生者。各街巷哭嚎之声，遍处皆同。以京师合城而论，前三门外受灾稍轻，城内及北城受难尤重。死尸遍地，腐烂熏蒸，惨难寓目"③，"坊市萧条，狐狸昼出，向之摩肩击毂者，如行墟墓间矣"④。义和团运

---

　① 严迪昌：《近代词史札论》，《近代词钞》代前言，江苏古籍出版社 1996 年版，第 2 页。

　② 慈禧发布的宣战诏书颇为离奇，其中既未指明向哪一个或几个国家宣战，也没有以任何形式送交任何外国政府。宣战八天后，又谕军机大臣等电寄各国出使大臣，向各国外交部说明："且中国即不自量，亦何至与各国同时开衅，并何至恃乱民以与各国开衅，此意当为各国所深谅。"见金冲及《二十世纪中国史纲》，社会科学文献出版社 2009 年版，第 29 页。

　③ 中国社会科学院近代史研究所编：《庚子纪事》，中华书局 1978 年版，第 34 页。

　④ 李希圣：《庚子国变记》，载中国史学会编《义和团》（一），上海人民出版社 1957 年版，第 24 页。

第一编 古典词史的"花间晚照"：清民之际（1900—1920）词坛研究 **53**

动究竟应如何评价至今也还在激辩之中①，其实倘若拂去"农民起义历史前进动力"论的灰尘，能平心看待的话，则义和团之"怪力乱神"以一种诡论性的方式自异端走向正统，实已开启"亡天下"之端倪。②最简单的办法莫过于做一个反向思考，倘若义和团主宰天下沉浮，中国之前途命运将自此昌明或愈加沉沦？答案如果清晰可见，则很多问题即可不争自明。

历史是不能假设的，二十世纪就在这弥漫的血腥气中打开了自己的大门。我们姑且列举二十世纪前十年之关键史事：

> 一九○一年初，西太后在西安下诏宣布变法，命臣工参酌中西政治，各抒所见。二月，应外交团要求"惩凶"，多位重臣自尽、正法、监禁、革职。下罪己诏，中有"量中华之物力，结与国之欢心"名句。四月，下兴学诏，各省府州县设各级学堂，并多设蒙养学堂。九月，与十一国公使签订《议和条约》（即《辛丑条约》）十二条，中国赔款白银四亿五千万两，加利息则至于九亿以上。十一月，李鸿章卒，年七十九岁。临终荐袁世凯任直隶总督，以为"宇内人才，无出其右"。

> 一九○二年初，西太后、光绪帝返京回宫。京师大学堂正式恢复，京师同文馆并入京师大学堂。二月，准满汉通婚，并劝除女子缠足陋习。

> 一九○三年七月，经济特科保荐人员于保和殿考试，录取一等九名，二等十八名。同月，《苏报》及爱国学社被查封，史称"苏报案"。八月，孙文在东京青山设立革命军事学校，入学誓词即"驱除鞑虏，恢复中华，创立民国，平均地权"。

> 一九○四年二月，日俄战争爆发，中国宣布严守"局外中立"。同月，华兴会在长沙成立，黄兴任会长。六月，特赦戊戌党籍，除康梁外均宽免。十一月，光复会于上海成立，蔡元培任会长，以

---

① 可参看袁伟时《现代化与历史教科书》（《中国青年报·冰点》第 594 期特稿）与王毅《论义和团精神与中国现代化进程逆动关系》（《开放时代》2003 年第 9 期）等。

② 可参看罗志田《异端的正统化：庚子义和团事件中表现出的历史转折》，载《裂变中的传承》，中华书局 2003 年版。

"光复汉族，还我山河，以身许国，功成身退"为宗旨，以暗杀和暴动为革命手段。

一九〇五年四月，允修律大臣伍廷芳、沈家本之请，删除刑法中凌迟、枭首、戮尸等项。七月，派载泽、徐世昌、端方等五大臣出洋考察君主立宪制之实行程序。八月，中国同盟会于日本东京成立，选举孙文为总理。九月，诏准袁世凯之请，自明年丙午科始，所有乡会试岁考一律停止。科举制至此废除，为"数千年中大举动"①。国学保存会在上海成立，会员有邓实、刘师培、章炳麟、黄节、陈去病、罗振玉、王国维、王闿运、孙诒让、柳亚子、马叙伦、马其昶、郑孝胥、张謇、廖平等，后多成国学宗师。《国粹学报》创刊，邓实、黄节任主编。

一九〇六年二月，学部奉谕公布，以忠君、尊孔、尚公、尚武、尚实五端为全国教育宗旨。七月，学部设立图书编译局。商部、巡警部、学部会订《大清印刷物专律》。八月，学部定女学教育章程。同月，载泽归国陈述立宪，请先除满汉界限。九月，诏颁预备仿行宪政，宣布"大权总于朝廷，庶政公诸舆论"。十月，学部定外人在内地设立学堂，毋庸立案。同月，京师巡警总厅奉命订立《报章应守规则》，禁止报刊议论宫廷朝政。

一九〇七年初，张之洞逮捕刘静庵等，武汉日知会遭破坏。七月，秋瑾在绍兴轩亭口就义，年三十三。八月，下诏谓满汉平等，用人行政不分畛域。邮传部设立铁路总局。学部严申学堂禁令，不准学生干预国家政治、联名聚会演说等，并严禁各省绅商士庶干预政事。

一九〇八年三至四月，同盟会接连发动钦州起义、河口起义。五月，劳乃宣向慈禧建议推广汉语拼音字母，并于八月进呈《简字谱录》。六月，美国通过庚子赔款部分退还中国案。七月，全国开始设立女子师范学堂。八月，学部奏准，自明年开办分科大学。十一月，光绪帝与那拉氏先后病逝，仅一日之差。十九日，光复会发

---

① 严复语，详见罗志田《数千年中大举动：废科举百年反思》，载《变动时代的文化履迹》，复旦大学出版社2010年版。

第一编 古典词史的"花间晚照":清民之际（1900—1920）词坛研究 **55**

动安庆起义。十二月，溥仪即位，定明年为宣统元年。

一九○九年初，清廷命袁世凯"回籍养病"，由皇族掌握兵权。五月，学部奏准变通中小学课程。十月，十六省咨议局陆续成立。

一九一○年初，各省咨议局呈递请愿书，请速开国会，清廷不允。三月，汪精卫、黄复生等谋炸摄政王载沣，事泄被捕。四月，长沙饥民暴动，哄抢米店，焚毁巡抚衙门。是年，全国学堂四万余所，学生一百二十余万人。①

以上事实虽尚嫌简略，但已足够证明在这个百年的开端，承传递延数千年的中国古典政治形态虽竭力突围，然因集权惯性巨大，利益调整艰难，改良动力不足，终于顺乎逻辑地走入死角，外已酥脆，内更枵空。与其伴随的古典文化各分支也必然相应发生结构性变化，激变的契机正氤氲升腾于地平线上。

---

① 以上史事主要参考吴文治《中国文学史大事年表》（黄山书社 1993 年版）、金冲及《二十世纪中国史纲》。

第一章 《庚子秋词》与《春蛰吟》

本书绪论所谈近百年词的"证史"功能部分中，我有意回避了二十世纪第一年的《庚子秋词》与《春蛰吟》两大唱和活动。其实，这是与特殊历史节点风云际会、"国家不幸诗家幸"效应发挥到极致的一次重大词史事件，不仅"证史"功能至为典型，艺术表现可剖析分辨者亦夥。一部二十世纪词史以此开篇，诚为浑然天成。

第一节 留得悲秋残影在[①]：论《庚子秋词》

一 "特定时事"之记录

《庚子秋词》之唱和过程与心境可见本书卷首所载徐定超《叙》与王鹏运《记》。徐《叙》纪事较虚，可读王《记》全文：

> 光绪庚子七月二十一日，大驾西幸，独身陷危城中。于时归安朱古微学士、同邑刘伯崇殿撰先后移榻就余四印斋。古今之变既极，生死之路皆穷。偶于架上得丛残诗牌二百许叶，犹是亡弟辛峰自淮南制赠者。叶颠倒书平侧声字各一，系以韵目，约五百许言。秋夜渐长，哀蛩四泣，深巷犬声如豹，狞恶骇人。商音怒号，砭心刺骨，泪涔涔下矣。乃约夕拈一二调以为程课，选调以六十字为限，选字选韵，以牌所有字为限。虽不逮诗牌旧例之严，庶以束缚其心思，不致纵笔所之，靡有纪极。然久之亦不能无所假借，十月后作，尤泛滥不可收拾。盖兴之所至，亦势有必然也。自七月二十

---

① 王鹏运：《浪淘沙·自题庚子秋词后》。

六日起，至某月日止，凡阅若干日，得词若干首。富顺宋芸子检讨和作若干首，并依调类列，用"遁渚唱和"例也。① 芸子以九月下旬附会船南去，故所作不多。每夕词成，古微以乌丝阑精书之，伯崇题其端曰"庚子秋词"，盖纪实云。②

这是当事人对此一词史事件最权威真实的记录，除客观叙述性文字，诸如"古今之变既极，生死之路皆穷""秋夜渐长，哀蛩四泣"等句皆令人骨折心惊，极简要地勾画出几位唱和者深心的怖惧、惊悸、迷愁与荒凉。

正是在这种亘古未有的大事变，也是亘古未有的怖惧、惊悸、迷愁与荒凉中，几位唱和者"篝灯倡酬，自写幽忧"③，"起七月二十六日，迄九月尽，凡阅六十五日，拈调七十一，得词二百六十八，附和作三十九，共三百又七首"。又"起十月朔，迄十一月尽，凡阅五十九日，拈调六十一，得词三百十三，附原作二，共三百十五首"④，以六百余首词的篇幅清晰地镌刻下了文人官僚阶层的心灵伤痕。张亨嘉所谓"感事涕泗滂，蒙尘面目黝"，俞陛云所谓"河山对酒成孤赏，风雨摩霄入破声""沸中愁绪抽春茧，定里禅光烛秘魔"，委实道中了个中奥妙。⑤

"《庚子秋词》是近代词史上第一本集中反映特定时事的词集"，素邀"词史"之誉。⑥综合学界之考察，其"特定时事"无外乎如下数端⑦：

1. 关于"西狩"

若王鹏运《南乡子》："山色落层城，不为尘多减旧青。只有看山

---

① 遁渚唱和，指明清之际万寿祺主持之唱和词集。顺治二年（1645），万寿祺抗清失败，避地斜江，与于范、调御二人（于范名坚，调御名时，姓字事迹均不详）唱酬，合为《遁渚唱和集》。全编六十七阕，皆为小令，所咏以江村野景为多，暗寓沧桑之痛。

② 此据光绪本，后有正书局本与此文字有异。

③ 徐定超《叙》。

④ 《庚子秋词》甲卷、乙卷目录。

⑤ 张、俞二家：《庚子秋词题辞》，光绪本卷首。

⑥ 卓清芬：《王鹏运等〈庚子秋词〉在"词史"上的意义》，《河南大学学报》2010年第5期。

⑦ 如卓清芬《王鹏运等〈庚子秋词〉在"词史"上的意义》、马飙《试论王鹏运的〈庚子秋词〉》（《广西师范学院学报》1988年第3期）、陈正平《庚子秋词研究》（《古典诗歌研究汇刊》第四辑第十八册，台北花木兰文化出版社2007年版）。

第一章 《庚子秋词》与《春蛰吟》 59

前度客，愁生，独倚高楼眼倦横。 檐角暮云停，怀远伤高泪欲倾。
昨梦横汾西去路，声声，塞雁惊寒不忍听。"宋育仁《丑奴儿》："门前
走马长安陌，日下西峰。尘锁春栊，只隔屏山已万重。 如今更望长
安远，不见归鸿。弹泪西风，莫误铜仙忆断虹。"其"昨梦横汾西去
路""塞雁惊寒不忍听""如今更望长安远，不见归鸿"云云，无不表
达忠悃忧患之思。

2. 关于珍妃堕井事

若王鹏运《遐方怨》："槐叶落，露盘空。梦怯催妆，夜阑不闻长
乐钟。玉蟾香啮冷西风，恨随呜咽水，御沟东。"《渔歌子》："禁花摧，
清漏歇，愁生辇道秋明灭。冷燕支，沉碧血，春恨景阳羞说。 翠桐
飘，青凤折，银床影断宫罗袜。涨回澜，辉映月，午夜幽香争发。"①
朱祖谋《莺声绕红楼》："一夜风凋翠井梧。梦回见、蟾冷流苏。海山
回首泪模糊，还说钿钗无。 愁结双条脱，惊魂恋、八九栖乌。碧阴
零落凤巢孤，颜色奈罗敷。"《遐方怨》："销粉盝，减香筒。屈膝铜铺，
为君提携团扇风。泣香残露井边桐，一秋辞辇意，袖罗红。"其"长
乐""御沟""碧血""景阳""井梧""井边桐"等意象并非偶然地重
复出现，结合"风凋""沉""恨""呜咽""泣香残露"云云，皆影射
珍妃事，盖难以明言耳。

3. 关于列强肆虐事

若王鹏运《南歌子》："夜气沉残月，秋声激怒涛。短歌寒噤不堪
豪，坐看旄头余焰、拂云高。 怒马谁施勒，饥鹰已下绦。坖书斜上
语偏骄，数到义熙年月、恨迢迢。"刘福姚《惜分飞》："结客五陵今倦
矣，咄咄书空甚事。那是埋忧地，秋来但有凭高泪。 大好湖山容我
醉，云外沉沉战气。几处夷歌起，万峰日落烟光紫。"朱祖谋《摘红
英》："关云黑，边沙白，金仙一去无消息。谁家唱，筝弦响，敕勒声
声，月斜毡帐。 狂踪迹，无人识，行歌带索长安陌。高楼上，凭阑
望，皂雕没处，飞狐上党。"词中"拂云"的旌旄、无可羁勒的"怒
马"、下绦的"饥鹰"、骄矜的"坖书"，乃至日落下的"夷歌"、月光

———————————

① 黄浚《花随人圣庵摭忆》明确指出《渔歌子》一首写珍妃事，转引自严迪昌《近现
代词纪事会评》，第 300 页。

下的毡帐与声声"敕勒",皆写出彼时联军的骄横气焰与京畿要地荒寒凄紧的氛围。

"百年阑槛,百年孤抱,百年乔木"①,在纪事证史的过程中,王、朱、刘、宋等人往复叠和,长咏短叹,其悲怆忧愤自"朱弦"栩栩然"哀迸"②而出。此一种"沧桑恨"与"乱愁"③既构成了特定时空节点下的心灵世界,也造就了多层次的异样丰富的历史"现场感"。正所谓"留得悲秋残影在",舍弃了《庚子秋词》的历史描述自然是有缺憾的、不完整的。

二 《秋词》"词史"辨

概况清理过后,有必要回头辨析一下对《庚子秋词》的"词史"判断。就词体与史事的对应关系而言,称"词史"当然无问题,然而"词史"二字别有意味,并非所有满足此种对应关系者皆能允洽其内涵。

如所周知,"词史"之说自"诗史"来,"诗史"二字则来源于《本事诗》《新唐书》等对杜甫的评价。④综合各家对"诗史"的阐释,可得出几个基本要点:(1)善陈时事,补史之阙。(2)寄寓褒贬,抒述忧患。(3)风格刚健,情调悲壮。⑤这几个要求看似简单,其实极不易达到。只需看看杜诗"诗史"名篇若《北征》《诸将》《自京赴奉先县咏怀五百字》《丽人行》《洗兵马》《悲陈陶》、"三吏三别"等,即可明了"诗史"/"词史"所应具备的高度。

最早提出"词史"之说的应推陈维崧,其《今词苑序》中有名言,"选词所以存词,其即所以存经存史也夫",明确把"词"与"史"提到同一高度来认识,是乃"尊体"系统中最震撼的声音之一。下迨周

---

① 王鹏运:《十二时》。
② 朱祖谋:《凤衔杯》,详见后文。
③ 刘福姚:《芳草渡》:"沧桑恨,几斜阳。拼一醉,百忧忘。"《琴调相思引》:"老屋疏櫺一欠伸,乱愁多似梦中云。"
④ 此指作为一个固定概念之"诗史",若《宋书·谢灵运传论》中亦有"诗史"二字,然分指二事,不在讨论范畴。
⑤ 参见杨义《杜甫的"诗史"思维》(《杭州师范学院学报》2000 年第 1、2 期)、孙明君《解读"诗史"精神》(《北京大学学报》1999 年第 2 期)、韩经太《传统"诗史"说的阐释意向》(《中国社会科学》1999 年第 3 期)等。

济，亦有精辟之说："感慨所寄，不过盛衰。或绸缪未雨，或太息厝薪，或己溺己饥，或独清独醒，随其人之性情、学问、境地，莫不有由衷之言。见事多，识理透，可为后人论世之资。诗有史，词亦有史，庶乎自树一帜矣。若乃离别怀思，感士不遇，陈陈相因，唾沉互拾，便思高揖温韦，不亦耻乎。"① 至于谢章铤所说则较周介存更进一尘，对于认知《庚子秋词》尤具意义：

> 予尝谓词与诗同体。粤乱以来，作诗者多，而填词颇少见。是当以杜之《北征》、《诸将》、《陈陶斜》、白之《秦中吟》之法运入减偷，则诗史之外，蔚为词史，不亦词场之大观欤！惜填词家只知流连景光，剖析宫调，鸿题巨制，不敢措手。一若词之量止宜于靡靡者，是不独自诬自隘，而于派别亦未深讲矣。夫词之源为乐府，乐府正多纪事之篇。词之流为曲子，曲子亦有传奇之作。谁谓长短句之中，不足以抑扬时局哉？②

持此几种对于"词史"之意见综观《庚子秋词》，我们当可认识到，对于"时事"，《秋词》有"陈"的一面，但似乎说不上"直陈"，更说不上"善陈"。读前引《秋词》之作就足以看到，举凡现实、忧患、褒贬、感喟，并非没有，且也不少，但大都是隐藏在那些深曲的字句意象之后的，作者很花了一些神思将其包装出一种逼真的"古意"。苦心辨认，自然也能影影绰绰读出些潜台词。但一来不够劲直犀利，二来也更有大量无关乎"时势人心"的作品羼杂其间。我们姑且举开篇第一组《卜算子》为例：

> 梦里半塘秋，断壁迷烟柳。诗意空明指似谁，鸥外凉蟾透。
> 愁向酒边新，拙是年来旧。话到江湖白发心，猿鹤惊人瘦。　（鹜翁）

---

① 《介存斋论词杂著》。
② 《赌棋山庄词话续编》卷三《赵起约园词稿》条，陈庆元主编《谢章铤集》，吉林文史出版社2009年版，第641页。

62　第一编　古典词史的"花间晚照"：清民之际（1900—1920）词坛研究

霜华拂鬓稀，吹笛关山远。如此湘天一字无，催尽南飞雁。
映夕烛光微，飘雾花阴转。莫为残钟故故惊，睡味将愁限。　（沤尹）

芳草闭闲门，寂寞寒蛩语。不听秋声也是愁，那更风兼雨。
花事已阑珊，燕子凭来去。无赖心情藉酒浇，莫放金尊住。　（忍庵）

燕去故人稀，蛩语残更转。夕向凉蟾话到明，愁为钟声限。
秋柳鬓新霜，梦瘦江湖远。笛里关山一雁无，字更风吹断。　（复庵）

凉月上初更，又到愁时候。掩镜生防见泪痕，难掩灯前瘦。
门外散歌尘，深院苍苔旧。不怨罗衣舞后单，此瘦年来久。　（复庵）

此一组词作，放在晚清的任何一个年份、任何一个事件背景下，甚至毫无事件背景的情形下亦完全可成立。我们当然不能说词作与庚子事件毫无联系，它毕竟是在事件进程中写下的，也传达了彼时的特定心境。可这种"词"与"史"的联系究竟有多少？有多密切？凭借以上这些作品如何能清晰寻绎得？而且需要注意，类此之作在《秋词》中并非少数，而居大宗。这不能不让我们带着阅读直觉去追寻背后隐埋的东西。

窃以为，直接原因王鹏运《庚子秋词记》已经说得很清楚，这次唱和是以"程课"形式进行的，以丛残诗牌及其韵字为基础，选调以六十字为限，选字选韵以牌所有字为限。目的为何？王氏说："虽不建诗牌旧例之严，庶以束缚其心思，不致纵笔所之，靡有纪极。"这几句话很有意思。要束缚的是何等心思？为何要防止"纵笔所之，靡有纪极"的倾向？所谓"国家不幸诗家幸"，当诗人耳闻目击身处此等千年一遇之大事变，沉痛之外，不也该觉得一丝丝的幸运与兴奋？不正应该放纵心思、"纵笔所之，靡有纪极"，把这场大事变尖锐切实地记录反映出来么？不正应该大张怀抱，"纵一苇之所如，凌万顷之茫然"，写得激荡恣肆、悲慨淋漓，出现一批符合"重拙大"词旨的佳作么？姑且不说以庾信"哀江南"的精神入词，也不必说以杜甫"三吏三别"的精神入词，即便与二百多年前的阳羡词派相比较，与陈维崧的《贺新郎·

纤夫词》相比较，与阳羡众词人"题徐渭文钟山梅花图"、咏"鬼声"的几次联吟唱和相比较，谁更能如谢枚如标举的"拈大题目，出大意义"①？在这一点上，"词史"观及其实践是进步了还是倒退了？

很显然，也很遗憾，《秋词》走的并不是真正的"词史"之路。②以"社课"形式填词本也无可厚非，但从深层来看则是折射了王鹏运等对词体抒情功能的认知的。王鹏运等论词有越轶常州门户之处，但总体而言，仍坚持的是相对保守的"意内言外""比兴寄托"之家法。从根本上说，王氏等最起码在庚子唱和之际确乎看轻了词，没有把词当成一种可以"存经存史"的文体，也没有做到——或没有想做到——周济所云"绸缪未雨""太息厝薪""见事多，识理透，可为后人论世之资"的地步。《秋词》中大量"离别怀思，感士不遇"的泛泛之作不正是周济讥讽的"陈陈相因，唾渖互拾"？此种创作难道不正成了谢枚如"填词家只知流连景光，剖析宫调，鸿题巨制，不敢措手。一若词之量止宜于靡靡者，是不独自诬自隘，而于派别亦未深讲"这段锐利批评的注脚？

我们当然不要求《秋词》只有一种悲怆到呼天抢地的单色调，更不能要求文艺为某某服务从而失却了独立属性，然而庚子确乎是晚近中国最令人惊悚的年份之一，作为困守愁城的亲历者，耳闻目击种种惨状，经历前古未有之事变，居然还能固守词课的绳墨，以"束缚心思"为旨归，以藏头露尾为能事，这未免太过奢侈、也太过难以理解了。③有论者以"避忌"为之解释，但庚子变乱，于诗中反映极多，仅郭则沄《十朝诗乘》卷二十三所载即不下数十首，大抵秉笔直书，无多遮饰。

———————————

① 陈氏词写"三藩之乱"时清廷在江南组练水军、征发水手，以对话体出之，为词中一新变，系《湖海楼词》名作之一。"题钟山梅花图"表达故国之思，事约在康熙十年（1671），参与者有陈维崧、史惟圆、曹亮武、蒋景祁等，用《沁园春》《望梅》《望海潮》等词牌。"咏鬼声"事在康熙十三年（1674），借"鬼声"之厉曲传人间惨状，参与者有陈维崧、史惟圆、曹亮武等，词牌用《沁园春》。以上可见严迪昌《阳羡词派研究》，齐鲁书社1993年版，第120、126、122页。

② 关于"词史"，历来也有出于"词别是一家"而作的阐释，重寄托婉曲，然而窃以为"词史"主调必然与"诗史"相通。本书为免枝蔓，不详说。此问题多得陈水云兄提挈并面赠王蕴章《秋平云室词话》等有关资料，深致谢忱。

③ 甚至其中也有《调笑转踏·巴黎马克格尼尔》这样的虽富新意但较嫌无聊之作。朱荫龙辑校《半塘七稿》本即有眉批："词中题目可以不作，即戏为之，亦不足存。"

64 第一编 古典词史的"花间晚照":清民之际(1900—1920)词坛研究

且此前数年中,半塘亦有《满江红·送安晓峰侍御谪戍军台》《八声甘州·送伯愚都护之任乌里雅苏台》之作,慰抚安维峻、志锐。朱祖谋有《鹧鸪天》悼念刘光第,皆有所干碍,可见这不单纯是"避席畏闻文字狱"的外在氛围在起作用,半塘老人等对词体抒情功能之认知,以及相关的"社课"创作方式必然存在着相当严重的问题。

事实上,从《庚子秋词记》中我们也看到,半塘对"词""史"间的不谐调、不匹配并非没有感觉。他说:"然久之亦不能无所假借,十月后作,尤泛滥不可收拾。盖兴之所至,亦势有必然也。"何谓"兴之所至、势有必然"?这不正从反向说明了"束缚心思"从根本上就是一个错误的选择么?只可惜,他的"泛滥不可收拾""兴之所至、势有必然"之判断本身就带有批评性质,且也并没有令我们看到多少那种"足以抑扬时局"的"长短句"之作。遍检《秋词》,大约只有朱祖谋一首《凤衔杯》是旨的明确、无大遮掩的:

> 斡难河北阵云寒,咽西风、邻笛凄然。说著旧恩、新怨总无端,谁与问、九重泉。 悲顾景,悔投笺,断魂招、哀迸朱弦。料得有人、收骨夜江边,鹦鹉赋谁怜。

本篇后有小注:"哀王黼臣郎中。"郭则沄《十朝诗乘》卷二十四对其本事有记载:"庚子拳乱,矫旨行各将军督抚,悉戮外侨。寿山方镇黑龙江,亦祖拳,将奉行之。山阴王黼臣郎中客其幕,力谏不听,拂衣去。或诬王通敌,去且不利于帅。寿惑之,急骑追归,王以为有悔心。既至,乃缚而杀之。初,寿居京师颇困,王与交厚,尝昫濡之,至是反颜不顾,君子于此叹交道焉。朱沤尹侍郎为《凤衔杯》词哀之,一时传诵……后寿山获谴,未闻有为王雪冤者。"[1] 如此篇,庶几可称"词""史"互证的佳作。倘若一部《秋词》全都是、至少大部分是这样的作品,这部词集又当是何种面目、该具有怎样的认识价值呢?

当写下这段峻厉评语之时,作为对半塘、彊村等极尽景仰之忧的后学,心头况味其实相当复杂。半塘、彊村等不是没有宏富的才力,作为

---

① 张寅彭:《民国诗话丛编》第四册,上海书店出版社2002年版,第811页。

清代词史也几乎是千年词史上的一流词人，他们本来应该抓住这段珍贵的"历史机遇"，将"词"与"史"最大限度地捏合在一起。然而，所谓"不为也，非不能也"，带着对词体抒情功能的轻视，他们还是选择了这种诸多掣肘的创作方式。此种方式于承平之际或可砥砺心思，揣摩技巧，出现在"秋夜渐长，哀蛩四泣，深巷犬声如豹，狞恶骇人，商音怒号，砭心刺骨"的庚子变乱之中就显得很不贴切匹配，对篇幅字韵的限制更是不利于情致的充分抒发。于是，许多无比珍贵的史实、心境、情感就那样轻飘飘地滑过去了，取而代之的是大量庸常浮泛、无所用心的作品。《庚子秋词》的写作从总体上没有能够迸发出更大的现实烈度，没有能够奏出更强劲的时代心音。对此，我们应该扼腕长叹而不应一味表示赞肯①，更不能把《庚子秋词》视为王鹏运、朱祖谋两大词家一生创作的黄金时代加以誉扬。一个显而易见的事实是，王、朱两家的重要代表作出自《庚子秋词》者甚少，从中是很难辨认出两位大词人的实际成就的。先师严迪昌先生《近代词钞·朱孝臧小传》中有"庚子实为四大家词创作之重要年头，亦彊村词成就最佳期"之判断②，影响学界不小，而愚弟子既另有所见，亦愿公诸同人，略陈管见。

三　《秋词》之接受：叶玉森、周岸登、欧阳祖经、吕君忾、陈永正

作为 20 世纪伊始的词坛大事件，尽管《秋词》还有这样那样的缺欠，亦足够对后人造成相当之影响。巨传友《清代临桂词派研究》辟专节谈周岸登《和庚子秋词》一集③，颇具眼光。实则除周岸登外，叶玉森、欧阳祖经、吕君忾、陈永正等亦多受影响，兹合并简谈之。

叶玉森（1880—1933），字镔虹，号葓渔、中泠亭长等，江苏丹徒人。青年时与丁传靖、吴眉孙并称"铁瓮三子"，又为南社成员。后赴日本明治大学攻读法律，民国成立，任职司法界。后入安徽督军幕，并数任县知事，有循吏之称。晚年任交通银行秘书，兼上海大学教授。叶

---

① 张宏生《诗界革命：词体的缺席》一文谈到此类现象，亦举《秋词》、王、朱等为例，可以参看。《南京大学学报》2006 年第 2 期。

② 《近代词钞》，江苏古籍出版社 1996 年版，第 1794 页。

③ 该书第六章第三节，上海古籍出版社 2008 年版。

66 第一编 古典词史的"花间晚照"：清民之际（1900—1920）词坛研究

氏多才艺，诗文书画外深通数学、音乐，而以甲骨文研究最为世人所重。[1] 著有《殷契钩沉》《研契枝谭》《殷墟书契前编集释》《铁云藏龟拾遗》，创获极多。另有《中泠诗抄》《啸叶庵词集》等诗词著作。又能小说，为"鸳蝴派"重要作家之一。

叶氏颇用心于词，作品甚夥，仅《南社丛刻》即揭载 186 首，位列前茅，笔路开阔，气派不凡。[2] 他辛亥年（1911）仲春寓居苏州，成《春冰词》两卷，"全用《庚子秋词》韵，寓言十九，聊写心忧"[3]。时朱祖谋亦在吴门，亲为点定。翌年刊 52 首于《南社丛刻》第五集，是为至今可考大规模和《秋词》之最早者。

以"寓言"写"心忧"，自也难以摆落上述《秋词》之弊端，而叶氏自有独到之笔，写来真切有力。如《卜算子·用鹜翁韵》：

> 心似未灰檀，眼似将舒柳。腊鼓谁家赛细腰，喧得春魂透。
> 酒是瓮头新，泪是襟边旧。拚醉翻愁梦易成，梦里江山瘦。

可谓回环往复，纠葛不堪。《临江仙·用沤尹韵》风格不同，造语险峻，气势夺人。上片结十字"马头红柳醉，驼背雪花肥"与煞拍十字"试刀劙虎骨，赌箭射鹰眉"均堪称奇语。《南乡子·用鹜翁第一首韵》正大凄婉兼而有之，为《春冰词》最高之作：

> 寒雨阖闾城，楼上看山冷眼青。自觉疏襟饶霸气，风生，舞罢吴钩槊又横。　　鼙鼓那曾停，浊酒危栏忍独倾。门外绿杨啼杜宇，春声，历历伤心掩袂听。

周岸登（1875—1942），字道援，号癸叔，四川威远人。光绪二十八年（1902）举人，历任阳朔、苍梧知县与全州知州。辛亥革命后，辗转于四川、江西省等县知事任上。民国十六年（1927）伊始转任厦

---

① 郑逸梅《南社丛谈》称叶氏书甲骨文"以毛笔为刀笔，董作宾为甲骨文专家，看到玉森所写的，叹为观止"，第 127 页。

② 叶氏词详见后文庞树柏一节。

③ 叶玉森：《浪淘沙·用沤尹韵自题春冰词卷后》自注。

门大学、四川大学等校教席，著有《曲学讲稿》《楚辞训纂》《南征日记》等。周氏崇吴梦窗、周草窗，自号"二窗词客"，而亦不废苏辛[1]，如蔡锷病亡，周氏有《六州歌头》词以哭之，激扬处即大有贺铸、张孝祥两家意趣。词集有《蜀雅》十二卷，《蜀雅别集》二卷，常见者为《历代蜀词全辑》及《续编》本，收词最全，达六百余首。百年巴蜀词坛，赵熙之后，当推周氏才情富艳，堂庑甚大，岿然为一时重镇。此处仅略谈其《和庚子秋词》之作。[2]

周氏亦为"拳乱"的目击者，《和庚子秋词自序》云："（半塘）给谏居下斜街，予于五六月间拳祸初亟时曾屡过之。后余先出京，甲辰重入京师，始得秋词读之，半塘已归道山，每过斜街，辄踯躅移晷，不能为怀。革除已后，回忆旧所经历，时一展读，俯仰身世，都如梦影。"于是在民国三年（1914）腊日至次年灯节一月有余，周氏共拈调三十五，和《秋词》得一百一十四篇。[3] 正因"踯躅移晷，不能为怀"的心香所系，周氏此集颇多能"任意挥洒，直抒胸臆"者[4]，然因"词课"质地的束缚，也难称平生精彩。兹录能不为原作所囿、见一己风骨之《雨中花》与《鹧鸪天》，以见大略：

> 梦便逍遥呼便起，了不为、仙期曲会。破贼新归，围棋正劫，休管儿曹事。　　漫笑我、难成归隐计，更休问，逃秦甚地。怒轼官蛙，谣监市虎，也要人回避。

> 背月调笙背影眠。今宵沉恨属谁边。忘机休更随由鹿，祝尾何因笑纍猿。　　情转切，意偏连，醉来无限好山川。萧萧十载京华梦，愁鬓惊秋送夜弦。

欧阳祖经（1884—1972），字仙贻，别号阳秋，江西南城人，世

---

① 周氏尝云："予虽二窗是祖，然亦不薄苏辛。"见林荫修《周岸登》，巴蜀文化网网文。

② 周氏词之详论见后文。

③ 一说为一百十六篇，此从巨传友说，见其《清代临桂词派研究》，第245页。

④ 巨传友：《清代临桂词派研究》，第254页。

68 第一编 古典词史的"花间晚照"：清民之际（1900—1920）词坛研究

居南昌。光绪末年（1908）留学日本，回国后历任江西一中校长、北京女子师范大学、中正大学教授。1951 年调往兰州大学历史系任教。著有《南明赣事系年录》《王船山〈黄书〉注》等。诗词由后人裒辑为《欧阳祖经诗词集》①，其中《晓月词》一百三十七首，为和《秋词》之作。

《晓月词》1941 年在中正大学《文史季刊》发表，编者王易跋云："（欧阳）学富海山，心殷理乱，于民族抗战之年，为《庚子秋词》之和。运苏辛之气骨，擅欧晏之才华，使锦簇花团，中含剑气；阳春白雪，尽入正声"，着眼于"心殷理乱""民族抗战"，自亦允当。然苏辛欧晏，则恐推之过情。后世论者以为其"抒发全民族的情感，个人已经在家国兴亡的鼓鼙声中完全消隐"，境界重大胜于沈祖棻《涉江词》，亦颇难理解。②倘结合《诗词集》新中国成立后诸作整体观之，则上述评论益觉无着落。试平心读《晓月词》，珍贵处在能自写心，不拘于前人矩矱，发无病之呻吟。其命名即隐指卢沟桥事变，其余可知，故堪称抗战词史之重要一页。自艺术层面观之，集中篇句不平衡者比重不小③，予人刻骨印象者则不多。相较之下，应以《惜分飞》与《雨中花》二首能称合作：

> 一夕罡风吹舰碎，酿作东南祸水。兀兀钧天醉，碧蹄馆外师徒溃。　　甲午成盟还不悔，四十三年往矣。漫洒忧时泪，从今洒血都无地。

> 闲说朦艟沧海蔽，乱扰起、蛟涎蜃气。铁瓮城头，曲尘波里，总是伤心地。　　算北纬东经千万里，向溟渤、重扃密闭。秦镜光寒，楚歌声远，谁会苍茫意。

---

① 百花洲文艺出版社 2007 年版。

② 徐晋如：《易安以后见斯人——对〈涉江词〉在二十世纪词史中地位的一种认识》，见其《缀石轩论诗杂著》，海南出版社 2011 年版，第 194 页。

③ 仅略举例，若《极相思》末云："几时真见，雄师扫荡，还我山河。"《人月圆》末云："二毛休叹，悲歌慷慨，还让吾曹。"终伤质直寡味。

《浪淘沙·自题晓月词后》一首亦为集中翘楚，耿耿精诚，毕竟可感。词云："旧恨记围城，冷落骚盟。青磷白骨乱山横。强借酒杯浇垒块，字字秋声。　　父老望升平，水剩山零。曲中哀怨有谁听。报国精诚先自问，莫问苍生。"

最后谈吕、陈二家。吕氏词已见前文，兹从略，此单论沚斋词。陈永正（1941—　），字止水，原籍广东茂名，世居广州。1962年毕业于华南师大中文系，任中学教师。1981年硕士毕业于中山大学古文字专业，现为中山大学中国古文献研究所研究员，曾任中国书法家协会副主席。著有《岭南文学史》《岭南书法史》《沚斋诗词钞》《疑悔集》《沚斋词》①及多种诗词选注本，并主持《全粤诗》编纂工作。

沚斋为分春馆弟子，近从朱庸斋而远绍朱彊村、陈海绡，功力极深而性情极厚，不徒于当代岭南称翘楚，上埒古贤，亦绝无逊色。今存诗词大抵始于1963、1965年，1986年后所作渐稀。当沧海横流之际，沚斋独持素心，吐属芬芳，空谷幽兰之气质中实亦包蕴着独立不流的豪杰风骨，剑胆琴心，令人钦敬。若其"客子何之乌漫舞，天公聩矣马何暗""少年多乱事，诸老最能言""毁车原不悔，留命殉何人。镜里颜如墨，唇间气尚辛""时危道坏身安待，海簸山迁帝不言。亿万埋沙蝼蚁事，大槐安后又成村"之类句子②，乃是那一时代罕见的清泠激越之音。与诗相较，沚斋词婉曲得多，多风情摇曳之作，然头角峥嵘，如剑出匣，如颖在囊，终不能掩。如《忆汉月》：

> 当路舞蛉无数，倏忽天沉风怒。高梧竟不待秋来，一声一叶先苦。　　难干城北泪，君不见、旧茔新土。三元故里几人归，闻道落红如雨。

此写羊城武斗事，笔致收敛，然郁愤盈纸。同时作《菩萨蛮》以漫画形态记述"小将"气概，鲜活冷峻，语带讥讽，较《忆汉月》意旨

---

①　上述三种分别为1986年油印本、2009年华艺出版社出版、2011年澳门学人出版社线装版。

②　分别见《赠别君饹》（1969）、《贾生》（1971）、《干校归为锦儿作》（1973）、《大雨骤止和严霜》（1976）等。

70 第一编 古典词史的"花间晚照"：清民之际（1900—1920）词坛研究

明确得多：

> 袖章盈尺持鸿宝，口含天宪宣严诏。老子上边来，斗争需展开。　英雄真虎女，叱咤皮鞭举。终是爱红装，血花开绿裳。

另一组《菩萨蛮》三首则戟指横眉，怒不可遏，可称此期最震慑人心之佳作。录前二：

> 南城露布千张揭，北郊枪战盈街血。珠水接雍州，阿童波上浮。　众生原梦里，天帝何曾醉。不信有红羊，千秋争斗场。

> 飞车驰突谁家子，手持朱蘲衔钢匕。一霎卷风埃，归来血洗街。　临江哭不得，无泪沾枯臆。我欲问沧波，苍生如此何。

两首章法相似，上片写见闻，下片转入感触思考。如"众生原梦里，天帝何曾醉。不信有红羊，千秋争斗场""我欲问沧波，苍生如此何"等句中蕴涵的悲悯锋锐，实已站在了历史与人性反思的最高点上。

沚斋词为当世一大家，后文尚有专论，此处仅就相关作品尝鼎一脔而已。但是我们也应该看到，陈沚斋、吕无斋在数十年之后的和作表达出了《庚子秋词》原唱所不具备的真精神、真风骨、真见地。可以说，正是"二斋"词升华了《秋词》的品格，将那种传统的精英忧患意识提升到了一个古所未有的现代文明的水平线上。关于二十世纪诗词的"现代性"问题一直存在诸多争论①，然而一切先验性的批评都是空中楼阁，作品本身才是最有力的证明，那些抱住"新文学"大腿自得其乐、以为"旧体"诗词不具备所谓"现代性"的观念在这样的篇章面前应做何解释呢？

---

① 参见拙作《论现代旧体诗词不得不入史——与王泽龙先生商榷》（《文艺争鸣》2008年第1期）、《20世纪旧体诗词研究的回望与前瞻》（《文学评论》2011年第6期）。

第二节 漆室之叹与曲江之悲：论《春蛰吟》

一 春非蛰时，蛰无吟理

庚子年十二月朔至翌年三月尽，王、朱、刘三人又续作《春蛰吟》。凡阅百十八日，拈调四十六，得词百二十四，附录三十五，共一百五十九首。唱和者除王、朱、刘三人外，尚有郑文焯等十一人。关于此集命名之意，王鹏运于辛丑年元日写有《小记》："春非蛰时，蛰无吟理。蛰于春，不容已于蛰也；蛰而吟，不容已于吟也。漆室之叹，鲁嫠且然；曲江之悲，杜叟先我。盖自庚子秋词断手，又两合朔，且改岁矣。春雷之启，其有日乎？和声以鸣，敬俟大雅君子，吾侪詹詹有余幸焉。"正如《庚子秋词》，这篇小记亦写得极精彩。"春非蛰时，蛰无吟理"，春、蛰、吟，三个字本身即互相矛盾，这样的"春"不得不"蛰"，这样的"蛰"又不得不"吟"。短短三数句话，层峦叠嶂，跌宕至极，亦沉郁至极。以下更点出"漆室之叹"与"曲江之悲"二语。"漆室之叹"用鲁漆室女典故，出自《列女传》，实涵忧患国家变乱之意；"曲江之悲"用杜甫《哀江头》诗意，实寓细柳新蒲、吞声潜行之感。虽《小记》结末有"春雷之启"的热望，这也足称最沉痛丧气的元日"贺辞"了。而这，正是那个大激荡年代的最贴切写照。

读《春蛰吟》，最直接的印象是自《秋词》"用遁渚唱和例"的满篇小令拓展到全本慢词，而最突出的感受则是此集在"兴之所至、势有必然"的向度上比之《秋词》大大前进了一步。以开篇的《燕山亭·寄题叔问蓟门秋柳图》组唱为例。郑氏原唱《题自画蓟门秋柳图》乃是集中名篇，曾自选入《樵风乐府》：

> 一夜秋心，摇落蓟门，到地垂杨堪数。双燕未归，梦后楼台，愁觅夕阳无主。折尽西风，更愁锁、严城钟鼓。知否。正满目关山，笛中人去。　　还忆花浪龙池，引金缕歌来，曲尘随步。而今莫问，解舞腰肢，凄凉故宫谁妒。便唤春回，忍再见、倚帘吹絮。

残雨。肠断也、一丝丝苦。①

题图咏蓟门秋柳，而选"蒙尘北狩"的宋徽宗赵佶之传世名篇为调，用心昭然若揭，似此已足称能出"大意义"的"大题目"。诸如词中"正满目关山，笛中人去""肠断也、一丝丝苦"，以及半塘"谁道容易春归，怕芳事难凭，岸容凄楚"、彊村"归去。还梦绕、一天风絮"、忍盦（刘福姚）"多少楼台，羌笛数声，换尽丝丝金缕""繁华似梦，故国如尘，灵和暗愁谁诉"等语，无不是"亡国之音哀以思"，正按中了末世清王朝的脉搏。

于是，这样一种哀音就成了全集的原色。自斯以下，词题纷披，而大抵皆能有感而发，词笔真挚，少浮泛语，与《秋词》面貌形成不小差异。兹拣选数首，以觇其概：

> 尉迟杯 今年烽火中，促舍弟重叔南归，倚声为别，惨不成章。天寒岁晏，稍得消息，偶忆断句，足成此词。颍滨对床之思，杜陵书到之痛，重叔读之，当亦汍澜之横集也
> 危阑凭，看一点、南去飘鸿影。秋声万叶霜干，天角阴云笼暝。孤衾夜拥，残烛飑、参差客愁醒。又争知，痛哭苍烟，野风独树吹定。　念北斗京华，空肠断妖星，战气犹凝。心死寒灰都无著，残泪与、哀筇乱迸。何时送、云帆海角，更偎傍、天涯一断梗。问何如，杜曲吞声，紫荆吹老山径。

此为朱祖谋之作。手足之情，世人所重，而当战气弥漫、烽火连天之际，兄弟惨别，尤多新亭涕泪，这首《尉迟杯》自也不同于普通的"颍滨对床之思"。"心死寒灰都无著，残泪与、哀筇乱迸"一句为词眼②，心境词笔皆有千钧之重。

---

① 此处所引系《春蛰吟》版本，其后改动甚大。
② 定稿改为"将恨与、哀筇乱迸"。

满江红　敬书岳忠武王《赠吴将军宝刀行》墨迹后

雷雨空堂，惊展卷、龙蛇起陆。瞻拜处、凛然如见，剑光盈轴。灏气纵横山欲撼，交情郑重杯相属。想夜阑、盾墨洒淋漓，歌还哭。　　喑呜气，悲凉曲；千万遍，循环读。叹王刀可假，何堪重辱。怅望千秋人不见，相寻一辙车还覆。问谁欤、雪涕和哀歌，燕台筑。

御街行　厩马素驯，客或借乘，忽蹄啮不受羁勒，我愧之矣。赏之以词，俾知半塘之马固非下驷也

青丝望断横门路，憔悴真怜汝。百虀一豆了生涯，瘦影如山谁顾。腥风卷地，为谁蹄啮，倔强还如许。　　黄昏飞骑尘生处，新恨从何诉。春来芳草没铜驼，眼冷骅骝高步。休嫌伏枥，老夫梦醒，待听翻江雨。

值得注意的是，王鹏运此二首词作在《春蛰吟》中未见唱和，原因不易推究，但或者与半塘独擅之雄鸷词风有关。题写岳飞墨迹之作古已有之，而"叹王刀可假，何堪重辱""相寻一辙车还覆"之句皆关合时下，大有深意，可与其同调名作《朱仙镇谒岳鄂王祠敬赋》对读。《御街行》则以"骅骝高步"反衬自己无力回天的懊丧，对"腥风卷地"下那种"蹄啮不受羁勒"的"倔强"又不无"固非下驷也"的自得，故"憔悴真怜汝"云云，实亦自怜之辞。半塘在晚清政坛以敢言著称，况周颐《传》云："鹏运直谏垣十年，疏数十上，大都关系政要……甫通朝籍，即不谐时论，致身言路，敢于抨击权强，夙不慊于津要，基之者复百计中伤之，卒坎壈于仕途。才识闳通，不获竟其用。"[1] 文廷式《琴风余谭》则载其《争割地》一疏，有警句劾李鸿章云："乱臣贼子，狼狈为奸，其可寒心，不啻兵临城下。"[2] 皆所谓"眼冷骅骝高步""蹄啮不受羁勒"者。如此篇之"比兴寄托"，一喉两歌，乃真可称比兴寄托也。

---

[1]　转引自严迪昌《近现代词纪事会评》，第279页。
[2]　转引自严迪昌《近现代词纪事会评》，第280页。

再看刘福姚一首：

> 廿载欢游如梦，倚风残泪倾。记绮陌、贳酒寻诗，飞花句、唱遍春城。黄尘年年笑踏，新霜换、倦客衰鬓惊。认翠笺、淡墨依然，凝尘扫、暗触秋恨生。　　怕问岁寒旧盟。西楼甚处，空余落照新亭。怨笛声声，故人在，也愁听。伤心庾郎词赋，更伴我，诉飘零。阑干倦凭，知音剩几辈，同醉醒。

此首《绮寮怨》系为半塘题《春明感旧图》而作，半塘词题有云："于时瑟轩下世，亦已数年，旧时吟侣尽矣。黄公垆下，往事消魂，况益以新亭涕泪耶"，可知该组词背景。刘词为原唱，上片铺写"记绮陌、贳酒寻诗，飞花句、唱遍春城"的种种销魂往事，下片则于悲悼朋游星散、人天存殁中渗入新亭涕泪、庾郎伤心，情致笔墨，两臻高境。

二　除夕组词与咏物诸作

还可着重谈谈《春蛰吟》中《鹧鸪天·庚子除夕》一组词。除夕既是两个年度的界碑，也是人生里程的重要节点。每当此夜，不仅过去三百多日的甘酸会历历回放，以往镌下的生命印迹也都会奔来眼底，兜上心头，做一个阶段性的绾结。于是，"除夕"就成了一个特殊的时间触媒，以其为主题的诗词作品即育涵着丰厚的生命意蕴。而且，庚子这一个除夕当然是与之前的所有除夕都大不相同的。

先看半塘老人之作：

> 漏尽春城寂不哗，迎年爆竹是谁家。寻诗泪溅宜春字，倚壁灯昏隔岁花。　　淹日月，困风沙，屠苏无味酒慵赊。共君今夜不须睡，坐看遥天北斗斜。

已经"漏尽春城"，然而万家寂寂，这个新春与屠苏酒一样无味已极。老杜笔下的春日景致难以移易到北国隆冬，但"感时花溅泪，恨别鸟惊心"的感受则如出一辙。"坐看遥天北斗斜"，透过耿耿"忠悃"的表面，我们看到的是词人心底异样的孤零凄怆。

第一章 《庚子秋词》与《春蜇吟》 75

彊村之于除夕的感喟毫不亚于半塘，其词前有小序云："'好友同居亦当家'，瑞安黄卤芗先生庚申京邸除夕句也。庚子岁除，与忍盦同居四印斋，鹜翁词成索和。遂拈作歇拍，盖乐句事情适相合也。"词得二首，其一云：

> 泪尽东京说梦华，小笺残墨送生涯。沾唇香乞迎年酒，到眼红憎馈岁花。　　无一语，但长嗟，短檠挑尽又啼鸦。莫嫌岁事郎当甚，好友同居亦当家。

东京梦华之感栩栩然，唯一可慰藉者只有"与忍盦同居四印斋，鹜翁词成索和"的"好友同居"之乐了。"泪尽""红憎""长嗟""岁事郎当"，一连串的峭拔语，词情极是沉郁。然此首远不及另一"叠前韵"者：

> 似水清尊照鬓华，尊前人易老天涯。酒肠芒角森如戟，吟笔冰霜惨不花。　　抛枕坐，卷书嗟，莫嫌啼煞后栖鸦。烛花红换人间世，山色青回梦里家。

此为《彊村语业》中名作。"鬓华"极言其老，而以"易"字翻进一层。三四句不徒以宋诗句法作精工对仗，其"森"字、"惨"字尤其警刻。歇拍二句仍用诗法，以对偶出之，以山色之青与烛花之红相掩映，梦里家之虚与人间世之实相掩映，苍劲沉厚，百折千回，确乎杰作。世多以为彊村晚年始引入苏轼之"疏"以济学梦窗之"密"，实则本篇正乃其早岁学苏之力证。此一节后文尚有详说。

该组词尚有刘福姚、刘恩黻、恩溥三首，亦多精彩可撷，而以似园（恩溥）为最妙。其词云：

> 守岁今年心更差，翻求岁月去如蛇。解嘲诗满钟馗画，煮茗声疑越石笳。　　拼竹叶，忘椒花，笑人吉语学兰阇。儿童颇会衰翁意，故报昏鸦是晓鸦。

76 第一编 古典词史的"花间晚照"：清民之际（1900—1920）词坛研究

清代八旗词群星丽天，若恩溥、成昌、盛昱①等无籍籍之名者，亦多不凡之响，而以奭良造诣最为卓特。② 本篇"解嘲诗满钟馗画，煮茗声疑越石箫"二句，举重若轻，寓奇崛苍凉于清淡，此境颇不易到，当可为清代八旗词史画上句号。

读《春蛰吟》，尚需特别留意其咏物之作。此集一百五十九首词中，咏物者六十七首，占五分之二强，比例特重。③ 对此，巨传友《清代临桂词派研究》已有专节予以评述，本书不拟辞费，仅简单提挈数语。④

《春蛰吟》之咏物词大抵可分为两组。一组三十首，以五调分咏五物，分别为《天香·鹿港香》《水龙吟·唐花》《摸鱼子·冬笋》《齐天乐·鸦》《桂枝香·银鱼》，词调与《乐府补题》全同，明显有追步之意，而词题之置换亦确实颇费苦心。鹿港香产自台湾彰化，而台澎列岛新近割与日本，故词中"绝怜麝尘捣遍，怕蛮腥、等闲还染"（王鹏运）、"十洲暗尘乍卷……欲问辟寒消息，玉台惊换"（刘福姚）、"人间去远，剩一寸心灰瘦如线"（刘恩黻）云云，皆潜含感时伤事之意。唐花，即暖室熏冶之"反季"花卉。⑤ 故王鹏运词下片"问讯娇藏金屋，外边寒、帘栊知未。花开顷刻，等闲还托，神仙游戏。醉醒匆匆，可怜狼藉，万千红紫。叹惜香、只有春人，泪点洒，霜风里"、朱祖谋"火速年芳，冬烘心性，优昙身世"、刘福姚"讶云霞万色，繁华一瞬，偏熏得，游人醉"、刘恩黻"叹龟年老去，凄凉羯鼓，说开元事"等语之

----

　　① 盛昱（1850—1899），字伯熙，号意园。爱新觉罗氏，肃武亲王豪格七世孙。光绪二年（1876）进士，以编修累官至国子监祭酒。有《郁华阁遗集》四卷，卷四为词，如《减字木兰花·戊寅上元同荟生作》《金缕曲·送曹芋僧州判之大梁幕》《八声甘州·送伯愚都护之任乌里雅苏台》等颇佳。

　　② 奭良（1851—1930），字召南，镶黄旗人，裕瑚鲁氏，早有"八旗才子"之称，官湖北、江苏道员。入民国应聘清史馆，参与《清史稿》列传撰写并校订本纪。有《野塘轩词集》四卷。《沁园春·病中作》《沁园春·剪发》《小梅花·编敝集成，刊犹有待，谱此寄慨》等皆妙。

　　③ 巨传友《清代临桂词派研究》统计该集咏物词为65首，似未计入王鹏运《水龙吟·唐花》之又一首及《御街行·厩马素驯……》一首，第175页。

　　④ 该书第五章第三节《〈春蛰吟〉中的咏物词与对〈乐府补题〉的接受》。

　　⑤ 王士禛《居易录》："今京师腊月即卖牡丹、梅花、绯桃、探春，诸花皆贮暖室，以火烘之，所谓堂花，又名唐花是也。"

第一章 《庚子秋词》与《春蛰吟》 77

于时世人心亦绝多叹慨。《摸鱼子·冬笋》与《桂枝香·银鱼》两题多
寓寄故乡莼鲈之思，乃是世事无可为之绝望心态的反向宣泄。《齐天
乐·鸦》一题则不约而同浓墨渲染暮冬时节阴云四布的枯冷气氛，横说
竖说，满纸凄怆，感喟最多。如半塘之作：

> 城南城北云如墨，纷纷飐空零乱。落日呼群，惊风坠翼，极目
> 平林恨满。萧条岁晚。是几度朝昏，玉颜轻换。露泣宫槐，夜寒相
> 与诉幽怨。　　新巢安否漫省，绕枝栖未定，珍重霜霰。坏堞军
> 声，长天月色，谁识归飞羽倦。江湖梦远。记噪影墙竿，舵楼风
> 转。意绪何堪，白头搔更短。

贾璜所作上片亦佳：

> 数声啼破繁华梦，倏然碧梧金井。流水村边，夕阳原上，莫是
> 惊寒雁阵。西风正劲。甚回旋遥空，欲栖不定。接翅南飞，旧巢萧
> 瑟恐难认。

"数声啼破繁华梦""旧巢萧瑟恐难认"，这两句词真是春蛰词人共
性心声的总纲！那种惊悸感和空幻感也真是难以逃避的。

其第二组咏物词为"春明花事词"，以六调咏六花，计二十八首，
分别为《金明池·赋扇子湖荷花第一》《大圣乐·法源寺牡丹第二》
《帝台春·丰台芍药第三》《八犯玉交枝·寄园朱藤第四》《梦横塘·野
凫潭芦花第五》《夜飞鹊·花之寺海棠第六》，加《玲珑四犯·题春明
花事词后》可得三十一首。王鹏运在首篇词序中云："东华尘土，惟四
时芳事差可与娱……今年夏秋以还，高台曲池，禾黍弥望，遑问一花一
叶哉！春风当来，旧游如梦。闭门蛰处，益复无聊。偶忆展齿常经，芳
事最盛之处，各赋小词，以寄遐想。盖步兵之涂既穷，曲江之吟滋戚
已。嗟乎！慈仁之松，廉墅之柳，足以坚岁寒而资美荫者，既邈不可
得，即秋碧春红，媚兹幽独，亦复漂摇如此。风月有情，当亦替人于邑
也"，这一段话已经把题旨交代得非常清晰。所谓"禾黍弥望，遑问一
花一叶哉"，而"风月有情，当亦替人于邑也"，正是借着春明花事来

传递那种家国残破、一身难栖之感的。故这些咏物词虽从形貌上看似乎又蹈了《秋词》的覆辙，内底里乃是有为之作，并非无所用心的文人雅兴。

以上剖析虽尚嫌简单，然已可认识到：《春蛰吟》一直作为《秋词》"姊妹篇""续集"而存在，名气不彰，关注热度亦不高，而其实"兴之所至、势有必然"，于不得不"蛰"之"春"发出不得已的哀婉长"吟"，词之抒情功能以及悱恻折转之特质均得到甚充沛的发挥，故总体成就应不在《秋词》之下。论晚清及近百年词者当于此留意。

第三节 "庚春词人群"扫描

《庚子秋词》与《春蛰吟》唱和团聚了相当一批晚清词人，亦各有精彩表现。其中王鹏运、朱祖谋身在"四大家"之列，我将在后文专章予以评说，此处姑且对刘福姚与宋育仁为首的"庚春词人群"做一扫描。

刘福姚，字伯棠，一字伯崇，号忍庵，由江西庐陵寄籍桂林，生于同治三年（1864）。[①] 光绪八年（1882）举人，十八年（1892）殿试一甲第一名，由翰林院修撰历任侍讲、贵粤等省乡试正副考官等职。辛亥后定居上海，穷愁以终。有《忍庵词》，未见，今所传仅见《秋词》《春蛰吟》中。作为名不见经传的晚清词家，刘福姚在庚子唱和中的表现应该说很出乎读者的期待。他的手笔不仅足可支撑鼎足之局，甚至可平分王朱两大家之旗鼓，有骎然夺席之势。

先看一组《雨中花》，于三家各取一首：

> 侧耳鹍声愁似水，那更识、晴檐鹊喜。碧沼莲清，玉阑秋近，几许凭高意。 底不向、黄绸消午睡，梦云重、屏山惯倚。万里归艎，十千沽酒，办取花前醉。 （王鹏运）

---

① 刘福姚生年学界多不能言之，此据朱彭寿《清代人物大事纪年》，北京图书馆出版社2005年版，第1496页。

锦瑟旁边新醉起，又诏许、金钱曲会。入幕围花，监州得解，消尽熏天事。　　漫笑客、生平无好计，狭路在、凌波旧地。野鹤飞低，官蛙声怒，刻意相回避。　（朱祖谋）

倦鹊南飞知我意，水天远、危阑怕倚。醉里伤秋，愁中忘晓，去住浑无计。　　望渺渺、中原何处是，但目断、寒山晚翠。击筑风悲，吹笳月冷，多少英雄泪。　（刘福姚）

王词隽永，朱词冷峻，而论慷慨苍劲，刘词当胜一筹，末三句可骎骎然直入稼轩堂奥。另如《倾杯令》一调，王词云："鹤警霜严，城空月黑，节物不知春近。枨触灵均幽愤。呵壁苍茫难问。　　阑干星斗寒光印，望瑶京、惊呔骄蹇。司香夜降黄吧，梦里钟声隐隐"，确乎"幽愤"而兼"苍茫"，已是高境。刘词则以老庄思想立意，旁敲侧击，变怪百端，笔墨纵横之态可谓直驾半塘而上之："刍狗文章，鹪鹩身世，蕉鹿梦中谁认。儒墨是非休问，材不材间充隐。　　彭殇一例何须恨，泛虚舟、机心消尽。鸡虫得失俄顷，不值蒙庄一哂。"再如《思归乐》一调，王词云："行乐乌乌歌击缶，愁一似、云排山走。晓起恶寒闲袖手，看变灭、白衣苍狗。　　老去慵耕谁与耦，揽镜愧、雪霜盈首。竟须卯饮醉至酉，闭门不知谁某。"此为半塘老人杰作之一，大有稼轩风味而又多自家面目。相较之下，忍庵词有所不及，然亦可相匹敌，不大悬殊："易水悲歌燕市酒，容几辈、椎埋屠狗。揽镜自伤憔悴久，莫更说、健儿身手。　　落叶惊风吹陇首，暮色起、两三亭堠。雁门李广尚在否，只今月明依旧。"

至于《琴调相思引》与本集殿末的《浪淘沙·自题庚子秋词后》，刘词亦皆无愧"幽瑟沉着，流丽质秀"之评①，较王朱二家并无逊色：

老屋疏櫺一欠伸，乱愁多似梦中云。镇无聊处，寒月一痕新。垂老儒冠能傲客，久居山鬼喜窥人。世情销尽，翻读送穷文。

---

① 韦湘秋、黄强祺：《潜心词赋的刘福姚》，《学术论坛》1991 年第 2 期。

幽愤几时平，对酒愁生。短歌莫怪泪纵横。记得西窗同剪烛，听惯秋声。　　身世醉兼醒，顾影伶俜。哀时谁念庾兰成。词赋江关成底事，一例飘零。

短歌幽愤，顾影伶俜，仅凭弥漫在《庚子秋词》中"多似梦中云"的"乱愁"，刘忍盦即已无愧于晚清词苑一员值得重视的骁将。《春蛰吟》长调唱和中，他也健笔纵横，锋芒不为王朱两大家所掩，表现出非凡的才性。如《蓦山溪》，系赓和半塘"梦中得句"一首之作，语态险峻，多走偏锋，令人想见胸中丘壑：

凿空险语，鬼胆惊应破。醒醉总无聊，问何意、天公生我。短衣匹马，记得年少场，甚侠气，暗消磨，看尽飞鸿过。　　商量剧饮，惟有公荣可。携手上金台，望云海、茫茫愁锁。西风残照，禁得几兴亡，听座上，筑声哀，屠狗人来么。

宋育仁（1857—1931），字芸子，号复庵，四川富顺人。早入尊经书院为高才生，与廖平、杨锐齐名。光绪十二年（1886）成进士，出使英、法、意、比四国，著有《泰西各国采风记》。后在重庆创办四川最早的报纸《渝报》《蜀学报》，并任尊经书院山长、四川通志局总裁。宋氏以名进士为新学巨子，才华富艳，非可以传统文人简单框定。时人以杜佑、郑樵拟之，未尽妥当。[①] 其著述中既有《周礼十种》《诗经毛传今释》等扬榷经学者，又多《时务论》《宪法沿革挈要》等切于时务者。诗词为其余事，而能自写心，掌故亦可备史考。[②] 据朱德慈考，宋氏有《城南词》《问琴阁词》二集，不经见。[③] 今见诸《全民国词》者凡117首，为最全之本。

宋氏写庚子变乱较集中者当数《清商怨·庚子避乱西山作四首》，然不如《相见欢》与《鹧鸪天》真切：

---

①　汪辟疆：《光宣诗坛点将录》。

②　汪辟疆《光宣诗坛点将录》点为"花项虎龚旺"，以其诗"多有为之言，其自注多有关光宣掌故，余极重之"。若《石遗室诗话》所引《感旧》六首可为显例。

③　《近代词人考录》，中国社会科学出版社2004年版，第159页。

第一章 《庚子秋词》与《春蛰吟》 81

　　井桐一叶初声，夜鸿惊。正是下弦无月、已三更。　　哀筛乱，谯鼓断，少人行。依旧五更过了、又天明。

　　空局悠然照泪干，今宵才是夜如年。明河直户如铅水，洗面单留对镜看。　　防胆怯，照心难，狸奴深坐对长叹。梦惊自为罗衾薄，蛩絮灯昏误雨寒。

　　词笔一流丽，一拗峭，而"依旧五更过了、又天明""今宵才是夜如年"之类沉痛的"危城心绪"昭然若揭。而宋氏还有极清新的一种音调，若其早年长调之作《金缕曲》上片云："门掩东风柳。甚长条、系春不住，系愁依旧。芳草无人深一寸，庭掩绿苔深绣。看扫到、残红一斗。花落如潮春如水，剩楝风、吹梦梨云瘦。听鹂去，载春酒。"①《风入松》一首以奇丽华妙之笔抒悼亡情②，为集中最高之作：

　　小楼一雨作春寒，独自倚阑看。东风又绿楼前柳，一丝影、一忆华年。泥酒情怀似絮，焚香心事如烟。　　流光弹指记华鬘，挥手向人间。梦身犹著天花雨，认绿杨、魂往江南。觉后追寻迷路，屏风无限关山。

　　"庚春"词人中，若张仲炘、曾习经等亦足称名家。张仲炘（1854—1919），字慕京，号次珊、瞻园，湖北江夏人。光绪三年（1877）进士，授编修，官至通政司参议，入军机，庚子中以言事忤慈禧被放，曾参江苏巡抚幕，并受聘湖北存古学堂讲席。有《瞻园词》二卷、《瞻园词续》一卷。半塘为首之词群，瞻园为重要作手，与郑文焯乡试同年，过往尤频密。其词"出入各家，而要以周清真为旨归。沉着处不减半塘，密涩处过于彊村"③，若《莺啼序·东华梦尘渐冷》一首可为典型。词题对"七月京师报陷，邮递不通，闻有附夷舶北行者"

────────

　　① 李伯元《南亭词话》引本篇，据其载述，《问琴阁词》初刊于光绪十八年丙戌（1892），即宋氏成进士之年。
　　② 宋氏有《哀怨集》诗刻，多悼念亡姬之作。
　　③ 严迪昌：《近代词钞》，第1687页。

82 第一编 古典词史的"花间晚照":清民之际（1900—1920）词坛研究

等背景言说甚明，词意则悲慨顿挫中不乏惝恍迷离笔调，可谓沉着密涩兼而有之。以二百四十二字之最长词调铺叙庚子事件，实亦"词史"之俦，值得表彰。张氏晚年之作亦不无疏朗健劲。如《鹧鸪天·题湖棹图》：

> 斜照孤舻傍远天，藕花十丈想红娟。也知流水仍今日，可惜风光是去年。　　秋似客，鹭如拳，数行髡柳半湖烟。龙山高处重西望，落帽风来一惘然。

曾习经（1867—1926），字刚甫，号蛰庵，广东揭阳人。与梁启超乡试同年，故诗集《序》为梁氏作。光绪十八年（1892）刘福姚榜进士，授户部主事，历官度支部右丞等职。精于理财，有政声。辛亥清帝逊位前一日辞官，隐居天津。晚景甚窘，至典书易米，然坚拒袁世凯财政部长、广东省长任命，世称逊清第一完人。习经少时肄业广雅书院，师从梁鼎芬，以诗与鼎芬、罗惇曧、黄节并称"岭南四家"，意多精警。[1] 词成就远不及诗，重情致，多小令，趋《花间》、北宋，饶纳兰风调。狄平子称其"如万缕晴丝，袅空无尽"[2]，并未能揭橥其底蕴。录一首《南歌子》，可见其概：

> 说谁何曾睡，言愁始欲愁。不成残梦在帘钩，起看疏星无伴、月明楼。　　锦缎香仍渍，瑶缄泪暗流。几回相见数从头，又是荼蘼落尽、夜如秋。

蛰庵中长调也有佳作。如"深深径草人稀，愁送流光轻羽"（《尉迟杯·题半塘老人春明感旧图》）、"况复铁笛关山，铜弦湖海，不尽飘铅水。回首春灯零乱处，一换一番人世"（《念奴娇》）等句，皆能弹动

---

① 汪辟疆《光宣诗坛点将录》点蛰庵为"天祐星金枪手徐宁"，并许为"工力最深""由玉溪入手而能上穷明远、宣城，下揖黄陈者，惟蛰庵一人"。钱仲联《近百年诗坛点将录》点为"天巧星浪子燕青"，以为其"中年以后所作托兴深微，径向在宛陵、后山间。盖绚烂之后归于平淡矣"。

② 转引自严迪昌《近代词钞》，第 1933 页。

人心。《高阳台》一首叶恭绰许为"词中温李，上溯浣花"①，是其集中最高之作：

> 虚阁蛩凄，重云雁渺，秋霖一片潺潺。茂苑人归，谁怜酒病阑珊。豆花红落愁灯烬，待不眠、特地清寒。甚心情，明日黄花、残雨阑干。　　谢娘别后闲琼瑟，只丁冬细漏，梦也都难。地老天荒，知他何处关山。故家歌舞沉沉去，点罗衣、清泪斓斑。最无聊，扶醉今年，瘦尽愁颜。

---

① 钱仲联:《近百年词坛点将录》引语。

第二章 "晚清四大家"平议

唐圭璋《论词书札》谈近百年词发展有云："晚清庚子以来，朱、况、王、郑、文五大家可算第一辈，吴瞿安、邵次公、乔大壮、汪旭初、陈匪石、向仲坚、孙浚源可算第二辈，龙、夏、季思和我可算第三辈，吴调公、霍松林则是后起之秀了"[1]，作为开山一代，朱、况、王、郑、文等当然应予以极重要席位。此章先谈"四大家"，并附说与之关系密切各名家。其中半塘行辈较早，为笼盖词坛之前辈领袖，可附者多，仅附邓鸿荃、姚宣素、王以敏、裴维侒等关系近密、面貌较清晰者。彊村人脉极广，可附者亦多，此处仅附夏孙桐、陈洵、陈曾寿、"粤两生"几位，其余友生辈别见其他章节。

第一节 "四大家"并称由来、基本定位与理论祈向

一 "四大家"并称之由来

王鹏运（1849—1904），字佑遐，亦作幼霞，中年自号半塘老人，又号鹜翁[2]，晚号半塘僧鹜。广西临桂人。同治九年（1870）举人，十三年（1874）以内阁中书分发到阁行走，历官内阁侍读、监察御史，升礼科给事中，转掌印给事中。一生官爵，至此为极。半塘居朝有正色，弹劾谏诤有直声，以反对西太后和光绪帝驻跸颐和园、为康有为代上奏折、请办京师大学堂等数事蜚声海内，亦为此几罹杀身之祸。光绪

---

[1] 《文学遗产》2006 年第 3 期。

[2] 丙申（1896）鹏运欲上《请暂缓驻跸颐和园疏》，杨锐为卜吉凶，得"刻鹄类鹜"之爻。迨戊戌杨锐死，鹏运曰："吾哀吾友，吾忍忘吾鹜耶？""所谓鹜者，其鸣无声，其飞不能高远，日沉浮于鸥鹭间，而默以自容"，遂号鹜翁。

二十八年（1902）去官南归，主扬州仪董学堂，并执教上海南洋公学。光绪三十年（1904）六月病逝于苏州。

郑文焯（1856—1918），乳名豫格[①]，字俊臣，又字叔问，号小坡，晚号大鹤山人，别署瘦碧、冷红词客等。奉天铁岭人。九世祖国安清初时编入内务府包衣正白旗，故世循旗俗，以名为姓。[②] 至文焯始复汉姓，并自言为郑玄之后，故史料多载为山东高密人。光绪元年（1875）应顺天乡试中举，此后九应会试不第。光绪六年（1880）应江苏巡抚吴元炳聘为幕府，遂移居苏州，以作幕终其身。清亡后以遗老自居，行医鬻画自给，生活困蹇不堪，然民国六年（1917）蔡元培长校北大时尝力聘其金石学科主任和校医一职，仍坚拒不赴，其书有"故国野遗……蒿目世变……敢忝为国学大教授耶"之语。翌年（1918）二月因妻之卒过于悲恸而精神异常，不久并发疾病而逝。

朱祖谋（1857—1931），原名孝臧，字藿生，一字古微，号沤尹，又号彊村，晚仍用"孝臧"之名，浙江归安（今湖州）人。光绪八年（1882）举人，翌年联捷成二甲一名进士，改庶吉士，散馆授编修，历官侍讲学士等。庚子事变中，朱孝臧上疏反对仇教开衅，触怒西太后，几陷不测。《辛丑条约》签订后，乃以"忠心谋国"升内阁学士，擢礼部侍郎，兼署吏部侍郎。未几外放广东学政，因与总督岑春煊不和，于光绪三十一年（1905）辞官寓居苏州，任教于江苏法政学堂。宣统三年（1911）清廷设弼德院，召为顾问大臣，乞假不就。辛亥革命后隐居上海，袁世凯欲聘为高等顾问，亦拒之，后在天津以君礼参拜废帝溥仪。1931 年卒于上海。

况周颐（1861—1926）[③]，原名周仪，因避宣统讳改名周颐。字夔笙，号蕙风，别号餐樱庑主、二云、玉梅词人、阮盦等甚多，广西临桂

---

① 戴正诚《郑叔问先生年谱》："先生生于大梁节署，因名豫格"，《青鹤》第 1 卷第 5 期。

② 郑氏旗籍言者多误，应据杨传庆《八旗词家郑文焯生平三考》，《2012 词学国际学术讨论会文集》（金元明清卷），第 303—306 页。

③ 郑炜明《况周颐先生年谱》据《广西乡试朱卷·光绪五年己卯科》所记定为此年。龙榆生《清季四大词人》引张尔田说以为况氏生于咸丰九年（1859），郑炜明《年谱》已有辨。

人。光绪五年（1879）举人，援例授内阁中书，任会典馆绘图处协修、国史馆校对。叙劳以知府分发浙江。二十一年（1895）入张之洞两江幕府，领衔江楚编译官书局总纂。戊戌变法后离京南下，掌教常州龙城书院、南京师范学堂，受聘端方幕中①，后充任安徽宁国府盐厘督办。民国间寓居上海，卖文为生，穷困潦倒，以致断炊，故曾为刘承干嘉业堂校书，贫驱之也。1926 年卒后，朱祖谋为营葬于湖州道场山。②

此"晚清四大词人"，或曰"清末（清季）四大词人""四大家"等，其称名虽煊赫，而如何由来则罕见能厘清者。赵尊岳为况蕙风弟子，其《蕙风词史》也仅云："时人（将郑文焯）与王半塘、朱彊村及先生合称为清季四大词人。""时人"云谁，未曾明言。此处仅就翻阅所得，略作考订。

与四人同辈的武陵词人陈锐（1859—1922）似最早有推戴"四家"之意，其《袌碧斋词话》评述当时词坛名家曰：

> 王幼遐词如黄河之水，泥沙俱下，以气胜者也。郑叔问词剥肤存液，如经冬老树，时一着花，其人品亦与白石为近。朱古微词墨守一家之言，华实并茂，词场之宿将也。文道羲词有稼轩、龙川之遗风，惟其敛才就范，故无流弊……况夔生词手眼不必甚高，字字铢两求合，其涉猎之精，非余子可及。

《袌碧斋词话》附于《袌碧斋集》而传，初刻于光绪三十一年（1905），撰写当在王鹏运谢世（1904）之前。这一段话中，陈氏一共评价了"投分既深""窃叹为不可及"的老友十余人，而首揭王鹏运、郑文焯、朱祖谋、文廷式四位，评价皆高，大约心目中亦不无排序的意味。对于况周颐，则肯定其读书甚广，而指摘其手眼不高，可谓褒中寓

---

① 张尔田《近代词人逸事》云况氏为端方幕客，甚得爱重。时蒯光典与蕙风学不同，常短蕙风。端方太息曰："我亦知夔笙必饿死，但我端方不能看其饿死"，蕙风闻之涕下。又：李详审言与蕙风亦大不睦，咏端方诗云："轻薄子云犹未死，可怜难返蜀川魂"，自是有宴会，蕙风与审言必避不相见。《词话丛编》第五册，第 4368 页。

② 有云况氏"以妾丧生"者，吴梅谓不可信，而是自苏移沪，夏日卧卒烟榻上，实受热死。见夏承焘《天风阁学词日记》1934 年 12 月 2 日。

贬。这应该是不喜其"侧艳"风格的缘故（说详后文）。

至于徐珂《近词丛话》，则去文而增况，明白许之为"光宣间之倚声大家"，其时在民国五年（1916）之前，是乃四人并称之始。① 张尔田作于"辛酉季夏"（1921）的《词莂序》中承徐珂之论进一步申说："并世作者，半塘之大，大鹤之精，彊村之沉，与蕙风之穆，骎骎乎拊南宋而上矣"，并自述与四大词人交往云：

> 及壮，获与半塘、大鹤、彊村游，三君者于学无不窥，而益用以资为词，故所诣沉思婟进，而奇无穷。晚交蕙风，读其词，逌然愯然，又若有异于余子者。遭世乱离，半塘、大鹤既坎壈前卒，彊村亦摧光韬采，独蕙风憔悴行吟于海涯荒滨……其流变与光岳相终始欤？

特别于蕙风三致意焉。至此，似"四大词人"之说已成不刊之论，而龙榆生1930年撰写《清季四大词人》首揭此名号时则又意外"翻盘"②，舍朱祖谋而"重增"文廷式。当然，彼时彊村老人尚在世，龙氏《小引》中特加"生存硕彦，不具于编"一句，避免师弟标榜之用心灼然可见，同人读者不难领会，其说也未能撼动王郑朱况并称之基本形态。因而，民国二十三年（1934）刘樊在《国立武汉大学四川同学会会刊》撰《清末四大词人》长文，仍取王郑朱况四人立论。其文似乎影响不大，然颇可代表"时人"之共识。③ 迨蔡嵩云《柯亭词论》出，将"四大家"视为继阳羡浙西、常州后第三期清词的代表流派④，则人无异辞，最终定局。

二 "四大家"并称之内在理路

其次，我们还要研究，此四位词人合称的内在理路究竟若何？对此，前贤时彦已贡献出很多可珍视的思考，以孙克强《晚清四大家词学

---

① 以《清稗类钞》成书年限计之。
② 撰于1930年12月，发表于《暨大文学院集刊》一集，1931年1月。
③ 此文承武汉大学陈水云教授寄示，特此致谢。
④ 据蔡氏自序，是书成于己卯辛巳兵乱之间，即1939—1941年中。

集大成论》为例，可得如下要点①：

第一，四家能打破浙西、常州两派之壁垒，对其既有肯定借镜，又有超越融贯，能汲各家之长，熔铸新炉，自成体派；第二，立意守律并重，词格既高，词法益严；第三，摒弃流派意气，"冶南北宋而一之"②。

从孙先生的论述可以看出，四家确有相当多的一致性。故尽管四家人际关系也甚微妙，郑况之间尤多不和③，而最终词史论者仍取大旨相通之义而将其视为一个整体。

我们还可从文廷式"跳出跳入"，即曾名列四家而终于峭立派外、兀傲难双这样一个史实来反向辨认四家之"合"。文氏与郑文焯、王鹏运等皆有颇深交往，然而论词又不全同。其自作《云起轩词序》开篇即对南宋词坛"声多暗缓，意多柔靡……迈往之士，无所用心"的弊端深致不满，对于过尊南宋的朱彝尊以下浙派末流更有痛快淋漓的揭批：

> 自朱竹垞以玉田为宗，所选《词综》，意旨枯寂，后人继之，尤为冗慢。以二窗为祖祢，视辛刘若仇雠，家法如斯，庸非巨谬！

此序作于文氏逝世前两年，即 1902 年，斯时正乃王鹏运、郑文焯、朱祖谋等倾力校勘梦窗词之际，故"以二窗为祖祢，视辛刘若仇雠，家法如斯，庸非巨谬"之语亦应包涵对此一倾向的不满在内。④ 文氏更进一步提出"词者，远继风骚，近沿乐府，岂小道哉？"，词人应具"照天腾渊之才，茹今涵古之思，磅礴八极之志，甄综百代之怀"，明确自白"余于斯道，无能为役，而志之所在，不尚苟同"。这是清代词学史

---

① 《文艺理论研究》2006 年第 3 期。

② 谭献：《复堂词话》。

③ 见杨传庆《郑文焯、况周颐的交恶与晚清四大家词学思想的差异》，《文学遗产》2009 年第 6 期。

④ 龙榆生《清季四大词人》对此早有认识："（此语）又不但抨击浙派而已，对于并世诸贤之专宗白石而崇梦窗者，当然亦在反对之列。"《龙榆生词学论文集》，上海古籍出版社1997 年版，第 450 页。

上罕见的高亢透亮的声音，自陈维崧"存经存史"之论以后，久焉不闻。究其实质，不仅去浙、常宗法甚远，即与王鹏运等折中二家而后出之的"重拙大"之说也并非同路人。

以此种词学思想及其词风而论，不难看出文氏所接实乃苏轼、辛弃疾、元好问、陈维崧、龚自珍一派法乳，而与四家异趣。① 对此，前贤也早有明鉴。如胡先骕《评云起轩词钞》"云起轩词，意气飙发，笔力横恣，诚可上拟苏辛，俯视龙洲"，陈声聪《论近代词》："廷式才气兀傲，词多感时哀事之作……直可追步苏辛，断非改之所能及其婉妙。"沈轶刘、富寿荪《清词菁华》："《云起轩词》诸作霆飞雷激，海立山崩，接迹辛陈，生气遥出"，朱庸斋《分春馆词话》："文廷式出，以其俊逸豪宕之笔，始为苏辛一派吐气。"故文廷式在"四家"行列一闪而过，终于以"兀傲故难双"的姿态掉臂独行实为必然事，而论者一般不加入文氏而并称"五大家"显然不是由于数字习成的缘故，更非"不合逻辑"之谓，而是意图揭示四家内核中诸多的趋同之点及凸显文氏特出之处的缘故。②

然而，趋同未必全同，未必无分歧。这直接涉及四家为主所构成之"临桂派"（或曰"彊村派"）究竟能否成"派"、该"派"性质若何、可否于"常派"之外另立一宗等重要问题的分辨。此数事至今尚存争议，不容回避。请先说成派问题。严迪昌师《清词流派述要》本于文学基本理论对"流派"做如下阐发：

> 流派是运动着的实体，其形态可能是松散的或是紧密的。但构成一个流派并为人们所认识，大抵是：一要有领袖式的具备权威性的代表作家；二要有为共同追求的审美倾向；三要有宣言式的选本或理论纲领。这三个基本构成要素又都得归结到创作实践上来，要

① 龚自珍与文廷式之关系留待后文详说。

② 朱德慈《常州词派通论》："或许是成双成对的'四'在国人心目中太吉祥了，推举某个行当的精英总爱限于四个，所以直到现在，诸文学史在述及清末词时，仍习惯于将'清季四大词人'之目与'异军突起的文廷式'并列，殊未思这是颇不合逻辑的。"中华书局 2006 年版，第 195 页。

有足够体现审美理想的作品。①

衡以此标准，我们可以说"临桂派"于一、四两点绝无疑问，而于二、三两点则还值得商榷。关于第二点，四家审美倾向其实歧异不小，特别是况周颐与另外三家。杨传庆《郑文焯、况周颐的交恶与晚清四大家词学思想的差异》对此有详尽的考证，其结尾部分云：

> 四大家作为一个词学群体，有很多相同或相近的词学观念，但也存在不少分歧，乃至争辩……郑、况交恶首先与二人个性相关，而其深层原因则在词学思想的分歧。况周颐把花间艳词作为其学习的榜样，把艳词作为抒发一己浓烈、真挚性灵的工具，又以之为重、拙、大的载体，因此他难以接受王、郑"淫艳"的指责。而在王、郑看来，况氏秾艳之词既无家国情怀，又无清空之境，实为无谓之词……况周颐主张的是性灵寄托……而从王、郑的词体观来看，他们主张的是言志寄托……由此也可见常州词派标举的"比兴寄托"在晚清民初新的嬗变。②

由此也可见，四家审美倾向分歧之大某种程度上来说实不亚于其趋同，那么其没有宣言式的选本和理论纲领，即不满足第三点之要求也在意料之中。故学界"临桂派""彊村派"之说大抵可视为对"准流派"性质之群体的习惯性称谓，而非严格意义上的词派。

我们还可从四家与常州词派的关系来探论"临桂"之难以单独成派、别立一宗的原因。作为深知内情的彊村老人授砚弟子，龙榆生在《晚近词风之转变》中明确提出"晚近词坛悉为常州所笼罩"的说法，其理由如下：（1）晚近词坛之中心人物，世共推王半塘、朱彊村二先生，而风气之造成，则《薇省同声集》实推首唱，而《庚子秋词》之作影响亦深。（2）朱彊村《半塘定稿序》称半塘词"导源碧山，复历稼轩、梦窗以还清真之浑化，与周止庵氏说契若针芥"。（3）朱彊村本

---

① 《金元明清词鉴赏辞典》后附，南京大学出版社1989年版。
② 《文学遗产》2009年第6期。

人于梦窗最为用力，半塘《彊村词代序》所谓"六百年来真得髓者"。故王朱二氏所宗尚，未能脱出止庵四家之范围，与其尚寄托之说亦不谋而合。①

在《论常州词派》一文中，龙榆生重申此说，将"四家"视为常州词派一翼：

> 常州派继浙派而兴，倡导于武进张皋文（惠言）、翰风（琦）兄弟，发扬于荆溪周止庵（济，字保绪）氏，而极其致于清季临桂王半塘、归安朱彊村诸先生。②

由于其与"四家"的特殊关系，龙氏的看法无疑是非常值得我们重视的，今人也多从之。如严迪昌师《清词流派述要》云："其实桂派的词学观，渊源仍在常州词派，是常派的余波一脉。"朱德慈《常州词派通论》则详加推衍总括，在指出该词群有较新的审美取向和理论发明、有结派意识的基础上，仍从理论宗旨、效法前修、创作实践等方面分析其未能越轶常州门庭，因而判定临桂派与常州派有不解的渊源，是常州词派的一脉相传。③ 这应是学界较主流的、也较合乎理路的共识。当然，由于局面本身的复杂性与"横看成岭侧成峰"效应，这样说并不排斥学界同人对于临桂成派的正面判断，也并无意降低这一重要群体的研究价值。④

三 "四大家"的理论祈向

作为晚近坛坫最重要的词人集群，四大家的理论祈向当然应予足够重视。然近年学界对其研究较为深入，因而我只综述各位同人之意见，

---

① 原刊《同声月刊》第一卷第三号，1941 年 2 月，见《龙榆生词学论文集》，第 378—386 页。

② 原刊《同声月刊》第一卷第十号，1941 年 9 月，见《龙榆生词学论文集》，第 387—405 页。

③ 该书第八章第一节《"四大词人"归属辨》，中华书局 2006 年版，第 189—195 页。

④ 如陈铭《近代词论个性的迷失与重构》（《浙江学刊》1994 年第 4 期）、巨传友《清代临桂词派研究》即力主临桂成派说。

力求简明。

四大家的理论祈向一言以蔽之，可以用"宗法不离常州而能有所拓展"来概括。所谓"宗法不离常州"主要表现在对常派宗师张惠言、周济有关观念的高度认同。如前文所说，王鹏运"导源碧山，复历稼轩、梦窗以还清真之浑化，与周止庵氏说契若针芥"（彊村语），而彊村自己在半塘的指授影响下，也走的是"取径梦窗，上窥清真"的常派路数。① 大鹤山人声称："窃以词道衰息，自南宋来三百余年，至嘉庆间始得一皋文先生"②，对张惠言的《词选》宗旨与"意内言外"之说深表赞肯，以为是能张幽隐、体尊道昌之论。③ 况蕙风说词天花乱坠，对于"重拙大"三字诀的阐发建构与陈廷焯"沉郁"说、王国维"境界"说并称晚近词学三大收获，而其核心落点仍不脱"寄托"主调。凡此皆可见其常派本色。④

所谓拓展则意味着四家在常派矩矱之外，更兼收各流派之长，对常派偏隘之处进行了相当程度的改造，形成丰腴多元的理论面貌。如王鹏运、郑文焯皆吸收浙派的"清空"之论，推尊姜夔。半塘集中次白石韵者颇多，大鹤自白"入手即爱白石骚雅，勤学十年"⑤，实则毕生心摹手追，"白石情结"始终不废。再如朱祖谋服膺常州词论之外，亦对周济退苏进辛、以碧山厕身领袖等说法稍致不满。其晚年所作词即多取苏轼之清雄而济梦窗之晦密，并旁及柳、晏、秦、贺诸家，从而形成"语澹而情苦"的"郁勃意态"。⑥ 至如理论果实最为丰硕的况周颐，其拓展的幅员当然也远较另外三家为宽阔。其中最启人心智者无疑为"词心""词境"之说。以下这几段著名论述确乎"细入毫芒，能发前人所未发"⑦：

---

① 唐圭璋：《朱祖谋治词经历及其影响》，载《词学论丛》，上海古籍出版社1986年版，第1090页。

② 《与朱祖谋论词书》四六，载孙克强、杨传庆辑《大鹤山人词话》，南开大学出版社2010年版，第278页。

③ 《郑大鹤先生论词手简》，《词话丛编》，第4330页。

④ 况氏提出"词贵有寄托"，《蕙风词话》卷五。

⑤ 郑文焯：《与张尔田书》，《词话丛编》，第4331页。

⑥ 朱庸斋：《分春馆词话》，转引自刘梦芙《二十世纪中华词选》朱祖谋条下"集评"。

⑦ 钱基博：《现代中国文学史》，转引自刘梦芙《二十世纪中华词选》况周颐条下"集评"。

人静帘垂，灯昏香直。窗外芙蓉残叶飒飒作秋声，与砌虫相和答。据梧冥坐，湛怀息机。每一念起，辄设理想排遣之。乃至万缘俱寂，吾心忽莹然开朗如满月，肌骨清凉，不知斯世何世也。斯时若有无端哀怨恍惚于万不得已；即而察之，一切境象全失，唯有小窗虚幌、笔床砚匣，一一在吾目前。此词境也。

吾听风雨，吾览江山，常觉风雨江山外有万不得已者在。此万不得已者，即词心也。而能以吾言写吾心，即吾词也。此万不得已者，由吾心酝酿而出，即吾词之真也，非可强为，亦无庸强求，视吾心之酝酿何如耳。

吾苍茫独立于寂寞无人之区，忽有匪夷所思之一念，自沉冥杳霭中来，吾于是乎有词。

此种"名士气"十足[1]，且又带着几分神秘感的"性灵"论实为词学史上罕见的探骊得珠、回归本位之说，其对于词学之拓宽、拓深绝非以经学解词的张惠言所能梦见，即便眼光开阔的周济也远所不逮。建立在这样一种本源认知层面的词心、词境论必然会捐弃诸多的门户意气，从而即便谈"寄托"，也是植根于"我"、以"性灵"为起航点来陶铸心灵的诗篇的。那么举凡时贤前修，无论温韦、晏欧、周秦、苏辛、姜张，甚且"国朝"大家，就也都在兼收并蓄之列。深邃的"词心"，广袤的"词境"。这应该是四大家对于常州宗法最大的"拓展"。[2]

四家之拓展还有一个重要方面亦不可忽视，即对校勘、音律之学的集大成式贡献。

词籍校勘渊源甚早，但承乾嘉诸老朴学之余沥，将经史校雠的态度和做法引入"小道"，使其成为专门之学则自四大家起。况周颐不耐校

---

① 严迪昌：《清词史》，第532页。
② 彭玉平《况周颐与晚清民国词学》（中华书局2021年版）力揭况氏之"松秀"说及其"清疏"的词学本心，是近年研究况氏词学之最大收获，见拙作《再谈诗学史的"高格"——以〈况周颐与晚清民国词学〉为例》，《中国图书评论》2021年第10期。

94 第一编 古典词史的"花间晚照"：清民之际（1900—1920）词坛研究

词，有"虽甚佳胜，非吾意所专注"之表白①，然而在王鹏运引导下，亦曾校勘《梅溪词》《断肠集》《蚁术词选》等多部别集，并由此"得窥词学门径""体格为之一变"。②郑文焯于校勘之用力远在况氏之上，对于《乐章集》《清真集》《白石道人歌曲》等皆勤恳费心，而于《梦窗词》尤甚，故吴熊和有与王、朱鼎足而三之评骘。③相较之下，王朱两家确实成就尤大。在校订《梦窗词》过程中，王鹏运提出著名的校词五例：曰正误，曰校异，曰补脱，曰存疑，曰删复，在词籍校勘学层面具有奠基意义。朱氏承半塘余绪，于再校《梦窗词》过程中益以"勘定句律"一条，将"五例"发展为"六例"。合以此后校笺《东坡乐府》之凡例，最终将词籍校勘基本准则确定为尊源流、择善本、别诗词、补遗佚、存本色、定词题、校词律、证本事八种④，应用于《彊村丛书》。半塘与彊村发凡起例，影响深远，于词籍校勘学可谓元勋卓著。两部精审宏伟的丛刊《四印斋所刻词》与《彊村丛书》即为明证。

词音律研究在清代既是绝学，也是显学。沈谦、吴绮、吴烺、程名世、凌廷堪、杜文澜、徐本立等皆有建树，而万树《词律》与戈载《词林正韵》成就最伟，被推为"倚声家长明灯""正宗"。⑤四家继此而起，亦终为词音律研究画上了圆满的句点。巨传友《临桂词派研究》总结四家的声律观为三个方面：（1）注重声律，肯定《词律》《词林正韵》等书的价值。（2）分辨四声，严于持律，于入声字与词乐皆有所发明。（3）声律理论与创作实践相结合，在群体中形成风气。此一方面应以大鹤山人为翘楚，杨传庆《郑文焯词及词学研究》即从个案出发，将郑氏词体研究分为"词律""词韵""词乐"三大部分详尽论之⑥，从而可见出四大家对此的高度重视与卓绝造诣。

---

① 《蕙风词话》卷一。

② 《餐樱词自序》。

③ 《郑文焯批校梦窗词》，《吴熊和词学论集》，杭州大学出版社1999年版，第298页。又可详见杨传庆《郑文焯词及词学研究》第六章《郑文焯的词籍校勘》，博士学位论文，南开大学，2011年。杨文称郑文焯"是被王朱光芒掩盖了的词籍校勘大家"。

④ 此为吴熊和先生概括，见其《彊村丛书与词籍校勘》，《吴熊和词学论集》，第150—157页。

⑤ 分别见谢章铤《赌棋山庄词话》卷一、李佳《左庵词话》。

⑥ 该论文第七章《郑文焯的词体研究》。

需要指出，四家醉心于校勘、音律别有用心，或指示门径，或推尊体格，其行为本身即蕴涵着鲜明的价值判断，而不完全是"为艺术而艺术"的迷恋骸骨。[①] 而正是由于四家在以上方面的继往开来式贡献，现代意义上的"词学"得以奠基并最终成为显学。对此，我们应予充分的认识和评价。

第二节 "直逼稼轩"的半塘词

附 邓鸿荃、姚甯素、王以敏、裴维侒

一 "直逼稼轩"的半塘词

四家词史地位的赢获当然非单纯的词学成就能成全，占有更大比重的应是其光焰灼人的词创作实绩。朱庸斋《分春馆词话》为近人词话第一，其中如此评骘四家词：

> 清词至清季四家，词境始大焉。盖此四家者，穷毕生之力深究词学，其生长之时代与生活亦多可喜可愕、可歌可泣者，故为词亦远过前代……功力同为宋以后所不能到，甚有突过宋人之处者。

> 清季四家词，无论咏物抒情，俱紧密联系社会实际，反映当时家国之事。或慷慨激昂，或哀伤憔悴，枨触无端，皆有为而发。词至清末，眼界始大，境界遂深。

并明确自述学词门径云："余为词近四十年，方向始终如一。远挑周、辛、吴、王，兼涉梅溪、白石，近师清季王、朱、郑、况四家"，其推崇如是，容有过当，然亦可见四家之特征与影响。

请先谈王鹏运。四家中，王鹏运年资最高，治词亦早，朱祖谋、况周颐、文廷式等皆受其耳提面命，足称清季词坛辉煌之前马，乃是这一群体无可置疑的导师与领袖。学界有以"彊村派"代替"临桂派"的

---

① 详见巨传友《临桂词派研究》第四章《临桂词派的词学观》。

96 第一编 古典词史的"花间晚照"：清民之际（1900—1920）词坛研究

说法，实质是对半塘卓越贡献的忽视和不公正评价。① 读王氏词，当以"气""雄"二字为关键词。"气"字最早见陈锐之说，已见前引。嗣后卢前《望江南·饮虹簃论清词百家》亦称其"作气起庑为世重"。问题是此"气"为何等样之"气"？其实陈襄碧已说得很清楚，"黄河之水，泥沙俱下"非含贬义，实指王词之"大气"与"豪气"，即严迪昌师《清词史》所谓"风云气"。② 朱德慈《常州词派通论》以"英气"括论之，体会亦切。半塘抱负宏远，气节坚苍，大有用世之志，然而一官累踬，卒以不得志去位。所谓"其遇厄穷，其才未竟厥施，故郁伊不聊之概，一于词陶写之"③，正是时势人心与创作主体的交融最终酿变为半塘的大气、豪气与英气。朱祖谋以为半塘词"导源碧山，复历稼轩、梦窗以还清真之浑化，与周止庵氏说契若针芥"，所说当然不错，半塘也确乎对姜夔、王沂孙、吴文英等下了不小的功夫。然而深味其词风神，实倾向苏辛一派而尤近稼轩。

半塘早年的《袖墨集》中有《百字令·东坡生日……设祀四印斋，敬赋》一篇，对苏轼横绝千古的"清操""雅尚"极致景仰之忱：

熙丰而后，问何人不愧，先生风节。奴辈纷纷悖与卞，都付命宫磨蝎。殿上金莲，海堧笠屐，身外皆毫末。浮云富贵，梦婆多事饶舌。　　即论余技文章，岷峨千古秀，还争奇崛。七百余年生气在，下拜犹通謦欬。孟博清操，渊明雅尚，比拟差亲切。萧条异代，我怀常此如结。

从这里还看不出东坡"余技文章"对他的巨大影响，但同在光绪六年（1880）左右所作的《金缕曲·读勒少仲中丞香篆词，即用原解书后》《摸鱼子·瑟轩前辈阅近作拜新月词……倚此奉答》《摸鱼子·瑟轩前辈复以长歌见酬，再用前解奉答》等一批作品皆纵笔直书，激荡捭阖，分明可见苏辛的影迹。更典型的是见之《中年听雨词》的《声声

---

① 钱仲联：《清词三百首前言》中提出"彊村派"之说，并得到艾治平等的赞同。对此，巨传友：《临桂词派研究》已有辨说，见该书第11—12页。

② 《清词史》，第532页。

③ 朱祖谋：《半塘定稿序》。

慢·用王碧山韵》：

> 长房缩地，骑衍谈天，谁人肯老蓬庐。踽踽寰中，书生目论全疏。扶桑去来咫尺，底消磨、云屬风蒲。赋情冷，料更无狗监，能识相如。　莫漫评量今古，算凿空有论，尽信无书。云路先鞭，终南可似蓬壶。沧溟几回屝市，更六州、聚铁何软。漫惆怅，问长沙、流涕也无。

词用王沂孙韵，可字里行间，哪是碧山气味？《蜩知集》中《西河·燕台怀古用美成金陵怀古韵》一首也是如此，题材、用韵均与周邦彦同，但"游侠地。河山影事还记""剑歌壮，空自倚。西飞白日难系""酒酣击筑访旧市。是荆高、歌哭乡里"等句，其底里分明还是稼轩的，甚至是迦陵的，而不是清真的。自大量文本——尤其是此种"表里不一"的作品——既可以明确辨认出半塘对稼轩一派横贯终生的认同，也能够令我们想到：词人所秉持的理论鹄的与创作实践其实是常常出现错位现象的，有的时候还会严重到大幅度突破甚至崩溃的程度。王半塘是一显例，况蕙风也是一显例。

此外，四印斋中所刻《稼轩词》，半塘用功颇深，更在题词中称许其"何似三郎催羯鼓，凤醒余秒一时捐""多少江湖忧乐意，漫呼青兕作词人"。① 其《金缕曲·心事从何说》小序提及弟辛峰（王维熙）出示所和稼轩词数十篇，"读之喜不自禁，即用稼轩韵题此索和"，倾倒之意溢于言表。凡此皆为半塘追步稼轩之明证，施蛰存因而有言："余观半塘词，实自晏欧小令进而为苏辛近慢。虽半塘亦自许为碧山家法，气韵终不似也"②，龙榆生亦称半塘"不期然而自趋于稼轩一路"③，"直逼稼轩"④，皆是具眼之论。"稼轩风"在清末词坛的最后一次疾澌正是王鹏运以他卓绝的创作与文廷式共同构成的。不了解这一点，不算

---

① 《校刻稼轩词成率成三绝于后》，四印斋刻本《稼轩词》。
② 《花间新集》，转引自刘梦芙《二十世纪中华词选》，第50页。
③ 《清季四大词人》，《龙榆生词学论文集》，第444页。
④ 《跋彊村先生旧藏王鹏运味梨、骛翁、蜩知三集原刊初印本，校梦龛集原钞本》，《清季四大词人》，《龙榆生词学论文集》，第510页。

98　第一编　古典词史的"花间晚照"：清民之际（1900—1920）词坛研究

真正读懂半塘。①

最能体现"直逼稼轩"特质的无疑为其名作《沁园春·岛佛祭诗，艳传千古。八百年来，未有为词修祀事者。今年辛峰来京度岁，倡酬之乐，雅擅一时。因于除夕陈词以祭，谱此迎神，而以送神之曲属吾弟焉》：

> 词汝来前，酹汝一杯，汝敬听之。念百年歌哭，谁知我者；千秋沆瀣，若有人兮。芒角撑肠，清寒入骨，底事穷人独坐诗。空中语，问绮情忏否，几度然疑。　　玉梅冷缀苔枝，似笑我、吟魂荡不支。叹春江花月，竞传宫体；楚山云雨，枉托微词。画虎文章，屠龙事业，凄绝商歌入破时。长安陌，听喧阗箫鼓，良夜何其。

> 词告主人，酾君一觞，吾言滑稽。叹壮夫有志，雕虫岂屑；小言无用，刍狗同嗤。捣麝尘香，赠兰服媚，烟月文章格本低。平生意，便俳优帝畜，臣职奚辞。　　无端惊听还疑，道词亦、穷人大类诗。笑声偷花外，何关著作；情移笛里，聊寄相思。谁遣芳心，自成呫舌，翻讶金荃不入时。今而后，倘相从未已，论少卑之。

昔年稼轩有《沁园春·将止酒，戒酒杯使勿近》一首，又有《城中诸公载酒入山，余不得以止酒为解，遂破戒一醉，再用韵》一首，足称其平生滑稽怪伟之最。前者曰："杯汝来前！老子今朝，点检形骸。甚长年抱渴，咽如焦釜；于今喜睡，气似奔雷。汝说刘伶，古今达者，醉后何妨死便埋。浑如此，叹汝于知己，真少恩哉！　　更凭歌舞为媒，算合作、平居鸩毒猜。况怨无大小，生于所爱；物无美恶，过则为灾。与汝成言，勿留亟退，吾力犹能肆汝杯。杯再拜，道麾之即去，招则须来。"可以清晰看出，半塘此二首之结撰全自稼轩得力，而又颇有

---

①　施蛰存：《花间新集》"清词至王半塘、文芸阁，气壮神王……终已入苏辛之垒"，转引自《二十世纪中华词选》，第76页。

发展。稼轩原作以一篇囊括自己与拟人化的"杯"之对话，半塘则联章成组，前篇为主人自述，后篇"词告主人"量亦等额，这就进一步拓宽了表现空间，可将撑肠之芒角、入骨之清寒尽情喷泄而出。前篇开笔即提出"百年歌哭""千秋沉瀣"二语，既是对"空中语"之类蔑称的否定，更是对自己"画虎文章，屠龙事业"的反照和悲慨。"词告主人"一篇尤其充满冷峻的幽默感：词本自居为"俳优帝畜"之"烟月文章"，而忽听说自己亦能"穷人大类诗"，遂不禁"惊疑"而兼惊喜，于是篇末之"词"竟从谦卑态度而一转为傲慢口吻："既然此后你无法割舍，那还请给我适当评价，不可随意贬低为是！"词至此戛然而止，令人绝倒，意味悠长，真可谓唇枪舌剑、锦簇花团。通篇皆有牢骚滑稽之态，而内中则庄肃端严，蕴蓄着一系列重大严肃的主题。在稼轩"止酒"词的接受历史上，名家名作不一而足，而必当推半塘此二篇为翘楚。[①]

类此怪怪奇奇、别具心裁者还有《水龙吟·平生嗜睡成癖，读〈天籁集〉睡词，深有契于予怀者。戏用原韵以志赏心》一首：

> 举头十丈尘飞，人间何许埋愁地。颓然一笑，玉山自倒，春生梦寐。我已相忘，蕉阴覆鹿，槐根封蚁。叹无情世故，仓皇逐热，问谁识，于中味。漫说朝来挂笏，最宜人、西山晴翠。何如一枕，忘机息影，黑甜乡里。万事悠悠，百年鼎鼎，付之酣睡。待黄鹂三

---

① 详见拙作《辛稼轩〈沁园春〉"止酒"二首接受考述》，载《中国诗学》第十三辑，人民文学出版社2009年版。该篇论文同时附笔者少年习作同调《与钱问答》三首，乃受半塘启发者，亦迻录于此。词固卑卑，见源流、志因缘而已："钱汝来前，汝听我歌，我歌萧骚。想吹笙挟瑟，天下衮衮；缠金跨鹤，世上滔滔。且逐功名，莫论学问，五车未敌一羽毛。惟余我，伴青灯墨卷，伊郁无聊。　　古今多少人豪，笑书生、到此意气消。纵苦寒读书，都成云散；长杨作赋，只等萍飘。五柳先生，使于今日，三斗也折乞米腰。袖手看，君呼风呼雨，为蜃为妖。""钱曰咄咄，何物腐儒，口吻轻嚣？便酒臭朱门，非我差错；寒冬陋室，怪汝清高。天道无亲，能者探骊，何必辞锋冷若刀？须知我，早铜皮铅骨，久历诙嘲。　　劝尔齿颊休刁，将经卷、文章一火烧。即屠龙难就，尚可屠狗；画虎不成，无妨画猫。纸醉金迷，钗横鬓乱，一笑且拈琥珀醪。归来罢，正酒阑歌散，月冷秋宵。""我拍钱肩，笑曰孔兄，斯言得之。使濛濛檄文，散为霞绮；泠泠郁气，暖作云霓。何必矜长，且安本分，一枕春梦几多时。胡涂甚，只瞑目趺坐，心飞神驰。　　转笑世人都迷，但矻矻、为君白鬓丝。想海市成楼，皆归荒幻；蕉叶覆鹿，总是离披。不如筑茅，江滨岭表，与白鸥盟便忘机。雄心敛，好持螯纵酒，遁于卑辞。"

100　第一编　古典词史的"花间晚照"：清民之际（1900—1920）词坛研究

请，窥园乘兴，倩花扶起。

词中用"春梦婆""蕉阴鹿""邯郸梦""西山爽气"等典故，隶事颇多，已大有稼轩"用经用史，牵雅颂入郑卫""横竖烂熳，乃如禅宗棒喝，头头皆是"之风调①，而重心乃在于开篇"举头十丈尘飞，人间何许埋愁地"两句高唱。在将"睡"字写得跌宕生姿的同时，更倾泻出满腔不合时宜的牢骚与愤懑，内在精神直接稼轩"江湖忧乐"之意趣。

再如其《满江红·朱仙镇谒岳鄂王祠敬赋》《满江红·送安晓峰侍御谪戍军台》二首：

风帽尘衫，重拜倒、朱仙祠下。尚仿佛、英灵接处，神游如乍。往事低徊风雨疾，新愁黯淡江河下。更何堪、雪涕读题诗，残碑打。　　黄龙指，金牌亚；旌旆影，沧桑话。对苍烟落日，似闻悲咤。气奢蛟鼍澜欲挽，悲生笳鼓民犹社。抚长松、郁律认南枝，寒涛泻。

荷到长戈，已御尽、九关魑魅。尚记得、悲歌请剑，更阑相视。惨淡烽烟边塞月，蹉跎冰雪孤臣泪。算名成、终竟负初心，如何是？　　天难问，忧无已；真御史，奇男子。只我怀郁塞，愧君欲死。宠辱自关天下计，荣枯休论人间世。愿无忘、珍惜百年身，君行矣。

大声鞺鞳、惊飙突进，皆远绍辛张（元干），近接陈（维崧）朱（彝尊）②，确乎难以碧山、清真、梦窗家法概括之。此类风格在半塘词

———————

① 刘辰翁：《辛稼轩词序》，《须溪集》卷六。
② 朱彝尊某些杰作大有"稼轩风"，置之同时陈维崧集中，亦难辨楮叶。此一流派互渗与词人审美风格多样性问题值得关注。如其《满江红·吴大帝庙》"玉座苔衣，拜遗像、紫髯如乍。想当日、周郎陆弟，一时声价。乞食肯从张子布，举杯但属甘兴霸。看寻常、谈笑敌曹刘，分区夏。　　南北限，长江跨；楼橹动，降旗诈。叹六朝割据，后来谁亚。原庙尚存龙虎地，春秋未辍鸡豚社。剩山围、衰草女墙空，寒潮打"，半塘岳鄂王祠之作颇取法于此。

中并非少数，其《八声甘州·送伯愚都护之任乌里雅苏台》《减字木兰花》（婆娑醉舞）、《祝英台近·次韵道希感春》《临江仙·枕上得家山二语，漫谱此调……》《摸鱼子·以汇刻宋元人词赠次珊……》《百字令·自题画像》《念奴娇·登阳台山绝顶望明陵》《水龙吟·戊戌小除立己亥春梦湘约同作》《鹧鸪天·登玄墓还元阁用叔问重泊光福里韵》等一大批代表性作品，或悲慨雄奇，激扬感愤，或忠爱悱恻，沉郁绸缪，无不从辛老子脱胎而出，深具"敛雄心，抗高调，变温婉，成悲凉"之概。[①] 另如总体风格哀顿缠绵、愁云密布的《庚子秋词》，半塘所作小令词亦频见稼轩气韵。可再读几首：

> 擘云心事记当年，天路许追攀。玉带金鱼，美人名马，文字重藏山。　　而今憔悴干戈里，老子已痴顽。霜后秋菘，雨前春茗，一觉足千欢。
>
> ——少年游

> 董龙鸡狗，休道今无惟古有。转语谁参，凄绝人天秘密禅。霜高天迥，雁讯催寒秋欲暝。莫问归期，泪尽杨朱路已歧。
>
> ——减字木兰花

> 风南北，水东西。路多歧。人共物，是耶非。试凭高，日远近，问谁知。　　燕市上，酒人稀。舞傀儡。天已醉，客何为。吊田横，招正则，是吾师。
>
> ——三字令

> 不断寒声空外响，长铗欲歌悲肮脏。屠狗卖浆人，来共我、晾鹰台上。　　风尘满眼愁千丈，梦骖鸾、故山无恙。何日水云身，容散发、扁舟长往。
>
> ——菊花新

---

① 按：半塘有推苏退辛之论，如云："词家苏辛并称，其实辛犹人境也，苏殆其仙乎？"见《词林考鉴》稿本苏轼条下引。而其自作，殊不近苏。

彊村所谓"起屡差较茗柯雄"之"雄"字，正当由此悟入。此一点论半塘词者向来重视不够，故表出于此。

二 邓鸿荃、姚亶素

先接谈半塘妹婿、与词坛广通声气的邓鸿荃。邓鸿荃（1857—约1926）①，字雨人，别号休庵，亦临桂（今桂林）人。早为京官，后外任四川候补道，故与蜀黔词人赵熙、邓潜、江椿、宋育仁等交游甚密，从而成为临桂词群与西南词坛的连接点。其《秋雁词》与江椿《听秋词》并刊为"双秋词"②，加辑佚可搜得二百余篇。

鸿荃现存最早作品中有《金缕曲·壬辰抵京，王幼霞侍御五兄重馆予于中年听雨庐，兼以近作见示，依韵奉答》一首，壬辰系1892年，可见他入手填词已不甚早，且与王鹏运有相当密切的关系。今集中关联半塘者十余首，不乏"吴钩郁作不平鸣，甚时才吐秋虹气""人物眼中浑数遍，更时艰、万状同悲切……君共隐，甚时节"的同心语③，《庆宫春·读彊村〈结草庵拜半唐翁殡宫作〉，次韵和之，感念存亡，不知泣涕之横集也》更是长歌当哭，将二人情谊做了总的归结。其词云："羁泊频年，亲情入梦，往还七度春明。寒雨声孤，大雷书断，閟宫长痛幽扃。味梨吟罢，俨花外、词仙降灵。草庵趋拜，堪羡彊村，犹奠椒馨。　天边杜宇愁听。休忆同朝，剑佩花迎。我叹无归，君今是福，海波正跋修鲸。旧人空在，只赢得、悲歌放声。夜台知否，魔劫重重，应念枯僧"，如此深情，置之半塘旗下，固也相宜。

与半塘相比，邓休庵的瑰奇雄浑远所不及，而胜在精严清雅，饶于风情。集中有《沁园春·留音机器，和花溪》《沁园春·眉》《凤凰台上忆吹箫》"懒""憨""眄"数首，又有《八声甘州·奉和香宋〈和苾刍馆前后六忆词〉》十二首及《声声慢·水烟》《满庭芳·叶烟》《木兰花慢·纸烟》《壶中天·鼻烟》四首，颇富浙西气息，半塘不如

---

① 邓氏生年刘汉忠《广西文献旧籍丛札》（《广西地方志》2017年第1期）作1868年，《全民国词》小传未载，据其《临江仙·己亥自题小影》"卅三年事太零星"句，可知生于1857年，卒年据《全民国词》小传"约七十"句推得。

② 民国七年（1918）成都刻本。

③ 见其《踏莎行·秋夜和王五侍御韵》与《金缕曲·寄怀王五侍御》。

此作也。

然而，诸多风情闲逸之作毕竟不能掩其乱世遗民之心绪。在《百字令·和尧生用竹垞韵》中，他把那种身心两重的"异乡感"写得相当真切，词上片云："锦江为客，望故关何处，穷年羁泊。铁铸六州成大错，弃妇无家谁托。老至无闻，兵余不死，梦里还乡乐。一椽犹在，怕看荆杞村落。"《齐天乐·持伞御雨词，次圣传韵》尤能呈现出流离哀苦感受，所谓"持伞御雨"，他在《雨霖铃·林乌悲切》一篇的小序中交代得相当清晰："避地桂湖，乱后回成都，敝庐为流弹所击，连雨漏甚，终日持伞兀坐。忆东坡诗云'破屋常持伞'，古之人有行之者矣……"词云：

> 芙蓉城阙兵荒后，萧骚又闻秋树。负郭人归，空巢日漏，燕子依依如诉。茅龙过雨。㑉湿透床书，润沾琴柱。破屋清吟，子瞻同调正心许。　　依稀荷叶影底，打蓬珠点碎，幢盖齐露。未办牵萝，无须戴笠，一笑今宵且度。哀鸿太苦。正泪眼难晴，百般凄楚。盼出晨曦，鬓丝生几缕。

"破屋清吟，子瞻同调正心许"，字里行间，竟有几分得意，可那得意不正是苦中作乐的辛酸么？

邓休庵以下，应谈得半塘亲炙甚多的侄婿姚鵷素（1872—1963）。鵷素字景之，晚号东木老人，浙江吴兴人，清末仕至抚州知府、南昌知府。辛亥后穷居沪渎，借寓吴门，靠润笔典当度日，而不匮风雅，为稊园社、沤社成员，又与聊园社、须社诸君唱和频密。著有《枳园词》三卷、《枳园剩稿》一卷、《散莲宧集外词》二卷等，凡五百首上下，数量颇丰，然一直未刊，面目不详，至2015年始由后人裒为《姚鵷素词集》行世。[①]

鵷素少时读书燕京，半塘即督促学词。迨半塘受劾南下，往来江左

---

① 中国社会科学出版社2015年版。该本文献珍贵，然体例文字舛错颇多，且书中既收其诗集《天醉楼瓛语》及《天醉楼戏集清真梦窗白石玉田词联》矣，书名仅称"词集"即不当。

104 第一编 古典词史的"花间晚照":清民之际(1900—1920)词坛研究

右,宣素恰宦游南昌,又从其深造。至穷居苏松之间,与彊村朝夕与共,多得指授。① 从这些行迹来看,姚氏可视为"四大家"衣钵传人之一,予人"平昔论词,墨守四声,于近人尤服膺新会陈洵述叔……一词出,辄数易字而卒就妥帖"印象也很正常②,然而他晚年一篇论词语颇值得注意:

> 近世人填词,专谈四声……而词之篇段字句不事讲求……强为凿枘,至不成句……世人又知推尊王半塘、郑叔问、谭仲修、张皋文为大词宗,而不知此四人者,皆不循四声者也。朱古微……专学梦窗矣,后学来问,则教其读梦窗词,依其四声,世人遂为彊村所误而不知返。

> 近世人不惟守四声也,又最喜填难调僻调……不知难调僻调,清真、白石……梦窗、梅溪皆不多填……周姜诸人所填之调不下千余,一生用之不尽,则又何必以难与僻自矜其能?从前南京之如社、苏州之六一消夏消寒集,群相填用,殊堪喷饭。

> 如程子大、夏剑丞、周癸叔辈,未必词无佳构,皆为喜用拗涩之字,致掩其真。若彊村推许之陈述叔者,其词晦暗,尤为劣下。

此篇议论题为《词说巘语》,附于《枳园剩稿》末篇《摸鱼子》之后。以上三段,或揭墨守四声之谬,或笑多务难调僻调之陋,或批评拗涩晦暗风格,对朱祖谋、如社、程十发、夏敬观、周岸登、陈洵等皆有毫不留情的指责,是足以见出姚氏能入能出、比较通达的词学观念的。九十高龄,躬阅数朝,作为晚清以来词坛的一部"活字典",他的这些意见很能启人反思。

秉持此种理路,尽管姚氏自作也不乏"拗涩晦暗"路数,但也颇多"不掩其真"的佳篇。如《忆旧游》:

---

① 以上行迹可见刘廷琦《序》,《姚宣素词集》第25页。
② 夏敬观:《忍古楼词话》。

甚南山隐豹，北海从龙，人意恓惶。往事成今古，剩灯怜影瘦，漏滴愁长。依稀旧时情味，惆怅亦清狂。奈藕孔光阴，槐柯梦幻，几度思量。　　难忘。意何限，叹鹙咽寒烟，落叶空江。自鹤归鸥散，问半天竽籁，谁引清商。凭栏许多心事，无语睇斜阳。恁毁折君弦，瑶琴一曲教断肠。

词皆提空而写，但"许多心事"在"斜阳""凭栏"之际还是凸显得相当真切。《醉桃源》一首大有半塘笔意而不少自得处：

酒旗歌板送余春，猧儿酣睡驯。而今谁是拗花人，钿钗生绿尘。　　鸡栶老，蚁柯新，劳劳争问津。眼中蛇象意纷纭，龙吟休乱真。

迨日寇入侵的"时危岁晚"之际，亶素"感怀世乱"①，诸如《绮寮怨·高树蝉嘶……》《莺啼序·天末西风……》《十二郎·云气绕楼……》《湘月·梅月溽蒸……》等一批作品皆更见沉慨苍劲。可读《八声甘州·丁丑冬日，战祸方亟，避乱穷乡，日处震撼危疑之境，篝灯赋此，悲愤交集》与《寿楼春·秋风夜起，角声凄然，灯影幢幢，客怀怊怅，借梅溪此调，以写予忧》二首：

听挐音、一舸出芦中，漂浮记鸥沙。眺沧江寥寂，风横雁路，雪点鱼叉。对此茫茫百感，浊酒向谁赊。消尽英雄气，辜负年华。　　终古神州沉陆，便海楼幻蜃，一现空花。叹迷归客梦，犹自说还家。任教它、蓬莱三浅，付老屩、身世托枯楂。论长恨，唱伊凉曲，自拨铜琶。

系秋风愁余。正荒城角警，茅屋灯孤。佇有弥天忧愤，岁华先徂。青镜里，悲头颅。况卅年、胥疏江湖。叹舞歇歌沉，香残烛灺，谁与说黄初。　　人间世，今何如。向西园宴坐，浊酒相呼。

---

① 分别见其《莺啼序》《绮寮怨》小序。

那得明时词赋，故家簪裾。尘海内，争驰驱。奈怎知、浮名须臾。听鹧鸪声声，相期荷锄归种畲。

姚氏词功力綦深而名誉未昭，很值得深入关切。还值得一说者，在《自序》中他追溯"家学"云："吾家……十一世祖子潜公著有《慕庵词》，十二世祖复园公著有《复园词》，十三世祖丙衡公著有《玉湖渔唱词》，十四世祖吟五公著有《筑岩词》，历数传而至俶辞九兄，著有《梧叶秋声馆词》"①，亦当为研究文学家族者所留意。

三　王以敏、裴维侒

王以敏与裴维侒均为咫村词社骨干，词作数量亦多，足称此期词苑名家。王以敏（1855—1921），字子捷，号梦湘，湖南武陵（今常德）人。幼年随父游宦济南，有"明湖第一词流过客"之号，又与老残刘鹗交好。同治十一年（1872）举人，光绪十六年（1890）进士，授翰林院编修，历任御史、江西抚州南康等地知府。辛亥后弃官归常德乡里隐居，易名文悔，字古伤，皆黍离麦秀之意也。有《檗坞诗存》《词存》。其《词存》十二卷，分为《海岳云声》（上下）、《燕山钟梵》（上中下）、《江上孥音》《陇笛余音》《天南小海唱》《坠鞭剩谱》《碧纱烟语》《宜君馆琴忆》《镂冰碎语》等，计得五百五十余篇。又有《别集》五卷，其中《霜天雁唳》二卷，多述哀抒志者，《湘烟阁幻茶谱》三卷，皆集句词。此十七卷词皆清季所作，入民国后作品应已散佚，然总数凡八百余首，单以数量论，已是罕见的高产词人，才力富厚亦足震耀一时。故钱仲联《近百年词坛点将录》点为"地阖星火眼狻猊邓飞"，并引叶恭绰语云："以不为标榜，故知者较稀，然实湘社中翘楚。"②

各集相较，似以早期学白石者为佳。彼时一第累踬，多峭拔郁勃志意，词笔较为真诚，不似中后期多逞才炫技者。短调如《更漏子》与《醉太平》：

---

①　《姚虇素词集》，第 1 页。
②　《当代学者自选文库·钱仲联卷》，安徽教育出版社 1999 年版，第 700 页。

石床寒，街鼓静，篱角谁家灯影。星似语，月如眠，将风欲雪天。　　花间约，酒边谑，旧事无端梦著。俱老大，漫思量，萍飘又一方。

鸿天一绳，鱼田万罶。断霞隔浦红蒸，渐高楼上灯。　　骑鲲未能，巢蚁几曾。阑干拍遍谁应，羡蒲床定僧。

词中对"将风欲雪天"的感触、对"旧事无端梦著"的怅惘、对"蒲床定僧"的欣羡，皆能从不同视角写出自家心事。《齐天乐》一首以贫女自况，写尽了科场失意者的苦楚艰酸。放在科举考试即将走下历史舞台的大背景下看，别具认知意义：

浣纱伴尽乘龙去，蓬门廿年春锁。压线金残，描蛾黛冷，一种罗衣尘浣。中庭月可。照歌舞邻家，佩环声和。独鼓离鸾，赏音古调竟谁个。　　天寒修竹漫倚，料风枝未解，穿泪成颗。掷米晨炊，牵萝夜绩，看惯莲池鸳卧。朱颜误我。又挽镜登楼，笋鞋兜破。有日日新妆，汉宫迎蜡火。

此种失意感也不总是这样顾影自怜的，时或喷薄而出，即另成妙谛，逼真稼轩一派。其《金缕曲》"紧"字韵六首、和殳恩煦四首即颇激荡，与白石的清朗和梦窗的促密大异其趣。约作于1885年前后的《满江红·订近年词卷自庚午讫庚辰，感赋》是被删入《别集》的，或者词人自以为不够"雅驯"之故，然而这样的"不雅驯"恰恰吐露的是很真切的心音，值得珍视。其四云：

掷卷东溟，中有鬼，嘘灯而立。笑何物，枯毫偏解，搅人胸膈。忽忽悠悠禅榻梦，嘻嘻出出名场剧。背空囊，策马望中原，悲风激。　　星使过，缯和帛；将军出，笋和笛。使犬羊肆志，伊谁之责。南内虚传戎昱句，中朝竞献卢携策。泛扁舟，铁笛老江湖，垂纶客。

108　第一编　古典词史的"花间晚照"：清民之际（1900—1920）词坛研究

　　自此可见，早年的王以敏不仅甚多用世之意，且也口角锋锐，不假回旋。自掇高第、入翰林，则温润得多，对时世人心较少关怀了。其《沁园春·偕子宓话别时将之怀远先赴苏州》有"君应笑，遍铜驼荆棘，底恋朝官"之句，《减兰十五首》之七写到御史安维峻触怒西太后遭贬谪事，有"安生已矣，今日尚留真御史"之语，尚能见风力。《浣溪沙》一组八首作于光绪乙未（1895），虽披上了闺情的外衣，而下语颇重，"刈葵宁复惜葵根""更无人识解环心""旧巢新扫一孤禽"云云皆是对飘摇时世的大感喟，为其集中杰作。即读这几首：

　　　　薄诉泥中那易论，兰香入梦已当门。刈葵宁复惜葵根。　　空谷牵萝原妾分，秋风捐扇亦君恩。鸭炉香烬自温存。

　　　　一叶青蝇计太深，可怜风雨病侵寻。女儿节过到穿针。　　莲子含苞成苦薏，仓庚入药是冤禽。更无人识解环心。

　　　　睡起清歌断玉簪，杨枝骆马费沉吟。旧巢新扫一孤禽。　　薄命几曾星替月，有情争肯目怜心。百年多事长卿琴。

　　还应简说几句王以敏的集句词。其《湘烟阁幻茶谱》二百二十余篇集句词全集唐诗而成，是接续朱彝尊《蕃锦集》一脉的精彩之作，不仅数量丰，而且所用词调多变，很具别一种"系人心处"的艺术魅力。① 可抄两首以觇一斑，如《浣溪沙》：

　　　　穿竹微吟石径斜_{方干}，碧池新涨浴娇鸦_{杜牧}。东风满地是梨花_{刘兼}。　　万里关河成传舍_{殷尧藩}，故山云树隔天涯_{吴商皓}。可怜春半不还家_{张若虚}。

　　又如《临江仙·晚过汇泉寺感旧》：

────────

　　① 详参拙作《朱彝尊〈蕃锦集〉平议》（《南京师范大学文学院学报》2003 年第 2 期）及后文论傅漙集句词部分。

醉里欲寻骑马路_{张南史}，出门渐觉疏慵_{李中}。暮天深巷起悲风_{戴叔伦}。露从今夜白_{杜甫}，花是去年红_{严维}。　月到上方诸品静_{郎士元}，抱琴好倚长松_{王维}。江湖狂客酒船空_{成廷珪}。望君烟水阔_{刘长卿}，相忆采芙蓉_{杜荀鹤}。

总之，无论从自己创作的成就与多样性，还是从考察词史活动的层面，王以敏均称得上是此际不能忽略的一位词坛名手。

裴维侒（1856—1925），字韵珊，号君复，河南祥符人，光绪六年（1880）进士，历任福建道监察御史、鸿胪寺卿、内阁侍读学士、奉天湖北学政，而以末代顺天府尹终局。著有《香草亭诗草》《词草》，存词近四百首。[1] 在"沧海遗音"群从中，裴韵珊词名不显，但能才藻清丽、善言婉约情致而独呈挺秀之势。其《诗境二首》句云："始知眼前景，后先人共睹。达以清丽词，幽思运机杼"，"乃知天籁高，触物抒幽怀。但言情景真，余事俱尘埃"，其实也是填词大旨。如《青玉案·感旧》：

小楼曲榭东风换，浑不似，经游惯。旧梦追寻迷不辨。旧时地异，旧时人散，何况春光变。　题诗犹记深深院，剩句思量又肠断。只有梨花应识面。一意猜详，几番留恋，待问呢喃燕。

词是常见题材，但笔法流宕，上片"旧梦"数句与下片"只有"数句将"感"字与"旧"字都写得味极浓足。《清平乐》一首不嫌复沓，更能凸显此种特质，为其笔下最妙品之一：

雨斜风横，最入愁人听。花睡未苏人意醒，轻梦秋来无影。　寥天旧梦难寻，天涯况又秋深。禁病禁愁禁恨，禁他碎尽秋心。

韵珊与妻顾玉琳情意甚笃，顾亦多文采，著有《花韵楼诗词剩

---

[1] 《香草亭词草》蒙维侒后人裴元秀教授寄赠，特此致谢。该稿统计词作为 333 首，有误。如《楼东忆》组词 21 首，《浣溪沙·送春前一日》组词 10 首，统计均作一首。

稿》，然二十四岁芳龄即谢世。《香草亭词草》中悼亡词为数不少，一种"谁知雁柱鸥弦外，别有相思调不弹""坚心愿化山头石，不补情天补恨天"的耿耿心绪表达得淋漓尽致，深切感人。①《沧海遗音集》入选《青房并蒂莲·花朝》亦佳，似尚不及同题《花心动》一首。"花朝"者，顾氏忌日也：

> 香国因缘，几蹉跎、催春艳阳清晓。试暖二分，宿冷三分，调护燕娇莺小。万花都醒黄昏梦，尽闲煞、香屏一觉。任先把，春心漏泄，杏梢红了。　　早又闲愁送到。空数彻番风，问伊多少。细雨画楼，斜日回廊，约略半釐微笑。断魂扑蝶南园路，惯青遍、去年芳草。系愁稳，金铃恼人画俏。

迨晚年侍妾小红病逝，再赋悼亡，笔意亦绝沉痛。《浣溪沙·送春前一日送亡姬沈、方、侯三甥登舟旋汴，黯然赋此》组词之九、十将两番悼亡打叠一处，宿命式的无奈哀凉人生况味诚能令人回肠荡气：

> 不断柔情水上云，水云偏又恋斜曛。纵无风雨志黄昏。　　荷叶恨牵前种藕，桃花红是后来春。芭蕉展转意难伸。

> 惜别春风叫鹧鸪，种愁春雨长蘼芜。愁根怎向别时除。　　镜里空花花自好，灯前对影影终疏。凤因何处证模糊。

自此辨认，裴维侒是一位典型的、也是成功的内心"小世界"的记录者。数十年宦海，历任要职，面对内忧外患夹击中的将倾大厦，作者不能说没有感慨，但都大抵是淡淡的，无疾言厉色的嘁杀态度，或者这也是"沧海遗音"之一种罢，而时世人心的缺席又不能不令人觉得遗憾。诸如庚子年两宫"西狩"避难，裴维侒后赴西安行在。当此山崩海立之时，《南乡子》词中仍不乏淡荡风韵：

---

① 《鹧鸪天·无题》中句。又按：裴氏此后终身未娶，仅蓄妾侍而已。

春到杏花知，看遍长安未觉迟。华屋怕吟斜月句，情痴，况是黄昏欲雨时。　漂泊鬓成丝，惯把风情付画师。廿载苏台梅树下，寻思，红在南枝在北枝。

然而艰难时势也终于不能逃避，在"往事随流水，新愁入早春……雕墙虫蚀旧苔纹，况道兴亡如梦了无痕"（《风蝶令·往事》）、"旧梦如烟，老怀如梦，只闲愁难说"（《梦横塘·云阴欲雪……》）、"渐霜风吹老，河山减色，种遍闲愁"（《八声甘州·辛亥嘉平感事用玉田体》）、"莫更语重阳，青史烟消，高处休回首"（《醉花阴·丙辰重九漫游江亭，计自庚子乱后不至此地者已十有六年，感今追昔，景物全非》）一类句子中，我们可以看到，辛亥之际的沧海横流使身为末代大员的裴韵珊绝多感怆，词风平添了不少沉厚的色泽，早年清丽之笔已渐次消褪。《高阳台·岁事云暮，景物已非。寒夜兀坐，偶忆少年时颇嗜奕，暇辄对局，今不复事此已卅年矣。情绪寂寥，赋以遣闷，依玉田体》以奕局写时局，笔端大有深意：

倦旅年华，愁人天气，宵中凉月凄清。堕影寒枝，冰纹画遍空庭。繁华已逐浮云散，听鸣筎、犹在严城。叹棋枰，一角争持，一角闲评。　天涯岁晚无芳草，只梅花冷讯，还到云屏。尽有余香，销魂可奈无情。美人自古伤迟暮，况蓬飞、易感飘零。暗销凝，几阵尖风，几度残更。

"叹棋枰，一角争持，一角闲评"，天下事何尝不是如此！冷眼观弈，"几阵尖风，几度残更"也正是"沧海遗音"群体的集体性心绪了。同调词《壬戌重九日题李古余遗墨这回来图》已作于民国定鼎后十余年，作者去世前三年，词中的"关河总入沧桑感""算几经、饭煮黄粱"云云无疑能为词笔清丽的裴韵珊画上一个意味深长的句号：

秋叶声干，春华梦窄，楼台莫驻流光。往迹谁寻，溪柳着遍新霜。关河总入沧桑感，况细波、横带垂杨。问诗心，何许天涯，立尽苍茫。　闲愁不在登高处，在虫阶微雨，马背斜阳。旧话贞元，银笙休按红腔。鞭丝帽影长安道，算几经、饭煮黄粱。剩西山，城角遥青，冷照衣裳。

第三节　"以词托命"的郑大鹤

附　张祥龄、陈锐、张尔田、沈琇莹

一　白石情结

次说郑文焯。四家之中，郑氏名气较小，专门研究也少，似最"边缘化"。2011年杨传庆博士《郑文焯词及词学研究》长篇论文出，始对郑氏有全面精详的梳理。读大鹤词，窃以为有两点应该把握：第一是其"白石情结"。前文说过，郑氏自言少时酷嗜白石，用力十年，其实其风神行迹，一生均未摆脱白石道人之影响。此断语我们可从两方面加以体会。

第一，郑文焯《瘦碧词自序》云："余生平慕尧章之为人，疏古冲澹，有晋宋间风。又能深于礼乐，以敷文博古自娱……白石，一布衣。才不为时求，心不与物竞，独以歌曲声江湖，幸免于庆元伪学之党籍，可不谓之知几者乎？知几，故言能见道，吾是以有取焉"，仰慕推崇之感，溢于言表。① 龙榆生更引张尔田之语证实之曰："文焯以承平故家，贵游年少，而澹于名利，牢落不偶，旅食吴门，尝往来于灵岩、邓尉、光福间。既被服儒雅，尊罍笔砚，事事精洁，有南宋江湖诗人风趣。"② 寥寥数语，已画出郑氏小像。"南宋江湖诗人"云云，更无疑可以姜夔为典型。光绪二十九年（1903），朝廷补行辛丑会试，大鹤因九试不中卒生绝意仕进之心，自刻"江南退士"之印，从此安于隐逸生涯。翌年，于苏州孝义坊购地五亩，莳植花卉，颇擅林园之美，所谓"樵风别墅"是也。其东即吴小城故址，乃作亭于城之高处，榜曰"吴东亭"，自谓可适其山泽之性。"退士""山泽"，皆大有白石风概。读其自作

---

① 大鹤并有补白石传之作，似已散佚。见《与张尔田论词书》三，《大鹤山人词话》，第218页。

② 《清季四大词人》，《龙榆生词学论文集》，第458页。

词，此一印象亦极鲜明。如《冷红词》卷二《玲珑四犯·竹响露寒》小序云："壬辰中秋玩月西园，中夕再起，引侍儿阿怜露坐池闬，歌白石道人玲珑双调曲，度铁洞箫，绕廊长吟，鸣鹤相应。"壬辰，为光绪十八年（1892），正当"十年"时期，其追步白石"自制新词韵最娇，小红低唱我吹箫"之意态甚为清晰。至二十年后，作于辛亥（1911）初春的《卜算子》词序云："辛亥岁始春，故人治舟，相约观梅于邓尉诸山。雨雪载途，余以畏寒不出，因忆山中讨春旧游，次韵白石道人梅花八咏，以示同志。一丘一壑，自谓过之，若所作则伧歌，无复雅句也。"试读其四、八两首：

> 枝亚野桥斜，香暗岩扉迥。瘦出花南几尺山，一坞苍苔静。
> 梦老石生芝，开眼皆奇景。大好青山玉树埋，明月前身影。
>
> 初月散林烟，近水明篱落。昨夜东风犯雪来，梦地春抛却。
> 长负五湖心，不为风波恶。笑看青山也白头，一醉花应觉。

　　字里行间，仍现出白石身段。不难看出，大鹤山人对于姜白石那种"割锡山之膏腴，以养其山林无用之身"之人格形象的深刻认同是贯穿一生、迄未停歇的。[①]

　　第二，对于白石词，大鹤也是终身浸淫，沉酣不已。其始学填词时与浙派后期名词人潘钟瑞过从颇密，颇受其指授，入手爱白石之骚雅清寂，当与潘氏关联密切。[②] 光绪十三年（1887）春，大鹤与易顺鼎、顺豫兄弟、张祥龄、蒋文鸿结壶园词社，联句和白石词 86 首，结为《吴波鸥语》，是为早期"勤学"的典型体现。对大鹤自作词作个粗略统计，仅词题中涉及"白石""石帚"字样者即有近五十首，远超过提及"清真""耆卿""梦窗"的次数。这些词篇自最早的《瘦碧》《冷红》二集开始，至后期的《樵风乐府》稿本、《苕雅》等，呈比较均匀的分

---

　　① 姜夔自叙，见周密《齐东野语》卷十二。
　　② 潘钟瑞（1823—1890），字麟生，号瘦羊，别称香禅居士，有《香禅词》，又名《百不如人室词草》。

布，可见白石道人既是对郑氏影响最深的词家，也是对其一生创作产生持续影响的唯一词家。① 此外，大鹤填词特重题序之撰，即三言五语，必斟酌精致而后安，亦是受到白石影响的重要表征。随意举两例，若《满庭芳》（街鼓新雷）序云："庚戌除夜，听雨守岁，有怀京师风物之盛，荏苒三十余年，无一到眼，天时人事，有足悲者，今夕何夕，不觉老怀之怅触也"，又若《梦夫容》（秋江霞散绮）序云："霜中作花，木夫容独饶冷艳。曩于西园池上，遍栽花时，招同社连句赋之。蜀客蒋子次芗素工体物，记其和梦窗《三姝媚》发端有隽致，句云：'临江单涉惯。冷婵娟芳年，被他秋限'，托寄遥深，一坐倾叹。越明年秋，次芗竟侘傺而殂，遗属葬灵岩山麓。玉笥埋云之叹，岂词谶耶？今樵风别墅重见此花烂发，感秋怀旧，二十年来，花前同时作者独余老在，因复次韵梦窗是解，不禁对花潜泫也"，皆锤炼而至雅韵欲流，大有白石风调。

如果以上考察大致不错，我们即可辨认如下史实：在常派勃兴、浙派渐次式微的晚清词坛，就总体创作面貌而言，郑文焯实是浙西家法的杰出继承人，亦为白石词接受史画上了完满的句号。至于他也曾大肆标举"柳之疏隽，周之高健"，大抵是出于"取法固宜语上"之考虑，显示出大鹤受到常州宗法影响之痕迹，而最终落点毕竟还是"不失白石之清空骚雅"的。② 以故，从词学角度不妨称道其在柳词上所化的深湛功夫与心力，许其为"柳词之功臣"③，而从创作着眼则需辨析，大鹤词其实殊少柳七郎（也包括周清真）气味，所谓"微得周、柳掉入苍茫之概"④，不算是自谦语。

二 以词托命

读大鹤词，还应特别注意的一点是他"以词托命"的创作态度。此一点似乎较虚，不易把握，却是读解大鹤的一个重要关捩。大鹤《与张

---

① 杨传庆：《郑文焯词及词学研究》云："白石的这种适于抒发伤感情绪的以冷为美的风格对文焯影响深远，可以说深入其创作之骨髓，其一生创作都体现出这一特征。"第111页。

② 《致朱祖谋书》五五，《大鹤山人词话》，第283页。

③ 曾大兴：《词学的星空·郑文焯》（河北人民出版社2009年版）有"柳词之功臣"一小节，甚精彩，又可见其《二十世纪词学名家研究》（中华书局2012年版）有关章节。

④ 《致夏敬观书》二三，《大鹤山人词话》，第235页。

尔田论词书》第七通自言其学词历程曰："余治经小学及墨家言二十余年，攻许学则有《说文引群说故》二十七卷、《六书转注旧执》四卷，自谓发前人所未发。研经余日，未尝废文，独于词学，深鄙夷之。故本朝诸名家，悉未到眼一字。为词实自丙戌岁始。"他自言为词自丙戌——即光绪十二年（1886）——开始，实则今存词尚在此前数载。① 这姑且不论，值得注意的是，自这段时间起，二十余年"深鄙夷之"的"词学"渐次成了他撑起心灵空间的最重要载体，也即"托命之具"。朱祖谋作于民国四年（1915）的《苕雅余集序》对此有着详尽的解读：

> 君以独行之志，胥疏江湖，固墨墨以词自晦者至是，而仅仅以词显耶……夫士生晚近，负闳识绝学，久孤于世，则托诸微言，懔然事物之所感触，于是缱绻恻怛以喻其致，幽喧凄戾以形于声，横歌哭而变风谣，作者诚不自知其伤心。至乃天宇崩析，彝教沦胥，窜嬴行之躯，披佯狂之发，茫茫惨黩，哀断无声。向所为长言嗟叹之不足者，曾不得一咏谣焉。然则斯文之将坠于天，其以词为人籁，而天者动于几之先欤？嗟乎！君何不幸，而以词传，不佞更何忍以词传君？顾廿余年同调之雅，自半塘翁下世，惟君能感音于微。世变靡常，金玉永闷，思有以稍稍慰君生平，而抚卷低徊，所得于风雨鸡鸣者，亦如是而已。

彊村老人不愧为大鹤"廿余年同调之雅"的知音人，这段话亦不愧是深中大鹤心事的知音语。彊村把词对于大鹤的意义分为两个阶段：第一，"独行之志，胥疏江湖"时期，词是"自晦"之工具。如大鹤一类晚近之"士"，虽身负闳识绝学，然而不获真赏，久孤于世，只能"横歌哭而变风谣"，将满腹伤心"托诸微言"。第二，至于"天宇崩析，彝教沦胥"之时代，遗民之属皆"窜嬴行之躯，披佯狂之发，茫茫惨黩，哀断无声"，词则成为应和天机的"人籁"。故而，"君何不幸，而以词传，不佞更何忍以词传君"几句实是大痛彻语。所谓"世变靡常，金玉永闷"，除了以"微言"托命，以"小道"传名，还有什么能"稍

---

① 郑氏存词年代可考之最早者为光绪癸未（1883）所作《齐天乐·登虞山兴福寺楼》。

116　第一编　古典词史的"花间晚照"：清民之际（1900—1920）词坛研究

稍慰君生平"呢？

　　　　灯影花梢小阁，马声柳外横桥。十年前事个中销。流光临水镜，春梦过风箫。　　有恨有情有限，无花无酒无聊。愁来底事不相饶。空余残蜡泪，夜夜替红绡。

　　　　　　　　　　　　　　　　　　　　　　——临江仙

　　　　春风秋月资游计，独我尊前长费泪。几生心苦到词人，风月只供惆怅地。　　繁华故国今何世，满目山河成古事。小楼孤烛梦回时，着枕愁来无处避。

　　　　　　　　　　　　　　　　　　　　　　——玉楼春

　　　　谏草焚余老更狂，西台恸哭恨茫茫。秋江波冷容鸥迹，故国天空到雁行。　　诗梦短，酒悲长，青山白发又殊乡。江南自古伤心地，未信多才累庾郎。

　　　　　　——鹧鸪天　余与半塘老人有西崦卜邻之约，人事好乖，高言在昔，款然良对，感述前游，时复凄绝（其三）

　　　　唤东风、梦转恋余寒，凄然似经秋。对阶兰红泫，城芜绿老，何恨登楼。已是春归十日，雨意未全休。门外漂花水，不解西流。

　　　　追感京华尘事，问旧家胜迹，残局谁收。有湖山歌舞，天际断云留。更随风、杨花狂雪，做浪萍、无力绾孤舟。伤心见，倚帘人在，清泪盈眸。

　　　　　　　　　　　　　　　　　　——八声甘州　和柳屯田

　　"有恨有情有限，无花无酒无聊""几生心苦到词人，风月只供惆怅地""诗梦短，酒悲长""问旧家胜迹，残局谁收"，出自《比竹余音》和《苕雅》的这几首词很能看出他江湖独行的失落与凄怆了。所谓"缱绻恻怛以喻其致，幽噎凄戾以形于声"也不徒是一己忧患，其中自有一个时代的印记。辛亥"世变"后，作为八旗遗民的"哀断"较此前当然更沉重。"马因识路真疲路，蝉到吞声尚有声"，黄仲则的两句诗也适足为大鹤辈写照。不妨看一首《水龙吟》：

> 我怀栗里高风，更无一醉逃名地。黄农宇宙，荒唐一梦，人间
> 何世。八表同昏，孤云自远，茫茫天意。叹沧江白发，酒醒甚处，
> 空回首，山河异。　　直道伤心往事，百年中、眼看能几。如何转
> 烛，支离南北，余生至此。落木悲秋，残尊送腊，感时危涕。念故
> 山薇老，谁歌采采，向斜阳里。

这首词的小序写得相当悲怆："昔东坡谓渊明先生《读史述九章》
夷齐、箕子，盖有感而云。余考其《蜡日篇》，发端于风雪余运，终托
之章山奇歌，其诗皆当在元熙禅代时作。时先生年已五十有六，遂以江
滨佚老，遁世自绝，其志可哀也已，何意去此千五百余年，旧国之感，
异代同悲？患难余生，行年差合，今之视昔，身世共之，而变端之来，
心存目替，其怆恍殆有甚焉，辄拟东坡取陶诗入词遗意，作越调水龙吟
歌之。"所谓"人间何世""空回首，山河异""伤心往事""患难余
生""变端之来，心存目替"等字句，无不弥漫着一股浓洌的生命感，
也完全看得出词人在作品中注入了怎样的生命能量。他还有一组《杨柳
枝·赋小城梅枝》，亦作于辛亥"变端"之后，因借咏物外壳曲尽遗民
之思而很为时人称道，可读其前四首：

> 谁家笛里返生香，倾国风流解断肠。头白伤春无限思，不应此
> 树管兴亡。

> 到地春风不肯闲，南枝吹尽北枝残。吴宫多少伤心色，占得墙
> 东几尺山。

> 采香径里晚烟空，濯粉池边晓露丛。一样故宫春寂寞，可怜无
> 地看东风。

> 缟衣月下见前身，隔世惊逢绝世人。惆怅溪南数枝雪，为谁开
> 落与江春。

"不应此树管兴亡""南枝吹尽北枝残""可怜无地看东风""为谁开落与江春"……大凡此类，都只是大鹤山人以词托命的苍凉回声罢。

大鹤以词托命之特征最明显表现在他对于词作近乎痴迷的改削过程。此一"留取心魂相守"的特点四大词人皆有所表见，然必以大鹤最为严细。对校其词，尤其仔细寻绎其手迹，能够生动地感受到词人对每一首作品，甚至每句每字浇灌下的心血，特别令人生慨。前文所引名作《庆春宫·同羁夜集，秋晚叙意》词之正文不过区区百字，而笔者校勘大鹤词集，本篇校记出至八百字之多，其篇中几乎每句每字都改易多次。这并非个例，在大鹤词集中乃是相当普遍的情况。而且，这也并非轻飘飘的一句"创作态度严谨"可以解释，其中凸显的乃是词人对于词这种"微言""小道"所投注的炽烈的心魂。

三　张祥龄、陈锐

与郑文焯等结壶园词社、联句尽和《白石道人歌曲》的张祥龄（1853—1903）应附后首谈。祥龄字子苾，四川汉州（今广汉）人，早入尊经书院，与杨锐、廖平等号称"蜀中五少年"。光绪二十年（1894）进士，改庶吉士，官陕西大荔知县，卒于任。后人整理其集，得词一百七十余，另有联句之作三百三十余，数量颇丰。①

祥龄受大鹤提挈，自白石、清真入门，大抵拟古气重，乏自家面貌，迨中年其妻曾彦去世，则转师二晏，词笔变重趋深，较昔大有可观。如《虞美人》二首：

> 分明枕上关山路，一霎无寻处。桤林凉月满前溪，露点云鬟相赏四更时。　　林塘空忆家山好，续醉沙头倒。春蚕因甚吐丝忙，怕睹妆台诗卷断无肠。

> 云阶月地寻思遍，不见桃花面。何须明月叩窗门，愿换满庭风雨掩灯昏。　　鸳衾凉夜思装絮，独自空帏语。去如流水断如云，

---

① 宋桂梅编：《张祥龄集》，巴蜀书社 2018 年版。

不念褴衫衰帽立花人。

曾彦（1857—1890），字季硕，吉安知府曾咏与阳湖才女左锡嘉之幼女，一代女儒医曾懿妹，王闿运称其"业术遒进，骎骎过其夫"[1]，收为女弟子。如此才调，足与祥龄相知相得。当其盛年遽逝，祥龄哀痛极深，除以《哀逝诗》百首大张"肝肠断绝翻成恨，恨汝春华太绝情""甘心愿作单寒鸟，长守坟前柏树枝"之别恨坚誓，更"怆怀故剑，情见乎词……多感逝之作"。[2]《虞美人》之"春蚕"二句、"去如"二句言情至痛，能令人动容，而"桤林凉月满前溪"的萧飒风景更衬托起一己的孤清与惘然。

祥龄晚岁叠更忧患，所谓"仆自入都以后，往返大海十有四次，颠沛江南十有一年，栖迟幕府以救穷饿……仆家骨肉凡四人，父母与妻，今无一存……无人可求，自食其力"[3]，填词也必然走向沉郁淳质、发抒心声之正道。《鹧鸪天》与《谒金门》二首常语单行，高格深意皆于挥洒间得之：

> 错把江南作故乡，十年莺燕识王昌。听歌醉酒寻常事，到了而今做断肠。　　花亦笑，水都香，甚时重到访吴娘。老怀本自无牵挂，却引闲愁上夕阳。

> 台上坐，不见人儿一个。奇事似曾天上堕，如何怪得我。
> 莫说旁人不痦，真把事儿做错。岂肯些须容得过，苍天如何大。

他为郑文焯《瘦碧词》作序云："世每嗜古贱今，祖远祧近，谓词小道，君子不为。此立于东墙不见西墙之说也。夫设文之体有常，变文之体无方。必谓今不逮古，则《京》不继《都》而作，《汉》可仍《史》而书矣"[4]，"立于东墙不见西墙"云云，内里乃是对其恩师

---

[1] 王闿运：《桐凤集序》，见曾彦《桐凤集》，光绪十五年苏州书局刻本。
[2] 严伟：《半簏秋词序》，《张祥龄集》，第117页。
[3] 《答山西胡砚生》，《张祥龄集》，第216页。
[4] 《张祥龄集》，第210页。

120 第一编 古典词史的"花间晚照"：清民之际（1900—1920）词坛研究

张之洞、王闿运之说的严峻异议①，足见其学术阅历之进境。只是，将原因归之文体还未搔到痒处，根本原因是：再堂皇正大的成见也抵不过急剧转衍的世道人心，所处特定时空的变迁必然如磁石一般，引导诗心词心的指向。这是文学的铁律，张祥龄的个案很有力地证明了这一点。②

撰著《裛碧斋词话》的陈锐字伯弢，号裛碧，湖南武陵（今常德）人，亦为王闿运弟子。光绪十九年（1893）举人，官江苏试用知县。他与四大家皆有密切交游，相较而言，与郑大鹤较亲，词风最近。不仅唱和频多，若干词序与《杨柳枝》十首之撰亦皆能领略二人气味相通处。《水龙吟·题大鹤山人樵风乐府》为其名作，"危弦苦调"云云很能将大鹤山人心事和盘托出。而首二句苍凉豪迈，殆亦夫子襟怀之自道③：

> 十年雪涕神州，气酣西蹴昆仑倒。素商夜起，潜蛟暗舞，危弦苦调。乱插繁花，时温浊酒，自成凄悄。为一闲放汝，掉头高咏，苍茫处，无人到。　回首东华尘渺，溯题襟、旧游都老。尧章歌曲，玉田身世，最伤怀抱。占得吴城，荒园半亩，尽堪愁了。怕茂陵他日，人间流落，有相如稿。

《长亭怨慢·壬寅岁杪……》一篇系悼念半塘的"痛绝"之作，有关词史，文字亦特沉挚：

> 未抛却、一年春计。对酒当歌，旧狂重理。槛外东风，流莺唤我，定何意。灯初茗后，才领略，江南味。醉眼问花枝，已晕入、蔫红窗纸。　身寄。叹江关老去，怕说故山烽起。红桥廿四，且分付、杜郎憔悴。甚倦旅、一别西湖，却来傍、要离眠地。只无恙

---

① 张祥龄曾解释自己不填词的缘由，"惟词以南皮薄之，湘潭小之，遂决意不为"，《张祥龄集》，第309页。

② 以上张祥龄部分多得力于门下弟子丛海霞博士学位论文《晚清民国巴蜀词坛研究》有关文字，特予说明并致谢。

③ 钱仲联：《近百年词坛点将录》。

黄垆，凭吊先生归只。

黄濬《花随人圣庵摭忆》称陈锐词"密不如朱，爽不如郑，而疏快处近于稼轩，亦楚艳也"，就今存《褒碧斋词》而言，已不大能看出近稼轩者，倒是小令确多"疏快"之作。如《望江南》"春不见，孤负可怜春。淡柳锁愁烟漠漠，小阑扶恨水粼粼。往事已成尘。　人不见，孤负可怜人。花下又逢三月雨，梦中犹隔一条云。风露夜纷纷"，上下片开头有意重叠"春""人"二字，句式亦同，很灵动见匠心，大鹤、彊村等皆不如此写。《朝中措》借男女风怀抒身世之感，是举重若轻之笔，特见才情："愁中见了笑溶溶，花衬碧螺峰。妆罢这般熨帖，梦回恁地惺忪。　千篇词赋，半生歌哭，拟付阿侬。何日沧波一舸，眼前已是西风。"至于《浣溪沙·题王幼遐给谏春明感旧图，时同客沪上，将别矣》则极沉慨：

　　一去燕台暗恨生，词人几辈似晨星。也知乔木厌谭兵。　拨瓮浮蛆新世界，看花啼鸟旧心情。铜仙清泪为谁倾。

四　张尔田、沈瓈莹

张尔田（1874—1945），一名采田，字孟劬，号遁庵，又号许村樵人，杭县（今杭州）人。父上龢，曾从蒋春霖受词学，又与郑大鹤为词友。尔田幼承家学，与金天羽同师从著名学者章钰，以举人历任刑部主事、知县等。民国三年（1914）入清史馆，主修《乐志》《刑法志》等卷，而以《后妃列传》最为自得。1921年后任北大教授，晚为燕京大学国学总导师。邃于史学，《蒙古源流笺证》《钱大昕学案》《玉溪生年谱会笺》等著述皆负盛誉。词有《遁庵乐府》二卷，叶恭绰《广箧中词》称其"与大鹤研讨，复究极精微，故所作亦具冷红神理"，龙榆生更称"今海内承吾师衣钵者尚有其人，而亲接大鹤坠绪者，盖寥寥矣"[1]，可见渊源。

---

① 《遁庵乐府小引》，《龙榆生词学论文集》，第494页。

严迪昌师《近代词钞》以为其早期词较大鹤、彊村更加密涩："其自笺李商隐诗为世所称，倚声填词亦不无此风。"若《莺啼序·琴台秋感》《烛影摇红·晚春连雨感怀》《三姝媚·中秋夜感遇成歌》等一大批篇章确实"心瘼""旨隐"①，不易为作郑笺的。尔田也有不少"向人肝肺自槎枒"的感时抒愤之作②，不大深晦，个性面目较易把握，是其集中菁华所在。如《木兰花慢·尧化门车中作》：

> 倚轾天似醉，问何地，著羁才。看乱雪荒壖，春鹃泪点，残梦楼台。低徊笛中怨语，有梅花、休傍故园开。燕外寒欺酒力，莺边暖阁吟怀。　惊猜，鬓缕霜埃。杯暗引，剑空埋。甚萧瑟兰成，江关投老，一赋谁哀。秦淮旧时月色，带栖乌、还过女墙来。莫向危帆北睇，山青如发无涯。

本篇应作于入清史馆前后。尔田颇多遗民心绪，故"乱雪荒壖，春鹃泪点，残梦楼台"云云逼似王沂孙处主要还不在句法，更在于惨淡心境。③ 从下片自拟庾信与秦淮月色的兴亡感也可印证这一点。至于身在史馆，写"前朝"往事，那种衰飒与无奈更是呼之欲出。《采桑子·史馆秋蓼》锤炼极细，意味颇深长："旧家池馆栽无地，一角墙东。画出霜容，澹到秋心不许红。　夕阳着意相怜藉，媚尽西风。蝶梦烟空，明日登楼送塞鸿。"

《遁庵乐府》中的晚年作品较之前有很明显的转型，沉郁激荡之篇比比皆是。动荡变乱的时代最终还是消磨掉词人们不少字斟句酌的"雅兴"，令他们骨鲠在喉不吐不快了。如《减字木兰花》："繁华催送，人世恍然真一梦。何处笙歌，水殿风来散败荷。　饥乌啄肉，回首都亭三日哭。国破城空，残照千山泪点红。"内忧外患，国破城空，已经迈入老境的词人禁不住长歌当哭，泪眼模糊。《鹧鸪天·六十自述》当亦作于此时：

---

① 夏敬观：《遁庵乐府序》。
② 陈声聪：《论近代词绝句》。
③ 沈轶刘、富寿荪《清词菁华》称此三句"何忝王沂孙"。

六十明朝过眼新，镜中吟鬓老于真。寄生槐国原无梦，避世桃源岂有津。　　苍狗幻，白鸥驯，安排歌泣了闲身。百年垂死今何日，曾是开天乐世人。

至此，早期密涩的"冷红神理"已消褪殆尽，上下片两结对句悲壮至极，可直入辛、陆、陈、文辈堂奥。《满庭芳·丁丑九月客燕京书感》已作于全面抗战爆发、北平沦陷之后，万方多难，兵燹满地，词也洗净铅华，探喉而出。张尔田以他卓绝的晚年创作说明：历史最终还是青睐发自内心的浑厚真挚声音的：

照野江烽，连天海气，物华卷地休休。残阳一霎，怎不为人留。几点昏鸦噪晚，荒村外、鬼火星稠。伤高眼，还同王粲，多难强登楼。　　惊弓如塞雁，林间失侣，落影沙洲。便青山纵好，何处吾丘。夜夜还乡梦里，分飞阻、重到无由。空城上，戍旗红闪，白日淡幽州。

上文所引龙榆生"亲接大鹤坠绪者盖寥寥矣"云云其实并未把话说透，真实情况是由彊村鼓荡的"梦窗风"笼盖极广，而大鹤自白石变幻而出的风格绝少拥趸，遑论替人。张尔田是"亲接大鹤坠绪"者，与其班辈相近者还有一位"遥接坠绪"的沈瑜莹（1870—1944），也不能不谈。

瑜莹，字琛笙，号南岳傲樵，湖南清泉（今衡南县）人。光绪二十八年（1902）举人，不久留学日本，习法政系，回国得候补两广盐运使，弃之，改任教广东政法大学。后应厦门林菽庄之聘，主修《龙溪县志》，居于鼓浪屿，入菽庄吟社，主编《菽庄丛书》。著有《寄傲山馆丛书》，内含词十四卷，凡三百四十余篇。

就目前文献而言，未见沈氏与大鹤山人往还踪迹，但在《鹧鸪天·自题荔阴填词图》中他却有"低头独拜樵风老"的自白①，更值得注意

---

① 全词云："秦柳苏辛派不同，名家自是古词宗。低头独拜樵风老，抗手高歌石帚翁。楼影瘦，树阴浓，鹭江西畔晃岩东。新翻笛谱无人解，减字偷声教小红。"

的是这两首：

> 鹭岛黄昏，蛮天辽阔，故国湖南万里。见惯双星，阻明河秋水。怪人世、却被西风，暗里吹换，满地残红零翠。拜月人孤，又新来憔悴。　绮罗香、小小排当队。伤心处、煞费灵均泪。蓦地一杵疏钟，出烟萝山寺。渡空江、漫引鱼龙起。潮声壮，大将戈船舣。问谁是，梦冷沧溟，看青霄剑倚。

——拜星月慢·己巳秋夕书事，和冷红

> 黄巾满地，幸康成故里，者番无恙。咄咄书空何所怪，见惯江湖风浪。二十三年，八千余里，煞费归来想。梅花笑我，小春时节争放。　叹息词赋飘零，平生萧瑟，空嗣兰成想。橐笔依人今老矣，谁识客中清况。身到凤池，手扪麟篆，梦觉鸡三唱。分明记得，一杯露赐仙掌。

——念奴娇·效冷红体自寿

前首用大鹤原韵，已显有致敬意，后首更直接提出"冷红体"之标目，对大鹤之心手追摹可谓溢于言表。所谓"冷红体"，除清雅、精切、沉郁、淡泊等个人风格的表现之外，自姜夔薪传而来的对小序之刻意经营、与词形成互文关系也是主要表征。琇莹在这一点上亦步亦趋，不少小序加意炉锤，意趣盎然。如《湘春夜月》："金陵形胜，甲于神州，六朝帝子，旋兴旋亡。王气凿残，咎在祖龙，归狱金粉，不亦冤乎？雨中过此，黯然有赋。"又如《高阳台》："胥江风月，波涛作怒；阊门弦管，裙屐无愁。吴趋之艳迹全荒，海国之市场大启。即景伤怀，为倚是解，时丙午亥日也。"在大鹤独少"坠绪"的情形下，如沈氏之赏音希踪者，诚然是非常珍稀的。

当然，做如上判断并不是掩盖沈氏一己面貌风格之谓，其词自有怨怒直讽之一种，颇具风骨。如《浣溪沙·曩过许州，见驿壁有题词六阕刺时者，依韵和之》，读其一、二：

十万莺花梦里看，长安索米不知难。风前自整切云冠。　　劫后修楼持玉斧，空中承露捧金盘。白头人怨汉郎官。

见惯吞刀吐火奇，天魔逐队舞红衣。宫槐高处乱鸦啼。　　虎口余生犹有记，剑头险语不成炊。断肠人唱断肠词。

所刺时事，不易指明，满腔磊块，则不难感知。沈氏晚年栖居鹭岛，大抵以文字为避世方而已，但牢骚意气，时一吐露，并不乏峥嵘之响。如《鹧鸪天》：

白发萧萧一杖扶，英雄末路寓公庐。客来不速看弹雀，奴戏无聊笑牧猪。　　门自署，酒谁呼，西园重绘不成图。残红泣露芙蓉老，冷翠愁烟薜荔枯。

"英雄"一句极身世之感喟，煞拍以萧冷对句出之，亦《鹧鸪天》之别样作法，所以可读。其《浣溪沙·频年作客，七夕无归，感人事之多乖，值双星之宛在，爰倚十解，以谂知者。野狐参禅，又何辞焉》一组虽是滥常题目，但融入飘零多塞之心绪，也多可读，其十最佳：

十二楼倚十二城，短长漏下短长更。候虫凄切作秋声。　　拜月拜星如拜佛，闲愁闲恨总闲情。填词人傍一灯青。

第四节　"涩"与"重"：论彊村词

附　夏孙桐、陈洵、陈曾寿、"粤两生"

一　彊村词的"涩"与"重"

再说朱祖谋。前文已提过，钱仲联有将"临桂派"改称"彊村派"的说法，并在《近百年词坛点将录》中推朱氏为"天魁星呼保义宋江"。如此评价虽对半塘未必公允，却足见彊村在此词群中的核心地位与对二十世纪词史的重要影响。钱先生有云："朱氏之所以成为该派的中心领袖，一则他先在京师时与王鹏运共同探讨词学，趋向基本一致，再则朱氏晚年居苏州，郑、张、陈诸人都聚集于吴下，形成风气……许多词家围绕在朱氏周围，成了彊村派的群体，陈曾寿、夏敬观也是声气相应求……朱氏门弟子众多，宣传标榜，其声势超过常州派"①，看来更多是侧重朱氏晚年词学影响而作出的判断。至于彊村词成就，前人大多评价绝高，远过其余三家。如王国维称为"学人词之极则"，王易称为"有清二百六十年词坛之殿军"，叶恭绰称为"词学之一大结穴"②，大都允当。至如胡先骕称其词"骨高韵远，复异乎寻常词人，微论国初诸公未能视其项背。即以有清一代论。舍成容若、项莲生、蒋鹿潭三数词人外，殆难与之颉颃……尝不揣谬妄，许为有清一代之冠"③，作为私人偏嗜尚可，诉诸词史则未免推许过情。

把握朱氏词之最要紧者，当然首先是论定其风格。彊村词风特质，自半塘以下，谈者沉沉夥颐，然而如"格调高简，风度矜庄"（王鹏运语）、"跨常迈浙，凌厉跞朱"（张尔田语）、"隐秀"（王国维语）、"沉丽俊迈"（陈灞一语），等等，其实都不易得其要领。窃以为彊村词风可以"涩""重"二字概括，似较简明。

先说"涩"。半塘说得很清楚："自世之人知学梦窗，知尊梦窗，皆所谓但学兰亭面者。六百年来，真得髓者，非公更有谁耶？"梦窗乃是彊村终生学习的榜样，亦犹大鹤之于白石也。故一部彊村词，大多潜气内转，造语沉晦，言近旨远，寄意深邃，表现出酷似梦窗之神味。此类例子不胜举，且读《烛影摇红·晚春过黄公度人境庐话旧》一首，以觇其概：

---

① 《清词三百首前言》，岳麓书社 1992 年版，第 7 页。朱氏词学影响以曾大兴《朱祖谋》一篇所说最为全面深切，可以参看。《词学的星空：20 世纪词学名家传》，河北人民出版社 2009 年版。

② 以上分别见《人间词话删稿》《词曲史》《广箧中词》。

③ 《评朱古微彊村乐府》，载张大为等辑《胡先骕文存》，江西高校出版社 1995 年版，第 138 页。

春暝钩帘，柳条西北轻云蔽。博劳千啭不成晴，烟约游丝坠。狼藉繁樱划地，傍楼阴、东风又起。千红沉损，鹈鴂声中，残阳谁系。　　容易。消凝楚兰，多少伤心事。等闲寻到酒边来，滴滴沧洲泪。袖手危阑独倚。翠蓬翻、冥冥海气。鱼龙风恶，半折芳馨，愁心难寄。

词作于光绪二十九年癸卯（1903），彊村在广东学政任上。例应巡视本省各地，至嘉应州，时黄遵宪正筹办兴学会议所、东山初级师范学堂、补习学堂、讲习所等一系列教育机构，因与相见话旧。彊村三年前经历庚子事变，现以"忠心谋国"考语升职并出掌一省学务，似乎官运亨通，然又与总督岑春煊龃龉，心境异常繁复。黄遵宪则五年前卷入变法"党祸"，"缇骑绕先生室者两日，几受罗织，事虽得白，使事亦解，先生遂归田里"①，虽李鸿章出督两广，屡聘出山，亦以事不可为，一力辞谢。② 其情怀抑郁，不难想见。万方多难之际，奇杰之士相见话旧，会有多少感慨！倘使出自辛稼轩、陈迦陵、文道希等人手笔，又会怎样的激越磅礴！然而本篇却采取了含蕴沉晦、意趣悠长的处理手法，上片全然铺叙暮春景色，但以"柳条西北轻云蔽""博劳千啭不成晴""狼藉繁樱""千红沉损""残阳谁系"等意象群点染时势人心，无一笔直说。下片虽点出"伤心事""沧洲泪"主题，而其间仍闪烁"楚兰""危阑""冥冥海气""鱼龙风恶""芳馨"等芳菲危苦的景致，从而使全篇呈现出欲言又止、趑趄进退的苦涩味。严迪昌师尝说此篇"铸字造词莫不有所指，惟不易为作郑笺"③，正点出了彊村诸多词作的共同特质。

如何认识这种"涩"？爱重其词者中，亦多有不以为然者，如蔡嵩云云"微觉用力太多，故未能如初写黄庭，盖过犹不及也"，夏承焘云"长调坚炼，未忘涂饰"，施蛰存云"改辙二窗，多作慢词，蕴情设意，炼字排章，得神诣矣，已非生香真色"，朱庸斋云"用笔沉着秾厚，下

---

① 梁启超：《嘉应黄先生墓志铭》，转引自白敦仁《彊村语业笺注》，第113页。
② 钱仲联：《黄公度先生年谱》光绪二十六年庚子条，转引梁启超《嘉应黄先生墓志铭》，转引自白敦仁《彊村语业笺注》，第113页。
③ 《清词史》，江苏古籍出版社1990年版，第530页。

字奇丽，千锤百炼，然失之伤气，亦乏情致"①，看来"涩"的缺点是很明显的。然而也需要看到，吴梦窗之"涩"在清季词坛的重新发现不仅是艺术宗法的问题，更是万马齐喑、钳心闭口的末世心态的一种折光。朱祖谋秉性戆直而不甚激烈，复胸怀"左衽沉陆之惧，忧生念乱之嗟"，必然倾向于选择沉抑绵渺、托兴深微的梦窗家数。而且，梦窗亦多奇情壮采，照天腾渊，岂一"涩"字可以了之？彊村学梦窗，"滞""晦"皆时或有之，然而也确实济以白石之疏越与东坡之旷朗，从而别开生面，自树一帜，成为"七宝楼台手"的"教外传灯人"。②

再说"重"。"重"首先当然也是来自末世遭际，单以个人而论，彊村后半生先以庚子年直言义和拳事几遭不测，继而宦途不利，退隐林泉。至清廷崩灭，以遗民身份穷处海滨，理屈词穷。③ 晚岁以子、弟物故，摧伤致疾，更加之其妻悍妒，家宅不宁④，心境轸结。凡此种种凝结成的沉甸甸的人生况味，欲待不"涩"、不"重"又岂可得？就艺术取法而言，则"重"字主要来自东坡。张尔田云："其晚年感于秦晦鸣师词贵清雄之言，间效东坡"，夏敬观云："晚亦颇取东坡以疏其气"⑤，异口同声，将学苏定于晚年。其实还是陈匪石说得切实一些："彊村在光宣之际即致力东坡，晚年所造，且有神合"⑥，诚然，彊村有意识标举学苏或在晚年，而自苏词"得气"则相当早。如其初学填词之名篇《鹧鸪天·九日丰宜门外过裴村别业》与《乌夜啼·同瞻园登戒坛寺千佛阁》：

---

① 以上分别见《柯亭词论》《天风阁学词日记》《花间新集》《分春馆词话》，转引自《二十世纪中华词选》朱祖谋条下"集评"。
② 周达：《彊村侍郎属题缶翁所绘校词图》云："宁知七宝楼台手，教外传灯别有人。"见严迪昌《近现代词纪事会评》，黄山书社1995年版，第322页。
③ 龙榆生：《彊村语业跋》："晚年复并各集，厘订为《语业》二卷。嗣是不复多作，尝戏语沐勋：身丁末季，理屈词穷。"彊村晚年居沪上时牢骚不少，妙语颇多。尝撰一联刺朝政云："发愤为雌，励精图乱；破格用我，下诏罪人"，为一时传诵。见郑逸梅《味灯漫笔》。
④ 掌故书中纪彊村家宅事者颇多，兹引陈左高《文苑人物丛谈》："彊村之妻性强悍，引为一生憾事。客沪时辄于至友前詈之曰狮子……易篑前，妻居苏州，视若吴越。"上海远东出版社2010年版，第56页。
⑤ 分别见《复夏承焘》《忍寒词序》，转引自《二十世纪中华词选》朱祖谋条下"集评"。
⑥ 《声执》卷下。

野水斜桥又一时，愁心空诉故鸥知。凄迷南郭垂鞭过，清苦西风侧帽窥。　　新雪涕，旧弦诗，惜惜门馆蝶来稀。红萸白菊浑无恙，只是风前有所思。

春云深宿虚坛，磬初残。步绕松阴双引出朱阑。　　吹不断，黄一线，是桑干。又是斜阳无语下苍山。

自"红萸白菊"两句，"吹不断"数句，都不难辨出苏子瞻氏"清雄"的意味。嗣后数年，如《鹧鸪天·庚子岁除》《金缕曲·久不得半塘书却寄》《金缕曲·书感寄王病山秦晦鸣》等，皆饶悲慨顿挫之致，不徒近苏，抑且近辛。此一期间，其开阖震荡至于极致之篇应推作于光绪三十年甲辰（1904）的《减字木兰花·舟泝湟江，风雨凄戾。交旧存没之感，纷有所触。辄缀短韵，适踵八哀，非事铨择也》八首，可读其中之三：

苍髯树颊，落落潜郎三十载。余事荆关，冷笑浓云邈逼山。
荒亭接叶，点笔便为求米帖。不办归帆，竟了京尘粥饭缘。长兴张叔宪先生度

盟鸥知否，身是江湖垂钓手。不梦黄粱，卷地秋涛殷卧床。
楚宫疑事，天上人间空雪涕。谁诏巫阳，披发中宵下大荒。富顺刘裴村光第

蓬莱一谪，谁挽使还文字职。得丧虚沤，瞥眼惊藏巨壑舟。
相过魑魅，纠缠幽忱非尔意。神理绵绵，记坐高斋十六观。道州何砚孙维栋

小序沉痛恼恍，词情峭拔历落，造语生新奇崛，所谓"体涩而不滞，语深而不晦"[1]，笔力若千钧之重，极能展现彊村胸襟性情，是集

---

[1] 夏敬观：《忍寒词序》。

中罕见绝作，且也显然是学苏（包括苏诗）的成果。

至于晚年尊苏，引之入词更泯痕迹，确乎如朱庸斋所评"洗净铅华，一空依傍"矣。其著名的论词词《望江南·杂题我朝诸名家词集后》二十六首固然体现了彊村的清词史观，以词而论，也是一气单行，直截痛快，不假文饰，颇有豪健风骨。再看民国十五年丙寅（1926）所作《定风波·丙寅九日》与十九年庚午（1930）所作《南乡子》：

> 过眼黄花七十场，无诗负汝只倾觞。老去悲秋成定分，才信，便无风雨也凄凉。　　已自上楼筋力减，多感，雁音兵气极沧江。摇落万方同一概，谁在，阑干闲处恋斜阳。

> 病枕不成眠，百计湛冥梦小安。际晓东窗鹍鸠唤，无端，一度残春一惘然。　　歌底与尊前，岁岁花枝解放颠。一去不回成永忆，看看，惟有承平与少年。

诸如"才信""多感""谁在""无端""看看"，这些顿挫的二字句夹杂在七字长句中间，吞吞吐吐，苍凉味足，纯以毕生感喟酿就，无意于"学"而自与苏轼契合。故朱庸斋论此期词云："由深入真，深意浅传，语澹而情苦，每有动人之处……气韵沉雄，耐人寻味"，很能抉中彊村得力于苏的精要。类此"气韵沉雄"者在彊村晚期是一个相当可观的数目，仅以《彊村集外词》为例，如《金缕曲·惯醉长生酒》《水调歌头·壬戌七月十六日……》《百字令·题余尧衢倦知山庐图》《减兰·送黄小鲁》《题辛仿苏青衫捧研图集迦陵句》《金缕曲·芸巢病起，赋此柬之》《三和》（赤手龙蛇放）、《减兰·为潘弱海题画松》《朝中措》（锄犁身手拙于鸠）、《清平乐·钟馗》《永遇乐·题章价人铜官感旧图》《水调歌头·题冯君木逃空图》等十数二十篇就都是可与东坡相视而笑的佳作。特别值得留心的是这一首：

> 雷雷斑驳，八百年来谈柄握。散发枞榔，携向南天舞一场。
> 指挥无定，箕口难回磨蝎命。犹胜西台，朱鸟声中击节来。
> ——减字木兰花·赋苏文忠铁如意

无论是"八百年来谈柄握""携向南天舞一场"的俊迈狂朗，还是"箕口难回磨蝎命""朱鸟声中击节来"的坎壈忠忱，对于"苏文忠公"，这无疑是极致景仰的明确表达，甚至可视为他部分皈依苏轼的宣言。彊村在自订《语业》时收录这一类词是很谨慎的，将其与诸多无聊的寿词并列"集外"当然是反映了他内心的摇摆，甚至是轻视。然而也不能因此就否定他取苏"以疏其气"的努力，更不能忽略这一类相当精彩的作品在成全其一代宗师地位、塑造词坛领袖肖像时的巨大功用。须知，仅凭"六百年来学梦窗第一人"的评价是难以收伏天下才人心眼的。

1931 年 12 月 27 日为沤社集会之期，社长彊村老人已卧病经月，闭门谢客，惫不可支。当晚遣人以《鹧鸪天·辛未长至口占》词示同社，莫不怆然泪下，共讶绝笔。① 词云：

> 忠孝何曾尽一分，年来姜被减奇温。眼中犀角非耶是，身后牛衣怨亦恩。　　泡露事，水云身，枉抛心力作词人。可哀惟有人间世，不结他生未了因。

家国情、兄弟情、夫妇情，最终打叠成了"可哀"的"泡露"，到此滴滴心血凝进而出的临终叹息，家数的辨析还重要么？但细辨其味，也不过"涩"与"重"罢！以上略梳理彊村"学苏"历程，可知其笔力重大之所由来，从而展现出这位清季词坛宗师的多元风貌，并可见某些徒以"学梦窗"来概括彊村词风的说法实在是偏隘不全之论。

二 "彊村词派之月旦"夏孙桐

被称为"彊村词派之月旦"的夏孙桐理应首附于彊村名下简谈。② 孙桐（1857—1941），字闰枝，又字悔生，晚号闰庵，江阴人。光绪十八年（1892）进士，授编修，历官湖州、宁波、杭州等地知府。民国

---

① 龙榆生：《朱彊村先生永诀记》，《文教资料》1999 年第 5 期。

② 钱仲联：《近代词坛点将录》。此处及后文使用"彊村派"概念皆取约定俗成义，与前文表述并不矛盾。

初入清史馆，嘉道咸同四朝臣工列传及循吏、艺术两汇传凡一百卷并出其手，占列传总数三分之一。时人称其"在馆负重望，隐然如万季野之主修《明史》"①。又佐徐世昌辑《晚晴簃诗汇》及《清儒学案》，有功清代学术甚伟。著有《观所尚斋文存》，《悔龛词》二卷由朱祖谋刻入《沧海遗音集》，《续稿》由龙榆生忍寒庐刊印。

孙桐第三女纬璘嫁彊村长子方饴，二人为儿女亲家。彊村尝言其从事倚声，实由孙桐诱导②。而孙桐填词亦并不早，其词集自序云："余自光绪乙未侨居吴门，郑叔问、刘光珊诸君结词社，始学倚声"，时为光绪二十一年（1895）。迨两三年后在京师，则被半塘、彊村"强拉"入咫村词社，然亦所作不多。至己亥、庚子（1899—1900），词篇始多，即所谓《悔龛词》也。略条理以上过程，意在补充彊村的被"诱导"说，其实内中还有孙桐被"强拉""诱导"的一层。

由上可知孙桐为"彊村词派"健将，其词亦取径南宋，以清深雅饬为尚。其早期作《长亭怨慢·丙申春暮将去吴中，同人载酒招游虎阜，赋此留别》可为代表：

> 恁容易、江湖心冷，不语沧波，照人离影。倚醉风前，扣舷歌罢，憺将暝。鬓丝如此，浑怕向、青山映。苦说约归耕，乍负了、冲烟渔艇。　　大隐，话长安旧侣，几个断蓬飘梗。莺花梦里，早到处、送春愁更问。一片莽莽吴云，可留得、鸥边干净。只笛语江城，还趁梅风凄哽。

题材甚常见，无大深意，但"江湖心冷""长安旧侣，几个断蓬飘梗"的感受还是非常真切的。清雅而"能不涩、不枵"③，这是夏孙桐能有别于其他"彊村派"同人的特质。其他如《南浦·泽畔共行吟》《夜飞鹊·西风暗吹雨》《惜秋华·渺渺霜程》《瑞鹤仙·瘦苔寒更积》

---

① 傅岳棻代傅增湘撰：《江阴夏闰庵先生墓志铭》，载《民国人物碑传集》卷十一，团结出版社1995年版。

② 据龙榆生说。

③ 严迪昌：《近代词钞·夏孙桐小传》。

第二章 "晚清四大家"平议 133

等也大抵如此。《八声甘州·过淇县，闻右衡助县尹校士，未得一见，用玉田韵赠之》情真韵远，逼肖张炎，也可一读：

> 恨双萍、咫尺未相逢，荒城暮烟遮。过中原几度，凄凄雁稻，莽莽虫沙。老矣兰成词赋，萧瑟向谁嗟。和泪弓衣字，题遍天涯。
>
> 故侣晨星还剩，叹羁雌处处，梦绕京华。待巢痕重觅，却换旧烟霞。正深夜、酒醒灯暗，乱愁生、浑不为思家。飘零感，一枝持赠，惟有芦花。

严迪昌师如此评说："孙桐家学既深，又不以倚声为专工，转少晚近晦涩词风之浸淫"①，可谓要言不烦。夏氏词还有更明快的，《水调歌头·戏为人题〈醉钟馗〉》亦早期作，庄谐并作，颇近苏辛，是其集中别调：

> 天醉久难醒，得酒即为仙。先生今且休矣，独醒亦徒然。试问终南径畔，奚似毕家垆侧，白眼谢人间。地席更天幕，抱瓮此酣眠。 照榴红，对蒲绿，任流连。竟抛长剑，修罗波诵满尘寰。却怪不闻不见，但自垂头袖手，好梦可能圆。何日堕驴客，惊觉老陈抟。

至于晚年屡更烽火，清深雅饬也最终化为难以言表的悲愤。如《南楼令·秋怀次韵》：

> 残叶下寒阶，秋风震旅怀。话莼鲈、空自低回。莽莽神州兵气亘，听不得，泽鸿哀。 夕照澹金台，消沉几霸才。对霜天、尊酒悲来。丛菊漫淹词客泪，偏多傍，战场开。

叶恭绰评闺庵词，"正法眼藏，非公莫属"，其实时世人心才是

---

① 严迪昌：《近代词钞·夏孙桐小传》。

134 第一编 古典词史的"花间晚照":清民之际（1900—1920）词坛研究

"正法眼藏"。学问渊雅的夏孙桐是明了并实践了这一点的。

三 "海南上将"陈洵

作为僻处岭表的穷老塾师，得彊村一言推挹，词名遂震耀海内，陈洵自然应被纳入彊村词群来观照的。尽管他造诣多端，有非彊村所能限者。

陈洵（1870—1942），字述叔，广东新会人，补南海诸生。少游江右，为塾师十余年。而立之年始自学词，服膺周济《宋四家词选》之论，以清真为极则而以梦窗为借径。[①] 与顺德黄节善，梁鼎芬每为扬誉，并称"陈词黄诗"，然名不甚著。迨民国九年（1920），因粤剧名伶李雪芳之介，名乃为彊村所知。后不仅为刻《海绡词》，且题《望江南》云："雕虫手，千古亦才难。新拜海南为上将，试要临桂角中原，来者孰登坛"，称许陈洵与况周颐"并世两雄，无与抗手"，1929 年又荐之教授广州中山大学，自此无人不知述叔词名。彊村逊清名辈、一代词宗，不仅对陈述叔大肆鼓吹于前，且越格荐拔于后。其人其事，足称千古佳话。[②] 而述叔确也不辜负前辈赏鉴，在理论、创作层面皆多发明，足掌"彊村词派"之副旗。

陈洵词论见之《海绡说词》，"基本上就是词人钻研梦窗词的心得"[③]。其中有言："以涩求梦窗，不如以留求梦窗……以涩求梦窗，即免于晦，亦不过极意研炼丽密止矣……以留求梦窗，则穷高极深，一步一境。""词笔莫妙于留。盖能留则不尽而有余味，离合顺逆皆可随意指挥，而深沉浑厚皆由此得。虽以稼轩之纵横，而不流于悍疾，则能留故也。"以"留"字论词，则不仅转换了世人对于梦窗词"涩"的印象——也包括"七宝楼台"等不良评价，而且可藉此提点"伸缩""勾

---

① 《海绡说词》："吾年三十始学为词，读周氏四家词选，即欲从事美成。乃求之于美成，而美成不可见也；求之于稼轩，而美成不可见也；求之于碧山，而美成不可见也；于是专求之于梦窗，然后得之。"

② 礼聘陈洵者有伍叔傥、傅斯年两说。朱祖谋致陈洵书唯提及伍氏，未见傅氏名，见《海绡词笺注》后附朱氏信札。傅氏门人陈盘则以其礼聘陈洵为学林佳话，见程巢父《岭南词家陈洵的晚年——海绡与彊村之交往》（《文汇读书周报》2011 年 7 月 15 日）。识此存疑。

③ 刘斯翰：《海绡词笺注》前言，第 5 页。

勒""提煞"离合顺逆""潜气内转"等一系列运笔方法,因而构筑
成其独特的理论观念,阐扬出了前人语焉不详的梦窗词妙处,从而成为
"宋代婉约派词学理论的功臣"。[1]

当然,陈洵亦坚持此秘诀为填词律度。如《六丑·木棉谢后作》:

> 正朱华照海,带碧瓦、参差楼阁。故台更高,无风花自落,一
> 梦非昨。过眼千红尽,去来歌舞,怨粉轻衣薄。青山客路鸪啼恶。
> 泪断香绵,灯收雨箔。颓然旧游城郭。尚幢幢日盖,残霸天遽。
> 川盘岭礴,算孤根易托。顿有离家恨,何处著?争枝又闹群雀。
> 似依依念定,惹茸曾约。芳韶好、柳黄初啄。得知道、一样天涯
> 化絮,到头漂泊。山中事、分付榴萼。笑燕子、尚恋西园夜,春
> 归未觉。

正如刘斯翰所云,此篇采取梦窗多隶事、讲求转接之手段,形成深
曲隐晦风格,盖与清真创调名篇《蔷薇谢后作》角胜者。[2]此外,彊村
词集中亦有《齐天乐·木棉》一首,多点化屈大均诗而自出己意,转
折深隐亦略同。又如《烛影摇红·沪上留别彊村先生》与《应天长·
庚午秋谒彊村翁沪上,日坐思悲阁谈词。吴湖帆为图以张之,赋此报湖
帆,并索翁和》两篇:

> 鲈脍秋杯,树声一夜生离怨。趁潮津月向人明,还似当时见。
> 芳草天涯又晚,送长风,萧萧去雁。凄凉客枕,宛转江流,揭来孤
> 馆。　　头白相看,后期心数逡巡遍。此情江海自年年,分付将归
> 燕。襟泪香兰暗洒,两无言、青天望眼。老怀翻怕,对酒听歌,吴
> 姬休劝。

> 王风委草,骚赋怨兰,危弦思苦谁说。坐对素秋摇落,芳菲与

---

① 刘斯翰:《海绡词笺注》前言,第 7 页。关于"留"之具体分疏,可参此文及刘斯翰
《海绡说词研究》一文。
② 刘斯翰:《海绡词笺注》前言,第 145 页。

鹈鸠。吟壶永，双练鬓。悄未觉，翠销红歇。镇闲写，解带披襟，满坐香发。　　长恨付梨园，似锦湖山，南渡最凄咽。况是泪枯啼宇，冬青更愁绝。斜阳事，人世别。怎料理、此间情切。画图展，后视如今，何处风月。

上词分别作于 1930 年和 1931 年。30 年秋，陈洵以教职所入较丰，遂能来沪拜谒彊村。此是两人首次见面，上距得彊村赏拔荐举已历多年。两位词老坐思悲阁谈词，流连浃旬。当黯然别去，后期无准，内心会是怎样的苍凉！故两词中极多"头白相看，后期心数逐巡遍""两无言、青天望眼""斜阳事，人世别。怎料理、此间情切"的款款深情语。词仍走梦窗一路，然确实"留"而不涩，雅而能真，将那种白头相逢的知己之感表达得淋漓尽致。难怪彊村有《应天长》词和之，既点出"同抱岁寒心"之志意，又憧憬"待飞盏，共酹前修"的再次聚首。昔年半塘推许彊村为"六百年来真能得梦窗神髓"者，如今彊村得见宗趣相同若此者，怎能不激赏之，在《手批海绡词》中称其作品"善用逆笔，故处处见腾踏之势""神骨俱静，此真能火传梦窗者"，并与其"心赏神交，契若针芥"？[1]

彊村老人所说不错，述叔词确乎大多"火传梦窗"，且"神骨俱静"。[2] 陈洵下笔矜慎，更过彊村，一部《海绡词》二百四十余篇几无一应酬率易之笔，佳作俯拾皆是，可见其深湛功力、孤洁个性与肃敬态度。[3] 单凭此一节，即可居"彊村派"次席而无愧色。然而，欲全面论定陈氏词则尤需关注其越轶梦窗门庭的那一部分。《海绡说词》自白初学词曾历稼轩而上溯清真，"源流正变"条并对稼轩予以崇高评价，

---

① 龙榆生：《陈海绡先生之词学》。

② 林立：《论陈洵及其海绡词》列表指出陈氏模拟因袭梦窗处不少，值得注意。林文又指出，朱庸斋也曾对乃师字句割裂梦窗不满，《分春馆词话》有云："（海绡）所说梦窗词如往日之经古文批。试思作家如于下笔之前已存如何运用法度之念于胸中，得毋拘湎而有损性灵乎？大家作词，恐无是理。"《词学》第二十辑，华东师范大学出版社 2008 年版。

③ 世颇有称彊村矜慎者，然晚年应酬之篇亦不少，盖交游广阔、负一时重名之故也，不足为病。关于陈洵个性，龙榆生《陈海绡先生之词学》有回忆云："海绡翁……风神散朗，不甚喜与同人交接……予尝至连庆涌边，访翁于所营小筑。门首自署集杜一联云：'岂有文章惊海内，莫教鹅鸭恼比邻。'板屋数椽，萧然四壁……翁居粤中，亦颇落落寡合耳。"

"南渡而后，稼轩崛起，斜阳烟柳，与故国月明相望于二百年中，词之流变，至此止矣……性情所寄，慷慨为多"，足见心仪。《海绡说词》的"说词"部分共"说"梦窗词 70 首，清真词 39 首，稼轩仅 2 首，比例较低，但稼轩那种特有的"雄深雅健"却相当深刻地浸染在了陈洵创作当中。如词选家大都青睐的《风入松·重九》：

> 人生重九且为欢，除酒欲何言？佳辰惯是闲居觉，悠然想、今古无端。几处登临多事，吾庐俯仰常宽。　　菊花全不厌衰颜，一岁一回看。白头亲友垂垂尽，尊前问、心素应难。败壁哀蛩休诉，雁声无限江山。

这一首词述叔自诩为"年来最称心之作"①，彊村亦评价极高，"淡而弥腴如渊明诗，殆为前人所未造之境"，看来主要是着眼于"吾庐俯仰常宽"等句。其实最可赏处应在于词笔大开大阖，豪健在骨，得力稼轩之处甚至更多。稼轩有名篇《清平乐·独宿博山王氏庵》云："绕床饥鼠，蝙蝠翻灯舞。屋上松风吹急雨，破纸窗间自语。　　平生塞北江南，归来华发苍颜。布被秋宵梦觉，眼前万里江山。"二者相较，神韵俨然，如出一辙，不徒末句字面之相近也。

另一《风入松·甲戌寒食……》作于 1934 年，名气不及上篇，佳处则可相伯仲。"往事"二句磊落英发，亦逼似稼轩《沁园春·叠嶂西驰》一首②：

> 人生离合似萍蓬，时节苦匆匆。年年寒食空相忆，今年见、蜡烛光融。往事山河梦里，高谈风雨声中。　　承平冉冉逐孤鸿，天阔更无踪。相携便作佳期看，亲知面、也算遭逢。几点飞花门巷，依然故国东风。

---

① 陈洵致彊村第六函。余意整理：《陈洵致朱祖谋书廿一则》，《词学》第二十六辑。

② 稼轩词云："叠嶂西驰，万马回旋，众山欲东。正惊湍直下，跳珠倒溅；小桥横截，缺月初弓。老合投闲，天教多事，检校长身十万松。吾庐小，在龙蛇影外，风雨声中。　　争先见面重重，看爽气、朝来三数峰。似谢家子弟，衣冠磊落；相如庭户，车骑雍容。我觉其间，雄深雅健，如对文章太史公。新堤路，问偃湖何日，烟雨蒙蒙。"

再如《南乡子·己巳三月自郡城归乡，过区荦吾西园话旧》：

> 不用问田园，十载归来故旧欢。一笑从知春有意，篱边，三两余花向我妍。　　哀乐信无端，但觉吾心此处安。谁分去来乡国事，凄然，曾是承平两少年。

欣喜中杂悲凉，朴质中见大气，与"空际转身""勾勒提煞"等梦窗家法大异其趣，而绝多稼轩退居时期神采。前文引过彊村晚年所作同调词"病枕不成眠"，相比之下，彊村还不少"做"的痕迹，本篇则全自胸臆流出，毫无涂饰。自以上几例《海绡词》中最高之作仔细寻绎，我们是不难体会得"神骨俱静，火传梦窗"的陈述叔与辛老子深相契合的一层的。陈洵能拔身于岭南词界，擎起"彊村派"大纛，此类作品及其艺术渊源绝不应忽视。

1941 年冬，陈洵寄龙榆生一书，并附一首《玉楼春》词："新愁又逐流年转，今岁愁深前岁浅。良辰乐事苦相寻，每到会时肠暗断。山河雁去空怀远，花树莺飞仍念乱。黄昏晴雨总关人，恼恨东风无计遣。""新愁""黄昏""恼恨"云云，都将纷乱时世中国民的兴亡疾苦微言大义式地呈现出来。龙榆生在《陈海绡先生之词学》中凄怆地说："检《海绡词》卷三遗稿，知翁倚声之业亦于此断手，令人不胜曲终人远之悲矣。"的确，这位"海南上将"之逝真是令人扼腕不已的。

四　陈曾寿的《旧月簃词》与"粤两生"

龙榆生曾说："彊村先生晚岁居沪，于并世词流中最为推挹者，厥惟述叔、仁先两先生"[1]，这位与陈海绡并列的大诗人陈曾寿也理当附此一谈。

陈曾寿（1878—1949），字仁先，号耐寂。家藏元代吴镇所画《苍虬图》，因以名阁，自称苍虬居士。辛亥后自号复志，取不忘清室之意。湖北蕲水（今浠水）人，状元诗人陈沆（太初）曾孙。光绪二十九年（1903）进士，官至监察御史。入民国，于杭州西湖买地购屋，奉母以

---

① 《陈海绡先生之词学》，《龙榆生词学论文选》，第 478 页。

居，与俞明震比邻，极唱酬之乐。1925 年至溥仪天津"行在"，任"末代皇后"婉容教师。1932 年，复追随至长春，任满洲国近侍处处长，管陵园事。1942 年辞职南归，卒于沪上。因这段"伪满"经历，亦颇有将其划入汉奸阵营者。实则溥仪自天津去旅顺，曾寿即屡疏谏阻，终因溥仪"患难君臣，犹兄弟也"一语难舍弃。至授近侍处长职，溥仪亦云："此朕私人之事，与满洲国政府无关也。"① 从这些细节都看得出陈氏在满洲国之心境地位，曰顽志保皇之遗老则可，但似不必遽然以"汉奸"二字加之。

陈曾寿年辈较晚而诗名极重。陈三立称"比世有仁先，遂使余与太夷之诗，或皆不免为伧父"②，自后学界多视之为陈三立、郑孝胥继替者③。而言诗者亦多以姓氏牵连而称曾寿与陈宝琛、陈三立、陈衍为"三陈""四陈"的。如其弟子沈兆奎跋《苍虬阁诗续集》云"近代称诗，海内三陈，词林并重"，程康《题苍虬阁诗》云："抗手诗雄只二陈。"徐彬彬《凌霄汉阁笔记》则云："近期的诗人有'四陈'。一个是太傅（陈宝琛），一个是太傅的门生、诗坛老宿、散原老人陈三立，一个是散原的同年陈衍（太傅的同年宝竹坡的门生），一个是陈曾寿仁先。"

与毕生心血铸就的十二卷诗相比，曾寿填词既晚至四十岁，又仨兴而作，不自存稿，故《旧月簃词》收词不过一卷九十七阕而已。但词名也不小，甚且不弱于诗。叶恭绰《广箧中词》云："仁先四十为词，门庑甚大，写情寓感，骨采骞腾，并世殆罕侔匹，所谓文外独绝也"，评价特高，以至引起钱仲联的非议："遐庵以为门庑甚大、并世殆罕侔匹，则不知置彊村、大鹤于何地？"④ 其实梦苕先生极欣赏陈词，不徒在《点将录》中给予"天立星双枪将董平"的高位置，且有"瑶台

---

① 陈曾则：《苍虬阁诗续集序》《苍虬兄家传》，转引自王培军《光宣诗坛点将录笺证》，第 148 页。

② 陈三立：《苍虬阁诗集序》。

③ 由云龙：《定庵诗话》："苍虬起后劲，陈郑观旁徨。"胡先骕《评胡适〈五十年来中国之文学〉》："其诗卓然大家，为陈、郑之后一人。"钱仲联《梦苕庵诗话》："陈、郑后一名家。"

④ 《近百年词坛点将录》。

婵娟，天生丽质，写情寓感，时杂悲凉"的好评。钱先生之所以不同意叶氏之说还因为他认同张尔田的说法："苍虬诗人之思，泽而为词，似欠本色""苍虬颇能用思，不尚浮藻，然是诗意，非曲意。此境亦前人所未到者"，以为是持平之论。那么很显然，"诗人之思""诗意"就成了观照《旧月簃词》的最佳切入点。

不妨先读两首，以见其"诗人之思"：

> 心醉孤山几树霞，有阑干处有横斜。几回坚坐送年华。　　似此风光惟强酒，无多涕泪一当花。笛声何苦怨天涯。

——浣溪沙

> 衰病逢辰强举觞。倚栏高处怯流光。曾无瘦菊酬佳节，看尽归鸦掠夕阳。　　尊未暖，意先凉，此心安处是何乡。应怜倦影随阳雁，犹恋巫间绝塞霜。

——鹧鸪天·丁丑九月，次惜仲韵

《浣溪沙》与《鹧鸪天》两个词牌都是句式较整齐近乎诗的，故较容易辨认其"诗意"。关于苍虬诗特质，论者大体甚称道其"深婉精纯"或曰"精严"。如汪辟疆说其中年后"取韵于玉溪、玉樵，取格于昌黎、东坡、半山……深醇悱恻，辄移人情"[1]。胡先骕说曾寿才气未敌散原与海藏楼，"而以精严胜"[2]。那么以上二词皆很能与其诗歌质地具同一性。《浣溪沙》开篇二句尚有摇曳风韵，三句"坚坐"二字则极生新而沉郁，可谓典型的"同光体"语汇与语感。下片对句扣紧"坚坐"与"送"两层意思，"强酒""一当"的坚苍瘦硬亦是诗语，词中罕见。《鹧鸪天》作于1937年抗日战争全面爆发后，作为傀儡满洲的"近臣"之一，内心那种失落感自然是难以言说的。当年苏轼贬居穷海，还可说"此心安处是吾乡"，现在的陈苍虬则只有迷茫地询问自己

---

① 《光宣诗坛点将录》。玉樵谓韩偓，陈曾寿《秋夜对瓶荷一枝，雨声淙淙，偶题冬郎小像》云："为爱冬郎绝妙词，平生不薄晚唐诗。"

② 《评陈仁先苍虬阁诗存》。

的归宿。煞拍二句说得很清楚，其实自己何尝不"倦"？但又不能不"恋"。对仗工稳，然而丧气颓唐之至。此种心绪的胶葛深邃也是常见于诗而难诉诸词的。

其余较具诗思者还可举一些，如"只今清忆犹成泪，何况虚帘重到时"（《鹧鸪天·癸丑三月灵璧道中见燕子》）、"一生长伴月昏黄，不知门外泠泠碧"（《踏莎行·白堂看梅》）、"虫天身世，飘零一叶，还自托秋枯"（《太常引·戊午七月……》）、"眼底都成浑不似，尊前惟觉意难忘"（《浣溪沙·己未都门重过云和主人》）、"青山青史余双鬓，看镜中、清冷千春"（《高阳台·赠彊村老人》）、"千古苍凉天水碧，一生缱绻夕阳红"（《浣溪沙》），绝无"枕席之言"与"狎亵之语"①，皆以比兴手段写幽寂境界，寄沉挚心绪，此所以为"诗意"也。集中最能体现此种诗人之思的莫过于写"雷峰塔的倒掉"的《八声甘州》②：

> 镇残山、风雨耐千年，何心倦津梁。早霸图衰歇，龙沉凤杳，如此钱唐。一尔大千震动，弹指失金装。何限恒沙数，难抵悲凉。
>
> 慰我湖居望眼，侭朝朝暮暮，咫尺神光。忍残年心事，寂寞礼空王。漫等闲、擎天梦了，任长空、鸦阵占茫茫。从今后、凭谁管领，万古斜阳。

由此辨认，张尔田"此境亦前人所未到者"之判断稍嫌夸张，但很具只眼。"此境"者，诗境也，且同光体特具"不尚浮藻"之诗境也。发而为词，《旧月簃》的确可自树一帜。至于"似欠本色"的指摘则是陈师道、李清照以来的"别是一家"说遗韵，存而不论可也。

陈曾寿如此陈述与朱祖谋的关系："余自与彊村侍郎定交，始知所为词有涉于纤巧轻倩者，既极力改正，嗣后有作，辄请侍郎定之，得益不少"③，由此看来，他也是被彊村派"收编"的一个。集中也颇有近

---

① 陈曾寿：《旧月簃词选序》，伪满洲国康德五年（1936）东方国民文库版。
② 《采风录》词题为"西湖雷峰塔圮后作"，《旧月簃词》有题序甚长。按：刘天宇《论雷峰塔的倒掉——1920年代新旧文学的一场"同题竞作"》（《文学评论》2021年第4期）专谈作为文学事件的"雷峰塔倒掉"，颇有意趣。
③ 《旧月簃词自序》。

142 第一编 古典词史的"花间晚照":清民之际(1900—1920)词坛研究

彊村气味的,得其称赏,不足为奇。如《齐天乐·和彊村老人》:

> 百年垂死当何世,因依更成轻别。费泪园亭,谙愁酒盏,历历前痕难灭。荒云万叠。剩缄梦凄迷,雁程天阔。拨尽寒灰,坠欢零落向谁说。 蓬莱旧事漫忆,更罡风激荡,摇撼银阙。本愿香寒,孤光月隐,堪笑冤禽痴绝。枯枰坐阅。拚一往悲凉,烂柯残劫。自忏三生,佛前心字结。

那种"涩"与"重"的复杂况味在陈曾寿笔下可谓传达得淋漓尽致,丝毫不亚于彊村本人。《临江仙·三月十六夜,梦至一寺,殿前广潭,月光皎洁。有人告予曰,此明月寺也。因成一词。醒后不全记,余味在心,足成之》一首将备极苦涩之情蕴发于轻倩流转的笔致间,《旧月簃词》中为别调,也是高境:

> 明月寺前明月夜,依然月色如银。明明明月是前身。回头成一笑,清冷几千春。 照彻大千清似水,也曾照彻微尘。莫将圆相换眉颦。人间三五夜,误了镜中人。

"本是龙拏虎掷身,翻成寂寂度残春。空王礼罢无人觉,风送钟声未了因""好诗不在钝根中,绝世聪明却爱聋。灰已寒时拨宁益,欢从堕处拾何从"。此二首绝句系章士钊题写《旧月簃词》者。在《沧海遗音集》群从中,陈苍虬词中寂寂寒灰般的悲凉别具一格,也足为此期词史一名家。①

一如陈曾寿,南海潘之博(1874—1916)、顺德麦孟华(1875—1915)亦颇得彊村青眼,不仅颇有唱和,身后且为删定遗稿,合刊为

---

① 《沧海遗音集》十二卷,附一卷,民国二十二年(1933)彊村遗书本。收入沈曾植、裴维侒、李岳瑞、曾习经、夏孙桐、曹元忠、张尔田、王国维、陈洵、冯开、陈曾寿、梁鼎芬(附录)十三人词各一卷。本书原拟设"沧海遗音词群"一节,以其中大部分词人均已分散论述,遂取消,读者请自识之。香港中文大学出版社有林立著《沧海遗音——民国时期清遗民词研究》一书,可参看。

《粤两生集》。① 二人年相若，皆享中寿，同著籍康有为万木草堂为弟子，风骨才力相当，故可附后合论之。

之博字若海，号弱盦，少弃举子业，尝从军粤西，民国三年（1914）入冯国璋幕府，时袁世凯欲称帝，之博与麦孟华共谋倒袁。袁侦知之，怒命缉捕，之博亡命香港，郁愤呕血死。先是麦孟华峻拒袁氏教育总长之召，倒袁不成，已脑溢血卒。两英年志士仅存《弱盦词》《蜕庵词》各一卷，幸得传世。

龙榆生《忍寒漫录》云："二氏词并多激昂慷慨之音，信不愧为抑塞磊落之奇才也"，是，然二氏相较，潘词性情骨力尤为鲜明，稍胜于麦。《浣溪沙·晓过小姑山》云："破晓扁舟过小姑，睡鬟春困未全苏。临流照影二分癯。　战伐纵横余往迹，乾坤牢落到今吾。山灵无语答长吁"。又同调词云："蜡烛红消寸寸心，孤单客枕薄寒侵。起听天地满商音。　云日高高鸿避弋，雨风黯黯鸟投林。一回怅望一沉吟。"毋论"长吁"抑或"沉吟"，那种"商音"中忧思谛听的姿态极为感人。之博与彊村同调者如《解连环·露华流夕》《大圣乐·落叶》《霜叶飞·秋籁送寒，羁愁万种，和梦窗韵》等也大抵蕴忠爱缠绵情，并不空枵。《解连环·丁未六月东游扶桑，归国有日，赋此留赠任公》就神似稼轩：

> 唾壶敲缺，问楚兰心事，有谁能说。正杜宇、啼遍春红，又芳草天涯，一声鸣鴂。伤别伤秋，易过了、西风时节。只食牛意气，射虎情怀，不随消歇。　华鬘易惊小劫，堕沧桑影事，尊畔重叠。拼身世、付与扁舟，算随地江湖，尽堪栖息。故国平居，恨最恨，早生华发。卧沧江，鱼龙寂寞，夜潮自咽。

与潘之博相比，麦孟华更加"守正"一些，自家面目即稍弱。如

---

① 《彊村语业》卷二有《齐天乐·寒夜同麦孺博、潘弱海》之作，又有《水龙吟·麦孺博挽词》，可录后者上片以见意："峨如千尺崩松，破空雷雨飞无地。京华游侠，山林栖遁，斯人憔悴。一瞑随尘，九州来日，谅非吾事。正苍黄急劫，推枰撒手，浑不解，茫茫意。"《粤两生集》一般以为其师康有为刻之，此用龙榆生《忍寒漫录》之说，或康氏主持，而彊村为定稿也。

《解连环·酬任公用梦窗留别石帚韵》，词牌情境均与潘之博相似，而拟古过甚，新意不多。《月下笛·二月十四日夜泊烟台，独坐舵楼远眺，寒江如练，皓月中天，水天一色，光景奇绝。倚此歌之，海涛若互答也》一首情怀毕现，是出色之作：

> 万顷寒漪，摇空荡碎，一轮明镜。星垂野阔，万籁沉沉人烟暝。掠舟孤鹤惊飞起，万点破、寒空月影。认微茫、一点风灯，摇过隔江渔艇。　人定，沙洲静。渐拍拍潮生，宿鸥惊醒。露华轻法，起来微觉衣冷。乱山照影寒无睡，待付与、羁人消领。试吹竹高歌，应有老蛟潜听。

第五节　哀艳与性灵：论蕙风词

附　赵尊岳、陈运彰

一　哀艳与性灵

四大家中，况蕙风呈显出独特面目之点主要在于：（1）善说词，主性灵，颇与其余三家异趣，岿然而为词论大家；（2）专力于词五十年，几无他顾，为专业词人。（3）所作多词人之词，最饶风情韵致。其一、二点无须饶舌，于其"词人之词"的特征则需说清一个"艳"字，如是则其"隽秀而不乏清狂"的"名士气"始能得到详明的阐释。①

在一般的评价体系中，"艳"字常被演绎为"侧艳""纤艳""尖艳""淫艳""儇艳"等，贬义相当明显。而况氏自己也力求摆落"艳"的底色。如其《餐樱词自序》云："少作多性灵语，而尖艳之讥，在所不免。己丑薄游京师，与半塘共晨夕，多所规诫。所谓'重拙大'，所谓'自然从追琢中出'，积心领神会之，而体格为之一变。壬子以还，避地沪上，与沤尹以词相切劘。沤尹守律綦严，余亦怃然向者之失，断断不敢自放。"此段话不仅详尽叙述了自己从整体上皈依常派门庭的过程，更表示出对"尖艳""性灵"之类习气的忏悔。但正如龙

---

① 严迪昌：《清词史》，第532页。

榆生所说："惟其专作词人，时或风流放诞，虽力戒尖艳，而结习难空。综览全词，似多偏于凄艳一路，而少苍凉激壮之音。"① 所谓"苍凉激壮之音"，《蕙风词》中确然罕觏。于《水龙吟·二月二十八日大雪中作》《唐多令·甲午生日感赋》《水调歌头·明瞿忠宣公印文……》《鹧鸪天·重阳不登高示绵初密文两女》《金缕曲·题东轩老人山水画册，老人一号寐叟》之类词篇尚可略见其概。读后两首：

　　秋是愁乡雁不来，登高何望只风埃。暂时枫叶浓如酒，何处萸囊避得灾。　　怜霸业，委荒莱，即今戏马亦无台。何如偃蹇东篱下，犹有南山照酒杯。

　　遗恨横苍翠。算年时、多情海日，见人憔悴。满目江山残金粉，叟也何尝能寐。丘壑是、填胸垒块。迭嶂层峦空回合，甚兰根、欲着浑无地。知渲染，费清泪。　　静观无那东轩寄。俯茫茫、同昏八表，涛惊云诡。陵谷迁流十年梦，并作无声诗史。聊付托、迂倪颠米。兜率海山堪盘礴，莫骖鸾、回首人间世。墨黯淡，刻溪纸。

　　苍凉激壮之味诚然有之，不过数量既少，程度大约也至此为极。相反的，翻开一部《蕙风词》，"凄艳"的色调却滔滔皆是。其实"艳"在很多情况下并非轻薄儇巧之谓，而是发抒性灵的重要载体，诸如唐诗中的李商隐、韩偓，宋词中的柳永、秦观，明代的王彦泓，清代的纳兰性德、袁枚等，无不以"艳"当家，以"性灵"胜场。蕙风大倡性灵，几乎除"艳"之外，更无从托其词旨。为了这个必然性选择，蕙风与其余三家都不乏龃龉，与大鹤甚至终身反目，耿耿于怀。② 值得注意的

————————

　　① 《清季四大词人》，《龙榆生词学论文集》，第467页。
　　② 参见杨传庆《郑文焯、况周颐的交恶与晚清四大家词学思想的差异》，《文学遗产》2009年第6期。又：夏承焘《天风阁学词日记》1936年3月22日概括张尔田信函中语云："蕙风生平最不满意者，厥为大鹤。仆尝比之两贤相扼。其于彊老恐亦未必引为同调。尝谓古微但知词耳，叔问则并词而不知。又曰：作词不可做样，叔问太做样。"况周颐于《玉梅后词跋》中曾云本集"为伧父所诃"，郑炜明《况周颐年谱》以为"诃"况氏之"伧父"非郑文焯，乃王鹏运，判断实误。见该书第145页，上海古籍出版社2009年版。

146　第一编　古典词史的"花间晚照"：清民之际（1900—1920）词坛研究

是，况氏光绪三十三年（1907）所作《玉梅后词序》记云："是岁四月，自常州之扬州，晤半塘于东关街仪董学堂，半塘谓余：是词淫艳，不可刻也。夫艳何责焉？淫，古意也。三百篇贞淫，孔子奚取焉？虽然半塘之言甚爱我也，惟是甚不似吾半塘之言，宁吾半塘而顾出此？""半塘之言，非吾半塘之常也。"文中所谓"是岁"系指光绪三十年（1904），也即半塘逝世之年。三年之后，蕙风回忆起半塘反对其刻《玉梅后词》并斥之为"淫艳"的场景，仍然气愤难平，不仅抬出"古意""三百篇""孔子"来为自己张目，更恼羞成怒，相当不厚道地指责"半塘之言，非吾半塘之常也"，其实是暗示半塘不久于世的"改常"征兆。对良师老友怨毒如此，蕙风当然有亏友道，然亦可辨认出他对自家"艳"风（也即性灵）的珍视。

再深按一层，蕙风自述于光绪十五年己丑（1889）薄游京师，得半塘规诫重拙大之旨，而体格为之一变。时近二十年，则又返其初服，"重张艳帜"，这绝非简单的"结习难空"一语可以解释，而是说明"艳"字乃是横亘蕙风一生创作的主导性追求。

由"艳"出发，鼓吹性灵，乃是蕙风词创作的基本路向，也是他有别于另外三家的主要特征。因为性灵，无论写悱恻凄美的爱情，还是写令人扼腕的时局，都呈现出真挚沉痛、情韵丰赡、不假雕琢、清圆流美的面貌。王国维《人间词话附录》云："彊村虽富丽精工，犹逊其真挚也。"朱庸斋《分春馆词话》云："况蕙风为清季四家中最有情致者……温厚和婉，能于自然中见沉着。余三家则惟于刻炼中见沉着，故逊于蕙风也"，体会皆极深切。

可先读其早期所作《青衫湿遍·五月二十四日，宣武门西广西义园视亡儿小羊墓。是日为亡姬桐娟生日》：

　　空山独立，年时此日，笑语深闺。极目南云凄断，近黄昏、生怕鹃啼。料玉扃、幽梦凤城西。认伶俜、三尺孤坟影，逐吟魂、绕遍棠梨。念我青衫痛泪，怜伊玉树香泥。　　我亦哀蝉身世，十年恩眷，付与斜晖。况复相如病损，悲欢事、咫尺天涯。倘人天、薄福到书痴。便菱花、长对春山秀，祝兰房、小语牵衣。往事何堪记省，疏钟惨度招提。

《青衫湿遍》为纳兰性德自度曲，为悼念亡妻卢氏而作，清人如周之琦等颇有用为悼亡者。蕙风此篇亦承前人途径，既悼桐娟，兼悼亡儿，词情即加倍沉痛。故而"年时此日，笑语深闺""认伶俜、三尺孤坟影""祝兰房、小语牵衣"的往昔情、现场感和祈祷语皆直指人心，"近黄昏、生怕鹃啼""念我青衫痛泪，怜伊玉树香泥""往事何堪记省，疏钟惨度招提"的言情之句亦凄怆至极，真挚逾恒。其逼肖纳兰词者还有《减字浣溪沙》："重到长安景不殊，伤心料理旧琴书。自然伤感强欢娱。　十二回阑凭欲遍，海棠浑似故人姝。海棠知我断肠无"，"玦绝环连两不胜，几生修得到无情。最难消遣是今生。　蝶梦恋花兼恋叶，燕泥黏絮不黏萍。十年前事忍伶俜"，用情之深，确乎"婉约微至"①"凄艳在骨，终不可掩"②，与其余三家有别。

再如《西江月·乙卯七月二十五日梦中哭醒口占》与《减字木兰花》：

> 梦里十年影事，醒来半日闲愁。罗衾寒侧作深秋，清泪味酸于酒。　何处伤心不极，此生只恨难休。眼前红日在帘钩，听雨听风时候。

> 风狂雨横，未必城南芳信准。说起前游，梦绕青篷一叶舟。花枝纵好，载酒情怀都倦了。柳外湖边，付与鸳鸯付与蝉。

或悲悼往情，或伤春怀人，题材迥异，共同点则是不假锤炼的真挚自然与流动感。"清泪味酸于酒""听雨听风时候""柳外湖边，付与鸳鸯付与蝉"，在清季词坛竞尚生涩的蔼蔼雾气之中，蕙风虽也不能不受其影响，但植根于自身才性的这些性灵词句显得那样轻快透亮，楚楚动人，令读者一见钟情，沉溺其间，再难去怀。就感发人心的力量而言，蕙风不仅是四大家中最出色的一个，即求之千年词史，亦不数觏。

"听雨""听风"是蕙风常用意象，佳作也多，如《鹧鸪天》《南乡

---

① 冒广生：《小三吾亭词话》。
② 《龙榆生词学论文集·清季四大词人》，第468页。

148 第一编 古典词史的"花间晚照":清民之际（1900—1920）词坛研究

子》与《浣溪沙》：

> 如梦如烟忆旧游，听风听雨卧沧洲。烛消香炧沉沉夜，春也须归何况秋。　书咄咄，索休休。霜天容易白人头。秋归尚有黄花在，未必清尊不破愁。

> 秋士惯疏萧，典尽鹔裘饮更豪。况有鸾笙丹凤管，良宵，不放青灯照寂寥。　一笠一诗瓢，随分沧州听雨潮。何止黄花堪插帽，娇娆，江上芙蓉亦后凋。

> 花与残春作泪垂，何论茵溷已辞枝。怜花切莫误情痴。　听雨听风成暂遣，如尘如梦最相思。肠断都不似年时。

或听雨，或听风，或无聊消遣，或点检心潮，一种隽秀而不乏清狂的名士姿态就在这高频出现的侧耳倾听的动作中栩栩如生。与"听雨听风成暂遣，如尘如梦最相思"同期的写作，如《定风波》"未问兰因已惘然，垂杨西北有情天。水月镜花终幻迹，赢得，半生魂梦与缠绵。户网游丝浑是罥，被池方锦岂无缘。为有相思能驻景，消领，逢春惆怅似当年"，再如《浣溪沙》："惜起残红泪满衣。它生莫作有情痴。人天无地著相思。　花若再开非故树，云能暂驻亦哀丝。不成消遣只成悲"，又如《双调望江南·曩年十三岁赋落花得香韵，全阕不足存，越五十年改定，二首风格浑不似也》之二："花如画，未必画非真。见说画中花不落，移家作个画中人。占取最长春。　春未肯，著我软红尘。花若有情花亦瘦，十年香梦太酸辛。我与我温存。"虽也杂入大量艳情笔法，却已渐入寄兴渊微、静穆沉痛之境，蔡嵩云《柯亭词论》所谓"中年以后渐变为深醇"，卢前所谓"晚年气韵转翁茏"[1]，当指此类作品而言。

《分春馆词话》专论蕙风小令云："（蕙风）长调略逊于余三家，然小令则远非三家可及"，"蕙风小令北宋情调多，尤得力于贺铸，故清丽婀

---

[1] 《望江南·饮虹簃论清词百家》，《清名家词》后附。

娜，有势而不纤弱"，"况周颐小令情致缠绵而又能用重笔，情事皆藏于词中……精警而不觉生硬，亦无浮泛油滑之语"，推崇甚力。同时又称道其长调"空灵，然不乏沉着之气；色泽不如彊村浓厚，又不似大鹤枯槁，气韵流动，其笔势一以贯之，不事雕琢，亦自有佳处"，甚是。

《苏武慢·寒夜闻角》作于光绪十五年己丑（1889）薄游京师时，为其得意之作，半塘亦曾激赏之。[①]《苏武慢》是相当冷僻的词调，别人作来恐难免晦涩，蕙风独能翻折矫变，层迭递接，极饶流水淙淙之音节美。其下片云：

> 凭作出、百绪凄凉，凄凉惟有，花冷月闲庭院。珠帘绣幕，可有人听，听也可曾肠断。除却塞鸿，遮莫城乌，替人惊惯。料南枝明月，应减红香一半。

两个"凄凉"连用，"花冷月闲"连用，"可有人听"与"听也可曾肠断"的逐次衍进，"替人惊惯"的遥相呼应，皆掩映着性灵词人的本色。又如《水调歌头·落花》："拥被不听雨，作算一宵晴。峭风多事吹送，到枕一更更。花落已知不少，一半可能留得，未问意先惊。帘幕带烟卷，红紫绣中庭。 促成阴，催结子，此时情。了他春事，不是风雨妒残英。风雨枉教人怨，知否无风无雨，也自要飘零。只是一春老，无计劝愁莺。"《水调歌头》是大众熟知的词牌，佳篇林立，然而如蕙风写得如此洄漩层迭，往复绵丽者，亦为仅见。严迪昌师说他"能锤炼而不失自然，流美中时见聪慧语、通脱语，萧瑟衰颓味也少"[②]，此类篇章可为典范。

至于民国初年，蕙风穷饿海滨。尝集《左传》《通鉴》语署楹联曰"余惟利是视；民以食为天"，又集南北史句"钱眼里坐；屏风上行"，其牢落可想，而词风亦为之一变。读《减字浣溪沙·乙卯六月，大风为灾之前数日，室人以无米告。戏占》：

---

① 况周颐：《水龙吟·声声只在街南》一首小序。
② 《清词史》，第533页。

逃墨翻教突不黔，瓶罍何暇耻斋盐。半生辛苦一时甜。　　传语枯萤共宁耐，每怜饥鼠误窥觇。顽夫自笑为谁廉。

艳丽风情，至此消散殆尽，衣食忧患，尽数奔来眼底。时势之剧变实非个人所能抵挡，而"自笑"之"顽夫"亦适成一代新旧文明冲突中那些落寞者的生动面影罢![1]

在晚清词坛，历来有善言词者不善填词的"魔咒"，诸如周济、刘熙载、谭献、陈廷焯、王国维，其词创作成就皆远不及理论成就，而撰著了晚清三大词话之一的况蕙风则以他藻丽的才情、渊深的思致、隽妙的吐属为性灵词风做了完满的归结，成为清代词坛一颗闪耀着特异光芒的星辰，从而打破了这个创作理论难以兼擅的怪圈。纵使略有王易指摘的"气格微逊"之处[2]，况蕙风亦一代人杰矣哉！

二 赵尊岳、陈运彰

蕙风说词天花乱坠，晚年居沪上时，有求教于彊村者，彊村辄转介于蕙风，故受其沾溉者甚多。[3] 但世所称蕙风弟子之有名者，厥唯林鹍翔、赵尊岳、陈运彰三位。其中林鹍翔既与彊村师弟情密，又为夏承焘词师，应置于夏氏部分并谈。至于赵陈二位附于蕙风名下，也有些掌故背景值得先说。

其实蕙风内心自认为门生者，仅缪荃孙之子子彬、林鹍翔铁尊二人。认缪子彬，是因缪荃孙老友的关系；认林鹍翔，则因其"词尚可观"[4]。对于其晚年方列名门墙的赵尊岳、陈运彰，蕙风曾私下里有这样的说法："这两个人，叔雍，立无立相，坐无坐相，片刻不停，太'飞扬浮躁'了。蒙安，面目可憎，市侩形态，都不配做吾学生的。吾

---

① 民国十二年（1923）癸亥，况氏病中作自挽联："半生沉顿书中，落得词人二字；十年穷居海上，未用民国一文。"郑炜明《况周颐年谱》，第362页。

② 《词曲史》，转引自《二十世纪中华词选》况周颐条下集评。

③ 见龙榆生《彊村晚岁词稿》，《龙榆生词学论文集》，第519页。按：据陈巨来说，况氏不甚肯奖掖后进，举黄孝纾、龙榆生为例。见《安持人物琐忆·记况公一二事》，上海书画出版社2011年版，第129页。陈巨来为著名篆刻家，娶蕙风女绵初。

④ 《安持人物琐忆·记赵叔雍》，第118页。其时赵尊岳年致束脩一千，陈运彰五百。下文涉及对二人评论者皆出此文。

第二章 "晚清四大家"平议 151

因穷极了，看在每年一千五百元面上，硬是在忍悲含笑。吾与他们谈话时，只当与钞票在谈；看二人面孔时，当作两块袁大头也。"非但不承认这两位"高弟子"，考语也太刻薄不客气。不过亲闻这番话的况氏婿陈巨来也说，陈运彰任圣约翰大学教授时，提携蕙风长子又韩为助教，备课讲义等皆代为预拟而付之，且言必称"又韩教授"；赵尊岳则介绍蕙风次子小宋入《申报》，先为小职员，后升为记者，皆赵一人之力。故"赵陈二人之对师门未尝有负，此岂况公始料所及哉？"其实"未尝有负"还不止于此，二人在词学理论与词创作方面的诸多成就也无愧乃师教诲，尤以赵尊岳能承衣钵，足称名家。

尊岳（1898—1965），字叔雍，江苏武进人。父凤昌，曾任张之洞文巡捕、总文案，之洞倚之如左右手，虽中宵不离，颇有秽声，章太炎因有"两江总督张之洞，一品夫人赵凤昌"联语讥之。① 入民国后，凤昌积巨资来沪，购《申报》大量股票，遂为巨绅。叔雍毕业上海南洋公学，历任《申报》经理秘书、行政院驻平委员会参议等。抗战后担任汪伪上海市秘书长、铁道部次长、宣传部长等职。战后被捕，1948年出狱后任中华书局编辑，后任教于香港、新加坡等地。著有《珍重阁词》《高梧轩诗》等。

赵尊岳词学成就首先表现在以《明词汇刊》为核心的词学文献学与词学目录学方面。蕙风晚年为刘承干撰《历代词人考鉴》，其中明代词家仅考得十余人，乃着赵尊岳代为搜求。赵氏遂穷十数年心力，"益以冷摊残肆之所得，舟车辙迹之所经"②，并得徐乃昌、董康、赵万里等诸多友人襄助，汇成此编。汇刊实收词籍 268 种，内含词话 1 种，词谱 2 种，合集、唱和集 3 种，词选 5 种，别集 257 种。《明词汇刊》为日后《全明词》之编纂奠定了极为重要的基础。在编纂过程中，赵氏撰成《惜阴堂明词丛书叙录》与《惜阴堂汇刻明词提要》《惜阴堂汇刻明词纪略》《词集提要》等多篇文献目录学论著，在分析明词衰疲六个原因的基础上，提出"有明以二百年之享国，作者实

---

① 陈巨来曾见赵凤昌，称其"诚笃老人也，风度忠厚，相貌凝重，绝无一点佐杂腔，更无一点裨弁气"。《安持人物琐忆·记赵叔雍》，第 118 页。

② 《大公报》图书副刊，1936 年 8 月 13 日。转引自陈水云《明词汇刊的学术价值》，载《明代文学研究国际学术研讨会论文集》，南开大学出版社 2006 年版。

152 第一编 古典词史的"花间晚照":清民之际（1900—1920）词坛研究

繁有徒，必以衰歇为言，未免沦于武断"的著名词史观。① 以恩师一言之诲②，终身不渝其志，遂成明词研究之巨擘，赵尊岳亦堪称蕙风门下之杰出者矣。

对于恩师遗著及词学思想，赵尊岳亦多整理发扬之功。《蕙风词》二册、《蕙风词话》四册、《证壁集》二卷等四五种况氏著述，均由尊岳独资刊刻行世。其《蕙风词史》梳理况氏平生词学行迹，至今仍为学界所宝。乃师善说词之特质在赵氏身上也有反映：四十年代，赵氏即著成《珍重阁词话》③，后经补订，名《填词丛话》以传世。以"风度"说为代表，赵尊岳对乃师"重拙大""词心""情景"论等均有深入的阐释与自成机杼的发挥。④ 因此，施议对在《二十世纪词学传人》第三代二十二人中予赵尊岳以一席⑤，林玫仪更提出赵氏可厕列现代词学四大家之中。⑥ 学术史公论如此，赵氏就不仅是"未尝有负"，而且颇能光大师门了。

由于蕙风的私心议论，本书乃花篇幅对赵氏词学成就简述如上，以见始末。其实关于赵陈词作也有需澄清者。陈巨来《记赵叔雍》云："当时况公为二人（赵、陈）所改削之词稿，几润饰十之八九也……（叔雍《和小山词》）……况公……因感其刊印之功，故为之大改大润云云"，"况公逝世后，冯君木笑谓余曰：'叔雍、蒙安，二人右臂断矣。'果然，赵陈从此绝少填词了。偶有所作，迥非昔比矣"。这两段话中前一段当属实情，以授业师身份为门生改词稿，本不足为奇。因二人束脩丰厚，赵氏又为刊印诸多著作，故大改大润，以成其名，也是人

---

① 《惜阴堂汇刻明词纪略》。

② 况周颐对赵氏言："词籍单行，易多散佚，自汲古辑六十家，而集刻之风骎盛。《彊村丛书》网罗五代，迄于金元，精心校订，尤为声党之大业。惜朱明以后，绍述罕闻，吾子有意者，曷勿溯源以沿流，竟此宏绪耶！"见《惜阴堂汇刻明词纪略》。

③ 又名《金荃词话》，盖因最初以"金荃玉屑"之名发表于《同声月刊》。

④ 参见卓清芬《况周颐蕙风词话和赵尊岳填词丛话之词境说》，载《清代文学研究集刊》第二辑，人民文学出版社 2009 年版。巨传友：《论赵尊岳的"风度"说对况周颐词学的接受》，《湖南工程学院学报》2009 年第 2 期等。

⑤ 《词学》第二十六辑。施议对共列四代，五十九人，其第三代为"百年词业中坚力量……是出大师的时代"。

⑥ 张寿平：《近代词人手札墨迹》，台北"中央研究院"中国文哲研究所 2005 年版。转引自傅宇斌《赵尊岳词学目录学述论》，《中南大学学报》2011 年第 1 期。

之常情。但说蕙风逝后赵陈绝少填词，"偶有所作，迥非昔比"则不符合事实。今传赵氏《珍重阁词集》三卷 277 首，《和小山词》一卷 253首，《炎洲词》残本一卷 68 首。[①] 三者相加，凡 599 首。如此丰富的创作数量，起码不能说"绝少填词"。

至于"迥非昔比"，则主要由于才分不同。蕙风乃千年词史罕见的性灵词人，叔雍词则较晦密，乏空灵，显得"钝"而"隔"。较为僻涩之长调如《三姝媚》《宴清都》等尚可应付得过，至于《蝶恋花》《浣溪沙》《鹧鸪天》等特需性灵之短调就明显去蕙风不止一尘。然而才性关乎天分，非力学可得，此一节亦不足为叔雍之病。在二十世纪词史上，赵叔雍固不失一名家席位也。

且看《采桑子·津浦道中》，这是为数不多的能具空灵感、有乃师韵味的作品：

> 已教客漏消长夜，更叠清愁。明月当头，云外珠帘十二楼。
> 无端转烛催人起，怅触前游。一晌凝眸，回首寒沙带远流。

迨历经沧桑、穷居海外之晚年，"去国日远，词境日非，遂复少作，积成一卷……聊志倦游之情而已"[②]，笔致已颇颓放随意。如《水龙吟·苏联以人造卫星载犬升太空，史所未有，赋纪其事》《八声甘州·前作卫星词，意犹未尽，近且有以火箭射月之说，日本且已预售月地，诚盛举已，再赋》《高阳台·赋室中冷气机》等虽皆为闲笔，能写新题材，亦佳。《摸鱼儿·粤尼九姑专图谶，能按谱道人三生事。余往询三世，赫然人也，赋此解颐》尤属游戏之作，然而性灵洋溢洒脱，在其毕生创作中不可多得：

> 最无端、此生何世，茫茫尘海如寄。话头提出新公案，参透也
> 嫌多事。拈敕记。漫却似、风轮随分逢场戏。不由窃喜，尚检点三

---

① 《炎洲词》1969 年 6 月 11 日始在香港《星岛日报》刊载，共分 22 期刊出。按每期平均刊 5 首计，应得 110 首左右。

② 《炎洲词》卷首。

生，未沦阿鼻，好与作归计。　　诸天里，化涅曾无二致。前修遮莫疑忌。濠梁未必鱼非乐，清吏早明兹理。今老矣。算省识、玉几金剑难昌济。豪情似水。且待我他年，安排松竹，信步返初地。

陈运彰（1905—1955），字君谟，又字蒙庵，广东潮阳人，历任之江文理学院、圣约翰大学等校教授，曾入南社，与易孺等交好，与詹安泰尤多唱和。又工金石书画，与陈巨来、邓散木、沙孟海等善。其词集名《纫芳簃》，稿本藏于广州梁基永之手，甚罕秘，2016 年始经中华书局影印行世。陈伟以为"其词绮丽精工，哀感顽艳……词人本色，婉秀为工"①，杨景龙在称道其"大要当行本色，措置得体"的前提下也指出："词中亦乏切肤入骨之个人生命体验，难窥二十世纪初文明转型、风云激荡的时代精神……并无多少……真痛痒、真歌哭"②，大抵如是。1937 年陈乃乾选编《清名家词》一百卷刊印，除各卷篇名请蒙庵题写外，又请其题《减兰·共读楼校刻清名家词题辞》一首："一朝文献，度越朱明争几见。声党连翩，兰畹金荃若个贤。　　花庵绝妙，未抵长沙坊本好。汲古功深，尚论千秋一样心。"小词朴厚雅致，很见学养，这应该是陈蒙庵在词史上留下的最响亮的声音了。

第六节　余论：关于"清遗民"

以上就四大家词——及其部分友生——略陈管见，篇幅不少，然意犹未尽，尚有余论拟再赘说。四大家除王鹏运殁于光绪三十年（1904），其余三位——以及陈曾寿等——都目睹亲历了最后一座帝国大厦的倒塌，并以"清遗民"身份走到生命终点。应该如何认知和评价清遗民？是习惯性地站在汉族本位和机械进化论的台基上斥其为"遗老遗少"，还是到了可以平心静气审视他们复杂的内心世界的时候了？某种意义上来说，这已经不是遗民史研究必须回答的疑问，而是关乎传统

---

① 《岭东二十世纪诗词述评》，中国戏剧出版社 2009 年版，第 215 页。
② 杨景龙：《稀如星凤弥足珍——梁基永辑民国词学文献五种介绍》，《中华读书报》2017 年 2 月 16 日。

文明价值判断的大问题。

我注意到，近年来，"清遗民"不仅渐成"话题"，并且也不再一边倒地讥刺和讽嘲，而是开始响起诸多的冷静理性的声音了。① 在此过程中，"保守主义"这个词汇影影绰绰，若隐若现，对它的解读似乎应该成为透视"清遗民"的一扇重要窗口。在占据了二十世纪主旋律的文化极端主义（金耀基语）思维方式下，我们几乎本能地认同一切"除旧布新"的方案，不假思索地认为凡激进必革命，必先进，必顺应历史潮流；凡保守必反革命，必落伍，必逆流而动。此种眼光早就应该，也正在被严谨的学理性研究所扬弃。"保守主义与其说是一种情境式的意识形态，不如说是一种价值保守主义。保守主义所捍卫的价值主要是传统价值……从某种程度上说，没有传统，也就没有保守主义。"② 诚然如此，在面对"清遗民"概念的时候，我们是应该带着足够的温情、理解和宽谅来体察保守主义立场在文化上的合理性与合法性的。葛兆光说："其实从文化的角度看，沈曾植们的依恋旧朝，更多的是一种对传统生活、稳定秩序的企盼，在社会变动中，他们的旧经验无法适应新变化……他们未必特别重视一家一姓的天下更替，倒是更关心他们获得价值与尊严的文化传统的兴亡。"③ 在清帝国转入民主共和国的进程中间，在西学浪潮疾骤地漩卷华夏大地的背景之下，在旁人的讪嘲声中，清遗民们满面风尘，蹒跚跌撞，追赶着风驰电掣的历史车轮。他们的背影当然有几分可怜与可笑，可也不无苍凉和悲怆的罢？如果能够理性审视保守主义概念，不再粗暴地视之为反动落伍的代名词，那么，清遗民对他们"获得价值与尊严的文化传统的兴亡"之"关心"就不仅是可以理解和宽谅的，对于一个多元化的现代社会结构来说，其实也应

---

① 举其大要，如葛兆光《世间原未有斯人：沈曾植与学术史的遗忘》（《读书》1995 年第 9 期），熊月之《辛亥鼎革与租界遗老》（《学术月刊》2001 年第 9 期），孙明《清遗民关怀中的治统与道统———以沈曾植、曹廷杰为个案》（《史林》2003 年第 4 期），邵盈午《从梁济"自沉"看中国近代遗老的文化心态》（《上海师范大学学报》2004 年第 1 期），林志宏《清遗民的心态与处境：以刘声木〈苌楚斋随笔〉为例》（《东吴历史学报》第 9 期），罗惠缙《民初遗民生存方式之文化意蕴解析》（《求索》2007 年第 4 期）、《清末民初遗民话语系统的文化解析》（《广西社会科学》2007 年第 8 期）等。

② 王金玉：《保守主义的传统概念解析》，《齐鲁学刊》2007 年第 1 期。

③ 葛兆光：《世间原未有斯人：沈曾植与学术史的遗忘》，《读书》1995 年第 9 期。

156 第一编 古典词史的"花间晚照":清民之际(1900—1920)词坛研究

该是必需的,甚至值得珍视的。没有保守主义形成合力,一味高歌猛进,追亡逐北,一个社会最终会走向怎样的境地?在二十世纪中国,我们不是已经有了足够惨痛的历史教训可以汲取么?尽管还汲取得远远不够。

"世但知识时务者为俊杰,焉知不识时务者为圣贤耶",金圣叹的这句批语自然难以贴切全体清遗民的身份和表现[1],但能持这样的角度观照,即便析离不出"圣贤之义",至少也令我们意识到:清遗民们的选择比之诸多"飞上枝头变凤凰"的"风派新贵"如果不算是高尚,那么也实在不能算是个人品节的瑕疵和污点。而在此意义上,清遗民与构成遗民史精粹的晋、宋、明三朝遗民是不应有那么成色悬殊的裁量的。[2]

---

[1] 金批本:《水浒传》五十八回。
[2] 赵园:《明清之际士大夫研究》:"遗民是因有宋遗、明遗,才成其为'史'、足以构成某种史的规模的。"(北京大学出版社1999年版,第273页)所说极是,而"晋遗"虽难言规模,楷式之意义亦不能小视。

第三章　"兀傲拔戟"的文廷式与
　　　　　"偶开天眼"的王国维

如前文所说，如不去寻绎某些内在理路的差异而单以词学成就论的话，则文廷式早已与王、郑、朱、况并称"五大家"。其实还有"六大家"之说，朱庸斋《分春馆词话》即云："余授词，乃教人学清词为主，宗法清季六家"，其"六家"有蒋春霖而无王国维。[①] 施议对《当代词综·前言》在有关论述中则隐含着将王国维与"五大家"相提并论的意思。王国维行辈较晚，按词创作实绩亦难与另外五家匹敌，然而《人间词话》影响过于巨大，不能不为其赢得相当的加分，附于五家后简说亦应无大异议。

第一节　"兀傲拔戟"的文廷式

——兼谈清民之际"稼轩风"

一　文芸阁与龚定庵

文廷式（1856—1904），字道希，号芸阁，又号叔子、罗霄山人等甚多，晚号纯常子。江西萍乡人，以父官侨居广州，先入学海堂，继从学陈澧，为菊坡精舍高弟子。光绪初在广州将军长善幕中，与其嗣子志锐、侄志钧交游甚密。[②] 光绪十六年（1890）殿试一甲第二名及第，授翰林院编修，擢侍读学士，兼日讲起居注官。与黄绍箕、盛昱等列名"清流"，与汪鸣銮、张謇等并称"翁门六子"，是帝党重要人物。光绪

---

① 《历代词话续编》本，大象出版社 2005 年版，第 1131 页。
② 二人乃长叙之子，瑾妃、珍妃胞兄。

158 第一编 古典词史的"花间晚照":清民之际（1900—1920）词坛研究

二十一年（1895）列名强学会，旋遭李鸿章姻亲、御史杨崇伊弹劾落职。戊戌政变后，清廷密电访拿，遂出走日本，为内藤虎、宫崎寅藏等推重。二十六年（1900）夏回国，与容闳、严复、章太炎等沪上名流参加唐才常在张园召开的"国会"。自立军起义失败后，复遭清廷下令"严拿"。此后数年往来萍乡与上海、南京、长沙之间，沉伤憔悴，寄情文酒，以佛学自遣。著杂记《纯常子枝语》四十卷，是平生精力所萃。又有杂著多种及《云起轩诗录》《词钞》等。今人汪叔子辑有《文廷式集》，洋洋百余万字，最为赅备。[1]

文廷式学术淹博，贯通中西，又兼志存天下，为晚清政局中关键人物之一，故不能徒以文士目之，而需兼及整合其思想架构与政治怀抱来谈文学。文氏早年即醉心西学，尤好几何格致之书。一时科学先进如徐寿、徐建寅父子、黄楙材等，俱与相接为友。光绪十二年（1886）张之洞开译书局时，拟聘廷式与康有为为董理。虽不果，然其"西学"之邀时望可知。廷式之"西学"非同泛泛皮相者。光绪十九年（1893）与人书简中谓："吾中国将来，能差胜印度、不化为奴婢沙虫者，必有奇伟绝特之士纠集民会，联为一气，而后差可自立。"明岁，又与郑孝胥、郑观应辈信函往还论开议院、行立宪事，而自文氏主持编译之《新译列国政治通考》尤可窥其"全球视野"与经纶眼光。[2] 沈曾植《墓表》称文氏"所论内外学术、儒佛玄理、东西教本、人材升降、政治强弱之故，演奇以归平，积微以稽著，于古学无所附，今学无所阿"，所论大抵切实，不能算谀墓语。

对文氏的这些描绘与判断，尤其是谈中国之未来、谈人才、谈佛理等，都令人不由自主地联想到"五十年中言定验，苍茫六合此微官"的龚自珍。自然，比照"近代"开山龚定庵，文芸阁已是后半个世纪人，外部环境、主体思想都会发生巨大的变化，然而二人学术广博同，视野开阔同，忧患深远同，议论犀利同，才性过人同，被目为"怪魁"而宦途多遭挫折同，甚至多风流韵事、享中寿亦同。[3] 正是这些惊人的

---

[1] 中华书局1993年版。

[2] 详见汪叔子《文廷式传略》，《江西社会科学》1985年第5期。

[3] 如龚氏有"丁香花公案"，虽莫名真相，而众口喧传，言之凿凿；文廷式则与梁鼎芬妻龚氏有染，甚且公开同居，而梁氏晏如也。此"三人枕头"事晚清笔记多能言之。

相似性呈现出晚清两位才士那极其相似的面影——在封建末世夜笛横吹、为其唱响挽曲的孤独歌手。① 是的，只有了解龚自珍，并了解龚、文之间密切的精神关联，才能真正深刻理解文廷式的底蕴。

仍回到词史来看。关于《云起轩词》与"稼轩风"的承递关系，前人早有阐发，如胡先骕曰："《云起轩词》意气飙发，笔力横恣，诚可上拟苏辛，俯视龙洲……盖其风骨遒上，并世罕睹，故不从时贤之后，局促于南宋诸家范围之内，诚如所谓美矣善矣"②，堪称世有定评，无必要赘说。很值得注意的是钱仲联、沈轶刘的慧眼。钱氏《近百年词坛点将录》中点文氏为"天勇星大刀关胜"，并有点评："逊清词坛，前有迦陵，后有芸阁，皆传稼轩法乳，而又自出手眼。"③ 沈氏则云：

> 云起轩诸作，霆飞雷激，海立山崩，接迹辛陈，生气遥出。在清词坛两朱而外，实与陈维崧相终始。

> ……文廷式则陈维崧后一人而已……故无文，则清词结局必不能备足声色，朱祖谋焉能为一木之支？不过当时为文者少，主奴出入，众煦山崩，不欲为持平之论耳。④

既指出文与陈的渊源，真正放在清词史框架中谈文氏成就，又指出朱彊村一木难支，不能独结晚清词坛之局，所见可谓高人一筹。在前辈高论基础上——正如前文所说——窃以为谈云起轩词亦应结合龚定庵才能更深入辨认其特质。

其实与诗文相比，龚自珍的词创作历来不大为学界瞩目，间有如李慈铭评如"词胜于诗"者⑤，也均被正统词学家"剑客飞仙之语""填

---

① 语源自严迪昌《清诗史》黄仲则一章，可参拙作《一箫一剑平生意——龚自珍诗、文、词赏析》，《中华活页文选》2004 年第 7 期。
② 胡先骕：《评云起轩词钞》，《学衡》1924 年第 27 期。
③ 转引自刘梦芙《二十世纪中华词选》，第 76 页。
④ 分别见《清词菁华》《繁霜榭词札》，转引自刘梦芙《二十世纪中华词选》，第 76 页。
⑤ 《越缦堂读书记》。

160　第一编　古典词史的"花间晚照"：清民之际（1900—1920）词坛研究

词家长爪、梵志""奇作"等寓贬于褒的评语冲淡。① 当然，视之如李贺、王梵志等非主流人物亦见出非凡的眼光，龚自珍词中的"剑客飞仙之语"诚然不属彼时风行之浙西、常州词派界域，不必强行牵合。他的所谓"述志""尊情"（《长短言自序》）的词创作论也不是温柔敦厚的儒家诗教之谓，而恰恰是既不那么"温柔"，也不那么"敦厚"的一副侠骨、一腔幽情的呈现。② 换言之，他贯穿在诗歌创作中的"剑气箫心"也仍旧在词中踞占着压倒性的优势地位。从此角度而言，词人龚自珍正是当时浙西、常州二派牢笼下的一个英勇的冲决网罗者，对于晚近词坛，他是曾以"才也纵横，泪也纵横"（《丑奴儿令》）的真情，以"蓦地横吹三孔笛"（《浪淘沙·舟中夜起》）的姿态为之注入了一泓活水的。

这一泓活水流宕至清季，最早受到润养的即是文廷式。③ 前文谈"四大家"，我尝引用文氏著名的《云起轩词序》，从中已可感受到他对于词体那种热切的尊重与弘扬。对于所身处之"国朝"词界，文氏也有独异之见。他说：

> 二百年来，不为（二窗家法）笼绊者，盖亦仅矣。曹珂雪有俊爽之致，蒋鹿潭有沉深之思，成容若学阳春之作，而笔意稍轻；张皋文具子瞻之心，而才思未逮，然皆斐然有作者之意，非志不离于方罫者也。余于斯道，无能为役，而志之所在，不尚苟同。三十年来，涉猎百家，榷较利病，论其得失，亦非扪籥而谈矣。而写其胸臆，则率尔而作，徒供世人指摘而已。

二百年清词，文氏只提出曹贞吉、蒋春霖、纳兰性德、张惠言四家，且对后两家尚有保留，可见其眼界之高。至于自作，则先曰"志之所在，不尚苟同"，次曰"榷较利病，论其得失，非扪籥而谈"，再次曰"写其胸臆，率尔而作"，反复强调的乃是"自尊自得"之意。在他

---

　① 谭献《箧中词》《复堂日记》语。另：钱仲联先生选编、陈铭校点之《清八大名家词集》收入《定庵词》，极见眼光。

　② 定庵友人歙县洪子骏的《金缕曲》称云："侠骨幽情箫与剑，问箫心、剑态谁能画。"

　③ 同时稍晚明确标举"学龚"者有南社诸君，后文详说。

称许的词人中并不包含陈迦陵与龚定庵，而字里行间所流露者分明与两大词人呼吸相通，并与浙常两派的"时尚"论调划开清晰的界限。朱祖谋确实是有眼光的，也有胸怀，在《望江南》一组"论词词"中，他这样称道不与自己同调的文廷式："闲金粉，曹郐不成邦。拔戟异军成特起，非关词派有西江。兀傲故难双"，弩张剑拔，兀傲难双，文廷式的峭立姿态不仅在晚清词坛，即便置之清代词史、千年词史，也是少见的"这一个"。

不妨先读其《沁园春·檃括楚辞山鬼篇意以招隐士》一首：

> 若有人兮，在彼山阿，澹然忘归。想云端独立，披萝带荔；松阴含涕，乘豹从狸。且挽灵修，长怀公子，薄暮飘风偃桂旗。难行路，向石茸扪葛，山秀搴芝。　　最怜雨晦风凄，更猿狖、宵鸣声正悲。怅幽篁久处，天高难问；芳蘅空折，岁晏谁贻。子或慕予，君宁思我，欲问山人转自疑。归来好，有华堂广燕，慰尔离思。

沈轶刘称文氏"骚心自藏"，钱仲联说得更具体："芸阁学人，而志在改革政治，宏图不遂，忧愤以殁，其词遂得楚骚遗意。"[1] 真正的"楚骚心"绝非简单的艺术宗法所能铸就，而需要以血泪忧愤书之的。王船山如此[2]，龚定庵、文芸阁也莫不如此。故尔，本篇檃括《山鬼》一章以招隐士不是玩弄无聊的文人狡狯，其命意当与龚自珍《尊隐》"日之将夕，悲风骤至""俄焉寂然，灯烛无光。不闻余言，但闻鼾声。夜之漫漫，鹖旦不鸣，则山中之民，有大音声起，天地为之钟鼓，神人为之波涛矣"之类表述等量齐观。龙榆生称道其"剪裁之巧"，是纯从艺术着眼。[3] 更有论者以为遣词造语晦涩难明，实乃对文氏心事隔膜未清之故。

这不是孤证，一部云起轩词最动人处当在那些"揭响五天，埋愁九

---

① 沈氏《繁霜榭词札续》、钱氏《近百年词坛点将录》，均转引自刘梦芙《二十世纪中华词选》。

② 朱祖谋《望江南》称许王夫之"字字楚骚心"。

③ 龙榆生：《清季四大词人·文廷式》。

162 第一编 古典词史的"花间晚照"：清民之际（1900—1920）词坛研究

地""笳角悲凉，郁勃凄清"的奇丽之作①，而"奇丽"正是龚氏诗词风格的主调。试读芸阁《玉楼春》二首：

> 南来北去经行惯，历历关河长在眼。仙山无树鹤书稀，沧海生波龙穴浅。　　袖中剩有阴符卷，醉里不辞游侠传。借如李令拥旌旗，何似顾荣摇羽扇。

> 洞天福地何森爽，芝草琅玕日应长。浩歌华月碧山闲，九点齐烟如在掌。　　清狂试演霓衣唱，自扣铜钲神益王。一杯举手劝长星，江水滔滔前后浪。

此为游仙之作，奇幻超拔，绝类定庵名作《能令公少年行》笔意。《水龙吟》一首为文氏代表性篇章，王伯沆以为"思涩笔超，后片字字奇幻，使人神寒"，叶恭绰以为"胸襟气象，超越凡庸"，刘梦芙则推其为"想象飞腾，雄奇瑰美，最能体现文氏创新风格"之作②，而"笔超""超越""飞腾"云云，也是定庵最为擅场处。本篇写现实人世的"愁人意"，然而神游千仞，精骛八极，那种超越性思维笔致难道不令人想起龚氏名篇《湘月·壬申夏，泛舟西湖，述怀有赋，时予别杭州盖十年矣》与《金缕曲·癸酉秋出都述怀有赋》③？且读其词：

> 落花飞絮茫茫，古来多少愁人意。游丝窗隙，惊飙树底，暗移人世。一梦醒来，起看明镜，二毛生矣。有葡萄美酒，芙蓉宝剑，都未称，平生志。　　我是长安倦客，二十年、软红尘里。无言独对，青灯一点，神游天际。海水浮空，空中楼阁，万重苍翠。待骋

---

① "揭响"二句为施蛰存评语，见其《花间新集》；"笳角"二句为严迪昌评语，见其《近代词钞》。

② 刘梦芙：《冷翠轩词话》，《二十世纪中华词选》，第77页。

③ 兹引二词各半以见其概。《湘月》下片："才见一抹斜阳，半堤香草，顿惹清愁起。罗袜音尘何处觅，渺渺予怀孤寄。怨去吹箫，狂来说剑，两样销魂味。两般春梦，橹声荡入云水。"《贺新郎》上片："我又南行矣。笑今年、鸾飘凤泊，情怀何似？纵使文章惊海内，纸上苍生而已。似春水、干卿何事？暮雨忽来鸿雁杳，莽关山、一派秋声里。催客去，去如水。"

第三章　"兀傲拔戟"的文廷式与"偶开天眼"的王国维　163

鸾归去，层霄回首，又西风起。

《浪淘沙·赤壁怀古》为集中名作，然其奇在貌，转不如另一同调之作，看似平凡情境，而笔力重大，其奇在骨，有定庵《夜坐》诗之神韵①：

　　寒气袭重衾，似睡还醒。炉香静熬夜沉沉。起视阶前明月影，云合如冰。　　岁序使人惊，染尽缁尘。寂寥空草太玄经。别有苍茫千古意，独坐观星。

云起轩一集中最酷似定庵者当推《水调歌头·病中戏答友人》一首：

　　卿用卿家法，我与我周旋。胸中一事无碍，便算小游仙。借问封侯万户，何似买田二顷，耕凿赖天全。可笑兰台史，只欲勒燕然。　　众生病，吾亦病，不关禅。灵光皎皎孤映，空水共澄鲜。说法何须龙象，相笑从他蜩鷽②，总付大中千。倦即曲肱卧，火宅已生莲。

此"友人"为谁，无关紧要，关键是以"我"之"周旋"与"卿"之"家法"对看。全篇大肆张扬"耕凿赖天全"之淡泊出世思想，融佛道理念于一手，然而"众生病，吾亦病"句则道出一片牵系天下苍生的耿耿热肠，极能表呈出文氏峻伟的人格，及其"国事蜩螗，生民邦家之痛，蕴无可泄，一发于词"的心灵内蕴。③ 至于文氏大量言情词不乏他所称道之纳兰容若的影子，其实也逼肖定庵，与上文陈述相比，小焉者也，不再赘述。

————————

① 《夜坐》之一："春夜伤心坐画屏，不如放眼入青冥。一山突起丘陵妒，万籁无言帝坐灵。塞上似腾奇女气，江东久殒少微星。平生不蓄湘累问，唤出姮娥诗与听。"
② 此字为"鷽鸠"之"鷽"，出《庄子·逍遥游》，大多版本误作"莺"。依词律此处当用仄声，亦可判断"莺"字误。
③ 施蛰存：《花间新集》。

164　第一编　古典词史的"花间晚照"：清民之际（1900—1920）词坛研究

二　格随情迁，变化随至

当然，特别指出文廷式与龚自珍之间的紧密关联并不否认文氏承接苏辛以至陈迦陵法乳的事实，也不能否认云起轩词亦有接武清真、白石等婉曲幽峭情调的一面。朱庸斋称文氏"能大，能重，亦能生、能新"①，严迪昌师称文氏"格随情迁，变化随至"②，都道出大词人风神多端、不拘一格、难以某一家数框蔽的共性特质。可先看《祝英台近》：

> 翦鲛绡，传燕语，黯黯碧云暮。愁望春归，春到更无绪。园林红紫千千，放教狼藉，休但怨、连番风雨。　　谢桥路，十载钿车，惊心旧游误。玉佩尘生，此恨奈何许。倚楼极目天涯，天涯尽处，算只有、蒙蒙飞絮。

词史最负盛名之《祝英台近》应数辛稼轩"宝钗分，桃叶渡"一首。作为"稼轩风"多种内涵之重要组构层面，那种"猿啼鹃泣般的凄苦哀怨"自然也影响及身丁末世的文芸阁。③本篇"春到更无绪""园林红紫千千，放教狼藉""天涯尽处，算只有、蒙蒙飞絮"等语皆饱含邃深感喟，而摧刚为柔，"风情旖旎中时带苍凉凄厉之气"④，可谓深得稼轩三昧。

同样由于紧迫时世而叹慨横生、但更具体直接者当数《忆旧游·秋雁，庚子八月作》与《念奴娇》。前者曰：

> 恨霜飞榆塞，月冷枫江，万里凄清。无限凭高意，便数声长笛，难写深情。望极云罗缥渺，孤影几回惊。见龙虎台荒，凤凰楼

---

①　朱庸斋：《分春馆词话》。

②　《近代词钞·文廷式小传》。

③　严迪昌：《清词史》第一编第三章第三节对"稼轩风"之内涵有详尽解释，参见该书第143页，江苏古籍出版社1990年版。

④　陈匪石：《宋词举》评稼轩词之语，转引自《唐宋词汇评》，浙江教育出版社2004年版，第2401页。

迥，还感飘零。　　梳翎。自来去，叹市朝易改，风雨多经。天远无消息，问谁裁尺帛，寄与青冥。遥想横汾箫鼓，兰菊尚芳馨。又日落天寒，平沙列幕边马鸣。

同样抒写庚子变乱，同样忠诚悱恻，也不乏比兴寄托，读来较《秋词》明朗得多，也劲健得多。朱庸斋说文氏词有于东坡之外更近遗山者，此阕可为一证。《念奴娇》词前有小序："乱后京津乐籍大半南渡，李伯元茂才于酒肆广征四十余人为评骘残花之举，为赋此词。"据冒广生《小三吾亭词话》，本篇庚辛之际作于沪上。所谓"评骘残花"本为抡才花国的艳事，而当带甲天地之时，就平添东京梦华、文酒山河的凄怆。张尔田《近代词人逸事》记："一日大雪晚饭后，小坡携烟具敲门入，欲拉同赴盘门观女伶林黛玉演戏。或曰：'此是残花败柳。'小坡笑曰：'我辈又何尝非残花败柳？'余隅坐诵昔人句云：'多谢秦川贵公子，肯持红烛赏残花。'小坡为太息久之。"郑文焯以"残花败柳"自伤老而依人，是遗民声口，然与文芸阁此篇正有气息相通处：

江湖岁晚，正少陵忧思，两鬓斑白。谁向水晶帘子下，买笑千金轻掷。凄诉鹍弦，豪斟玉斝，黛掩伤心色。更持红烛，赏花聊永今夕。　　闻说太液波翻，旧时驰道，一片青青麦。翠羽明珰漂泊尽，何况落红狼藉。传写师师，诗题好好，付与情人惜。老夫无语，卧看月下寒碧。

"稼轩风"之主调当然还是"排戛激荡的悲慨雄放"[1]，代表作当数《贺新郎》赠黄遵宪与梁鼎芬之二首。赠梁之作极沉郁，既多"举世间、鸡虫得失，鱼龙曼衍""问长夜，几时旦""斜日下，泪如霰"之哀凉绝望，也多"任兰佩、多憎猘犬。白眼看天苍苍耳，古今来、那许商高算""谁道神州陆沉后，还向江湖重见。情不死、春蚕自茧"的自傲自矢，可谓风樯阵马，长歌当哭，酷似陈迦陵的英雄末路之悲。赠黄之作笔势更觉内敛，忧患沧桑感也表达得更加深沉：

---

① 严迪昌：《清词史》，第143页。

辽东归来鹤。翔千仞、徘徊欲下，故乡城郭。旷览山川方圆势，不道人民非昨。便海水、尽成枯涸。留取荆轲心一片，化虫沙、不羡钧天乐。九州铁，铸今错。 平生尽有青松约。好布被、横担柳栗，万山行脚。阛阓无端长风起，吹老芳洲杜若。抚剑脊、苔花漠漠。吾与重华游玄圃，遭回车、日色崦嵫薄。歌慷慨，南飞鹊。

"荆轲心一片"，不正是龚定庵诗中吟咏过的"已无多"之"江湖侠骨"？留取侠骨，而不羡钧天广乐之仙境，那份入世的热诚已扑面而来，而"芳洲杜若""剑脊苔花""重华玄圃""日色崦嵫""南飞乌鹊"等意象联翩而下，希踪楚骚情怀，较之"有心杀贼，无力回天"之激烈昂奋别有一番滋味。

最近稼轩晚年笔法者为《南乡子·病中戏笔》。"白话化"[1] 的通畅语体风格掩映的是折叠层转的情绪曲线，"喜""有味""无愁"的背后潜藏的则是"新亭泪点"与"行不得"的无奈。那么"戏作"之"戏"也未尝不是一种"大哀无泪"[2] 的严肃，乃至悲凉了：

一室病维摩，且喜闲庭掩雀罗。煮药翻书深有味，呵呵，老子无愁世则那。 莽莽旧山河，谁向新亭泪点多。惟有鹧鸪声解道，哥哥，行不得时可奈何。

以诗为词，苏辛家法，其实根本上是"指出向上一路"的"尊体"意识使然。文廷式论词重"照天腾渊之才，茹今涵古之思，磅礴八极之志，甄综百代之怀"，不视为"别是一家"的"小道"，《云起轩词》中自也不废诗境。朱庸斋早敏锐地指出："（文）时复以同光体诗法入词，更见兀傲挺拔"，并举《鹧鸪天·即事》为例：

劫火何曾燎一尘，侧身人海又翻新。闲凭寸砚磨耆世，醉折繁

---

① 龙榆生：《清季四大词人·文廷式》。
② 严迪昌：《清词史》，第527页。

花点勘春。　　闻柝夜，警鸡晨，重重宿雾锁重阍。堆盘买得迎年菜，但喜红椒一味辛。

本篇作年不详，据"闻柝夜，警鸡晨""堆盘买得迎年菜"等语推测，或在甲午（1895）除夕。此前"夷祸初起，（廷式）主战，反劾鸿章畏葸，挟夷自重。鸿章嗛之，欲中以奇祸"[1]，又劾张之万、盛宣怀、孙毓汶等，皆"红椒"辛味之体现。其"磨砻""点勘""但喜红椒一味辛"之字法句法，确乎陡峭生拗的宋诗家数，而与文氏奇崛姿态相得益彰。《鹧鸪天》句式整齐，近乎七律，故文氏之"诗法"于此表现得最为典型。无论"蝶梦蘧然别有天，蝇钻故纸几何年"的"句中"之"玄"，或者"花冠不萎天香馥，坐弄褆瀛只一丸"的"残红"之"恋"，以及"荒苔满地成秋苑，细雨轻寒闭小楼"的"中年"之"感"，都写得跌宕生姿，趣味横出，不徒《即事》一首为佳。

最后还可读其名篇《蝶恋花》：

九十韶光如梦里，寸寸关河，寸寸销魂地。落日野田黄蝶起，古槐丛荻摇深翠。　　惆怅玉箫催别意，蕙些兰骚，未是伤心事。重迭泪痕缄锦字，人生只有情难死。

严迪昌师判断本篇当为革职离京时的作品，称其"凄艳多骚屑味""境界苍茫寥廓，短章容量极大"，予以很高评价。[2] 倘若详细一点说，则本篇所披的乃是世人写得滥熟的伤春题材的外衣，然而开篇第二句便点出"关河"二字，即说明这不是小格调，而是大悲哀。"落日"二句亦是诗法入词，生新而厚重，既衬托词人深心"不可承受之重"，更为末句铺设情境。下片正话反说，"蕙些兰骚"尚且不是"伤心事"，于是直逼出笔力万钧的"人生只有情难死"七字。此"情"当然也不是卿卿我我的小情志，而是萦绕于清季一代才人梦魂之中的关乎芸芸众生

---

① 胡思敬：《文廷式传》。汪叔子《文廷式年表稿》未见直接弹劾李鸿章之奏议，但记甲午九月初四日，翰苑 35 人联衔参劾督臣植党营私贻误军国。廷式实未列名，而当时外间传闻，谓必是廷式主持上所。《文廷式集·附录》，第 1495 页。

② 《清词史》，第 526 页。

168　第一编　古典词史的"花间晚照"：清民之际（1900—1920）词坛研究

的悲悯与忧患。"人生只有情难死"，文芸阁这首小词正鸣响了末世豪杰之士同声部的悲壮心音！

三　黄遵宪、沈曾植

龙榆生《清季四大词人·文廷式》云："集中唱和，惟王鹏运、黄遵宪、沈曾植诸人。鹏运、曾植，皆曾学稼轩者；遵宪为人亦堂堂正正，差与陈亮相近。"[1]梁鼎芬为文氏好友，梁启超维新党魁，词风与文氏均有相近处，故合黄、沈两位简谈。

黄遵宪（1848—1905），字公度，广东梅州人，光绪二年（1876）举人，以道员历充使日参赞、旧金山总领事、驻英参赞、新加坡总领事等。戊戌间署湖南按察使，助陈宝箴推行新政，罢官归。近代诗界革命，遵宪为职志，《人境庐诗草》蜚声海内外，为二十世纪诗史之开山重镇。词作不多，然气格雄爽，兴象不凡，较之斤斤四声之间者相去不可道里计，钱仲联所谓"狮子吼""纷纷学五代学周吴之作，一禅杖扫空之矣"。[2]《贺新郎·凤飘鸾泊也》一首作于光绪二十一年乙未（1895）五月，时文廷式将南归，黄遵宪、梁鼎芬等"饮集吴船，各抚贺新郎词，以志悲欢"[3]，故词中除抒写"况眼中、苍凉烟水，此茫茫者"的别情，尤多"天到无情何可诉，只合埋忧地下""相约须臾毋死去，尽丁歌、甲舞今宵且"的时势之感，笔势缠绵而多愤激。另一同调"海水随杯泻"为和易顺鼎"破绮语戒"之意而作，故大张"我欲逃禅君破戒，且作拈花情话"的风流习气，然而所谓"听乌篷、凄凄戚戚，逼人惊怕"，内里则是对"又黑到、漫漫长夜"的世界的绝望。《双双燕·题潘兰史〈罗浮纪游图〉》寄托遥深，为清季词苑名篇，"只应独立苍茫，高唱万峰峰顶"二句足为黄氏写照：

> 罗浮睡了，试召鹤呼龙，凭谁唤醒。尘封丹灶，剩有星残月冷。欲问移家仙井，何处觅，风鬟雾鬓。只应独立苍茫，高唱万峰

---

① 《龙榆生词学论文集》，第452页。
② 《近百年词坛点将录》点黄氏为"天孤星花和尚鲁智深"。
③ 本篇词题。

峰顶。　　荒径，蓬蒿半隐。幸空谷无人，栖身应稳。危楼倚遍，看到云昏花暝。回首海波如镜，忽露出，飞来旧影。又愁风雨合离，化作他人仙境。

沈曾植（1850—1922），字子培，号乙庵，晚号寐叟，别号多达数十，浙江嘉兴人。光绪六年（1880）进士，历官刑部主事、江西按察使、安徽提学使、署布政使护理巡抚等职，并主两湖书院史席与上海南洋公学校政。张勋复辟，尝北上为学部尚书，事败复归沪上以终老，所谓"还只怕、觚棱梦断，年年铜荤秋衾"是也。①沈氏博通佛学、蒙古舆地、元史等，又精书法，尤长草书，有"通儒"之誉。诗为同光体"浙派"之代表，《海日楼诗集》十二卷生涩奥衍，难得解人。②词则有晚年手自删定《曼陀罗癫词》一卷，力主"微以合，谲以文，隐以辨"之旨③，故"遣字僻涩奥险，虽弃凡庸而近乎生硬深艰也"④，其特质与诗略同。亦偶有引吭高唱之篇，然非其主导风格。《临江仙·彊村词来，调高意远，讽味不足，聊复继声》一首渊雅朴厚，能见其体格：

西北浮云车盖去，晚来心与飘风。高楼独上与谁同？名随三老隐，声在九歌终。　　不是凭栏无下意，新来筋力添慵。江心桃竹倚从容。音书迟雁字，经本阂龙宫。

《定风波·寄訒斋》一首佳处略同，而多一分清旷爽朗，逼真东坡高境：

暂乞人间解脱身，安横何用闭橘门。江上秋帆千里影，风正，归途万一妥归魂。　　万树梢头敷座坐，云过，朗吟还见洞庭君。一向松涛喧茗碗，鱼眼，先醒原是独醒人。

---

① 沈曾植：《汉宫春·华发归来》。
② 钱仲联有《沈曾植集校注》，中华书局 2001 年版。
③ 《僾词自序》，《沈曾植集校注》，第 1497 页。
④ 严迪昌：《近代词钞》，第 1673 页。

《渡江云·赠文道希》亦是集中名篇，"寻常总道归帆好，者归帆、愁与潮深。苍然暮，高山流水鸣琴"等句颇能传递出文氏人格心迹。《金缕曲·自菱湖武备小学公宴归，西望龙山，青极天末。古皖龙舒皆在潜山，非今城也》一首是学稼轩之作，而语势陡峭，仍多自家面目：

> 麦浪千畦皱。缓归来、弓刀千骑，使君前后。笑问葛疆干底事，醉了襄阳儿酒。著醒眼、海棠厮勾。偃蹇龙山西北去，把孤城、付与屠翁守。罗百雉，大于斗。　　濡须东锁三吴口。问乔家、小姑夫婿，英灵来否。落日神鸦衔祭肉，猎猎大风吹垢。料江左、夷吾须有。黄石荒荒朱履散，那素书、一卷长衔袖。渡旁渡，柳州柳。

还可读沈曾植一首《八声甘州·重阳园中独坐，菊花有开者》：

> 舫斋西、背指菊花开，餐英太清寒。自灵均去后，远游无绪，往日难还。缭绕秋空雁字，漫画不堪观。海鹤霜辰警，如此江山。
> 影事回环重数，怕老君眉皱，秋色阑珊。惜秋花郑重，写出瘦诗看。又多少、回黄转绿，恁上云、乐语老胡谩。龙山去，几人帽落，鬓影霜残。

重阳菊花，当然引起节序之感喟，而词人笔下，不知不觉间已转化为"如此江山"的"灵均"心绪，举重若轻，笔致超妙，可与陈洵《风入松·人生重九且为欢》那一首并称重阳词双璧。

四　梁鼎芬、梁启超

文廷式赠词称为"犗也今殊健"的梁鼎芬亦为清季词坛一名家。鼎芬（1859—1919），字星海，又字伯烈，号节庵，别署亦不少，广东番禺人。光绪六年（1880）与沈曾植同榜进士，授编修。中法战争曾因弹劾李鸿章降五级调用。后应张之洞聘，主广雅、钟山书院讲席，参其幕府甚久，得倚畀甚殷，与康梁主张相左，诋诽甚力。梁启超因有"鼎芬即小之洞，之洞即大鼎芬"语以回敬之。光绪二十六年（1900）以之洞荐擢湖北安襄荆郧道、湖北按察使，署布政使。辛亥革命起，顽志保皇，两至梁格庄叩谒光绪帝灵寝，露宿殿旁，"瞻仰流涕"①，并任逊帝溥仪师父。张勋复辟，以老病之身强起周旋，殁谥"文忠"。

鼎芬临终遗言曰："我生孤苦，学无成就，一切诗文皆不刻。今年烧了许多，有烧不尽者，见了再烧，勿留一字在世上。我心凄凉，文字不能传出也"②，真伤心语也，但毕竟还有诸多"烧不尽"的文字传世。节庵为光宣诗坛健者，汪《录》点为"天满星美髯公朱仝"，虽由其髯，亦取其"较刚甫（曾习经）疆宇为大"之气派。③ 词集名《欸红楼》，短调尤佳。严迪昌师评为"辞婉笔曲，悱恻哀惋，多言外意，与时风尚浙调者迥异"，并特称其甲午所作《菩萨蛮·和叶南雪丈》十首，以为"砭时局、揭时弊、伤外侮之词史力作，至为难能可贵"④。读其五、九两首：

    钦鸦违旨谁能捍，狐埋狸搰成功罕。几队狭邪儿，暑寒犹未知。   金铃全付汝，一晌花飞去。总是不关情，高冈要凤鸣。

    峨峨一舰浮东海，春帆楼约千年在。叔宝是何心，真成不择音。   通人眉语妙，岂避旁观笑。此恨竟无期，寻春岁岁悲。

《念奴娇·乙未四月，二愣招同绳庵游蒋陵湖，云气苍莽，雨色黯沉，不知何世也，慨然赋此》一首单看题序已能想见其心境，故词中"闲放"之自喜实乃"草露寒深"之自悲。与文廷式同学稼轩而梁氏尤多凄凉意，实亦"零落雨中花，春梦惊回栖凤宅；绸缪天下事，壮心销尽石鱼斋"之萧飒心绪所致⑤：

---

  ① 《清史稿·梁鼎芬传》。

  ② 高拜石：《三人枕头——梁节庵其人》，载《古春风楼琐纪（第一卷）》，作家出版社2003年版，第165页。

  ③ 夏敬观：《忍古楼诗话》，转引自王培军《光宣诗坛点将录笺证》，第199页。

  ④ 《近代词钞》，第1866页。

  ⑤ 梁鼎芬所撰联，夫人居处名栖凤宅，石鱼斋为其书房号。

172 第一编 古典词史的"花间晚照"：清民之际（1900—1920）词坛研究

浮生无谓，算眼前赢得，数杯佳酿。苦欲留春春不住，处处垂杨凄惘。日掩浮云，山横乱翠，更有风吹浪。不知今世，几人能此闲放。　　堪叹绝代婵娟，自矜翠袖，长惹蛾眉谤。饥凤漂摇吾倦矣，惟听暮鸦遥唱。草露寒深，竹亭暝早，浅浅荷花荡。要离何必，佳哉此地堪葬。

再说梁启超。任公一代奇才，词亦下笔俊快，奇气腾跃，光焰照人，不屑于自缚于某家数。即便逼真稼轩，亦是胸襟怀抱不期而合之结果，非揣摩步趋而习得。[①] 如《贺新郎》：

昨夜东风里。忍回首、月明故国，凄凉到此。鹣首赐秦寻常梦，莫是钧天沉醉。也不管、人间憔悴。落日长烟关塞黑，望阴山、铁骑纵横地。汉帜拔，鼓声死。　　物华依旧山河异。是谁家、庄严卧榻，尽伊鼾睡。不信千年神明胄，一个更无男子。问春水、干卿何事？我自伤心人不见，访明夷、别有英雄泪。鸡声乱，剑光起。

本篇作于光绪二十八年壬寅（1902），任公时在日本横滨，"为《新民丛报》、《新小说》等杂志，畅其旨义。国人竞喜读之，清廷虽严禁而不能遏。每一册出，内地翻刻本则十数"[②]，其《新民说》《新民议》两篇文章，论优胜劣败、论公德、论国家思想、论自由自治、论进步自尊，目光高远，见地卓绝，文字亦"务为平易畅达……学者竞效之，号新文体……条理明晰，笔锋常带情感，对于读者，别有一种魔力焉"[③]。这一首词杂于诸宏文间当然不起眼，然欲了解其"笔锋常带"

---

① 林志钧为梁启勋《稼轩词疏证》所作序中即云梁启超好稼轩，"盖其性情怀抱均相近"，上海古籍出版社2020年版卷首。
② 梁启超《清代学术概论》自述，转引自丁文江、赵丰田《梁任公先生年谱长编》，中华书局2010年版，第137页。
③ 梁启超《清代学术概论》自述，转引自丁文江、赵丰田《梁任公先生年谱长编》，中华书局2010年版，第137页。"新文体"具体则谓之"新民体"，以创于《新民丛报》也。钱基博二十世纪三十年代初撰《现代中国文学史》，已于下编专设"新民体"一章，畅论康梁等文字。

之"情感"，仍当多有助力。词开篇回首故国，以"凄凉"总括之。以下破除清廷"钧天沉醉"之迷梦，怒斥其"也不管、人间憔悴"而导致"汉帜拔，鼓声死"之末世残局。下片情绪愈益激扬："是谁家、庄严卧榻，尽伊鼾睡？"自中国迈入近代化进程以来，这堪称是最为痛切的一问。"不信"二句语意似从陈亮"尧之都，舜之壤，禹之封。于中应有，一个半个耻臣戎"之名句化出，而笔触实已超越传统的名教纲常之义，而落脚到民族历史文化之上，带着二十世纪的鲜明特点。词章疾首痛心，风雷扑面，爆发出极强的情感烈度，比之"新民体"诸作，亦"别有一种魔力"。

早在此前七年，甲午战败，任公已有《水调歌头》之"悲歌"，慷慨处不让稼轩，"愿替众生病"之博大情怀尤为古人笔下所无：

> 拍碎双玉斗，慷慨一何多。满腔都是血泪，无处著悲歌。三百年来王气，满目山河依旧，人事竟如何？百户尚牛酒，四塞已干戈。　　千金剑，万言策，两蹉跎。醉中呵壁自语，醒后一滂沱。不恨年华去也，只恐少年心事，强半为销磨。愿替众生病，稽首礼维摩。

至丁未五月（1907），任公以"党事"一度返沪，而旋复东渡，数月间奔走上海、神户、东京，创办政闻社，督促清廷行君主立宪之制。此为亡命日本九年后首次归国，目睹国事焦敝，内心无比沉痛。所作《金缕曲》"却寄沪上诸子"以"殷勤"的"飘流燕"自比，语势顿挫厚重至极，淋漓尽致地传递出"忍抛得，泪如线"的忧患之情与"补"天无力的那一份哀凉：

> 瀚海飘流燕。乍归来、依依难认，旧家庭院。惟有年时芳侣在，一例差池双剪。相对向、斜阳凄怨。欲诉奇愁无可诉，算兴亡、已惯司空见。忍抛得，泪如线。　　故巢似与人留恋。最多情、欲黏还坠，落泥片片。我自殷勤衔来补，珍重断红犹软。又生恐、重帘不卷。十二曲阑春寂寂，隔蓬山、何处窥人面。休更问，恨深浅。

174 第一编 古典词史的"花间晚照"：清民之际（1900—1920）词坛研究

词中意象繁杂，诸如刘禹锡、李商隐、陈尧佐、周邦彦、史达祖、龚自珍等名家名作的影子倏然来往，然而这又只能是梁启超在特定时空下的特定姿态与表情。维新立宪也好，革命暴动也好，倘不问成败，仁人志士那种忠爱缠绵的心志是汇合成了二十世纪中国的共同回响的。

另值得一提的是，任公晚年颇致力白话词。所谓"皆学《樵歌》"，乃是看中其"辟出新国土"的可能①，是思考诗体革新的一种努力尝试②。所作亦有味道不甚佳者，然如《鹊桥仙》为纳兰容若二百四十年周忌所作者，必当推为绝调妙笔。奇才固无所不有也：

冷瓢饮水，蹇驴侧帽，绝调更无人和。为谁夜夜梦红楼，却不道当时真错。　　寄愁天上，和天也瘦，廿纪年光迅过。断肠声里忆平生，寄不去的愁有么？

第二节　"偶开天眼"的王国维
——兼谈"哲理词"之流变

一　"人间"情怀

在清代词史背景下看王国维，则静安先生堪称万余词人中最大的一个"异数"。据台湾黄文吉教授的统计，1912—1992年八十年间计有清词研究成果1269项③，王国维即独得458项，占到整个清词研究总量的36%的惊人比重。其中，针对《人间词话》之研究占绝大多数，仅探讨"境界说"者即有126项，内里当不乏低效的重复性劳动。近二十年，"王国维热"有增无减，《人间词话》已普遍被列入国学普及之经

---

① 民国十四年（1925）五月十六日致梁仲策书，见《梁任公先生年谱长编》，第555页。《樵歌》为朱敦儒词集。

② 民国十四年七月三日致胡适书中称胡作两诗"妙绝，可算'自由的词'"，并说"韵固不必拘定什么《佩文斋诗韵》《词林正韵》等，但取用普通话念去合腔好……我总盼望新诗在这种形式下发展"，民国十四年（1925）五月十六日致梁仲策书，见《梁任公先生年谱长编》，第557页。

③ 《词学研究书目1912—1992》，台北：文津出版社1993年版。论文与著作、论文集、校注、选本等均作一项统计。

典系列，除少数学者的严谨著述外，浮滥满眼，颇令人生厌。

与《词话》的火炽相比，对《人间词》的研究当然显得冷清，但以人存词，有陈永正、祖保泉、陈鸿祥、叶嘉莹、安易五家对其注释评说，还是较之一般词人之"待遇"隆重得多。问题是，对《人间词》的词史位置究竟应如何认识？对此，有关论著大都态度含混，语焉不详。

首先值得关注的是，一向谦慎低调的王国维唯独对自己的词创作表现出异乎寻常的自负。《静安文集续编·自序二》公然声称：

> 近年嗜好之移于文学，亦有由焉，则填词之成功是也。余之于词，虽所作尚不及百阕，然自南宋以后，除一二人外，尚未有能及余者，则平日之所自信也。虽比之五代、北宋之大词人，余愧有所不如，然此等词人亦未始无不及余之处。

托名友人樊志厚所撰的《人间词甲稿序》《乙稿序》中亦数数自赞云：

> 往复幽咽，动摇人心。快而沉，直而能曲，不屑屑于言词之末。而名句间出，殆往往度越前人。至其言近而指远，意决而辞婉，自永叔以后，殆未有工如君者也。

> 至其合作……皆意境两忘，物我一体。高蹈乎八荒之表，而抗心乎千秋之间。骎骎乎两汉之疆域广于三代，贞观之政治隆于武德矣。方之侍卫（纳兰），岂徒伯仲？

言之凿凿，意气扬扬，自我期许之高令人咋舌。王氏的这番表态既令人联想到《词话》中他自诩沧浪、渔洋皆不若自己拈出"境界"二字能探其本的那种自得，亦联想起南社才子林庚白的大言。林氏曾云："十年前郑孝胥今人第一，余居第二。若近数年，则尚论今古之诗，当推余第一，杜甫第二，孝胥不足道矣"，将自己置于杜甫之上，惹来不少讪笑。其实王氏以为南宋仅一二人"及余"，又能与五代北宋大词人

176　第一编　古典词史的"花间晚照"：清民之际（1900—1920）词坛研究

分庭抗礼，意旨与林庚白氏并无大区别。但以其一代学术大师之身份，自沉以殉文化之终局，当时后世不忍——亦不敢——非笑也。

今人不必不如古人，文人之自命不凡也无可厚非。然而即如林庚白之诗，置之清民诗坛亦仅能踞一般名家之席而已①，乃自诩如此，实在是"狂"而近乎"妄"。静安先生自然不可与林氏同日而语，那么就有必要细致审视其词心词境，进而辨认其词史地位。

需要从"人间"二字说起。对于王氏以"人间"名词的起因，陈鸿祥阐发颇详尽：

> 赵万里在《年谱》中最初作出解释："盖先生词中'人间'二字数见，遂以名之。"罗氏（振玉）跋文进而补充：其时王氏研究东西方哲学，"静观人生哀乐，感慨系之，而《甲稿》中'人间'字凡十余见，故以名其词云"。据笔者统计，王国维在其1909年以前所填一百十一首词中，直用"人间"者凡三三首……他以"人间"为号，直到辛亥以后，与罗振玉书札往还，仍时见"人间"。②

诚然，早在《清词史》中，严迪昌师已经对王氏词中"人间"意象有详尽的举例，并评说云："言为心声，这满纸'最是人间留不住'的绝望之吟，几乎已为他最终自沉于昆明湖预为留言。"③ 而倘若深思一层，则"人间"意象何来？难道只是常言而已？

窃以为，王氏的"人间"情怀与纳兰性德有直接密切之联系。众所周知，王静安对纳兰评价极高，《词话》云："纳兰容若以自然之眼观物，以自然之舌言情。此由初入中原，未染汉人风气，故能真切如此。"托名樊志厚的《乙稿序》更把纳兰放在大词史背景下做出全面评价：

---

① 郑逸梅说其诗仅步李玉溪后尘，无非绮丽风华，诗格尚不够高。举其"青女双调银柱瑟，素娥三叠紫屏箫"，"今夜月明芳草渡，去年人在木兰舟"，"枇杷门巷红襟燕，杨柳亭台白项鸦"等句为例。《南社丛谈》，中华书局2006年版，第224页。郑氏所举为林氏早年作，不足概其全部，然而《丽白楼诗》于清民诗坛确乎地位也不甚高。钱仲联《近百年诗坛点将录》点其为"地健星险道神郁保四"，可见位次。

② 陈鸿祥：《人间词话人间词注评》，第362页。

③ 《清词史》，第536页。

第三章 "兀傲拔戟"的文廷式与"偶开天眼"的王国维 177

　　至于国朝，而纳兰侍卫以天赋之才，崛起于方兴之族。其所为词，悲凉顽艳，独有得于意境之深，可谓豪杰之士，奋乎百世之下者矣。同时朱、陈，即非劲敌；后世项、蒋，尤难鼎足。

　　《乙稿序》自温、韦、冯等大词人说起，盘点至南北宋，罕有许可。而于纳兰不徒大肆表彰，且明确位置于朱、陈、项、蒋之上，推为"国朝第一人"。认同赞肯到如此地步，自然深入探研，也即自然深受影响。应当注意到，纳兰性德是第一个高频次使用"人间"意象的大词人，仅粗粗翻检，集中即不下十处，精彩处也极多。若"人间何处问多情"（《浣溪沙》）、"料也觉、人间无味"（《贺新郎》）、"我是人间惆怅客，知君何事泪纵横"（《浣溪沙》）、"别有根芽，不是人间富贵花"（《采桑子》）、"环佩只应归月下，钿钗何意寄人间"、（《山花子》）、"人间所事堪惆怅，莫向横塘问旧游"（《鹧鸪天》）、"天上人间俱怅望，经声佛火两凄迷"（《望江南》）等，皆是也。纳兰笔下，"人间"成了一个既难堪无味又难以摆脱之处境的代名词，一个最能代表其性格中悲观底色的符号。这种对于"人间"的解悟表达与王氏的悲观人生哲学有着相当的契合，与其"人间"情怀之间的启嬗关系历历可辨。这既是纳兰接受研究的一大宗，也应该是研治静安词的一个重要出发点。值得注意的是，彭玉平《王国维词学与学缘研究》之《王国维与龚自珍》一章中举了龚氏诗中十五处、词中十六处"人间"用例，以为"可能确实对王国维填词创作产生过倾向性的影响"[1]，这是一个非常敏锐的观察与假说，然而以一般逻辑揆之，王国维盛赞纳兰而贬抑定庵[2]，取资纳兰的可能性显然更大。

　　那么就来看看王国维的"人间"：

　　　　阅尽天涯离别苦，不道归来，零落花如许。花底相看无一语，绿窗春与天俱暮。　　待把相思灯下诉，一缕新欢，旧恨千千缕。

————————

　① 该书第四编第三章，中华书局 2015 年版。
　② 《人间词话》仅提及龚自珍一处，引其《己亥杂诗》"偶赋凌云偶倦飞"一首，称"其人之凉薄无行，跃然纸墨间"。

178 第一编 古典词史的"花间晚照":清民之际（1900—1920）词坛研究

最是人间留不住，朱颜辞镜花辞树。

在静安笔下的数十处"人间"里，如果说这首《蝶恋花》不是最沉痛的，那么其他篇章似乎也难取而代之。词提空写离情，由离情蔓延到一种韶华迅逝的永恒悲哀，王氏所称理想派的"造境"是也。[①]"不道"二句是一折转，加一倍写内心悲苦。"绿窗"句甚奇，春暮、天暮，皆常言也，而"春与天俱暮"则极出人意表，笔力颇重。境界最奇、笔力最重莫过煞拍二句："最是人间留不住，朱颜辞镜花辞树"，"最是""留不住"二语已极决绝，两"辞"字又是何等分量！有论者以为此句自冯延巳"不辞镜里朱颜瘦"句化出，其实"辞"字意义不同，用法亦不同。[②]王氏二"辞"字中包蕴着极端的婉转惜别，也潜藏着极端的无奈哀伤，一种众芳芜秽、美人迟暮之感较冯氏词句尤为浓烈。所谓"怨之深，亦厚之至"，此篇足以当之。[③]

《蝶恋花》是五代北宋大词人如冯延巳、欧阳修等最擅场的一个词牌，静安推崇二氏，于《蝶恋花》词牌亦三致意焉。集中用得最频，"人间"意象也最密。如"蜡泪窗前堆一寸，人间只有相思分"，"手把齐纨相决绝，懒祝秋风，再使人间热"，"只恐飞尘沧海满，人间精卫知何限"，"自是浮生无可说，人间第一耽离别"，"几度烛花开又落，人间须信思量错"，"自是思量渠不与，人间总被思量误"。如纳兰一样，这里的每一个"人间"都是一个令人爱恨交织、难离难驻的所在，充溢着浓得化不开的悲剧情愫。

当然，《蝶恋花》之外的"人间"也很不少，也写得别有滋味：

沉沉戍鼓，萧萧厩马，起视霜华满地。猛然记得别伊时，正今夕、邮亭天气。　　北征车辙，南征归梦，知是调停无计。人间事事不堪凭，但除却、无凭两字。

---

①　王氏:《词话》云:"有造境，有写境，此理想与现实二派所由分。"祖保泉《王国维词解说》于本篇下解说"与妻子"如何，"小知识分子家庭"如何，恐过于坐实，该书第138页。

②　陈鸿祥:《人间词话人间词注评》，第387页。

③　《白雨斋词话》评冯延巳词语，见八卷本卷一·二一。

这首《鹊桥仙》自具体情境涉笔入虚，自"无计"二字以上皆实写，且未见高明，而"人间"二句陡然振起，将日常离情升华到哲思高度。虽哲思而有情，既"可信"也"可爱"，实属警策之句。思路相类而更为人传诵者为《鹧鸪天》：

> 阁道风飘五丈旗，层楼突兀与云齐，空余明月连钱列，不照红蕤倒井披。 频摸索，且攀跻，千门万户是耶非？人间总是堪疑处，唯有兹疑不可疑。

陈鸿祥《年谱》推测本篇作于王氏二十二至二十六岁寓沪期间，据"层楼突兀""千门万户"等语，大抵可信。词前半极写大都市光怪陆离景象，也即闹热"人间"之缩影，千门万户，出入迷离，是非混沌，于是有"人间总是堪疑处"之感叹，并透过一层——"唯有兹疑不可疑"——而反向强调之。王氏哲理之词，此为第一名作。

"人间"构成了静安词言说的第一核心语汇，自然也构成了其思想的最重要落脚点。我们看到了王氏笔下"人间"的悲苦、庸凡、逼仄、无常，也应体会到这份"人间"情怀塑造了王国维的独特艺术风神，成为观照其词心的关键入口。

二 "偶开天眼觑红尘"：王国维的哲理词

接上文《鹊桥仙》《鹧鸪天》二词说，论《人间词》无法回避其哲理之作。对此，学界多有评说，一般也评价极高。如缪钺《诗词散论·王静安与叔本华》云："静安能将叔本华哲思写入诗词，遂深刻清新，别开境界。"《冰茧庵丛稿·王静安诗词述评》云："王静安诗词中多发抒哲理……清邃渊永，耐人寻味，这是自古以来诗人所不易做到的。"叶嘉莹《王国维及其文学批评》云："静安先生颇涉猎于西方哲学……天性中自有一片灵光，其思深，其感锐，故其所得均极真切精微，而其词作中即时时现此哲理之灵光也。"谭尔为《人间词话·人间词前言》云："其中闪烁着睿智、敏感、深沉的哲理内涵之灵光，清邃隽永，令人深思寻绎。"① 可以看出，"哲理"是《人间词》的又一大关捩。

关于王氏与西方哲学的关系，对其推崇最力的缪钺、叶嘉莹都持同样的看法："王静安对于西洋哲学，并无深刻而有系统之研究，其喜叔本华之说而受其影响，乃自然之巧合。"② 祖保泉据此申说，以为王氏"算不得是个哲学家，他缺乏冷静地观察客观事物、分析事物的哲人心态，相反，他确有诗人的气质，填词便激情满纸"③。作为总体评价，说王氏"对于西洋哲学并无深刻而有系统之研究"也许不谬，但细读其《论性》《释理》《原命》之"哲学三部曲"④，即能明了王氏对西方哲学并非简单涉猎，而是能够广搜博观，并结合本土哲学理念来思考某些关键命题，使之获得新的阐释思路。在 20 世纪之初，如王氏对西方哲学了解程度者可说凤毛麟角。以故，说王氏"算不得哲学家""缺乏哲人心态"，即便是为强调其"诗人气质"，也不算妥当。

其实，王氏在词史上自成一家、无可忽视恰恰是他把并不"缺乏"的哲人心态带入词创作的缘故。在这一点上，叶嘉莹讲得精辟："王氏之以思力来安排喻象以表现抽象之哲思的写作方式，确乎是为小词开拓出了一种极新之意境。如果沿拟着我们对于词之演进所提出的歌辞之词、诗化之词、赋化之词而言，则王氏所开拓的词境或者可以称之为一种'哲化'之词。"⑤

且读《点绛唇》：

> 厚地高天，侧身颇觉平生左。小斋如舸，自诩回旋可。　　聊复浮生，得此须臾我。乾坤大，霜林独坐，红叶纷纷堕。

前文所引《鹊桥仙》《鹧鸪天》二首之思辨味全在言语之间，可一

---

① 以上转引自《中华二十世纪词选》，第 276—278 页。

② 缪钺：《诗词散论·王静安与叔本华》，上海古籍出版社 1982 年版，第 103 页。叶嘉莹《王国维及其文学批评·说静安词〈浣溪沙〉一首》有类似表述。

③ 《王国维词解说》，第 23 页。

④ 三文分别见《静庵文集》《静庵文集续编》，《遗书》第 5 册。原揭载于《教育世界》，作于 1904—1906 年间。详参陈鸿祥《王国维传》第八章，人民出版社 2004 年版。

⑤ 《王国维及其文学批评·论王国维词》，转引自《中华二十世纪词选》，第 278 页。

瞥即得。这首《点绛唇》则哲理完全内蕴于意象，需静心味品，始觉震慑。词开篇即以宇宙之高厚对照个体之渺小，进而触及"须臾浮生"之命题。"逝者如斯夫""哀吾生之须臾，羡长江之无穷"，这是孔丘、苏轼等先贤早已表达过的生命意识，而静安融化入小词，举重若轻，予人夺胎换骨之感。末三句仍以"乾坤"与"我"对写，"我"之"独坐霜林"，加之身旁纷纷飘落的红叶，不徒描出色彩绚烂的视觉画面，内里更是一种哲学上静穆之美的极致体现。词史之上，类此哲思勃发之作确乎罕见，称之"开拓"，绝非虚言。

《浣溪沙》之哲学意蕴不亚于《点绛唇》：

> 山寺微茫背夕曛，鸟飞不到半山昏。上方孤磬定行云。　　试上高峰窥皓月，偶开天眼觑红尘。可怜身是眼中人。

这仍是一首诠释"理想"的"造境"之作。微茫山寺，或实有之，词人笔下，却只化为虚设的背景和前提而已。用力处全在下片"试上高峰窥皓月"，窥皓月是一层，上高峰而窥皓月是两层，试上高峰而窥皓月是三层；"偶开天眼觑红尘"，句法相同。十四字包含六层意思，且两两对照，可谓字无虚发，有千钧力。"窥皓月"者谁？"觑红尘"者谁？这既是个人与宇宙的对话，又是一种哲思心灵融入宇宙洪荒的博大境界。然而最令人惊悚的还在末句"可怜身是眼中人"！须臾浮生，即便心游万仞，思接八荒，在"觑红尘"的"天眼"观照下不也只是可怜的渺小存在？这诚然是悲观主义哲学的反映，比之"人定胜天"的乐观与自大冷寂萧飒得多，可如同"人类一思考，上帝就发笑"，谁又能说这不是真相呢？

以"小词"来抒发这种"我是谁"的永恒哲学命题，确乎是闪现出了一抹前所未有之灵光，"对于旧传统而言，无疑地乃是一种跃进和突破"[1]。然而我们也不得不承认，《人间词》中成功地传达了哲思的佳作还是偶一为之而已，数量并不多。同时由于哲学思维的幽深庄严对作

---

① 叶嘉莹：《王国维及其文学批评·论王国维词》，转引自《中华二十世纪词选》，第278页。

品文学性的削减，也尚不能为词坛大面积接受，造就一代风气。在王国维那里，哲理之作就像是"偶开"的"天眼"一样，令人惊艳，使人赞叹，但又旋即阖拢，渺不可即。拈取"偶开天眼"四字为本节标题，正是基于这样一种复杂的阅读感受。当然，同时也包含了本书不必承担的对《人间词话》力抉天机的卓越才情之评价。

至此，则可对《人间词》作一词史定位。《人间词》具有独异的艺术个性与风神，亦具有开拓新境的意义与作用。在清代词史抑或二十世纪词史上，皆可谓一颗灵光四射的珍珠。名家地位，不可动撼。但其缺点也很明显：一来专长令词且"微嫌摹多创少"①，长调极少且"未离小令气味，不免力弱"②，成就不高。总体风格较为单一。二来"用力过重，终欠自然"③，有深狭之病④，于词体本身之美发越不足。故其自视之高，仅可作文人常见之炫夸看待，难为当时后世所许可，终不能昂然而入大家之列。钱仲联《近百年词坛点将录》点王氏为"地魁星神机军师朱武"，乃取"虽无十分本事，却精通阵法，广有谋略"之意⑤，位置或者稍低，然亦大体允当。

三　二十世纪哲理词的递嬗

自王氏哲理词还可作一些延伸思考。最直接的问题是：以小词负载哲思可行与否？由王氏开辟的这条途径究竟是不是词中正道，一条可放之四海皆准的康庄大道？欲作回答，即有必要对静安先生之后"哲理词"之递嬗脉络作一简单梳理。请先说饶宗颐。

刘梦芙《冷翠轩词话》有云："观堂词虽特立独行，富于哲理玄思，究未到大家地步，远不及其词论为世所重。惟饶选堂先生倡'形上词'，与观堂先后辉映，词境甚为幽渺，然填词者究非人人可为哲人智

---

① 沈轶刘、富寿荪：《清词菁华》。
② 沈轶刘、富寿荪：《清词菁华》。
③ 朱庸斋：《分春馆词话》。
④ 叶嘉莹语：《王国维及其文学批评·论王国维词》。
⑤ 汪辟疆对朱武评语，见其《光宣诗坛点将录》。该书点陈衍为朱武，石遗老人颇致不满云。

者，恐嗣响寥寥耳"①，由观堂点出选堂，而所评亦颇有深意，很见词史眼光。

饶宗颐（1917—2018），字固庵，又字伯濂、伯子，选堂其号，广东潮州人。幼耽文艺，未冠之年即续成其父饶锷所著《潮州艺文志》，刊于《岭南学报》，声名鹊起。后历任无锡国专、广东文理学院、华南大学等校教授。1949 年移居香港，任教（中国）香港大学及海外诸大学府至荣休。选堂"业精六学，才备九能"，举凡甲骨、简帛、楚辞、敦煌、古文字、上古史、近东古史、艺术史、音乐、方志、绘画、词学等，均有不凡造诣，故有"一代通儒""最后通人"之誉②，为国际汉学界公认之大师。有《选堂诗词集》。

选堂之学巍然浩然，这里只谈其"形上词"。先听其自白："重视道，重视讲道理，这是形上诗的特征，也是形上词的特征……形上词，就是用词体原型以再现形而上旨意的新词体。"那么何谓"形而上旨意"？仍用饶氏自己的术语讲，即三境界：诗人、学人、真人的第三重——真人境界，"是一种超越的境界。里头有些是道家的，以道家来讲是相当高的一个地步。但其中体现神的观念，也可说带有宗教味道。这并不是每人都能达到的境界，也并不是每个人都愿意到达的境界"③。

带着此种高远之"落想"，选堂对观堂欣赏之余，亦颇不以为然："王国维是一位了不起的学问家，只可惜诸多方面条件尚不具备，未能真正超脱……所以，王氏做人做学问，乃至论词填词，都只能局限于人间。即专论人间，困在人间，永远未能打开心中之死结……朝代更替，在历史长河中，不过是小小波澜，算得了什么。但是，王氏就是想不通，不知道如何于宇宙人生中去寻找自我。"④ 可见，在哲思层面，选堂较之观堂确乎驾而上之。持此读其"形上词"，方有解悟定位之根

---

① 《中华二十世纪词选》，第 279 页。

② 分别见刘伟忠、姜舜源《光明日报》2007 年 10 月 24 日文章、胡晓明《社会科学报》2002 年 11 月 28 日文章。

③ 施议对：《为二十一世纪开拓新词境，创造新词体——饶宗颐形上词访谈录》，《文学遗产》1999 年第 5 期。

④ 施议对：《为二十一世纪开拓新词境，创造新词体——饶宗颐形上词访谈录》，《文学遗产》1999 年第 5 期。

基。先品味三首代表作：

六丑　睡　济慈云：祛睡使其不来，思之又思之，以养我慧焰（见 Sleep and Poetry）。夫诗人玮篇每成于无眠之际，人类文明消耗于美睡者，殆居其半，而心心不易相印，亦因睡有以间隔之，惟诗人补其缺而通其意焉

　　渐宵深梦稳，恨过隙、年光抛掷。梦难再留，春风回燕翼，往返无迹。依样心头占，阑珊情绪，似絮飘芜国。兰襟沁处余香泽。系马金狨，停车绮陌，玲珑谁堪惜。但鹃啼意乱，方寸仍隔。
　　闲庭人寂。接天芳草碧。灯火绸缪际，如瞬息。都门冷落词客。漫芳菲独赏，觅欢何极。思重整、雾巾烟帻。凝望里、自制离愁宛转，酒边花侧。琴心悄，付与流汐。只睡乡、两地悬心远，如何换得。

蕙兰芳引　影　尼采论避纷之义，所谓此际人正如影，日愈西下，则其影愈大，惟其谦下如日之食，而能守黑，盖惧光之扰也（The Genealogy of Morals Ⅷ），与庄子葆光之说略近，兹演其意

　　清吹峭烟，拂明镜、耻随鸡鹜。看夕照西斜，林隙照人更绿。水平雁散，又镇日、相随金屋。自憩阴别后，悄倚无言修竹。
　　火日相屯，阴宵互代庄子寓言，可异凉燠。况露电飞花，难写暂乖欨曲。江山寥落，白云满目。但永秋遥夜，伴余幽独。

玉烛新　神　陶公神释之作，暂遣悲悦，但涉眼前，斗酒消忧，行权而已。夫能量永存，塞乎天地，腐草为萤，事仅暂化。故神之去形，将复有托，非犹光之在烛，烛尽而光穷也，光离此烛，复燃彼烛（《北齐书》杜弼语）。神为形帅，而与物相刃相劘于无穷，如是行尽如驰，而人莫之能悟，不亦哀乎！以词喻之

　　中宵人醒后。似几点梅花，嫩苞新就。一时悟彻灵明处，浑把春心催漏。红蔫尚伫，有浩荡、广风相候。绀缕在，香送阆风，余芬满携罗袖。　　从知大块无私，尽幻化同归，惟神知否。好花似旧，应只惜、玉蕊未谙人瘦。琼枝乍秀，又转眼、飞蓬盈首。信理乱、难道无凭，春箫又奏。

传达的乃是地道的哲学思考，但词心词笔，悱恻芬芳，回到词史本位上考察，也断可以称为妙品。其实诗言志，"志"既包含"情"，也包含"理"。哲思在中国古典诗词样式中表达不仅天然合理，且也并非新鲜事。如《玉烛新》小序所说，陶渊明即早有《形》《影》《神》三章名作，言理极深。宋代理学大兴，以诗载"道"者更不乏其人。词不如诗之"境阔"，擅场于"情"，故以言哲理者寥寥。如全真诸子之作，且多"理过其辞，淡乎寡味"，其弊略同于玄言诗。而王观堂、饶选堂之作则能将艰深端肃的哲理通过鲜活可感的意象传递出来，无疑具有"开拓新词境，创造新词体"的作用。

当然，也应注意到，选堂哲理词确乎存在境界"复然幽渺"、不易索解的问题。如施议对名学者兼名词人之身份，尚且感到困难，需"一步一步慢慢有所领悟"[1]，普通读者就更难自处。对此，饶先生也有自己的态度："在词的发展史上，由于视填词为小道，为末技，人们误以为，只有说男欢女爱、儿女私情，才是词的本色……词的世界，并非只能谈情说爱。所以，形上词的创造，已经超越本色。"[2] 此一"超越本色"之说能否为词学界——尤其广大读者广泛接受，目下还难下结论，需等待未来词业发展的证验。

如不计选堂"形上词"陈义太高、令人望而却步的一面，则他的"为二十一世纪开拓新词境，创造新词体"之预言在二十一世纪确已取得令人喜悦的收获。为省篇幅，免喧宾夺主，姑且先抄录数首，评论解析留待"网络词界"一编进行：

> 我生如魇，我合无光珠蚌敛。我死之年，我是池中素色莲。
> 我曾离去，我入倾城冰冷雨。我欲归来，我与优昙缓缓开。
> ——发初覆眉《减兰·我》

> 我是怎么了，谁与说分明。此时情绪难定，坐对暗之冥。若以

---

[1] 施议对：《为二十一世纪开拓新词境，创造新词体——饶宗颐形上词访谈录》，《文学遗产》1999 年第 5 期。

[2] 施议对：《为二十一世纪开拓新词境，创造新词体——饶宗颐形上词访谈录》，《文学遗产》1999 年第 5 期。

光之速度，证以今之唯物，追梦也无情。却渴望蓝色，飞至海王星。　　水之恋，凝结痛，陨成冰。偶然天外来客，风去不晶莹。气化相思仍错，早作空虚泡沫，收拾死魂灵。残夜如能睡，迟起看黄庭。

——象皮《水调歌头》

偶为尘境蜉蝣客，喧嚣谬分中外。领会山川，沉沦市井，悲喜由人担待。烦忙卅载。记先拜耶稣，后迷尼采。蓦对孤窗，却谁堪与话存在。　　流光漠然似水，百年回望处，荒诞成败。世贸烟飞，南洋浪啸，惊悚抛离形态。虹霓幻彩。认明日桑田，旧时沧海。畏死归真，择来无意改。

——张力夫《齐天乐·夜读海德格尔存在论志感》

古蟋微其声，大寂如相和。有物恍然来，万物之中过。　　对面立青山，似亦无非我。宇宙自茫茫，我复居何所。

——碰壁斋主《生查子·秋夜》

死死生生，生生死死，自古轮回如磨。你到人间，你要看些什么。苍穹下、肉体含盐；黄土里、魂灵加锁。数不清、城市村庄，那些粮食与饥饿。　　鞋跟敲响之路，只见苍茫远去，阵风吹过。聚会天堂，谈笑依然不妥。是谁在、跋涉长河；是谁在、投奔大火。太阳呵、操纵时钟，时钟操纵我。

——李子《绮罗香》

从这些作品看，"哲理词"之可行与否已经成了一个无须回答的伪问题。从二十世纪的筚路蓝缕、独辟畦径，到二十一世纪的踵事增华、匠心别裁，这个词国的"边缘化"新品种必会走向蔚成大观的绚烂繁华。

第四章　群星丽天的清末民初词坛

作为千年词史的烂熳余霞，清末民初之词坛除"六大家"之外尚多名手。他们词名不及六家之盛，但各具姿态，别有丘壑，多音部鸣响着二十世纪词苑斑斓恢宏的序曲。本章扫描"六大家"外诸名家之创作，其隶籍南社者留待下编叙述。

第一节　被双重遮蔽的大家：论易顺鼎词

附　易顺豫、程颂万、樊增祥、杨圻

一　少为神童，长为才子

在清末民初词坛，易顺鼎不算是很被人瞩目的一家，所谓"备员"而已。有限的几种评价亦多寓贬于褒。如陈锐《袌碧斋词话》"易实甫词才大如海，惟忍俊不禁，犹有少年豪气未除"，这是说其词气格不纯。冒广生《小三吾亭词话》"实甫近日诗词多堕恶道，要其聪明绝顶，当筵倚马，则固万人敌也"，这是批评其"聪明反被聪明误"。沈轶刘、富寿荪《清词菁华》"顺鼎为诗词酷好侧艳，黛色愈秾，又癖于对仗，穷极工巧，未免伤格"，这是指摘其好侧艳而格局小。然而，当我们细细寻味这位传奇人物为数不菲的词作，就应该能发现，他获得的词史地位应当远高于后人的印象，这是一位被自身诗名和学界偏见双重遮蔽了的词坛大家。

易顺鼎（1858—1920），字实甫，又字中实，号眉伽，龙阳（今湖南汉寿）人。父佩绅（1826—1906），历任山西、四川、江苏等省布政使，即大鹤词中不少见之"笏山年丈"。从郭嵩焘、王闿运游，诗学随园，有《函楼诗钞》《词钞》等。顺鼎幼称神童，光绪元年（1875）恩科中举，此后会试屡屡铩羽，遂捐刑部郎中，改官河南候补道，以进呈《三省河图》加按察使衔，二品顶戴。居二年，乞病请假，筑琴志楼于庐山。不久母逝，庐墓守孝，"誓以哭终其身，死而后已"，故号"哭庵"①。

甲午战争起，顺鼎墨绖从戎，入佐两江总督刘坤一军幕。并两去台湾，助刘永福抗战，见事不可为，乃脱身归国。庚子事变起，自南京疾赴西安"行在"，得授江楚转运督办。后辗转广西、云南、广东等地道员任上。辛亥后去北京，与袁世凯之子袁克文等交游，任印铸局参事、代理局长。洪宪帝制失败后，纵情于歌楼妓馆，潦倒以终。

在这份过于简单的履历中有几件事值得特别补充。其一，顺鼎之幼称"神童"，非泛泛聪颖之意，而是别有传奇经历。顺鼎幼年随父居官汉中，同治二年（1863）八月，汉中为太平军所破，顺鼎乱中误入太平军启王梁成富大营，留滞半年，众待之如"小王子"。至僧格林沁阻截启王部，顺鼎为清军所获，献于僧麾下。僧不懂其"南音"，顺鼎遂画字于掌中，又取笔砚书父亲及自己姓名。僧大奇之，称为"奇儿"，抱之置膝上，命人送还其父。于是神童之名，播于众口。此其生平第一得意事也。

如果说此事只是掌故，无关大节，那么顺鼎在刘坤一幕中所上两疏则让后人看到这位"淫放无度"的"龙阳才子"②"一身以迄于家国天下"③的另一面。甲午战事起，顺鼎诣阙，上《条陈时事疏》，提出"今日之要义，一在有战无和，一在先罚后赏"，并有移行都、用宿将等十项建议。《马关条约》签订后，再赴京师，上《请罢和议褫权奸疏》，力陈"丑虏跳梁，不宜迁就；权奸误国，不可姑容"，请严治李鸿章父子"卖国之心与其误国之术"。且特别指出："辽东者，北洋之藩篱；台湾者，南洋之门户"，倘若"赤县神州，自我而沦为异域；海隅苍生，自我而化为他族，皇太后、皇上将如天下百姓何"？④ 二疏皆

---

① 易顺鼎：《哭庵传》。
② 李法章：《易顺鼎传》："顺鼎自恃天资，往往寄迹狭斜，不自检束。中岁尤淫放无度，人以龙阳才子称，盖消之也。"《琴志楼诗集》后附，第1444页。
③ 程颂万：《易君实甫墓志铭》，《琴志楼诗集》后附，第1436页。
④ 诸疏均见易顺鼎《盾墨拾余》卷一，转引自王飙《琴志楼诗集前言》。

不报，而警句播于众口，士林为之一振。甲午战争之溃败与《马关条约》之签订非三言两语可说清，李鸿章父子之"卖国"与"误国"也大有可辨析的余地。然而顺鼎二疏毕竟表达了爱国赤诚与舆论所向，而且此后两赴台岛，"欲赞刘永福军为海外扶余"，力竭而返，"时论推为气节功名之士"。① 这是其平生最光彩夺目之一页。

其三值得说者，顺鼎在广西太平思顺道任上仅三月，即遭两广总督岑春煊参劾罢官。起因为岑春煊决定裁撤绿营，边饷改拨给巡防营，地方饷银自筹。易顺鼎一再电争，遭岑斥为"荒唐"。顺鼎直言："为宪台保桑梓，为朝廷保地方，顺鼎并不荒唐，恐荒唐别有人在！"岑大怒，以"名士画饼""不谙治理"等语参劾顺鼎罢官。故顺鼎自嘲"名士画饼为余一生最著之典"②。此事亦无关宏旨，然而却可为易顺鼎的平生形态之定格。在中年所作《哭庵传》中，他自述云："初为神童，为才子；继为酒人，为游侠少年，为名士，为经生，为学人，为贵官，为隐士。忽东忽西，忽出忽处，其师友谑之为神龙"，其实真正贯串其一生的角色还是"名士"，其余均为点缀配饰而已。王飙如此概括："易顺鼎的一生有点悲剧意味，这种悲剧带有最后一代士大夫文人的共同性……他有时自负大才，然而观其一生，忧国忧民之心诚然有之，宏识远见却谈不上……其奏疏禀牍所论时弊尚中肯綮，具体建议却多不得要领，'名士画饼'之讥，并非完全落空。"③

这种"共同性"具体落实到哭庵个人身上，则最可关注者乃其充满吊诡色彩的末世文化性格。同样在《哭庵传》中，他说自己"操行无定，若儒若墨，若夷若惠，莫能以一节称之。为文章亦然，或古或今，或朴或华，莫能以一诣绳之。要其轻天下齐万物、非尧舜薄汤武之心，则未尝一日易也"，《与陈伯严书》又说自己"平生择术，不好孔孟，而好杨墨；平生操行，不喜仁义……不屑为理学"④。这些自白，即便在王纲解纽的"季世"，也实在是够大胆的。那么，易顺鼎其实是旧文化之枝难栖、而新文化之巢难觅的夹缝人物的典型。奭良《易实甫传》

---

① 钱基博：《现代中国文学史》，《琴志楼诗集》后附，第 1447 页。
② 事见王飙《琴志楼诗集前言》，第 7 页。
③ 《琴志楼诗集前言》，第 8 页。
④ 转引自王飙《琴志楼诗集前言》。

记述其临终事云:"辛酉,得微疾,余往视之。于椅中徜徉,不似有疾者。问何苦,君曰:'非病也,才尽耳!无才,不如死。'"又补记曰:"梅伶名未盛时,君赋《万古愁》诗以张之,名遂鹊起。梅深感之,病中馈珍药,既殁,致重赙,哭奠极哀。以是为君之晚遇可也。"① 其临终之言已经极痛切,而一代才士,最终在伶界乃得"晚遇",难怪他对"哭"字还有悲怆的别解:"人生必备三副热泪,一哭天下大事不可为,二哭文章不遇知己,三哭从来沦落不遇佳人。此三副泪绝非小儿女惺忪作态可比,惟大英雄方能得其中至味。"② 这样看似光鲜的人生也真够惨淡的了!

易顺鼎诗名之大,近人罕见。当时各家言诗者,几无不推重。王森然《评传》称为"天才卓荦,横绝一世"③,钱基博撰《现代中国文学史》,于诗首列"中晚唐诗"一派,以樊增祥、易顺鼎为代表,杨圻附之。评语云:"增祥诗境,到老不变,而顺鼎则变动不居,学大小谢、学杜、学元白、学皮陆、学李贺卢全,无所不学,无所不似,而风流自赏,以学晚唐温李者为最佳。"④ 此但就其渊源而言,顺鼎自己则有不同评价,以为《四魂集》等"为空前绝后、少二寡双之作……余诗对仗皆用成语……又皆寓慷慨悲歌嬉笑怒骂于工巧浑成之中……自有诗家以来,要以余始独开此派矣"⑤,可见其自许之高。评价其诗并非本书任务,略征引以上言论只为证明他的诗坛声誉之显赫,而这种显赫其实是掩盖了作为词人——尤其是作为清民之际词坛大家——的易顺鼎的。

二 以才为词,壮采飙发

今传易顺鼎词主要创作于同治十二年癸酉(1873)至光绪十七年

---

① 《琴志楼诗集》后附,第1440页。奭良(1851—1930),字召南,镶红旗满洲人,裕瑚鲁氏,承龄之孙。早有"八旗才子"之称,历任数省道员,辛亥革命后入清史馆。著有《野棠轩文集》《史亭识小录》等。词集四卷,附二卷,亦名"野棠轩",130余首,堆砌者居多。

② 王森然:《易顺鼎先生评传》,《琴志楼诗集》后附,第1458页。案:"三副热泪"非顺鼎原创,乃明代汤传楹语。

③ 王森然:《易顺鼎先生评传》,《琴志楼诗集》后附,第1452页。

④ 中国人民大学出版社2004年版,第195页。钱仲联《近代诗钞前言》更为"唐宋兼采派",更近其实。

⑤ 《现代中国文学史》,第196页。

辛卯（1891），即其十六至三十四岁之间。共结七集，依时间依次为《湘弦词》《鬓天影事谱》《丁戊之间行卷》《摩围阁词》《醒人吹笛谱》①《琴台梦语词》《湘社集》，另有集外词若干，综计可得五百余首。② 相比照万首左右的诗总量、四千多首的存量而言③，自然是小焉者也，故名也不甚显，然而十数年中其词风也经历了较明显的起伏变化。

先看他作于光绪三年丁丑（1877）的《鬓天影事谱自序》："余年十三四即学为词，篇成，虽友人称善，未能自慊也。曩岁游京师，始获读宋名家词如吴君特、周公谨其人者，寻声按谱，时一效颦，抱瑟空弹，背灯独语。盖自春明下第，万感无聊，而于此道乃稍稍进矣。"从这段话可知其学词极早，但专恃才气，无所师承。至"曩岁游京师"，即光绪二年（1876）入都应恩科会试，始读吴文英、周密等，从而介入晚清词坛之主流风尚。而此数年之作仍主情性，并不斤斤于格调，所谓"春明下第，万感无聊"是也。此序文后面还有大段洋洋洒洒的自白："凄虫警秋，如泣如诉，不自知其声也。繁葩绚春，如睇如笑，不自知其色也。余之于词，岂故为是曼音纤态以求悦夫时辈之听睹哉。不为无益之事，何以遣有涯之生，藉此陶写哀乐，消磨岁时，词之为功与丝竹等。"其中不乏才子气的牢骚愤懑，而词锋所指，盖在"陶写""消磨"二语。这一倾向至光绪五年己卯（1879）所作《醒人吹笛谱》而达到顶峰，亦构成了其毕生词创作之菁华所在。

顺鼎几度入京应试，词卷随身，有切磋之意，而当时"尘积敝箧，卒无谈者"④。及光绪六年庚辰（1880）拜于张之洞门下，得其训教"皋文家法"，对词的认识也发生了一定的转变。《摩围阁词自叙》记述了"南皮张先生"之语："词非小技，乐之遗也……宋朝理学昌明，而范文正、司马文正、朱文公诸大儒皆尝为词，其旨可见……自后世填词

---

① 《琴志楼丛书》署作"楚颂亭词第四集"，一般文献记作"楚颂亭词"，应以《醒人吹笛谱》为是。陈松青：《易顺鼎诗文集前言》有辨，见该书第10页，湖南人民出版社2010年版。

② 其中《丁戊之间行卷》《湘社集》为含词之综合集，《湘社集》大多为与易顺豫、程颂万等联句之作。

③ 陈衍：《石遗室诗话》："今人樊樊山增祥已届万首，易实甫略相等。"王飙整理《琴志楼诗集》、陈松青整理《易顺鼎诗文集》两本均佳。

④ 《摩围阁词自叙》，《琴志楼丛书》第十八册。

家以靡曼为声，以亵昵为形，发乎情止乎礼义者卒鲜。于是徒足以荡心佚志，柔筋腐骨，而不复有同和之用，此岂词之罪哉？其弊然也。"这里只称道乃师"绪论"，未深谈对自己创作之影响，然而对"后世填词家"的一番批评也未始没有自忏的意思在。七年以后，顺鼎与郑文焯、蒋文鸿、张祥龄、乃弟顺豫等唱和于苏州。受大鹤山人等影响，其《琴台梦语词》便已深深染上了白石梦窗之印记。才气风发仍然有之，主调则以敛才就范为多了。

综观易哭庵之词，变化固然较大，而就其最精粹者，还是钱仲联先生说得恰切。《近百年词坛点将录》将哭庵点为"天异星赤发鬼刘唐"，评语云："惊才绝艳，放笔自恣……英词壮采，泉涌飙发，盖照天腾渊之才，窘若囚拘者为之咋舌。"诚然，易氏之"以才为词"是给人相当鲜明、具有冲击力的印象的。

先看其十六岁初应乡试落第所作之《沁园春》：

> 才耶命耶，缘耶分耶，何劳问天。只华年易过，匆匆十五；清班难厕，衮衮三千。下第文章，少年名字，犹累他人万口传。回头笑，把几场辛苦，当作游仙。　　闲来负手江边。要看尽、人家上水船。倪吹吾帽落，孙山而外；让伊鞭著，祖逖之先。惨绿衣裳，愁红灯火，横笛高楼一惘然。归来也，向秋风老屋，重觅萝牵。

虽不无"为赋新词强说愁"的幼稚，然逞才使气的少年心性，在此篇中毕露无遗。"下第文章""惨绿衣裳"云云，均令人动容。另如《蝶恋花·春日题桃花源》之"剪剪东风吹不住，吹换秦时，几辈渔儿女""古月一丸飘冷翠。照见千年，隔坞闲门闭"、《买陂塘》之"要痛饮今宵，拼教醉死，死便葬花下"、《减兰·与石重夫师铸夜话》之"漫想逃禅，尚有恩仇未了然"、《满江红·追忆旧游四首·秦中》之"紫塞三千杨柳路，黄河一半桃花浪"、《谒金门》之"春山冻，岚气如波欲动。谁把春寒轻剪送，压帘帘骨重"等句或尖新，或奇横，皆明显以才使笔，未假雕琢。至如《风马儿》（红楼一角雨声声）则全篇叠字，近曲而远词，虽不能称佳，尤能看出此种特质。《湘弦词》中，《南楼令》与《浣溪沙·湘江舟行》较多沉郁厚实之致，出诸十几岁少年之手，令人不能不惊叹。《南楼令》云：

秋到舵楼尖，波平湿翠嵌。有冷云、黏住孤帆。几点潇湘篷背雨，和别泪，上青衫。　　剪烛共谁谭，霜催酒力酣。怎重衾、添了还添。今夜蘋花明月里，吹笛到，古江南。

《浣溪沙》其二、其十云：

破屋三间放鸭棚，空江几个打鱼罾。孤篷一点闹蛾灯。　　细雨黄花疏酒伴，故山红豆老吟朋。隔层烟水唤难应。

系缆昏黄傍驿桥，柁楼吹笛雨潇潇。一灯红得太无聊。　　寻梦寻烟秋冷淡，听风听水夜迢遥。累侬到此又魂销。

最值得注意的是本集之《玲珑四犯·题冰如四兄秋隐图》一首：

人海苍茫，算桥霜店月，容易催老。剩水残山，何苦费些鸿爪。不如紧靠柴扉，要看尽、古来斜照。向青山、黄叶中间，寻出秋心多少。　　红衣偶把溪边钓。却不道、枫人来早。渔樵野局西风里，便是天然之稿。画工多事传真，反恐暗尘飞到。且共寻诗梦，补几笔、西堂草。

《玲珑四犯》乃是僻调，自清真白石以下，皆务为冷涩，未见如顺鼎此篇之流丽而举重若轻者。即此一端，便足见其非凡才情，"神童""才子"，非虚誉也。此种"才情"在其后的《鬘天影事谱》《丁戊之间行卷》中皆极有表见，《摩围阁词》稍弱而至《醒人吹笛谱》最为显豁。其中最掉阖横纵者莫过于大量的怀古之作，可先读《念奴娇·江南舟中作》：

英雄往矣，对江山赢得，乱愁千斛。今古梦痕消不尽，付与败蕉残鹿。醉里征诛，愁边歌舞，画就兴亡局。欲书遗恨，南山可惜

194　第一编　古典词史的"花间晚照"：清民之际（1900—1920）词坛研究

无竹。　　应念茂苑风花，台城烟草，萧瑟空云木。曾倚舵漏闲眺望，惟见暮帆沙鹜。狸去祠荒，雀飞桥冷，凄断前朝曲。无情最是，秦淮一片寒绿。

其情致史识也寻常未见高明，但"今古梦痕消不尽，付与败蕉残鹿""欲书遗恨，南山可惜无竹""狸去祠荒，雀飞桥冷"等句将"蕉鹿梦""南山竹""佛狸祠""朱雀桥"等典故胜迹一一拆卸拼装，从而既赢得"陌生化"的新鲜语感，亦构架出别样的历史观照角度。再如《满江红·登榕城戍楼作》中"边城拥戟，野花缠箭。洗马寒江波万顷，栖鸦坏堞云千片……到而今、辜负虎钤篇，龙泉剑"的悲壮，《满江红·题秦淮画舫录》中"扶不住，云鬟軃；逃不过，霜毫涴……约英雄、儿女共逃禅，蒲团坐"的空幻，《水调歌头·青溪小住……》中"六朝残梦何处，鸥影卧秋深……台倚凤，洲呼鹭，峭寒侵……四百画桥月，依旧荡波心"的婉凉，《八归·雪中登鹊矶寺》中"一鸥飞处，一豚吹处，浪与芦花争白……愁来否、试凭高看，六代青山，如今华了发"的冷寂，皆笔力千钧，美不胜收，营造出特属于这位"多面才人"心目中的"古今万变，身世万感"[1]。

怀古之作尤杰出者当推《贺新郎·题两当轩词后，即用其赠汪剑潭韵》（其一）与《六州歌头·金陵吊古》二首。

似此难安放。算才华、九天九地，世间休望。毕竟彼苍相忌甚，少个容人之量。说破了、漫教惆怅。十二万年仙鬼劫，到碧桃、花落身同葬。君不见，海波荡。　　梦君昨夜高楼上。问吾侪、鸾飘凤泊，有何情况。莫话茫茫才子事，自古多愁多恙。总不出、这条门巷。烦向玉皇通一讯，甚牵缠、未了伤心帐。归去也，踏云响。

金陵雪后，来访帝王家。龙和虎，莺和燕，豕和蛇。剩栖鸦。此日经行处，白门市，青溪埭，红板路，乌衣巷，寂无哗。欲问秦

---

① 易顺鼎：《丁戊之间行卷叙》，《琴志楼诗集》后附。

淮旧院，烟笼水、水更笼沙。甚当年商女，沦落也天涯。一曲琵琶，后庭花。　　念陵十一，楼十四，阙十二，暮云遮。鹦鹉墓，麒麟冢，草交加。树槎牙。废苑都栽菜，新编出，竹篱笆。儿女泪，英雄血，尚留些。不解长江何意，浑淘尽、六代繁华。但凭高西望，斜日大如瓜。吹起寒笳。

黄仲则才调无伦，乾隆六十年中论诗者推为第一[①]，而落拓凄寂，坎壈终局。其《竹眠词》（按即《两当轩词》）桀骜清奇，不逐时好，"激楚如猿啼鹤唳，秋气抑何深也"[②]，凡此皆与易哭庵有隔代心志相通处。所以易氏题写其集的这一首步韵词就格外显得喷薄激越，声情浓足。"毕竟彼苍"云云，锋铦透纸而出，乃是对两人所处时世的犀利质询，大有鹤唳霜天、蛩咽露晨之感。[③] 这一组词的后两首亦极佳。其二云："三十年华尘与土，算难将、两字才名葬……秋坟句，听来响"，其三云："无处容疏放……字字风花和泪染，料心头、早有春来葬……掷此卷，定奇响"，真可谓长歌当哭，神交冥漠。《六州歌头》一首则又是一种面目。此调短句特多，韵脚疏密相间，难度极大，宋词中亦仅有贺铸、张孝祥等一二佳制。易氏则别出心裁，大量三字句或以排比出（如"龙和虎，莺和燕，豕和蛇"），或以散句出（如"新编出，竹篱笆。儿女泪，英雄血，尚留些"），音韵谐美之外，能令全篇生出异样神色，自有此调以来未见此奇创作法。

自以上引词可以看到，能将冷涩之调化为流利谐美之韵乃是哭庵长技，也是最能透见其卓绝才气的地方。如《喜迁莺》之"趁今夜，正酒满花满，月满春满""肠断处，是水远山远，天远人远"句，《高阳台·咏菊》之"负了柔乡，换了愁乡""一尺秋涛，一寸秋霜"句，《忆旧游·申浦访雪……》之"负一镜芳惊，一灯倩影，一箭华年"句，《木兰花慢·芷澂别后……》之"天外有天客到，梦中如梦春归"句，《摸鱼儿》之"来将屈吊。也不学袁宏，不随范蠡，不访戴安道"

---

① 包世臣：《齐民四术》语。
② 吴兰修：《黄仲则小传》，转引自严迪昌《清词史》，第 392 页。
③ 《清词史》，第 392 页。

句，《太常引》："尊前爱听打荷声，鸳梦不须惊。天替我怜卿，赠万斛、凉珠定情。　　单衫唤酒，疏帘听笛，忽忆五湖盟。枕畔堕钗横，卧冰簟、银床看星"，真可谓好句缤纷，泉涌飙发。还可看出自《鬘天影事谱》的《惜红衣·黔山遇雪即景有怀》：

> 射虎功名，呼鹰意气，壮怀都左。絮帽茸裘，吟魂乱山锁。芦沟立马，还记得、年时双鬓曾鬋。何处酒家，指篱根灯火。　　紫琴断韵，翠被凄香，销凝正无那。江梅几点残雪，带愁堕。漫惹梨花梦影，化作晓云千朵。料玉楼横笛，有个冻鬟招我。

《惜红衣》为白石自度曲，与《扬州慢》等同为白石词风的经典标志。自来作者，无不曲尽回旋折叠之致，而窘困隔膜之病居多，如哭庵此篇能轻韧直放、顺风顺水者，百不一见。这不是小聪明、小才气，更不应以"伤格""恶道"之类陈腐考语而绳衡之、贬抑之！"格"自有高低之别，一般的"格"是为中才设置的必须遵循之规范，而大才、天才则可自我作法，凌驾原有法度之上，创辟新天。① 如易顺鼎这般"照天腾渊"，是定能使"窘若囚拘者为之咋舌"的。而这，无疑是评价其词作的最核心尺度。

还应注意哭庵词中的白话运用，亦是其才情之重要一端。其少年作《苏幕遮·自黔归，赴秋试赋感》已启端倪："甚功名，何意绪。说到劳生，总没些儿趣。二月行踪三月住。四月黔关，五月依然去。　　万重山，千里路。驴背明朝，独自和秋语。我比残鸦心更苦。一点归心，却在天涯树。"《琴台梦语词》之前，这类佳作比比皆是，俯拾而可成珠玉。如《南乡子·将抵白门……》的"我与梅花同一样，艰辛，风雪天才过几分"、《柳梢青·荻港即目》的"问伊浪只淘沙，怎淘去、

---

① 袁枚：《随园诗话》卷一有直探本源之论："杨诚斋曰：'从来天分低拙之人，好谈格调，而不解风趣，何也？格调是空架子，有腔口易描；风趣专写性灵，非天才不办。'余深爱其言。须知有性情，便有格律，格律不在性情外。《三百篇》半是劳人思妇率意言情之事，谁为之格，谁为之律？而今之谈格调者，能出其范围否？况皋、禹之歌，不同乎《三百篇》；国风之格，不同乎雅、颂，格岂有一定哉？许浑云：'吟诗好似成仙骨，骨里无诗莫浪吟。'诗在骨不在格也。"

第四章　群星丽天的清末民初词坛　197

年华梦华。柳已无丝，枫还有叶，梅又将花"。再如《丑奴儿·船窗坐雨兼闻雁声》：

> 影儿守著灯儿坐，风太无聊，雨太无聊，欺负侬家是此宵。
> 相逢吴楚孤篷路，人也魂销，雁也魂销，愁水愁山一样遥。

《水调歌头·初九夜对月，清感缘景，以坡韵赋之》：

> 半轮依样月，一块奈何天。猜他有甚情绪，系住数千年。只觉寂寥孤立，未免苍茫四顾，身世者般寒。积气白如水，人坐海中间。　花影下，呼月子，尚堪眠。留些缺憾才好，休要尽情圆。曾照何王宫殿，更到谁家庭院，怕也记难全。遥夜倚云问，瘦了个婵娟。

白话，当然不只是言语方式的选择，相伴随的还有白描的艺术手法，以及观照情境的内心视角。没有超乎寻常的慧心与才力，白话是比"雅言"更难控驭的。而诸如《无闷·江南道中孤舟逢雪，荒寒情事，略见于词》这样冷僻的词调居然也全以白话出之，也称得上词中奇观了：

> 斗大烟篷，拳大雪花，同把孤愁压定。正短柳昏鸦，弄成风紧。没个人家卖酒，枉踏遍、溪桥三叉径。感他一雁，寥空送响，似来相问。　清景。白门近说，旧苑春迟，万红无信。但做出南朝，那时官粉。今夜凄凉月子，向离恨、天边寻梅影。把玉笛、吹破江云，不管暮寒成阵。

世人谈哭庵词，但能欣赏其《踏莎行·京口舟中作》之类①，这当然无问题，不过如以上这些佳篇转失眉睫，恐亦不免偏颇拘墟。自然，

---

① 词云："铁瓮楼船，银山戍鼓，江南江北愁来路。断霞鱼尾画金焦，残阳鸦背分吴楚。三十功名，万千词赋，英雄才子俱尘土。佛狸祠下听潮回，垂虹桥上呼秋去。"

哭庵的白话词也有近乎曲子，而淡化了词体特殊美感的，除上文所举之外，如《离亭燕·独行金陵山水间，赋此凭吊》《酷相思·镜里眉山》等皆是。这或者是论者轻忽其词的原因所在罢。

我们还不得不指出，由于观念的更变，哭庵自《琴台梦语》开始已经大幅度阑入清末词坛之主流。从传统的"正宗"眼光看来，这或者是皈依正途、弃暗投明之举，然而此后佳作锐减也是不争的事实。既不愿再走才气飙举的路数，敛才就范又无多胜义，那也难怪他此后对填词兴趣缺缺而专意于诗了。词坛主潮的巨大冲力停滞了这位天才词人的脚步，但仅凭其青少年时期的创作，易顺鼎也已足称大家，其位置当与"六大家"相周旋无愧色，而反映在其作品中的种种新气象更应得到词史的特别珍视。

三 易顺豫、程颂万

易顺鼎之弟顺豫（1865—1929后①）亦喜为词，与郑文焯、蒋文鸿等唱和颇多，但乏其兄天才，中规矩而已。清民之际湖湘词坛极具才性、堪为易哭庵羽翼的是其好友、易顺豫的亲家程颂万。程颂万（1865—1932），字子大，号鹿川，晚号十发居士，宁乡人。少有文名而屡试不第，遂致力新学与实业。光绪二十三年（1897）创办私立湖北中西通艺学堂、攻木局等，越二年，以盐提举衔升任湖北自强学堂（武汉大学前身）提调。后任湖北高等工艺学堂监督，创办广艺兴公司、造纸厂等。晚年寓居上海，以卖书鬻画维生，故有"年年革命家常饭，处处临时避债台"之叹。②

程十发诗负重名，陈衍《近代诗钞》谓为"惊才绝艳""生新雅健"，汪辟疆《光宣诗坛点将录》拟为"天哭星双尾蝎解宝"，有"早传绚烂晚坚苍"之评，可称一时名家。其词亦富，有《美人长寿庵词集》六卷，《鹿川词》三卷，计480首③，张祖同、谭献、王鹏运、况周颐、易顺鼎等皆深致好评。综合诸家印象，共识在于"细密绵丽"

---

① 易顺豫为《三程词钞》作跋文落款署"己巳夏"，时为1929年。
② 转引自徐哲兮《程颂万诗词集前言》，湖南人民出版社2009年版，第2页。
③ 另有《定巢词集》十卷，未见，或为合集定本。

"取径清真、白石"两点，其中况周颐又特别指出其词"于国朝近朱锡鬯《载酒》《琴趣》两集，胜处兼而有之，清而不枯，艳而有骨"，并说"以昔之邹董、今之郭姚例君，非知君词者也"①，所论较细腻，"清""艳"二句特能抉中要害。

不妨先看况蕙风许为"通卷之冠"的《高阳台·癸未初春，击汰湘沅，舟次无憀，怆吟二阕》之二：

> 殢雨蓬心，弹潮舵尾，春江断送兰桡。冷浸鱼天，一枝凉月吟箫。返魂新柳夸三绝，做攒眉、泪眼蛮腰。系湾头，纵有他生，不似虹桥。　　当初唤玉帘衣襞，已心心心上，长遍愁苗。镜海颓廊，居然有个莺招。过头风浪年时事，待萍鸥、送上离潮。怕横江，万斛诗愁，酒薄难消。

如题所示，词即写普通的无憀感，"冷浸鱼天，一枝凉月吟箫"，境界甚清，然而点缀以"返魂新柳""泪眼蛮腰"等，便饶风情，不枯寂。下片"当初"数句，尤其"心心心上"之语，极尽巧思，然而落点则在"过头风浪""万斛诗愁"，并不轻佻，此之谓"有骨"。蕙风说此篇"便饶烟水迷离之致，令人辄唤奈何"，又说"应名虹桥词"，可见推许。②

"清而不枯"与"艳而有骨"作为程氏词最突出的特点不光是艺术上的，同时也是题材上的。就其主要题材而言，羁旅、咏物、时序几类作品大抵空灵折转，"清"味十足，而为数更多的风情之作则哀感顽艳，笔端大有灵气。前者除上引《高阳台》之外还可读《醉太平·过润州作》与《迈陂塘·螺山旅泊，客感随潮，扣舷歌之，渺渺兮予怀也》：

> 金山寺楼，焦山戍楼。青天不锁江流，任来舟去舟。　　身如寄鸥，心同病鸥。海门已断前头，怕风愁浪愁。

---

① 《美人长寿庵词集校记》，《程颂万诗词集》，第 377 页。
② 与上文"通卷之冠"语俱出本篇评语，《程颂万诗词集》，第 389 页。

向荒湾、听风听水，酒边人共愁住。红鸳只在横塘侧，一支远
分江浦。归梦阻。恁隔着、短亭荒驿来时路。闲鸥四五。盼等到今
宵，露凉篷底，偎我背灯语。　　柁楼外，低衬两行烟树。客心斜
挂天暮。分明画个旗亭子，不画双鬟和汝。船六柱。抵那日红廊，
曲曲双携处。抛侬倦旅。怕泪眼枯时，东流到海，海又变桑土。

至如戊子（1888）冬自溪州归棹，作《七梧山馆秋词》一卷50
首，今尚存秋眉、秋鬓等14阕。此种本是朱彝尊《茶烟阁体物集》之
遗韵，至清中叶后，渐入魔道，而程十发也能不甚堆砌，言之有物，其
才与情于斯可见。

风情之作可先看《点绛唇》《昭君怨》与《罗敷媚·舟夜闻歌有
赠》三首：

天与多情，那堪更与愁心性。愁多转病，人与花同命。　　回
首秦楼，乍隔人天迥。春将暝。阑干做冷，曲曲相思影。

仿佛乔家姊妹，仿佛谢家才地。生小忒聪明，误双卿。　　记
得枇杷花下，记得郎来系马。记得卷帘钩，替梳头。

才人词赋飘零尽，花外莺天。萍外鸥天，悟透人间一种禅。
三生空忆眉边妩，花倩人怜。人倩花怜，肠断今宵第四弦。

此数首皆所谓逢场作戏者，是较纯正的"艳词"，而《点绛唇》反
复纠缠"人""天""愁"三字，《昭君怨》下片连用三处"记得"，
《罗敷媚》亦在"人"与"花"间大做文章，凡此都写得风致嫣然，花
巧中饱含慧心，足以见其手段。
程氏笔下艳词每用组词联章形式，如《菩萨蛮》（两重楼柱）四
首、《虞美人》（小红楼上）四首、《浣溪沙》（梦向红楼）八首、《生
查子·钗》等四首、《菩萨蛮》（夕阳红透）四首、《洞仙歌》（同心苏
小）十首皆是。联章组词在增浓抒情色彩的同时也强化了叙事功能，他
的这些词作大都情韵丰赡，楚楚动人，不愧"艳而有骨"之评。另值

得一说者,《美人长寿庵词集》中有《菩萨蛮·拟艳集唐十阕》《阮郎归·集六一词四阕》《玉楼春·再集十阕》《浣溪沙·出都门旅店题壁集唐二十首》共四十余首集句艳词。以集句为艳词,当然又是"文字游戏"之俦,难博论者好感的,但才情慧心不能漠视。① 若《浣溪沙》中精妙的集句对:"见了又休真似梦_{吴融},心从别处即成灰_{韩偓}","一夜思量十年梦_{元稹},万般人事五更头_{韩偓}","顾我镜中悲白发_{白居易},任他明月下西楼_{李益}","半夜雨声三月尽_{韩偓},百年生计一舟中_{白居易}"等,虽还不及朱彝尊《蕃锦集》之鬼斧神工②,亦自能备别有意味的一格。

谈程十发词还不能只聚焦"清""艳"二品,在词集《自序》中,他缕述了"国朝词学"之流脉,在批评"朱(彝尊)病其碎,陈(维崧)病其粗,张(惠言)病其泥……邹董……郭姚病其佻"后,他明确提出"以重笔、涩笔相挽救"的主张。"涩笔",也即前文所谓"细密绵丽",词集中时有表见,且多与"清"混杂难辨。"重笔"则应详说几句。

同样见之自序的,他说"先君子……酷嗜稼轩、美成,而极之于白云、白石"③,可见自"庭学"是接受稼轩一派风格的。易顺鼎论其词也拿陈迦陵做参照,称"特迦陵出之以恣肆,子大出之以秾挚,为少异耳"④。自此,我们当然有必要关注其词中较近稼轩、迦陵的"重笔"。最明显可见者是《鹿川词》中六首叠稼轩韵的《水调歌头》,不仅叠原韵,其"阑干迷望平楚,战骨满蒿莱"(一叠)、"人事强离合,天意忍徘徊"(三叠)、"几度废池乔木,暗触江东兵气,如月灌楼台"(六叠)等句也甚具稼轩、迦陵风神。而全篇笔意较重者当推《念奴娇·夜入吴淞口》以及《沁园春·偕易六叔由、家兄彦清泛舟游岳……》:

> 未归南北,又长江西上,扁舟东逝。大九州才洼数点,中外平

---

① 关于集句功能、地位等问题,后文南社一编"傅专"部分还有详述,此不赘。
② 见拙作《朱彝尊〈蕃锦集〉平议——兼谈"集句"之价值》,《南京师范大学文学院学报》2003年第3期。
③ "先君子"谓其父程霖寿,字雨沧,官常德府学教授,有《湖天晓角词》。
④ 上引文皆见《程颂万诗词集》,第375、376页。

分一水。醉吸鲸杯，寒披鹤氅，目断飙轮驶。羁愁搅梦，海天清角吹碎。　　翻笑水阁吴娘，五湖懒去，不共天随子。一块人间无用月，辛苦照人何意。燕北呼屠，峤南续雅，万五千余里。重寻黄歇，雕楼横矗烟际。

人生百年，以酒为欢，不醉如何。认短篷残烛，霜欺人瘦；空江乱荻，风飐愁多。一棹兰皋，半泓杯影，岳色冥蒙堕酒波。邀君醉，到祝融峰顶，西望岷嶓。　　群峰万马奔驰，蹴水势、昭潴一旋涡。怅江上骚人，衣襄薜荔；天边玉女，髻拥青螺。雁落霜空，猿啼夜悄，一夕愁心冷泪罗。重阳近，怨天涯风雨，梦里关河。

"一块人间无用月，辛苦照人何意"，自这样的句子看来，这位湖湘名家的愤懑还是很清晰的。至于《沁园春》中大量的楚骚意象，则是自辛稼轩、王船山以来那种芳洁襟怀的吐露。其《清平乐·拙词编就感赋》其二云："雕虫小技，壮悔都无谓。三十而还输一世，剩得几分才气。酒边万紫千红，任它开落东风。我自一瓢一笠，随人唤作词翁"，凭这"几分才气"，程颂万在湖湘词坛以及这段词史上的位置不能小觑。

四 "北樊" 樊增祥

与易顺鼎并称"北樊南易"并被柳亚子斥为"淫哇乱正声"[1] 的大诗人樊增祥也应附此一说。第一，樊山词数量甚大，较易哭庵尤多。计有《东溪草堂词》二卷、《五十麝斋词赓》三卷、《双红豆馆词赓》一卷、《弄珠词》一卷，又集外词存一卷，总数逾 700 首。第二，樊山授业恩师、目空一世的李慈铭尝云："今世词家，独吾与子珍、云门也。"[2] 子珍是陶方琦（1845—1884）字，为李慈铭同乡而兼高足，词早宗梦窗，尚深涩，后有所变化。[3] 李氏自许极高乃是一贯做派，并不

---

① 柳亚子：《论诗六绝句》。

② 樊增祥：《二家词钞序》，载《樊樊山诗集》，上海古籍出版社 2004 年版，第 1628 页。

③ 陶氏词集最早拟名《金薤词》，未刻，收入《二家词赓》者名《兰当词》。樊增祥《二家词赓跋》云："吾词唯恐人不解，君词唯恐人解。我诚伤于浅，君毋乃伤于深乎？"又曰："君词如青璃瘦蛱烟屿琴蜇之属，皆深染筱骖虹户习气。"

令人意外，连带称道门下士也不必太认真，但从中约略可见樊增祥之足名一家。第三，樊山较王鹏运尚长三岁，本不在课题划定范围，但有关词史词选之著大都对其不甚闻问①，略谈之似非无意义。

樊增祥（1846—1931），字嘉父，号云门，别署樊山，晚号天琴老人，湖北恩施人。父樊燮，历官湖南永州镇总兵，即为举人左宗棠所侮而终遭弹劾罢官者。②增祥少有"神童"之誉，同治六年（1867）中举人，光绪三年（1877）成进士，入翰林院。散馆后出补陕西宜川知县，转授渭南。听讼明决，片言折狱，所为判牍庄谐并茂，敏妙中窍，风靡一时。庚子后官至陕西按察使、江宁布政使等，曾以红梅诗与诗僧敬安并称"红梅布政，白梅和尚"。入民国，先避走海上为寓公，后移北京，为袁世凯政府参政，与袁克文、易顺鼎等文酒过从甚密，老手颓唐以结局。

樊山为近代别树一帜之大诗人，平生以诗为茶饭，几至无日无地不作，据云遗诗多至三万首。其中艳体诗不少，故也与易顺鼎并称"八十美人，六十神童"。其论诗主转益多师、清新通变、清切自然，性灵洒脱处于清人较近袁枚与赵翼。③汪辟疆《近代诗派与地域》曰："樊山胸有智珠，工于隶事，巧于裁对，清新博丽，至老弗衰。迹其所诣，乃在香山、义山、放翁、梅村之间。惟喜摭僻书，旁及稗史，刻画工而性情少，采藻富而真意漓，千章一律，为世诟病，斯又贤智之过也"，是为最平允之论。

与诗歌成就相比，樊山词差距实大。其《五十麝斋词赓叙》云："（余）十六学为词，二十以后始读红友《词律》。岁庚午（1870），与诸迟菊同年订交，迟菊精音律，相与往复讨论，乃知词学阃域。自后从冯师、子珍游，而所学益进，始学苏辛龙洲，继乃专意南唐二主及清

---

① 严迪昌：《近代词钞》自《五十麝斋词赓》选樊山词21首，为经眼词选之最多者。
② 此事晚清文献多能言之。大略云：樊燮以嗜酒误事，巡抚骆秉章将弹劾。时左宗棠佐骆幕，综理军政。樊与左口角，遭左大喝"王八蛋滚出去"等语，后罢官。归召其子曰："一举人如此，武官尚可为耶？汝不发奋得科第，非吾子也。"遂立"王八蛋滚出去"木牌于家，扃数子于读书楼，全身著女衣。中举人，得去外衫。中进士，始得复男装，劈毁木牌。
③ 详见涂小马、陈宇俊《樊樊山诗集前言》。樊山自言少喜随园，长喜瓯北，见陈衍《石遗室诗话》。

204 第一编 古典词史的"花间晚照":清民之际（1900—1920）词坛研究

真白石……五十以后，不名一家，多师为师，取屈曲尽意而止。"这段话不仅自述了学词经历，从中也可看出其取径较宽、不专主某一家数，与诗法有共通处。按说以樊山绝代聪明，又无狭隘门户束缚，填词当有大成。然而细味其词，殊无此感。大约几个词集中，仅《五十麝斋词赓》较为可观，晚年所作集外词偶见佳什而已。这倒令我们想起，其所喜之袁枚与赵翼以诗为一世之雄，而平生于词皆为门外汉①，樊山竟然在这一点上逼似"偶像"，或者又可当"词别是一家"的绝好佐证罢。

首先可看《五十麝斋词赓》开篇的《西江月·题东溪草堂图》"一段不平山色，几株本分桃花。小桥红板逐溪斜。锦带一条虹跨。　梦里江乡鱼稻，眼前杜曲桑麻。清明无客不思家。闲看草堂图画"，风度洒落可喜，"不平""本分"二语亦甚趣饶深意。《喝火令》是言情之什，末尾数句风韵摇曳，不愧出自"樊美人"之手：

　　争及穿帘燕，还输在抱猧。匆匆走马向天涯。无数灞桥垂柳，青眼不如他。　　别路三逢雪，春山几摘茶。马婆衔口那人家。记得清明，记得小窗纱，记得小桃人面、低映小桃花。

《减兰·月下闻雁》当为其短调最具匠心者，在尺幅之间围绕"月""雁"二字做足文章，复沓回旋，是本色慧心之笔。倘不用杜甫诗句点缀，全用白描，或者更佳：

　　流光如箭，月满西楼闻过雁。雁是书邮，月也随伊到陇头。
　　月吾问汝，香雾云鬟无恙否。雁汝来前，红到花中老少年。

樊山之长调也有自己的特色。《金缕曲·观弈》是常题，然而心闲手敏，机锋颇深。其下片云："向来依倚神头势。到而今、星飞雨散，有谁料理。三策都无中上下，不战不降不死。叹秋水、人间何世。芥孔藕丝无避处，且安排、商橘秦桃里。休更说，妇姑事。"樊山集外词中

————————

① 袁枚生平仅有词数首，赵翼则终身不作词。

第四章　群星丽天的清末民初词坛　205

有晚年作《沁园春》一组12首，分别写蚕、萤、蜂、蝶、蝉、蟀、蚓、蛙、蚁、蛛、蝇、蚊，虽掇弄故实，游戏笔墨，其中也有见弦外音的佳作。如《蚁》：

> 汝与杜鹃，与虾与蜂，皆有君臣。看城池台殿，公侯将相；秩然有序，而况于人。国步将移，南柯古郡，坐困檀罗十万军。槐阴午，诧淳于一梦，梦也如真。　　如今卷土休论。效龙蠖、泥蟠屈不伸。且身衣朱紫_{朱蚁紫蚁}，自成封域；队分黑白，力御强邻。环雀珠蛇，不如筏蚁，夺得龙头与报恩。吾方倦，任床前牛哄，熟睡无闻。

词中嬉笑怒骂，皮里阳秋，所指无非是晚清以来的蜩螗局势。诸多“身衣朱紫”“环雀珠蛇”的公侯将相，居然不如小小蚂蚁的血性与忠诚。这话也诚然说得够锋锐的了！其《八声甘州·赋燕台八景》一组词看似循吊古之故辙，其实“怅京师、百年乔木”“纵然春到，也只如秋”[①]的现实忧患感咄咄逼人，为大量无谓之作中罕见的高格。第六首“居庸叠翠”云：

> 蓦回头、立马望神州，雄关锁幽并。指大同宣府，龙沙虎落，缭绕边城。当日烈皇跸路，犹宿豹房兵。马后桃花雪，和泪盈盈。　　谁和填词朱十，要敲寒铁板，吹裂芦笙。与雁门遥对，五里一兜零。倚青天、乱峰如剑，更斜阳、衰草十三陵。兴亡事，沙河戍卒，能说西征。

最后还可读樊山的《忆旧游》，为有感于水云楼主蒋春霖事所作，词有两首，以“专悼鹿翁”的第二首较佳：

> 算人间惟有，艳色清才，自古难修。修到鸳鸯命，怕书生薄福，欢不胜愁。惆怅水云楼事，一梦堕扬州。恰网得西施，水精帘

---

① 《蓟门烟树第七》。

206　第一编　古典词史的"花间晚照"：清民之际（1900—1920）词坛研究

下，暖抱箜篌。　　秋雨相如病，莫白头吟罢，沟水西流。幸不随流水，问琊琊情死，著甚来由。从此青山埋玉，锦树一林秋。赚燕子归来，重帘不卷关盼楼。

本篇词序中云："鹿潭以绝代词人，屈身蹉吏，晚得黄婉君，差以自娱。而积久相猜，勃谿间作，鹿潭竟郁郁以死，婉君亦以身殉，滋可悲已"，一代词才蒋鹿潭的谢幕也是够凄苦的了。《忆旧游》于此深致叹惋情，"怕书生薄福，欢不胜愁""问琊琊情死，著甚来由"等语皆曲尽哀思，不徒有关词史故实而已。

要之，樊樊山亦是清民之际一词家，虽成就远不如与之齐名的易哭庵，也自有值得关注和探索的必要。

五　"绝代江山"杨圻

如果说"中晚唐诗派"又可名"唐宋兼采派"，盖因"北樊南易"也不废宋调的话，那么同为代言人的杨圻则是专意学唐的一个。他曾言之凿凿："宋诗除东坡七言古诗外，概不入目"，故与同光体诸老如陈三立、陈衍等始终不甚亲厚。[①] 与之相连类的，其词学宗法也有别择。他早年学词时即明确声言："其声阆而意远，言富而思清者，惟李后主实为之最。"[②] 其后门径渐宽，但好友何震彝也说他"若清真、梦窗之取径纤仄，遣词堆累，并屏焉不屑"[③]。在清民之际词坛上，如此直截了当菲薄清真、梦窗的除南社柳亚子等实不多见，从此也可看出这位江南公子掉臂独行、不落恒蹊的个性。

杨圻（1875—1941），榜名朝庆，更名鉴莹，又名圻，字云史，号野王，常熟人。其父崇伊曾疏劾文廷式，讦告谭嗣同，为戊戌党人死敌。云史年二十一以诸生录为詹事府主簿，后为户部郎中。光绪二十八年（1902）应顺天乡试，取中第二名，即所谓"南元"，名益鹊起。转官邮传部郎中，出任驻新加坡领事。尝斥巨资购入万亩胶林，种橡胶树

---

① 详见马卫中、潘虹《江山万里楼诗词钞前言》，上海古籍出版社 2003 年版。
② 杨圻：《玉龙词自叙》，《江山万里楼诗词钞》附录，第 689 页。
③ 何震彝：《江山万里楼词钞序》，《江山万里楼诗词钞》附录，第 687 页。

十九万株，愿以商业终老炎洲，卒以经营不善而罢。入民国，流离困顿，不得不起而周旋于陈光远、吴佩孚、张学良诸"强藩"之间①，在吴幕最久，亦最得倚重。抗战爆发后避走香港，曾遣爱姿狄美男千里致书吴佩孚，阻其出任日伪傀儡，为世人称道。临终前又作《攘夷颂》致蒋介石，凡138句，皆集《易林》语而成，为抗战时巨大史诗。旋病卒。②

云史诗名极大。康有为尝以"绝代江山"四字题其诗集扉页，范烟桥《诗坛点将录》以豹子头林冲当之。钱仲联《近百年诗坛点将录》位置为双枪将董平，以为"近代学唐而堂庑最大者，必推杨云史"，又称其"为唐音于宋派泛滥之日，可谓豪杰之士。学唐而才华艳发，不同于明七子之貌袭。《天山曲》洋洋千言，为长庆体第一首长篇，即论藻采，亦已突过《秦妇吟》矣"③。即便与之道不同的石遗老人，在《诗话续编》中也不得不称为"力震唐音"的"当代名诗人"，选其佳句甚夥。

与诗相比，云史词名亦不甚弱。光绪二十五年（1899），云史刊刻《玉龙词》，又名《风篁馆小令》。晚刊《江山万里楼诗钞》，后附词四卷。曰《回首》《楼下》者，少年之作；曰《海山》《望帝》者，壮年之作，凡二百二十余篇。加集外词七十余，总计可得近三百首，极得时贤之好评。④ 张百熙称其《楼下词》"清空流丽，风调隽永，方诸三李，存神化迹，是能入而出者"，仅指其前期风格而已。民国十三年（1924），康有为以老师身份为《词钞》撰序⑤，其语较详，也能抉中云

---

① 陈光远为江西督军，杨圻曾以联语中用刘表典故为陈氏误解，遂辞归。见钱基博《现代中国文学史》。

② 杨圻事迹以陈赣一《家传》、李猷《传》、钱基博《现代中国文学史》记述最详。

③ 钱仲联：《论近代诗四十家》。

④ 民国十五年（1926）中华书局版《江山万里楼诗钞》书眉上有孙雄、费树蔚、曾朴、易顺鼎、张百熙、范当世、杨士骧、王树楠、阮忠枢、李小溪、何震彝、康有为、李经羲等人批注，但未标明何条出自何人。马卫中整理本统曰"集评"，自此可见时人对云史词之观感。又，今人对云史词也渐多注意。姚达兑编注《现代十家词精萃》（花城出版社2011年版）即选为一家，与陈洵、王国维、吕碧城、沈祖棻、夏承焘等并列。

⑤ 云史父崇伊为戊戌党人死敌，云史则于康有为深致敬仰。民国十三年（1924），云史始见康，虽君热忱而心有余悸，康云："此往事耳，政见各行其是，何足介意？况君忠义士，何忍失之？愿与君订交"，并评价云史"国士也。其诗海内一人，我与爱之，至敬之，是有缘焉"，从此以门生视之。见杨圻《送南海先生序》，转引自《江山万里楼诗词钞前言》。

史词心："（云史）生世于京师华腴之地，游宦乎南溟诡异之俗，遭遘国难，朝市变迁，感激既多，郁而为词，盖与李中后主之身世亦近焉。其旨远而微，其情深而文，其声逸而哀，回肠荡气，感入顽艳，清词丽句，自成馨逸。"

云史词从题材角度最可注意者为两种：一是"情深而文"的悼亡词。云史年十八娶李鸿章孙女、经方长女国香为妻。国香字道清，亦擅文翰，有《饮露词》附云史集而传。光绪二十六年（1900），国香病逝。云史对景思人，当年即有十二首词悼亡，极哀感之甚。其后迎娶徐檀字霞客者，夫妇相得之余，亦对道清迄未去怀，时见追思。今词集中可较明确踪迹为悼亡者不下三十首，纯从数量论已经不少，而销魂之致亦足称纳兰容若后一人。

如悼亡之首篇、道清殁后三十六日所作《眼儿媚》：

> 日暖风和百草生，何处不伤情。前朝上巳，昨宵寒食，今日清明。　　断肠往事何堪说，回首百无凭。斜阳无影，落花无力，飞絮无声。

词尽是眼前语，未假雕琢。上片"前朝""昨宵""今日"字样已经在时序的推移间呈现出度日如年心境，下片连缀四个"无"字更是营造出灰寂空荡的心灵世界，极为沉痛。《醉太平》一首被称为"天然绝唱，一字易不得"[①]，凄凉感更深：

> 欢成恨成，钟情薄情。算来都是飘零，真不分不明。　　酒醒梦醒，风声雨声。一更听到三更，又四更五更。

"天然"自不是有意寻求的，那是因为内心澎湃的哀痛令人不肯也无暇雕琢语句。"一更听到三更，又四更五更"，这样真挚的句子是全从胸臆流出的，即便与后主、纳兰相比也绝无不及。天然真挚还体现在对诸多夫妻间特定场景的回忆，正是那些细节的碎片将悼念对象凝定成

---

① 本篇"集评"。

不可移易的"这一个"。如《浣溪沙》:"就卧胸前消怒意,强拉手背拭啼痕。分明记得那黄昏。"《临江仙》:"记得前年秋后别,今年又是秋残。别时容易见时难。如今思想,还是别时难。"《画堂春》:"算来一语最心惊,今生同死同生。八年说了万千声,一一应承。 一一都成辜负,教侬若可为情。人间天上未分明,幽恨难平。"记得,记得,记得……凭借几乎无休止的回忆,词人把往事打磨成了无数晶莹的珍珠,也把那颗"哀恸追怀、无尽依恋的心活泼泼地吐露到了纸上"[1]。

至光绪己酉年(1909),上距道清之逝已经十载,词人的追忆依旧那样炽烈赤淳,试读《八声甘州》:

> 一回头、往事总悠悠,闲来费追求。算眼穿肠断,花开花落,十度春休。故国春寒万里,昨夜五更头。闲杀流莺外,雨榭风楼。
> 旧日潘郎踪迹,问人间消息,依旧飘流。只年年寒食,海上寄遥愁。正伤心、单衣试酒,看铜街、歌舞不知愁。家何在,怕听归去,又怕淹留。

如此"深情绝世,哀曲感人"的词[2]居然还没有为杨云史的悼亡作画上句号。至民国十四年(1925),徐檀病逝,今传《云史悼亡五种》中留下了二十五首追思徐夫人的词作。五十之年,再赋悼亡,那种身世沧桑感比之青年时代当然要浓郁得多了。《浣溪沙》组词小序可谓是这种复杂苍凉心境的写照:"小园牡丹有白绿绛紫四种,皆移自洛阳,为霞客夫人所手植。今春还家,值谷雨花盛,方欲为种花人作十日哭,又以避祸仓皇徙海上,对花惜别,肠寸寸断矣。"其第二、第四首云:

> 玄鬓红妆两惘然,重来门巷草芊绵。词人老去若为怜。 亭北繁华亡国恨,江南时节送春天。独无人处怨流年。

---

① 严迪昌:《清词史》论纳兰悼亡词语,该书第306页。
② 本篇"集评"。附按:本篇"海上寄遥愁"与"歌舞不知愁"连押同一韵字,是填词大忌,未知云史不审抑或手民误植之故,以词总体佳,识之存疑。

万紫千红深闭门，谁家弦管赏良辰。自怜迟暮最伤神。　入骨相思回首事，销魂天气断肠人。一生哀乐不禁春。

词人老去，自伤迟暮，再加身际乱世，仓皇避祸，短短的小词中真是包涵了太多一言难尽的过往与现实，难怪云史在随后所作的一组十四首《浣溪沙》小序中喟然长叹："烟花日暮，伤如之何，宇宙间一恨薮耳！"这一组词自昔年"就婚扬州"的"良辰美眷扫花游"写起①，"花里双飞二十年"②，无限事斑斑点点，确乎令人读之黯然。第十首云："草满湘江去踏青，采茶烧笋过清明。前年踪迹已前生。为吊红颜同溅泪，今番清泪为君倾。可怜黄土太无情！"黄土无情，而这位多情词人是足以在悼亡词史——乃至大词史——上踩下属于自己的独特印痕的。

云史另一类值得史家关注的是作于出使新加坡六年间的"南溟词"，其中最享盛誉的是《南乡子》二十三首。词序云："五代李珣有南乡子数阕，纪炎方风景，其词甚美。余居南溟久，乐之，为填二十三阕，以继其声。"录其二、十、十六数首，以觇其概：

残照下，倚楼看，珍珠帘子玉栏干。寂寂水榕花落尽，香成阵，红雪晚来深一寸。

跳舞夜，尽狂欢，吹笳击鼓万人看。众里相逢无计隐，裘笼冷，月上长桥人散尽。

垂钓女，醉如泥，观潮看月坐长堤。草际暗闻钗钿响，人三两，月午潮来鱼满网。

南溟词中的海外风物当然是新鲜的，可也不仅奇行异俗那么简单。

---

①　组词第一首句。
②　组词第十四首句。

炎方的"花光鸟韵"难道不是反照了故国的"山寒水寂"?① "集评"之"令人缅思桃源"语已隐隐指出此节,而云史《破阵子·冰簟银床》小序云,"辛亥回国,避乱淞北,人事变迁,除夕忆星洲风景,颇念异乡之乐",这层心思更是昭然若揭。数月前在星洲准备回国时,望中秋之月,"愀然生故国之思",词人有《水调歌头》之作,"清狂"的态度背后其实是"病骨觉新寒"的幽凄:

> 明月飞天水,苍莽海云间。长风吹送秋思,绝域夜如年。一片山河旧影,清簟疏帘深照,病骨觉新寒。故国七千里,肠断画楼前。 叹清狂,吹玉笛,总堪怜。海天深处,今夕何夕念家山。旧日清光犹在,多少云房水殿,惊起不成眠。一夜人随月,扶梦上长安。

身在异域,酷念家山,而"家山"又是如此纷乱荒莽,不足聊生。那一代才人不得不面对的世界正是这样荒悖错杂的!云史《词钞自叙》有云:"海内君子誉我者曰:近年诗如工部,词如后主。嗟乎!是岂我所乐闻者哉?"论者或将其作为不自限于后主的证据,其实此语并非文学观的表达,那是对太平繁华岁月的期冀向往而已!论才论心论情,这位峭立词坛主潮之外的杨云史是足以和易哭庵上下征逐的。

第二节　清民之际词坛的地域观照（上）：江苏、浙江、福建词坛

本书绪论部分曾说,在二十世纪词史历程上,地域、家族、流派/群体等"中观"视角已整体上走向消沉淡散,故举词社作为观察这段词史的重要横截面。但是一来,消沉不意味着消失,这些视角依旧存在且仍成为整合某些词史现象的有益手段;二来在清末民初,由于传统地域、家族文化还未遭到整体性致命破坏,其凭借乡先贤、师友、家族姻

---

① 分别出自其《南乡子》之八与《好事近·樵夫二首》之一。

212 第一编 古典词史的"花间晚照":清民之际(1900—1920)词坛研究

亲关系等维系文化传承交流的功能也还较为强劲。因而,本节试图从地域角度概观有关词坛人物、现象,既补充上文之所不及,更可见"群星丽天,江河行地"之风景。

一 以"性灵"为主的江苏词人群

谈江苏词人群,成就最高、影响最大者莫过于冒广生。冒氏成名甚早,但享高寿,迟至中华人民共和国时期方去世,故置于后文与夏敬观、林鹍翔、龙榆生等"彊村友生"并论。此处自上节杨圻先接谈几位江苏词坛"小名家"黄文琛、周应昌、高翀、钱振锽、周曾锦。自如林的江苏词人中首先推出这几位,自然不仅因为他们可与杨云史籍贯相联;更重要的是,其词多用白话,纯以"性灵"之意行之,亦应划入易顺鼎为渠帅的"才子词"群落。兹以年齿先后一一简述之。

黄文琛(1856—1928后),字贡廷,号云门,江宁(今南京)人。光绪十九年(1893)恩科举人,著有《疏篁待月处词草》二卷。朱祖谋评价其词"寓情缠绵,择语清丽"[①],是不痛不痒的客气话,也未说中要害。其实文琛词好处在于清浅明快,即便写愁情也极爽朗。如《浪淘沙》:"云影暗纱窗,梅雨淋浪。困人天气助凄凉。怕到黄昏愁不寐,偏又昏黄。 往事莫思量,几断柔肠。闭门独坐泪盈眶。炼石补天难补恨,恨比天长。"再如《柳梢青》:"怕是春来,春寒春暖,都费安排。飞电光阴,飞蓬身世,飞絮情怀。 凄凉各自天涯,回首处、平生愿乖。蝶梦休痴,莺簧休鼓,燕侣休猜。"看似毫不费力,其实"黄昏""昏黄"的倒置,"恨"与"天"的较量以及"春""飞"二字的犯复都是有意为之,很见慧心的。

文琛之凄凉感大抵来自身世之萧条,其行迹虽不甚清晰,但从晚年《沁园春》二首小序中"幼遭离乱,老感沧桑,行年七十,没没无闻"等语还是能窥见落拓潦倒之心绪。[②] 其词也佳,可当小传,读第二首:

---

① 见其词集附录,转引自严迪昌《近代词钞》,第1721页。
② 晚清另有一黄文琛(?—1882),字海华,晚号瓮叟,汉阳人,以道光乙酉举人历官永州知府,有《思诒堂诗集》,文献多误为一人。

一片青毡，困我半生，可怜可嗤。忆干时挟策，登龙愿阻；飞章草檄，倚马才微。月夕花晨，诗坛酒社，赢得天涯鸿爪遗。难忘处，是及门云散，同辈星稀。　　浮生大抵如斯，叹老大、头颅悟已迟。只不求闻达，渔樵为侣；同甘淡泊，梅鹤安栖。一掬清泉，数间老屋，却病延龄容可期。从今后，任循环消长，时局如棋。

周应昌（1864—1929），字啸溪，号霞栖，东台人。光绪二十四年（1898）进士，历官河南扶沟、洧川县令，升用知府。有《霞栖词钞》二卷、《续钞》一卷、《三钞》一卷，凡二百五十余首。其友陈祺寿序其词，称其于蒋春霖氏"字摹句拟，亦既有年，恨不亲见其人，仅自称私淑"①，然应昌风格殊不类蒋氏，"恨不"云云，实乃引流寓故乡之先贤为自豪而已。"字摹句拟"云云，未免失真。试读其《鹧鸪天·朱竹垞词云"老去填词，一半是空中传恨"，故拙作初名"传恨集"，曾自题此解》："老不工词强学填，一腔幽恨为谁传。浇残磊块非关酒，信口狂歌便是仙。　　空里色，梦中缘，漫将怪事问苍天。铜琶铁板无腔调，将谓偷闲学少年"，再读《生查子·题卖菊叟画扇为汴友作》："不卖李唐花，此老原非俗。却怪傲霜姿，枉被金钱辱。　　我是爱莲人，兼爱渊明菊。何处访先生，挑向深山麓"，前者将满腔怪话蕴于疏爽清狂，后者寸铁杀人于不动声色间，显然皆非水云楼路数。

诙谐讽刺味浓足乃是周氏词一大特色，后世所谓"杂文味"也者，在其集中处处可见。《钗头凤》就很"动声色"，嘲人而兼自嘲，有匕首投枪之意：

文星让，官星旺，登场袍笏新模样。生兼丑，鹰兼狗，鸣爆声三，敲锣声九，丑、丑、丑。　　空装幌，偏强项，书生依旧寒酸相。眉儿皱，颜儿忸，折我腰支，博他升斗，走、走、走。

"鸣爆声三，敲锣声九"为彼时河南州县仪节，早已不存，而"文星让，官星旺""生兼丑，鹰兼狗"的"登场袍笏"何尝真的退出过？

---

① 转引自严迪昌《近代词钞》，第 1905 页。

再看《菩萨蛮·戊辰正月五日闻爆竹声戏作三首》之二：

家家争祝财神嘏，牲牢酒醴迎神驾。神醉乐无央，今朝酬应忙。　普天同庆日，世界偏穷极。财政现公开，非关推托来。

这组词其一说：“人人伸手要，惹得财神笑。不是笑他呆，笑予忙不来”，可见“拜金潮”亦自昔有之，人性、人类社会的某些现象真是变动很少的。那种动辄自以为“开辟新纪元”者不妨多看看历史这面镜子，庶几可稍敛骄妄之气也。

东台是一块僻处东海之滨的荒寒之地，除非专题研讨中国盐务史，这块土地被世人遗忘已久，然前有吴嘉纪，后有蒋春霖，在清代诗词史上是写下过独异一笔的。这位出自东台画坛世家的啸溪先生也理当有自己的位置。①

高翀（1865—约1918），字太痴，晚号清逸道人，长洲（今苏州）人，光绪诸生，曾被荐经济特科而不赴，故人颇以“征君”称之。久居上海，主《沪报》《苏报》撰席，称名记者。民国初元，于海上组“希社”，自任祭酒。著有《百盆花斋词剩》《希社题襟词初集》，存词近五百首，为彼时创作数量较大的一家。严迪昌师对其人其词有如下评价：“高翀处清末民初新旧交替之时，既有遗少气，又具新埠文人之‘文明’味，殆王韬之后、周瘦鹃辈之前中介过渡人物。其时评及诗文于当时饮誉一方，不乏新潮之识，亦多洋场应酬文字。② 以才子气挥洒词藻，尤见当行，然亦不乏真性情之著。”③ “真性情”与“才子气”二语恰可把握高氏特质。正唯其“真性情”，故填词甚脱略，举凡新词白话俗语，皆信手拈来，为我所用；而“才子气”又令其词讲究磋磨，严守矩矱，所谓“当行”是也。

兼有“真性情”与“才子气”的代表作可举出其《沁园春·甲申

① 周氏为东台世家，应昌父丕烈（小堂）、兄应谷（子嘉）并以画名，应昌亦善画，集中有《浣溪沙·绘螳螂偶题》《调笑令·为鲍贞甫画扇》等可证。

② 如集中有《洞仙歌》为犹太巨商哈同及夫人双寿而赋者，可见《近代词钞》，第1928页。

③ 《近代词钞·高翀小传》，第1915页。

第四章 群星丽天的清末民初词坛 215

春日感怀》：

> 何见而来，何闻而去，言之感叹。算欲别朱门，徒余傲气；不成齐赘，空负良缘。使酒疏狂，拂衣坚决，六七年间梦一般。休如我，只唐衢有泪，吴质无欢。 自怜一著才扳，早已把、棋兵折满盘。奈薄俗相遭，凄凉宝剑；华年坐误，冷落儒冠。屈抑纷来，羁孤递进，未免心灰胆亦寒。从今后，尽东西劳燕，莫再牵缠。

甲申年（1884）作者才虚龄二十，少年而自伤身世，未免有"强说愁"之感，然"自怜一著才扳，早已把、棋兵折满盘"之沉痛生新，仍能警人耳目。刘承干作序称其"合哀艳壮浪真挚三者而自成一家"[1]，此篇已见端倪。高氏词罕有泛泛题目，史料价值颇大。如《满江红》（独奋乾纲）写戊戌政变，《定风波》（帝座櫈枪）写庚子年上海制造局火药爆炸事，《感皇恩》写被征经济特科事，《卜算子》嘲同被征特科之连孟清、李伯元，皆可补正史之不足，值得治晚清史者关注。

钱振锽（1875—1944），字梦鲸，号谪星，后号名山，晚年自署海上羞客，阳湖（今常州）人。光绪二十九年（1903）成进士，任职刑部。其时新例，新进士须入进士馆学习三年。名山馆中见西洋教习登坛宣讲，群进士笔记其语，以为无耻。归书其壁曰：生若入进士馆，死不上先人茔[2]，其迂执如此。宣统元年（1909）弃官还乡，清亡后不剃发，言必称先朝[3]，唯以教书、著书为务，讲学"寄园"垂二十年，造就人才甚夥，而以唐玉虬、谢玉岑最为杰出。著有《名山集》，内有《谪星词》《名山词》《海上词》三种百余首。

振锽《论诗》云："谢家池草生春日，释氏桃花悟道时。人力到时天趣出，不须说与少年知"；《金缕曲·戏题墨竹》云："我岂有、胸中成竹，自矜宗派。只是天机随处发，无复四旁上下。确也是、名山心画"；《忆江南》又云："桃源住，古调莫轻弹。饮食从来知味少，神仙

---

① 转引自曹辛华《民国词社考论》"希社"条注释8。
② 钱仲联：《梦苕庵诗话》，《民国诗话丛编》第六册，第282页。
③ 沈其光：《瓶粟斋诗话》初编卷三，《民国诗话丛编》第五册，第524页。

216　第一编　古典词史的"花间晚照"：清民之际（1900—1920）词坛研究

常苦度人难。诗稿自家看"，以袁枚式的通达真挚口吻论诗画，亦旁通论词之旨。①施议对《当代词综·小传》说他主南唐北宋，不喜二窗及常州词派，"崇尚自然，讲究天籁，反对过于拘泥格律，不赞成'填词'一说"。夏承焘作《水龙吟》，煞拍作"湖山信美，莫告诉梅花，人间何世"，为求合律，夏曾改"人间何世"为"甚人间事"，钱名山致书极表反对，有痛快之论云："天下上乘文字，未有不合于音律者，吾辈自得之。'人间何世'句法浑成，必无不合律之理。彼谈律者于天籁人籁都无所见，但依古人成作之平上去入呆呆填砌，以为合律，岂是通人？譬之'关关雎鸠'，岂非四字皆平？'窈窕淑女'，岂非四字皆仄……我辈但忧文字不逮古人，无忧其不合律者也。先辈好谈词律者，何曾有一首好词，且又未必能唱。只将古人失传之律，以文其佶屈聱牙耳。阁下天生豪杰，勿为所愚。"②此段话最可见强烈的"性灵"祈向。其词以小令为佳，《减兰》一首应为晚年作：

> 满栽篱菊，准备秋来看晚节。不种春葩，顷刻风光顷刻花。
> 一园清景，独自坐来还自咏。最爱昏黄，万绿前头看夕阳。

钱名山晚年鬻书画捐资以助抗战，气节刚凛，为世人推重。本篇写小园清景，然而"晚节""顷刻"等"微言"皆透出"大义"，可谓举重若轻，言外意极耐寻思。另一首《减兰》"天涯佳境，个个村庄皆画景。疑是仙家，没数红桃没数花。　　一般情韵，山要远看花要近。春水无涯，更爱波纹似碧纱"，虽无多寄托，信笔写来，白描入神，"没数"一句实他人工笔千百亦难到者。

周曾锦（1883—1921），曾锦字晋琦，号卧庐，南通人，光绪三十二年（1906）优贡生，工弈，精篆刻。著有《藏天室诗》《香草词》。另有《卧庐词话》，虽"漫无统绪，盖随手而记也"③，又仅二十则，亦足觇其词学观念。如曰："《白石道人诗说》有云：'雕琢伤气。'予谓

---

①　沈其光记名山与其论诗书云："弟生平爱太白、乐天，于明喜袁中郎，于国朝喜随园。"《瓶粟斋诗话》初编卷三，《民国诗话丛编》第五册，第522页。

②　沈迦：《夏承焘致谢玉岑手札笺释》，国家图书馆出版社2011年版，第71—72页。

③　谭新红：《清词话考述》，武汉大学出版社2009年版，第205页。

非第说诗而已，惟词亦然。梦窗诸公，恐正不免此"，又曰："平心论之，梦窗雕琢太过，致多晦涩，实是一病，固不必曲为之讳也。"对柳永也有批评："柳耆卿词，大率前遍铺叙景物，或写羁旅行役，后遍则追忆旧欢，伤离惜别，几于千篇一律，绝少变换，不能自脱窠臼。词格之卑，正不徒杂以鄙俚已也。"凡此皆可见能自持识地，不为时风所囿。他言词推崇真挚白描，《词话》所收自魏际瑞以迄同邑同时作品大抵"不衫不履，颇有俊快之笔"。"黄畔南词"一条更明言："诗中有真挚一境，填词所无也。如皋黄畔南词，虽不为上乘，而其真挚处，固自可取。"以下举其《百字令》二首后评云："此种虽非词家所尚，然正如龙眠人物，以白描见长，要非批风抹月者所能办"，不仅通脱，亦甚犀利。

与之相称的，其自作词也"一反艰涩体格，自在流转，语辞浅易而多味，情趣盎然"①。如《山渐青》："莺丁宁，燕丁宁，分付春光且莫行。春光去不停。　花飘零，絮飘零，欲向东风说个情。东风无耳听。"另如《水龙吟》，写神仙之虚妄，表荣辱不惊之心境，笔致轻快透亮而不乏余味：

> 世间那有神仙，世间那有长生草。世间那有，金丹玉液，服之不老。笑煞当年，秦皇汉武，痴肠愚脑。被两三方士，万千诳语，欺惑得，颠还倒。　三百童男童女，更远寻、十洲三岛。十洲三岛，原来都是，虚无缥缈。我道神仙，非灵非异，亦非奇妙。但无荣无辱，一歌一曲，即神仙了。

读之可领会严迪昌师所说："自清末民初渐兴之语体改良过程中，周曾锦现象颇值关注，其与白话诗词之接轨，似不可忽视者。"② 自如此"小家"看出偌大题目，真是巨眼。

《香草词》佳作颇多，并不止闲适轻巧一品。还可读一首激扬感愤的《水调歌头》，用以概见其余：

---

① 《近代词钞·周曾锦小传》，第 2026 页。
② 《近代词钞·周曾锦小传》，第 2026 页。

唾壶忽敲缺,长剑划天青。胡姬三五年纪,酌我碧螺觥。醉把山川形势,以及古今成败,说与美人听。虎豹富韬略,十万腹中兵。　　好男儿,须杀贼,立功名。神州莽莽无主,卧榻起鼾声。放下珊瑚七尺,携取宝刀一柄,入海斩飞鲸。红烛悄无语,闪闪照金屏。

以上五位性灵词人之外,此期江苏词群还应略谈蒋玉棱、汪曾武与张鸿、孙景贤。蒋玉棱(1848—1907),字公颇,号小水云词人、冰红词人,江阴人。蒋春霖从子,以榷税官云南甚久。光绪二十年(1894)、二十一年间曾远历缅甸及南洋诸岛,足迹万里。有《冰红集》,内含《青春鹦鹉词》《汉上题襟词》《梁州雅词》《屑玉词》《镂尘词》五种,数量颇丰。世多以为玉棱词与水云楼"骖靳"①,叶恭绰《题识》则称二者"词不同源,水云力厚思沉,有如老杜。冰红则类昌谷、方城,盖取径不同,故成就各别"②,是为知言。玉棱词得江山之助,写海外滇边风物心绪者如《蕃女怨·新加坡观西乐……》《凄凉犯·乙未秋,御腾越榷务……》《三部乐·怀黄笛楼太守腾越》等皆颇见新意。《鹧鸪天·甲辰雄楚楼春望》在荒凉景色中传递出心境之峻峭,上片尤近李贺诗意:

萝石阴阴古刺捎,桃鬟簇簇宝簪翘。鹦边冷语猜红豆,燕外春痕限翠巢。　　今古事,往来潮,年年云物眼中消。生憎陶令门前柳,不为东风也折腰。

《木兰花·甲辰腊月二十日大雪醉中作》与《适园即景有作》笔致更为奇崛刻露,不无与乃叔相近者而别有自家骨力,艺术个性极为鲜明,因而值得一读:

春愁莽荡镕心铁,刺眼风光殊鹘突。混茫天意剧难知,昨日轻

---

① 缪荃孙评语,引自严迪昌《近代词钞》,第1695页。
② 转引自严迪昌《近代词钞》,第1695页。

雷今日雪。　　槎枒松老空撑鬣，臃肿梅蜷疑没骨。酒醒香烬却开门，换了疏星零碎月。

楼台出没层阴里，寒重湿云飞不起。东风日暮剪缃英，羽客隔烟呼凤子。　　弯弯虹脚欹如坠，蹙蹙山眉慵以睡。小桥行过寂无人，满地绿芜挽碎雨。

汪曾武（1866—1956）①，字仲虎，号趣园，晚号鹈庵，太仓人。光绪二十年（1894）举人，次年赴京会试参与"公车上书"。光绪二十九年（1903）后辗转巡警部、民政部、内阁法制院等任上。民国建立后曾任内务部佥事、平政院书记官等，有能吏称。晚年"落水"为汪伪江苏省秘书长，1951年受聘为中央文史研究馆馆员。著有《历代泉币考略》等，有《鹈庵词》（一名《趣园味莼词》）六卷。

汪曾武为文廷式表弟，曾为芸阁撰《事略》载于《词学季刊》，并与王鹏运、况周颐、沈曾植、吴昌绶、曹元忠、邵瑞彭、郭则沄等交往密切。曹元忠序其词曰："澡思灵襟，神味隽永，谢康乐所谓'初日出芙蓉，天然去雕饰'者②，庶几近之"，稍嫌肤廓。文廷式、郭则沄认为其"小令尤工"③，是。其集中最可珍视者为两组五十四首《菩萨蛮》记庚子"西狩"事者，虽也多"比兴寄托"如《庚子秋词》一路，但笔力颇健，能补证史事之不及。如《庚子纪事》中这一首：

延秋尘起愁千斛，黄台瓜蔓伤心局。远戍唱凉州，迢迢花萼楼。　　彩毫裁凤藻，感涕兴元诏。闷坐独沉吟，难争岁币金。

词全自西太后角度写起，"黄台"句以武则天比拟处死珍妃事，已不乏锋芒。而煞拍"闷坐"二句上承"兴元诏"之"感涕"，讽刺意尤明显，虽不及汪元量"臣妾签名谢道清"名句之犀利，而胆识笔力已

————————

①　汪曾武生年《二十世纪中华词选》作1864年，《近现代人物名号大辞典》作1871年。据《味莼词》已稿《采桑子》副题"戊寅七十三初度述怀"，则生于同治五年（1866）。

②　此记忆之误，汤惠休称谢诗"如出水芙蓉"。

③　《趣园味莼词》，民国铅印本。

极难得。甲辰续成二十四首中也有佳作："记从天仗仙班拥，椒房独冠承恩宠。占尽十分春，依稀杨太真。　　琴丝悲忽断，梦冷关山远。心事数从头，卌年如水流。"与上篇相比，这一首婉约敦厚许多，然而"卌年""关山"之时空变易仍令人惊悚，引人寻味，可谓绵里藏针之佳品。

张鸿（1867—1941），字隐南，别署蛮公、燕谷老人，常熟人。光绪十五年（1889）举人，光绪三十年（1904）进士，官至记名御史，出任驻日本长及朝鲜领事。民国五年（1916）归里，兴办教育以终。著有《蛮巢诗词稿》，内含《蛮巢词稿》《怀琼词》各一卷，凡九十余篇。暮年又因曾朴之托，撰成小说《续孽海花》。张鸿以宗西昆体著名，词尚梦窗，虽能不过涩，但无多警策。① 其同乡弟子、就读日本明治大学法律课、归国供职外交部的孙景贤（1880—1919）被钱仲联《近百年词坛点将录》推为"地轴星轰天雷"，并视为蛮巢"座下一马"，有"马驹何难踏杀天下"之好评。此或为乡谊起见，实则景贤词亦难称精彩，略如其师。

二　刘毓盘、俞陛云等浙中词人群

以地域关联，江苏词人群后理当接谈浙中。唯自清初"浙为词薮"之著名判断后②，"浙西六家"、厉鹗等谢幕也久，晚近以来浙中词坛已呈总体衰微态势。朱祖谋虽浙产，而或称"桂派"，或称"彊村派"，无言"浙派"殿军者，其中消息甚明。下迨清民之际，则刘毓盘、邵瑞彭、林鹍翔、陈训正、徐珂、俞陛云、冯开、马叙伦、沈尹默等卓然峭立，撑拄江山不坠，至夏承焘一辈人登坛树帜，浙中词苑再一波流风振起，为二十世纪词坛增一异彩。出于关联性疏密的考虑，邵瑞彭、林鹍翔、徐珂、沈尹默、马叙伦数子将别见其他章节，此处仅简谈刘毓盘、俞陛云、金兆藩、冯开、陈训正几位。

刘毓盘（1867—1928）③，字子庚，号椒禽，江山人，名词人刘履

---

① 参见严迪昌《近代词钞·张鸿小传》，第 1944 页。

② 蒋景祁：《瑶华集序》。

③ 刘氏卒年多有作 1927 年者，当以其弟子查猛济所述为准，见《刘子庚先生的词学》，《词学季刊》一卷三号。

芬子。光绪二十三年（1897）拔贡，授陕西泾阳知县。①辛亥革命后，与朱自清、俞平伯、陈望道等同任教浙江第一师范。1919 年受聘任教北大，主讲词史、词曲学等课。1922 年编定《词史》一书，共十一章九万余字，综述千年词之演变梗概，与鲁迅《中国小说史略》、黄侃《文心雕龙札记》、刘师培《中国古文学史》同为彼时古典文学研究之权威著作。自作词名《濯绛宧词》，一名《噉椒词》，宣统刻本六十八首，晚年自订本增补十一首，数量亦不算多。②

严迪昌师合论刘氏词学与词创作云："（刘氏）旨在力破宗派门户，于律求严而去粗疏，于意追深沉而戒其浅，虽所论仍不免偏颇，所作亦格局未宏恢，然原其初衷则志在纠偏时风，祛去奥涩，是诚有其可贵处。"③其中"所论偏颇"者大抵指《词史》中"论清人词至嘉道而复盛"一章。说"格局未宏恢"则不妨碍对其词"幽艳而不奥涩，情哀辞捷，多奇创恻怛之句"的高度评价，《近代词钞》选入其词三十首即是明证，那么自可从此着手分析。

兼有"情哀""奇创"特质者首先可看《百字令·人命朝露，世情秋云，忧从中来，长歌当哭》一首：

　　　　四条弦子，借琵琶划尽、山衿河带。偌大乾坤愁打叠，茵涸收场同嘅。债帅招要，赀郎跌宕，绯紫恩施太。墦间残酒，醉人游戏三昧。　　　谁念翠袖天寒，青衫日暮，路有揶揄鬼。学得卑田蒿里曲，巾帼英雄安在。博簺挥金，梳枕倚玉，愿作司香尉。纤阿休笑，月阶长伴花睡。

"人命朝露，世情秋云""偌大乾坤愁打叠，茵涸收场同嘅"，诚然是刻骨的哀痛。光绪五年（1879），子庚仅十三岁，父履芬在代理嘉定

---

　　① 泾阳，文献多作"云阳"，实则云阳是泾阳旧称，清代无云阳县。此蒙李保阳先生提点，致谢。
　　② 林辰：《文海片鳞·刘毓盘和他的濯绛宧词》，《鲁迅研究动态》1987 年第 8 期。刘氏词初刻本多有记作光绪二十七年（1901）者，是以卷首彭世襄序为依据，实则扉页吴昌硕题字作"己酉六月"，则最早刊于宣统元年，林辰所说是。
　　③ 《近代词钞》，第 1948 页。

222　第一编　古典词史的"花间晚照"：清民之际（1900—1920）词坛研究

知县任上剪喉自尽，加之"行年四十，三遣悲怀"①，自也为其创作涂上哀怨的底色。然而词中"山衿河带""债帅""赀郎""墦间""揶揄鬼""博簺""纤阿"等等，语致陆峭，奇创之辞纷至沓来，具见心境与才情。"奇创"擅场而能自"情哀"拔身而出的是《水调歌头·泉唐晓发寄怀蓟辽及故邑友人》：

> 咫尺斗牛府，清浅阻灵槎。黄金铸出酸泪，刳骨洗愁魔。旧誓江南江北，新忆天南天北，归梦瘴云遮。吹剑弄秋色，姚海掣银蛇。　　我欲仿，鸱夷子，挈吴娃。明珠散作红豆，种草不成花。堤柳牵人同住，社燕邀人同去，去住两参差。呼起一轮月，飞影扫龙沙。

可谓剑气纵横，百怪变幻，不肯作一犹人语，大有"李长吉风调"②，而也不乏自稼轩以迄文廷式一派的奇放奔腾。其《金缕曲·题吴瞿庵梅茂才风洞山传奇谱瞿忠宣事》《水龙吟·潼关道中》《摸鱼子·题沈子修文熙参军红灯说剑图》《高阳台·钱念劬恂观察招集秦淮歌舫即席赋别》等或"哀"或"奇"，也是佳作。与中长调相比，子庚小令微逊，但也不少警策，如《浪淘沙又一体》：

> 翠钿二等，珠帘一桁，金泥欢塞胭脂井。到如今、耐了衣冷酒冷香冷。　　残芙自惜衰红影，鹤愁猿病。砧声入梦凄弦应，更无人、唤得花醒月醒秋醒。

词前小序云："朱颖劈景行司马见示近词，有'总模糊，恐唤酒醒愁醒梦醒'之句，伤心人同此怀抱也"，大约还是悼亡之作。上下片两结句回肠荡气，极凄美孤寂之至。《嚼椒词》的奇创恻怛风调自有其父祖辈"家学"之默化酵化③，而这位"近世词界过渡型耆宿"最终还是

――――――――
① 《哨遍》词序。
② 严迪昌：《近代词钞·刘毓盘小传》，第 1948 页。
③ 刘履芬去世时，子庚年纪尚幼，但已从父学词，其叔观藻亦能词。可详参陈水云《浙江江山刘氏与清末民初词学》，《浙江大学学报》2012 年第 7 期。

自"家学"以及谭献、潘钟瑞等"师说"中脱化熔铸、自成一家的。①

亦善说词而创作别有洞天的是俞陛云。陛云（1868—1950），字阶青，别号斐盦、乐静，德清人，与祖俞樾、子俞平伯同构成近代中国著名的文化世家之一。陛云光绪二十四年（1898）一甲三名进士及第，授编修，曾任四川乡试副主考，翌年会试，四川中式之十四人中有十人为陛云典试所得，一时传为佳话，曲园老人亦有诗记之。② 辛亥后任浙江省图书馆监督，入清史馆多年，此后寓居北京至去世。著有《诗境浅说》《唐五代两宋词选释》，解说至精，为世推重。自作词名《乐静》，初编、续编各一卷。夏敬观说陛云词"清空颇有家法"，陈声聪称其"柔曼婉贴，吉祥止止，无一毫轻薄怨苦语"，钱仲联则从"浙派"着眼，说"《乐静词》安雅俊爽，犹有朱厉遗轨"③，都道中了其主导风貌。如《鹧鸪天》：

> 淰淰柔波拍舵鸣，小诗多半梦中成。新丝上市喧人语，香稻连畦晒晚晴。　　乡梦稳，布帆轻，髫年犹及见承平。山川淳朴流民少，午夜行舟总不惊。

词读来颇淡雅平和，小序则富深意："余十余龄即往来吴越，其时江海晏然，单舸轻装，随处可泊。祖庭尝咏查初白'风露一天人拥被，橹枝摇梦过春江'之句，谓饶有水乡幽致。辛亥以来，南塘夜出行客戒涂矣。"原来对于髫年承平的回忆是为了反衬今日的满地萑苻！时局如此之乱象在别人笔下或者会激烈逾恒，而陛云笔下则付诸清浅温馨的回忆。若非小序的提醒，则读者恐怕连那一声轻轻的喟叹也难闻得。这种"柔曼婉贴""安雅俊爽"的手笔——连同掩映在背后的襟怀——也真堪称高妙了。即便是写死生别离，他特具的好整以暇的风度依然清晰可感，那么恐怕也不全是后天陶冶修养的原因，其中自有天然性情在。陛云原配夫人彭见贞，字绚华，为彭玉麟孙女，与陛云情意笃厚，年未而

---

① 严迪昌：《近代词钞·刘毓盘小传》，第 1948 页。
② 俞润民、陈煦：《德清俞氏》，中国人民大学出版社 1999 年版，第 114 页。
③ 以上均转引自刘梦芙《二十世纪中华词选》，第 191 页。

立即下世。人到中年，陡云仍难遣怀，遂有《高阳台》之作，小序颇萧瑟："辛巳岁，先室绚华侍祖外舅彭刚直公归衡阳。时余年十四，妇年十六。舟发胥江，依依惜别，为第一度分襟处。三十年来，伤离感逝之怀，焉得逢人而语？黄陵瑶瑟，飚乘仙女之踪；元武明珠，泪结相思之字。野水孤帆，城阴一角，夕阳无语，离思当年，低回独喻云。"词云：

> 崎岸无人，乱山如梦，重来尽耐思量。乍展情芽，娇憨骑竹年光。关河未识天涯远，只难禁、酸沁回肠。掩离觞，忍泪低鬟，已湿罗裳。　　嘘寒问暖寻常语，到临歧嘱付，垂老难忘。小坐迁延，一双人影斜阳。卅年绮恨飘风过，剪秋灯、谁话沧桑。向横塘，淡月昏烟，独雁回翔。

从"骑竹年光"到垂垂老矣，三十年过去，词人心上的"绮恨"与"沧桑"当然是足耐思量的。词之动人处不仅在此，更在于那种欲言又止的情感控制，在平淡语致下掩埋的万丈心澜。《乐静词》中《浣溪沙》一调甚多，能以绝句空灵手段为之，故精警可撷。如《忆苕溪旧游》三首之一："偃月桥西曲港通，贪看山色屡支篷。轻衫凉约野塘风。　　菜陇割苗环稚子，蔗田舞杖醉村翁。近乡人语乐年丰"，大有东坡韵味。《偕阿娜内子水榭春游和石林韵》一首则举重若轻，感喟丛集：

> 皱水轻风作嫩凉，绕阑多少柳丝黄。隔年行迹渐微茫。　　物态乾坤双倦眼，生平悲喜九回肠。与君沉醉付流觞。

金兆蕃（1869—1951），字篯孙，号药梦老人，秀水（今嘉兴）人，光绪十五年（1889）举人，任内阁中书，曾著《各国订约始末记》，倾心变法。后膺清廷经济特科之选，任江苏度支公所莞榷科科长。入民国任财政部佥事，长会计司、赋税司，又参修《清史稿》《浙江通志》等。著有《安乐乡人诗》六卷、《药梦词》四卷。晚年编《槜李文系》，续编《槜李诗系》，补刊《嘉禾徵献录》，皆大有功于地方文献，惜未能全梓行也。

兆藩不作软媚语，常以诗文意趣入词，故呈挺拔刚健态势。如《浣溪沙》系流连光景之作，而发语颇为陡峭：

> 昔雨今晴柳渐黄，画阑尽处是回廊。可堪曲曲似愁肠。 撤笛惯邀莺唱和，卷帘先与燕商量。好将新月换斜阳。

> 谁向陶轮问凤因，石泉槐火又争新。何缘沧海不生尘。 怃摘残花红欲泪，怒生芳草碧为茵。那知同是可怜春。

前篇陡峭在于句法，后篇陡峭在于语势，总之皆不平熟。《蝶恋花·召南以闻枝手写庚子壬寅旧词装长卷征题》与《六州歌头·岁暮感怀，用东山韵》两篇所感甚大，意态即愈加顿挫回荡：

> 人海年年真计左，公等烟霞，我亦桑麻可。霜叶风枝争婀娜，沧江万里渔舟卧。 歌到家山声入破，客有吹箫，倚酒邀相和。二十五篇兮与些，凉秋无那愁无那。

> 残年倦旅，心迹一浮萍。怃酩酊，游溟滓，酒如渑。鬓霜惊。每饭在乡井，梅破岭，松翳径，杨枝艳，桃花圣，四时情。鸨鵊高吟，无梦不思颖，竹屋茅亭。对明湖十里，宛转棹歌声。旧侣将迎，话生平。 忆贞元盛，诗酒兴，莺花影，曲江晴。瑶佩赠，琼楼迥，百无成。倪飘零。众醉敢孤醒，调龙性，结鸥盟。笳鼓竞，风尘瞑，误归耕。户外沧桑，吾自爱吾鼎，浅雪深更。拨寒炉灰看，心字转分明。百感纵横。

《蝶恋花》是短章，尚多悠然之致，《六州歌头》则风雨杂沓，目不暇给，较东山原作别是一样气色。《浪淘沙》已作于七十岁后，然而身值兵燹，更多危壮之感，词中"难道""不算"云云正是时世人心的共鸣：

浊浪起骄鲸，烽火相惊。饥乌落叶月三更。难道荒寒如此夜，不算飘零。　　短梦绕空城，风雨柴荆。江潮呜咽断肠声。西去侬家槐树岸，知有谁听。

冯开（1873—1931）①，字君木，慈溪人，以拔贡生官丽水训导，三十后归里读书，与同邑陈镜堂、陈训正等结剡社。晚年旅食沪上，与朱祖谋、况周颐、程颂万、吴昌硕等多所交接，其《回风堂词》为《沧海遗音集》十二种之一，即可见与彊村间的声气相通。在《琵琶仙》（杨柳高楼）与《暗香疏影》（碎珠一一）二词后冯开有按语，不仅揭示了二者渊源，也凸显了他从"尖滑"转向"笔锋磨平"的过程："右二词颇为彊村先生所许。吾语强老，从前作词，自厌其尖滑，今后当努力先把笔锋磨平。先生谓此二词已磨平矣。"这两首词确乎较"厚"，《琵琶仙》中"十载心期，香消酒冷，弹指能说"及"总悔珠箔飘灯，那时轻别"等句可证，而所谓"尖滑"者似较此种尤可爱。君木有名篇《浪淘沙》，句云："妾是夜来香，郎是螳螂。花花叶叶自相当。莫向秋边寻梦去，容易繁霜。""螳螂"二句是模拟王渔洋"郎似桐花，妾似桐花凤"名句的，甚"尖滑"，然况蕙风明确表示欣赏，以为是"天然《浪淘沙》佳句"，那显然是"性灵""于我心有戚戚焉"的缘故。②另如《鹧鸪天》"千红万紫浑无赖，种得幽兰只自看"句，也能写出性灵而较凝重。又如《相见欢》：

微飔不隔庭柯，动秋罗。只觉碧栏干外、晚凉多。　　花阴转，漏声断，夜如何。自卷水精帘子、看明河。

陈训正（1872—1943）与冯开同邑，词名不及，成就则可相埒。训正字无邪，又字屺怀，光绪二十八年（1902）举人，致力新学，曾与戴季陶、堂弟陈布雷等创办《天铎报》。辛亥后历任杭州市长、代理浙

---

① 冯氏生年作 1872 年者多，据其弟子沙孟海《冯君木先生行状》，应以后一年为是。

② 本篇词序云："蕙风翁《天香楼随笔》有记螳螂一则言：藤本花有曰夜来香者，其叶下必有一二小螳螂栖集，纤碧与叶同色，若相依为命者……余笑语翁，若仿王桐花句例，当云'妾是夜来香，郎是螳螂'矣。翁深赏是语，谓天然《浪淘沙》佳句也。"

江省民政厅长等职。著有《天婴室丛编》，词以晚年交游彊村、蕙风时所作居多，路数与冯君木略同而较清爽健拔，如《惜秋华》中"年时眼热山川"句，自需性情阅历熔铸而成。《清平乐·题徐仲可纯飞馆填词图》能存词坛故实，词也甚佳，录第二首：

> 山川如故，岂是人间路。总被闲愁分了去，冷却一春芳杜。
> 幽人来去空空，会心只在山中。莫问山深山浅，能消几日东风。

三 王允皙、何振岱等闽中词人群

清民之际闽中多诗人，至有"闽派"之说。"闽派"以陈宝琛为前辈，郑孝胥、陈衍为渠帅，王允皙、何振岱、李宣龚、沈瑜庆、林志钧、林景行、黄濬、梁鸿志等为羽翼，左右一时风会。相较之下，为词者少，但如陈宝琛、王允皙、何振岱、林纾诸家还是颇有特色，其中王、何两家尤多性灵之作，可与易顺鼎、杨圻及江苏几位词家并观。

依年齿、行辈理应先谈清末重臣陈宝琛。宝琛（1848—1935），字伯潜，号弢庵、听水、沧趣等，闽县（今福州）人，同治七年（1868）进士，历官内阁学士、礼部侍郎等职。敢言事，与张佩纶、黄体芳、宝廷等合称"清流四谏"。光绪十一年（1885）以荐人不当降级调用，后遭黜归里，兴办新式教育如鳌峰书院、全闽师范学堂等，并主持兴建福建首条铁路。宣统二年（1910）复内阁学士，翌年任山西巡抚。1917年张勋复辟，被授议政大臣。1932年又至满洲国，密折谏劝溥仪勿为日人傀儡，未果，痛哭而返，殁谥"文忠"。著有《沧趣楼诗文集》，内收诗十卷，《听水斋词》一卷四十二首。

宝琛为光宣诗坛主盟之一[①]，于词则少年喜之，久辍不作，入民国后始稍为之。如叶恭绰所说："弢庵先生七十后始为词，犹是诗人本色。"迨居沽上，因须社之集，又偶填词遣兴而已，故存量甚少，而论者评价亦不高。如陈曾寿《听水斋词序》大多从弢庵身世心境着眼，

---

① 汪辟疆：《点将录》推为"天机星智多星吴用"，评云："胸藏万怪貌妩妩，是大宗师，是德充符。"

228　第一编　古典词史的"花间晚照"：清民之际（1900—1920）词坛研究

仅泛泛说"至晚岁而律愈细，思愈密，无几微颣率之态"，而上引叶氏"诗人本色"之语，微妙褒贬之意也很明显。其词集中若《水龙吟·得碧栖临没手札，感痛代哭》是悼王允晳者，有关词苑故实，"我欲招魂，海天兵火，巫阳焉讯。念百回千结，那时情味，盈眶泪，如泉迸"等语也很深挚。①《壶中天·残棋》一首多弦外音，也与其重臣、遗民身份相匹配，故较佳：

> 一枰零乱，欠猢儿替我，从新翻却。越是收场须国手，不管饶先争著。休矣纵横，究谁胜败，局罢同邱貉。可怜灯下，子声敲到花落。
>
> 兀自坐烂樵柯，神州卵累，眼看全盘错。大好河山供打劫，试较是非今昨。蜩甲枯余，玉尘输尽，说甚商山乐。羡他岩老，梦边那省飞雹。

值得一说者，戣庵为谢章铤门下士，作为"聚红榭词群"的后来者②，他不算是能光大赌棋山庄词学的人，好在更晚一辈的王允晳、何振岱还能称此际名手。

王允晳（约1858—1930）③，字又点，号碧栖，长乐（今福州）人。光绪十一年（1885）举人，先后入奉天将军和北洋海军幕府，后任安徽婺源（今属江西）知县，晚年"归休偃蹇，耽悦禅诵"以终。④王允晳是同光体"闽派"代表诗人之一，风格清逸深折，绝句尤峻拔，

---

① 本篇下片"石帚清狂无命。怅荒波、日亲蛙黾。颓唐尔许，不应真个，江郎才尽"等语，严迪昌：《近代词钞·王允晳小传》以为陈锐作，殆记忆之误。

② "聚红榭词群"之有关情况可详参刘荣平《聚红榭唱和考论》（《福建师范大学学报》2006年第3期）及门下弟子马循《聚红榭唱和与晚清福建词坛》（硕士学位论文，吉林大学，2011年）。

③ 王允晳生卒年异说较多，严迪昌《近代词钞》、朱德慈《近代词人考录》、刘梦芙《二十世纪中华词选》等记为1867—1929，施议对《当代词综》记为1862—1930，江庆柏《清代人物生卒年表》记为？—1930。王氏卒年施、江所记可靠，生年则可据李宣龚《碧栖诗词序》大致推算。李文曰：光绪乙酉（1885）初见王，逾年（1886）李宗祎、陈衍、林纾等结支社，集于李家双辛夷楼。此段文字后云："（碧栖）丈席其（祖父）余荫，徜徉村居垂三十载矣。"自1886年上推"垂三十载"，可大约定为1858年。另：李宣龚生于光绪二年（1876），若王氏生于1867年，仅长宣龚九岁，则不大可能被称为"丈"，可知1867年不确。

④ 李宣龚：《碧栖诗词序》。

故甚以诗人自傲。尝有以词人誉之者，则怫然曰："独不可为诗人乎?"① 其身后乃师陈宝琛为编《碧栖诗》《碧栖词》各一卷②，皆不过四五十首，以少许胜人多许，论者拟之姜夔云。

据李宣龚说，允皙号碧栖乃因倚声学王沂孙（碧山）之故，陈声聪则以为取李白"问君何事栖碧山"诗意而已。毋论如何，其词大抵宗南宋白石、玉田一派，风格"娟洁密致""音响凄婉"③ 则是事实。至于中年后与王鹏运、朱祖谋等过从密切，又目击时变而心伤，词风一转而为孤愤盈溢。如《水龙吟·甲午十月，辽沈边报日急，偶过琴南冷红斋闲话，感时忆旧，同赋》：

> 高斋不闭空寒，何人问取垂杨意。清霜未落，北风渐紧，丛丛芳翠。地冷无花，城空多雁，斜阳千里。见故人此际，萧然语罢，将丝鬓，临流水。　　何限闲愁待寄，有繁华，旧时尘世。斜阶拥叶，危亭敧树，秋来如此。病后逢杯，梦中听角，沉吟暗起。算十年心事，江湖醉约，倦鸥能记。

此为碧栖词第一名篇。陈声聪称赏其"地冷无花"三句写塞外冬景，尤为绝唱。郭则沄《清词玉屑》则称此篇"不著干戈戎马语，而托感更深，是真词人之词也"，所说甚是。《甘州·庚子五月津门旅怀寄太夷》更加"刻露"（郭则沄语），其实是局势更加咄咄逼人的必然反映：

> 又黄昏、胡马一声嘶，斜阳在帘钩。占长河影里，低帆风外，何限危楼。远处伤心未极，吹角似高秋。一片销沉恨，先到沙鸥。　　国破山河须在，愿津门逝水，无恙东流。更溯江入汉，为我送离忧。是从来、兴亡多处，莽武昌、双岸乱云浮。诗人老，拭苍茫泪，回睇神州。

---

① 陈声聪：《闽词谈屑》引林志钧所述，陈氏又评曰："吾意诗人比词人究竟能高多少，此等分别，亦甚无谓。惟又点诗确亦甚高，晚年为东野为后山，更欲俯视一切。"

② 实为何振岱所编。

③ 分别见严迪昌《近代词钞》、李宣龚《碧栖诗词序》。

庚子五月正乃"事变"之前夜，然而胡马声声，万方多难的"国破"预感已经遍被神州，是亦"词史"之作。陈声聪《闽词谈屑》云："予更爱其小令……要眇宜修，淡极无痕，置之《侧帽集》中，骤不可辨"，此是别有会心语。赢得如此佳评者为《采桑子·效饮水体》：

> 城头尚有三通鼓，雨歇梨花。月过窗纱，一顷轻寒透枕霞。
> 凭君莫话伤心事，春尽天涯。燕子无家，不道明朝鬓有华。

另如《菩萨蛮》（回峰折叠）一首，尤其煞拍"昨梦故乡看，月明千万山"二句亦"淡极无痕"，《饮水词》高境界也。在纳兰词接受史上，王允晳亦应有自己的位置的。

何振岱与王允晳一同师事陈宝琛，然而弱冠年即从谢章铤游，颇得熏沐，故不徒以诗为"闽派"之殿军，其词亦足殿谢枚如之门庭。何振岱（1867—1952），字心与，号梅生，晚称梅叟，又号南华老人，侯官人。光绪二十三年（1897）举人，主纂《西湖志》与《福建通志》，有功文献。振岱诗"语能自造，而出以自然，无艰涩之态"[1]，声名甚盛，从之学诗者极多，又特多女弟子，时有"何门"之目。著有《觉庐诗草》《我春室文集》等，其中有词近一百六十首。

陈声聪以为其诗与词"皆得静与深二字，词尤冷峭孤傲"[2]，所说不错，而其词最值得关注者首先为"纳兰心法"。如《采桑子》：

> 花开花谢云烟过，百意消沉。犹念晴阴，不许芳菲不上心。
> 闲愁闲倚俄千匝，都付闲吟。楼迥灯深，已负当年况到今。

此篇虽未明标"效饮水体"之类，而深情淡语较之王允晳同调作尤近纳兰。其实，梅生较碧栖"饮水情结"尤重，集中如《八声甘州》"题纳兰容若小影""题饮水词"二首、《霜天晓角·读饮水词》等皆对纳兰明致景仰亲慕之忱。读《题饮水词》：

---

① 陈衍：《近代诗钞》。
② 《闽词谈屑》。

贮千生、灵谛作闲愁，入世恁悲凉。向孤中觅侣，欢中忏恨，不是佯狂。一卷鸾龙高唱，云际落宫商。天下知音者，玄鬓须霜。

为想人间修证，但未成圣果，离合心伤。这遍身兰气，化恨定潇湘。算消磨、炉香窗月，有冰丝、捻泪待深偿。悠悠对，樽前蛉赢，漫自猜量。

梅生之于纳兰"愿心互亲"自有缘由，其词集中多悼念"清安"者，系为其妻郑元昭而作①，情极真挚。上引《八声甘州》亦寓悼亡意，诸如"孤中觅侣，欢中忏恨，不是佯狂""有冰丝、捻泪待深偿"云云皆是"沉郁悱恻"的"哀玉之音"。② 另如《长亭怨慢·哭清安》"剩岁岁、春雨梨花，把杯醑、酬君词骨。怕梦里追寻，前事从头怎说"、《满庭芳·题清安小影》"心期在，炉香永爇，卍字袅金经"、《凤凰台上忆吹箫·胥门奠清安》"往日斋鱼药椀，到此际、玉化烟寒……悲风里，吹残纸灰，悄飔莲幡"、《八声甘州·清安殁已经年，归骨无期，桹触旧事，书此志哀》"漫凝思、天涯归骨，向斜阳、洒酒酹荒丘"、《双双燕·四十年前读郑氏考功词……》"今生明月，更誓来生良夜。休问恩缘真假。只长记、尊前花下。许多默旨深言，记着都应如乍"等句无不一往情深，相思刻骨，其中显然闪烁着纳兰容若的身影。《鹧鸪天》也是悼亡之作：

谁信消沉遂隔年，闲花荒圃记春前。何曾临别留微语，约略来书注断笺。 深院里，白杨边，残更坠月曳钟圆。孤魂小胆知应怯，梦遍湖阴欲曙天。

纳兰自度曲《青衫湿遍》有云："忆生来、小胆怯空房。到而今、独伴梨花影，冷冥冥、尽意凄凉"，是为上篇煞拍处所本。在此意义上，王允皙、何振岱两家堪称纳兰"性灵"之继替者，同时也铸造了清民

---

① 郑元昭（？—1942），字岚屏，林则徐小女林金鸾女孙，有《天香室诗》《天香室词》各一卷，附《何振岱集》后。何家天井旧有梅墩，植红白梅各一株。传岚屏殁后红梅枯死，振岱殁后白梅亦枯。

② 《闽词谈屑》。

232 第一编 古典词史的"花间晚照"：清民之际（1900—1920）词坛研究

之际闽中词群的基本品格。黄濬《花随人圣庵摭忆》以李宗祎《双辛夷楼词》与王允晳并称为"闽词晚近之双流两华"。宗祎词吴世昌以为"于清词人中不学南宋，故语较明畅"①，亦甚可观，可惜早逝（1860—1895），依本书体例，不必详述，故真可称"双流两华"者还当推王、何二家。

《我春室词》中也偶有豪宕悲慨者，是乃师谢枚如之真传。录《高阳台·南昌夜闻大风》一首以觇之：

> 旋树才喧，排窗更厉，天公一噫难平。万窍同号，不知何处先鸣。凄钲怨铎都沉响，近深宵、瓦击垣倾。梦频惊，铁骑边驰，百万军声。　　平生浩荡江湖兴，记飞涛千顷，孤舶曾听。快意长风，犹疑鼓楫堪乘。几时短发催人老，看飘花、春晚江城。漫销凝，招鹤扶摇，梦绕青冥。

闽中词群还应包括诗坛盟主陈衍（1856—1937）与西学大家严复（1853—1921）。陈、严二位专长均不在词，偶尔涉笔而已。虽论者多有好评，如夏敬观称陈衍"闽人论前辈词，惟数又点，不知先生虽不多作，出其余技，实在又点之上"，钱仲联称严复"情深文明……非剪红刻翠者所能道"②，实则两家词皆少警策。石遗《高阳台·别苏戡》较流转，又陵《金缕曲·旅邸情难遣》较深挚，算是佳作，然而真能具自家面目、为闽词群壮声色的还当数大翻译家林琴南。

林纾（1852—1924）为新旧文化过渡期一标志性人物，因与新文化运动诸先驱之笔战，数十年来一直被贴上很不公正的负面标签。林琴南译述欧美小说多达一百七十种，对当时知识群体人文情怀的滋养可谓功德无量，严复诗所谓"可怜一部茶花女，销尽支那荡子魂"即是明证，其启蒙作用理应得到更充分的肯定，而对其种种苛责也应适可而止。③林纾身兼诸艺，亦长于词。《补柳》一集仅二十七首，但特色颇鲜明，

---

① 吴世昌：《清人词目录》，中国文学网。
② 《忍古楼词话》《近百年词坛点将录》。
③ 近年张俊才先生的林纾研究甚见工力，可以参看。

很得论者好评。其最可关注者为题写"林译小说"诸篇。1905—1906两年，林纾与魏易合作翻译英国哈葛德四部言情小说：《迦茵小传》《玉雪留痕》《红礁画桨录》《橡湖仙影》，并在卷首共题词七首。这七首词郭则沄以为"以欧西事入词，此亦仅见"，陈声聪以为"俱极凄艳"，钱仲联称为"前人所未写之题材"，皆甚是。可读《齐天乐·玉雪留痕题词》：

> 玉礨香怨相逢地，珊珊盼伊纤步。药鼎枯烟，花廊碎月，春锁愁香深处。游丝万缕。甚袅到帘西，欲抽还住。语淡心浓，绿房阴透夜来雨。　　凉波吹却浪蕊，但苍云四卷，沙际孤屿。鲗墨浓镂，鹅丸嫩咽，争说因郎辛苦。余生半黍。竟画里挪舟，带珠还浦。试看雕梁，弄春双燕语。

其时《申报》广告概括《玉雪留痕》情节云："书叙一女子为书贾所困，贾之犹子雅怜女，弗善其世父之所为，贾怒逐之，易传产之遗嘱，悉以畀其同人。已而女航海之纽西兰，贾适与同舟。舟沉，共栖荒岛，贾濒死，与女语而悔，将复易遗嘱，苦无从得文具，至用鲗墨镂诸女背。寻女归，助贾犹子讼，得直，遂有贾产，成夫妇，为巨富。"[1]将此桥段与题词一一对照，可见其丝丝入扣，虽未"超越传统内容和传统意象"，但能把种种不同的故事情境隐括在优雅的词笔中，"文字表达上完全符合词的婉约与情致，看不到西事对固有传统文学形式的破坏和影响。同时诸家的翻译小说题词词则不能尽如林纾词之优美"[2]。其《迈陂塘·题迦茵小传》《迈陂塘·题橡湖仙影》《烛影摇红·题红礁画桨录》等也都足当以上评价。此种以旧形式对新内容进行表达诠释的努力不仅是吻合，也同时引导了当时文化语境的构成，"林译"之风靡绝非偶然。嗣后梁羽生亦喜在自撰小说前题词，不能说没有师琴南故智的意思。

闽广毗邻，下面理应接谈岭南词，而此期岭表几位著名词家如陈洵、廖恩焘、刘景堂、"粤两生"等皆另有归属，兹从略，谈异军突起

---

① 1906 年 3 月 2 日。

② 张春晓：《林纾译作卷首题词小议》，《明清小说研究》2009 年第 3 期。

的西南三省词坛。

第三节　清民之际词坛的地域观照（下）：
四川、云南、贵州词坛

一　赵熙、周岸登等蜀中词人群

在清代词史上，蜀中本是薄弱地带。漫漫二百年，仅清初先著、清中叶李调元稍有名而已，成就不能称高。[①] 下迄清末民初，以赵熙为代表的蜀中词群大放异彩，足在此期词坛占据重要一席。兹依年辈，先说朱德宝。

德宝（1858—?）[②]，字虹父，酉阳人，与杨锐、刘光第、宋育仁为尊经书院同学，光绪十五年（1889）举人，曾作幕多年，后任上海某报主笔，与李伯元、吴趼人等交密，与郑文焯、张祥龄、易顺鼎等也较多来往。戊戌政变后，德宝有挽联悼杨锐、刘光第云："臣罪当诛，君王明圣；人生到此，天道宁论"，极激愤之致。[③] 有《选梦楼词》，见之《历代蜀词全辑》者计一百一十四首。朱氏有《解佩令·自题啸海楼集》，后半云："诗家仲则，文家容甫，数词家、茗柯差近。也难解、碧翁情性，学灵均、草成天问，"这里说得很明白，其词是认同张惠言路数的，但他不喜王沂孙之"情性"，而更接受"灵均问天"的那种明朗的忧愤。其"倚醉狂吟"的《木兰花慢》一篇被宋育仁推为"豪过稼轩"[④]，所谓"豪"者，毋宁说迷茫悲凉来得更恰当。《金缕曲》（忽

---

① 先著生于 1651 年，卒于 1721 年后。有《劝影堂词》三卷，《历代蜀词全辑》收其词 199 首。《词洁辑评》《词林纪事》皆有名。李调元生于 1734 年，卒于 1803 年。有《蠢翁词》二卷，《历代蜀词全辑》收其词 109 首。《雨村词话》较有名，谢章铤、丁绍仪、青木正儿等皆谓其浅薄。见谭新红《清词话考述》，武汉大学出版社 2009 年版，第 44、59 页。《历代蜀词全辑》将先著次于李调元后，误。

② 朱德宝生卒年一向不详，门下弟子丛海霞考得胡昭曦《一通罕见的晚清书院碑石——新出土〈四川尊经书院举贡题名碑〉初探》（载其《旭水斋存稿续集》，四川大学出版社 2017 年版）所载立碑时间为光绪十一年（1885），碑文记载"德宝枕虹二十八"，得其生年。

③ 见严迪昌《近代词钞》、朱德慈《近代词人考录》。

④ 朱德宝：《木兰花慢·倚醉狂吟，录示同辈，芸子谓豪过稼轩也》。

废书而叹）一首当作于游幕时期，煞拍处"往日凄凉犹有泪，睇琼楼、玉宇仍天半。问长夜，何时旦"数语正是对"天问"姿态的具体表达。再如其赠别杨锐的《金缕曲》：

> 黄鹄翩然逝。恨难禁、不成游兴，不成归计。毕竟东风无气力，一任落花飘弃。便处处、离忧成例。无可奈何终是别，甚黄金、能短英雄气。襟上有，伤心泪。　　河山一片夕阳里，料君才、青油幕下，自高位置。剩我旗亭眠不得，几度呼灯坐起。已领惯、江湖滋味。谁省潘郎吟鬓冷，只菱花、识得人憔悴。相爱意，为君醉。

"毕竟东风无气力，一任落花飘弃""襟上有，伤心泪"，当这些常见的语句意象出现在那个特殊时世，又聚焦在"戊戌六君子"之一的杨锐身上，谶语般的质地便迅即凸显出来，令人感喟无已。《金缕曲》是朱德宝很擅长的一个词牌，《秋风京国，予怀怅然，酒醒灯昏，辄成此解》或者作于晋京会试落第之后，题材寻常至极，但"玉貌锦衣驴子背，被黄尘、黯黯飘零坏""欹枕想，夜如海"等句还是非常动人，足见才情。

朱德宝也有不那么"豪"而以绵渺之情胜场的一面，如《清平乐》："香浓酒酽，幽恨和云卷。梦又不来人又远，淡月梨花庭院。　　玉阶风露泠泠，纱窗一点灯青。最是无聊时候，搴帘自数春星"，颇具纳兰风致。《国香慢·得书后又寄》则将僻调写得流利圆转，才情不凡：

> 此恨绵绵，只相思相望，相见相怜。已过了、几回肠断，更何堪、重诉尊前。我是杨花踪迹，君是桃花生命，好梦怕难圆。奈何许，今日啼莺，明日啼鹃。　　婵娟在空谷，牵萝补屋，白石清泉。任从此、天寒倚竹，问何时、火宅生莲。休说雪儿歌舞，负了红儿情分，往事易成烟。愁无那，一箭流光，一镜流年。[1]

---

[1]　末句似从易顺鼎《忆旧游·申浦访雪……》之"负一镜芳悰，一灯倩影，一箭华年"句翻出，朱氏词集常有因袭他人成句者。

236　第一编　古典词史的"花间晚照"：清民之际（1900—1920）词坛研究

蜀中词苑之白眉当数被汪辟疆、钱仲联两部《点将录》均推为"天捷星没羽箭张清"的赵熙。赵熙（1867—1948），字尧生，号香宋，荣县人。光绪十八年（1892）进士，选翰林院庶吉士，授编修。旋告归，任凤鸣书院院长，又主东川书院、川南经纬学堂。光绪二十九年（1903）授国史馆协修，升修纂。宣统元年（1909）转御史，清亡后家居不出。赵熙诗才敏捷，推尚性灵①，兼工书画戏剧，皆有大名于文苑，而素不填词。民国五至七年间（1916—1918），忽致力倚声，于六百日中，成《香宋词》三卷三百余首，故钱《录》取"日不移影，连打梁山十五员大将"意，点其为"天捷星"。其后续有所作，然数量不多。②

对于中年始填词这段经历，赵熙的自白很有意味："余于词，诚所谓不知而作之者。顾尝读史矣……迄朱温、黄巢之世，天道人事，茫乎未晰……《诗》曰：'蟋蟀在堂'，彼自鸣其秋尔。以亡国之音当之，则哀以思矣。"③"不知而作"是谦虚的说法，倒是所举史事皆与鼎革易代相关，足见这部词集实为"自鸣其秋"、寄托哀思的"亡国之音"。夏敬观《忍古楼词话》说他"芬芳悱恻，骚雅之遗，固非詹詹小言也"也指的是这层意思。很能揭橥此意旨的如《甘州·寺夜》：

> 任西风、吹老旧朝人，黄花十分秋。自江程换了，斜阳瘦马，古县龙游。归梦今无半月，蔬菜满荒丘。一笠青山影，留我僧楼。
>
> 次第重阳近也，记去年此际，海水西流。问长星醉否，中酒看吴钩。度今宵、雁声微雨，赖碧云、红叶识乡愁。清钟动，有无穷事，来日神州。

开篇即点出"旧朝人"字样，萧条意态自然奔涌而出。斜阳瘦马，

---

① 章士钊《论近代诗绝句》写赵熙云："八字宗风有服膺，赵岐笃老说师承。后先枉噪同光体，初解袁枚最上乘。"小注："四年前君到渝，对称诗者以高格、正宗、古韵、雅言相标榜。曾履川请示有清诗家谁为第一，君曰：袁枚。"足以觇其祈向。

② 龙榆生《近三百年名家词选·赵熙小传》称其"自后绝不复作"，误。王仲镛辑《赵熙集》（巴蜀书社 1996 年版）中《香宋词》第四卷为"补遗"，最晚作于 1943 年。

③ 《香宋词叙》，《赵熙集》，第 1212 页。

蔬菜荒丘，确乎令人颓丧，而下片"海水西流""长星醉否"句写洪宪称帝事①，那又是怎样的愤懑而兼感伤？如此种种，只能以"无穷事"三字了之，"来日神州"，一片迷惘。这样的"亡国之音"也真堪称"哀以思"了。

在这山崩海立之际，"神州"二字自然是众人胸间的最核心语汇，在《香宋词》中又表现得格外明显："晋代蛮荒诸葛迹，洒长空、不尽神州泪"（《贺新凉·九霄顶北山第一高处》）、"试北望阑干，神州前路"（《翠楼吟·江楼送别三十九人怆然赋此》）、"故国青山，神州黑子，望断夷吾江左"（《如此江山·焦山图程白袈观察室刘夫人绘》）、"老去忽忽神州路，甚涛头、尚喷鱼龙战"（《金缕曲》）、"石田茅屋，棋局神州，判将长饿"（《烛影摇红·答青城石室》）、"苍龙星没，望神州不见，小栏杆北"（《念奴娇·偶检旧籍……》）、"花影月移依旧照，莽神州、一样心头窄"（《金缕曲·栏干》）、"自夜色神州，乡音战鼓，两鬓潘安"（《忆旧游·和皈公公园师弟摄影》）、"滚滚新潮大，望神州何地，横界阑干"（《忆旧游·除夕赠张夫人》）、"是事口中衔石阙，莽神州、老泪无流处"（《金缕曲》）……以赵熙的才调，当然不是语汇贫乏之故才选择了那么多"神州"字样的，所谓如瘿在颈，如鲠在喉，这"神州"给人带来的忧患也实在太沉重，难以背负也难以摆脱了！《庆宫春·知休庵避新都，室庐未毁，既哀且慰》一首更是直言"神州"的脆薄荒乱，"此身何托"的不确定、不安全感盈溢纸上。休庵为邓鸿荃号，王鹏运部分已有述：

> 重叠兵荒，苍茫天问，剩君矮屋如舟。青眼高歌，赤眉新史，举家儿女蓬头。桂湖招隐，又归路、西风送秋。故乡无梦，门外湘漓，一样横流。　崔杨转转恩仇，唐家此例，蜀局谁收。刀上生涯，火边尸气，一城鲍照新愁。休休居士，幸历劫、休庵未休。此身何托，南北争椿，蛋壳神州。

正是因为对神州的深沉眷恋与破碎希望，词人才唱出一首又一首

---

① 据王仲镛说，见《赵熙集》本篇按语。

238　第一编　古典词史的"花间晚照"：清民之际（1900—1920）词坛研究

"何限心悴"（《还京乐·得王豹君督部诗函……》）的哀歌：

> 一番雨滴心儿醉，番番雨、便滴心儿碎。雨滴声声，都装在、心儿里。心上雨，干甚些儿事。　　今宵雨声又起，自端阳、已变重阳味。重阳尚许花将息，将睡也、者天气怎睡。问天老矣，花也知未。雨自声声未已，流一汪儿水，是一汪儿泪。
> ——婆罗门令·两月来蜀中化为战场，又日夜雨声不绝，楚人云：后土何时而得干也。山中无歌哭之所，黯此言愁

这首名作的"别具一格"恐怕主要还不在于形式上的"前后叠字相呼应"或白话功能的深度开掘①，关键是"蜀中化为战场"，雨滴如泪，人心尽碎，而连歌哭也竟难寻去处！词篇全以心血凝成，惨淡经营而不见技法，故别有一种震撼的力度。1917 年 3 月，军阀刘存厚与罗佩金在成都发生巷战，激战长达七昼夜。赵熙愤然有《莺啼序·闻成都川滇军警，用梦窗韵纪痛》之作。如果说《婆罗门令》还是自一己感触着手，出以侧锋，这首长篇则单刀直入，将"锦江万户"的"腥色斑斑，溅血红绽花蕊"之"痛"尽情喷吐，刘梦芙因有"惨目惊心，前人得未曾有"之评。②"无边空际冤云，尽叠秋思""放修罗、刀雨横飞，问天何意""中宵画角频吹，乱尸无担山里""千秋认此残灰，大劫昆明，万魂在纸"，这样淋漓的痛楚哪是"备极隽妙，追踪白石而生新过之""风调冠绝一时""清劲无纤尘"一类考语所能囊括的？③ 论《香宋词》，那种"神州"之"痛"必当是最应着眼的。

明了此节，自然就能明了赵熙所谓"不知而作""自鸣其秋"首先是不能已于言，其次在艺术宗法上也必然不束缚于某家某派，而是自求情性之适。赵熙为人有清雅的一面，故近白石；处艰难时世而亢直抒

---

① 王仲镛按语。其下云："香宋尝云：陆淞'脸霞红印枕，睡起来、冠儿还是不整'，语自妍丽，惟全篇色泽不一，不如李清照《声声慢》前后叠字相呼应为绝作。此作殆有意仿之。"

② 《二十世纪中华词选》，第 184 页。

③ 分别为胡先骕《蜀雅序》、陈声聪《论近代词绝句》、沈轶刘富寿荪《清词菁华》评语。

痛，故近稼轩。其《水龙吟·题稼轩词即用集中登建康赏心亭韵》开篇即云："风吹太古秋声，手扪星斗行天际"，对于辛老子的"龟堂诗骨，龙川文笔"以及"问中原、虏尘消未"的壮志，他是极尽景仰，也心有戚戚焉的。王仲镛记其论词云："诗句可以入词，即经史辞句亦可入词，稼轩为之也工"①，是为推崇辛词之又一旁证。集中较近稼轩气味者颇多，姑录《水调歌头·生日》与《百字令·谢哲生见寿》两首：

> 天地此秋色，人老菊花风。生前生后无际，何法款鸿蒙。半世山河一梦，七载虫沙万劫，寸寸炼衰翁。海水一泓绿，摇荡酒杯中。　荣州郭，今自寿，老为农。万方一概，何必皂帽老辽东。天际云来云去，世上潮生潮落，如剑斩虚空。五十二年事，头上五更钟。

> 草间偷活，算此心灰尽，历陵枯木。堕地不辰丝样命，一传滑稽谁读。蜿蜒冥顽，琵琶老大，各幻弹棋局。无鳞无角，画龙多少蛇足。　君有南宋骚心，吴歌昨梦，佼佼争奇服。五百里山青隔县，不断唐衢歌哭。三度蓬莱，千年华表，知我陶家菊。紫裘腰笛，鹤飞愁听仙曲。

至于《鹊踏枝·病中戏取园圃间物咏之》一组二十首分咏芋、茄、南瓜、萝卜、海椒等，俗物而有雅致；《庆春泽》《探春》《高阳台》等写病而多风趣、富深意，与上文结合，更能体现出赵氏"无事无意不可以入词，已开现代倚声之境界"的特质。② 胡先骕说赵熙"允称为三百年来作者，蜀人士从之游者，咸能得其仿佛，骎为西川词宗矣"③，甚确。

---

① 《声声慢·雨》一篇按语，《赵熙集》，第 1026 页。
② 刘梦芙语：《二十世纪中华词选》，第 184 页。胡先骕则以此为《香宋词》之缺陷，称为"徒事雕镂，无关宏旨之作""夹之作者名作中，殊觉为全词减色"。《评赵尧生香宋词》，见《胡先骕文存》，江西高校出版社 1995 年版，第 105 页。
③ 《评胡适五十年来之中国文学》，《胡先骕文存》，第 208 页。

240　第一编　古典词史的"花间晚照"：清民之际（1900—1920）词坛研究

与赵熙介于师友之间的林思进（1873—1953）、周岸登也当附此而谈。林思进字山腴，别署清寂翁，华阳人。光绪二十九年（1903）举人，次年东渡日本，回国后官内阁中书。辛亥后执教蜀中，历任华阳中学、四川高师、四川大学等校教职，新中国成立后任四川省文史馆副馆长。林氏有声诗坛，能自树一帜，不为同光诗风所囿，与赵熙并称。①而年近古稀始填词，一二年间，得词数百首，刻为《清寂堂词录》五卷。② 王仲镛说他于词"喜诵南唐诸家和温、韦之作，宋词则甚重东坡、稼轩、清真、白石，而不好梦窗、玉田……多有感时伤乱、关心民生疾苦的作品"③，可见亦能自树立，一如其诗。其感时伤乱之作确为集中菁华，如《浣溪沙·村夏近感》之二：

> 算尽丁黄又算钱，春霜杀菽减丰年。午晴犹喜见炊烟。　　尺布买艰贫妇袴，伍符催急瘦男钱。眼中何事不堪怜。

能见炊烟而"犹喜"，可见青黄不接到了何等地步！下片"贫妇袴""瘦男钱"二语更是犀利沉痛至极。其《双调望江南·雨晴村步》自注云："近来尺布数十元，帛更无论，蚕桑则近村早绝。乡人终岁劳苦，欲得一衣，难矣！"可见四川虽在抗战后方，未直接受兵燹蹂躏，而民生之"堪怜"也够触目惊心了。小词字句平易而内蕴奇崛，大有范成大《田园四时杂兴》的神采。《鹧鸪天·重感》二首既抒写一己飘零之感，更着眼时世民瘼：

> 身世飘飘系两头，不成高蹈不成游。多方鼠笑搬姜拙，早际鸦惭见卵求。　　漆室叹，杞人忧，年荒时难问谁收。田园大有惊人处，不为秋瓜忆故丘。

---

①　陈三立称其"才思格律，入古甚深。五古几欲追二谢，七言直攀高岑，洵杰出之作者。目前所知蜀中诗，似与香宋异曲同工也"，转引自王仲镛《四川近现代文化人物·林思进》，四川大学档案馆网站。

②　据王仲镛说得词三百余首，今《清寂堂集》（刘君惠、王文才辑，巴蜀书社1989年版）所附《词录》五卷计得一百三十首左右，《历代蜀词全辑》及《续编》亦略如其数。

③　《四川近现代文化人物·林思进》。

一饱真须万万钱，更无馆粥度余年。纵饶城市封椿满，其奈农家磬室悬。　　珠贱米，货流泉 米石踊至五千元，催科法令正森然。复除漫说中兴事，删却兰台史数篇。

所谓"田园大有惊人处"，林思进词集中的田园题材不仅多，且佳作琳琅，足为辛稼轩、陈迦陵、陆震、郑燮以来的"田园农事词史"生色。而对于邻寇入侵，"海立波翻"的"生人祸孽"，词人尤多"兴亡阅尽沧桑影，横流此身还在"的叹慨。① 《满庭芳·薄游草堂念乱漫记》是与杜甫的对话："我思公此意，低回厌乱，恐负平生""无穷感，天回玉垒，今日又南京"，那种花近高楼、万方多难的神气是一脉承接的。再如《沁园春·闲居读史》：

化国为家，人人自奋，耰锄皆兵。但江东全弃，兰成先恨；成都虽好，马援东行。易饱蹲鸱，难收板楯，漫喜青骡蜀道平。津桥远，奈千山万壑，尽是鹃声。　　空仓白帝频惊，要转粟、关中还送丁。奈驱将苦战，犬鸡无异；悲传野哭，蝼蚁贪生。暮水山青，沙场骨白，仆射何曾如父兄。中原望，看郡图有几，剑阁愁铭。

题为"闲居"，心却不"闲"；题曰"读史"，念兹在兹的则尽在当下。这种时代之强音才是词人真价，比之其宗法渊源之类的辨析更为要紧。或者可以引"只有民族的才是世界的"之语套用一句"只有属于时代的，才是真正超越时代的"，《清寂堂词》足为范例。

前文《庚子秋词》接受部分曾称周岸登为蜀中词苑继赵熙后的岿然重镇，民国二十年（1931）胡先骕为其《蜀雅》作序已提出"异军突起、巍峙蜀中者，则香宋与翁也"的说法。胡《序》云在做出"翁词沉酣梦窗、矞皇典丽，与香宋殊轨而异曲同工焉"的大判断后，大体按周氏行迹将其词创作划分出几个阶段：（1）壮岁游宦粤西，退食之余寄情啸傲。（2）辛亥国变，宰会理，歌咏其诔丽瑰奇之山川风物。

---

① 分别见林思进《满江红·次韵李博父同年生日悲愤，意在祈死，寄此广之》《齐天乐·饯灶夕作》。

242 第一编 古典词史的"花间晚照":清民之际(1900—1920)词坛研究

(3)客居故都,落落寡合,黍离麦秀之慨一寓于词,风格祖述梦窗、草窗。(4)丙辰参赣帅幕,乃益肆志为词,所作气格益苍坚,笔力益阂肆。(5)乙丙而还,避地海疆,命意渐窥清真,以杜诗韩文为词,槎枒浑朴又非梦窗门户所能限矣。① 这些说法容或多夸饰成分,而点出周氏词风之变化还是很具体可感的。周氏宗梦窗、草窗者多,仅从集中《莺啼序》一调多达十数首即可辨出一斑,兹不赘说。论其词,理当更看重"其槎枒浑朴又非梦窗门户所能限"的那一部分。如《八声甘州·临淮道中》的"吊长淮、逝水恨滔滔,清流乱黄流""千古英雄成败,几凤阳濠泗,说项归刘。问青天无语,沉醉抚吴钩""重回首、话兴亡事,雾惨山愁"等语"忧时念乱""歌以代哭"②,确有"杜诗韩文"之意趣。同调《故乡人来,屡闻乱耗,夜窗听雨,倍觉黯然,赋示克群》则以真挚胜,绝可免"矜博而失情,牵律而害意"之讥③:

> 怪骑秋、一雨涨明河,凌波夜寒生。笑人间儿女,天边牛女,相望盈盈。几见乘槎凿空,犯斗不占星。今古茫茫感,休访君平。
>
> 多少残云心绪,记故山蕲烛,曾话沉冥。向阳阿晞发,无梦到仙城。九回肠、依稀归路,待醒来、魂断隔江青。重携手、上密台去,雁影秋横。

至如《庆春宫·丙寅初伏,南海康长素同年来章门,三日而别。别时语我,乱邦不居……》一首能存史迹,词也苍凉无极,是不可多得的有为之作:

> 焚线删微,玉杯繁露,素王改制空言。柱折天倾,尧囚舜死,小臣孤愤沉冤。遁思浮海,九州外,聊驰壮观。归来犹健,柴市魂招,衣带痕殷。   尧年老鹤惊寒,沾洒觚棱,清泪如铅。铜狄摩挲,神州无恙,拊心望帝啼鹃。故都耆旧,问几辈、灵光尚完。章

---

① 以上皆点缀胡氏序原文而成。
② 王易:《蜀雅序》。
③ 王易:《蜀雅序》。

门携手，惭负秋期，犹滞江关。

要之，周岸登氏虽不免晦涩好奇之病，其才也有难副心志处，然而笃力为词，敢拈大题目，风格也力求变化不拘囿，百年蜀中，其位置当居香宋词人之次席。

行辈次于林周而值得关注的巴蜀词坛健将还有刘冰研（1881—1951）、江椿（1888—1962）①与向迪琮，刘冰研身在南社，将置下编，此先简谈江、向二家。

江椿字子愚，双流（今属成都）人，光绪三十四年（1908）以优贡生供职吏部，辛亥后返乡任多家报社主笔、资中县长等职，晚年赋闲在家，生计艰难，遂寄词与毛泽东，以"但愿梦随芳草，绿到长安"句煞拍，卒得安排为四川文史馆员。杨启宇以为"虽是干谒之作，不愧才人吐属，较之柳亚子献诗'倘使名园长属我，躬耕原不恋吴江'，高下立见"②。江子愚著述颇丰，今仅《萸轩诗钞》《听秋词》《小红箫谱》等数种汇刊问世，仅能代表其中年前创作风貌③，然两词集相合，已可得四百余首。

江椿在《〈听秋词〉又叙》中云："世间之萧萧瑟瑟愁苦而不堪听者，皆秋声也，岂必摧枯拉朽以号于丛木间者始谓之秋声耶？方今天下，倾耳而听，无往而非秋声，无时而非秋声者，吾听之不容自已，故寓之于词。他人之听我词者，亦有不容自已者，必将寓之于泪。"④这是非常真切的"词心"的自白，同时也凸显了他不主门户、唯情是宗的创作路径。

所谓"无往而非秋声，无时而非秋声"，首在对乱世的感知与抒

---

① 江椿生年说法较多，应以其自记为准。江椿有《三十初度志感》诗作于丁巳年（1917），又有《三十五初度日感赋》作于壬戌年（1922），其生年应为1888年。卒年杨启宇《江子愚·刘冰研诗词存稿》（黄山书社2018年版）识为1960年，应从江椿之孙江文惠说，作1962年，见钟辉、金世宗《毛主席给我父亲回过信》，《成都晚报》2004年12月23日。

② 《〈江子愚·刘冰研诗词存稿〉前言》，该书第4页。

③ 《萸轩诗钞》为1902年至1922年间诗、《听秋词》与《小红箫谱》乃1911年至1924年间词。江氏另有《冬青阁诗选》《冬青阁联语》《冬青词》《笔溪渔笛》《椒华词》手稿，由家人随其藏书一并捐与公家庋藏。

④ 《江子愚·刘冰研诗词存稿》，第203页。

述。诸如《满江红·吊汉阳》聚焦辛亥革命之汉阳战役，《满江红·感时》忧愤于1912年"藏独"事件，《浪淘沙·丁巳闰二月，成都兵变有感》《西江月·哀成都》记载1917年成都军阀混战，《百字令·蜀天多漏》有感于"癸亥开岁，戎马满郊，成都人士蜷伏危城"之变乱，皆不乏词史品格。当然，更多时候，离乱悲凄之感并不因一时一事，而是形影相吊般随时迸出。如《多丽》下片：

莽秦灰，两番浩劫，繁华都逐东流。紫苔深、血糊溅垒，青磷磷、鬼语荒丘。庾信伤诗，杜陵恨别，欲将杯酒慰新愁。怎奈问，宿星添鬓，高卧一帘秋。长安远，旧时仙侣，何日同舟。

下片"紫苔"二句写浩劫后之惨象，可谓悲极痛极，不能自已。《青玉案》之心境似乎轻快一些，其实是怪话连篇，从另一侧面对时世投以冷眼：

春流不尽啼鹃恨，夕阳远，长安近。读罢阴符人未困，吴钩三尺，毛锥三寸，要挽红羊运。　　狼烽狐火都销尽，看禹甸，春如锦。携酒峨嵋还酩酊。一亭松籁，一龛梅影，抛去封侯印。

江椿婉秀之作亦佳，其"劫后韶华，春到燕子唇边更苦"之句为时所赏，有"燕子词人"之美誉。① 另如《浣溪沙》亦玲珑可听，煞拍七字尤佳：

寒食光阴病酒天，重帘新卷夹衣单。赚人早起是春鹃。　　云意不晴还不雨，花魂如梦复如烟。为春憔悴被春瞒。

江椿《高山流水·丁巳春日怀仲坚北京》《台城路·三入都门和仲坚韵》等篇中提到的"仲坚"系其同邑好友向迪琮（1889—1969）字，

---

① 刘冰研：《赋赠落花诗人吴剑秋燕子词人江子愚》诗自注，全词未见。

其声名未彰，但曾被唐圭璋许为近百年词的"第二辈"代表人物①，亦不容忽视。迪琮号柳溪，清末就读四川铁道学堂、唐山路矿学堂，专修土木工程，民国后长期从事水利工作，曾任四川大学工学院教授，而又任文学院教授，并精中医金石书画等，如此多才通贯在民国已称罕见，当下则早成绝响矣。向迪琮著述较丰，词学方面除校订《韦庄集》外，尚有《柳溪词话》，论旨一主常州派，强调比兴寄托，锐意求深险，严于声律。②自作有《柳溪长短句》，为不惑年自刻本③，又有《续录》，皆甚罕秘，知者不多，而名家老宿称道颇力。其《长短句》前朱祖谋序称"清峻婉密，若吐若茹"，乔大壮更说其"声情兴象要眇清异，卓然有以自名"④，陈声聪《读词枝语》则略举其"清新雅丽，声情并畅"之"隽句"如"可怜花艳月明天，便是梦回肠断处""从教秋月照无眠，肯信春雷弹不起""遗世信忘齐物论，闭门思广绝交书"等，很具慧眼。迪琮长短调并工，而令词精悍，似更胜长调。如《鹧鸪天·辛未残腊薄游海上，适值倭警，哭彊村翁不得，旅社凄黯，追和绝命词原韵》：

> 刻羽吟商向夜分，玉绳低转笑言温。文章价重空今古，薇蕨心孤泯怨恩。　青嶂里，送吟身，太玄奇字付何人。揭来无限沧桑感，欲起重泉了此因。

前文已述，彊村绝命词乃平生杰作，撼动人心处多，而追和者少。迪琮再四和之，似为唯一一家，其中"薇蕨心孤""太玄奇字"云云亦确能将彊村心事表而出之，无论选材、功力，均可称力作。《虞美人·舟中对鄂赣水灾感赋》是心忧民生之作，不雕琢，但"朴茂重大"⑤，

---

① 唐氏云："晚清庚子以来，朱、况、王、郑、文五大家可算第一辈，吴瞿安、邵次公、乔大壮、汪旭初、陈匪石、向仲坚、孙浚源可算第二辈，龙、夏、季思和我可算第三辈。"见前"晚清四大家"一节征引。又：刘梦芙《二十世纪中华词选》将向迪琮列入生年未详者，而卒年定于 1981 年，失考。

② 参见朱国伟、宗瑞冰《论向迪琮词学观及其词作》，《河南社会科学》2012 年第 5 期。

③ 《柳溪长短句》所收词起戊午（1918），迄己巳（1929），凡 109 首。

④ 见二家《柳溪长短句序》。

⑤ 乔大壮：《序》中语，见二家《柳溪长短句序》。

神采奕奕：

> 崩涛日夜喧扬子，处处流民泪。三年疏凿库储空，谁信滔天势急竟无功。　　扁舟一叶和愁载，不尽风波在。人间随地是风波，望里风波如此怎么过。

下片三用"风波"，这"风波"当然也是在心里翻卷无休的。自此也看出向迪琮造诣深湛，不主一家，加之在词苑广通声气，称之"代表人物"，不为无因。

二　以赵藩、陈荣昌为眉目的滇南词坛

与巴蜀相比，滇南文气可谓"积贫积弱"。正如韩愈之启潮汕、东坡之泽海南，滇南文运要迟至杨慎因"大礼议"事谪戍永昌卫始拓开荒芜态势。明词整体中衰局面下，杨慎独能逆风蔚起，不仅倾力为之，更以《临江仙·滚滚长江》一首扬名天下，从而拉开了滇地词史的幕布。

述明清词史者，大抵不及滇南，然而有倪蜕（1668—?）、段昕（康熙庚辰进士）、魏定一（1759—1851）、谢琼（嘉庆戊辰举人）、严廷中（1795—1864）、戴纲孙（1796—1857）、赵瀚（1818—?）等词家词作，实亦不觉荒凉。真能振起骨力，足与蜀中赵熙相敌者还要推白族词人赵藩（1851—1927）。

赵藩字樾村，号菱仙，以晚号石禅老人与题武侯祠对联最为世所知[1]，剑川人，光绪元年（1875）举人，两试春官而不第，以教官起历四川酉阳知州、四川按察使、广州军政府交通部长、云南省图书馆馆长等职。蔡锷、李根源皆其门生，并由李根源结识南社中人，有"名誉社长"之说。著有《咸同滇中兵事纪》《鶡巢小识》《向湖村舍诗集》等，词结为《小鸥波馆词钞》，凡二百余。尤值一提者，赵藩晚年总纂《云南丛书》，计编刻二百余种，可谓集云南文献之大成。又痛感"吾

---

[1]　按即"能攻心则反侧自消，自古知兵非好战；不审势即宽严皆误，后来治蜀要深思"一联。

滇僻处天南……作词者鲜，即作，亦不喜标榜市名……加以咸同兵燹……渐灭几尽"的状况，"四十年中，随时搜辑"，终成《滇词丛录》，收词人五十一，词作三百八十五，是为云南第一部词总集①，特有功于乡邦文献。

赵藩诗远学苏陆，近效宋（荦）翁（方纲），甚著声名。《滇八家诗选》称其"肃括宏深，风骨峻峭"②，"有诗七十余卷，不下万数千首，视放翁尤过之……七律尤锻炼入神"③，惜刊刻者仅一小部分，其余手稿"文革"中均遭抄毁。与诗相比，《小鸥波馆词钞》罕见称述，唯陈永正以为赵藩词"不依傍门户，纯任自然，一以性情为依归"④，印证以赵氏《自序》"听夫人之觇知其面目"之语⑤，可谓知言。

赵藩少年高才而不得志，中为名宦而未展才，晚岁退居治学而忧愤世事，举凡此等"面目"在《小鸥波馆词钞》六卷中呈现得无疑是很清晰的。如作于民国初年的《高阳台》：

> 白叠骸丘，红淹血泪，湖湘浩劫堪怜。巨镇名城，行来总断人烟。南强北胜争蜗角，只同根、箕豆相煎。攫金钱，弹雨枪林，各饱腰缠。　倏和倏战频贻误，是满怀机诈，莽操心传。木屐儿来，便愁席卷山川。一年容易中秋节，月朦胧、碧海青天。最凄然，世上流离，天上团圆。

不仅直言诸军阀"弹雨枪林，各饱腰缠""满怀机诈，莽操心传"，更为"白叠骸丘，红淹血泪""世上流离，天上团圆"的生民苦难一发哽咽与浩叹。集中另有《琐窗寒·题秣陵秋眺图》云："往劫休谈，近事欲题先哑。自张家、辫子兵来，小儿衾底唬怕"，《苏幕遮》云："凿铜山，开铁路……前后疆臣，大错同心铸"，《临江仙》云："炮火轰天

---

① 段炳昌：《全滇词序》，黄山书社 2018 年版，第 1 页。
② 转引自艾钊《赵藩诗歌研究》，硕士学位论文，山东大学，2017 年。
③ 转引自蓝华增《赵藩诗词楹联述论》，《中央民族大学学报》2002 年第 1 期。
④ 《侠骨柔肠——赵藩〈小鸥波馆词钞〉略论》，《赵藩纪念文集》，云南美术出版社 2004 年版，第 88 页。
⑤ 转引自陈永正文。

箌殷地，惠潮币月鏖兵。"凡此或伤于切直，耿耿忧患之情则浓郁可感。虽不及赵熙之才调，那种"山中无歌哭之所，黯此言愁"的心事还是差相仿佛的。

赵藩身世与风情之作也很可观。前者以《满江红》为最佳，词云：

> 拂袖而行，又鼓枻、沧溟万顷。叹满目、蛟螭嘘气，乌蟾匿影。智讵不如葵卫足，怒犹难遏榕生瘿。负故山、猿鹤责前盟，歌招隐。　谁义侠，轵深井；谁梦幻，邯郸枕。算何似糟丘，磊麹云门。① 啖饼洞瞀自应文，养豹于陵安用蚓。② 视瓦全、玉碎总堪悲，完吾鼎。

本篇作于晚年，一定意义上可视为赵氏的词体自传。仅以入民国以后论，赵藩接受蔡锷、李根源等电请，先任迤西自治机关部总理，电斥袁世凯复辟之举。1918 年任广州军政府交通部长后，又悉心擘划，提出西南铁路方案，力促南北议和，皆未果，只能灰心辞职回滇，集白居易"专掌图书无忌地，闲寻山水自由身"之句榜门，不复过问政治。凡此岂不皆是"智讵不如葵卫足，怒犹难遏榕生瘿"二句之由来？而数十年宦海漂泊，家国狂乱依旧，又何殊邯郸枕上一场大梦！"视瓦全、玉碎总堪悲，完吾鼎"，这样的句子诚也是充溢悲愤的。

后者如《浣溪沙》之"柳枝身段荔枝年……个侬消得个人怜"，《浪淘沙》之"隔年书断衍波笺。那更寂寥今夜坐，夜也如年"，甚有纳兰滋味。《南乡子》则能入能出，较纳兰又别具韵致：

> 笙韵静铜瓶，帘押低垂绿绮停。眉月初升纤又淡，冥冥，秋味凉生一点萤。　梧叶满空庭，凄切阴虫不耐听。闲向牵牛花下立，亭亭，蓦地抬头见二星。

另值得一提者，赵藩颇钟情龚自珍词，集中明确标示"次龚韵"者

---

① "门"为平声，此句疑误。
② 此句《全滇词》于"安用"后衍"操充"二字。

即多达十二首。虽因才性所限，大抵言情之什，亦略得定庵遗韵。如《减兰》"飘扬无据，问谁边去谁边住。抱月挼风，空际遭回不计年。

蓦时千里，往来只在悲欢里。天若怜他，禁断诸天莫散花"，此为治定庵接受史所应知者。

"一离一合，一兴一废，扰扰千奇百怪。青峰江上曲难终，聊写向、残笺剩纸。　甚清甚浊，甚醒甚醉，拉杂狂言梦呓。吴歈楚调付歌唇，消不了、深愁浅泪"，这首《鹊桥仙·自题词集》系与赵藩为密友、并称"滇南之杰"[①]、继之为《云南丛书》总纂、又编辑《滇诗拾遗》的陈荣昌（1860—1935）所作。他亦是滇中词坛飞将，其词数量颇丰，忧患情怀与赵藩略同。虽名气有所不及，奇肆乃远过之。

荣昌字筱圃，号虚斋、桐村，晚号困叟，昆明人。光绪九年（1883）进士，授编修，历任贵州提学使、云南高等学堂总教习、山东提学使等。入民国，发愿"终身为民，不复言仕"[②]，归里隐居，以学术终局。著有《虚斋文集》《桐村骈文》等，其《虚斋诗集》十五卷，一千五百余首，由云龙《定庵诗话》称其"劲气直达，理胜于词"，列名"滇八家"之中。其填词则与赵熙相似，盖辛亥、壬子之交，读屈大均《骚屑》而兴感，未百日而得三百余阕。因"骚屑"欲名"骚泪"，又以"泪清而涕浊"，定名"骚涕"，"示为灵均所唾弃也"。[③]

荣昌中年为词，一挥而就，故不似赵藩之作能展现由风情至沉郁的人生轨迹，然而积数十年学问阅历喷薄而出，也令其词避免了幼稚衰颓之类短处，一上手就呈现出壮健雄奇的风貌。如开篇不久之《一剪梅》：

> 抚髀悲歌不自聊，如叫如号，如笑如嘲。愿翻河汉洗牢骚，生亦鸿毛，死亦鸿毛。　钟鼎山林一例抛，何禹何皋，何许何巢。但寻酒国醉酕醄，鹏也逍遥，鷃也逍遥。

---

① 时人称赵藩、陈荣昌、吴式钊、朱庭珍为"滇南四杰"。

② 陈荣昌：《复山东周都督书》，转引自骆小所《陈荣昌及其楹联》，《云南师范大学学报》1991年第4期。

③ 陈大威：《陈虚斋年谱》，转引自李钰晔《陈荣昌诗歌及诗学研究》，硕士学位论文，云南师范大学，2015年。

250 第一编 古典词史的"花间晚照":清民之际（1900—1920）词坛研究

在陈氏一辈"大清之遗民"看来①，辛亥无疑是山崩海裂的大事变，"抚髀悲歌""如叫如号，如笑如嘲"正生动地勾描出了这一群体的真实面相。与朱祖谋、郑文焯等人的凄清晦密相比，陈荣昌的表达要激烈明确得多。他的《南歌子》八首把那种旧巢已覆、新枝难栖的迷茫心绪写得格外深切，足可为遗民词某一层面的典型。姑读其半：

> 圣帝遭洪水，明王苦旱干。孰是太平年，问天天不语，奈何天。

> 绝塞红颜弃，深宫白发怜。若个是婵娟，问天天不语，奈何天。

> 引类鹰招鹘，同盟蟹倚蚕。党见几时融，问虫虫不解，可怜虫。

> 狸化能成豹，蛇飞亦作龙。变幻那能穷，问虫虫不解，可怜虫。

组词评语云"八阕似古谣谚，体兼比兴"②，诚然，但意旨并不模糊费解。对太平的祈愿，对旧朝的怜念，对党同伐异、朝秦暮楚之流的愤激，连同作为"中国之良民"的高洁与善意③，都吐露在"不语"的"奈何天"与"不解"的"可怜虫"中了。对于纷乱的时世，陈荣昌等遗民不仅没有遁入沙中埋起头来，反而是非常敏锐地摄入笔端的。他的《念奴娇·忧心如醉》《百字令·为避地沪上者作》《浪淘沙慢·江河水灾未平》《御街行·长安宝马》《苏幕遮·因苏乱，颇忧滇》《解语花》等都是伤时念乱之作，尤以《念奴娇》最具锋锐：

---

① 《新纂云南通志·陈荣昌传》载陈氏语，转引自骆小所《陈荣昌及其楹联》。
② 评语见《全滇词》本。按：赵佳聪《陈荣昌〈骚涕集〉初论》（《云南师范大学学报》1999 年第 5 期）首谈陈氏词，颇有创获，但以为词后评语乃陈氏自作，疑误。自作夸语如卖瓜王婆，不成体统，又与陈氏谦称"骚涕"之做派不合。
③ 《新纂云南通志·陈荣昌传》载陈氏语，转引自骆小所《陈荣昌及其楹联》。

忧心如醉，忍开眸看此，风花尘界。昨日人奴真节钺，笑买江南佳丽。艳女琵琶，妖童觱篥，消尽英雄气。鹅池声乱，恐惊杨柳春睡。　　岂不托钵沿门，一铢半两，如刮毛龟背。百万金钱随手掷，又与泥沙无异。紫电车轻，翠云裘暖，主将真骄贵。野营风紧，有人如蜡垂泪。

荣昌论词，推崇苏辛一路。其《虚斋词话》云："东坡之词……自有千古，不可泯灭……虽不尽合专家之格律，而气象卓荦不群，或有过于专家者"，又称"世间不可少此（稼轩词）一种英迈文字"[1]，可见心仪之致。然而他并不死于苏辛牖下，而常济以生涩奇险，从而另成辨识度很高的一格，是即所谓"才情"也。如《渔家傲》：

罛姥夜呼舟尾舣，鲤鱼风起休酣卧。撒网鸣榔乘月过，聊相贺，筠篮饱拾鸬鹚唾。　　贳酒只他钱几个，还须留取输官课。岁饿民饥官亦饿，真无那，冯谖长铗弹都破。

再如《忆少年》：

苍苍江色，苍苍山色，苍苍天色。苍苍默无语，任狂呼谁识。
天地生人生不息，奈之何、我生今日。还身与天地，免漂零无著。

《渔家傲》的字字生新，《忆少年》的有意复沓，皆如干将出匣，精悍逼人，庸手终一生亦不能道一句。滇南词坛有此一人一格，即令人不敢小觑。

与赵藩、陈荣昌约略同时的蒙自人杨文斌生平不详，仅知其光绪十八年（1892）知浙江鄞县、曾辑《海滨酬唱词》等，但其人踪迹稼轩、迦陵，功力亦非泛泛。《百字令·读石头记传奇，次金华山樵韵》二首在"《红楼梦》读后感"序列中是值得关注的一家，《续滇词丛录》所

---

① 转引自赵佳聪《陈荣昌〈骚涕集〉初论》。

载其《沁园春·洋场咏物词》四首分咏地火、电线、马车、轮船，题既新颖，笔法亦佳，可补诗界革命中"词体缺席"之小空白。[①] 可读"电线"一首：

> 具大神通，经纬纵横，匪夷所思。惯传消递息，捷于影响；穿河贯汉，事更离奇。欲报平安，暗牵线索，入手行间墨尚滋。从今后，任洪乔善误，那怕愆期。 何人费尽心机，纵万里、关山信不迟。笑鱼笺雁吊，无斯火速；简书羽檄，枉说星飞。巧夺天功，能通造化，盼到还云一霎时。机枢动，贯蛟宫蜃窟，直达波斯。

现代词学史上最早研究词与音乐关系的刘尧民填词亦当行本色，风情独绝处不可轻忽。虽行辈较晚，亦附此谈之。

尧民（1898—1968），字治雍，会泽人，中共早期党员，曾创办理论刊物《红色战线》等，并担任《云南民众日报》副刊编辑。1941 年受聘云南大学中文系教授，新中国成立后任中文系主任，与刘文典、李广田等齐名。"文革"初起，刘尧民横遭批斗，"游园示众"，未久即猝然去世。

刘尧民精研庄骚，最为人所知者则是提出"词是音乐之文学、抒情之文学"的观念，开启了一条词学研究的重要路径。[②] 其填词则了不相关，大抵言情述病，以"坐春宵、一刻千金抵"的绮丽来对抗"迷离日月，模糊生死"的悲凉。[③] 如《夜合花》：

> 美意延年，相思入骨，蕾腾几度青春。寻寻倦也，莺边收拾吟魂。伤往事，忏前因，一枝香、烧过黄昏。扑帘红露，窥帘碧月，妒梦无痕。 明知是梦非真。片晌低眉浅笑，暖雨凉云。一点春心，已拼永劫沉沦。愁里病，病中身，苦难忘、毒怨深恩。天涯双鲤，天寒半臂，百种温存。

---

① 张宏生：《诗界革命：词体的缺席》，《南京大学学报》2006 年第 2 期。
② 具体可参见曾大兴《刘尧民先生的词学研究》，《词学》第十八辑。
③ 刘尧民：《金缕曲·一卧三年矣》。

"一点春心，已拼永劫沉沦……苦难忘、毒怨深恩"，如此细微决绝，非深情人不能为，诚可谓"绘风手"也。《浣溪沙》则快笔剪影，撷取一段活色生香、令人怦然心动的细节：

> 纤月婷婷下碧梧，一方庭院影扶疏。今宵赢得绣工夫。　吃吃贴窗偎脸笑，玻璃隔皱雪肌肤。者番还解吻侬无。

"者番还解吻侬无"的大方热烈乃是词史所未有，只有卸去了束缚的现代女性才能如此奔放。刘尧民的勾描诚也是具有社会史意义的。与上二词相比，《行香子》又是一种视角，速写出的现代都市的光怪陆离今日读之也不觉隔膜：

> 醉意轻松，秋水玲珑，颤心心、跳入光丛。琴波漾漾，夜影胧胧，正雪茄香，瓦斯绿，珈啡浓。　肉色天宫，莺色穹窿，意腾腾、梦逐妖虹。甜愁万种，美酌千钟，在天之涯，海之角，夜之胸。

滇南词坛肯定是最不受重视的角落之一，然而近百年词史上能涌现出诸多名不见经传的高手词家，实亦构成了地域视角下的一支"实力派"偏师。

三　黔中二词人姚华、邓潜

自滇可接谈黔。黔中山荒水险，向来文气衰惫，更甚云南。至晚清遵义郑珍、独山莫友芝出，始具与中原文士逐鹿争雄之实力。郑、莫以后，贵筑（今贵阳）姚华（1876—1930）绍继光风，学兼雅俗，有"一代通人"之誉[1]，是足可振领一军的文苑名家。

姚华字一鄂，号重光，一号茫父，光绪二十三年（1897）中举后东渡日本，就读于法政大学。三十年（1904）成进士，授工部主事，改任邮传部主事。入民国任贵州省参议院议员、北京女子师范校长、京

---

[1] 苏华：《姚华：旧京都的一代通人》，《书屋》1998 年第 3 期。

254 第一编 古典词史的"花间晚照":清民之际（1900—1920）词坛研究

华美专校长及各大学教职。后隐居北京宣武门外莲花寺，售卖诗词书画为生。民国十三年（1924），泰戈尔来华，尝与会晤，并以五言诗翻译其《飞鸟集》，为诗歌翻译史"异军特起"之事。[①] 年五十患偏废，"仍据案挥残臂作书画，磅礴郁积，意气若不可一世，四五年中，无颓败状"。[②] 著有《弗堂类稿》三十一卷，其中词三卷290余首，数量较丰。另有《莲花庵书画集》《菉猗室曲话》《小学问答》《说文三例表》《金石系》等，皆享重名。

姚华生长陡峭之区，遭逢崎岖之世，词中故无常见的山温水软、花明月媚之气，入手即是辛陈一派的引吭高唱。如《沁园春·七月二十六日集云和，酒后放歌……》与《如此江山·八月十六日感事》：

> 酒上心来，热血汪汪，起落如潮。看人间万事，都成鬼蜮；乾坤一指，只解酕醄。梦祟难亲，诗魂易失，千叠愁心何处消。秋风起，更吹愁压鬓，做尽刁骚。 无聊酒醒今宵。奈人散、更阑不可招。索归寻萧寺，闲门敲月；坐呼山鬼，长啸干霄。狂处陵人，悲来骂世，袒臂科头容我豪。君知否，有元龙尚在，湖海逍遥。

> 月墨星沉，英雄恨、太行千叠。都付与、晓鸡声里，为鸣悲咽。篝火几曾真王楚，扁舟何事忘逃越。问大江、风雨许多潮，随烟灭。
> 城下钓，清波洌；东门犬，惊尘歇。叹功名浑潏，剑花飞血。开国谁翻前史例，到头悔负封侯骨。望中原、黯淡几龙蛇，堪愁绝。

《沁园春》作于戊申（1908），《如此江山》作于癸丑（1913），其时正当历史剧变期，词中"人间""乾坤""英雄""风雨"等语皆不是泛泛感慨，而是大有切肤之痛的。后首词牌不用《满江红》而用《如此江山》即可见用心。《鹧鸪天·和倬盦韵》一组词笔较为清丽，而险峭不减，也是藏刚健于婀娜的佳作。读其一、二：

---

① 叶恭绰语，见《五言飞鸟集序》。
② 周大烈：《姚茫父墓志铭》，《黔南丛书·第四集·第十册·弗堂词》前附，贵阳文通书局民国刊本。按：周氏为陈师曾业师。

蜀魄凄清梦也愁，林花无赖涴青邱。琴边看鬓人曾妒，不信春风有白头。　　怜日暮，黯云游，三分谈笑酒樽收。巴童僰女仍歌舞，零乱夕阳赛武侯。

春去春来不可名，潮生潮落打空城。东风一半谁输了，梦里梅花笛未横。　　春渐觉，梦频惊，词场重按酒中兵。十分春是梅和雪，才罢南枝一段争。

《弗堂词》中还有《题朽道人京俗画册十七阕》《续题陈师曾京俗画册十七阕》两组词特别值得关注。姚华与陈师曾并称"民初北京画坛的双子星座"①，以三十四首之篇幅题写至友风情画名作，自然倾尽才力，与画作相得益彰，共同构成了对彼时"京俗"的生动记录：

官仪为底寒酸，步蹒跚，几劫胡尘犹剩汉衣冠。　　执事里，等儒丐，不堪看。仕宦今来君辈笑鲇竿。

——乌夜啼·执事夫

犹堪背影认前朝，山下焉支色暗销。弄狗何曾知地厌画中一狗与人相向，吾乡谚云：天厌鸽，地厌狗，生儿不复号天骄。　　连镶半臂红衫狭，一字平头翠髻高。最是歌台争学步，程郎华贵尚郎娇谓玉霜、绮霞。

——瑞鹧鸪·旗下仕女

千丈淄尘和梦做，影迷离、是甚眉眼。黛里摇唇，烟中着语，镕铁粗成乍划。说与苏秦，纵金尽、无须颜赧。怎不如伊，存身向晦，听人嘲难。　　海又扬尘今渐满，最清处、蓬莱较浅。爨下余焦，墨边残沥，予亦无长短。几人家堪举火，才兵烬、炊烟凄断。头脑冬烘，待君来、一寒能暖连年战事，冬则煤荒，故云。

——氐州第一·煤掌包

---

① 顾雪涛：《民初北京画坛的双子星座：姚华与陈师曾》，《贵州文史丛刊》2014 年第 4 期。

256　第一编　古典词史的"花间晚照"：清民之际（1900—1920）词坛研究

　　这组京俗词也颇有就事论事、无大深意的，但上引这几首感慨世相时局，甚有弦外之音，所以独佳。安顺杨恩元为《弗堂词》所作跋语甚精切，其先从地域文化角度指出世人所谓"僻陋"之黔地亦能有"成就，每凌驾乎中原"，那是"中原数千年来文物声名发泄已甚，而边省磅礴郁积，名山大川之灵秀甫启其端倪"的缘故。以下论明清黔中词亦要言不烦，堪称微缩版的贵州词史提要：

　　　　溯黔中自明设省，三百年间诗人接踵，专集颇多，惟一词则阒焉寡闻。清代词家始有江辰六显于康熙之际，延至中叶，倚声渐盛，而附载各家集中者，要皆篇幅寥寥，略备一格，其有妙谐声律，专精此道，以黎伯庸之蒼烟亭为最，陈息凡、邓花溪两家各体尚称完备，而终不及（姚华）先生之造诣深醇，尽工尽善也。先生之词在黔省诸词人中固称后劲，即在清代诸词人中亦翼然翘楚。此殆如六朝结局之有庾子山，前明结局之有钱蒙叟，皆可谓集其大成。①

　　江辰六，即江閬（1634—1701），先世本歙人而著籍贵阳，"三凤太守"吴绮女婿，又于王渔洋称诗弟子，与文坛老辈名流如龚鼎孳、曹溶、孙默、朱彝尊等皆有往来，其《春芜词》颇得时人好评，可谓黔中词史的开山之作。黎伯庸，名兆勋（1804—1864），遵义人，有《蒼烟亭词》；陈息凡，名钟祥（约1810—1865），贵筑人，有《香草词》，亦各有胜处，能遥接江閬之统绪。杨氏《跋》所未述及者尚有莫友芝《影山词》、石赞清《钌饳吟词》②、黎庶焘《琴洲词》、黎庶蕃《雪鸿词》等多家，足见黔中词坛未尽荒落，值得有心人梳剔之。

　　较姚华行辈为高而晚岁填词、声誉稍逊者是邓潜（1855—1928），即上文所说"邓花溪"。邓潜原名维琪，字花溪，贵筑县（今贵阳市）人，光绪十五年（1889）进士，选庶吉士，散馆出为四川富顺知县，迁邛州知州、过班道员。清亡后易名潜，流寓成都，与赵熙交密。邓潜

---

① 《黔南丛书·第四集·第十册·弗堂词》后附。
② 此乃集句词集。

夙工诗，晚岁填词，著有《牟珠词》一卷①，《补遗》一卷，凡一百七十余篇。

邓潜持清遗民形态，《木兰花慢·题自藏八大山人画幅》最能坦露此一心迹："大明山一角，问谁解，画中情。认款字亲题，难分哭笑，墨界狂僧。飘零北兰寺里，对青门、书几话残生。多少弹棋心事，不言写上吴缯。　　前清。予亦望瑶京，白发锦官城。是隔朝知己，梦中君国，门外公卿。丹青略求相似，只瓤瓢、一脉配元曾。小系念家山破，哀蝉落叶秋声。"可见，其晚年从事倚声亦大抵消遣那种"隔朝知己，梦中君国，门外公卿"的"幽心"而已。②其词"各体尚称完备"，而以咏物者最为卓特。集中咏绳妓、水车、纸窗、汤婆子、冷布、茅台酒、扫晴娘③等皆是罕见题目，《聒龙谣·西洋留音机器》题材最称新颖，辞采亦能副之：

> 若有人兮，呼之欲出，宛转声情都肖。揣到音波，绝技西来巧。开银钥融蜡盘圆，接玉管旋螺针小。感江南、旧识龟年，也同向，曲中老。　　闲庭里，广场边，并丝与竹肉，分明兼到。休黏粉汗，怕红腔变了。许遥听、不许围看，莫再忆、京华风调。待歌残哑乐，同班巾箱贮好。

《金缕曲·删旧词题后》二首快人快语，风格沉厚，与姚华颇相近，从此能看出地域文化氛围影响的一致性：

> 快雪时晴后。问壶公、壶中天地，菜畦荒否。白木长镵堪托命，身是浣花溪叟。剧黄独、新苗乌有。想尔禁寒如我样，望官园、菜把直难够。生活计，靠三亩。　　应官陇邸归来久。奈奇疆、无多隙地，

---

① 词集命名见于邓氏《自序》："吾黔贵定山有牟珠洞，奇诡独绝。余老矣，泊乎无寄，时时有乡关之思，（赵熙）侍御曰：'是宜名词。'"

② 邓潜：《牟珠词自序》："后乃交赵香宋侍御，侍御言词不传无意之色，以幽心为主。"香宋，赵熙字也。

③ 刘侗、于奕正：《帝京景物略·春场》："雨久，以白纸作妇人首，剪红绿纸衣之，以苕菷苗缚小帚，令携之，竿悬檐际，曰扫晴娘。"

石田先瘦。扫径呼童闲抱瓮，霜气冷侵衫袖。叹面色、苍生如旧。且搁种梅锄月事，待商量、老圃蔬香候。应为我，蠲春韭。

此债填难澈。似春蚕、命中自缚，一丝萦结。也笑工渠将何用，欹枕自然心切。当秋信、寒蛩生活。若有人兮灯欲语，想大晟、种下前生孽。南北宋，寸心血。　　吾乡乐府风流歇。算影山、如滕作长，䓖烟如薜。我自一官芙蓉市，老去山河分裂。舍河满、哀歌何说。夜夜车珠空梦到，料今生、长守花潭月。知我者，赵松雪谓香宋。

黔中词坛有姚华、邓潜二位，亦足为巴蜀、滇南之友盟，从而完善了西南版图，为本期之"分布词史"生色。

第二编

"亦狂亦侠亦温文"*：南社词研究

---

* 龚自珍《己亥杂诗》二八。

260 第二编 "亦狂亦侠亦温文"：南社词研究

"亦狂亦侠亦温文"的南社活跃期大抵在 1909 年到 1923 年间①，与本书第一编所界定的时间大部重合，故本应纳入该编而不单列。但是，鉴于南社能词者总数近一百九十人，其中有词集传世者七十五人、词集百数十种的惊人数量②，以及诸多大家名家的杰出表现，一章之篇幅实在难以涵纳，故特设一编，以期较充分地展现、划定南社在近百年词史程运行中的面貌与地位。

然而，严格、完整意义上的南社词研究需要一部专著的篇幅，绝非区区数万字所能赅备，为精练计不得不有所限制：第一，本编所述仅限于《南社词集》所录一百四十五人之范围③；第二，虽隶籍南社而词创作在社外者如汪东、马叙伦、沈尹默、于右任、易孺、吴湖帆等当纳入另外章节，均不置本编④；第三，虽有词作载《南社词集》而数量较少、不足展现其创作成就者，或另有身份较重于南社成员者，如吴梅、刘景堂、黄侃等亦当别有专述，均不置本编⑤；第四，女词人别有专述，概不置本编。

南社词光气腾跃，而为世沉埋者久矣！在"南学"日趋热火的总体背景下⑥，南社词研究之冷寂则一直未有大的改观，有关词史著论或置而不谈，或一笔带过，至数年前汪梦川博士《南社词人研究》长篇论文出，始补填其空白，而可耕耘之余地尚多，值得学界倾心关注。比如，如何对笼统的"南社词"进行群体划分就成为本编伊始必须面对的大问题。汪梦川着眼于社会身份，将南社词人区界为政坛词人、学者词人、名士词人三大群体，再向下划分小类，如"政坛词人"下分政要、烈士、南社领袖三小类，"学者词人"下分词学名家、其他国学名家、科学家三小类，"名士词人"下分耆旧词人、鸳鸯蝴蝶派词人、艺

---

① 杨天石、王学庄：《南社史长编》将南社史分三编，1909 年至 1923 年为"正编"之上下限。

② 汪梦川：《南社词人研究》，博士学位论文，南开大学，2007 年，第 45—51 页。

③ 柳亚子主编：《南社词集》，民国二十五年（1936）本。此本系汇辑《南社丛刻》"词选"部分而成。

④ 据汪梦川《南社词人研究》，未向《丛刻》投稿，也即未收入《南社词集》者计得 34人。其中未计入吴湖帆。

⑤ 吴梅载 36 首，吕碧城 15 首，汪精卫 6 首，黄侃 3 首，刘景堂 2 首。

⑥ 拙作《20 世纪旧体诗词研究的回望与前瞻》有所叙述，《文学评论》2011 年第 6 期。

坛词人三小类。若再加单列一节的"女性词人"，则汪氏将南社词人分为十个左右子群体。

如此区界自有其清晰简便之好处，而亦有难以回避之缺欠。即若干造诣颇深、极具特色的词人——如庞树柏、傅尃、蔡守、胡怀琛等——因其外部身份不甚明确而难以归类，从而遭致漫漶遗忘。能否从词本位出发，寻找一条更理想的区界途径呢？陈水云的《南社论词之两派及其词学史意义》可为我们提供相当的启益。陈文以为，南社论词大致存在两种倾向：一是以柳亚子为代表的反常州派，二是以庞树柏为代表的常州派追随者。前者是南社内部的"革命派"，后者是南社内部的"保守派"。前者推崇北宋的浑厚豪健词风，后者标榜雕琢醇雅词风。① 这一描述当然是基于词体自身特质的，在陈文的启发之下，且考虑到词学理论与创作的同一性，窃以为南社词人可大略分为"情志""格律"与"情格兼重"三"派"。②

必须说明，所谓"派"，首先，非严格意义之指称，实乃创作理论倾向略近之归属性称谓；其次，"派"乃就其主导倾向而言，并非绝对。"情志派"大约相当于论词的反常州派，较推崇浑厚豪健词风，更侧重情志/情感功能的发抒，虽不废声律，而不过求其深细，故归类时首先考虑情感迸发的烈度。如黄人各体兼长，但也应归入此"派"；"格律派"大约相当于论词之常州派追随者，标榜雕琢醇雅词风，虽亦不废情志，而于格律则尤其措意。如庞树柏情志毕露，但还是归入此"派"；"情格兼重派"则在两者间看不出太明显的差异，大致取其折中平衡而已。如此划界固然根据词人的个人表述和有关史实之记载，而亦结合了一定的阅读感受作出综合判断。其缺欠或较汪梦川之划界法尤明显，争议也必不少，缚于才力心力，只能暂且如此处置，以俟高明。

准于上述理路，则情志派之代表词人可举出黄人、柳亚子、高旭、高燮、林庚白、傅尃、李叔同、王钟麒、胡怀琛、叶楚伧等，并加之"南社旧头领"金天羽；格律派之代表词人可举出庞树柏、邵瑞彭、陈

---

① 《文与哲》（台湾）2005 年第 7 期。

② 汪梦川论文中其实也注意及此，其第四章《南社词人之交游管窥》"小结"部分有相关论述。

匪石、叶玉森、蔡守、寿玺、易孺、陆崆南、胡先骕等；情格兼重者则以吴眉孙、王蕴章、姚鹓雏、张素、俞锷、陶牧、胡颖之、沈宗畸、潘飞声、杨锡章、徐珂等为代表。以下分别述之。

第一章　论南社"情志派"词

第一节　"寸心万古情魔宅"：论黄人词

附　周实、宁调元、杨铨

一　"寸心万古情魔宅"：论黄人词

南社"情志派"代表人物当首推享有"一代奇人"之誉的黄摩西。黄人（1866—1913），初名振元，字慕韩，中年改名人，系慕黄周星之为人，以周星尝用此名，意欲附之之故。字摩西，号蛮、野蛮、野黄、江左儒侠等甚多，江苏常熟人，十六岁成诸生，与吴梅交好，又与庞树柏等结"三千剑气社"。光绪二十六年（1900）东吴大学堂建立，与章太炎同任文学教习，撰著中国第一部文学通史，凡36册，170余万字，为"中国文学史"著述系列的开山之一。① 与沈粹芬等编就《国朝文汇》，凡200卷，收作者1300余人，文逾万篇。一代文献，赖此以存。又撰《东亚文化史》《中国哲学史》等，并编成中国现代第一部百科全书《普通百科新大词典》，为社会转型期新的知识系统建构之代表，意

---

① 王永健：《中国文学史的开山之作》，《中国雅俗文学》第1辑，江苏教育出版社1998年版。郑逸梅《南社丛谈》称该书"凡二十九厚册，清季东吴大学以铅字有光纸印行，用作教材，坊肆未曾流行，故见者甚少"，中华书局2006年版，第295页。按：孰为首部国人自撰《中国文学史》为近年来学术界一段公案，争议颇纷纭，详可参见王水照《国人自撰中国文学史"第一部"之争以及学术史启示》（《中国文化》2008年第27期）、周兴陆《窦、林、黄早期三部中国文学史比较》（《社会科学辑刊》2003年第5期）等。

264 第二编 "亦狂亦侠亦温文"：南社词研究

义非凡。① 民国二年（1913）因忧愤国是而发狂，病逝于苏州疯人院。词集名《摩西词》，都八卷。

黄摩西为晚近文化大师，自诗词、小说以至名学、法律、医药、内典、道笈，莫不穷究，而尤以奇行奇情擅名于世。郑逸梅记述得很生动，如说其"少治道家言，日啖朱砂，常数日不睡，数日不食，独游山中，往往入夜，趺坐岩树下面。友朋促席，剧谈不绝，客倦仆，他却精神饱满，忘了崦嵫日落"，又记其执教东吴，"前三排学生都不愿坐，因为他不栉不沐，发出一种很难闻的怪气息。可是他上课时滔滔汨汨，趣味横生，却颇有吸引力，于是学生们纷纷带了香料来解秽"，又记："武昌兴师，他奋然欲有树立，一日出门乘火车，两足忽塞，大哭而归……发狂疾，首触铁丝网，流血满面，以家藏钱牧斋《有学集》精本拭秽"。又记其室名为"揖陶梦梨拜石耕烟室"，意示仰慕明末黄淳耀、黄宗羲、黄道周、黄周星等本家先贤，并悬一联云："黑铁裔神州，盘古留魂三百里；黄金开鬼市，尊卢作祟五千年。"② 从这些行迹中——包括其带有奇异色彩的死亡——我们当可辨认出自竹林诸贤以迄徐渭、龚自珍、蒋敦复等传统"狷狂"文人的影子，而黄氏也确实在词集中遍和龚自珍、蒋敦复诸家词，且恢奇谲怪犹有过之。③ 如此"光焰万丈，自不可遏……奥衍古拙，如入灵宝娜嬛"之奇人④，自不屑屑于声律间讨生活，而必然奔涌腾踏，情志恣肆。读其词，不得不从此着眼。

可先读其《凤栖梧·自题词集后》，既自道词心，亦可见其风格：

---

① 参见陈平原《作为学科的文学史》第五章《晚清辞书与教科书视野中的"文学"》，北京大学出版社 2011 年版。陈平原说："要说留在历史上的印记，黄人还是远不及小说家李伯元、吴趼人、刘鹗、曾朴，或者学者章太炎、梁启超、刘师培、王国维。就连他东吴大学时期的助教吴梅，也都获得比他更大的声誉。为什么？很大程度在于其'身影'模糊——在晚清的文坛与学界，论诗才，黄人不是第一流；而《中国文学史》虽有开辟之功，却很难说是传世之作。或许，添上至今仍未被学界充分重视的《普通百科新大词典》，情况会发生变化。"该书第 226 页。

② 郑逸梅：《南社丛谈》，中华书局 2006 年版，第 294 页。

③ 《摩西词》八卷，含《和龚定庵无著词》《和龚定庵怀人馆词选》《和龚定庵影事词选》《和龚定庵小奢摩词选》《和龚定庵庚子雅词》《和龚定庵集外词》《和张皋文茗柯词》《和蒋剑人芬陀利室词》八种各一卷。

④ 吴梅评语，引自《南社丛谈》。

寸心万古情魔宅，积泪成河，积恨如山叠。愿遣美人都化月，
山河留影无生灭。　　月堕西头终费觅，后羿长穷，羞受纯狐忆。
飞上青天无气力，彩毫一掷长虹直。

急骤的情感与诡异的意象之叠加，诚然是光怪陆离、不可方物，而
要旨当然在于充满"魔"力之"情"。情之为物，能令泪积成河，恨积
如山，虽经"山河留影无生灭"之寂寥空幻，最终仍化作笔下"彩
毫"，宅于寸心。此种奔腾的笔墨自是需要过人才调，而尤不能匮缺异
常沉厚的情志的。

对于这个元好问揭出万古疑惑的"情"字，也是龚自珍"宥"之
不已、唯有"尊"之的"情"字①，黄摩西当然三致意焉。《木兰花
慢》一首亦是与"情魔"纠葛难解的佳作，其"纯狐"意象的反复出
现似也不是巧合：

问情为何物，深似海、几人沉。算麝到成尘，蚕空遗蜕，生死
相寻。英雄拔山盖世，也喑哑、叱咤变哀吟。何况痴男怨女，天荒
地老惜惜。　　沾襟。有千丝万缕系双心。总慧多福少，别长会
短，欢浅愁深。无论人间天上，便一般、煮鹤与焚琴。牛女离长间
岁，纯狐寡到如今。

自捣麝成尘，春蚕丝尽，写到项王虞姬、牛郎织女的人天生死，几
乎是一篇具体而微的"情赋"。其所揭示的"慧多福少，别长会短，欢
浅愁深""无论人间天上，便一般、煮鹤与焚琴"的"情"之真相令人
惊悚，内里也含蕴着深刻的悲哀。此种关于"情"之悟解自与摩西情
性相关，而也与其经历不无关联。

有文献记载，摩西曾痴恋吴中女子程雅侬，即词中所谓"安定
君"。雅侬色艳而情痴，常以《石头记》晴雯、巴黎茶花女自况。尝张

---

① 龚自珍：《长短言自序》："情之为物也，亦尝有意乎锄之矣。锄之不能，而反宥之。
宥之不已，而反尊之。"

266 第二编 "亦狂亦侠亦温文"：南社词研究

艳帜，为某伧所纳。旋以大妇不容，下堂奉母，居吴之紫兰巷。摩西见而悦之，女亦恋而不能舍，居年余，以幽忧死，年才二十三耳。摩西曾作挽联哭之曰："凤凰非竹实不食，梧桐不栖，大好姻缘，偏输与月下花前，蠹蜂痴蝶；烛龙以展视为昼，合睫为夜，无多光景，最难堪人间天上，别鹄离鸾。"① 此联语中之"情"与词中之"情"当可互参。其《霜花腴·重过安定君宅，和梦窗自度曲韵》更是对这段情事的直接抒写，语致幽峭而真挚逾恒，并未因追步梦窗声韵而损情伤气：

> 客年此日，醉绮筵，瑶钗止挂臣冠。影里鸾容，梦中麋谱②，而今梦影都难。沈腰渐宽，谁道声、珍重花前。算重来、倚棹斜阳，暮秋深老紫兰寒。　　绾别绿杨如旧，只流莺坐处，早换凉蝉。镜阁尘缄，屧廊苔绣，无由再奏红笺。峭风送船，倩寒鸿、孤吊婵娟。剩钿阶、手种幽棠，断肠成独看。

至于《声声慢》一篇系过安定君浮厝处而作，那种"天长地久有时尽，此恨绵绵无绝期"的沉痛直追纳兰容若悼亡诸作而能上之：

> 荼花似血，惨绿凝鼙，长眠知否伤春。未稳荃泥，输他劫火齐云。休听鲍家诗唱，雨潇潇、都化啼痕。呼不起，纵香心未灭，麝已成尘。　　寒食椒浆谁酹，算死还薄命，生早离魂。此恨绵绵，消磨地老天昏。便乞蘅芜种梦，恐姗姗、来也非真。蝶飞去，甚精灵、还蜕坏裙。

对黄摩西情事之分析并非赘语，而是为说清其"情而魔"的心态的

---

① 郑逸梅云雅侬夫家欲将其卖入平康，雅侬惊骇走避，郁郁而终。又云摩西挽联长达四百余字，为挽联之创见。该长联可见摩西《沁园春·美人骨》后柳亚子所记，见《南社词集》第二册第201—202页。又按：摩西此组词六首，追溯源头当然可至刘过咏指甲小脚之作，为艳词之典型，但摩西之作字字泣血，极感发之力，与刘氏以及后来朱彝尊、董以宁等作毋乃不类。

② "麋谱"应为"眉谱"之意，因与"鸾"对，故用此"麋"字。感谢云狂月傲先生网文之指正。

由来。这种“情”小而言之在乎男女，大而言之则在天下苍生。南社那一代才士，拥有此种江山美人二合为一之心态者颇不在少数。这既是传统精英文化长期酵化的结果，也是二十世纪初期特殊历史阶段的独异折光。《贺新郎》一首即是由“美人”而“骏马”，而最终放大至“莽乾坤”的深情篇什，在《摩西词》中很具代表性，也特为后世读者所称道：

一例伤迟暮。记连宵、鸡声灯火，振衣同舞。绿绣芙蓉青矗竹，种种无聊心绪。问旧日、豪情几许。骏马美人成一哭，莽乾坤、无我飞扬路。肯学写，新眉妩。　　平生忧患文章误。尽聪明、休教熏染，簪花吟絮。天意未容兼福慧，多少温云柔雨。只让与、痴儿盘据。君早成名渠早嫁，怎相逢、仍作伤心语。诉不尽，飘零苦。

此词一组共四首，前有总题曰：“雅依避仇，寄屋吾室。娇稚未化，啼笑无端。革庵来作颇致微词，赓此解嘲”，本篇为其三，可见仍为雅依而作。实则不介入男女风怀者，那种深情也是一以贯之，毫无逊色的。如《洞仙歌·前题和慧珠韵》：

神州沉矣，问天公何苦，做尽伤心赚今古。剩青山一半，收拾英魂，算配得、江左梅花阁部。　　瘴江风浪恶，惨绿愁红，欲采芙蓉已秋暮。破碎旧山河，青骨红颜，总付与、无凭气数。正此际、重看劫灰燃，有壮士耰锄，美人桴鼓。

所谓“前题”系指题吴梅名作《风洞山传奇》，句末且有小注云：“前年粤西建义，女将黄九姑等甚勇鸷”，那是由剧本中瞿式耜、张同敞等抗清之英魂联想及辛亥革命前广西会党起义中的谢三妹、蓝达边、黄九姑等女性革命先驱了。“壮士耰锄，美人桴鼓”，此类江山美人集于一手的题材为黄人最感兴味，写来自是豪情激荡，不能自抑。吴梅该剧唱词有“弄得我神思颠倒，惹得我心情烦恼。短哭长歌，奔走呼号。没人来瞧，越教我心痒难搔。因此上椒浆桂醑，向西风把祖国魂招”之名句①，黄人《洞仙歌》情怀略似，实际也正与其"桴鼓"相应的。

面对"破碎旧山河"，一代才士心中当然有整顿的热望，可也不无"惨绿愁红"的怅惘。故《鹊桥仙》的穷途末路并非古典时代常见的嗟老叹卑，《水调歌头》的缥缈游仙也非一般性的好奇炫技习气，其中分明闪动着新的特定时空里新智识群体的新声音。所谓"二十世纪词史"，其真正光焰也即大抵在是：

> 吹箫也可，碎琴也可，只有滥竽计左。舐丹鸡犬尽飞升，却剩得、闲鸥一个。　　青山难买，青鬓难买，莫问炉中芊火。西风落叶大江萍，算一样、飘零似我。

> 玉麈输一斛，下局定何如？造雷布雾未了，争秘幻人书。山下呼龙种草，海上骑鱼采药，谁解忆蘼芜？一钓六鳌去，覆溺渺愁予。　　上清字，还丹诀，总无须。女娲炉底焰冷，怎怪杞人愚？不赴钧天广乐，不叙真灵位业，煮石隐匡庐。笺注混沌谱，鸡犬莫相呼。

最后还应读《金缕曲》三首叠韵之作，这是用传统方式吹响的嘹亮激扬的号角，长歌当哭，气魄如排山倒海，从黄摩西身上可以分明看出民主革命先驱们弃旧图新、不惜殒身的豪情盛慨。百年以下读之，仍令我们悚然动容：

> 鬓发萧萧矣！问千年、古人满眼，疏狂谁似？火色鸢肩空自负，一个布衣而已。算造物、生才多事。云气压头风雨恶，拥琴书、歌哭空山里。泪化作，一江水。　　少年旧梦无心理。再休提，龙标画壁，羊车过市。李志曹蜍生气绝，若辈安能相士？只当作、挥金浪子。哀乐伤人真不值，剩此身、要为苍生死。愁万斛，且收起。

---

① 首折《先导》。

三载吴门矣！十眉图、任翻新样，终嫌不似。路鬼揶揄山鬼笑，飘泊从今可已。只未了、狂奴心事。留得红妆知己在，尚甘心、憔悴缁尘里。吹绉了，一池水。　　抱琴羞向朱门理。问何如、春风鬓影，当垆蜀市。俊眼明于三五月，解向风尘求士。天使慰、孤穷才子。莫虑秋来消渴疾，对芙蓉、山黛堪忘死。呼地下，长卿起。

客里秋来矣！旧吴宫、乌啼鹿走，略存形似。一自五湖人去后，帆影屐声都已。便演出、六朝故事。直到西风干菜叶，更春灯、燕子荒烟里。千载梦，去如水。　　沧桑过眼无人理。尽消魂、画船照夜，香车熏市。珠换清歌金换笑，谁识吹箫奇士？论风气、原开西子。水软山温天久醉，便英雄、到此都心死。胥郭外，怒涛起。

"哀乐伤人真不值，剩此身、要为苍生死""莫虑秋来消渴疾，对芙蓉、山黛堪忘死""水软山温天久醉，便英雄、到此都心死"。就遣词铸语而言，三个"死"字韵已足够奇幻无方，三篇叠韵长调更是天花乱坠、万玉哀鸣，不让龚定庵专美于前，而我们又岂能只从语词表面去领略那隐含背后的博大深湛的情怀呢？

二　宁调元、周实、杨铨

还需说到南社两位著名烈士宁调元与周实。与黄人一样，太一、实丹两位亦是"寸心万古情魔宅"的深情者。在为民主革命而凋谢的短短英俊年华中，词成了他们寄寓芬芳悱恻情怀的重要载体。

宁调元（1883—1913）[①]，字仙霞，号太一，湖南醴陵人，华兴会、同盟会会员，萍浏醴起义爆发后，太一自日本回国策应，被捕系狱三年。"刻意治学问，暇则酌酒赋诗，歌声琅琅出金石，若忘其为囚人也

---

① 宁调元生年有 1885 年、1884 年、1873 年等说，应以杨光辉考证为准，见其《宁调元生年考》，《近代史研究》1980 年第 2 期。

者。"① 出狱后赴北京主编《帝国日报》，在上海创办《民声日报》。二次革命期间赴武汉参与讨袁起义，以"内乱罪"遇害于武昌。著有《太一遗书》，以狱中之作为多，内存《明夷词钞》一卷。周实（1885—1911），字实丹，又字剑灵，号无尽，别署山阳酒徒，江苏淮安人。武昌起义后与阮式共谋响应于淮安，集会数千人，宣布光复，为县令姚荣泽所诱杀。有《无尽庵遗集》，存诗四卷近六百首，词一卷四十余首，另有北曲《清明梦》一套。

柳亚子评周实云："余观实丹烈士生平，盖缠绵悱恻多情人也。一朝见危授命，慷慨慕义，奋为鬼雄。贤者不可测，亦足为我南社光也"②，此语其实也同样适用宁调元等。"不惜头颅利天下，誓捐顶踵拟微尘""重重草木羞依附，莽莽荆榛待剪除"③，心志情怀，二人略似，就诗词论，则太一胜于实丹，为南社极引人瞩目的一家。先读宁调元《减兰》：

> 一天情绪，遇着西风吹作雨。雨雨风风，听到黎明耳也聋。
> 好事休说，好月易圆行复缺。猛些回头，各散芳筵各自愁。

高旭《愿无尽斋诗话》称太一词"写感情处尤顿挫入神，令人低回欲绝"④，本篇好处确实在于"顿挫"，几乎一句一转，而意脉勾连，全以神行，语致又极其流动，毫无滞涩，非有过人之"才"与"情"不能办。《南乡子·己酉闰花朝》也是言情之什，同样顿挫流美，可喜至极。置之《饮水词》中，可乱楮叶：

> 终夜不曾眠，雨打梨花月似烟。一个花朝愁不了，偏偏，又把花朝逢闰年。　　独自倚床前，何限心情锦瑟边。已是今生缠缚苦，千千，莫再相逢兜率天。

---

① 柳亚子：《宁烈士太一传》，《南社丛选·文选》卷九。
② 柳亚子：《周烈士实丹传》，《南社丛选·文选》卷九。
③ 宁调元：《丙午冬日出亡，作于洞庭舟次》、周实《民立报出版日少屏索祝爰赋四章》之一。
④ 《高旭集》，社会科学文献出版社 2003 年版，第 563 页。

如果说以上两首色笑如花，那么《醉太平》代表的则是太一词风肝肠似火的另一面，语势促急险峻，兔起鹘落。"来狼去羊"四字最见精悍：

> 风横雨狂，销魂断肠。夜阑无奈秋凉，又更长漏长。　　颓垣断墙，来狼去羊。思量多少兴亡，付愁乡醉乡。

宣统元年（1909）秋，太一在狱中作《忆秦娥·伤别词》十首，未久，又作《后伤别词》，前有小序云："余著《伤别词》成后，饮酒半斗，微有豪兴。因检近人词数卷，随手翻阅，或且朗诵。至徐女士《金缕曲》一阕，因词涉璇卿，不禁泣不能成声。夫璇卿与余不过一面之识，路人皆知，诚不审其何以伤心至此也。岂所谓兔死狐悲耶。因补成一阕，以腠其后。"序中"徐女士"应指徐自华，"璇卿"系秋瑾字。本篇不算甚佳，然有史料价值，能留存烈士群体一帧心影，故也值一读：

> 伤离别，虹桥载酒当时节。当时节。徐娘虽老，豪游能说。
> 偏偏好事多磨折，一生一死交情绝。交情绝。江山如此，泪珠盈睫。

实丹词总体不及太一，而特色不可掩。在南社中人大多接受龚自珍浓重影响的背景下，周实最为明确地推崇发挥龚氏的"尊情"之说。在《无尽盦尊情录叙》中，周实说自己"梦梦然检龚子书读之，反复细绎，沉疴若失，然后服龚子之言，其功胜药石万万也"，并把"情"推衍到"摩顶放踵，披肝沥胆，莹然相见于性情之中"的大境界。[1]《水龙吟·题钝剑花前说剑图》最能体现这份情致：

> 十年奔走风尘，竟无位置英雄地。花光灿烂，剑光腾跃，豪情

---

[1] 《南社丛刻》第三集《文选》。

难阒。狐兔猖狂，鲸鲵吞蚀，青锋谁拭？任嫣红姹紫，娇娆开遍，风月事，休提起。　聂政专诸而后，有何人、更精此技？横磨十万，纵横摧剪，那时狂醉。四座皆惊，群芳欲笑，谈何容易？算风流雄俊，无双问胆，落花神未？

于"花前"看"嫣红姹紫，娇娆开遍"，可是当"狐兔猖狂，鲸鲵吞蚀"，怎还能沉溺于"风月事"？于是有"横磨十万，纵横摧剪""风流雄俊"的"说剑图"之作，这正是南社精神的传神写照。

"风月事"中，实丹也同样饱含深情。实丹苦恋名晓澄、号棠隐之邻家女，而棠隐父贪鄙，将其许配一病入膏肓之富家子，棠隐"素不耽饮，至此遂以酒自遣，酒酣辄背人长喟曰：'星命之说，为有识者所深辟，然如余之所遇，又将何说以解之。'"① 未久，其夫病殁，棠隐亦郁郁终，年仅二十一岁。实丹现存词中，为棠隐所作不少，诸如《琴调相思引·秋海棠》《念奴娇·咏泪》《金缕曲·七夕伤逝》等皆是②，而以《喝火令·追悼棠隐》一首为最佳：

　　鹣鲽相依久，鸳鸯小别难。茜窗并坐怯春寒。那料风风雨雨，玉树遽摧残。　泪染襟成血，琴焚曲罢弹。几生重睹佩珊珊。记得旧时，记得旧时欢。记得杏花天气，红袖倚阑干。

杨铨（1893—1933）与宁调元、周实一样具有烈士身份，论词亦是雄放而兼悱恻的深情人，可合并论之。杨铨字宏甫，号杏佛，江西清江（今樟树）人。毕业于上海中国公学后赴美留学，与任鸿隽等创办《科学》月刊，组织中国科学社，为中国管理科学拓荒者之一。回国后历任南京高师、东南大学教授，与宋庆龄、蔡元培等发起中国民权保障同盟，任总干事。1933 年 6 月 18 日与其子杨小佛驾车外出，被特务枪杀于上海。鲁迅因有悼念名作云："岂有豪情似旧时，花开花落两由之。

---

① 周实：《棠隐女士小传》，《南社丛刻·第三集·文选》。
② 《棠隐女士小传》称棠隐"生平爱秋海棠若性命，尝引以自况，因字秋澄，号棠影，别号棠隐"。

何时泪洒江南雨，又为斯民哭健儿。"杏佛词作不多，搜集仅可得三十余首，而气质不凡，自其间可窥见其"衽席苍生男子事"（《贺新凉·送苇煌返蜀》）的博大襟抱。试读其《贺新郎·题亚子分湖旧隐图》：

> 一勺分湖水。问年年、扁舟选胜，俊游能几。乱世不容刘琨隐，满眼湖山杀气。更谁辨、渔樵滋味。莫便声声亡国恨，运金戈、返日男儿事。风与月，日丢起。　征尘黯黯中原里。四千年、文明古国，兴亡如此。燕子东飞江潮哑，儿女新亭堕泪。何处是、扶危奇士。不畏侏儒能席卷，怕匹夫、不解为奴耻。肩此责，吾与子。

《分湖旧隐图》是柳亚子寄意图系列之名作，自 1913 年起至 1920年止，有图画二十一幅，陆子美、黄宾虹、余天遂、顾悼秋、朱剑芒等绘，傅屯艮、马君武、陈陶遗等题端，计三十八幅，题咏则多达二百三十四件。[1] 杏佛词为题咏之一，立意高远，胸怀深沉之至，为其笔下最富才情之作。

同调《吊季彭自溺》亦是一往深情之作。季彭为任鸿年字，又字百一，曾任《新中华报》总编辑，以言论触犯当局，避难走西湖，不久竟蹈烟霞山井中死。其好友张光厚经理其丧，成诗三十首哭之。[2] 杏佛此作长歌当哭，感人处不在张诗之下：

> 九地黄流注。叩苍穹、沉沉万象，当关豺虎。呕尽心肝无人

---

① 见李海珉《柳亚子与分湖旧隐图》，《寻根》2011 年第 3 期。李文云："柳亚子先生有作图寄意的喜好，他常常把自己的回忆、思虑、憧憬等种种情思，化作形象的构思，请人绘成图画，然后征集题咏，汇集成册。他的一生此类作图有 13 件。最早的是《梦隐第二图》，作于 1912 年；最晚的是《东都谒庙图》，1944 年开始酝酿，完成于 1945 年。《分湖旧隐图》是柳亚子请人所作的第二图。"

② 张光厚，字天民，号荔丹，四川富顺人，与雷铁厓、俞剑华友善，尤与任百一为莫逆交。袁世凯称帝，光厚讽刺诗甚多，如："暗里黄袍已上身，眼前犹欲托公民。"又："寻常一个筹安会，产出新朝怪至尊。"又："欲把河山挽冕旒，安心送尽莽神州。"又："甘拚人心充国贼，强牵妖孽当祯符。"足以代表南社社友反袁斗争中大无畏精神。见郑逸梅《南社丛谈》，第 447 页。

解，惟有湘灵堪语。忍独醒、呻吟终古。眼见英雄成白骨，好头颅、未易苍生苦。心化血，血成雨。　　一泓浊井埋身处。赋招魂、胥潮呜咽，蜀鹃凄楚。河汉精灵归华岳，谁向清流吊取。但冉冉、斜阳西去。试向中原男子问，有几人、不欲臣强虏。生愧死，死无所。

杏佛特擅长《贺新郎》一调，《康桥词》中此调可称异彩缤纷，是亦南社情志派一标志性词牌也。最后读其《今晨复咯血，右目尽肿，枕上戏作别君词，愿含笑读之，勿自伤也》一篇：

> 万事从今已。七年来、食贫饮恨，负君到底。自古良缘天总妒，那有鸳鸯不死。况大地、风波如此。吾已厌醒求独醉，向十洲、三岛谋生计。吾甚乐，君休忆。　　他生仍愿为连理。愿同生、竹篱第舍，三家村里。尔我性情须略改，莫更互相猜忌。最好是、一团和气。君插山花吾牵犊，樵歌中、不识人间事。天地大，吾与子。

夫妻间情意柔厚，自词题已可显见。"尔我性情须略改，莫更互相猜忌"一句尤具新意，虽规诫而备至爱怜，自来赠妻词中所未有。最可贵者，"戏作别君词"中并非徒有一己悲欢，"况大地、风波如此。吾已厌醒求独醉，向十洲、三岛谋生计"等句仍有沧海横流之英雄本色，怀抱可钦，读此不能不令人有"天下才子半南社"之叹。

第二节　"灵气胸中未已"①：论柳亚子词

附　金天羽、陈去病、高旭、高燮、高增

一　"灵气胸中未已"：论柳亚子词

柳亚子诗名极盛，词远不及，后人评价也不甚高。钱仲联《近百年词坛点将录》点其为"地囚星旱地忽律朱贵"，位次颇低，评语亦含

---

① 柳亚子：《金缕曲·哲夫作枯笔山水……》，词见后文。

蓄，褒贬不见痕迹。刘梦芙《冷翠轩词话》则评得直截："剑气腾虹，钟声震旦，盖力学稼轩、龙川者。然磅礴有余，沉厚不足，譬若黄河之怒泻，未成沧海之深宏，仅得稼轩之一体耳。"[1] 二位先生所说不无道理，唯柳氏作为南社第一主将，对于社内外影响巨大，无人可比。其词虽不及诗之斑斓多姿，亦情志郁勃，自有一段灵气盘旋胸中，不可磨灭。胡朴安《南社丛选》只自《丛刻》任意选七首，殊不能代表柳氏成就地位。"三驾马车"相较，陈、高二位终觉略逊一筹，故以柳氏领一军，陈高附之。高燮词数量颇大，成就也高，远在高旭之上，姑且附而谈之。

自今存柳氏一百四十余首词而观之，其在 1907 年较早用力于倚声乃系受到高旭之影响[2]，且走的婉约流美一路。如"意中人，眼中泪，镜中天""身成骨，骨成灰，灰成烟"（《行香子·感旧和慧云韵》）、"省识韶华如许，珠帘卷起重重""不怪好春易谢，怪他来也匆匆"（《木兰花慢·花朝和慧云韵》）、"便是闲愁，一往情深不自由"（《丑奴儿令·春夜写感和慧云韵》）云云皆是也。也在同年，以《解佩令·题竹垞词》《虞美人·题定庵词》《虞美人·题稼轩词》为标志，柳氏明显调整了学词的方向，初步建立起宗五代北宋、尊苏辛之宗趣。

对此，他在《南社纪略》中有明言："我以为唐五代的词最好，北宋次之，而南宋为最下。理由呢，是唐五代的词纯任自然，虽有词藻，也还不至于雕琢；而一到南宋，便简直是雕章琢句的时代了。北宋处于过渡的地位，当然是比上不足，比下有余。"[3] 民国初在致高旭的信中也鲜明地对大鹤山人等表示不满，斥之为"伪体"："其病亦坐一涩字，往往一句中堆砌无数不相联络之字面，究之使人莫测其命意所在，甚有本无命意者。此盖学白石、玉田，而画虎不成者也"，于是有言曰："宁学苏、辛，勿学姜、张。盖学苏、辛而不似，犹有真性情；学姜、张而不似，徒以艰深自文其浅陋，欺人而已。"[4]

---

① 《二十世纪中华词选》，第 378 页。

② 词集开篇"和慧云（按即高旭）韵"者连续九首。按：今存柳氏词最早为《满江红·题风洞山传奇》，作于 1905 年，风格悲壮。此处以其用心作词之 1907 年为上限。

③ 《词的我见》，载《磨剑室文集》，上海人民出版社 1993 年版，第 1106 页。

④ 《与高天梅书》，《太平洋报》1912 年 4 月 10 日。郭长海辑：《柳亚子文集补编》，社会科学文献出版社 2004 年版，第 106 页。

276 第二编 "亦狂亦侠亦温文":南社词研究

本着如此见地,柳氏大肆张扬辛稼轩"慷慨悲歌""屠鲸制虎"的忧患沉雄精神,径称之为"吾师""铜琶铁板此真才"①,故谈辛稼轩接受史,柳氏当岿然为重镇。其实倘能透过一层看,由于才性学养等方面原因,被他誉为"三百年来第一流,飞仙剑客古无俦"的龚定庵对其影响更甚。且看《百字令·剑华以吊蒋君希刚词见示,悲而和之》:

> 新词读罢,便茫茫百感,辘轳终日。说道英才零落尽,阳九偏逢奇厄。搏虎无成,封狼遗憾,魂逐秋风歇。病魔无赖,天也何曾怜惜。　最愁怜我卿卿,惺惺惜惜,此意真凄切。我有一言君记取,生死无须分别。剩水残山,行尸走肉,一样伤心绝。不如归去,鬼雄长啸呜咽。

本篇为1907年作,"最愁"数句、"剩水残山"数句中那种决绝沉痛而兼缠绵婉曲的语致绝似定庵,而稍远稼轩,带有清末乱象特具的质地。1909年之《金缕曲·哲夫作枯笔山水……》系与蔡守订交之作,以极冷寂景物与极热烈心境对写,笔势开张中有严整内敛,也正是定庵所擅场,大有其同调词《癸酉秋出都述怀有赋》风神②:

> 拔地奇峰起。笑平生、郑虔三绝,君真多事。挥洒烟云来腕底,灵气胸中未已。看枯木、寒山如此。尘海茫茫无我席,算此身、合向山中死。负汝者,有如水。　故人万树梅花里。记当年、卜邻有约,而今何似?恨海精禽填不得,付与凄凉眉史。侬已厌、伤心滋味。只恐人间无此境,便夸娥、移也非长计。图一幅,且休矣。

————————

① 柳亚子:《为人题词集》:"慷慨悲歌又此时,词场青兕是吾师。裁红晕碧都无取,要铸屠鲸制虎辞。"《酒酣,梁任为余言南宋词人以稼轩为第一,余子不足道,余甚佩之,又感当世词流议论多与余见相左,因此示梁任》:"南宋词人谁健者,瓣香同拜幼安来。文场跋扈嗟依独,风气沦亡要汝开。紫色哇声都闰位,铜琶铁板此真才。别裁伪体吾曹事,下酒何辞醉百杯。"

② 定庵词云:"我又南行矣。笑今年、鸾飘凤泊,情怀何似?纵使文章惊海内,纸上苍生而已。似春水、干卿何事?暮雨忽来鸿雁渚,莽关山、一派秋声里。催客去,去如水。华年心绪从头理,也何聊、看潮走马,广陵吴市。愿得黄金三百万,交尽美人名士。更结尽、燕邯侠子。来岁长安春事早,劝杏花、断莫相思死。木叶怨,罢论起。"

至于《浣溪沙·八月晦日夜梦中作》一组五首，全以"梦魂何处是江南"句作结，词情或艳丽妩媚，或奇幻飞腾，更是逼真定庵，为其集中罕见高境。可读三、五两首：

> 草色裙腰一道蓝，堤边杨柳绿毵毵。相逢上巳正春三。　红凤亲描羞并颈，黄鹂同听擘双柑。梦魂何处是江南。

> 忏悔狂禅只自惭，箫心剑态更休谈。烟霞泉石近来耽。　青史青山双蜡泪，黄花黄叶一茅庵。梦魂何处是江南。

由此可见龚定庵对于柳亚子乃至对南社深刻影响之一斑，所谓"灵气胸中未已"，自辛稼轩直至龚定庵传来的"灵气"确乎是贯穿于柳氏一部分词作中的。当然，柳氏也不止此一种笔墨，其《磨剑室词三集》以《金缕曲》词牌二十一叠"叟"字韵大都才情舒展，烂漫可观，虽不无应酬习气，亦大有陈维崧、曹亮武等阳羡风味。① 其中《悼黄晦闻》一首颇具史料价值，可一读。晦闻，黄节字，1935 年 1 月病逝：

> 太息分宁叟。蓦惊心、松凋竹陨，岁寒时候。一恸龚生天年夭，耿耿精灵难朽。剩向笛、凄凉怀旧。绝笔阳秋遗憾在，怎黄书、未续姜斋手。民史约，总辜负。　江湖卅载论交久。镇难忘，吹箫说剑，王前卢后。龙战玄黄沦万劫，世态移星换斗。更莫问、斓斑古绣。凭仗筹安搜佚史，证名场、风谊名山寿。君倘鉴，奠杯酒。

早在写下这首词的前一年，柳亚子为董每戡《词钞》作白话文序。在序中，他有这样的自白："我以为'词'的确是落伍的了，已成为没有着落的尸骸了。在现在，还要来哼几句，只是表现着小布尔乔亚'眷

---

① 陈维崧、曹亮武等均善叠韵。陈氏《念奴娇》"月"字韵一叠十首，《贺新郎》"鳟"字韵一叠十五首，曹氏《贺新郎》"马"字韵则一叠数十。

恋过去'的意识而已。我自己，便是这一种不可救药的人。"① 如此武断的破旧图新，在柳亚子乃是自以为合乎时代潮流的进步文学观的体现。在此前后，他曾声称"新诗的文学价值比旧诗高，我是想学做新诗而没有做好的"，又称赞郭沫若、蒋光慈的新诗，后来更断言"旧体诗的命运，不出五十年"②。以旧诗驰骋数十年，到头来竟如此颠覆旧诗坛坫，这当然是值得探究的问题，本书为免枝蔓，姑不予置评。可以看到的事实是，此后数年，柳氏词确乎数量减少，而佳作也不易见。1949年后，柳亚子虽成为"能吟写旧体诗的二三人之一"③，而如"不是一人能领导，那容百族共骈阗""落魄书生戴二天，每吟佳句舞翩跹"之类也已开了"歌德派""老干体"之先声了。早年才情横绝、灵气飙发的大诗人，最终搁置健笔，以牢骚衰飒终局。如此曲线不能不令人横生感喟。还可读1942年所作《浣溪沙·见芙蓉一枝，忽有所感，漫拈是解》，这是柳氏后期妙品，可为其词坛生涯画上最后的惊叹号：

> 绝代名花字拒霜，秋江冷艳断人肠。龙蟠虎踞奈沧桑。　　剑底模糊苌叔血，灯前妩媚丽华妆。人间天上太凄凉。

二　金天羽、陈去病

金天羽非南社中人，亦未加入同盟会等组织，但他"主张革命最早，尽力革命最多"④，实为彼时革命文学之一面大纛，其精神当为南社之前驱。按说"桀骜不驯之柳亚子"为金氏高足，南社创立不该无此人。据亚子说，缘故盖在于金氏与结拜兄弟陈去病意见不合，性气不

---

① 《每戡词钞叙》，《盛京时报》1934年3月12日。《柳亚子文集补编》，第209页。
② 见柳亚子《我对于创作旧诗和新诗的感想》，转引自《南社史长编》，第623—626页。事实上，自1923年发起新南社以来，柳氏思想已站在新文化运动一边，拥护白话文，对"整理国学"等主张表示异议。叶楚伧等曾对此表示不满。见柳亚子《新南社成立布告》，《南社纪略》，第100—103页。
③ 黄波：《寂寞一诗翁——重说柳亚子》，《书屋》2007年第3期。冯永军《当代诗坛点将录》因戏点之为"摸着天杜迁"，华东师范大学出版社2011年版。
④ 李根源：《雪生年录》，引自周录祥《天放楼诗文集前言》，上海古籍出版社2007年版，第3页。

投，遂至于分镳。① 基于上述"貌离神合"之渊源，钱仲联《南社吟坛点将录》点金天羽为"旧头领托塔天王晁盖"，以为"似较亚子、怀琛之录以此席归蔡子民者为妥切"，是也，因可附于柳亚子后，陈去病前。

金天羽（1874—1947），又名天翮，字松岑，号鹤望，江苏吴江人。早岁肄业于江阴南菁书院后荐试经济特科，辞不赴。后在上海与章太炎、蔡元培等论交，参加爱国学社，翻译革命宣传品不少，并创作《孽海花》之开头部分，后乃由曾朴续成。入民国任江苏省议员、江南水利局长、上海光华大学教授等职，并与章太炎、陈衍等创办国学会，卒后门人私谥贞献先生。著有《天放楼诗文集》，诗文均负一时重名。钱基博称许其诗"天才横肆，极不喜所谓同光体，越世高谈，自开户牖"，以为晚近"异军突起，为诗坛树赤帜者"。② 郑逸梅则以为其文"刚健排奡，一洗拖沓庸弱之习，有时作高逸语，令人作天际真人之想"，因而胜于其诗。③ 与此相比，天羽《红鹤词》仅三十一首④，其自谓"非吾所专业"，诚然，但成就不低，论词也别有意味。

《红鹤词自序》作于1944年甲申，堪称金氏晚年对词学有关问题的总结性思考。文中他先回顾自己少年填词，受到老师顾询愚警诫为"绮语障"因而"屏弃词学且三十余载"的经过，至于重操词业，则因"欧战敉平，中外学者争言解放，余欲适用于《词律》，因稍复为之，亦不敢苟为同异也"。这句简短的表述背后大有深意：第一，"欧战敉平，中外学者争言解放"时即新文化运动如火如荼之时；第二，词在天羽眼中成为"解放"的工具而用之，这说明，其思想与胡适等是站立在同一平台上的；第三，"苟为同异"四字中其实包含着对胡适借词体创白话新诗的批评，金氏自己是不以为然的；第四，正因不"苟为同异"，要遵守词的规则，而又不认同白话新诗，找不到通途，所以兴趣缺缺，浅尝辄止，故仅三十首便掷笔不为。

也正因为执"解放"之意，金氏在条理词律产生革变的过程后有掷地有声语："立法者主乎严，用法者期乎通，苟不大背先民之矩矱，斯

---

① 柳亚子：《自撰年谱》，引自钱仲联《南社吟坛点将录》。
② 《现代中国文学史》，引自《天放楼诗文集》附录，第1391页。
③ 《逸梅杂札》，引自《天放楼诗文集》附录，第1393页。
④ 天羽自言为三十二首，然末首《梅花雪月操》非词体。

已矣！奚必循声逐影，构成破碎不文之作，使伶工不能歌，学士无由诵，然后谓之才乎？"这里虽未明言"情志"二字，而自然是与其"诗人之心，因其时而变""诗人之心，因其世而变"之说相通同的。① 即便置之今日，也不啻为株守格律者的一剂良效猛药，难怪钱仲联说他"通人之论，振聋发聩"了。②

钱氏《近百年词坛点将录》中给了金氏"天伤星行者武松"的崇高位置，虽嫌过誉，但称其《水龙吟·罗汉观瀑图》《台城路·病起入都会大雪亮吉招游中山陵光景奇绝》《壶中天·灌口二郎神庙》等为"石破天惊之作，足令彊村大鹤缩手"还是很确当的。不妨读前两首：

> 九天垂下银虹，悄无声向澄潭底。毒龙潜寐，醒来便到，人间游戏。佛说降龙，戒阿罗汉，来持半偈。到雁山胜处，龙湫瀑下，结四果，安禅地。　　十丈危崖如洗，抱龙都、苍寒水气。朝阳光射，珠玑万斛，幻成霞绮。静极投虚，愔愔天籁，雷霆收起。笑普陀山趾，潮音圣洞，百灵狂沸。

> 高寒别有人间世，长安万家声悄。银海无澜，瑶林绝影，人坐玉峰清啸。飞花四绕。数八代兴亡，去如高鸟。酒暖旗亭，沥醵归趁暮寒好。　　牛头未改天阙，堵波双玉立，瞻对云表。宝志禅空，蒋侯神去，皓鹤归来能吊。思心旷渺。便挥斥寒门，烛龙开耀。病眼登临，忍寒风骨峭。

还值得注意的是金氏词中数首自制曲如《名园绿水》《醉溪山》《鹤回翔》《小西湖》等，水准如何还可再讨论，这是其为"解放"大旨而做出的努力则是可以肯定，也应予珍视的。

"南社首功"③ 陈去病（1874—1933）论词亦反常州、主情志。《中国公报》连载之《病倩词话》对"梦窗派"提出过批评，也对龚自珍

---

① 见其《梦苕庵诗存序》，又见《惜旷轩诗序》等。
② 《近百年词坛点将录》。
③ 南社入社书第一号为陈去病。

颇致景仰之忱①，可觇其倾向。然陈氏虽有《笠泽词征》之辑，并刊刻陆辅之《词旨》，其意乃在乡邦文献，于词创作本身用力甚少，今传《巢南词》仅四十余，佳作不多。《念奴娇·丁未七月朔日，马齿三十有四矣。漂泊海上，百感塞膺……》一首较沉郁，富于感人之力：

> 韶华荏苒，又桐飘一叶，惊秋时节。碌碌浮生卅四载，忧患始从今日。入海探珠，登山采玉，流转曾无益。归来江上，依旧布袍长铗。　　可堪卷地风潮，吴山越水，两处频凄恻。弹断薰琴浑不竞，士气天南如墨。祈死无灵，疗愁鲜术，抚剑空呜咽。信陵醇酒，算了这生归结。

三　高旭、高燮、高增

"三驾马车"中，真堪与柳亚子云龙征逐于词苑者当数高旭。高旭（1877—1925），字天梅，又字剑公、慧云、哀蝉、钝剑等，前后凡五六易。早年与叔高燮与弟高增创办《觉民》杂志，宣传反清革命，后东渡日本，就读于法政大学。1905 年加入同盟会，担任江苏省主盟人。回国后参与创立中国公学、神交社等，并发起南社，《南社启》即出其手笔。辛亥后任金山军政府司法长、众议院议员等职。1923 年国会召开，投票后数日，上海《申报》《民国日报》公布贿选议员名单，高旭赫然在列。柳亚子当即发电报："骇闻被卖，请从此割席。廿载旧交，哭君无泪，可奈何"，旋被开除出南社。高旭早年为激发民气，曾以一夜之力伪造石达开遗诗二十首，革命气概轩昂至极。至末路以"猪仔议员"污名而终，变化特悬殊，故后人亦颇疑之。② 毋论真相若何，其内

---

① 《病倩词话》批评光绪词坛风气云："隶事僻奥，摛词窒塞，有类射覆，无当宏旨。虽使阅者终篇毕览，亦瞢然莫名其妙。此正玉田所讥质实是也，其于骚雅清空之旨得毋背欤。"又赞肯龚自珍云："此外虽作者林立，然终属规行矩步，依人作计，以为能事略尽此矣，从无有越出恒轨，而拔戟自成一队者。"转引自陈水云《南社论词之两派及其词学史意义》，《文与哲》2005 年第 7 期。按：据陈文，《病倩词话》分为两部分，一部分连载于 1910 年 1 月《中国公报》，一部分连载于 1917 年 9 月《民国日报》。殷安如辑《陈去病诗文集》与郭长海辑《陈去病诗文集补编》皆未收《中国公报》部分。

② 郭长海：《高旭集·前言》、汪梦川《南社词人研究》皆有辨，不详注。

282 第二编 "亦狂亦侠亦温文":南社词研究

心之撕裂当可想见。翌年冬,高旭返乡,酗酒度日,"益颓然自放,每酒酣耳热,抚今吊古,长歌当哭"①。再次年七夕病卒,仅四十九岁。

高旭才华艳发,于柳亚子赠其"白衣骂座三升酒,红烛谈兵万树花"一联中可见风概。其诗"初近仲则、船山,稍变而为定庵,再变而为仲篦、瓶水"②,今存千余篇。词有八集,自甲辰年(1904)《侐东词》起,迄辛亥、癸丑间(1911—1913)《微波词》《浮海词》止,加之今人补遗,可得一百六十余,数量稍多于柳亚子。另著有《愿无尽庐诗话》,其中涉及词人词事者不少。

高旭论词语不多,自其题写《十大家词》六言绝句可窥见大旨。《十大家词》作于1909年,内含李煜、苏轼、秦观、周邦彦、辛弃疾、姜夔、张炎、刘基、王夫之、龚自珍十人,其中称许少游"婉约"、清真"善描物态"、白石"骚雅",犹为常言。至于看重后主"亡国音哀"、东坡"琼楼玉宇多情"、稼轩"高论狂歌"、玉田"有泪盈盈"、青田"凄然如许"、姜斋"字字伤心",则一种"性情论"已脱颖而出。对于龚定庵,高旭极致推奖,"难写回肠荡气,美人香草馨馨。定公是佛转世,几曾汩没心灵",宗法心仪之意尽在言表,而其自作词工力则较定庵相去甚远,诸如《清平乐》(红阑干畔)之叶韵混乱、《虞美人·落梅》之句法伧劣皆可觇见其底蕴之不足。③ 即能稍得定庵词之奇趣者,亦多不耐咀嚼。钱仲联《近百年词坛点将录》点高天梅为"天暴星两头蛇解珍",评其功力"殊胜于柳",位置如此之高,殊不易理解。④

高旭部分词篇自内里勃发出民主革命先驱之侠烈情怀,足资辨识,最可珍贵。如《百字令·巢南见示永历钱索题,且云:仆尽精力于帝至矣,此殆天阴有以报我耶?其言可哀也》:

> 此钱堪爱,待持浇杯酒,唏嘘同吊。三百余年无恙否,字迹斑

---

① 高燮:《高天梅先生行述》,《高旭集》,第679页。

② 高燮:《高天梅先生行述》,《高旭集》第679页,"仲篦"似当为"仲瞿",王昙字。

③ 《清平乐》上片云:"红阑干畔,鸾梦风吹乱。行到玉梅花下伫,知否何郎憔悴。"《虞美人》句云:"半杯酒滴泪如麻,似此丰姿该葬玉钩斜。"

④ 《近百年词坛点将录》,《当代学者自选文库·钱仲联卷》,第704页。

然深窈。何物迂儒，瞿张殉后，努力如公少。老天有眼，殷勤贻以相报。　　回想惨淡南云，烹龙炮凤，哀事凭谁告。不信金瓯都破坏，剩这团团完好。德祐春秋，义熙甲子，并是人间宝。伤心帝子，精魂那日归了。

南社中人治南明史当然也不是留恋几百年前不成器的小朝廷，而是借以为兴汉排满一类民族大义张目。因而诸如《牡丹亭》这样的"风月戏"，也居然能被看出"华夷之辨"的大主题来，不合情理，但很真实地表呈出心态。①《高阳台·题牡丹亭传奇》下片云：

可怜作者无知己，把艳词当作，种姓难明。大好中原，何堪吹换膻腥。华夷不辨天何意，诉奇愁、下笔魂惊。古来今，卿亦伤心，侬亦伤心。

《水调歌头》系为哀悼再广西遇"暴客"而死的友人陆仲炳而作，字里行间有黄仲则风神，为高旭词集中不多见的神完气足之作：

今后且休说，凄绝桂林秋。只恨高丘无女，热血洒征裘。苦受敝车羸马，耐尽残羹冷炙，岂为稻粱谋。终投豺虎窟，死矣复何求。　　山阳笛，正哀怨，怕登楼。仆将何以堪此，生小便工愁。一臂鬼雄相助，尽挽银河倒泄，洗却旧神州。君亦首应点，犹笑我狂不？

另值得一提者，高旭最后词集《浮海词》十四首系赓和李后主原作而成，曾在南社词苑引起较大影响，诸如邵瑞彭、王蕴章、陈匪石、高增、刘鹏年等皆有和作，可觇一时风会之所趋。

与高旭同调而成就较胜者是小他一岁的族叔高燮。高燮（1878—1958），字时若，号吹万、寒隐等，早年鼓吹民族革命，辛亥后既不满

---

① 同时高燮亦有类似言论，称《牡丹亭》某些字句"感慨激烈，如郑所南《心史》中诗句"，或者为二人相互影响之故。见《高燮集》，中国人民大学出版社1999年版，第15页。

284 第二编 "亦狂亦侠亦温文"：南社词研究

时局，亦对新文化运动表失望，因于 1912 年与其甥姚光等创立国学商兑会，出版《国学丛选》，以"发明孔学之真"自任。[1] 一生治学精髓最在《诗经》，其闲闲山庄藏《诗经》有关宋元铅椠、善版孤本千余种，堪称海内独步。[2] 著有《吹万楼诗集》《文集》《读诗札记》等数十种，今由其后裔辑为《高燮集》，较为赅备。高燮曾于 1921 年编成《拜鹃楼词》，后又编选《吹万楼词集》，拟为文、诗之续，而手稿早佚。今集中收词二百余，系年编辑。

高燮《答王杰士书》明言自己"于其声音节奏之微，茫然不知也……不能为词，则亦不敢轻与人谈词学"[3]，去除自谦成分，大体言实。《答马适斋书》几乎是仅见的论词语："诗文词于今日但当有新理想，不可有新名词。苟一入新名词，便觉有伤雅驯，而于词尤甚……言宜曲而忌巧，意宜真而忌雕"[4]，亦常言耳，不大看得出倾向。其实，从《论学书》之十一很能窥见高吹万之整体文艺观，也即能明了其对词之见解："情之至者，能使天地失其久，金石失其坚，生死失其间，而山川失其阻深也……是故自其有情者而观之，则一庭一院，一帘一几，一灯一研，一卷一轴，一丝一竹，一香一茗，皆足以恼其感官……苟无情则道德不生，苟无情则才智不灵"，"尊情"之意，灼然可见，词也自然走的重情志一路。故其自题《拜鹃室词》之《锦缠道》云：

> 剩锦零丝花样，请君休笑。饰时妆、原非了了。南窗自绣伤心稿，明月深宵，奇泪盈怀抱。 步庭前树底，将身拜倒。冷清清、残魂缭绕。苦向啼鹃说，身世凄凉，与尔真同调。

吹万是直言自己不懂"饰时妆"的，之所以"拜鹃"，乃是因为"身世凄凉""奇泪盈怀抱"之故，而那"啼鹃"何尝不是长歌泣血的民主革命先驱之形象呢？本篇作于 1907 年，五年后，吹万以《忆旧

---

　① 可参见其辛亥后所撰《论学书》十三篇，《高燮集》，第 15—33 页。
　② 抗战时期高燮避难上海，藏书大多遭掳掠。解放后，他将劫余《诗经》珍本转赠复旦大学图书馆收藏，并将其他近两万册藏书悉数捐献上海文管会。
　③ 《高燮集》，第 402 页。
　④ 《高燮集》，第 404 页。

游》一调题写周实遗集，其中也有"料碧血长埋，千年定化啼杜鹃"之语。这还是借"啼鹃"意象而言情，《减兰·鹓雏以所著红豆书屋近词见示，赏以小词》更开篇就点出"深情如是，愿种漫天红豆子。两字相思，葬向心头一点痴"，其赏深情、重深情之心境，于斯历历可辨。

持此观念，吹万词呈现出的乃是重"意"而不甚重"格"的性灵风貌，其题写高旭《花前说剑图》与《秋风图》的《百字令》和《新雁过妆楼》就都是深解这位"老侄"心曲的佳作，较之高旭自题更胜一筹。作于壬戌（1922）正月的《南楼令》也笔致疏快无留滞，颇见才性：

> 急景逼残冬，兼旬雪更风。感劳生、人似征鸿。已到今年人日近，依旧是，雨濛濛。　　船尾响丁东，闲愁特地浓。倚篷窗、梦也惺忪。见说明朝春又至，惊老大，忒匆匆。

吹万词最受时人好评者乃作于乙酉（1945）的《望江南词》六十四阕，孙戬（沧叟）之评或涉吹捧，但点出"灵敏清空""闲雅古淡""看似寻常而语语确切，笔笔超脱"等语亦很见眼光。[①] 其小序意味即颇深长：

> ……闲闲山庄为余一手所营，吟啸忘忧，山林坐享，冀长作农夫以没世。奈骤惊浩劫之弥天，虽敝庐犹存，而百物荡尽。自避乱离乡，于今七载，追维往昔，觉四时之景，靡不可爱，飞潜动植，无一不足系我怀思。遂亦效颦，藉为止渴。积以日月，共得六十有四阕。处羁旅之地，而写泂溯之情；穷欢愉之辞，而屏愁苦之语。所自信言皆真实，意出肺肝，读者亦相喻于音声之外者耶？

弥天浩劫，避乱七载，作者以六十四首的大篇幅追念旧庐景象，尽述其"靡不可爱""系我怀思"之处，可谓"穷欢愉之辞"了，其实"愁苦之语"不也全都被映照出来？可以想象，当文坛同人读到这一组

---

① 引自《高燮集·编纂前言》。

286 第二编 "亦狂亦侠亦温文"：南社词研究

"言皆真实，意出肺肝"的"山庐小史"①，心头被唤起的那种对家园的眷恋该是何等缱绻缠绵，又怎能不"相喻于音声之外"？且读其中数首：

> 山庐好，临水野人家。笋为雷多齐破箨，芦缘春涨碧抽芽。新竹数竿斜。

> 山庐好，一笑物能容。傲慢向人鹅步稳，迷离对我兔睛红。何必辨雌雄。

> 山庐好，策杖一盘纡。草际跃过青蚱蜢，路旁蹲得老蟾蜍。物态野而迂。

> 山庐好，生意盎然长。鸡抚群雏争护母，猫生一子宛如娘。物类亦慈祥。

> 山庐好，物各养其天。池面曝晴鱼入定，枝头避暑鸟参禅。莲叶正田田。

雷多笋破，春涨芽抽；池鱼入定，枝鸟参禅……小小山庐，真是天趣盎然，生机勃发，作者笔墨中不徒于"飞潜动植"蕴涵深情，其实也将哲思化的人生况味收藏在其间了。然而至组词最后一篇，作者有惊人的一笔：

> 山庐好，虽好不思归。劫后残书聊可读，穷来赁庑倘堪栖。故里且休提。

"故里且休提"，这是对自己辛苦营造的家园幻影之全盘解构！如一记猛然撞响的暮钟，这一殿末之篇将沉溺在田园梦境中的读者倏然拉

---

① 本组词"自识"，《高燮集》，第849页。

回到离乱劫火中来，令人惊悚，大汗淋漓。抗战时代的文人心曲繁多，无疑地，高吹万为之增添了外貌"欢愉"而内蕴苍凉的一种旋律，因而也成就了自己特异的词坛位置。

自高旭、高燮还应附谈高增。高增（1881—1943），字卓庵，别号佛子，著有《自怡轩诗草》《澹安诗存》《古井词》《啸天庐词存》等，豪宕婉曲兼而擅之。如《高阳台·题桃花扇传奇》云："唱彻春灯，笺传燕子，当年帝子多情。夜夜元宵，管他棋局纵横。深宫粉黛知多少，却无端、感慨平生。忽传来、胡马南侵，魂梦都惊。　南朝往事何从说，只风流孽债，送了神京。谁赋同仇，防边但有空城。沧桑恨，付渔樵话，算人间、第一伤心。细推论，天遣云亭，写此凄清"，诚所谓"哀艳之音"也。①《金缕曲·日来连接警告，百感交集，再叠楚伧韵以写我忧》一篇当作于南社首次雅集后不久，激扬感愤，是辛亥前南社同人"心史"之一种侧影：

> 一觉邯郸道。猛回头、四郊多垒，羽书驰到。大宛康居齐入寇，愤把界碑推倒。枉金币、年年修好。鹿走中原悲劫运，让群雄、争向围场噪。可容得，南山老。　剥肤漫说时犹早。恨虫虫、依然醉卧，妖氛谁敝扫。跨上昆仑敲法鼓，义勇军声何杳。思救国、人前高叫。唇齿相依君解否，怕秦亡、韩魏将图赵。拚蹈海，此生了。

第三节　"诗狂"林庚白与"湖湘巨子"傅尃

附　刘鹏年

一　"诗狂"林庚白

前文谈王国维部分曾提及的"诗狂"林庚白不仅因作诗讥刺鲁迅而闻名遐迩②，与柳亚子也是交接甚密，恩怨重重。诸如曾因讥刺柳名

---

① 高旭：《愿无尽庐诗话》。
② 林庚白对鲁迅有恶毒谩骂，亦有极高评价，应不在"不饶恕"之列。详见陈漱渝《剪影话沧桑之霹雳火林庚白》（上海远东出版社 2008 年版）及谢泳《鲁迅与林庚白》（《文汇读书周报》2011 年 9 月 5 日）等。

288　第二编　"亦狂亦侠亦温文"：南社词研究

望不足而导致二人绝交，又因论诗不合遭柳氏杖逐①，可见交恶之状。然而言其主流，则柳亚子对林氏可谓推崇备至，且随着时间推移而评价愈高。1949 年，柳亚子在持赠陈叔通的《丽白楼自选诗》上题字云："庚白一代天才，造诣甚深，非曼殊所能企及，方驾杜陵，岂狂语哉"，对林自命古今第一的说法竟无异议②，此为眼高于顶的柳氏生平罕见之事。渊源如此之深，故应接柳亚子后略谈林庚白。

林庚白（1897—1941），原名学衡，字浚南，又字众难，自号摩登和尚，福建闽侯人。宣统元年（1909）13 岁时即在北京师范大学堂肄业，辛亥革命后被推为众议院议员和非常国会秘书，民国六年（1917）为众议院秘书长时年方弱冠。后引退蛰居上海，研究欧美文学和中国古诗，创办《长风杂志》，以杜甫自况即在此时。二十一年（1932）重入政界任立法委员，三十年（1941）偕妻挈子迁居九龙。未久夜归遇日军，遭射杀。林氏精命理，于当时享大名，因预测年末有大祸而避居香江，未料仍罹非命之难，故人有"相人不能自相""劫数难逃"之叹。今传有《丽白楼遗集》，中有词七十余首。

林庚白填词为诗文余事，既不甚措意，故唯求情志之达，而不甚重格律。如《兰陵王·送精卫赴法兼讯璧君夫人》《锦堂春慢·雨窗书感》等皆偶一为之，笔致亦颇疏快不雕琢。其词以言情之什最见特色，虽时涉亵笔，然性灵洋溢，真挚处能令人心怦然而动，是得力于纳兰而去其幽忧者。南社词苑，别是一家。试读其《浣溪沙·忆旧》：

　　鬓角眉心几点愁，乱蝉阴里绿如油。湖滨曾共系兰舟。　　雪夜记同摩托卡，晚春看打乒乓球。不堪往事数从头。

"忆旧"为俗滥常题，"不堪往事数从头"云云尤其无新意，然而点缀入"摩托卡""乒乓球"两事，即不仅出新，且在具体情境中传递出异样真切的怀思。举重若轻，是为妙品。类此者还有《点绛唇·春晚

---

　　① 郑逸梅：《南社丛谈》第 46 页，亦有说柳氏杖逐乃因林庚白追求其次女柳无垢之故，见张明观《因何"细故"杖逐林庚白》，载《柳亚子史料札记》，上海人民出版社 2008 年版。
　　② 参见姜德明《柳亚子与林庚白》，载《姜德明书话》，北京出版社 1997 年版，第 74 页。

有感》：

> 重叠心情，四年更比三年紧。爱憎悲悯，并作心头刃。　　拚不思量，又被春愁引。千回忍。镂肝雕肾，只换深深吻。

其实纯以古典言情者亦佳，不必非借现代语汇始见其能。如《临江仙·深宵有忆》：

> 扬尽楼头春色，三年长是萧寥。轻寒帘幕可怜宵。泪痕深浅雨，心绪去来潮。　　曾记几回相见，含嗔如怨还娇。自家烦恼种愁苗。当时真错过，今夜恁无聊。

笔调行云流水，情感顿挫起伏，置之《饮水词》中亦无逊色。这几首词大抵作于30年代初，所记乃是与张静江之女张蒨热恋事。前文说"时着亵笔"，其实自现代人立场看来，自"性"而"爱"，无可厚非，放浪直白或者有之，亦不必作卫道士面孔而大张挞伐，更何况这些作品亦不乏楚楚动人之态？如《小庭花·晚思》：

> 半面亭亭乱发垂，眼波难趁汽车飞。思量莫是那人儿。　　蹋足记曾亲素履，将身愿更作中衣。也教消得一生痴。

"蹋足记曾亲素履，将身愿更作中衣"，确乎"艳"而近乎"淫"，不过既可追溯到陶渊明《闲情赋》的思致，落脚点又在于"一生痴"，还算是含蕴的。若《浣溪沙·有忆》四首与《浪淘沙·有觊》之大胆则不亚于郁达夫的《沉沦》了，然而也自有其胜处。最起码，那种不假掩饰的名士才子气是真实的，也有几分可爱。

当然，如果仅是此类"性灵"，则林庚白之轻薄才人形象就更加坐实。在词中，他也偶作系心民瘼国是题材，虽不多，水准则颇高，读之可领略其人的复杂阔大情怀。如作于1933年的《浣溪沙·沪滨竹枝词》之四：

如雾楼台见万鸦，买邻墨吏竞浮家。江南开遍米囊花。　　鲞面劳农饥欲死，胁扇贾客乐无涯。汽车虎虎夕阳斜。

米囊花，为罂粟之古称。以此为核心，作者构筑起"万鸦""墨吏""劳农""贾客"交织的密集意象群，看似客观，而稍稍点染"饥欲死""乐无涯"字样，即悲愤全出，锋芒毕露。竹枝词而有此深意，大是不凡。1935 年，日本在华北地区紧密布局，咄咄逼人，策划了"华北五省自治"等一系列侵略活动，力图使其成为下一个"张作霖时代之东北"。面对空前严峻的民族危机，林庚白奋然执笔，写下《水调歌头·闻近事有感》：

河北不堪问，日骑又纵横。强颜犹说和战，处士盗虚声。拚却金瓯破碎，长葆功名富贵，草草失承平。岂独岳韩少，秦桧亦难能。　　尊国联，亲北美，总求成。横磨十万城下，依旧小朝廷。古有卧薪尝胆，今有金迷纸醉，上下尚交征。安得倚长剑，一蹴莫幽并。

经过开篇之短暂过渡，作者即把矛头对准"强颜犹说和战"的"处士"，"岂独岳韩少，秦桧亦难能"十字是加一倍写法，可谓讽刺入骨。下片愈益激昂，以古之卧薪尝胆与今之纸醉金迷相对照，"小朝廷"苟且求安之状和盘托出。末二句怒发冲冠，神采直接辛稼轩、陈同甫。日后这位轻狂才子终以烈士结局，自此篇中已能窥见消息。要之，林庚白词作不多，然而从内容到笔法，都确乎有其不可磨灭的光焰的。

二　"湖湘巨子"傅専

本节还应谈与柳亚子、高旭等声气相通的湖湘巨子傅専。傅専（1883—1930）[①]，又名熊湘，字文渠，一字君剑，别署钝根，后因与王

---

① 傅専生卒年有异说，如郑逸梅定为 1884—1934 年，应以刘鹏年《傅钝安先生年谱》（《傅熊湘集》后附，湖南人民出版社 2010 年版）为准。

钝根同号，乃改为屯艮或钝安。① 湖南醴陵人。少时师事王先谦、吴德襄，后留学日本弘文学院。光绪三十二年（1906）与宁调元等在上海创办《洞庭波》杂志，与胡适等编辑《竞业旬报》，鼓吹推翻帝制。萍浏醴起义失败后回醴陵，任教各中学堂，并主编《长沙日报》等。辛亥革命后，因在报刊著文反袁遭通缉，后任湖南省参议员、中山图书馆馆长、安徽省棉税局局长等职。著有《离骚章义》《段注说文部首》《国学概略》《国学研究法》等。

傅尃为南社发起人之一，与高旭、柳亚子等都保持着密切交谊。他"在南社内讧时为维护团结局面旗帜鲜明地支持柳亚子；在南社群龙无首时力挺姚光；在社事萧条时苦心孤诣地经营南社长沙分社……并在南社没落之时力倡中兴南社并最终建立南社湘集"②，因而在南社发展过程中具有特殊重要的地位。钝安文采照人，诗词俱佳，《南社丛选》收录其诗一百零二首，仅次于陈去病，还在柳亚子之上。有才有情，有势有力，总非凡响。词见之《南社丛刻》者多达一百五十九首，仅次于邵瑞彭、叶玉森、俞剑华三家，而今人裒辑《傅熊湘集》，竟置《南社丛刻》《南社词集》于不顾，加辑补仅得四十四首，殊非钝安词全貌，因而"缠绵哀艳，深沉绵邈"之类评价过于潦草，实未能探得其词心。③

其实傅氏作于甲寅（1914）的《钝庵词自序》对于自己的风格师承说得已很清楚："岁戊申始习填词，疏于律，不能细也。明年客长沙，时时过太一狱中，会无俚，则相与绝脰为之。泛滥唐宋，而颇规稼轩……窜存十一，大半酒后耳热呜呜之歌，聊记因缘，未可绳墨。"④自此可知钝安填词不仅重情志，且也是以辛老子为职志的一家。其词大有稼轩神采的应首推《西江月·放言十首》，试读其一、三、五、八、九：

---

① 郑逸梅：《南社丛谈》，第 287 页。
② 郝丽秀：《南社湖湘巨子傅尃研究》，硕士学位论文，山东大学，2011 年，第 34 页。
③ 颜建华编校《傅熊湘集》。其词辑补曾据《南社丛刻》，然仅补二首，未知何故。引文见本书前言，第 8 页。
④ 《傅熊湘集》，第 569 页。

把笔写愁无限，及时行乐常稀。浮生只合醉如泥，时事不消说起。　海上仙山缥缈，眼中梦境离奇。白云苍狗总堪疑，何物能令公喜。

一曲晓风残月，数声铁板铜琶。兴酣落笔走龙蛇，谁信曲高和寡。　世事水中捞月，人情雾里看花。浮生一半寄红牙，笑骂由他笑骂。

雁以失鸣见杀，木缘臃肿而夭。周将材与不材间，而后从今知免。　老子犹龙远矣，仲尼若狗累然。潜龙无闷狗堪怜，尝得蒸豚一脔。

披发酒边高叫，昂头天外闲游。奇情一纵意难留，自笑吾狂依旧。　眼底东南云气，掌中西北神州。新亭泣涕请君收，消个夷吾终有。

儵忽早知地哑，灵均枉恨天聋。窍难开凿问难通，偏又会将人弄。　占谶告余以臆，岂惟大块梦梦。人间亦有物相同，释策谢之曰懂。

此一组通体精悍，首首可读，此处姑举其半而已。第一首述时事之迷惘；第三首自表词心；第五首称老庄而讽仲尼，极皮里阳秋之至；第八首关注东南云气与西北神州，怀抱悲怆；第九首仍称引庄子，饱含愤世之意。"庄周曼衍，宋玉悲凉"①，此皆所谓"酒后耳热呜呜之歌"，很能看出钝安词光怪恣肆、深得辛派家法的一面。

钝安词中"规稼轩"而颇具神韵者还有《水龙吟·海上旅怀》《金缕曲·与痴萍饮后……》《摸鱼儿·用稼轩韵》《临江仙·雪词谓其妇劝勿作诗……》等，然皆不如《水调歌头·小除夕僧寺写忧》：

────────

① 组词小序。

百岁为吾待，三十等闲过。一年一度除夕，值甚悔蹉跎。只恐茫茫来日，长是有愁如织，白发误人多。努力鞭乌兔，寄语促羲和。　　食无鱼，醉无酒，和无歌。无端忽被僧戒，皈命礼弥陀。空说吾家有妇，何自为谋斗酒，馋煞老东坡。休矣公无怒，且唱定风波。

本篇不乏苏辛笔意，而思致尤自黄仲则"茫茫来日愁如海，寄语羲和快著鞭""苍苍者天，生我何为，令人慨慷"等名句中来，故而沉郁真挚逾恒，为钝安词之上品。受清人影响者还有《浣溪沙·集定庵句》一组五首，姑读三、四：

尘劫成尘感不销，神魂十丈为飘飘。珠帘揭处环佩摇。　　一寸春心红到死，四厢花影怒于潮。万千哀乐集今朝。

冉冉修名独怆神，少年哀乐过于人。谁疑臣朔是星辰。　　客气渐多真气少，词人零落酒人贫。空山徙倚倦游身。

此处选录钝安集句词应说明两个问题。第一，"集句"能否算是正规的创作样式，负载感情并被赋予审美价值，从而跻身大雅之堂？作为"引用"这一修辞方式的引申，集句发展了它本身带有的"移情"意味，将原有情境下蕴蓄的情感转移并应用于新的情境。其结果一般有二：A. 原有抒情功能遭致削弱。B. 出现转化后的"新情感"，进而呈显新的审美情态。而无论结果 A 或 B，抒情功能的得以挥发应是无疑义事。探讨"集句"的抒情价值尤应关注 B 类情况。宋末文天祥被俘幽囚，自杜甫诗中集成五言绝句二百首。在《自序》中文天祥雄辩地阐明了三点：（1）集句可以获致"但觉为吾诗，忘其为子美诗""非有意于为诗"的效果，这无疑是"集句"所能达到的最理想境界。（2）能达如此境界的表层原因是"凡吾意所欲言者，子美先为代言之"，深层原因则是"情性同"耳！（3）那么，建立在"情性同"基础上的集句相对于原创，其抒情、记史、审美等一系列功能不仅可以不被削弱，反而可能在变异中得到强化。此为认知集句价值的重要起点。

294　第二编　"亦狂亦侠亦温文"：南社词研究

第二，"集龚"在南社是相当普遍的现象。切勿以为"集龚"只是文人的偏嗜或游戏文字就一带而过、忽略不提甚至大张挞伐，那将会导致我们漏掉这一现象中包孕着的很丰富的文学信息乃至文化信息。首先，研究"龚自珍与近现代文学""龚自珍接受史"等课题，"集龚"是一个必须强烈关注的焦点；其次，"集龚"代表着一代文化精英对定庵的高度评价。诗史上自来有"集陶""集杜"等风气，"被集者"必须在人格、艺术两个层次被"集者"高度认同。那么换言之，在南社同人的心目中，龚定庵的诗歌成就必已跻身于诗史的"第一流"地位，且与自己息息相通，才具备"被集"的资格；再次，这些"集龚"者或为革故鼎新的民主先驱，或为眼高于顶的当代才人，他们形成"推崇"某一诗人的共识谈何容易！然而这个诗人不但有，而且出自诗歌史程上向来遭致忽视乃至蔑视的清代！这难道不是从一个层面上反射着清代诗歌尚被我们漠视的成就吗？

有鉴于此，多年前我尝写有《朱彝尊〈蕃锦集〉平议——兼谈"集句"之价值》《南社诗人的"集龚"现象》等文，对上述问题有所梳理。① 此处另生枝蔓，征引文中大意，目的乃为唤起对"集句""集龚"现象之关注，亦为傅钝安的集句词"正名"。在此前提下返观上引词，除每篇四、五句对仗极佳，特值称道，全篇亦透露出定庵与钝安"情性"之"同"。以前贤诗句的外壳运载自家心事，而有自家面目，这样的"集句"无疑值得称道，且足可代表钝安词的最高水准的。②

傅尃特重隐居之乐，其致柳亚子书云："卜居万山中之一茅，捐妻子，弃友朋，块然独处，名其林曰繁霜，署其阿曰息影，字其居曰鹣借，文其卧曰梦甜，读书灌园，长眠饱食，风梳露沐，木居豕游。"③ 其《一痕沙》与《浣溪沙·山庄晚眺》当作于此时，朴厚真切，功力

---

① 分别见《南京师范大学文学院学报》2003 年第 3 期、《中华活页文选》2004 年第 11 期。

② 王以敏、程十发、傅尃之外，集句词尚可得一重镇尹文敬。文敬（1902—?），四川乐山人，字伯瑞，号莘氓，巴黎大学经济学博士。毕业后历任四川大学、北平大学等校教授。曾与千家驹等组织中国财政学会，新中国成立后，任教上海财经学院、上海外语学院，晚年调上海社会科学院。著有《国家财政学》《财力经济学》等，另有《莘氓恒钉词》，集句之作多达三百余。特注于此，供撰《集句词史》者参酌。

③ 《傅熊湘集》，第 338 页。

独深：

> 买得良田二顷，便合此间长隐。分半种桑麻，半种花。　　前面青山如画，时有白云来下。高处两三峰，是章龙。

> 远树微茫一剪平，夕阳斜衬断霞明。晚来天色界红青。　　溪涨一痕浇菜雨，村喧十里打禾声。歇凉人爱坐瓜棚。

三　傅尃高足刘鹏年

刘鹏年（1896—1963）为傅尃高足，词亦颇佳，姑附谈之。鹏年字雪耘，父泽湘、叔刘谦均为南社成员，时号"三刘"，而以鹏年才调最为可观。乃师钝安逝后，鹏年主持南社湘集，颇著劳绩。著有《鞭影楼词存》，凡一百三十余篇，殿后者已作于抗战胜利时，足可览其平生心迹。鹏年在追和高旭《浮海词》的《叙》中说："春光九十，客路三千。独处寡欢，凄然欲绝。别无消遣，惟嗜诗余。细数名家，首推后主……本红豆相思之旨，写青衫羁旅之悲。景杂缀夫春秋，语半涉夫离合。虽镜花水月，人将认幻为真；然灯炧酒阑，我且长歌当哭"，言语间栩栩然有"情志"二字，自作也大多能副此宗旨。如早年作《浣溪沙》，为绮丽风华的言情之篇，隐约有龚定庵的笔意：

> 偶落吟鞭偶驻车，红榴西畔是儿家。零欢断梦一些些。　　任说君恩深到骨，争知侬影瘦于花。频年芳草满天涯。

《蝶恋花·欧会闭幕，倚此志悲》作于巴黎和会结束后，虽披言情外衣，走比兴寄托的老路，而主旨劲直，并不晦涩。词云：

> 啮臂前盟深几许，软语商量，转触檀郎怒。谣诼无端来众女。抛人冷冷清清处。　　薄命如花侬自主，把定芳心，不嫁瞿塘贾。化作冤禽东海去。人天缺恨从头补。

296　第二编　"亦狂亦侠亦温文"：南社词研究

其词中尚多关乎人事者，彩笔纷披，情致耿耿，不徒具史料价值而已。如题写同乡王芄生《天荒地老图》的一首《水龙吟》：

> 人间何处埋愁，千生万劫来兹地。榛烟锁梦，苔衣绣碧，猿啼鹤唳。石不能言，天犹待补，岁时谁计。任朝朝暮暮，风风雨雨，无人唤，拚酣睡。　　回首当年身世，误浮名、鬓丝憔悴。美人骏马，青灯黄卷，消磨才气。薜荔山阿，桃花溪水，闲情空寄。对沧桑幻影，高歌一曲，慰荒凉意。

王芄生为民国时代著名外交家，亦富文人情怀，曾著《小梅溪堂诗存》。刘词自"天荒地老"之标目以及"美人骏马，青灯黄卷，消磨才气"等语当可勾勒出王氏不大为世人留意的另一层面，而词笔之幽丽荒寒也多得力于楚骚，很富湘地特质。

"白屋诗人"吴芳吉与刘鹏年同龄，曾激赏刘氏"红树爱冬晴"之诗句。1932年吴芳吉去世，鹏年因有《玉漏迟·题吴白屋遗书》之作，深切表达了对这位"剩墨零缣，犹带海潮悲壮"的"长往""诗人"的怀思。相较之下，其《长亭怨慢·洞庭先生以所存先师钝安先生诗札手迹数纸见示，盖劫余之遗也。属为题词，怆然赋此》一篇悼念先师，其情更深，笔更重。洞庭为李澄宇字，是亦南社名辈，政绩文事两臻高境者①：

> 正吟瘦、楚天秋影。泪眼西风，夜灯红暝。旧梦凄迷，广陵遗响未堪听。文人珠玉，空换取，贫和病。埋恨向青山，怅望逝水，茫茫无尽。　　愁损。自人天多故，耽误永和觞咏。零缣断沚，系知己、死生情分。微定论后有千秋，留片羽、转怜余烬。好笼护深深，化鹤归来犹认。

---

① 李澄宇（1882—1955），字洞庭，湖南岳阳人。民国初期为陆军少将，后弃武从文，与傅尃、谢晋、姚大慈、姚大愿合称"湘中五子"。曾任湖南省政府秘书长、美立湖滨大学教授、国立湖南大学教授等。著有《未晚楼诗稿》《未晚楼词》等。

第四节 情志派余论

论南社情志派词还不得不提及李叔同、胡怀琛、王钟麒、陈蜕、叶楚伧等，他们别有名世之长，词作不多，然而性灵洋溢，成就影响或不弱于前述诸子。

李叔同（1880—1942）早年入南社，以诗词书画名世，并为学堂乐歌、话剧之奠基人。晚岁出家，法名演音，号弘一，乃近代律宗重振之中流砥柱式人物，亦遂为中国百年文化巨子之一。其词仅存十一首，然而"缠绵慷慨，两擅其胜"①，元气淋漓，足树一帜。先读《满江红·民国肇造志感》：

> 皎皎昆仑，山顶月、有人长啸。看囊底、宝刀如雪，恩仇多少。双手裂开鼷鼠胆，寸金铸出民权脑。算此生、不负是男儿，头颅好。　　荆轲墓，咸阳道；聂政死，尸骸暴。尽大江东去，余情还绕。魂魄化成精卫鸟，血花溅作红心草。看从今、一担好河山，英雄造。

民国肇造，李叔同正值而立年，自开篇的"有人长啸"至煞拍的"看从今、一担好河山，英雄造"，字字句句皆可见出一代民主先驱的淋漓意气、慷慨襟抱，读之令人感奋不已。《喝火令·哀国民之心死也》笔致走婉曲缠绵一路，忧患深沉，不让杜牧《泊秦淮》专美于前："故国鸣鹧鸪，垂杨有暮鸦。江山如画日西斜，新月撩人、透入碧窗纱。陌上青青草，楼头艳艳花。洛阳儿女学琵琶，不管冬青一树属谁家，不管冬青树底、影事一些些。" 1905 年东渡日本留学时作《金缕曲·留别祖国并呈同学诸子》亦为李氏名篇："披发佯狂走。莽中原、暮鸦啼彻，几株衰柳。破碎河山谁收拾，零落西风依旧。便惹得、离人消瘦。行矣临流重太息，说相思、刻骨双红豆。愁黯黯，浓于酒。漾情不断淞波溜。恨年年、絮飘萍泊，遮难回首。二十文章惊海内，毕

---

① 钱仲联：《光宣词坛点将录》。

竟空谈何有？听匣底、苍龙狂吼。长夜凄风眠不得，度群生、那惜心肝剖。是祖国，忍孤负？""披发佯狂走"的姿态见之文化史程者指不胜屈，然而这一次则是为"收拾""破碎河山"，为"度群生"，为不"孤负"自己的祖国，如此兼有缠绵慷慨之胜、能令"志士为之作气"①的词篇不正标举出"二十世纪词史"之特质么？

值得特别一说者还有其传唱百年而未衰的学堂乐歌名作《送别》。②这篇歌词实质亦为词之变体，只消将其简单分片"长亭外，古道边，芳草碧连天。晚风拂柳笛声残，夕阳山外山。　天之涯，地之角，知交半零落。一瓢浊酒尽余欢，今宵别梦寒"即可看出，其格律非常接近《阮郎归》，且录一首晏几道作品以资比较：

> 旧香残粉似当初，人情恨不如。一春犹有数行书，秋来书更疏。　衾凤冷，枕鸳孤，愁肠待酒舒。梦魂纵有也成虚，那堪和梦无。

两首词字数、句式略同，唯《送别》将《阮郎归》起首的七字句减去一字，拆成三三句式。另将下片前三句的平韵变成仄韵，且转换韵部。词之滥觞即为应歌，则李氏此作既颇新颖，亦可谓饶有古意了。③

胡怀琛（1886—1938），字寄尘，胡朴安之弟，安徽泾县人。以童子试不避清帝讳被黜，从此深恶科举。宣统间任《神州日报》编辑，鼓吹革命。此后辗转多家报社，于新闻界颇著声名，并任职沪江大学、商务印书馆、上海通志馆等。有《国学概论》《墨子学辨》《老子学辨》《托尔斯泰与佛经》《中国文学史略》《修辞学发微》等文史哲著作百余种，为一代通人。词不多作，见之《南社丛刻》者仅可得十余首。胡氏学殖富厚，词则毫无头巾气，多以白话表其性灵，这当与其曾致力新

---

① 钱仲联：《光宣词坛点将录》。

② 据邱景华《李叔同与〈送别〉》，该篇作于1915年任教杭州第一师范时期，旋律采自美国作曲家约翰·奥格威的《梦见家和母亲》。

③ 参见拙作《〈送别〉并非现代诗——兼谈中学教师的古典文学修养》，《中华活页文选（教师版）》2005年第7、8期合刊。

诗创作与传播有关。① 如《浣溪沙·夜雨》"有个愁人睡不牢，芭蕉风雨夜潇潇。新凉如水一灯摇。　往事悲欢都过了，管他哀乐到明朝。只难消受是今宵"，发语轻巧随意，丝毫不假涂饰，而"管他哀乐到明朝"的放达背后乃是"只难消受是今宵"的沉慨，情绪折叠，语势顿挫，即便与蒋竹山《虞美人·听雨》《一剪梅·舟过吴江》相比也无逊色。其《罗敷媚》同题之作佳处略同，则不妨准"郑鹧鸪""贺梅子"之先例，称其"胡夜雨"也：

芭蕉叶上宵来雨，已算凄清。不穀凄清，添个寒螿抵死鸣。

纸窗竹簟人无睡，坐到天明。听到天明，愁与秋潮一样平。

胡氏《浣溪沙·答莼农》虽是戏语，也有味道："问我缘何不作词，今将心事告君知。非关偷懒故装痴。　愁绪绵绵情絮絮，斜风片片雨丝丝。原来最怕说相思。"这位声称"怕说相思"而"不作词"的胡寄尘其实正是不可多得的性灵词人，南社词群当踞一席之地。

再谈王钟麒（1880—1914）。钟麒字毓仁，号冗生，别署天僇生等，安徽歙县人，生长扬州。光绪末入新闻界，为《神州日报》等多家报纸主笔，于诗、文、小说、戏曲皆能，著有《恨海鹃声谱》《孤臣碧血记》《郑成功》《血泪痕传奇》等，另有《论小说与改良社会之关系》《剧场之教育》等论文，为较早运用现代文艺理论阐述小说戏曲的社会作用者，颇具开创意义。

民国初，钟麒寓沪，以抨击西洋电车遭侦探搜逻，避难扬州，愤郁而终，卒前作《长别诸知好书》，内有"文人末路，千古伤心，生为无告之民，死作含冤之鬼"句，可见其激扬性情。② 他题写自撰《血泪痕》传奇的《摸鱼儿》与题写《藤花血》传奇的《满江红》皆语势奇横，心潮跌荡，是词中最见心志之作。《摸鱼儿》上片云，"又无端、几番惆怅，阿谁写入粉牒。赚侬多少酸辛泪，洒向西风黄叶。君听彻。

---

① 胡怀琛为最早投入新诗写作与批评者之一，民国八年（1919）曾编写《长江黄河》《自由钟》等通俗诗集，自费印售，1923 年即出版《新诗概说》，为新诗张目。可参见赵黎明《胡怀琛与民国之初的新文学教育》，《中国文学研究》2011 年第 4 期。

② 郑逸梅：《南社丛谈》，第 113 页。

300　第二编　"亦狂亦侠亦温文"：南社词研究

君不见、行间都是鸳鸯血。声声凄切。有一缕幽魂，飞来卷里，一读一鸣咽"，酸辛幽戚之感愈转愈深，不必读其戏文，亦足泣下。《满江红》则更激烈，词云：

> 如此江山，问世事、从何说起。看门外、铜驼无恙，夕阳如矢。惨雾横空磷火碧，西风扑地芙蓉紫。猛回头、换了小朝廷，心如死。　　家国恨，空羞耻。身尚在，差堪喜。似鬼神来告，吾仇至矣。把剑伤心聊一哭，投杯壮志仍千里。看等闲、谈笑起风云，空余子。

钟麒少年英俊，故多言情之什，亦颇见特色，《齐天乐·金诃子》虽涉艳情，而笔势飞动，直接朱彝尊、董以宁诸贤。《鹧鸪天·纪事》则活色生香，甚具朱彝尊《静志居琴趣》的神采：

> 月暗花梢露气浓，轻开画槅两三重。口含密意先神会，画尚销魂况夜逢。　　纤手颤，泪珠融，偎人半晌太匆匆。明朝众里分明见，别样矜严更不同。[1]

本节最后谈《苏报》创始人陈蜕与显宦词人叶楚伧。陈蜕（1860—1913），字蜕庵，江苏阳湖（今常州）人。曾纳粟为江西铅山知县，以教案被劾罢官后退居上海。[2] 光绪二十六年（1900）购得上海《苏报》产权，遂锐意经营报业。"苏报案"发生，被列入逮捕名单，东逃日本，与孙中山、陈少白等革命党人结识。辛亥后主持《太平洋报》《民主报》笔政，旋病逝。有《蜕翁诗词刊存》等。[3] 蜕庵不以词名，然《南社词集》载其《临江仙·遣春词》一组七首，笔调摇曳，极性灵之至，亦有大感喟。兹录其一：

---

　①　朱彝尊：《渔家傲》："众里偏他回避早，猜不到，罗帏昨夜曾双笑。"
　②　郑逸梅说其上峰旗人德馨贪婪好货，他耻隶其下，遂挂冠去。《南社丛谈》，第211页。
　③　彼时有两陈蜕，另一为浙江诸暨人。《南社诗集》《词集》编纂时，曾将两人作品误编为一，见郑逸梅说。《南社丛谈》，第101页。

抛却已经抛却，思量尽自思量。情丝减短不添长。夜阑闻叹息，休信梦荒唐。　　记取坡仙道破，鸟声烟景匆忙。朝云抔土送斜阳。道旁谁氏墓，树上有鸳鸯。

叶楚伧（1887—1946），原名宗源，字卓书，因父字凤巢，故别字小凤。以"楚伧"笔名行世，又常别署叶叶，江苏吴江人，为午梦堂叶氏后裔。早年毕业于苏州高等学堂，民国成立后先后创办《太平洋报》《生活日报》《民国日报》等，为名报人。1923 年参与发起新南社，旋被选任国民党第一届中央执行委员，并任上海执行部常委兼青年妇女部长，为"西山会议派"要员。南京国民政府成立后，历任江苏省政府主席、国民党中央党部宣传部长、国民政府立法院副院长等显职。

楚伧浮沉报坛宦海，词人身份为其小节，虽入春音社时也偶尔阑入"格律派"畛域，但大抵意到笔随，不以雕饰为能。如《百字令·题仓海心太平草庐》：

小朝廷定，便西湖驴背，自称老矣。丈六梨花无敌手，海内如髯者几。盘马燕然，传书邛棘，得意当如此。太平庐里，行看投袂而起。　　丈夫别有文章，韬铃以外，露布万言耳。千古满江红一阕，辉映无双青史。椽笔霜寒，剑花铁冷，血作交河水。东门献馘，问是主人不是。

仓海，即丘逢甲。《马关条约》签订后，逢甲迭电清廷，反对割让台湾，并倡建"台湾民主国"，组义勇队，誓死抗日。兵败后由闽返粤，定居故里，营建"培远堂""心太平草庐""念台精舍""岭云海日楼"等，其慷慨心志如龙泉挂壁，中夜长鸣。叶氏词开篇即以百战归来的韩世忠为参照，西湖驴背与丈六梨花对写，笔致极其贴切精神。"太平庐里，行看投袂而起""千古满江红一阕"云云，也与逢甲的"亢然高歌""太平梦想"两相契合。① 在大量题写心太平草庐的诗词

---

① 丘逢甲：《叠韵再题心太平草庐图并答温丹铭》："亢然远慕太平世，高歌金石深山中。""梗然与世无一可，太平梦想能躬逢。"

302 第二编 "亦狂亦侠亦温文"：南社词研究

中，这一首堪称杰特之作。身丁乱世，楚伧词中不少此种雄健之音，《夜半乐·自题破碎江山》《满江红·金陵》《贺新郎·送荷公之吴》等皆是，《念奴娇·黄海凭栏》尤为激楚：

> 水天一色，有鲸波百丈，奔腾而出。一匹鲛绡新世界，容我凭栏独立。远岫横云，雄风吹水，下有蛟龙窟。天吴无恙，掉头摇尾江侧。　　回首山水零星，烟波上下，满目云天抹。仗剑三边功业歇，愁杀燕然山石。子弟江东，兵氛河朔，残局谁收拾。今朝过汝，相期无负他日。

辛亥革命中，楚伧曾任广东北伐军司令姚雨平的秘书长，草拟《北伐誓师文》，后任参谋长，参与固镇、宿州两大战役。尽管从军生涯不长，胸襟气度自然有别于一般文人，因而"子弟江东，兵氛河朔，残局谁收拾"云云也非清谈空言，那是藏着一分真切的豪情的。

第二章 论南社"格律派"词

第一节 "箫愁剑恨满词笺"[①]：论庞树柏词

附 蔡守、叶玉森、寿玺、易孺

一 南宋正统，瓣香疆村

南社词坛诸俊彦其实大多别有擅场，但以词为余事尔。专以词名者，庞树柏是特别值得关注的一家，也是南社词坛一大名家。这位特抱伤心、别有幽怀的早逝才人，其享寿在纳兰容若、黄仲则之间，而才情亦可相匹配，足可独提"格律派"一师旅。树柏（1884—1916），字檗子，号芑庵，别署龙禅、剑门病侠、墨泪词人[②]等，常熟人，江苏师范学堂肄业，与柳亚子、陈去病、高旭等人同发起南社，为首次雅集十七人之一，并任《丛刻》词部编辑。武昌起义时，檗子自上海圣约翰大学教授任上离职，赶回常熟策动响应，遭遇豪绅围攻，几罹不测。"二次革命"起，响应反袁斗争，遭通缉而逃亡上海。其《避难舟中看月》诗即作于此际："寂寂荒江晚，萧萧秋气清。扁舟今夜梦，双泪故乡情。月缺山河影，风多草木声。干戈何日已，漂泊任吾生。"从此仿信陵君故例，不问政事，以酒色自遣求死，未几遘疾而殁。著作《龙禅室诗》之外，有《玉玲珑馆词》一卷，民国五年排印《庞檗子遗集》本，为朱祖谋删定，存词不多，难窥全貌。《湘心词》一卷、《衮香词》一卷

---

① 潘飞声：《庞檗子属题玉玲珑馆填词图》，《说剑堂集》卷二，民国刻本。

② 檗子号墨泪词人，见左鹏军《近代传奇作家作品考辨五题》，《文学遗产》2001 年第 1 期。

稿本，不经见。常见者乃《南社词集》，载其词一百三十五首，足资把握。

庞树柏是坚决的"南宋正统派"，祈向在白石梦窗。这一点，论者几乎众口一辞，别无异说。如高旭在《清平乐·题庞檗子填词图》中称："刻羽移商谁与抗，白石风流无恙"，已点明其宗法所在。钱仲联《近百年词坛点将录》点檗子为"地暗星锦豹子杨林"，评语中说得更清楚："瓣香彊村，为南社词流眉目。""趋向南宋，得白石之警秀。"《南社吟坛点将录》则以"天究星没遮拦穆弘"许之，称赏其"白石之瘦，樊榭之妍"。更能说明问题的是柳亚子《南社纪略》中的详尽载述：

> 在清末的时候，本来是盛行北宋诗和南宋词的。我却偏偏要独持异议，以为论诗应该宗法三唐，论词是应当宗法五代和北宋的。人家崇拜南宋的词，尤其是崇拜吴梦窗，我实在不服气。我说，讲到南宋的词家，除了李清照是女子外，论男的只有辛幼安是可儿。梦窗七宝楼台，拆下来不成片段，何足道哉！这句话不要紧，却惹恼了庞檗子和蔡哲夫。檗子是词学专家，南宋的正统派，哲夫却夹七夹八地喜欢发表他自己的主张，于是，他们便和我们争论起来。一方面，助我张目的，只有朱梁任，可是事情不凑巧，我是患口吃症者，梁任也有同病，两个人期期艾艾，自然争他们不过，我急得大哭起来，骂他们欺负我，檗子急忙道歉，事情才算告一段落。①

对于这段南社最早的文学纷争，庞树柏有《己酉十月朔，南社第一次雅集于虎溪张公祠，到者凡一十七人》长歌以纪之，句云："高谭再伸逸兴飞，指掌今古探义微。舲船争泻吟笺礜，众客酬酢一客歕。"诗自然不及文之细腻，然"一客歕"之生动也非文章能到。从上可见，庞檗子的趋南宋、宗梦窗绝非泛泛一说，而是具有极强自觉性的理论选择。无疑，这与其"瓣香彊村"是有莫大关系的。

彊村与檗子词学交游可考之最早者在宣统元年（1909），此年彊村

---

① 上海人民出版社1983年版，第14页。

屡辞特诏，来往于上海、苏州两地。庞树柏初见彊村在本年闰二月，自述云："谒沤尹师于吴门听枫阁。甫接颜范，备承奖诱，并出所刻《梦窗四稿》《半塘词定稿》及自著《彊村词》三种见贻。嗣以拙稿就正，师则绳检不少贷，余今日之得，稍知倚声途径者，皆师之力也"①，径以"师"称之。稍后，郑文焯以瑞香花赠彊村，彊村赋《玉烛新》以报，并寄檗子，檗子乃依原韵奉和。②自今存檗子词看，此前已有和白石、清真韵者多篇，很对彊村的路数，故这次"奉和"更是弟子向老师以作品致敬与皈依的重要信号。至本年冬的虎丘雅集，柳亚子大不满于南宋词及梦窗，檗子自然会鸣鼓攻之，捍卫南宋正统与彊村家法。

其后数年，庞朱二人交往行迹无多。壬癸之际（1912—1913），檗子有《转应曲·效彊村作》三首，又多篇咏梅兰芳者，恐亦不无彊村影响。③迨檗子逝世前一年，春音词社成立，彊村任社长，则师弟二人又开始一个雅集唱和的密集期。檗子至少参与了春音词社前五次雅集中的四次④，而旋即下世。檗子殁后，彊村为这位词弟子删定《玉琤琮馆词》，并题《荔枝香近》一首，不仅回顾了"倚扇翻襟欢事"，也对其"黄檗吟心"与"琅玕字"予以佳评。至"梦语重泉底""细雨棠梨，花发马塍无地"等语，更寄予真挚的怀念，从而为这段交游画上句号。

以上考察庞、朱交游，目的为落实"瓣香彊村"之判语，并凸显檗子词学之眉目。那么就可以得出结论：庞檗子乃是南社中接承彊村职志、峭立词苑的一员骁将。自此辨认檗子词风，则其严守格律、本色当行之特点不难体会得。单看这一组词调词题即可有直观感受：《瑞龙吟·和清真韵，即自题填词图后》《霓裳中序第一·中秋前一夕……用白石道人谱》《惜红衣·读王半塘庚子秋词感赋，用石帚韵》《莺啼

---

① 庞树柏：《蓑香簃诗词丛话》，《民国日报》1916年10月1日。转引自陈水云《南社论词之两派及其词学史意义》。

② 何泳霖：《朱彊村先生年谱及其诗词系年》，《华学》九、十合辑，第1023—1024页。檗子词见《南社词集》第二册，第364页。

③ 有关梅兰芳者可得四首，词牌分别为《暗香》《金菊对芙蓉》《眼儿媚》《绛都春》，《南社词集》第二册，第390—392页。彊村为"梅党"，民国笔记多能言之。

④ 《南社词集》所载檗子词，《花犯·樱花》为春音首次社课，《眉妩·咏河东君妆镜拓本》为第二次社课，《瑞龙吟·徐园春音词社雅集用清真韵》应为第四次社课，《烛影摇红·唐花》为第五次社课。

306 第二编 "亦狂亦侠亦温文"：南社词研究

序·壬子三月劫后过吴阊感赋，步梦窗韵》《霜花腴·秋晚泛棹枫桥，和梦窗自度曲韵》《西子妆·西湖春泛，和梦窗韵》《生查子·过秋社偶题，用梦窗秋社韵》《八声甘州·送柳亚子还吴江，用耆卿韵》《意难忘·梅魂难返……因步清真韵，依四声谱此》《兰陵王·送龙尾移官武昌，步清真韵》《满路花·匪石见示感春之作，步清真韵赋此酬之》《秋宵吟·莼农招饮，即席有作，踵和白石自度腔，协四声》《一萼红·近效樊樊山红梅禁体……再用玉田生红梅词原调倚此，索病鹤丈和》《暗香·赠梅兰芳，和白石道人韵》《霜叶飞·挽沈职公母夫人赵节孝，用梦窗韵》《尾犯·乙卯除夕，用梦窗韵》《烛影摇红·元夜微有月，以闺人卧病未出，和梦窗韵记之》。

自以上不惮烦之抄录可见，檗子用清真、白石、梦窗三家韵特多，其中又屡次有协四声、依原谱之说明。此为方千里、杨泽民、陈允平等人《和清真词》做法，后世不乏诟病者，当然更为柳亚子等情志一派所不喜，而檗子仍亦步亦趋，足见其笃志好古的"正统"气味。能得到彊村老人的"奖诱""绳检"，绝非偶然事。

然而需要注意，不失踄步的"正统"中也自有特具于檗子的艺术个性，从而可以令我们将他与他所模拟的古人区分开来。简而言之，檗子词别有一种疏快爽朗之致，即便是调遣了不少密丽幽涩的意象，仍能显得不那么隐晦生僻。如《惜红衣·读王半塘〈庚子秋词〉感赋，用石帚韵》：

> 画角吹尘，狂花卷日，俊游无力。独上高楼，千山暮云碧。歌离吊远，空老却、京华词客。凄寂。肠断楚兰，问夫君消息。
> 秋风九陌，落叶哀蝉，深宫乱芜藉。霓旌翠辇，去国指西北。往事怕谈天宝，多少鬓丝经历。剩墨华和泪，难辨旧时颜色。

这里仍多"美人芳草"的比兴寄托思路，如"画角吹尘，狂花卷日""肠断楚兰，问夫君消息"等皆是，但"独上"二句、"歌离"二句已经很能揭示《秋词》志意。至于下片"深宫""西北""天宝"等字样，则栩栩然将"庚子国变"诸事涵纳其中。情调哀戚，而用笔一气直下，略无停滞，较之《秋词》以及彊村老人的某些作品都明朗得多。

再如《霜花腴·秋晚泛棹枫桥，和梦窗自度曲韵》：

镜波晕碧，爱载秋重来，自照钗冠。棹为山移，笛因花驻，年芳解惜尤难。五湖路宽，莫翠眉、颦断尊前。又斜阳、散了歌尘，隔溪遥度晚钟寒。　　应忆听莺寻柳，早销魂换得，病叶凉蝉。画烛留香，题裙分泪，闲情且记云笺。漫催返船，待唤将、新月娟娟。有鸥边，数点渔灯，挂篷同倚看。

"秋泛"是流连光景的常题，又和梦窗自度曲韵，很容易写得空枵密涩，而檗子能在"镜波晕碧""载秋重来""隔溪遥度晚钟寒"等逼肖梦窗的字法中时时点缀以"棹为山移，笛因花驻""又斜阳、散了歌尘"等萧散句式，以疏导其气，顿挫其势，从而令全篇显得沉厚但并不滞涩，很见功力。再如《莺啼序·壬子三月劫后过吴阊感赋，步梦窗韵》中，在长篇铺叙中杂入"回首前尘，酒醒梦冷""换了凄凉，半溪烟雨""负尽流光，几度徘徊，罢歌休舞"等字句，便令劫后心绪呼之欲出。这一点疏密相济的手法颇近乎晚年的彊村，说"瓣香彊村"，此节也不应忽略。

至若全以疏朗单行者亦不在少数，且多精彩。如《朝中措·舟行水郭，见堤柳数株摇落可怜，触绪萦怀，悄然歌此》：

一声离笛下寒塘，烟水自茫茫。只有栖鸦几点，无端销尽斜阳。　　长堤绣毂，画楼红袖，多少思量。还记那时残月①，何堪今夜严霜。

又如《鹧鸪天·秋日游莫愁湖》：

漫向青溪问旧游，残荷零落满湖头。余香剩粉无人管，菱芡分来一派秋。　　惊节序，叹沉浮，西风王粲独登楼。数行烟柳斜阳

---

① 原刻"那时"作"那是"，径改。

308 第二编 "亦狂亦侠亦温文"：南社词研究

外，如此江山怎莫愁。

皆举重若轻，与雕琢一派大异其趣。长调此类也多，姑举《八声甘州·为徐寄尘女士题西泠悲秋图》一首：

> 又风风、雨雨断肠天，不知几回肠。有残山一角，明湖十里，做尽沧桑。谁唱泠泠楚些，归梦隔潇湘。往事何堪说，愁与波长。
> 难得题碑人在①，尽重摩斯碣，添种垂杨。侠骨深深埋处，犹觉土花香。剩千年、青磷碧血，算红颜、终是好收场。争知我，看秋光了，还哭秋娘。

寄尘为徐自华（1873—1935）字，即以安葬秋瑾遗体闻名天下之侠女而兼诗人，亦南社同人。本篇既写图，亦写实；既写寄尘，又处处关合秋瑾，是情动于衷、不能自已之作。所谓技法宗派，至此全退蹲其次。谈蘗子词，不特为表出这一点自然是不全面的。

二 情根深种，剑气峥嵘

有必要接上文继续谈蘗子词情根深种、剑气峥嵘的一面，这是历来为论者所忽略而又特能抉中其词心者。前文已说过，言"格律"未必废"情志"，故定位蘗子为"格律派"一大家，并不妨害我们分析其情韵志意。事实上，蘗子作为民主先驱，既不匮豪情胜慨，也绝不乏深情远韵。其《满江红·观演〈落花梦〉即赠无忌优游并示楚伧》云："地老天荒，还剩得、情之一字"，"问此中、春水底干卿，情而已"。《念奴娇·春柳剧场观演不如归即赠绛士》云："情根一点，忽无端惹出，恨苗愁叶"，可见意旨未离"情"字。能被许为"南社词流眉目"，徒讲格律是不够的，恐怕这才是更深层的缘由。陈声聪《论近代词绝句》云："剑胆琴心秋浩荡，小词能作玉玲琼"②，邵迎武《南社人物吟评》

---

① 原刻"题碑"，以意改。秋瑾墓碑为吴芝瑛题。
② 转引自刘梦芙《二十世纪中华词选》，第244页。

有"玉琤琮与龙禅室，一例峥嵘剑气腾"之评①，以"剑胆""剑气"论其词，颇具只眼，其实也是着眼于"情"字。

不妨就从《贺新郎·钝剑属题花间说剑图》谈起：

> 收拾狂名起。尽无聊、从头领略，销魂滋味定公词：怨去吹箫，狂来说剑，两样销魂味。漫说封侯前度梦，岂是平生初意。只未减、看花英气。慧业三生都忏尽，算恩仇、了了应能记。好珍重，剑华紫。
>
> 黄金绿鬓飘萧矣。最伤心、被人认作、燕邯侠子。银烛清尊奇句在，醉后歌宜变徵君近示诗，有"醉后歌宜变徵声"之句。忍学取、吹香嚼蕊。且把东风亡国恨，寄相思、并入伤心泪。泪红泫，画图里。

高旭《花间说剑图》颇著名于时，题咏者不少，就中庞树柏这一首可称翘楚。词中"销魂滋味""看花英气""剑华紫""吹香嚼蕊"等语或隐或显，皆关合"花""剑"二字，而寄意尤在"狂名""慧业""恩仇""变徵""亡国""伤心"等处，所谓"平生初意"也。这就如俊鹘掠岸，将高旭心迹攫搴而出，最得题图之本意。单以本篇而论，正是高、柳家数，而笔力横绝处又为高、柳所不及。因而，只看见庞、柳"议论相左，论词尤不合"还不够②，他们之间埙篪应答的另一面理应受到更多关注。

持此手眼当可发现，以"金管玉箫凄怆"著称的檗子词中确乎不乏剑光腾跃之处。③《百字令·邓秋枚鸡鸣风雨楼图》中的"孤剑频看，寒檠独对，犹有飞扬意"，《金缕曲·沈职公归娶赋此寄之》的"急记销魂真个事，灯下梨涡重认。有剑气、珠光相映"、《满江红·观演〈落花梦〉》中的"知我尚余三尺剑，报君惟有千行泪"，孤独之剑、销魂之剑、不平之剑，无不令人过目难忘。《水调歌头·和鹤公夜梦登黄鹤楼韵》作于辛亥肇国时，与"鹤公"原作同为"开国词史"之"高唱"。④

---

① 《南社人物吟评》，社会科学文献出版社1994年版，第202页。

② 钱仲联：《梦苕庵诗话》条八九。

③ 高旭：《清平乐·题庞檗子填词图》。

④ 钱仲联：《南社吟坛点将录》，载《当代学者自选文库·钱仲联卷》，安徽教育出版社1999年版，第729页。

"鹤公"乃金鹤翔,号病鹤,亦南社中人,为檗子同乡前辈。钱仲联《南社吟坛点将录》称其"和易近人,诗词并茂",并引原唱云:"秋冷洞庭水,月断楚江山。一楼千古奇绝,人去月光寒。鹃血峨嵋啼尽,雁信衡阳愈紧,歌响遏云天。旧梦尽抛却,乘醉倚危栏。   敝袍客,烽烟路,甚流连。乾坤旋转谁手,听唱大刀环。高会簪裾先散,孤艇蓑纶难理,何地是宽闲。长笛激风起,与尔共萧然",确乎甚为凌厉多慨,相形之下,檗子和作毫无逊色:

> 喝起汉时月,还照旧江山。不知今夕何夕,同舞剑华寒。难得牙旗玉帐,据此上游形胜,警燧尚连天。骑鹤会飞去,云外一凭阑。   茫茫看,楼阁下,水光连。漫歌崔颢题句,重谱大刀环。为想西风破帽,与子谈兵呼酒,何日此身闲?回首梦游事,双鬓怕苍然。

句中无"剑"字而有森然剑气者当推其《水调歌头·三十自述》:

> 识字始忧患,臣壮不如人。年华忽忽三十,伫苦复停辛。生早东坡五日,才欠东阿八斗,啖饼悔名存。行乐及时耳,红烛且开樽。   一尊酒,还自寿,曲翻新。穷愁吾本为命,何用送穷文。无分南山射虎,好向南山种豆,了此劫余身。白眼看人世,滚滚走黄尘。

檗子三十,正值"二次革命"之年,也即避通缉走上海时。以劫余身看人间世,作者是极其失望的。壮不如人,穷愁为命,其所张扬的"啖饼悔名存"固然是文人身段,"行乐及时耳"当然也只是反语。词中檗子所浮现的是弹剑悲歌的主体形象,若考虑到他三年后即弃世的因素,则这柄穷途末路之剑不啻为其短暂一生凝定了鲜明的剪影。

三 蔡守、叶玉森、寿玺、易孺

蔡守亦为南社首次雅集十七君之一,更是那次词学论争中站在庞树柏一边"夹七夹八地喜欢发表他自己的主张"者,故此节所附诸君应首谈此人。蔡守（1879—1941），原名询，别名有守，字哲夫、成城[①]，诗文常自署寒琼，广东顺德人，曾参加国学保存会和国学商总会，并参与《国粹学报》撰稿。诗文之外亦擅丹青，渊雅隽逸，时有"骚坛盟主"之誉。入民国屡丁困厄，忧患流离，以杜濬茶村自况，时人以为确当。[②] 抗战起，避难当涂白纻山，逝于南京。小妻谈溶溶为之编次诗词遗稿，醵资刊行。[③]

蔡哲夫在南社中地位甚微妙，与柳亚子关系也很复杂。前文曾引柳氏杰作《金缕曲·哲夫作枯笔山水……》一篇，可见彼时二人情谊尚笃厚。至虎丘雅集之争结局，柳氏《纪略》中含蓄地说"檗子急忙道歉，事情才算告一段落"，未言蔡氏，可见"夹七夹八"的蔡哲夫是倔强到底的，自此也埋下了两人嫌隙的种子，且愈演愈烈。据哲夫自述，己酉、庚戌之间（1909—1910），亚子以朱少屏为会计员，哲夫曾致信讥刺，柳氏回信怒骂，从而二人不通声问。[④] 至1917年"朱柳公案"起[⑤]，哲夫以广东分社主任名义亟起发难，在《中华新报》多次发表意见，不承认柳亚子南社主任资格，推举高燮等为主任，甚至致书成舍我，要求代为搜集资料，准备出版《柳氏叛社记》，"庶乎柳氏罪恶，得大彰于天下"[⑥]。闹到如此地步，两人实已谈不上"交情"二字了。柳氏后来有关回忆文章中，对此皆一笔带过，内心想法，不得而知，对蔡守似无原宥之意。上述事实的发生原因固然繁杂，而两人文学观——

---

① 取义《诗经·大雅·瞻》"哲夫成城，哲妇倾城"语，故妻名张倾城，亦善诗画。

② 黄宾虹以为"方之茶村，古今一辙"，见郑逸梅《南社丛谈》，第303页。

③ 蔡守娶谈溶溶，以玉鸳鸯盛诸珊瑚盒中作文定，取晏殊"梨花院落溶溶月"句意，便称谈月色。月色擅画，尤擅梅花，晚有《画梅乞米图》，可见艰辛。出处黄宾虹以为"方之茶村，古今一辙"，见郑逸梅《南社丛谈》，第303页。

④ 见蔡守：《答高燮书》，其致柳亚子信中称"朱氏精通蕃书，才堪大用，足下屈为记室，毋乃不可乎？且只闻昔有蛮语参军，而南社安用蛮语记室乎？"转引自杨天石、王学庄《南社史长编》，第517页。按：朱氏为会计员，亦掌印行刊物、联络宣传，有"圣手书生"之目，故蔡氏以"记室"称之。

⑤ 此为南社史一大转折。柳亚子批评闻宥、朱梁任、成舍我等赞赏"同光体"，朱、成起而辩驳，遂至愈演愈烈。柳亚子登启事驱逐朱、成出南社，引起各方激辩，南社为此大伤元气。回顾此事时柳亚子说："这是我平生所很追悔而苦于忏赎无从的事情"，"追求南社没落的原因，一方面果然由于这一次的内讧"。见《南社纪略》中《我和朱鸳雏的公案》一文，第149—154页。

⑥ 见《南社史长编》1917年部分。

312 第二编 "亦狂亦侠亦温文"：南社词研究

包括词学观——的差异绝不能漠视。

事实上，从创作实践看来，蔡哲夫践履"南宋正统"较之庞檗子更加纯粹，也更加极端。这一方面表现为词中僻冷之调特多，如《马家春慢》《凤鸾双舞》《五福降中天》①《怨秋曲》《西湖月》《向湖边》《凭阑人》《黄鹤洞仙》《皂罗特髻》《木笪》等，皆宋代难得一见者，而集中多至数十。至于《山居好》《有何不可》两调出自道曲②，似非词牌，而亦津津乐道，拟而和之，可见好奇之至。另一方面，无论常见词调抑或僻调，也多不用名家韵，而择罕为人知之小家，如《长相思》用宋宫人章丽真，《望江南》用宋宫人金德淑，《诉衷情》用宋杨妹子，《花心动》用宋诸葛章妻蟾英等皆是。凡此虽亦有功词学，不可厚非，但这般炫学逞博，性情被湮没者也太多了。其词罕见动人之处，原因盖在此。可录一稍清爽的《忆江南·题释白丁画兰》，既存其画人本色，又当羯鼓以解秽：

> 三两笔，香草写孤衷。惹得板桥劳梦想，闭门噀水补天工。吹雾墨花溶见《板桥集》。 无寸土，种入画图中。凄绝灵根何处托，忆翁心事一般同。哀怨寄无穷亦不画根，与郑所南同。

前文《庚子秋词》接受部分曾谈到的叶玉森以宋育仁高足身份向彊村老人执弟子礼，与檗子雁行，故应附此略说其词全貌。叶中泠词受彊村影响甚巨，前文所引《春冰词》之外，还可于其集中读到相当数量的《水龙吟·唐花和沤尹春蛰吟韵》《摸鱼子·冬笋和沤尹》等咏物作品，皆可为确证。然而即便以此种笔路，叶氏还是写出了不少大题目和大意义。如《玉山枕》：

> 骤雨新霁，海天色、和秋洗。屦声替瀑，竿丝响电，楼上斜阳，婀娜愁倚。枫初樱老眼中山，画不出、笑红啼翠。忆江乡云树，南郊旧吟边，问秋声谁继？ 招魂神社凌霄起，启哀史，笼

---

① 蔡氏小序云此与《齐天乐》别名不同，见《词律拾遗》卷三。
② 蔡氏小序，两调分别出自宋山隐道士龚大明与月溪道士贝守一。

悲气。锈枪插绿，残旗卷白，酸泪都珠，韵语难绮。越宫薪胆未应
忘，忍坐待、剑花凋废。且归来、诉与瑶琴，把愁肠、共哀弦
重理。

本篇作于1909—1911年留日期间，前有小序："雨后登九段坂寻
秋，因至靖国神社，入观甲午庚子两役掠取之战利品，函泪而出，乃
成此词，用淮海韵"，无论序或词皆有悲愤之气盈溢字里行间。"越宫
薪胆"数语今日读之，犹能警顽立懦，可称上品。同时作于东瀛者尚
有《春风袅娜·东京市上见汉海马蒲桃镜一面，盖庚子之役掠自大内
者，赋此写恨》，与上词相仿。至如《疏影·品川秋柳》以及别东京、
抵长崎时所作《念奴娇》三首，摹写异国风情，也有笔端生花之妙。
此种凄婉笔致中，《木兰花慢·清明日薄晴不温，申之夜雨，时秀
夫、醲园次第北上，黯然赋此，离绪纷如》一首摇曳多情，最称
合作：

> 子规啼不住，寒食了，又清明。早杏魇销红，梨涡减素，寂寞
> 帘旌。青春去如逝水，幸眼前、犹未绿阴成。潦草六朝梦境，飘蓬
> 二月江城。　　流莺已自牵情，况客里，送人行。便商量花略，安
> 排酒阵，难破愁兵。黄昏柳绵飞上，看天涯、能有几分晴。偏是一
> 宵苦雨，做成万种秋声。

论定叶氏词尤需注意那些"雄劲瑰玮，气势恢宏，允多奇境"之
作。① 《望江南》四首明言"效云起轩词体"，对句如"结臂双飞红线
影，低头一拜白虹光""指点银瓶粗索酒，背悬毡笠冷看星""旁若无
人羞狗盗，汝诚知我爱龙泉""血刃头颅双下酒，白衣涕泪一歌风"，
皆大有精光。又如《桃源忆故人》"雨丸飞猎天山下，丝控桃花骢马。
风劲角弓鸣也，片片荒云罅。　　烟迷列堠边箫哑，波卷龙沙如赭。画
戟玉关双亚，船漏酹千斝"，沈轶刘、富寿荪《清词菁华》予以高度评
价："刺西疆不靖，边备废弛，戍军窳败，醉猎召亡，只一结写尽，语

---

① 严迪昌：《近代词钞》之"叶玉森小传"，钱仲联《近百年词坛点将录》评语。

314　第二编　"亦狂亦侠亦温文"：南社词研究

短心长，非杞人之言"，确乎如是。

此外，叶氏游览怀古词亦擅胜场，南社词苑，罕有抗手。宣统二年（1910），江苏巡抚程德全与布政使陆钟琦重修寒山寺，叶氏佞佛①，遂策蹇独往，归成《水调歌头》四首以书感。其四云：

> 一唱再三叹，吾亦欲寒山。空青自抱千尺，心上涌高寒。且饱竹筒菜滓，且著桦冠木屐，且去访丰干。休矣勿饶舌，吾已了人间。　　人间世，譬蓬户，那能关。佛呼狮子狂吼，法海激哀湍。影里群魔攫肉，眼底众生在狱，吾抱忍忘瘝。二圣作么语，与汝铁肩担。

以诗词阐扬佛道理趣者大多理胜于辞，难以寓目。本篇则情致浩荡，绝无蔬笋气。上片即特地点出"心上高寒"，换头处以顶针句实际否定"了人间"之可能，借佛家义理之外壳抒发"影里群魔攫肉，眼底众生在狱，吾抱忍忘瘝"的赤诚情怀。所谓"我不入地狱谁入地狱"者，"铁肩担"三字足可了之。如此言佛，可谓道着要害，令人肃然生敬意。

叶氏集中以《金缕曲》一调分咏乌江、亚父城、鲁妃庙、当利口、张籍宅、牛渚、鸡笼山、天门山、香泉、陋室等名胜，江山文藻，异彩纷披，应当不无陈维崧《满江红·汴京怀古》十首的影响，而成就也堪继武陈氏杰作。② 其襟抱学养性情俱佳者当推《牛渚》一篇，读此可见无论以才以情，叶中泠皆远过蔡哲夫，是足以与庞檗子把臂入林、相视而笑的：

> 着个扁舟小。画西风、一湾牛渚，醉枫红老。我亦凉人能高咏，只恐痴龙偷笑。空负此、天青月皎。谩道谢将军不见，便谪

---

① 叶氏精通佛理，安徽各县知事任上所作佛寺联语颇传人口。如念佛堂联："据座然香，有如见佛；合目数息，便是修真。"九华山低岭庵联："借一蒲团，请我佛向低处说法；擎九莲瓣，问世人从那里寻根。"

② 陈词作于康熙八年（1669），内含夷门、樊楼、官渡、博浪城、广武山等，为陈氏怀古词之代表作。

仙、才调江头少。收拾起，袖中稿。　　眼前小事糊涂好。瞰沉沉、幽灵窟宅，寓言缥缈。一自行人燃犀烛，下有朱冠翠葆。竟儿戏、翻成不了。察见泉鱼终招祸，叹人间、魍魉如何照。思往事，惜温峤。

叶玉森才技多端，治印嗜秦汉之法，是"印坛上用甲骨文刻章开先河者之一"①。寿玺、易孺亦名印人，词宗彊村略同庞、叶等，故连类简谈之。

寿玺（1885—1949）②，字石工，号印丐、印侯、珏庵等，浙江绍兴人。其父寿怀鉴，字镜吾，即"三味书屋"中教导鲁迅之蒙师。石工少嗜金石碑版，后移居北京，得孙雄推介，名声鹊起。著有《墨史》《重玄琐记》《珏庵印存》等，《珏庵词》二卷为彊村亲手点定，上卷名《枯桐怨语》，下卷名《消息词》。石工词力学梦窗，务求僻涩，故得彊村"火传四明"之评语，当然碎密之弊也难免。③ 其《西河·燕台怀古用清真韵》《绿意·丁巳闰月……》等作算是能见性情的，诸如"坐阅兴废何世。便长虹、短筑萧萧，凄对西北浮云、馍黏里""由来世味商量遍，但省忆、菰青莼碧"之类句子皆深沉耐人寻思。《霜花腴·题彊村翁词第三卷手稿》是有关词史之作，词也颇真挚，堆砌味少：

　　败笺怨叠，付酒人黄垆，唤笛江城。倦侣吟边，冷沤尘外，吴天唤雁声声。水楼赋情。泫泪波、回烛秋檠。尽蝉嫣、细字红花，马塍花事了西泠。　　凄绝故园心眼，更河山故国，几换新晴。诡说荆榛，王风蔓草，襟期占断平生。火传四明。蠹古香、燕客飘零。背斜阳、罢唱霜腴，柳阴啼晚莺。

易孺（1874—1941），原名廷熹，字季复，号大厂，又号韦斋，其余别署甚多，广东鹤山人。早年肄业广雅书院，从梁鼎芬、朱一新治朴

---

① 孙洵：《民国篆刻艺术》，江苏美术出版社1994年版。

② 一说1950年。

③ 施议对《当代词综》之"寿玺小传"。

316 第二编 "亦狂亦侠亦温文"：南社词研究

学。后留学日本，辛亥后历任暨南大学、国立音乐院等校教职。工书画篆刻，治印专攻古玺，有盛誉。著有《大厂画集》《韦斋曲谱》《大厂词稿》《和玉田词》等。易大厂"填词务为生涩，爱取周、吴诸僻调一一依其四声虚实而强填之，用心至苦，自谓'百涩词心不要通'云"[1]，"涩"名远过寿玺，陈运彰《大厂词序言》批评得较为激烈："夫以四声清浊以求填词，其说甚辩，吾知其无当而不能非之。翁乃益之以比合虚实，不恤律协言谬之讥……果协于律耶？恐亦未能自必也。"[2] 对此，陈声聪、陈永正、刘梦芙诸家有较正面评价。刘梦芙在承认其词"大多塞涩难解"的前提下称道"其独行之志坚，其冥索之功猛，足为艺林修业之楷范，功效如何，则又一事也"[3]。如龙榆生所云，大厂晚年《和玉田词》"渐趋疏隽"。录《小重山》一首，可以觇之：

> 惊起寒芦雁阵浮，鱼粮无着处，不禁秋。萧条蓬梗泥清游，和梦断，谁报橘千头。　　往事怕回眸，潇潇风雨夜，泛轻舟。老来诗思落沧洲，那可问，退想里湖鸥。

第二节　南社学人"格律词"双璧：陈匪石与邵瑞彭

附　陆峥南、胡先骕

南社成员从事学术而有大成者颇多，以词学名世者当推吴梅、汪东、陈匪石、邵瑞彭几位。吴、汪二氏论词不特主格律，别有置放，此处合论陈、邵两位。

一　"岚浮空翠合，霜肃老秋横"：论陈匪石词

> 寥廓此天地，目送夕阳迟。暮笳哀怨吹彻，杨柳又丝丝。待剪

---

[1] 龙榆生：《近三百年名家词选》。
[2] 转引自刘梦芙《二十世纪中华词选》，第238页。
[3] 《二十世纪中华词选》，第239页。

吴淞秋水，还觅苏台断梦，何处彩云飞。瞠目一无语，春老鹧鸪啼。　　伤春句，怀人什，写心悲。堂前三两新燕，门巷恋乌衣。频看征衫颜色，怕被风尘缁化，翻道不如归。听彻玎玱玉，忍泪和新词。

这首《依韵和檗子并题其玉玎琮馆词集》作于民国二年癸丑（1913），时陈匪石刚刚自槟榔屿归国，庞树柏赋词相劳，遂有此酬赠并题集之作。十余年后，陈氏终改定此篇，而檗子已下世久矣。所以词的下片几乎重新写过："星辰夜，山河影，为谁悲。隔年乳燕门巷，犹自认乌衣。歧路天涯愁满，别泪花间弹尽，难得醉中归。出海云霞曙，盈耳早春词。"① 二人情谊深挚，自此篇已可觇见，不必繁举。② 职此声气相通之故，虽陈氏乃民国学人词之重镇，词学成就非南社时期可限，还是在庞檗子后接谈之。

陈匪石（1883—1959）③，名世宜，字小树，号倦鹤，以"匪石"之笔名行世④，南京人。早年肄业尊经书院，从山长张仲炘学词。1906年赴日修习法律，入同盟会，归国后任教江苏法政学堂教员。时朱祖谋任学堂监督，匪石执弟子礼，颇得指授。辛亥后，赴槟榔屿任《光华日报》记者，回国后在上海、北京从事新闻工作多年，并兼任上海中国公学、持志大学、北京中国大学、华北大学等校教授，授词学、文字学、秦汉诸子等课，曾整理《淮南子》《论衡》，颇精审。后入政界，任职农商、工商、实业各部，与乔大壮同事，为忘年交。抗战胜利后复就任中央大学、重庆私立南林学院教授，1952年任上海市文物保管委员会编纂。

陈氏最著声词坛之作厥唯《宋词举》与《声执》二种。《宋词举》共选两宋词人十二家，以逆溯法编次，别见心裁。先举张炎以迄辛弃疾

---

① 《倦鹤近体乐府》卷一，《陈匪石先生遗稿》，黄山书社 2012 年版，第 47 页。

② 陈氏刊于《南社词集》之作计 102 首，其中与檗子相关者不下 10 首之多。

③ 生年另有 1884 年之说，此据刘梦芙《陈匪石先生诗词综论》，《陈匪石先生遗稿》代前言。

④ 陈氏民国初任记者时撰文反袁，遭通缉得免，时取《诗·邶风·柏舟》"我心匪石，不可转也"之意为笔名，以示坚决之意。

318 第二编 "亦狂亦侠亦温文"：南社词研究

等南宋六家，后举周邦彦以迄晏几道等北宋六家，凡说词五十三首，唐圭璋许为"自来选词者，无举词详析之例，有之自匪石先生始""透彻无伦"。① 书仅数万言，而自1927年初稿成至1947年正式出版，竟历时二十年，可见态度之严敬、功力之深湛。《声执》为专论，上卷论格律声韵，下卷论词选词集，"审音定律，究委穷源"②。另如《旧时月色斋词谭》及论词杂著多篇亦为学界推重。

自《宋词举》与《声执》不难看出，陈匪石对于常州家法是有着比较深切的认同的。《声执》云："托体风骚，一扫纤艳靡曼之习，而词体始尊。清季词风上追天水，实启于此"，这是对张惠言意内言外、比兴寄托之说的高度评价，很能代表其总体态度。在此框架下，他又自出己意，对常州派不甚在意的姜夔大加赞肯。《宋词举》中选姜词八首，与周邦彦同为数量最多者。《旧时月色斋词谭》中更明确批评周济《宋四家词选》"降白石为稼轩附庸"的做法："白石之所不可及者，在纯以气胜。子舆氏所谓'浩然'者，白石之词足以当之，而瘦硬通神，为他人屡齿所不到……白石在两宋中固当独树一帜，非可为他人附庸也。"③

对姜夔——也包括对周邦彦——的推崇直接传递出两个信号：第一，陈氏论词以"微婉典博、浓丽深厚"为至境，而对于苏辛"豪情逸气"一派则敬而远之，以为"不可学，学之则易流于粗"④。因而《宋词举》中选东坡《水龙吟》"杨花"、《卜算子》"定慧院作"二首，选稼轩《祝英台近》"宝钗分"、《贺新郎·别茂嘉十二弟》、《摸鱼儿》"更能消、几番风雨"、《菩萨蛮》"郁孤台下"四首，可见其宗旨。第二，论词崇周、姜自然导向陈匪石对格律的特殊关注与研究，以《声执》为核心的词律研究也确实深邃精微，卓然成家。刘梦芙总结《声

---

① 唐圭璋：《宋词举后记》，载钟振振点校《宋词举》附录，江苏古籍出版社2002年版。
② 向迪琮评语，转引自钟振振《陈匪石先生传略》，唐圭璋：《宋词举后记》，钟振振点校《宋词举》附录，江苏古籍出版社2002年版。
③ 钟振振点校《宋词举》，第215页。
④ 皆见《旧时月色斋词谭》。按：陈匪石对东坡的态度颇为微妙，《声执》卷上答仇埰问"词境"曾有"高处立，宽处行"之说，并以为"此种境界白石梦窗词中往往可见，而东坡为尤多"，这里他推许东坡的显然不是那种"豪情逸气"境界，但在自家创作上又不能不受到一定影响，详见后文。

执》的有关内容为五点，颇简要：（1）词非诗余，而是和声以实字填之。（2）词律原指音律，后人以平仄言律，盖因词乐之失传，不得已而为之。（3）辨析诗韵与词韵之别，词之用韵宜用孔广森《诗声分例》之法，"夹协""短韵"应遵守。（4）四声不可紊，某人创调，其四声即应依某人。（5）词之句读不必标点，但注明韵叶，以示节拍所在。①这两点既是陈氏论词之核心，显示出其精研格律，"一声一字阴阳平仄之间，考之唯恐不至，辨之唯恐不精"的祈向所在②，而其词创作也是总体上与之同步交融呼应的。

陈匪石作词颇多，而推敲特慎，去取极严。至 1948 年，始徇老友于右任及弟子辈所请，以部分词作油印数十本征求意见，即今所见《倦鹤近体乐府》五卷。后增《续集》一卷，大抵收新中国成立后至 1954年所作，加上《南社丛刻》所刊词未收入此六卷者，计可得 300 余首而已。其早年所作笔致骏快，生气盎然。如《满江红·题落花梦赠优游》：

> 无量恩仇，天下事，从何说起。都付与、水心词笔，水云涕泪。三径落红春去了，千年化碧魂归未。蓦腾腾、一梦几时醒，鹃声里。　　吹玉笛，梅花坠；磨宝剑，桃花洗。倩江河淘尽，粉融脂腻。载折沙沉亡国恨，海枯石烂伤心史。任悲歌、吹断奈何天，情不死。

优游汪姓，即汪仲贤，为近代戏剧先驱之一。《落花梦》则为南社叶楚伧所撰杂剧，情节繁杂，情感悲壮，富戏剧张力。陈匪石这一首词不纠葛于个人"无量恩仇"，而着眼于"亡国恨""伤心史"的家国悲歌，"情不死"之心志正与其"匪石"笔名相映照，是很地道的南社声口。其他诸如前引《水调歌头》《金缕曲·读小说不可思议偶作》《摸鱼儿·重九》等皆有"纵横跌宕""自然浑脱"之致。③读《摸鱼儿》：

---

① 刘梦芙：《陈匪石先生诗词综论》，《陈匪石先生遗稿》，第 40—41 页。
② 钟泰语，转引自钟振振《陈匪石先生传略》，《宋词举》附录，第 238 页。
③ 陈匪石：《旧时月色斋词谭》评陈维崧语。

叹秋风、者般容易，一年一度重九。沧桑人世烟云幻，三径黄花依旧。还剩有。那带病枯蝉，几个嘶残柳。柔肠转又。在百尺台荒，千峰树秃，风雨满城后。　　登临处，一片悲笳叠奏，西风险被吹瘦。惊寒梦与声俱断，北雁南来时候。休送酒。听郭索声声，闲却持螯手。愁丝织就。况念远伤高，牛山竟夕，红泪染枫透。

对于《满江红》《摸鱼儿》的这种笔路，陈氏并不认可，用他自己的话说，或者属于"意境气格涉于鄙倍卑浅"一类①，因而晚年定稿，芟除殆尽，只保留了近乎清真、梦窗的深婉之作。其中《甘州·舍弟仲由于役幽燕，道经上海，信宿而别》最富真情，为早期杰作：

正潇潇、暮雨作新秋，西风动江城。对当窗明烛，匡床碎语，浊醪深擎。别绪丝丝未理，津鼓促征程。帘外飞鸿过，寒阵初惊。
姜被当年重认，渺故园一角，梦委荒荆。问天涯投老，踪迹几回并。望长安、浮云千态，幻海波、愁蔽晚山青。伤高泪，劝须叟忍，休洒新亭。

词开篇自柳永而来，后文则深沉内敛，合白石、梦窗于一手。格律之严，亦已具平生气象。由此辨认，匪石词品可以其《临江仙·次韵答孤桐》中"岚浮空翠合，霜肃老秋横"二语形容之。近乎白石野云孤飞、梦窗情味幽渺处可谓"空"，沉郁凝重、格律谨严处可谓"肃"。二语并观，似去其词神貌不远。不妨先看《霜叶飞·岳麓山爱晚亭和梦窗同白匋》：

晚来情绪云涯外，飘风悲撼千树。乱鸦衰柳大江东，残梦孤篷雨。送一夕、南飞瘁羽，回头疑见红桑古。听怨瑟湘灵，冷泪湿征衣，暗换客中缟素。　　何意翠麓停车，丹枫照眼，二月花艳同赋。忍寒无限后凋心，对酒丁宁语。挽白日、长条万缕，流波还洗烟尘去。访旧游，吟筇健，五岳天齐，画屏开处。

---

① 《倦鹤近体乐府自记》，《陈匪石先生遗稿》，第110页。

此篇作于 1937 年秋，时匪石随政府机构南迁，暂住长沙。上片"悲撼千树""乱鸦衰柳""残梦孤篷雨""瘁羽""红桑古"云云尽抒山河破碎、苍茫独立之感，以景见情，笔力重大。下片在"丹枫照眼"的暂时明朗中托出"忍寒无限后凋心"的坚贞心志，以及"流波还洗烟尘去"的祈愿，遂将上片萧瑟心绪转为雄健壮阔的想象，很得老杜"洗甲兵"之神韵。词中用上去及入声处全依梦窗原作，一字不苟，更见邃深工力，可谓兼有"霜肃"与"空翠"特质的上佳之作。此外如《浪淘沙慢·和清真》《花犯·樱花》《惜黄花慢·述庵和梦窗赋菊见怀却报》等大量词作均可为代表，足当"安章宅句，磬折铃圆"之评[1]，刘梦芙《陈匪石先生诗词综论》为一一拈出，分析其结构声韵甚精到。[2] 此类举不胜举，姑不赘说。

如此重声律，跬步不失，自也难免弊病。如其夫子自道："拙词之病，一曰欠深厚。或貌似回肠荡气，而读两三回则觉意境不称；或乏烟水迷离之致，而比兴之谊失，浅露之讥来。一曰少变化……有千篇一律之叹。"[3] 此语当然有自谦成分，但作为坚守四声之"伤气"流弊的自我检讨也够深刻的了。那么论陈氏词尤需关注其气韵贯通、"以意为主，务求其达"的那部分[4]，如 1939 年所作《水龙吟·吴瞿安挽词》：

> 酒边恻恻吞声，瘴云万叠埋忧地。低垂白首，浮湘断梦，沼吴残泪。不见江南，杏花春雨，先生归只。但相期早日，中原北定，丁宁嘱，蒸尝事。　　金马碧鸡遥指，玉龙哀、斜阳红里。平生仿佛，评量月露，咀含宫徵。惨绿年华，冷红亭馆，昔游余几。郁人间百感，高歌风洞，又当前是。

瞿安即吴梅，1939 年病逝于云南大姚。作为多年情谊深笃的老友，自不能免白首低垂、"酒边恻恻吞声"的饮泣与"惨绿年华，冷红亭

---

① 《旧时月色斋词谭》。
② 《陈匪石先生遗稿》，第 32—33、42—43 页。
③ 《旧时月色斋论词杂著·致邵次公书》，《宋词举》，第 228 页。
④ 《声执》，《宋词举》，第 187 页。

馆"的诸多回忆，然而身当国难，那一种"相期早日，中原北定"的赤诚又何尝须臾忘怀？如吴氏所作《风洞山传奇》的悲壮慷慨，今又正当其时！这一首挽词全自胸臆流出，不见结撰痕迹，正是追琢之极近乎自然的感人篇章。《临江仙·检旧稿感念》二首亦是不假雕琢之作，其二较挺拔，"山河新旧恨，一笛正当楼"之句颇有名，然不及第一首自然：

孤负天街风月好，豆花红上衰灯。隔帘有意慰伶俜。九霄新雁影，四壁乱蛩声。 往日欢娱今日梦，管弦何处春城。堆床散帙任纵横。酒悲还突起，秋病总无名。

本篇作于 1944 年，词人年逾花甲，而"漂泊西南天地间"的生涯尚未结束。检点旧稿之际，往日欢娱，今日梦幻，自然兜上心头。上片结二句高旷而兼萧飒，直逼出煞拍"酒悲"十字，自然袒露出忧生忧世的复杂襟怀。老辣而能归于平淡、真称得起"霜肃老秋横"的还有《鹧鸪天·赁庑南冈，为故友郑仲期所筑，抚中庭卉木，忆曩昔唱酬，余怀怆然矣》：

投老无家又卜居，竹头木屑劫灰余。定巢犹是频来燕，将子真成暂止乌。 宵斗酒，昼呼卢，十年前事感黄垆。中庭翠柏浑无恙，径尺阴成且读书。

自此际所作很能透露出陈匪石晚年渐近平易老健的创作倾向。《倦鹤近体乐府续集》中《沁园春·高阁临江》一首词题即云"元人词疏快雅洁平博，力求自然……偶效其作"，此篇与《醉蓬莱》（记人生乐事）、《风入松》（四时芳序）、《水龙吟》（闭门羁绪）、《金缕曲》（青鬓还余几）、《念奴娇》（梦醒庄蝶）等皆在原有风格基础上"力求自然"，新变之迹象宛然可见。而晚年别调最可推《水调歌头·香山诗曰：共把十千沽一斗，相看七十欠三年。今年上巳索居止酒，为下转语，并以自寿》一首：

记得白公语，七十欠三年。十千一斗酤我，休惜杖头钱。遍地春声歌舞，满眼斜阳烟草，思发牡丹前。曲水自今古，风日为谁妍。　　住为佳，聊复尔，爱云山。浩歌未已花外，新月一钩悬。最好平安传语，道是阴晴有准，万里下吴船。但愿人难老，不羡酒中仙。

匡石《宋词举》定稿不取东坡"豪情逸气"的"明月几时有"一首，而数年后自作仍近东坡气味。以此作结，诚也是意趣颇悠长的。

二　"便立尽、门外斜阳，又暗惊、晚来疏雨"：论邵瑞彭词

同列彊村门墙、与陈世宜交好的邵瑞彭亦是民国著名的词学教授，虽未见词学论著流传，亦无有大成就的词学传人为之表彰遗泽，词作成就则似能驾陈氏而上之。瑞彭（1887—1937）[1]，字次公，浙江淳安人，早年就读浙江省立优级师范学堂，加入同盟会，入民国当选国会众议院议员，以首揭曹锟贿选真相名噪天下。同时任北京大学、民国大学、中国学院、河南大学等校教授，授词学颇多。又精齐诗、《淮南子》、古历算学等，所作甚宏富，而刊印行世者寥寥。词有《扬荷集》四卷，刻于1930年，凡三百六十余首；《山禽余响》一卷，为和元好问《鹧鸪天》四十五首，刻于1936年，施蛰存刊之《词学》第四辑。再加载之《南社丛刻》者一百九十首，并词稿若干，去其重复者，存词总数亦当不下五百首，可谓丰美。次公结末，一般文献均记作"穷愁以终"，语焉不详。韦绪智《一代词人的悲歌——邵次公先生晚年在汴轶事》对此抉发颇详尽。其文先引次公弟子武慕姚云："先生糜于孽缘，竟招不洁，遂致不为常人所谅，困顿而死。推其所为，实暮年性情变易所致。"所谓"糜于孽缘"，武夫人刘淑文所述较为详尽：

在邵次公的弟子之中，有一位女弟子叫李爱灿，字澄波……两

---

[1]　此据江庆柏《清代人物生卒年表》，出处为《民国人物碑传集》载袁道冲《事略》。另据韦绪智《一代词人的悲歌——邵次公先生晚年在汴轶事》（《老照片》第42辑，山东画报出版社2005年版）引次公弟子武慕姚所记，可知次公卒于1937年12月2日，此说可信。陈世宜《挽邵次公》称其卒于"丁丑十二月四日"，则公历当入1938年，或系传闻有误。

人由相互欣赏最终发展到相恋同居。这在邵次公讲，自是名士风流，物议弗恤。可在封建意识根深蒂固的开封城，不啻是一件人皆不齿的丑闻，"遂致不为常人所谅"，亲朋好友与其疏远，就连对其无不敬仰的弟子们也与其划清界限，不敢再登其门……李澄波已婚，邵次公与其有染后，就通过关系给其丈夫介绍个经常出差在外的工作，这样一来二人便可经常约会……终有一天东窗事发，李的丈夫曾当众羞辱并掴了次公两记耳光。身为社会名流的邵次公自觉颜面丢尽，人言可畏，自此深居简出，性情变易，不久便缠绵病榻、郁郁而终。

邵次公早年力揭曹锟贿选事，豪概英发。晚岁阅历沧桑，乃以情事困顿穷愁，仅中寿而逝世。其最负盛名的《绮罗香·晚过神武门，残荷欲尽，秋意可怜》中有"便立尽、门外斜阳，又暗惊、晚来疏雨"之词句，不啻为此终局之谶语也，读者于此当发一浩叹。

论次公词，前贤若夏敬观、沈轶刘、富寿荪、陈声聪、钱仲联等众口一辞，皆谓其宗尚清真。①诸公所未说明者，邵氏专尚清真大抵在中年以后，其早岁所作载于《南社丛刻》者其实取径以南唐北宋为主，风情骀荡，笔路疏隽，小令尤其出色当行。如《采桑子》"倾城一顾怜秋去，露粉飘残。软玉波宽，水殿闻箫独惘然。　娇蟾依旧珊珊影，茶梦成烟。今夕何年，珠箔银灯特地寒"，情怀近乎大小晏而较生新。再如《蝶恋花》与《定风波》：

> 红玉轻寒春睡美，梦里吴宫，何止三千里。一桁杨花吹欲起，离心直渡清江水。　莫唱凄凉何满子，怕有人儿，听了相思死。好事今生长已矣，月华天半开还未。

> 未必情禅怕入魔，天花吹下曼陀罗。昨夜星辰今夜雨，何苦，累伊含睇画双蛾。　料理明珠三百斛，不抵，鲛人沧海泣珠多。枕破红绡风不起，已矣，今生休唱定风波。

---

① 见《二十世纪中华词选》集评。

其"怕有人儿,听了相思死""未必情禅怕入魔……今生休唱定风波"等句无不刻骨铭心,情深一往。至《浣溪沙》"小小微波隔画帘,纤纤月子是初三。些些残醉夜恹恹。　岂有京尘惊倦客,只教日日瘵春醅。人间何地不江南"一篇,散句单行,而叠字运用自然入妙,才人"性灵"味道十足,因而同社陆峤南题其词卷《步蟾宫》词有"幺弦一拨一回肠""唤锦瑟、漫歌红豆"之句。这些作品完全可以说明,次公为词并非主要自清真入手,早期作品追步清真者也并不显得突出。其集中明标"用美成韵"者始于癸丑(1913)九月之《西河·金粉地》一首,盖因此际重至金陵,发思古之幽情,乃有此作。其后一二年所作之《满庭芳·析津旅次》言情明朗新巧,若"不是斜阳恋柳,怕残柳、难系斜阳"之妙句多秦少游婉约气味,也并不近周清真之浑厚。那么大体可以判断,邵氏"宗清真"词学倾向之确立始于1915年后加入春音词社时期,也即与彊村明确师弟关系之时期。

春音词社首集题为"樱花",调限《花犯》,为周邦彦自度曲。《扬荷集》卷一有此调此题二首,分别以"罨层楼、明霞弄晓,盈盈最多丽"和"把琼茅、通明暗祷,蛮芳散如雾"开篇,其后又有《戚氏·再赋樱花》之作。自此以后,次公长调词明显增多,诸如《渡江云》《西平乐》《瑞龙吟》《侧犯》《双头莲》《解蹀躞》《早梅芳近》等标志性的清真词调频密出现,不仅皈依清真宗风的迹象极为显豁,诸多佳作都深入堂奥,逼肖《片玉》而能不乏自家神韵。如作于丁巳(1917)的《渡江云·将还京师,春音社诸公置酒为别,莼农词先成,予继声焉》:

> 丛灯摇海气,酒楼倦客,未醉已颜酡。旧情经乱减,怅望新亭,举目见铜驼。盈盈曼睩,听鼓瑟、凄绝湘娥。凭仗伊、遏云繁响,慷慨起悲歌。　蹉跎。松江潮退,茂苑烟平,渺鸥夷一舸。魂梦中、兰成垂老,无奈秋何。明蟾照夜圆如昨,换几劫、残影山河。珍重意,长安故国尘多。

所谓"将还京师",当即是获选众议员之行。清社已屋,而乱象正显，"换几劫、残影山河"的感喟正为遗民辈与激进派所共有。不久后所作的《西平乐·河北感春和美成》有云"凝望江南塞北，怊怅事，处处总堪嗟"，《过秦楼》有云"怀陵操绝，梁父吟空，塌地冷尘千变……但危亭倚罢，愁凝江湖病眼"，《芳草渡·天津逆旅阻兵和美成》有云"频睹。满天堠火，乱绕弓高城畔路……拥暗叶，看起鱼龙夜舞"，那些沉痛苍凉的心绪都是一脉相通的。词追步美成，而一种"慷慨起悲歌"的乱世情怀又为周氏所无，故虽重格律而并不拘墟偏隘，此乃学古正途，也是邵次公之为优秀词人的奥妙所在。沈铁刘、富寿荪《清词菁华》说邵氏"致力周邦彦，而所作未受域限，郁勃遒屈处自具面目"，陈声聪亦云其"绮丽之中气机疏荡"，都是具眼之论。

至如浸淫多年后，已经镕剪入化境，所作尤其"笔力雄健，藻彩丰赡"[1]，置之《片玉集》亦当为妙品。如名作《西河·十八年前，曾和美成金陵怀古，今再为之》：

> 征战地，繁华事去难记。临春殿阙委蒿莱，夜潮怒起。数声铁笛响秋风，哀歌人在云际。　　露台上，和泪倚，鹿卢古井绳系。降幡又出石头城，梦沉故垒。送他六代好江山，秦淮依旧烟水。
>
> 蜃楼过眼散雾市，访龙蟠、羞认闾里。袖手夕阳时世，共齐梁四百，僧房闲对，零落丹枫霜天里。

自前文所提及癸丑（1913）所作《西河》，可知本篇作于1931年。昔时风华正茂，虽也有"与满天病蝶哀蝉闲话"的"一片伤心"，毕竟还是少年声口，缺乏"数声铁笛响秋风，哀歌人在云际""送他六代好江山，秦淮依旧烟水"的中年沉郁感。类此怀古之作为邵瑞彭很擅场的一类题材，《木兰花慢·邺城怀古》作于晚年中州时期，夏敬观所谓"体格又稍变……盖托体高，乃无所不可"者，其实是能含咀清真后脱身而出的又一佳作：

> 渡黄河北去，鞭不起，古漳流。想万里风烟，三更灯火，残霸

---

① 夏敬观：《忍古楼词话》评语。

中州。封侯壮心在否，听西陵、歌舞使人愁。高树闲栖乌鹊，空阶长卧貔貅。　　平畴落日下荒丘，慷慨看吴钩。问倾泪移盘，沉沙折戟，谁记恩仇。回头汉家宫阙，胜鸳鸯、瓦冷雉媒秋。欲唤南来王粲，为君重赋登楼。

邺城怀古，最易联想起三国史事，而"封侯壮心在否，听西陵、歌舞使人愁""问倾泪移盘，沉沙折戟，谁记恩仇"云云也不无对当下的关切，词锋甚冷峻。词中熔铸"乌鹊""沉沙折戟""王粲"等典故的自然无迹还是得力清真为多，但全篇雄浑峭拔的骨力明显更近张于湖、辛稼轩一脉。又如《南乡子·梦断水云乡》句云"忆起别来沧海事，茫茫，无雨无风夜更长"，《浣溪沙·夜过卢龙》其一之下片云"此地从来称崄阻，人间何处有英雄。青山西走水流东"，《木兰花慢·塞北秋兴》结句云"烽火甘泉未息，引弓直射天狼"，《蓦山溪》句云"华年百感，扑面无因避。人定夜三更，卷重帘、苍茫对此"，诸词气韵苍劲混茫，皆能仿佛《邺城怀古》。这又一次提示我们，单纯以"宗尚清真"论定邵瑞彭实在不免局缚，那些"未受域限，郁勃遒屈处"或者更应该成为我们关心的特质。今人青羊《芭蕉词话》有一段话论邵瑞彭较细腻，足资辨识："近人得清真者，吾推淳安邵瑞彭。邵词丰赡绵密，清健浑厚，有摄魂摹影之术，出清真而不淤滞，尚性灵不囿于一家，寄托深沉，感慨极大……得陈氏'沉郁'之旨为多。"① 的确，"尚性灵不囿于一家"的"沉郁"感是邵氏词最主要的审美特质，技法虽主要自清真出，而才性并非清真所能限。《木兰花慢·彊村师挽词》可为典范：

倚栏杆望远，乱山外，暮云横。讶海水禁寒，江关促梦，凄感平生。泠泠楚歌旧谱，把商弦、弹绝更谁听。过眼完人有数，到头天意无凭。　　严城鼓角夜三更，孤月此心明。话别殿春雷，空林夏雪，一例吞声。骑鲸归来甚日，又要离、冢畔草青青。忍对琼楼玉宇，重招河岳英灵。

————————
① 《芭蕉词话》卷二条六十八。

彊村老人之逝世为当世，也为百年词坛一件大事，悼念之作连篇累牍，而邵瑞彭"过眼完人有数，到头天意无凭"十二字断为其中最精悍而低回喟叹、富于感情者。《浣溪沙·榆生得顾太清〈东海渔歌〉卷二孤本，亡友诸贞壮钞本也。因忆昔年读书醇邸，花时吟赏，屡兴雍门之感。灵芬触手，益难为怀，赋短拍寄榆生》二首既感念"闺房间气"，又追忆与诸宗元"读书醇邸"的"雍门之感"，一笔双写，笔意幽深，确乎"灵芬触手"。姑引第二首：

> 乔木平泉已就荒，一春烟雨困丁香。当年间气在闺房。　　过眼青山销粉黛，谁家玉笛唱伊凉。阻风中酒事寻常。

由此可以论及，短调组章是邵瑞彭词作中极引人瞩目的菁华所在。仅以《扬荷集》为例，集中即有《踏莎行·疑雨疑云》四首、《浣溪沙·三月飞花》六首、《南乡子·绕郭起秋烟》二首、《玉楼春·十二玉楼》六首、《玉楼春·行云不合》十首、《菩萨蛮·盘龙镜里》二十二首、《鹧鸪天·扶荔宫前》五首、《采桑子·鲤鱼风起》四首，这数十首短调组词感情容量巨大，字句极尽精美，足以奠定邵次公的重要词史地位。而乙亥（1935）仲秋所作《山禽响》"托烟水之迷离，哀众芳之芜秽；答清商之幽唳，振山禽之余响"[1]，以《鹧鸪天》调填组词多达四十五首，惝恍变怪，不可方物，岂仅足冠生平，置之千年词史亦绝罕觏。可读其中数首：

> 梦里山光画不成，江头帆鬣认难明。曾教柳色藏苏小，好把梅花赚广平。　　才胆怯，又心惊，谁家人与月双清。枕边每少明朝事，愁听蛤蟆打六更。（十五）

> 甲帐珠帘入望新，排云楼阁四无邻。陌头草色思公子，井底桃花赠美人。　　天倚杵，海扬尘，沧江得意置闲身。莫愁艇子无消

---

[1] 《山禽余响》自记。

息，枉听莺啼过一春。（二十）

暮暮朝朝玉树花，好凭妆镜驻韶华。楚天风雨闻啼鴂，越国江山起怒蛙。　　怜织女，叹匏瓜，陌头铜狄两咨嗟。黄金铸尽英雄泪，别样伤心古押衙。（二八）

桐柏西南第几峰，遥看太室有无中。羽人烧鼎烹黄独，玉女吹箫步碧空。　　春浩荡，夜朦胧，年光催近试灯风。双凫飞去犹堪讶，莫放真龙怖叶公。（四四）

这一组词托古写今，意旨摇荡，本事大都难以确考。然而在绮情（"陌头草色思公子，井底桃花赠美人"）、游仙（"羽人烧鼎烹黄独，玉女吹箫步碧空"）等七彩纷披的外衣底下，词人内心对于人间世异样的忧愤失望历历可见。小词字字精悍，如铸生铁，是难得的剑芒伸缩、耀人眼目之上品。虽偶有近俗之语，大醇小疵，不足为病，而寿玺居然评为"和遗山而不能，得些许脚汗气，其弊在堆砌、饤饾、直率、俗滥，柳三变之病无一不全，而佳处绝无也……晚年之才尽竟如此耶"①，何无目之若此！《蝶恋花》一组词专以缠绵悱恻胜，当为晚年那段"縻于孽缘"的情事而作，且读两首：

十二楼前生碧草，珠箔当门，团扇迎风小。赵瑟秦筝弹未了，洞房一夜乌啼晓。　　忍把千金酬一笑，毕竟相思，不似相逢好。锦字无凭南雁杳，美人家在长干道。

冉冉中原歌舞地，迭鼓垂灯，夹道车如水。把酒劝君须着意，人生难得花前醉。　　看遍千门桃与李，牵动游人，隔岸抛莲子。一路秋虫啼未已，汝南遥夜鸡声起。

"忍把千金酬一笑，毕竟相思，不似相逢好"，如此深情绵渺，足

---

① 《山禽余响》跋尾，转引自汪梦川《南社词人研究》，第179页。

330 第二编 "亦狂亦侠亦温文":南社词研究

以追陪纳兰。值得一说的是,钱仲联《近百年词坛点将录》特别点出
"一路秋虫"二句,以为"知人论世者所当知",有皮里阳秋之意。以
邵瑞彭之绝诣,该《录》仅予"地空星小霸王周通"的较次位置,似
乎暗示着钱先生对邵氏晚年隐情是有所知且也特意影射的。①

三 陆峤南、胡先骕

生平事迹不甚详的陆峤南与邵瑞彭题赠唱和频多,故附邵氏后简
说。峤南字更存,号侠飞,别署玄同居士、都峤山人,广西容县人,民
国十三年(1924)后曾参与南社湘集。陆氏在《南社丛刻》有词六十
九首,以数量论属重要作者。其中颇有性灵之作,如《浣溪沙》"一阵
东风一阵寒,一重帘幕一重山。一春好梦怎生还。   偶检凤钗排梵
字,暗将鸾管印连环。肯教人背一灯闲",笔致轻灵至极。陆氏亦颇重
格律,每在字下注平仄变音,用僻调也不少,而多能写得较流丽可观,
甚见才调。如《多丽·浊吾别余十年,近客琼岛,辱书存问,拈此答
之》上片云:

> 鬓先惊,十年一觉初醒。恁啼到、津桥杜宇,茂陵身世飘零。
> 漫登楼、夕阳片片,更闻笛、秋雨声声。卜尽金钱,书残银字,向
> 谁容与诉衷情。自留滞、江关羁旅,长剑未曾鸣。空赢得、王郎斫
> 地,抑塞填膺。

再自陈、邵二位后附谈彊村拥趸胡先骕。先骕(1894—1968),字
步曾,号忏庵,江西新建人。留学美国,获哈佛大学植物学博士学位。
归国后历任东南大学等高校,国立中正大学首任校长,当选中央研究院
首届院士。胡氏为中国近代植物分类学的奠基人之一,在植物分类学方
面共发现一个新科、六个新属和百数十个新种,尤以发布"活化石"
水杉新种赢得世界声誉。新中国成立后,因在《植物分类学简编》一
书中批驳苏联专家李森科"小麦变黑麦"论而被认定为"政治问题",

---

① 钱先生:《南社吟坛点将录》点邵氏为"天威星双鞭呼延灼",位置甚高。

第二章 论南社"格律派"词 331

未获评学部委员，论著遭禁。① "文革"中再遭迫害，含愤去世。

相比于享誉世界的植物学研究，甚至是现代高等教育史上的重要地位，胡先骕深厚的文学造诣都较易为人忽略。他所担任主将的"学衡派"更是一直遭定谳为反动的旧文化的主阵营之一，在20世纪文化史上声名狼藉，因而作为"文人"的胡先骕形象早已被湮没在历史风尘中。实际上，身为西方科技主义潮流打造成的自然科学大师，同时又是中国古典文化的"奔丧者"与"守灵人"②，这种奇异的角色错位本身就是文化史研究富有魅力的课题。更何况，胡先骕以白璧德新人文主义思想认同传统儒学的人文精神，其中西会通的思路也足以构成一种非常值得注意的文化观照视角。③

以文学改良为例，胡先骕名作《中国文学改良论》是针对胡适、陈独秀的"文学革命"发言的。他特别说："（不佞）与胡适之君之意见多所符合，独不敢为鲁莽灭裂之举，而以白话推倒文言耳。"在列举文言的诸多优胜处以后，他亮出自己"白话不能全代文言"，"欲创造新文学，必浸淫于古籍，尽得其精华，而遗其糟粕，乃能应时势之所趋"的观点。④ 在《评尝试集》一文中，胡先骕更是发出冷静宏大的声音："诗之功用，在能表现美感与情韵，初不在文言白话之别。白话之能表现美感与情韵，固可用之作诗；苟文言亦有此功用，则亦万无屏弃之理。"⑤ 这些说法无疑具有着对文化激进主义有益的纠偏修正作用，现今已不必邃然加以"反动"一类恶谥而亟须"重估"其积极价值，并值得我们满怀尊敬地倾听了。⑥

作为重要的文学批评家，胡先骕的词学观亦较为开放，不专主一家

———————

① 参见静生《水仙不死》一文，大江网。

② 胡适语。《五十年来中国之文学》中，胡适很尖刻地说："这个'古文死了两千年'的讣文出去之后……不久，就有人号啕痛哭了……有些从外国奔丧回来，虽然素同死者没有太大交情，但他们听见哭声，也忍不住跟着哭一场，听见骂声，也忍不住跟着骂一场。所以这种骂声至今还不曾完全停止。"见《胡适周作人论中国近世文学》，海南出版社1994年版，第93页。

③ 以沈卫威《回眸"学衡派"》为代表，学界近年对此已有一些出色的研究。

④ 张大为等辑：《胡先骕文存》，江西高校出版社1995年版，第1、5页。

⑤ 原载《学衡》第1、第2期，见《胡先骕文存》，第42页。

⑥ 胡先骕文学观点详见张大为《胡先骕与古典诗》，《胡先骕文存》附录。

门户，能见异量之美。其论赵熙、文廷式、王鹏运、周岸登之词，皆有精警客观的好评①，而一瓣心香最系彊村也是不争的事实。前文论彊村词尝征引过胡氏《评朱古微彊村乐府》中"六百年来，清响久歇，得彊村词视逾瑰宝……许为有清一代之冠"的崇高评价。②《评胡适五十年来之中国文学》一文亦明确表示："彊村词适得梦窗之长，而无梦窗七宝楼台拆下不成片段之病。其风骨之遒上，清词中当推巨擘。友人王易尝谓有清一代之词人前有一朱，后有一朱。前朱为竹垞，后朱为彊村，非过誉也"③，皆是作为彊村拥趸的铁证。此外，1961 年胡先骕致函龙榆生时有回忆："少年时亦曾追随周癸叔、王简庵学为倚声，由彊村上溯梦窗，终以不耐声律束缚而舍去"④，亦可见其填词深受彊村影响。

现存《忏庵词》收录八十一首，大多作于南社时期。其早期作品多关乎词史，如读半塘词、读二窗词、吊郑文焯等皆甚有神采。《天香》写海仙花、《声声慢》写金合欢、《齐天乐》写馥丽蕤花等虽是咏物之常轨，出乎植物学者之手，亦不嫌铺叙，别有风味，虽时有近彊村笔意处而工力远逊。晚年作颇率易，《水调歌头》"天问""登珠穆朗玛峰"二首均无大意思，而颇有名，恐怕是因其科学家身份而期望值有所降低的缘故。总体而言，胡氏才分并不表现于填词，《忏庵词》成就不高也是意料中事。

---

① 评赵熙、文廷式、王鹏运文均见《胡先骕文存》，为周岸登所作序文见《蜀雅》。闵定庆有《胡先骕佚文〈蜀雅序〉考释》，《华南师范大学学报》2011 年第 4 期。

② 《胡先骕文存》，第 138 页。

③ 《胡先骕文存》，第 207—208 页。

④ 转引自张大为《胡先骕的晚年诗词》，网文。

第三章 论南社"情格兼重派"词

仔细斟酌，所谓"情格兼重派"似乎是个很难成立的概念。文学创作中"情志"与"格律"的比例是不会如化学实验中各元素的配比那样清晰、容易量化的，然而，在南社诸多优秀词人中，我们不难感知到极具倾向性的抒写情志与谨守格律两类词人。那么，处在中间地带无法安顿的相当大一部分词人就只能单列出来，姑以"情格兼重"名之，为权宜之计。

第一节 面目漫漶的大手笔吴眉孙

一 能为白石梦窗之语

"情格兼重派"首领一军者当推吴眉孙。南社济济多才中，吴氏绝不是很为人所知的一个。其词载于《南社丛刻》者，仅四首而已，即将《当代词综》等诸家选本综之，也不过十首上下。① 钱仲联《光宣词坛点将录》曾提及之，点为"地速星中箭虎丁得孙"，评语尚佳而位置颇低。此殆由其平生作词不自爱惜，随手抛弃，晚年结集又极罕密、少传播之故，然而有缘见之者表彰不足，致其面目漫漶，似也令人兴赏音识器之叹。按其实，这位绝少被关注的词人不仅在南社出类拔萃，即置之二十世纪乃至更宽阔的词史上，也堪称是值得浓墨重彩而书之的大手笔。

眉孙（1878—1961），名庠，亦名清庠，别号双红豆斋主，江苏丹

---

① 《当代词综》入选四首，《二十世纪中华词选》入选二首，合以《南社丛刻》，才十首耳。

徒人，曾任梁士诒秘书，寓居北京，搜罗张勋复辟、洪宪帝制等文献甚
夥，又任交通银行总行文书主任，晚为上海文史馆馆员。眉孙为著名藏
书家，数万卷中颇多佳椠，后皆让归国家。晚岁病盲，寄身土室，画地
自牢，境遇颇为凄凉。晚清民国时代眉孙社集活动颇多，曾参加南社、
午社、冶春雅集、丽则吟社等，与吟社蔡芝眉以诗词并称"二眉"。著
有《遗山乐府编年小笺》等，其诗甚佳，词才尤富赡，但随写随弃，
六十以后乃稍稍留稿。① 今传《寒筝阁词》系晚年借文史馆馆员作品观
摩会机会，抄拣 60 岁后十年间所作一百七十首而成，可见平生创作数
量颇大。② 未存全璧，极可惜也。

眉孙能为白石一派语。如早年所作《齐天乐·蟋蟀》其一上片云：
"一生只有秋知己，悲吟自成机杼。昨夜风寒，金晓露重，来日零霜更
苦。凄凉欲诉。问谁照银釭，谁调玉柱。梦冷莓苔，断肠花底月将曙"，
凄凄凉凉、欲说还休处绝似白石名作，而笔致爽健，如并剪哀梨，又自
显面目。晚年入午社时期，流风所及，亦颇走梦窗一路。如与林鹍翔有
关数首：《丹凤吟·题林铁尊半樱词续》"曾说袖手神州，俯瞰好片江
山，争奈轻付啼鴂"，《四围竹·十六夜见月同铁尊》"试谱霓裳旧调，
同看山河，酒泼葡萄"，《木兰花慢·己卯腊八日铁尊翁病殁沪上……》
"填词可怜发白，恨万方多难识君迟。半亩园樱弄色，销魂邻笛声凄"
等，皱折而多沉郁感，皆是梦窗变相。其午社词课数题如《霜叶飞》
《夏初临》《月当厅》等，也多当行本色，比之专学梦窗者不遑多让。
《永遇乐·读孟劬翁旧京近作，乱离身世，其音绝哀，和韵倚声，不胜
依黯》一首有感于中，发为沉刻深挚之言，大有慷慨苍凉之韵，是自梦
窗而渐有稼轩味者：

　　　　白雁啼霜，苍葭隔水，书到秋馆。杼轴悲怀，琼瑰热泪，人共
　　天涯远。文章才老，江湖岁暮，萧瑟庾郎禁惯。黯销魂，登楼北
　　望，淡日冷烟遮断。　　莺花故国，欢场如梦，零落清商曲变。往
　　事心头，模糊一醉，莫放闲尊浅。连床书卷，闭门风雪，白发青灯

————————
① 《寒筝阁词》自记，1957 年油印本。
② "寒筝"，诸多文献作"寒芋"，误。

依恋。谁听哀弦夜弄，再三唱叹。

二 "情所寄，有欢笑，有悲愁"

"孟劬翁"张尔田序吴眉孙词，称之曰"狂篇醉句，千啼百笑""豪迈矣而不失之伧，沉骏矣而不失之放"①，从以上近白石梦窗者殊难按得此种印象，其实眉孙真所擅场者也不在此，他追慕心仪的还是通脱清雄的东坡一脉。庚辰年十二月十九日（公历1941年）东坡生日，眉孙有《水调歌头》云：

> 声调不能缚，潇洒爱东坡。铜琶铁板遗响，水调试高歌。日想龙眠画像，位置金山顶上，看鹤舞婆娑。一笑放船去，涉世惯风波。　　漫堂翁，覃溪老，屡吟哦。为欢今夕把酒，几辈醉颜酡。许吃菜羹羊肉，须验苏文生熟，背诵听如何。我得毫发似，磨蝎命宫多。

开篇即明言爱东坡"声调不能缚"之"潇洒"，那么反之，为声调所缚者自然不在赏会之列了。这既是自白祈向，词本身亦得运棹如意、飞流直下之乐，与前引白石梦窗语差距颇大。另一首《水调歌头》也作于午社中，词序已很可喜而具针对性："午社拈调《夏初临》，有谓此调板俗无聊者。或问果何调为活、为雅、为有趣耶？予曰：彼盖喜填涩调耳。或又问唐五代两宋以来诸名家词，凡非涩调者，皆板俗无聊耶？予笑而不答。戏歌此曲，为喜涩调者进一解"，证之《天风阁学词日记》，"彼盖喜填涩调耳"当指仇埰等②，此一句斩钉截铁，锋芒毕现，而词更卓绝：

> 词一大瀛海，容纳万方流。我身偶尔飘坠，芥子著虚舟。高调

---

① 《吴眉孙词集序》，《寒筜阁词》前附。
② 《天风阁学词日记》1940年7月2日："接吴眉孙函……彼于仇述翁之喜用涩调，时有微词。"

铜琶铁板，低唱晓风残月，遗响各千秋。双管好齐下，何用介鸿沟。　　情所寄，有欢笑，有悲愁。花场酒国来往，神动与天游。正要笔歌墨舞，怪底字荆句棘，肝肾苦雕镂。我梦落烟水，浩荡逐浮鸥。

"词一大瀛海，容纳万方流""情所寄，有欢笑，有悲愁"，自来论词，从未见如此刀斩乱麻、切中肯綮者。这不仅是寿玺、易孺一辈拘于辕下者所不能梦见的，就是放在词论历史上，也似乎没有听见过如此斩截明快的声音！仅凭此二首《水调歌头》，凭此二语，吴眉孙便足高踞词苑一席之地了，那么当然可从此辨认这位南社中另走辽阔"寄情"一路的杰出词人的特殊审美风神，张尔田"狂醉啼笑、豪迈沉骏"之说亦当从此悟入。

且看《寒竽阁词》开篇的《金缕曲·自题病后小像》：

面目还依样。料重逢、故乡亲串，喜欢无量。莫怪风流令减退，验取一春病状。信天付、艰屯骨相。三百瓮斋餐未了，笑阎罗、肯把书痴放。翻着我，债台上。　　婆娑风月神差王。销磨尽、须眉兀傲，胸怀抗脏。无用文章须更作，留得梦中肠脏。算毕世、低头草莽。点鬓霜华看种种，甚不甘、犹自多惆怅。夸晚福，语疑妄。

词非大题目，也无大意义。花甲之年，患病初愈，一时兴感而已，然而也有生动的个性与通达的感悟。诸如"三百瓮斋餐未了，笑阎罗、肯把书痴放。翻着我，债台上""夸晚福，语疑妄"等语皆有笑傲之意，胸襟笔法爽朗可观。不唯面对自家小像能够挥洒如此，题写名画家秦更年小像的两首《沁园春》也多情致勃发的"抗脏"语如"头也难尖，骨分欠媚，屡被吹嘘不上天""左耳将聋，双眉不皱，为马为牛听尔呼"等。仍是题画之作，这一次则把笔墨倾洒到了自己的"螺壳道场"，读《满江红·题螺壳道场便面》：

弹指楼台，君莫笑、回旋不得。看寸寸，山河牛角，尖儿逼窄。失足都沦烦恼海，飞身那觅清凉国。叹浮生、一例寄居虫，朝还夕。　　蚊之睫，争巢剧；蜗之角，鏖兵急。把屠刀放下，且听佛说。菩萨针头能并坐，修罗藕孔容逃匿。种三千、世界妙莲花，香风逆。

老病侵寻，已然难耐，加之以贫，愈加难堪。词人则笑而对之：自己的"逼窄"蜗居比之寸寸山河又算得了什么？末数句引佛典，别有一种纵横意态，令读者亦发会心悲酸之笑。类此者还有《沁园春·卖书》，亦雅洁可诵，欢笑悲愁既打叠一处，又历历分明：

> 自我得之，自我失之，何用慨然。况天荆地棘，时忧兵火；桂薪玉粒，屡损盘餐。炳烛微明，巾箱秘本，能得余生几度看。私自喜，喜未论斤称，不直文钱。　　也知过眼云烟，只晨夕、相依五十年。记小妻问价，肯抛簪珥；娇儿开卷，解录丹铅。良友乖违，宫娥惨对，此别销魂最可怜。还自笑，笑珠亡椟在，旧目重编。

作为文人、藏书家，书当然是"情所寄"的重要一环。现在沦落至卖书为活，内心该是如何的绞痛！所谓"良友乖违，宫娥惨对"，词人写得很真实，也很幽默。更幽默的是"私自喜"与"还自笑"，确乎以乐写哀，而其哀更倍于呼号涕泪。《送灶》一首与《卖书》同调，可视为姊妹篇，而捭阖驰骋之致尤胜之，直可作《送穷文》《毛颖传》读：

> 随分杯盘，野处衣冠，跪陈片言。笑嵇康锻罢，琴横作枕；陶潜窥处，诗咏无烟。爇火燎衣，踞觚执简，世乱家贫对岁寒。神听取，乞均分吉利，长保平安。　　高歌一曲神弦，送风马、云车上九天。算热官不媚，想当恕及；比邻能请，料必欣然。薄命书痴，玉皇倘问，但道文章尚直钱。神曰善，愿诗人老寿，饱饭残年。

由以上这些佳作我们不仅可以读懂吴眉孙的情性襟怀，更应感受到，晚景贫贱是《寒竽阁词》着力抒写的主题之一，而这种抒写又不是简单的个人牢骚雅趣之谓，那是和"天荆地棘"的时局紧密勾连的，

338 第二编 "亦狂亦侠亦温文"：南社词研究

是从一个普通人的忧喜折射出了大动荡时代的光影的。所谓"世难如山，浮生若梦"①，吴眉孙在这里真切地表达出了自己的欢笑悲愁，情之所寄，从而以他特有的明快晓畅、博雅恢奇与他人划开界限，铸成了独异的"这一个"。

三 "风雨疾，算十年小劫，多少悲凉"

吴眉孙存词这十年，恰值八年全面抗战伊始至内战即将结束，四海扬尘，烽火蔽日，十年的疾风骤雨自然给词人心上带来无尽的沧桑之感。《寿星明·寿卢涧泉七十》中他说"风雨疾，算十年小劫，多少悲凉"，是的，这种悲凉、愤懑、惊悸、激切也是他"情所寄"的重要一部分，甚至是最核心的那一部分。才华卓绝的词人书写他所处的时空从来就不是淡淡一笔带过的。

《寒笭阁词》开卷未久即是一首风狂雨横、扑面而来的《金缕曲·吴言钦挽词》。言钦为民国著名实业家，殁于"八一三"淞沪之役：

> 兵火弥天劫。莽神州、轰雷掣电，杀机齐发。粉骨碎身全不怕，慷慨男儿气节。叫白昼、鬼车翼折。国难如山人命贱，怵三良、携手同埋穴。千万恨，向谁说。　　挥金结客谋生拙。剩凄惶、蓬头儿女，断肠妻妾。酹酒招魂黄浦路，霜鬓而翁雨泣。一抔土、衣冠封闭。我欲墓门亲买石，为大书、深刻劳人碣。凭吊者，共呜咽。

在"国难如山人命贱"的"兵火弥天劫"中，哪里会优先想到什么宗法、声律之类？那只有赤裸裸的言情写心而已。这首词字字泣血，毫无假借，正是陈迦陵以迄郑板桥等磅礴霸悍风格的隔代再现。其中不乏为人诟病之"一发无余"者，是其所短，而又是其所长。作于1940年的《小梅花》二阕则另走一路，以古乐府遗意对汪精卫、梁鸿志等一干做贼佳人深致"无奈乱鸦一队向人啼""时无英雄竖子看成名"的讥讽之概，蕴藉中不乏刻毒。《鹧鸪天》三首披着"读史"外衣，其实

————————

① 吴眉孙：《沁园春·七十生日自嘲二首》之二。

第三章 论南社"情格兼重派"词 339

是笔枪横扫，十荡十决①：

　　　　真个言愁始欲愁，凭君尊酒话神州。过江人物多于鲫，怪底甘
居第二流。　　休冷眼，肯低头，公然敌国许同舟。老来晓事原非
易，投阁难磨寂寞羞。

　　　　一子轻投悔已迟，顿教全局变输棋。猢狲入袋成儿戏，傀儡登
场听客为。　　蜗角小，燕巢危，几人不可语期期。分明炉火将身
踞，始信君侯固自痴。

　　　　绝代文章数挚虞，无依刘炫亦通儒。例须饿死兵戈际，未信天
公重读书。　　阶尺木，骋高衢，暗投莫惜夜明珠。一家风雪人情
泪，敢笑胡恢不丈夫。

　　一干才人落水，叹惜谏刺者所在多有，然而如吴眉孙明言"怪底甘
居第二流""公然敌国许同舟""猢狲入袋成儿戏，傀儡登场听客为"
"分明炉火将身踞""暗投莫惜夜明珠"的恐怕还不多，至于"老来晓
事原非易，投阁难磨寂寞羞"这样肆口诅咒的愤极语更是罕见诸史册，
足能见其品格性情。《鹧鸪天》是眉孙喜用的词牌之一，《寒笳阁词》
中凡十余首，大都辞气劲健，针刺在绵。准唐人郑谷前例，名之"吴鹧
鸪"，大约不错。可再试读二首：

　　　　百罚深杯酒自倾，残阳如水下帘旌。歌筵渐觉收场近，弹到甘
州第八声。　　愁折叠，泪纵横，梦华零落记东京。私怜缩本沧桑
影，寸寸伤心画不成。

　　　　轴折弦孤又一时，那堪更谱九张机。自伤弄巧翻成拙，虚费同
功万茧丝。　　甘俯首，苦颦眉，安排瓜果跪陈词。从令绝妙裁缝
手，剩与他人作嫁衣。

────────────

① 含"读史偶得率成二阕""续读史吟"。

340 第二编 "亦狂亦侠亦温文"：南社词研究

这是《三十四年七月七日作》六首组词中的一、四两首。三十四年七月七日系卢沟桥事变八周年纪念日，此时日寇败亡大势已经明朗。组词题旨明确，而用宫词言情体掩蔽之，诸如"歌筵渐觉收场近""梦华零落记东京""自伤弄巧翻成拙""剩与他人作嫁衣"，以及"一从侥幸东风便，销尽周郎顾曲才"（其五）、"樽前微有心肝在，应唱无愁果有愁"（其六）等句皆极婉曲耐讽，而皮里阳秋之意何堪使汪、梁辈闻之？作于翌年的《鹧鸪天·续读史吟》是五年前那一组词的续篇，矛头指向附逆的一批"乱世才人"与"五子登科"的接收大员，至此而锋锷愈利：

　　乱世才人惯热中，行行日暮恨途穷。早知精卫难填海，虚望爰居解避风。　　甘卖国，苦和戎，浮云富贵转头空。最怜平楚楼中鬼，输与曹王得病终。①

　　乾没何曾有后灾，侵牟渔夺各安排。起家本自居奇货，援例无嫌取羡财。　　颜甲厚，眼花开，倾身障簏亦堪哀。缘何骂世钱愚论，奉敕偏教急毁来。

热中的才人们最终落得日暮途穷、浮云富贵的结局，而接收大员们则厚着脸皮侵牟渔夺，毫无顾忌。如此乱世真堪发一浩叹，那也难怪词人心目中是满满的悲凉了！最后还应读"三十三年七月七日作"《鹧鸪天》四阕，此乃国难七周年之祭文，个人际遇与时代风云汇集成了一片淋漓赤诚的民族元气，吴眉孙的心境、品性与成就最应表见于此。对于这位声华销寂、面目漫漶而理念、创作皆居一流的大手笔，当然是值得花些篇幅笔墨予以格外表彰的：

　　一病支持到七年，冤霜怨火苦相煎。舞腰羞见台城柳，泣血愁闻蜀国鹃。　　身似茧，梦如烟，坐看沧海变桑田。瀛洲那有长生药，可笑秦皇浪学仙。

———————————

　　① 作者自注："张邦昌赐死，缢于平楚楼。刘豫僭号八年，金人废之，仍封为曹王，年六十五而卒。"

孤注拼教一掷轻，厕身地棘复天荆。卢沟晓月凄行色，黄浦秋潮咽恨声。　歌当哭，醉还醒，自怜玉貌在围城。朝来细把舆图检，消息重洋望太平。

触拨哀弦转轴难，断肠声是念家山。全输棋局将收拾，寸碎珊瑚太等闲。　花易落，月难圆，情天再补定何年。此生漂泊成追悔，只在南华第二篇。

织素抛梭忆故夫，不辞辛苦效微躯。负薪且续星星火，数米真穿粒粒珠。　同乞巧，记当初，香闺活计未生疏。针箱线帖安排好，重绣神州赤县图。

第二节　"词章名手"王蕴章与"信口而歌"的姚鹓雏

附　郑泽、程善之、顾无咎

一　"词章名手"王蕴章

论成就、影响，以及在《南社词集》发表作品的数量，吴眉孙之下当先谈"词章名手"、也是现代文化史之多面手王蕴章。蕴章（1884—1942），字莼农，以家乡有西神山，故号西神残客，别号红鹅生、二泉亭长等甚多，江苏金匮（今无锡）人。光绪二十五年（1899）中举人时年仅十六，捷报传来，犹在城头放纸鸢，乡里传为笑谈。[1] 后应聘上海商务印书馆，与张元济、徐珂等编刊首版《辞源》，风行一时，并任《小说月报》编辑。《小说月报》定约稿例，分级分类给予酬金，此稿费分级制度即出其手。[2] 同时又任《妇女杂志》编务，后有继武清初王士禄《燃脂集》专述闺阁事迹的《燃脂余韵》之撰，发源应

---

① 郑逸梅：《南社丛谈》，中华书局 2006 年版，第 117 页。
② 郑逸梅：《词章名手王西神》，载《近代名人入话》，中华书局 2005 年版，第 276 页。其稿费分每千字甲等五元至戊等一元，彼时三元可购白米一石。

342 第二编 "亦狂亦侠亦温文"：南社词研究

即在此。自南洋归，历任上海沪江大学、南方大学、暨南大学国文教授，又创办正风文学院，自任院长，然乏治事之才，又染吸毒嗜好，晚境艰困，有堕节之嫌，而大略为"头衔只署猢狲王"之一书生而已。① 王氏多才，工书法，能写铁线篆。又擅小说，为鸳鸯蝴蝶派主要作家之一，而最以骈文诗词楹联称"词章名手"，颇负时誉。著述极丰，品类亦繁，如《墨林一枝》等书法著作，《雪蕉吟馆集》《云外朱楼集》等小品文著作，《碧血花传奇》《西神小说集》等戏剧小说创作。② 词集名《秋平云室》，似未有刊本，仅可自《南社丛刻》辑得一百五十三首，皆中年前之作。晚岁进境，已难获见。

蕴章有《梅魂菊影室词话》《秋平云室词话》《词学一隅》等论词文字，宗常州家数的倾向甚为明显。《词学一隅·词派》云："学者从止庵之说入手，最为纯正。""纯正"云云，很大程度体现在对格律的重视上。其"词律"条指出《醉太平》等平调韵上之仄声字必须用去声，《秋宵吟》等仄声调宜用上声韵，《玉楼春》等调宜用去声韵，《壶中天》等调宜用入声韵，对宫调辨析甚细。又对《花犯》《忆旧游》等篇句提出严格要求，足见当行。③ 落实到具体创作中，王蕴章不仅在春音词社的数次社课皆严守格律，于《换巢鸾凤》（何处今宵）、《凄凉犯》（画帘影）、《秋宵吟》（暝蛩啼）等篇也详辨声调，后者考证甚且有二百余字之多。④ 这些作品无疑构成了王蕴章创作的一个重要层面，《渡江云·秋夕饯别次公》较为疏朗，可略觇风韵。词作于丁巳（1917）邵瑞彭北上时，次公和作见前文：

> 河桥携手处，画钗句觅，绮梦绕云屏。送君从此去，小系斑骓，按拍动离情。吴姬劝客，渐换却、旧日狂名。还怅望，隔江烽火，费泪饮新亭。　　堪惊。缁衣尘化，素鬓霜多，但凄然说饼。知几时仙槎风引，银海销兵。吹寒又听空城角，早进入、一片秋

---

① 郑逸梅：《词章名手王西神》记其五十自寿联云："苟活五十年，奚以寿为，债累未完牛马走；翻阅廿四史，从何说起，头衔只署猢狲王。"

② 王蕴章著述以郑逸梅所述较赅备。

③ 《词学一隅》，见《民意月刊》，年份卷数不详，陈水云先生赠复印件。

④ 《南社词集》第一册，第40—41页。

声。秋未老，长安乱叶愁生。

格律谨严不苟，而朋友交道，世路艰难，皆真切溢于言表。更值得注意的是，王蕴章言词还有不甚拘泥格律、取法乎上的一面。《词学一隅·词史》开篇即云："诗词皆切戒无谓而作，弄月吟风，言之无物，虽不作可也……词至于史，而其道始尊。"这虽然还是常州派并不新鲜的老话头，但却提示我们他论词、作词的较折中通达的态度。王蕴章词长调短章兼擅，哀丝豪竹并响，多元化风格较为清晰。如"鸳蝴"气味较重的言情之篇比例就不小，性灵栩栩，能弹动人心。《柳梢青·和微波词》云：

> 拼得销魂，影儿瘦了，独自温存。一笛吹残，一灯红小，一个人颦。　　樱桃花落重门，种多少、愁根病根。昨夜星辰，今宵明月，立尽黄昏。

《洞仙歌》五首作于远客南洋时期，以组词形式描摹情事入微，是朱彝尊《静志居琴趣》苗裔。三、四两首最佳：

> 红绒唾罢，把帘钩放了，翡翠琉璃写来悄。说诗人子野，合配兜娘，都写入，小小乌阑诗稿。　　乡亲原不恶，苏小前身，家计商量不嫌早。买个五湖船，随处浮家，看粗服、乱头都好。便修到、梅花算今生，博流睐无言，夜阑双笑。

> 黯然别也，报斑骓驾矣，欲慰云英总无计。听炎洋绝域，万里书沉，愁未了，相对冷清清地。　　声声行不得，软语丁宁，转问归期定还未。容易又秋风，秋以为期，莫老了、秋娘身世。更蝉翼、新妆送郎行，便药店飞龙①，也都忘记。

---

① 此句谓相思瘦损，语出南朝宋《读曲歌》："飞龙落药店，骨出只为汝。"王氏颇爱用此，如《喝火令》句云："龙飞出骨无"，《醉花间》句云："问郎相信否，骨出只为汝。真个似飞龙，判把佳期误。"

344 第二编 "亦狂亦侠亦温文"：南社词研究

前首胜在"诗人子野，合配兜娘"的具体而微的心事摹写，后首胜在"容易又秋风，秋以为期，莫老了、秋娘身世"的敏慧联缀。虽写风尘女子，自饶一种雅韵。同样以性灵擅场而语含"俊逸"[1]之气的是《醉太平·乞玉梅花道人作西湖寻梦行看子》：

> 炉烟一窗，瓶花一床。更添十里湖光，对南屏晚妆。　　藕风气香，竹风韵凉。等他月照回廊，浴鸳鸯一双。

身为南社名辈，丁逢丧乱时世，王蕴章也不乏"血种自由花正好，造就英雄无数"之类的激扬感愤之作[2]，且分量还要重于那些卿卿我我的儿女低语。这便不是词学宗法所能解释，而是特定时空所折射之光影。典型者如《金缕曲·桃源逝矣，洛阳铜驼，重有荆棘之慨。国魂何在？词以招之》：

> 天半罡风卷。者神州、避秦何处，此情难遣。漫道本初真健者，热泪丝丝江泫。磨盾鼻、花飞墨茧。毛锥钩须惊梦幻，劫沧桑、一度还嫌浅。医国手，问谁展。　　诸公衮衮京华显。好家居、纤儿撞坏，堪题禁扁。笯凤铩鸾寻常事，况有猖狺桀犬。独憔悴、斯人岂免。阅尽新朝钩党史，五千年、无此共和典。长剑倚，虏氛剪。

民国二年（1913）宋教仁遇刺，案情疑点重重，至今犹有争议，然"国魂"已破，则是时人的共同反应。这一首"招魂"之作矛头直指袁世凯，"漫道本初真健者"还说得含蓄些，"笯凤铩鸾寻常事，况有猖狺桀犬"则近乎戟指怒骂了。至于"阅尽新朝钩党史，五千年、无此共和典"呐喊之痛切，完全可与"无量头颅无量血，可怜购得假共和"等句同声部鸣响成那个时代的最强音之一。[3] 宋案后，哀悼之作

----

① 沈轶刘、富寿荪：《清词菁华》评语。
② 《貂裘换酒·追悼冯沼倩》。
③ 蔡济民：《书愤》。

数以百千计，王莼农此篇用清初秋水轩"剪"字旧韵写时事，颇具震撼力，足称翘楚。

类此"脱帽悲歌起""痛哭山中闲日月"者在蕴章词中数量颇多，很能代表南社"气质"①。如《踏莎行·寒夜放言》：

> 泽畔行吟，市门货殖，更无位置英雄地。蠹鱼字悔蚀神仙，茂陵谁识凌云气。　　红友清除，青奴游戏，五湖无恙吾归矣。职方如狗尉羊头，笑他衮衮风尘里。

既云"放言"，难免有收笔不住处，但气足神完，值得一读。《湘月·星洲秋感寄示沪上诸友》也是"豪气未除，笔锋转厉"②，但能略显含蕴沉郁，收放自如：

> 秋风海国，作飘零词客，飘零天气。大好湖山刚换得，满斛蟾蜍清泪。猿鹤输他，鲲鹏笑我，世事今如此。还君一剑，双龙啸破秋水。　　思欲南走扶余，东穷日出，更西行欧美。万里投荒消减尽，当日豪游情味。击筑声雌，吹箫曲怒，鬓影星星矣。夜来多谢，玉虫开作如意。

王蕴章笔墨多端，语势绮丽而锋芒内敛者当推《点绛唇·孙北萱肇圻以所集定公句曰缀珍集，见示索题，为赋二解》之二。孙肇圻为无锡人，曾创办无锡女子师范，有《箫声剑气楼诗存》，亦龚自珍之拥趸：

> 浅醉闲吟，乱愁压梦浓于染。舴艋船飞满，中有山河换。　　菊影梅魂，我亦商量遍。无人管。羽琌山畔，唤取春风转。

至于《浣溪沙·题哲夫端平残砖》之二苍凉老辣，在其词中又为别调。端平是宋理宗赵昀的第三个年号（1234—1236），经"更化""入

---

① 《貂裘换酒·钝根老友遁迹山中……》。
② 沈轶刘、富寿荪：《清词菁华》评语。

346 第二编 "亦狂亦侠亦温文"：南社词研究

洛"，宋蒙战争启幕，南宋之灭亡开端。故词中对"小朝廷"的感叹恐怕也是弦外有音的：

> 桃李东风壁半倾，一抔干净广州城。小朝廷字认端平。　　 井史搜奇传鸭子，砚材妙制敌鱼英。六陵残瓦怨冬青。

二 "信口而歌"的姚鹓雏

王蕴章之下当接谈以《燕蹴筝弦录》《沈家园传奇》等"鸳蝴"小说著称于世的姚鹓雏。鹓雏（1892—1954），原名锡钧，字雄伯，笔名龙公，松江人，早入京师大学堂，师事林纾，为林氏称许为"南中第一得意门生"①。又与林庚白齐名，刊有《太学二子集》。辛亥后南归，加入南社，为"四才子"之一②，并与陈匪石组织"七襄社"，与高吹万等发起创建"国学商兑会"。后入政界，历任南京市政府秘书长、江苏省政府秘书等职。新中国成立后受聘为上海文史馆馆员，出任松江县副县长。著有《榆眉室文存》《鹓雏杂著》《恬养簃诗》等。今上海古籍版《姚鹓雏文集·诗词卷》整理其《苍雪词》得三卷，二百三十余首。

《苍雪词》中南社时期作仅五十余首，是为姚氏学词而未成之阶段。对于这一点，他在卷一开篇的《望江南》组词小序中说得很清楚："余不谙倚声，某年谒朱彊村先生，间语及之，而苦其律度。先生曰：词之功，不徒事此也。先生以严治声律，宗主坛坫，顾其言如此。盖审乎初学畏难，将望而却步，用诱而进之，匪独善易者不言易而已。""某年"难以确定，在南社时期则无疑。这里省略的是，尽管有彊村的循循善诱，"苦其律度"的"畏难"心理并未完全克服。《导引曲·有忆》组词正作于得彊村指授时，性灵勃发，浑不以声律为意：

---

① 王锦南：《小说家别传》，《游戏世界》1922 年第 15 期。转引自孙超《姚鹓雏：京师大学堂走出的"兴味"小说家》，《文史知识》2012 年第 3 期。

② 姚氏小说佳，《燕蹴筝弦录》《沈家园传奇》分别演朱彝尊风怀诗本事、陆游唐氏故实，对于别人称之"鸳蝴"小说颇不满。撰《恨海孤舟》凡二十万言，一月告竣。姚氏发语隽妙，有晋人风味，如"叶小凤不善骂人，而善骂我；闻野鹤最爱骂人，而尤爱骂我。羁栖白下，冷落朋樽，风雨鸡鸣，每兴骂我者谁之叹"。见郑逸梅《南社丛谈》，第 258 页。

春事过，春事过，无寐听更残。襟上酒痕浑是泪，花前麈尾不知寒。凭遍画阑干。

空相忆，空相忆，旧约已浮沉。酒熟乔家花欲笑，歌残白纻月初阴。黄鹄动归心。

浑不奈，浑不奈，初见月初三。剑气欲飞春雨后，酒悲乍发毂轮间。一为破愁颜。

长相别，长相别，万事半空花。难忘韩家潭畔路，一街香雪拥轻车。挥手即天涯。

《金缕曲·午夜不寐成一阕，知我罪我，所不及计》是愤世之作，词意爽健，明显自辛稼轩以至龚自珍来：

风露凝愁坐。尽无聊、青天碧海，都无依据。洒被闲愁浑未得，还解柘枝微舞。算销却、雄奇难数。词客飘零关塞暮，莽天涯、弹铗浑无处。更莫说，狂如许。　　柳丝无恙春来路。但挥手、俊游已倦，不如归去。销尽黄金同聚铁，只是一般错铸。有长揖、谢君无语。我已君平甘世弃，更何须、反覆云和雨。交道事，今如土。

自抗战军兴，姚氏避兵湖南辰沅一带，再辗转贵州、重庆，"瞻念乡园，贼烽犹炽。伤时感事，辄托小词。文随情生，音无繁缛，等之《竹枝》《杨柳》，信口可歌，固非嚼徵含商、窈渺刻深之比也"[①]。在《踏莎行·题梦秋词卷》煞拍"东坡莫道近粗豪，词坛今恨粗豪少"二句下更明白自注云："余论词颇不主秾丽，固犹嫌同调之少也。"可见，姚鹓雏对于"嚼徵含商，窈渺刻深"的秾丽繁缛之音是并不认同的，而自"伤时感事"之"情"生出的信口之歌则从此一直轩然高唱。

---

① 《苍雪词》卷一开篇《望江南》组词小序。

先看《望江南》三首：

行不得，投止向谁边。身似羸骖临峻阪，心如惊雁落空弦。歧路更茫然。

留不得，接淅道真穷。醴酒端知非昨日，鲈鱼何计待秋风。一笑恁匆匆。

归不得，故国事全非。深谷高陵迷远梦，秋鸿社燕只分飞。真个不须归。

"行不得""留不得""归不得"，自江南转徙西南，这九个字已将个中心绪写得淋漓尽致了。"身似羸骖""心如惊雁"的比喻，"故国事全非"的喟叹，实为抗战烽火中的知识群体最典型的一帧剪影。《虞美人·初秋与客话渝州旧游》作于 1949 年，多年战乱，仍有余悸。词不假涂饰，然很耐读：

风蝉断续闲庭角，玉簟寒初觉。凉柯叶叶已难留，最是梧桐身世不禁秋。　　灯前细雨谁相过，与我周旋我。十年一梦话山城，记得四山木落酒初醒。

本年《金缕曲·题四十年来之北京》中"凭谁创造新图志。最峥嵘、长城北绕，太行西峙。三海芙蕖天坛柳，一片葱茏佳气。便真到、人民之世"等句很透现出欢欣雀跃之情。然而，类似姚鹓雏这样顶着"鸳蝴"帽子的旧文人是很难得到新时代的真正赏识，哪怕是容纳的。"只谈风月"的周瘦鹃不就最终投井自尽，并带累得儿子也含冤去世么？且看姚氏《鹧鸪天·葛天民〈清明访白石不值〉诗云"老怀那得似饧甜"，心有所触，成此》一首：

黯惨穷冬冷欲砭，暮年贫病一身兼。空花遮眼衰堪笑，世态翻云老始谙。　　挑滟烛，数铜签，老怀那得似饧甜。舌根忘味谁能办，嚼蜡茹茶也属赝。

"暮年贫病"容或有些夸张，"黯惨穷冬"的心灵感受则是真实的。诸如"只恐春来风雨恶，又叹红残"（《浪淘沙·自沪至杭过松江已昏夜》）、"絮帽冲风谁更问，销尽，翠尊横玉旧时心"（《定风波·庚寅初正重经湖上，距戊子仲冬之游，旬息年余，人事多更，跻攀亦倦，聊赋短章，索瞿禅和》）、"一种闲愁无住著，微关，明日阴晴事万端"（《南乡子》）、"筇枝屐齿踏千山，只是出门一步已愁难"（《虞美人》）、"梦雨如尘，留作春寒老却春"（《减字木兰花·辛卯二月二十四日作，寒雨中春过半矣》）之类的句子无疑织就了他苍凉的暮年心境。《金缕曲·俞慧殊挽词四首》悼念至友，其实也毋宁说是自悼。慧殊名祖望，青浦人，亦有诗名。其三云：

> 魏晋风非远。论襟情、刚疏简傲，步兵中散。与物无伤唯缄口、忤俗终成冰炭。寄癖好、也如嵇锻。种药栽花闲活计，唤乌圆、花底长为伴。春日午，闪晴线。　　典琴乞米焉云免。自区分、胡奴仁祖，外和中狷。四壁萧然书插架，翳户蓬蒿都满。赖清圣、浊贤陶遣。拔却金钗藏斗酒，看练裙、来举梁鸿案。身后事，动凄叹。

萧条"凄叹"的心态之下，姚氏对于早岁不大以为然的彊村老人也多了一份理解。《减兰·去夏自瞿禅许假得彊村语业，手自移写，顷甫毕事，倚此志之》云："相从几杖，海日江云瞻气象。独殿词场，楚泽东篱并一芳。　　平生低首，欣赏不辞倾斗酒。神理绵绵，索解何须待郑笺"，词后自注："旧以先生词为艰涩，今读之殊不尔。惟其气格凝重，笔力苍坚，为不可及耳。世徒以梦窗质实目之，非真知先生者也。"在《玉楼春·春尽日读彊村词……》《虞美人·初春寒甚，戏作，用彊村除夕高阳台词中语发端》等作品中，姚鹓雏完成了向彊村老人的致敬。以疏离开端，以皈依结束，姚氏与彊村老人的因缘也真耐人寻味。

《苍雪词》中的论诗词与论词词也非常值得注意。以词论诗自郑燮首创，之后寥寥，佳篇更少。姚氏所作计九首，补一首。《减兰》论郑珍"枕簟闳深。此是陶公百炼金"、《摊破浣溪沙》论江湜"尽许庾新兼鲍逸，从来白俗胜元轻"、《临江仙》论李慈铭"病酒耽花狂客，靴霜鬓雪郎官。杂家乙部笔澜翻"、《西江月》论王闿运"铜驼荆棘老摩挲，又见淳于炙辌"、《点绛唇》论袁昶"半山高秀，奥折宗黄九"、《琴调相思引》论沈曾植"不薄李何缘俊朗，上方朱厉更渊沉"、《浪淘沙》论范当世"凄绝残宵寒彻骨，倚杖看云"、《清商怨》论陈三立"逐孟追韩，差池怜夜起"、《清平乐》论黄节"康乐芙蓉初日，浪仙两句三年"，皆能抉中要害，很具诗史价值。

姚氏论词词较论诗者更多。《满江红·论词》二首大申"老去填词，原只是、空中传恨"，"山水方滋，容老子、婆娑风月"之主旨。"东坡去，门庭峻；辛刘出，遥骖靳"，"成项谢，陈朱殁；鹿潭起，重扬扢。逮疆村高密，敦槃相接"云云也很见出折中各家数而自出胸臆之词学观念，很具卓识。以《望江南》论近代词家者三组二十首，则是希踪疆村履迹的可贵词学文献，字法亦精悍绝人，堪与朱祖谋、卢前的同调论词词一并组构成很有价值的研究论题，惜学界极少注意及之。故应选录若干，以见其概：

> 精声律，曲海作梁津。尽许关王供刊度，末妨秦柳斗清新。横笛向江藚。（吴瞿安）

> 身将压，自信骨难灰。酣放几曾三日醒，伶俜已忍十年来。残烛下楼台。（"自持残烛照楼台"，君临殁前句也。乔大壮）

> 挥麈尾，谈辩语生棱。留命沧桑家世事，一园水绘久荒塍。吟望旧山青。（冒鹤亭）

> 传法乳，师说独断断。流派评量参正变，宫商含咀见精勤。尊酒记论文。（陈倦鹤）

> 人间话，微旨细推寻。好景当前无阻隔，风荷一一水深深。万象入词心。（王静安）

三峡水，横绝涌词源。折槛烧车无用处，扁舟下殿便还山。费泪看桑田。（赵尧生）

称绣虎，文采郁斓斑。诗界天宽供跳掷，词场地小限回旋。下笔看澜翻。（章行严）

三　郑泽·程善之·顾无咎

名不甚见经传的郑泽（1882—1920）①其实也是词坛高手，在《南社丛刻》载词篇六十余，"情格"皆有可取处。郑泽字叔容，号萝庵，湖南长沙人，辛亥间与傅熊湘同主《长沙日报》笔政。私淑王闿运，五古亦足与抗，惜未中年即下世，未有大成。其词若《声声慢·秋柳》"情丝胃雨，恨缕低烟"、《真珠帘·梅花下作》"不是去年枝，但花香如旧"、《浣溪沙》"生面那知原熟面，旧愁未了又新愁"、《江南好》"记得那时今夜里，娟娟来照隔花人"等，皆清丽悱恻，但偶作鞺鞳大声，也足见报人志士颜色。读《长亭怨·赠朱益斋东归》：

更休问、十年前事，乞灵妖术，海氛弥烈。客里王郎，仓皇锋镝愁心结。关河纤阻，浑不见、长安月。京国重游，只赢得、腥膻宫阙。　　凄绝。又洞庭波起，际此凋零时节。灵荃香草，总付与、行吟芳泽。看万里溟濛，谁为叩、帝阍陈说。问仙子琼浆，几曾似、荒村井渫。

朱益斋，或即著名新诗人朱湘之父延熙，中进士后长期任翰林院编修，是庚子之祸的目击者。故词开篇即提起"乞灵妖术，海氛弥烈"的"十年前事"。其后的"仓皇锋镝""腥膻宫阙""灵荃香草""帝阍陈说"一系列意象中，耿耿忧患，情见乎辞。至《绮罗香·新中秋》一首，"情""格"交融，上篇那种铁血情怀尽转化为温馨欢悦的向往了。"新中秋"者，民国建立之第一中秋也。新的民主时代敞开大门，

---

①　傅熊湘：《萝庵遗稿序》云："以民国九年夏正十一月初五日病卒省寓，年三十有九。"《傅熊湘集》，第 319 页。

352 第二编 "亦狂亦侠亦温文"：南社词研究

诚也是值得喜慰的：

> 莲露澄红，柳烟摇碧，特地今年秋早。隐隐琼楼，遮莫嫦娥易老。伫夜阑、水阁徘徊，只天半、玉绳低绕。问如何、岁岁中秋，者回偏阆紫光好。 从知人世幻景，讵意碧绡宫里，都无分晓。莫是仙妃，为怕良辰草草。且教兹、紫璧韬辉，漫付与、众星争耀。待汉家、古月重圆，把山河长照。

程善之也是"情""格"兼长而以"情"为主的一个。善之（1880—1942），名庆余，以字行，歙县人，生长扬州。曾任孙中山秘书，喜韵语小说。三十岁后皈依禅悦，结束风华，执教广陵而终。著有《残水浒》《骈枝余话》《沤和室诗存》《词存》等。善之词激烈者如《金缕曲·题安重根传》二首，对其"猛回头、一笑辞俦侣""五步血，千秋史"的壮举极致赞颂，而归结到"有志者，且重起"的宏大主题，可谓大言炎炎，警顽立懦。主旨略同而词笔颇内敛者为《高阳台·题金刚石传奇》：

> 西北高楼，东南孔雀，沧桑一霎今年。小劫无端，偶然成就因缘。功人功狗新相识，抚鬓丝、一笑无言。镇揾他，几度西风，几度啼鹃。 天涯放眼愁如许，伥滔滔沧海，滚滚风烟。一片长城，苍茫汉月曾圆。阴平穷寇非难下，莽苍苍、感此山川。更休论，都尉羊头，处士鸢肩。

本节最后谈柳亚子表侄顾无咎。无咎（1886—1929），字崧臣，别号悼秋等甚多，以豪于酒，自称"神州酒帝"。其《酒国点将录》多记酒人酒事，掌故可撷。郑逸梅称其"喜欢填词，可是刻一印'词人半是娼家妇'"[1]，亦别有意味。自《南社词集》所载二十余首词而言，无大精彩，看来仅是"喜欢"而已。《忆秦娥》尚有情味：

———————

[1] 《南社丛谈》，第283页。

夜夜，夜了凉生也。三更，八尺龙须梦不成。　　起来还把银筝弄，灯影凄清共。销魂，雨打芭蕉不忍闻。

第三节　"投荒万里一词人"①：论张素词

附　俞锷、陶牧、胡颖之、刘冰研

一　瓣香迦陵

论功业，论文学，张素在南社均无籍籍之名，数十百年来罕有道之者。然而这位毫无显赫身名的草野遗贤不仅胸中大有丘壑，诗词创作亦可为南社济济才人中之岿然重镇。上海图书馆藏其《闷寻鹦馆诗钞》十二册、《草间集》一册，得诗二千三百余首。《瘦眉词卷》六卷，词作逾一千之数，为南社存词最多者。今其后人金建陵张末梅据此辑成《南社张素诗文集》②，世知其全貌矣，而尚未引起学界的广泛关注。本节取表微之意，以张素冠之，而以名头较胜之俞锷、陶牧等附后，意图彰显这位"投荒万里"的卓绝词人，论定其二十世纪词史的应得地位。

张素（1877—1945），字挥孙，号婴公，别署道挚，江苏丹阳人。光绪二十八年（1902）举人，两赴春官，铩羽而归而科举即废，遂入南菁书院深造。光宣之际任职于上海《南方日报》《新闻报》，旋应好友陶牧、连明星之邀游历白山黑水间，至哈尔滨主持《远东报》十余年，所刊载时事短评皆犀利精悍，洞见利害，为此际东北新闻界之巨擘。民国元年（1912）曾因沙俄觊觎外蒙愤慨辞职，翌年乃返③，至民国九年（1920）后南归，栖迟数载，年近五旬方返江南，任鄞、绍等县署官员。抗战起，避乱乡间，病卒。

张素为报人无大名，为吏沉下僚，所以有"布衣诗人"之称，然而诗词皆无寒俭气，亦不拘门户。豪迈高唱，清响入云，则胸次使然也。

---

① 张素：《浣溪沙·题新摄小像》，1920 年庚申作。
② 大众文艺出版社 2008 年版。
③ 见张素《金缕曲·沈阳与明星别》词后姜可生按语，《南社张素诗文集》，第 601 页。

354　第二编　"亦狂亦侠亦温文"：南社词研究

即以 1917 年柳亚子与朱鸳雏、成舍我等的唐宋诗论战为例，张素虽坚决站在柳氏一侧，多次参与发表公启声称"驱逐败类，所以维持风骚；抵制亚子，实为摧毁南社"①，而对于亚子"盛气斥之，不惜……大开笔战"之举亦表示不以为然。②《致柳亚子》一长信中更是明确说："尝谓吾人之诗，所以写性情，切不可入于枯寂幽涩一派。以枯寂幽涩为诗之至美，非独诬宋诗，且诬西江派。""吾诗初不拘拘于唐宋，以诗有唐宋乃运会为之，绝非人力所致。唐之诗固佳，即宋诗亦何尝独劣也？"③ 所言不唯平正，亦实切中要害。

　　至于词，张素同样是不废声律而高揭"性情"大纛的。《瘦眉词卷自序》作于 1914 年，彼时词尚不多，但对自己"哀乐困人，饥寒驱我"的"凄感之怀"的回顾，以至"词虽小道，性情所在"的结论不啻为一生填词经历之写照。④ 正因讲"性情"，对于前代词人即予取予夺，或曰"填词苦学玉田翁"，或曰"填词刻意为延巳"，或曰"老去填词惜幼安"⑤，都斩钉截铁，不以家数为意。值得特别注意的是，在《金缕曲·自题〈闷寻鹦馆填词图〉乞诸同人和》中，张素激扬地探问："更乞时流题咏遍，较才名、得似迦陵否？狂态发，起挝鼓。"字面上是以自己的"填词图"比较陈维崧的《迦陵填词图》，"狂态发，起挝鼓"的内在精神则是毫不犹疑地遥接陈氏，愿为阳羡一脉的派外传人的。南社词苑奇横者多，但这般明确表达对迦陵之心仪的还很少见。自作品观照则能更加清晰地透见，他或许无意间的一句自我吐露其实正是引人注目的瓣香所在。可先读《水调歌头》"寄怀肩佛""酒阑感赋"二首：

　　　　士生千载后，客有四明狂。得钱便去沽酒，略不费商量。醉则帷天幕地，醒则吟风弄月，兴会剧淋浪。俗辈晓何事，但解吃槟榔。　　屈指算，少年事，去堂堂。一官都下坐困，执戟尚为郎。

---

① 本年 8 月 25 日《民国日报》公启，社友余十眉等 52 人联名。
② 本年 9 月 2 日《远东报》短评，引自《南社张素诗文集》，第 820 页。
③ 本年 9 月 1、2 日载于《远东报》，引自《南社张素诗文集》，第 820 页。
④ 《南社张素诗文集》，第 800 页。
⑤ 分别见《哀病一首和阿梦》《再用前韵寄梦老人》《倒用前韵》三诗，皆 1916 年作。

昨有双鱼寄我，道是南帆北马，世味饱沧桑。顷刻十年别，鬓缕各成霜。

　　醇酒妇人癖，岂独信陵君。比来多少哀乐，我亦欲云云。蒸尽千行红烛，笑倒两行红粉，兴到便题裙。否或一起舞，匣剑动星文。　　炉鸭烬，邻鸡唱，已宵分。当初意气拏攫，直欲上干云。记在桃花坞后，更向松花江畔，征逐少年群。且酹此醽醁，昨夜有余醺。

陈维崧一代宗师，笔力霸悍，可洞穿七札。其典型者除世人熟悉的名篇之外，《水调歌头·立秋前一日述怀柬许岂凡》借赠答友人为由头，抒述一己肮脏雄奇的怀抱，凸显嵚崎历落的人格形象。全词以激扬情绪的自然流动为脉络，丝毫不假回旋涂饰，最足向世人展示陈迦陵浩荡苍茫的特质。① 两相比照，张挥孙词尚有不及，但"得钱便去沽酒，略不费商量""俗辈晓何事，但解吃槟榔""醇酒妇人癖，岂独信陵君。比来多少哀乐，我亦欲云云"之类句子神韵酷肖，也足称继武陈髯履迹的上佳之作。

这绝非偶一为之，《瘦眉词卷》中可逼视迦陵者比比皆是，且覆盖了诸多层面。如《点绛唇》"风雨横秋，声声落叶秋归矣。问秋何意，萧瑟人千里。　　烽火东南，莫道人间世。君须记，吴山越水，孰是埋愁地"，就很有迦陵小令能寓腾跃激扬于尺幅之间的遗意，上片三个"秋"字连用又带入自己特具的才性。另如《鹧鸪天·自题小影》的冷峭口角、掀髯自傲的态度，也是湖海楼气味。词云：

　　哀乐中年有减除，故吾应不识今吾。眉间略有风尘色，笔下应无笠屐图。　　新世界，旧朋徒，镜边对影杂歌呼。棱棱傲骨今犹昔，为问梅花比得无。

---

① 陈氏词云："将相宁有种，竖子半成名。蚍蜉切莫撼树，听我短歌行。薄俗人奴笞骂，末路妇人醇酒，一笑万缘轻。夫子知我者，试与说生平。　　斫豪猪，炙走兔，掣长鲸。群儒醒醒可笑，我自习纵横。明发西风削草，且约博徒会猎，小趁一秋晴。须作猥毛磔，箭作饿鸱鸣。"

356 第二编 "亦狂亦侠亦温文":南社词研究

张素两渡渤海,舟中所作两首《百字令》以及《沁园春·寄明星黄海舟次》等都得江山之助,大有汗漫横行之势。《百字令·渤海舟中》"吾胸浩荡,气吞溟渤多少""尘劫栽桑,归心激箭,万里吴淞晓"、《百字令·舟行渤海中作》"蜃气排山,龙腥入袖,坐见夕阳晚"、《沁园春》"道蛟龙出没,风狂雨骤;星辰摇动,激电崩雷""袖有新诗,墨沾余浪,海立云垂几霸才"等句置之《湖海楼词》中亦无愧色,足为陈髯接受史生光。再如赠悼友人之作也以纵横捭阖为主,才人沦落,与陈维崧异代知音,自然怀抱略似。辛亥年(1911),陶牧创结辽社,自沈阳南归。张素有《意难忘》送之,词云:

> 衣染秋霜,证鸥盟海上,鹤梦辽阳。文章成老大,意绪托悲凉。天万里,泪千行,拚醉舞低昂。有许多、山川战伐,收入诗囊。　　前尘我忆春江。闹灯楼燕胜,酒户莺簧。繁华惊一瞬,游侠未全忘。桃叶渡,柘枝狂,便啸侣何妨。对眼前、江山大好,为底苍茫。

《意难忘》是相当冷僻的词牌,而张素笔下则流动如意,绝无沉滞幽涩之病。"有许多、山川战伐,收入诗囊""对眼前、江山大好,为底苍茫",这份才情襟抱确有迦陵的神采。同样将冷调写得气宇轩昂、悲壮淋漓者是《凄凉犯》两首。《酒后感怀,即寄胎石安徽小柳奉天力山上海》极诉落魄羁旅、叩阍无灵之恨,最足见张素心事,也令人想起迦陵名作《满江红·秋日经信陵君祠》那一首①:

> 苍茫自昔天难问,侏儒饱似臣朔。同是恨人,理应饥饿,不歌而哭。吁嗟薄俗,谁识我、青衫落魄。一年年,天涯羁旅,铸此九州错。　　风絮飘零也,南北东西,愁多难捉。边城卧病,近黄昏、惯听霜角。往事横胸,问天下、英雄谁属。且当筵、呼酒醉后起握槊。

---

① 陈氏词云:"席帽聊萧,偶经过、信陵祠下。正满目、荒台败叶,东京客舍。九月惊风将落帽,半廊细雨时飘瓦。柏初红、偏向坏墙边,离披打。今古事,堪悲咤;身世恨,从牵惹。倘君而仍在,定怜余也。我讵不如毛薛辈,君宁甘与原尝亚?叹侯嬴、老泪苦无多,如铅泻。"

第三章　论南社"情格兼重派"词　357

《雨窗读南社词》一首既是向南社诸同人情感磅礴的致敬，又可作南社词史的珍贵文献来读。南社中词为小宗，罕有专门谈及者，张素以词论之，足见敏锐，也切合他的词人身份。本篇作于辛亥年，"江山换劫，今古事、只供一瞥""向空山，清泪化作杜宇血"云云又不单是论词，别有大感喟在：

> 东南剑气沉雷雨，年来人物销歇。几复社空，汉唐书烬，但余悲咽。江山换劫，今古事、只供一瞥。笑渠侬、吟哦太苦，搔短鬓边雪。　　排遣今无计，学得阳狂，新词稠叠。歌壶玉唾，冷悠悠、和冰敲缺。倾耳听来，渐心怯、哀弦促节。向空山，清泪化作杜宇血。

还可寻绎得张素与陈迦陵渊源的是他流寓东北时一批直记史事之作。诸如《菩萨蛮·感事》《金缕曲·松花江观水涨》《望海潮·松花江观水涨》《平调满江红·感吉林火灾事》《平调满江红·吉林大水灾书事》《金缕曲·十六日海外书事》《燕山亭·出征西伯利亚国军中有病死者，挽之以词》《薄幸·观欧西影剧，明星谓其曲折可喜，因赋一词》《拂霓裳·观西洋妇人跳舞》《六丑·观非洲人跳舞》等，虽数量不能称多，质量也参差，但确是继承了陈维崧"为经为史，曰诗曰词。闭门造车，谅无异辙"的尊体观念和"精深自命"的肃穆态度的。[①]他的这一些词作，不仅为较贫乏的东北文学史、风俗史研究等添增异彩，其中更有一份忧患情怀和横绝笔力。《金缕曲·十六日海外书事》可为代表：

> 海气沉刁斗。卷罗刹、故城风雨，破空狂吼。一霎苍头呼声起，远近雷车奔凑。拔帜问、将军谁某。龙血玄黄人间世，付男儿、剑槊夸身手。天厌乱，汝知否。　　旅游万里惊魂骤。慢安排、避兵符诀，醉登高后。眼底妖祥寻常见，比似郑门蛇斗。笑藕孔、中余残叟。壁垒阴森啼鴂过，趁宵明、铁骑衔枚走。争战地，忍回首。

---

① 陈维崧：《今词苑序》。

358 第二编 "亦狂亦侠亦温文"：南社词研究

本篇所写是否著名的"七月流血事变"尚待考证①，彼时俄罗斯一件重要史事则可断定。小词笔致迅捷，叙事如风雨杂沓，暇不应机，将变乱中的紧张混乱气氛描述无余，正是"存史"佳作，值得格外珍惜。

至于大量抒写关外风光心绪的或雄奇或悲凉的作品，如边笳寒笛，朔风狂吼，是足以成全张素一顶"边塞词人"之桂冠的，那是当年陈迦陵也不曾描摹过的新天地。此类佳作极多，不便具引，可再读一首《水调歌头·渡辽河》：

> 十载苦行役，今又渡辽河。山川历落如见，霸气久消磨。况是鹧鸪声里，连日东风作恶，行不得哥哥。骤雨千万点，吾泪更滂沱。
> 君不见，远山下，卧铜驼。出关踪迹流浪，屡向此经过。草草百年战伐，剩有沙沉戟折，迸入榜人歌。独上驿亭宿，鬓发奈愁何。

怀古之作最为陈氏长技，往往将前朝踪迹与个人身世打叠一处，所以动人。张素此篇亦可谓希踪陈髯、登堂入室了。自上述而言之，张素无疑是迦陵词风的杰出继替者，也是南社词苑大家，二十世纪词坛的一位重要作手。

二 晚归平淡

上引张素词聚焦其流寓东北时期，也即中年之前，无论数量还是质量，这十年左右的创作都构成了他平生之精粹。自民国九年（1920）南归，词作渐希，此前的雄浑绮艳也渐渐归化为"一枰遣恨流尘里，十偈持名定慧中"的深沉平淡了。② 其实张素才力宏富，笔法多端，本不止激壮一路。"一晌酒阑灯灺，为谁故故低头""香杂骚心，淡极无言只自吟"的风情摇曳，"一角残棋争未妥，时有蝉声吹堕""旧梦眼波无觅处，一声摇出苍溪橹"的清幽放旷③，均为一时之选，但中年后

---

① 1917 年 7 月 16 日，彼得格勒发生大规模示威，要求全部政权归苏维埃。临时政府进行镇压，造成 600 多人死伤。史称"七月流血事变"。
② 《鹧鸪天》（碧海蓬莱）。
③ 分别见《清平乐》（艳歌徐袅）、《减兰·以折枝兰供案头》《清平乐·午余清课》《蝶恋花·题垂钓图》。

第三章 论南社"情格兼重派"词 359

"渐老去，销英气"的心绪格外明显而已。① 此是人生定律，无可厚非，更何况张素能愈转愈深，佳作琳琅？《八声甘州·雨夜偶书》即感喟良多，但气沉丹田，无握拳透爪之态：

> 正潇潇、风雨夜归时，吹寒满江天。送数声清角，雁飞欲到，十二楼前。一枕愁人梦觉，惟剩玉炉烟。何处寻歌舞，凄断当年。
> 记向层楼倚笛，有落梅消息，暗递婵娟。忍自轻抛旧约，腰细问谁怜。算黄昏、阑珊灯火，总肠回、气荡不成眠。津桥路，与何人听，风外啼鹃。

"何处寻歌舞，凄断当年""记向层楼倚笛，有落梅消息，暗递婵娟"云云，还是有一份年少的妖娆未能掩尽的。虽"肠回气荡不成眠"，中老年的稳健沉实心境还是跃然纸上，别有一份厚重感。这还是就其个人身世来说的，面对纷乱时世也大抵如是。如《霜花腴·战后九日感赋用梦窗韵》：

> 怕逢冷节，算几番、簪萸懒系缨冠。村店笳鸣，堞楼兵聚，登高一笑真难。带围坐宽，泪感秋、吹落樽前。万千丛、瘦菊争开，嫩黄宫髻媚新寒。 消息战场休问，总魂凄雨蝶，韵锁霜蝉。逃疫山空，题糕人老，谁传此日词笺。酒携画船，记梦归、吟共婵娟。为多愁，鬓点苍华，悄移明镜看。

张素晚岁学白石、梦窗一派颇多，讲求宫调，较量四声，所谓"调涩未妨宫羽换，结体梦窗差近"是也②，但能不空枵，不以辞害意，还是没有被声律过于束缚的。本篇用梦窗原韵，词藻密丽生新而情感浓足，写时事甚真切。民国十三年（1924），江苏督军齐燮元与浙江督军卢永祥在宜兴、沪宁线、嘉定、浏河、青浦五个方向展开激战，史称"甲子兵灾"。张素身处战区，历经"村店笳鸣，堞楼兵聚"的扰攘忙

---

① 《青玉案·得月锄书却寄》。
② 《百字令·卿裳为余作填词图，即题其上》。

360　第二编　"亦狂亦侠亦温文"：南社词研究

迫，心有余悸，自然是"登高一笑真难"了。所谓"消息战场休问"
"逃疫山空"，都是战时画面。词人不可能不激切，只是以重九日的淡
远风光映衬而已。所谓"以乐写哀，其哀愈甚"，是自白石《扬州慢》
而来的"加一倍"写法。《菩萨蛮·拟稼轩》当然也是有为之作，忧患
深至而辞意隐约，煞拍尤其山高水深：

> 滔滔江汉流千里，孤帆影逐云飞逝。楚尾复吴头，相望处处
> 愁。　　褰裳人欲渡，夜击冯夷鼓。曼衍百鱼龙，黄昏一梦中。

迨日寇兵起，词人年逾花甲，衰病纠缠，才情退减，一腔愤懑也难
再以大声疾呼出之。"愁思黯如烟，满山啼杜鹃""永和年抑义熙
年……子规血尽雨如烟""老去懒填词，愁多心自知""风日为谁妍，
江南春可怜""无限杜陵遗恨，家家细柳新蒲"①……行行词句之中尽
是凄咽与哀哽。值金瓯沦缺之际，这份平淡的背后本是不得不然的无
奈，也诚如姜可生按语所说，是"伤心人别有怀抱"了。② 但也有例
外，几乎可视作绝笔③的《减兰·七月十三夜大风》气壮声宏，健翮怒
飞，极有陆放翁夜阑卧听、铁马冰河之神气，是为其数十年词创作的完
美收官，录之以为张素一节结束：

> 长空有月，天籁刀刀连夜发。风自何生，杂沓金戈铁马声。
> 萧斋独卧，敧枕乍惊残梦破。虎啸龙吟，中有扶摇万里心。

三　"神机军师"俞锷

俞锷名声远高于张素，两人情谊亦较厚，但以词存量、造诣不及之
故，附于张氏一节简谈。俞锷（1886—1936）④，字剑华，号一粟、老

---

① 分别见《菩萨蛮》（蛰居未觉）、《浣溪沙·禊日作》《菩萨蛮·花朝》二首、《清平
乐》（未饮梅暑）。

② 《菩萨蛮·花朝》按语，《南社张素诗文集》，第789页。

③ 本篇作于1942年，此后两年还有《寿星明》为人祝寿者，无大意义。

④ 郑逸梅记俞氏生卒年为1887—1938年，卒年不确。俞成椿《南社俞剑华先生遗集编后记》
中有云："丧葬既毕，亟欲筹印先严遗集……方始稍有规模，而抗日军兴"，足证卒于1936年为是。

剑、懒残等，江苏太仓人。早年留学日本，加入同盟会，回国后在上海《民国时报》、北京《民国新闻》任职。民国成立，曾任临时政府秘书。二次革命失败后，奉孙中山命赴印尼，以执教华侨中学为掩护，办报宣传革命。1918 年回国后，历任福建省图书馆馆长、东南大学、暨南大学南京分校教授等职。以好酒病废，瘫痪不复出。[①] 著有《翩鸿记传奇》《考古学通论》《中国民族史》等。其女俞成椿辑成《南社俞剑华先生遗集》，1984 年刊于台湾，其中“词集”乃据《南社词集》所刊 163 首加友人抄赠者二首。晚年所作当已不存天壤间。

俞剑华为早期南社眉目，曾助柳亚子编辑《南社丛刻》第三、第四集，对诸多活动也赞化甚力，故柳亚子尝许为“神机军师”，又是柳氏发起捧伶人冯春航的“冯党”之中坚[②]，可见两人气味之相投。词作也投赠绝多，风格趋近。如《金缕曲 · 为亚子题梦隐第二图卷子即步原韵》：

海宇天风起。算从来、才人枯寂，消磨无事。想象云山穷变灭，澹澹愁痕而已。且喜得、壶中知己。楚尾吴头来去住，侭逍遥、梦也何生死。尘世内，只如此。　　三年饥走征尘里，最伤心、娥眉谣诼，与君差似。满目沧桑空剩取，绿水青山图史。更说甚、羲皇情味。他岁若能为范蠡，棹烟波、舍汝凭谁计。休便道，吾老矣。

笔墨飞腾，字里行间纯是亚子变相，真可谓“与君差似”。类似题图酬赠者不下十首，至于《念奴娇 · 海上重寄春航》《金缕曲 · 赠春航》二首、《瑶花 · 题穷花富叶中春航小影》等“捧角”之作连篇累牍，自也为亚子所喜。这些篇章既见出两人亲厚，更是构成了俞剑华创作中雄奇肮脏而兼绮丽风华的南社底色。雄奇郁愤至极、迥出亚子之上

① 俞氏瘫痪在 1925 年左右，俞成椿《南社俞剑华先生遗集》附录四《怀念一位革命文学家——我的父亲俞剑华》回忆其民国十二年（1923）患伤寒病后至大学教授诗词，旋以四肢麻痹卧床达十年以上。张素 1931 年作《小柳以剑华近状见告》云：“娄东俞子夙称贤，病废家居已十年。”（《南社张素诗文集》第 404 页）或编年有误。

② 柳亚子：《南社纪略》，第 21、54 页。

362 第二编 "亦狂亦侠亦温文"：南社词研究

的当推《满江红》与《百字令·饮鸩后写寄南社诸子》：

> 南北东西，行处听、兴亡闲话。闲只仗、酒销豪气，诗吟游冶。山水迎来惟恨耳，英雄见惯何奇者。看忙忙、尘土乱张罗，都还假。
>
> 人只被，呼牛马；天只会，妆聋哑。让登场傀儡，做些声价。一觉荒唐蕉鹿梦，几回仰视鹓雏吓。笑先生、弹铗复长歌，归来也。

> 渺焉归去，余一息、犹得凄吟成调。廿六年来尘土梦，大抵悲多欢少。说甚风流，做些烦恼，悔也嫌迟了。人间何世，几生重复修到。　惭愧十载狂名，东西南北，慷慨人争道。一味狂言成底事，不及鸡鸣狗盗。生不能雄，死当为厉，直向黄龙捣。诸君闻此，亦当抚掌称妙。

前篇"人只被，呼牛马；天只会，妆聋哑"四句，即便在以悲愤擅场的南社中间，也称得上烈度惊人。后篇当作于宣统初，所谓"饮鸩"未可详考，以陈天华等推论之，也非不可能，那么这篇"准绝笔词"实是青年俞剑华决绝姿态的清晰呈现，"生不能雄，死当为厉"二句自也成为轰响于封建末世的雄强声音。

龚自珍以来，"吟到恩仇心事涌"的侠骨与"甘隶妆台伺眼波"的柔情往往就是合融一处、难以分割的。绮丽风华是俞剑华的"硬币另一面"，也是其词非常醒目的特质之一。①《南柯子》一组二十首可为代表，如：

> 柳眼新舒绿，桃腮乍绽红。一声莺啭宋家东，回首玉人如梦、醉春风。（其一）

> 别忆三秋久，欣逢二月初。春衫杏子漾红酥，惟有见时无奈、太生疏。（十八）

---

① 龚鹏程：《侠骨与柔情：近代知识分子的生命形态》一文中举俞剑华为例者颇多，见其《侠的精神文化史论》，山东画报出版社 2008 年版。

第三章 论南社"情格兼重派"词 363

这还是写得较空灵的，至于"归去最怜娇喘、汗妆红"（其七）、"著意须怜我，含娇苦泥人，团酥凝雪绮罗春"（其九）等虽未至"淫艳"地步，也称得起穷形尽相。好友雷铁崖于是有信规劝，引"犁舌地狱"为诫。剑华作《蝶恋花》二首答之：

蝴蝶庄周常梦呓，拚得生前，身后何须计。遗臭流芳无定例，纷纷笑骂徒为耳。 慷慨新亭名士泪，斫地悲歌，毕竟成何事。结客江湖空有誓，千金散尽谁知己。

豪宕风流人自各，铁板红牙，妙唱何清浊。泽畔行吟愁落拓，美人芳草遥相托。 红杏尚书春意阁，搓粉团酥，岂必皆轻薄。犁舌堕来良不恶，定休懊悔当年错。

对于好友略嫌迂执的好心，俞剑华是极不以为然的。前首还有及时行乐之意，说服力不强，后篇则明白宣称铁板红牙本无清浊之别，为此堕犁舌地狱亦不后悔！清初朱彝尊不删《风怀》诗，声称"宁不食两庑冷猪肉"；王士禄自序其诗"情至之语，风雅扫地，然不过使我宣尼庑下无分耳"；彭孙遹面对同样恫吓也说"泥犁中皆若人，故无俗物"①。剑华所处时世较清初自然大有差异，但张扬情志，一脉相承，大旨显然。然而俞剑华还有另外一面。郑逸梅说他"生平喜梦窗词，每出治行李，必置诸箧中，因绘《小窗吟梦图》"②，自创作角度辨认，这一变化当出现在民国三年（1914）前后。本年所作《倦寻芳》即用梦窗韵：

筑寒易水，萧咽吴天，秋鬓惊晚。雨逼灯昏，愁入绿蕉心卷。刺烂能雄祢子舌，途穷犹白厨头眼。渺孤怀，倩胡琴谱出，断鸿零燕。 怅旧梦、湘江人杳，题叶音沉，烧炬斟浅。蠹纸重拈，几点泪痕凝怨。向日深悲长诀别，今宵谁分重相见。听鸡声，共咨

---

① 参见拙著《清初庙堂诗歌集群研究》，吉林人民出版社2007年版，第139页。
② 《南社丛谈》，第250页。

嗟、十年游倦。

词为好友冯平（心侠）而作，盖因五年前误闻心侠死，有《金缕曲》悼之。如今共看"挽词"，"盖不胜死生流转之感云"①。全篇气味悲郁，逼真梦窗，而"刺烂"一联犹存湖海豪气。至《莺啼序·用梦窗韵》一首悼亡之作，以及《一萼红·赠一品红继小柳作》《倦寻芳·送小柳还歇浦并示朴庵》《齐天乐·酬小柳见贻韵》《烛影摇红·和次公倦鹤联句韵》《瑞鹤仙·小柳自赣归赠以小影即赋》等，则皈依梦窗之感愈益鲜明。《踏莎行·题庞檗子遗集用碧山题草窗词卷韵》一首虽为短调，密丽飞腾，也是学梦窗一派得神髓者：

倚树情怀，歌梅风调，墨花泪点飘多少。客窗风雨微中宵，春娇暗洗池塘草。　　踏月清游，飞云孤抱，断肠只许方回道。梦惊花外坠春星，绿芜满院斜阳老。

四　张素第一挚友陶牧　附胡颖之

陶小柳为张素平生第一挚友，与之唱和几占张氏半数。其词艺精湛、名不见经传亦略同，某种意义上来说甚至是张素填词的引路人。张素《瘦眉词卷自序》称自己来东北后，"适予友南昌陶子伯纯同人，以劳人来游兹土，晨窗对砚，夜火分篝。伯纯于词研究极精，撰造亦富，字皆集锦，调若贯珠，登北宋秦柳之堂，不染西江洪黄之派。猥以鄙陋，辱而教之"，这段话已将两人渊源交代得十分清晰。陶牧（1874—1934），字伯苏，一作伯莼，又名秋，小柳其号，南昌人。早岁游幕四方，客北京较久。一度出关参与创建辽社。倦游后寓居沪吴，以贫出任南汇、太仓县长②，旋解职。张素赠诗因有"到官未久即辞官，剩可清风拂袖寒""浮云世事身原赘，嚼蜡功名味已残"之句。其词应该较富，但似无专辑，仅可自《南社词集》载八十二首得窥一斑。

---

① 本篇小序。冯平（1887—1950），字心侠，号复苏，太仓人。赴日留学期间加入同盟会。回国后遭清政府追捕，曾一度误传被暗害。柳亚子曾有《哭冯心侠》之作。

② 柳亚子：《南社纪略》，第44页。

陶小柳不见论词文章，自《多丽·简病倩论词》可约略觇见其旨的。词上片云：

> 夜灯浮，期君话雨帘钩。共商取、填词情事，樽前唱破珠喉。最魂销、晓风残月，又断肠、玉宇琼楼。不薄三唐，何让两宋，略工感慨亦温柔。打叠起，酒旗歌扇，一例付闲鸥。而今叹，江湖渺邈，镇日东流。

这里可以看得很清楚，词人对柳永的"晓风残月"、苏轼的"玉宇琼楼"，乃至三唐两宋诸家都是能够兼收并蓄的，只消有一种"温柔"的"感慨"，即可"唱破珠喉"了。其论调如此，词本身也呈现出同一性风格。

小柳作幕四方，去国怀乡之感较常人深重许多，故有关"乡愁"的感慨成为其创作中最显豁的母题。《高阳台·月夜忆家》句云："年年梦绕拚成絮，趁西风、依旧关山"，《大酺·秋风回首，家书促归，凄然有感》上片云："听一声虫，数声雁，闲愁催起几许。怀人玉关远，种相思、都付北窗风雨。却莫悲秋，依然作客，瑟瑟草迷归路。蛮笺写不尽，仍无家可托，有家何处。剩多少心情，空余残漏，与谁低诉"，都写得非常深切动人。《渡江云·久客燕京，得遇高钝剑陈去病，填此志之》是客中写志友谊，欢畅中仍掩饰不住天涯沦落的凄异心境：

> 好春归去也，踏残绿草，又开落红花。遇君一笑，对酒言欢，仍旧是天涯。沧桑笛里，吹绉了、衣上风沙。吹未尽、断肠诗句，窗外夕阳斜。　　无家。等闲双燕，可惯飘零，问堂前王谢。寻叠叠、行云相送，多少年华。泪痕只向青衫染，惹客愁、弹折琵琶。愁几许，阑干曲曲难遮。

"青衫""天涯""无家""年华"，在陶小柳的乡愁词中，这些结合着身世之感的意象总是在隐约闪烁。相比其他南社词人，陶氏的萧瑟感更显"个人化"，不大牵系时代、苍生等"大题目"。看起来格局似乎不大，然而这正是他的个性所在，也构成了透视此际时世人心的一个

366 第二编 "亦狂亦侠亦温文"：南社词研究

特殊视角。《摸鱼儿·中秋》"千生万劫人间恨，碧海青天何处"，《摸鱼儿·和剑华见赠韵》"绝怜我辈头将白，都在扁舟浪里"，《三姝媚·题天梅变雅楼三十年诗征》"歌哭无端，思拔剑、闻鸡而起"，《高阳台·京门苦雨晨起又复晴矣喜寄子由》"依人愧对豪家仆，留裈中饥虱，座上狂名"，《满江红·送小宋笏臣出关余亦去津》"乞食沿门珠履曳，卖文无价胡琴掷"，《满江红·三十八岁初度》"四十头颅空有恨，万千哀乐谁能哭"，字字句句，无不喷吐着一个沉陷底层的文士的孤凉冷寂。《满江红》是陶小柳用得甚多、造诣也很高的一个词调，"与慧僧同摄小影，时客滨江"一首眼界襟抱较为开阔，可称杰构：

> 一笑相逢，回首在、关山何处。同证此、三生灯火，半帘风雨。老我青衫长剑落，依人白发清尊误。说狂名、收拾已嫌迟，贫如故。　　怜旧梦，闲鸥去；传新恨，闲虫苦。问门前垂柳，斜阳几度。沧海苍茫抛热泪，秋花萧瑟迷归路。听征鸿、万里和残更，声声诉。

自上引词例已能看出陶牧能兼各家优长而较近梦窗一派的特质。其实他小令亦佳，可读二首：

> 海枯必到桑耕尽，浮萍色与夭桃绽。萍绿问桃红，应知色本空。　　烛灰同化劫，鬓影羞惊雪。雪与劫俱销，谁能慰寂寥。
>
> ——菩萨蛮

> 眼底名花雾里看，东风吹暖可知寒。不禁飘落上阑干。　　一水波通情作茧，九华云隔梦登山。误渠强半是红颜。
>
> ——浣溪沙·和映庵韵之四

词都是寻常题材，而别具拗峭之致。凡此皆可谓"略工感慨"，南社词苑，这位人生轨迹较平淡的词人也自有其特色而值得人铭记的。

浙江绍兴人、字栗长的胡颖之与陶小柳交厚，唱和极多，但声名消沉，尤甚陶氏。以南社首集十七人之一的资历，《南社丛谈》《南社纪略》《南社人物传》等几无踪迹可寻，无一能详其生卒事迹，亦可怪之事。① 此姑就《南社词集》所载七十四首词简略谈之。

与陶小柳相似，胡颖之词亦能兼"晓风残月"与"玉宇琼楼"之长，而梦窗一脉气味更浓。自集中大量和小柳之作，以及数首步梦窗原韵之《莺啼序》可以看出这一点。沈轶刘、富寿荪《清词菁华》甚称道其《清平乐·酬俶仁》一首，谓其"目空天外，气短枥中"。词云：

> 梅酸如许，煮酒听雷雨。天下英雄难指数，操与使君除去。
> 泪痕空湿琵琶，蒲帆云树天涯。记得名姝骏马，曾经送我还家。

俶仁为孙世伟字，亦南社社友，与颖之同乡，是其除小柳外酬赠最多者。本篇诚如《菁华》所云，笔致疏快中蕴含自负与悲酸，心事很复杂。在颖之大量步拟清真梦窗之作中，此为别调，亦是最佳者。

五 秋柳词人刘冰研

人生形态与张素、陶牧略似，同样位卑名微而词艺超卓的是刘冰研，虽现存史料中不见其交往痕迹，仍可附后而谈之。

刘冰研（1881—1951），字冬心，四川华阳（今属成都）人，辛亥前后任《民呼》《民立》两报主笔，旋任成都《天声报》社长、编辑，又入吴佩孚、邓锡侯、刘湘戎幕，倥偬之暇，寄情吟咏，所得甚丰。今存《寒杉馆诗剩》，收遗诗五百首，词则有《山阳笛语词》《尘痕烟水词》《江山帆影词》《剪淞梦雨词》及刘克生整理之《寒杉馆词剩》，加辑佚可得六百七十篇，可称宏富。② 其散佚者如《秋柳集》得名甚盛，刘克生《卿材翁书至，惊悉剑秋翁戎州噩耗，冰研、裳吉两翁音讯寂然……》"泪洒落花烟外湿，魂销秋柳雨中疏"句后补注云："……冰研翁有《秋柳集》行世，同人号'秋柳词人'。"③

---

① 郑逸梅：《逸梅杂札》记其与诸宗元同参江苏巡抚幕，障护革命，二人贡献颇多。杨天石《南社史长编》记南社成立二十周年雅集有胡颖之参加，时在1928年。

② 杨启宇整理之《江子愚·刘冰研诗词存稿》仅收《寒杉馆词剩》一种，仅百余首。余门下弟子丛海霞搜集刘氏词得另外数种，始得窥刘氏词全貌。

③ 乐至县政协编《乐至文史资料》第22辑《百岁老人刘克生诗词专集》，第21页。

368 第二编 "亦狂亦侠亦温文"：南社词研究

冰研甚通音律，不仅在《南浦·作客杭城，行将东渡……》《哨遍》（柳蘸眉稜）词序中多有相关按语①，且自度《阿辽曲》，借以悼东三省之沦落敌手，小序云："开元盛时，内家舞曲……如〈阿辽曲〉……等……久已失传，只乐志中徒存其名而已……昔姜白石当金人之乱，过维扬制〈扬州慢〉自度曲也，怆然有黍离之感，故创为此曲。日踞辽阳，城郭为墟……乃本白石之意，制〈阿辽曲〉一阕……聊当哀吟"，凡此皆不难窥见其"声党"本色。

较音律分量更重的是他的"词史"观念。如其《百字令·行将别蓉南下，独游草堂，仍叠醒华前韵》句云："诗史犹存，强藩安在，引起词人赋。斜阳频吊，重来续杜陵句"，这是明言要以词体远接杜甫的诗史精神。《暗香》小序更进一步提出"词史"之说：

> 白石为南渡后第一词史，遣词寄意，每多黍离之感。其自度《暗香》《疏影》二阕，盖悼徽钦之不返也。情词凄怆，已于言外见之。辛未秋，日人入寇，辽左沦陷，还我无期。今又入寇上海，淞沪沦为战场……天寒欲雪，砚水积冰，窗外寒梅，半皆零落，愈增漂泊可怜之色。因有感于天时人事，凄然拟作两解，借以悼辽左之亡，不觉词之怆感矣。

不仅称姜夔名作为"词史"，且由"南渡后"的"黍离之感"引到当下的"天时人事"，这样的"词史"精神与周济、谢章铤等所提倡者正遥相呼应，而且也强烈持续地贯穿在他全部创作之中。

可先读《满庭霜·怆怀辽事，凄然成词》：

> 黑水西来，白山东峙，茫茫衰草连营。不堪回首，胡骑遍江城。一夕樱花飞入，蝴蝶梦、何事干卿，兴亡事、英雄儿女，一样总平分。　　伤心。无限泪，乱山枫叶，不待霜凝。更河山歌舞，

---

① 《南浦》略云：该词"有平仄两调，平韵以四字起，共一百二字；仄韵以五字起，共一百五字。余前所谱此调系按鲁逸仲平韵所谱，此则全按仄韵"；《哨遍》略云："《稍遍》俗作《哨遍》，万红友词律作《稍编》，本为般瞻调。般瞻者，龟兹语也，华言为五声，盖于乐为羽也……近代词家不谙音律，所谱〈稍遍〉，十九乖违……"

莫再谈兵。指点残山剩水，斜阳里、犹认辽金。凭高处，西风铁马，鼓角万山惊。

《满庭霜》即《满庭芳》，冰研于此径改一字，正是悲凉心迹的吐露。"蝴蝶梦""英雄儿女""河山歌舞"云云，乃指当时报载张学良与胡蝶备极缱绻，若不知亡国在于眉睫事①，笔致犀利已极。《貂裘换酒》四首亦瞩目"辽事"，却非就事论事之作，而是回溯民国20年来"蛮触私斗"之狭隘，痛感"以我国竭人民数千百万之脂膏，养此数百万之健儿……不能竭全力与日一战……仍仰鼻于不生不死国联之下，宁不可异"之软懦，忧心"虞将不腊，国何以亡，恐不免将沦为印度、波兰之续"之未来，因而发出"东三省之亡，不亡于异族专政，不亡于洪宪称帝，尤不亡于北府专横。而乃亡于素以党治号召天下者"之"愤言"。② 如此深度的以词论政，自陈亮"尧之都，舜之壤，禹之封。于中应有，一个半个耻臣戎"之后似乎还不曾有过。读其前两首：

一发青山外。二十年、蜗争私斗，几多光怪。掘墓铸钱兼盗国，祸比黄巾尤坏。数千里、陆沉边塞。战士沙场歌舞换，后庭花、犹唱隔江彩。亡国恨，添诗债。　　新亭枉作楚囚态。只一篇、兰成哀赋，古今同概。北塞琵琶南渡后，毕竟金元何代。莫再问、故宫安在。锦绣河山铜马劫，榆关外、不是中原界_{时锦州失陷，}_{山海关告紧}。感时泪，填平海。

东北烟尘在。忍孤负、白山如壁，黑流如带。破碎乾坤争逐鹿，自是枭雄常态。忾同仇、掷之云外。国脉自轻私见重，斗心兵、那计山河改。人未死、棺先盖。　　悲歌枉作幽燕概。剩几堆、契丹残迹，夕阳红赖。一寸江山双泪血，洒向东洋成海。斗几个、英雄刀快。斩尽仇头作饮器，上昆仑、唤醒国魂态。泪与血，成冰块。

---

① 见本篇自注。
② 以上引文皆出自组词小序。

370 第二编 "亦狂亦侠亦温文"：南社词研究

自此可以看到，刘冰研之通究格律丝毫也没有妨碍对于"情"的追求与表达，其词探喉而出，自然疏快，绝少扭捏晦密。其自道身世的《少年游》就很可读："去年人在大江南，共倚玉栏杆。豆蔻香沉，荼蘼梦暖，绮帐怯春寒。　　今年人在关山道，月色近长安。鞍马秋风，霖铃夜雨，客路总心酸。"更能勾画出一己面貌心性的还是《水龙吟·感怀》：

> 一生不受人怜，几根铁骨撑天地。阳关一曲，隔花人远，曲终
> 人去。沧海横舟，中原揽辔，竟成虚意。慨文章憎命，河山破碎，
> 落得一身如寄。　　谁解兰成幽怨，忍风雨、江关憔悴。南岳嘲
> 人，北山笑客，几多奇剧。满腔热血，填膺孤愤，化啼鹃泪。笑触
> 蛮战雨，井蛙醉月，问天何世。

悲慨激扬，真不在陈焯之下也。由是而言，刘冰研虽不及张素之深入迦陵堂奥，亦是同道中人，他们是完全可以相视一笑的。

第四节　南社"老名士"词群

南社创始之年，"三驾马车"中年纪最长的陈去病三十六岁，高旭三十三岁，柳亚子更是只有二十三岁，从此意义上说，南社实是热血青年的社团。然而这个社团中也有几位老名士：吴恭亨、沈宗畸出生于1857年，加入南社时已逾知命之龄，潘飞声仅少其一岁。杨锡章生于1864年，长徐珂五岁。徐珂虽较年轻，但成名甚早，入南社也逾强仕。吴恭亨以联语著称，未见词作，其余四位"老名士"则皆可称词人，学有根源，不拘一格，也应属"情格兼重派"。兹依年齿简叙之。

一　"江湖十载霜盈鬓"的沈宗畸

沈宗畸（1857—1926），原名宗畴，字孝耕，一字太侔，号南雅，广东番禺人。父锡晋以翰林出任扬州知府，宗畸少年随宦，以诗名京师、广陵。其《落花》之作多达四十首，警句如"一桁湘帘三月雨，数声风笛六时更""魂销曲槛疏帘外，人在香尘色界中""三生香海飘

零慣，十种楞严谴谪深"脍炙人口，有"沈落花"之誉。又好美色，喜花月冶游，至老不衰。友人因调之曰："江湖十载霜盈鬓，未换当年贱骨头。"① 光绪十五年（1889）举人，以主事候补礼部。至袁世凯借筹安会谋帝位，拉拢入会，宗畸则南走汉口，赋诗顾曲而已。晚年困顿京师，郁郁而卒，时人故有"四可哀"之说。② 著有《东华琐录》《便佳簃杂钞》《南雅楼诗斑》等。词集名《繁霜》，皆四十以后作，不甚措意，数量也不多，仅五十五首而已。③

沈宗畸多无行文人气，而富贵不苟取、矫然自胜的志节也值得称道。④ 他结著淈吟社、主编《国学萃编》、收编校刻《晨风阁丛书》22种等，亦甚有关风会，不必过于苛评。⑤ 自其履历为人已可想见，《繁霜词》颇有秾丽绮艳的一面，《洞仙歌》一组虽不及朱彝尊《静志居琴趣》的风华，亦自饶情致摇荡、动人心旌处。如第一首：

> 银房寂寞，锁嫩寒如水，不去寻芳耐憔悴。况日长似岁，夜永如年，那禁得、翠袖熏香孤睡。　　晚来无气力，薄饮些些，半盏葡萄便沉醉。欹枕悄思量，小梦荒唐，还早被、罡风吹坠。才记得分明又模糊，剩一树樱花，想伊柔媚。

沈氏有《浣溪沙·书成容若悼亡词后》二首，对纳兰的性灵词风颇致共鸣。《祝英台近·自题亡妾赵静其哀辞后》即大有纳兰笔意，可贵者则是能自卿卿我我中最终抬起头来，把目光投向"乱愁无际"的"历历中原"：

---

① 丁传靖：《江乡渔话》："宣统己酉，太侔游津门，观女伶王克琴演剧，赋诗……回京以示予。予作诗调之云：杜牧三生载酒游，条条雪上爪痕留。江湖十载霜盈鬓，未换当年贱骨头。太侔早年游北里，语人曰：吾宁仰而企之难，不愿俯而就之易。菊坡作京腔调之曰：这叫做贱骨头。"

② 何震彝：《南雅楼诗斑序》，其"一可哀"云"晚分祠禄，退就枝官……乞米长安，终成旅食"，民国五年（1916）国民印书馆本。

③ 《南雅楼诗斑》后附，《南社词集》尚有部分词作未载此集。

④ 李澄宇：《沈宗畸传》："大党某氏与宗畸同乡，稍与追逐俯仰焉，贵且富久矣，而宗畸不然，岂独不入筹安会，为能矫然自胜哉。"

⑤ 汪辟疆：《光宣诗坛点将录》点其为金毛犬段景住，赞语即"好一把贱骨头"，颇致轻视。

笛声酸，灯影碎，落笔便凄唳。变徵含商，此曲令人醉。明知多恨伤生，语哀近谶，奈无计、消除清泪。　　甚无谓，算来中酒悲歌，总非这般味。才下心头，一语又勾起。试看历历中原，乱愁无际，更何处、觅埋愁地。

最能体现这种性灵才子气的是《水调歌头·上元月》一首。自来词写中秋月较多，上元月较少，本篇题较新颖，而极流宕中蕴涵悲郁感，是浙派殿军郭麐一路，且似能直驾而上之：

今夕是何夕，月第一回圆。去年灯影花影，犹绕梦魂边。几处浅斟低唱，几处臂寒鬟湿，几处照孤眠。把酒问明月，明月自青天。　　扬州梦，醒来后，总成烟。越儿应悔多事，虚费买灯钱。纵买春灯两夜，难买月圆两度，何似买华年。年老不归去，乞取素娥怜。

沈宗畸其实不少白石梦窗一路作品，《莺啼序·自题塞上雪痕集用梦窗韵庚戌冬日客鸡林作》一首且很能以涩调传出暮年心事①，然总其格局，毕竟以性情擅场。

二　"新声传写遍蛮笺"② 的潘飞声

"问词仙老去，倾尊赌酒，侧帽填词，身世本姜张，浑不减昔年豪兴；是湖海归来，曲院看花，画楼听雨，游踪话吴越，最难忘影事情缘。"当潘飞声六十寿辰，沈宗畸赠此贺联，甚雅致贴切。称"词仙"是客气话，不能当真，但潘氏于词颇用心、当行本色过于沈南雅也是事实。

潘飞声（1858—1934），字兰史，号剑士、老兰、剑道人等甚多，广东番禺人。飞声为海山仙馆潘仕成之后，父祖皆擅倚声，有名粤东。

---

① 沈氏宣统二年庚戌（1910）秋来鸡林（即吉林省吉林市），翌年遭遇火灾，乃返京师，所作汇成《塞上雪痕集》，为《南雅楼诗斑》之一种，其中《鼠疫行》《避火一百韵》等均具地方史文献价值。本篇中有"暮年心，携证江关"之句。

② 桂林：《题说剑堂词》，《说剑堂词》卷首，民国刊本。

少年读书越华书院，为叶衍兰所赏①，光绪二十五年（1899）应聘执教柏林大学，讲授中国文学，"碧眼细腰，执经问字，亦从来文人未有之奇也"②。客居海外四年，返国后举经济特科，不应。居香港、上海，海上每举诗社，必邀之与俱，有坐无车公四座不乐之概。③ 在南社中与高旭钝剑、俞锷剑华、傅尃君剑并称"四剑"，故以"说剑堂"为诗词集名。晚境清贫，卖文鬻字维生。柳亚子、胡寄尘为代订润笔，称"老兰酒例"，竟以赏花为伧父所辱，遽尔下世。④ 飞声词集甚富，有《海山》《花语》《珠江低唱》《长相思》四种，合为《说剑堂词》。又有《春明词》《饮琼浆馆词》《花月词》各一卷。今《说剑堂集》由叶恭绰录入七十九首词，仅可视为选本而已。飞声词名播于海外，日本金井雄、井上哲均有绝句题写其集，所谓"新声传写遍蛮笺"，并非虚言。⑤另外，其《粤词雅》《论岭南词绝句》等撰著也有功地方词学，值得珍视。

潘飞声词首先值得说者为省人耳目的海外遨游之作，诸如《一剪梅·斯布列河春泛》《诉衷情·听媚雅女士弹琴》《虞美人·夏夜偕媚雅……》《碧桃春·夏鳞湖……》《伤情怨·德意志柏林城……》《琵琶仙·蝶渡纪游》《满江红·博子墩……》《水龙吟·独游帖尔园至沙律定堡看黄叶》《一萼红·重午柏崎园观芍药》《琵琶仙·蝶渡记游》等十数首作品描摹异域风光人物，虽未尽脱"江关庾信""我本飘零"一类窠臼⑥，却毕竟是在词坛"睁眼看世界"的先行者。这些篇章足与吕碧城、廖恩焘的类似题材作品分鼎三足，成为十九二十世纪之交"海外新词"之代表。其中《满江红》最见新意，词序即颇可读："博子墩译言橡树林也，有布王高得利第二离宫。风亭雪阁，数十里相望，大河湾环，明湖迤逦，山光水色，苍翠万重，为布鲁斯第一佳山水。"词云：

---

① 叶恭绰：《说剑堂集序》："先大父掌教越华书院，从受学者及千，独心赏先生与冒丈鹤亭、姚丈伯怀。"

② 张尔田：《近代词人逸事》。

③ 王蕴章：《云外朱楼集》，转引自郑逸梅《南社丛谈》，第304页。

④ 郑逸梅：《南社丛谈》，第305页。

⑤ 今《说剑堂词》卷首有金井雄绝句六首、井上哲绝句二首。

⑥ 《水龙吟·独游帖尔园至沙律定堡看黄叶》。

374 第二编 "亦狂亦侠亦温文"：南社词研究

如此江山，问天外，何年开辟。凭吊古，飞桥百里，粉楼千尺。邻国终输瓯脱地，名王不射单于镝。看离宫、百二冷斜阳，苍苍碧。　　葡萄酒，氍毹席；挑饮器，悬光璧。话银槎通使，大秦陈迹。左纛可能除帝制，轺车那许遮安息。待甚时，朝汉筑高台，来吹笛。

张尔田《近代词人逸事》颇赞肯潘氏，引其《蝶恋花·香海别洪银屏校书》"客里云萍情绪乱，便道欢场，说梦应肠断。莫惜深杯珍重劝，银筝醉死银灯畔。　　同是天涯何所恋。月识郎心，花也如侬面。东去伯劳西去燕，人生那得长相见"后，加"缠绵尽致，一往情深，置之子野、耆卿集中，不能过也"之评语，更称其"词笔自是一代作手，求诸近代中，于纳兰公子性德为近"。这是很具慧眼的评价，在纳兰接受史上，潘飞声是不能忽视的一家。其《粤东词钞三编序》自道渊源如此："飞声少时稍学为诗，于词则未解声律也。尝读先大父《灯影词》，拟作数首，携谒陈朗山先生。先生以为可学，授以成容若、郭频伽两家词。由此渐窥唐宋门径，心焉乐之。"① 朗山系陈良玉字，广州驻防汉军旗人，道光举人，曾任学海堂学长、同文馆总教习，有《梅窝诗词钞》。朗山为晚清粤东诗词一重镇，他激赏潘氏，以纳兰、郭麐两家词为之启蒙，实际是授以"性灵"法门。故飞声填词入手步趋纳兰者极多，虽伤模拟，于其才思心性之陶铸则颇关键。② 迨其妻梁佩琼病逝，潘飞声赋《长相思词》十六章，那一种"谁知海外归来客，重扫绳床一惘然"的哀艳悱恻确乎令人肠断。③ 如《鹧鸪天·十一月二十八夜客楼听雨，感不成寐，明日是亡妇生辰，用成容若韵》：

别泪更深作雨飘，布帷孤枕拥寒宵。遥思故阁萦蛛网，空剩游尘拂凤翘。　　寻旧梦，更无聊，客楼花落又明朝。天涯默数飘零恨，两渡西溪望鹊桥。

① 《说剑堂集》第二册，转引自孟洋《清代纳兰词接受研究》，博士学位论文，吉林大学，2012年，第246页。
② 参见孟洋《清代纳兰词接受研究》有关论述。
③ "谁知"二句出自潘氏《题长相思室》。

第三章　论南社"情格兼重派"词　375

悼亡词为纳兰创作大宗，极负盛名。飞声此作距纳兰自然之眼、自然之舌尚隔一尘，"别泪更深作雨飘"的耿耿深情则无愧前贤。《沁园春·丁亥十月十夜，柏林客馆梦亡妇》亦性灵栩栩，学纳兰而有自家面目。词云：

> 如此长宵，听雨听风，回肠自支。想兰房遗挂，久萦烟网；花魂偷返，又杳天涯。旅枕秋凉，残灯梦瘦，莫道瑶宫总不知。分明见，是云鬟似旧，絮语迟迟。　　相逢慢诉相思，问碧海、鲸波鹤怎携。叹玉箫红泪，空沾絮果；檀奴青鬓，尚恋尘丝。钿盒三生，银槎万里，到死相依更不离。翻然醒，记一声珍重，仙去移时。

至于"绮艳中时露奇矫之气"者则又参入龚定庵气质①，诸如"云情海思，负我寻春意"（《清平乐》）、"而今已醒江湖梦，酒怕微醒。歌也愁听，一卷心经忏此生"（《采桑子·再寄一首》）、"万劫千生握手难，除是情天住"（《卜算子·雨夜书寄一首》）等幽情丽想的句子皆很具定庵神采，当然也是典型的"南社味"了。"只以诗文唱和之故"而"隶籍南社"也不是那么容易简单的。②

纯以"奇矫"胜而不染"绮艳"者亦是飞声词的一种典型，佳篇好句层叠而出，充满着无法自模拟取得的天然才情。诸如《水龙吟》"听湖亭上，弦声浩漫，有江湖气"③、《湘月·余将出都……》"南屏钟冷，打他残照都碎"、《齐天乐·乙丑重九梦坡约集息园未赴用古微韵》"寂寞荒龛，茗炉经卷总禅味"、《浣溪沙·柳园春感》"劫里山河尽可怜，草堂草草赋秦川。老惭无术救颠连"，这些篇句皆戛戛独造，很见襟怀，可知单以"名士才子"视之是看轻了这位"一代作手"的。

---

① 陈璞：《花语词序》，转引自孟洋《清代纳兰词接受研究》，第250页。

② 曼昭、胡朴安：《南社诗话两种》"（兰史）秉性与南社之革命文学不相近。其隶籍南社也，只以诗文唱和之故，无有其他意义"，转引自卢文芸《中国近代文化变革与南社》，社会科学文献出版社2008年版，第191页。

③ 李佳：《左庵词话》卷下称此篇"笔端饶有清气"。

全篇"奇矫"可读、名声亦大者当推其《双双燕》和黄遵宪原韵的一首。黄词已见前引，为其生平绝作。潘氏气象胸襟难与黄氏比并，但"看上界沉沉，万峰未醒""应画我、高寒瘦影"等独立苍茫、拔剑四顾的姿态则是彼时才士所共有的。从此意义上说，这首词亦堪与遵宪原作相颉颃：

> 罗浮睡了，看上界沉沉，万峰未醒。唤起霜娥，照得山河尽冷。白遍梅田千井，见玉女、青青两鬓。恰当天上呼船，倒卧飞云绝顶。　　仙洞有人赋隐。羡蝴蝶双栖，翠屏安稳。烟扃拟叩，还隔花深松暝。谁揭瑶台明镜，应画我、高寒瘦影。指他东海风轮，未隔蓬莱尘境。

最后还不可不读同样"奇矫"并能留存词坛故实的《金明池·题刘语石留云借月庵填词图》一首。语石为阳湖刘炳照（1847—1917）之号，以诸生候选训导。谭献《箧中词》颇称其"高朗自然"，并未得要领。刘氏才高无命，郁郁沉沦，极多"一寸词肠，七分是血，三分是泪"的激苦语，俞樾《序》所谓"穷而后工"者也。①潘飞声题图之作尚未挖掘到这一层，但也影影绰绰折射出了语石词隐"老去吹箫""卖愁无计"的寒凉心迹：

> 老去吹箫，闲来侧帽，懒话少年情事。凭唤取、轻绡淡墨，便露出、江南烟水。料壮心、踏遍青山，浑不似、结屋归来花底。更补树留云，隔墙借月，占断白蘋村尾。　　试认先生行卷里，把瓢菜腮鲈，做成乡思。行庐外、寒泉一镜，芦帘处、孤山双髻。算匆匆、一住十年，纵费尽柔肠，卖愁无计。剩画本新装，春风词笔，博得浮名如此。

三　杨锡章、徐珂

杨锡章（1864—1929），字几园，号了公，上海松江人。清季任宝

---

① 皆见李佳《左庵词话》引。刘氏词题为《自题秋窗填词图》，词调应为《水龙吟》。

山县教谕，辛亥革命中于乡邑首揭义旗，事乃大定。晚年任奉贤县长，以不娴吏事，数月即辞去，呈文有"书生作吏，如坐针毡，罗掘皆空，补苴无力"等语，并书"此去未携一拳石；再来不值半文钱"之联语自嘲。了公多风趣，尝在报上自登作古告白："了公于正月二十一日子时无疾而终，其时儿宿空房，家中人全然不晓，但见枕边有'二十一日子时死'七字，并有自挽联云：哀哀孤儿，又弱慈父一个；寥寥吊客，只有词人两三。今日是二十日，准否尚未可知"，见者无不为之喷饭。姚鹓雏以其诗"为板桥、随园，理趣风发，不矜格调……尤善倚声，近摩彊村，远窥片玉，若夫乘兴挥洒，遗落一切，固自有其独至，未易以迹象寻焉"，自其身后刊刻手书诗词稿《杨了公先生墨宝》观之，颇为确当。①《浣溪沙》二首意旨不得而知，但于简易之调中出语峻峭至极，无一平熟，能见功力之深。词云：

> 秋夜消沉几许温，寒砧和月款茨门。蒲春绮梦殢前村。
> 南浦织成归燕雨，西风吹断养花云。高丘无女黯销魂。
>
> 秋逗荷心玉露枯，凉蟾着意柳丝梳。角声吹碎枕愁孤。
> 梦浅不教花影压，香残漫倩晚风扶。寒螀不解解萧疏。

1914 年，高旭刊《三十年变雅楼诗征》，广求题辞，杨了公有《西江月》二首应之。第二首追悼先烈，辞气悲壮，造语亦奇崛不凡：

> 江上蛟龙酣斗，花前磨炼干将。黄花岗上断肝肠，几辈豪端红酿。　　不是轻翻弦管，无端写入千行。九原知己泪淋浪，都向秦山一望。

本节最后谈近代文化名家，也是词学名家的徐珂。徐珂（1869—1928），字仲可，又字仲玉，浙江杭县（今杭州）人，光绪十五年（1889）举人，官内阁中书。袁世凯练兵小站，参与戎幕，郁郁不得志

---

① 郑逸梅：《南社丛谈》，第214—216页。

378 第二编 "亦狂亦侠亦温文"：南社词研究

而去。入民国供职商务印书馆，为《词源》编纂之一。又特精掌故之学，《清稗类钞》《清朝野史大观》并享盛誉。另编著《天苏阁丛书》①《佛说阿弥陀经注释会要》《天苏阁笔谈》《可言》等甚多。词学受之谭献，汇编《复堂词话》，撰有《历代词选集评》《清代词学概论》，而以《近词丛话》最为世所推重。

《近词丛话》大抵以张扬常州家法为主，称道张惠言《词选》"阐意内言外之旨，推文微事著之原，比附景物，张皇幽渺，约千篇为一简，蹙万里于径寸，诚为乐府之揭橥，词林之津逮"，是得自师传，所谓"谭门之颜子也"②。同时论清代女性词群、勾勒清词名家类聚之基本脉络，都很能见出独异的词史眼光。《丛话》未脱传统词话路数，其实1926年大东书局出版的《清代词学概论》更能见新意。"它根据清代词学的实际成就，全面地讨论了词学所涉及的主要问题。全书分七章，第一章总论，第二章派别，第三章选本，第四章评语，第五章词谱，第六章词韵，第七章词话。从作者所论述的内容看，徐珂已从传统的治学方法里超越出来，开始以一种现代人文科学方法研究清代词学，只是他对现代人文科学研究方法运用得还不是很成功，却正说明这派学者对现代人文科学方法的主动吸纳。"③

与其厚重的词学论著相比，徐珂的词作既少头巾气，也少艰涩味，而是以不栉不沐、自然疏朗的面貌示人。马汤楳所谓"得力中仙者尤多"④，既非其主流，也非其长技。典型者如早期所作《采桑子》：

> 黄昏几阵潇潇雨，绮阁疏棂，孤馆寒更，付与春宵各自听。
> 红鹃啼瘦清明节，飞絮冥冥，嫩叶青青，一样东风两样声。

本篇见于光绪刻《纯飞馆词初稿》，定稿中"绮阁"二句改作"历

---

① 天苏阁取"天足苏州女子"之意。徐珂以为妇女之天足较弓足为美，因博稽载籍，参证见闻，著《天足考略》，并作《天苏阁娱晚图》。
② 葆光子：《清代词学概论序》，转引自谭新红《清词话考述》，武汉大学出版社2009年版，第171页。
③ 陈水云：《二十世纪清词研究的现代化进程》，《南阳师范学院学报》2005年第1期。
④ 《纯飞馆词序》，《南社丛刻》第十六集。

乱风铃，料峭寒更"，"飞絮"二句改作"絮落还萦，枝嫩才青"，凄艳流美，走纳兰一路的特质则无变易。同样追慕纳兰写内心深哀的是《青衫湿遍·视次女新华殡作》：

> 闲阶伫立，招魂此际，与酹椒浆。一霎昙花隐现，费人间、几许斜阳，又哀蝉，落叶近昏黄。镇伤心、相对卷蔗草，黯秋灯、更断无肠。怕检丛残遗稿，宵分泪琳浪。　缥缈玉京幽梦，可曾回首，冷月残塘。我亦西风身世，孤吟倦、两鬓吴霜。叹年来，尘海恨茫茫。愿他生、莫被兰因误，问骖鸾、欲驻何乡。怅望人天永隔，凭谁共话沧桑。

徐珂次女新华，能书画，善诗文，仅二十一岁去世。徐珂以纳兰自度曲悼之，全以白描法写父女亲情，断肠之感，不弱于原作。还可读一首纳兰风味而较多"幽致"的《苏幕遮》[①]，可见徐珂也是清民之际学习纳兰的重要一员：

> 篆烟微，箫韵咽，冷露侵阶，慵点回廊屧。贪看萝阴深夜月，半卷湘帘，却放流萤入。　对黄花，愁绿叶，秋到心头，毕竟春时热。翠袖笼寒凄欲绝，一样伶俜，认取单栖蝶。

夏敬观《纯飞馆词序》其称道徐氏的"感时哀事，沉郁顿挫"，很见眼光。徐珂多史才，对于时事绝多关注，此类佳作也夥，如《下水船·甲午除夕感事和谭复堂师》：

> 向晚闲门闭，庭院垂垂雪意。博簺东邻，欢娱更喧歌吹。换年事，列炬长筵痛饮，抴取生涯沉醉。　揽衣起，太息珠厓弃。空说阳回大地。穷岛春风，谁怜转红移翠。抚身世，商陆炉添几度，夜半闻鸡无寐。

---

① 谭献评语，见《纯飞馆词初稿》，光绪刻本。

380 第二编 "亦狂亦侠亦温文"：南社词研究

甲午战败后，徐珂曾参与公车上书，并被推为浙省代表。眼看珠厓将弃，春回大地尽成虚言，怎能不"夜半闻鸡无寐""拚取生涯沉醉"？如此"转红移翠"的除夕诚也是沉痛至极的了。另一首《摸鱼子·小站军次除夕答程甘园》被夏敬观评为"熟词涩做，自是上乘，学稼轩得其隽逸而不失粗豪，雅音也"，所说甚确。词云：

> 接长天、戍楼星暗，羁栖海角回睎。天涯惯识东风面，只恐栽花无地。春便易。恁雪苇烟茅，尽伴人憔悴。乱笳声里，恰扶醉归来，桃符爆竹，灯火夜深市。　　封侯梦，温酒毡庐何意。班生投笔非计。亲闱镜发霜痕遍，十载贫辛孤寄。谁唤起。漫看剑回灯，揾尽英雄泪。剩驿路疏林，埃亭残月，一样耐寒味。

再如《荔枝香近·辛亥九月兵事起，自长沙出走，在武昌舟中赋寄兄慎伯杭州》《玉漏迟·楼外楼夜眺，时吴淞战事正急》《浣溪沙·民国三年九月十一日作，是时政府方以全欧战争波及青岛，守局部之中立》亦是"感时哀事"之优秀作品。况周颐评徐氏词曰"秀不在句而在骨，密不在字而在意"[1]，上例皆可证之。论词作之造诣，特别是不侫古，能具自家面目这一点，谭复堂这位高足是要胜过乃师的。

---

① 陈灝一：《新语林》卷三。

第三编

以学人为主干的民国中后期词坛

（1920—1949）

382　第三编　以学人为主干的民国中后期词坛（1920—1949）

自 1920 年下迄民国结束，是为本书之第三编。作为 20 世纪最重要的时间点之一，1949 年不仅具有巨大的政治意义，更具有着极其深刻的文化意义。从此发生的文化剧变也不仅是中国命题，而更应该是"世界命题""人类命题"，因而足以构成本编的时间下限。1920 年至 1949 年的民国中后期词坛呈显出一个鲜明特点，即新崛起的优异词人——如夏承焘、龙榆生、唐圭璋、詹安泰、钱仲联、顾随、刘永济、汪东、沈祖棻、乔大壮，乃至各具特色的胡适、卢前、徐震堮、陆维钊等——皆具有学人身份，仅张伯驹、叶恭绰等寥寥数子因家世显贵等原因未跻身学林，因而学人构成了此期词史的骨干，并合力推宕起 20 世纪词史的又一个鼎盛辉煌期。

自社会文化层面究其缘由，大抵在于 1920 年之后，以白话文为符号的新文化运动高歌猛进，渐呈完胜之势，古典文化步步溃败退守，传承范围逐渐从广阔的社会层面收缩到学校——尤其是高校——这道最后屏障之中，传统文脉只有在学界还有着蓬勃的跃动与生机。同时，随着社会阶层的激变性调整，晚清民初的名士、革命家、报人、官宦等身份的词人生长空间日益逼仄，学人遂在此背景下自众多社会角色中脱颖而出，一头独大，上晋为文化传统的最重要保守者与担当者。由此而言，以学人为核心描述此期词史是合乎历史文化逻辑的选择。

同时还要指出，由于文学史进程的相对不可切分性，本编与前两编还存在着非常密切的时间交集和沿革因变联系。因而，在阐述过程中还不能不对某些横跨——或曰活跃于——数个时代的重要词人如夏敬观、冒广生、吴梅、黄侃等予以充分关注。兹接上编，先谈出身南社的曲学大师吴梅与朴学大师黄侃。在《南社丛刻》中，吴梅仅发表早期词作三十六首，黄侃仅发表三首，皆不足观照其卓绝风姿，第二编中亦不易觅得合适位置安放，故抽出为本编发其端。

第一章　曲学大师吴梅与朴学大师黄侃

第一节　"如此江山合放歌"：论吴梅词

附谈其散曲、卢前

一　"史""论"融通的《词学通论》

吴梅（1884—1939），字瞿安，号霜厓，别署厓叟、呆道人等①，江苏长洲（今苏州）人，十八岁以第一名补长洲县生员，两度乡试落第。光绪二十九年（1903）赴上海东文学社学日文，两年后至东吴大学堂任教，又应柳亚子之约，加入神交社与南社。宣统二年（1910）后，先后任教苏州存古学堂、南京第四师范、东南大学、中山大学、光华大学、北京大学、中央大学、金陵大学等，一生未离讲席，门下济济多士，如任中敏、卢前、汪经昌②、唐圭璋、王季思、蔡桢、吴白匋、钱南扬、王玉章、赵万里、郑骞、吴湖帆、陈家庆、万云骏等巨擘名家，指不胜屈，堪称现代词曲学界第一大门庭。抗战起，辗转逃亡湘潭、桂林、昆明等地，因喉疾卒于云南大姚。著有传奇杂剧多种，戏曲论著《中国戏曲概论》《顾曲麈谈》等并享盛名。另有《霜厓诗录》《词录》《文录》，今人王卫民辑有《吴梅全集》。

吴梅文擅众体，才兼研创，而尤以曲学称一代宗师。对此学界论述颇充分，兹引两说以见一斑。浦江清《悼吴瞿安先生》云："近世对于

---

① 此非常见之"呆"字，乃"梅"之别写。后人有据此演绎其"呆"作派者，与本意未合。

② 三人并称吴门曲学三大弟子。

384 第三编 以学人为主干的民国中后期词坛（1920—1949）

戏曲一门学问，最有研究者推王静安先生与吴先生两人。静安先生在历史考证方面开戏曲史研究之先路，但在戏曲本身之研究，还当推瞿安先生独步。""海内固不乏专家，但求如吴先生之于制曲、谱曲、度曲、校订曲本、审定曲律均臻绝顶之一位大师，则难有其人，此天下之公论也。"①钱基博《现代中国文学史》则明确以为吴梅造诣在王国维之上："曲学之兴，国维治之三年，未若吴梅之劬以毕生；国维于元曲，未若吴梅之集其大成；国维详其历史，未若吴梅之发其条例；国维赏其文学，未若吴梅之析其声律。而论曲学者，并世要推吴梅为大师云。"②

对吴瞿安曲学之赞评当然无问题，但也需注意夏敬观《霜厓词录序》之语："君记诵博洽，文辞尔雅……海内推明音律，惟首举君，而亦以是掩君他长。"此语诚然是为"尊题"起见，但所被"掩"之"他长"亦确值得有心人发覆之。比如其《词学通论》，虽有名且多次翻印，也为学界所熟悉，长期以来却很少得到应有的重视。以曾大兴《词学的星空——二十世纪词学名家传》及其姊妹篇《二十世纪词学名家研究》为例③，这是二十世纪词学研究的精彩之作，对二十几位词学名家的盘点梳理大都要言不烦，切中肯綮，构成了近百年词学理论的基本阵形，但两部书中涉及二十余位词学家，连不甚以词学著称的浦江清、冯沅君、陈洵等皆有专题，却没有吴梅的一席之地，未免令人感到一些遗憾和困惑。这说明，吴梅在词学现代化进程中的作用还很值得重新审视与发掘。

对于吴梅词学予以系统专述者，一是严迪昌师晚年所作《吴瞿安先生的词与词学观》，一是曹辛华《二十世纪中国古代文学研究史·词学卷》第八章《吴梅的词学研究》。④曹著较为全面，自词学文献学、词体观、创作观、词史观、词艺观、词学史观六个方面对吴氏词学成就进行综合观照，从而得出吴梅为"词学'新变派'的开山祖师，是二十世纪词学研究转型中的又一关键人物"之确当结论。迪昌师之文则集焦于《词学通论》，称赞其"谨严中见通达，精深而去迂阔""就词的兴

---

① 曲学丛刊社《戏曲》第一卷第三辑《吴霜崖先生三周年祭特辑》，1942年3月。
② 中国人民大学出版社2004年版，第282页。邓乔彬《论吴梅的戏曲观》对王、吴二家有更详尽比较，可见王卫民《吴梅和他的世界》，河北教育出版社2002年版。
③ 分别为河北人民出版社2009年版、中华书局2011年版。
④ 迪昌师文载《词学》第十六辑，曹著为东方出版中心2006年版，文见第127—160页。

起和演化变迁，以至对历代词人艺术风貌的辨认评析、词体的诸种特点及其与乐律声韵的关联、词创作应忌戒之弊病等，无不在继承总结前贤所论的基础上一一辨察取去，自出所见"，特别对该书体现出的"寓史于论，史论融合"的理论特质深致赏叹。

迪昌师以为该书卓识主要有二：一是纵横贯联，精探因变演进之势。如全书核心的词史描述，吴梅以四分之一篇幅论列北宋词人八家，附录十三家，南宋词人七家，附录十四家，而同时也畅论清代词人二十七家，占全书六分之一篇幅。"一部词史如剥蚀清词这支'豹尾'，只能是一本残缺不全的史册，就此而言，先生之识即已高出时人一筹。数十年来，无论诗歌通史或词曲史，每每虎头而蛇尾，甚或神龙见首不见尾，读先生《通论》能无感喟吗？"又如刘毓盘《词史》以清词至嘉道间而复盛，盛推"吴中七子"，《通论》则指出，如戈载等"平庸芜浅诸作，触目皆是。读者亦以其守律之严，而恕其行文之劣，无怪为谢枚如所讥也"。以审律至严的词曲大师身份作此斩截判断，这就击碎了吴中七子"首功"的陈说，而在清词二十七家中论列清初词人十二家，顺康朝为清词史程运行重心之命意灼然可见。凡此皆可见吴梅识地之超迈通达，不徒见"史"的眼界，也见"论"的深锐。

二是迪昌师以为吴梅《通论》能够取精用弘，博采众长，虽崇尚"沉郁顿挫"而不拘泥于"常派"话头，力辟门户之狭。由于该书为东南大学讲义，依彼时讲义体例，有不少抄撮点化《白雨斋词话》之处①，或予人"常派"传人之感。其实吴梅对"常派"的"深求""穿凿""晦涩"等弊病深自戒惕，他批评周济自作词"能入而不能出"，提醒"近人喜学梦窗，往往不得其精，而语意反觉晦涩"，称道蒋春霖"不专尚比兴""直言本事"的"真实力量"，认为蒋氏高出周之琦乃在于"意胜"，这都是不死于常州牖下的明证。正是固守着这种重"意"、重"品"、重"真情"的审美本位，吴梅对于前人评骘已烂熟的宋代词人也能别具心裁，辨入毫芒。他说"梦窗固密，惟有灵气往来；玉田固疏，而其沉着处，虽白石亦且不及。浙词专学玉田之疏，于是打油腔

---

① 详见陈平原对于讲义的论说，《作为学科的文学史》（北京大学出版社 2011 年版）第二章"知识、技能与情怀"三"从课程讲义到学术著作"。

386 第三编 以学人为主干的民国中后期词坛（1920—1949）

格，摇笔即来"，这是自具赏会、未经人道之言。没有"一己眼光予以淘洗抉择，始终保持一种离合态势，绝不盲目相从"的立场当然是难以做到"史""论"之"通"的。

二 "敛滂沛于尺素，吐哀乐于寸心"的《霜厓词录》

以上花篇幅略微点染迪昌师文章《词学通论》部分，目的盖在于提挈吴梅的词学成就与地位，同时也凸显其重"意"、重"品"、重"真情"的词学理念，从而为论《霜厓词录》拓开先路。与《词学通论》相比，瞿安自作词当然更为"曲学大师"光环所掩蔽，谈者尤少。其实"《词录》的创作实践与《通论》诸理论主张正可互为表里，对所持的论旨，先生可谓身体力行。这当然不是说《霜厓词》乃以形象图解或阐述理论，而恰恰表明先生从理论和实践两个方面力挽晚近语意晦涩、词胜于情的弊端"①。

《霜厓词录》一百三十七首，为吴梅晚年避兵湘潭时手订，比照其"平生所作千有余阕"仅存十一而已，可谓删汰极严。② 不仅如此，他在《自序》中还谆谆叮嘱，"慎勿补遗"。这来源于吴梅对文人自塑形象之行为的深刻理解。在评弟子任中敏辑曲集、唐圭璋辑《全宋词》时，吴梅有"一笔抹倒"辑佚之学的高论："所补辑有前人不欲存者，补之实足以损之，奈何！他日我所自订稿，幸诸君勿以施诸古人者益我。"又云："吾自选词三百首，留待死后刊出，其余可毁弃之，不需多印。凡为前人刊印续集、外集、补集等者，不仅不为原作者之功臣，且违背其藏拙之意旨，而后人往往不明此意，刻意搜求遗佚，殊可笑也。"③ 这与郑板桥《后刻诗序》中的杀手锏"板桥诗刻止于此矣，死后如有托名翻版，将平日应酬之作，改窜烂入，吾必为厉鬼以击其脑"相比，虽激烈程度不及，坚决态度是无大差别的。

经由如此近乎苛刻的删汰，《霜厓词录》所塑造出的词水准与形象不可能不是高峻而统一的。仍以迪昌师的话说："时或俊逸而见密丽，时或

---

① 严迪昌：《吴瞿安先生的词与词学观》。
② 徐益藩：《师门杂忆——纪念吴瞿安先生》，《吴梅和他的世界》，第47页。
③ 卢前：《奢摩他室逸话》、金焄《记吴瞿安先生数事》，《吴梅和他的世界》，第9、94页。

沉丽中呈苍凉，各随时代的更变、心境的迁移而有所异，但情真意挚则一，浑厚博丽则一，不作无病呻吟、不率易操觚则一。"① 能够补充的是，以此情真意挚、浑厚博丽的词笔，《霜厓词录》给我们锤炼出了一个立体而血肉丰盈的吴梅的人格剪影。不妨先看《鹧鸪天·答徐又诤》：

> 辛苦蜗牛占一庐，倚檐妨帽足轩渠。依然浊酒供狂逸，那有名花奉起居。 三尺剑，万言书，近来弹铗出无车。西园雅集南皮会，懒向王门再曳裾。

又诤，徐树铮（1880—1925）字，江苏萧县（现属安徽）人，皖系大将，曾任陆军次长、国务院秘书长等要职，在西北边防军总司令任上率第一师进入外蒙古，迫使其取消自治，回归中国。孙中山电贺之，以为可比傅介子、班超。1925 年赴欧美日本考察结束至北京复命，在河北廊坊被冯玉祥部下张之江劫持，即遭处死。② 徐树铮廪生出身，颇擅文采，有"儒将"之目，所作《视昔轩文稿》《兜香阁诗集》《碧梦庵词》等亦并不俗。又因好昆曲而仰慕吴梅，愿拜门下，吴梅冷嘲挥之去。③ 欲敦请为幕僚，吴梅则以此篇却之。其时徐氏气焰熏灼，趋奉者如恐不及，而一辛苦蜗居、出入无车之穷书生乃"浊酒狂逸"相对，傲然声称："懒向王门再曳裾""那有名花奉起居"！这一分峻嶒根骨中自有"布衣王侯"的古典基因的遗传，更是现代平等人格精神酵化的结果。同调《崇效寺牡丹》同作于执教北大时期，笔意也极冷峻：

> 雕毂同驰日未斜，梵宫芳讯动京华。相邀俊侣鸡豚约，来看空门富贵花。 春换主，客无家，单衣试酒感天涯。楸阴闲坐钟鱼寂，一笛临风落紫霞。

---

① 《吴瞿安先生的词与词学观》。

② 冯玉祥杀徐树铮，主要由于徐曾杀害其恩人、老长官陆建章之私怨，故舆论颇有惋惜徐而不直冯者。

③ 段熙仲：《吴梅先生二三事》，《吴梅和他的世界》，第108页。其实吴梅与徐氏未尽疏离，卢前《奢摩他室逸话》即说徐从吴梅"习歌曲，有词亦必就正"。

388　第三编　以学人为主干的民国中后期词坛（1920—1949）

崇效寺牡丹为京师名胜，历来歌咏者不知凡几。吴瞿安这一首之所以显得特别乃在于点出"空门富贵花"的悖论，以及包含在这悖论中的心间芒刺。词笔特冷寂不动声色，而一份沉甸甸的尖锐感、沸腾感也呈现得相当清晰，似乎能看得到作者脸上那种不易察觉的冷笑。像这样"词中有人"、能够令读者辨审出其面相乃至"骨相"的佳作在《霜厓词录》中占很大比例，诸如《浣溪沙·黄瘿瓢芦雁图》的"过眼云烟蝴蝶梦，惊心岁月稻粱谋"、《玉京谣·客广南三月，龟冈独酌，辄动乡思，倚梦窗调》的"热泪弹蛮雨，对酒孤吟，记取江湖味"、《早梅芳·雪中放舟西崦》的"醉是诗胆勇，眼底梅魂瘦。问蘋渔，富春人在否"、《醉翁子·仲清、九珠叔过百嘉室夜话》的"君所悲兮江关，我所思兮兰荃。匆匆今岁迁，高丘无婵娟。鼓吹到愁边，未知何处张舞筵"，都不仅记述行迹人事，更是全方位透现出乱离诡谲时代下的繁杂心绪。《高山流水·自题霜厓填词图》为《词录》收官之作，"写风怀，弹尽商弦。无路诉相思，霜灯梦入壶天""算春愁酒病，哀乐付枯禅"云云当然亦最能定格瞿安先生的面影：

> 半生落落守寒毡，写风怀，弹尽商弦。无路诉相思，霜灯梦入壶天。惊心处，锦瑟华年。旗亭去，还记双鬟按笛，泪咽尊前。似深秋戒露，独鹤唳荒烟。　　停鞭。欢场忍回首，花月地、换了山川。衰鬓倚西风，水国饱听啼鹃。抱灵修、几误婵娟。白门便，重问乌衣影事，陌巷凄然。算春愁酒病，哀乐付枯禅。

《霜厓词录》当然不只是感怀个人身世之记录，如果那样，无论怎样高妙完美，其真价都要大打折扣。吴梅从来就不是象牙塔文人，从早年撰写《风洞山》《血花飞》开始，他对于世态人心都始终怀有一份热切的目光。①《减兰》二首就以廉悍之笔写出古典、现代交界线上的纷杂世态：

---

① 卢前：《吴瞿安先生事略》："戊戌变作，六君子者死，先生作《苌弘血》传奇，指斥房廷，辞激烈，大父惧贾祸，焚其稿，而文章传播天下久矣……复作《风洞山》传奇，鼓吹民族思想，文苑前所未有者也。"

临邛车骑，荐士难逢杨得意。衣锦还家，娶妇居然阴丽华。东西驰道，广厦明灯花四照。一树冬青，谁复麻鞋拜孝陵。

白头吟望，故国平居多恻怆。弹指楼台，恐有胡僧认劫灰。纷纷厨顾，又见甘陵南北部。长啸苏门，多少风尘袖手人。

在这个世界里，有奔走车尘的失路人，有金屋藏娇的暴发户，有广厦明灯的闹热，也有麻鞋冬青的枯寂，简直称得上一部世相大全了。平居故国，弹指楼台，不仅令人沧桑，抑且使人喟叹。"多少风尘袖手人"七字句沉厚犀利，与陈散原"来作神州袖手人"之名句可谓同时辉映。《鹧鸪天·咏史三首》当然也不是真的"咏史"，笔锋扫荡者盖在于时下：

幕府山头鼓不鸣，西风黄叶古台城。中原宁有王侯种，上将虚征子弟兵。　真铸错，孰寒盟，投鞭一夕大江平。仲谋生子犹豚犬，何况荆州刘景升。

立马吴山意态骄，荷花桂子想前朝。重携银汉三千甲，来射钱塘八月潮。　刑白马，珥金貂，华灯车盖拥仙曹。西兴渡口军容壘，独跨疲驴过六桥。

大树飘零孰记功，横刀长揖谢群公。低头醉倒中山酒，伸脚吹回五岳风。　空借箸，竟藏弓，成名竖子亦英雄。斜阳古柳依然在，一曲中郎负鼓翁。

本书前文曾称道邵瑞彭《山禽余响》一集，吴梅这三首无论命意、词句均可与之颉颃，苍凉愤懑之感甚至凌驾而上，足以嗣响遗山。《绮寮怨》一首未脱学人考证风习，认为"清真此词下叠，暗韵至多，如'江陵''何曾''歌声'三语，皆是协处，自来声家多未知也"，自得意态可想，然而全篇也不简单写个人化的"余怀凄黯"，"凄黯"是因

"淮张旧基，新拓池囿，酣嬉士女，彻夜行歌"而发，目击惊心动魄之时变，能无当哭之长歌？

> 老眼看花如雾，古怀零乱生。算小劫、换了华鬟，听娇语、乍啭流莺。吴宫齐云旧迹，伤心处、战血余暗腥。又半天、画角高寒，重来似化鹤，人姓丁。　遍地象箫凤笙，倾城翠袖，秋庭共拜双星。异国飘萍，有憔悴，沈初明。依然太常歌吹，可梦影，记东京。欢场怕经，旗亭待贳酒，招步兵。

将个人身世与蒿目时艰两者融通一体的压卷之作不能不推《临江仙》：

> 短衣羸马边尘紧，五年三渡桑干。漫天晴雪扑归鞍。邮亭呼酒，黄月大如盘。　苦对南云思旧雨，杏花消息阑珊。新词琢就付双鬟。紫箫声里，但看六朝山。

据"五年三渡桑干""但看六朝山"之句，本篇当作于1922年辞北大教职束装南下之际。有不体审基本时序者，随意定于抗战时期。又妄说最后两韵粘连，"新词"句应改为"悠悠长夜不成眠"[1]。凡此皆不值识者一笑，但可见近百年诗词遭忽视舛谬之状态。自表面看，无非常见之南北漂移，但所谓"边尘紧"则隐指直奉大战之烽火。其《南归曲》云："去年烽火传京畿，危城偃卧但掩扉。老妻稚子相对泣，瓶无储粟身无衣"，词中"漫天"数句，尤其"苦"字正是此种荒凉警惧心境的意象性反映。接东南大学聘书，吴梅又欣然有诗："思归引，引吴阊，南国秋深多稻粱。万人海，一身藏，胡为局促居帝乡"，词中"新词"云云又正是与诗之欣喜同步的。那么"拣尽寒枝不肯栖"的乱世才人，所求者也无非是一口安适的菜饭、一张安静的书桌而已！正因如

---

① 王成纲鉴赏文章，贺新辉主编：《近现代诗词鉴赏辞典》，北京燕山出版社2006年版，第246页。

此，才"直中见折叠，有层次，故不觉其味薄，其意浅"①，才有"漫天晴雪扑归鞍。邮亭呼酒，黄月大如盘"这样矫健奇警、融陈迦陵与成容若为一手的妙句。本篇几可称吴梅第一名作，当然需要花点工夫去看懂的。

王季思对老师中年以后的词创作有这样的批评："多题赠咏物之作，虽偶有寄托，间见怀抱，内容未免单薄，意象也欠鲜明。重以喜和前人涩体，讲究四声阴阳，虽因难见巧，见称同辈，今天看来，未免作茧自缚"②，所说确是实情，直言不讳尤令人钦敬。但应补充解释的是，吴梅南还乡里后，生活相对闲逸，更专精心力于学术，这一时期的词作正是其学人本色焕发的结果，也是其人生阶段性形态不可少之一页。更何况诸多"题赠之作"——如《生查子七首·再登扫叶楼，读龚半千画》《霜叶飞·仲清昆庐填词第一图》《飞雪满群山·又第二图》《甘州·读蔡师愚宝善听潮音馆词》《洞仙歌·读潘轶仲承谋瘦叶词遗稿》《洞仙歌·读林铁尊鹍翔半樱词》《齐天乐·蔡云笙晋镛雁村填词图》等——所保留的人格、学术的信息也极充沛可贵呢？如《水龙吟·古微丈挽词》：

> 暮年萧瑟江关，举头惟见河山异。抗声殿角，回槎岭表，乱云如戏。海峤莺花，吴门鲑菜，忽忽弹指。记听枫旧馆，隐囊挥麈，知珍重，林泉意。　　还是悲歌无地，结沤盟、沧江鼎沸。东华待漏，中兴作颂，纷纷槐蚁。忍泪看天，十年栖息，天还沉醉。算平生孤愤，秋词半箧，付人间世。

某种意义上说，朱彊村的逝世意味着一个漫长的古典词时代的终结。作为亲炙甚久、执弟子礼的晚辈，吴梅这首悼念之作是动感情的，下笔更极矜慎，凡七八改，直到逝世前还致信龙榆生改定不少字句。③

---

① 严迪昌：《吴瞿安先生的词与词学观》。

② 《吴瞿安先生〈诗词戏曲集〉读后感》，《吴梅和他的世界》，第286页。

③ 卢前：《奢摩他室逸话》、龙榆生《记吴瞿安先生》，《吴梅和他的世界》，第8、81页。本篇原作"暮年词赋江关，惊心满月河山异。抗声殿角，回槎岭表，忽忽弹指。海市莺花，吴门鲑菜，感时危涕。记听枫旧馆，隐囊挥麈，知珍重，凭阑意。　　还是悲歌无地，结沤盟、沧波如沸。白头吟望，浮云蔽日，一瞑不视。我自销凝，中仙去后，素弦惝悝。待孤魂招得，水天闲话，话开元事"，可对看之。

392　第三编　以学人为主干的民国中后期词坛（1920—1949）

因而定稿不仅能将彊村老人"抗声殿角，回槎岭表""海峤莺花，吴门
鲈菜"等人生履历表而出之，尤对其"暮年萧瑟江关""忍泪看天，十
年栖息，天还沉醉"的"孤愤"心事体察得异常深准。如此"题赠"，
价值岂在自己的、他人的任何一首佳作之下？

　　接上述一段评语，王季思更有很确切的论断："直至五十岁前后，
饱经离乱，感慨渐深，又多用常调抒写悲怀"，并举《齐天乐·甲戌重
九登豁蒙楼》下片"登临多难自古，近来筋力减，扶病重过。故垒笼
沙，荒坡咽月，还记南朝烽火。黄花伴我，怕今日东篱，有人催课"与
《高阳台·石霸街访媚香楼》下片"南朝气节东京并，但当年厨顾，未
遇红妆。桃叶离歌，琵琶肯怨中郎。王侯第宅皆荆棘，甚青楼、寸土犹
香"为例，此二词伤时念乱，借古鉴今，的是见地笔力皆臻上乘的佳
作。《菩萨蛮·五都咏五首》已作于抗战烽火遍天、自己流离造次之
际，蕴藉之笔难掩悲愤与怆情。五词煞拍皆声色精悍，掷地如金石，所
谓图穷匕见，寸铁搏人。读后三首：

　　　　玉津园里花如雪，金梁桥外霜欺月。遗事恨宣和，两宫宵渡河。
　　　　龙亭寻旧迹，难觅花纲石。风雨过夷门，此中应有人。（汴梁）

　　　　巍巍南北高峰踞，出门便是西泠路。十里锦钱塘，四时宫草香。
　　　　湖山留旧物，天意还吴越。痛哭小朝廷，杭州作汴京。（临安）

　　　　凤凰台畔王侯籍，秦淮渡口莺花墨。弹指六朝安，只余明故宫。
　　　　江南风月丽，齐筑长干第。此地惯偏安，黄旗北伐难。（建业）

　　"艳梦无多，热泪偏多，如此江山合放歌"[①]，这真是痛切难堪语！
在国难迫眉、也是自己生命临近终点之际，吴梅在《词录自序》中写
下这样的几句自白："世变方殷，言归何日？敛滂沛于尺素，吐哀乐于
寸心，粗记鸿泥，贤于博弈，览者幸哀其遇也。""敛滂沛于尺素"是
不得不然，"吐哀乐于寸心"是有动乎中，这是他，也是那一代知识群

────────────

　　① 吴梅：《采桑子·闻歌有赠》。

体的集体性选择罢！《霜厓词录》所未收的这一首《清平乐·题郑所南画兰》或可视为吴梅绝笔之一，滂沛的情感收敛于尺素之内了，可"寸心哀乐"难道不是愈加难以控遏么？郑思肖寄托于无根兰花中的精魂历经数百年传递下来，丝毫不减其生机，历史的强韧有时真是令人感慨莫名的。

> 骚魂呼起，招得灵均鬼。千古伤心留一纸，认取南朝天水。
> 北风吹散繁华，高丘但有残花。花是托根无地，人还浪迹无家。

三　附论吴梅散曲

以"词史"而论吴梅散曲实在越轶门庭，不合规矩，然而考虑到（1）散曲之创作在近百年几成绝响，短期内似不大可能产生一部"近百年散曲史"之类专书。（2）吴梅的散曲创作不徒可称雄近百年，亦绝可上埒古人，拍肩把臂。（3）词曲一家，对其散曲的有关盘点对于理解吴梅人格形象、行迹心迹乃至词创作均有莫大益处，姑附后简说数语。

对于填词制曲之别，吴梅曾在教授学生时有云："词惟不复可歌也，故一字不容增损；曲则可歌，板有赠，字有衬，滋自由矣。病词之拘挛者，盍舍彼以就此"[1]，可见在他心目中词曲原无雅俗品位之别，只是词稍"拘挛"而曲"滋自由"，表现手段不同而已。这样撩去外围、直切要害的认识就决定了在吴梅的创作中，举凡诗词所能言者，曲无不能言。曲之为曲，无非是多一条抒情的通路，又何乐而不为？试看《北双调折桂令·题谢平原逢源读书图戏效虞伯生短柱韵》：

> 横塘一望空凉，梦向莼乡，无恙渔庄。画舫琴堂，文窗书幌，俯仰羲皇。话沧浪龙冈门巷，卧沧江元亮柴桑。绛帐笙簧，金榜文章。怎样思量，一晌都忘。

此为友人题图之作，充溢闲逸自在情味。所谓"短柱韵"，意指两

---

[1]　徐益藩：《师门杂忆——纪念吴瞿安先生》，《吴梅和他的世界》，第48页。

字一韵，难度可想，前人作者也无多，而吴梅笔下则收放自如，全不受曲律所约束，可见功力之深邃。据洪柏昭统计，在吴梅小令六十七、套数二十的散曲总量中，题图论曲一类占到了百分之六十左右的比重，"这在散曲作家中是独一无二的现象，很能说明吴梅散曲的文化特征"①。其中题徐自华《西泠悲秋图》与题傅尃《红薇感旧图》两套数皆令人荡气回肠，求之古人，亦不多觏。如写傅尃与妓女黄玉娇情感的这一段：

> 芙蓉香径，悔当初匆匆订盟。不合你望门投止误走到销魂境，泼残生浊酒红灯。既然是张禄辞家变姓名，怎樊川作客厮奚幸。又蔷薇满庭，又蔷薇满庭，看不见亭亭倩形，只剩得真真小影。

傅尃当年鼓吹革命遭通缉，避入黄玉娇妆阁得免。故曲中叙事性较强，远胜于词，而"又蔷薇满庭"之类复沓样式的抒情也是词所难到。《题西泠悲秋图》为悼秋瑾，故不必叙事，而以抒情为重心。最脍炙人口者是开篇两段：

> 【南越调小桃红】一湖烟水六条桥，是绝妙的寻诗料也。怎生的秋风秋雨，半天寒色叫鸥鸶。叹尘世上恨难浇，对着者草断肠，树弯腰。只办得寻佳梦，向泉台告也，寸心儿有恨难消。便作成堕泪好碑文，问后世几人瞧？
> 【下山虎】半林夕照，红上峰腰，孤冢无人扫。柳丝几条，记麦饭香醪，清明曾到。怎三尺荒茔也守不牢？此情哪处告！墓中人，恨尔曹，满地红心草。杂花乱飘，你敢也侠气英风在这遭。

除题图之作，即景生情之篇也能生异彩。《过明故宫》以《仙吕桂枝香》曲调联章叙写南明亡国之痛，"现如今剩水残山，问什么王孙帝子""更弘光半年，更弘光半年。春灯燕子，金盆狗矢""江山如纸，宫门如市""更何之，旧国无遗迹，舻棱入梦思"等句极尽警策，笔锋

---

① 洪柏昭：《吴梅散曲论》，《艺术百家》1994 年第 3 期。

犀利如刀剑。最后可读《羽调四季花》：

> 法曲续长平谓《帝女花》，把贤藩事，娇儿怨，又谱秋声。前朝梦影空泪零，如今武昌多血腥。旧山川，新甲兵，乱离夫妇，谁知姓名。安能对此都写生？苦语春莺，正是不堪重听。倒惹得茶醒酒醒，花醒月醒人醒。

此为吴梅逝世前读弟子卢前《楚风烈》传奇而作，国难家仇，人心世事，最终以五个"醒"字做了归结，确乎是"吐哀乐于寸心"，而"览者幸哀其遇也"！

四　"将我手，写余心"：论卢前词

与乃师一样，卢前亦是以名曲家为名词人，而词名亦为曲所掩，应附吴梅后一谈之。卢前（1905—1951），原名正绅，字冀野，号饮虹，江苏南京人。1921 年投考国立东南大学，因数学零分未被录取，翌年乃以"特别生"名义入国文系，师从吴梅、王伯沆、柳诒徵、李审言、陈中凡等。毕业后受聘金陵大学、暨南大学、中央大学等校教职，并任国民政府参议员、国立福建音乐专科学校校长、南京通志馆馆长等。著有《饮虹五种》《楚风烈》传奇、《明清戏曲史》《中国戏曲概论》《读曲小识》《论曲绝句》《饮虹曲话》等甚富。中华书局 2006 年出版《冀野文钞》，分为《曲学四种》《文史论稿》《笔记杂钞》《诗词曲选》四辑，代表作大抵在是。

夏敬观《忍古楼词话》云："冀野既以曲名，其所作词遂不自珍惜，予顾谓其词亦不凡近"，评价不低，所征引数词也确乎佳作，如《浣溪沙·中秋前夕饮筼丈家》：

> 湖海飘零一少年，芒鞋归后故人怜。黄花消瘦夕阳前。　　客里襟怀如病酒，梦中风雨未寒天。不辞残醉落吟鞭。

又如夏氏未征引但更出色的《鹧鸪天》：

十字街头立足难，出门未觉世途宽。去离不尽踌躇苦，左右都成罪恶观。　　荆棘里，岂能安，明知艰险一盘桓。男儿要有刚强气，肯便随人掉首还。

世局如棋自在观，怀中有铗不须弹。能为狂士终豪杰，岂必才人尽达官。　　倾浊酒，坐蒲团，布袍大袖本来宽。十年尝遍江湖叶，纵使无鱼亦可餐。

"男儿要有刚强气，肯便随人掉首还""十年尝遍江湖叶，纵使无鱼亦可餐"，特立独行的"狂士"人格形象极为鲜明。夏氏所谓"诗笔惧为词伤，词笔惧为曲伤，作者往往不能兼美，冀野尚不病此"，甚是，但前面说卢前对所作词"不自珍惜"是指其早期情况，概观全体则有待商榷，正如叶恭绰《广箧中词》评其"恰是本色当行"不误，但"词不多作"不准确一样。卢前自 1933 年长城抗战起，至 1948 年止，15 年间作词 206 首，成《中兴鼓吹》一集。按时间编次，并以词为序跋，颇为严谨精细，其自作《中兴乐·代跋》所谓"十五年间酾首词，也曾捻断吟髭。辛酸处，怕是没人知"是也。如此用心力，似不能说"不自珍惜"与"不多作"。事实上，《中兴鼓吹》既是抗战诗词史的重要一页，也是 20 世纪一部极具特色的词集，对其价值我们还远远认识、估量得不够。①

似应先看同样以《中兴乐》词牌所写的《代序》："渐觉摩胸剑气沉，问谁肯作狂吟。辛刘语，冷落到而今。　　新词鼓吹中兴乐，雄风托、莫嫌才弱。将我手，写余心。"这里说得够清楚了：当此山河破碎之际，直抒胸臆、大张辛刘雄风是我们最佳的，甚至唯一的选择！民族抗战已经是终极价值，在它面前，谁还能侈谈什么宗法家数？《沁园春·论词示孟野三弟》更是毫不含糊地挑明这一点：

弟学词乎，今日而言，岂同曩时。算花间绮语，徒然丧志；后

---

① 陈汉平编注、团结出版社 1995 年出版的《抗战诗史》于诗不收唐玉虬，于词不收卢前、欧阳祖经，遗漏甚憾。李剑亮有专文谈此词集，见 2010 年《西安词学国际研讨会文集》。

来柳贺，搔首弄姿。叹老嗟贫，流连光景，孤负如椽笔一枝。自南渡，始天生辛陆，大放厥辞。　　於戏逝者如斯。念转益、多师吾所师。便白石扬州，遗山并水；豪情逸兴，并作雄奇。天下兴亡，匹夫责在，我辈文章信有之。如何可，为他人抒写，儿女相思。

卢前当然也不是要否定《花间》、柳永、贺铸们的艺术价值，他只是说，这些"搔首弄姿""徒然丧志"的"绮语"，乃至"叹老嗟贫，流连光景"的声音太无聊，也太不合时宜了。因为"天下兴亡，匹夫责在"，我们的如椽之笔理应为国家做点什么！这是词坛上很久没有过的雄性勃发的激扬声音了，就是文廷式等维新派、柳亚子等南社同人也还是有缠绵凄婉的一面的，也没有把话说到过这样一个地步。这并不是说卢前能怎样超出前贤，而是因为抗日战争是史无前例的一次抵御外侮的国家民族行动，其震荡的烈度远远超出之前所有内部或局部战事的总和，卢前的龙吟虎啸声其实也正是被激发出的华夏同胞的共同心音。那么，我们就该容易读懂以下这些飞空摩荡的嘶吼了：

如此乾坤，当慷慨、悲歌以死。君不见、胡尘满目，残山剩水。万里投荒关塞黑，几家子弟挥戈起。问江淮、若个是男儿，无余子。　　且按剑，从新誓；岂肯洒，英雄泪。纵天真亡我，死而已矣。叱咤风云惊四海，凭君一洗弥天耻。细思量、三十九年前，伤心事_{甲午年去今且四十年矣}。

——满江红·送往古北口者

电讯忽宵至，不觉裂双眸。信中传语，残敌一队袭芦沟。直北此时危急，火焰已然眉睫，如箭在弦头。何以消吾恨，不共戴天仇。　　鸠所占，狼所噬，鼠还偷。千奇百怪敌貌，铸鼎总难收。闻道冷斋老子_{宛平县长王君}，愿与此桥同命，忠勇足千秋。明日广安道，我亦有戈矛。

——水调歌头·七月八日得宛平之警

卢沟桥下，听一声口号，冲锋前去。卷地风沙刀过处，残敌头颓飞雨。疆场空阔，仰天大笑，快意哉登禹。男儿死耳，男儿死必如许。　　一鼓再鼓而前，至于三四，壮气凌今古。赢得创伤千百孔，为国开条血路。所恨孤身，难兼忠孝，抱憾惟慈母。将军往矣，问谁踏接君步。

——百字令·吊赵登禹将军

久矣齐生死。便埋身、一抔黄土，等闲间耳。只惜未能将革裹，孤负平生豪气。剩一点、丹心无昧。自此从容归上界，信诗书、沾溉垂危际。何苟免，我行矣。　　钢鸢过尽群呼起。戴吾头、敛魂收魄，又来人世。但觉眼前森鬼域，弹片枪痕而已。炸不了、坚强意志。以齿还牙终必报，肯投降、屈服非人子。重誓约，洗兹耻。

——贺新凉·五月二十五日记事

不必画蛇添足地去分析阐释，这就是磅礴淋漓的抗战史、抗战心灵史，比之后来被出于各种目的扭曲遮蔽了的不知要真实鲜活多少倍。《中兴鼓吹》中，或也不少伤于直切而少了诗词应有的味道的，但都不要紧，重要的是词中酝酿澎湃着中华民族一种撑拄天地、不可摧垮残毁的元气，这已足够。

二百首"鼓吹"并不都是，也不可能都是一种音调的。《西江月·客有二首》也是辛刘遗风，但走议论纵横一路。读第一首：

客有叹于南宋，排金无敢言兵。吴山立马气纵横，所以不亡者命。　　何似艰危今日，顽倭犯我无名。亦惟抗战自更生，孰主议和曰佞。

1938年，陈嘉庚有著名十一字电报曰："敌未出国土前，言和即汉奸"，激励人心，莫此为甚。本篇煞拍六字也是字字千钧，与之殊途同归。迨抗战胜利，国土光复，词人在喜极涕泪之余仍多伤感忧患情。《水调歌头·戊子中秋夜，偕叔清可瑞泛舟北湖玩月……再次坡韵寄之……》云：

眼底一湖水，头上是青天。不看今夜明月，惆怅已三年。难得冰蟾重见，依旧流离道路，依旧遍孤寒。下界满烽火，地狱在人间。　　放船处，荷万柄，客难眠。偶来世外偷息，鸥梦暂时圆。只惜俊游旧侣，驰逐湖湘戎马，欢乐未能全。棨戟当门立，知也对婵娟。

是啊，"下界满烽火，地狱在人间"，历经了战火蹂躏的神州大地何时能迎来太平与昌盛呢？《中兴鼓吹》末首《中兴乐·代跋》下片云："世儿都道邦兴矣，欢歌起。劝君须记，吾阁笔，是何时"，对于未来，词人终归是警醒，也有几分茫然的。

《中兴鼓吹》之外，还不能不提到卢前一组特别的创作《望江南·饮虹簃论清词百家》。这既是别致的词学理论成果，也是特具魅力的词章。前文已经说过，以《望江南》论词肇始于朱彊村，姚鹓雏与卢前踵武之。姚氏所作甚精彩，然仅有二十首，系统性较差。卢前则借陈乃乾整理出版《清名家词》的机缘，接过了彊村构建"清词小史"的意趣，推而广之，以整整百首的篇幅对清词名家予以评骘，从而搭成了一个远较彊村致密坚实的理论平台。在这百首词中，卢前本着"直书所见"的态度①，摒弃门户之见，表达出了相当通达公允的词史立场，很多判断独具慧心，历久弥新。如论曹溶："真男子，痛饮发狂歌。秀水从游薪火在，浙西宗派此先河。六义岂能磨"，首先描述曹溶的人格风范，其次定位曹溶"浙派先河"的词史作用，可谓字无虚发。尽管曹溶身为"浙派先河"的判断还大有讨论的余地，卢前的此一认识则确实是值得重视的。② 再如论朱彝尊："姜张裔，浙派溯先河。蕃锦茶烟无足取，静居载酒未容诃。朱十总贪多"，中间十四字对朱氏四个词集做出鲜明评价，后人长时间引为定论。③ 值得注意的是，对端木埰的评价："居薇省，启迪粤西词。不独辛勤存碧瀣，百年词运赖支持。一代

---

① 组词前小记。

② 曹溶事可参见迪昌师《清词史》、陈雪军《梅里词派研究》有关章节。

③ 关于朱彝尊《蕃锦集》的评价我颇有不同看法，参见拙作《朱彝尊〈蕃锦集〉平议》，《南京师范大学文学院学报》2003 年第 3 期。

400 第三编 以学人为主干的民国中后期词坛（1920—1949）

大宗师。"清代百名词人中，能得到"一代大宗师"赞语的仅端木一人，可见在卢前看来，开启"临桂派"局面并支持近百年"词运"的非此老莫属。这一具眼之见也得到学界越来越多的关注与讨论。

在有限篇幅里，卢前对清代词人艺术特质的抉发也显得快刀斩麻，一语破的。如论李雯的"语似花间才力薄"、论严绳孙的"淡处翻浓秋水妙"、论毛奇龄的"乐府齐梁遗蜕在"、论陈维崧的"小令已参青兕意，慢词千首尽能雄"、论董元恺的"百年侘傺许人看"、论蒋士铨的"亦是杀机剑侠气"、论吴锡麒的"终绝力难支拄起，未能风骨与张开"、论黄景仁的"秋虫咽露见词才，何必派中来"、论张惠言的"宛陵一选挽狂潮，尊体已崇高"、论周济的"长明盏，推阐四家评"、论顾翰的"一时宗派已难明，姑自写生平"、论姚燮的"跌宕每从宛妙出"、论承龄与杜文澜的"隽语吐如珠""造语密而深"，等等，都是寥寥几字，然而精切不移，足令后人钳口结舌。对于近代词人，卢前的评骘显得更加贴切而信心十足，再加上与本课题相关的原因，不妨全文征引数首，理论启益之外，更可见其修辞与才情之美：

　　霞川隐，重不以倚声。词有别才兼本色，非关采藻与风情。博雅未能名。李慈铭

　　湘潭水，弯折世犹疑。大海波扬容一汲，入时文字莫驱齐。秋醒独成蹊。王闿运

　　樵风趣，俊逸望如仙。两字英雄虽谑语，谓通律吕信难言。一鹤在中天。郑文焯

　　思悲阁，亲炙忆当年。老去苏吴合一手，词兼重大妙于言。力取复天全。朱祖谋

在这一组词中，卢前所表现出的高屋建瓴的词史眼光、直撄要害的审美判断能力，以及宏大微细相综合的理论意识都是很值得后人仔细研

讨总结的。① 而自朱彊村以来，合姚、卢二家共同推演的 150 余首"《望江南》论词词"系列也足以成为有心人努力研治的重要词学命题。

第二节 "情深文跌宕，气迈酒波澜"②：论黄侃词

附 刘师培

一 "深恨遥情，于焉寄托"

与曲学大师吴梅相比，朴学大师黄侃③绝对称得上更有个性、有故事的人。关于其林林总总、毁誉参半的掌故——包括各种引人瞩目的标签：疯子、名士、善骂、轻狂、无耻、乖张等——就已经足够一部专书的篇幅，但既属合论，其中有与吴梅相关的一件著名公案便不得不说。

关于这件"两贤相厄"事，金悫《记吴瞿安先生数事》云："民国二十三年暑期中文系毕业同学公宴诸师，吴师酒后自言骈文独步当时，黄季刚师时亦被酒，未允其说，竟至龃龉不欢而散。次日吴师酒醒，亲邀汪辟疆师同至黄师处致歉，欢笑如初，行谊古道，非人所及。"④ 程千帆《桑榆忆往》云："1934、1935 年，我正在金陵大学读书，也曾陪侍老师们赋诗饮酒，记得只有一次，两位老师发生了一点口角，也不过是醉后失态，绝不涉及学术问题，当时既未动武，事后也并无芥蒂。"⑤ 据郑志良考证，"这些说法并不准确，吴、黄二人发生过两次冲突，其中有误会的成分，但也并非完全不涉及学术问题"⑥。所谓"学术问题"，主要还是指吴梅以词曲名著天下，而自己又不愿以词曲专家自囿，故酒后有大言"骈文独步"云云。黄侃所治为品位至高之朴学，尽管

---

① 沙先一有《论卢前的词学成就及其特色》（《徐州师范大学学报》2008 年第 2 期）、吴悦有《从望江南·饮虹簃论清词百家看卢前词史观》（《文学界》2011 年第 10 期）。

② 王伯沆挽黄侃联中语。

③ 黄侃（1886—1935），字季刚，晚号量守居士，湖北蕲春人。1905 年留学日本，师事章太炎，受小学、经学，为章门大弟子。归国后鼓吹革命。1914 年后历任北京大学、武昌高师（武汉大学前身）、北京师范大学、中央大学（南京大学前身）、金陵大学等校教授。

④ 《吴梅和他的世界》，第 95 页。

⑤ 《程千帆全集》第十五卷，第 87 页，河北教育出版社 2001 年版。

⑥ 《吴梅与黄侃失和事实考论》，《南京师范大学文学院学报》2004 年第 1 期。刘衍文《章太炎与黄季刚》对此有精彩考证，见《寄庐茶座》，汉语大词典出版社 2004 年版。

不鄙薄词曲，对吴梅的醉语自然也听不入耳，从而不仅几乎动武，且埋下不浅的芥蒂。故第二次两人失和又由黄侃酒后发难，至有"天下安有吴梅"之决绝语。这次冲突后，两人再无来往。一年后重九日，黄侃以中酒呕血暴卒，虚龄才届五十。先是，其师太炎先生寄寿联曰："韦编三绝今知命，黄绢初裁好著书"，中隐"黄""绝""命"三字，黄侃为不怿久之，至此果成语谶，而两位大师也永远失去了重拾旧好的机会。

吴梅、黄侃同属南社，又是多年同事老友，因"细故"而至不睦如此，诚然是令人扼腕事。黄侃去世后，吴梅逐渐念旧怀人，颇多悼念敬重语。如为黄侃制挽联云："宣南联袂，每闻广座谈玄，可怜遗稿丛残，并世谁为丁敬礼；吴下探芳，犹记画船载酒，此际霜风凄紧，伤心忍和柳耆卿。"翌年又有周忌挽诗："开缄如与故人语，重九登高兴有无。襟上酒痕定如许，黄垆一恸泪同枯"，皆可谓情文双至，也算是为这段公案画上了句号。

吴梅以词曲研究擅名，成为优秀词人顺理成章。身为朴学大师的黄侃余事倚声，但造诣精深，并不弱于吴梅就似乎不太好想象。其实，黄侃在北大期间也曾短期讲授"词学"课，并指导俞平伯学习《清真词》，但一时兴起，知者不多而已。[①] 更重要的是，他才情艳发，为一时之选，而又特丰于情，与词体的芬芳悱恻特质原本就有着天然的契合。其填词用力甚勤，并以华艳婉约一路擅场，本无足怪。

黄侃词先后有四集。（1）《繡华词》，收词一百六十五首，为丁未（1907）迄辛亥（1911）五岁间所得，系为怀恋名"秋华"之女子而作。（2）《揽蕙集》，收词二十九首，大略为与《繡华词》同时，但无关乎"秋华"之作。名"揽蕙"，连类而已，似无深意。（3）《楚秀盦词》，收词七十八首。自庚申（1920）起，最晚可系于壬申（1932）。（4）《繡秋华室词》，收词二十一首，自丙午（1906）迄己未（1919），是《繡华》《揽蕙》《楚秀盦》三稿之外者。以上二百九十三首，总题《量守庐词钞》，民国三十四年（1945）刻于成都。[②] 后湖北省文史研究

———————

① 司马朝军：《黄侃年谱》，湖北人民出版社 2005 年版，第 111 页。

② 据李一氓《关于黄侃的词》，《读书》1982 年第 1 期。其词最晚可系年者李文未详，司马朝军《黄侃年谱》以为《西江月·忧国惟能痛哭》一首作于 1932 年，第 349 页。

馆编《黄季刚诗文钞》，力加搜讨，共得词三百七十六首，为最全之本。

自上述版本情况可以看出，黄词值得重视者首推主题集中、特色鲜明的《縹华词》。"縹华"者，典出张衡《思玄赋》"縹幽兰之秋华"，其长子又名"念华"，隐约之间，足见此情。但黄侃讳莫如深，后人亦无从侦知。不能考辨本事，则只好就词论词。先看黄侃《自记》："华年易去，密誓虚存。深恨遥情，于焉寄托。茧牵丝而自缚，烛有泪而难灰。聊为怊怅之词，但以缠绵为主。作无益之事，自遣劳生；续已断之缘，犹期来世。"寥寥数语，已决定了此集哀感悱恻、情恨交缠的格调。艺术手法则以白描为主，纯以神行，未假涂泽。如《醉太平》：

> 无情有情，亲卿怨卿。楼头对数飘零，有箫声笛声。　灯青鬓青，愁醒梦醒。深宵醉倚云屏，听长更短更。

"无情""有情"，"亲卿""怨卿"等六对词语两两映照，流转词笔反衬出内心无法可解的纠葛与痴诚。"心似双丝网，中有千千结"，此之谓也。后人誉为"巧夺天工，一字不可易"，不算是很过分的评价。①《縹华词》中类此者不少，《清平乐》的感人魅力就不在《醉太平》之下，上片连用三个"难"字尤其夺目，有意犯复恰是彼时心境的自然吐露：

> 愁根难断，旧好难重见。更有斜阳难系转，费尽几多虚愿。
> 不因别有痴情，那能缥渺空灵。觅得一宵幽梦，居然历到他生。

至于《浣溪沙》"一任花风扬鬓丝，禅心定处自家知。床头金字未须持。万一尘缘终不断，他生休昧此生时。华鬟忉利也情痴"，则应作于情厦倾覆、大势已去之后，所谓"禅心定处"只是极端无奈下的自我慰藉罢了。《婆沙论》云："天有三十二种，欲界有十，色界有十八，无色界有四"，华鬟、忉利均为欲界之天。词人本欲以佛家色空之想解

---

① 姚达兑：《现代十家词精萃》，花城出版社2001年版，第130页。

脱绝望，但心气终于无法转平。"华鬘忉利也情痴""侬比啼鹃一倍痴"
（《采桑子》），这样的执着缠绵又不能不令人联想起那位多情的纳兰公
子，故况周颐在题《纕华词》的《浣溪沙》中有"剧怜饮水不同时"
之语，对其"词痴"之笔给予高度评价。但李一氓不同意况氏的比附，
说"恐未必然"，"词格则并不高"，"详细比较的话，和他同时代的词
人中，比他有成就的就不少"。①

其实，黄侃时值青春年少，恋情受挫，学纳兰——连同纳兰的榜样
晏几道、李煜等——几乎是必然的。这是清民之际词坛很普遍的现象。
若《临江仙·秋柳》"西风偏有意，吹恨上眉边"、《木兰花》"可怜圆
缺似郎心，愿得清光常皎洁"、《鹧鸪天》"为爱斜阳独上楼，新来人意
冷于秋""魂渺渺，恨茫茫，羁怀归梦两凄凉"等句因袭纳兰或者晏几
道的痕迹也很明显。《念奴娇》"密怨潜离俱不误，误在当初一笑"等
句颇新异，大旨则与纳兰"人生若只如初见，何事秋风悲画扇"名句
相通。李一氓或有见于此，才指摘其"词格"。不过还应看到，在很多
逼肖纳兰的篇什之外，黄侃的自家面目与心事还是相当清晰的，他并不
是死于纳兰牖下的一个平庸模仿者。《唐多令》笔致顿挫，摧刚为柔，
即非成容若所能局限：

> 高树早凉还，渠荷开又残。几分秋、已是凄然。惟有夕阳红可
> 爱，人去后，好凭栏。　　楚泽忆幽兰，初心总未寒。对西风、遥
> 计平安。未必重逢真绝望，只不是，旧朱颜。

再如以下这两首《浣溪沙》：

> 长剑飘零绿鬓凋，只怜幽恨未全销。清狂那觉是无聊。　　已
> 自萧条成独往，何妨相对共萧条。烦伊低唱我吹箫。

> 幻出优昙顷刻花，断茎零叶委泥沙。多情枉是损年华。　　已
> 分缠绵成结习，好将憔悴作生涯。人间唯是我怜他。

---

① 《关于黄侃的词》，《读书》1982 年第 1 期。

"长剑飘零绿鬓凋"的形象、"已自萧条成独往，何妨相对共萧条"的笔法固然为纳兰所无，"人间唯是我怜他"的深情语直指人心，也绝可分席，毫无惭色。一个"情"字，能写到"人间唯是我怜他"的地步，真可谓至矣尽矣，蔑以加矣了。这样的"词格"较之晏小山、成容若又哪里逊色呢？如果说"和他同时代的词人中，比他有成就的就不少"是事实，那我们也只能说二十世纪词坛是太光焰照人、顾盼生姿了！

《缤华词》所展示出的青年黄侃深情款款，令人刻骨铭心，然而或者是这段伤怀情事的反激作用之故，日后的黄侃一改做派，放浪形骸、见异思迁、负心薄幸事不知凡几，自然也留下诸多的"深恨遥情，于焉寄托"了。[①] 其中可明确追踪本事者有二，应举而说之。一是《点绛唇·检匣得旧扇，尚未书字。扇为蠦蝙骨，痴梅所赠也。感赋一阕，即题扇上》，词云："蠦甲玲珑，几年匣里愁轻展。聚头人远，辛苦知谁见。　　浓笑书空，曾傍柔荑腕。音尘断。忍吟班扇，泪与残蝉泫。"

本篇为被其始乱终弃之"痴梅"黄绍兰（1891—1947）而作。绍兰原名学梅，字梅生，与黄侃同乡，北京女师肄业后在上海开办博文女校，为近现代开风气之先的女杰之一。曾任其塾师的黄侃至沪苦求之，为避重婚罪名，以假名与之办理结婚证书，并生有一女。回北京女师大教书后，黄侃又与他人同居，致绍兰欲哭无泪，告诉无门。后虽为章太炎唯一女弟子，从事学术工作，有名于时，终于摆脱不了心灵阴影，疯癫自缢身亡。章夫人汤国梨极不齿黄侃作为，疾言厉色称其为"无耻之尤的衣冠禽兽""小有才适足以济其奸"即因此事。本篇作年不可详考，以词而论，亦未为高明，然"曾傍柔荑腕""忍吟班扇，泪与残蝉泫"等所透出的"情"与"恨"则因有本事的烘托而显得十分真切。看来检点旧物、午夜梦回之际，黄侃对自己的这段"情孽"还是有几分真挚的忏悔的罢。

另一首《采桑子》"今生未必重相见，遥计他生。谁信他生，缥缈缠绵一种情。　　当时留恋曾何济，知有飘零。毕竟飘零，便是飘零也

[①] 陈慥涛说"侃以早岁攻读，心力交瘁，不暇及女色，中年以后，转沉溺焉"，可为一注脚。见徐一士《一士类稿》，中华书局2007年版，第367页。

感卿"为其最后一位夫人黄菊英作，此为民国时代最惊世骇俗的婚姻之一。与沈从文张兆和、鲁迅许广平相比，在师生关系之外，黄侃与黄菊英又是同姓同族，故舆论大哗，恶意诋骂不绝于报章。黄侃对此坦然无惧，笑语学生："请代将各报检存一份，俟余结婚后送来，细细读之，以作蜜月中消遣也"，并致菊英此词以明心迹。以词而论，自是佳篇，上片"今生""他生"对举，下片三个"飘零"连缀，皆有慧心而兼深情，难怪菊英为之感激涕零，宁可冒天下之大不韪而相从终生。在情场上，黄侃寻寻觅觅，最终得到惬意归宿，而背后又何尝没有黄绍兰等的"冷冷清清，凄凄惨惨戚戚"呢？对前人处于不同时空下的人生与爱情，我们都没有必要做过于严苛的道德评判，只是细究起来，那一份"深恨遥情"也够可哀的了！

二 "偶于疏处见苏辛"的"周情柳思"

况周颐《浣溪沙·题繢华词》其四上片云："彩笔能扶大雅轮，周情柳思更无伦。偶于疏处见苏辛"，其实用来评"相思相怨总相关"的《繢华》一集并不很恰当[①]，倒是"周情柳思""偶于疏处见苏辛"云云移之描述黄侃词的整体艺术特质更觉精辟。

所谓"周情柳思"，自心绪上更多表现为漂泊羁旅心绪，体裁上则可指"小令高华"之外，"亦有家数"的中长调创作。[②]刘梦芙《冷翠轩词话》于"家数"阐述得更加细致精准："其长调严守声律，陶冶精工，字面有似清真、梦窗之绮丽华彩，神理则如白石、玉田之清空骚雅，盖兼得四家之长者。"如《尉迟杯·九月十一夜，饮席早归，独留寓楼。忆去年此夜，与两友人自危城逸出，维舟江畔。感念兵戈，悲吟达曙，今忽忽一岁矣。飘零如故，时事日非，怀旧伤离，和清真此解》：

> 沧江路。记一舸、夕权依深树。愁闻战伐声悲，空忆危城何处。曾逐我、寒宵宿前浦。有闲鸥、自卧荒洲，任人将伴归去。
>
> 如今浪迹天涯，还追念扁舟，苇渚相聚。往日心情俱零落，难寄

① 黄侃《浣溪沙》句。
② 钱仲联：《近百年词坛点将录》。

意、清歌妙舞。何时凤逢君水国，叹身世、凄凉却共语。只空斋，夜久焚香，梦来犹想吟侣。

本篇作于壬子（1912）九月，"去年此夜"云云，系指武昌起义后，清廷遣冯国璋军急争汉口，汉口失守，鄂东起义亦旋告失败。黄侃自危城遁出，赴九江、上海。以故，词中"愁闻战伐声悲，空忆危城何处。曾逐我、寒宵宿前浦"等句可谓字字写实。至于下片，则抒写一年后的"悲吟"与"飘零"，"时事日非，怀旧伤离"的感怆情怀纤毫毕现。全篇笔法疏密振荡，刚柔相济，是合清真、白石为一手的上佳"词史"之作。方之近人，则可直追蒋春霖《台城路·金丽生自金陵围城出……》之类名篇。

此种渊源的推想并非随意，自《锁窗寒·读水云楼词，有感鹿潭晚岁事，赋此吊之》等篇不难感受到黄侃对于常州词派特别推许的这位"词中老杜"的叹惋追慕之意。《霜华腴·大鹤词师以旧作怀梦窗杨柳阊门故居之作见示。遭乱飘泊，久有适吴之意。扳缠未遂，梦想徒劳。奉和一阕，用坚夙愿》则进一步显示出对于"常派"后期群落的景仰与亲近①：

> 客愁岁晚，悔漫游萧条，总为儒冠。华屋瞻乌，空林巢燕，风尘寄迹应难。旅怀自宽，吊旧时、词客风前。叹金阊、改尽繁花，南桥西馆总荒寒。　　秋色尚余杨柳，换斜阳几度，梦冷枯蝉。舟壑潜移，山丘零落，伤心付与吟笺。坠枫夜船，料月痕、依旧娟娟。等他时、赁舍皋桥，雅词还再看。

自此辨认，黄侃词虽转益多师，但在很大程度上还是认同、皈依常州门庭的。正因其比较纯粹的"常州气味"，1917年所作《西平乐·晚经玉蛛桥，见团城以北宫观渐荒，岸柳渚河，无复生意。西风乍过，罥

---

① 黄侃与大鹤交往甚短暂，汪东《寄庵随笔》记黄侃以词请益，大鹤评云"悱恻缠绵，不忍卒读"，黄侃以为讽己，竟作诗报之，有"独弦何用卖声名"之句。转引自《黄侃年谱》，第68页。

箫吹愁，因和梦窗西湖先贤堂词韵，以写感今伤往之怀》一首就曾引起过同门师弟钱玄同的激烈批评。钱氏在《新青年》发表《随感录》，不点名地说黄侃作为资深革命党，明明对于灭亡了的清王朝一点没有怀恋之情，可在填词时却去模仿吴梦窗，写些"故国颓阳，坏宫芳草，秋燕似客谁依？笳咽严城，漏停高阁，何年翠辇重归"之类带有遗老遗少凭吊复辟气息的陈词滥调。钱文云："因为他的创作宗旨必须按'谱'填写，才能做得，做像了，就好了"，但"像是像了"，却"和他所抱的宗旨相反对"，于是得出结论说："这是新文学和旧文学不同的缘故。新文学以真为要义，旧文学以像为要义。既然以像为要义，那便除了取消自己，求像古人，是没有别的办法了。"①

在新文化运动中，此事不算很著名。黄侃读后，也只"大怒，骂为看词都看不通"而已②，并未说更刻薄的话，也未写文章反击，大约是觉得钱玄同也说得不无道理之故。如此看来，黄侃词中大面积的"周情柳思"自有其长，不都是钱氏所说的"取消自己，求像古人"，但也确有拟古太深、汩没心灵的一面。真能表现其跃动的性灵心志者还是"偶于疏处见苏辛"的那一部分。如《南浦·送张君之海滨》：

> 南浦送行人，算炎蒸似此，居人犹热。何事向天涯，浑不变、年少飘零前辙。黄尘未歇，神州望里堪愁绝。不信斜晖留不住，只要挥戈情切。　嗟予独抱幽忧，叹雄心猛气，都成虚说。辛苦爱微躯，盐车下，任骅骝蹒跌。燕歌远别，哀音未放先凄咽。一剑防身君莫误，更漫投人明月。

送人南浦，也不乏"幽忧"与"哀音"，但主导精神则是激扬排宕的"黄尘未歇，神州望里堪愁绝。不信斜晖留不住，只要挥戈情切"等语，这一种疏朗健拔即便是"凄咽"的"燕歌"也不能掩其神采，持与稼轩《贺新郎·别茂嘉十二弟》等篇什相较亦不觉弱。《浣溪沙》"万感如潮不遽平，挑灯倚壁待鸡鸣。寒威破户恰三更。　颇恨苦吟

---

① 《新青年》第6卷第3号，引自《黄侃年谱》，第136页。
② 黎锦熙：《钱玄同先生传》，引自《黄侃年谱》，第138页。

第一章　曲学大师吴梅与朴学大师黄侃　409

将睡扰，尚谋沉醉与愁争。起看斜月向檐倾"则忧愤意态宛然，较之《太常引·自题小像》那一首更能活画出自家表情①，足可自龚定庵上溯辛老子、苏长公。《水调歌头·纳凉达晓始眠，醒后因书所得五首》是黄侃最高健老成之作，词全用张惠言的同调传世名篇《春日赋示杨生子掞》原韵，追步之意至为明显，而味道之厚也确可竞美。读其一、四、五：

　　登楼遣凉夜，月照万荷花。凉飔催睡未肯，坐到玉绳斜。一任罗帱蚊宿，要听江城鸡唱，东向吸朝霞。暑气遁何往，幽意浩无涯。　　思芳草，悲落叶，叹浮槎。闲愁甚此都断，客子乍还家。但愿日长莱彩，纵令尘盈范甑，安稳过年华。一切世间谛，无表亦无遮。

　　俯仰终宇宙，不乐复何如。得知千载盎事，况有古人书。不恨兰衰蕙替，只恐化为萧艾，容易众芳芜。三秀亦堪采，岁晏孰华予。　　旧山好，未归隐，欲谁须。江湖翻恋魏阙，公子岂非愚。何似西畴早获，闲便北窗高卧，绿树绕吾庐。邻好不烦买，二仲日相呼。

　　故乡黄篾簟，炎昼且生寒。当门一片山色，送绿到帘前。只待骄阳西敛，好是余酲析尽，庭卉对人妍。左右清风至，客思更翛然。　　兴衰事，穷通感，付苍烟。昨宵圆月已缺，劝子惜流年。种得兰苕不采，采得芙蓉难寄，此意颇堪怜。吟罢独怊怅，翘首碧云间。

昔年谭献评张惠言之作曰："胸襟学问酝酿喷薄而出，赋手文心，开倚声家未有之境"，陈廷焯更张大其词："皋文《水调歌头》五章，既沉郁，又疏快，最是高境。陈、朱虽工词，究曾到此地步否……热肠

---

① 《太常引》云："仙心侠意两难平，一例化幽情。尘海任飘零，更休问、他生此生。浓香引梦，寒花伴影，到处总凄清。虚愿慰伶俜，莫轻遣、愁醒恨醒。"

410 第三编 以学人为主干的民国中后期词坛（1920—1949）

郁思，若断仍连，全自风、骚变出。"两家评语自有偏至私阿处，而
"胸襟学问酝酿喷薄而出""既沉郁，又疏快"云云也未尝不中窍要。
黄侃以此方式向同样身为学人词人的前辈张惠言——乃至苏辛词风——
致敬，同时不也完成了对自己审美风格、词史位置的确认么？

三 刘师培

黄侃平生行事多有争议，但拜门刘师培一事则异口同声传为佳话，
唯细节众说纷纭而已。[①] 其实这位仅长黄侃两岁的大学者刘师培不徒经
学为一世之雄，偶尔弄笔之倚声也不乏过人才情。

师培（1884—1919），字申叔，号左庵，江苏仪征人。幼承家学，
十九岁中举后在上海结识章太炎、蔡元培等，从事排满活动，并参与创
立国学保存会。后东渡日本，宣传无政府主义思想，而旋被端方收买，
充密探。入民国，得阎锡山推荐于袁氏，厕名"筹安会六君子"之一。
1917 年被蔡元培聘为北京大学教授，讲授中古文学、"三礼"、《尚书》
及训诂学，不二年即以肺病下世。其寿命虽短，但才华横溢，立场变幻
多端，实亦杨度之俦也，堪为新旧搏击时代一类知识群体之代表。有
《刘申叔先生遗书》七十四种，覆盖经子集诸学，以《中古文学史》最
为世人所知。

刘师培《左庵词》作于光绪二十九年（1903）至三十一年（1905）
排满革命期间，数量不多，而颇见精彩。如《水调歌头·书王船山先生
龙舟会杂剧后》：

> 一掬新亭泪，鼙鼓震江皋。回首天荆地棘，万里感萍飘。对此
> 江山半壁，惆怅春灯燕子，宫阙吊南朝。逝水东流去，呜咽楚江
> 潮。 子房椎，荆卿剑，伍胥箫。遐想中原豪侠，高义薄云霄。
> 太息大仇未恤，安得骅骝三百，慷慨策平辽。一洗腥膻耻，沧海斩
> 虬蛟。

---

① 温楚珩、梅鹤孙、汪东、陶菊隐等所说皆有细节之差异，详见司马朝军《黄侃年谱》
1919 年部分。

作此篇时，刘师培还是反满志士身份，慷慨侠烈，气概纵横。虽然后来蜕变为士林之耻，彼时心境还是真实，也可贵的。左庵擅长调，《壶中天慢·元宵望月》与《扫花游·宿迁道中见杏花》也是佳作，后者尤多龚自珍气息，能将其名作《鹊踏枝·过人家废园作》与《减兰·偶检丛纸中……》的意境打叠一处而出之：

> 荒邮古戍，剩数朵孤花，落英如许。采香人去，问斜阳一抹，幽情谁诉。金粉凄迷，付与二分尘土。无情绪。伤沦落天涯，飘零似汝。　阅东风几度，看万点飞花，春光又暮。芳心自苦。惜玉颜憔悴，瑶华无语。一笑嫣然，肯学桃夭媚妩。相似处，忆江南、小楼听雨。

第二章　以龙榆生为眉目的
"彊村友生"词群

在这一编仍不能不重点谈及朱彊村，他不仅是清代词史的"虞渊落照"①，更是民国词史乃至二十世纪词史最醒目飘扬的旗帜之一。任何漠视、涣散彊村老人影响的描述都将导致对近百年词坛的观察形成无可挽救的偏颇与遮蔽。本章以朱氏晚年授砚弟子、现代词学奠基人之一龙榆生为眉目，夏敬观、冒广生、林鹍翔、杨铁夫等为羽翼，继续梳理传统词史程在新的历史文化背景下的坚守与新变。

第一节　"词坛尊宿，合继王朱"的夏敬观与冒广生

附　诸宗元、何嘉、袁思亮、仇埰

冒广生以《天香》词调题夏敬观《填词图》云："天水名公，金源作者，词坛领袖多少。砌宝楼台，搓橙院落，此境几人能到。偷声减字，分与寸、商量不了。　秦柳几为世弃，姜张犹道家小。天公被他夺巧，正江南、乱莺芳草。画出轶伦髯也，扇巾谈笑。一事为君绝倒。都未怕、尊前被花恼。依样胡卢，迦陵也好。"夏敬观称此篇"盖讥余不喜迦陵，而又效迦陵所为，有此填词图也"，可见两人旨趣不同而情谊颇亲。② 叶恭绰《广箧中词》称夏敬观为"词坛尊宿，合继王朱"，视为彊村后一代词坛主盟者。冒广生亦与彊村交好，与夏敬观行辈寿数

---

① 夏承焘：《瞿髯论词绝句》："论定彊村胜觉翁，晚年坡老识深衷。一轮黯淡胡尘里，谁画虞渊落照红。"

② 《忍古楼词话》。本条前云："尊前辨难，辄不相下。然每经一度商榷，转益相亲。"

相垺，《小三吾亭词话》与《忍古楼词话》同为清民词坛的珍贵文献，合称主一代风气之"尊宿"谅无不可。兹合论之，先谈夏氏。

一 "酝酿酸风词意别"的夏敬观 附诸宗元、何嘉

夏敬观（1875—1953），字剑丞，号盩人，又号映庵，江西新建人。早从皮锡瑞治群经，光绪二十年（1894）举人，纳粟以知府分发江苏。见两江总督张之洞，张问："君年方盛，曷不归而读书？"答曰："学以致用，学问政事未尝相妨。读书乃终身之事，何可一日除也？"[①]张悦，委其提调三江师范学堂创办事宜。[②] 后继马相伯、严复为复旦公学监督，同时继郑孝胥任中国公学监督。连续成为早期几所重要大学的创办者与掌门人这段经历，使其染上了浓郁的教育家色彩，亦在中国高等教育史上留下了清晰的一笔。民国肇造，夏"以嬗递至正，首去发辫，不以遗老自居"[③]，并出任浙江教育厅长。民国十三年（1924）苏浙构兵，遂退隐沪西，筑室康家桥，小有花木之胜。家精庖馔，恒与词流啸咏其间。晚岁斥卖旧宅，以鬻画自给，同时专意著述，博涉经史、声乐、诗词、书画等多个领域，当世目为通人。[④]

映庵诗负重名，其张扬梅尧臣，并宗孟郊，同时上溯汉魏，取径甚宽，一以性行真挚为旨归，故为同光体"赣派"仅次于陈散原之显赫一家。[⑤] 汪辟疆《点将录》点其为"地猛星神火将军魏定国"，与诸宗元并称"二俊"。与诗相较，夏氏的词坛地位远驾而上之。钱仲联《近百年词坛点将录》即点到"天威星双鞭呼延灼"的高位，并同意叶恭绰之说，称其为王朱之后的"尊宿"。

"尊宿"云云，曾大兴理解成为"事实上的词坛领袖"，并以三事印证之：第一，夏氏与春音社、沤社、声社、午社等著名词社的关系极其密切，或为中坚，或为发起人。第二，夏氏倾力揄扬扶持彊村授砚弟

---

① 章斗航：《新建夏先生传》。
② 自龙榆生以下，多有称夏氏为三江师范学堂监督者，实际"提调"与"监督"有别。见曾大兴《词学的星空》，第380页。
③ 章斗航：《新建夏先生传》。
④ 可见陈谊《夏敬观年谱》附录四《夏敬观著述年表》。
⑤ 参见陈谊《夏敬观诗学研究述论稿》，《夏敬观年谱》后附，黄山书社2007年版。

414 第三编 以学人为主干的民国中后期词坛（1920—1949）

子龙榆生，如顾命大臣之于幼主。而"幼主"之投效汪伪，自隳名节，客观上成全了"顾命大臣"的领袖地位。第三，仅据《忍古楼词话》即可看出，夏氏与上下数代近七十位词人过从甚密，往来唱和，足证其人脉、地位与影响。①

当然，作为彊村后一代的词坛领袖，仅靠以上词学活动还嫌不足，那还必需一定的词学建树和创作实绩。在词学研究领域，夏氏的《蕙风词话诠评》是特别值得重视的一篇文字。在《诠评》中，夏氏主要表达了以下观点：首先，"取法北宋名家"才是通衢大道，没有必要通过南宋而上溯北宋。半塘、蕙风标举"重拙大"之旨的应予肯定，然而把"南渡诸贤"和"国初诸老"当成"重拙大"的榜样则指错了路径。故"余以为初学为词者，不可先看清词；欲以词名家者，不可先读南宋词"。其次，针对彊村、蕙风等过推梦窗，夏氏特别指出："梦窗固有琢之太过者"，"学梦窗太过者，宜令改学稼轩……作涩调，务使之疏宕"。由此可见，夏氏常被目为彊村词派之骁将，但并不持守门户之见，取径甚宽。就当时"学梦窗者几半天下"的风气而言，他是很有些特立独行、自出手眼的。②

带着这种特立独行的认知，夏氏在谭献"才人""词人""学人"三分法的基础上，将后二者融而合一，标举"学人兼词人"的理想境界。他说："词人易致，学人难致，学人兼词人尤难致……词于文体为末，而思致则可极无上。学者虽淹贯群籍，或不能为……若于学无所窥者，但求诸古昔人之词，又浅薄无足道，弥卑其体……（学人词人）二者相济相因而不相扞格，词境之至极者也。"③"学人"代表着学问与涵养，"词人"意味着性情与灵机。能将二者熔于一炉是夏氏的审美理想，也是我们研判观察其词创作的集焦点。

敬观填词始于庚子年寓居海上、得文廷式指授之时。如其《忍古楼词话》自述：

---

① 《词学的星空》，第316—317页。
② 曾大兴：《20世纪词学名家研究》，第252页。
③ 夏敬观：《张孟劬遁庵乐府续集序》，转引自曾大兴《20世纪词学名家研究》，第240页。

第二章　以龙榆生为眉目的"疆村友生"词群　415

　　　一夕，李伯元茂才於酒肆广徵京津乐籍南渡者四十余人，为评骘残花之举。余首赋《念奴娇》词，道希辈颇击节叹赏，和者遂十余人。余词云："催花羯鼓，怪声声动地，渔阳挝急。吹起辞枝红乱旋，莫道东风无力。析木青萍，桑干白柳，梦见伤心色。黄尘走马，旧衣曾浣京陌。　分付红粉歌筵，金尊休浅，同是江南客。行遍天涯都不似，却悔年时心迹。胃树游丝，进盘清泪，思绕肠牵直。四条弦上，数声如诉如泣。"

李伯元评骘残花之事本书在论文廷式词部分已经提及。虽然三十余年后夏氏很轻描淡写地说："此词余集中不载，今日视之，正是小儿初学语也"，但既可追忆，一来说明这是初学词的关键点，二来也说明曾被叹赏唱和，其词固有可存之价值。事实上，这首《念奴娇》能够贴切"乐籍"残花而言文士情怀，转借风流韵事而抒时世悲怆，颇具兴感之力。"道希辈"的评鉴酬答并非无因，而本篇也是不应该被摈弃集外的。

当然，就"词人兼学人"的理想而言，这首"初学语"之作确实还有一定差距。作于两年后的《望海潮·庚子乱后重来京师，感赋此解》即性情学养并厚，能自姜夔《扬州慢》等篇的影响脱颖而出，自成家数，直指现实，是难得的词史之作。词云：

　　　雉墙斜日，狐篝新火，危楼直瞰高城。繁吹怨风，银枪耀雪，秋场夜点番兵。重到暗心惊。想朔尘匝地，西望秦京。绛阙迢迢，玉河不动灿三星。　东华往事凄清，付垂杨鸟语，疏草虫声。檀板未终，残灯更炙，笙歌乱后重听。十载误浮名，笑酒边老大，吾亦微醒。满屋狂花，替谈兴废有山僧。

以陡险语势开篇，以"替谈兴废"的山僧收束，繁华与冷寂、家国与身世的对比都那样怵目惊心。陈锐说夏氏词"似不经意而出，其锻炼仍具苦心"①，自此不难体会到。《八声甘州》已作于民国二十五年

————————
①　陈锐：《袌碧斋词话》。

416 第三编 以学人为主干的民国中后期词坛（1920—1949）

（1936），阅世渐深，感喟也多，正因不为一时一事而发，时间维度得以拉长拓宽，那种悲酸之感也非早年所能等比：

> 听愁霖、一阵打窗来，层阴黯重轩。任皋雷殷地，梅风拂渡，莫扫蛮烟。江拥涕洟入海，楚梦总无边。谁管汤汤水，渐蹙吴天。
>
> 廿载萍浮南北，问故乡何所，能守田园。睹啮根桑尽，本不植高原。对沧洲、潮吞汐卷，恐陆沉、深恨有难言。空凝望，止狂流驻，休涨前川。

1936 年，夏氏年过耳顺，又已寓居沪上逾十载，故有"廿载萍浮南北，问故乡何所，能守田园"之身世感。可这也还是个人的浮沉，当内忧外患如潮汐吞卷、咄咄逼前，真正给词人带来恐惧的恐怕是神州陆沉的难言之恨罢？同样作于本年的《小重山》也是酸风索索之作：

> 人事支离到岁残。梦程天样阔，枕难安。纠纷心目是关山。宵来雪，未比晓晴寒。　　身世寄危栏。楼台嘘蜃现，不堪看。西飞多少雁声酸。沧洲畔，闲地可容宽。

人事支离，身世危欹，一切都如蜃楼海市，不堪逼视，连雁声听来都如此酸楚，那也难怪陈声聪《论近代词绝句》云"康家桥畔画义钱，忍古楼头白石仙。酝酿酸风词意别，亦如诗喜傍梅边"了！

这种"酸风"无疑是弥漫席卷了整个时代的，当它与夏敬观个人的性情学养相结合，就"酝酿"成为特属于他的"别意"。诸如《微招·花朝社集，追念沤翁下世……》之"为君图玉笥，问谁识、女萝山鬼？强持酒、一酹荒丘，奈谷兰春萎"、《石州慢·自题填词图》之"敲残柳瘿，送老久厌名场，闲讴莫付南楼笛"、《乌夜啼》之"银汉转，众星见，暗帘栊，无奈寒萤三两露华中"，这些"苦涩"（陈声聪语）的句子岂不都是那个时代的味道？好友张尔田称其为"词家之郑子尹"①，若论奇崛老辣，夏词远不及郑诗，若论"苦涩"，倒还真的有几分仿

---

① 钱仲联：《近百年词坛点将录》。

佛呢！

与夏氏以诗并称"二俊"的诸宗元词不多作，似仅在《忍古楼词话》中载录数首，而亦有佳篇，值得附说。诸宗元（1875—1932），字贞壮，浙江绍兴人。光绪二十九年（1903）举人，官黄州知府，曾参与创办国学保存会及《国粹学报》，并加入同盟会与南社。入民国，历任全国水利局秘书、浙江督军府秘书等。著有《大至阁诗稿》《病起楼诗》，有声于时。《减字木兰花·寒夜同做庐市行》其二云："谁相踪迹，稷下夷门曾结客。老去看花，岂是公羊卖饼家。　自怜华鬓，急就凡将差再认。甘作冥鸿，记取江流到海通。"《点绛唇·为旭初题台城一角画扇》云："落日平芜，江山坐老英雄气。古人何意，防乱留都揭。　渐熄笙歌，大小长干里。秋如此。问秋深矣，秋在台城里。"夏敬观评其"疏宕可喜"①，其实"疏宕"二字难以尽之，其感慨厚重，非凡响也。

还可附谈夏氏最器重之弟子②、"午社中最少年"的"三去词人"何嘉。何嘉（1911—1990），字之硕，号颉斋，嘉定人，曾任中央大学、南方大学教职，反右时远谪青海，为西北三大书画名家之一。所作《颉斋乐府甲乙稿》毁于浩劫中，唯《和阳春集》一卷尚存。③晚年频返苏沪，往来兼于阁最多，与陈声聪为知己。何氏所谓"三去"盖得名于午社时期，其所作《鹊踏枝》诸阕中有"雨后林塘收薄雾，落红暗逐流波去""燕子飞来无一语，斜阳却送朱轮去""楼上有人调瑟柱，荼蘼开过红桥去"等句，深得仇埰、林葆恒、林鹍翔等叹赏，即此亦大可窥见何氏词风。

何嘉因乃师之教而专攻小令，"盖亦厌于近来饾饤堆砌为长词者也"④，故沈轶刘称其"久而勿舍，浸成当代名家"，并以为其《点绛唇》"凤屟尘香，惜春常向花间住。夕阳溪路，深护朱帘户。隐隐津亭，犹记分携处。娇不语。乱愁如絮，暗逐风帆去"之篇"格韵尤高，

———————

① 《忍古楼词话》。

② 夏氏疾革，犹询前往探视之李释堪："之硕为何不见？"李漫应之曰："恐在途次，即将到矣。"夏既死，之硕知大恸。郑逸梅：《艺林散叶续编》，中华书局2005年版，第71页。

③ 陈声聪：《读词枝语》。

④ 陈声聪：《读词枝语》。

清末四大家况周颐能之。后片天风海涛，呼吸万籁，远非况氏所能驱遣"①。此篇甚佳，煞拍亦可合前引句而称"四去"，然而亦古人之常言耳，不知何以推崇若此？此亦词人好拟古之一端也？吾终不谓然。

二 "一代兴亡无说处"的冒广生

从"尊宿"或曰词坛领袖的角度而言，冒广生的影响或者不及夏敬观，但论词学观之通达及创作成就之高，则在夏敬观之上。两者并称，当无疑义。冒广生（1873—1959），字鹤亭，号疚翁，别署疚斋，江苏如皋人，冒襄裔孙。光绪十七年（1891）以县试、州试、院试第一中秀才，即俗所谓"小三元"者。二十年（1894）中举人，戊戌（1898）参与保国会变法运动，二十九年（1903）应经济特科，因卷中引卢梭文字而遭首席读卷大臣张之洞批语摈弃，名噪一时。②历任刑部郎中、农工商部掌印郎中。辛亥后任财政部顾问、经济调查会会长、瓯海关监督等，刻丛书方志甚多，有功文献。1932年后任中山大学、太炎文学院等校教授、国史馆纂修。新中国成立后被聘为上海文管会顾问、上海文史馆馆员。

冒广生晚年有一公案不得不提。1957年反右运动起，广生应陈毅元帅之请，撰《对目前整风的一点意见》一文刊于《人民日报》，略云："如果说共产党员没有偏差，那就何必整风"，"爱人以德，相见以诚，不能认为反党的表现"，"言者无罪，闻者足戒，那就叫做争鸣也可，叫做和鸣也可"，"听到百花齐放，我无异议，听到百家争鸣，我觉得为时尚早。这两句话，虽然出自毛主席，我自比于子路不悦仲尼"。③毛泽东读之欣赏并安排接见，广生有临别赠言云："共产党譬如一头雄狮，身上也不免长几只虱子。古人云：虮虱虽小，为害亦大焉。可得提防呀！"毛拱手称谢。此文此事，令暮年之鹤亭先生再次名满天下。④

---

① 《繁霜榭词札》，《近现代词话丛编》本，黄山书社2009年版，第207页。

② 张在卷上批语："论称引卢梭，奈何？"此事传出，卢梭在士大夫中遂成风云人物。冒下第归沪，人有"万人空巷看卢梭"诗咏之，卢梭几成其绰号。见冒效鲁《冒鹤亭先生传略》。《冒鹤亭先生年谱》前附，学林出版社1998年版，第8页。

③ 《人民日报》1957年6月6日。

④ 李昌玉网文《冒广生，八六老人打右派》称翌年广生亦未逃脱右派罗网，遂成右派中年龄最长者。但似文献证据不足，冒氏后人亦无言及。

第二章　以龙榆生为眉目的"彊村友生"词群　419

　　冒广生学术淹通，幼从外伯祖周星誉受词章之学，从外祖周星诒受校雠目录之学。后从叶衍兰、俞樾、孙诒让、吴汝纶、萧穆等游①，皆可谓取法乎上。所著亦宏富，遍及经史诸子之学，而以《小三吾亭诗》《小三吾亭词》《小三吾亭文甲集》《后山诗注补笺》《四声钩沉》《疚斋词论》等文学类著述最为人所知。

　　冒广生的词学理论甚少有人谈起，按其实则是很有特色与见地的一家。如他提出"词从五、六、七言绝句来""诗变为词，小令衍为长调，不外乎增减摊破四个字"②，不失为关乎词之起源的一种可宝贵的提法。又针对自己老友朱祖谋、郑文焯等兴起的大讲特讲"四声词"之风气，冒广生特著《四声钩沉》予以反驳，在这篇著述中，他引唐代段安节《乐府杂录》之说，将"四声"解为宫商角羽，并在深入考察的基础上，对斤斤平上去入、不敢越雷池一步者提出严厉的批评。他说："自万红友一言，误尽学子。③郑叔问扬其波，朱古微承其绪，而天下尽受其桎梏矣！吾……盖不欲以其作茧自缚者缚人也，盲从耳食者流庶几知所返矣……近二三十年，人人梦窗，谓其守律之严也。梦窗时无词律，其所守之律，非谓即清真之词耶？然尚不如近人之死守，硁硁于平上去入之中，而无一首佳词，甚至无一句佳句能上口者，真可怜虫也。"④ 对"近二三十年，人人梦窗"之风气有如此冷峻的批评态度者，冒广生不是第一人，但却是最具学理性和说服力的一个。

　　由此，冒广生明确提出破除词禁、解放词体的主张："无论词曲，是陶冶性情之事，非桎梏性灵之事……若于句中首字、三字，平仄亦不许移易，甚至通首平上去入，一字不许移易，何苦在高天厚地之中，日

────────────

　　① 冒氏从吴汝纶游始于光绪二十八年（1902）以刑部郎中兼任京师五城学堂史地教习时。陈衍见吴汝纶、林纾与冒广生合影，诧曰："此海内三古文家也。"见《冒鹤亭先生年谱》，第128页。

　　② 分别见《疚斋词论》卷上《论官韵》《论增减摊破》，《冒鹤亭词曲论文集》，上海古籍出版社1992年版，第235、237页。

　　③ 谓万树：《词律》称方千里等和清真词于四声无一字不守之判断，冒于《四声钩沉》中以周邦彦自作一调二词比较，又遍检方千里等和清真词，雄辩地指出以上词例"无一韵四声相同者"。

　　④ 《冒鹤亭词曲论文集》，第152页。

日披枷带锁做词因也?"① 这样快刀乱麻、直切本源的论调并非玄想或灵感所得，而是对词的相关问题进行了全面深刻思考之后的理性归结，所以弥足珍贵，也当然因为其犀利而与当世风气格格不入，很不为人所乐闻。

1939 年 10 月，午社由吴湖帆、龙榆生作东社集，席间广生就词守四声事发表见解，"人皆不作声"②。这种"不作声"是很微妙的，恐怕内中还是抵触不满者居多，但敬其为老宿，不愿争辩而已。事实上，午社的主持人夏敬观就明确表示过对冒氏的"衬字"之说"最不以为然"③，两家之分歧是很不小的。或者正因为这种抵触而引起不快，至翌年夏夏承焘、陆维钊主持社集时，"惟疚翁不到，殆欲出社矣"④。一月后，同在午社的吴眉孙致夏承焘函称："词社吟兴日减，来年欲随冒鹤翁后同避席矣。"⑤ 前文论南社词曾提过，吴眉孙是持"词一大瀛海，容纳万方流""情所寄，有欢笑，有悲愁"等"快语"的"快人"，通达之意趣与冒广生相望相怜，故愿为同路人，但词流众多，仅一二知音，也可见鹤亭在时风之下的寂寞与负气神情。

综上可知，冒广生以《四声钩沉》《疚斋词论》为代表，以"溯词源，明词体，开词禁，通词邮"⑥为旨归的词学思想体系是 20 世纪词学史上极为透彻畅快的一家之言，不仅于当时风气有校正唤醒之功，即便对当今乃至以后的词业发展也至为关键。潜德幽光，沉埋甚久，有识者当起而发掘之。

花篇幅谈冒氏词学观，除表彰之意，亦因为与判断其词之品格息息相关。广生少日从学岭南名词人叶衍兰，虽不能不受到乃师影响，但开笔就不是叶氏绵丽幽涩、寄托深晦的路数，而是更近乎其外伯祖周星誉

---

① 《疚斋词论》卷上《论声字相融》，《冒鹤亭词曲论文集》，第 252 页。

② 《冒鹤亭先生年谱》，第 426 页。

③ 夏承焘：《天风阁学词日记》1938 年 9 月 24 日。

④ 《天风阁学词日记》1940 年 6 月 2 日。

⑤ 《天风阁学词日记》1940 年 7 月 2 日。按：吴冒交谊殊厚，晚年为考证古代袤仪发生争执，各是其是，以致失欢，从此不相往来。见郑逸梅《艺林散叶》，中华书局 2005 年版，第 155 页。

⑥ 《疚斋词论》序。

第二章　以龙榆生为眉目的"彊村友生"词群　421

之"真切不敷衍""新警鲜灵，兼具刚柔"[1]，显得笔致隽快，才情逼人，或者因此叶氏才称其"虽从余游而时有以启余"[2]。如其《念奴娇·二十生日自述》：

> 除非明月，问有谁能证，刹那今古。廿载红尘经小谪，添得丝丝愁缕。醉帽寻花，狂筵舞柘，心事书空语。钵池流水，昨宵新长春雨。　记得银烛湘帘，酣歌拓载，水绘壶觞聚。二百年来如梦景，莫问骚坛盟主。名士冠裳，美人裙屐，眼底都非故。荒园寥落，不知愁在何处余与先巢民征君同以三月十五日生。

青年词人有引以为傲的家世，又与先祖冒襄同生日，虽主旨写"二百年来如梦景"的寥落，内中也难免有一份"小谪红尘"的自负，故笔法流利，毫无隐折之感。由于先祖的关系，广生特热衷于明清间诸老遗事，词也多以朱彝尊、陈维崧两家为鹄的。[3]《满江红·客路逢范仲林同年》作于1895年乙未，时逢公车上书结束，广生南还，道逢范当世之弟范钟，谈话间感慨时局，因有激荡音符，诸如"向苍茫、九万里而遥，奋然击""我辈忍言孤注博，中原未了残棋劫"等句皆绝似陈其年之悲壮。嗣后，又有同调《乙未西湖作》，借吟咏"宋家陈迹"高唱"宰相本来长乐老，诸君莫唱无家别"之郁愤，笔锋所指，盖在当下，也是迦陵之家法。

至若《满江红·京口怀古》组词十首、《金缕曲·题康更生戊戌手札》等已作于民国八年（1919），词人已届中年，而老辣霸悍之致乃更胜往日，足可见这是鹤亭纵贯一生、并无动摇的审美追求。《满江红》组词中"谭家洲"篇中咏顺治十六年（1659）郑成功入长江事，句云"嘻喑不逢梁化凤，咄嗟早缚郎廷佐""钱蒙叟，楼船坐。张苍水，靴刀裹"，"银山"篇咏鸦片战争，句云"伊里布，箸方失；颜崇礼，冠堪溺。问北门锁钥，是谁之责"。如此句句凿实，可谓雄奇无匹。相较之下，

---

[1]　严迪昌：《近代词钞·周星誉小传》，该书第1198页。
[2]　叶衍兰：《小三吾亭词序》。
[3]　见夏敬观《忍古楼词话》。

422 第三编 以学人为主干的民国中后期词坛（1920—1949）

《金缕曲》还能更胜一筹，毋论记史措辞皆可直夺迦陵之席而无愧色：

> 往事沉吟乍。记当时、黄门北寺，清流白马。腹痛故人头万里，痛定思量犹怕。蓦弹指、廿多年也。今日艰危余一老，箧尺书、未共池灰化。重展读，泪盈把。　　火风过去飙轮霎。只未来，三灾八难，佛都无法。一代兴亡无说处，吞炭从今成哑。也休管、旁人笑骂。文字不磨心血在，是开元、天宝凄凉话。分付与，后来者。

　　据《冒广生友朋书札》之前言，广生赴广州时，曾携带部分广东籍人士书札以备忆读，不意遗失，康有为手札亦在其中，故手札面貌已不得而知。[①] 据广生诗自注，康札两通，一作于戊戌年，有"文字不磨，心血尚在"之语；一作于民初，有"令郎玉雪可爱"语，为煞拍数语所本。[②] 自零碎之语可以看出，其间肯定记述了一些令人"痛定""沉吟"的艰危"往事"，以及由此兴起的关乎"一代兴亡"的感喟。面对这些隐寓着惊心动魄的历史转关的信札，词人洗去一切门户家法带来的成见，以"存经存史""精深自命"的态度述说着"火风飙轮"的"过去"与"佛都无法"的"未来"，从而不仅在精神层面呼应着曾寓居其家的一代词宗陈迦陵，即遣词造语，亦多与陈氏名篇《五人墓》《读汉书李陵传》等无意吻合[③]，因而足称冒氏生平创作中光焰四照的佳篇。

　　广生词作颇宏富，据其孙冒怀辛《冒鹤亭词曲论文集前言》云，其二十年代刻《小三吾亭词》四卷约三百首，晚年未刊之词稿亦近三百首。[④] 然该四卷本难以寻觅，今可见者唯光绪刻本之《小三吾亭词》，

---

　　① 上海书画出版社 2009 年版，第 7 页。
　　② 《冒鹤亭词曲论文集》附录《词选》，冒怀辛按语，第 919 页。
　　③ 姑举：《五人之墓，再用前韵》一首为例："古碣穿云罅。记当日、黄门诏狱，群贤就鲊。激起金闾十万户，白榜霜戈激射。风雨骤、冷光高下。慷慨吴儿偏嗜义，便提烹、谈笑何曾怕。抉吾目，胥门挂。铜仙有泪如铅泻。怅千秋、唐陵汉隧，荒寒难画。此处丰碑长屹立，苔绣坟前羊马。敢轻易、霆轰电打。多少道旁卿与相，对屠沽、不愧谁人者？野香发，暗香藉。"
　　④ 《冒鹤亭词曲论文集》，第 11 页。

内有词二卷，凡百首，附集句词一卷三十余首，只能代表其早期词之风貌。①故诸老辈若谭献称其"幽忆怨断"、王鹏运称其"托体风骚，含情绵邈"等，也难视为一生创作之总评。还是叶恭绰所说较为全面精要："鹤亭丈少学于先大父南雪公，为词瓣香朱陈。中年以后兼采众长，而才情横溢，时露本色。"刘梦芙评价尤为具体："其词豪婉兼容，不拘一格，更不受近世词坛学梦窗、学清真之风气熏染，自在游行，真力弥满，惟不免有粗率之句，不衫不履……有欠精严，厚味稍逊焉。"②这里需要注意的是，中年以后，鹤亭对于词的认知更加深入，晚年更明确提出破词禁、放词体的目标，所谓"不拘一格""自在游行""粗率"云云，皆当以此为着眼点方能得到合理的解释。

姑读民国十九年（1930）作《浪淘沙·同董卿雪后游莫愁湖是日得召南讣音》一首："衰柳不成行，败苇荒塘。远山残雪点湖光。小阁人豪何处也，剩有斜阳。　往事莫回肠，无限沧桑。已经心上够凄凉。偏又一声邻笛子，吹过僧廊。"即便写哀情，仍出以轻灵之笔，颇近乎浙派殿军郭麟。须知郭麟是曾被正统词学家如陈廷焯等列为"最下劣"的词人，鹤亭之不被词坛主流接纳自可想见。

倒是夏敬观《忍古楼词话》还说了几句公道话："顷复得其近词数阕，流丽清俊，如珠走盘。近人词多极端趋向涩体，守律过严，病在沉晦。此派固亦不可少者。"此处的"近词"系三十年代之作，值得引两首一看：

> 自浇杯酒自填词。界乌丝，写乌丝。写到肠回气荡没人知。不信愁多人易老，才一夜，褪容光，减带围。　带围带围念前时。春已归，花又飞。望也望也，望不见油壁车儿。今夕泪珠，瞒不过罗衣。惟有药烟笼满院，人病卧，冷清清，绣帘垂。
>
> ——江城梅花引

---

① 该本可明确系年最后者为《河传·沙河道中见梦湘壬辰题壁词感和此解》，据其中句"二十二年弹指耳"，似作于民国初，而据《年谱》，实应为"一十二年"，系光绪二十九年癸卯（1903）所作。见《年谱》，第134页。

② 俱见《二十世纪中华词选》，第226—227页。

丝竹不如肉，渐近自然么。珊瑚击碎千尺，慷慨奈君何。容易西风帘幕，容易黄昏院落，脉脉看星河。长剑汝知我，病起一摩挲。　珠络索，玉如意，金叵罗。中年哀乐多少，缄恨付回波。对酒情怀都懒，对镜腰肢又减，堆案只楞伽。夜夜照无睡，伴我只嫦娥。

——水调歌头

或清丽，或清旷，皆快人快语，无多遮掩。至于抗战伊始，国难逼人，鹤亭词风也一变为沉郁顿挫，又回到湖海楼大笔淋漓的门径当中。如《明月棹孤舟·送谢孝苹归扬州》中即有"叹喜人魑魅，当路貔貅。行也怕行不得，不行无计能留"的缪葛之音，《垂丝钓·尧生远寄佳什见怀，二十八年未通音讯矣》作于1941年，忧患耿耿，何止迦陵，直近乎老杜、稼轩：

嬉春并马，帝城长记游冶。寄命草间，尊酒难把。寻社燕、换旧时王谢。流光泻，廿多年别也。　锦官如画，秋来禁几狼藉。荒山独夜，老泪弥襟罅。门外风吹打，兴废话，又马嵬驿下。

"门外风吹打，兴废话，又马嵬驿下"，这也是"无说处"的"一代兴亡"罢！冒鹤亭以望九高龄，躬阅晚清、民国、共和国几个时代，他的那些"文字"和"心血"不也最终成了"分付与，后来者"的"凄凉话"？历史常常是不能深思，也不忍细读的。

要之，冒鹤亭是此期一位成就斐然、饶具特色的词坛名家，所遗憾者，其平生词作尚未能窥见全豹。如果善加整理搜求，则其词创作风貌当还可以有更广阔的探研空间。

三　袁思亮的《冷芸词》

与鹤亭发生"凶终隙末"公案的袁思亮应附谈于此。思亮（1879—1940），字伯夔，号蘉庵、莽安，别署袁伯子，两广总督袁树勋之子，光绪二十九年（1903）举人，入民国任工商部秘书、国务院秘书、印铸局局长等职。迨洪宪复辟，归隐沪上，以著述、购书为事。

思亮藏宋元古籍甚多，正德木活字本《太平御览》、宋本施顾注苏诗、宋本《韩昌黎集》等皆称稀世之珍。

冒、袁为"三十年异姓昆弟"，思亮又为鹤亭子效鲁之师，情谊自然笃厚，然1938年夏，袁思亮欲倩吴湖帆画荷，又不肯出钱买，即托鹤亭代求。鹤亭不肯，袁遂写《雨中花慢·索湖帆画荷，鹤亭谓非钱莫致也，赋此调之》一词示之，中有"天然画稿，何须买绢，不要论钱"语，冒"遽斥其词不观"，袁"乃狂吼"，翌日即致书与绝交，其文略云："昨日茗坐中出示调湖帆词，聊相为戏耳。湖帆见之，必不以为忤也。不意兄不审所云为何，遽斥其词不观……三十年异姓昆弟文字道义之交，一旦无端而众辱之，不能不寒心耳"①，二人且相互索回旧物，令人发喺。

对此"凶终隙末"事，冒佳骐《补说叔子诗探微》有不同看法："毕竟冒与袁是'三十年异姓昆弟'，且有'通家之谊'，所以几个月以后，冒与袁就重归于好，两家又开始互相往来……1940年1月，袁思亮病危，冒鹤亭约谭瓶斋（泽闿）往视，袁已瞑目而逝。冒作诗云：'本以通家谊，宁惟弱个悲。遽嗟人鬼别，心咎到来迟。孝友天能鉴，文章世所知。登楼无再日，一恸下梯时'"②，一时意气，终告平复，还是令人欣慰的。

思亮于陈三立称诗弟子，深得器重。陈氏应酬之作出其手笔者甚多，诗风亦拗峭沉着，臻义宁一路佳境，而其《冷芸词》则以流丽风情擅场，与诗迥异。自《清平乐·赠畹华》与《临江仙·瘿公书来，为程郎艳秋索词，赋此应之》组词即可概见其哀艳格调。兹各选其一：

> 琴心剑气，婀娜含凄丽。领取英雄儿女意，最是销魂此际。
> 双情爱好天然，薄嗔微笑轻怜。梦里贪欢一晌，镜蛾浓试春妍。

> 暖玉钗摇鸂鶒，销金带蹙鸳鸯。银筝檀板合欢场。玲珑仙子骨，佳侠女儿肠。　　憔悴江南倦客，输他顾曲周郎。琼枝璧月久端

---

① 《蘦庵文集》卷二，转引自刘聪《叔子诗探微》，《东方早报》2014年7月27日。
② 《东方早报》2014年9月14日。

相。珠灯春入梦，花雨夜闻香。

此种"哀艳"施之于文人襟抱，则亦体现为流宕灵转笔墨。《高阳台·月夜泛湖至彭祠，光景奇丽，杏丈高吟"来年买得渔舟度岁华"之句，余亦有浮家意。感赋此解》堪为典型：

> 鬓影吹凉，眉痕替月，烟绡卷尽宫罗。露脚斜飞，点尘不到鸥波。水天共色秋无价，似泛查、人在银河。动清吟、惊起双鸳，好梦梨窝。　　彭郎祠宇新题换，自神州劫后、未忍重过。曲曲回阑，薲飔微飐残荷。湖山不负清游兴，赚词人、心上秋多。更何时、一棹菰丝，一笛渔歌。

至如《芳草渡·余故宅在斜桥，居十余年。园中植桃梅樱花海棠。数集朋好，流连咏歌，有终老意。去岁以偿通货去，顷复过之，则市庑栉比，花木都尽矣。黯然倚声》已作于晚年，旧宅抵债卖去，面目全非，难免"所遇无故物，焉得不速老"之感，那就只剩下"哀"而不见其"艳"了。时世迁动，人心/词心之变转诚乃必然事：

> 夕照里，见巷陌人家，顿惊非故。念绿阴庭院，当阶自种芳树。吟赏连俊侣。消年涯迟暮。正住。久抱影牵情，一旦抛去。
> 延伫。那回燕子，怪底巢痕寻屡误。暗凝想，乾坤俯仰，浮生但羁旅。疮歌自媚，算到处、行窝能署。怅望极，拣尽寒枝倦羽。

四 "歌未了，笑如狂"：仇埰的《鞠宴词》

作为吴眉孙、冒广生"对立面"的仇埰（1873—1945）或因大讲四声、特喜涩体而为人轻视，实则其词沉郁端凝，亦一时俊杰，兹附鹤亭后简谈之。

仇埰字亮卿，一字述盦，南京人，光绪三十年（1904）留学日本弘文学院，历主南京第四师范学校、南京美术专科学校、江苏省立师范等，裁成学子，望重一时。五十岁后始着力填词，和《庚子秋词》之作辑为《仓庚词》，选调联句令慢百余阕辑为《蓼辛词》。世传《鞠宴词》系述盦晚年刺取抗战爆发后避难汉上、伏处沪滨时期之作厘为上卷，乱前之作厘为下卷，凡一百五十二首，从中正可窥见其晚年精坚锻炼、"如岁寒孤松，挺拔冷峭"之襟抱成就。① 另辑有《金陵词钞续编》六卷，为近现代地域性词总集很可贵的一种。

《鞠宴词》前有王东培《仇君述盦传》及夏敬观、夏仁虎、陈匪石序，后附方长玉跋，诸文或曰"忧患之余，词心丕变""假以释恨佐欢"，或曰"念乱忧生，伤离感逝""哀时念乱，百无聊赖""忧患交迫，梗于心而抒于词"，皆指向大变乱时代对词人风格心境的决定性影响。词集开篇的一组《鹧鸪天·汉皋杂感》即可为绝佳佐证，姑读其三、九、十五诸篇：

> 谁与驱车聘夕阳，中原好景已微茫。未应猿鹤皆忘侣，犹有苞桑若系亡。　歌未了，笑如狂，绛河星雾阅千场。竹芽怒挺藤花软，一样春风各主张。

> 往事迁移似转车，几人吟忘尚清癯。精神到此输龙马，风雨无情滞简书。　新睡起，晚晴初，厌心容有刓花鱼。燕矶隔岁留题句，山色江声总不如。

> 十月江楼惯送迎，客来未减意纵横。坐看白日违三楚，剩有孤怀赋两京。　鸩意拙，燕心惊，风花四散了无凭。飘零身世难为寄，梦里龙山郁晓星。

诸位先哲之传序跋或者囿于词体特质，故多着眼于仇埰追慕南宋诸家，特别是精研梦窗的一面，其实更应该看到，这些词篇的精神、技法得力于老杜夔州后杰作尤多。"未应猿鹤皆忘侣，犹有苞桑若系亡""精神到此输龙马，风雨无情滞简书""坐看白日违三楚，剩有孤怀赋两京"等句，即便置于老杜集中，亦不失为高境。"竹芽怒挺藤花软，一样春风各主张"云云义兼比兴，更将冷峭面目表而出之。昔年陈廷焯

---

① 王东培：《仇君述盦传》，《鞠宴词》卷首，民国刻本。

拈出杜诗风格论之"沉郁"移之论词，仇埰之作无疑是与之若合符契的范本。

以此第一义的手眼填词，一方面自能运掉如意，不拘于狭窄家数，另一方面也与其论争对手吴、冒一辈并无异途，双方本不需要水火冰炭的。再读下引词应该能清晰地辨认出这一点：

> 休去倚楼栏，楼边明月悬。照人家、杯满歌残，堪笑东风花里住，能几日，逐春欢。　猿泪湿千山，蚕丝缠万端。便无情、也自单寒。一夜鹃声枝染遍，强认作，舞红看。
>
> ——唐多令

> 海上看桑，剩半颓台榭，新燕犹翔。忍附东风，冶桃同舞，沉醉一晌春光。堪叹飘灯窗晚，应莫问、入局猖狂。最伤怀，按十三弦柱，金雁离行。　空梁。曼声甫振，已坠了惊尘，网户昏黄。京国繁花，不教萎谢，清尊呼酒难忘。蛱蝶寻芳心懒、凭珍重、帘底秋装。倚沧江。绕回阑几转，立尽斜阳。
>
> ——春从天上来

"猿泪湿千山，蚕丝缠万端"不正是冒广生的"荒山独夜，老泪弥襟罅"？"忍附东风，冶桃同舞""应莫问、入局猖狂"不正是吴眉孙笔下的"猢狲入袋成儿戏，傀儡登场听客为""早知精卫难填海，虚望爰居解避风"？心志节概全同，他们是大可释然一笑、握手言欢的。

第二节　泪洒人间授砚图：论龙榆生及其词

附　杨铁夫、郑德涵

> 不独歌诗迹大苏，乌台遗事亦同符。葵倾才属尊前句，钩党旋摧稷下徒。留命存心传菉谱，招魂何处乞荆巫。那堪重理绛都曲，泪洒人间授砚图。

在追悼忍寒词人的诸种诗词联中，其受业门人黄永年的这一首似最深沉精悍。其中"乌台"句当指抗战胜利后龙榆生以"附逆"入狱事，颔联则谓龙氏 1956 年在京与毛泽东同席，而旋即遭打右派事，最终以"泪洒人间授砚图"七字提点彊村老人授砚事，并定论之。短短五十多字，忍寒词人一生波折，尽在眼底，堪称情酣笔重，有千钧力。

一　龙榆生生平及词学成就

现代词家中，龙榆生（1902—1966）堪称是一位传奇人物。张晖《龙榆生先生年谱》对此有着全面的描述。曾大兴《词学的星空》更将其跌宕的一生浓缩为六部传奇，颇为简要生动。

榆生名沐勋，晚年以字行。江西万载人，在家族中行七，故又自称龙七。1948 年后又名元亮，别号忍寒居士、怨红词客、风雨龙吟室主、荒鸡警梦室主、箨公等。榆生幼时就读于父亲创办的集义小学，迨民国十年（1921）由堂兄沐光介绍，前往武昌从黄侃学习声韵、文字及词章之学，从而触发对词之浓厚兴趣。此后数年均在小学、中学教师任上，1928 年经陈衍介绍，担任上海暨南大学国文系讲师，翌年升教授。一位小学毕业生 28 岁即成为国立大学的知名教授，此为传奇之第一部。

在沪期间，因石遗老人之介，得以拜谒夏敬观，并进而结识陈三立、朱祖谋等，渐与彊村关系密迩。榆生出版《辛稼轩年谱》与《东坡乐府笺》，彊村均为题签。至 1931 年秋，彊村病笃，乃以所作《鹧鸪天》绝笔词示之，并取生平所用校词双砚授之，有"吾未竟之业，子其为我了之"之语。所谓"词派南宗孰造微，黄梅中夜传此衣"[①]，榆生与彊村交往不过三年，却最终在其诸多弟子中脱颖而出，成为彊村派衣钵传人，此为传奇之第二部。

因为同属彊村弟子，又为词友，自彊村去世后，榆生即与汪精卫渐有交往[②]，30 年代赠词中并有"谢公再起，知为苍生霖雨计"的仰慕语。迨 1940 年 3 月汪伪政府成立，榆生被任命为立法委员，并先后担任陈公博秘书、中央大学教授、南京国立模范中学校长等 14 项职务。

---

① 钱仲联题上彊村授砚图诗语，转引自曾大兴《词学的星空》，第 337 页。
② 汪精卫为彊村任广东学政时弟子。

此前榆生由暨南大学去中山大学，数月即"铩羽北还"，生计萧然，窘困不堪，至此则成汪伪政府红人，左右逢源，服食奢侈。此为传奇之第三部。

抗战胜利后，榆生以出任伪职遭审判，虽有"扶持善类，保存文献"及策反伪军将领郝鹏举之辩解①，仍被判处有期徒刑十二年、褫夺公权十年、全部财产没收之重刑。被关押两年多后，始由友人保释出狱，"骨瘦如柴，双目深陷，无复当日青衫飘逸神情"②。自"红人"成楚囚，则为一生传奇之第四部。

然而"传奇"尚未完结。因当年策反郝鹏举事，榆生间接结识陈毅元帅，并由陈毅安排列席全国政协二次全会。在这次会上，榆生得与毛泽东同席。食鲍鱼时，毛问是否秦始皇之鲍鱼，榆生对此为鳆鱼。毛称："我学问不及他呢！"遂尽欢而散。会后，榆生作《绛都春·一九五六年二月六日怀仁堂宴席上呈毛主席》词，中有"喜得傍太阳，身心全暖"句，即黄永年诗所谓"绛都曲"也。自蒋介石阶下囚而成毛泽东座上宾，是为传奇之第五部。

而两年多后，因参加政协会对若干右派言论显得有些不耐烦，而被柯庆施觉察，点名打成右派，三级教授降至五级，政协委员被撤，并被迫参加体力劳动。1966年"文革"起，榆生任教的上海音乐学院红卫兵将其书稿文物全数抄走，时其大病刚见起色，闻讯即复发肺炎，未几病逝。以年轻知名教授、彊村授砚传人登台，以悲凉、恐惧、愤懑的"无妄之灾"谢幕③，龙榆生演出了自己跌宕浮沉的人生"六部曲"，诚可谓"泪洒人间授砚图"！

龙榆生的一生存在不少争议，尤其是"附逆"一事。曾大兴即称其"自毁名节""让老少词家深感痛心、失望和蒙羞"④，张晖《年谱》则为之开脱较多，而无论是何种表态，后人大抵都承认龙氏"毕竟是书

---

① "扶持"二句见龙榆生致夏承焘信，《天风阁学词日记》1946年5月12日。策反郝鹏举事详见张晖《龙榆生先生年谱》，学林出版社2001年版。

② 潘希真：《我的笔名》，转引自张晖《龙榆生先生年谱》。

③ "无妄之灾"为陈毅语，见夏承焘《天风阁学词日记》1964年12月22日。

④ 《词学的星空》，第317页。

生"①。这种"书生"情结会表现为软弱多情，意气用事，所以才不仅因为同情汪精卫而终于"附逆"，还因为在法庭上"力挺"汪氏而遭重判，从而为自己人生涂抹上灰色的一笔。当然，哪怕曾身陷政治旋涡，龙氏还是书生本色。他一生勤恳治学，在词学领域成就之显赫，足以副"二十世纪词学大师"之盛誉。

龙榆生词学著述繁多，影响巨大。奠基"词学"概念之重要贡献之外，即如其普及性的名著《唐宋名家词选》《近三百年名家词选》《唐宋词格律》三册至今仍在不断翻印，成为一代又一代词学爱好者的枕边书，已可谓功德无量。再如他苦心经营的《词学季刊》《同声月刊》同样是词学史上令人颇感兴味的课题，这里均不必赘说。

应予一说的是他治词门径之选择。按说在龙榆生这里，治词门径本无须考虑过多，自己恩师彊村老人是标举梦窗不遗余力的，然而这位授砚高足却并不以师说之主流立言，而是对晚近词家"填词必拈僻调，究律必守四声，以言宗尚所先，必惟梦窗是拟"的风气提出了严峻的批评，力度之大，令人咋舌。他说：

> 其流弊所及，则一词之成，往往非重检词谱，作者亦几不能句读，四声虽合，而真气已漓。且其人倘非绝顶聪明，而专务捋字面，以资涂饰，则所填之词往往语气不相贯注，又不仅七宝楼台、徒眩眼目而已！以此言守律，以此言尊吴，则词学将益沉埋，而梦窗且又为人诟病，王朱诸老不若是隘且拘也。②

在这里，龙榆生仍旧沿续了师辈的一些话头，如况周颐的"绝顶聪明"云云，并力图撇清学梦窗流弊与"王朱诸老"的关系，但是凡天下治词者，有谁不知正是"王朱诸老"将吴梦窗捧至神乎其神程度的呢？彊村选《宋词三百首》，梦窗词入选者多达二十五首，高居首席，即此一端，就可知梦窗在彊村心目中的地位。而其授砚弟子现在激切地缕述流弊种种，当会对死于梦窗牖下者是怎样的一种棒喝！龙榆生对恩

---

① 冒效鲁悼龙榆生诗云："到死不曾辜死友，相哀毕竟是书生。"
② 《晚近词风之转变》，《同声月刊》第一卷第十号，1941 年 9 月。

师自然是感情极深且景仰有加的，在这里，我们看到了一种可敬的"吾爱吾师，吾更爱真理"的勇气和胆识。

梦窗不可学，那么就应该另走一路，龙榆生的眼光盯住了一贯热爱的苏辛两家。彊村晚年颇取东坡以疏导密涩之气，虽从未明确评价过苏辛，却也给了榆生一个"师传"的理论环境。1934年，龙榆生致夏敬观信中就说："侄近颇喜苏辛……二家之逸怀浩气，足以开拓胸襟。"翌年，他又在《今日学词应取之途径》一文中进一步指出："私意欲于浙常二派之外别建一宗，以东坡为开山，以稼轩为冢嗣，而辅之以晁补之、叶梦得、张元干、张孝祥、陆游、刘克庄诸人，以清雄洗繁缛，以壮音变凄调，以浅语达深情，举权奇磊落之怀，纳诸镗鞳铿訇之调，庶几激扬蹈厉，少有裨于当时。"

这里值得注意的是"少有裨于当时"一句。何谓"当时"？龙榆生说："且今日何日乎？国势之削弱，士气之消沉，敌国外患之侵凌，风俗人心之堕落，覆亡可待，怵目惊心，岂容吾人雍容揖让于坛坫之间，雕镂风云，怡情花草，竞胜于咬文嚼字之末，溺志于选声断韵之微哉……居今日而言词，其时代环境之恶劣，拟之南宋，殆有过之。吾辈将效枝上寒蝉，哀吟幽咽，以坐待清霜之欺迫乎？抑将凭广长舌，假微妙音，以写吾悲悯激壮之素怀，藉以震发聋聩，一新耳目，而激起其向上之心乎……词在今日，不可歌而可诵，作懦夫之气，以挽颓波，固吾辈从事于倚声者所应尽之责任也。"这就很明确了，龙榆生的标举苏辛不仅是词学学科逻辑的内在认知，而且是对时代需求的强烈呼应。那么，他的"别建一宗"就不是偏离、补救师说那么简单，而是从故纸堆式的学术研究中发出了"震发聋聩，一新耳目"的"镗鞳铿訇之调"。尽管他几年后的"附逆"让人感到遗憾，甚至有些讽刺，但这种声音之可贵并不因其人之"落水"而黯淡减色。在龙榆生的诸多词学成就中，无疑地，这是最为重要的，也最为光彩的一点。①

---

① 龙榆生关于词的"声情"、词史等本体研究亦极精彩，本书限于篇幅体例从略，可参看朱惠国《中国近世词学思想研究》、曾大兴《20世纪词学名家研究》的有关章节。

第二章 以龙榆生为眉目的"彊村友生"词群 **433**

二 "今古几词手，我自爱东坡"：龙榆生词的祈向与风格

龙榆生之标举苏辛首先表现在诸多词学研究成果上，据曾大兴《二十世纪词学名家研究》一书的统计，龙氏关于苏辛词的研究成果多达十四项。在 1934 年编订的《唐宋名家词选》中，榆生选稼轩词四十四首、东坡词四十二首，分占前二席。① 这都是他"别建一宗"的卓绝努力，而且也产生了长久深刻的影响，但作为"词史"，我们当然更加关注在创作层面标举苏辛如何塑造了忍寒词人的审美风格。

"今古几词手，我自爱东坡"，这是出自龙榆生 1933 年所作《水调歌头·为林子有题填词图》的开篇高唱。全篇如下：

> 今古几词手，我自爱东坡。浩然一点奇气，哀乐过人多。合付铜琶铁板，洗尽绮罗芗泽，抗首且高歌。昵昵儿女语，恩怨竟如何。　抚冠带，追兴废，梦南柯。君家处士高致，疏影乐婆娑。不为燕钗蝉鬓，何处晓风残月，托意在岩阿。腰脚喜长健，醒眼看山河。

子有为林葆恒字，福建闽侯（今福州）人，林则徐侄孙，曾任驻小吕宋（今菲律宾）副领事等，好词学，辑有《闽词征》《词综补遗》等，为世所重，前述近百年词社中亦多见其形迹。自著有《讱庵词》，夏敬观《忍古楼词话》谓其"清声逸响，饶有韵味"。龙榆生此篇不落凡常题赠之作窠臼，仅以"君家处士"一句略带出应酬之意，其余均大张胸臆，向东坡的"奇气""哀乐""铜琶铁板""抗首高歌"致敬，词篇本身亦多似东坡神采，是浸淫甚久而得三昧之作。

此一"东坡情结"贯注了龙榆生的一生，仅略举明确可踪迹者数例：1933 年有《水调歌头·元夕薄醉拈东坡句为起调》，1935 年有《水龙吟·杨花和东坡》，又有《水调歌头·乙亥中秋海元轮舟上作用东坡韵》，1937 年有《水调歌头·汪憬吾丈以近制东坡生日词寄示……

---

① 《20 世纪词学名家研究》，第 259—260 页。按：其后的 1962 年版本增广为辛词 51 首，苏词 48 首。

依韵报之》，1942 年有《水调歌头·辛巳十二月十九日……为东坡作生日……》，1953 年有《临江仙·癸巳中期前七日用东坡韵呈沈尹默丈》，又有《水龙吟·为黄生永年题南陵徐氏小团圆室旧藏宋仙溪傅干注坡词残抄本》，1954 年有《永遇乐·用东坡韵送顾颉刚先生北行》，又有《临江仙·陈市长属徐平羽同志……因用东坡词韵赋此报谢》，1957 年有《念奴娇·上海业余政治大学哲学组第一期结业，用坡公韵赋呈同学诸公》，1958 年有《马湛丈寄示戊戌中秋戏和东坡韵词……补成一阕》，1959 年有《木兰花令·用东坡次欧公西湖韵悼冒鹤亭丈》，1962 年有《西江月·春江许承晃……戏效东坡排体赋此赠之》，又有《木兰花令·题黄太夫人影写傅干注坡词，借用坡仙次欧公西湖韵》。从这张不长的名单中已可看出榆生对东坡数十年如一日念兹在兹的倾倒追慕，且愈到晚年，这种情结就愈益坚牢。倘再加上诗作，加上隐性效仿东坡的词作，就更容易理解他何以一再声称"古今多少才人，有谁能似坡翁者"了。① 东坡之外，龙氏集中规抚稼轩者亦及十数二十首，其余如追和贺铸、陈与义、张元干、刘克庄、元好问的词作也时有所见，所谓"以东坡为开山，以稼轩为冢嗣，而辅之以晁补之、叶梦得、张元干、张孝祥、陆游、刘克庄诸人"之"别建一宗"的努力是不难感知得到的。

如此煞费心思，自然颇多能具坡翁之风神韵致者，上文所列举诸篇大抵皆是。《水调歌头·辛巳中秋前一日，柱尊招饮北极阁下。酒罢登山，素月流天，繁灯缀地，与数客歌啸林樾间，不知今夕何夕也》二首不仅字面上用东坡语，意致尤清逸超旷，当令坡公见之，相视而笑：

> 坐拥一螺翠，银海看舒波。真成未饮先醉，镜面好山河。筛出林端疏影，淡着倪迂小景，老子自婆娑。狂客南朝擅，拍手且高歌。　　笙竽起，琼瑶碎，奈情何。藤萝攀向高处，籁籁撼寒柯。俯仰百年身世，尽挹乾坤清气，吾腹倘能蟠。绝胜南楼夜，占取问谁多。

---

① 《水龙吟·为黄生永年题南陵徐氏小团圆室旧藏宋仙溪傅干注坡词残抄本》。

第二章 以龙榆生为眉目的"彊村友生"词群 435

可望不可即，流盼若为情。素蛾冉冉来下，生色绣围屏。谁省婵娟深意，入谷穿林相媚，历乱撒琼英。玉树粲银浦，目眩苦难名。 恍然见，凌波远，转娉婷。满天风露归去，下界跃鱼更。万户光摇木杪，积水交横荇藻，冷浸一潭星。聊用永兹夕，肝胆与俱清。

此二词作于 1941 年，正是龙榆生在汪伪政府得意熏灼时，所以能有"尽挹乾坤清气""肝胆与俱清"一类心境。结合历史背景论或不足取，然而书生情怀，偶接前贤，纯以词言，也无必要苛责。同年所作赠答夏承焘之《金缕曲》亦是杰作，高处逼似辛弃疾赠答陈亮诸篇：

此意那堪说。数平生、几人知己，经年契阔。揽镜添来星星鬓，忍向神州涕雪。算咽恨、须拚一决。伫苦停辛缘何事，奈虚名、误我情难绝。肝共胆，为君热。 故人自励冰霜节。问年来、栖迟海澨，梦余梁月。几度悲歌中宵起，和我鹃声凄切。诉不尽、口衔碑阙。填海冤禽相将去，愿寒涛、化作心头血。休更惜，唾壶缺。

本篇词题为《闻瞿禅去岁得予告别书，为不寐者数日，感成此解》，其事见之《天风阁学词日记》1940 年 3 月 31 日，自此夏氏《日记》中对龙榆生或用"口口"或用"俞君"代之，可见不以为然之至。1942 年，夏承焘又自叹曰，"对人濡忍不能刚决，口口西行后，予仍与书札往复，颇来友朋之讥"[1]，两人关系之亲厚中有微妙可见一斑。对此，榆生当然是心知肚明的。词开篇云"此意那堪说"，然而不仅"说"了，而且陈说心事友情备至。在"故人自励冰霜节"面前，他哀叹自己"伫苦停辛缘何事，奈虚名、误我情难绝"，自辩中包涵的惭悔颇为动人。毋庸置疑，这首词与辛稼轩之警顽立懦、热血耿耿的神采是背道而驰的，但也不能否认龙榆生自有属于他的一份真诚与悲凉，令后世读者从中辨认出沦陷学者群体的复杂心灵世界，认识意义仍不可小视。

---

[1] 《日记》1942 年 1 月 9 日。

436 第三编　以学人为主干的民国中后期词坛（1920—1949）

另如 1933 年所作的《六州歌头》用贺铸体，确实如词题所云："感愤无端，长歌当哭"，亦是无愧自家宣言的佳篇，可以一读：

> 青天难问，待击唾壶歌。惊残破，遭折挫。看山河，泪痕多。掩面愁无那。民德堕，癫风簸。燎原火，滔天祸，可奈何。鬼哭神号，罪孽谁担荷，满地干戈。怅高衢大道，翻作虎狼窝。吞噬由他，不须诃。　似狂潮过，冲单舸，嗟失舵，泛洪波。思丛脞，意相左，长妖魔，数烦苛。万姓蒙枷锁，安偷惰，避虞罗。纵淫颇，攀花朵，任蹉跎。飘荡神魂，剩欲吟清些，贼及菁莪。更鸮音盈耳，无计托岩阿，雨泣滂沱。

深说一层，其实诸前辈学者颇有对榆生"学苏"持有保留的好评者。沈轶刘《繁霜榭词札》称其"有意学苏，亦不至于望门却步"，潜台词或指并未登堂入室。施议对《当代词综前言》也含蓄地指出龙氏"中年以后遭遇艰难，身心未爽……成就受到一定限制"，陈声聪《读词枝语》则明言其咏红棉《浪淘沙》一首"学东坡不足，比之文潜、无咎，或庶几焉"，刘梦芙《冷翠轩词话》在同意施议对"知言"的基础上更进一步指出龙氏词"实未达髯苏清雄超放之境，惟苍凉沉郁处有似遗山"①，这一定位是很有眼光的。龙榆生情性沉潜，与东坡之高朗异趣，而身际荒乱，则吻合遗山之沉慨。其《鹧鸪天·和元遗山薄命妾辞三首》即托闺情言自心，"尽自飘零也罢休""个人无奈先朝露""只余魂梦苦追寻"等语皆悲凉栩栩然。同调词《陈含光先生为作忍寒庐图并题句，有"蛰龙三冬卧"之语，辄用元遗山韵赋谢》不仅用遗山原韵，词亦可直摩其垒，因而可为"学苏"这面大旗下的标志性作品：

> 弹指韶光又向残，不堪长是夜漫漫。蛰龙且许三冬卧，老鹤谁教万里看。　知境幻，喜心安，愁来须放酒杯宽。殷勤为报陈居士，办与乔柯共耐寒。

---

① 均转引自刘梦芙《二十世纪中华词选》，第 684 页。

第二章 以龙榆生为眉目的"彊村友生"词群 437

龙榆生于词本有开新之想，非一味守成者，加之有污点的身份进入新中国，难免临深履薄之感，故甫开新天，他就有《破阵子·一九五〇年一月真儿将随二野军政大学入川赋此送行》的"时尚"之作，其后诸如《满庭芳·春晚寿冒鹤亭丈八十》《水调歌头·一九五三年春陈仲弘将军枉访，转达毛主席关怀盛意，试以旧瓶盛新酒赋献四章》等一批作品皆大有趋新意思。无论是出自衷心的与时代共振，还是一定程度上的自忏自保，这些"旧瓶盛新酒"的"葵倾"之歌都不能算是艺术上可圈可点的作品①，前文提到 1956 年所作《绛都春》一类更是除史料价值外无多意义。但还是需要指出，在民国成名而进入共和国的词家当中，龙榆生还是比较多地保留了自己本来面目的一个。其《葵倾室吟稿》中词作既富，情怀沉挚者也占了不小的比例。如《浣溪沙·岁阑寄俞平伯北京》：

> 才定风波雪转深，红楼一角思惜惜。只应抱膝自长吟。　　驰骤文场归缩手，料量生计总酸心。迟他春信尚沉沉。

本篇作于 1955 年，稍微熟悉红学史、当代史者都会联想到前一年批判俞平伯《红楼梦研究》的文化地震。② 前一年初，俞平伯寄示校读《石头记》，龙榆生感题《临江仙》，有"转眼繁华事散，及身憔悴书成……酒悲尘影蓦然生"之句，对于俞氏的"憔悴书成"，他是深有会心的。然而大风波、大悲剧不期而至③，对于风暴眼之外的龙榆生也是

---

① 龙榆生 1964 年所立遗嘱《预告诸儿女中》申明将毕生创作分为《忍寒庐吟稿》与《葵倾室吟稿》两编，以新中国成立前后为断。见《忍寒诗歌词集》前言，复旦大学出版社 2012 年版。

② 此次运动借俞平伯祭刀，锋芒乃在其师胡适，而其后"文艺报事件""胡适思想批判""胡风案件""丁玲陈企霞案件""肃反运动"接踵而至，可谓"戏中有戏，山里套山"。见孙玉明《红学：1954》前言，北京图书馆出版社 2003 年版。孙著为叙述此事最精彩者。

③ 石昌渝《政治介入学术的悲剧：对一九五四年批判俞平伯〈红楼梦研究〉的思考》云："（这）是建国以后政治第一次大规模地介入学术。这一场被纳入政治轨道的学术批判运动，不仅对其后红学的发展产生了深刻的影响，而且导致了哲学、社会科学、人文科学的学术品格的失落，学术失去了自身的目的，沦为政治的附庸。这一场批判，既是被批判者的悲剧，也是批判者的悲剧，对于红学，对于中国的学术，更是一个悲剧。"《文学遗产》1989 年第 3 期。

438　第三编　以学人为主干的民国中后期词坛（1920—1949）

有着相当震撼的。"才定风波雪转深"不仅关合"岁阑"二字，那更是一种心灵层面的冷冽感受，那么"迟他春信尚沉沉"当也是这位本色书生对日渐严紧的人文气候的直觉与哀感，因而堪称是识笔俱佳的"词史"之作。1958 年，榆生的《木兰花·五月二十三日晨起口占》有"此时凝望只惭魂，他日相逢应脱帽"语，《临江仙》有"画眉勤揽镜，深浅入时难"语，《浣溪沙》则有"垂老真成七不堪，廿年陈事梦沉酣"语，皆是皮里阳秋、记录了真实心音的佳作。① 至于 1961 年，词人有获摘右派帽子之"喜"，冬至日又得友人刘啸秋惠寄猪油，因有《浣溪沙》答谢：

> 自笑平生为口忙，花猪肉味扑帘香。松柴活火快先尝。　　争得酒狂仍故态，欣闻韶乐在他乡。感君相厚寄脂肪。

这首龙氏晚年为数不多的快乐小词当然也是词人真切生活与心态的一部分，可在诸多层面提供辨识认知的意义。同时还值得注意的是，龙榆生毕生张扬东坡词风，而力有未逮，只达到文潜、无咎、遗山一辈的高度。结果可能连他自己也没料想到，正是在这首不经意的小词中，他终于出色地完成了向东坡的致敬。小词中的声音不就是黄州的"老来事业转荒唐"、惠州的"日啖荔枝三百颗"、儋州的"一笑哪知是酒红"这些声音的汇合与回响么？1961 年是中国人饥饿的一年，所以一点廉价的猪油就能够唤起忍寒词人的朗笑声和好胃口，可是"泪洒人间授砚图"，那笑声的背后难道不是历史老人怆然的面容么？

三　杨铁夫、郑德涵

彊村老人一代宗师，请著籍为门下弟子者众多。著然有求教者，彊村辄转介于蕙风，真正认可之弟子极少②，龙榆生之外，林鹍翔、杨铁夫算是其中著名的两位。林鹍翔亦是蕙风弟子，又是夏承焘之词师，故

---

① "画眉"二句当隐指参加政协会议，因对若干右派言论显得有些不耐烦，而被柯庆施觉察，点名打成右派事，详见张晖《龙榆生年谱》。
② 见龙榆生《彊村晚岁词稿》，《龙榆生词学论文集》，第 519 页。

应后文详谈，兹先简说"彊村衣钵晚年强""数尺危弦若有神"的杨铁夫。[1]

杨铁夫（1869—1943）[2]，名玉衔，字懿生，以铁夫之号行世，广东香山（今中山）人。光绪二十七年（1901）举人，以内阁中书任广西知府，民国间历任无锡国专教授及香港广州大学、国民大学教授。著有《抱香室词钞》《双树居词》《五厄词集稿》[3]，存词360余首，另有《吴梦窗词笺释》行世。

铁夫长榆生三十余岁，而学词则甚晚，拜彊村门下已迟至榆生任教暨南大学的前一年，即1927年。在《吴梦窗词选第一版序》中，铁夫追忆了从彊村学词的过程："呈所作，无褒语，只以多读梦窗词为勖。始未注意也，及后每一谒见，必言及梦窗……又一年，似稍有悟矣，又质诸师，师曰：'似矣，犹未是也，再读之'，如是者又一年……师于是微指其中顺逆、提顿、转折之所在，并示以步趋之所宜从"[4] 可见其治词路径是由彊村一步一步指向梦窗深处的。他对彊村的膺服崇拜自不待言，甚至有"硕论"曰："前人主问途碧山，由觉翁而入清真者，今可祧碧山而奉强翁。"[5] 所谓"祧"者，不过是"撇开"的客气话而已。在彊村的指点下，铁夫以四年之力，三易其稿，写成《吴梦窗词笺释》一书，与陈洵《海绡说词》共同构成彊村标举梦窗的标志性理论成果，从而在词苑享有盛誉。那么完全可以推想，铁夫的创作也是较为纯粹的"彊村派"，或曰"梦窗派"面目，夏敬观所谓"力避凡近"、洪汝闿所谓"能自出手眼，浑灏流转"也皆是彊村/梦窗本位的评骘。[6] 较不"摹拟涂泽"而能体现出"忧伤时局"的"作意"者大多作于晚年[7]，如《齐天乐·偕夏瞿翁登市楼下瞰》《大酺·香江登高》《贺新郎·郑

---

① 分别为陈衍、夏承焘题《抱香室填词图》之《浣溪沙》《减兰》中句。

② 杨氏生年又有1866年、1872年诸说，卒年又有1944年、未详诸说，此据谢永芳考证，见其《杨铁夫词学活动考论——以梦窗词研究为中心》，《中国韵文学刊》2009年第3期。

③ 《五厄词集稿》自序于民国三十一年（1942）一月五日，其中将匪、火、水、雨、为人删去稍影响时忌者称为"五厄"。

④ 杨铁夫：《吴梦窗词笺释》，广东人民出版社1992年版，第10页。

⑤ 夏承焘：《题抱香室词》，转引自《当代词综》，第97页。

⑥ 分别见《忍古楼词话》《抱香词题辞》。

⑦ 刘梦芙：《冷翠轩词话》，《二十世纪中华词选》，第169页。

师许自北流萝村来书……》《沁园春·和霞盒赴会夜归闻警之作》《水龙吟·港地避难室四郊棋布，诚危急中一保障安全壁垒也……》等皆甚有生气。《天香·自题抱香室填词图》虽言词事，其实也自道"痕痕是泪"的"蹉跎身世"，很能代表其风貌：

> 毛谢飙扶，肠凭酒涤，蹉跎身世如此。汐社随鸥，吴云泊雁，结习未忘语绮。西窗嚼韵，惊梦里、睡夜龙起。孤悄吟灯只影，寂寞添香纤指。 词仙御风万里，马滕花、落残红紫。指点翠微高处，自今休矣。抱得寒香足未，图不出、危弦变声徵。漫道丹青，痕痕是泪。

《百字令·自题七十五岁小像》作于病逝之年，殆为平生心事宗法之总结，可以一读：

> 头颅如此，幸本来面目，差能依旧。故我今吾形问影，媚骨几时消透。客路栖皇，僧邻拣买，猿鹤窥空臼。江湖满地，水乡仍傍云岫。 有涯生遣何凭，庄严七宝，倾倒修楼手。举似苏辛羌柳派，鱼掌两难兼有。梦境迷离，神山缥缈，风受来舟否。碧窗凌乱，夕阳红恋衰草。

"梦境迷离，神山缥缈，风受来舟否。碧窗凌乱"数句中安排进了"梦窗风"三字，暗用了"映梦窗，凌乱碧"的吴词原句，前面更明确声称要用"七宝楼台"遣此有涯之生，这般倾倒，真可谓矢志靡他、至老不衰了。

还应附谈一位"龙门"弟子郑德涵。德涵（1916—1999），字君量，号廑庐，浙江平阳人，曾参加章太炎国学讲习会，为最年幼者。后从龙榆生学词，并与夏承焘、马一浮等唱和。德涵学识淹贯，古文、音韵、训诂无所不通，精书画琴艺，于金石、古泉、集邮亦得其精奥，然而毕生任教于嘉善、杭州等地中学，潜德幽光，知者甚少。德涵词有《廑翁词剩甲稿》八十二阕，撰于抗战八年间。刘梦芙以为"若按梦窗词例，当尚有乙丙丁三稿……即以甲稿中诸作而言，功力才情，已不在乃师之下，深切处或有过之"①，是。如开卷未久的《八声甘州·一九三七年冬作》就是一首激扬的抗战乐歌：

> 莽风尘、障断汉家城，胡蹄猘神京。更寒笳凄动，危旌蔽日，烽火连营。回首秦淮何在，潮怒激悲鸣。歌舞六朝地，遍染膻腥。
> 莫叹残山剩水，问皇皇华夏，肯任欺凌。举大军扫荡，钲鼓疾雷轰。看长江、东南天堑，壮国威、民气更飞腾。销锋镝，黄龙痛饮，指顾功成。

词难免有些抗战文学必不可少的口号气，然而赤心丹忱，当使忍寒先生汗涔涔下。其实德涵词还是深切含蕴者多，如咏物常题《清平乐·燕》"惊魂乍定，重把毛衣整。云意阴晴浑未省，何处柳昏花暝。东边瓦砾千堆，西边歌管楼台。且喜新巢栖稳，那闻梁外鸿哀"，不仅未落堆砌字句的俗套，笔锋所指，更在"栖稳"了"新巢"的龙榆生一辈。在另一首《蝶恋花·榆生师寄示和王船山衰柳词，次韵答之》中，他对老师还是多有体谅之语的，但也不乏劝谏意：

> 漫计人间恩与怨，苦忍清寒，剩有丝难断。聒絮霜风休再管，回春须信期非远。　落叶纷纷空自乱，流水无情，争可长留恋。斜照西山虽一线，朝晖转眼群鸡唤。

正是因为这样的风骨和情致，郑德涵寥寥数十首词中好句纷披，动人处多。《鹧鸪天·辛巳春作》《水调歌头·戊寅中秋》《水调歌头·壬午春日作》《定风波·己卯重阳》《浣溪沙·十二月十四日感赋》等一批作品皆能深入苏辛堂奥，不愧乃师之教。读《鹧鸪天》与《定风波》：

> 几上高楼直北看，风烟无处望长安。翻残旧帙成何用，倒尽深杯强自宽。　人世事，总难言，古今俯仰一凄然。林鸦不管天将

---

① 《冷翠轩词话》，《二十世纪中华词选》，第1025页。

442　第三编　以学人为主干的民国中后期词坛（1920—1949）

暮，犹自争喧夕照间。

　　佳节无端挟雨来，开门落叶满闲阶。不是悲秋成定分，风紧，半含兵气雁声哀。　　莫展登临双泪眼，依黯，江山还是蔽腥埃。独酌紫萸成甚绪，凝伫，又传警报撼城垓。

　　"人世事，总难言，古今俯仰一凄然""半含兵气雁声哀""江山还是蔽腥埃"，不用说，像这样的词句必然是抗战时期的龙榆生笔下所无者。正是此种自具面目的作品才将郑德涵与老师联系起来，也区别开来。即不计其"龙门"身份，这也是一位值得给予一定地位的优秀词家。

第三章　民国四大词人

第一节　"民国四大词人"辨说

谈到龙榆生，就不能不提起"民国四大词人"的说法。施议对在《当代词综》中将近百年词人分为三代，并指出，"第一代作者的主要贡献在承前启后，第二代作者是中坚力量"，并在第二代作者中首揭夏承焘、龙榆生、唐圭璋、詹安泰四人作为杰出代表。[①] 多年后，施先生进一步强调此一理路，自 2009 年至 2011 年在《文史知识》上连载《民国四大词人》，正式提出以上述四位作为民国词坛大家。

施先生的说法颇具影响，也并不失为关于民国词坛一种重要的判断，对学界产生了一定影响，姚达兑编注《现代十家词精华》选入"施版四大词人"即是一证。[②] 然而也有异说。刘梦芙《五四以来词坛点将录》所点前四位为夏承焘、钱仲联、饶宗颐、龙榆生，而将唐圭璋退为扑天雕李应，詹安泰退为霹雳火秦明。[③] 这说明在一定程度上他心目中的"四大词人"与施先生有所不同。

需要先问一句：有没有必要非提出一个"民国四大词人"的名号不可呢？一方面，在"晚清四大家"出现之前，词史上是一直没有"四大词人"之类说法的。同时，前文也说过，晚清四大家的并称有其内在理路，并非随意找四位成就最高的词人凑数即可，所以，如果先例不多，而又没有形成一个内在理路贯通的"准流派"，则"民国四大词

[①] 《当代词综·前言》，第 30 页。

[②] 花城出版社 2011 年版。

[③] 《中国诗学》第十辑，人民文学出版社 2005 年版。

444 第三编 以学人为主干的民国中后期词坛（1920—1949）

人"的名号不提也可。可是事情还有另外一面，词史伊始即温韦并称，其后诸如晏欧、二晏、周柳、苏辛、二安、姜史、姜张、陈朱、吴中七子一类说法不绝于耳。这些或者不很严谨的追认其实都是为了同一个目的——划定坐标，正是这些层叠辨析逐渐勾画出了我们眼前的千年词史。那么同样地，谈及民国词史，为其划定坐标也是一项必需的工作，而且上一代人即有"四大词人"的说法，那么因势提出"民国四大词人"不也是顺理成章的么？①

基于此种建构坐标系的合理性，思考辨说一下"民国四大词人"或者不是无益之举。首先可分析一下施议对的提法。在"民国四大词人"系列开篇的《真传与门径》一文中，施先生指出："在寻求词学音理方面，吴梅为之开先，四大词人……承接其余绪，并且进一步加以发扬光大。其中夏氏……被尊为一代词宗，亦即一代词的综合，而唐、龙、詹三氏，于中国词学文献学、中国词学学乃至中国词学文化学，各有开创之功。"② 如果说这构成了提出"四大词人"之理由，那我们也可以清晰地看到，施先生对于四位前辈的词学建树之表彰其实还高于对其创作成就的关注，称之为"有一定创作建树的四大词学家"似乎更觉允洽。换言之，这一组"四大词人"更多是理论本位而非创作本位的，其出发点似未能完全令人惬意。

刘梦芙的提法更多趋向了创作层面，因而也更具合理性与认可度。在《点将录》"夏承焘"条下他提出："同辈中唐圭璋、龙榆生与夏翁并称二十世纪词学三大宗师……而于创作，皆未足与瞿禅齐驱并驾。龙氏……词作虽丰，有驳杂不纯处，学彊村融入东坡，尚未到浑化之境。唐于 1949 年后倚声绝少，偶为小令应酬世事，平实无奇。"基于此种认知，刘先生将"直摩云起轩之垒"的钱仲联与独倡"形上词"的饶宗颐列入"四大"之中，同时又据沈轶刘"以夏为龙头，钱为龙腹，龙为龙尾"的品评保留了龙榆生的席位，从而定格"刘版四大词人"③。

两家相较，我更倾向于刘先生以创作为评价本位的思路，然而见仁

---

① 或也可以提出"三大""五大""六大"等，均无不可，沈轶刘即将夏、钱、龙三家并称，见后文。

② 《文史知识》2009 年第 4 期。

③ 《中国诗学》第十辑，人民文学出版社 2005 年版，第 159—160 页。

见智，单纯从创作角度着眼，窃以为饶宗颐词体之美较欠，龙榆生才情未至高境，两家成就皆不能足"四大"之数。钱仲联之词极佳，而一生心血，绝多在诗，词作数量甚少，称之"大词人"，难免欺人，故终究难夺"施版"中詹安泰之席位。民国词家高手辈出，不亚前代，除上文提及诸公之外，诸如刘永济、缪钺、张伯驹、汪东、寇梦碧、朱庸斋等能备一代之才者指不胜屈，然而再三忖度，我仍推举出另外两位自家心目中格外亮眼的巨星——沈祖棻开千古女性词未有之格局，当与易安居士云龙上下，完全可昂然踞一席。顾随熔铸新旧古今，另辟畦径，能于千年词史台基上别开生面，戛戛独造，虽长调弱于小令，亦能夺一前席，厕身大家之列而无愧色。那么，夏承焘以"博大"，詹安泰以"苍辣"，沈祖棻以"深秀"，顾随以"新异"，他们联袂构成了我心目中的"民国四大词人"。如此裁度当然只是一家之言，然而如前所云，词史坐标的划定或总难免主观与偏颇，但无论如何都是有意义的。

还有一个问题值得说明：沈祖棻进入"四大词人"之列是在现代社会男女平权文化背景之下出现的一个新情况。这当然无可非议，性别不应该成为评判词人的干扰和障碍。但本书出于续接女性词史的考虑，将在后文专设"二十世纪女性词界"一编，诸如吕碧城、沈祖棻、陈小翠、丁宁、周炼霞等一流词人皆荟萃该编文字之中，故此处从略，以下依次叙述夏、钱、顾三家。如此处理容或破碎而文不对题，亦权宜之处置也。

第二节　一代词宗夏承焘与天风阁词群

夏承焘素有"一代词宗"之盛誉，似由胡乔木之推许。胡氏一代政治人物，本无评价学术之公信力，而其功底厚，眼光敏，此一命名为学界公认，固亦宜也。夏氏成就"词宗"令名，倚声填词当为其中至关重要之一环，而其师友门生中名词家亦夥，足以构成阵容超强、灼人眼目的"天风阁"词群，是亦为"大词人"之重要"配饰"。故本节于夏氏词师林鹍翔之外，尚应谈其友生吴鹭山、苏渊雷、王季思、徐震堮、陆维钊、胡士莹、任铭善、蒋礼鸿、朱生豪等多人。

446　第三编　以学人为主干的民国中后期词坛（1920—1949）

一　夏氏词师林鹍翔

作为民国四大词人无可争议的一席，夏承焘当然值得予以无可争议的重点关注。对其学词渊源的追溯是其中一个重要部分，故应先谈其师林鹍翔。

林鹍翔（1871—1940），字铁尊，号无垢居士，浙江吴兴人。光宣间曾任钦命宪政编查馆二等咨议官，入民国任驻日学生处监督，因同事好词，乃熏染为之。作书请益于朱祖谋、况周颐，其时年已不惑。[①] 1920 年因留日学生经费无法解决而被迫辞职[②]，代理浙江瓯海道尹，亦时时拜谒朱、况，得其指授，造诣日进。蕙风于是有"词尚可观"之评，以为内心自认门生之一。[③] 1921 年，在温州创立"瓯社"，致力填词，社友有梅冷生等十人，皆奉林氏为师，夏承焘其一也。其后林氏又曾参与如社、午社等的发起，为民国词坛之著名活动家。著有《半樱词》《半樱词续》各二卷。

施议对《当代词综》称林鹍翔"词学于朱祖谋而旨趣稍异"，夏承焘评价林氏词曰："师之于词，固取径周吴而亲炙彊翁者，今诵其伤乱哀时诸什，取诸肺肝而出以宫徵，真气元音，已非周吴之所能囿"[④]，所谓"稍异""非所能囿"云云大抵指林氏词较明爽，不全走梦窗/彊村密晦一路。如《卜算子·用半塘翁韵自题小照赠郑婴芝》"磊磊不如君，落落难为我。湖海平生汗漫游，意气今犹颇。　　杯肯夜筵停，巾便朝餐裹。明日南山射虎归，彻夜无眠可"，笔致近乎放翁。又如自日本归国后所作《临江仙·东京无燕子，十余年不见矣，兹来海滨，相逢逆旅，依依似旧识也》"相识归来归也未，卷帘人倚雕栏。番风廿四路三千。光阴微雨里，心事落花前。　　不辨呢喃谁与语，情丝自我缠绵。天涯何止别怀牵。春灯无限恨，将泪付红笺"，虽不及梁启超"瀚海漂流燕"一篇之大气沉郁，亦是情韵嫣然，意象鲜活，较近蕙风而远

---

①　《天风阁学词日记》1938 年 9 月 4 日。
②　徐志民：《1918—1926 年日本政府改善中国留日学生政策初探》，《史学月刊》2010 年第 3 期。
③　《安持人物琐忆·记赵叔雍》，第 118 页。
④　《半樱词续序》。

彊村。1926 年，朱祖谋古稀诞辰，林鹍翔以《侧犯》一调为上寿。此为次彊村题其《樱宧填词图》原韵者，自然是乃师路数，而"麻鞋去国泪，冷眼功名贱"之句还是有"真气元音"、能摹写彊村心事的沉挚语。《半樱词》中"伤乱哀时"诸篇的代表作当推《南浦·丙寅仲春，津京战事正剧，间道入都，和冯息庐韵》一首，词云：

> 层楼吊月，夜沉沉，烟语隔纹纱。风雨无端凄戾，门闭万人家。听到杜鹃啼彻，又依然、断梦殢天涯。被晓钟催起，玉栏干外，还剩两三花。　赠策故人情重，问垂杨、何处系征槎。锦瑟昨宵欹醉，弦柱惜年华。钿约镜盟如旧，几新妆、再见鬓边鸦。算飘零谁最，替弹别泪与琵琶。

略举林鹍翔较为明爽、不沉晦之词风，目的是辨认夏承焘对于彊村一派的基本态度。一方面，由于林氏与彊村的关系，夏承焘自然具有了彊村再传弟子的名分，也有了一定的现实渊源。早在瓯社时期，林氏就曾转寄夏承焘作品给彊村、蕙风指点。后经龙榆生介绍，在 1929 到 1930 年间，夏氏与彊村开始通信并有机缘拜谒。自信中可以看到，彊村对这位后起之秀颇多奖勉辞，如读到夏氏 1929 年所作《吴梦窗系年》后云："梦窗系属八百年未发之疑，自我兄而昭晰，岂非词林美谈"，又称道其"词高朗，诗沉窈""论词二首持论甚新，何不多为之，以补厉氏所不及"等语。① 如此"谦恭下逮"，"尽心栽培"，令夏氏倍觉"感动"与鼓舞。他说："那期间，直到彊村老人病逝为止，我们通了八九回信，见了三四次面。每次求教，老人都十分诚恳地给予开导。老人博大、虚心，态度和蔼，这对于培养年青人做学问的影响极大。"② 因而，夏承焘曾经很沿着彊村的门径对梦窗下过一番功夫。继《吴梦窗系年》之后，他于 1932 年完成了《梦窗词集后笺》，系补修彊村《梦窗词集小笺》之作，并因彊村的鼓励，最终在近五十年后完成了著名的

---

① 分别见《天风阁学词日记》1929 年农历十一月初六日、1930 年农历八月十二日、九月初十日。

② 夏承焘：《我的治学道路》，载李剑亮《夏承焘年谱》前附，光明日报出版社 2012 年版，第 4—5 页。

《瞿髯论词绝句》。① 凡此皆可见夏氏对于彊村老人及其词学主张认同、赞赏的一面。

然而，这种赞赏和影响并不意味着夏承焘对于彊村的皈依。由于自身性情的缘故，或也有得自林鹍翔处的影响，夏承焘对彊村的"涂饰""过晦"风格从一开始就颇致不满。《天风阁学词日记》1929 年 6 月 17日云："阅《彊村语业》，小令少性灵语，长调坚炼，未忘涂饰，梦窗派固如是也"，翌日又云："阅彊村词，偶有触发，成一小词，其茂密处终不能到，然小令亦非其所长也"，这些评价都是相当不客气的。这些感性的认识迅速升华成了理性的选择："三十岁时，我认为中国词中风花雪月、滴粉搓酥之辞太多，词风卑靡尘下，只有东坡之大、白石之高、稼轩之豪，才是词中胜境……对于清真词，风云月露，甚觉厌人。"② 至此，"合稼轩、白石、草窗、碧山为一炉"的"另辟新境"的构想就已呼之欲出，成为以后数十年夏氏治词的努力方向。那么，无论从哪一个方面来讲，在这位一代词宗治词观念形成的过程中，林鹍翔所起的作用无疑相当巨大、关键。"约穿冢依刘，浮家还雪，此意茫茫。相望夜台心眼，剩江南、一片郯山苍。辛苦水楼残笔，鹃边无限斜阳"③，对于这位半樱词师，瞿禅是始终抱着一份感念深情的。

二 夏承焘的苦乐人生与词学成就

与龙榆生相比，夏承焘的人生显得格外平淡无奇，但细品之又别具滋味。承焘（1900—1986），字瞿禅，晚年改字瞿髯，别号谢邻、梦栩生，浙江温州人。1918 年毕业于温州师范学校后大抵从教，1930 年由浙江省立第九中学转之江大学任教。后历任浙江大学、杭州大学教授等，并兼任中科院文学所研究员、《词学》杂志主编等。如此三言两语的"教书匠"生涯颇容易交代，然而其中包蕴的平淡苦乐又极耐咀嚼。④

夏承焘以教书为人生至乐。任教三十余年后，他写有《教书乐》一

---

① 《瞿髯论词绝句前言》，中华书局 1979 年版。

② 《我的治学道路》，《夏承焘年谱》前附，光明日报出版社 2012 年版，第 5 页。

③ 夏承焘：《木兰花慢·半樱师挽词》。

④ 此节叙述得益于曾大兴先生《词学的星空》甚多，特致谢忱。

文，称教书有治学、交友、制行三乐。① 其中多妙语，如云："一切东西给了他人，自己就少了，或全没有了，只有把学问教给人，不但他有得而我无失。""我从前对学生说：'现在是我教你，十年以后你若不能教我，你不是我的好学生。'""一二十年前，我不致没有儿女而讨小老婆；抗日战争时，我不致受北京某教会大学之聘而投身沦陷区，都是因为忝为人师的缘故。现在五十多岁了，得免于'小人之归'，这是该感谢我这职业的。"这些话，确实"很诚恳，很深刻，很独到"，"生动感人"。②

教学、读书、写作，当然都是学者的"家常衣饭"，因为"家常"，转成至乐，而确乎令人料想不到的是，其"苦"竟也来源于此。确切说，来自他终生为之努力的词学研究。早在还很年轻的 1928 年撰作《唐宋词人年谱》之时，他就有"颇复厌此"之感③，此后这种矛盾苦闷心情竟长伴长新，直至晚年尚有流露。④ 何以如此？ 在自认为词章之学"不大""无用""不新"几条理由中，最根本的原因恐怕还是"不大"。所谓"大"，小而言之是"大学问"，诸如研治中国学术史、宋明理学、宋史等；大而言之是"大人生"，是寻求自己的安身立命之道。在日记中，夏承焘时时勉励自己"须吃紧为人，加大加深体验人生""做人之学均须见其大，感其深""小事情上，勿放过做大人物之机会"。⑤ 那么无论与"大学问"还是"大人生"相比，辞章考据都显得过于"琐细""偏狭"了。⑥ 循此义读《天风阁学词日记》，始能理解这不仅是一部记录了学者生活史料的"日记"，也不仅是一部"学词"之书，同时更是思索"大学问""大人生"的一条漫长心路，是一部个人化、细节化了的文化史和哲学史。这些矛盾苦闷感既是忧患跌宕的时代所赋予的，具有清晰的特定性，同时，那也是古今中外任何一位清醒

---

① 1952 年作，见《夏承焘集》第 8 册，浙江古籍出版社、浙江教育出版社 1997 年版，第 297—298 页。

② 曾大兴：《词学的星空》，第 388 页。

③ 《日记》1928 年 7 月 20 日。

④ 最晚似在 1965 年 7 月 6 日："阅《燕山夜话》'广阳杂记'一条，深惭所学庸庸，无益于时。"曾大兴《词学的星空》列举之甚详。

⑤ 转引自施议对《一代词宗与一代词的综合》（一），《文史知识》2009 年第 5 期。

⑥ 《日记》1940 年 1 月 28 日、1929 年 4 月 15 日。

450 第三编 以学人为主干的民国中后期词坛（1920—1949）

睿智的学人必然去追问的终极命题。由于这一份关乎"我该如何存在"的"大情怀"，视夏承焘仅为"一代词宗"未免略嫌局限了，现代学林中夏氏是应该有一更高席位的。①

再收回来谈夏氏的词学成就，这是近年词学界热议的话题，其博大富赡，早有诸多同人分擘，此处不必赘复。② 仅提挈最简明扼要者两家：其一是吴战垒的说法。他以亲炙弟子、《夏承焘集》编者身份将此归结为六个方面：一是开创词人谱牒之学；二是对词的声律和表现形式的深入研究；三是词学论述；四是诗词创作；五是治词日记；六是培养人才。③ 其二是程千帆的说法："窃谓此老之于词学有不可及者三：用力专且久，自少至老，数十年如一日，平生旁搜博考，悉资以治词，比之陈兰甫之偶考声律，王观堂之少作词话而毕生精力初不在此者大相径庭，一也。以清儒治群经子史之法治词，举凡校勘、目录、版本、笺注、考证之术，无不采用，以视半塘、大鹤、彊村所为，远为精确。前修未密，后出转精，当世学林，殆无与抗手者，二也。精于词学者，或不工于作词；工于词者又往往不以词学之研究为意，故考订词章，每难兼擅，而翁独能兼之，三也。"④ 两种精简说法中均特别提及"作词"一事，足见这是瞿禅之为一代词宗不可或缺的重要支拄点。

三 "绡织泪，海成田"⑤：《天风阁词集》的轮廓与轨迹

夏承焘毕业浸淫词业，倚声填词亦富，今可见者即已超过 500 首⑥，据周笃文先生说则总数不在千首之下。⑦ 对这部《天风阁词集》，刘梦芙评价特高："渊深海阔，霞蔚云蒸，具稼轩之雄奇无其粗率，白石之

---

① 当代诗人张智深《悼髯翁夏公承焘》句云，"一去鸿儒竟不还"，我因有评语云："悼夏翁不云'词家'，而云'鸿儒'，是知心处。余亦尝以为许夏翁为'词学宗师'，未免局限。"胡文辉氏《现代学林点将录》中于词学仅点唐圭璋，位次为金眼彪施恩。

② 我所经眼谈夏氏词学者，当以曾大兴、朱惠国两家最胜。

③ 《夏承焘集前言》第 1 册，第 2—5 页。

④ 《论瞿翁词学》，载《词学》第二辑，华东师范大学出版社 1988 年版。

⑤ 夏承焘：《江城子·戊寅夏，避寇上海，林子有、龙榆生预为重阳之会，半樱师、夏映庵、冒疚斋同集》，词见后文。

⑥ 施议对：《一代词宗与一代词的综合》（四）统计夏氏结集出版之词作 452 首，散佚于《日记》及日记外未刊稿 54 首，计 506 首。《文史知识》2009 年第 8 期。

⑦ 《奇逸高健的天风阁词》，《中国韵文学刊》2011 年第 1 期。

第三章　民国四大词人　451

清峭无其生硬，碧山之沉郁无其衰飒，复间有小晏、秦郎之婉秀，东坡、于湖之超逸，红牙与铁板同鸣，哀丝与豪竹并奏，集诸家之美以臻大成。而自具机杼，绝无杂驳不纯之病。其爱国忧民之丹忱，奔腾磅礴于篇什间，老而不衰，始终如一，则弥见风骨之坚，天性之厚"①，如此评语，则当不仅视为五四以来词坛第一人，即古今千年也堪称集大成者了。

如何理解作为优秀学者、词人的刘梦芙的这一评价？这恐怕不仅是夏承焘词如何论定的问题，更是如何理解二十世纪词史之高度和成就的重量级问题，因而值得特别深究详解。

有必要先描绘出瞿禅词的创作轨迹。可听夫子自道：

予年十四、五，始解为诗。偶于学侣处见《白香词谱》，假归过录。试为小令，张震轩师尝垂赏《调笑令》结句"鹦鹉鹦鹉，知否梦中言语"二句，以朱笔加圈。一九二〇年，林铁尊师宦游瓯海，与同里诸子结瓯社，时相唱和。是时，得读常州张惠言、周济诸家书，略知词之源流正变。林师尝以瓯社诸子所作，请质于况蕙风、朱彊村先生。其年秋，出游冀、陕。在陕五年，治宋明儒学，颇事博览。二十五岁归里，僦居邻籀园图书馆。其后，客授严州，乃重理词学。并时学人方重乾嘉考据。予既稍涉群书，遂亦稍稍撷拾词家遗掌。三十左右，居杭州之江十年。讲诵之暇，成词人年谱数种，而词则不常作。抗战以后，违难上海，怅触时事，辄借长短句为之发抒。林师与映庵、鹤亭、眉孙诸老结午社，予亦预座末。拈题选调，虽不耐为，而颇得诸老切磋之益。昔沈寐叟自谓"诗学深，诗功浅"，予于寐叟无能为役，自忖为词，则正同此。故涉猎虽广，而作者甘苦，心获殊少。早年妄意合稼轩、白石、遗山、碧山为一家，终仅差近蒋竹山而已。

这段非常重要的自述见于1980年出版的《天风阁词集》卷首，但实际写于1942年，时"逸群、怡和夫妇抄予词成，嘱记学词经历，爰

————————
① 《冷翠轩词话》，引自《二十世纪中华词选》，第620页。

略书如此"①，似难代表其全部的创作历程，而其中标举的"合稼轩、白石、遗山、碧山为一家"的"四合一"之说则代表了瞿禅最高的"学词"理想，并守持终生。以白石之清空、稼轩之刚劲熔铸为"清劲"，以遗山之真挚、碧山之深婉孕育为"醇厚"，悬的如此高远者代不乏人，而所作能副之者有几?②

在此基础上，综合日后瞿禅词创作的实际情况，则可大约将其划为前、中、后三期。以下分别述之。

1. 前期

瞿禅词前期以少年初学填词为开端，至三十岁左右止，是为启蒙成长期。其十余岁写下"鹦鹉"三句好词，乃系课堂上听老师讲述朱庆余《宫词》"含情欲说宫中事，鹦鹉前头不敢言"一首，有所触动而得之。朱诗已经蕴藉至极，而夏词更能翻进一层，以"梦中语"反照出白日"不敢言"之心事。少年才情，确实颖异不凡，难怪那三个朱红密圈成为他终生不能磨灭的记忆。③ 今《天风阁词》前后集所存词最早者写于 1921 年，正是北上出游冀、陕之时：

> 吟鞭西指，满眼兴亡事。一派商声笳外起，阵阵关河兵气。
> 马头十丈尘沙，江南无数风花。塞雁得无离恨，年年队队天涯。
> ——清平乐·鸿门道中

是时瞿禅已在瓯社得林鹍翔以迄朱、况二家指授，兼读常州两巨子之书，"略知词之源流正变"。这首《清平乐》不仅写出自江南漂泊塞外的"离恨"，且将鸿门"满眼兴亡"的历史感与"关河兵气"的现实感打叠一处而出之，尺幅间有千里之势。即此开笔之作已不在张炎之下，厚重感更有陈维崧、朱彝尊两家风味。置之卷首，良有以也。瞿禅

---

① 《天风阁词集前言》。

② 参看魏新河《夏承焘的词学标准平议》，载《词学》第 35 辑，华东师范大学出版社 2016 年版。

③ 施议对云："这三个大圆圈，让瞿禅先生记了一辈子……一直到晚年，老婆叫什么名字不记得，自己叫什么名字也已弄不清楚，而三个大圆圈，却不会忘记。"《一代词宗与一代词的综合》（一）。

"在陕五年，治宋明儒学，颇事博览"，那些书卷气无疑增添了词作的分量。《词集》在 1925 年收有两首《鹧鸪天》，皆是淬炼精悍的佳作：

> 过眼秦皇与汉皇，马头但有路尘黄。扫眉人唱三峰媚，折臂翁耕百战场。　　风浩荡，劫苍茫，旁观莫笑客郎当。贾生涕泪无挥处，要上潼关看夕阳。
>
> ——宿潼关

> 鼓角严城夜向阑，楼头眉月自弯弯。梦魂险路辕辕曲，草木军声寒战山。　　投死易，度生难，有谁忍泪问凋残。纸灰未扫军书到，阵阵哀鸿绕古关。
>
> ——郑州阻兵

诸如"折臂翁耕百战场""草木军声寒战山"等，都酷似元遗山之笔调。从此而言，瞿禅词风不仅一开始就不走软媚密涩一路，其"以诗为词""拈大题目出大意义"的意识更显得相当自觉明确，审美风格层面则对东坡一派"句里千峰飞动"的高朗凛烈别有一份亲厚之感。①1927 年所作《浪淘沙·过七里泷》"万象挂空明，秋欲三更。短篷摇梦过江城。可惜层楼无铁笛，负我诗成。　　杯酒劝长庚，高咏谁听。当头河汉任纵横。一雁不飞钟未动，只有滩声"是瞿禅早期杰作，高朗依旧，而又多出一份此前所无之澄澈空灵。此得江南明秀山水之助，而以上下六合之词心熔铸而后成，足可与东坡、于湖等相视而笑。应该说，这首《浪淘沙》是瞿禅震动词坛的成名作，彊村老人即称该篇"高朗"，夏敬观也谓其"绝去凡响，足以表见其襟概"②，后辈徐晋如更是盛赞此词"援宋诗手段内诸倚声，效白石而都无踪迹可寻，殆非横绝千古之才而未可"，以为夏词"貌丰腴而神旷达，的是一流词品"之力证。③至于瞿禅晚年病革之时，多次嘱吴无闻夫人为吟唱此篇，更昭示

---

① 夏承焘：《西江月·普陀坐雨读东坡乐府》"篆烟一炷忽摇风，句里千峰飞动"，1926年作。

② 《忍古楼词话》。

③ 《缀石轩诗话》。

出这一首短调在其平生创作中非同寻常的意义。

其实翌年所作《水调歌头·泊桐庐》一篇后半稍弱，上阕之佳妙则不在《浪淘沙》下，但赏会者不多耳：

> 惟有雁山月，知我在江湖。泷滩七里如镜，照影过桐庐。不见羊裘老子，为问浮名何在，水色古今虚。把酒欲谁语，汀鹭夜相呼。　　十年后，数椽傍，客星居。关山南北，总怜清景世间无。落日黄河一线，风雨长江片练，气概一何粗。何似泛银汉，月底此舟孤。

1929 年所作《浣溪沙》则自喜为"两结各能融情于景""今年所作小令，此为第一"。① 词云："闲事寻思各有情，未曾写得小诗成。瓶花看吐两三分。　　不是寻常愁与恨，黄昏情绪最难名。小窗杳杳数山青。"从这些才华艳发的佳作来看，虽然我们称此前期为"启蒙成长期"，这"成长"过程中生成之高度已经远非凡俗之辈所能企及了！

2. 中期

前文说过，三十岁左右，瞿禅开始执教之江大学时，已经对自家词业之发展形成了理性认知，认为只有东坡之大、白石之高、稼轩之豪，才是词中胜境。此足以成为其词中期之上限。至于下限窃以为当定于 1950 年。盖自《词集》及《日记》所反映，1949、1950 两年发生在中华大地上的巨大变化似未太多影响到远在西子湖畔的夏承焘，词之题材风格大抵仍依先前轨辙。至 1951 年，诸如"皖北土改""访皖北治淮工农"等专属新社会的题材才陆续呈现。这一下限较新中国错后一年应该是符合实际而合理的。

这一长度二十年的时段是瞿禅词的成熟高峰期。做一简单的数量统计即可看出，在《天风阁词集》前后编中，《前编》收录该时段作品一百六十首，《后编》收录该时段作品八十八首，二者相加达二百四十八首，都占到了前编、后编及总数的一半以上。其中仅 1944 年一年前后编合计即收录四十二首，1942 年一年前后编合计收录三十首，这既可

---

① 1929 年 2 月 9 日。此日为戊寅年除夕，所谓"今年"盖指戊寅年。

见该时段中瞿禅创作力之澎湃扬厉，又佐证了瞿禅自述"抗战以后，违难上海，怅触时事，辄借长短句为之发抒"等语，从而进一步说明，自抗战开始后的十年左右是他一生倚声填词的重中之重。

当然远不止是数量问题。这一时期之瞿禅逐渐拥获了较高的学术地位和相对优渥的生活境遇，更广通声气，打造出了广泛而杰特的朋游网络，自身的心力智慧也正走向顶点。虽然抗战兴起，流离颠沛，而更加之以"国家不幸诗家幸"之效应，诸种因缘凑合，必然成全出一代大词人创作上的"井喷"景观。不妨先看《贺新凉·闻马占山将军嫩江捷报》：

> 沉陆今何说。看神州、衣冠夷甫，应时辈出。一夜三江鹅鸭乱，坚垒如云虚设。这奇耻、定须人雪。空半谁翻双岭旆，比伏波、铜柱尤奇绝。还一击，敌魂夺。　　边声陇水同鸣咽。念龙沙、头颅余几，阵云四合。梦踏长城听战鼓，万里瓦飞沙立。正作作、天狼吐舌。绝域孤军何能久，恐国殇、歌里归难得。望北塞。剑花裂。

1931 年马占山江桥抗战可谓向日本侵略者打响的悲壮第一枪，词之悲壮也与之相应相和，所谓稼轩之豪，在"这奇耻、定须人雪"数句中尤其表现得淋漓尽致。下片"绝域"数句更很清醒地看到了不抵抗政策下孤军争抵的不祥命运，识力杰出，而篇章之悲壮意味也因之愈加浓郁。自全面抗战烽火燃起的 1937 年后，瞿禅感奋怅触，不能自已，诗集中屡有《抗敌歌》《沪战壮士歌》《哀不抵抗者》《军歌》等作。词虽较诗婉约得多，但也念兹在兹，无处不充溢着莺啼鹃夏的泣血之音。仅以前数年为例，诸如《虞美人·望孟劬翁南归》《金缕曲·题名山先生遗作》《水龙吟·丁丑冬偕鹭山谒慈山叶水心墓，时闻南京沦陷》《水调歌头·赠朝鲜志士》（以上 1937 年作）、《减字木兰花·读彊村语业》《贺新郎·戊寅避寇瞿溪，居停为余治舍而覆燕巢，入晚群羽哀鸣，恻然赋此》《点绛唇·上海租界"八一三"纪念日大捕爱国青年》（以上 1938 年作）、《水龙吟·题霜崖翁遗札……》（1939 年作）、《贺新郎·沪寓西邻一汉奸伏诛，东邻一抗战志士殉难》《木兰花慢·

陈含光先生画白石胡马窥江词意自扬州寄贻……》（以上 1940 年作）等一大批精光四照的杰作即自笔底源源涌出，"围城玉貌十年心，忍见幽州日与陆同沉"（《虞美人》）、"夷甫诸人风吹去，满九州，一片狼烟黑。朱鸟喙，欲何食"（《金缕曲·题名山先生遗作》）、"沉陆相望何世。送千鸦、苍茫天水"（《水龙吟·丁丑冬……》）、"瀚海飘流惯。甚年年、低回故宇，伴人长叹。一夜空梁惊尘起，玉砌雕栏都换"（《贺新郎·戊寅避寇瞿溪……》）、"念平山红药，忍开谢，傍胡尘"（《木兰花慢》）等忧愤交加的句子的确能令人体会到"其爱国忧民之丹忱，奔腾磅礴于篇什间……弥见风骨之坚，天性之厚"的断语。其中《江城子·戊寅夏，避寇上海，林子有、龙榆生预为重阳之会，半樱师、夏映庵、冒疚斋同集》与《浣溪沙·楼夜》两首似最含蕴沉厚：

花枝犹作太平看。奈尊前，雨风寒。栗里东篱，甲子此何年。度岭浮湘空有约，绡织泪，海成田。　　愁眉醉后暂时宽。几苍颜，画图间。明岁秋风，海道约南还。梦里吹台招手近，江一线，雁千山。

直恐秋天不肯明，金银夜气乱千星。更无人处立更更。　　宿酒醒时闻野哭，惊鸟啼处有箫声。眼前是梦又何曾。

词中或不无"奈尊前，雨风寒""直恐秋天不肯明"的凄凉感，然而"花枝犹作太平看"的愤懑、"宿酒醒时闻野哭"的悲悯与"江一线，雁千山"的壮丽交织辉映，正构成了一代精英词人群体在围城中的真实心境，那种九转肠回岂是三言两语能说尽的？

迨 1942 年之江大学在上海停办，瞿禅辗转宁波、温州，终于在年底到达龙泉，任浙江大学龙泉分校教授。途中所作《鹧鸪天·壬午春，携眷属友生离沪返温，于甬台道中日行七八十里，过离卿庙日军岗哨作》与《虞美人·自杭州避寇过钓台》亦皆是记述离乱生涯的词史佳作：

黯黯乡心托杜鹃，迢迢星月满川原。数州消息愁瓯脱，一士身名幸瓦全。　　龙纵蛰，鹤还山，风云难料道涂间。南来琨逖知谁是，惭愧胡儿着意看。

年年单舸哦诗到，不负江风好。夜乌声里酹西台，为报这番不是看山来。　　一星在水依然碧，世外今何夕。故人出处幸相忘，容我五更伸脚过桐江。

词里居然还有着"惭愧胡儿着意看""容我五更伸脚过桐江"的小小幽默，可是"这番不是看山来"，是为了"避寇"！如果说这是艺术上的"绵里藏针"，那么这"针"也藏得够深，锋颖也够刺人的了。

雁荡、龙泉虽也在沦陷区，然而山深水远，可暂忘忧，颇有点世外桃源、不知魏晋的意味，故此数年创作中也颇具仙逸悟道气。如《贺新郎·雁荡灵岩寺与鹭山夜坐》《水调歌头·壬午腊月望夕，与声越行月龙泉山中……》《定风波·壬午腊月十九，东坡生日……》《水调歌头·九月十七日灵岩寺楼夜起看月……》等皆是。读《贺新郎》：

办个蒲团地。好同君、僧房分领，十年清睡。钟鼎箪瓢都无梦，但乞松风两耳。便无事、须人料理。倦矣平生津梁兴，念兵尘、藕孔今何世。滩响外，夜如此。　　昨宵梦跨双鸾逝。俯下界、云生云灭，洞箫声里。唤起山灵听高咏，山亦阅人多矣。问磊落、英奇谁是？突兀一峰云外堕，更破空、飞下天河水。山月落，晓钟起。

施议对解读此篇云："瞿禅先生尽管不谈禅，谓一谈就不是禅了，但其于夜坐时，置身云天之外，却与天地万物，融合为一。因而，由此所达至精神上的提升，又令其回复天籁，其所造空灵之境，如布目前"①，诚然如是。兵尘藕孔，倦于津梁，此乃抗战军兴五年来不能逃躲之现实，然而终于在两耳松风中觅得游仙之梦，以奇丽壮阔之飞想超越难堪的迷惘。词篇中闪动的壮丽而清越、奇幻而新异的音响是我们在

---

①　施议对：《一代词宗与一代词的综合》（四）。

东坡、稼轩、白石词中都未曾看到的，而又能熔铸数家于一手，确乎能接奏千年词史璀璨之华章。

当然，龙泉雁荡的生活也不会是总那么飘飘欲仙、高凌万顷的，不仅生计艰辛，还要经常躲避日寇进袭。试读两首《玉楼春》：

> 筇枝拈得偏思睡，酒盏翻空难得醉。已惊明日是余春，未信初心如逝水。　　年年错料芳菲事，一夜平芜千万里。终怜高处夕阳多，不怕危栏轻命倚。

> 蒲溪不作从容住，杯酒来浇溪上土。高寒眼底几吟人，了了前山青可数。　　千峰踏遍寻归路，此意不关风与雨。短筇拄过谢公山，忽有诗来无觅处。

前首写"酒盏翻空"的窘迫，后首写"避寇雁荡，过李五峰墓"的仓皇，其意旨则在"高处"与"归路"二语。词之意象语感多取法六一、清真两家，而能将其"闲情"转化成为风雨飘摇之下的刚健耸峙，那种家仇国恨汇融成的内心痛楚不都含在令人惊悚的"终怜高处夕阳多，不怕危栏轻命倚"二句中了么？如此大动荡、大忧患的年代给人留下的心灵创伤不是短时间内可以医治复原的。作于1947年的《浣溪沙·乱后超山看梅》二首就仍是痛感十足，足以为瞿禅词的高峰期做一小结。"为谁留命种梅花"，"为谁寻梦梦迢迢"，两个问句与前篇《江城子》的"绡织泪，海成田"一样，真是伤心深情人语：

> 谁共衔杯说岁华，故人未死亦天涯。百千劫后数枝斜。　　锄畔老农应有语，年来归燕尚无家。为谁留命种梅花。

> 阅劫溪山耐寂寥，重来吟鬓已飘萧。水村云壑不辞遥。　　注籍黄金千本韭，吹愁绿玉一枝箫。为谁寻梦梦迢迢。

3. 后期

自五十年代至八十年代初的三十年是瞿禅词的沿接递变期。如同其他广大的知识分子一样，夏承焘对于新天下、新社会是持着真诚的欢迎与皈依态度的，其中当然也夹杂着普遍性的不适应感与原罪感。1950年7月夏承焘《入工会申请书》即有这样的自白："解放以后，治学教书，观点皆改变，觉从前种种，自误误人……然自问尚能虚心尽心，于商量讨论间，得教学相长之乐"，有自忏，也有自傲，语气十分微妙。其实，新的意识形态飓风已经扑面而来，一天比一天更深地搜进旧的需要改造的知识群体大脑当中，完全沿接"与春有分是销魂"的"夜夜诗心飞动"的写作生涯肯定日见艰难。① 1951年参加皖北土改，瞿禅连作《满江红》三首，分别题为"皖北土改，夜行垓下阴陵大泽，息农舍作""皖北五河县治淮""访五河县治淮工农"，其中开始出现了"九地蛟鼍移穴去，千年奴隶当家后。送照天映海万红旗，风如吼""看工农、共挥热汗，同开笑口。画地能教豺虎伏，滔天敢纵蛟龙斗""幸同君、洗眼见河清，今非昨"等崭新气象。

尽管还显得跌跌撞撞，但因为这样紧跟新时代的姿态与对"旧我"的真诚清算反省，瞿禅的政治待遇一度还是比较过得去的。1958年反右运动中相当违心地痛批了自己得意门生任铭善之后他宣布了自己的个人规划：一年内成为左派，二年内成为共产党员，如此坚定的表态当然为"组织上"所乐闻。② 此一时期，从心境到处境都还平顺的夏承焘在很多作品中都饶有兴味地延续着对词业的热切，著述倚声颇多，只是乍暖乍寒的心境之下，已无法再比肩往日的雄奇、沉郁与空灵。一如大多数"待遇优渥而工作清闲，终日蛰居罗苑，除看荷花外无具体工作表现"的那些知识分子③，看似风光的一代词宗也在夹起尾巴小心翼翼地在"新"与"旧"的钢丝上寻找平衡，其间的挣扎、无奈很令后人思之悲酸。

1957年初的岭南之行是此期难得的一次舒爽之旅，离粤后因有

---

① 《浣溪沙》《西江月·和湛翁》，皆1950年作。

② 详见《浙江日报》1958年1月13日《是非莫以温情判，罪恶须凭烈火烧——夏承焘教授谈反右派斗争的感想》及3月16日《一心向党　红透专深——浙师老干部、教授双反中人人规划力争跃进》两篇文章。

③ 游修龄致游止水函中语，《日记》1951年10月31日引语后评曰："虽鉴其好意，然亦讶其辞过激，且多不了解情况"，甚岔岔。修龄、止水，皆其妻弟也。

460 第三编 以学人为主干的民国中后期词坛（1920—1949）

《水调歌头》寄陈寅恪等。其上片"何处唤黄鹄，昨梦驾天风。罗浮峰顶俯瞰，十万碧芙蓉。过岭浮湘前度，此地倘逢坡老，今古转头中。有客擅谈马，笑我矞雕虫"云云，"洋溢着明快与欢乐"①，意气风发，俨然如昔。同年所作《太常引·新得元刊稼轩长短句影印本，适为稼轩逝世七百五十周年》及1961年作《水龙吟·谒辛稼轩墓》亦颇雄奇，后者尤得词家誉扬：

> 坟头万马回旋，一筇来领群山拜。长星落处，夜深犹见，金门光怪。化鹤何归，来孙难问，长城谁坏。料放翁同甫，相逢气短，平戎业，论成败！　莫恨沂蒙事去，恨平生驰驱江介。词源倒峡，何心更恋，长湖似带？试听新吟，烟花万叠，山河两戒。待明年来仰，祁连高冢，兀云峰外。

陈声聪以此为例称其"极意为青兕"，尚有保留，沈轶刘则表彰其"无论格局气魄辞藻内涵皆逼肖辛，极辛全貌而且直契其神，起辛于九地之下而视之，亦当不思龙洲"②。1963年所作两首《玉楼春》是被刘梦芙称为"意态之雄杰，出语之瑰异，前无古人"的"精诣不止，境界常新"之代表作。其一题云《北京看节日焰火，次日乘飞机南归，歌和一浮、无量两翁》，词云："归来枕席余奇彩，龙喷鲸呿呈百态。欲招千载汉唐人，同俯一城歌吹海。　天心月胁行无碍，一夜神游周九塞。明朝虹背和翁吟，防有风雷生謦欬。"另一题云《陈毅同志枉顾京寓谈词》，词云："君家姓氏能惊座，吟上层楼谁敢和？辛陈望气已心降，温李传歌防胆破。　渡江往事灯前过，十万旌旗红似火。海疆小丑敢跳梁，囊底阎罗头一颗。"

单从这两首词来看，刘先生的评语并不易按得③，但类此作品大抵能贴合情景，语态奇崛，不见空枵，这说明即便在表达"主旋律"之时，瞿禅词也在努力维系着属于自己的艺术追求与审美品质，从而与大

---

① 陆键东：《陈寅恪的最后二十年》评其赠陈寅恪诗语，转评此词亦洽。
② 分别见《读词枝语》《繁霜榭词札》。
③ 刘先生评语或更指其1974、1975年诸作，后文有述。

多数声嘶力竭的干吼划开界限。

"文革"浩劫起，瞿禅以"资产阶级反动学术权威"罪名在杭州和温州被游斗，吴鹭山赠诗所谓"识字真成忧患始，是非一阕满江红""拦街儿女皆惊走，白帽峨峨映皂袍"是也。① 被冷落和抛弃到边缘的夏瞿禅甫度小劫，即病假长休，稍许获得一丝安宁。如此冷寂的处境并未消磨尽奇横的情怀，其诗词亦渐渐在静谧与反思中恢复元气，且新意叠发，奇变横生，闪出了最后的耀眼光焰。试读数首《玉楼春》即能很容易感知这一点：

> 卅年葛岭依云住，辜负山灵无胜语。下床纳履见西湖，还羡湖头鸥与鹭。　一翁曳杖忽冲户，来续辛陈吟大句。胸中海岳梦中飞，笑对孤山挥手去。
>
> ——白华翁枉过久谈，即送其还京

> 九州鹏翼知何向，梦路幽燕劳想像。邻翁莫问髋头风，山妇能扶鸦背杖。　何年能遂浮江想，三峡空舻横两桨。醒来仍挂一枝藤，罗刹秋涛高十丈。

> 卅年旧事倾襟抱，半夜屏风伸脚倒。共伤才子早生天，七十尘容还耐老。　吴山眉黛如新扫，永忆湖楼窗户好。临平冷月梦回车，单舸闹红愁打稿。
>
> ——与声越卅年不通只字，顷枉过湖楼，共榻倾谈至深夜，作此悼无受

无论与故人倾谈，抑有游仙之梦想，或发思古之幽情，皆思力独绝，真气淋漓，遣词造语迥不犹人，确乎"无首不奇，无句不健，无韵不响，无字不炼。避熟，避巧，避雅""不仅与婉约派大相径庭，即清雅派亦无此韵味"②，达到了毕生未有的新境界与高境界。至于 1976 年一年作《平

---

① 《谢邻有无妄之灾，赋此寄怀》其一、二，转引自李剑亮《夏承焘年谱》，光明日报出版社 2012 年版，第 235 页。"是非"句系指瞿禅作《岳飞词考辨》1962 年寄往日本《中国文学报》发表事。

② 是水《读夏承焘词集》，转引自《二十世纪中华词选》，第 619—620 页。

462　第三编　以学人为主干的民国中后期词坛（1920—1949）

韵满江红》多达九首，虽成就视《玉楼春》有所不及，也足见气岸之态。倚靠着丰厚学养与勤勉思考而熔铸成的强大的内心定力，瞿禅老人终于自风刀霜剑中突围破茧，完成了自己词业——某种程度上也是二十世纪词业——的沿接与递变。一代词宗之不刊定评当然是不能离开其磅礴精善的词创作实践而单纯言之的！

四　一代词综与一代词宗：《天风阁词集》的品格与成就

勾画瞿禅词的创作轮廓与轨迹是论定其品格与成就的前提条件，更便于我们思考剖析刘梦芙《冷翠轩词话》中"集诸家之美以臻大成"的崇高评价。细审《天风阁词集》，首先，我们是能够认可夏词"具稼轩之雄奇无其粗率，白石之清峭无其生硬，碧山之沉郁无其衰飒"之特质的。换言之，瞿禅词的确有能将"东坡之大、白石之高、稼轩之豪"等"词中胜境"融会贯通的一面。即如前文所引其青年时期作《浪淘沙·过七里泷》一首，那种"万象挂空明，秋欲三更"的超旷，"杯酒劝长庚，高咏谁听"的豪迈，"一雁不飞钟未动，只有滩声"的灵转，皆能兼诸前贤之擅场而自出肺腑，予人化境至于天籁之感。① 抗战时期作于龙泉的《水调歌头·壬午腊月望夕，与声越行月龙泉山中，忆严杭雁荡旧游，作此和声越，并寄鹭山》是1928年所作同调词的"升级版"，二篇前四句大抵相同，但早年作"落日黄河一线，风雨长江片练，气概一何粗。何似泛银汉，月底此舟孤"等句还有些粗豪气未能除尽，本篇则自"一卷六桥箫谱"之句以下全用清虚刚健之笔以行之，字里行间不无东坡、稼轩、白石、于湖诸子的身影，而更多则是对"归计"和"来岁"的不安定感的思虑。虽远在"清景渺难摹"的深山，国家民族的灾难如利剑般逼人而来。十四年前所作同调词的开篇也用了"惟有雁山月，知我在江湖"二句，可那个"江湖"还是眼前这个"江湖"么？

> 惟有雁山月，知我在江湖。泷滩照影如镜，昨梦过桐庐。一卷六桥箫谱，一枕六和铃语，便欲老菰蒲。哀角忽吹破，清景渺难

---

①　此词近由子曰秋野乐队谱曲演唱，殊动听。

摹。　　烟瘴地，二三子，共歌呼。人生能几今夕，有酒恨无鱼。
长记白溪西去，只在绛河斜处，风露世间无。归计是长计，来岁定
何如？

故施议对云："（瞿禅）三十前后，涉世尚浅，故多天籁之声……其
后步入中年，初闻哀乐，环境与心境也有所变化。"① 这里所谓"变化"，
大抵是自清逸而渐至于"沉郁"一品，那是丧乱时世、忧患人生必然投
射到词人心灵世界的折光。如1935年所作《一萼红》：

短垣阴。黯题门墨泪，斜日散朋簪。棋劫湖山，酒悲身世，到眼
灯炧歌沉。讶何处、吴娘碎语，是叶底、相唤旧青禽。邀笛帘空，吹
花径合，听角愁临。　　便道一闲天放，问娃乡髻雪，送老何心。化
鹤归迟，拜鹃泪尽，关塞旧梦难寻。吊残霸、当门悴柳，几番看、丝
眼变衰金。辛苦啼鸟，夜来树树霜深。

本篇前有小序云："鹤望翁导游大鹤山人故居，水石未荒，已数易主
矣。大鹤尝以白石此调赋园居，邀鹤望同赋"，是年大鹤山人已逝去十七
年，时局还未至其后油枯火煎的地步，然而词也不是简单的仰望前辈风雅
的"闲情"，"棋劫湖山，酒悲身世""辛苦啼鸟，夜来树树霜深"云云
分明带上了对时世的大感慨，内里潜藏着"中年哀乐"的质感。此一种
"衰世""乱世"逆激起的沉郁当然早在王沂孙等晚宋词人笔下已经呈现
到了难乎为继的地步，固化成了后人反复吟咏的范型之一。夏承焘作于
1938年的《水龙吟》"落叶词"是追步王沂孙之作②，其中不乏"故林一
夜惊霜，失群哀雁知多少"的哀吟，而"千重碎锦，争妍换色""明日槎
风，蓬壶方丈"等句则设色明丽，代表着一份激扬的心志。四十年代战
事日渐胶着，其痛益深，其志愈坚，若《临江仙·感名山翁语》《临江
仙·古津席上，名山翁示诗云："明岁春风二三月，吾曹犹及看花否"，
作此为报》《虞美人·感事》《长亭怨慢·壬午四月十九日，闻海东近讯，

---

① 施议对《一代词宗与一代词的综合》（四）。
② 词题为"任心叔、蒋云从各示落叶词，念碧山有是解，依韵报之"。

464 第三编 以学人为主干的民国中后期词坛（1920—1949）

日军有败象，次日与无闻上海周园看樱花，缤纷谢矣》等一批作品皆是能有"碧山之沉郁无其衰飒"者，不妨依次一读：

啼煞鹧鸪行不得，江关车马匆匆。二更寒角五更钟。有情余怅望，凭梦抵相逢。　未到飘零谁解惜，高枝回首先空。一杯挥泪送飞红。不成香委地，犹有力回风。

欲待看花寻醉伴，醉中容易沾巾。明年红紫属何人？无穷门外事，有限酒边身。　并恐花无逃劫地，不如随水成尘。恼他莺燕语殷勤。斜阳余一寸，禁得几销魂？

千红一片残鹃血，犹自惊啼鸪。双鸳头白尚思归，莫待红桑谢了海尘飞。　关山夜夜闻孤管，数尽更长短。情天老了梦沉沉，只有一星识我倚楼心。

忍阁定、泪珠相觑。绝世芳华，尽情风雨。阅劫楼台，沉沉筛语燕无语。关山心事，算只有、鹃啼苦。辛苦劝春归，可自信、欲归无路。　归去。任飘江浮海，难过河干淮浦。流红旧水，有波底、蛟腾龙怒。是旧识、垂柳垂杨，也能作、漫天风絮。剩一寸乡心，便托鹃魂怎诉？

"不成香委地，犹有力回风""并恐花无逃劫地，不如随水成尘""情天老了梦沉沉，只有一星、识我倚楼心""流红旧水，有波底、蛟腾龙怒"，字字句句皆沉痛逾恒，但绝不垂头丧气、哭天抹泪，正可成为此际国人共同心态的清晰剪影。至于《贺新郎·沪寓西邻一汉奸伏诛，东邻一抗战志士殉难》《洞仙歌·龙泉夜读中州集，念靖康、建炎间北方故老，当有抱首阳之节者，遗山不录生存，遂不传一字，感近事作此》《洞仙歌·甲申元夕，读李易安、刘辰翁永遇乐词有感》等作，或激扬，或幽愤，皆不失为继武雁行蒋捷、元好问、刘辰翁等前贤的佳作。《贺新郎》是为自称"差近蒋竹山"之力证，可以一引：

余气归应诧。旧门庭、雀罗今夕，鹤轩前夜。依旧梅梢团圆月，来照翠屏幽榭。却不见、淡蛾如画。三十功名空自负，负灵山、吩咐些儿话。屋山雀，叹飘瓦。　　东邻窗祭栾公社。听夜夜、羽声慷慨，徵声哀咤。同洒车前三步血，或落沟渠飘泻。或化作、飞霜盛夏。最苦西家翁如鹳，过街头、蒙面愁无帕。君莫问，翁欲哑。①

而能自碧山上溯，沉厚悲慨骎骎然直入稼轩之室者最当推《鹧鸪天·雁荡山中诸生迎予至灵岩》《浣溪沙·雁荡山中闻名山翁上海讣》二篇。世人徒能赏其《水龙吟·谒辛稼轩墓》一首，殊不知多属皮相之见，真具辛老子神味者乃在此中么？

丘壑招邀仗故人，正愁归梦堕胡尘。林峦劫外家家好，陶谢心头字字真。　　闲粥饭，谢沙门，流离尚有舌堪扪。救饥援溺看谁验，待唤牛翁细诗论。

纳纳乾坤屋两间，市人不识此屏颜。胡尘侧帽看花还。　　未死已知龚胜洁，不归要比子卿难。梦中耸膊尚如山。

好一句奇崛挺劲的"梦中耸膊尚如山"！瞿禅表现在词中的这一份"爱国忧民之丹忱"是绝可与稼轩、放翁相表里，又与当时国家民族的脉搏同频共振的！任铭善作于1942年的《读瞿禅师词后》云："于时海上词事甚盛，辨四声，订律吕，张徽帜，断断然为攻斥附和之举。师独不之与，以为今日欲兴此事，宜不破词体，不诬词体，不为空疏绮靡无益之语"②，这三个"不"字诚然是学词者的度人金针，而瞿禅也是以其沛然元气实践了自己的主张的。

---

① 本篇神韵逼似蒋捷同调词《兵后寓吴》一首，录蒋词以资比较："深阁帘垂绣。记家人、软语灯边，笑涡红透。万叠城头哀怨角，吹落霜花满袖。影厮伴、东奔西走。望断乡关知何处？羡寒鸦、到着黄昏后。一点点，归杨柳。相看只有山如旧。叹浮云，本是无心，也成苍狗。明日枯荷包冷饭，又过前头小阜。趁未发，且尝村酒。醉探枵囊毛锥在，问邻翁、要写牛经否？翁不应，但摇手。"

② 引自《夏承焘年谱》，第90页。

466　第三编　以学人为主干的民国中后期词坛（1920—1949）

当然，作为一代作手，瞿禅词必定是多元化的，其偶现风情，吐属婉秀，亦不在小晏、秦郎之下。诸如《菩萨蛮·有寄》上片云："酒边记得相逢地，人间更没重逢事。辛苦说相思，年年笛一枝"，《浣溪沙·有忆》云："不解销魂但惘然，人间初恋似初禅。阑干波影有情天。　　一瞑安知非暂住，千生不分有当年。数星无恙水窗前"，又《浣溪沙》云："缘浅缘深验玉厄，十分白堕强禁持。目成幽意小灯知。　　乍把袖罗疑是梦，细看眉黛定能诗。人间奈有酒醒时。"这一侧面虽在《天风阁词》中占比不大，而所谓"红牙与铁板同鸣，哀丝与豪竹并奏"，此种笔墨，固亦不可或缺。

自上述可以总评之：夏承焘之所以为"一代词宗"，从创作着眼，那是因为他能综融东坡、稼轩、白石、遗山等诸前贤大师之高境界为一手，铸就了清虚刚健两极其美的独特品格与风标，因"综博"而成其"阔大"，进而跃入千年词史的前席。第其成就，于宋词史当仅在东坡、稼轩之亚，而能与清之一代宗师迦陵、竹垞相揖让，至于自谓"终差近蒋竹山"，则自谦之语尔。如马叙伦所言："瞿禅之所自期者，已骎骎而欲履其域矣！"[①] 在世人以为古典诗词已经终结、白话文学已经完胜了的二十世纪，我们竟然还能拥有夏瞿禅这样足与千年史程上超一流大师一争长短的词人（其实尚不止夏氏一家），二十世纪词史/诗史的高度该划到什么样的水平线上不是一个很清楚的问题了么？

五　天风阁词群（上）谢玉岑、吴鹭山、苏渊雷、王季思

荒丘剑气，一诺犹孤人换世。残稿青山，玉笥孤云唤不还。

有涯无益，蠹简难青头易白。楚老重逢，后死龚生此恨同。

1941 年，谢玉岑遗稿即将付印，主要编者王春渠请夏承焘为之序。瞿禅应命毕，又撰此《减兰》抒"伤逝自念"之情。[②]《词学季刊》1936 年第三卷第一期发布夏承焘所撰的一篇词情深挚的《征求谢玉岑遗词

---

① 《夏承焘年谱》，第108 页。
② 词前小序语。

《启》，文曰：

> ……常州谢君玉岑，擢云溪之孤秀，凤以才偶；同仲则之平生，仅免客死……搜梦窗四稿，凄其霜花之吟；赎淮海百身，邈矣微云之唱……孝标绪论，难求泉路之书；季札交情，余此荒山之剑……

沉痛叹惋之意，与词仿佛。作为赢得瞿禅如此悲悼的早年知音密友，谢玉岑理应置之天风阁词群之首座。

谢玉岑（1899—1935），名觐虞，字子楠、玉岑，以后者行世，别号白菡萏香室主、懒尊者等甚多，悼亡后则单署"孤鸾"，以寄"报吾师惟有读书，报吾妻惟有不娶"之心愿。① 江苏常州人，十四岁入表伯钱振锽（名山）之寄园从学，并娶钱氏长女素蕖为妻。1925 年执教于省立温州第十中学，因结识瞿禅，成一生知己。翌年执教上海南洋中学，于沪上拜谒朱祖谋、冒广生、金天羽、陈衍、黄宾虹、叶恭绰等耆宿，又与张大千兄弟交称莫逆，逐渐有声于文苑艺坛。民国二十一年（1932），钱素蕖病逝，玉岑体素羸弱，又因哀毁而每况愈下，三年后即以肺疾辞世。玉岑多才艺，书法以篆、隶为工，论者谓不在吴昌硕之下，画则有"文人画第一"之誉②，然书名画名，毕竟还不如他"江南词人"的形象更深地镌刻在后人心中。

所谓"江南词人"，最应体现在他的多情身段。比如这首写夫妻家常情味的《南楼令》：

> 虬箭响初残，归桡惊夜阑。理残妆、还启屏山。纵道有情春样暖，也凉了、藕花衫。　　薄晕起涡圆，偎肩恣意看。更关心、泥问加餐。指点天边蟾月说：今日可、放眉弯？

上片的"藕花衫"、下片的"泥问"，皆带有着爱怜的温度。煞拍

---

① 谢玉岑语，见谢建红《玉树临风：谢玉岑传》后附《年谱》，上海书店出版社 2014 年版，第 283 页。

② 见《玉树临风：谢玉岑传》，第 226、229 页。

468　第三编　以学人为主干的民国中后期词坛（1920—1949）

"指点"二句则一语双关，"荡出远韵"①，深得闺情词之三昧，笔锋不让纳兰。至于骤赋悼亡，更是泪光点点，"寒骨凄神"之感直追《饮水词》与《金梁梦月词》。② 其《孤鸾词》开篇的《烛影摇红》即有"人天长恨，便化圆冰，夜深伴汝"的深情语，至于"冷雨淹春，凄烟幂梦，东风抵死难晴""纵饶百岁也虚生，为他知未曾""已凉还暖自家怜……人生何处是当年"等③，也无不"断尽猿肠"④，不易卒读。《木兰花慢》作于其妻下葬后次日，正值清明，曷能胜心绪之哀凉？

　　断肠才送别，又携泪，客中行。换瘦影春衫，回潮单舸，梦里平生。他乡乍惊花烂，掷流光，不信便清明。琼笛愁心欲碎，钿车广陌初尘。　　帘旌。梁庑与追寻，人海剩飘零。算余生担得，青山埋骨，白日招魂。惜惜夜台钗燕，蹴筝弦、眉样可成春。百岁几经回首，长宵开眼从今。

"青山埋骨"不是苏轼诗的简单翻版，"长宵开眼从今"又何尝是泛泛用了《遣悲怀》的语典？那是最深心里流出的"爱别离苦"，不能等闲视之的。《玉楼春·夜梦素蕖，泣而醒，复于故纸中得其旧简，不能无词。癸酉七月十七日》已经作于玉岑辞世前不久，故语致见淡，但情致弥稠：

　　罗衾不耐秋风起，夜夜芙蓉江上悴。苦凭飘忽梦中云，赚取殷勤衣上泪。　　起来检点珍珠字，月在墙头烟在纸。当年离别各魂销，今日销魂成独自。

全篇承袭小晏之处宛然，其间杂以"月在墙头烟在纸"一句，即是天人长隔、沉郁万端意思，乃小晏笔下所无。玉岑悼亡最佳之作，当推此

---

① 钟锦：《谢玉岑词及其在词史上之意义》，《词学》第42辑。
② 张大千语，见《玉树临风：谢玉岑传》，第224页。
③ 分别见《高阳台·坐雨作》《阮郎归·生日坐商院》《浣溪沙》。
④ 钱仲联：《近百年词坛点将录》评"人天"三句语，并点谢玉岑为"地速星中箭虎丁得孙"。

二篇。

当然，身为"江南词人"，谢玉岑既不止此一种题材，也不止这一个笔调，钱仲联称许为"辽海扬尘时之词史""本事，即余《胡蝶曲》所咏者"的《木兰花慢·感事》亦颇有时名①：

> 颤清歌玉树，乱星烂、最高楼。任曙误铜龙，云迷锦雁，舞倦还留。绸缪钧天残梦，赌东风、帝子自无愁。衫影初低蛱蝶，胡尘渐迸蛩簇。　　神州。春事百分休。天意付悠悠。只巢燕飘零，黄昏阑角，银钥谁收？应羞辞林红蕊，逐春波、自在又东流。草木本无情思，明年休望枝头。

玉岑词最高者大抵如上，钟锦很敏锐地指出："夏氏说'玉岑困于疾疢，限于年龄，学力容不如朱、厉'，实际是客气地表达了谢玉岑技法之未臻纯青……夏氏于常派词人，仅用周之琦比拟……应该说，夏承焘对于玉岑词的论断，基本是公允的，未因私谊而废公言。"② 今人或囿于眼界，或出于情面，对谢氏多有过誉之词，这是文学史，特别是与当下接壤的文学史研究所应该警惕的。

谢玉岑以下，"天风阁词群"理应接谈瞿禅三位同乡友生吴鹭山、苏渊雷与王季思，请依次简说。

吴鹭山（1911—1986）③，原名艮，以字鹭山行世，一字天五，晚号匏老、鹭叟，乐清人，先后执教省立温州第十中学、永嘉县立中学、浙江师范学院、浙江教师进修学院等。1957 年被打右派后遣返乡下，1962 年应聘赴长春东北文史研究所讲授《诗经》，年余复归里，于一湫二灵间优游以终。著有《周易学》《读陶丛札》《杜诗论丛》《光风楼诗词》等。鹭山学养精深，品格高洁，而生涯坎壈，未竟其用世之志，亦不著声于时，实近百年学人之一种典型形态。

---

　① 《近百年词坛点将录》。

　② 钟锦：《谢玉岑词及其在词史上之意义》，《词学》第 42 辑。

　③ 吴鹭山生年或作 1910 年，而其《光风楼诗》1970 年作《生日醉书》诗云："我生忽逢花甲辰，醉眼还看梅萼新。"夫人蒋东帆注："梅萼新：作者生日为正月二十日，故云还看梅萼新"，据此则当生于 1911 年 2 月 18 日。

470 第三编 以学人为主干的民国中后期词坛（1920—1949）

鹭山平生友浦江清、梅冷生、苏渊雷、钟钟山等，皆一时俊彦，而与瞿禅交谊尤为密笃。自 1932 年 1 月 27 日梅冷生高堂丧礼一见相握，两人即开始了长达半个多世纪的固若金石的友情。青年时代的夏吴自诩为李杜之交，互道倾慕①；国难家仇之际，两人互相龟勉"须有岩岩气象"②；即便身处文化浩劫的险恶风浪、鬻亲卖友成为常态时，两人也仍有"铭膺道义千钧重，挥手功言一羽轻。他日无劳青史笔，觥觥李杜本齐名"的气节相勖语与"商略他年偕老地，小龙湫畔大旌东"的共度余年之想。③ 追缅这一段饱经锻炼的稀见友情，不能不令人生"得一知己足矣"之叹。

不仅交道趋同，鹭山《光风楼词》高逸挺健的风骨也与瞿禅极为接近，险峻生新、不肯出一犹人语的特点则比瞿禅似更鲜明。如抗战避地雁荡时所作《清平乐》："湫飞龙斗，谁是开山手。欲唤那罗同抖擞，云灭云生谷口。 楼台簾影冥冥，词仙却在高层。猛忆人间甲子，雁归犹带秋声。"又如《玉楼春·避寇过北阁李子瑾家》："八风吹梦何时了，尘劫难销人易老。一筇倚处俯苍烟，似画溪山看倍好。 秋蓬书客神交早，欲醉醇醪还草草。灯前相对两吟身，忍伴惊乌啼到晓。"二词通篇皆妙，尤其"猛忆""八风"等句戛戛独造，未经人道。

与瞿禅"濡忍不能刚决"——也即略有些和光同尘——的性格特点相比④，鹭山更加孤介刚直，泾渭分明。由此而衍生的后果即是"反右"运动中他以直言罹祸，而瞿禅虽遭冲击，终于安然度劫。还有一个结果则是在那些非正常岁月中，别人大多已俯首跪求，或者颓唐绝望，鹭山则依旧心志峭拔，头角峥嵘，谈笑自若，在撑抗那种史无前例的逼仄过程中凸显出了他灵澈坚执的心灵品格。1958 年，鹭山于漫天风雨中写下《踏莎行·次和谢邻》：

---

① 南航：《夏承焘吴鹭山半世纪交往记》："谢池某次小集上，夏承焘将他与吴鹭山的友情定位为李杜之交⋯⋯时吴鹭山惶谢逾分，夏承焘却举起酒杯，徐徐说道：'君不为杜陵可听便，吾则决为青莲学士矣。'两人相与轩渠大笑。"《温州日报》2010 年 9 月 30 日。

② 吴鹭山致夏承焘函中语，《天风阁学词日记》1942 年 1 月 9 日。

③ 吴鹭山：《谢邻有无妄之灾，赋此寄怀》之六、《郡城晤谢邻》之二。

④ 夏承焘自评，见《日记》1942 年 1 月 9 日。

荷盖成围，桂旗高举，劳商一曲凭谁语。只应短帽与时乖，那堪长袖当筵舞。　　芳草连天，佳人何处，玄黄我马空狂顾。蓬莱鼓枻有前期，东风飘尽神灵雨。

"只应短帽与时乖，那堪长袖当筵舞"，可谓白眼横天，意态之倔强可想。至于"东风"句则是看清了底里的皮里阳秋之语了，那么这些"劳商"（也即"牢骚"）又岂止是为个人荣辱而发的？再读其《渔家傲·赠春兄》：

酒满床头浮蚁绿，兴来莫遣儿曹觉。梦绕清溪三百曲，桃花落，蠃颠刘蹶蜗牛角。　　我笑溪翁顽似鹿，溪翁笑我寒如鹄。万事回头风转烛，尝新乐，稻香正值鲈鱼熟。

已经处于"妇愁长贫儿失学，亲朋不寄一行书"[1] 的"寒如鹄"境地了，竟还有满床浮蚁的酒兴与稻香鲈鱼的胃口，更有高吟"万事回头风转烛"的豪气，此一自庄子、陶潜以至苏轼等沿袭沉淀下的峻峭人格在吴鹭山身上可谓体现得格外显明。这是世代遗传的中国文化基因赋予知识群体的正气与真气！《减兰·题读庄十札》主旨不在"玄言"，而在于那种曳尾泥涂而旁若无人的狂态：

高寒通袖，正要玄言开众妙。却笑蒙庄，曳尾涂中老更狂。　　荒唐谁契，旷代相望交一臂。忽失奇穷，耿耿霜灯气吐虹。

本篇作于境遇"奇穷"的 1962 年，恢奇谈谐，可谓荒唐，然而与自己面对的时代相比，到底哪一个是更荒唐的呢？自两千多年的哲人读出"旷代相望"的悠然神会之感，霜灯吐虹，令人忘忧，庄子之功亦可谓大矣！虽"槃郁精深处稍逊，变化亦不及瞿禅灵幻"[2]，但仅凭这一份"都

---

① 鹭山诗语，转引自南航《夏承焘吴鹭山半世纪交往记》。
② 刘梦芙：《冷翠轩词话》，《二十世纪中华词选》，第 898 页。

472　第三编　以学人为主干的民国中后期词坛（1920—1949）

把浮荣谢去"的圭角芒刺①，吴鹭山就已堪称是近百年词苑一座难以攀缘的"最高峰"了。② 在他身上我们再一次看到，由智慧、定力凝结而成的人格永远拥有比文字强大得多的力量，尽管它们常常是融汇一体、须臾不可割离的。

与吴鹭山最称交好、与瞿禅亦在师友之间的苏渊雷（1908—1995）人生形态颇为跌宕，诗享盛誉，词亦称健者。渊雷字仲翔，晚署钵翁，又号遁园，平阳人。1922 年入浙江省立第十师范学校读书，师从朱自清、夏承焘，早年投身革命运动，1926 年即加入中国共产党。"四一二"政变起，遭捕判刑，1933 年始获保释出狱。抗战起，赴重庆中央政治学校任哲学教席，又辞职创办钵水斋书肆，章士钊、钱穆、李约瑟等时来盘桓，遂成陪都一大文化沙龙。新中国成立后渊雷任华东师大历史系教授，1958年遭打右派，流放东北边城十余年，1979 年后始重返华东师大，讲学著述以终老。渊雷博雅融通，文史哲均造诣深湛而佛学尤精。著述甚丰，诗才也最富，虽在极北之困厄中亦不废吟咏，今存稿量逾两千，或有一叠韵至数十首者，故冯永军《当代诗坛点将录》点其为"天微星九纹龙史进"，以为可与钱仲联、王蘧常并称"三仲"，奔逐中原，正不知鹿死谁手，而微嫌其多。③

与诗相比，渊雷词仅五十余篇，"绪余"而已，刘梦芙则给予"几于首首精品"的好评④，虽稍觉过誉，而所说"《金缕曲》多章，悲慨中有磊落之气，何减稼轩、同甫；《木兰花慢·和吴鹭山》清畅流美……《高阳台》写都门秋思，饱含家国之忧，苍凉沉郁，以深刻之笔反映'文革'乱世，于同辈词人中亦难得一觐"云云则甚切实，不妨一看：

绿意肥芳野。好风光、蛾眉凤翅，艳传天下。烟树万家灯火闹，历尽沧桑婚嫁。更种种、心声心画。吊古伤今聊复尔，湿青衫、我亦同司马。情一往，从头写。　　樵歌白石鸣榆社。郁冬青、

---

① 吴鹭山：《水龙吟·次和苏渊雷听雨》。
② 吴鹭山：《浣溪沙·黄山文殊院再赋》句云："始知身在最高峰。"
③ 该书第 37 页，《论诗绝句》有"微觉一编篇什富，贪多曾笑曝书亭"语。
④ 《冷翠轩词话》，《二十世纪中华词选》，第 840 页。该条称《钵水斋词》存稿不足三十阕，似未见全帙。

梦中托句，思何深也。意气平生王道甫，冢近后山梨樾。度几个、漫漫长夜。大雅蓁园俱往矣，剩荒榛、啼鸟谁游者。春黯黯，忽新夏。

——金缕曲·怀葛楼居，读稼轩词，追次其《贺新凉》三阕，聊以自遣，亦恨古人不见吾狂之意耳（三首之二）

野棠花未落，门外柳，已青青。恰寒食东风，单衣试酒，难卜阴晴。最是一年好景，看梨花、飞雪满春城。老我怀人无绪，匆匆过了清明。　　庞公上冢载歌声，几个误归程。算吹角荒江，持觞曲岸，总觉多情。快读隔江新句，助回肠、荡气感精灵。小住为佳趁早，雁山准叩高扃。

——木兰花慢·和吴鹭山清明见怀

暑气初收，蝉声乍歇，重来恰又秋阴。曾几何时，长安旅梦频惊。驱车迤逦长杨道，隐红墙、栋宇沉沉。太无端，地坼鳌翻，水咽龙吟。　　蓬莱几度知清浅，有蚊虻过眼，荧惑飞星。翠挹西山，闭门坐废登临。怀人忆旧浑无绪，更清游、俊约难寻。莫凭栏，一抹斜阳，万叠愁心。

——高阳台·唐山地震，避难于北京西郊而作

《金缕曲》为苏渊雷最喜用的词调，凡十余首，而各种词选甚少取"绿意"一篇。其实本篇豪迈在骨，较其余同调词质朴厚重得多，也比众口交赞、实则应景应制的"主旋律"之作《念奴娇·黄河颂》更具稼轩神髓。[1]作此篇时，词人历经十数年流谪生涯，放归未久，故"历尽沧桑婚嫁。更种种、心声心画。吊古伤今聊复尔，湿青衫、我亦同司马。情一往，从头写"云云实是披了古人外衣的大感慨、真沉痛。与《金缕曲》相

---

[1] 词云："黄河怒吼，挟冰雪万里，飞龙奔马。浊浪排空终到海，九曲千弯一泻。民族摇篮，人文渊薮，首出吾华夏。抗怀千古，心潮同此高下。　　因想白也天才，浩歌将进酒，金尊自把。赌唱旗亭画壁处，得意高王潇洒。我辈登临，风流应不让，昔贤来者。况逢盛会，举杯能不干也"，刘梦芙赞云："遏云高唱，吐气如虹，有压倒一时英杰之概，不知胸中吞几许云梦也"，揄扬过当。

比，作于 1977 年的《木兰花慢》确实"又换一副笔墨"①，平生挚友，各自蒙难，而今劫后新生，笔致当然是轻快流动的，但也不乏沉慨，诸如"庞公上冢载歌声，几个误归程。算吹角荒江，持觞曲岸，总觉多情"等句意在言外，是很令人"回肠荡气"的。而《高阳台》的"都门秋思"并不就是翻了黄仲则等"全家都在秋风里，九月衣裳未剪裁"的老账，"太无端，地坼鳌翻，水咽龙吟""蓬莱几度知清浅，有蚊蚋过眼，荧惑飞星"之句既不仅抒写了个人情怀，也不仅是自然灾难之谓，那是一种相当冷静的历史人文感受。渊雷在"文革"中遭受冤屈，被逼跳楼自杀，他事后有言云："读书明理，这种疯狂的年代岂能长久？当时我如果自杀，这几十年的书不是白读了？"② 清醒难得，坚韧尤其可佩，堪为《高阳台》加一注脚。

苏渊雷小令亦有佳作，最负盛名者系《浣溪沙》八首。词前小序云："友人文燕堂为诵沈祖棻词句：'风扇凉翻鬓浪绿，霓灯光闪酒波红。当时真悔太匆匆'，相与叹赏。人言愁我始欲愁。因取其落句，试填八阕，意尽而止，聊写我忧云尔。"组词作于 1953 年，词人已是"伤于哀乐"的中年，笔意顽艳浑脱，直追小晏、纳兰。试读其一、五、八：

> 肠断蓬山隔万重，吟边禅榻鬓边风。此身端合老诗丛。
> 清景难摹饶句活，浮生易漏待情钟。当时真悔太匆匆。

> 好景随心乐未终，风花雪月转俄空。诸天消息不言中。
> 密语如珠人似玉，番茶初沸酒初红。当时真悔太匆匆。

> 四纪灵箫遇定公，词传影事证禅红。销魂说偈寸怀同。
> 心屋有人藤吐绿，情天无迹鸟凌空。当时真悔太匆匆。

值得补说一句者：其第八首过片对偶极清新，盖点化西人"人生无

---

① 刘梦芙：《冷翠轩词话》。
② 魏承思：《最后一个才子苏渊雷》，《南方人物周刊》2011 年第 37 期。

爱，有如华屋空荒，得爱则生命如长春藤""爱如飞鸟，一去无迹"等语而生出神采，可见这位博学的天风阁弟子在"新学"方面也是与瞿禅声气相通的。

"一角山楼尘不到，灯窗记伴维摩。夜阑风雨起龙柯。群魔从嗫喏，老子自婆娑。　　三宿归来惊劫换，眼前一片烟波。华年心事两蹉跎。待招鸾啸客，和我凤分歌"，以《临江仙》与瞿禅作此风雨龙吟楼唱和、后来成为曲学泰斗的王季思亦是天风阁上佳客。

季思（1906—1996），原名王起，永嘉人，自东南大学吴梅门下毕业后历任中学教职，1941 年后执教浙江大学龙泉分校、之江大学、中山大学等。其为词得自瞿庵指授，入手即多婉约之作，如"枕痕伤别泪，灯影隔花人"，"如何三月尽，犹有未销魂"（《临江仙·记梦》）等。《金缕曲·吊阮玲玉》痛悼一代名伶，大有"情不知所起，一往而深"之概：

> 玉汝何时醒。可还能、开帘约月，回腰照镜。罗袂生尘花失艳，眼角啼痕空莹，再不见、双眸炯炯。撷取人间无限恨，向情天、一现惊鸿影。身与世，两难问。　　十年踪迹嗟萍梗。况高堂、桑榆境迫，须人定省。谁识银灯光照处，颦笑都存至性。漫只赏、歌清妆靓。谣诼蛾眉何处诉，恨颠风、一夜吹春冷。天不管，儿女命。

阮玲玉事轰动一时，而以词祭之者似仅见此，堪称"补史"之作，眼光才力均非凡手可及。此种"芬芳悱恻"的风情很快就被抗战的硝烟涣散，"大敌当前，转而为稼轩龙川"之慷慨激扬。[①]《满江红·送友人从军》《念奴娇·次韵宛春作》《一萼红·偕声越游金华北山》《金缕曲·送友人至三磐防次》等一批作品皆足为代表，而含蕴深婉、将儿女情打叠入"江山双泪"的《连理枝》等篇尤佳：

> 风叶鸣阶砌，布被生秋意。梦短宵长，愁深醉浅，怎般滋味。

[①] 《王季思诗词录后记》，浙江人民出版社 1981 年版，第 200 页。

476 第三编 以学人为主干的民国中后期词坛（1920—1949）

更锦屏、璧月不留人，忍江山双泪。　　几度挑灯起，花影犹沉睡。眠食关心，也应瘦损，谢娘眉翠。待寄书、说与莫相思，早相思满纸。

此虽抒写与爱人离居之苦，但"布被秋宵梦觉，眼前万里江山"（辛弃疾《清平乐》）的大题旨被举重若轻镶嵌其中，风骨是相当挺拔的。季思词作不多，但风格较多元，《沁园春·赋得梅花接老爷》作于1947年，时宋子文到孤山探梅，杭州市长一路替他开车门，提皮包，季思因据"一个哼来一个哈，老爷坐轿看梅花。梅花忽地开言道，小的梅花接老爷"之打油诗敷衍成篇，含怒骂于嬉笑，犀利至极：

几日轻阴，一番新霁，春寒减些。渐钱塘门外，暗香浮动；金牛湖上，疏影横斜。难得休官，转添逸兴，来访孤山处士家。临安府，得随车陪话，羡煞梅花。　　梅花忽地开言，道小的、梅花接老爷。恨此身错嫁，林逋老子；但知吟咏，不顾生涯。鹤子无能，还求提拔，也好跟跟小汽车。财神庙，恰侬家左近，请吃杯茶。

依此不拘一格、才情奔逸的路数，王季思是很有望成为杰出之词家的，然而晚年多"紧跟""歌德"之作毕竟大大限制了他的成就，虽可理解，难免遗憾。《金缕曲·寄悼夏瞿禅先生》是耄耋之作，元气充沛，虎跳龙拏之致不减往昔，是其暮年最为醒目的佳篇，较之世所称赏之《念奴娇》"游览东坡赤壁"一篇高出不知几许[1]：

一夜倾盆雨。梦回时、天惊地破，恍闻天语。炼狱沉沉妖焰息，火凤腾霄飞去。看双翼、抟风搅雾。彩练横空霞散绮，是呕

---

[1] 《念奴娇·一九八〇年十一月十三日游览东坡赤壁》词云："百战山河，淘洗出多少，中华英物。一炬曹瞒何处也，长想东坡赤壁。笛韵悠悠，天风渺渺，吹起漫江雪。浩然赋就，千秋无此词杰。　　因念年少清狂，登高怀远，意气因公发。头白亲临觞咏地，但见烟波明灭。一谪黄州，再投琼海，宁损公毫发。长吟归去，车窗还见眉月。"其后自注云："此词与钱仲联教授同赋。《念奴娇》首句依律当平起。或谓可改'山河百战'，则气势顿减。因不能以声害意，遂仍其旧。"

心、吐出回天句。长爪辈，何须数。　　谢池草色曾同赋。问当年、雷湾雪浪，联吟记否。出塞哀歌删不尽，又听山阳哀曲。空怀想、浣溪花树。闻道锦江春正好，想吟魂、长绕巴山路。孤山鹤，休回顾。

王季思的词创作与瞿禅相关者不少，这首悼词是致敬之作，亦是展现、总结了他与天风阁的渊源的。

六　天风阁词群（中）"江东三少"陆维钊、徐震堮、胡士莹

并称"嘉兴三才子"，又称"江东三少"的陆维钊、徐震堮、胡士莹年龄与瞿禅相若，陆、徐二位又与瞿禅长期交好无间，早被视为同一"宗派"[①]，故也当在"天风阁词群"一并述之。

陆维钊（1899—1980），字微昭，晚署劭翁，浙江平湖人。少年入嘉兴秀州书院，从朱蓬仙、刘毓盘等受业。民国九年（1920）考入南京高等师范学堂文史部，游处柳诒徵、吴梅、王伯沆等尊宿门下。十四年（1925）应聘清华大学国学研究院助教，为王国维助手。十六年（1927）辞职南归后执教松江女中、杭州女中、上海圣约翰大学等。40年代佐叶恭绰纂《全清词钞》，并编《全清词目》，出力最多。叶氏所谓"能终全其事者，唯陆微昭君一人"[②]。新中国成立后先后执教浙江大学、浙江师范学院、杭州大学，1960年调浙江美术学院任中国画系副教授，并受院长潘天寿委托，主持创办书法篆刻科，任科主任。陆维钊以书画篆刻最为世知，独创之"陆维钊体"（又称蝶扁书、扁篆）非篆非隶，亦篆亦隶，独树一帜，蔚为大家，蜚声四海。其绘画取"南派"之法，融书于画，擅作泼墨山水，更合以诗词题款，艺苑因有"三绝"之目。

作为"三绝"之一，陆维钊词名并不甚著，一般大抵以为书画之搭缀而已，故不仅关注评骘者少，断语也歧异。刘梦芙《点将录》点其

---

① 1952年7月3日在王西彦宿舍参加互助小组会，王指出，徐震堮、陆维钊、任铭善以及夏以前同住罗苑，成为中文系宗派的核心。见《日记》。

② 是水《全清词钞编纂经过》，《大公报》1980年5月10日，转引自"陆维钊书画院"主页。

478 第三编 以学人为主干的民国中后期词坛（1920—1949）

为"天剑星立地太岁阮小二"，评云："其《庄徽室词》今已难觅，惟于各类选本中得读若干首，皆雅丽精警之作，抑郁中有英迈踔厉之气，可觇战乱时代士人之抱负"，甚致推崇。网络名家莼鲈归客则云"词多感时之作，造语直白而意境浅露，非雅正之音"①，贬抑颇力。两者之分歧并不难理解：主意气性灵，故推崇；主格调律法，故贬抑。类此之境况早在清代陈维崧、郑燮、蒋士铨、郭麐等身上屡次出现过。陆词不大为律调所拘，力抒性灵，自走一路，理应得到表彰而非责难。且先看《浣溪沙》与《唐多令》：

> 谁道飘零见已难，梦中依约傍眉山。悔听啼鸪转摧残。　　一片春声深浅雨，十分心事短长笺。要将华发系华年。

> 莫道不关情，经年掩旧屏。任芭蕉、护住窗棂。略放来风空穴过，算添了，雨声听。　　听雨夜三更，灯残梦未成。越相思、越怕无凭。便化春江都是泪，只方便，乱飘萍。

词均写"闲情"，当作于与表妹庄礼徽热恋之际。因为母病缘故，维钊早由家中指定婚事，而复陷入与小八岁之表妹庄礼徽之恋情。然而退婚不成，礼徽亦诸多顾忌，遂令这段爱情从一开始就蒙上诸多不祥色彩。所谓"飘零""摧残""越相思""都是泪"云云即使此种心境之表述。及母亲病逝，维钊年已三旬，尚未成家，因有《鹧鸪天·余而立之年，未能为家，遑云救国。或有以近况见询者，感于世事蝍蟟，习于书生之愤懑，聊书一词，以代小柬》：

> 楼上纱留褪色痕，楼前风扫蝶余魂。近来家似无僧庙，冷雨寒花独闭门。　　无一语，对黄昏，半窗残蜡旧温存。深宵起视人间世，依旧天低碍欠伸。

"依旧天低碍欠伸"，这种感觉或由婚恋事而引起，然而也正如词

---

① 《留社诸子评近代书法家诗词》，网文。

题所云"世事蜩螗"，那么其"愤懑"也就不仅是个人身世之感，而足可推展到更宽阔的时空背景中去，成为战乱时代一种士人心音的典型。迤迁延数年终得借贷退婚成功，礼徽则染肺痨一病不起，"只薄命、古今一例……算此生、此世难回味。谁铸错，六州泪"①，这段悲凄之情成为词人心头不能承受之重，自此以"庄徽"名室，终生铭刻。② 屡形于言者亦恸彻肺腑，令人鼻酸。《减字木兰花》已作于礼徽逝世多年后，凄厉之声犹栩栩然纸上：

> 潇湘风雨，凄绝乱离生死语。一暝全休，那遣人间万古愁。
> 余生踽踽，梦断孤衾无觅处。悟到空花，曾记当年痛毁家。

"造语直白"容或有之，"意境浅露"似难苟同，"雅正之音"云云则古人亦嫌拘墟，其内涵也早该调变得宽阔些了罢？更何况维钊的"感时之作"也大有不那么"直白""浅露"的？如《高阳台》：

> 苑甸花零，宫沟石损，旧游记傍台城。才一番风，客悲突起无名。月圆不似乡园柳，是齐陈、画里神京。甚无端，鼓角谯楼，大地边声。　　故家乔木雕零尽，莫斜阳双燕，还语空营。草草江南，犹传乐府春灯。兴亡只在桃花扇，问秦淮、何事干卿。怎消他，如此荒烟，如此清明。

与《木兰花慢·哭刘子庚师》《满江红·瞿庵师病殁大姚，徐益藩、梁瑑及诸同门遥祭海上，词以志哀》等名作一样，那种"只箧墨丛残，书生侘傺，那问苍天"（《木兰花慢》）的心境诚然是悲愤难胜的，气韵则爽健贯通而笔法不无蕴藉。另如《拜星月慢·和王欣夫、陈蒙庵咏灯火管制》，单看词题即可知是负载了鲜明历史场景的别具一格之作，词亦苍凉可读：

---

① 陆维钊：《金缕曲·寄庄徽》。
② 陆维钊与庄礼徽事迹参见邢秀华、鲍士杰《陆维钊》，西泠印社 2005 年版。

沸角名都，过兵辇路，一霎尘迷月暗。不待宵深，蓦闻铃肠
断。更谁念。旧日栏干，十二凭处，宝马香车都换。黯淡阴磷，绿
谁家庭院。　　想当时，泪积华缸满。恍回首、禁火春城畔。记别
玉宇琼楼，总长安日远。况年光、闪电人蓬转，穷途泪、易结伤高
眼。剩指点。一一霜乌，著江山无限。

晚年的陆维钊自也不少宗朱颂圣之作，大时代氛围使然，并无可厚
非。及饱经摧折、甫转承平，也已心力交瘁，虽有《金缕曲·病中闻宛
春下世》《水调歌头·去日已堪惜》等一二佳作，也难有回天之力矣。
但无论如何，作为天风阁词群之重要一员的陆维钊是值得在词史上留下
一帧独异的面影的。

"三少"之中，徐震堮（1901—1986）与瞿禅关系最为紧密。震堮
字声越，嘉善人，其求学之轨迹大抵与陆维钊同，亦在南高师文史部从
王瀣、吴梅、柳诒徵等治学，而日后卓然成家者乃首在外文。震堮通
英、法、德、意、俄、西班牙六国文字，三十岁后又学世界语，创作的
世界语诗歌曾被选入世界语诗人喀洛卡伊所编《九诗人集》和苏格兰
诗人奥尔德所编《世界语诗选》。1939 年后执教浙江大学、华东师范大
学等，晚年任华东师大古籍所所长，著述丰硕，如《汉魏六朝小说选
注》《三家注李长吉歌诗》《敦煌变文集校记补正》及《再补》《世说
新语校笺》等皆脍炙人口。诗词集名"梦松风阁"，内收词九十余首。

与陆维钊相比，徐震堮一入手就显得中规中矩，是比较"时尚"的
"梦窗风"，故刘梦芙评云："其早期词作以长调居多，取径梦窗，上窥
《片玉》，琢辞工炼，持律谨严，而用笔命意，未免有因袭前人处。"①
较有情致者如《高阳台》，足可继武朱竹垞氏之名作：

泪印书鸦，尘惊筝雁，赚人终是年年。吹絮帘阴，东风摇梦成
烟。柳丝系得斜阳住，甚亭台、换了啼鹃。又无端，旧事零星，都
到尊前。　　如今暗雨衰灯外，但飘零酒盏，掩抑朱弦。海思云
愁，不堪料量吟笺。红楼咫尺关情地，寄瑶华、枉托芝田。太凄

---

① 《冷翠轩词话》，《二十世纪中华词选》，第 645 页。

凉，燕语黄昏，第几阑边。

"吹絮帘阴，东风摇梦成烟"这一类颇具梦窗神理的闲情之作在声越早期占比甚高，但大抵风致高华，不做痛心疾首状，是性情使然。如《最高楼》用僻调而笔致淙淙流转，足见才情：

> 关情处，缘浅转情多。对面隔山河。恼渠明镜团围月，思君流水去来波。一天愁，无处顿，问双蛾。　　花太妩、尚余春几尺，人欲渠、懒题笺十色。心宛转，影婆娑。绿阴终作他家树，青梅休唱小时歌。说相思，灰尽也，冷难呵。

《木兰花慢》与《金缕曲·哭弟履坦字道平，卒年二十》是此期难得的深情贯注、长歌当哭之作。《木兰花慢》"惊沙回旋大野，算十年、开遍战场花。多少锦衣绣褕①，谁吟杜老兵车""回首冷云江上，愁闻商女琵琶"云云，忧患感可谓咄咄逼人。《金缕曲》则纯以真气行文，"落地为兄弟。分此生、蛩蛩駏驉，百年相倚""四海子由今已矣。问几年、心肝呕尽，都成何事""一叶茫茫人海大，算孤单、入世真无计。行自念，痛予季"等句酸苦真挚，已非梦窗、清真所能限。作于1929 年的《定风波》云："枳棘篱头野雀喧，小庭生意自欣然。屋外无山晴更好，添了，斜阳一树晚来看。　　料理清狂原不负，知否，人间难得睡乡宽。明约看花侬更懒，先办，三杯卯酒压春寒"，走的是举重若轻的洒略一路，可看出词人愈益趋向成熟的大方向。至于身丁倭难，避地龙泉，与瞿禅等日夕盘桓，其词之面貌也愈趋朴质而兼高逸。《鹧鸪天·赠瞿禅》云：

> 有客相从寂寞滨，书堂遥忆谢家邻。新词漫遣供惆怅，矮屋犹堪一欠伸。　　歌抑塞，酒逡巡，未妨高卧北山云。龙蛇影里钩帘坐，不染西风庾亮尘。

---

① 绣褕，半臂也，见《后汉书·光武纪》。

陆维钊《鹧鸪天》云"深宵起视人间世，依旧天低碍欠伸"，徐震堮则云"新词漫遣供惆怅，矮屋犹堪一欠伸"，同一"欠伸"，意趣相去绝远而各有其妙。《水调歌头·山中月色甚佳，与瞿禅徘徊松影间久之，走笔为词，邀瞿禅和，兼戏江冷》一首尚未及瞿禅同时词作之沉郁，但也飘逸悠扬，使人生绝俗之想。处于漫天烽火之中，能对月色，暂忘殷忧，不仅是可以理解的，也是应感庆幸的罢？

> 何处无明月，秋色满人间。不知今古几客，如我两人闲。却似承天寺里，荇藻满庭交影，回首一千年。公复识吾否，一笑问坡仙。　　几回看，天倚杵，海成田。更后千年相见，鹤发已垂肩。寂寞广寒宫殿，桂树团团露湿，下有老蟾眠。唤起为公舞，吹笛万山巅。

刘梦芙评声越词又云"晚年词笔已趋苍老，尽洗铅华，悉归浑朴"，诚然。1967 年正是"文革"如火如荼时，面对冲击与乱象，词人乃有"道不行，乘桴浮于海"之想。《水调歌头·思归》云：

> 归去复归去，梦寐水云边。赁得山园半亩，种竹养风烟。检校一庭花药，问讯六桥鸥鹭，饮啄得天全。长日更无事，欹枕北窗眠。　　一箪食，一瓢饮，自欣然。万事空中过鸟，小大不论年。一卷床头老易，几度尊前醉醒，我与我周旋。为谢载醪者，老病已忘言。

词中的想往与平淡似乎不是浩劫中人语，但又何尝不是"侧过脸去"的反拨与对抗？"万事空中过鸟""我与我周旋"等语难道不是有着几分酸辛与无奈么？翌年所作两首同调词亦皆极言"苶尽舌端矛戟，忘却胸中泾渭，莫莫复休休""道在稊稗瓦甓，身是鼠肝虫臂，悔作不祥金"之类对于"蒙庄子"的心契，内里当然是自全自慰的哲学选择。在那样狂飙突进的氛围里，如此定力与智慧已经不可多得，因而值得三复之并致以敬意的：

晚读人间世，不赋畔牢愁。渐近行年七十，自顾复何求。半世游身羿彀，不中岂非天幸，中即欲谁尤。人事有代谢，华屋变山丘。

行忠信，虽蛮貊，可优游。莫道羊肠九折，路险不容辀。芟尽舌端矛戟，忘却胸中泾渭，莫莫复休休。我爱蒙庄子，妙喻泛虚舟。

铭骨佩斯语，机事有机心。扰扰世间何物，哀乐苦相寻。道在稊稗瓦甓，身是鼠肝虫臂，悔作不祥金。瞻望邈难逮，水上有挐音。　人已老，岁云暮，病相侵。余日何堪把玩，万事付升沉。看尽鱼龙曼衍，等是鸡虫得失，弹指去来今。诗罢一长啸，酒熟可频斟。

只是，浩劫之所以为浩劫，哪是"虚舟"二字可全化解得了的？1967 年任铭善被多年的惨酷迫害攫夺去了并未衰颓的生命，谊兼师友的徐震堮又一次不那么"和平敦厚"地长歌当哭了。[①]《金缕曲》一首悼词不徒见情感，亦能见风义骨力：

臣质销亡矣。叹从今、卜邻湖上，都成虚计。哀唱独弦谁予和，药物闲时谁忆。念屈指、天涯知己。君去唯余王老在，为同挥、注海倾河泪。多少事，从头记。　竹楼风雨同眠起。更西湖、疏帘水阁，挑灯谈艺。我是醉人多妄语，赖子交情不替。冀岁晚、冰霜相厉。二十五年真一映，想平生、风节如元礼。哀不尽，天方恲。

声越尝于任铭善本年 11 月 9 日来书前记云："此心叔绝笔也。九日晚疾大作，延至十二日晚七时遂奄然长逝。斯人既往，臣质不存，自今亦无意于人事矣"，可见沉痛灰心到了何等地步！那样深长的"太息"之声终于在词末转成"天方恲"的谠怒[②]，也构成了对怪诞时世音量特

---

①　王起：《梦松风阁诗文集序》语。

②　徐震堮：《水调歌头·病作寒鸦噪》一首句云："太息平生叔子，玉树已尘埋。"恲，愤怒之意，见《尔雅·释言》。

484 第三编 以学人为主干的民国中后期词坛（1920—1949）

强的一种诘问。由是言之，徐震堮的晚年之作是焕发出了独有的光彩的。

与陆、徐二位相比，胡士莹与夏承焘关系似相对疏远些，唱酬也少，但因在"三少"之列，也应附属天风阁词群而谈之。胡士莹（1901—1979），字宛春，平湖人，在南高师毕业后历任各中学教员，1929年后执教暨南大学、圣约翰大学、光华大学、之江大学、杭州大学等。士莹书法成就甚高，亦能画，又善围棋，而最以通俗文学，尤其话本小说研究著称于世。除代表作《话本小说概论》外，《弹词宝卷书目》《变文考略》等亦深具影响。士莹于词坛成名亦早，三十年代即衷其所作词八十四首，结集成《霜红词》刊行。王焕镳《序》许为"浸淫于片玉、梦窗两家为深""脆而不腻，涩而愈腴"。[①] 后又辑三十岁之后所作成《霜红词续编》，未及刊行而散佚殆尽，故"曩者婉和韶令之韵"所转成"今之呻吟呼謈之声"已不可见[②]，今《宛春杂著》所附词亦仅在《霜红词》基础上略增数首而已，胡氏的整体创作风貌其实已漫漶不清。

《霜红词序》所谓"涩而愈腴"者可置之毋论，"脆而不腻"——也即清新而不秾艳——者可先读《采桑子》："烛花惯傍愁鸾泣，月底箫声，霜外笳声，一样秋声两样听。　　惊乌绕树啼偏急，灯火微明，帘影空明，最不分明梦里情"，上片写"声"，下片写"明"，回旋复沓，极见慧心。《鹧鸪天》则逼似小晏，也是"脆而不腻"之作：

> 独上高楼伫夕阳，落花飞絮费平章。直教缠绻成新恨，争忍殷勤理旧狂。　　牵别袂，话离肠，眼前光景也寻常。无情一碧春江水，荡得离愁尔许长。

另如《蝶恋花》"旧日绿杨犹梦见，红楼那角寻思遍"、《浣溪沙》"五更风雨十年心""人间如梦欲成痴"、《蝶恋花》"花开花谢谁与说，红是相思，绿是愁时节"、《鹧鸪天》"恩情恰似中庭树，一日西风一日

———————————

① 载《宛春杂著》，浙江人民出版社1984年版，第318页。
② 陈运彰：《霜红词续编序》。

寒"、《玉楼春》"甘留青果味难回，苦到红莲心易擘"等句，皆精警情深，确乎能"融合阳春、小山、饮水诸家之优长于一体"①。《霜红词》当然也不只是闲愁，《木兰花慢》一首是"三少"唱和之作，徐震堮发端，"词旨哀婉似蒋鹿潭"，陆维钊和之，而二人皆当让宛春出一头地：

> 倚危楼一角，看落日、大旗遮。指一发中原，百年乔木，草草京华。昏鸦衰杨自恋，叹飘零、王谢燕无家。谁道风流老子，犹歌铁板铜琶。　　空嗟。往事委尘沙，客思乱如麻。奈野店鸡声，霜桥马影，岁月无涯。兵车辚辚几度，怕江山、开遍杜鹃花。多少蘼芜巷陌，伤心付与秋笳。

作此篇时，"三少"均是志气激扬的英俊年华，然而"兵车辚辚"的时世却造就了"付与秋笳"的"伤心"音调。"怕江山、开遍杜鹃花"，这诚然是不可忽视的泣血悲怆的心灵记录！《八声甘州·九月避兵海上感赋》系用梦窗韵。梦窗原词乃是后人很称道的高朗挺健之作，这首追步之篇深沉亢爽而不见密涩，气质略如梦窗而又非一味追摹，乃是一己经历心绪的完美表达：

> 怪天涯、飘泊似杨花，离怀悢零星。正旌旗四出，群山无语，笳鼓连城。剑气刀光不断，草木亦膻腥。忍听哀鸿唳，满地秋声。　　回首铜街车马，倘歌休舞倦，月冷花醒。漫穷途雪涕，相向眼谁青。念家山、鹤愁猿病，问甚时、归梦落寒汀。披襟望，又危樯外，风卷云平。

与这首《八声甘州》一样浑融于古人而能自出手眼者比比皆是，诸如《莺啼序·秋感和梦窗》《扬州慢·丙寅秋暮……》《齐天乐·蟋蟀》等皆予人举重若轻之感。最后还可读抗战胜利后所作《西子妆·西湖兵后，故人云集，眷念昔游，曷胜依黯，赋此寄怀》一首：

---

① 刘梦芙：《冷翠轩词话》。

486　第三编　以学人为主干的民国中后期词坛（1920—1949）

　　　　粘草屐香，倚花笛醉，旧赏西湖亭馆。小楼风月不胜春，绕六桥、梦魂零乱。胡尘事远。剩南渡、江山一片。冷斜阳，想柳边花外，劫灰仍暖。　　烟萝伴，北岭南峰，记否腰脚健？玉尊断送少年狂，怅匆匆、舞葱歌蒨。无多泪眼。料西子、残妆羞见。问沧波、可许征衫共浣？

　　人到中年，叠经烽燧，词人笔下格外多了一份难言的沧桑之感。自此下去，或者是会成就一个精彩得多的霜红词人的。胡氏其后全情投入通俗文学研究固然由于学术上的审慎定位，而在动辄贾祸的特殊年代，远离吟风弄月也不失为一种明智的选择。因为中道弃置，胡士莹似成了"三少"中稍弱的一环，但以"情怀刻挚，风神曼妙"的风格，也足以在天风阁词群，乃至词史上高踞一席了。①

七　天风阁词群（下）任铭善、蒋礼鸿、朱生豪

　　与"三少"一样，瞿禅三位高足任铭善、蒋礼鸿、朱生豪均别有造诣，不专工词，而词也不凡，天风阁上，当有画图。兹分别简谈之。

　　　　清溪照影，身世长镵白木柄。春是我春，坐稳驴年学道人。纶竿任朽，碧海长鲸看赤手。却笑坡翁，岭表江南一梦中。

　　　　良工心苦，世上几人学杜甫。夜雪空山，细字虫鱼理要删。玄篇独守，只畔牢愁犹在口。当日鹭群，料也知闻不到君。

　　任铭善（1913—1967）这两首《减兰》吴鹭山以为"深婉典雅……得谢邻衣钵真传"②，是，铭善与瞿禅谊兼师友，情分也确乎最密。瞿禅1945年在龙泉听铭善演讲《古代数之观念》，瞿禅兴"有此良朋，足慰平生"之叹。翌年铭善又规劝瞿禅当有岩岩气象，为社会表率，使小人有所畏惧，并批评瞿禅在雁荡所作词能自成意境，然不能

———————

①　刘梦芙评语，其《点将录》将"三少"点为阮氏三雄，入天罡之数。
②　《吴鹭山集》，线装书局2013年版，第711页。

出，缺点在太着意，太求胜。① 如此细节，已能见出师友间诤畏风义。铭善字心叔，江苏如皋人，1935 年毕业于之江大学后任教于之江大学、三元江苏学院、浙江大学等。新中国成立后任浙江师范学院教务长、中文系教授。1957 年反右运动起，因对《人民日报》社论《这是为什么》发表批评言论等事被打成极右分子②，此后不准教书刊文，每月仅发生活费三十余元。铭善虽变卖藏书碑帖度日，仍极尽艰辛。瞿禅对这位高足虽曾违心严谴，内里则呵护有加，曾多次将铭善之文署上自己的名字发表，稿费交其补贴家用。"文革"次年秋，铭善郁郁以殁，年仅五十四岁。临终有语云"我死了，夏先生可以少一条罪名了"③，师弟间生死情笃，令人鼻酸，更加令人心酸欲碎的则是一代奇才风雨摧折的悲凉谢幕。

任铭善以小学、经学驰誉学林，汉语史、语言学理论、现代汉语等研究亦称先驱奠基一辈。著有《礼记目录后案》《汉语语音史要略》《古汉语通论》（与蒋礼鸿合著）等。词在任心叔是余事为之，但自其与瞿禅密切交游唱酬而言，作品数量当甚可观，惜未曾梓行，大抵散佚，今仅得十七首，集名《忍冬草》，见附《无受室文存》中而已。施议对称其"喜梦窗一路，所作甚绵密，但无堆砌晦涩之弊"④，刘梦芙则谓其词"清婉而兼雄浑……神似鹿潭"⑤，均可见好评。不妨先读"清婉"一路之《浣溪沙》"柳外珠帘碧几重，楼前流水自西东。人间多事费春工。　　已分因缘随社燕，断无消息托南鸿。明朝万一雨兼风"，末句可谓忡忡心忧，灰寂之意颇为动人。《齐天乐》一词咏皂泡，题涉无聊，本难寄托，心叔独能取"梦幻露电泡影"之"六如"观贯串全篇，新巧之外，更多一份沉郁悲悯，故胜夏承焘、蒋礼鸿同时之作：

---

① 《天风阁学词日记》1945 年 10 月 24 日，1946 年 1 月 26 日、2 月 28 日。

② 参见 1957 年 7 月 30 日《浙江师范学院校刊》"反右派斗争专刊"，见四书斋主《任铭善：一个被自己学生批判的国学大师》网文后附。

③ 王元化：《记任铭善先生》，载任铭善《无受室文存》附录，浙江大学出版社 2005 年版，第 471 页。

④ 《当代词综》，第 1499 页。

⑤ 《冷翠轩词话》。

人间无限飞沉梦，浮生几番弹指。一镜春花，十分秋月，多少团圆心事。此情谁寄。但望断云程，托身无地。莫逐游丝，晚寒高处易愁悴。　　浣衣人去甚许，腻流应化了，清泪飘坠。露电前缘，楼台幻影，一切有为如是。轻风又起。便转眼繁华，漫天散绮。亿劫微尘，都来方寸里。

《踏莎行·喜荪簃重会，同瞿师作》当作于四十年代执教龙泉时，劫火方炽，那种"喜"也是沉甸甸的，内里颇多槎枒纠葛，故下笔"落落有奇气"①，不肯作平易语：

客梦短长，离怀深浅，桑枯海竭归何晚。一重烟景与人期，十年江路和天远。　　鹃语凄音，龙荒幽怨，某山某水思量遍。休耽旧月上层楼，回风乱角今宵满。

大约作于此篇同时的《甘州·沙城客馆独饮辄醉有作》雄浑绵密，撮有吴梦窗、蒋鹿潭两家之长，也是其少数流传作品中能见情怀的一篇。过片"听水"数句巧慧刻挚兼而有之，则又非吴、蒋所能局囿：

渺空江、片月霁寒沙，帆落夜潮平。乍小屏围梦，长天过雁，画角连城。心事明朝晴雨，湖海十年灯。到枕哀蛩语，解诉飘零。　　听水听风都惯，恨无多秋泪，料理秋情。甚翻阶乱叶，犹作故园声。几回看，随身孤剑，奈中宵、残酒不曾醒。苍山外、五更霜气，带两三星。

天风阁弟子中，任铭善不仅颖悟识见过人，品格也狷介高逸，如果作品大都能够保存流播至今，其人——不仅作为学人——的面目也会更加清晰的。这是任铭善的遗憾，然而又岂止是他个人的遗憾呢？

刘梦芙《五四以来词坛点将录》点"江东三少"为阮氏三雄，很

---

① 刘梦芙：《五四以来词坛点将录》。

见慧心，而将蒋礼鸿、任铭善分点为石秀、解宝，则似稍欠斟酌。① 任蒋虽异姓，情谊固不输于兄弟。蒋礼鸿斋名"怀任"，即取于铭善逝世之后，朋友交谊之重有如此者，令人感动之余，自也对蒋礼鸿之敦笃留下深刻印象。蒋礼鸿（1916—1995），字云从，嘉兴人。1939年之江大学毕业后，先后执教之江大学、湖南蓝田国立师范学院、杭州大学等。礼鸿亦治小学，又精目录校勘之学，擅长俗语词研究、古书校释和辞书编纂，其《商君书锥指》《敦煌变文字义通释》《义府续貂》等著为代表作，《怀任斋文集》《古汉语通论》（与任铭善合著）、《类篇考索》等亦极为学界所珍。杭州大学因有"夏、任、蒋三先生同在一室，则有关中国文化之疑问无不能解"之说法，可见瞿禅及英俊弟子之造诣格局。

蒋氏《怀任斋诗词》中载词三十七首，早年所作为多。施议对《当代词综》评云："夏氏作词颇重寄托，蒋则不甚讲究，而以遣词顺适通达为归"，故虽曾摹写晚清四家词风，以和大鹤山人《菩萨蛮》八首而得到龙榆生"缠绵悱恻，自振雅音"的好评，《定风波·次彊村韵》也确乎逼近彊村高处②，但主导风格仍是顺达中不乏沉郁，能自写心。如《长相思》"上高楼，上高楼，若问君家甚上楼，要看天尽头。天尽头，天尽头，说道天还有尽头，相思无尽头"，其实是被人写滥了的古乐府遗意，能如此流转情深，殊为不易。《浪淘沙·用周文璞明日新年词韵》亦然：

> 谁乞买山钱，容我归眠。垂头鹤与噤声蝉。自笑此身从摆弄，风引虚船。　　流落楚江边，穷达皆缘。今朝聊复一欣然。借着夹衣冰雪里，捱到明年。

---

① 刘先生如此处理亦有苦衷。任年长于蒋，点为兄弟则任为解珍，蒋为解宝，而解宝为"天哭星"，与铭善遭际合，如此则蒋不得不与任"分而治之"。《点将录》有游戏味，但不易"玩好"，于此亦可见一斑。

② 词云："山黛冥冥叫去禽，乱烟愁入倚栏心。湖海情怀谁畔放，怅怅，词成那寄旧朋簪。　　见说桂浆能止忆，何益，迢迢北斗不堪斟。欲讯芳踪何处托，难说，蛮风蜃雨舞红深。"

490 第三编 以学人为主干的民国中后期词坛（1920—1949）

吴鹭山赠礼鸿诗云"云从长似垂头鹤，不向人前一饱鸣"，盖指其生性沉默高傲，故词中有"垂头鹤""噤声蝉"云云。① 词之上片颇为峭拔不平，下片聊自开解，而句末一个"摗"字则"解构"了"欣然"之意，可见虽寡言语，笔墨则迅捷可追光影，将乱世书生之心境写得丰腴层叠。《鹧鸪天》亦写乱世，而自个人情怀扩展至对时局国事的忧愤，虽有"九丘""九秋"字面犯复之微瑕，那样"狂来曲踊长三百""几番费涕与神州"的身影与表情还是极其生动的。"浯溪颂"之典故即热盼中兴之意，字里行间栩栩然有辛老子意态：

> 连海玄云苦未休，深弓杯影只成愁。狂来曲踊长三百，梦里飞翔又九丘。　　搔短鬓，上层楼，几番费涕与神州。书生好撰浯溪颂，争共骚人怨九秋。

《定风波·夜命熊梯云买熟果，拉杂共剥，简尘海楼》是最近辛老子之作，语多俳谐味，而笑中有泪，语杂芒刺。俳谐体甚不易作，礼鸿也于此最见才情：

> 负了花前金巨罗，故人回首渺关河。何必清流堪我与，村语，便无伦次不嗔他。　　着意疏狂成一笑，潦倒，呼牛呼马管人那。自作伧歌真草草，须报，发缄喷饭定如何。

需补说两点：尘海楼为任铭善寓所名，少壮至老，二人交谊可谓始终无间。而蒋礼鸿夫人盛静霞也是与沈祖棻齐名的卓异词人，后文"女性词坛"一编当详谈。

1942 年 5 月 1 日为朱生豪与宋清如婚期，朱请夏承焘证婚。瞿禅因南还温州之期已定，无奈辞之，而殊未料生豪两年后即辞世。这一点遗憾从此耿耿于怀，多年后尚为之心痛。② 因这一层因缘，"天风阁词群"

---

① 本篇自注。
② 《天风阁学词日记》1942 年 4 月 27 日、30 日，1947 年 10 月 10 日，1948 年 10 月 7 日。

最后理当谈大翻译家朱生豪。朱生豪（1912—1944），浙江嘉兴人，之江大学毕业后在上海世界书局任英文编辑。1936 年始着手翻译《莎士比亚戏剧全集》，虽因战乱而辗转流徙，贫病交加，仍坚持翻译莎剧三十一种之多，从而岿然为莎氏翻译研究之大家。朱氏词作不多，遗作仅二十首，由朱宏达整理笺释，刊于《词学》第六辑。

自所译莎氏戏剧即可知生豪辞采丰赡，情感烈灼，其词无论言情写忧，亦大抵如是。如赠妻子宋清如的《鹧鸪天》组词之一、三：

> 楚楚身裁可可名，当年意气亦纵横。同游伴侣呼才子，落笔文华洵不群。　招落月，唤停云，秋山朗似女儿身。不须耳鬓常厮伴，一笑低头意已倾。

> 浙水东流无尽苍，人间暂别易参商。阑珊春去羁魂怨，挥手征车送夕阳。　梦已散，手空扬，尚言离别是寻常。谁知咏罢河梁句，刻骨相思始自伤。

朱生豪与宋清如的爱情生涯颇为短暂，却成为最被后人怀想的几段民国恋情之一。① 近年《朱生豪情书集》火热坊间，"不须耳鬓常厮伴，一笑低头意已倾""谁知咏罢河梁句，刻骨相思始自伤"等句的浓烈深挚当与情书合观，为这段悲苦缠绵的乱世情缘写下清晰的注脚。同为写赠清如者，《高阳台》就掺和进了"故国江山"的"满眼风烟"，因而使"才子佳人"的旧范型中多了时代的感怆。词步张炎原韵，其苍凉感也确不在玉田之下：

> 芳雨朝朝，离魂夜夜，人生漂泊如船。忽遇飙风，狂涛卷尽华年。罗情绮恨须忘却，是女儿、莫受人怜。试凭高，故国江山，满眼风烟。　蜀山应比吴山好，望白云迢递，休叹斯川。花月轻愁，从今不上吟边。戈铤血染黄河碧，更何心、浅醉闲眠。听不

---

① 宋清如（1911—1997），江苏常熟人，1932 年入之江大学学习，翌年起在《现代》等多种文学刊物发表诗作，被誉为"不会比冰心差"（施蛰存语）的女诗人。

得，竹外哀猿，山里啼鹃。

生豪词为余事，故"律法偶有疏误，辞句亦欠浑融"，如《水调歌头·酬清如四川仍用原韵》首句"西北有高楼"，"楼"字当仄而用平，是声家大忌。但刘梦芙在指出上述问题的同时更说："未减词之真价也"，甚是。诗词原为言志写心抒情之物，倘心性卑琐庸俗，陈陈相因，全无自家性情面目，则又何贵乎技法声律之严谨？今之欲自艺苑跃成为"国学大师"者有云："吾诗词无一字平仄差错"，此断为不知诗词底蕴的外行话。试取朱生豪"偶有疏误"之作与"大师"相较，到底是谁更富诗情、所作为真诗呢？从此而言，仅存二十首词的这位瞿禅弟子诚然是有其"真价"的。

第三节　南中国士，岭海词宗：论詹安泰词

詹安泰（1902—1967）不仅有"南中国士""岭海词宗"之誉，更被日本学者与夏承焘并称为"南詹北夏"[①]，作为一代词学大家之地位相当显赫。因而在谈及"四大词人"之一身份前，有必要对其人生轨迹及词学建树做一梳略。

一　词学学的重要建构者

詹安泰字祝南，号无庵，广东饶平人，1926年广东大学中文系毕业后任教于省立第二师范学校，并兼任金山中学教师。1938年经陈中凡推荐，以名士身份被破格聘为中山大学中文系教授，继陈洵后主持诗词讲席。其后虽屡遭播迁，皆未离中大校园。共和国甫一建立，詹安泰即热情奋发，许下"三年不读线装书"之决心，认真研读马克思主义著作与新文艺理论，并以此为基础，于1953年主编《中国文学史》（秦汉部分），撰成《〈诗经〉里所表现的人民性和现实主义的精神》之

[①] "南中国士"见于唐圭璋《浣溪沙·题无著盦词》"国士南中世尽知"语，"岭海词宗"见赖少其《题词》，"南詹北夏"之说未可详考出处，2010年潮州举行的"詹安泰先生国际研讨会"上，日本学者海村唯一做题为《关于"南詹北夏，一代词宗"詹安泰的文化价值》之报告。

文，被誉为新中国成立后第一篇以马列主义观点方法研究《诗经》并取得卓越成绩的学术论著。尽管真诚投身思想改造并颇著劳绩，仍未获信任，1957 年"反右"运动起，因"反党小集团""攻击党委制""主张教授治校"等罪名被打"右派"，心极抑郁。"文革"起，罹患癌症住院治疗，后医院不肯收治，遂回家"自疗"，痛楚万状。翌年"破四旧"风起，著述颇多遭焚毁，赖三子叔夏偷藏潜埋，始得部分留存，而诸多珍贵文字如《宋词研究》十七章后之原稿等终荡然矣。当手稿遭焚之际，詹安泰隔窗相望，泪流不止，而旋即下世。这是又一个惨淡凋零于风刀霜剑中的悲情学者！

詹安泰"南中国士"，治学并不限于词学一隅，其《诗经》《离骚》为代表的诗歌研究以及《中国文学史》之撰述均在相关领域具有深远影响，然而总其学术格局，毕竟词学为主。他的《词学研究十二论》现存七篇，分论声韵、音律、调谱、章句、意格、寄托、修辞，更合之以《论词心》《词境新诠》两篇，可谓解决了词学的诸多基本问题，搭建了自己心目中的"词学"框架。[①] 其中撰成最早的《论寄托》是完整清理了"寄托"说的理论源流与形态特征的系统性力作[②]，而《论修辞》则以近六万字篇幅相当全面地阐发了"词学修辞学"这一至今仍具相当学术价值的论题，确乎堪称词学研究的开创奠基之作。诸文之中，似以此二篇最为精警。此外，发表于 1944 年至 1945 年间的《论填词可不必严守声韵》一篇更是真知灼见，言之凿凿，对于当下乃至未来词业均有指导性价值，亦极值得瞩目。本书后文尚有分疏，此不赘。

需要看到，在詹安泰之前与同时，吴梅的《词学通论》、龙榆生的有关论说也都构成了对"词学"概念的阐释，但如此系统而富有逻辑的详论"词学学"的诸多内部问题，詹安泰是第一人。那么似乎可以说，是吴、龙、詹三位共同构建起了现代意义上的"词学学"之大厦[③]，因而，詹氏最突出的词学成就也就体现为：他是"词学学"成立

---

① 另有"论境界、论起源、论派别、论批评、论编纂"五篇毁失于"文革"间，其《词境新诠》大抵应即《论境界》一篇。

② 该篇作于 1936 年，参见詹伯慧《我的父亲詹安泰》，载《詹安泰文集》（六），上海古籍出版社 2011 年版，第 240 页。

③ 1930 年胡云翼也撰有《词学 ABC》，而着眼点主要在"词史"，去"词学"较远。

494 第三编 以学人为主干的民国中后期词坛（1920—1949）

过程中的核心理论家之一。

施议对称其为词学文化学的奠基人，理由主要是詹氏有关著述自社会学的形而下层面完成了由"多"到"一"的形而上的提升，窃以为这一提法并不易解会。依照一般文化学的研究理路，"诗文化学"应体现在自文化立场、角度来深入解读研析诗歌创作主体与文本，诸如政策、士风、宗教、习俗、地域、仕履、亲族、交游等人文生态网络之研究理当构成诗文化学的核心。[①] 通览品味詹安泰的学术论著，当完全可以看出，对于这些文化学要素，他并无多用力与发明，夏承焘词人年谱系列的文化学色彩就要比他浓重得多，因而"文化学"云云似可暂且搁置为佳。当然，对这一问题的辨析并不妨害甚或取消詹氏的"国士""词宗"之判断，学者的学术史地位也不一定非要冠以"×学奠基人"方能得以确立的。

二　生辣、苍质与奇横

詹安泰诗词兼长，其《鹪鹩巢诗集》九卷遒峭峻洁，浑泓峥嵘，自杜甫力追梅尧臣、陈师道而不为所限，乃民国"宋诗派"一大家。词有《无盦词》五卷二百九十九首，数量既较丰，风格亦卓特不凡，独明一灯。

论无盦词，首先需要辨析者是关于詹氏宗法家数的大判断。吴梅曾称道其"取径一石二窗而卓有成就"[②]，程千帆题诗也云，"本与海绡为后进""岭南词派今谁继"[③]，那么看来詹氏当属于梦窗—彊村—海绡一系了，其高弟子邱世友即明确说："先生亦学梦窗……并重碧山。"[④] 其实首先应该看到，詹安泰对王沂孙的印象远好于吴文英。在《无盦说词》中，他列举了吴词"以丽密胜，然意味自厚""有气势，有顿宕"等几个优点，但都是有保留的，同时也揭示其"不免陷于晦涩"的缺弊。在《宋词风格流派略谈》中，他更明确反对"极力抬高吴词声价"

---

①　可参陈华文《文化学概论》（上海文艺出版社 2001 年版），并见拙作《不傍古人著心史——严迪昌先生古代文学研究述评》，《文学遗产》2004 年第 5 期。

②　见其学生蔡起贤称引，《当代词综》，第 935 页。

③　《祝南先生遗集为伯慧题》，《詹安泰文集》（六），第 360 页。

④　《当代词综》，第 936 页。

的"故神其说"之论。① 这与彊村、海绡的态度是有着本质区别的。所以，虽詹氏继陈洵主持讲席，但"后进"、前辈之间并非严格意义上的同路人。②

王沂孙是周济标举的宋词"四大天王"之一，至朱彊村而退至第十一位③，至陈海绡更被开除出"师"的行列，退为一般性的"友"④，詹安泰则态度鲜明："王碧山词，品高味厚，托意深远，而句调安雅，不雕不率，于两宋诸家中最为纯正。"虽然对陈廷焯"欲尊之为古今第一人"觉得过分一些，但他还是很肯定地说："（碧山）高于梦窗。"⑤由此而言，梦窗、碧山两家中，他是宁取王而不取吴的。花气力做《花外集笺注》其实正也表明，詹安泰之祈向是较近常州，而较远桂派的。

然则能否就此定论无盫词"专学王沂孙""兼有梦窗之飘逸沉郁，而又得碧山之清厚"呢？⑥ 邱世友在指出无盫治词"亦彊村之门径"的同时又说"惟先生兼取东坡之疏放而微异"⑦，事实上，彊村晚年正是取东坡"以疏其气"的，这一点说不上"微异"，但无盫确实对东坡有着很不一般的评价。比如他说"东坡天人姿，胸襟、学养种种均非凡夫所能学步"，"东坡乐府，气体高妙，前无古，后无今，于词境为最高……天趣流行，大气包举"，"词至东坡，境界最大，取材最广，可以发抒怀抱，可以议论古今，其作用不亚于诗文，盖至是而词体乃尊矣"。对于稼轩，虽云"固不能与东坡例视"，但也肯定其"以力量胜，性情胜""真力弥满，不易以貌袭""思力沉透，笔势纵横，气魄雄伟，境界恢阔，每一下笔，即有笼盖一切之概"。⑧ 这些评价苏辛——特别是以诸多"最"字评价东坡——的话头本无出奇，很多人都已说过，但是出自被人判定为碧山、梦窗一派的詹无盫之口则未免令人惊异。试持

---

① 《詹安泰全集》（五），第 388 页。

② 曾大兴认为詹安泰与陈洵并无交往，词学主张不同，詹师承陈之说缺乏事实依据。见其《词学的星空》，第 444 页。

③ 据朱祖谋《宋词三百首》，王沂孙被选入 6 首，居第 11 位。

④ 《海绡说词》。

⑤ 《无盫说词》。

⑥ 蔡起贤语，见《当代词综》，第 935 页。

⑦ 《当代词综》，第 936 页。

⑧ 《无盫说词》。

496 第三编 以学人为主干的民国中后期词坛（1920—1949）

之与他对王沂孙的评语做一比较，到底哪一个更高、哪一个更令他心仪不是很清楚么？需知王碧山在宋词中亦只二流，专学之而能成大词人者，未之有也！

不辨明詹氏取法宽泛且尤企慕东坡这一点，就将无法理解他那句著名的自白："颇思别出生辣一路，由生辣以寻重拙大之义。而才力不胜……或当再向苍质处走耳。"①无盦在此尽管做了层次上的区分，但也清楚地表述出，生辣苍质都是他追慕的审美理想。何谓生辣？生新老辣、迥不犹人之谓也。何谓苍质？苍凉质朴、天然淳厚之谓也。两者之关联恰如刘梦芙所云："（生辣）即脱熟脱俗，力破陈言之窠臼也。然……才力纵大亦有尽时，且过求新异，亦堕魔道，故仍以气格浑朴为归。"②黄坤尧从时代感的角度解说道："生辣加强了时代感，反映现实，而苍质则保留一种古朴典雅的神韵，也就是跟时代又要有距离了。"③

两位先生的看法自有道理，然而从风格论的角度来分析，还应注意到，詹氏自己赋予了生辣、苍质两个概念一个共同指向——"奇横"。他的《题吕晚村东庄吟稿》有句云"最苍质处最奇横"④，可见"苍质"与"奇横"是密切相关的范畴，那么"生辣"作为"苍质"的高级阶段，自然也导向"奇横"。然则又何谓奇横？《无盦说词》中有说云："巧妙而不尖纤，为孟文（孙光宪）所特擅，但或出之以奇横，不尽拙重耳"，"奇横非险巧之谓也，令词最忌纤巧而不妨奇横，如张子野之'昨日乱山昏，来时衣上云'，奇横极矣，然是何等气象，其得谓之险巧耶？"综其所论，至少可以说，"奇横"是一种"巧妙而不尖纤"的"气象"，它虽然没有完全达到"拙重"的境界，但也去之未远。问题是谁能兼备生新老辣、苍凉淳朴的"奇横"呢？孙光宪、张先是有的，吴文英、王沂孙也是有的，但恐怕"天趣流行，大气包举""境界最大，取材最广"的东坡居士终究是更合适的人选罢？由是观之，不考

① 詹安泰致刘景堂书信中语，见饶宗颐《詹安泰词集题辞》。《詹安泰全集》（四），第6页。

② 《五四以来词坛点将录》。

③ 《詹安泰佚词》，转引自《二十世纪中华词选》，第699页。

④ 《鹪鹩巢诗集》卷九。

虑东坡施与无盦的巨大影响，而徒谓之学碧山、白石，大约未能免皮相之嫌。

三　百叠词心不可磨

詹安泰卓绝的创作实践也完全可符合他独异的选择与宏大的抱负。《无盦词》开卷第二首《水龙吟·感旧》即用了稼轩《登建康赏心亭》原韵，悲凉苍劲之概跃然纸上，"万派雌黄，十方悲笑，一齐来此"之句写人生况味，大有生辣、苍质、奇横的意趣。《扬州慢·癸酉十月，霜风凄紧，缯纩无温，忆枯萍狱中情况，悲痛欲绝。用白石自度腔写寄冰若、逸农》一首是用白石之曲，但凝重沉忧，更在白石原作之上：

> 髡柳歌台，毒腥拄鼻，倚天剑气凝霜。望边城一角，影旧日斜阳。自湖上、清欢老去，病里欺酒，赢马逢场。甚多情、依恋年年，消受凄惶。　　俊才漫许，有飞花、飞絮颠狂。况海国嘘龙，孤亭唤鹤，大野荒荒。说与故山猿鸟，罡风紧、片月微茫。剩沧桑，危涕愁听，空外吟商。

枯萍，即被詹安泰许为"俊才"的早期门生蔡起贤，其时因何事系狱未见记载①，但詹氏焦灼而至于"悲痛欲绝"的心境则清晰感知。诸如"髡柳歌台，毒腥拄鼻"，"海国嘘龙，孤亭唤鹤，大野荒荒"等句皆戛戛生造，前人罕道，可谓生辣味浓，而情韵丰沛者。怀人寄远之作在无盦词中占比颇大，精神倍出，其中与李冰若有关的几首均可圈点。李冰若（1899—1939），原名锡炯，自号栩庄主人，湖南新宁人，先后就读东吴大学、中山大学，师承吴梅、陈中凡等。冰若亦治词学，《花间集评注》《栩庄漫记》等皆脍炙人口，《绿梦庵词》虽仅十六阕，刘梦芙乃有"首首精妙……词境乃臻重大，非剪翠雕红者可比"之好

---

① 蔡曾辑詹氏删余词二册，名《删余绮语》，并用三天遍和《浣溪沙》40 首。詹氏评云："颇多隽语，妙年得此俊才也。"见蔡氏《春风杖履失追陪》，《詹安泰全集》（六），第249 页。郑晓燕《詹安泰年谱》于 1933、1934 年条中记省立二师校长李芳柏、教师黄昌祺等因从事革命工作而遭逮捕事，则蔡之系狱或也与此有关。

评。① 1934 年，冰若远贻《宋词十九首》《饮虹曲五种》等书，无盦感赋《望湘人》报谢，并简卢前：

> 怕商音短气，尊酒动愁，海天沉梦千里。野勒苍烟，棹迷远水，念旧有时私倚。蠹墨重镂，爨桐新引，芳荪遥寄。尽高木、截竹吹云，谱入伤秋心泪。　　应自风流未坠，奈龙华缥缈，不成回睇。写骚郁无端，恨满断香零翠。狂飙那管，玉楼昏醉，早觉花深无地。莫问讯、十载南荒，但看人间何世。

1924 年无盦入广东大学时与李冰若相识，迄今恰正十年，故词中有"十载南荒"之句。此十年中，乱象纷纭，国无宁日，无盦、梣庄一辈自多"商音短气，尊酒动愁"的"伤秋心泪"。下片词情愈发激楚，"狂飙那管，玉楼昏醉，早觉花深无地""但看人间何世"等语皆是对纠葛时局的郁怒和质问。迨 1939 年，李冰若以中央军校上校教官身份奉调赴重庆受训，船翻落水，抵重庆未久即逝世的消息传来，无盦长歌当哭，有长诗《哭冰若》与《莺啼序》一长篇痛悼。其"怅风流，一暝随尘，顿惊何世""关河指点，蛟鼍掀搅，湛明肝胆长如濯，肯因循、老雪颠危涕""可再向、黄垆回首，断己无肠，障眼丛祠，带萝山鬼"等句皆浓烈悲戚，令人惨然，也是生辣奇横、不能自己的佳作。

《齐天乐·丙子首春有怀榆生广州》虽着意在"封题泪墨，谁识辛酸坡老……仗疏凿词源，漫伤怀抱"的词学共识，而"高丘无女自昔，酒醒天路远，流恨多少"云云自也带入了深重的时代忧患之感。寄怀夏承焘的《玲珑四犯》已作于抗战烽火遍燃之际，笔势奇横，已非单纯的友朋唱和所能局限。词序就相当苍凉，先声夺人："廿四年七月，余自沪之杭，访夏瞿禅教授于秦望山，因与纵游湖上，忽忽周三年矣，大好湖山已非复我有。余寄食枫里，瞿禅亦避地瞿溪。寇氛载途，清欢难再。月夜怀思，凄然欲涕，因仿白石旧谱倚此寄瞿禅。"对友朋的惦念载负于"寇氛载途""大好湖山已非复我有"的大背景下，自然多了一份沉甸甸难以担荷的家仇国恨：

---

① 《五四以来词坛点将录》。

玉殿啸狐，宫花围屐，江南哀赋无地。乱山腾野火，故国浮新垒。相看月明泪洗。惜分飞、寸心千里。泛海迷槎，叩阍无路，孤剑向谁是。　　天涯夜凉如水，想幽单万感，骚怨难寄。敛愁随客坐，唤笛当楼倚。芳华尽卷狂涛去，漫追忆、风流前事。闻说起，湖山在、弓刀影里。

"闻说起，湖山在、弓刀影里"，平淡的结句中该蕴蓄着多少难言的怨愤情悰！施议对称许其"所作词，每将家国身世之感寄寓其间，有着深邃的命意"①，以上这些怀人寄远之作皆可谓力证。值得注意的是，《念奴娇·送郑国基之任南洋》一首已自白石、梦窗风格中蝉蜕而出，其雄杰朴质处直入东坡、稼轩堂奥，所谓"弓刀游侠""大踏步便出来"的"奇横"，最见于此：

电轮飙起，看长空杯酒，放愁何地。汝自鱼龙工变化，我已鬓星星矣。幽恨难埋，才名多误，大梦真儿戏。青山如笑，狂歌飞上天际。　　那得无限风流，舞裙游屐，蹴踏繁华碎。百万香鬟齐下拜，一别可堪重记。惨极人寰，劫余身世，孰洒伤离泪。未须魂断，十年霜刃初试。

"今日把示君，谁有不平事"，这里的"十年霜刃"已经不是为了快意恩仇，了却个人意气，而是向"惨极人寰，劫余身世"亮出的特属于智识群体的锋芒与精光！1939 年，国立中山大学奉命内迁云南澄江，詹安泰取道惠州，绕行香港，再转安南取道滇越铁路而至云南，历经艰险，颠沛流离，真所谓"国难日深，客愁如织，孤愤酸情，盖有长言之而犹不足者"②，于是在香港有《齐天乐》之作。其中"海天风日波涛壮，凭将劫灰磨洗。去国陈辞，横戈跃马，眼底英豪余几""杯酒长空，望深到处腾光气""消残痛泪。忍重觅秋魂，鬼歌声里"云云亦逼似苏辛之苍质豪迈。至澄江后第一中秋，词人又有悲怆难名的《水调

---

① 《百年词通论》，《文学评论》1989 年第 5 期。
② 《齐天乐》词题。

歌头·澄江中秋，不雨不月，只寒风凄紧，万籁萧骚而已。客中对此难乎其为怀也，偶忆坡公明月几时有词，遂成一解》：

> 山月转难吐，寒力厉严冬。世间多少儿女，怅望玉楼中。不为娇羞却步，似恐密云作雨，归去竟无踪。直向天阍叩，环珮响乘风。　飘然下，如乍见，又朦胧。何曾对影相视，一笑万缘空。纵是多情圆照，旧日尊前人老，乐事与谁同。但睡无复问，海宇正汹汹。

学苏是显而易见的，但并不清旷飘逸，"海宇正汹汹"的时世让人不得不走向生辣而苍凉的路数。迄战乱稍平，心气略淡，无盫之于东坡又有不期然而邂逅之作。试读《水调歌头·山中寂处，忽若有悟，走笔成此》二首：

> 往者今谁谏，此去欲胡归。红尘滚滚自审，吾道不能肥。可复临风三叹，翘首高天明月，竹露久微微。浩劫无人惜，大梦是耶非。　事难了，情不灭，意多违。江潭重到当日，种柳看成围。争似山中禽鸟，间关野云出没，来伴我忘机。皮里阳秋在，长揖谢蛾眉。

> 春去曾几日，绿影已婆娑。门前茄豆亲种，篱外簇青萝。袖手晓云初起，胜似花林痴对，巧鸟为谁歌。世路憎荆棘，庭草不妨多。　约良朋，来煮茗，语无何。搜幽抉怪谈笑，一忽万年过。尘梦悠悠自了，窗外腾腾月上，不醉得颜酡。天地生胸膈，何处有风波。

在《无盫说词》中，詹安泰对"张惠言不以学苏自命，所作《水调歌头》乃真神似东坡"颇为称道，以上这两首词可谓逼似张茗柯，自然也神似东坡，但较东坡、茗柯多一份乱世的激楚耳。詹安泰的这些词再一次向我们证明：在跌宕的大时代面前，艺术宗法的选择总是因为过于奢侈而退居到次要地位去的，只有无多掩蔽的心灵激荡才给人最大程度的震撼。

历经数年内战，迎来崭新时世，詹安泰当然是颇为之欢欣并积极投身到"思想改造"等运动中去的。今存新中国成立后所作词数量不多，而诸如《齐天乐·建国十年大庆感赋》《临江仙·人民公社赞》等"歌德"不遑，足见心志。但反右风起，无盦的热切一转而成冷寂寥落。作于1960年初的《蝶恋花·庚子元日》与《清平乐·前词意有未尽复成一解》就真切地表述了此时心境：

> 寥落三年谁共语，历历前欢，一派荒唐路。百草千花春几度，思量总为多情误。 始信瘦魂啼泪雨，错怪蛾眉，长有人相妒。梦觉华胥坚自许，从今且莫回头顾。

> 春风十里，旧梦依稀记。短白长红看闹市，小试过年滋味。 回头事事堪嗟，未须检点年华。直待天河洗髓，新词换取红花。

有寂寞，有忏悔，有期冀，但也有着未尽被磨圆的棱角和傲骨。"错怪蛾眉，长有人相妒"固然是牢骚气愤，"百草千花春几度，思量总为多情误"又何尝不是思考明白了一系列令人惊悚的底里之妙语？"瘦魂啼泪雨"又何尝不是他们瘦削身影与灵魂呻吟苦楚的剪影？詹安泰这一代走入共和国的智识阶层确实被"天河洗髓"，也有"新词换取红花"的真诚愿望，然而来自文化积淀和审美品位的"词心"终究不可磨灭。那是任何强权都剥夺不去的东西，是一个民族能保留下的最后一口元气。龙榆生如此，夏承焘、吴鹭山如此，詹安泰也是如此。那么，作于1945年左右的这一首芬芳悱恻的《定风波》——特别是"百叠词心不可磨"七字——又何尝不能视为一种精准的谶语、预见和宣言、自白呢：

> 百叠词心不可磨，当前消息却无何。痴待通期成一顾，辛苦，短长言语总娇讹。 偎鬓吹香成独念，谁见，梦云深处筑行窝。花影自寻凉月抱，翻恼，十年清泪枉江河。

502 第三编　以学人为主干的民国中后期词坛（1920—1949）

四　瑰异奇崛，硬语盘空

刘梦芙《点将录》论无盦词云："试取詹氏词与两宋及清词细较，可见其摛辞瑰异奇崛之处特多，韩昌黎诗'横空盘硬语，妥帖力排奡'，堪为无盦注脚也。"诚然，无盦词是表现出瑰异奇崛、硬语盘空之特质的，在上文所引词作中可以很突出地感受到这一点。需要补充的是，由于篇幅相对舒展，中长调显得瑰异、奇崛一些是比较容易做到的，而在窘狭精悍的小令词中创造此等境界则难上加难。那么似乎可以说，观察分剖无盦词的这一特质更多应该集中在其令词之上。先读其较早期的《减兰》与《采桑子·韩山寓兴》：

过桥风急，吹水无波吹鼻湿。真个寒山，不展春痕抵死寒①。
相怜前夜，磨鬓八分呵冻写。一去何归，一日凭阑一百回。

八年已共韩山老，鸟雀珑玲。蕉枥萧森，外有回波照眼明。
峻嶒时见童樵下，一担红青。双笛飞鸣，胜似长斋作老僧。

《减兰》是冬日怀人之作，自过桥急风写到"抵死寒"的寒山①，下片乃引入相怜意与盼归的殷切，结构清晰而语势奇险。上片"吹水""不展"二句，下片"磨鬓"一句皆前人未道之语。煞拍二句虽无峻峭词汇，而"一日凭阑一百回"仍出人意表，生辣在骨。《采桑子》一首所写是山居生活的平常境界，而每两句皆动、静、明、暗相对映照："老"与"鸟雀"、"萧森"与"照眼明"、"峻嶒"与"红青"、"飞鸣"与"老僧"。这些映照赋予了小词一种特殊的内在张力，从而使静穆悠闲的山林充满着鸢飞鱼跃的勃勃生机，奇崛之意至为明显。无盦早期所作小令大抵都具此一种质地，诸如"莫问行藏，马牛身世，方寸响春潮"（《少年游》）、"三年前事深深叩，净果人天一例空"（《鹧鸪天》）、"城外春波山外路，多少行人驮梦苦。算来和酒最宜诗，写向碧天天睡去"（《木兰花》）、"摇膝乍惊风似箭，开门一笑气如山。尘埃野

---

① 民国二十六年本《无盦词》句下自注云："俗误韩山为寒山。"

马得齐观"（《浣溪沙·愚生过访寓斋，索词留念，因成两解书赠》）、
"临水折花心胆裂，舞腰酒面空抛撇"（《蝶恋花》）、"短雨残云情不
了，眉山折叠天知道"（《蝶恋花》）等，所谓辞采琳琅、瑰异奇崛、
"横空盘硬语"者可谓指不胜屈。而综观其令词，则《清平乐》《鹧鸪
天·丙子夏旅居广州，邵潭秋亦因事南下……》《采桑子》《南乡子·
丁亥中秋后五日……》《鹧鸪天·戊子首春》三首之一等数篇又断为其
中翘楚，值得征引：

　　苍山不语，人在山稜住。细味十香香篆古，零落几帘花雨。
幽弦凄断青琴，年年病客孤衾。卖赋扶头无分，黄鹂死守红心。

　　懒薄羁魂不耐刊，倩谁为解百连环。十年草阁伤孤寄，一夕风
涛彻九关。　　流月照，别人还，凭将燕子报东山。酒醒荔渚珠船
上，领得南荒几日闲。

　　高楼一夕秋风紧，写影苍烟。语梦凉蝉，吹老寒花又一年。
镜心未许朱颜驻，栏角床沿。懒起无眠，不是相思不问天。

　　翘首看长星，夜静风骄壮百城。饱历忧虞今老大，休惊，梦外
关河画不成。　　旧恨怪分明，迸泪纷红乱醉醒。帕首腰刀天许
尔，横行，那问生前死后名。

　　心上清光月不如，十年城外听啼乌。归看鬓发羞临镜，梦懒人
间几食鱼。　　伤历乱，采蘼芜，还能对坐一灯孤。春街闻说花成
海，如此江山眼见无。

　　能在小令中呈现此种生新瑰异、奇崛峭拔而又朴质苍劲的特质者，
詹安泰之前的一辈乃至几辈词人，大抵惟朱彊村常有之，况蕙风偶尔有
之，而小令非彊村所长①，蕙风主导风格又不在此，那么似乎可以说，

---

　　① 夏承焘语，见前夏承焘一节。

504 第三编 以学人为主干的民国中后期词坛（1920—1949）

这是无盦独擅胜场之绝技了。若"卖赋扶头无分，黄鹂死守红心""十年草阁伤孤寄，一夕风涛彻九关""写影苍烟。语梦凉蝉，吹老寒花又一年""春街闻说花成海，如此江山眼见无"等语，天资才情稍弱者大约终生亦难得一句，此词人之所以为"大"，也是其特殊风格得以形成并予人深刻印象之处所在罢。

盘点无盦小令词，不难发现《浣溪沙》一调特为其所长，值得集中阐说。其早期作"昨梦迷离"一首即真当得起"极温馨丽密"之评①：

> 昨梦迷离欲化烟，分明眼底异春妍。颠风簸雨又今年。　　不忍抬头看一笑，闲从碎语悟双肩。误人何限得人怜。

已经"误人何限"而仍"得人怜"，此真痴情怨慕之语！而"春妍""颠风簸雨""闲从碎语悟双肩"等词句皆"拗折瘦劲"②，与小晏、纳兰、蕙风均有所不同。无盦后期《浣溪沙》一调亦常作，唯坚苍老健，生辣奇横，与早期的款款风情异趣了。"翦翦霜风"二首作于1942年，其一云："翦翦霜风阵阵寒，客愁如水复如山。银丝鲜鲍枉杯盘。　　说梦几逢又燕子，伤春不在小阑干。五年花向乱中看。"其二云："刺眼穿天立万峰，临河脱叶荡回风。暮年心比夕阳红。　　遥夜城乌催涕泪，经时佳讯断南东。缄情欲寄赚途穷。"缄情欲寄，日暮途穷，这已经够沉痛的了，而"五年花向乱中看"，这花又该是如何地刺眼刺心呢？当年杜甫悲咏"花近高楼伤客心，万方多难此登临""且看欲尽花经眼，莫厌伤多酒入唇"，无盦的乱中看花大约也是与此相似的罢！《五月十五夜角塘坐凉》二首已作于抗战胜利后，言情的外衣并不能尽掩饱经丧乱后的悲伤：

> 隔水楼边动玉琴，拂檐高影写墙阴。有谁知我坐凉心。　　选梦乍惊花事老，量愁已逐海波深。独经行地费沉吟。

---

① 饶宗颐：《题辞》评《蝶恋花》语。
② 饶宗颐：《题辞》评《蝶恋花》语。

浅晕娇鞶夜有无，玉炉烟袅画屏孤。月圆时节转怜渠。　　携影暗伤经乱后，回头犹似定情初。片风扶醉了模糊。

是啊，"有谁知我坐凉心"！彼时外侮之焰方熄，而内战之火又燃，怎不令人"量愁已逐海波深""片风扶醉了模糊"？这是任何一个有良知的中国人都为之无限焦灼的心境的表现。1947年正是国共内战如火如荼之际，远在岭表的詹无盦虽未闻到烽烟的气息，可也不乏痛切的感受。读《春雨连日，闷极成咏》：

老大心情纵步难，多时花影怯凭阑。由他风雨一山山。　　可笑无腔吹笛晚，从来有梦入边寒。谁堪如弈说长安。

"闻道长安似弈棋，百年世事不胜悲"，杜甫的悲凉再一次穿越千年，传递到了詹无盦笔下。这样的词作似乎已经再难用生辣、苍质、奇横等风格去定位，那是漫漫历史的不能承受之重，沉甸甸地压在词人和读者心上。饶宗颐《题辞》云："揆君之意，似欲以盘空硬语，写窈窕绵邈之哀思……此一新境，正有待于开拓，惜君中道废置，未克展其奇崛之句，张弛控送……为可悲也。"这段话当作两个层次理解：一方面，"以盘空硬语，写窈窕绵邈之哀思"的"新境"在无盦手里是得到了成功开拓的，上文中凸显出来的他独特鲜明的词风即是明证。在"清末之民国间老辈词人……往往不脱窠臼，陈陈相因，几千人一面"① 的情形下，詹安泰呈现出了成就极高、不可复制和趋近的"这一个"。另一方面，无盦词创作生涯仅有三十年左右，活跃期更在三十年代初至四十年代末这二十年。倘若不是受新中国成立后极左风潮之裹挟，继续沿着原有路径前行，而又能少遭残害、天假以年，则无盦的词创作当又不止于今日之高度，自生辣、苍质、奇横而寻"重拙大"的审美理想或也是能实现的。历史是一维的，不容假设，而这也正是我们和饶先生一样感觉"可悲"之处罢！

要予补说的是，民国时代岭南地区以詹安泰为核心其实也形成一个

---

① 刘梦芙《百年名家词述评》论詹安泰语，《二十世纪中华词选》，第699页。

506 第三编 以学人为主干的民国中后期词坛（1920—1949）

阵容超强的词人群体，唯其中杰特者如朱庸斋、刘景堂等皆可自领一队，别有位置，故此处不赘，留待后文。

第四节 "我词非古亦非今"：论顾随词

附 胡适、陈柱、曾今可

如果说，同列为"四大词人"的詹安泰是浑身浸透了"古典味"的传统诗词守望者，夏承焘对新文艺兴趣勃勃而隔河相望，沈祖棻曾"下海"新文学但介入不深[1]，那么就必须指出，下文即将论述的顾随是与新文化、新文学渊源最深的一个。他不仅从事过一定数量的小说、散文创作，与新诗巨擘冯至为知交，甚至，在精神谱系上他几乎可以称作鲁迅一党，距离鲁迅比之某些新派文人还要亲近、忠实得多。这样一位同时栖居在古、今两大文学阵营的学者、才子最终以"非古非今"的"大"词人身份定格于文学史，本身就折射出20世纪文学迷离繁复、魅力横生的光影，同时也极大程度地塑造出了20世纪词史的特殊气质。

一 观堂、鲁迅私淑弟子

顾随（1897—1960），本名宝随，字羡季，号苦水[2]、驼庵，晚又自号糟堂[3]，河北清河县人。1915年投考北京大学国文系。校长阅卷时见其中文水平卓异，建议改学西洋文学以广眼界。[4] 顾随遂先至北洋大学预科专攻英语，两年后转入北京大学英文系，并参加"五四运动"，其《西江月》词所谓"四十年前今日，曾排队伍前边"是也。此一中西会通之求学历程对其知识结构、思维方式均产生了重要影响。他结缘

---

① 詹安泰一生极少接触新文化，亦无相关表态。夏承焘则好看电影、喜读外国小说，常称赏不置，见其《日记》。沈祖棻曾从事新诗创作，但浅尝辄止，无多渊源影响。

② 苦水乃取其发音与英文拼音中"顾随"二字声音之相近，冯至写赠其诗常以"K"代之，即"苦"之首字母。

③ 见其《说辛词〈贺新郎·赋水仙〉》等篇。

④ 此位校长一说为蔡元培，但与蔡氏长校时序不合，似应为胡仁沅。见闵军《顾随年谱》，中华书局2006年版，第20页。

新文学、崇拜鲁迅和王国维、善于运用西方文学理论等特点皆植根于此。1920 年毕业后顾随执教山东省数所中学，1926 年后陆续担任天津女子师范学院、燕京大学教席。抗战开始后不久，因辅仁大学是北方沦陷区唯一不挂日本国旗、不用日本课本、不以日语为必修课、文理科仍使用原有教材的学校，也是唯一为国民政府所承认的高等学府，顾随转至辅仁专任教授。虽身陷敌占区，仍苦砺气节，拒不与敌伪政权合作。所撰诗文，多有表见。[①] 其后又执教于北京师范大学、天津师范学院（今河北大学）等校。

顾随一生重教学、创作，于学术著述用心无多，故积毕生之功亦仅得《稼轩词说》《东坡词说》《揣籥录》等数种而已，时人因有"实过其名"之论。[②] 近数十年赖弟子叶嘉莹等听讲笔记之整理，始又出版《驼庵诗话》《驼庵文话》《文赋十一讲》《论语六讲》《禅与诗》等多种，始令后人觑见一代大师文学讲坛上"奇外无奇更出奇，一波才动万波随"的迷人风采，并引起了诸多关于"何谓大师""文学如何教育"等问题的思考和争论。[③] 作为词人的顾随共有十个词集，详如下表：

词集名	创作年份	词作数量	备注
无病词	1924—1927	80	
味辛词	1927—1928	78	
荒原词	1928—1930	84	
弃余词	1928—1930	12	此 12 首词附《荒原词》后单独成编。

---

① 据陈平原《长向文人供炒栗》一文举例，顾随 1943 年作《书老学庵笔记李和儿事后》、1945 年作《病中口占四绝句》等皆可为证。《学术研究》2008 年第 1 期。

② 张中行语，见其《先生之风　山高水长——读〈顾随文集〉》，转引自《顾随年谱》，第 302 页。

③ 《顾随全集》第三卷全为"讲录卷"，大抵为叶嘉莹听讲之笔记。又可参见陈平原《作为学科的文学史》第四章《"文学"如何"教育"》六《词人上"讲台"》一节，北京大学出版社 2011 年版。陈先生在文中有如此评说："回溯百年中国大学史，谈及某某'大师'，一般是以'著述'为标志，对于大学教授的'正业'，即所谓'传道授业解惑'，其实没有充分重视……从学术史上看，顾随确实算不上'大家'，可如果引入教育史的视野呢？重视且擅长'讲课'的顾随、叶嘉莹师徒给我们出了个难题：所谓的'文学教育'，重点到底在'课堂'，还是在'书斋'。"该书第 193 页。

续表

词集名	创作年份	词作数量	备注
留春词	1930—1933	46	
积木词	1935	49	此集全为《和花间集》之作，原有150余，已佚大部。
霰集词	1936—1941	66	
濡露词	1943	22	
倦驼庵词稿	1941—1942	10	此10首词附《濡露词》后单独成编。
闻角词	1952—1959	26	

以上十集共得词四百六十余首，加1924年至1929年中所作《集外词》十一首、闵军《顾随年谱》中辑佚十首，则顾随词今可见者近五百首，可谓数量颇丰。

在其相对简单的一生履迹中，首先值得注意的是——顾随有着颇为浓重的作家情结，晚年犹有"愿为作家，不为学者"之自白[1]，故其文学历程也开端于新文体写作。他最早一篇散文《月夜在青州西门上》写于1920年，最早一篇小说《爱——疯人的慰藉》写于1921年，均早于诗词创作。其后虽集中精力于学术研究与诗词写作，但新文体的尝试并未中断。他抗战时期曾发表小说《佟二》，迟至1947年还完成了一篇"语言泼辣，情节离奇"的中篇小说《乡村传奇——晚清时代牛店子的故事》[2]，学者因而有言："顾随并没有参加过沉钟社，说他是浅草社的成员或团结在沉钟社的周围还是可以的。"[3]

在新文学领域，鲁迅无疑是顾随的绝对偶像。这当然不仅因为他的早期小说《失踪》曾被鲁迅选入《中国新文学大系》的缘故，而更由于鲁迅在他心中"无以名之"的近乎"圣人"的地位。自二十年代任教中学开始，顾随就已经在课堂上大讲特讲鲁迅。1947年，他更在中法大学演讲《小说家之鲁迅》，对自己心目中的鲁迅进行了一次比较系

---

[1] 顾之京：《心苗尚有根芽在，心血频浇——记先父顾随的一生》，载《顾随全集》第四卷，河北教育出版社2001年版，第641页。

[2] 冯至评语，见其《怀念羡季》，《顾随先生百年诞辰纪念文集》，河北大学出版社1999年版，第5页。

[3] 余时：《写过小说的顾随》，《人民日报》海外版1987年12月7日。

统的条理和归结。演讲题为"小说家",正文的评价乃远不止此:"鲁迅在学术与文艺上说起来,同时是思想家、文学家、艺术家、考据学家、史学家、诗人,又是小说家……简直无以名之,也许就是博学而无所成名,与大而化之之为圣吧!"[1] 在 40 年代后期,对鲁迅即具有如此认识、评价到如此高度者恐怕还不多,似乎连真正的鲁门弟子也没有这样说过。同样是在这次演讲中,顾随别具慧眼地说:"先生的小说里面,到处吹着诗的风,弥漫着诗的气息。""鲁迅先生有的是一颗诗的心。""在表现先生人生哲学的《孤独者》《伤逝》里,在处处流露出伤感气息的《在酒楼上》《祝福》里,那诗味的浓厚自不必说,即在《肥皂》《兄弟》以及其他讽刺小说里,也还是不胜枚举。"[2] 仅这简单的几句话就可以看出顾氏确为迅翁知音,够得上"鲁迅党的一员"[3],即便在鲁迅研究已经发达了不知多少倍的今日,也完全称得上是本色高手。更何况,在演讲的结尾,他还特地谈到"本想再谈一谈文体家的鲁迅和古典派作者鲁迅"这样至今在"鲁研界"也还很模糊的问题呢!

1956 年,鲁迅逝世二十周年之际,顾随写有《木兰花慢》以为纪念,大约可视为其一生致敬鲁迅的"结案陈词":"去来三十载,所爱读、大文章。有鲁迅先生,先之呐喊,继以彷徨。悠扬旧时社戏,驾乌篷、萧索望家乡。日记始于何日,狂人漫道真狂。　荒唐,礼教甚豺狼,祝福也悲凉。怎导致离婚,木姑奋斗,枉自奔忙。茫茫一条道路,算阿 Q、孤独更堪伤。天上人间何恨,煌煌日出东方。"[4]

从演讲、词作及《论阿 Q 的精神文明与精神胜利法》《〈彷徨〉与〈离骚〉》等文章我们得以清楚地扫描出顾随与鲁迅的精神联系,他的"我没有亲承受业于鲁迅先生,但平生以私淑弟子自居,高山仰止,无限钦慕"绝不是空洞夸饰之语。[5] 更重要的是,鲁迅那种悲凉中肯担

---

①　《顾随全集》第二卷,第 347 页。

②　《顾随全集》第二卷,第 350、348 页。

③　孙郁:《顾随的眼光》,《人民日报》2003 年 7 月 21 日 "大地" 文艺副刊。

④　此处所用系 1956 年 10 月 17 日《新晚报》副刊本,《顾随全集》本有误,且非定稿,无自注,当以此本为是。见《今晚报》2006 年 10 月 14 日《顾随一阕〈木兰花慢〉》。

⑤　对周汝昌语,见周氏《〈小说家之鲁迅〉附记》,《顾随先生百年诞辰纪念文集》,第 124 页。

荷、担荷之且战斗的心志也极大程度地影响到了顾随①，成为他守持的
人生律条与基本品格。在《卜算子》中，顾随写道："荒草漫荒原，从
没人经过。夜半谁将火种来，引起熊熊火。　　烟纵烈风吹，焰舐长天
破。一个流星一点光，点点从空堕"，这几乎就是鲁迅《野草》的诗化
翻版，两者意境逼似。再如《木兰花慢·赠煤黑子》云："策疲驴过
市，貌黧黑，颜狰狞。倘月下相逢，真疑地狱，忽见幽灵。风生黯尘扑
面，者风尘、不算太无情。白尽星星双鬓，旁人只道青青。　　豪英百
炼苦修行，死去任无名。有衷心一颗，何曾灿烂，只会怦怦。堪憎破衫
裹住，似暗纱、笼罩夜深灯。我便为君倾倒，从今敢怨飘零。""我便
为君倾倒，从今敢怨飘零"，这又何尝不是鲁迅《一件小事》中"榨出
皮袍下的小来"的同一路径？花篇幅辨认这一问题绝非旁支横节、喧宾
夺主，以上事实雄辩地告诉我们，顾随于新文化、新文学非但不排斥隔
膜，而且浸淫甚深，升堂入室。这种新精神、新气质不可能不带进他的
词创作当中来。

　　具体到词学领域，顾随对王国维也表达出几乎同样程度的崇拜，他
晚年曾明确说自己"以不曾拜在王氏门下为憾"，也是衷心之言。② 事
实上，顾随差不多是第一个在高校开讲《人间词话》的人③，在他现存
的十一篇词学论文、序跋与讲义中，集中讲王国维者四篇，另有六篇引
述过王氏观点。他说："王静安先生论词首拈境界，甚为具眼。神韵失
之玄，性灵失之疏，境界云者，兼包神韵与性灵，且又引而申之，充乎
其类者也。"④ "王静安所谓境界，是诗的本体，非前非后。"⑤ 这些评价
都清晰地显示出，他是王氏词学思想传承谱系中分量最重的继承人

---

　　① 叶嘉莹氏总结乃师词作之思想内容，以为其中之一即"表现出一种对于苦难之担荷及
战斗的精神"，但未谈及与鲁迅之精神联系。见其《纪念我的老师清河顾羡季先生——谈羡季
先生对古典诗歌教学与创作》，载《顾随文集》，上海古籍出版社1986年版，第789页。
　　② 此语见之1958年所写《教学检查》中。顾之京：《心苗尚有根芽在，心血频浇——记
先父顾随的一生》，《顾随全集》第四卷，第642页。
　　③ 《人间词话》发表后并未立即在词坛产生轰动效应，迨1926年俞平伯整理本出，才引
起广泛注意和讨论。吴世昌《我的学词经历》（《文史知识》1987年第7期）中回忆自己就读
燕京大学英文系时听顾随课，说他"讲课并不正规，常常拿一本《人间词话》随意讲"，时在
1928年至1932年间。见曾大兴《二十世纪词学名家研究》相关章节。
　　④ 《稼轩词说》，《顾随全集》第二卷，第29页。
　　⑤ 《论王静安》，《顾随全集》第三卷，第220页。

之一。

当然，好评并不意味着顾随对观堂先生就此亦步亦趋，翻炒冷饭。作为独具艺术感受力与丰美情怀的学者、词人，他不仅指摘了不少王氏词学的不完备处，更在指摘基础上进行了富有创见的细化与补充。比如，他以为诗心乃内因，环境乃外缘，无"因缘"二字则"境界"即不能成立。又如，他以"假名""我执"等佛语解说王氏"有我之境""无我之境"，以"蓬心""丧我"等道家语阐释"动静"的辩证关系，皆能把王氏语焉不详处深化提升到哲学的高度加以观照。① 对于观堂一掠而过、未大经意的"高致"，顾随也独具慧眼地予以重新发现、巩固夯实，从"立诚""心行""文采""出入"等多方面推而广之，形成完备自足的"高致"说，从而高标独立，"赅境界与神韵而有之"②，在一个全新层面上明确了这个重要的美学概念，对乃师词学理论构成了有益的发展。③ 顾随尝寄望弟子叶嘉莹"别有开发，能自建树，成为南岳下马祖"④，他自己是先做到了这一点的。

就词史论而言，最值得注意的当然是顾随的"稼轩情结"。首先应该看到，辛稼轩是王国维极致好评的词人之一："南宋词人……其堪与北宋人颉颃者，唯一幼安耳"，"幼安之佳处，在有性情，有境界。即以气象论，亦有横素波、干青云之概，宁后世龌龊小生所可拟耶"，那么自承续师说的角度，顾随之成稼轩拥趸并不令人意外。其次还应看到，顾随之好稼轩又别有根由。如其《稼轩词说自序》所云，自十余岁初学为诗词，即喜稼轩，甚至于将其比为"宿孽与前生"，"性习相近，遂终如针芥之吸引，有不能自知者耶？"其后近三十年，"吾之所以喜稼轩者或者有变，其喜稼轩则固无或变也"。或因交代、了却此一"凤缘"的需要，顾随遂于1943年夏应弟子滕茂椿之请写出了平生最为用心的著述《稼轩词说》，共讲稼轩词二十篇。该篇完成后，又鼓"剩勇"一气撰成《东坡词说》。对于东坡，他明确表态原本"不喜"，及讲学过程中颇多触发，才"渐觉东坡居士真有不可及处，向来有些孤

---

① 《论王静安》，《顾随全集》第三卷，第221—229页。
② 邓韶玉：《文风人德真师表——欣读顾随文集》，转引自闵军《顾随年谱》，第304页。
③ 见顾随《稼轩词说》，又可参看曾大兴《二十世纪词学名家研究》有关章节。
④ 顾随对叶嘉莹语，见叶氏《顾随全集序言》。

512 第三编 以学人为主干的民国中后期词坛（1920—1949）

负却他了也"①，因亦为讲词十五首。

如其题名所示，两部《词说》其实并不着眼于"著"，而仍用力于"说"。他将自己独擅的"飞扬变化，一片神行"的讲课方式与深湛的佛学修养结合起来②，打造出了特殊的横涂竖抹、头头是道、生机烂漫、天花乱坠的"禅宗语录"说词文体。禅的核心在于"悟"，顾随说词亦复如是。对于背景、生平、典故、字句、思想、艺术等"规定动作"，顾随一律撇开不谈，而是就其中有感悟处拈出一个话头，"引申发挥，有时层层深入，可以接连讲授好几小时甚至好几周而不止"③。即以《稼轩词说》开篇解说《贺新郎·赋琵琶》为例，全文六百九十五字，反复折叠，只是为了讲一个用典时"能发能收，能擒能纵"的道理，其中并多妙喻如"狮子滚绣球""虬髯客见太原公子""景阳冈打虎"等，皆禅师说法风格。若想自其中求得系统知识，恐怕读者会失望而归，若有了一定的根底而求感悟与智慧，则能席卷满载。那也难怪叶嘉莹说"（读顾随书）如果只从知识去追求，既不能得其三昧，但如果没有知识的积累而去阅读，则也同样不能尽得其三昧"了。④

以如此独到的方式"说词"，足见这位观堂私淑弟子"能自建树，成为南岳下马祖"的一面，而对于稼轩、东坡的"青眼高歌"，也鲜明地昭示了顾随的治词路数。

二 高致与性灵

顾随在《稼轩词说》中谈及自己和稼轩的"因缘"时云："自是而交好多目余填词为学辛。"其《荒原词》定稿，题卷尾六绝句之二云："壮岁旌旗世已惊，人英落落更词英。十年读会花间集，始识稼轩是老兵"，凡此皆可见"学辛"是把握顾随词的首要语汇。他也确有某些作品形貌酷肖稼轩。如《蓦山溪·述怀戏效稼轩体》：

---

① 《东坡词说自序》，《顾随全集》第二卷，第48页。
② 叶嘉莹语，见《纪念我的老师清河顾羡季先生——谈羡季先生对古典诗歌教学与创作》，《顾随文集》，第783页。
③ 叶嘉莹语，见《纪念我的老师清河顾羡季先生——谈羡季先生对古典诗歌教学与创作》，《顾随文集》，第783页。
④ 《顾随全集序言》。

填词觅句。镇日装风雅。猛地梦醒来，是处堪愁人潇洒。樱花路上，来往不逢人，红叶底，小池边，闲杀秋千架。　　新愁不断，愁不教人怕。最怕是闲来，心如叶、西风吹下。古人堪笑，寻地好埋忧，问何似，唤愁来，却共愁厮打。

又如《鹧鸪天》：

说到人生剑已鸣，血花染得战袍腥。身经大小百余阵，羞说生前死后名。　　心未老，鬓犹青。尚堪鞍马事长征。秋空月落银河黯，认取明星是将星。

前篇的雅健诙谐，后篇的沉雄激扬，不必说是稼轩一脉。但问题并没有完全解决：稼轩为词中之龙，可学者多，顾随"学辛"到底是学什么呢？将《稼轩词说》盘点一遍，即不难看出，顾随通过独特的"说词"方式构建出了独特的"高致"之论。"高致"自何处来？顾随以为，其核心首要元素是立诚。《词说》先引"修辞立其诚""诚于众，形于外"之古训，而后大发感慨："吾尝观夫古今大文人大诗人之作，以世谛论之，虽其无关于真义之处，亦莫不根于诚，宿于诚。稼轩之词无游辞，则何其诚也！"[1] 这种"诚"指向的是真挚的品格与心地，也就是自然之性灵。他说："稼轩之为词，初若无意于高致……然性情过人，识力超众，眼高手辣，肠热心慈，胸中又无点尘污染，故其高致亦时时流露于字里行间"，"是以古之合作，作者之心力既常深入于文字之微，而神致复能超出乎言辞之表，而其高致自出"[2]，"性情""心力"二语即已明明白白告诉我们，"高致"是与"性灵"浑融一体、无法分割的。故读顾随之词，不能不自"高致"入，不能不自"性灵"入。

事实上，阅读品赏顾随词，最为打动我们的恐怕就是他栩栩然"流露于字里行间"的性灵。如早年写给妻子的《蝶恋花》"仆仆风尘何所

---

[1] 《稼轩词说自序》，《顾随全集》第二卷，第6页。
[2] 《稼轩词说自序》，《顾随全集》第二卷，第8页。

514　第三编　以学人为主干的民国中后期词坛（1920—1949）

有，遍体鳞伤，直把心伤透。　　衣上泪痕新迭旧，愁深酒浅年年瘦。归去劳君为补救，一一伤痕，整理安排就。更要闲时舒玉手，熨平三缕眉心皱"，作此篇时顾随年未而立，正客居山东，执教中学。青年才人，一时伤感，似不必在里面析离出什么微言大义，但风尘周旋，伤透了心的"遍体鳞伤"确乎来自肺腑，曰颓废也好，曰软弱也可，但并不强作欢颜与豪壮。那几个"伤"字的连用，以及"熨平三缕眉心皱"的妙语都巧而不纤，近乎自然。

　　这种性灵之"伤"似多来自寓居异乡的漂泊感。在《定风波·改旧作寄君培》里①，他怀念"三千里外"的"口北黄风塞北沙"，连"常道，风中乞丐雨中花"的友人也是"情绪好"的，所以他有沉郁之问："不住他乡何处住，归去，可怜归去也无家"。与该篇情绪略同而伤感较多、形象愈益鲜亮的是《南乡子·岁暮自青岛赴济南，欲归无计，小住为佳》之第二首：

　　　　我亦有家园，归去真成蜀道难。年去岁来还故我，依然，羞见城南一带山。　　锦字寄平安，眼看残冬岁又阑。夜晚街头人独自，无言，一任雪花打帽檐。

　　以"我亦有家园"开篇，以"雪花打帽檐"的无言人结束，失意怀乡味浓，句法则通透灵变至极。这样极其显明的艺术个性正来自其单纯跃动的心性，以及植根于此的理性艺术选择。因为性灵充沛，所以高致自出，不必远求。《行香子·三十初度自寿》三首堪称是顾随早期的代表作，自然也是性灵勃发的"高致"之作：

　　　　陆起龙蛇，归去无家，又东风、悄换年华。已甘沦落，莫漫嗟呀。拼一枝烟，一壶酒，一杯茶。　　我似乘槎，西渡流沙，走红尘、晚日朝霞。卅年岁月，廿载天涯。共愁中乐，苦中笑，梦中花。

---

①　君培，冯至字。

不作超人，莫怕沉沦，一杯杯、酸酒沾唇。读书自苦，卖赋犹贫。又者般疯，者般傻，者般浑。　莫漫殷勤，徒事纷纭，浪年华、断送闲身。倚阑强笑，回首酸辛。算十年风，十年雨，十年尘。

春日迟迟，怅怅何之，鬓星星、八字微髭。近来生活，力尽声嘶。问几人怜，几人恨，几人知。　少岁吟诗，中岁填词，把牢骚、徒做谈资。镇常自语，待得何时。可唤愁来，鞭愁死，葬愁尸。

而立之年，来到了成熟人生的时间节点上，从此具备了反思归纳的资格、心智和能力。顾随的而立之年正值诸侯角力、龙蛇争霸的乱世，那么他就不仅以自家性灵真切地表达出了特定时空背景下一介书生"近来生活，力尽声嘶"的迷茫惊悸愁苦心境，更传递出了"已甘沦落，莫漫嗟呀""不作超人，莫怕沉沦"的理性反思。"不作超人"，是甘为平常人了，已经将传统士大夫"修齐治平""不出如苍生何"的伟大想象放下，而"莫怕沉沦"则分明染上了现代文明的底色，与小泉八云、郁达夫等气息相通，所以"唤愁来，鞭愁死，葬愁尸"云云虽似嗟病叹卑的老调重弹，内里则是现代中国文人变幻跌宕的心灵镜像。

那么就可以在此基础上再略微探讨"性灵"的意涵。从"性灵说"的肇造者袁宏道到其集大成者袁枚，"性灵"二字从来都在强调"代变"条件下的性情之"真"。真，未必即善，即美，但只要真，即便有"疵处"，不全合名教，那也不要紧，因为"诗难其真"，"疵处"也是"本色独造"，胜过"粉饰蹈袭"的"佳处"。[①] 性灵说绝不止是文学批评之一家数，更应该是古典思想史的一面旗帜。然而由于僵化固陋、死硬模拟者多，两位袁氏本人连同他们的追随者如郭麐、龚自珍、况周颐等人，不是被谳定为"油滑""罪人"，就是被目为"怪魁""侧艳"。在民国诗词史上，顾随虽从"高致"入手言说，而其卓绝的富有新意的创作却无处不演绎诠释着"性灵"的审美指向。结果就会正如他所

---

① 杂见袁宏道《叙小修诗》、袁枚《答何水部》等。

言：“初若无意于高致……然作者之心力既常深入于文字之微，而神致复能超出乎言辞之表，而其高致自出。”

同理可推，基于性灵的哲理性反思亦是“高致”的重要构成部分。刘梦芙称顾随这部分作品“每寄天人玄想与宇宙悲悯情怀于形象之中”，“堪为王观堂后劲”。[①] 在二十世纪“哲理词”的递嬗线条上，顾随也承续乃师衣钵而能占前列一席的。下面这首《生查子》就也如王国维一般聚焦于“人间”：

> 身如入定僧，心似随风草。心自甚时愁，身比年时老。　　空悲眼界高，敢怨人间小。越不爱人间，越觉人生好。

身与心，灵与肉，向来是哲学追究的根本性问题，如何安顿协调乃是人生大关节。如顾随《踏莎行》中“心身先自没安排，人间甚事由人做”“人间一例付苍苍，凭教夜色冥冥裹”，《千秋岁》中“不是人间象，犹作人间想。留不住，消还长……千万劫，碧天路杳人间广”等句皆在此问题上反复纠缠，接过了王国维“人间”情怀的接力棒。在《生查子》中，词人更将身心的矛盾感受强化提升到了“人间”“人生”的层面，“越不爱人间，越觉人生好”，看似悖反不可解，其实正是冷静而热烈的哲学态度，较之王观堂的一味悲观较多一份激扬的亮色。再如下面这两首《浣溪沙》：

> 青女飞霜斗素娥，霜华重处月华多。鸳鸯瓦冷欲生波。　　试把空虚装寂寞，更于矛盾觅调和。莫言此际奈愁何。

> 未到都门先见山，好山不肯太清妍。夕阳斜照碧成丹。　　人在动中心寂寞，山于静处意缠绵。人山相看两无言。

前篇的妙处在于上片古味浓洌，目的却在为下片开拓铺垫。在青女素娥、霜华鸳瓦的情境中，词人神游千仞，镶嵌进“空虚”“寂寞”

---

① 《二十世纪中华词选》，第530页。

"矛盾""调和"的现代哲思心绪，煞拍再以古典语境照应收束。如此写法乍看或嫌突兀，深思之则玄妙不可言，是顾随所独擅者。后篇是对"相看两不厌，只有敬亭山"之名句的深细化、哲学化演绎，寥寥几句中，人、山、动、静，往复周旋，而终归于静默之"大音希声，大象无形"。此一境界无疑是相当传统、熟旧的，但又是绝对崭新、陌生的。《蝶恋花·独登北海白塔》情韵较胜，而哲思意蕴并不因此减弱，相反倒能凸显得愈益丰满：

> 不为登高心眼放，为惜苍茫，景物无人赏。立尽黄昏灯未上，苍茫辗转成惆怅。　　一霎眼前光乍亮，远市长街，都是愁模样。欲不想时能不想，休南望了还南望。

词或者是一时失意无聊、望远怀乡之作，但不经意间的"为惜苍茫，景物无人赏"二句却刻写出了怀抱寂寥、特立独行的"思想者"形象，其苍茫惆怅的心灵世界当与《登幽州台歌》相上下，而加入王国维标举的"独上高楼""衣带渐宽""蓦然回首"三境界当中去。徐晋如谈顾随的文章特地拈出"为惜"二句作为题目，很见巨眼。① 这一类性灵飞动、哲思洋溢的佳作当然是完全达成了他自己大力鼓扬的"高致"的。

三　我词非古亦非今

1935 年，顾随《积木词》成卷，有题卷尾六绝句，多精粹。如第二首："莫谩惊人只自惊，黄华采得更餐英。心安未藉参禅力，肉搏终须用短兵"，第五首："莫觅诸方五味禅，自家且种自家田。不如纵有名山业，何似临风听暮蝉"，可谓感慨良深。最值得说者为第六首："人间是今还是古，我词非古亦非今。短长何用付公论，得失从来关寸心。"积木词全为拟古之作，新意无多，而顾随竟以"我词非古亦非今"七字自豪定论之，里面大有文章。这显然不止是为《积木词》而

---

① 徐晋如：《为惜苍茫，景物无人赏——历史下的顾随和〈顾随全集〉》，《博览群书》2001 年第 4 期。

518　第三编　以学人为主干的民国中后期词坛（1920—1949）

发的，那是对自己多年来创作——乃至一生创作——的重要、也恰切的自白。

类似的自白并非只有这一处：五年前《荒原词》定稿，他题卷尾的绝句第六首亦云："太白惊才堪复古，少陵大力始开今。我只自吟还自看，无能何况更无心"，"我只"一句说的其实也是同样的意思。再向前还可上溯到1921年顾随二十五岁时，在给卢继韶的信中他说："我对于胡适之的新诗，固然喜欢，也不免怀疑。他那些长腿曳脚的白话诗，是否可以说是诗的正体……我的主张是——用新精神作旧体诗。改说一句话便是——用白话表示新精神，却又把旧诗的体裁当利器。"① "用新精神作旧体诗"，年轻的顾随用横亘一生的创作实践验证了自己这句宣言，并最终成为"非古非今"、自成一家、自立一派的词苑大家。

还应该看到做出此一判断的来由：顾随填词无师承，这种被正统词家所鄙夷的"野狐禅"式的出身反而造就了他不拘格套、六经注我的魄力。其次，顾随对于新文化、新文学之接受参与——也就是"新精神"——胜过任何一位民国词人，甚至从根本上讲，他是更多站立在新文学阵营中的一员。以上两种元素，再加之过人的禀赋与天资，顾随就可以昂然掀开词史的新一页，开拓出属于自己的疆域和风格来。

"非古非今"当然首先应关注其浓郁的白话倾向。由于上述种种原因，作为新文学标志之一的白话在顾随笔下不仅得到格外关切，而且是焕发出了强大的生命能量的。在绪论部分，我对二十世纪词史的"白话倾向"做了相当篇幅的论述，并举了顾随两首《清平乐》词为例，但很显然的，那只是他此类杰作很小的一部分。不妨就集中看一下他的《清平乐》。诸多词牌中，《清平乐》韵脚较密，平仄转韵，然而自然流动，近乎天巧，故特宜于性灵的抒发。先可读与前文所引"眠迟起早"一首同组的另外三首《清平乐》：

> 晕头涨脑，忘却天昏晓。镇日穷忙忙不了，那有工夫烦恼。
> 闲言闲事闲情，而今一笔勾清。领取忙中真趣，这般就是人生。

---

① 《顾随年谱》，第29页。

鸦鸣鹊噪，妙处谁知道。听说疲牛还吃草，那有工夫烦恼。

天公真没天良，催人两鬓成霜。愁里翻身坐起，我能享乐穷忙。

天公弄巧，捉弄闲人老。近日忙多闲苦少，真没工夫烦恼。

任他春瘦凄清，新填数首词成。唤起天公听我，仰天大笑三声。

这一组词作于 1928 年，其时国民革命军二次北伐，华北地区烽烟遍地，而顾随又因天津女子师范校局变动而暂代教务主任，"天天楼上楼下，院内院外地跑。惭愧的是跑了腿作不出事来"①。"晕头涨脑""鸦鸣鹊噪"云云正是此种连"烦恼"也无"工夫"的生活之写照。词无大意义，为琐细生活而作一组词，或也有浪费笔墨之嫌，但值得看重的是洋溢于白话中的"性灵"与幽默。这一组词中对"天公真没天良"的抱怨，以及绪论中所引"白天黑夜"那一首中对于"这样春天真笑话"的不满②，皆可谓嘟嘟囔囔、絮絮叨叨，然而风趣即从此出，无理而妙，词人的慧心与性情都在其间昭然若揭。

还有两首《清平乐》亦值一引：

数人好意，邀我来山里。久吸大城烟雾气，到此眼明心喜。
黄华好似前年，折来插向窗间。窗外一株红树，教他与我同看。

人天欢喜，更没纤尘起。高柳拂天天映水，一样青青如洗。
先生今日清闲，轻衫短杖悠然。要看西山爽气，直来银锭桥边。

其第二首有词题曰"早起散策，戏仿樵歌体"，朱敦儒不仅是优秀的白话词人，其散淡高逸中不乏悲凉慷慨的人格形象也与顾随诸多相契。曰"戏仿"，其实正是一种认同。顾随的"戏仿"水准如何？只消

---

① 《顾随年谱》，第 76 页。
② 为免读者翻检之劳，兹将绪论所引二词再附于下："眠迟起早，都把愁忘了。磨道驴儿来往绕，那有工夫烦恼。　我今不恨人生，自家料理调停。难道无花无酒，不教我过清明。""白天黑夜，黄尘如雨下。这样春天真笑话，便没有他也罢。　昨宵细雨如麻，醒来依旧风沙。总算清明过了，虽然没看桃花。"

520　第三编　以学人为主干的民国中后期词坛（1920—1949）

对比一下，就应该看出顾随所唱《樵歌》流丽新异，而又蕴藉耐玩，绝不弱于朱氏原作，前篇的"黄花红树"、后篇的"银锭桥边"且还较多胜处。当然也不只是《清平乐》，诸如《浣溪沙》《采桑子》《临江仙》《鹧鸪天》《南乡子》等词牌皆韵律悠扬，自然流美，顾随慧眼觑定，以超绝的才情大力激发之，演绎之，遂在自己手里将这些常见词调变得格外绚烂缤纷，摇曳灵转。试先读《浣溪沙》：

　　一院西风彻夜吹，一窗素月映罗帏。一天凉露作霜霏。　　千里归来还卧病，三更醒后只颦眉。梦随秋雁又南飞。

上片连用三个"一"字，通篇连用五个数字，这是词家大忌，又是作者有意弄巧，然而情感之浓度、词体之美感不但未削弱，反而增益成为奇创之语，古人未道，令人一见眼明。同调词《咏马缨花》奇创稍有不及，但句句叠复，极见慧心。顾随平生远离传统词坛习气，不喜作咏物词，这一首偶一为之，更值珍视：

　　一缕红丝一缕情，开时无力坠无声。如烟如梦不分明。　　雨雨风风嫌寂寞，丝丝缕缕怨飘零。向人终觉太盈盈。

下面两首《采桑子》也是以叠复盘旋见长的：

　　一重山作天涯远，君住山前。侬住山间，山里花开山外残。红楼碧海相思地，卷起珠帘。倚遍阑干，又见山前月一弯。

　　如今拈得新词句，不要无聊。不要牢骚，不要伤春泪似潮。心苗尚有根芽在，心血频浇。心火频烧，万朵红莲未是娇。

前一首写相思，题材熟滥已极，但一个"山"字在小词中凡六见之，山前山间，山里山外，令人移步换形，目光闪烁不定，将相思之意写得异样跌宕波折，较之乐府民谣更加俏丽秀美。后一首是对自家心事的追摹，上片连用三个"不要"，下片则连用"心苗""心血""心火"，"性灵"二字已呼之欲出。在另一首《鹧鸪天》中词人写道："拼将眼泪双双落，换取心花瓣瓣开"，这些自白再次告诉我们，顾随对于性灵的标举绝非偶然，而是从"心"而动，那些文字之所以震撼人心，正是词人"心血""心火"浇灌成的"心苗""心花"的缘故。那么，与其说顾随这位大词人才华卓绝，还不如说是心灵的真纯澄澈令他秀出群伦，成为词史上"掉臂独行"的"豪杰之士"。①

因为时世的纷乱、人生的况味，"性灵"也不可能总是轻飘风趣的。《临江仙》就充满了沉郁不平的勃然之气："凉雨声中草树，夕阳影里楼台。此时怀抱向谁开。屠龙中底用，说鬼要奇才。　多谢凋零红叶，殷勤铺遍苍苔。杖藜着意自徘徊。南归双燕子，明岁可重来。"《思佳客》作于1939年挚友卢伯屏殁后，友情、生死、时世、人间，全都打叠一处，真令人有窒息之感：

> 动地悲风迫岁阑，人间逼仄酒杯宽。剧怜死别生离者，都在青山红树间。　甘索寞，恨衰残，难禁哀乐是中年。经霜古木无枝叶，只有栖鸦共此寒。

读词至此，我们当可以对"非古非今"下一转语。所谓"非古非今"，首先是"亦古亦今"，不以"古今"为成见界限。当一种题材、心境贯通于"永恒的人性"，"古"自然可以选择，而属于现代时空之题材、心境就应当以现代语言、手法处理之，而没必要顾忌它是否雅正敦厚，非去削足适履地求合陈腐的审美规范。顾随有自白云："只要以词之形式，写内心的话，不管艺术化与否耳"②，其实他哪里是不在意"艺术化"的呢？这种无意于雕琢加工的"非艺术化"难道不是成全了更高层面的"艺术化"？

其次，对于现代白话/口语的运用，顾随也是有自己的理论别择的。其《文赋十一讲》第五讲云："写作顶好用口语。我们现在只有用现代语言写现代事物……我们用现代语言并非把文学本质降低，乃是将语言

---

① 刘梦芙：《冷翠轩词话》。
② 1928年4月12日致卢伯屏信中语，《顾随年谱》，第72页。

522 第三编 以学人为主干的民国中后期词坛（1920—1949）

提高。"古典文学讲格律，而其高处在冲口而出，如'昔我往矣，杨柳依依''袅袅兮秋风，洞庭波兮木叶下'……凡古典文学而能深入人心流传众口者，皆近于口语，绝无文字障。"① "文字障"一词可谓点中了要害，所以他嘲笑"宵寐匪祯，扎闼宏庥"②之类是"自取灭亡，如何能存在"？③他在自己的词创作中正是有意在突破种种文字之"障"的，诸如"几个追求幻灭，何时抓住虚空""试问倘无缺憾，难道只需温暖，岁月任销磨""小草都含微笑，远山自写春容""试把空虚装寂寞，更于矛盾觅调和""莫怪新来无好梦，爱神烦恼诗神病"之类④，尽都毫不犹疑，随手拈来，无论古今，为我所用。此种用"新精神"作成的"旧体诗"虽在当世无大影响，追随者也少，但在数十年后的二十一世纪网络词界却得到了众多的呼应、传承与发展。李子、嘘堂、象皮、独孤食肉兽等一批杰出的诗人和词人难道不是顺延着顾随筚路蓝缕的这条路走出一片新国土的？如此看来，顾随的"新精神"不仅最终得到了认可，而且是开创了一条诗词写作的通衢大道的。

再次，对顾随词的整体评价还不能回避俳谐与长调问题。有人或许看不惯顾随的俚俗与幽默，将其视为俳体，其实顾随对此早有自辩。《稼轩词说》论《鹊桥仙·赠鹭鸶》一首有云："窃以为俳体除尖酸刻薄、科诨打趣及无理取闹者外，皆真正独抒性灵之作也，以其人情味独重故……自白石梦窗而后，一力趋于清真雅正，吾不识其所谓清真雅正果到如何程度。要之学力日深，天机日浅，而吾所谓俳体者，乃遂窒息以死士大夫之笔下矣，是真令人不胜其惋惜之至者也。"⑤对"俳体"的"窒息"感到不胜惋惜，因为窒息的不是"俳体"，而是"性灵"，顾随这段话也堪称是快刀乱麻、旗号鲜明的了。

此外，刘梦芙在指出顾随小令"精绝"的前提下也指摘顾随长调

---

① 《顾随全集》第三卷，第276、275页。

② 宋人笔记云：宋祁为文晦涩，欧阳修与共修撰《唐书》，常病之，乃书"宵寐匪祯，扎闼洪庥"八字示之。祁不知其戏己，问当作何解？修言："此即公撰《唐书》法也。宵寐匪祯者，谓夜梦不祥也；扎闼洪庥者，谓开宅大吉也。"祁大笑。

③ 《顾随全集》第三卷，第275页。

④ 分别见《临江仙·君培年来，颇以寂寞为苦，赋此慰之》《水调歌头·留别》《临江仙·次箫和余旧作，亦再和》《浣溪沙》《蝶恋花》。

⑤ 《稼轩词说》，《顾随全集》第二卷，第30页。

"语多粗率直俚，乏深郁渟泓之致"①，那么就不能不辨明几句：顾随长调不如小令精绝，也颇有粗率处，此乃事实，不能否认，但似也不至如刘先生说得那样不堪。其早期所作《八声甘州·哀济南》二首就不少"精绝"处，前篇回忆"明湖最好是黄昏，斜阳射湖东""醉里曾高唱，声颤星空"，为今日济南"连天烽火""血痕点点"作对照，煞拍"者无穷恨，到几时穷"之一问极是哀凉。其二尤精悍情深，结末数句更是盘旋弹动人心：

> 便将来、重复到明湖，胜游总成空。任三更渔唱，数声柔橹，半夜荷风。只怕双擎泪眼，觅不到残红。点点青磷火，芦苇丛中。
> 眼看春光又老，谩酿成春色，费尽春工。上九重天上，细问碧翁翁。甚年年、伤春不了，却一春、不与一春同。春归去，已匆匆了，莫再匆匆。

《木兰花慢》是顾随的拿手曲调，引吭高歌，佳作琳琅，亦可洗"粗率直俚"之恶评。除了前引致敬迅翁那一篇，如下面这两首亦皆耐读：

> 又他乡聚首，试携手，赋同行。且享用今宵，班荆道故，莫话离肠。相将海滩坐久，但时闻、草木散幽香。更喜沙平浪软，山村灯火昏黄。　　斜阳西下海茫茫，何处是吾乡。算射虎山前，放牛林下，一样收场。文章有如爝火，只人生、到此漫凄凉。君看孤星一个，尚摇万丈光芒。

> 正东风送雨，急檐溜，恨楼高。更万点繁声，藤萝架底，薜荔墙腰。深宵隔窗听取，者凄清、全不减芭蕉。何况长杨树上，平时已爱萧萧。　　迢迢断梦到江皋，愁思正如潮。恁夜半危楼，一条残烛，争禁飘摇。山遥更兼水远，想故人、此际也魂销。两地一般听雨，不知谁最无聊。

---

① 刘梦芙：《冷翠轩词话》。

524 第三编 以学人为主干的民国中后期词坛（1920—1949）

无论"君看孤星一个，尚摇万丈光芒"的凄凉自负，还是"两地一般听雨，不知谁最无聊"的冷寂茕独，均不乏"深郁淳泓之致"，予人颇多回味。晚年的另一首《木兰花慢》直呼"释迦"为"老臊胡"，似乎难免直俚之讥，但禅宗呵佛骂祖，此其故技而已，有意为之，不能算是恶笔。词云：

> 故人书问我，新愈后，近何如。正李广桥边，绵吹高柳，波暖平湖。衰躯病心渐稳，觉释迦、也是老臊胡。学佛直无兴趣，要愁哪得功夫。　雄图飞将计全输，驰檄更分符。甚射虎南山，夜行却被，醉尉传呼。扶疏绕檐众树，笑渊明、抵死忧吾庐。驾起青牛薄笨，迢迢又上征途。

还值得注意一首《绮罗香》，这是相当婉约而近乎滞涩的词调，顾随笔下却如狮滚绣球，童弄泥丸，团溜翻转，不粘不滞，其才情足可上接易哭庵而下开李子：

> 旧日豪情，中年乐事，屈指已成乌有。万斛闲愁，捎起掉头雨走。挣暂时、眼下安生，经多少、不堪回首。算人生、原自无聊，思量万物尽刍狗。　年时犹记醉里，爱道高歌鼾睡，全忘昏昼。争奈醒来。又到销魂时候。惊打窗、细雨斜风，怕照眼、落花疏柳。只而今、常把凄凉，细尝权当酒。

在比例、总数皆相当小的长调创作中，顾随能贡献出如此数量的"精绝"之作，而以"粗率直俚"一笔抹倒之，似不够公平。况且同时我们还应看到，即便顾随长调较弱，但单凭小令短调的"清丽真淳，新意叠出"[1]，单凭主要表现在小令中的"新精神"、满蕴"性灵"的"高致"，顾随占居民国四大词人之一席也应毫无惭色。词史上如晏殊、欧阳修、晏几道、纳兰性德、王国维等专精小令而成大家者不知凡几，那么长调也绝不应该成为影响顾随词坛地位的重要参数。

———————

[1] 刘梦芙：《冷翠轩词话》。

在《文赋十一讲》第五讲解析稼轩"城中桃李愁风雨，春在溪头荠菜花"两句时，顾随有这样的感慨："稼轩是英雄，现在要有新英雄。英雄就是不叫你走在我前头……文学是创造，就算是不得已非跟你走过这条路不可，但我走的也不是你的走法了"[1]，可以想象说到这些话的时候，顾随是充满了自信的。他的"不叫你走在我前头"的"走法"确乎走出了名堂，披荆斩棘地踏出了一片或稍荏弱但生机勃勃的芳草地，从而成为最具现代气质的二十世纪词坛大家。那么，不妨就引其毕生景仰的迅翁名言赠予这位词坛的"新英雄"，以为本节作结——"世上本没有路，走的人多了，也就成了路"。

四 "燕京小友"郑骞

"东坡长山谷九龄，平生风义兼师友；诸葛胜子桓十倍，万古云霄一羽毛"，这是郑骞写给顾随的一副挽联。[2] 这位小顾随九龄的"燕京小友"不仅与其情谊笃厚，更是拓出那片芳草地的同路人。

郑骞（1906—1991），字因百，祖籍辽宁铁岭，生于四川灌县，后迁北京。1927 年郑骞就读燕京大学中文系时在沈尹默课堂上得知顾随其人其词，翌年初二人在北平见面。顾随赠郑骞《无病词》，并专为题《临江仙》一首，郑骞则有《柳长春·答羡季》复之：

> 谁道诗书，还成自误，天教留起真情绪。月华万丈吐光芒，寒星也有光芒吐。　　莫漫悲凉，徘徊歧路，人生也许由人作。自家若不去安排，身心更没安排处。

字里行间，宛然顾随小样，而青春少年，志意昂扬，又与顾氏有别。迨 1929 年郑骞词集《永嘉集》印行，顾随更有《采桑子》祝贺勉励之，其上片云："文章事业词人小，如此华年，如此尘寰，为问君心安不安"，郑骞晚年犹感念其"勉予努力从事于诗古文辞，而毋倚声自

---

① 《顾随全集》第三卷，第 275 页。

② 叶嘉莹：《怀旧忆往——悼念台大的几位师友》，转引自赵林涛《顾随与郑骞》，《保定学院学报》2015 年第 2 期。以下关于二人交往事迹之叙述多得力赵氏文章，应致谢忱。

限"之良苦用心。也是在此期间,尚就读燕大的郑骞得知本系某教授将辞职,遂力荐顾随。顾随得以进入高校,且"一进门即是讲师",沈尹默之外,郑骞可谓与力尤多。至1938年,郑骞执教燕大,二人交往愈密①,郑骞精研稼轩词即应有顾随之大影响在内。1947年至1948年,郑氏先越五岭,继迁台湾,从此与顾随音问隔绝,唯存怀想,这段友情也大抵画上了句号。②

郑氏《永阴集》一卷,系其二十四岁时自印,收词六十三首,加所附《永阴存稿》,可得八九十首,全为小令。另有扉页题词《西江月》一首云:"身似飞花落叶,飘零苦雨沙尘。孤坟无处吊孤魂,空见残愁残恨。　剩得一生凄楚,空余万古酸辛。夜深不寐只怜君,懒把心身整顿",语意颇为萧飒而笔致俊爽,正与顾随不谋而合。与此题词相呼应,《永阴集》大抵为"少年狂狷,中年哀乐,费尽安排"之心境的表呈③,就内容言并无太多新意,唯其才情纵横,故甚可观:

> 窗外老松声,雨过寒生。近来天气旧心情。半夜高歌神惨淡,山鬼来听。　只影上疏棂,绿暗油灯。起来独自绕闲庭。放下无边无岸事,细认春星。
>
> ——浪淘沙

> 幕天席地,忘了生前身后事。踽踽凉凉,负手闲行是乐乡。
> 从先大好,以后茫茫安可料。领取当前,水满春池看远山。
>
> ——减字木兰花

> 几度文波起怒潮,十年湖海气潜销。沉檀从此佛前烧。　幻梦有灵添怅惘,青灯无伴发牢骚。词声呜咽颤春宵。

---

① 顾之京回忆云:"小的时候,不止一次见过有姓郑的老伯来家里作客,而父亲时时留他一起,二人在自己的小书房里用饭。"转引自赵林涛《顾随与郑骞》。

② 叶嘉莹初至台湾,郑骞关照有加,且时时回忆与顾随之交往。1975年,郑骞得知顾随去世有年,诗悼之曰:"念旧怀人百感并,登高望远暮云横。殊方自古无鸿雁,此老凭谁问死生。"引自赵林涛《顾随与郑骞》。

③ 郑骞:《朝中措》(明霞成绮)。

毕竟人间事渺茫，城西犹记数垂杨。忽然如此寄他乡。　　乞食真成无赖贼，低头岂止九回肠。客中何地着疏狂。

——浣溪沙

词皆平易不艰涩，然而内蕴奇崛，山高水深。"山鬼来听""细认春星""沉檀从此佛前烧""乞食真成无赖贼"且大有龚自珍、李慈铭一辈神采，很能凸露出自家的崚嶒根骨。至于"孤灯灭了掩重门，我是生成有恨爱黄昏""人间万事总堪惊，生怕旧时天气旧心情""蛾子扑灯蚕作茧，死生趋避总无端""旧日诗词归少作，眼前温饱即人生"等句或淡语传情，或机锋侧出，尤与顾随同频共振。① 整体思路、用语更接近顾随的是下面几首，大约可视为向这位学长老友的致敬步趋之作：

黑夜庄严，白天明爽，只愁没个闲人赏。夜中那解认孤坟，朝来依旧撄尘网。　　以后从前，忧劳鞅掌，当头美景难虚放。高冈独立夜沉沉，纵声狂笑长天响。

——踏莎行

黄鹄凌霄未免饥，瞎驴转磨竟何之。扑灯蛾子原无赖，作茧春蚕亦太痴。　　频思索，几然疑，三年赢得骨撑皮。茫茫慧海休重问，香茗看花最好时。

——思佳客

请谁忘我，正恨平生无罪过。许我思谁，万事销磨万念非。人生有味，秋月春花相递媚。可惜孤踪，长在花残月暗中。

——减兰

晨曦满地，万象含生意。柳长新芽杨吐穗，还是那般滋味。

---

① 分别见《虞美人》（十年如梦）、《虞美人》（瞳瞳旭日）、《山花子》（谁道今年）、《浣溪沙》（黄叶红花）。

528　第三编　以学人为主干的民国中后期词坛（1920—1949）

此身早惯风沙，管他沽上京华。毕竟春天来也，居然开了桃花。

——清平乐

只消对照一下顾随的创作，那种"同行""同心"是不难感受得到的。可惜的是，尽管郑骞在《永阴集》封面题辞"岂有铅华光少作，拟将丝竹写中年"二句，他的词创作生涯还是早早止歇在了三十岁之前。晚年的郑骞对自己的词评价不高，以为"意境格调，甚至于文字，俱欠成熟""我的笔路写诗不够重拙，写词更不够轻灵"[1]，这里面固有谦抑的成分，但也未尝没有自我认识的误区。其实他若以逼近顾随的《永阴集》"笔路"一直写下去的话，应该能有相当煊赫的成就的！

五　词人胡适及陈柱、曾今可

作为二十世纪中国文化的重要路标之一[2]，胡适实在不能仅仅被看作一位"词学家"和"词人"，然而我们又不得不将他看成"词学家"和"词人"。很明显的，在词业发展历史上，他够独特，够分量，所牵涉的诸多重要理论问题也足资后人考索与探研。依"词人"胡适（1891—1962）的归宿，似应当将其放在本书第七编"中国港澳台、海外词坛"来谈，然而胡适填词大抵止于三十年代中期[3]，换句话说，他在去台前甚久就已对填词兴趣阙然，置之"港台海外"并无道理。而且，在"用新精神写旧体诗"的顾随名下附谈"新精神"的领路人、集大成者胡适，也是符合内在逻辑的选择。

胡适的词学建树颇为丰赡，详谈需不小篇幅，但一来按本书体例应尽量简要，二来曾大兴在《词学的星空》《二十世纪词学名家研究》两部姊妹篇中已经阐述得相当清晰透彻。这里仅撮其要，略作复述，以为

---

① 郑骞：《桐阴清昼堂诗存跋》，载《永嘉室杂文》，辽宁教育出版社1998年版，第181页。

② "胡适还是鲁迅"是关乎20世纪中国文化选择的重要命题，可参谢泳编《胡适还是鲁迅》，中国工人出版社2003年版。

③ 今可明确编年之胡适词最晚三首皆作于1936年，未标词牌，题分别为《扔了？》《无题》《燕——写在沈燕的纪念册上》，实则用《好事近》而稍有变化。见施议对《胡适词点评》，中华书局2006年版，第59、61、63页。

下文拓展地步。

首先应该看到，胡适词学研究的出发点并不在于"昌明词道""光大词学"，而是因为在他眼中，词是"白话文学"的代表体式之一，可借以阐发他的"活文学"观念，最终达到"文学革命""再造文明"的目的。这样一种起点使他站立的高度、研究的目的与路径等都与传统词学研究有着本质上的不同。于是，持着文学进化论的观念，胡适指出，文学革命在中国历史上早已有之，诗之变为词，即是非常明显的一次。[1] 而且，"白话之文学种子已伏于唐人之短诗小词"，"宋词用白话者更不可胜计"。[2] 那么出于推倒"雕琢的阿谀的贵族文学""陈腐的铺张的古典文学""迂晦的艰涩的山林文学"之需要[3]，举凡辞赋、骈体、古文、律诗等等"十八妖魔"均在排斥之列，而词不与焉。因为"词既然已是白话文学的老祖宗之一，谁敢推倒？谁能推倒？词不仅不能被推倒，其中的白话词还可以作为'模范的白话文学'而供'有志造国语文学的人''多读'……词的用处可谓大矣！"[4]

清代以来，相当数量的词家如陈维崧、张惠言、文廷式等一直推尊词体，但功效有限，未竟其志。王国维把词提到"一代之文学"的高度，这才初步完成了前贤的事业。如今胡适则更进一步，把词抬高到胜过诗赋、古文的地位，那词就不仅是"一代之文学"，而且是百代之文学、未来之文学了！如果说，此前的"诗界革命"中词体是"缺席"的，那么这一次词不仅"在场"，而且还当仁不让地当上了主角之一。[5]似乎可以这样说，词之为"小道""艳科""余事"一类观念是在胡适手里面被彻底颠覆的。"胡适才是最大的'尊体派'，他的'尊体'的力度与成效，自有词与词学以来，无人能出其右。仅此一项，胡适就应

---

[1]　胡适以为韵文有六大革命：《三百篇》变为《骚》，一也；又变为五七言古诗，二也；赋变为无韵之骈文，三也；古诗变为律诗，四也；诗变为词，五也；词变为曲，为剧本，六也。见其《吾国历史上的文学革命》，载《胡适古典文学研究论集》，上海古籍出版社 1988 年版，第 10 页。

[2]　胡适：《历史的文学观念论》，《胡适古典文学研究论集》，第 46 页。

[3]　陈独秀：《文学革命论》，1917 年 2 月，《新青年》二卷六号。

[4]　曾大兴：《二十世纪词学名家研究》，第 34 页。

[5]　张宏生有文《诗界革命：词体的"缺席"与"在场"》，见《清词探微》，上海古籍出版社 2008 年版。

该在词学史上大书一笔！"①

作为新文化运动的总司令，胡适不仅较长时间致力于词的研究，编写了"权威之大，殆驾任何词选而上之"的《词选》②，提出了唐宋词的"歌者词、诗人词、词匠词"三段论、千年词史的"本身词、替身词、词鬼"三段论等一系列令人重视的理念③，而且还身体力行，创作了相当数量的词作。据施议对《胡适词点评》的统计，胡适词有一百零三首，其中挂有词牌者二十九首，未挂词牌者七十四首。但我以为这一统计数字过大，胡适集中数量不小的五言四句或八句应视为古诗，而不当看作《生查子》之变体。去除这一部分，胡适词作当有六十首左右，已不算很少。

当然，胡适填词也不是简单地出于"雅趣"，而是"欲借此实地试验，以观白话之是否可为韵文之利器"④，因而，我们也不能拿通常论词的眼光来看待他的词作，而是需要思考其填词行为背后的一些相关问题。

第一，关于"胡适之体"。"胡适之体"本是陈子展对胡适新诗实验的一种称谓⑤，胡适借此话头谈"胡适之体"，指出其三个要点：（1）说话要明白清楚；（2）用材料要有剪裁；（3）意境要平实。⑥鉴于胡适的诸多新诗与词体的密切关联，新诗的"胡适之体"大约也适用于词的"胡适之体"。所以施议对从体制、体要、体貌三方面指出，"胡适之体"以白话填词，重构格局规制；用深远意旨，增强体质体格；用诙谐作风，增添讽喻效果⑦，综合而言之，则大体可谓之"作风诙谐、时杂深意的白话词"。

胡适有很多新诗均借用了词调，如《多谢》"多谢你能来，慰我山

---

① 曾大兴：《二十世纪词学名家研究》，第 34 页。

② 龙榆生：《论贺方回词质胡适之先生》，《龙榆生词学论文集》，第 304 页。

③ 《〈词选〉自序》。

④ 胡适：《致陈独秀》，《胡适古典文学研究论集》，第 44 页。

⑤ 陈子展希望胡适"拿出先驱者的精神，在新诗上创造一种'胡适之体'……便是失败，也可以告诉无数的来者'此路不通'"，转引自胡适《谈谈胡适之体的诗》，见其《尝试后集》，欧阳哲生编：《胡适文集》第 9 册，北京大学出版社 1998 年版，第 279 页。

⑥ 欧阳哲生编：《胡适文集》第 9 册，北京大学出版社 1998 年版，第 281—282 页。

⑦ 施议对：《中国当代词坛"胡适之体"正名》，《胡适词点评》，第 171—175 页。

中寂寞。伴我看山看月，过神仙生活。匆匆离别便经年，梦里总相忆。人道应该忘了，我如何忘得"，这是颇为规范的《好事近》，词意清疏而情感浓烈。另如《生疏》《旧梦》《高梦旦先生六十岁生日》《写在赠唐瑛女士的扇子上》《夜坐》《水仙》《猜谜》《飞行小赞》《扔了》《无题》《燕——写在沈燕的纪念册上》等一批作品也均用了同一词牌。他说："我近年爱用这个调子写小诗，因为这个调子最不整齐，颇近于说话的自然，又因为这个调子很简短，不许有点杂凑堆砌。"[1] 除《好事近》外，借用了《西江月》体式的《瓶花》也颇具声情，堪称胡适之体的代表作："不是怕风吹雨打，不是羡烛照香熏。只喜欢那折花的人，高兴和伊亲近。花瓣儿纷纷谢了，劳伊亲手收存。寄与伊心上的人，当一篇没有字的书信。"

这首词/新诗不仅全用白话，韵律放宽，甚且字数也较《西江月》有所增添。这样做算不算成功？梁启超致胡适书信中是称胡作"妙绝，可算'自由的词'"的，并说"韵固不必拘定什么《佩文斋诗韵》《词林正韵》等，但取用普通话念去合腔好……我总盼望新诗在这种形式下发展"[2]，看来是比较认同的。再看治学严谨、古典气息最浓的詹安泰之高论。在《论填词可不必严守声韵》中，詹安泰首先指出词之声韵在宋代"人各异说，说各有因，只求谐适，不必一律"，后面对于词声字之增减又云："词的本来就是为了在口吻上或意义上的谐适而把五七言诗所不能容的虚声统统填入实字而成的。这些减、添字在词已成定谱之后加以变化，也无非是为了口吻上或意义上的谐适而已，与词之所以成为词的本旨并不相背。"[3] 如此看来，胡适"解放"词而成为新诗是有着一定理论依据的，并不像某些学者所不满的那样"胡来"，为若干"浅学之士"打开了借口。

所谓"时杂深意"者当数《沁园春》"誓诗""二十五岁生日""新俄万岁"数首。《新俄万岁》系为十月革命中"蓝帽乌衣"之大学生及十万被释囚徒而作，"去独夫沙，张自由帜，此意如今果不虚。论

---

① 《谈谈胡适之体的诗》，《胡适文集》第9册，第280页。
② 丁文江、赵丰田：《梁任公先生年谱长编》，中华书局2010年版，第557页。前文论梁氏一节已引。
③ 《詹安泰文集》第五卷，第325—332页。

代价，有百年文字，多少头颅"一节激扬感奋，实为此后毛泽东氏"北国风光"名作之先驱。①《二十五岁生日》一篇则于幽默中杂严肃，调侃内寓反思，实为稼轩俳谐词之苗裔。上片末尾"种种从前，都成今我，莫更思量更莫哀。从今后，要那么收获，先那么栽"，下片末尾"我笑诸仙，诸仙笑我，敬谢诸仙我不才。葫芦里，也有些微物，试与君猜"等句皆自我作法，而韵味醇厚，带有其特殊的诙谐风格。最具"新精神"，也兼备"深远意旨"——即理论意义——的是《誓诗》一首：

> 更不伤春，更不悲秋，以此誓诗。任花开也好，花飞也好，月圆固好，日落何悲。我闻之曰，从天而颂，孰与制天而用之。更安用，为苍天歌哭，作彼奴为。　　文章革命何疑。且准备、搴旗作健儿。要前空千古，下开百世，收他臭腐，还我神奇。为大中华，造新文学，此业吾曹欲让谁。诗材料，有簇新世界，供我驱驰。

无论谈现代文学或新诗的发生，这篇文学革命的宣言书都几乎不能回避，对其意义已无须饶舌。置之词史之上，这首词也堪称飞扬跋扈、恣肆豪迈的佳作，诸如"花开也好，花飞也好""从天而颂，孰与制天而用之。更安用，为苍天歌哭，作彼奴为"等句皆自出胸臆，不避重复，那种伟丽自负的口吻、宏阔劲急的态度、直截爽利的笔调是深得稼轩以来直至陈维崧、龚自珍、文廷式等大家之香火，因而最能代表新文化运动"推倒—再造"的气质与精神的。论自成一家的"胡适之体"，该篇断应推为典范作品。

第二，旧体诗与新体诗的关系。自胡适"誓诗"开始，新体诗的萌芽就日益生长于古老诗国的丰腴土壤中了。虽然它起步踉跄，但因"弃旧图新"的文化政策选择，被推尊至主流地位，其自身也逐渐焕发出澎湃的生命活性。之前雄踞至尊地位的格律诗则被称为带有贬义色彩的"旧体诗"，被渐次扫进历史的垃圾堆。近百年来，新体诗和旧体诗成了一对欢喜冤家，演出了一幕幕的啼笑因缘。

---

① 周策纵《胡适杂忆》尝指出此一点，见傅国涌《胡适眼中的毛泽东》一文。

众所周知，旧体诗数十年来一直受到不公正的忽略和遗忘，这是我们讨论这一话题的基本出发点。但是，近年很多学者在为旧体诗张目的同时，对新诗大张挞伐。例如我很欣赏并引为同道的徐晋如、刘梦芙二位先生都曾明确表达过对新诗的不满。徐晋如《现代旧体诗词研究的几个问题》中说："二十世纪诗词无论是思想感情还是艺术成就，都远远超过新诗的整体成就。在二十世纪的任何一个重大历史时期，诗词所表现出来的东西都要比新诗更加深广。刘梦芙曾致函笔者云：'二十世纪诗坛之真诗，必在旧体。1949 年前新诗尚有可采，厥后无一足珍者，即如北岛、海子之作，与洪漱崖诸老诗相较，光焰顿失。'诚哉斯言！"[1]

我因为写过若干年的新诗，同时受"新旧诗两栖"的严迪昌师点拨，对新诗有一点熟悉，也就没有抱那么深的成见。诸如食指、北岛、海子、李亚伟、欧阳江河、陈东东等都是我心目中的诗歌英雄，他们的"光焰"应不在任何一家旧体诗人之下。"顿失"之说并非了解内情的平允之论。

更重要的是，二十世纪的中国新诗至少有一只脚是踩在中国古典诗歌的土壤上的。从胡适 1920 年承认他的《尝试集》第一编里的诗"实在不过是一些刷洗过的旧诗"开始[2]，朱自清、何其芳、废名、叶公超、卞之琳、余光中、洛夫、郑敏等在半个多世纪的时间跨度中一直在发出着清醒反思的声音，他们的认识可以归结到一点："现代诗的气根，必须触向西方，触向世界；现代诗的主根，却必须扎进传统，扎在中国的泥土。"[3]

在拙作《略论新诗创作对古典诗歌资源的接受与整合》中，我表达过这样的看法：

> 粗略看来，古典诗歌至少在以下几个方面对新诗产生了深刻的积极影响：1. 通过完满严谨的格律形式构建了新诗的音乐美和建

---

[1] 《中山大学学报》2007 年第 1 期。

[2] 《尝试集·初版自序》，亚东图书馆 1920 年版。

[3] 李春生：《一个游民的看法和意见——兼为葡萄园新诗明朗化的倡导笺注》，《现代诗九论》，转引自杨景龙《古典诗歌传统与 20 世纪新诗》，载《中国文学古今演变研究论集二编》，上海古籍出版社 2005 年版。

534　第三编　以学人为主干的民国中后期词坛（1920—1949）

筑美。2. 通过提供大量的"意象群"和"意境群"资源，推促和提升了新诗的"诗意"品位。3. 通过"含蓄""神韵"等古典诗学权威话语的潜在要求，丰富了新诗理论，也促使新诗迅速从早期直白幼稚的状态破茧而出，形成独立成熟的美学风格。4. 在民族文化心理沉淀的层面持续挥发影响，从而使中国新诗在葆有民族文化特色的前提下拥抱和走向世界。①

　　这些总结当然是很粗浅的，但是我想表明，二十世纪诗坛的真实状况是格律诗、自由诗齐头并进，各有斩获，这在中华古老诗国还是空前未有的格局。在二十世纪，新旧诗是友军，是同盟，而非不共戴天的对手和敌人。如果说过去几十年，大批新文学的"拥趸"已经偏狭到敌友不分的程度，那么今天我们不应该再蹈其覆辙。不薄新诗爱旧诗，这是在鼓吹旧体诗词研究时我们应有的态度。

　　第三，"胡适之体"之影响。胡适革故鼎新的精神和气魄无疑是具有巨大冲击力和深刻影响的，虽在传统词苑回声寥寥，甚且多被讥笑②，但如陈柱、龙榆生、曾今可等老派新派文人也都从不同角度提出"自由词""新体乐歌""词的解放运动"之概念，从而在有意无意间充当了这位"当代词坛解放派首领"的羽翼兵卒。③ 龙榆生前文叙述已详，此处当简谈陈柱与曾今可。

　　陈柱（1890—1944），字柱尊，号守玄，尝列名南社，历任无锡国专、暨南大学等讲席，著述多达百余种，最精诸子学与散文史，为一代国学名家。1936 年，陈柱在《学术世界》发表三首"自由词"及《自由词序》，引起陈中凡、叶恭绰等关注与讨论。④ 其所谓"自由词"其实并不新鲜，大约相当于古人之"自度曲"，但去其律谱因素而已。由

────────────

　　① 《吉林大学社会科学学报》2008 年第 2 期。

　　② 顾随就对其以词体作新体诗无大好感，蔑称其为"长腿曳脚的白话诗"，见前文。顾随尚且如此，别人态度可知。

　　③ 施议对有《中国当代词坛解放派首领胡适》之文，《百年词通论》中称其"有将无兵，难以成派"，分别见《胡适词点评》第 157 页、《文学评论》1989 年第 5 期。

　　④ 详参梁艳青《民国旧体词变革的两种尝试——以胡适的白话词和陈柱的自由词为例》，《河北大学学报》2011 年第 4 期。

于作者自身古典修养醇厚，所作"自由词"也都清畅谐美，不失词体固有之特质，但"自度曲"由于缺失了音乐支撑，早已被证明路径狭窄，迄难成功。清人自度曲数十成百，稍得传播者厥唯纳兰性德《青山湿遍》等数篇而已①。当然，在此前提下，我们依然珍视陈柱、龙榆生、陈中凡、叶恭绰等在改造创新词体方面的理论与实践之努力。

同样值得审慎对待的还有曾今可倡导之"词的解放运动"。曾今可（1901—1971），名国珍，笔名君荷、金凯荷，早年留学日本，1931年在上海创办新时代书局，主编《新时代》月刊。抗战期间历任军职，后赴台湾，任正气学社及正气出版社总干事，并与于右任创设中国文艺界联谊会。

1932年，曾今可邀集柳亚子、林庚白、章衣萍、黄天鹏、余慕陶、张凤等举行"词会"，并写下《词的解放运动》一文，发表于《时事新报》"学灯"副刊。次年2月，曾今可主编的《新时代月刊》又发布"词的解放运动专号"，刊有柳亚子、曾今可、张凤、郁达夫、董每戡等人的文章，就词的格韵、意境等问题发表意见，提出"不用古典，完全用白话入词""写我们今日的事，说我们今日的话"等主张②，并将"解放"了的词称为"自由词""活体诗"③。可以看出，这些提法与胡适大旨相通，一脉相承，完全可视作"解放派总司令"部勒下的一支劲旅。

同时，"专号"还刊登了林庚白、柳亚子、刘大杰、章衣萍、曾今可等人的新词将近二十首，用以实践"解放"主张，而格调未高，大抵感怀风月而已。其中名气最著者莫过于曾今可《画堂春》一首：

　　一年开始日初长，客来慰我凄凉。偶然消遣本无妨，打打麻

---

① 据刘深《清词自度曲与清代词学的发展》（《南京大学学报》2015年第6期）研究，清代自度曲成就最高、影响最大者当推顾贞观、纳兰性德二人。顾贞观《踏莎美人》一调继和者44家46首，《风马儿》继和者10家12首，《剪湘云》继和者9家10首，分别位居"清人自度曲影响力排行榜"的第一、第四、第五位；纳兰性德《玉连环影》继和者17家20首，《青山湿遍》继和者7家7首，分别位居排行榜的第二、第七位。然就一般观感而言，《青山湿遍》似最著名。

② 柳亚子：《词的解放》、章石承《论词的解放运动》。

③ 董每戡：《与曾今可论词书》、张凤《关于活体诗的话》。

将。　　　都喝干杯中酒，国家事管他娘。樽前犹幸有红妆，但不能狂。

淞沪硝烟犹在，国难阴云未散，而文人无行至此，连"国家事管他娘""打打麻将"这样"救国不忘娱乐"的"名句"都端上台盘了，那也难怪鲁迅在《曲的解放》一文中顺手牵羊："'词的解放'已经有过专号，词里可以骂娘，还可以'打打麻将'。曲为什么不能解放，也来混账混账？"[①] 曾今可受此讥骂，心气不平，遂邀集张资平、胡怀琛、张凤、龙榆生等十余人召开"文艺座谈会"，并在刊发相关消息时别有用心地暗示与内山完造交往密切的鲁迅有日本间谍之嫌疑。[②] 对此，鲁迅恨入骨髓，《致姚克书》语云："我当永世记得他们的卑劣险毒"[③]，并犀利地指出"诗的解放，先已有人，词的解放，只好骗鸟"[④]。在文坛的共同谴责驱逐之下，曾今可终究发布启事，宣称"脱离文字生活。以后对于别人对我的诬蔑，一概置之不理"[⑤]。

在这起著名事件中，曾今可无疑扮演了"风派"小丑的角色，文品人品俱不足数，然而因鲁迅为之定谳，即将"词的解放运动"也连带彻底否定似也不能称理性。提出"词的解放"本身是有积极意义的，不能完全当成"闹剧"对待。稍读"专号"，也可以看出众多讨论较富于理论色彩，并不尽是"骗鸟"的梦话。对此我们还是应当摒绝意气，回到文化史、学术史视角予以公允评价的。

---

① 《鲁迅全集》第五卷，人民文学出版社 1981 年版，第 53 页。按：关于此"名句"需附注两点：一、《上海近百年诗词选》（百家出版社 1996 年版）录曾今可此篇，并有"编者按"云："后作者辩解，此词原为取笑某些颓废人士，是反话"，可备一说。二、熊盛元《晦窗诗话》有妙论云："或曰此词所以不佳，病在'管他娘'三字，予则以为不然。试读聂绀弩'青阳高歌望吾子，红心大干管他妈'及李汝伦'天下澄清非我辈，人家污浊管他娘'之句，谁不为之击节称善？诗之高下，非关俗语，运用之妙，存乎一心。"《当代诗词丛话》，黄山书社 2009 年版，第 255 页。

② 其中张凤、龙榆生均表态在不知情"吃杯茶"情况下被利用，曹聚仁则因收到请柬未与会而庆幸"免于被强奸"。详见巫小黎《鲁迅与曾今可及其他》，《中国现代文学研究丛刊》2007 年第 3 期。本段叙述于该文取资不少，应致谢忱。

③ 《鲁迅全集》第十二卷，第 256 页。

④ 《序的解放》，《鲁迅全集》第五卷，第 219 页。

⑤ 《时事新报》1933 年 7 月 9 日。

第三章 民国四大词人 537

继"自由词""解放运动"之后,胡适的理念肯定也还波及了大陆至今勃兴的"老干体",用施议对的话说,可视为"胡适解放词体之有关弊端与偏颇在中国当代词坛所产生负面影响的一种具体体现","其中既包含胡适之体对于词坛的误导,又包含词坛对于其体的错解"。①关于"老干体"本书在下一编还将详谈,这里只想简单指出两点:(1)并非所有"老干部"之写作均可不分青红一概冠之以"老干体"恶谥,是否为"老干体",决定性因素不在作者身份,而在于味道、境界与风骨。(2)施议对以为"胡适并未破坏词体,取消格律",此一现象"既与胡适有关解放词体的倡导有着直接或间接的关系,又不宜完全归咎于胡适"②,言之有理。如此看来,胡适这位最大的"尊体派""解放派"与二十世纪词史的关系匪轻,实在是值得再深入用力追究的。

① 施议对:《中国当代词坛胡适之体的修正与蜕变》,《胡适词点评》后附,第194页。
② 施议对:《中国当代词坛胡适之体的修正与蜕变》,《胡适词点评》后附,第198页。

第四章　以学人为主干的民国词坛群星谱

在上一章中，我以六七万字篇幅勾勒了民国四大词人中的夏、詹、顾三家，另一家沈祖棻则将留待"女性词坛"一编叙述。其实对"四大词人"之界定本于学界的先行提法，并非固定称谓。前文我也说过，只要拿出相应的学术理路，"三大家""五大家""六大家"等提法均无不可。其实民国词坛上，能与上述几位大家云龙征逐上下者并不乏其人，至于光芒独异、闪耀于词苑天幕者更是一个很可观的数字。本章当继续述之，唯考虑到在下一编中华人民共和国初期词人人生轨迹、词学活动之典型性，一批重要词人如钱仲联、汪东、张伯驹、寇梦碧、刘凤梧、朱庸斋、章士钊、马一浮、俞平伯等容后再谈。本章将缕述唐圭璋、刘永济、缪钺、叶恭绰、乔大壮、陈方恪、沈尹默、马叙伦、郭则沄、蔡嵩云等绚烂星群。

第一节　唐圭璋与乔大壮、沈尹默等雍园词群

附　"金鱼唱和词"、马叙伦

一　"聊记梦痕"的唐圭璋

本章伊始，理当厘清"四大词人"席位的两位有力争夺者——唐圭璋与钱仲联。唯钱仲联既以余事为词，且民国之作寥寥，当置下编。请先谈唐圭璋与雍园词群。

唐圭璋（1901—1990），字季特，满族，先世驻防江宁，遂著为籍，幼失怙恃，无以为学，赖陈荣之、仇埰两位校长支持，得完成初、中等学业。仇埰虽以词名世，然入手甚晚，圭璋似未得其指授启蒙。迨考入东南大学，从吴梅游，始自《词学通论》《词选》《两宋专家词》

等课坚定治词学之信心，并参与吴氏组织的"潜社"与"如社"，填词制曲。时瞿庵门下任中敏、卢前治曲，唐圭璋治词，并称为"吴门三杰"。圭璋曾与任中敏商议编纂《全宋词》事，后中敏专办教育，圭璋即独力搜讨宋人遗集，并旁采笔记小说、金石方志、书画题跋、花木谱录、应酬翰墨及《永乐大典》诸书统汇为一编，钩沉表微，以存一代文献。自 1931 年正式着手，历经七年，终得辑成宋金元词的大部分资料，并在其后印成《全宋词》初稿。这样前无古人的千年词坛之盛举是在妻子瘫痪病逝、同时抚育三个子女的艰辛过程中完成的，其执着坚毅勤苦，亦可谓前无古人，令人感佩惊叹。其后圭璋自中学升任重庆中央大学教职，新中国成立后曾任教南京大学、东北师范大学，1953 年调转南京师范学院直至病逝。在《全宋词》完成后的半个多世纪里，他又辑成《词话丛编》《全金元词》《宋词纪事》等旷代之编，笺校《词苑丛谈》《宋词三百首》《南唐二主词》，操持《唐宋词简释》《唐宋词选注》等选政，撰写《宋词四考》《词学论丛》《唐宋词学论集》等，各种著述合计二十余部，凡千万言以上，不但数量之巨无人可及，泽被后学，亦最见功德，故学界共尊为辑佚、校勘、目录、考证、批评兼擅的一代大师。

唐氏词学思想远绍周济、陈廷焯及乡先贤端木埰，近宗朱祖谋、况周颐，总体上属常州派统绪①，但他从现代内涵的"真善美"出发，对传统常州派又有所突破和超越。因为重视"独抒性灵，上探风骚的遗意，写真情，写真景，和血和泪，喷薄而出"的特质②，唐氏对李煜、李清照、纳兰性德、蒋春霖等皆极致好评，同时又推崇姜夔的"高朗疏隽""传神于虚"，提出与稼轩并列的"词家一大宗"之说法③，而以苏辛为"宋词最杰出的作家"④。凡此皆可见出其捐弃门户之见、自出别裁的一层，而这些理念又与其创作密切相关。

———————

① 曾大兴回忆自己 1987 年拜见唐圭璋时，唐氏对其称道谢桃坊《评王国维对南宋词的艺术偏见》一文，并云："我们讲粗大，他们讲轻狭小。"据曾氏 2021 年 11 月在唐圭璋先生诞辰 120 周年纪念会暨国际词学研讨会之主题发言。
② 唐圭璋：《蒋鹿潭评传》，载《词学论丛》，上海古籍出版社 1986 年版，第 1009 页。
③ 《姜白石评传》。
④ 《范仲淹》，《词学论丛》，第 923 页。

540　第三编　以学人为主干的民国中后期词坛（1920—1949）

唐圭璋晚年裒辑平生词作一百三十三首成《梦桐词》，附于《词学论丛》而行世。现存最早作品为 1926 年应"潜社"所作《风入松·宋徽宗琴名松风》一首："春雷靡玉续音官，篆袅御炉烟。玉人筝后龙吟细，浑不管、帘外轻寒。尔汝喁喁情重，不知深夜霜天。　　别时容易见时难，往事莫凭栏。飘零一例霓裳谱，空回首、漠漠关山。今古伤情无限，忽雷一例么弦"，镶嵌浑化，情韵斐然。此期圭璋随瞿庵研治音律，颇重四声，因而多严细之僻调如《倾杯·限屯田惊落霜洲体》《换巢鸾凤·倚梅溪四声》《惜红衣·倚白石四声》《倚风娇近·依草窗四声》等，其中《绮寮怨·倚清真四声》感慨深重，不仅以声律见长：

> 满眼神州沉醉，海风吹异腥。背水驿、照野旌旗，斜阳里、浩气填膺。牛羊纷驰塞北，英雄恨、解甲双泪倾。叹杜鹃、溅血千山，销凝久、故国空梦萦。　　乱世寄身似萍。烽烟遍地，江关顿怨兰成。画角凄清。奈憔悴、懒重听。追思汉时飞将，扫寇虏、万方宁。楼高易惊。寒星映永夜，潮未平。

总之，此一时期拟古之作多，实未能自成家数，大约以《望江南》四首言伉俪之情最称疏朗恳挚，掩抑间多见性灵。可读其二：

> 人眠后，吹笛在凉天。丽曲新翻同拍节，芸香刚了又重添。谁复羡神仙。
>
> 花丛外，艇系小红阑。细语生憎风水乱，夜凉多恐着衣单。戴月踏莎还。

迨抗战烽火起，圭璋避地蜀中，而爱妻又于之前病逝，"乱离骨肉散天涯，谁家插得茱萸遍"与"今生无分惜婵娟，他生可有鸳鸯分"的家国沉忧打叠一处，悉于词中迸发出来[1]，刘梦芙所谓"写羁旅穷

---

① 《踏莎行·德安重九》《踏莎行·拟饮水》。

第四章 以学人为主干的民国词坛群星谱 541

愁，伤离怀旧，情韵益哀"者也①，破茧成蝶，正在此际，这是"国家不幸诗家幸"效应的又一次呈现。先读《行香子·匡山旅舍》：

> 狂虏纵横，八表同惊。惨离怀、甚饮芳醨。忍抛稚子，千里飘零。对一江风，一轮月，一天星。 乡关何在，空有魂萦。宿荒村、梦也难成。问谁相伴，直到天明。但幽阶雨，孤衾泪，薄帏灯。

开篇即"狂虏纵横"四字，以下所有"惨离怀"均在这一背景下展开，故羁旅穷愁、风月星雨也就都一洗传统士人的旧腔老调，而是具有了特定时空下的特定典型性。蜀中风物，原本清嘉，但在战乱漂泊中则会染上血色与腥气。《点绛唇·海会寺》云："佛面尘封，空阑寂寞无人到。幽香萦绕，吹彻梅花晓。 烽火弥天，三月音书杳。心如捣。山花山鸟，知我悲秋老。"再如《清平乐·宿白鹿洞贯道溪畔》："离愁无数，梦断江南路。一夜寒溪流不住，错认满山风雨。 昨宵佛寺东头，今宵野店危楼。明日月明千里，不知身在何州。"海会寺、白鹿洞，倘在承平之际，这些名胜正是大发思古幽情的好去处，现今则充满了忧心如捣的焦灼与无路可投的恓惶。《兰陵王·成都遭敌机空袭》一首则无多涂饰，振笔直书，悲愤逾恒：

> 晚烟幂。云里残阳渐匿。千家院、消受好风，隔沼临花卧瑶席。哀音恨警急。赢得。仓皇四逸。通衢上、争走竞趋，一霎黄尘乱南北。 郊行长叹息。奈犬吠篱根，鹃诉林隙。畏堤分水新秋碧。嗟忽溜珠钿，骤遗鸳履，排空机阵似雁翼。但潜避茔侧。 悲恻。弹雨密。料血染游魂，楼化瓦砾。城闉火炬连天赤。记曲岸酹酒，翠帘飞笛。伤心今夜，冷露里，万户泣。

外壳还是清真一派的，然而以《兰陵王》一调写战事者，恐怕古今也不多见。《兰陵王》例用短促收藏的入声韵，与词人苍凉压抑的心绪

---

① 刘梦芙：《冷翠轩词话》，《当代诗词丛话》，第426页。

542　第三编　以学人为主干的民国中后期词坛（1920—1949）

十分贴衬。留滞蜀地两年后，圭璋有《浣溪沙·成都和友人》组词十首，诸如"踯躅吞声万里桥，首如蓬散岂无膏""悲愤有诗皆荡寇，乱离无客不思家""云雨空嗟翻覆手，深杯难遣古今愁"云云皆是彼时心境的真实流露。《虞美人·悼瞿安师》则感念天人永隔之恩师，乱离之中，更值追悼，心情之恶可以想见。词亦极凄恻：

> 乱山迷雾姚州路，不道瞿仙去。两年避寇走天涯，白发飘萧、日日望京华。　　豪情曾击琼壶碎，几度青溪醉。水磨白苎寂无闻，莺老花残、空忆石桥春。

"莺老花残"之"空忆"也不仅限于恩师，早逝的爱妻尹孝曾更是时刻牵系于心头。其女唐棣棣曾回忆："安葬妈妈之后，爸爸就忙着要去教课，但只要有空，他就会跑到妈妈坟上去，坐在那里吹箫……在坟地里待上一天。"① 如今身值乱离，颠沛异乡，连吹箫相伴亦不可得，只能"无眠忆旧"了。读《忆江南》（四首选二）：

> 人声悄，夜读每忘疲。多恐过劳偏息烛，为防寒袭替添衣。催道莫眠迟。

> 绵绵恨，受尽病魔缠。百计不邀天眷念，千金难觅返生丹。负疚亦多端。

当年爱妻在世，那是"戴月踏莎还""谁复羡神仙"的，如今这四首《忆江南》显然是和当年之作有意形成着映照，那么当年之乐，适以助今日之哀了。"百转车轮肠自煮，天涯忘了侬和汝""字字回文和血吐，寻思血也如尘土"，如此回肠万转，确乎是"希踪忆云、饮水""血泪凝成"。② 圭璋自三十五岁赋悼亡，此后终身不娶，情深非常人可

---

① 转引自赵普光《"情圣"词宗唐圭璋》，《中国图书评论》2012 年第 6 期。
② 词调为：《蝶恋花》，引文分别见程千帆《圭翁杂忆》（《词学》第十辑）、曹济平《当代中国韵文学界人物志·唐圭璋》（《中国韵文学刊》总第六期）。

第四章 以学人为主干的民国词坛群星谱 543

以置信。他八十年代初在课堂讲"十年生死两茫茫"词，仅将"十年"一句重复数遍，说声"苦啊"就眼含泪花，无语凝噎。① 《浣溪沙》一首似可视为这种贯穿时空、经久不磨的爱情之自白，"如何梦不与年长"七字感人心魄，不在东坡《江城子》之下：

> 经岁分携共渺茫，人间无处话悲凉。三更灯影泪千行。 袅娜柳丝相候路，翩跹衣袂旧时妆。如何梦不与年长。

综而言之，唐圭璋一生专意治词，而于词创作并无多用心，如夫子自道："聊记梦痕而已。"② "聊记梦痕"，即无意造作，所以真挚明白，少搋典实，别有系人心处，但不过求传世的心态也在一定程度上削弱了其词创作的成就。新中国成立后唐氏词大多敷衍场面，"特以酬知好之高情，颂承平于万一云耳"③，对此，我们不必为贤者讳，也不必震于其词学大师身份，作不适当的拔高。刘梦芙说得比较切实："其总体成就虽不及夏翁之丰硕卓异，而亦自有真价，精粹可传，非泛泛操觚者所能企及也。"④

二 雍园词群之吴白匋

平心而论，唐圭璋词总体成就未能称特高，"大词人"云云，恐推许过当。其最"精粹可传"者乃在抗战时期所作六十六首，即刻入《雍园词钞》之《南云小稿》，然则他所厕列的阵容超强、高手林立的雍园词群也值花笔墨一谈。绪论部分已经交代，雍园词社1938年由乔曾劬、杨公庶⑤等创立于巴县杨氏雍园，泝历八年，抗战胜利即解散。《雍园词钞》一厚册刻于1946年，内收叶麟《轻梦词》、吴白匋《灵琐词》、乔曾劬《波外乐章》、沈祖棻《涉江词》、汪东《寄庵词》、唐圭

---

① 赵普光：《"情圣"词宗唐圭璋》。
② 1984年致友人信中语，引自赵普光《"情圣"词宗唐圭璋》。
③ 《梦桐词》自序，江苏古籍出版社1987年版。
④ 《冷翠轩词话》。
⑤ 杨公庶，湖南湘潭人，杨度之子，柏林大学博士，化工专家，曾任国民政府资源委员会秘书长。

璋《南云小稿》、沈尹默《念远词》《松壑词》、陈匪石《倦鹤近体乐府》等八人词作九种。鉴于沈祖棻、汪东、陈匪石皆别有安置，此处仅谈叶、吴、乔、沈尹默四位。先接谈为唐圭璋作墓表的"同门弟"吴白匋。

吴白匋（1906—1992），名征铸，晚号无隐室主人，江苏仪征人。1931年金陵大学毕业后历任金陵大学、国立女子师范学院、南京大学等校教席，新中国成立后并任江苏省文化局副局长等职。白匋以戏剧名世，锡剧《红楼梦》、扬剧《百岁挂帅》、昆剧《活捉罗根元》等皆脍炙人口，著有《无隐室剧论选》。其毕生创作诗词逾千，删定后编订入《吴白匋诗词集》者尚存四百余，其中《灵琐》《西征》《投沙》三部词集合计一百四十七篇，加新中国成立后所作整理成《热云韵语》中词二十八篇，总量不菲。

白匋十六岁学词，自白石、梦窗入手，属相当雅正、传统的路数，故新中国成立后在时代"热云"下曾有忏悔姿态。其《乙卯自剖诗》云："手把芙蓉竟卅春，尽销英气掷芳晨。如何斗地争天世，学做裁云缝月人"，自注云："解放后自悔如吸阿芙蓉膏三十年"，可见一直坚持未改门庭。白石、梦窗在清季的最佳结合点非大鹤山人莫属，白匋《踏莎行·题郑大鹤词扇》有"思君今夜肠应直"语，可见倾倒，而自作词清逸峭拔，确近乎大鹤手笔。如《杨柳枝》组词之五、七、八：

> 崩云海上火鸟来，弹指楼台锦绣灰。江水今年怨杨柳，舞腰何事尚低回。

> 万里边墙冷不春，经烧残柳映征轮。斜阳冉冉空城绿，一片胡笳愁杀人。

> 荒村日午树阴圆，依旧枝头乱鸣蝉。借问餐霞嵇叔夜，几曾锻灶得安眠。

略微对照前引的冷红词人同调之作，就能辨认出这是不乏自家面目的致敬之篇。《西征集》中，白匋有《卜算子·峡江纪行八咏》，从词调到词境显然也是追步郑文焯的。由此而言，纵贯半生的白石、梦窗——或曰"大鹤"——情结是确定其审美与创作祈向的关键性判断。此外，《摸鱼子·乙亥仲春寄怀子縌巴黎璘华伦敦》《夜半乐·游颐和园》等以旧语写新题、史事，皆运掉自如，工力独深，也是此期诸多佳作的典型。自抗战烽燧燃起的《西征集》开始，承平风雅、闲情逸致尽付一梦，白匋词亦转为劲急沉郁，带上了浓重的时代原色。《浣溪沙·乐平待渡》就峭拔逾甚：

> 百辆冲泥迤逦辁，船稀水阔正难行。长宵雨宿一堤灯。　　乞食未通村妪语，望门频阻吠龙声。江头大树感飘零。

其"长宵"一句、"乞食"二句写战时颠沛，真可入画。《百字令》二首是"闻首都沦陷前后事，挥泪奋笔书愤"之作，诸如"塞道抛戈，争车折轴，盈掬舟中指""鸟啄肠飞，燕投林宿，净土知无地""刳孕占胎，斫头赌注，槊上婴儿舞。秦淮月上，沉沉万井如墓"云云，皆惨极愤极，如闻其声，如见其容，直似词体版的《格尔尼卡》，足称抗战历史，特别是南京大屠杀那段历史的珍贵心音。类此之杰作在《西征集》中颇不少见，从《水龙吟·哭瞿安先生》到《金缕曲·哭翔冬师二首》，从《月华清·月夜警角寄怀渝州师友》到《湘春夜月·哀巴黎》，完全可以构成一部微缩版的异样生动的抗战知识阶层心灵图册。如此精光四射的作品在晚年忏悔时竟被迫自称为"不能到群众中去，到火热斗争中去，终为号寒一虫""抗战中对前途无认识，所作皆哀思""其实于国于民极少补益"[1]，思想境界是提高了，可是情理何存！对诸如《八声甘州·散原老人挽词》之类词作中闪耀着的文化星光视而不见，以为知识群体的笔杆"极少补益"，那也难怪后来会将千年递承的中华文明摧残殆尽了！这是词史珍品，不可不读：

> 溯当年、变法壮图空，余事作诗人。把沧桑万感，人天孤愤，都付酸呻。饿死白头无怨，四海共悲辛。文苑荆榛辟，只手扶轮。

---

① 《乙卯自剖诗》五、七、八首自注，《吴白匋诗词集》，第113—114页。

接席记亲咳唾，正汉家明月，光满都门。向大荒酹酒，今日吊灵均。想依旧、朗吟夜壑，想霓旌、翠葆入燕云。山居在，倚匡庐岫，犹障胡尘。

到了抗战胜利后的《投沙集》，心境当然首先转为"料痛饮、黄龙日迩，便寻常、酒债未须愁"的兴奋①，可是"斫地高歌兴不酣，新来别恨醉中谙。照杯黄面似霜柑"②，那一份沉甸甸的心绪总还是难以全然解脱。《鹧鸪天·过当阳初见日俘》云：

野荠风吹破帽香，鸡栖车子过当阳。独怜废垒生新草，仍见残俘有笑庞。　　寻史迹，问村氓，低眉不答拾柴忙。断碑蚀尽英雄事，长坂坡头落日黄。

在致舒芜信中，吴白匋解释道：彼时乘手推鸡公车过当阳长坂坡，见被俘日军神情并不沮丧，而多怪笑狞笑，中国百姓则脸上麻木，满腹心思，"他觉得很可怕"③。这种"可怕"当然是对国家未来出路的忧患。《南乡子·还家》写劫后重逢、家人团圆之乐事，而那"乐"也并不轻松，"迷离"之感，终难去怀：

白日照生还，小院明窗妇子喧。却怪今朝非梦里，团圞，无复迷离一晌欢。　　无泪复无言，腹里车轮转万千。一语迟迟终欲说，潸然，乱后重逢未暮年。

万千转于腹内的心绪，岂是三言两语能尽的？词人的这一幅《还家图》真率朴厚，颇有老杜神采，所谓学白石、梦窗，至此大抵荡然，淡出到时代的大氛围中去了。

晚年《热云韵语》中的白匋词数量不多，词心也消沉得多，然而删

---

① 吴白匋：《八声甘州·渝州词》。
② 吴白匋：《浣溪沙·白苍山居》之三。
③ 舒芜：《记吴白匋教授》，《瞭望周刊》1993年第Z1期。

汰后保留的二十几篇多不失厚重沉郁的本色，不仅难能可贵，且时见精警。《扬州慢·癸亥首夏扬州市政协、文联折简相邀……》一首很容易做成敷衍的"老干体"，而白匋笔下仍很动感情。"问多少湖山胜地，幸逃奇劫，红卫称兵"，轻轻一问中充溢着历史的沉重，很耐思量。《望江南·题倾盖集》四首也是苦历浩劫后的清醒之作，其二、三最有味：

> 桐花冻，六月更飞霜。遮莫东君怜志士，欲将寒苦出文章。异数足思量。

> 遐荒草，劲抵北风摧。多少流人酸泪尽，惟将汗水拌坑灰。喜见草添肥。

《倾盖集》是宋谋玚、荒芜、陈迩冬、舒芜、聂绀弩等九人的诗词合集。① 九人均遭错划"戴帽"，"倾盖"者，"脱帽"之隐晦说法也。对于这场坑陷了一代精英的灾难，词人淡淡地称之为"桐花冻"，实则指"知识分子的早春"背后正隐藏着酷寒。② "六月飞霜"切合1957 年 6 月掀开"反右"大幕的奇文《这是为什么》，如此则"东君""异数""坑灰"云云就容易解其意旨了。小词是和血和泪之篇，但出之以波澜不惊的劫后人口吻，篇幅虽短，乃有千钧之重。单凭这几首小词，吴白匋也足以为数十年诗词生涯画上光灿灿的句点了。按其实际造诣而言，这位词名不盛的"同门弟"是不在唐圭璋之下的。

三 雍园词群之乔大壮

唐圭璋《齐天乐·悼壮翁自沉》为悼乔曾劬而作，词极恳挚悲愤，是其生平杰作："伤心天外吴波绿，风前大招初赋。醉墨豪情，金荃彩笔，一梦匆匆轻羽。沙坪共语。念剪烛西窗，白头羁旅。半死桐枯，一

---

① 福建人民出版社 1984 年版。
② 借费孝通名篇题目。

吟一咏泪如雨。　　千万沉恨未吐。一心人去后，是事尘土。浊世茫茫，征途落落，自纫幽兰芳杜。难寻旧侣。问酒会文期，凭谁为主。夜寂无眠，败垣蛩乱诉。"同时吴白匋也有《雨霖铃》"哀感万端，倚声代哭"，煞拍云"人世无颜色"，可见其投水自沉在同人好友心中引起了怎样湍急的巨浪！这位雍园词社发起者、忧愤交加而蹈屈原之故辙的一代"词坛飞将"当然也是民国词史不可忽略之重要一员。①

乔曾劬（1892—1948），四川华阳（今双流）人，多以字"大壮"行世，别署波外翁等，毕业于京师译学馆，通法文，曾译显克微支《你往何处去》等名著。又工书法篆刻，鲁迅、徐悲鸿等皆请其书篆。早任教育部佥事，后被徐悲鸿聘为中央大学艺术系教授。1947年国民政府召开"国民代表大会"，大壮撰联一副："费国民血汗已几亿；集天下混蛋于一堂"，因此触怒当局，遂渡海赴任台湾大学中文系教授，未久又遭解聘。他忧愤时局，决意赴死警世，与女儿竟夕夜谈，以为"毋宁死，不可行不义事"，并留诗与弟子蒋维崧云："白刘往往敌曹刘，邺下江东各献酬。为此题诗真绝命，潇潇暮雨在苏州"，乃自沉于苏州梅村桥下。② 存世有《波外楼诗》《大壮印蜕》等。词集名《波外乐章》，凡百三十余篇。

大壮早慧于辞章，十四岁作《河满子》二首，为彊村老人激赏，故手订《波外乐章》时，少作删汰殆尽，而独留此二篇置于卷首，以志知遇情，而词也确乎极绸缪之思，奇创之语，出诸少年手笔甚不可思议："尽日红罗斗帐，香囊四角低垂。楼上阑干楼下水，不知何处相思。却爱宫黄山额，羡他长映修眉"，"帐里屏间山枕，珑玲裹就瑶函。曲曲阑干云水外，朝来过尽征帆。却爱相思红泪，羡他长浸单衫"。如此开端奠定了其词刚柔相济、迥不犹人的审美风格。青年时作《定风波》就颇生新瘦硬，多前人未道语，很具彊村的神韵：

　　试望平原百草肥，见无余语但思归。酒入深杯容易醉，憔悴，

---

① 汪东语。
② 唐圭璋以为乔氏自沉殆因猝赋悼亡、过量饮酒所致，似未全明其心迹。见其《回忆词坛飞将乔壮翁》，《词学论丛》，第1041页。

半衾秋冷泪双挥。　　昨过杨村桥上路，桥柱，炼来寒铁也生衣。纵是朱颜无恙在，其奈，镜中情事自然非。

词写平淡题材，但"试望平原百草肥""炼来寒铁也生衣""镜中情事自然非"等句皆神思飞扬，力避凡近，艺术个性十分鲜明。《绛都春》是游仙词，特能发挥其精骛八极、腾踔高旷之擅长：

樵柯又烂。任天际太一，东皇行远。醉旅茂陵，惊到人间黄金盌。初明凝立荒台畔，念昔岁、相如西返。旧承簪笔，新来奏表，鹭飞鹓散。　　谁管。黄粱未熟，缭墙外、蠹柳宫蝉凄断。暮角罢吹，斜岭初衔冰轮满。风灯明暗沿溪岸，剑玺失、神光难见。梦回莲漏交催，露零旷馆。

同样具脱屣尘樊之致的还有"彩云散。镇分明、大罗天上，残酒在、回首众仙去远""感黄粱一枕，梦里踏歌新怨"的《法曲献仙音》与"玉女明星，镜中谁美""残酒醒来何处是，月落天西，雾迷三里"的《侍香金童·和东山》等一批词作。自此类作品可以辨认，在日常题材中蕴游仙气、豪侠气是乔大壮词显著的特质之一，也是很能呈现其杰出才情的重要层面。诸如《浣溪沙》与《蝶恋花》：

快剪催裁广袖衣，暖授鸾带泪相依。隐钩约珥縠朱丝。　　仙李盘根银汉上，孤桐泛响玉楼西。萍生不定柳绵飞。

头上玉绳西北转，一叶随波，冲破烟如练。海水自加前度浅，月华终让今宵满。　　舶趠风轻吹酒面，阑外鱼龙，待与然犀看。孤剑十年游已倦，人间不了闲思怨。

"仙李"一联、"孤剑"一联皆振拔挺秀，充满"超现实"的剑气箫心。即便是酬赠、题画一类，大壮也匠心别运，戛戛独造，试读下面数首：

入馔双鲥细细鳞。东君扶醉诏花神。回身恰并弄珠人。　　笑电总欺明月影，歌梁乍感上京尘。涉江幽佩杂芳辛。

——浣溪沙·答柳溪

乡梦萦纡十二峰。镜屏回映细腰宫。冷猿啼处卸征篷。　　滟滪堆边秋水远，黄陵庙口暮云重。酒醒依旧客江东。

——浣溪沙·大千巫峡清秋图

眉萼带愁描。人过红桥。花丝衫子木兰桡。玉镜不知春色故，绿上裙腰。　　村外酒旗招。醉也无聊。斜阳一抹葬寒潮。料理花前双云鬓，休待明朝。

——浪淘沙

玉骢惊破梦中事，惯织锦、缕金为戏。这孜熬、分付石城人，睹草长、花生迸泪。　　高楼一带隔柳是，况微雨、半晴天气。巧相随，瑶轸手停时，写觑晥、独弦怎理。

——步蟾宫·闻莺和闲斋

"笑电""冷猿""葬春潮""睹草长、花生迸泪"，在这些刻意经营的奇语中，词人对"醉也无聊"的抑郁现实的超越性是非常明显的。然而人终究无法拔着自己的头发离开地球，那些"超现实"无一不是对现实忧患的平衡与逃避。在《满江红·九日集清凉山得必字》，这种忧患还是"快剪须裁东逝水，长绳好系西趚日"的"忧生"之意，《采桑子·白门遇燕雏都讲避兵南来却赠》则已经弥漫出"邮亭直北人来路，金鼓关山。客里哀弹，瀌索声声日未残"的"忧世"之情。迨抗战烽烟四起，对现实的焦虑殷忧更是如影随形，拂之不去。在《曲玉管·宜昌》中他感叹"晻霭层云，早晚遮断神州。泪难收""白苹风冷，水墨屏前，一片沧洲"，在《戚氏·夏口作》中他悲吟："流连。念乡关。西来迤逦隔平川"，"付辞条败叶，无主芳草，长占湖山"，"四野夷歌暗起，最高楼、未忍望长安"，皆长歌当哭，不能自已。更为人称赏、词情也更沉郁而兼高亢者是《八声甘州·和东坡》：

好江山、笑我乱离来，依然未成归。对巫云千尺，吴船万里，终古残晖。二十年前乡梦，人老事全非。除是寥天一，谁悟先机。

客问鱼蚕何处，付鹧鸪唤雨，朝暮霏霏。自东坡仙去，回首赋才稀。不堪看、孤亭风景，信转蓬、踪迹与心违。苍茫里，忍神州泪，莫洒征衣。

和东坡此篇名作者早已不胜枚数，乔大壮这一篇则不徒"和"其声情，更将"乱离""好江山"与"神州泪"的慷慨苍凉感提升到了一个属于自己的高度，从而摹写出一个时代的沉厚声响。如此之"和"，是东坡神髓，而不同于他人连篇累牍之皮相。《菩萨蛮》也作于雍园时期，时有请其出为高官者，大壮作此答复，词笔婉秀，而内里则是一副正气刚肠，"为君申礼防"云云令人想起嵇康的《绝交书》，较张籍《节妇吟》尤觉激切：

夕阳红过街南树，梦飞不到春归处。翠羽共明珰，为君申礼防。 东风寒食节，阑外花如雪。百褶缕金裙，去年沉水熏。

其实大壮词本有"深婉密丽，烂如舒锦"的风情一面①，陈声聪《读词枝语》中就称其"木讷肃穆如魏晋间人，而词则温馨细腻，似十七八女郎"，并以为其《木兰花》"斜阳不是不多情，移过玉窗三十二"、《采桑子》"三更唱罢登车去，烛泪难收。从此西楼。十二回阑四面愁"等句"天然凑泊，语意韶秀"。对于《鹧鸪天》"杏花飘后天无雨，燕子归时地有风"一联更是予以"拙极亦巧极""此等手段惟五代北宋人有之"的好评。②陈先生没有细说的是，"杏花"一联之所以"拙极"，乃是欲哭无泪的"猝赋悼亡"之故。不妨看这一组四首《鹧鸪天》悼亡词：

小别朱阑梦一场，相逢旧谶礼东皇。桃花红雨梨花雪，各媚番

---

① 唐圭璋：《回忆词坛飞将乔壮翁》。
② 转引自《二十世纪中华词选》，第451页。

风各自香。　　春又半，夜偏长，白头何计赚年芳。十年幽誓无人省，忍访名园聘海棠。

百亩芳园火作丛，元宵独树水无踪。红英落向燕支井，粉絮飞随舶趁风。　　长命女，白头翁，人间何苦与人同。楼台后日层霄际，枕障前生细雨中。

玉宇银河自古今，钿分钗擘早沉吟。巫山西去无多路，沧海东来几嗣音。　　连理树，覆巢禽，当时闲事换伤心。郁金堂上灯明灭，婴武杯中酒浅深。

楚制新成借女工，唐沟故事委流红。杏花飘后天无雨，燕子归时地有风。　　春黯黯，话匆匆，长眠人与不眠同。迎神已办千场醉，破梦谁能一笑逢。

字里行间仍是妆点了不少艳丽的色泽意象，然而"韶秀"风情已完全转为浓稠得化不开的哀伤，"十年幽誓无人省""人间何苦与人同""当时闲事换伤心""长眠人与不眠同"云云，皆足以远绍东坡、方回，近接纳兰、蕙风，与唐圭璋并肩成为悼亡词史之显赫一章。以下这两首也是悼亡词之佳作，不可不读：

江干黄竹女儿箱，郁金香，嫁时装。酒后花前，于此变沧桑。乌爪仙人君不见，天似海，月如霜。　　孤坟夜夜短松冈，梦还乡，醒回肠。自古钗盟，钿约好相忘。向晓灯花红乍谢，衾百迭，字千行。

——江城子

舵楼东逝波，鹢首西沉月。何似一心人，自此无期别。　　犯雾剪江来，打鼓凌晨发。君去骨成尘，我住头如雪。

——生查子

如果说《江城子》是有意追步苏轼，尽管自出胸臆而未尽泯去仿拟之迹的话，《生查子》中"何似一心人，自此无期别""君去骨成尘，我住头如雪"数句则凿然自道，其用情之深、遣词之重，皆有悼亡词以来所罕见。从此意义上讲，我虽不同意唐圭璋以"猝赋悼亡"解释乔大壮的自沉，但说这是导致他选择自沉很重要的一个参数还是完全有道理的。大壮绝笔之作乃《苏幕遮·和谷音》一首：

> 暖风吹，寒雨滴。白发花前，前路从头觅。昨夜铜龙鸣太急。窗外鱼天，一派鲸涛碧。　　酒鳞生，帘影隔。明日阴晴，不敢寻消息。壁上四弦曾裂帛。拨也无声，断也无人惜。

"壁上四弦曾裂帛。拨也无声，断也无人惜"，是啊，如此之句真如黄墨谷所云，是"凄厉激越，孤愤之情溢于言表，令人不忍卒读"的。[1] 这人生、这世界真是令人绝望，只能选择完全割舍、永远离开了！乔大壮的选择是非常审慎的，自沉当日，他"预嘱家事毕，遍诣亲故，酬酢自若，即赴苏州，以其地灵岩寺有火葬，而壮翁亦学佛，遗书迄速赴火葬"[2]，作为后死者，我们当然对乔大壮的结局深致遗憾，然而"子非鱼，安知鱼之乐"，每个人都有权利决定自己的归宿方式，而且这一权利也是神圣不可侵犯的罢！

四　雍园词群之叶麐、沈尹默

《雍园词钞》随得随刻，以收稿先后为序。最先交稿的叶麐（1893—1977）词成就不高，附此略谈可也。叶麐，字石荪，以字行，四川兴文人，历任清华、北大、川大、西南师大等校教授，专长文艺心理学、教育心理学，卓有建树。其《轻梦词序》云："余少历艰难，时多郁抑……因往往谬悠其词，托咏儿女，盖将以排遣其烦忧"，语近情理，而词无大可观，今可录《减兰》一首，较有作意：

---

① 《词人乔大壮先生遗事》，《词学》第五辑。
② 《近代印人传·乔大壮》，马国权撰，"中国硬笔书法在线网"。文中尚有"闻壮翁三代皆自沉死，殊可异也"语。

554　第三编　以学人为主干的民国中后期词坛（1920—1949）

　　凄惶情绪，欲寄此心无可寄。漫把书翻，不道翻书意更烦。

　　今年又了，坐看落梅空悄悄。且待来春，只恐春来笑旧人。

　　雍园词群最后值得说者乃沈尹默。他不仅是雍园词群中杰出的一员，且是因书法、新诗掩去其名，从而被相当程度上低估了的一位重要词人。

　　沈尹默（1883—1971），原名君默，本性寡语，因去"口"字而变名"尹默"，字秋明，浙江湖州人，早年游学日本，归国后先后执教于北大、北京女师大①，与陈独秀、胡适等同办《新青年》，为新文化运动主要先驱者，并以《月夜》《鸽子》等作成为新诗奠基人之一，未久即弃之弗为。后出任河北教育厅厅长，北平大学校长、监察院委员等职，新中国成立后任中央文史馆副馆长。尹默以书名世，与于右任、吴玉如等齐名，书界素有"数百年无人出其右者"②之说。著有《二王法书管窥》《历代名家学书经验谈辑要释义》《沈尹默法书集》等，又有《秋明室杂诗》，大抵为五言古体，可谓"恬适味淡而永""上趣阮陶，殆与神合"。③词见之《沈尹默诗词集》者题曰《秋明词》，为民国七年（1918）前作及新中国成立后作，凡八十七首④；刻入《雍园词钞》者为《念远词》《松壑词》二种，凡一百七十三首；五十年代初自书《秋明长短句》凡一百一十六首⑤，除去与《雍园词钞》本重复者九十三首，则目前可见词作虽尚缺失二三十年代之二十年笔墨，总数已达二百八十余首，数量相当可观。然而学界据以选评者，大抵为《秋明词》之数十首而已，故博雅如刘梦芙也仅选其词五首，所下断语如"（其词）多作于清末民初"等亦未允洽。文献工作之艰辛可贵在词人沈尹默身上又一次得到验证。

　　沈尹默无论词语，夏敬观称其"论诗论词，大旨皆主纯任真气，放

────────────

　　① 据郑逸梅说，沈尹默否认为南社成员，谓此乃柳亚子强拉，本人未曾同意也。《艺林散叶》，第175页。

　　② 谢稚柳语。

　　③ 汪东语，转引自戴自中《沈尹默诗词手迹后记》，上海教育出版社2003年版。

　　④ 书目文献出版社1983年版。

　　⑤ 《沈尹默诗词手迹》。

笔为之，不规规于字句绳墨间"①，实际揭橥的乃是其注重性灵的一面。这一观察无疑是准确的，沈氏民国前七年（1905）开始填词走的即是这一路。如下面这几首词：

> 春恨年时没处寻，一春情比一春深。开帘独坐怕春阴。　　醒醉两般无好计，等闲消息待青禽。寒香数点故人心。
>
> ——浣溪沙

> 凭谁写出相思梦，红叶疏钟，红叶疏钟，叶落钟休梦转空。而今梦也无从做，何处相逢，何处相逢，除是秋林叶再红。
>
> ——采桑子·再题

> 东风不住，开落花千树。遮断归程无望处，一霎红香满路。春人怕听春莺，春光漾杀春情。最是无心芳草，年年处处青青。
>
> ——清平乐

《浣溪沙》连用许多"春"字，《采桑子》上片"梦""叶""钟"三字回环纠葛，《清平乐》煞拍的叠字，皆工致新巧，性灵盎然，令人惊叹，更几乎令人疑心是出自况蕙风的手笔。即此一节，便已足见沈秋明的过人才情。早期之作《浣溪沙·寒夜作》中"云鹤去来三万里，梅花开落一千年"、《思佳客·共凤举谈赋此》中"话言一一传天使，烦恼重重缚爱神"等句或奇纵高逸，或新颖秀异，也是离弃凡响、"不规规于字句绳墨间"的典范。至于《一剪梅》"海燕飞来趁岁华。认取春回，却已堪嗟。几番风细雨斜斜。落了梅花，开了樱花。　　望眼楼头暮霭遮。欲破闲愁，除是新茶。年年芳草遍天涯。送我还家，伴我离家"与《思佳客》"一夜西风离败荷，人生无酒也当歌。旧欢新恨相将在，好月佳花莫放过。　　花易谢，月如何，小窗虚处月明多。黄昏便拥秋情睡，未到黄昏睡得么"两首则脱略雅淡而滋味醇厚，几不让蒋捷专美于前。

---

① 《沈尹默词序》，转引自戴自中《沈尹默诗词手迹后记》。

沈尹默的早期创作皆为小令，"能写前人未尽之意"①，已经充分显示出他张扬性灵大纛的特质。据目前有所遗漏的词作观之，其风格转化乃在四十年代的《念远》《松壑》二集，也即"雍园时期"，沈氏晚年弟子戴自中云："在重庆先生始研四声慢词……一洗旧作，取径自别"②，夏敬观亦云："（沈）为慢词，虽涩调亦出之自然，不觉艰苦耳"③，可见虽致力声律，而性灵并未尽掩。此期集中多有《绛都春·用竹山韵》《六丑·用清真韵》《曲玉管·用柳耆卿韵》《塞孤·用柳耆卿韵》《泛清波摘遍·用晏叔原韵》等"涩调"，大抵皆能自出己意，笔调甚为流丽。其中最有感慨者当推《高阳台》："无限山河，无穷壁垒，更看无尽遥天。痛饮长吟，输他几辈豪贤。旌旗未共残虹卷，又西风、鼙鼓阗然。最惊心，独自登临，花尽危栏。　大河流阻长淮阔，送双鱼尺素，不到江干。柳意槐情，都应付与鸣蝉。黄云万里行人少，莽中原、葵麦连烟。说荒郊，戎马新来，犹自屯田。"

此类抒写山河壁垒之感者在沈氏词中比重不大，他仍是以性灵洋溢的令词见长。如《减兰·共寄庵谈，感而赋此，即以奉呈》二、四：

　　浊醪清醴，风味平生应视此。不惠不夷，人物前头食蛤蜊。
翰林风月，各有千秋何用说。能者得之，一笑相看尽我师。

　　盘纤山径，隔岭人家看却近。一样江天，不似江南好放船。
三年问俗，堪笑平生思入蜀。万里桥东，难得情怀似放翁。

国是时局，也不是全无反映，诸如"欲从何事谈天宝，万古残阳噪乱鸦""此生一任兵间老……乾坤整顿知非易""寻常事已不寻常，年华总被东风误"云云④，皆有一份沉郁顿挫的力道，但总体上则掩映于冲淡的述怀和萧瑟的景物中为多，闲逸味浓，语较内敛。此殆由情性之故，同时也是身处后方的知识阶层一种状态之反映。对此"悲欢不出于

---

① 夏敬观语，《沈尹默词序》，转引自戴自中《沈尹默诗词手迹后记》。
② 《沈尹默诗词手迹后记》。
③ 《沈尹默诗词手迹后记》。
④ 分别见《鹧鸪天·题行严入秦草》《虞美人·答湛翁见寄》《踏莎行》。

一己，忧乐无关于天下”的状况，尹默自解为“爱伦堡氏所讥小熊无力得食，自啮其掌，掌尽而生命亦随之而尽者”①，可知那也是一种生命原态的流露，并无可厚非的。

迨战胜还乡，自然有“四十年来旧侣，八千里外生还”的欣悦②，然而承平遽失，前程未卜，“乱后”情怀，终难平复。此际长调若《望海潮》词题即云“乱后未已，怨怀无托”，词云“关河又起悲笳，看飘残绀叶，开到缃花”，又《鹧鸪天》“寻故事，叹流波，长房无术避兵戈”云云，正是此种心绪的表达。在 1949 年春末所作两首《减兰·偶吟呈湛翁》中，即将走入历史新纪元的沈尹默如此写道：

> 酒边花底，绿鬓朱颜今日是。待到来年，一样春三二月天。
> 三长两短，说与旁人浑不管。收拾西东，著向肩头一担中。
>
> 相逢俱老，惟有湖山依旧好。梦里人间，总觉忙时胜似闲。
> 春风著力，开落千红非所惜。莫是无情，敛目攒眉过一生。

“收拾西东，著向肩头一担中”“莫是无情，敛目攒眉过一生”，沈尹默以这样的词句基本告别了自己的填词生涯。“五十年代后（沈氏）词仅存数阕，情景质实，已无复低回要眇之致矣”③，尽管如此，他仍旧以性灵的词旨、和厚晓畅的笔调自成一家，在二十世纪词史踞有自己独特的席位。

五　金鱼唱和词·马叙伦

作为重要词人的沈尹默尚有一次重要的唱和活动值得一提。民国七

---

① 《秋明长短句题记》，《沈尹默诗词手迹》本。
② 《西江月·湖上听雨轩漫吟呈湛翁》。
③ 刘梦芙：《冷翠轩词话》。实则沈氏词晚年亦有一二佳作，若以《水调歌头》一调写《论学二王法书，文字写竟，用复村词韵跋尾自嘲》与《端阳节近，仍用前韵赋此遣怀》二篇，录前一：“多暇实非易，胜事每相关。群鸿游戏云海，几净砚差安。未入山阴道上，已自不遑接应，犹看白鹅还。妄欲凭风骨，是处觅金丹。　柿叶红，蕉叶绿，付丛残。老僧饶日枯寂，门限铁为闲。后五百年休问，十二时中须管，坐席几曾寒。映及霜崖兔，不得老崇山。”

年（1918）五月七日为沈尹默生辰，他作有《西江月》四首，词云：

户外犹悬艾叶，筵前深映榴花。端阳过了数年华，节物居然增价。　　新我原非故我，有涯任逐无涯。人生行乐底须赊，好自心情多暇。

脑后尽多闲事，眼中颇有佳花。饭余一盏雨前茶，敌得琼浆无价。　　午睡一时半晌，客谈百种千家。兴来执笔且涂鸦，遣此炎炎长夏。

眼底凭谁检点，案头费甚工夫。天然风月见真吾，漫道孔颜乐处。　　拄笏看山也得，乘桴浮海能无。人生何处不相娱，随分行行且住。

不道死生有命，便云富贵在天。现成言语不能言，读甚圣贤经传。　　流水高山自乐，名缰利锁依然。老牛有鼻总须牵，绕得磨盘千转。

不仅性灵洋溢，天趣盎然，且不因通俗明白而略减其学人特有的浑厚典雅，大有禅师说法、头头是道之意。民国九年（1920）五月十一日，北京大学同人宴集于城东金鱼胡同海军联欢社，尹默出示组词。越日，马叙伦有继作十二首，张尔田、伦哲如又分别和马词三首、六首，遂形成四人参加、总数二十五首的"金鱼唱和词"，马叙伦《石屋余渖》完整地记录了全部作品。① 不妨先说张尔田之作。前文说过，尔田词心癯旨隐，密涩更过于彊村、大鹤，作此晓畅骀荡之调非其所长。三首中似以其三能稍稍放开，下片云："听水安排翠簟，看山料理青鞋。马驹踏杀不凡材，跳出粟篷儿外"，较之他人明显隔膜不入，故亦兴趣缺缺，一掠而过。相比之下，伦哲如之作较胜于张孟劬。

伦哲如即《辛亥以来藏书纪事诗》的作者伦明（1875—1944）。伦

---

① 又可见《马叙伦诗词选》，文史资料出版社 1985 年版。

明，广东东莞人，光绪举人，长期任教两广高等师范学堂、北京大学、燕京大学等校，抗战后任广东省立图书馆副馆长兼岭南大学教授。伦明平生嗜书，藏数十万卷，贮存箱橱即多达四百余，清代集部最富。其"续书楼""室中不设书架，惟铺木板于地，置书其上，高过于人，骈接十数间"①，伦明著述以《辛亥以来藏书纪事诗》最为人所知，为《续修四库全书总目提要》撰写条目亦多达五十余万字。另有诗词数百首，亦颇可观。② 此处单论其"金鱼唱和词"可也。

伦明六首词大抵与沈、马同调，其一、二扣五月端阳题面，而其一张扬"五陵裘马少年多，屠狗场中着我"的慷慨，其二遥想故乡"晚风柔软浪花香，唤起桃根打桨"的风光，质地又颇有别。其三、四为咏怀之作，在"何事长安索米，翻成稷下吹竽"的自嘲中寄托"早慕小长芦叟，微官七品归欤"的牢骚不平，其四尤猖狂自喜：

> 坊肆百千评价，斋厨黄绿标签。书城高与债台连，典尽春衣还欠。　　不是催租败兴，难教识字成仙。门多恶客橐无钱，笑咏桃花人面。

据杨宝霖《藏书家伦明》云："伦明有钱悉以购书，家人多，用不给，诟谇嘈杂之声盈室，而伦明若无闻，购书校书如故，尝有诗云：'卅年赢得妻孥怨，辛苦储书典笥裳。'"这首《西江月》可谓写尽了爱书成狂的这位藏书大家之癖好风度，那种"笑咏桃花人面"的洒落绝非不修边幅、一味读书的呆子可以措手的。组词的五六两首也意存讥讽，诸如"风情半老惜徐娘，未解入时眉样""几度兴汉复楚，何人怨李恩牛"云云也可再次印证伦哲如的胸中丘壑，更可觇其不凡功力。

"金鱼唱和词"中最值得详说者当数与沈尹默同在南社、人品声气均颇相似的马叙伦。马叙伦（1885—1970），字夷初，晚号石屋老人，浙江杭县（今余杭）人。曾任《国粹学报》编辑、《新世界学报》主编

---

① 顾颉刚：《邃雅斋丛书题跋》。
② 广东人民出版社2012年出版《伦明全集》（一），其中《伦哲如诗稿》及补遗共收录诗词280余首。

560 第三编 以学人为主干的民国中后期词坛（1920—1949）

等，后执教于浙江第一师范、北京大学等校。1945 年底在上海发起组织中国民主促进会，翌年于"下关惨案"中被殴伤。1949 年后任政务院文教委员会副主任、教育部部长、高教部部长等职。著有《列子伪书考》《说文解字六书疏证》等，诗词亦富，今人编成《马叙伦诗词选》，凡数百，其中《寒香宧词稿》存词近八十首。马叙伦《石屋余渖·乙卯词》云："余二十岁前即学填词，然无师承，亦未研究，姑妄为之，仍不讲宫调也"，此语是自谦，也是实情，"姑妄为之"的态度与其学问襟抱相融化，遂铸造出与沈尹默相近的独抒性灵、和厚雅畅词风，所以尹默原唱也特能撩起他的唱和兴致，不仅和至三倍篇幅乃止，风情亦能如埙篪相应。试读以下诸篇：

> 户上犹悬艾绿，尊中尚染雄黄。儿颜隐隐虎头王，故事年年依样。 须鬓添来种种，岁华任去堂堂。酸甜苦辣已都尝，只是心田无恙。
>
> ——其一

> 爽意满阶幽草，陶情一盏清茶。娇儿隔户笑呼爹，欲语不成咿哑。 白马东来震旦，青牛西去流沙。人间万事看分瓜，底用蜗头争霸。
>
> ——其五

> 映户两棵疏树，侵阶几点苍苔。芭蕉半展木丹肥，采蜜蜂儿成队。 事到头边做起，闲来书本摊开。酒余谈笑杂庄谐，也算辩才无碍。
>
> ——其七

> 只为寻花迷路，转因踏草迟归。溪流缓缓送斜晖，羌笛一声牛背。 困则埋头便睡，醒来随意衔杯。暖风吹蕊蝶齐飞，极好一般滋味。
>
> ——其十

欲雨先来暑气，招风急卸凉篷。推敲几误践花丛，一副词人面孔。　　文字虽然着相，心情澈底都空。西东还是付西东，不问风幡谁动。

——其十一

也有"须鬓添来种种""人间万事看分瓜"的沉郁，也有"困则埋头便睡，醒来随意衔杯""不问风幡谁动"的禅机，也有"酒余谈笑杂庄谐""一副词人面孔"的调侃，不仅能见学问识地，也能见性情怀抱，而这，正是沈尹默、马叙伦们词创作的基本特质。与沈氏区别较明显处在于，马叙伦介入政治较深，于时世尤关切，故笔下以词录史、以词助史者较多。如记录洪宪帝制的《浣溪沙·乙卯寒仲，国将改步，谢太学南归，车次无憀，口占五解》一组。读二、四、五：

五色海旗飘古坊，马龙车水忒匆忙。为言军国费平章。　　遗恨那堪重记取，空闻揖让说黄唐。议郎终是怕儿郎。（参众两院均在象坊桥东。选举正式总统之日，两院内外伏衷甲之士，议员欲离席者，皆为遮止，袁世凯迫两院以己应选也。）

绵蕞诸生功最高，如何胙土后萧曹。君王明圣重初交。　　仪注春官新奏进，如闻舞蹈异前朝。九重传语属娇娆。（谓筹安会诸人。袁世凯明令废阉人，用女官。）

谶语从来数盛周，分明天意那能留。斜阳无语下西楼。　　把酒高歌歌断续，飘零身世感沧洲。年年春水只流愁。（先是有术者言，中华民国终于四年，袁世凯所授意。）

不唯语句皮里阳秋，深得野史稗官之妙，种种自注亦实可呈现出纷乱闹剧中的"现场感"。《夜飞鹊·五年五月七日读邸报，哀袁慰庭》以香艳之笔写袁世凯的"八十三天皇帝梦"，可谓讥刺入骨，较之戟指怒斥者尤觉尖利，也是不可多得的"词史"妙品：

晴窗睡初稳，欢梦刚浓。佳境渐到巫峰。蜂媒蝶使殷勤说，西家曾见朦胧。相推又还俯首，任锦裆乍褪，绮带轻松。心头颤乱，恐鸳衾、飞落余红。　　何事骤来山雨，惊破觅无踪。何处重逢。空惹恹恹春病，琼箫麝尽，宝瑟尘封。向谁行诉，只斜阳、冉冉怜侬。最销魂，高树初蝉乱咽，恨锁齐宫。

至民国十五年（1926）张宗昌治北平，欲得马叙伦而甘心，叙伦乃亟避居东交民巷法国医院。时逢端阳，孑然无俚，更作《西江月》四阕以见意。这既是数年前"金鱼唱和词"的续作，也是忠实记录了志士心迹的"补史"佳篇。可读其二：

宋子空谈救斗，墨家乱说非攻，如今拥众便称雄，愧我无拳无勇。　　敢比望门张俭，原非投阁扬雄。走胡走越且从容，权住东交民巷。

暑往寒来奔走，朝三暮四纵横。赵钱孙李不须详，都是一般混帐。　　楚馆秦楼面目，城狐社鼠心肠。有官捷足去投降，幌子居然革党。

"赵钱孙李不须详，都是一般混帐"，如此破口大骂，或有失风度之嫌，然而身丁乱世，除此更有何言辞可以表达内心的愤懑？温柔敦厚，诗教之美，愤慨至极的怨怒骂詈难道就不算是本真性情之呈现？诗词自有说破道尽之美，一味求含蕴委曲，恐不能免拘执偏隘的头巾气罢？问题的关键还在于，沈尹默、马叙伦们不是不能婉约雕琢，他们乐于选择此种"更无一毫扭捏，大踏步便出来"的作法当然是出于更加贴合自己的审美选择的。还可读马叙伦一首道出性情之真而饶具禅意斗志的《贺新郎·忽然有慨，遂付弦歌》。"纵者圈儿难打破，便拚了、性命须尝试。虽不胜，明吾志"之句正是南社以迄新文化先驱们的典型精神，令人肃然起敬：

天道吾知矣。把群生、为刍狗，不仁而已。偏有灵均还要问，问了无非如此。看事事、烟消云起。任尔龙腾和虎跳，总偏偏、落在圈儿里。谁胜了，空欢喜。　　明知避也无从避。忍常常、昏昏默默，这般滋味。彼之权威如此者，只为群生如醉。要打破、圈儿羁累。纵者圈儿难打破，便拼了、性命须尝试。虽不胜，明吾志。

第二节　刘永济与抗战词坛

作为世界反法西斯战争重要构成部分的全面抗战发生于 1937 年，其实自 1931 年"九一八"事变、马占山"江桥抗战"开始，中国人已经打出了捍卫国家民族尊严的第一颗子弹。为期十四年的抗日战争是中华民族整体性抵御外侮的一次空前悲壮宏阔的伟业，在这次全民族携手齐肩推宕起的抗战巨澜中，词体不仅一直"在场"，未曾"缺席"，而且以它独特的视角和笔触成为民族精神与情感不可或缺的记录员、歌手与雕塑师。[①] 在前文，我们已经缕述了夏承焘、卢前、詹安泰、吴眉孙等大批词人关于抗战的精光熠耀篇章，本节我们则以成就彪炳的刘永济为核心，力图稍微集中展现群峰峻耸的抗战词坛。这既是二十世纪乃至千年词史的煌然一页，更是中华民族伟大精神的壮美史诗。现当代文学中甚热火的"抗战文学研究"缺失了这一章节——当然还有旧体诗——将会变得相当片面、偏颇与不完善。

一　"绮罗兴废外，歌酒死生间"：刘永济的纪史词

按其实力与成就，被刘梦芙《五四以来词坛点将录》推为马军五虎将第一员"天勇星大刀关胜"的刘永济（1887—1966）绝不亚于"四大词人"，堪称二十世纪词坛岿然屹立的高峰之一。他不仅以长达半个世纪的词创作实践描画出自家的心灵轨迹，折射出大时代的风云震荡，

---

① 陈汉平编注：《抗战诗史》（团结出版社 1995 年版）称收有关抗战诗、词、联，实则于词仅收刘永济《满江红·东北学生军军歌》等数首，实未凸显真正面貌。前文论卢前一节已有注。

564 第三编 以学人为主干的民国中后期词坛（1920—1949）

而且自"九一八"事变起，刘永济就一直以词笔感受、记录着这一段令人心折骨惊的痛史。在抗战词坛上，他的书写最为完整、集中、深刻，也最具撼动肺腑的艺术魅力。

刘永济字弘度，号诵帚，晚号知秋翁，湖南新宁人。祖父刘长佑系湘军名将，历任直隶、云贵总督，永济幼年从父读书，及长先后考入天津高等工业学校、上海复旦公学、清华留美预备学校，此间在沪上颇得蕙风、彊村两前辈的指授赏识，是为攻读词业之始。① 1916 年自清华大学毕业后任长沙明德中学教席，所撰写《文鉴篇》刊于《学衡》杂志，《文学论》由商务印书馆版行，颇引学界瞩目，后遂历任东北大学、浙江大学、武汉大学等校教授，长期任武汉大学文学院院长，并代理校长，颇具治事之才。作为学者的刘永济撰有《十四朝文学要略》《文心雕龙校释》《屈赋通笺》《宋代歌舞戏曲录要》《元人散曲选》《唐人绝句精华》等著多种，词学著述则以《词论》《微睇室说词》《唐五代两宋词简析》最脍炙人口。永济学术论著数量既丰，范围亦广，颇多发前人所未发，古典文学大师地位难以撼动。

新中国成立后，刘永济在思想改造运动中深刻自忏，多有"我虽然活了六十三岁，但我真正的生命只有三岁"②"检点心魂清净了，春光重豁吟眸"③之类表白。虽然不断真诚地"献礼""歌德"，反右运动中仍被划为一般/内定右派，仅保留《文学研究》编委一职。④ 其后又有"长恨此身无著处，而今识得真源。一条大道直如弦。云开天广阔，风定海平安"⑤、为《延安文艺座谈会上的讲话》"揄扬盛美"、《今年更

---

① 刘永济：《诵帚庵词两卷自序》："既壮，游于沪滨……偶以所作《浣溪沙》'几日东风上柳枝，冶游人尽著春衣，鞭丝争指市桥西。 寂寞楼台人语外，阑珊灯火夜凉时，舞余歌罢一沉思'请益蕙风先生。先生喜曰：'能道沉思一语，可以作词矣。词正当如此作也'……时彊村先生主海上沤社，社题有绿樱花、红杜鹃分咏……蕙风命试作，彊村见之曰：'此能用方笔者。'"《诵帚词集 云巢诗存 附年谱 传略》（以下简称"《诵帚词集》"），中华书局 2010 年版，第 130 页。按：沤社为永济记忆之误，当为春音社。

② 1952 年作《自我检讨报告》，见《刘永济先生年谱》，《诵帚词集》，第 518 页。

③ 刘永济：《临江仙·自我检讨后书感》。

④ 1958 年中共武汉大学委员会印发《右派分子刘永济的结论书》，定性为"一般右派"。又：1966 年武汉大学中文系文革小组《重点运动对象登记表》备注刘永济："原为内定右派，此次要斗争，公开戴上帽子。"分别见《刘永济先生年谱》，《诵帚词集》，第 543、592 页。

⑤ 1961 年作《临江仙·参加市政协会议后感赋》。

比去年强　元旦献礼作》十九首一类牺牲艺术水准、声嘶力竭的表态①，仍未得信任体谅，《诵帚庵词》还是被定性为"有害""反动"。②所谓"日昨大斗争，攻短更鸣鼓。我如中矢禽，惊窜失数圃。又如衔钩鱼，腥沫不得吐。自怨自怍愧，自痛自循抚。党实遇我厚，我自设阱罟"③，那种满嘴苦涩的原罪心境该是何等难堪！④几年如履薄冰的日子过后，"文革"骤起，刘永济遭打"反动学术权威""封建遗老"，并被捏造出"反动诗词案"。⑤虽老病缠身，仍被强行用板车拉至教工食堂进行批斗，含冤去世，妻黄惠君亦旋自缢。一代宗师如此惨淡凋谢于浩劫伊始，直令人发声痛哭，不知人间何世！

刘永济一生坚苦真诚，入世担当感特强，这些特质在其学术生涯中贯穿始终，曾无稍减。1942 年，他撰成《论五代任侠之风》一文，特地点出任侠对于当前社会之"人人争赴国难""人人输财以济国用""人人知耻有勇以报国"等巨大作用。缪钺称赞此文"持论宏伟，光焰万丈"，以为能振起当日疲懦之风。⑥对于词，他也特别强调为时世而著作的思路。在《诵帚庵词两卷自序》中，他列举"人情之万变，其词之千殊"以后，有此斩钉截铁之论："要不难由之推见其所遇之世，而此体之封域亦缘是而始大，故能截然与诗赋画境，蔚成雄邦"⑦，可见在他心目中，词唯有"推见所遇之世"，乃能成其封域之大。接这段话又自述心路历程云："及历世既久，更事既多，人间忧患，纷纭交午，有不得不受，受之而郁结于中，有不得不吐者，辄于词发之。复值日寇入侵，而窃禄者阘茸淫昏，绝无准备，国势危于累卵，中情激荡，所为渐多，斯事之艰苦，亦知之渐深……所遇之世有非古词人所得想象者，

---

① 1962 年作诗五首纪念《讲话》二十周年，1959 年作竹枝词 19 首，大抵伧俗。

② 1964 年武汉大学中文系向学校报送《对刘永济诵帚庵词的意见》，见《刘永济先生年谱》，《诵帚词集》，第 583—586 页。

③ 刘永济 1958 年作《我过倘能补》，见其《云巢诗草》。

④ 陈文新：《刘永济〈诵帚庵词〉的编订、印刷与审查》一文对此叙述綦详，见《第二届中华诗词古今演变研究学术研讨会论文集》，2017 年 11 月。

⑤ 时遭定性以反动词与吴晗等"三家村"遥相呼应向党进攻，见刘茂舒《唤回心底十年人》，《诵帚词集》，第 142 页。

⑥ 《刘永济先生年谱》，《诵帚词集》，第 381 页。该文又名《贵侠篇》。

⑦ 《诵帚词集》，第 130 页。

其艰屯则且倍蓰之，故其所以为言，有非可范以往矩者。"此语非专门论词，但已明言因为"所遇之世""艰屯"，故词"非可范以往矩者"，在这样探本追源的时世人心之论面前，门户家数从来都不是问题。所以朱光潜曾评其词"谐婉似清真，明快似东坡，冷峭似白石，洗净铅华，深秀在骨"[1]，一方面是对其多元风格的赞肯，一方面并未搔着痒处、说中要害。当然，这较之席鲁思简单称其"论词则一主况先生""为梦窗词，而往往似白石"还是来得贴切一些的。[2]

文如其言，刘永济的四百余首词作一以贯之，确乎忠实践行了自己的这一主张。永济填词甚早而存词则大抵在而立以后，他虽得彊村指授，也能为白石、梦窗语，但总体风格真挚热切，密丽清峭味淡，不能算是"浙派""桂派"传人。如《鹧鸪天·江行杂兴》之七：

> 一嶂云山九面看，山南水北异暄寒。窗回东日成西日，橹转前滩见后滩。　　歌欸乃，意幽闲，几回渚往又洲还。故人云外如相问，为报烟波兴未阑。

又如《临江仙·移居湘春门外新宅》：

> 点检壮怀摇落尽，且须问舍求田。湘春门外好川原。蓬蒿才数亩，鸡犬自如仙。　　从此待成归隐计，孙孙子子年年。不叫肮脏倚门边。灌园荒井近，补屋碧萝妍。

再如《金缕曲·和豢龙与奇甫夜谈感赋原韵》：

> 莫洒途穷泪。问当年、苏门一啸，尚余何事。天下英雄谁足数，眼底纷纷竖子。算今古、尽随流水。试倚雄虹高处望，旧江山、堕影苍茫里。灵瑟怨，几时已。　　廿年厌看金银气，更休论、悲欢倚伏，塞儿伤髀。相对一灯浑欲老，芳抱殷勤共理。只山

---

[1] 《〈诵帚庵词·惊燕集〉读后题记》，《诵帚词集》，第 133 页。

[2] 席鲁思：《诵帚庵词两卷序》，《诵帚词集》，第 131 页。

色、依前浓翠。倦羽惊寒争唤侣，便衔芦、可有归栖地。歌白雪，拂衣起。

以上几首词作于1922—1924年间，完全可看出其不主一家、兼综博采的路数与郁勃炽烈的风神。《鹧鸪天·再寄碧柳西安围城》二首作于1926年，时李虎臣、杨虎城联手抵御刘镇华镇嵩军，战况惨烈，词人因有"斫地舞，仰天呼，南山歌阕泪盈裾""遥知耻作穷途哭，剩欲为招九逝魂"之句，忧世之意溢于言表。九一八事变前夕，任教沈阳东北大学的刘永济有《倦寻芳》《八声甘州》之作，对于"沙虫浩劫""零乱难定""痛神州沉陆，东海更翻涛"的时局，他是有着强烈预感和悲怆的。及事变起，东北诸生心切国难，自组成学生军，来征军歌以作敌忾之气。刘永济为谱《满江红》一阕与之，正式拉开了抗战词史写作的大幕：

禹域尧封，是谁使、金瓯破缺。君不见、铭盂书鼎，几多豪杰。交阯铜标勋迹壮，燕然勒石威名烈。忍都将、神胄化舆台，肝肠裂。　天柱倒，坤维折；填海志，终难灭。挽黄河洗净，神州腥血。两眼莫悬阊阖上，只身直扫蛟龙穴。把乾坤、大事共担承，今番决。

自岳飞《满江红》以来，此曲已成为军歌常用之调。刘永济这一首虽还比不上武穆之作的雄杰亢烈，但能扣紧"把乾坤、大事共担承，今番决"之主题而不失学生军"铭盂书鼎"之本色，足可发为奋励激越之战歌。在次年的《解语花》《惜秋华》等词作中，词人"悲挝变雅，暗惹起、愁丝千把""冰霜暗忆胡沙，怅一霎、红心都死"，殷忧耿耿，全系国事，代表着爱国知识阶层的品格与心地。迨全面抗战起，永济始迁宜山浙江大学，次转辰溪湖南大学，再至乐山武汉大学，在"列戍哀笳，连江铁索，东南犹自鏖兵"的战乱中颠沛造次①，而弦歌不绝，大有孔夫子厄于陈蔡之遗意。自此伊始的《惊燕集》佳篇转多，气韵苍

---

① 刘永济：《庆春宫·长武车中晨起有作，寄惠君长沙》。

凉，为其一生最精粹的段落。《蝶恋花·将随浙江大学迁于滇边之建水，感赋两阕简寅恪、雨僧昆明》云："瘴岭荒云无雁度。身在天涯，还向天涯去""未见围棋挥麈手。有限江山，无限狂歌酒"，已经够激楚了，下面几首《浣溪沙》尤其歌哭无端：

> 鲁殿孤存气自尊，古怀幽恨待谁论。乱来弦诵杂兵尘。　隔水晚山烟幂幂，出城乔木雨纷纷。小车归去市灯昏。

> 昨梦成尘记不真，狂尘如梦更纷纷。何时梦醒了无尘。　万里难寻歌哭地，三年凄断醉吟魂。江山知剩几多春。

> 煮字难充众口饥，牵萝何补破残衣。接天兵祲欲无辞。　一自权衡资大盗，坐收赢利有伧儿。一家歌笑万家啼。

> 镜里欢情渐化尘，梦中芳草远游轮。飘魂忍泪为逢春。　终古鸡虫谁作主，野坛狐鼠自通神。山川能语定酸辛。

第一首为乐山遭日寇空袭而作，因武大本部所设之文庙独存，遂生感慨。后三首则无具体背景，大抵提空抒情而已，但是"何时梦醒了无尘""江山知剩几多春""山川能语定酸辛"，这样的疑问与叹息声难道不是更加沉痛悠长？被缪钺推许"最为沉痛"的还不是这几首，乃是《临江仙》中"绮罗兴废外，歌酒死生间"二句。全词曰：

> 闻道锦江成渭水，花光红似长安。铜驼空自泣秋烟。绮罗兴废外，歌酒死生间。　野哭千家肠已断，虫沙犹望生还。金汤何计觅泥丸。西南容有地，东北更无天。

"西南容有地，东北更无天"，大后方的生活固然窘困不堪，可比起沦陷区已经是不知怎样的平静安适了！只是无论东北西南，死生兴废总在绮罗歌酒之间倏忽闪烁，这样的人世、这样的时代诚是可悲悯的，那也难怪词人总是咏唱出这样哀凉的调子："扑眼劫尘，摇魂祆火，日

第四章　以学人为主干的民国词坛群星谱　569

归归向何许……急鼓孤城，哀笳荒戍，惟有此声苦"（《玲珑四犯·闻鹃用白石韵赋之》）、"但万里、千里关河，断莽斑斑鬼雄血……往事纷纷，眼底明灭。只赚取、无限苍凉，诉与残宵月"（《雨霖铃·闻湘北寇警感赋》）、"压梦漆云深，雨气昏昏袭枕衾。梦外乾坤龙战苦，阴森，白骨成山肉挂林"（《南乡子》）、"草间偷活，魑魅喜人方计拙。守定心魂，忍见寒芜及国门"（《减字木兰花》）、"委地蛮花，飐空腥浪，轻换翠歌珠舞。漫省荡愁山海，曾是谁家丸土"（《喜迁莺·香港陷落数月，始闻寅恪脱自贼中……》）、"乾坤只供醉眼，奈忧时、肝胆自轮囷"（《木兰花慢·吊鬃龙》）、"歌哭竟无地。蜃蛟腥顿满，旧游邻里。噩梦断，新恨褪，定知何世"（《惜秋华》）、"胸中块垒不宜人，腕底河山惟赚泪"（《木兰花·岭海画人关君山月以所作古木栖禽题曰〈双栖〉见贶，奉此为谢》）……在这些词句中，作者的心绪或者不能免于衰飒凄凉，似也难投合当时后世很多人心中的抗战文学之标格，但那种忧患和担当无疑是真实赤诚的，值得宝贵。更何况下面这些作品中或纪惨烈雄壮之史，或抒坚贞匪石之情，完全可构成中华民族全面抗战光射牛斗的一页呢？

　　髡林平楚迷烟陌，水上荒荒日。登临莫自怨凋残，一角芜城、犹得望中原。　　何时马角乌头白，镜誓年年惜。便凭啼雁诉情衷，未必画楼、知道有秋风。

　　　　　　　　　　　　　　　　　　　　　　　　——虞美人

　　银屏一曲天涯似，谁遣青鸾通锦字。零红断粉总愁根，忍作东风行乐地。　　十年冉冉无穷事，似影如尘浑不记。劝君一盏碧蒲萄，中有红绡千点泪。

　　　——玉楼春·新历八月十日感事有作。日本投降，战事结束
（四首之二）

　　电语流空夜正赊，将军雄剑断长蛇。衡云犹护梦中家。　　分付清尊催皓月，安排长笛换惊笳。恨深愁极一欢哗。

　　　　　　　　　　　　　　　　　　　——浣溪沙·中秋前夕闻湘捷

风雨卧天涯，凄断金筇。故山从此战云遮。莫向蒿藜寻败壁，雁也无家。　　残垒跕饥鸦，白骨叉牙。苌弘怨血晕秋花。新鬼烦冤旧鬼哭，无尽虫沙。

——浪淘沙·衡阳之役，闻方军苦战四十七昼夜，将士伤亡殆尽，而援军不至，词以哀之

"不解题桥献赋，不能跃马横戈。九秋风露得来多，只共蛩螀吟和"的一介书生①，在国难中以最大努力妙笔书写下这样的杰作，而在极左思潮中居然会被认定为"散播悲观消极、对现实完全绝望的那种没落情绪""散播厌战情绪"②，成了被打倒的罪状。

眼见侵略者交出佩刀，无论如何都是欣喜的，然而蒋政府的腐朽与即将重燃的内战硝烟又无论如何让人轻快不起来。"闻道长安棋局，又衣冠第宅，争斗妍华"③，一劫未了，一劫方生，这"长安棋局"哪是轻易可以下得完的？在《鹧鸪天·读寅恪丁亥除夕诗感赋》里，他长叹"绝倒驴鞍那可期，拂簪盥眼定何时。重衾夜夜江山梦，老去龟堂未断痴"，在《临江仙》中，他感慨"一觉黄粱犹未熟，眼前百鬼千狐。漫惊东野隘天衢。有山焚介子，无地著潜夫"，面对着眼前的"百鬼千狐"，他似乎早就意识到"痴痴"的"江山梦"即将赢来的"无地"结局了。1949年南京解放，刘永济以香草美人笔法写下四首《蝶恋花》，向覆灭的蒋政权挥手告别。读其三、四：

可惜良缘天不与。卷上珠帘，翠羽单飞去。脉断银潢风浪阻，神仙讵奈相思苦。　　镜里暗伤颜色故。强把螺丸，加意添眉妩。费尽灵波千万语，奈何覆手云成雨。

玉树歌停鸾罢舞。黼帐华扃，尽化销魂土。满眼城狐兼野鼠，

———

① 刘永济：《西江月·病余日课小词，惠君嘲我如蚕吐丝，赋此为解》。
② 1964年武汉大学中文系向学校报送《对刘永济诵帚庵词的意见》，见《刘永济先生年谱》，《诵帚词集》，第584页。
③ 刘永济：《八声甘州》。

分明画出芜城赋。　　　草草年光真迅羽。莽莽河山，冤结无重数。阵阵悲风和泪雨，纷纷如助江潮怒。

在这里，词人悲慨的不是一家一姓的兴废，而是"冤结无重数"的"莽莽河山"，较之革命领袖的"虎踞龙盘今胜昔，天翻地覆慨而慷"，音量未免太荏弱了，但骨子里的爱国心仍驱使他以"舍""忍"二字诀克服对历史新纪元的疑惧。他说："共产党也许不需要我研究的这套古典东西了，那我就下决心舍弃；共产党的主张也许我接受不了，那我就忍耐。我决不跟国民党跑。"① 在此前后的《朝中措》"十年辛苦阅兴亡，陈迹渐微茫。剩有萦帘香篆，回环画取愁肠。

文难乞巧，书难乞米，旧业秕糠。漫诩曹瞒老学，何殊愍度过江"与《鹧鸪天》"六十年中百变俱，可怜倦眼眩龙鱼。难抛身外无穷事，补读人间未见书。　　悲往日，感今吾，镜中白发渐盈梳。残年饱饭良多愧，敢道乾坤一腐儒"就是这种复杂心绪的典型呈现。"十年辛苦阅兴亡""残年饱饭良多愧"，这当然是知识阶层在大变动时代心灵史的纪实。

刘永济晚年自记词稿有语云："觉其中讥讽时事、忧生悯乱之作，不出文人旧习，一凭主观所觉，于卅年来客观存在中巨大历史变革绝无反映。其发抒心情、流连光景之词，亦不出布尔乔亚意识形态，殊无存稿之价值。偶读高尔基回忆录，自称曾思将其中'从革命中估计知识分子作用'之谬见删去，继思留此以告世人，有何不可，且举列宁'人当自错误中学习'一语以自解，谓留之使世之以主观论事者知其非。然则予亦可以高尔基此语自解，存之使世人知我之过。"② "使世人知我之过"，此一经历思想改造后的忏悔又是一种时代的印记，遥想若干年后那一干人等的穷途末路，实令人百感交集，但无论如何，刘永济以对历史景观、"艰屯"人生的丰富记录，以其不主故常、直指内心的卓绝创作，是必可以跻身二十世纪词坛大师之行列的。

---

① 刘茂舒：《唤回心底十年人》，《诵帚词集》，第 139 页。
② 《诵帚词集》，第 132—133 页。

二 刘永湘、胡国瑞

刘永济兄弟友生中能词者亦多，如胞弟刘永湘（1889—1971）、好友刘异（1883—1943）、贺昌群（1903—1973），武汉理学院教授何君超、杨绮尘，弟子胡国瑞（1908—1998）等，足以构成一阵容可观的"诵帚庵词群"。刘永湘、胡国瑞更是颖秀不凡，可名一家，不妨简谈。

刘永湘为清末诸生，20 年代起任教长沙数所中学，后任职湖南大学、湖南师范学院。永湘尝组麓山诗社，与杨树达、王啸苏等唱和过从。有《寸心集》，内含《诗稿》《联稿》及《藕塘散曲》三种，另有《快心居词稿》，存五十八首，其词清雄有骨略如兄长永济，唯才气不及。《浣溪沙·雪中疏盒寄示新词，有"清眠消息问袁安"，用韵和谢》之二应作于四十年代末，前程未卜之艰屯忐忑状写来甚是真切：

> 检点衣裳始觉单，感人觿篲岁将残。[1] 小窗愁绝著书难。
> 未信撑肠能煮字，何缘换骨可成丹。起看前路雪漫漫。

迨新中国成立，永湘极为鼓舞振动，似较其兄永济更加真诚决绝，词稿名为"快心"即取此意[2]，故集中也多"中苏友谊颂声高""劳动光荣占上游""酬党德，献忠猷"一类"时尚"表达[3]，然而《浣溪沙·偷儿乘夜入厨，取去饭六盂及油酱锅釜，晨间遂断炊。一九六一年四月五日作》终究还是保存了"三年自然灾害"时期的一角真相的。"偷儿"显然是饥饿所致，而教授遭此"小劫"竟至断炊，真是成何体统，亦可笑，亦心酸：

> 月色朦胧半有无，卧听檐滴似稀疏。此时醒眼渐模糊。 一
> 具破毡留旧物，数茎生苣即行厨。奈何盗我釜中储。

---

① "觿篲"原作"觿發"，径改。
② 刘宓庆：《往事未必如烟，亲情此生永结》，载《寸心集 快心居词稿》前附，中华诗词出版社 2009 年版，第 2 页。
③ 见其《定清波·长江大桥颂》《鹧鸪天·一九六一年……》《鹧鸪天·湖南师范学院……》。

胡国瑞字芝湘，湖北当阳人，1936 年自武汉大学毕业后任教鄂西、川东各中学，1946 年回武汉大学任教终身。国瑞亦是古典文学名家，其 1958 年撰成的《魏晋南北朝文学史》是新中国成立后出版的第一部断代文学史，另如《隋唐五代文学史》《唐五代宋词选》《李白研究》《诗词赋散论》等皆自立一家之言，沾溉后学极多。自作《湘珍室诗词稿》亦多精彩可撷，刘梦芙称其词"国难间所作凄丽沉挚，格调近贺方回"[1]，《木兰花慢·乙酉仲冬，佩珍携儿辈东归汉上，予牵迫生计，独留涪陵……今寇难既消，犹不得同舟归去，爰怆然赋此》一首可为代表：

> 汉江归棹稳，甚犹自、赋消魂。叹满地兵戈，频年别泪，断却青春。漫云放歌纵酒，乍分携、回首隔巫云。黯黯霜风鬓影，半规残月黄昏。　　凝神千里荆门，猿唤苦可堪闻。更历历晴川，萋萋芳草，认也难真。酸辛市朝尽改，尽翩翩、争觅旧巢痕。还对灯前儿女，暗怜天外羁人。

三　苏鹏、王陆一、王用宾

抗战词坛是一个包容性极强的概念。广义而言，举凡 1931—1945 这十四年间——及其先后有关——的词人词作均可纳入其范围之中。那么就不仅本书前文特别论述的夏承焘、詹安泰、刘永济、卢前、吴眉孙等构成了抗战词坛之中流砥柱，也不仅龙榆生等形成了别一种色泽与音响，其实还有难以枚举的诸多词人词作"在场"。仅以刘梦芙《二十世纪中华词选》信手举几例，如吴梅弟子、长期任教河南大学的高文《念奴娇·哀重庆》句云："后土无情，皇天不吊，泪尽肝肠热。沉沉幽隧，万人谁料同穴"，这是哀悼重庆大轰炸罹难者的；如与章士钊等发起饮河诗社的许伯建《满江红》云："十万鲸鲵，又惊破，吴淞春色……要河山再造，铸之磷血"，这是写淞沪抗战的。又如郑万峤《蝶恋花》云："闲倚栏杆心欲碎，一寸山河，一寸伤心地。亭挂残云松带

---

[1] 《冷翠轩词话》，《二十世纪中华词选》，第 843 页。

雨，风来都替人垂泪"①，虞山《木兰花慢·书愤，时倭祸方殷》云：
"悲横高歌斫地，念兴亡、犹是匹夫心"②，顾衍泽《沁园春·壬午元
旦》云："客里新年，寰中故我，好似抛家去国人。何时也，仗倚天长
剑，迅扫胡尘。"③

　　民族危难中的各色心绪情境大抵是都反映在了这些词句中的。叶圣
陶治新文学，抗战时亦写下《长亭怨慢·颂抗战将士，言不尽怀》《鹧
鸪天·初至乐山》等一批词作。《水龙吟》中"战士无衣，哀鸿遍地，
西风寒厉。听连番烽警，惊传飞寇，又几处，教摧毁"之句予人印象颇
深，甚至两位自然科学大师苏步青与顾毓琇，也都在抗战中写下"梦魂
似绕舆图走，万里关山尺许长""寸寸黄金鸡塞土，森森白骨卢沟月"
的悲慨语。④ 例子当然还可举出若干倍之多，但上面所列已足够说明抗
战词坛的宽度与体量，那是完全可拿出专著的力量详尽述论的。作为整
体勾勒近百年词史的著述，本书无法也无力承担此一任务，只再稍微详
举苏鹏、王陆一、王用宾三家，为抗战词坛暂画一句点，后文当还有不
少文字涉及之。

　　先谈永济同乡、湖南新化（今冷水江市）人苏鹏。苏鹏（1880—
1953），又名先矞，字凤初，号柳溪遁叟，字凤初，早年留学日本，为
同盟会员，曾参加辛亥革命，任湖南省铜元局长期间，尝秘密资助蔡锷
讨袁护国运动，又任湖南省议会副议长、上海群治大学教授。著有《海
沤剩渖》，内含《文剩》《诗剩》《词剩》。苏鹏以革命家为文人之事，
并无意宗法门户，有关史事之作劲挺恢弘，如其为人。若《南浦》（韶
光容易）一首怀念女同志秋瑾等在日本，记录下了"把国忧种祸话酸
辛"的志士面影；《台城路》（纵横眼底）一首寄怀与自己同狙慈禧而
未成的密友杨笃生，"一领尘衾，十年孤愤"云云，心事灼然可见。其
余如《满江红·登岳麓山礼黄克强、蔡松坡两公墓，用萨天锡金陵怀古

————————

　　① 郑万峂（1902—1982），江苏徐州人，1949 年后任职徐州博物馆，江苏省文史馆馆
员。有《适吾庐诗词》。
　　② 虞山（1905—?），江苏盐城人，曾任军职、文史教员，新中国成立后遭贬刻字工，
1979 年后任盐城文史委副主任。有《海尘词》，毁于"文革"。
　　③ 顾衍泽（1902—1953），江苏沛县人，任职当地新闻教育界。有《剑外词》。
　　④ 分别见其《鹧鸪天·送春》《满江红·次岳武穆韵》。

原韵》《二郎神·病中罗植乾寄词，步原韵以报》等亦皆悲壮沉郁。《摸鱼儿·寄罗植乾兄衡阳》已作于其花甲时，也即抗战时期，虽有"正满地胡尘，刁斗严征戍。烦愁莫语"的怅然之语，而煞拍云"只千里关山，万家忧乐，艰巨仗谁付"，雄迈之气非但未减昔日，反而姜桂之性，弥见老辣。《薄幸·辛巳秋感，时抗战已逾四年矣》也很值一读：

> 举尊为寿。望碧落、玑璿挂斗。欲摘此、横天柄杓，一饮世间清酒。记当年、书剑飘零，浮名误我难回首。剩歇浦滩潮，幽燕夜月，休说屠龙屠狗。　　放眼看、神州地，锦绣似、山河依旧。几回凭、碧血丹忱相换，伤今却被腥膻垢。不先偏后。倘卅年小我，单于手系牵凭右。国仇待复，趁取黄金印绶。

与苏鹏同样栖居政学两届的王陆一更是抗战词坛应予重视的词人。陆一（1896—1943），原名肇巽，又名天士，陕西三原人，以陕西省图书馆管理员被于右任擢为陕西靖国军总司令机要秘书，参与创办并任教上海大学，留学莫斯科归国后出任国民军驻陕总司令部办公厅主任、中央党部书记长，嗣任安徽大学文学院院长。1941年特派为监察院晋陕监察使，病卒于任所，身后所遗近三百首诗词汇编为《长毋相忘诗词集》行世，内含词一百四十首左右。

于右任为陆一撰墓志铭曰："万族咸熙，雄文苦战。发此宏声，难酬宿愿"，这位英年早逝的豪杰之士为词自吐胸臆，畅述襟抱，确乎是有着"雄文""宏声"的。其二十年代与夏承焘唱和的《百字令》即聚焦"西北兵气"，有"不误孤军天下力""草檄研冰，移军没雪"之句，同调词《掌记中央，奉寄夏承焘兄之江大学》作于1926年，是其早期佳作：

> 还婴世网，剩穷荒歌哭，归来都废。学得鲜卑时世语，好趁琵琶柔媚。七发辞多，百罹逢此，耿耿心难寐。悠悠天地，故人相视憔悴。　　犹记兵后五陵，疏狂未悔，意气倾酬对。天远难穷花照眼，共挽黄河沉醉。往事尘惊，新游蓬累，那更供雕绘。相思何许，一秋风雨如晦。

576　第三编　以学人为主干的民国中后期词坛（1920—1949）

自此完全可看出王陆一的奔放磊落之才与郁勃忧国之情，此才情发为词章，则全面抗战爆发前即有《沁园春·二十三年中秋北事书叹》《百字令·二十四年冬夜读靖康续录，风霰撼壁，端忧倚声》《百字令·西湖题楼外楼，时东事方亟……》等一批充溢"正朝衣无策，苍茫民命；长城如芥，取拾通侯。度我阴山，岂惟胡马，何处筹边更有楼"之类感奋心绪的力作。① 自 1937 年后，陆一更是以如椽大笔，将自己的军旅生涯与民族御侮的大题目相互熔铸成恢弘的交响。且看以下词题："南京垂破矣，乍遇双文姊弟于和平门外，夹毂惊欢，城闉凄黯，自云苏州逃来，将之上游，各不胜来日天地之痛"（《减兰》）、"二十六年十二月十三日南京失守，时在庐山讲舍，闻讯悲苦，且闻委员长痛苦别陵事，益涌澜翻之泪也"（《东风齐著力》）、"晴川阁晚望，时马当不守，武汉筑垒备巷战，消息日非，人心哀激甚矣"（《浣溪沙》）、"二十七年七月奉命再至汉上，将赴鄂东战场监纪，时战事将迫武汉矣"（《八声甘州》）、"二十七年秋奉命巡察军事，由大别山战场观兵武胜关……十月二十五日闻武汉不守，军府再迁"（《扬州慢》）、"行察江防，小舟过长湖、白鹭湖……"（《迈陂塘》）、"战场春冷，柳淡如秋，忆去南京城外村居时，客散惊蓬……"（《玉京秋》），不必看正文也能感受到词人笔下的抗战历史是怎样的惊心动魄、惨烈激扬，而词体又是在以怎样的敏感和力量在追随、记录着扑朔变幻的时空踪迹。如此才情阅历，当然"未暇亦不屑声律字句之琐琐""不求工而自工"。② 不妨读读《东风齐着力》与《八声甘州》两首正文，则感受当愈加强烈清晰：

　　带甲江山，别陵城郭，深泪戎衣。孤危庙告，最此力穷时。寝殿寒梅旧绕，东风里、和月都非。江南北，几多战垒，断戟依稀。
　　敌火蠚长围，又忍是、白门碧柳频垂。烟笼梦往，去路草红蕤。愁共趋、行在所，秦淮水，远送还归。怜今日，高穹后土，眷此微微。

---

① 《沁园春·二十三年中秋北事书叹》。
② 刘梦芙：《冷翠轩词话》，《二十世纪中华词选》，第 519 页。

定清秋、云梦楚声明，旌旗耀连波。正江围沉缆，孤山横障，霜黛峨峨。一箭马当风快，北望碎黄河。策府高难问，帘卷愁歌。

警夜对江传火，渐城荒战气，人断岩阿。剩蒹葭乱白，辞国露痕多。痛移军、元规楼下，总南山、翔乌北山罗。艰危最，控长风了，吹泪如何。

与王陆一同样没能迎来抗战胜利的王用宾（1882—1944）为辛亥名人，民国政要，平生不以文名，然而也应该在词坛上拥有自己的位置。用宾字太蕤，山西猗氏（今临猗）人。以诸生入山西大学堂，官费选派留学日本攻读铁道工程及法律，并加入同盟会，为首批会员。辛亥后任河东兵马节度使兼民政长，此后历任参议、代省长、立法委员、司法行政部部长等职。迨首都迁渝，就任国家公务员惩戒委员会委员长，病卒任上。用宾历任显职而不废文事，所作诗词数量绝多，惜未刻集，大都散佚，今仅可自地方文史资料中辑得 1936 年至 1941 年之作数百首，成《王用宾诗词辑》一册，内含《半隐园词草》六十一首，创作全貌已不可知。①

用宾心忧国是，身丁战乱，情怀志意仰企放翁，唯才力不及耳，故其词也雅近放翁刚健坌涌一路，其直记史实者如《满江红·忆风陵渡》"况中条、十五次交锋，俱摧敌"、《扬州慢·端午嘉陵江龙舟竞渡，适敌机袭渝颇惨，愤写此词》"痛燕嬉危幕，真堪一哭同声"、《解佩令·陪都书感》"半载经营，是依旧、锦堆芳甸，又谁知、断垣残片"等颇令人动容，而《金缕曲·原韵酬彭醇士赐和五九初度此词》三首之二最能见出这位高官的胸襟才力：

词赋余情耳。恨未能、题象郡柱，勒燕然字。老大头颅虚自负，羞对林泉逸士。功与过、俱难归己。冠盖仓皇南渡后，问长淮、草木兵谁起。夷甫辈，是何志。　　湖山信美平如砥。莽胡儿、临江饮马，不曾怀忌。青眼高歌目余子，天造英雄时势。风景纵、新亭无异。急劫危棋犹缩手，忍炎黄、遗胄终陵替。民族耻，镂心识。

————————
① 北岳文艺出版社 2011 年版。

578 第三编 以学人为主干的民国中后期词坛（1920—1949）

"民族耻，镂心识"，这不是王用宾个人的声音，而是一代爱国志士在遭遇外侮之时发自衷心的共鸣合唱。无独有偶，在王陆一生命的最后阶段，他写下《金缕曲·宜昌元夕》，其煞拍云："战士疆场还阵舞，受中华、儿女千春斝。看遍展，春云乍。"他和王用宾都没能看到抗战胜利那一天，不过在民族统一抵抗暴虐侵略的背景下，他们当然有资格代表"战士疆场"接受"中华儿女"奉上的凯旋之杯，为民族解放付出了青春、鲜血与生命的英雄们在任何时候都是值得纪念与尊敬的。

第三节 "由来此事关襟抱"：论缪钺词

附 庞俊、白敦仁、雷履平、钟树梁

一 "由来此事关襟抱"：论缪钺词

> 瘴雾侵山黯不禁，谁知春到更多阴。娇红已逐流云散，芳意惟从旧梦寻。 诗韵窄，酒杯深，南州沦落又而今。东皇不为繁英住，辜负蛾眉惜誓心。

> 画阁珠帘舞锦茵，海风吹下涴流尘。相逢同是天涯客，休说玄都观里人。 花已谢，叶犹新，不愁无地可逃秦。却怜碧海持鲸手，来写遐荒一树春。

以上两首《鹧鸪天》分别题为《刘弘度移居燕山村，小桃花开，三日即谢，惜余未之见也。弘度有词记之，余亦赋此解》《弘度依原调见和小桃词，再赋一首奉答》，作者即与刘永济交情邃密、笔札往还绝多之晚辈学人缪钺。

缪钺（1904—1995），字彦威，江苏溧阳人，生于直隶（今河北）迁安，寓居保定，北京大学文预科肄业后曾任保定数所中学教职，后历任河南大学、广州学海书院、浙江大学、华西协合大学等校讲席，1952年后专任四川大学历史系教授。缪氏早承张尔田之史学思想，更多取文史互证路径以治魏晋南北朝史，则义宁陈氏之一脉也。诗词学研究尤脍炙人口，《杜牧传》及《杜牧年谱》为小杜研究的集大成之作，民国间所作《论宋诗》一文也久被推为最深刻形象概述宋诗特质以及唐宋诗比较的经典论说。另如《元遗山年谱汇纂》《遗山乐府小笺》《诗词散论》《灵谿词说》（与叶嘉莹合著）、《词学古今谈》（与叶嘉莹合著）等，并为学林所推崇。

作为词学家的缪钺自有其特别耀眼处。曾大兴《二十世纪词学名家研究》《词学的星空》二书中称其为"北派词学殿军"①，也即"和俞平伯、浦江清、赵万里、顾随等人一样，都是王国维的追随者，都是现代词学的一流人物"，"如果说，俞平伯是第一个整理《人间词话》的人，浦江清是第一个科学地阐释《人间词话》的人，赵万里是第一个撰写王国维年谱并辑录《人间词话》未刊稿的人，顾随是第一个在大学里讲授《人间词话》的人，那么，缪钺就是第一个对王国维的文学批评和诗词创作做全面的研究，并且在许多方面丰富和发展了王国维词学思想的人"②。

缪钺对于王氏词学思想的发展在曾书中总结为四点：（1）对词的文体特征的描述；（2）对"无我之境"的解释；（3）对南宋词的评价；（4）对"寄托"问题的探讨。其中（1）（3）两点尤其事关创作，应简说之。首先，缪钺在对王国维词体"要眇宜修"说深入体会的基础上，提出词体具有"其文小""其质轻""其径狭""其境隐"四点特质③，因而，词的"别是一家"说"保持了词的独立性，推动词的发展，并非阻碍……所以诗与词合流的说法，在理论上是讲不通的，而在事实上也是从未出现过的。自宋至清，词从来没有与诗合流过"④。在力推苏辛、张扬豪放的二十世纪词学主潮澎湃之际，如此旗帜鲜明地捍卫李清照"别是一家"说、否定"以诗为词""诗词合流"者实在并不多见。缪钺这一对词体的认知当然与其自家的词创作逐密相关。

其次，对于王氏除稼轩外一律加以贬抑的南宋词史观，缪钺也鲜明地表达不同立场。一方面，他对张元干、张孝祥、陈亮、陆游、刘克庄

---

① 《二十世纪词学名家研究》，第 372 页。

② 《词学的星空》，第 214—215 页。

③ 缪钺：《学词小传》，载《缪钺全集》第三卷，河北教育出版社 2004 年版，第 377—378 页。

④ 缪钺：《论李清照词》，《缪钺全集》第三卷，第 107 页。

等广义的"辛派"词人——也即"民族词人"——都是比较赞赏的:
"沉挚悲凉,独超众类,故谓南宋词之精华多在此类作品亦无不可。"[1]
在抗战时期作出这样的表态,无疑显示了缪钺词学观中贴紧现实的一面,他自己的词作亦清晰透现出观念的同步性。另一方面,缪钺还比较欣赏王国维所不齿的姜夔、史达祖、张炎等南宋大词家,又特别对白石道人三致意焉。他以为,白石的以江西诗法作词"在当时为新风格,与传统之仅贵婉媚幽约者有殊……其生硬,正其独诣也"[2]。这一批评不仅较领先于现代词学界,而且也不啻是他填词宗尚的夫子自道。其弟子景蜀慧云,"先生……长调则继踵南宋,自有清空宕折、沉挚深婉之美",叶嘉莹也说缪钺长调"气体之清空骚雅则又有得于南宋之姜白石"[3],诚然,缪钺确乎是有此特质的。1931 年所作《念奴娇·偕薛孝宽南海泛舟》就是有意追踪白石履迹的典型篇什:

> 琼华太液,正澄明百顷,更无风雨。水殿云芳三十六,金碧舳棱如故。帝子无家,池波空渌,短梦移今古。斜阳虽老,愁痕犹挂烟树。　　常是梦落江湖,幽燕倦旅,无计成归去。摇荡扁舟轻一叶,且向中流容与。高柳吹凉,冷香催句,欲共荷花住。凭君记取,石盟休负鸥鹭。

白石代表作之一即《念奴娇·予客武陵,湖北宪治在焉……》一篇,其"三十六陂人未到,水佩风裳无数""嫣然摇动,冷香飞上诗句""高柳垂荫,老鱼吹浪,留我花间住"等名句无疑即是缪钺本篇之蓝本。自此也可看出,此际缪钺还处于仿拟阶段,未能自具面目,卓成一家。迨两年后"以事至北平,时值胡骑冯陵,都人惶恐……不胜凄黯。适张孟劬先生出示《槐居唱和诗》,记事哀时,无愧诗史",缪钺感赋同调一阕呈张尔田,其词即渐越白石户牖,独多沉郁心声:

---

[1] 缪钺:《中国史上之民族词人·绪论》,《缪钺全集》第六卷,第 190 页。
[2] 缪钺:《姜白石之文学批评及其作品》,《缪钺全集》第三卷,第 179 页。
[3] 分别见《灵溪一水挹清源》《论缪钺先生在诗词评赏与诗词创作两方面之成就》,转引自《二十世纪中华词选》,第 753—754 页。

第四章　以学人为主干的民国词坛群星谱　**581**

江山如此，听几声啼鴂，乱愁难醒。匝地胡尘迷紫塞，膻雨腥风无定。劫后残棋，微时故剑，此意谁能省。灵均虽老，犹余词笔哀郢。　　两月流水光阴，神京重到，举目悲风景。乔木也知人世换，都共斜阳凄暝。瓦黯觚棱，波沉太液，中有沧桑影。金瓯残碎，待看何日重整。

以重大笔墨写"江山""胡尘""膻雨腥风"，虽是得益于乃师"记事哀时"的《槐居唱和诗》，但也是其时身居北地的有心人共同闻见的"悲凉之雾"，亡国灭种的危机已经栩栩然逼至眼前，白石的"清空骚雅"似难尽合时宜。《摸鱼儿》一首作于广州，其时已在全面抗战发生之前，故词情悲慨而不乏激切，是辛稼轩"更能消、几番风雨"之遗韵：

倚危栏、汉京西北，青山遮目如许。流潮夜打孤城冷，别有怨声难谱。空自觑。更不见垂杨，怎系残春住。断红流去。剩蝶翅沾香，蜂须惹粉，争向客前舞。　　金盘泪，空对烟江野鹜。愁人惟是风雨。共工不惜天维折，纵有女娲难补。今已误。问重过金城，柳似当年否。雍琴莫抚。怕弹到兴亡，台倾池坏，掩泣更无语。

"怕弹到兴亡，台倾池坏，掩泣更无语"，这不是悲凄凄的软弱，而是沉甸甸的忧患。迨全面抗战起，词人一转而成"地变天荒心未折，薪胆终身相付。玉貌围城，哀时词客，健笔蛟龙怒"的苍凉感奋之音。① 此后数年，或酬答唱和于友朋，或颠沛造次于道路，其音也哀，其辞也悲，而总归乎知识群体的离乱心声，与夏承焘、詹安泰、刘永济、唐圭璋等同频共振，组构成民国词坛的多色调、多音部景观：

胡尘犹未净洗，故园今日菊，凉露增泫。玉液持螯，霜风落帽，争觅当年游伴。凭栏念远。正骨肉他乡，山河殊甸。愁绝秋宵，暗空时过雁。
——齐天乐·乱离避地，又值重阳，阴雨经旬，倍增闷损。时

---

① 缪钺：《念奴娇·寄友人沪上，时余自保定违难开封，而沪战方起也》。

582　第三编　以学人为主干的民国中后期词坛（1920—1949）

客信阳

　　远翠横峦，薄雾掩林，弥望萧屑。娟娟秋蕙当门，莫便冷风先折。残阳敛照，忍看破碎江山，泻愁不尽涛声咽。呼唤怕登临，有花开如血。

　　　　——石州慢·丧乱弥载，流转蜀中。感事怀人，漫成此解

　　一叶敲窗，又惊透、多少风霜消息。前度杨柳清阴，重看暗溪碧。曾惯听、钧天乐好，问醒后、可能禁得。巢屋心哀，栖香梦冷，梁燕如客。

　　　　　　　　　　　　　　　　　　　　　　　——琵琶仙

　　无论故园惦念的丛菊，还是眼前如血的野花，抑或传来"风霜消息"的落叶，在离乱心眼中无不染上一抹凄冷。所谓"以我观物，物皆著我之色彩"，缪钺的这些词作是与自己服膺的导师王观堂与企慕的偶像姜白石声气相通、神交冥漠的。《鹧鸪天·蜀黔道中》以宋诗清折之法为词，煞拍逆笔倒插，别有意味："叠嶂层峦接远天。飙轮盘曲似惊湍。千金遑论垂堂戒，九折初尝行路难。　　乌水渡，大娄关，车行时在白云间。此生不为逢离乱，争得天涯饱看山。""离乱"竟成了"饱看山"的根由，这"庆幸"之语诚也说得够沉痛了！即便身在后方，偶有雅兴，但家国哀愁总是如影随形，拂之不去：

　　圆月向人好，天地为谁开。几看一笑相语，今夕两无猜。我欲乘风仙去，化作月华如练，流影入君怀。一点分明水，终古不尘埃。　　人间事，欢未毕，又生哀。不知天上花发，蝴蝶可常来。此夜庭前芳迹，若使明朝重到，恐已长青苔。翠袖倚栏处，修竹尚须栽。

　　词里分明有着张惠言和雅温厚的语感气味，所谓"赋手文心，探喉而出"，只是这里的"又生哀"并不是重复了前人泛泛的感伤，而是深深刻出了特定时空烙印的。抗战八年，缪钺填词无多，1947 年所作

《鹧鸪天》或者可以成为此际心境之自白："铅椠相亲枉费才，惟凭无益遣生涯。境如池草春还变，心似霜花冷不开。　　增怅惘，转低徊，层波一逝不重来。人间多少穷途恸，岂独回车事可哀。"填词本是无益之事，聊以遣有涯之生而已，"心似霜花冷不开"一句明白地显示出他的迷乱灰寂，却又在冰冷中跳动着沸腾与热切。这七个字真是命途多舛的那一代文人的逼真写照！

缪钺《冰茧庵词》三卷计八十首，前二卷作于民国者三十二首，第三卷四十八首全作于 1978 年后。古稀高龄，重拾词笔已经不易，而笔端意气不衰，尤胜壮时，更是词坛奇观。如《鹧鸪天·夏历甲子岁十二月十五日立春》下片云："乘彩凤，御青鸾，云端俯视海漫漫。纵教碧浪千层涌，自有鹏飞万里翰"，《夜合花·纪念七七抗战五十周年》上片云："春絮无痕，秋花易谢，人间万感微茫。旄头闪烁，惊风吹堕殊乡。黔水急，蜀山长，正中原、胡骑猖狂。望天涯路，健儿百万，同射天狼"，此时词人已届八旬，而昂扬不输少年，所谓"寿征"亦于斯可见，非无稽之谈也。对于光怪陆离的时世，老词人也一直投射出冷冽的目光，以敏捷之笔，写犀利心声。《踏莎行》言争利之时风，殷忧耿耿，小序即颇耐读："世风争利，斯文日丧。'草木有本心，何求美人折'，或亦士君子自处之道，而国事则可忧矣"，词亦陡峭挺拔："榆荚腾飞，兰蕊价减，世间谁著分明眼。镜中自赏黛痕新，从今不把珠帘卷。　　山雨增寒，海风吹暖，几人能识阴晴变。千峰万水梦中迷，凭君一夕思量遍。"据自注，"分明眼"乃用陈师道《放歌行》"不惜卷帘通一顾，怕君著眼未分明"语意，面对自己看不清楚的世界，有愤懑，有冷静，也有迷茫。《鹧鸪天·己巳暮春感事而作》与此后的《鹊踏枝》皆力拔千钧，是"出大意义"的"大题目"，读者未可轻轻放过：

　　白苇黄茅次第生，罡风一夕陨琼英。由来天意方沉醉，宁望人间出晚晴。　　升黜事，总难明，空于死后见哀荣。东京太学存清议，南史青编有定评。

　　一夕惊雷春已去。寂寞东皇，掩涕浑无语。当户锄兰何太剧，鹃花红湿潇潇雨。　　六曲栏干凝望处。阊阖门开，烟瘴层层阻。

俶巧雄鸠矜迅羽，栖香海燕归何许。

"东京太学存清议，南史青编有定评""俶巧雄鸠矜迅羽，栖香海燕归何许"，这些词句都表明，历尽桑海、年登大耋的老学者心灵还依然跃动飞扬，既未被老病所困，也没有隐逃到"世界是你们的"之盾牌后面。在1991年写下的《八声甘州》中，缪钺以史学家的专业视角——更以读书阅世大半个世纪的文人身份——总结出自己眼中的必然规律性：

> 问苍穹、灿烂众星辰，谁能主沉浮。有婵娟桂影，清辉自赏，独照神州。滚滚长江东注，奔向海边头。纵立千金碣，难障狂流。
>
> 客有谈言微中，观古今通变，独具神眸。探秦皇周厉，零落两荒丘。待春风、严霜吹化，看嫩黄、新绿满汀洲。何须向，倚阑干处，枉自凝愁。

处于一维时间线条上的历史总是要滔滔东去、"逝者如斯夫"的，一切"古今通变""秦皇周厉"都得服从这一法则。当词人以他的望九高龄、千年视野告诉我们这一点的时候，所谓祈向家法、古圣先贤也必然退居到了相当不重要的位置。故刘梦芙有云："（晚年）先生乃多以春秋史笔为词，寄托幽愤，风骨凛然，合碧山、遗山、稼轩、芦川为一手，实非周姜之体所能限。"[1] 其实缪钺早有论词诗云："论词拟悬最高境，奇气灵光兼有之……由来此事关襟抱，莫向瑶笺费丽辞"[2]，是的，发自"襟抱"的心声永远是诗歌最可珍贵的第一元素，缪钺以他的创作再次向我们验证了这一条闪光的真理。

二 刚健杂婀娜的庞俊词

缪钺大半生流寓巴蜀，以地缘之故，附后谈两位川地学者兼词人庞俊、白敦仁师弟。庞俊（1895—1964）比缪钺辈分稍长，学术位置相

---

① 《冷翠轩词话》，《二十世纪中华词选》，第754页。
② 景蜀慧：《灵溪一水抱清源》文中所引。

第四章 以学人为主干的民国词坛群星谱 585

埒。二人皆精文史，而缪钺在历史系，多文学著作；庞俊在中文系，多史学著作，亦相映成趣。

庞俊初字少洲，慕白石道人歌词，更字石帚，四川綦江（今属重庆）人，清末考入商业学堂，以家贫辍学，执教私塾与各中学。1924年后历任成都高师、四川大学、华西大学等校教授。石帚综贯经史子学，弟子辈拟之俞正燮、李慈铭[1]，而平生最服膺章太炎，故授诸生国学，唯持《国故论衡》，又著该书《疏证》中下卷20余万字，为章黄学派重要传人，也是"蜀学"现代转型过程中重要的代表人物。[2] 庞俊以诗受知于赵熙、林思进[3]，造诣颇深。汪辟疆《光宣诗坛点将录》点其为中箭虎丁得孙，为赵熙羽翼。虽庞氏存诗已入民国，与"光宣"之时序不合，但也可见其声价。冯永军《当代诗坛点将录》点庞俊为"天勇星大刀关胜"之高位，评云"清切典韵，不为生硬槎枒、镂刻雕琢之诗……用意忠厚，悲天悯人，实为近来蜀中大手笔。七律对偶以动荡开阖之体为之，如'不知许事寻春去，以醉为乡奈夜何''乍飞白雁能添恨，再过红羊未减狂'，此亦其乡先贤东坡所擅场者"[4]。相比其诗的"大手笔"，庞俊于词似无多用心，仅间有所作而已，然而追摹半塘彊村一路，功力深湛，足为赵熙领衔之蜀中词群后进骁将。与刘永济、缪钺等一样，庞俊在他1931年至1949年间所作六十余首词中当然也写出多年战尘离乱中的忧愤郁苦，但笔致刚健婀娜，姿态颖异，又具有自己特殊的品貌和风格。短调精悍者如《减字木兰花·题于右任词卷》：

汉家陵阙，惟有秦时余片月。泪尽关山，留得凄凉宝剑篇。
前身青兕，问讯廉颇今老矣。旧句摩挲，家祭何时告两河。

---

[1] 屈守元：《养晴室笔记序》，四川文艺出版社1985年版，第3页。

[2] 详参韦兵《庞俊经史学术述略：兼论蜀学的现代转型与学术取径》，《四川大学学报》2011年第5期。

[3] 1917年秋，赵熙偶游成都，见庞俊诗，大异之，既依韵酬答，又遗书林思进亟加称赏。思进既得见庞俊，亦叹曰："郭有颜子而不知。"见白敦仁《庞石帚先生〈养晴室遗集〉后记》，载《水明楼诗词论集》，巴蜀书社2006年版，第361页。

[4] 华东师范大学出版社2011年版，第23页。

相比之下，庞俊中长调更佳，能得白石、梦窗之气，且健拔超乎白石，密涩减于梦窗，多顿挫开阖之感。《百字令·题季吾和白石诗卷》云：“檐花索笑，坐高寒窗户，支颐慵起。残照关河商去住，酒醒埋忧无计。乔木言兵，空城吹角，何似淳熙世。悠然怀古，野云回望天际。

惘惘梦里丹山，吟边绿鬓，一镜供蕉萃。良酝兵厨聊可恋，身自不关朝市。与泪为缘，将金掷牝，还理痴人事。箫声如怨，小红愁损眉翠”，上片还因扣“白石诗卷”之题而稍显羁束，未尽脱化，下片则全出胸臆，感慨邃深。与此篇顿挫相类而词境尤觉开阔者是《木兰花慢》：

> 傍青烽望远，乱云外，故人稀。似海燕漂零，荒椽愁寄，残社须归。征衣对花溅泪，梦羌村、何地浣尘缁。眼暗黄垆旧影，鬓添明镜新丝。　　峨眉多事买筇枝，山鹤怪眠迟。剩灯床乱帙，礼堂谁写，穗帐空披。凄凄一棺水驿，费侯芭、双袖万行啼。魂断平羌月冷，夜深来鉴虚帷。

里面自然也是有周清真、杜少陵乃至纳兰性德的影子的，可凝结熔铸后的面影又无疑为处于“乱云”中的庞俊所独具。“魂断平羌月冷，夜深来鉴虚帷”，平淡的煞拍背后深情蕴蓄，心灰意凉，至此为极。自上可知，以摇曳风情衬写今昔幽凄之感是庞俊特擅的绝技，最典范者当推《三姝媚》一首：

> 江山啼鴂过。傍东园重拈，表春余朵。侧帽幽坊，负旧狂能记，酒垆闲卧。锦瑟华年，心事称、十分梳裹。有限春宵，吹絮阑干，战尘休浣。　　帘罅深深灯火。又月地云阶，送人无那。泪溅花繁，黯翠眉慵唱，念家山破。满地沧波，待见个、鸱夷归舸。惯对愁鸳无语，沙鸥似我。

“表春余朵”“十分梳裹”“有限春宵”“月地云阶”，这些回忆无不绮丽销魂，但与“江山啼鴂”“战尘休浣”“念家山破”“满地沧波”对举，那些艳丽风情的沦落就更加令人酸辛与感喟，沧桑感愈益浓足。

《高阳台·酒集枕江楼和沈祖棻韵》也是感喟丛集之作：

> 醉总无名，愁惟有骨，举杯刚制应难。吹鬓微霜，诗成锦瑟谁笺。河桥酒幔留人处，对沧波、闲送流年。莫凄然，南渡衣冠，北望关山。　　高楼别有斯文感，早登丘无女，临水闻鹃。灯畔吟声，男儿总是堪怜。家乡作客君知否，枕幽单、惯得孤眠。更消他，一曲青琴，掩抑弦弦。

"酒集枕江楼"，自是文士雅趣，求之不得，而这样"南渡衣冠，北望关山"下的"酒集"又哪里能唤起清平的"雅兴"呢？唯有"凄然"而已！如此雅集似乎最能触动庞俊内心的忧苦万端，其实又何止他一人如是？可再读《霜花腴·壬午重九与客饮西郊，明日程千帆会昌、沈紫曼祖棻、刘君惠道和诸君出示新词，感音率和，不能成章》：

> 泪边荐菊，有古人当年，不尽苍凉。轻命危阑，忘怀村酒，凭浇芒角枯肠。草堂径荒。听点兵、占断秋场。漫魂消，旧赏林亭，喜无风雨治游忙。　　砧杵万家愁处，又空滩战舰，暗老啼螀。欹帽伤高，卷帘吟瘦，相逢南雁成行。怨谣自长。照翠尊、终恋残阳。渺青山、鹊没天低，几人悲故乡。

《霜花腴》是吴梦窗的标志性词调，庞俊的这一首则不仅感伤不逊色梦窗原作，"轻命危阑""鹊没天低"的壮阔似还能驾而上之。以上两词都是关涉沈祖棻的，当沈、程伉俪流寓巴蜀，庞俊与之唱和颇多，嘤鸣求友，相互感发，自然佳篇琳琅。最后还录《祝英台近·题沈紫曼祖棻〈涉江词〉》一首。此是能将沈氏心事摹写淋漓的出色题咏之一，足备词史参酌：

> 掩银屏，消粉盝，春思黯无绪。十载江关，谙尽避兵苦。天涯何处秦楼，蔫红病绿，争得似、年时钗股。　　锦城住。换了笼竹楛林，吟边几风雨。唱遍旗亭，凄凄断肠句。谁怜憎命文章，钿车罗帕，算只付、痴儿骏女。

三　"锦城射雕手"白敦仁　附雷履平、钟树梁

庞俊门下敏慧积学者多，若王仲镛、屈守元、项楚、王文才等皆挺秀群伦，其中白敦仁既以所著《陈与义年谱》《陈与义集校笺》《巢经巢诗钞笺注》《彊村语业笺注》等蜚声诗词界，其自作词亦能承乃师衣钵而有所掘进。白敦仁（1917—2004），字梅庵，四川成都人，毕业于华西大学中文系后历任华西大学、成华大学、成都大学等校教职。其《水明楼诗词集》卷三为词集，存词九十八首。同门王仲镛序其词，以为"早好周、姜……亦耽朱、况"①，确乎如此，仅自其词集开篇数首——《渡江云·眉山舟中，清真韵》《木兰花慢·己卯贱辰，诸朋旧携酒见存，就登凤坪绝顶……》《徵招·庚辰暮春，与石尊饮峨眉县城，环顾云山，醉次闻歌，感音而作》《意难忘·次清真韵》即能清晰地感知到这一点。《水龙吟·偶读半塘老人和天籁集睡词，赏心同抱，戏同其韵》则是致敬"四大家"者，祈向颇为分明。《长亭怨慢》一首是自白石而上溯、绝似清真之佳作：

> 对芳树、云横平野。旧事关心，月明楼下。几许流年，倦怀羁思泪堪把。绿杨诗好，都莫向、莓墙写。翠叶几回新，不奈得，闲情雕谢。　　日夜。望高城不见，忍念旧时游冶。残红玉蕣，可还识、去年琼榭。向碧树、两两飞来，又商略、斜阳如画。记花影参差，多少香尘随马。

历来学清真者不知凡几，如本篇能真正找到"愈勾勒愈浑厚"（周济语）的感觉者则不易觏见。其余诸如《琵琶仙·花雨酥香》《莺啼序·庚辰饯秋，次梦窗丰乐楼韵》《翠楼吟·江楼，白石韵》《惜红衣·富顺西湖荷花极盛……》《陂塘柳·七夕饮味雪庐次白石韵》等一批作品置之姜、吴集中，骤不可辨，也足见学力才情。《扬州慢·过嘉州》不全似白石，其味更佳：

---

① 《水明楼诗词集叙》。

髧柳通城，疾飙驱雁，水乡归路残寒。近黄昏别馆，甚驻得征鞍。叹一卧、江山尽换，断歌零阕，特地相干。望腥尘如墨，回风吹处雕栏。　　平羌片月，赖清光，犹似当年。仗翠袖回灯，红绡泻酒，闲泪休弹。百罚玉觞何味，朱弦畔、转轴悲欢。念衰兰城北，明朝须老情天。

《紫萸香慢·次韵郭石尊九日江楼吟望之作》亦写战时离乱，然神味稍别，多稼轩之悲慨雄迈：

就黄花、偏逢秋病，一觞冷落依然。正高楼怊怅，又新劫、到华鬟。费尽重阳风雨，换秋声萧树，怨咽哀蝉。是登临倦客，不饮欲何言。问醒眼、可宜倚栏。　　艰难。满地霜繁。聊作健，强悲宽。算高台戏马，雄峰落帽，多少南冠。眼前不殊风景，漫重唱、念家山。指盘雕、暮云低处，望中一发，愁绝胡马江关。挥泪逝川。

上片"问醒眼、可宜倚栏"一句已甚精警，盖因破碎山河，也只能模糊醉眼观之，还能稍减痛苦，下片的"愁绝"与"挥泪"正为此而发，故英气勃勃，绝非孱弱。气韵略同者还可看《高阳台·石帚师见示和清寂堂感秋之作，敬次原韵》，这是与乃师诸多唱和中的代表作，词题中"清寂堂"乃林思进堂号，一首小词就此绾结了巴蜀几代名家，因此可贵。庞俊词下片云："黄金买斗空多计，纵男儿溺死，肯事拘游。一壑能专，千年齿冷穰侯。何心重对峨眉月，下平羌、影落渝州。怕明朝，禁到冰蟾，税到沙鸥"，"纵男儿溺死，肯事拘游"云云，可谓极悲壮之致。白敦仁之作并不下于乃师，感慨之大似犹有过之，因而可谓此小规模"感秋"唱和的压卷之作：

野火烧原，荒波送日，悬知四海皆秋。老雁衔芦，南飞散落高楼。干戈满目悲身事，便从他、白马清流。叹悠悠，张俭当年，望户何投。　　甘陵南北纷纷日，怕苍天易死，沸鼎还游。墙壁公卿，窃钩莫笑封侯。残涛怒打沉江锁，有楼船，飞动江州。渺空

590 第三编 以学人为主干的民国中后期词坛（1920—1949）

烟，事往何年，难问沙鸥。

王仲镛《叙》云：" （白）偶意有所遇，为《鹧鸪天》《蝶恋花》《浣溪沙》诸小令二十余首，所谓'绮语难删静志居'，情真意切，深婉秀隽，淮海、小山之遗也"，白敦仁的这一面亦的确值得特别留意。可先读《鹧鸪天》二首：

> 覆水年华照鬓筋，樽前无泪与红香。黄梅时节千家雨，一叶相思到小廊。　　烧烛短，引杯长，愁边得句不成章。金猊香烬银荷黯，帘外轻雷送晚凉。

> 照眼花枝冷似禅，逢春好梦一楼宽。刺桐开落池莲小，闲到吟边十二栏。　　红烛泪，紫箫烟，无多哀乐换华颠。纷纷过却黄梅雨，润逼琴丝欲改弦。

两相比照，后阕尤佳，自开篇"冷似禅"直至煞拍"润逼琴丝"之语皆生新独造，自开境界，而情深婉秀，两阕则一。此类"愁边得句不成章"的风怀小词数量虽不多，但好句琳琅，秾而不纤，丽而不腻，确乎接续了况蕙风的衣钵。如果考虑到白敦仁生年已在1918年，其后一两代人或丁战乱，或罹浩劫，难有风月闲情，则他的这一部分小词竟然带上些"广陵散"的味道了！① 那么似应多读几首，因为这种缠绵悱恻的情调在我们的近百年词史上已经如临去秋波、渐行渐远矣！

> 淡淡梳栊薄薄妆，眼波眉意费商量。熏香可是怜荀令，梦雨何曾到楚王。　　欢易歇，夜何长，今番愁味是亲尝。早知欹枕还无奈，拆却鸳鸯不令双。

> 直与秋人事有关，盈盈一水隔银湾。五更风露初七夜，一日相思定几年。　　人寂寞，泪阑干，水蘋风起蜡枝残。红楼便是伤心

---

① 白氏后一代人似唯陈永正善言风怀，岿然大家，详见后文。

地，星月当头不拟看。

——鹧鸪天·壬午秋词（其二、三）

会意知凭眼，妨嫌莫并肩。十分打叠向春妍，几度薄羞浅恨、更无言。　　酒失憎应惯，琴心理又难。任人看画小眉弯，知道者般新样、定郎怜。

——双调南柯子

无限人间重晚凉，直缘离决恐情伤。含愁不语弄丝簧。　　弦绝易关徽外响，歌深不是枕中方。两年辛苦一声狂。

绮语难删静志居，沉思何事苦关渠。痴根寻向古人书。　　负手英雄看过鸟，惊心琴瑟悔为鱼。真成独坐恼花初。

——浣溪沙·甲申感春（其三、六）

"早知欹枕还无奈，拆却鸳鸯不令双""五更风露初七夜，一日相思定几年""任人看画小眉弯，知道者般新样、定郎怜""两年辛苦一声狂""绮语难删静志居"，如此风情，真不让淮海、小山，难怪刘梦芙《冷翠轩词话》论白敦仁云："章法辞采则出入清真梦窗之间，益以白石东坡，秾丽复能疏宕，锦城之射雕手也。惟居地较偏远，与外界鲜通声气，得名不及东南才士之盛耳"[1]，诚如其言。

白敦仁与好友雷履平（1917—1984）有同好[2]，尝共校刻晚清四家词。两人"自十二岁订交，形影不离者殆六十年。每有新篇，无一字不举以相示"[3]，可谓平生知己。敦仁集中与履平酬唱者亦颇多，然而"自履平之殁十年，常思编次遗集，而存稿竟已散失，始痛人琴之两亡也。仅搜得遗诗词各十二首，大半为少年之作，亟存之"[4]。此十二首词

①　《二十世纪中华词选》，第1078页。
②　雷履平，笔名平子、郁可，蒙古族，四川成都人，历任成华大学、四川师范学院教职。
③　白敦仁：《水明楼诗词集　附录二　亡友雷履平剩稿》后记。
④　白敦仁：《水明楼诗词集　附录二　亡友雷履平剩稿》后记。

殊难代表履平水准，较能看清面目者是与白、雷早年共刻《焦桐集》的钟树梁。树梁（1916—2009）亦成都人，1945年毕业四川大学后任教川大、成都师专、石室中学等，1978年始任成都大学教授，著有《杜诗研究丛稿》等，晚年刊《钟树梁诗词集》，内收词六百余篇，亦可谓宏富。

与庞俊、白敦仁等相似，其早期词以抒写离乱时世者最称精粹。如1940年汪精卫在南京作《忆旧游》词，树梁即以此调斥之，其中"问中山陵阙，松柏森森，何面重攀。强说情怀苦，向胭脂井照，忸怩尊颜"等句即颇有力度。又如戊子（1948）除夕，十八女郎蒋国英在成都西玉龙街惨遭军车碾死，树梁《高阳台》有"游春买屐才三日，碎难收、从此无春"。次日又作《台城路·哀新东门路毙者》，"鹑衣乍理。看勒印文书，隶名财吏。雪饕风虐，宦途微命竟如此"云云亦能补史之阙，具见品格心地。尤难得者乃"文革"中诸作，如1972年因事赴南京，步稼轩"甚矣吾衰矣"韵书感一首，上片即直言"历山川、迎人百站，平安无几。骇绿惊红书千纸，谁辨真情假事"，下片更有"马列宏篇遭凌轹，何论儒经佛理。料辛老、亦难狂起。白发飘萧扶杖到，只能言、余欲无言耳"的激切之语。同年过杭州西湖，再用稼轩词韵作《摸鱼儿》：

> 听惊风、又挟狂雨，画船无处能去。岳坟于墓都逢劫，猿鹤从知无数。湖边住。空对着、断桥流水长堤路。渔樵无语。只几处高楼，千行碎墨，散作漫天絮。　　三年艾，未可金针屡误。况兼红粉凶炉。出乎尔者反乎尔，他日有人投诉。忠字舞，早则是、忠魂多难香埋土。西湖乐苦。且花港观鱼，惠庄休辩，是是非非处。

树梁诗词量大，亦难免精粗杂陈或伤于劲直，不够蕴藉者，但如"出乎尔者反乎尔，他日有人投诉。忠字舞，早则是、忠魂多难香埋土"之类的句子，即便是事后反思，也罕有这样震撼人心的力度的，更何况作于随时可被牵连进"文字狱"的七十年代呢？仅凭这份胆气，这位声名未著的诗词家就是值得肯定并予以珍视的。

第四节　主持风雅的叶恭绰、郭则沄与
"柯亭词人"蔡嵩云

附　吴湖帆

一　"才气最近东山"的叶恭绰　附吴湖帆

本书绪论部分简单条理了以词社为中心的词学活动，活跃度较高者大抵可称为"风雅主持"，其中一些词人前文已见专论。在本章殿末部分，也即民国词坛走向终结之际我们还应接续此一话题，接谈两位"风雅主持"——叶恭绰与郭则沄。

恭绰（1881—1968），字誉虎，号遐庵，晚年别署矩园，广东番禺人，祖父叶衍兰诗词金石书画均有声于世，为近代岭南文化代表人物之一，恭绰早年以廪生毕业于京师大学堂，历任邮传部、铁路总局各职位，辛亥后屡任交通部次长、总长等要职，创办交通大学，为首任校长①，是为"交通系"总持之一。恭绰席丰履厚，财大力雄，而风雅在骨，有功文化甚夥。中年后与朱启钤组织中国营造学社、创办北大国学研究馆、倡设上海博物馆、推动影印《四库全书》等事，皆嘉惠后人，功德无量，从而岿然为一代文化重镇。抗战中恭绰辗转港沪之间，拒受伪职，以书画自娱。新中国成立后，历任中央文史研究馆副馆长、北京中国画院院长等职。著有《遐庵诗》《遐庵词》《遐翁词赘稿》②《遐庵谈艺录》《遐庵汇稿》《矩园余墨》等。

作为词人的叶恭绰主持风雅之行迹首先在于参与沤社、声社、庚寅等主要词社的活动，并参与龙榆生创办《词学季刊》，仿谭献前例辑成《广箧中词》，而以主编《全清词钞》最有功于词学，伟业煌煌，当予简述。《全清词钞》以四十卷的篇幅选录近三千二百位清代词人之作八千二百余首，构成了《全清词》编纂前对于清代词坛的全景化展示，"源流正变，得以推寻"③。由于篇幅巨大，迭经战乱，虽有朱祖谋以下

---

① 今上海交通大学、西安交通大学等校前身。

② "稿"而曰"赘"，叶氏有自白，略谓自词与乐离，已失根本，应以歌继诗词曲之后，而自己才力不足，仅能守旧体之范畴，无当于当今文艺，故以"赘"名之。见该书跋语。

③ 钱仲联：《近百年词坛点将录》。

594 第三编 以学人为主干的民国中后期词坛（1920—1949）

五十三位名家里手分纂襄助，仍历经二十三年漫长岁月，至1952年始告竣工，而初版则已在开工近半个世纪后的1975年。这部迄今最大型的清词选本虽也不免遗漏、舛错与偏颇，但保存一代文献，苦心可嘉，其功匪细。所谓"主持风雅"，《全清词钞》自然成了最重的一颗砝码。

恭绰以家学渊源，又因幼年随宦南昌，与夏敬观游于文廷式门下，故入手填词甚早。年十六七所作词，已颇得文氏及易顺鼎、王以敏辈赏叹。[1] 其祈向所在，亦颇受乃师影响，游刃于苏辛之间而特喜纳兰之"深怀孤寄"[2]，故主性情勃发，反窠臼羁缚。他曾说："古今中外之文学，皆以表其心灵，故胸襟见识，情感兴趣，触景而发，遂成咏唱。初无一定之矩也。后人艰于创作，自缚于窠臼而不能出，反奉为金科玉律。其合者固亦足跻美前修，下者遂驯致遗神存貌。声病严而诗道衰，九宫格出而字学坏，岂不皆以是欤。""盖声病、九宫格，规矩准绳之事也；胸襟见识，情感兴趣，神明之事也。舍神明而拘绳墨，斯正轨欤？"[3] 此种包容性很强的通达之论即决定叶氏自家的创作也不立门户，而能将雄姿壮采、秾丽婉密兼而括之，故夏敬观比之为贺铸："东山词世无能为者，近世词人惟君之才气为最近"，陈永正亦推之为"一代作手"[4]。其近乎东山者可举出《水调歌头·去岁重阳扫叶楼盛集，缠蘅为拈鉴字韵，久未成诗，兹乃补作一词，晏叔原所谓"殷勤理旧狂"也》：

此叶可休扫，留待款重阳。美人迢遥秋水，露白更葭苍。百辈推排欲尽，万古消沉向此，醉睡复何乡。篱菊亦憔悴，弄影一丝黄。　济无楫，飞无羽，渡无梁。一楼突兀眼底，诗界尚金汤。稍喜群贤毕至，非我佳人莫解，九辩费篇章。寄谢旧时雁，寥廓已高翔。

----

① 叶恭绰：《佞宋词痕序》，《佞宋词痕》卷首，上海书店2002年版。
② 其《金缕曲·题纳兰容若词》后跋语云："余少耽容若词……数十年来综览清词逾万，求有深怀孤寄如容若者殊罕。"见《遐翁词赘稿》。
③ 叶恭绰：《东坡乐府笺序》，《遐庵汇稿》（中编），上海书店1990年版。
④ 分别见《遐庵词赘稿序》《岭南文学史》，均转引自《二十世纪中华词选》，第306、307页。

词不算"大题目",常见文人雅趣而已,但不仅"百辈推排欲尽,万古消沉向此,醉睡复何乡"等句颇沉慨,全篇也顾盼生姿,左右如意,可谓"豪而不纵"的"清丽"之作。[1] 同样亲近东坡而缠绵悱恻、大有东山意趣的是《木兰花慢·送春》:

> 渐惊春又去,怅重草、瘗花铭。甚鹃梦沉酣,鸠声佻巧,蝶影伶俜。萦情东阑雪色,叹人生、禁得几清明。飞絮迎风无定,芳尘落地偏轻。 丁宁愁绪短长亭,忍说卜他生。便九转肠回,千丝网结,谁问归程。盈盈相望寄语,怕伤春、伤别总难名。万一阳关唱后,尊前重见云英。

"送春"自然也是熟滥之题,但这首词的出彩处绝不在用了东坡诗语,而在于飘逸不轻浮、秾丽不纤弱的风度。"万一阳关唱后,尊前重见云英",以此十二字煞拍,足见情致,也足见才性。《风入松·年来好游,赋此答问者,时在青岛》则逸怀浩气,直追东坡,是平生最高之作:

> 人间歧路足千盘,心远地常宽。玄都绛阙凭弹指,无人处、驾鹤骖鸾。清梦朝飞九水,吟怀暮落千山。 频年新制远游冠,楚怨不须弹。烟云供养随行脚,空回首、急浪奔湍。解语花应含笑,无言石已成顽。

"空回首、急浪奔湍",反顾一生,叶恭绰的心里当是跌宕不平的。他青年即抱"交通救国"之远志,对于蜩螗情势,国家运命,他不仅深有会心,且也用自己的词笔表达出深切的关注与思考。1932 年中秋,日本承认"满洲国",时恭绰游虎丘,"呼著坐千人石,云破月来,笛声发自林际,抚时感事,殊难为怀",因用贺铸原韵谱《石州慢》一调,其中"夜气沉山,谷音换世,愁与天阔""忍照破碎河山,伤心还话团圆节""恨逐胥涛,越网千丝谁结"云云皆精警真切。《鹧鸪天·

---

[1] 夏敬观称道苏轼语,见其《忍古楼词话》。

感事》当亦作于此后不久：

> 盗寇西山阻路歧，苍茫和咏杜陵诗。不堪地转天回日，正是红
> 纷绿骇时。　　情感激，意栖迟，苍生群望欲何之。虬髯若有扶余
> 业，肯负中原一局棋。

所"感"之"事"或还可以详考，"苍生群望欲何之"的赤诚忧患
则非常清晰。另一首《六州歌头》也是继承了贺铸长技，而系心国难、
悲郁奋迅又近乎张孝祥之名篇：

> 神州极目，今古几长城。居庸塞，联榆蓟，卫燕京。控龙庭，
> 恃作华夏险，巢蜂蝶，穴狐兔，容蛇豕，争蛮触，混膻腥。锁钥重
> 溟洞启，百年史、国耻充盈。更蓬莱左股，历劫剩枯枰。万里回
> 萦，竟何成。　　况烟熛怒，飙轮迅，艨艟巨，幡旗精。高空制，
> 后方战，合纵争，百侵凌。人类浑奚罪，相奔迸，赴秦坑。山河
> 险，坛坫约，总难凭。何日町畦尽泯，兵革息，长庆由庚。尽边墙
> 戍垒，开辟付农耕。

在急管繁弦般的短句中，词人由眼前惨烈的抗战反思着"百年史、
国耻充盈"的中华命运，下片"人类浑奚罪，相奔迸，赴秦坑""何日
町畦尽泯，兵革息，长庆由庚"云云则更将悲悯之情扩大至世界和平的
层面。此种直抒情怀在当时就有"嫌似史论"者，叶恭绰回答得好：
"其然，岂其然？词固不定居何格也"，在无可宣泄的"情"面前，拘
墟偏狭的"格"又算得了什么呢？

在我们熟悉的历史叙述中，包含"交通系"在内的民国政治集团常
被贬蔑成与国家人民为敌的反动势力，闪现其间的不少风骨、悲悯和挚
诚则有意无意间被掩蔽掉了。在这种强横骄妄的思维下面，叶恭绰也不
能逃脱劫数。他晚年被打成右派，并在"文革"中遭受摧害而郁郁谢
世。在"全国山河一片红"的狂呼乱啸声中，想起自己"交通救国"
"文化救国"的一生，这位残年末路的老人心头会是百感交集的罢？

叶恭绰尝记述自己填词之关捩云："余少好为词……其后执教从政，

荒所业者有年。嗣于一九二八年秋南下居沪，始识吴君湖帆……一日，以所藏宋刊梅花喜神谱属题，始为赋《疏影》一阕，时余方触时忌，欲以文学自晦，因遂多填词，词亦少进"①，于此可见这位同为画人兼词人的吴湖帆与之关系至密，故可附之简谈。

吴湖帆（1894—1968），初名翼燕，后更名万，又名倩，别署丑簃、倩庵，苏州人，吴大澂嗣孙。② 湖帆书画渊源家学，转益多师，早年即与溥儒并称南北，又与吴待秋、吴子深、冯超然并称为"三吴一冯"，蜚声艺苑，有大师之目。新中国成立后任上海中国画院筹备委员，已内定为院长，而以"檀香扇事件"等几乎沦为右派，乃成普通画师。③"文革"起，湖帆数度中风，被逐出华东医院后见家中被抄抢一空，万念俱灰，遂自拔导管致死。一代大师如此决绝地告别人世间，其惨淡凄凉略同黄公渚④，而尤甚陈寅恪、龙榆生、詹安泰、刘永济一辈。

湖帆填词亦有家学影响，词集开篇之《念奴娇·敬次先窔斋公用姜白石韵》即可为证，而用心学词则始于三十年代初向吴梅请益时，大力填词更迟至抗战时期。1953 年，湖帆衷历年所为词请汪东选定为《佞宋词痕》五卷，凡二百五十余篇，精写影印出版。近年其后人又将六至十卷合并入旧帙，始成完璧。⑤

关于"佞宋"之名及湖帆词特质，汪东《序》说得很简切不虚夸："夫倚声之体导源花间而极于两宋，词必宗宋，犹诗必宗唐，故以'佞宋'名集，已可识其指归。观言情诸作，高者规模晏、贺，次亦旁皇花

---

① 《佞宋词痕序》。

② 吴大澂（1835—1902），晚清著名学者、书画家、收藏家，字止敬，号恒轩，晚号窔斋，同治七年（1868）进士，官至湖南巡抚，甲午战争中因兵败革职。著有《窔斋诗文集》《说文古籀补》《窔斋集古录》等十余种。

③ 其时诸多画院大画家生活困顿，靠为外贸单位画檀香扇糊口，"双百"中遂有集于吴宅"鸣放"此事者，被扣"反党小集团"帽子，赖"文艺沙皇"周扬之判语，吴氏幸免右派"桂冠"，而其子、学生多人俱"落网"矣。详见邢建榕《吴湖帆之死》，《世纪》1994 年第 5 期。

④ 黄公渚事详见后文张伯驹一节所附。

⑤ 关于《佞宋词痕》版本问题，刘聪《佞宋词痕中的一段吴湖帆、周炼霞往事》中有精详考证，"上海书评"微信公众号，2017 年 7 月 18 日推送，可以参看。

外、白云之间。"① 盖湖帆拟古功深，而其病正坐拟古。追摩古人，亦步亦趋，自家面目必然漫漶，情感通路必然阻隔，这是历经百千年创作实践早已被证明了的。兹录心迹较鲜明者如《鹧鸪天·佞宋词痕刻成五卷书后》：

> 清梦闲凭绝妙辞，无弦琴上说相思。抟成滴滴盘珠颗，抽尽盈盈缚茧丝。　　花解语，蝶偏知，多情多感断肠时。陶潜隐晦非缘老，杜牧疏狂不是痴。

再深按一层，如果不过多计较词艺，则一部《佞宋词痕》还可当作历史——特别是文化艺术史——资料来读，其中不仅隐埋着他与周炼霞的一段情缘②，更有汹涌的时代风云存焉。如《水调歌头·悼刘禺生先生次苏东坡韵》，刘禺生（1875—1952）即《世载堂杂忆》《洪宪纪事诗》的作者，词即瞄准这一点深切言之，有慷慨磊落之概，其上片云："霹雳一声起，正义辄惊天。嚣嚣言院余子，侧目甚当年。把臂中山击楫，顿足项城误国，不怕剑光寒。纪事百诗在，洪宪诮人间。"再如《锦缠道·黄子久富春山居图残卷》"剩山缘分，惟我天相许"云云看似平淡，内里则蕴涵着一部国宝传奇。1938 年，湖帆得见《富春山居图》前段（按即《剩山图》），遂以商王之母黎方尊易之，价五千元。迨 1954 年，经沙孟海、谢稚柳等劝说，以八千元代价连同另一古画转赠浙江省博物馆。如此"艺林飞仙，迥出尘埃"之稀世珍品转入公藏，而后来居然还有人加以"讹诈""欺骗"之罪名③，这真是"怀璧其罪"的"极端现代版"！在此意义上说，这部《佞宋词痕》之"痕"还是烙得相当清晰而独特的。

二　"移山力尽且输人"的郭则沄

民国的十余个重要词社中，郭则沄（1882—1946）参加了春音、聊

---

① 《佞宋词痕》卷首。
② 见刘聪《佞宋词痕中的一段吴湖帆、周炼霞往事》。
③ 见邢建榕《吴湖帆之死》、吕文喆《吴湖帆与剩山图——兼论吴湖帆其人》（《中国美术》2010 年第 3 期）等文。

园、沤社三个，发起主持了须社、瓶花簃两个，又主蛰园吟社、星二社、蛰园律社等多个诗词社团①，编撰《十朝诗乘》《清词玉屑》等名著，无论从文献撰述还是组织活动角度，贡献与活跃度均不在叶恭绰之下，堪称一代吟坛主盟。则沄字啸麓，号蛰云，别号龙顾山人，福建侯官人。光绪二十九年（1903）中进士，选庶吉士，散馆以第一人授编修，后奉派赴日留学，旋回国历任知府、道员。民国中任国务院秘书、参议、代秘书长等职。第一次直奉战争后去职隐居，讲学著述。北京沦陷后，多次拒任伪职，其《致周启明却聘书》辞气凛然，风节可钦。则沄著述颇丰，《十朝诗乘》《清词玉屑》之外，尚有《庚子诗鉴》《知寒轩谈荟》等多种汇入《龙顾山房全集》，另有小说《红楼真梦》六十四回，为《红楼梦》续书影响最巨者之一，久为治红学者所关注。词刻入《龙顾山房诗余》者七卷，续一卷，计三百二十余首，加辑佚或可近四百，甚为宏富。②

则沄以世家子弟，少年早达，甫中岁即逃官隐遁于词章学术，声名愈高，一生较为平顺，而诗词则愁苦语多，陈声聪以为"与其身世似不相称"，并题论词绝句曰："看山行遍浙东西，秋雪金风细品题。哀怨无端成独茧，春心漫托杜鹃啼。"③ 与"身世"不相称，诚然，但"身世"难以脱离"时世"而独立存在。晚清民国"时世"纷纭，国步多艰，那种"哀怨"与"愁苦"的流露既是很自然的，也在情理之中，本不足怪。孙宣《龙顾山人传》早点出了这一层："（山人）夜阑深语，每及身世艰屯，君亲背负，辄时时泣下……盖山人之志瘁矣……自托于萧寥寂寞之境，此世运之翻覆推移，固非人力所能为也。"④

如此心迹最典型者莫过《浣溪沙·小词四阕留贻蛰园须社诸旧雨，永毋相忘》：

---

① 蛰园吟社 1920 年由郭曾炘、郭则沄父子创立于北京，1928 年底结束，成员有樊增祥、傅增湘、关赓麟、黄君坦等数十人。星二社由郭则沄、方地山等发起于天津，每逢星期二辄会，活动始末时间不详。蛰园律社 1936 年由郭则沄创立于北京，至其逝世后方告结束，社友如傅增湘、夏仁虎、张伯驹等，名辈甚夥。以上描述多得力昝圣骞《晚清民初词人郭则沄研究》（南京师范大学，硕士学位论文，2011 年），特致谢忱。

② 昝圣骞论文附有郭则沄词辑佚数十首，甚为赅备。

③ 见其《闽词谈屑》《论近代词绝句》。

④ 《龙顾山房诗文集》附，民国刻本。

600 第三编 以学人为主干的民国中后期词坛（1920—1949）

　　插脚崩涡一幻身，龙天了了去来因。思量只是负君亲。
算海劫残才见佛，移山力尽且输人。破空楼阁月无尘。

　　但得相逢便有缘，酒杯深浅一般圆。人生难舍是从前。
万感风花侵短枕，百年烟柳怨危栏。仙山回首五云间。

　　去日园林记梦痕，一寒恻恻罢芳樽。花前岂有未销魂。
松色多情思款径，兰心终古悔当门。夕阳毕竟胜黄昏。

　　向道观空未是空，三生悟彻晓来钟。蓬洲宫阙万芙蓉。
检点心经参慧树，安排野史翳荒丛。灵山有约会相逢。

　　此组乃逝世前不久之作，殆为绝笔。词中颇用佛语，并杂游仙，目
的却不在参悟佛理仙道。"移山力尽""万感风花""兰心终古""安排
野史"，每一篇的第五句皆为词眼，纷乱"时世"下的"身世"之感是
极为鲜明的，并没有因为使用了眼花缭乱的仙佛意象而掩盖净尽那种悲
凉的大感喟。则沄为俞陛云婿，论诗词主"性情之律吕，非可以剽窃得
之"①，故有温厚雅洁一面如岳丈之教，而或悱恻、或激越则为俞氏所
无，盖性情使之也。如《天香·和苍虬连邸岁除书感》：

　　帆远沉烟，笳凉递暝，斜阳犹恋孤馆。炙砚逡巡，呼杯潦草，
心绪漏签俱转。年涯过羽，蓦引恨、邻箫低飐。迢递关云，塞月拚
飞，自怜南雁。　　遥夜梦倚棕殿。尽温寻、宫盘芳馔。几辈丰
采，暗惊坐中裴监。阅尽兰衰蕙变，更寄泪、荒波楚乡远。问讯寒
鹃，春心定倦。

　　本篇作于 1932 年陈曾寿随溥仪北上抵达旅顺之际，"斜阳犹恋孤
馆""呼杯潦草""阅尽兰衰蕙变"云云低回缠绵，不徒能透过两人唱
和揭示出陈曾寿一辈遗老的心灵世界，更能觇见彼时知识界对于溥仪、

―――――――――

　　① 郭则沄：《小竹里馆吟草序》，转引自昝圣骞《晚清民初词人郭则沄研究》，第 17 页。

曾寿等逊清"君臣"之观感，足可补史之阙。在郭则沄笔下，类此以"哀怨""愁苦"织成"独茧"之句比比皆是，若"双阙梦，五湖舟，春心剩有泪相酬""花意君解未，微敛旋欹，不为伤憔悴""眼中烟柳斜阳，断肠又送词人去……故国兵前，浮名梦后，料无回顾""暗曲罢东风，啼宇声碎。觑花阴，斜阳犹醉""荒笛暗移残世，剩闲鸥、三两点云沙。来去梦依佛火，兴亡话向渔槎""一片苍凉残笛后，知否，江山如此使人哀"等。① 这里面不乏文人身段，但更多是对于时世人生的感怆，所谓"感时揽物，托寄至微。诗所不尽，时出曼声""山亭低唱，类多变徵之音；花径微吟，每溅哀时之泪"者也。②

由于时世人心的感应，"变徵之音"在则沄词中也时见回响。《金缕曲·次韵赠散释》就颇为苍凉健举，迥异惯常的温润平和。其下片云："当筵铁笛吹俱裂。写沧桑、霓裳舞罢，絮痕成雪。块垒深杯浇得否，拚把珊瑚击缺。更约共、窗梅闲说。猿臂功名蹉跎惯，算蛾眉、知己还奇绝。歌夜雨，助凄咽。"如果说这里还只是张扬了功名蹉跎、蛾眉谣诼的传统命题，无大新意，作于其晚年的同调词《为欣夫题抱蜀庐校书图》则真切记录了国难之中的文人心绪，语致峭拔：

> 梦绕巴山雨。指幽居、枫江一角，似牵船住。手拾松崖丛残卷，卷底蛟龙深护。更挹袖、同时钱顾。旧种虬枝如人老，赋羁愁、更感兰成树。苗砚在，伴朝暮。 当风夜听啼鹃苦。感飘零、江梅好在，旧香谁主。四海一尘无著处，判共沧鸥为侣。算本穴、差余完土。北定中原何年事，激雄心、起趁荒鸡舞。消此意，付寒蠹。

欣夫系江苏吴县王大隆（1901—1966）字，师事金松岑、曹元弼，历任圣约翰大学、复旦大学教授，精版本目录校勘之学，喜藏书及刻书，收善本词集不少，自作《鹃心词》亦佳。《百字令》诸首以词论

---

① 分别见《鹧鸪天·和苍虬旅感》《喜迁莺·遁圃黄芍药花时宴客》《水龙吟·挽彊村词丈》《绕佛阁·花雨轩送春》《定风波·咏夕阳》。

② 分别见徐沅《龙顾山人诗词集序》、邢端《独茧词序》，民国刻本。

学，是为创体，以《齐天乐》咏麻将、香烟亦颇新异。①《抱蜀庐校书图》为顾则扬 1943 年绘，冒广生、曹元弼等题词二十余，则沄此篇其一也。"校书图"本是治学生涯之写照，同御外侮的民族抗战中就不能不想到"算本穴、差余完土。北定中原何年事，激雄心、起趁荒鸡舞"②，那么"校书"也只是"此意"的一种变相而已了！则沄晚年词不多作，如此篇可谓大有深意的生平佳作。

《浣溪沙》二首系自题所著《红楼真梦》者，词颇佳，又关乎红学流变，亦可一读：

> 薄薄罗衣耐晚凉，研脂分泪写秋娘。情天真有返魂香。　　劫后残妆偷顾影，梦余微绮够回肠。九分惆怅一分狂。

> 仿佛云屏隔世逢，断肠花外见春红。梦华一瞥有无中。　　似水年光蜂蝶老，忍寒心事绮罗慵。明朝知道雨还风。

要之，郭则沄词存量较富，不拘一家，功力也圆熟，虽咏物酬应者嫌多，撼人处少，但作为民国词界主持风雅的关键人物，还是有着深细探研的必要，并予以适当的词坛位置的。

三 "字字动江关"的蔡嵩云

唐圭璋《菩萨蛮·题柯亭长短句》云："东风一夜迎春入，连天衰草争回绿。昔梦已无踪，飘灯忆酒浓。　　贼中辛苦稿，十载扬州老。字字动江关，暮年庾子山。"这位被推许为"暮年词赋动江关"的"庾信"即以《柯亭词论》《词源疏证》《乐府指迷笺释》等享誉吟界学林的蔡嵩云。

蔡嵩云（1883—1948 后）③，名桢，以字行，号柯亭词人，江西上犹人，早师从名遗民李瑞清，即世称"清道人"者，又从朱祖谋、郑

---

① 复旦大学图书馆藏清稿本，李保阳、虞铭主编内刊《掌故》甲午春之卷刊出。
② 本穴，"大宋"二字之变形，郑思肖始用之。
③ 蔡嵩云生年有 1888 年、1890 年、1891 年等说，张响《晚清民国词人蔡嵩云研究》（南京师范大学，硕士学位论文，2014 年）据《两江师范学堂学生名录》定为 1883 年，可从。

文焯、吴梅等学词。三十年代初曾主省立河南大学词学讲席，与邵瑞彭、卢前共同打造出蔚然词风。① 抗战起，嵩云避地扬州，备历艰辛，唯以填词论词自遣，所谓"忧时感愤托之词"也。② 其《柯亭长短句》三卷，凡一百四十余首。

嵩云论词之旨，大抵在"初非有意于著述""不过曰此一人之言"的《柯亭词论》中。③ 夏敬观称其"不云词旨而曰词法，此诚前人所未曾道之"，卢前称其"一字不忽，一言无废，探寻脉理，昭然不紊"④，虽是客气话，也足见其精审特质。《词论》之精粹者颇多，如带有总纲意味的"自然"与"人工"论："词尚自然，固矣，但亦不可一概论。无论何种文艺，其在初期，莫不出乎自然，本无所谓法。渐进则法立，更进则法密。文学技术日进，人工遂多于自然矣……总之尚自然，为初期之词。讲人工，为进步之词。词坛上各占地位，学者不妨各就性之所近而习之。必是丹非素，非通论也。"尚自然，并崇人工，这诚然是兼容并包的"通论"，也揭示出蔡嵩云自己心仪标格之所在。此论以下，论小令慢词作法、论读词偏见陋见、论词史诸家、论诸词调等，大抵一语道着，无多冗赘，匪独见学殖，亦见眼光。这篇不太长的《柯亭词论》是民国词学的重要著述之一，当然也是可与蔡氏自家词创作相印证的理论标本。

《柯亭长短句》上卷原名《昨非剩语》，存甲子（1924）迄丁丑（1937）之作，较多咏物怀古者，虽微嫌摹拟迹重，未能做到"陈言务去"，然而他所标举的"侔色揣称"的"字法"、"层深浑成"的"句法"与"离合顺逆、贯串映带"的"章法"也自能从中落实辨认出来。⑤ 如《齐天乐·赋络纬》是常题，而"豆泣萁煎，瓜稀蔓委，身世牢愁多少。余生未了，便载影空冥，遁形枯槁"一节则为前人罕言，大有生新之意。又如《水调歌头·效贺东山金陵怀古体》之下片："话南

---

① 详见罗克辛《民国时期大学词学研究》第八章《河南大学之词学》的有关叙述，南开大学，博士学位论文，2016年。
② 陈延杰：《题柯亭词卷后》，《柯亭长短句》前附，民国刻本。
③ 蔡嵩云：《柯亭词论》后记。
④ 并见《柯亭长短句》序。
⑤ 《柯亭词论》中语。

604 第三编 以学人为主干的民国中后期词坛（1920—1949）

都，悲复社，逐轻车。旧门衰谢，风流何处问儒家。林外斜晖远挂，江畔涛飞风下，贤否一虫沙。高隐栖岩巇，看遍九秋花。"也是被遮蔽在古人衣冠下的沉慨之篇。嵩云执教河南大学时，有《鹧鸪天》题学生词选《夷门乐府》，有怀古意味，但煞拍伤今情浓，甚见作意：

> 河水长流汴水萦，梦华还说旧东京。大晟北宋新腔续，乐府中州雅咏承。　　无益事，有涯生，詹詹聊以小言鸣。弥天风雨江山晦，忍听哀时怨乱声。

同调词《壬申仲秋记梦》自出胸臆，沉丽哀感，最为此期佳作：

> 水逝韶华剧可伤，旧登临处又斜阳。一峰天地成孤峙，千里风烟接混茫。　　幽馆闭，小池荒，青衫还向客中凉。故园西去漫漫路，赢得秋宵别梦长。

"一峰"句似自白石"数峰清苦"名句化出，而气魄更胜。三十年代初，词人已在感慨"弥天风雨江山晦""千里风烟接混茫"了，迨抗战起避地扬州，所作《竹西鹄唱》中自然更多"极目乡关，惊心时局，伤高客子""直教焦土遍人间，点点哀时泪"的忧患心绪。[1] 如此江山，唯有填词略可自慰，故集中也不少"纸灰梦里，玩芸编、余烬还惊"的咏物怀古篇什[2]，但如《南乡子·庚辰早春和柳贡禾》浅语深情，举重若轻，可谓音在弦外：

> 春信遍南邦，雪里新梅淡淡妆。小市尘污何处觅，幽芳，梦绕家山老屋旁。　　溅泪到寒香，依旧江花映海桑。年去年来萍迹转，他乡，鬓影惊添一夜霜。

看似普通的漂泊寓居，然而"感时花溅泪"，纵然幽居深隐，那乱

---

① 分别出《水龙吟·新秋登云台山顶次稼轩韵》《烛影摇红·前题意有未尽再次彊村韵》。
② 《扬州慢·和白石韵》。

世中的遍地烽火还是扑面而来，难以规避。《摊破江神子》作于老友词师吴梅去世后，因"昔曾同作是调"，故"人琴之感"里更多别样伤怀：

> 滇池花木阻千山，艳阳天，奈何天，迤逦客程，一病卧蛮烟。酒意忽阑诗兴冷，雁声远，入琴心，有断弦。　　断弦断弦独流连，夜听猿，晨听鹃。梦也梦也，梦不返、桃李阴边。乌几青灯，畴昔照吟笺。莫道故人西去久，同调谱，几何时，为黯然。

刘梦芙以为蔡嵩云"工力颇深，惜规摹宋贤，局促辕下，未能别开新境"①，所说不错，然而这位柯亭词人绝非优孟衣冠、不知有我的一味拟古者。在他的词集中不仅可以闻见民国词界的一种真实心音，还保留下诸多的词史故实。作为民国词一章的殿军，蔡嵩云也是无多愧色的。兹引《减字木兰花·鸡鸣风雨，长怀昔游，生平所接词流有不能忘者四人，爰缀短韵，以略纪其言，皆居恒所亲炙者也》组词之陈锐、朱祖谋二章，作为本章结束，另两章系怀郑大鹤、况蕙风者：

> 幽斋襃碧，相对朗江风雨夕，万感骚心，老去聊为泽畔吟。源流正变，取宋捐唐辞旨见。柳骨周神，暗度金针世几人。

> 临川座上，霁月光风心向往。语业连篇，说到填词只片言。花间信可，须识宋贤堂庑大。叔世无春，凄绝辞穷理屈人。

第五节　晚清民国词坛余论：以"鸳蝴三词人"为例

至此，本书已经以三编数十万字篇幅对异彩斑斓、繁星粲锦的晚清民国词坛给予尽量细腻的描摹，在上文中，我试图以历时性递变为纬线，以群体、地域、人物为经线，编织成一张词史的叙述之网。然而，

---

① 《二十世纪中华词选》，第440页。

晚清民国词坛的丰富性还是远远超过了我编织的视野与能力，仅以这样的逻辑维度来架构组织，难免诸多遗珠之憾。本节即以"余论"形态补说前文难以归纳联系的几位重要作手，用来进一步撑宽晚清民国词坛的体量与空间。

一 "鸳蝴"三词人之天虚我生陈栩

从某种意义上来说，被贬名曰"鸳鸯蝴蝶派"的现代通俗小说创作和"旧体"诗词一样，一直面临着被主流文学史排抵和遗忘的命运，在弃旧图新的激进选择和唯我独尊的狭隘眼光之双重压力下隐现闪烁。关于"鸳蝴"的正名性研究，学界已有诸多丰硕成果[①]，本书不必赘说，这里要补充的是，"鸳蝴"世称"旧派"[②]，其与"旧"文学的关系当然极为密切，陈栩、顾佛影、张恨水三人在词创作方面的成就即相当值得瞩目。兹先谈前文南社部分之"遗珠"、"鸳鸯蝴蝶"之"蝶"字的源头之一陈栩。[③]

陈栩（1879—1940），因《齐物论》"栩栩然胡蝶"句而取字蝶仙，号栩园，又谓李白虽有"天生我材必有用"句，实则虚生，故别号天虚我生，浙江钱塘（今杭州）人，清末优附贡生，年未弱冠即以"旁人道似红楼梦，我本红楼梦中人"的《泪珠缘》轰动文坛[④]，竖起清民之际言情小说之大纛。[⑤] 其后更撰成《鸳鸯血》《黄金祟》等百余部（篇），并主持《申报·自由谈》副刊、组织翻译《福尔摩斯探案集》等，为"鸳鸯蝴蝶"领军人物之一。入民国后陈栩渐专实业，以"无敌牌"牙粉为基础打造出著名的"家庭工业社"日用品生产体系，遂成一代"国货"巨商，故去世日时人挽之曰："公真无敌；天不虚生""齐物逍遥，一夕仙踪圆蝶梦；儒林货殖，千秋史笔属龙门"，可

---

① 如范伯群、袁进、杨义等学者的有关研究，可参看周晓芬《鸳鸯蝴蝶派研究述评》，《语文学刊》2009 年第 9 期。

② 杨义主编：《中国现代小说史》第三卷有《旧派通俗小说》一章，所论即为广义的"鸳蝴派"。

③ 彼时"鸳蝴"作家多以鸳、蝶等取名，大抵自陈氏起。

④ 陈栩：《泪珠缘自题》。

⑤ 范伯群：《中国近现代通俗文学史》第三章第一节为《欲挣出"红楼"巨大投影的〈泪珠缘〉》，江苏教育出版社 2010 年版，第 189—194 页。

谓确当。①

陈栩文商双栖，"文"中以小说鸣世，故在相当程度上遮蔽了他的词人身份。今据《天虚我生诗词稿》《栩园丛稿》等统计，陈栩撰有《海棠香梦词》《眉山冷翠词》《清可轩词》《掐花记月词》《海山仙馆词》《香雪楼词》等多种词集，凡五百余篇，如此数量自南社、"鸳蝴"乃至晚清民国词坛观之，皆颇为抢眼。

陈栩才华艳发，于小说中写情入妙，词亦多风月才子气。集中题赠某某"校书""眉史"者连篇累牍，而大抵清疏流丽，较少粉香脂腻味，诸如《步蟾宫·别意》《洞仙歌》（没情秋雨）啰唆絮叨近乎于曲，正乃写情妙谛②；《莺啼序·代书》以最长调点化书信，更是极见慧心。偶赋闲愁，亦出以爽健之笔。如《满江红·听雨》：

> 淅沥萧骚，只一夜、把人愁死。更夹杂、郎当檐铎，乱虫声沸。点滴不离心左右，分明做个愁天地。漫俄延、起坐剔银灯，灯如米。　　才吹到，梧桐底；又滴在，芭蕉里。一声声耳畔，偏生挨挤。破我一床蝴蝶梦，输他双枕鸳鸯睡。待重眠，陡觉薄罗衾，凉逾水。

如此常题，写来字字入心，其才调当在易顺鼎、胡怀琛之间。至于读书编刊，感慨丛生，新意苗发处愈多。且读《金缕衣》二首：

> 天下无难事。有心者、投汤蹈火，未尝能死。儿女胸中无别物，一字惟情而已。况薄命、不如乎纸。啮臂留盟恒有事，则舍

---

① 二联分别为陆澹安、朱大可所作，陆作中"无敌"系指家庭工业社最著名之"无敌"牙粉。又：其女小翠《羽仙歌》后跋文可见其音容："吾父庞眉海口，智力过人，于书无所不览。尝云文学所以养心，工业足以救国，故平生孳孳矻矻，无非致力于二者。每黎明即起，日入未息，或劝其老矣可以少休，则曰'生无所息，工作乃人之天职，怠惰即是罪恶'。晚年笃嗜化学，每多发明，创立工厂五六处，赖以生活者近万人。然心薄商人，耻言功利，为而不有，四壁萧然。丁丑入蜀，议设盐铁纸镁等六厂，为富国之计，规模宏大，当局重之，惜为浅识者所阻……"

② 陈栩集中《洞仙歌》一调特多，盖深受朱彝尊氏《静志居琴趣》影响，而化朱氏雅丽为流丽者，兹不详谈。

身、布施非无理。黦涅也，例同此。　　人生不幸能文字。好榜样、漂流列国，邹人之子。千古英雄多末路，假使设身处地。谁不到、波罗揭谛。著作名家屠狗耳，守财奴、独立当今世。一念及，发为指。

　　　　　　　　　　　　　　——再题《玉雪留痕》次金鹤笙韵

　　咄咄真奇事。竟登台、现身说法，天花乱坠。世界本来游戏耳，何用寻根究底。镇埋首、砚田而死。放胆文章拼命酒，算英雄、豪杰都如此。公早得，我心矣。　　自由革命风潮起。尽纷纷、抄书录报，名词堆砌。学派何分新与旧，都是尼山苗裔。惟庸俗、乃相排挤。省识本来真面目，盖中庸、之道无偏倚。二而一，一而二。

　　　　——钟八铭著《游戏世界》《天花乱坠》两种……乃作小词应之

　　《玉雪留痕》系"林译小说"名著之一①，陈栩词上片揭橥"情"字主题，下片则"转场"至"人生不幸能文字""守财奴、独立当今世"的愤激语，可谓一声双响，绰有余音。后篇题写《游戏世界》《天花乱坠》二书，即从"世界本来游戏耳"入手擒题，以"放胆文章拼命酒"承接，下片转入"自由革命""新旧学派"，虽扯到中庸显得牵强，但也是"尊题"之法，大可理解。

　　正如上面所显示，陈栩对于"自由革命"的态度相当微妙。民国十年双十节，他应老友严独鹤之邀作颂词，其中"缔造艰难经九载，时局依然如昔。只妆点、文明形式……惟捣乱，是成绩"云云可谓阴阳怪气，极讥剌诙嘲之能事。四年后又逢国庆，独鹤再邀，遂作《蝶恋花》一组，犀利俳谐更甚。读其二、四：

　　道是年来民气盛，扶弱锄强，肯与拼穷命。只此已堪为国庆，国中何况多神圣。　　容易纠纷难镇定，到底思量，未必能平等。酒醒梦回聊自省，自家如此如何肯。

---

① 本书前文谈林纾部分尝转述该书情节，并引林氏题词，可以对看。

仿佛韶年刚十四，一味娇憨，未解人间事。喜怒贪嗔无顾忌，撩他邻犬猜猜吠。　　我辈纵非孩子气，捉住迷藏，无计能回避。每到生辰循故例，大家来作逢场戏。

凡此皆足见这位风月才子并非是"只管风月，不谈国事"的"啖饭派"，他的兴办实业、狙击日货举动也未尝没有深意存焉。晚清以来的时局观念剧震必定引发士阶层的本质性分化，天虚我生无疑是得风气之先的典型一个。还可再读一首《摸鱼子·世上余人以蒲团趺坐图索题，谑之》，可从另一侧面领略这位才子姿媚横生的心灵世界：

笑鬓鬓、几茎华发，于今真个芟去。分明一个僧伽样，不是沙抟泥塑。呼负负。这大好头颅，生被儒冠误。袈裟试著。想坐上蒲团，现身说法，应有解颐语。　　君听取。佛说许多因果，算来毕竟陈腐。金刚不坏波罗密，那有一些凭据。君看取。俺妙相庄严，何用金丹驻。娇憨儿女。莫错认猜疑，迷离扑朔，唤作老师父。

陈栩临终前嘱子女云："名士与名人有别。名士者，明心见性，以诗书自娱，苟得其道，老死岩壑而无悔。偶传令名，非其素志。古之人如渊明是也。名人则不然，延誉公卿，驰心世路，今之人如某某是也。吾愿儿等为名士，勿为名人可也。"[1] 这首《摸鱼子》即是"明心见性"的通脱之作，非"名士"不能措手，那也难怪其子小蝶、其女小翠克绍老父才调，于文艺皆有大成了。[2]

二 "鸳蝴"三词人之顾佛影

以《斜阳烟柳录》《新儒林外史》擅名之顾佛影（1898—1955）[3]

---

[1] 转引自刘梦芙《〈翠楼吟草〉综论》，《翠楼吟草》前附，黄山书社 2010 年版。

[2] 小蝶事详见第七编，小翠事见第八编。

[3] 顾佛影生年诸多文献均作 1901 年，左鹏军据顾氏《疏帘淡月》词自序考为 1898 年，见《晚清民国传奇杂剧文献与史实研究》，人民文学出版社 2011 年版，第 220 页。或定佛影生年为 1889 年，谓长小翠 13 岁，失考。

或者因与南社成员过从太密的缘故，常被误会为南社中人①，然则顾氏为陈栩高足，又与其女小翠有情缘纠葛，正可接谈。

佛影原名宪融，别号大漠诗人、红梵精舍主人，上海南汇人。早年任上海商务印书馆及中央书店编辑，抗战间避居四川，任教大同大学、金陵女子大学等，著有《大漠诗人集》《大漠呼声》《文字学》及杂剧传奇多种，词有《红梵》《红梵精舍》二集，凡101首②，另有《填词门径》一小册，亦颇精切。

佛影与小翠同窗情笃，而小翠最终嫁与前浙江都督汤寿潜之孙彦耆，故世人颇多讥议陈栩嫌贫爱富者。对此，刘梦芙在《翠楼吟草综论》中有精详的辨析，大意谓局外人全无了解分析，俗见不可凭信。(1) 汤寿潜社会贤达，诗礼传家，陈栩考虑女儿终身幸福无可指摘；(2) 小翠出嫁时未尝反对姻事，婚后夫妇情趣不合，有种种不为外人所知的因素。她与丈夫分居，仍然吟诗作画，清静自在；(3) 抗战后佛影与小翠重逢，虽叙情款款，然小翠有《还珠吟有谢》等诗，"明珠一掷手轻分，岂有罗敷嫁使君""万炼千锤戛然住，诗难再续始为佳"云云态度甚明确。佛影临终前将小翠所写诗词书信尽付一炬，谓不愿其背负不好声名，此乃极尊重爱护之举。③ 毋论其间曲折如何，顾佛影与陈小翠文采相契可以肯定，而晚年佛影患病，小翠时来探看，"二人情话绵绵，真所谓缠绵悱恻，其情至惨"的一幕亦确令后人唏嘘不已。④

佛影得陈栩亲传，词笔绝多似之。如《浣溪沙》"花压帘枞酒满壶，斜风小院半人无。纱衣天气雁儿疏。　　种出绿杨低似柳，结成红豆小于珠。薄魂销尽病相如"，"丝雨丝风抹画幨，银灯如雪夜厌厌。笑啼无计讳双尖。　　角枕温存花朵一，臂纱疼惜豆痕三。十分幽语被池缄"，二首过片对句或疏宕，或新巧，皆富情致。《洞仙歌》一调系

---

① 据柳亚子、郑逸梅著述之南社名单，无顾氏之名。郭建鹏《南社人物史编年》（团结出版社2014年版）附录《南社社友入社表》甚详，亦无顾氏之名。

② 顾氏《佛影丛刊》中有《红梵词》，凡92首。《填词门径》后附《红梵精舍词》，仅10首，其中一首见于《红梵词》。

③ 佛影焚稿事见陈巨来《记庞左玉与陈小翠》，《安持人物琐忆》第76页。陈云："黛玉焚自己的稿子，顾代小翠焚稿，同一焚也，顾厚道多多矣。"

④ 陈巨来：《记庞左玉与陈小翠》。

陈栩喜用的标志性词牌之一，佛影之作虽不及乃师，亦略得风韵：

> 到门嘶骑，乍鸳衾寒破。明月怀中霎时堕。道相逢蓦地，乍见翻疑，却不信昨夜，梦儿真个。　　笑啼浑不惯，小握柔荑，扶入云房并肩可。方寸小韦囊，替整归装，还几度询侬劳么。更搜索、柔肠话寒暄，只阵阵销魂，口脂风过。

《浪淘沙·自题斜阳烟柳录说部》以柔肠牵带侠骨，颇具自家面目：

> 侧帽暮云黄，老我时狂。飞花和梦扑空江。剑气箫心都莫问，一例回肠。　　往事怕思量，草草柔乡。翠樽咽泪四弦僵。况是危栏凭不得，烟柳斜阳。

三 "鸳蝴"三词人之张恨水

以言小说创作之成就、影响，或在"鸳蝴派"中的地位，张恨水无疑都要远超陈栩，更无论顾佛影矣[1]，然而一方面，对张恨水一辈的轻蔑忽视显然造成了文学场域的偏瘫枯瘦。"文学史一旦正视张恨水现象，就不难发现，他可以被视为二十世纪中国文学由传统向现代转型的一个典型……不研究张恨水，就很难真正理解中国小说在二十世纪转型过程中的沉重的失落感，以及突破旧程式的艰辛步伐"[2]；另一方面，历经"辨正"努力之今日，世人大抵能读其小说而罕知其诗词造诣。这显然是文学史"傲慢与偏见"导致的必然结果。

张恨水（1895—1967），原名心远，二十岁时取李煜"自是人生长恨水长东"名句以为笔名，遂以此鸣世。安徽潜山人，肄业于蒙藏边疆垦殖学堂后历任多家报社编务，业余撰写小说、杂文、诗词等，几近四千万言。以数量论，近百年作家似无人能出其右，而影响广远，也几乎

---

① 此处为叙述方便，姑且沿用对张恨水的一般定位，其实范伯群、杨义、孔范今等学者均不视张氏为"鸳蝴派"。可参看温奉桥《张恨水研究七十年述评》，《烟台大学学报》2002年第4期。

② 杨义：《张恨水：热闹中的寂寞》，《文学评论》1995年第5期。

612　第三编　以学人为主干的民国中后期词坛（1920—1949）

重现了"可怜一部茶花女，销尽支那荡子魂"的盛况。[①]

　　张恨水与主流词坛无多联络，然而为词亦称本色。其民国间已有《何堪词》一集行世，合以新中国成立后《病中吟》《闲中吟》中词作，共可搜得130首左右，而小说中"代拟"之作尚不在此数。[②]恨水词最称独异者莫过于以"酸词"为代表的书写抗战生涯之作。所谓"酸词"，盖指1940年4月26日发表于重庆《新民报》副刊的四首《浣溪沙》。词前小序云："长安居，大不易，欲形诸吟咏，辄恐讽及他人。得词四阕，聊以自嘲"，词云：

　　　　入蜀三年未作衣，近来天暖也愁眉。破衫已不像东西。　　袜子跟通嘲鸭蛋，布鞋帮断像鸡皮。派成名士我何疑。

　　　　一两鲜鳞一两珠，瓦盘久唱食无鱼。近还牛肉不登厨。　　今日怕谈三件事三件事指衣食住，当年空读五车书。归期依旧问何如。

　　　　借物而今到火柴，两毛一盒费安排。邻家乞火点灯来。　　偏是烛残遭鼠咬，相期月上把窗开。非关风雅是寒斋。

　　　　把笔还须刺激吗，香烟戒后少诗抓。卢同早已吃沱茶。尚有破书借友看，却无美酒向人赊。兴来爱唱泪如麻泪如麻，是《捉放曹》老生唱词："陈宫心内乱如麻。"

　　张恨水有"打油诗人""打油词人"之笔名，这组"酸词"即颇有打油滑稽意态，然而既很真实，也相当厚道宽宏。彼时梁实秋作《雅舍》文，以"有窗而无玻璃，风来则洞若凉亭；有瓦而空隙不少，雨

———————————

　　① 张恨水有"中国大仲马"之誉。又按：仅以"《啼笑因缘》冲击波"为例，截至新中国成立前，该书再版二十余次，私印盗版不计其数，被搬上银幕荧屏多达十余次，且在1931年闹出改编上映风波，轰动一时。参看闻涛《张恨水传》，团结出版社1999年版，第68—73页。

　　② 张氏小说中"代拟"诗词不少，"著作权"当然亦归属作者本人，唯"代言"与自家创作尚有间然，姑不置论。

来则渗如滴漏"的陋室为"雅",张恨水之"酸"毋宁似之？同样"打油"，《临江仙》与《水调歌头》二首就辛辣得多，可谓直而善讽：

> 一自大名登报后，区区也是人才。西装革履上高台。当前说鬼话，背后发洋财。　记得诸侯称上客，旧时金字招牌。于今拜佛拜如来。滥竽聊混食，化蛤再投胎。

> 乡居无一事，闲卧日迟迟。未能饮冰挥扇，蚊蚋更重围。领得俸钱十万，何苦人生乃尔，快快去峨嵋。一家无大小，携手上飞机。　国家事，匹夫责，我何为。况复山城似火，警报闹如迷。屈指年将七十，早是缙绅前辈，恕不入泥犁。诸子快杀敌，捷报我先回。

前篇写混食的无聊"名人"，后篇写"扶老携幼，即日航空西上，从此烈日不识，警报无闻"的前辈要员①，都是寥寥几笔，嘴脸毕肖，直可入画。抗战期间的中国芸芸万相，各揣心事，张氏之"打油"又何尝不是醒醉提神的"酸辣汤"？迨战胜还都，时局未靖，卜居北平西四偏僻街巷的张恨水自也感喟不置，值冬防禁夜，闻"萝卜赛梨辣来换"之市声，遂有《摸鱼儿》之作：

> 满长街、电灯黄色，三轮儿无伴。寒风一卷风沙起，落叶枯条牵绊。十点半。原不是更深，却已行人断。岗亭几段。有一警青衣，老枪挟着，悄立矮墙畔。　谁吆唤。隔条胡同正蹿。长声拖得难贯。硬面饽饽呼凄切，听着教人心软。将命算。扶棍的、盲人锣打叮当缓。应声可玩。道萝卜赛梨，央求买，允许辣来换。②

---

① 本篇小序。

② 张氏词后有按语云："此调以幽咽见长，平仄一定，填词家向不通融。十点半之十字，宜平，我没法换。硬面二字宜平，萝卜赛梨之赛，亦宜平。吆唤声中，硬面向叫成银棉，赛呼成筛，只好从俗矣。反正是打油，我想见笑大方也没关系也。"录之以见其"打油"但不胡写。

614 第三编 以学人为主干的民国中后期词坛（1920—1949）

"大俗反获大雅，似随意实讲究……其尖新与朴素，奇巧与浑厚，下词之准，状物之切，情景的逼真，声色的活现，不可思议地交织在一起"①，伍立杨的说法容或夸张一些，但大体不差。"有一警青衣，老枪挟着，悄立矮墙畔""硬面饽饽呼凄切，听着教人心软。将命算。扶棍的、盲人锣打叮哨缓"，这些画面无疑也颇酸心，但"酸"而近"苦"，与前引诸篇滋味有别。

作为一代言情圣手，张恨水当然多有风致绵曲之作，自然通宕、探喉而出处最近纳兰。如《采桑子》诸阕：

　　琴书漂泊干戈际，有恨填词，恨也谁知，又是荼蘼半谢时。
　　不明何时愁浸骨，梦也如痴，醒也如痴，爱唱秦淮夜泊诗。

　　知音三个都消歇，一个归休，一个飘流，一个青山骨未收。
　　喜君正是知音者，且共登楼，买酒浇愁，怕有离时在后头。

　　东风处处鸣笳鼓，胡马江关，夕照河山，忍向天涯又倚栏。
　　喃喃负手将谁语，哭也无干，歌也无端，填出新词自己看。

或叙漂泊干戈之恨，或述生离死别之情，或抒夕照河山之忧，皆气韵流贯，毫不扭捏，足见才情与工力。这位"鸳蝴"圣手在词界也是堪与群雄逐鹿中原的一个。

---

① 伍立杨：《愁如大海酒边生——读张恨水与郁达夫的旧体诗词》，《书屋》2005 年第 6 期。

本书为国家社科基金青年项目"百年词史研究"（10CZW035）、吉林大学青年学术领袖培育计划"近百年词史研究"结项成果

吉林大学文学院高水平著作出版项目

百年词史
(1900—2000)

下 卷

马大勇 著

中国社会科学出版社

目　录

（下　册）

第四编　1949—1976 年词坛

第一章　上追湖海楼的汪东与直摩云起轩的钱仲联⋯⋯⋯⋯⋯（617）
　第一节　上追湖海楼的汪东
　　附　周梦庄、吕贞白、陈衡恪、陈方恪⋯⋯⋯⋯⋯⋯⋯⋯（617）
　第二节　直摩云起轩的钱仲联
　　附　俞平伯、邵祖平、曹大铁⋯⋯⋯⋯⋯⋯⋯⋯⋯⋯⋯⋯（637）

**第二章　梦窗派"南能北秀"朱庸斋、寇梦碧及
　　　　　分春馆、梦碧词群**⋯⋯⋯⋯⋯⋯⋯⋯⋯⋯⋯⋯⋯（660）
　第一节　"秋心几曾为春苏"：论朱庸斋词⋯⋯⋯⋯⋯⋯⋯⋯（660）
　第二节　以陈寂为中心的分春馆友人词群
　　附　刘斯奋、刘斯翰⋯⋯⋯⋯⋯⋯⋯⋯⋯⋯⋯⋯⋯⋯⋯⋯（669）
　第三节　以"二斋"为典型的分春馆弟子词群⋯⋯⋯⋯⋯⋯⋯（681）
　第四节　"千秋不竭心源水"：论寇梦碧词⋯⋯⋯⋯⋯⋯⋯⋯（695）
　第五节　陈机峰、张牧石与梦碧友人词群⋯⋯⋯⋯⋯⋯⋯⋯（706）

**第三章　词苑三奇峰：绝代公子张伯驹与隐逸儒宗马一浮、
　　　　　蕉窗病叟刘凤梧**⋯⋯⋯⋯⋯⋯⋯⋯⋯⋯⋯⋯⋯⋯（716）
　第一节　"天荒地老一真人"：论张伯驹词
　　附　袁克文、江夏二黄、张伯驹八秩唱和、周采泉、胡苹秋⋯⋯（717）

第二节　隐逸儒宗马一浮与蕉窗病叟刘凤梧
　　附　吴则虞、宛敏灏 …………………………………………（739）
第三节　1949—1976 年词人生态一瞥 ………………………（752）

第四章　走进词史的毛泽东 ……………………………………（766）
第一节　毛泽东诗词研究的文学本位 …………………………（766）
第二节　"非常之人"与"非常之事"：毛泽东词的
　　　　　历史意蕴 ………………………………………………（768）
第三节　师心自用、创铸伟辞：毛泽东词的艺术特质 ………（773）
第四节　"金牌配角"章士钊与"文化班头"郭沫若
　　附论"老干体" ………………………………………………（779）

第五编　"新时期"（1976—2000）词坛

第一章　"新时期"的"鲁殿灵光"词群
　　——以徐行恭、陈声聪、沈轶刘、陈瘦愚为代表 ………（799）
第一节　"孤光冷照"的徐行恭与"说诗海上"的陈声聪
　　附　徐定戡、周退密 ………………………………………（799）
第二节　"闹市侠隐"沈轶刘与"南社遗响"陈瘦愚
　　附　徐映璞、陈仲齐 ………………………………………（808）

第二章　白描两圣手：论启功与许白凤词 ……………………（818）
第一节　"清空如话斯如话，不作藏头露尾人"：论启功词
　　附　吴世昌、吴祖刚、田遨、邓云乡、孔凡章 …………（818）
第二节　"诗到无人爱处，几分天籁来时"：论许白凤词
　　附　吴藕汀、庄一拂 ………………………………………（841）

第三章　"谁家玉笛暗飞声"："新时期"的名门高弟词群 …（852）
第一节　谢孝苹、霍松林、俞律 ………………………………（852）
第二节　龙、唐、夏"三大家"弟子群 ………………………（859）

第三节　孔门弟子刘梦芙、张智深、郑雪峰 …………… (870)
　　第四节　津门名家弟子词群 …………………………… (882)

第四章　"新时期"词坛补说 …………………………………… (890)
　　第一节　杜兰亭、马祖熙、梁藻城、刘征 ………………… (890)
　　第二节　何永沂、廖国华等"打油"诸家 ………………… (899)
　　第三节　熊盛元、熊东遨、杨启宇等 …………………… (904)

第六编　"种子推翻泥土，溪流洗亮星辰"：论网络词坛

第一章　网络词坛之守正派（上）：留社词人群 ……………… (921)
　　第一节　"与君冥坐幡如，到蒙蒙太初"：论莼客、
　　　　　　军持词 ………………………………………… (921)
　　第二节　网络诗坛两巨擘伯昏子、嘘堂及王星客等
　　　　　　附　杨无过 ……………………………………… (929)
　　第三节　以"二青衫"为眉目的留社中晚生代词人群 …… (943)

第二章　网络词坛之守正派（下） …………………………… (958)
　　第一节　红楼吹笛，鹤背吹箫：论魏新河词
　　　　　　附　王门弟子群 ……………………………… (958)
　　第二节　"禅心剑气相思骨"：论徐晋如词
　　　　　　附　矫庵、檀作文、夏双刃 ………………… (974)
　　第三节　"网络词坛双雄"：碰壁斋主与尘色依旧
　　　　　　附　杜随、南华帝子、郑力、顾青翎 ………… (988)
　　第四节　网络词坛"守正派"余论 ……………………… (1009)

第三章　网络词坛之"开新派" ……………………………… (1017)
　　第一节　网络词坛"旧头领"蔡世平的《南园词》 ……… (1018)
　　第二节　"种子推翻泥土，溪流洗亮星辰"：论李子词

附　象皮、杨弃疾、殊同、沙子石子、无以为名、
　　　　崔荣江、小崔 …………………………………………（1024）
第三节　"石榴血溅，花间蝴蝶尖叫"：独孤食肉兽的
　　　　"超现实"词
　　附　林杉、金鱼 …………………………………………（1060）

第四章　网络词坛余论：词课三例与"草根"三词人 …………（1078）
　第一节　"于中来寄悲欢"："三国战隋唐"词课 …………（1078）
　第二节　别样的"致青春"："班花豆蔻"词课 ……………（1081）
　第三节　"一曲从天降"："老歌翻唱"词课 ………………（1085）
　第四节　"草根"三词人王建强、刘泽宇、张一兵 …………（1089）

第七编　中国港澳台、海外词坛

第一章　近百年中国香港、澳门词坛 ……………………………（1095）
　第一节　"故国翻成海外洲"：近百年香港词坛（上）………（1095）
　第二节　"故国翻成海外洲"：近百年香港词坛（下）………（1112）
　第三节　以汪兆镛为中心的澳门词坛 ………………………（1122）

第二章　"寂寥故国山中月，荡潏天风海上波"：论近百年中国
　　　　台湾词坛 ……………………………………………（1126）
　第一节　台湾近百年词坛（上）………………………………（1127）
　第二节　台湾近百年词坛（下）………………………………（1135）

第三章　海外词人词作举隅 ………………………………………（1152）
　第一节　潘受的《海外庐诗余》
　　附　黄松鹤 ………………………………………………（1152）
　第二节　萧公权的《画梦词》 ………………………………（1155）
　第三节　周策纵、严寿澄、陈仰陵 …………………………（1159）

第八编 "天将间气付闺房"：近百年女性词坛

第一章 开启大幕的"吕碧城一代" ……………………（1169）
第一节 寿香社词群及罗庄、吕凤 …………………（1170）
第二节 "江山奇气伴朝昏"：论吕碧城词
　　附 吕惠如、吕美荪、薛绍徽、康同璧 …………（1176）
第三节 秋瑾及南社女词人群 ………………………（1189）
第四节 "非倚傍老先生"的汤国梨《影观词》 ……（1199）

第二章 近百年女性词的"黄金一代" ………………（1205）
第一节 "却将凤折鸾摧意，去作龙吟虎啸人"：论陈小翠词
　　附 温倩华、陈懋恒、顾青瑶等 …………………（1205）
第二节 "无灯无月何妨"：论周炼霞词 ……………（1218）
第三节 "不种黄葵仰面花"：论丁宁词 ……………（1225）
第四节 诗词整体观照下的《涉江词》
　　附 程千帆、尉素秋、盛静霞、梁璆、冯沅君、
　　　　王兰馨 ………………………………………（1235）

第三章 潜行波谷的二十世纪后半期女性词坛 ………（1257）
第一节 名家女弟子群体扫描 ………………………（1258）
第二节 "全都给我，悲惨哀吟枷与锁"：女词人的
　　　　沧桑书写 ……………………………………（1277）
第三节 激荡上扬的新时期女性词坛 ………………（1286）
第四节 中国港台及海外女性词坛 …………………（1310）

第四章 作为"白银一代"的网络女性词坛 …………（1322）
第一节 早期网络女词人群体扫描 …………………（1322）
第二节 网坛"二斋"：问余斋主人与添雪斋
　　附 陆蓓容、飞廉、灏子、月如 …………………（1333）

第三节 "池中素色莲"发初覆眉与性灵小兽夏婉墨
　　附　非烟、让眉、苏画舸、岛姬 …………………………（1351）

结语（代后记） ………………………………………………（1367）

补　记 …………………………………………………………（1370）

本书部分章节刊发情况表 ……………………………………（1371）

主要参考文献…………………………………………………（1374）

第四编

1949—1976 年词坛

第一章　上追湖海楼的汪东与直摩云起轩的钱仲联

第一节　上追湖海楼的汪东

附　周梦庄、吕贞白、陈衡恪、陈方恪

一　"生花笔在，老去声名犹可爱"：汪东的词体自传

二十世纪词苑大家名家中，论填词之富，汪东当摘桂冠。[①]今传其《梦秋词》多达二十卷，凡一千三百八十余首，加吕贞白所录集外词——即1962年至1963年春间所作——二十八阕，总数已逾一千四百首。这个数字在千年词史上也仅亚于陈维崧《湖海楼词》而居次席。数量当然不是衡量词人水准的唯一标志，这部《梦秋词》也不仅体量丰硕，更重要的是，它以词的方式书写了一代学人半世纪以上的心灵历史，呈现出其高妙精湛的工力，沉博绝丽的才调，从而在词史运程中刻写下属于自己的独特印记。遗憾的是，对这位二十世纪词坛"顶梁柱"式的大家，很多年来，除了在其弟子沈祖棻《涉江词》研究中会被顺带提及，其人之真实价值和崇高地位似乎已被世人渐次淡忘，他在政治学术间徘徊反复的人生轨迹也早显得漫漶不清。[②]

[①] 陈瘦愚词称上万，吴藕汀词至数千，而声名未彰，造诣亦未至一流，详见后文。

[②] 以下汪东小传多得力薛玉坤先生《汪东年谱》，河南文艺出版社2013年版，特致谢忱。

汪东（1890—1963），原名东宝[①]，字旭初，号寄庵，别号寄生、梦秋等，江苏吴县人。其父凤瀛，为张之洞幕僚，入民国后又为袁世凯召为顾问。袁谋划称帝时，凤瀛撰《致筹安会与杨度论国体书》，持"七不可"之说，是彼时反对帝制之名篇。长兄汪荣宝为近现代外交界重要人物，历任驻比利时、瑞士、日本公使，又为中国第一部宪法草案《钦定宪法》的起草人。而诗学玉溪，亦有声于时，汪辟疆《光宣诗坛点将录》点为"白面郎君郑天寿"[②]。在此种传统但不保守的家族气氛熏沐下，汪东十四岁自上海震旦学院辍学后即留学日本，并参加同盟会，任《民报》编撰。1908年始在日本师从章太炎，与黄侃、钱玄同、吴承仕号为"章门四弟子"，又与黄侃并称"二妙"，交情尤密。辛亥后任《大共和日报》总编辑，并参加南社，此后浮沉政坛十数年，自总统府谘议、内务部佥事下转浙江象山、於潜、余杭县知事等职。1927年后投身教育，历任第四中山大学（1928年后改名"国立中央大学"）教授兼中文系主任、文学院院长。以未能忘情"兼济之志"的缘故，抗战爆发前不顾吴梅、胡小石等劝阻，辞去教职，仍回政界，任委员长西安行营秘书长、重庆行营副厅长、监察院监察委员、国立礼乐馆馆长等。中华人民共和国成立后历任上海市文管会委员、苏州市政协常委、副主席、民革苏州市主委等职。

汪东栖居政学两届，颇多变幻，而终以词章学问显名，其中又专以词为托命之具。他明白自述："平生志业，每托之于倚声，求知后世，则词庶乎可也。"[③] 正因这样"求知后世"的历史自觉感，汪东既不像郑燮、吴梅那样费心删汰，自我塑造，也不像王鹏运、朱祖谋那样区别出"定稿""剩稿""集外词"等各个层级，而是小心翼翼地保留着每一首词作，并依时序次第排列，秩序井然。[④] 他的一千四百首词自1909

[①] 郑逸梅：《〈寄庵随笔〉作者汪东》："旭初行三，名东宝……旭初和荣宝友于殊笃，荣宝卒，他有感雁行折翼，改单名为东。"薛玉坤：《汪东年谱》按语云："郑逸梅……误。汪荣宝1933年卒，然汪东1914年在《雅言》发表《和清真词》时即已署'吴县汪东'。"笔者按：郑氏说应非无据，或者汪东"有感雁行折翼"，遂从此以早年曾用单名行世。

[②] 可参王培军《光宣诗坛点将录笺证》，中华书局2008年版，第487页。

[③] 程千帆《梦秋词跋》引汪氏对沈祖棻语，《梦秋词》后附，齐鲁书社1985年版，第495页。

[④] 夏敬观《梦秋词序》尝建议将"涉南宋者"另列一编为集外词，汪氏未从。

年弱冠时始,至1963年逝世前终,几乎就是一份清晰的词体自传,"后世"是完全可以从中读出一个完整立体的情感世界与心路历程的。

汪东半世纪以上的词创作可大体划为三个阶段。

第一,卷一《餐英集》,为抗战前作。这是奔走南北、于词用心无多的一个时期,将三十年仅得六十余首,但已初步显露出风情独绝、宗法清真、取径宽广几个层面的特点,置之词林,已可独树一帜。如小令《浣溪沙》"何事人生有别离,凤头鞋印画堂西。昼长闲坐暗凝思。纨扇应归金缕箧,湘帘犹挂小桃枝。已凉天气未寒时",又如《清平乐》"去年凄绝,秋到人离别。展尽红笺千万叠,又近归鸿时节。银床初换桃笙,梦回仍不分明。一样今年秋夜,满庭梧月蛩声",皆摇曳多感,不乏小山、纳兰笔意。此种婉约风情至老不衰,愈演愈烈,特质早植根于此。此期追步周邦彦者亦很突出,《西平乐·向晚鸦归》一首下汪东自注值得注意:"右起《兰陵王》迄《西平乐》,皆和清真词也。曩在上海,与季刚同为之,积数十阕……录存数首,聊志一时唱酬之乐而已",自此既可见汪东的心仪之甚,又可进一步印证前文所论黄侃的"周情柳思"。

还应看到,尽管汪东已经亮出"宗周"大旗,但绝无方千里杨泽民辈亦步亦趋、老死牖下之意,越轶门庭者比比皆是。诸如《琴调相思引·闻继湘弟有鄂渚之行,病不得送,用贺方回韵成此,并寄敬之武昌》一首中"岸树色,皆秋色""病卧客,思行客""愿永夕,为佳夕"等语皆重复唱叹,缱绻之意较清真尤胜。《洞仙歌·与季刚晚步至古林寺,同作》《金人捧露盘·题湖帆所藏隋董美人墓志》的忧世哀时、笔笔沉痛也不是一味"宗周"者所能措手的。至于《水调歌头·为潘省盦题顾鹤逸北固云山图》《虞美人·拟放翁》《减字木兰花·题马湘兰画兰卷子,湖帆所藏》《卜算子·戏用辛稼轩小词韵自题哦松图》等一批作品更是挥洒出入于两宋名家之间。《水龙吟》最近稼轩,也是南社一辈"时尚"笔调,可为代表:

置身天半,层楼尽收,世界微尘里。东西南北,沧溟如带,昆仑如砥。鞭叱群龙,倒翻银汉,等闲儿戏。算经传许郑,文高杨马,都未是,平生意。　　阊阖九重难问,问君平、此身何世。镜中青鬓，匣中雄剑，卅年前事。问舍求田，而今销尽，刘郎英气。叹吾谋不用，浩然长啸，作归来计。

第二，自《梦秋词》卷二《纫芳集》迄卷七《东归集》为1937—1949年所作，凡三百七十余首，是为汪东专意填词的一个新阶段。抗战伊始，汪东随校内迁，与老友沈尹默、弟子沈祖棻等共举雍园词社。"居渝州歌乐山时，久废倚声，尹默极力怂恿之，且亲为录稿，自后遂专力为词矣"①，可见沈尹默是汪氏走向"专业词人"的关键性人物。正是在老友的激发鼓励之下，当然更由于艰难时世的挣扎忧患，汪东倚声之才一发不可收拾，无论数量质量均上升到了更高层面。这种"上升"首先当然表现为创作量大，其次则是风格日益多元，而以感世哀时、沉慨悲凉为旨归。先看《八声甘州·雁》：

又霜钟、警梦夜凄清，雁阵破空来。自榆关风紧，芦沟月冷，秋思难排。应羡六朝金粉，嘹唳度长淮。铁索沉江后，楼殿成灰。

本是随阳信鸟，甚浅洲远渚，不肯徘徊。历间关烽火，毛羽屡惊摧。倘遭逢、青冥矰缴，剩衔芦、孤影亦堪哀。何如共、泛沧溟去，游戏蓬莱。

"雁"是早被写滥了的咏物常题，然而这不是无病呻吟的消遣之作。这一只"毛羽屡惊摧"的"衔芦孤影"是经历了"榆关风紧，芦沟月冷"的"间关烽火"的，那当然是遭逢离乱的恓惶人群的剪影。这一首还是用了比兴寄托的手法，《花犯·九龙香港相继陷没，并沪江亲友亦久不得消息矣》《摸鱼儿·闻桂林柳州相继失陷之信》《内家娇·大壮、匪石各以新词赋恨，余生离死别兼而有之，感怆继声，情不能已》《六丑·制幽兰妙谱》等则更直接地将被"胡笳吹碎"的"家国恨"倾喷出来②，并未因为婉约委曲、逼似清真的笔致而稍有减色。读《摸鱼儿》：

---

① 《减字木兰花·尹默赐题寄庵词卷二首，次韵述谢》第二首后自注。
② 《花犯》《六丑》。

误年来、几番花信，南园花事谁问。催花漫怨东风恶，偏向素秋尤紧。君细认。看桂粟香残，柳也凋零尽。霜空四警。怕寒到巴山，乌啼绕树，落叶已成阵。　　阳台下，梦事荒唐再整，为云为雨无定。美人远隔秋江水，葭苇乱流千顷。归未稳。便纵有归期，也是明年讯。腰围瘦损。枉带结同心，钗簪宝髻，难解此时恨。

相较之下，《蝶恋花·病起重入渝州市作》更具震撼力度：

变幻休论当世事，深谷高陵，只在人心里。醉踏春阳欢未已，烦忧从此如云起。　　夹岸楼台灯火市，步步重经，步步伤心地。一寸山河多少泪，江南塞北三千里。

昔年文廷式有"一寸山河，一寸伤心地"之名句，如今数十年过去，那些"伤心地"上面又洒满了难以量数的伤心泪水。这样相似的句子和思理当然不是简单的化用套取，那更是智识精英阶层代代沿袭的赤诚心声的共鸣与回响。

日本败降，内战烽火又起，一时看不到希望的词人在悲愤中写下《皂罗特髻》："蚁争触战，叹流徙烝民，血填沟壑。蚁争触战，任此生、销铄庭槐下。蚁争触战，到斜阳、一梦终难觉。蚁争触战，逞霸图王略。　　谁道蚁争触战，向而今、偏恶百千载。蚁争触战，看青史、覆辙资嘲噱。蚁争触战，问甚时休却。"在一般观念看来，这是模糊了人民解放战争正义性的糊涂唔叹，然而"叹流徙烝民，血填沟壑""问甚时休却"的悲悯与渴望都是真实，且也动人的，不能拿粗陋蛮横、不切实际的"先知"标准予以简单否定。在《浣溪沙·览祖棻〈咏怀诗注〉题寄》和《鹧鸪天·和祖棻韵》中，汪东对最得意的女弟子沈祖棻坦露出自己的真实心音：

地坼天崩竟见之，步兵休恨不逢时。枉教环佩寄微辞。　　逃谤从来须止酒，咏怀此日并无诗。途穷相忆泪连丝。

兀兀舟车几往还，相逢偏忆乱离间。新词似茧抽难续，残鬓成灰掩复看。　　天帝醉，海波干，愁心强咽只微叹。此生万劫拚偿尽，莫种他生未了缘。

"残麝成灰""新词似茧"的"地坼天崩"之世，词人的"途穷"之泪连丝坠落。所谓"渐欲残骸同槁木，不知新历又元朝"[1]，当新时代敞开自己帷幕的时候，汪东的心境是相当疏离的，他既没有如龙榆生等临深履薄式的迎接，也没有如詹安泰、夏承焘等怀着不适应感渐趋沉默。此后几年中，汪东似乎遁进了"不知有汉无论魏晋"的桃花源，寂寞而自得地大写特写其吟风送月的小词，跨进了自己一生最富创作力的阶段。

第三，自新中国成立迄逝世的十三四年间，汪东填词近千首。自数量而言，无疑为平生之冠，所以沈尹默赠其《减字木兰花》有"生花笔在，老去声名犹可爱"之句。所谓"生花笔"，首先似应看其大量与时代气氛很不协调的风花雪月之篇。如下面这几首：

　　相聚匆匆月再圆，相离杳杳隔人天。余情唯唱想夫怜。　　光镜留真何窈窕，电波传语极清圆。寻声问影已茫然。
　　　　　　　　　　　　　　　　　　——浣溪沙

　　万转千回，细思此计真成左。浪浮单舸，远去如何可。　　我最怜卿，未必卿怜我。风声大，凭阑昏坐。不觉杨花堕。
　　　　　　　　　　　　　　　　　　——点绛唇

　　百忙里、把新词寄，偷闲里、再写新词寄。点点行行，红笺畔，都成泪。愁远道、开看泪如洗。　　鹃啼苦，春迤逦。折垂杨、缕缕情丝系。漫天絮影飘残后，过短巷、怕重伫吟辔。梦醒事往，杳隔千里。晚景苍茫对此。空想欢娱地，尽扫欢娱意。
　　　　　　　　　　　　　　　　　　——婆罗门令

---

[1] 《瑞鹧鸪·风来庭树》。

"我最怜卿,未必卿怜我""偷闲里、再写新词寄",如此婉约风情,足令人动心,更何况还有"更玉液微黏,酥胸轻颤,无限风流媚态""任纤手频持,翠裙偷解,摩挲看,似玉粹香温软"一类近乎"淫艳"的句子呢?① 需知此时历史新纪元已经拉开大幕,"思想改造"的达摩克利斯之剑已经悬挂到了知识群体的头上,而写下这些词作的汪东却还津津有味地追和周柳姜吴,大唱"东坡枉是风流帅,杜牧曾留薄幸名"的歌词②,这简直就像还生活在晚清民国,甚至明代、宋代!如此"异数",似乎除了汪东,在当时再也找不到另外一个可相匹敌者了。这里面自然有他自家非同凡响的才情与老而弥健的精力因素,而能成为弥天帐幕下的"漏网之鱼",也绝对构成了一个应予认真思考研讨的特殊文化现象的。

当然,汪东最终还是不可能拔着自己的头发离开地球,那种"悠游自得,对于政治取一个置身度外的态度"随着政治气候的感染左右而不得不大幅转弯。③ 新中国成立初期,他对新政权颇多疑惧,虽渐有好转,而未全惬意。④ 1957年"反右"风起,汪东还有皮里阳秋的怪话如《浣溪沙》"地僻园荒草怒生,非蒿非艾不知名。宵来得雨更纵横。雀向檐前唯噪语,蛙于池畔亦争鸣。老夫午梦一时惊",然而,"又看到党并不划他为右派分子,情绪上有了稳定,认识也逐渐提高。有一次对人说:'我原认为自己是属于左派,犯了这次错误,应算中右分子。'"⑤ 在《自我改造的第一年具体规划》中他特别提出:"文艺方面……打掉保守思想,树立为工农兵服务的观念……不拘形式,多写大众化的文学作

---

① 《薄幸》《风衔杯》。
② 《鹧鸪天·愁重翻催》。
③ 汪东《整风笔记》自述语,薛玉坤《汪东年谱》1958年条下。
④ 苏州档案馆藏《汪东档案·汪东小传》云:"他看到我们部队的个别战士纪律较差,而就认为共产党也不会搞出什么名堂来。有一次……公安部门在其路条上批了'该人为伪监察委员,准许去沪',他……认为是对他的莫大侮辱。还说:'共产党是不要中国民族文化的。'加上生活上比较困难,因之常发牢骚说怪话……在他列席了上海市一届三次人代会议后,认识上开始有了转变,他说:'国民党监察院也常开大会,但绝没有看到认真讨论人民的事情。'当时虽因扭伤了腰部,但仍坚持出席了这次会议。"转引自薛玉坤《汪东年谱》1957年条下。
⑤ 苏州档案馆藏《汪东档案》之《干部鉴定表·解放后历次政治运动中的表现及态度》,转引自薛玉坤《汪东年谱》1957年条下。

品描述和歌颂新社会的事物（至少一二十篇，已交五篇）。"① 所交五篇是哪些已不知其详，但也肯定远不止一二十篇。1958—1959 一年间，仅"描述歌颂新事物"的《菩萨蛮·触事成篇，不加诠次》一调就写了三十九篇，大抵题材广泛，紧贴现实。从"炼钢炼铁心坚定，家家政治黄金印""此乡才报千斤足，万斤又看邻乡谷。不断捷音传，卫星齐上天""党共中央毛主席，这恩情、欲诉从何诉""六亿讴歌起，主席寿无疆"等句看来②，汪东是很诚恳地脱胎换骨，完成了旷古未有的"自我改造"了的。"老去声名犹可爱"，诚然，只是这"生花笔"实在并没那么简单，那是蘸了特定时空里熬制的"特制"墨汁写就的！

1963 年，汪东病重，而词笔未辍。在生命的最后一段时间，他写下了这样三首词：

  病树前头万木春，万花围绕病中身。我与香山参此谛，同异，香山牢落我欢欣。 自检平生盈箧字，无悔，扬班未必掩周秦。鼓吹休明终有事，何至，枉抛心力作词人。

——定风波·病中检旧稿作

  日月风云皆变色，物效其能，我亦思陈力。愤悱自然忘饮食，那将闲事横胸膈。 付与华陀轻一割，截胃刳肠，稍验丹忱得。宛转十三针线迹，此中贮有情千亿。

——蝶恋花

  急雨打疏桄，终夜长醒。逢时偏叹百无成。拟学吴儿肠木石，思绪难平。 春去未关情，花落无声。闲谈节物始心惊。睡过花朝并上巳，睡过清明。

——浪淘沙

不管有多少曲折抑或顺畅，违心抑或衷诚，最终在将要告别这个世

---

① 1958 年 3 月 27 日，转引自薛玉坤《汪东年谱》。
② 分别见《菩萨蛮》《金缕曲·读民歌集用其语》《水调歌头·建党三十九年颂》。

界的时候,汪东再一次明确地告诉当时后世:因为"此中贮有情千亿",自己绝不悔恨抛掷心力成为一个词人,甚且还为此感到"欢欣"!"睡过花朝并上巳,睡过清明",这是他留给人间的最后两句词①,此时心境或正如弘一法师圆寂时的绝笔——"悲欣交集"?

二 "宗周"之辨

汪东为章黄学派名辈,著述繁多,范围颇广,并不限词之一隅,而相关著述亦不算少。其《词学通论》是较早以现代理念通观"词学"的著述之一,全书五章,自"原名"以下分别"甄体""审律""辨韵",而以"征式"终,体现出当行本色而保守折中的认知路径。《唐宋词选识语》则较系统地托出其唐宋词史观,其中对晏几道、柳永、苏轼、辛弃疾、姜夔、吴文英、王沂孙数家评价较高,而视周邦彦为极善,有"词至清真,犹文家之有马扬,诗家之有杜甫。吐纳众流,范围百族,古今作者,莫之与京"语。②这看似重复了周济、王国维的话头,而汪氏亦有自白:"观堂极推美成,然晚岁始知其妙,我则异于是,服膺清真数十年如一日"③,推崇周氏尤甚。其 1950 年夏秋间所为词结集干脆径名之曰"宗周",凡此均可见,在晚清民初推崇清真的词坛风会中,汪东是最为突出的一家。

对此,薛玉坤《汪东与民国词坛宗周之风》已有颇为详尽的梳理。④值得注意的是文章末尾的这样一段话:"当然,民国词坛并非宗周一派笼罩天下,《梦秋词》亦非纯乎清真面目。汪东受词坛风气所染,但又能不为时习所囿,作词转益多师,于南北宋词家多有取益……但其功力所在,仍在清真'沉郁顿挫'四字",应该说,这是对汪氏"宗周"特质的客观论述。周邦彦精审之音律、顿挫之章法足为后人楷式,然而身际承平,取材不外乎羁旅风月,情愫难免于悱恻低回,对人

---

① 薛玉坤《汪东年谱》以《蝶恋花》为绝笔,似误。《定风波》《蝶恋花》二词附于致吕贞白小笺,并云:"假使以后不再继作,亦当以此作为我词结束也。"事实上又有"继作"。
② 汪东:《梦秋词》后附,齐鲁书社 1985 年版,第 473 页。
③ 程千帆《梦秋词跋》引汪氏对沈祖棻语,《梦秋词》后附,齐鲁书社 1985 年版,第 495 页。
④ 《苏州大学学报》2010 年第 6 期。

心时世抉发反映无多,比之少陵,实有间然。汪东饱经离乱忧患,更值新旧中西文明交融之会,仅凭周清真一种笔路当然是不可能将纷繁的感触很好地表呈出来的。就其对于倚声的执着、笔法繁杂多变、创作力旺盛等几项指标绳衡,给出上追陈维崧"湖海楼"的判断似乎更切实际一些。

  如此说法或为汪东一辈词家所不乐闻,盖言词者直至今日仍大多以唐宋为正宗极盛,一旦"堕入"清词畛域,则必怫然不悦,然而这一类偏见并不能掩蔽清词大家足可上埒两宋的事实存在。即以陈维崧论之,《湖海楼词》不徒数量惊人,对于词体抒情功能的拓展尤其贡献杰出。在他手中,无论在理论层面抑或创作层面,词真正得到了与经史、诗文并驾齐驱的推尊,获得了空前的解放。其次,他所陶铸就的飞扬跋扈,慷慨悲凉,精深博大,气象万千的独特艺术个性和风神,为词史贡献了鲜明奇崛、不可替代的"这一个",在词史上能臻于此艺术境界者代无数人、屈指可尽,故有大师之谓。[①] 那么,以汪东拟于湖海楼绝非降低了词史评价之谓,而恰恰是趋向更加精确合理的尺度。

  这种比附并非表层观察而后得。首先,陈维崧亦极痴情于词,甚至有七年时间弃诗不为,专力填词,一生创作总量达一千七百首之多,两者对于倚声之执着与创作力之充沛颇多近似。其次,陈维崧填词用调繁多,至四百一十六调,而《梦秋词》亦不少于三百调,这都显示出两位优异词人的当行本色以及对于词体的开拓搜讨之精神。再次,《湖海楼词》与《梦秋词》皆体现出富丽多元的审美祈向。蒋景祁《陈检讨词钞序》尝如此论陈维崧词:"故读先生之词者,以为苏辛可,以为周秦可,以为温韦可,以为左国史汉唐宋诸家之文亦可。盖既具什佰众人之才,而又笃志好古,取裁非一体,造就非一诣,豪情艳趣,触绪纷起",陈氏词虽以沉雄凌厉擅场,而亦兼纳包含清真在内的多种体格。汪氏词风则如刘梦芙所云:"落笔即法清真,兼及柳三变,取径高骞。顺流而下,由北及南,于白石、梅溪、梦窗、碧山、玉田,皆采纳精髓,亦不废稼轩、后村乃及陈迦陵,融通变化,遂成大家"[②],可见虽

[①] 参见严迪昌《清词史》《阳羡词派研究》有关论述。
[②] 《冷翠轩词话》,《二十世纪中华词选》,第434页。

"宗周"有成，而吸纳稼轩以至迦陵一辈者正复不少，其中尤多性情之音，更不待言。

略检《梦秋词》，触目可见其用稼轩韵者，自早年《卜算子·戏用辛稼轩小词韵自题哦松图》等数首以迄晚年《沁园春·暂还寄庵，次稼轩赋齐庵韵》，或不少于二三十首。即此便足知"才大不受束缚，纵横驰骤"的辛稼轩在汪东心目中的地位。① 倘若加上不明标稼轩字样而实具其神韵者，则这个数字还会加若干倍地庞大。如以下这几首：

> 劝君休更问樵柯，万一起沉疴。世界如棋，反覆光阴，随墨销磨。　从教整顿，醒时痛饮，醉后狂歌。冷眼不知，今昔蟠胸，自有山河。
>
> ——朝中措

> 万松围岭，听子规终日，诉人漂泊。巢父安巢何处所，聊借一枝栖托。世乱飘风，身晞朝露，妄道荣期乐。长镵歌就，可怜牙齿先落。　底用方写千金，胡麻堪浸酒，与谁同酌。草檄虚传能破虏，白眼看人莲幕。巨浸稽天，横流到海，岂止邻为壑。龙吟无恙，断笳时起城角。
>
> ——百字令

> 隐隐奔坼动地来，斜阳却照晚山开。风雨飒然天外至，惊起，始知元不是空雷。　从古人情多变幻，君看，岂知天意更难猜。老子疏顽堪一笑，惟道，此时应熟岭头梅。
>
> ——定风波

"冷眼不知，今昔蟠胸，自有山河""世乱飘风，身晞朝露，妄道荣期乐。长镵歌就，可怜牙齿先落""老子疏顽堪一笑，惟道，此时应熟岭头梅"，这些作品，底里无疑是稼轩的、迦陵的，而不是清真的。再读抗战时作《贺新郎》：

---

① 汪东：《唐宋词选识语》评辛弃疾语，《梦秋词》后附，第475页。

借问西飞鹄。问金陵、凤皇台下，水流如昨。虎踞龙蟠终形胜，微恨湖名燕雀。是几辈、酣嬉危幕。玉树歌残家山破，剩啼鹃、声里花开落。风力紧，纸鸢薄。　　黄旗紫盖今萧索。绕宫沟、青磷点点，暗萤低掠。细雨骑驴诗人老，万里音书谁托。料怨绝、山中猿鹤。便与虫沙同化劫，也难偿、填海冤禽错。鸿翼举，去寥廓。

南京既是民国首都，又紧邻汪东故乡，所以"玉树歌残家山破"所引起的"啼鹃"血泪比他人要更加急骤一分。在词中，他遗憾"酣嬉危幕"的"燕雀"之辈充溢"虎踞龙蟠"的"形胜"之地，字面虽尚婉转，而实质无异于戟指怒斥。如此"敛雄心，抗高调，变温婉，成悲凉"，很得稼轩、迦陵之神髓。煞拍"鸿翼举，去寥廓"六字遥遥振起，更非株守清真门庭者可以措手。《贺新郎》一调在《梦秋词》中所用不能称多，十数二十首而已，但值得注意的是其中有九首用了《湖海楼词》中著名的"藉"字韵。其首唱词题为"题迭更司所著双城记。适读迦陵词，即用其韵"，词云：

地偪天无罅。叹微生、于中虱处，鬼门人鲊。少日周旋多游侠，臂箭腰弓驰射。快呼酒、汉书能下。喷沫高谭罗兰辈，气嶙嶒、却笑旁人怕。今有口，壁间挂。　　一编展对凉如洒。纪千年、双城鬼蜮，笔端有画。恩怨都凭翻覆手，瞥眼浮云野马。因果律、何殊铁打。细数断头台上客，被人残、元是残人者。金鉴在，正堪藉。

于此可见汪东对于陈迦陵不止是熟悉而已，这首词除题材较新，非陈氏能作以外，其字里行间的意趣奔腾叱咤，分明可置之湖海楼中，楮叶莫辨。自此以下的八首或读元人杂剧，或读范成大诗，或送戚属中女子参军，或题画，或哀悼好友，或论"今日之患，不在强邻，患自弃其文化耳"，或歌咏共和国成立，总之题材不一，而大都精光四射，字字逼人。其第七首《屡和陈髯藉字韵，下笔不能已，七叠自嘲》特有味道：

琐琐消闲罅。偶拈来、词人险韵,味同分鲊。曼倩俳优元玩世,隐覆何妨频射。只傲气、不为人下。呵叱当时蚡婴辈,便穴胸、断脰吾何怕。余子在,齿休挂。　　剖将肝血无从洒。任悠悠、雌黄月旦,转供描画。自古文章憎命达,枉说才堪倚马。茅屋被、风吹雨打。老去都无周柳思,独稼轩、范我驰驱者。髯句好,亦时藉。

不是自白过"服膺清真数十年如一日"么?这里却说"老去都无周柳思,独稼轩、范我驰驱者",并将"句好"的陈髯视为稼轩后进与自家同道了!本篇作于1949年,其时礼乐馆方遭裁撤,汪东生计艰难,彷徨无计,故有"曼倩俳优元玩世,隐覆何妨频射。只傲气、不为人下""茅屋被、风吹雨打"的牢骚语。无论身世之感还是时局之忧,总之"剖将肝血无从洒"之际,周柳即更容易让位给辛陈。这不是汪东的个人化选择,而是古今词家自然而然的共同祈向。那么,就有必要重新认识汪东的"宗周"判断——"宗周"诚然有之,且很明显居于主导,但若以为其词风仅如诸家评骘之"绵密遒俊""舒徐绵邈,情韵交胜""缜密典丽"[1],而忽视遗忘了他"激昂慷慨"[2]、直入稼轩迦陵堂奥的一面,词史认知与定位当然是会产生不小的偏颇的。而就这一点来看,汪东已无愧于二十世纪的大词家,对他的关注与研究还有着深化的必要。

三　周梦庄、吕贞白

汪东平生最亲密知音之好友,前有黄侃、周梦庄,后有吕贞白。黄侃已见前文,兹附谈周、吕二氏。

周梦庄(1901—1998),字猛藏,江苏盐城人,曾任盐城《新公报》社总编、江苏省文史馆员等。梦庄早岁受业章太炎门下,古文诗词、金石佛学靡所不究,方志谱传、版本目录、小说、文物等研究皆为

---

[1] 分别为夏敬观、唐圭璋、沈尹默、章士钊等评语,转引自刘梦芙《二十世纪中华词选》,第433页。

[2] 殷孟伦:《梦秋词跋》。

世所称，尤以词学擅场。其《水云楼词疏证》堪称蒋春霖词研究的划时代成果，又在章门中以词与汪东并称"南汪北周"，足见时誉。职此故，中年时二人相约互选词数十阕合刊，以战乱未果。迄汪逝世多年，梦庄乃选《梦秋词》及己作《海红词》若干，刊成《汪周词》，以告故友，其风义可钦如此。

梦庄词亦宗清真①，而能参以激昂奇杰之气，故时见清刚，不落纤弱窠臼。短调如《蝶恋花·寄柳亚子》云："万劫江山春不管，鹤梦梅花，冻醒苔衣满。休向云涯舒望眼，流光易去人归缓。　欲上高楼心又懒，弹彻琵琶，莫放愁音转。天外玉龙吹泪怨，昨宵红雪东风卷"，出语峭拔，所感甚大。《金缕曲·题天外归戎剑游图》更近稼轩之磊落哀歌，可觇其襟怀风貌：

> 万里天风起。睇高空、苍然长啸，唏嘘灵气。大帽深衣携短剑，洒洒寒光秋水。饮热血、花斑犹紫。羞作侯门弹铗客，揭苍波、欲试屠龙技。时不遇，且休矣。　十年梦影谁能记。忍销磨、书生狂态，雄心宜死。南北东西何处去，楚水燕山迢递。但烟柳、斜阳而已。搔首问天天不应，瘦乾坤、无可埋忧地。千岁酒，待君醉。

梦庄学问深宏，笃志好古，怀古之作亦其集中精粹所在。若《木兰花慢·题蒲留仙小像》虽词末有"恰喜今逢盛世"语，未免伤格，亦不可废。最享高名、博得词苑广泛赓唱者无疑属《买陂塘·题蒋鹿潭小像》一篇。以"乡谊"而重其才、悲其遇，故能体贴深心②，笔调格外亲切。此亦攸关词史者，不可不一引：

> 望东淘、水流云散，词人遗迹留几。菰乡旧侣应相忆，谁写薜萝高致。常买醉。任落魄江湖，洒尽伤时泪。才名盖世。怅行路歌

---

① 许莘农《海红词序》"守清真之格调，玲珑其声"，王旋伯《海红词序》"长调肖似赵宋耆卿、美成、白石诸名家"，转引自《二十世纪中华词选》，第662页。

② 蒋春霖，江阴人，中年后寓居苏北，属周氏"流寓"之"乡先贤"。

难,家山念破,直恁岁华驶。　　秋风里。泊翠评红,乐地游踪,芳兴曾寄。琵琶低诉琴心在,遥见烛光腾气。归棹理。有故国梅花,约尔为知己。飞鸿梦底。叹老去愁怀,垂虹烟雨,略识望乡意。

汪东在《玉楼春·日与贞白谈词,极过从之乐,因赠》中曾说:"人生知己同胶漆,黄吕交情非易得",将吕贞白与黄侃并称。这位"碧双楼主"也是造诣颇深的词坛名家,值得附之一谈。

吕贞白(1907—1984),本名传元,字贞白,后以字行,又字伯子,号茄庵等,江西九江人,早年随父宦游南通,从张謇游。及长,任职上海各财税金融机构,并短期掌中央大学教席。新中国成立后任中华书局上编所编辑,列名"四大编审"之一。① 著有《淮南子斠补》《吕氏春秋斠补》及《吕伯子诗存》《词集》等。贞白为人富个性,喜臧否人物,故尝入陈巨来"十大狂人"排行榜②,而蒋天枢《吕伯子遗书序》则称:"伯子为人诚挚,笃于友谊,不轻然诺,久要不忘,今世之古道可风人也",所谓"横看成岭侧成峰"者如此。

贞白诗宗山谷,有"四始诗篇记得无,从来学要尽工夫。须知诗是吾家事,莫忘江西宗派图"之语③,可知体会、功力均极深,而自作诗平易流转,不甚近江西家法。④ 词则以周柳为宗,故与汪东若合符契,民国时在午社亦甚活跃。夏敬观称其《解连环·山居望月》等作"具天生吐属,已能脱去凡近,而入词人清丽之境"⑤。据弟子喻蘅云,贞白诗词颇富,惜尽毁于"文革"丙丁之劫,今传《词集》320余首,乃1974年夫人罗氏逝世后十年间所作,"绝大多数为悼亡之作,亦寓哀世之情于'文革'荼毒也"⑥,很明显,这是继纳兰性德、杨圻之后又一位成就卓特的"悼亡词人"。

---

① 高克勤:《中华上编的"四大编审"》,《中华读书报》2012年2月1日。
② 《安持人物琐忆·记十大狂人事》,上海书画出版社2011年版,第180页。
③ 《示小姐》。
④ 参冯永军《当代诗坛点将录》,第43页。
⑤ 《忍古楼词话》。
⑥ 《吕伯子词集题语》。

悼亡，非血泪凝成之深情不能称高格，贞白词也确有此一特质。如《临江仙》"红紫缤纷铺净土，梵天着意护婵娟。奇葩与我共年年。终怜栖梦境，回首一凄然。　劫后休寻尘外影，多情花是有情禅。无情最是月长圆。难消终古恨，莫问再生缘"①，其下片连用"多情""有情""无情"字样，将一"情"字摹写得浓足回旋，令人难禁浩叹。《风入松》是将深情具体化到了每日每夜，"碧双楼上旧朱阑，虚幌绛纱寒。楼空人去还留影，忍愁展、画稿重看。不许灯前重见，分明见也都难"，琴瑟弦绝，那种天人之悲在老人的孤寂心中是越发酝越痛楚的。夫人去世八年以后，贞白写有《蝶恋花·壬戌岁不尽三日作》：

　　又堕薱腾沉醉里，侬是春蚕，吐尽丝方已。慢卷细看风渐起，愁城欲避无从避。　寄恨书中多少事，宛转灵台，深处镌名字。埋玉吴山天尺咫，人间无复知春意。

"侬是春蚕，吐尽丝方已""人间无复知春意"，如此决绝、执拗之语与其说是倾诉，毋宁说是对亡妻的承诺。正是在此种"啼鹃底事声声苦，恋斜阳、一抹残红"的情愫之中②，吕贞白写下"鬘天自此无消息，倦眼空凝，青衫遍湿""尽饶他、满眼琼华，更休对、画奁明镜""霜讯渺，月华迎，最难修得是无情""三叹息，任浮沉，蘼芜旧径不堪寻""凉宵独自展孤衾，早却被、啼红痕染"等"望断蓬山""瘁尽心魂"的词句。③ 更加沉痛的是《江城子·两年不到灵岩蕙顾墓地，今春前往登山，在墓前小坐，忆范伯子大桥墓下有"草根无泪不能肥"句，读之心酸泪哽，即以此句发端》与《木兰花慢·清明日阴雨绵绵，怅望灵岩，凄然有作》二首：

　　草根无泪不能肥，意凄迷，尽成悲。来向人天，寄恨诉分离。坠珥遗簪难再觅，缘已断，梦还疑。　衰翁筋力未全羸，陟坡

---

① 此用六十二字体，《金宋词》中仅见晏几道有此体。
② 吕贞白：《高阳台·细约难凭》。
③ 分别见《六丑·记伤春镜里》《月华清·元宵前夕待月有赋》《鹧鸪天·广元裕之妾薄命三首》《鹊桥仙·瑶台星渺》。"望断"二语出自刘梦芙《冷翠轩词话》。

陂，越清溪。病树槎枒，孤挺最高枝。纵是春寒寒彻骨，拼乌帽，受风欺。

恨东风送雨，抛零泪，几时晴。渐蝶梦初阑，乌啼乍歇，长守孤檠。堪惊侘傺十载，问人间、何语对清明。病树漫嗟憔悴，柔条枉费伶俜。　　前程望阻数峰青，怊怅惜深情。纵片石因缘，三生重卜，愁叩苍冥。盈盈采香径曲，叹溪流、花谢意难平。留得枯禅半榻，鬓丝寸缕交萦。

二词情境相近，意象也有重复处，而一则直写情境，一则浮想联翩，感人处各有千秋，较之纳兰、杨圻毫无逊色。其实纳、杨悼亡或值青年，或值壮年，绸缪悱恻些并不足怪，吕贞白则是"病树漫嗟憔悴""留得枯禅半榻"的婆娑一老，在他心中，该蕴蓄着怎样汪洋浓郁的怀念才能发出"问人间、何语对清明"的质疑和咏叹！这份深情，确乎是人世间所罕见的了。

还值一说者，冯永军《当代诗坛点将录》称吕贞白诗"貌似无关史事，然如乙卯《罡风动六合》……等诗皆写动荡时期之事，盖其人匪仅键户读书而已"，其实词亦然。陈声聪《读词枝语》引其《浣溪沙·为何时希题梨园旧闻录》"珍惜年时旧舞裳，又随时世易新妆。画眉深浅费评量。　　度曲早教更凤柱，倚箫自是费鸾肠。不妨惆怅抵轻狂"，又引其《鹧鸪天》"一笑蟫鱼太作忙，可怜无底是书囊。几人料理千秋业，有客夸窥万古藏。　　天不语，海生桑，郢书燕说岂寻常。何如留得吴歌好，夜夜明灯照广场"，感怀旧迹，叹息斯文，诚可谓"婉而多讽，老手斫轮"[1]。

四　陈衡恪、陈方恪

汪东姊梅未字春绮，嫁陈衡恪为继室夫人，由此姻亲关系，汪东与"大先生"陈衡恪、"七先生"陈方恪过从颇密，而与不事倚声之学的隆恪、寅恪、登恪几位则似无唱酬欢游之迹，巧合抑或有意，尚待考

---

[1] 陈声聪评语。

证。此处即简谈衡恪、方恪，衡恪逝世于民国间，不属本编范围，以联类故及之。

衡恪（1876—1923），字师曾，号槐堂、朽道人，十岁能为擘窠书，能诗文，世以奇童目之。既冠赴日本习博物，归任南通、长沙等校教师，继任职教育部，与鲁迅交好，后转北京高师、北京美专教授。其画成就最高，山水生辣坚强，花卉挺拔俊逸，人物画不多作，而《京华风俗图》系列大有金农、罗聘遗意。又工篆刻书法诗文，性行纯笃，喜奖掖后进，齐白石得其助甚多。故当英年早逝，海内震悼。梁启超称为"有高尚优美的人格，斯有永久的价值"之"现代美术界第一人"，以其逝世为"中国文化界的大地震"。[1] 衡恪著述颇多，以《中国绘画史》《中国文人画之研究》最著，题画悼亡诗亦享美誉，而于词用心无多，今仅能辑得三十首而已。[2]《祝英台近》较新异流转，值得一读：

> 见时难，别时易，十九不如意。心在天涯，人在绿阴里。晚来晴雨檐前，潇潇滴滴，又滴尽、更残漏坠。　未成寐，近日多少相思，问侬还问你。雾重寒轻，两地甚滋味。几时双宿双飞，莼边弄笛，同领略、五湖烟水。

与早逝的衡恪相比，被散原老人许为"惟七娃子能诗"的陈方恪与汪东交往当然更久，诗才也更胜，钱仲联至有"风华绝代"之评，以为群从中白眉[3]，而其词才也最富，足称民国词苑一名家。

方恪（1891—1966），字彦通，幼时家学濡染，师从陈锐、王伯沆等，并得点拨如梁鼎芬、朱祖谋、郑文焯等难以数计。1910 年毕业于复旦公学后就职上海《时报》、中华书局、商务印书馆等新闻出版机构，后任江西图书馆馆长、景德镇税务局局长等。三十年代后重回沪

---

[1] 陈衡恪追悼会演说辞，见刘经富辑注《陈衡恪诗文集》后附，江西人民出版社 2009 年版，第 302 页。按：其逝世时适当日本东京大地震，故有此语。

[2] 刘经富辑注《陈衡恪诗文集》，第 167 页。

[3] 钱仲联：《选堂诗词集序》，转引自张宏生《陈方恪诗词集序》，江西人民出版社 2007 年版，第 2 页。

上，任教于无锡国学专修馆分校及暨南、持志、正风诸校。迨汪伪政府建立,为友人梁鸿志、陈群等拉入教育部任职,先后被聘考试院委员、南京国学图书馆馆长等,逾年而加入军统为谍报人员,受命进行情报、策反等活动。1945年8月遭逮捕羁押,严刑拷问,所幸数日间日军即投降,始得脱险。此段九死一生的传奇经历既是其一生之污点,亦是光芒之所在。新中国成立之初,方恪困守南京,因陈毅关照,生活始稍安定,并任南京图书馆研究员、《江海学刊》编辑等。

作为翩翩佳公子而又颇历艰屯的陈方恪在进入毛泽东时代后又是一种形态。《陈方恪年谱》1957年条下记,南京各单位根据中央指示发动"鸣放",陈方恪似有预感,在公开场合讲话格外小心谨慎。有关会议要其发言时,仅讲几句台面上的顺风话。小会上发言往往顾左右而言他,只谈诗词文章、掌故轶事,或有特色的美味佳肴。有一次党外人士座谈会上有人反复问他"对武训那样办义学的人如何评价",方恪经过思考后,用历史唯物主义观点给予简要回答,颇使问话者感到意外。如此战战兢兢、圆转周旋,右派分子的帽子最终与其擦肩而过。[①]他晚年的"平安着陆"与其六兄陈寅恪恰形成鲜明的对照,正如抗战时期的"落水"与父亲散原老人形成了对照一样,所以张宏生尝慨乎言之:"天以百凶成一诗人,陈方恪一生虽然没有做过什么惊天动地的大事,却也被裹挟在时代的大潮中,感受到社会的重大变化,因而其诗往往有着苍凉的历史感。"[②]

陈方恪词名不及诗之显赫,同时也存在一定程度的误解。钱仲联《近百年词坛点将录》点其为"地狂星独火星孔亮",以为"绝世风神,多回肠荡气之作"。后人或据此盛称其香艳旖旎之作近花间、南宋者,其实方恪固有倜傥侧艳一面,而大抵在青年得志、肥马轻裘之际。至于中老年屡经身世变迁,即沧桑苦涩味浓,所谓"风神"与"回肠荡气"已包涵了更加丰富的感触。如《高阳台·楚青丈属题霓裳艳影》一首,词前小序已颇感喟:"予频年以来飘萍南北,青眼未逢,黄尘何极,独优伶倡伎之中,不少激楚流连之子,渐成倾盖之交,感缔缊袍之约,纬

[①] 潘益民、潘蕤:《陈方恪年谱》,江西人民出版社2007年版,第208页。
[②] 《陈方恪诗词集序》。

绵至今，负人者多矣。偶抚此帧，牵引旧怀。城南观女剧，有某女伶声调激楚，怅触倚怀，重提旧恨，凄然赋此，即陈同座诸子。"词云：

> 檀板金樽，绿杨池馆，相逢身在他乡。怨曲重招，人间未许商量。座中满目新亭客，忍同拈、红豆凄凉。更何如，侧帽簪花，白首欢场。　　少年未抵千金诺，听离鸾负了，旧日王昌。屈指繁华，娇名罗绮难忘。多情已分天将老，叹春风、鬓影无双。只消凝，刘郎寂寞，归卧银釭。

虽仍在"檀板金樽，绿杨池馆"之间，但"人间未许商量""多情已分天将老"，这份"风神"也未免太可哀了！同样"怅触倚怀，重提旧恨"的还有以下几首词：

> 意气拏云忆昔年，当筵借箸画山川。功名欹枕看飞鸢。　　草檄未成憎命达，酬恩何计受人怜。一龛云卧送华颠。
> ——浣溪沙

> 匍匐归来，平生意气频虚左。狂澜虚舸，呼马呼牛可。　　一气洪钧，鼓就祥金我。阎浮大，人天敷坐，纷碎空花堕。
> ——点绛唇·和静安韵

> 垂白孤儿泛梗身，眼穿兵气入萧辰。江湖满地不逢人。　　别浦柳青犹惹恨，故园花发若为馨。几回肠断永和春。
> ——浣溪沙·次苌庵戊寅元日韵

当年"意气拏云"，为公子，为名士，为狎客，为富官，今日却只剩下"当筵借箸画山川，功名欹枕看飞鸢""狂澜虚舸，呼马呼牛可"的灰心丧气了。戊寅（1938年）元日那一首不纯写个人身世感，打叠入"兵气"，因而更为沉痛。"江湖满地不逢人"不正是"上帝无言百鬼狞"的另一种表达？这些话张炎说过，张岱说过，朱彝尊说过，朱祖谋也说过，所谓"回肠荡气"，或者真义在此？

最后还可读一首《金缕曲·走视紫荑墓作》。紫荑孔姓，青楼出身，二人同居时家人皆反对，方恪不顾也，而今数十年过去，继养女去世，老妻又病逝，"垂白孤儿泛梗身"的孤寂老人怎能不"欲语心先碎"？

> 欲语心先碎。卅年来，欢娱苦短，年华催逝。只数吴皋同赁庑，少称兰闺清事。又一刹、蓬飘海溅。自尔钗钿看尽彻，问何曾、一日舒眉翠。愁与病，相料理。　　城南老屋青灯里。恁几回、忍饥待我，夜寒无寐。凄绝平生先死愿，总算而今信矣。甚为我、前驱蝼蚁。铁轨城阴遥映带，更白杨、荒冢悲风起。报君者，仅如此。

当年朱祖谋称方恪长调"情深意厚"，陈衍称其词"有名贵气"[①]。在这首词中，"名贵气"早消磨殆尽，仅余"凄绝"心志而已，"情深意厚"则不仅一以贯之，更视早年进步尤多。这是漫长一生的跌宕阅历结晶成的心音，荡气回肠，莫此为甚。

第二节　直摩云起轩的钱仲联

附　俞平伯、邵祖平、曹大铁

一　易被忽视的词学研究

前文谈"民国四大词人"，尝异议刘梦芙《五四以来词坛点将录》中给予钱仲联的过高位置，最终定格夏、詹、顾、沈四席，但这绝不意味着梦苕翁的词史位置不重要。事实上，无论词学研究抑或创作，钱仲联都堪称近百年来卓有影响的大家。之所以黜其"四大"席位，盖因词作数量过少，且大多作于共和国时期而已。词史上以少许胜多许的大词人——如李清照、姜夔——并不鲜见，钱仲联仅凭不到六十首的数量抗衡他人数百首乃至上千首，并赢得"大家"之评骘，实亦足睥睨群雄矣。

[①] 陈衍：《石遗室诗话》，转引自《陈方恪年谱》，第119页。

钱仲联（1908—2003），初名萼孙，以字行，号梦苕，祖籍浙江吴兴，江苏常熟人，祖钱振伦道光十八年（1838）与曾国藩同榜进士，自翰林院编修任国子监司业，丁母忧回乡后不复出仕，任扬州梅花书院、淮阴崇实书院山长。振伦骈文有声于时，又曾注《鲍参军集》，后仲联名著《鲍参军集注》承乃祖余绪而出于蓝，学界传为佳话。仲联祖母翁端恩，系翁心存女，翁同龢姐，亦擅诗词。父钱滮尝留学日本，患病回国后严督仲联学业。母沈氏又为诗人沈汝谨从妹，常以吴歌、唐诗启蒙之。在此良好的家风熏沐中，仲联十六岁以第一名考取无锡国学专修学校，1926年毕业即投身教育，1932年起任教于大夏大学、无锡国专等。1942年，应师陈柱之召，被聘汪伪南京中央大学教授，与龙榆生等同事，并署理汪政府行政院参事、监察院委员等。文人因困于生计或别有所思而暂居虎口，用心词章学术，仅挂政界虚职而无过恶，其实全可谅解[1]，而在"动辄责人以死"的道德、政治双重压力下，晚岁仲联不能不有所规避和表态，故冯永军《当代诗坛点将录》有云："与日偕亡旦旦言，从龙当日恐难安。同为凝碧池头客，老去何心斥忍寒"，语含芒刺。[2] 抗战后，仲联息影还乡，执教乡间中学长达十年，后短期任职南京师院，1958年转江苏师院，此后四十余年盘桓吴下，作育人材甚夥。

仲联博学勤勉，老寿强健，著述之多在今之学界当首屈一指，其《鲍参军集注》《韩昌黎诗系年集释》《剑南诗稿校注》《人境庐诗草笺注》《沈曾植集校注》《近代诗钞》《清诗纪事》等文献类著作固早脍炙人口，《梦苕庵诗话》《梦苕庵清代文学论集》等亦为领风气之先之

---

[1] 对于自己乃至汪精卫一辈，仲联在《咏史三首》中隐有辩解之意，如云："人心长不死，汉实未有奸。有之唯一二，卫律逮张元。其余李陵辈，略迹皆可原……（王猛、崔浩）二子陷虎口，图使国脉存。毁誉非所计，肝胆明秋旻。齿冷过江流，偷生何足论。"

[2] 该书第8页。"斥忍寒"云云应指仲联晚年《近百年词坛点将录》点龙榆生为"险道神郁保四"，位置低，且杂嘲讽意。点将录为游戏之作，或可不全认真，仲联对龙氏颇多赞肯，如上课用其《近三百年名家词选》，又有悼诗"祭尊南国去，词砚雪溪传"云云，见赵杏根《诗学霸才钱仲联》，北京大学出版社2009年版，第136页。附按：《点将录》龙榆生条下评语引胡汉民《五叠杜韵赠榆生教授》诗，赵书以为这首诗"明显有调侃的意思在，钱先生在《点将录》中引用……也正是调侃"，此说不确。胡汉民1933年始与榆生唱和，至1936年去世前有唱和诗47首，情谊殷勤，绝非"调侃"。可参张晖《龙榆生先生年谱》，第50页。

代表作。与等身的著作相比，薄薄一册《梦苕庵诗词》或不起眼，然而分量绝不亚于前述诸作。以 1994 年广东南社研究会版本计，钱仲联存诗自十五岁起，跨度长达七十余年，诗作七卷，凡一千四百余篇，诚可谓"沉雄博丽""天海伟观，一集兼备"。① 自此回溯半个多世纪以前，金天羽为《梦苕庵诗》作序即称"其骨秀，其气昌，其辞瑰玮而有芒"，勉其"异日者，图王即不成，退亦足以称霸"②，仲联感此知音语，晚年犹云："收拾桑榆双鬓白，商量王霸一灯红。"③ 应该说，论总体成就，钱仲联当居现当代诗坛之首座，王霸之业是建树得极其坚实的。④

与"浑沦万象"的古典诗歌研究创作相比⑤，钱仲联的词学研究成就常常容易被忽略掉，然而特色独具，不同凡响，对于清代、近现代词的开拓性工作尤其值得关注与追念。

刘梦芙在《钱仲联先生的词学》中将其词学著述分为四类：（1）考证、校勘、笺注，以《文廷式年谱》《后村词笺注》为代表。（2）编选、主编，以《清八大名家词集》《清词三百首》《中国近代文学大系·诗词卷》等为代表。（3）理论批评与鉴赏，以《评陈维崧湖海楼词》《近百年词坛点将录》《南社吟坛点将录》等为代表。（4）创作。⑥ 从以上列举可以看出，钱仲联的词学研究重心在于清代与近现代，这一点与夏承焘、唐圭璋、詹安泰、龙榆生等皆有所不同。他既是新中国成立后最早涉足清词研究的先驱者，也是清词价值最早的确认者之一。

在 1988 年所作《全清词序》中，钱仲联如此看待有清一代之词：

> 其（词）在宋如人之少壮，生机方盛，而未必无疾疢。其在清犹人之由中身而趋老，老当益壮，则因其生机之未濒灭熄，光焰犹

---

① 分别为刘梦芙、钱钟书评语，见刘梦芙《二钱诗学之研究》，黄山书社 2007 年版，第 49、50 页。
② 《梦苕庵诗词》卷首。
③ 《丙辰秋兴五叠少陵韵，自中秋至重阳前成之》其七。
④ 冯永军《当代诗坛点将录》即以"呼保义宋江"许之，该书第 7 页。
⑤ 饶宗颐为钱仲联九十五岁华诞暨从事学术活动七十五周年纪念会所赠横匾。
⑥ 《二钱诗学之研究》，第 114 页。

万丈也,斯善变之效也。①

以下从五点阐发"清词之缵宋之绪而后来居上者":其一,爱国高唱与真善美之内涵,"拓境至宏,不拘于墟";其二,词人多学人,故"根茂实遂,膏沃光晔";其三,流派众多;其四,"词论为之启迪","词体益尊,词坛益崇";其五,词人之数倍宋词之十。所以"词至于清,生机犹盛,发展未穷,光芒犹足以烛霄,而非如持一代有一代文学论者断言宋词之莫能继也,此世论所以有清词号称中兴之誉也。何止中兴,且又胜之矣"!

应该说,这是自彊村老人"清词之佳者,虽宋人未必能及"的大判断以后最早、最全面肯定清词价值的谠论之一,因为梦苕翁的大师级地位,故又显得格外洪亮,成为学界高频次征引的有力论据。值得注意的是,先师严迪昌先生1987年10月开始动笔《清词史》,至1988年1月底完稿。在《清词史》中,迪昌师对于清词价值做出极具学理性的判断,并以系统的史实佐证之。迪昌师的有关论说与钱仲联、饶宗颐两先生之序前后递接,共同成为词史研究中振聋发聩的声音,为清词研究奠定了坚厚的理论基点,开拓出了千年词史研究的新界域。由于《全清词》编纂项目的绾结,两代学人几乎同步思考与点燃着清词的光焰,这段学术史实很应该引起后人的关注与深思。

钱氏词学另一项应予高度评价而被学界明显忽视的成就是《近百年词坛点将录》及《光宣词坛点将录》。②"点将录"之成为文学批评一种"有意味的形式",始于舒位,而汪辟疆踵之、倾注心力为之、使集大成者必推钱仲联。在其所撰七种"点将录"中,"光宣词坛"与"近百年词坛"两种既开创性地将"诗坛点将"移植到了"词坛",又在相当层面上代表了钱氏对于光宣以来词坛的系统观感与判断,点断精切,赞语遒炼,实无异于一部个性化、"浓缩版"的晚清民国词史,因而特为

---

① 《全清词》卷首,中华书局2002年版。
② 学界多有认为《近百年词坛点将录》为《光宣词坛点将录》之易名或修订版,实则两者收词家不同25人,排位变化者26人,可两存之。见柳堂《钱仲联两个点将录所点词人之异同》。

学界珍视。① 刘梦芙以为诸录"力破宗派门户之见,首重创新精神……既重视思想内容,又兼顾艺术风格上的异量之美,显示出……开阔的视野和卓越的见解"②。本书中累次征引,亦是一证。

以上述两节为重心,加之《文廷式年谱》《论陈维崧湖海楼词》等著论,钱仲联的词学研究格局与成就可觇大概。本书浅尝辄止,若"钱仲联的清词研究""钱仲联的点将录写作"等一系列课题,还需有心之同人勤力发覆之。

二 "不向彊村门下乞残膏剩馥"

与纵亘一生、卷帙颇繁、瑰玮雄丽的诗歌创作相比,一部不到六十首的《梦苕庵词》委实难称用心,也不易给出很高评价。然而,一来作品数量绝非判断诗人/词人的决定性因素,清高宗弘历作诗数万,乃远不及"孤篇横绝,竟成大家"的张若虚即为明证。二来仲联自视其词亦颇自负。《近百年词坛点将录前记》云:"联中岁为词,实为门外,惟不向彊村门下乞残膏剩馥,差可自信","门外"自然是谦逊,"差可自信"才是真话。问题是,不乞彊村膏馥明矣,究竟心仪何处即值得斟酌。

仲联自述之"中岁"殆指 1943 年,时与廖恩焘相识,次韵答和所赠《烛影摇红》,词云:"南国人豪,目空灵海玄虚赋。二难今见白眉人,肝肺容倾诉。百尺江楼夜语,拨铜弦、鱼龙起舞。石田图好,何限深心,长依毫素。 小友相呼,莫闲三十功名误。顽仙挥斥此人间,回向惟陶杜。落手诗篇漫与,惜娉婷、危吟倚柱。控虬何日,直上罗浮,攫云同伫。"这首开笔之作落想、情韵尽皆不凡,上片"百尺"数句、煞拍"控虬"数句或雄壮,或飘摇,胸次高远,确乎迥异彊村派末流的局促窘狭,而与陈维崧、文廷式、黄遵宪等声气相通。同期《念奴娇·寄张孟劬先生燕京,即次其题梦苕庵图韵》中"黑风吹海,正危楼人与,孤灯成世""桑梓龙荒,山河桂影,量恨蓬莱水"云云,笔

---

① 仲联晚年弟子陈国安著有《近百年词坛点将录笺证》,未刊。
② 《风标卓异的诗学批评——钱仲联先生〈诗坛点将录〉论介》,《二钱诗学之研究》,第 88 页。

力奇重。《念奴娇·题段无染摹其师黄宾虹桂林阳朔山水画册》中"急滩鼍走。记一船而外,乾坤皆绿。眉月漓江曾照我,冷抱仙云同宿。大海莲开,危空笋立,飞翠迎人扑"云云,境界奇绝。此时仲联在诗坛成名已久,虽偶拈词笔,但运转自如,掉臂独行而又不失本色,独张一帜的态势相当显明。《八声甘州·丁亥春偕妇登虞山望海楼》作于抗战后栖居乡间时,天时人事逼面而来,词情也异样的凄楚雄健,是为仲联民国时期词创作的代表作品:

> 蓦桃花、都傍战尘开,春风冷于秋。倚乱山高处,万松撼碧,如此危楼。望里浮云起灭,东海有回流。鬓底颓阳影,红下昆丘。
> 携手江湖倦侣,记南征岁月,歌哭同舟。更梦肠百折,曾绕此峰头。算余生、阅残千劫,甚重来、不是旧金瓯。人双老,睇阑干外,来日神州。

仲联一辈诗人词人,既是幸运的,又是可哀的,其幸运与可哀都来自二十世纪这一个从所未有的百年。日寇对华发动全面战争,仲联不仅漂沦湘粤桂诸地,饱经战乱之苦,更写下过数十百首忧患悲慨、激荡人心的战歌[①],如今因"走了弯路"而避居草野,当然会有"春风冷于秋""如此危楼"的痛切感受,可是大江南北战火遍燃,"来日神州"的和平还遥遥无期,"算余生、阅残千劫,甚重来、不是旧金瓯",这样的喟叹也实在是令人心悸不已的!此后《扬州慢·江楼晚眺,百感春怀,漫倚此解》《水龙吟·八月廿一日晚,风雨中京口渡江,忆廿年前于此遣兵西上,风景不殊,欣慨交集》二首也大笔淋漓,写出了又一次历史大幕将换前的沉挚心声:

> 眉月窥襟,血霞中酒,倚栏如梦山川。问楼台金碧,可似十年前。正东海、蛟腥洗尽,麻姑鬓底,偷换桑田。甚风轮急转,回潮又撼江天。　　迢迢恨水,倩并刀、剪断还连。对珠箔飘灯,银筝

[①] 仅略举例,如《平津沦陷感赋四首》《佟赵二将军殉国诗》《哀南口》《哀大同》《西征八首》《闻金陵沦陷感赋八首》《哀济南》《闻河南消息》《闻国军克风陵渡》等。

沸市，春在谁边。北斗朱旗见否，鹃声外、万里烽烟。叹拏云心事，不应只诉吴笺。

瞑阴低压金焦，乱涛狂蹴吴天暮。昏灯水驿，晕黄颜色，为谁凄楚。畅好秋辰，客程偏恨，满江烟雨。记悲笳声里，苍莽去国，千行泪，从东注。　　早是洪桑换劫，二十年、惊飙过羽。重来故垒，剩芦残荻，海尘何处。创雁穿云，危樯追浪，郢魂都逝。又承平时节，卧吹箫管，向扬州路。

至此可以看出，仲联的"不向彊村门下乞残膏剩馥"语诚是很允当的自我定位。他的这些作品虽亦不废白石、玉田风味，而大旨则以雄奇沉慨的襟抱统摄为之，在宋近乎苏、辛，在清近乎陈维崧、龚自珍，而"才华魄力，拟诸近贤，直摩云起轩之垒"①。这一判断还可以下面两首共和国时期所作词实证之：

借青童、飙驾破空来，银河掷繁星。看长流南北，王图今古，龙虎雄城。夜静温犀照后，浪洗怪蛟腥。四十年前事，笳角千声。

犹是一衣带水，问过江人物，短梦谁醒。让齐梁残月，留伴蒋山青。换人间、虹桥飞跨，现万灯、楼阁旧烟汀。披云好，正苍开处，风雨潮平。

————八声甘州·南京长江大桥夜眺用梦窗灵岩韵

劫火穿云罅。记当年、毒龙煮海，万人为鲊。草草河梁挥手别，眸子霜飙酸射。看一鹤、横江东下。十载泥涂谁念我，走青枫、黑塞魂都怕。雁荡月，屋梁挂。　　铜仙铅泪何须泻。喜重逢、红桑划尽，剪淞入画。旧识新知皆鲍子，蹴踏况来天马。论文到、钟楼夜打。何限平生风义感，插岩香、图作同归者。珍此影，玉绫藉。

————金缕曲·辛丑秋与瞿禅共寓国际饭店十三楼，别十九年

---

① 刘梦芙：《冷翠轩词话》。

矣，仍夜联吟谈艺，同寓者郭老绍虞、马生茂元，合摄一影留念，次湖海楼中韵

《八声甘州》是《梦苕庵词》中仅见的一首步梦窗原韵的作品，而梦窗之原作又被公认为"波澜壮阔，笔力奇横"之别调[1]，仲联此篇不无歌咏升平意，但用心乃在"四十年前事，筯角千声"的追忆与"换人间、虹桥飞跨"的壮观，纵横捭阖处绝不下于原唱。自此可见仲联与梦窗一派——也即"彊村门下"——之渊源实在是很浅且很有选择的。《金缕曲》是文人风雅事，然而仲联则自此牵出"毒龙煮海""十载泥涂"的跌宕往事，极具历史纵深感。他特地选《湖海楼词》中标志性的词调《金缕曲》，且又选最险的"藉"字韵，本身也就揭示出自己的瓣香所在。

自上两篇还可想到，新中国成立后，钱仲联的古典文学研究相当迅速、大幅度地受到时代氛围的辐射，成为较早、较熟练运用新理念阐释旧文学的学术名家之一，然而耐人寻味的是，其诗词创作却甚少受到"时尚"潮流裹挟，仍旧埋下头，有些固执地沿袭原有路径行进，从而不仅罕见地保持了相当高的——甚至更高的——艺术水准，更显现出难得的冷静理性思考。1975年作《乙卯春感八首，次草堂秋兴韵》其七云："非儒问孔各论功，剑首唐虞一映中……坑灰飞尽秦祠白，猛士歌残汉帜红"，翌年《丙辰春感八首，四叠少陵秋兴韵》其四云："百尺高楼一局棋，埃风溘逝镇长悲。难忘傅说骑箕日，正及穷奇窜北时……年来苦恨长城坏，岂独龙门系我思"，隐蔽在这些句子背后的眼色见地无疑是清醒而有力的。这一点既与汪东形成了有意味的对照，更成为思考诗词在1949—1976年命运走向的一个绝好个案。此处仅以词为例，试读：

碧山无边际。占苏堤，春光今夜，两人成世。杨柳桃花千尺浪，荡得嫦娥魂醉。便天外、乘鸾而至。西子为持妆镜照，看毫厘、不失云鬟媚。罗袜步，仙尘起。　　无双毕竟明湖水。算重

---

[1] 唐圭璋：《唐宋词简释》。

来、惊鸿旧影，微波能记。哀乐中年都过了，犊鼻清狂如此。还笑向、湖峰拥髻。祝愿神人冰雪质，要长无、圆缺无生死。风露冷，可归矣。

——贺新郎·三月望夜，与妇苏堤玩月，归华侨饭店作

是何年、地腰中断，通天河水东注。流沙变海谁家力，珠泪鲛人无数。鹏翼举，让九万三千，缩却图南路。炎洲门户。甚鹫视鹰瞵，巨灵高掌，横跱海西戍。　　酣睡起，金塔神狮夜怒，江山还我为主。乱笳声里风涛恶，樯橹排空来去。君看取，只以唾消兵，藕孔修罗怖。龙门陡处。趁快意雄飙，梦魂飞越，狂踏赤鳞舞。

——摸鱼儿·丁酉感埃及近事有作

九转还丹笑未成，为谁玉貌到围城？墨灰不惜昆池遍，金棒应教帝座倾。　　槎月挂，绛河横，人天那用洗刀兵。蚌珠红金修罗血，才许重溟见太平。

——鹧鸪天·游仙感越南近事

以上数首或摹写清嘉山水，或有关蜩螗时世，均很得名家好评。《贺新郎》一篇陈声聪以为"可与遗山、伯雨相颉颃"①，夏承焘则推许为"可颉颃《忆江南馆》"，《摸鱼儿》《百字令·丙午元旦》等"感时之什"也被称作"使幼霞、彊村缩手"的大制作。② 同样"感时"，《鹧鸪天》二首又被陈声聪评为"纡回隐轸，俏丽无匹"。二位先生所称道者大都作于五六十年代，足见《梦苕庵词》精粹未减，钱氏的词坛地位也是在共和国时期逐渐得以确立的。

沈轶刘《繁霜榭词札》以仲联与夏承焘、龙榆生为"三大名家"，并准汉末成例，拟为一龙，这是对仲联词的最高评价之一。③ 他说："钱氏词清扬丽则，和神当春，令人不思魏晋……三人者，小令一时瑜

---

① 《读词枝语》。
② 夏承焘：《梦苕庵词跋》。
③ 夏为龙头，钱为龙腹，龙为龙尾。

亮，参天长鬣，掉鞅无惭。"如前所述，以钱氏词为"清扬丽则，和神当春"云云不能算是准确，但特别提出其小令则见眼光。如其《减兰》：

> 回戈心事，留得危楼轻命倚。海上潮来，中有神华四照开。
> 千秋孤索，通尽儒玄文史学。画里陶巾，不坏金刚此应身。
> ——顾鹤逸为沈寐叟画《海日楼图》，慈护先生属题

> 高楼琴剑，添得眉峰青到眼。一纸秋痕，知是词魂是月魂。
> 人天劫坏，惟有金刚香自在。谁写婵娟，红泪樱桃湿砚田。
> ——旭初以明末叶小鸾眉子砚拓片及《疏香阁图》属题

二首皆题图之作，本易写入空枵敷衍，仲联笔下却或贴紧沈曾植的"回戈心事""千秋孤索"，或关合叶小鸾的"一纸秋痕""人天劫坏"，可谓字字精悍，攫出神髓，能与前贤灵犀暗通。其《忆江南》组词六首分咏朱祖谋、林鹍翔、俞陛云、沈尹默、俞平伯及自己，盖因湖州有建"六客亭"纪念此六位湖州文人之动议，写来也特雅切得体，可与朱祖谋、姚鹓雏、卢前等并入"望江南论词词"系列，成为一段词学佳话。鉴于此组词似向来无人提及，不妨征引前四，既飨读者，又为前文关于四家论述作一参照：

> 沤尹老，得髓梦窗多。盟会江吴尊一长，词证茗水溯先河。华表鹤来过。

> 疆村业，钵袋铁翁传。曾写暗香疏影好，续灯又放一瞿禅。姸唱共樱边。

> 歌枯菀，三十探花郎。好语销魂传蜀道，悲怀剪烛赋横塘。历历此沧桑。

> 秋明子，新体此前锋。垂老回戈终一击，雅词天水振宗风。书苑亦称雄。

至于可引为豪、也多喟叹的自家长辈翁同龢，写来自然更加体贴，字数不多，而悲壮之气拂拂溢出纸端。《浣溪沙·松禅舅祖晚年福山舟中、观双忠庙、银杏、待潮、食鲥鱼等浣溪沙词五首，宗庆表侄为图五幅属题》云："落手龙蛇意未平，拜鹃心事短歌行。江湖白发太悲生。

入馔鲥鱼青琐梦，擎云银杏故祠情。七言中有怒涛声"，以短短六句橐括五词，非大才不办，而结末处以"七言"句点出翁氏的"拜鹃心事""江湖白发"，尤其能见末代名相的精神气质。对于这位"舅祖"，钱仲联无疑是知心人。另一首同调之作《次舅祖松禅相国辛丑三月词韵》精悍有所不及，然亦浑融可读：

> 四海当时沸怒潮，昆池何处泛棠桡。六龙西望灞陵桥。　词客情教渔笛谱，孤臣泪与劫灰消。可堪归燕在危巢。

《梦苕庵词》殿末之作写于1992年，八十五岁的钱仲联词笔愈趋老辣健举，毫不予人衰颓感。本年中元与生日，钱氏连续有《鹧鸪天》，精警至极，联类读之，别有意趣："又是盂兰法会辰，曾看沧海五扬尘。年来懒作朝元梦，老去难为触热人。　心上泪，劫余身，仓山气在笔能神。正当金虎横行日，一枕羲皇托隐沦"；"生后欧阳两日身，羊昙家世过江人。当时尽道桓灵季，未觉承平隔一尘。　年八五，露珠辰。残秋风景让浓春，众生皆病能无病，愁入肠中作转轮"。

这两首《鹧鸪天》不仅令人回想起文廷式的同调名篇《即事》，成为"直摩云起轩之垒"的另一力证①，同时我们还能感到，"曾看沧海五扬尘"的老先生对于时世人心其实一直投射以关切的目光，在"金虎横行日"冷冷地宣称自己"老去难为触热人"，然而"一枕羲皇托隐沦"又何尝容易做到？众生皆病，自己也不能例外罢？这样的口吻语气出乎阅尽沧桑的螺丝浜畔，梦苕庵中，着实令人寻味再三，而且大感惊悚。昔年夏承焘为钱仲联词题跋，有"念刘熙载为《艺概》，尝谓宋江

---

① 前文已引，此再引之，以省读者之劳："劫火何曾燎一尘，侧身人海又翻新。闲凭寸砚磨奓世，醉折繁花点勘春。　闻柝夜，警鸡晨，重重宿雾锁重闉。堆盘买得迎年菜，但喜红椒一味辛。"

西名家学杜,几于瘦硬通神,然于水深林茂之气象则远矣……兹举似苕翁,并以相勉,苕翁其许我乎"语,言下似有未惬之意,然而如《浣溪沙》《鹧鸪天》诸篇,不仅"瘦硬通神",且也完全具备了"水深林茂之气象"的。正是以晚年这些精湛的词作,钱仲联给予老友之攻错一个很好的回应,从而也为自己数量不多但风神独绝的词创作画上了一个完满的结束符号。

三 俞平伯的《古槐书屋词》

上文言及钱仲联《忆江南·咏六客》,其第五章系咏俞平伯:"俞楼后,家嬼问谁贤。冠代红楼称绝学,过时冬夜让词篇。高拍沈侯肩。"这位世所熟知的新诗奠基人、红学权威其实也是值得深究的优秀词人,应附钱氏后先谈。

俞平伯(1900—1990)之简历为人熟知,不必赘述,这里只需特别指出两点:第一,1954年的"评红批俞"不只是针对俞氏个人的,那只是"青萍之末"的一点微风、一盘大棋的一小步而已,但对俞平伯来说,它显然构成了一生的重大转捩点。此后尽管在"采取团结态度"的谕旨下"安全着陆","待遇"也未受大影响[①],然而他的学术生命则渐次陷入枯竭停顿状态。与胡风、陈寅恪、詹安泰、龙榆生、任铭善以及更多遭罹悲惨命运的人相比,俞平伯"华年受阻、一生坎坷、晚境凄凉"(参见韦奈文章)的经历其实尚可称"平顺",然而也只是痛切程度有轻重而已。遥想他遭贬扫地、艰难追着漫天落叶奔跑的身影,遥想他吃一把嫩豌豆也被斥为"资产阶级生活"的疾言厉色,怎一个愁字了得?对于这些浸染血色的惨痛教训,"娘打孩子论"固不足为训,就是一味强调"向前看"恐怕也不无"淡化"的恶意和嫌疑罢?林达说得好:"凡是支付了高昂代价的历史事件,都不

[①] 1954年10月16日毛泽东《关于红楼梦研究问题的信》,转引自孙玉明《红学:1954》,北京图书馆出版社2003年版,第76页。俞平伯写有痛切检讨的文章,又将"曲园"捐献国家,属"认罪态度较好",亦平安过关之原因,因此1956年仍被评定为一级研究员。时任文学所总支书记的王平凡说:"定了职称,就可以到好医院看病,看电影能坐在前排,进出城有车。倘若在其他单位一定不敢给俞先生这样的人评为一级。"见陈徒手《旧时月色下的俞平伯》,载《人有病,天知否》,人民文学出版社2000年版,第5页。

应该只是一道一抬脚就能跨过去的历史门槛。如果人们至多是像被绊了一跤,掸掸尘土,头也不回地就奔向前去,连一点真正的教训都没有得到,那么人类所付出的生命、鲜血、尊严,不是太轻贱了吗?"①

第二,与新文学开拓者、红学家的身份相比,俞平伯的词学家身份并不炫赫,然而他既是第一个整理标点《人间词话》的人,也是"词的鉴赏之学"的开创者,二十世纪词学史理应有俞氏的重要一席。在《俞平伯的词史观与词的鉴赏之学》一文中,曾大兴将其置于王国维、胡适的"北派词学"序列中予以系统的观察条理。文中指出,俞平伯的词学思想深受王国维、胡适的影响,在进化论的基础上更带有平民化的色彩。他持"没有民间词的词史,不是真的、活的词史"之观念,所以一反常说地以为明代词曲不分,但古意犹存,故可以原谅,而清词过于讲究,即去"平民化"越来越远,故不值得学。也是在这样的认识基础上,俞平伯干脆利落地说:"苏辛一路,本为词的康庄大道,而非硗确小径。说他们不够倒是有的,说他们不对则不然。"② 于此可见,与王国维和乃师胡适相比,俞氏"对于词史的了解要全面一些,也深入一些",看重苏辛在词的进化过程中的推动作用,"他的眼光显然比王国维和胡适要宏大一些,深远一些",甚至比推崇苏辛著称的胡云翼还要"激进一点"。③ 持有如此独特见地的词学家,其词也一定是相当可观的。

俞氏词数量不大,《古槐书屋词》二卷加辑佚仅八十首左右。因为性气和厚,又秉承庭训,早年所作多从唐宋名家较温雅一路入手,如《换巢鸾凤·〈燕知草〉题词和梅溪》:

> 南国莺娇。叹嬉恬梦浅,渐远虹桥。好风偏鬓影,暗陌咽饧箫。微阳春尽去墙腰。露桃拥髻,池台语销。黄昏懒,试静睡、夜灯留照。　山悄波渺渺。襟上酒痕,前事空怀抱。记否来时,不

---

① 林达:《洛杉矶骚乱》,载《我也有一个梦想》,生活·读书·新知三联书店2006年版,第23页。
② 俞平伯:《唐宋词选释》,人民文学出版社1979年版,第16页。
③ 《二十世纪词学名家研究》,第77—94页。

如归矣,凄怨天涯芳草。憔悴行吟迫中年,杜鹃啼罢残英老。湖烟深,漫回头、寂对霜晓。

试持之与史达祖原作,乃至与其父俞陛云的《乐静词》相对照,那种雍容中淡淡的忧伤极其相似。事实上,《燕知草》这本书中也正弥漫着浓郁的江南地域情结与家族文化情结,如此题词当然是与主题相得益彰的。《蝶恋花·闻寅恪言,今岁太液池及公园荷花均盛于往年……》与《踏莎行·辛未七夕寄环》则是绍继了曾祖曲园老人"乘兴挥洒,不为四声所缚,而无不宛转入律"的家风之作①,不甚雕琢,而语浅情深:

睡起残脂慵未洗,却忆斜阳,小立明秋水。憔悴心怜花妩媚,好花可管人憔悴。　今日初三眉月细,已见西风,叶叶摇波翠。明日重来看汝否,沉吟对汝都无计。

天上初逢,人间乍别,这遭又负新秋节。有心聚散做新愁,中庭瓜果为虚设。　却忆残荷,应怜残月,无眠不爱蛩声切。离家情味你知么,回家我也从头说。

"离家"二句白话入神,很有胡博士的韵味,连那种略微戏谑调笑的口吻也很逼真,但古意盎然,绝无"以新精神写旧体诗"的审美追求,尽管他在新诗领域的成就和影响都远远超过顾随。这种植根天性、加以后天修为的温和态度虽历经战乱烽火也无大改变,然而晚年的俞平伯则不能不有起伏跌宕,辞气常现激烈锋棱。如《鹧鸪天》:

业力先牵愿力孱,敢将疏隽犯红颜。飘沦何事尘泥辨,喧寂无非醒梦间。　思电笑,胜名山,途穷奔驶可知还。无端多少闲言语,误了罾眸一晌看。

---

① 杜文澜:《憩园词话》,载《词话丛编》,中华书局1986年版,第2876页。

怅望飞云隘九垓，弥天文网出燕台。蝇营蚁慕贪夫业，孤雁眠羊买命财。　须坦白，莫迟挨，织成鸳锦待伊猜。闲茶浪酒都知罪，长袖今宜罢舞来。

此二首《古槐书屋词》编次于 1952 年前，然而我也不无疑心，这是词人有意的"窜改"与遮蔽。诸如"无端多少闲言语，误了鬈眸一晌看""闲茶浪酒都知罪，长袖今宜罢舞来"难道不是遭遇"评红批俞"后心境的自述？如果说这是巧合，那么俞氏的先见之明也太了不起了！如果说"弥天文网出燕台"之句过于犀利，不应出于具有"历史局限性"的俞氏手笔，那么以下这首作于 1976 年粉碎"四人帮"后的《临江仙·即事》则是毫无顾忌地弹奏出了自己的真实心音[①]：

周甲良辰虚度，一年容易秋冬。休夸时世若为容。新妆传卫里，裙样出唐宫。　任尔追踪雄罢，终归啜泣途穷。能诛褒妲是英雄。生花南史笔，愧煞北门公。

多年磨折并未完全摧垮这位温和老人的骨气与见地，这当然是极可钦敬与赞佩的。[②] 最后还应再读两首与他"冤缠孽结大半生"的《红楼梦》有关的《临江仙》[③]，作为 20 世纪最重要的红学家之一，俞平伯笔下不可无此二篇：

惆怅西堂人远，仙家白玉楼成。可怜残墨意纵横。茜纱销粉泪，绿树问啼莺。　多少金迷纸醉，真堪石破天惊。休言谁创与谁承。传心先后觉，说梦古今情。

[①] "即事"之题收入《古槐书屋词》时删去，盖缘避忌之故，见孙玉蓉《俞平伯年谱》，《俞平伯全集》第十卷《附录》，花山文艺出版社 1997 年版，第 534 页。
[②] 俞氏晚年有"要利息"事，可见风骨，一般文献皆不言之。略谓 1972 年后俞恢复待遇，数人送来补发工资，点完钱问："此本钱，利息何在？"来人愕然曰："无。"俞曰："工资是国家给我的，扣这么多年就是错误的，今天你们来送钱就是很好的证明。还本付息是个常识。"来者面面相觑，无以对答。
[③] 孙玉明：《红学：1954》，第 2 页。

谁惜断纹焦尾,高山流水人琴。禅心无那似诗心。蜻蜓才点水,飞絮漫留萍。　　多少深闺幽怨,情天幻境娥英。知从罗绮悟无生。蘅潇相假借,兼美亦虚名。

四　"面辱乡贤"邵祖平

培风楼主邵祖平(1898—1969)多年执教之江、浙大,并与夏承焘过从甚密,或可视为"天风阁"上一员骁将,然而他与钱仲联关系似更引人注目,故附而谈之。祖平字潭秋,别号培风老人,江西南昌人。少时贫寒,自学成家,曾从章太炎学小学,又与陈三立、黄侃等唱酬,为人所重。1922年任《学衡》编辑,后任教东南大学、之江大学、浙江大学及苏州章氏国学讲习会。抗战军兴,祖平入蜀任中央大学、四川大学等校教授,其《培风楼诗》获教育部颁文学一等奖,声誉益盛。同时著有《词心笺评》,选唐宋词二百六十首,标举"烟柳受其驱排,斜阳赴其愁怨,拥髻逊其凄诉,回腰穷其娭盼"的"词心"之说。[1] 夏承焘为之序,称其"廓然能见其大"[2]。1954年调入中国人民大学,1957年遭划右派,发配至青海民族学院。1965年退休始回杭州依子而居,"文革"旋起,祖平视为生命的藏书全遭抄没,遂突发脑病,不治而卒。

祖平并不复杂之履历中牵涉一"面辱乡贤"公案,事见冒效鲁《叔子诗稿》中《黄山樵子夜过谈艺,臧否人伦,推倒元白,舌底澜翻,势不可当,去后戏为三绝》,其第三首云:"前人朴质今人笑,面辱乡贤邵祖平。诸老风流难仿佛,得君狂者竟何人。"句下自注:"散原尝为年家子同乡邵某作序,恭维未餍其欲,邵于散原面将序文撕碎以辱之,散翁貌益谦下。"刘梦芙或据此在《五四以来词坛点将录》位置其为"天暴星丧门神鲍旭"。此事引起祖平子靖宇之不满,因致书《当代诗坛点将录》作者冯永军,忆及原委。略谓抗战期间祖平在桂林投靠钱仲联以居,"开始时关系十分融洽,二人朝夕相处,常作长时间的闲谈,并且互请对方为自己的诗稿作修改和提意见"。关于《培风楼诗》

---

[1] 邵祖平:《词心笺评》自序,复旦大学出版社2007年版。
[2] 详可参见路成文《论邵祖平的"词心"说》,《文艺研究》2015年第12期。

未用散原老人之序的原因，邵靖宇云："先父向钱先生解释了……因为散原先生把他的诗过于强调是继承了江西诗派的，而先父觉得自己的诗的风格并不限于江西诗派之内。钱先生也表示同意先父的看法。"曾一度交谊密切的两位大诗人后因管教子女等细事失和，从此结怨，"先父和钱先生二人都各自从自己的诗集中删除掉互相赠答的诗，就仿佛以前从未有过来往那样"。邵靖宇因而疑心梦苕翁与冒叔子关系甚密，遂造语诽谤之。[1] 此事钱仲联似未有谈，道理上讲不宜据祖平之子说而遽定真相，然无论如何，两位先贤的反目是很令人遗憾的，而我们亦可藉之了解民国文人间生态网络，"细节呈现历史"，掌故之学亦意义非小也。

祖平诗篇什甚富，今搜集尚可得一千五百余首。冯永军评为"缒幽凿险，波翻澜卷"，称其"篇什甚富，沉雄瑰玮，眩人眼目，自是一代大家手笔。感时伤世，游山玩水，每有佳作，非仅以多为胜"[2]。词乃余力为之，仅百首上下。刘梦芙以为"古芬熏衣，奇彩炫目"，标格在贺方回、吴梦窗之间。"虽用笔时有过于生涩处……足使庸流缩手"[3]，所说甚是，评价也不低。《点将录》中"天暴星"之位置，或偶然耳。祖平短调炫烂而不伤于生涩者如《鹧鸪天》"妆阁长依一角山，断烟离绪损红颜。情多易拾花间恨，坐久频窥月子弯。　　鸾镜掩，绣针闲，晚来愁黛锁乌蛮。蜀天风露非人世，鬓乱钗横特地寒"，用笔颇皱折而气象高严。又如《满宫花·禁酒中作》：

> 禁饮酒时天与闷，破睡茶烟绕鬓。少年何处觅春心，携榼花丛柳阵。　　乍脱青山思酒病，襟上杭州香喷。不眠特地为关卿，蟹眼瓶笙谁问。

确实奇纵不凡，绝去蹊径。同写"禁酒"，抗战中作于重庆的《水调歌头·旧腊将尽，旅况萧寥，戏为俳体词自嘲》就成了大题目，也能

---

[1] 冯永军网文《邵祖平与钱仲联》，见"天涯论坛·闲闲书话"。
[2] 《当代诗坛点将录》，华东师范大学出版社2011年版，第39页。
[3] 《冷翠轩词话》。

出大意义,作者自谦为"俳体",实则端严正大,丹心耿耿:

> 岁晚貂裘敝,寥落古渝州。仰瞻行在都宇,巍阙恋梁牛。禁酒难成牛饮,作赋未逢狗监,秃尽笔如丘。何取万言策,莫散一家愁。　　占香港,陷吕宋,下星洲。皙肤碧眼逐步,撤退也堪羞。惟我中华耐战,湘北散寅倭甲,扫地誓摧仇。教授穷犹喜,白墨可充筹。

还可引一首抗战时所作《万年欢·瞿禅自沪渎寓,书诵后村词云:"但可常留相见面,不宜轻屈平生膝",意指东南名士不恤败节者,读之喟感,赋寄此调》,既可为夏、邵一辈气节砥砺之佐证,又能看出祖平词作是完全可与其《培风楼诗》共同辉映,成为抵御外侮的元气之一部分的:

> 蜃气嘘云,鳄腥翻海,绮窗惊看蛟涎。骈驾麻姑,曾记三变桑田。妩媚词人未老,比希真,渔笠飘圆。凭珍重,此膝生平,好留见面依然。　　鸾笺鲫墨,步趁天阙,相哀窈窕,共惜才贤。宛转柔肠千结,对泪潺湲。青鸟西飞,万里几人传。密爱缠绵。伤情处,明月江心,过船商妇调弦。

五　"梓人宜入传,侠骨更谁同":论曹大铁词

犹如汪东之于吕贞白,钱仲联亦有赠答颇多、交谊密厚之同乡小友曰曹大铁。这是一位罕见的"通才""奇人",也是一位人生轨迹跌宕特异的词界高手。

大铁(1916—2009),原名鼎,字若木,号菱花馆主,出身常熟富家,"少年席丰履厚,肥马轻裘,慷慨行任侠,目中不置一俗物"[1],曾学诗于杨圻,学书于于右任,学画于张善孖、大千昆仲。1940年毕业于之江大学建筑系后从事营造、商贸工作,一力抗日,尝两逃内地而未遂,坚忍卓绝,备历艰苦。抗战胜利后,有欲聘之政界者,则以"野性

---

[1] 钱仲联:《大铁词残稿序》,南京出版社1993年版,第157页。

难驯习晏安,不臣小仆傲当权。平交两两三三友,讳语千千万万官"答之。① 新中国成立后,大铁历职杭州化工厂、华东海军部、安徽省建委等处,主持完成多项重大工程。1957年反右运动中大铁因名额原因无辜被划右派②,悲愤交集,不仅以诗词倾诉斥责,且自看押处逃跑,欲祝发出家。如此"顽固对抗",遂遭"升格"为"安徽省右派集团的总参谋长"等"要职",关押数载,残酷批斗,二十一年中"所受苦难,仅免死亡"③。晚年大铁任江苏省文史馆馆员、上海大风堂同门会副会长、中华诗词学会会员等社会职衔颇多,交接不少,闹热一时,但不知心灵中深镌的伤痕能够抚平、痊愈否?苏渊雷题写其《梓人韵语》五律有云:"梓人宜入传,侠骨更谁同",平淡的十个字是堪为大铁一生定评的。

曹大铁以理工专家精擅文史之学,又于书画琴印、鉴赏收藏皆具深湛造诣,如此"振奇而多能"④的"通才""奇人"确乎难得一见,然而斯文扫地之时世中,识其真价者寥寥,声光消寂似成必然事。这或者是文化界——特别治文学艺术史者——的遗憾和责任所在罢!仅以文学成就而论,大铁诗远学吴梅村,近绍杨云史,最擅长歌鸿篇,其《蹈火行》《台儿庄战役赞歌》《匡正行》《富乡歌》《丹青引》等,直记史事,毫无假借,用笔淋漓澎湃,实可追逐杨圻、钱仲联后而并为近百年"梅村派"之殿军。与诗相较,其词更加用力,成就也更胜。据大铁自述,自十五岁学填词始,至知命年即已填词千五百余,数量才思,直逼辛老子与湖海楼,所谓"铭心博物方以智,随手填词辛稼轩"者,并非自夸语⑤,然而历经劫难,散聚无常,今其诗词集《梓人韵语》收《大铁词残稿》尚余三百七十五阕,幸欤不幸,实所难言。⑥ 这只是

---

① 《鹧鸪天·丁亥除夕作祭诗图并赋》。
② 见李永翘《中国千古大奇才——记曹大铁先生》,"菱花馆艺文社"网站。本篇小传于该文取资颇多,特致谢。
③ 曹大铁:《大铁词残稿后记》。
④ 钱仲联:《大铁词残稿序》,南京出版社1993年版,第157页。
⑤ 曹大铁:《鹧鸪天·书拙著〈钢砼薄壳结构探讨〉一文后》。
⑥ 《大铁词残稿自序》详说词集聚散过程,略云:积岁所作,奚止千阕。1953年汪东为删存五百五十余,反右后荡然无存,遂自友人处搜集并记忆所得二百一十二阕,时在1964年。逾年自舅氏处得旧稿无数,去其重复,得词七百九十四阕,"文革"初迓被抄家,又去三分之一,乃最终得此数。

"残"存的一部分而已,但数量既不小,能提供的审美愉悦与认识价值也够丰赡的了。

不妨先看大铁民国中的词作。《西江月·陷敌纪事》组词作于自沦陷区偷逃内地之际,记写心事情境皆甚逼真。如其四、六:"破壁悄然远遁,通衢阔步闻枪。追兵身后太慌张,匿迹旗亭虚幌。　践踏东邻尸体,行经吾室门墙。更驰疾足水云乡,野渡无人横舫","难得一隅净土,桃园世外清凉。丧良奸黠与妖嫱,倡议壶浆寇享。　甘作奴颜婢妾,会看粉墨登场。通宵人语话悠扬,若辈心肝异样",追摄光影,敏捷之至,而轻着议论,又不乏含蓄,很具湖海楼神韵。至若他最擅场的《贺新郎》一调,如《闻七君子释狱》《酬邻翁》《悯农》《探周剑雄苏州监狱》《送叔崖奉节使日公审战犯》《壮丁词》,以及《水龙吟·记重庆较场口事件》《水调歌头·讨汪逆还都》等篇或悲悯情至,或议论风生,都堪称是对那段时空的多维度忠实记录,因而也构成民国词史很丰美的一页。其《送千顷北上说阻吴公出首伪政》一篇,所记为杨圻遣子千顷、爱妾狄美男北上劝阻吴佩孚出任日伪傀儡事,不仅成为吴氏晚年大节的历史见证,且绘声绘影,叙说层叠,颇多"惊险大片"味,特值得一读:

挟策燕京去。为神州、金瓯不缺,未遑钱斧。家破人亡国难剧,拼却头颅莫顾。临大敌、齐心同赴。扫尽疑云凭广舌,要堂堂、正气滔滔语①。重托付,慎思虑。　私情公义成交互。痛心肝、黎元碧血,染殿尘土。涤荡狼烟同仇忾,谁许山河割据。共挨过、漫天风雨。张楚刘齐皆盗贼,想将军、儒雅通今古。波浩淼,手挥舞。

"斗粟朝千晚十千,哀哀黎庶若为餐。灯花报吉从何喜,马乱兵荒又一年。　心恻恻,泪潸潸,凄风黄叶绕繁弦。大江南北无多路,隔岸歌吹两重天",这首《鹧鸪天·戊子除夕》已作于民国最后一年,心

---

① 本篇后记引大铁自作《匡正行序》,有云:"千顷少时素为吴公喜悦,比见则怒火顿作,谓云史知我者犹出此举,莫怪世人之致疑也,可以即景报之,去去毋贻累。"

绪灰败沮丧至极。对于蒋总统"乾纲独断"的国民政府,大铁和知识群体的大多数一样,是相当厌弃和疏离的,对于"隔岸歌吹"则充满着真诚的憧憬与向往。然而意想不到,一把把焚心烈火最终还是烧到了自己的发端眉间。一如陈寅恪、黄万里、聂绀弩、吴鹭山等,曹大铁也是一位"棱角不尽被长夜黑暗所磨圆"的"敢哭敢歌"者①,他冷冽激愤的目光和笔触已经成为那段痛史中闪耀光芒的部分,特别值得后人铭记和珍惜。可读三首《鹧鸪天》:

  台下寒冬台上春,银铛箫鼓杂具陈。天山景里丰神旧,舞罢褚衣更着身。　　同冷落,共浮沉,君其何罪沐风尘。平生热泪珠玑贵,只赠英雄与美人。

——囚禁中见旧识王娘演天山舞

  白日飘零四七春,还留微命作词人。山川天地非常意,水火刀兵列次陈。　　三字狱,百年身,未因荣辱捐清贞。平交海内劳相念,敝帚凋残好自珍。

——释囚日书报南中诸友

  羽野昏昏不忍看,链枷一列锁儒冠。好知识字文盲易,强令无知学究难。　　文史散,理工残,卑卑老九臭如兰。魔罗合共妖姬舞,毒雾淫氛漫海山。

——丁未秋日

在那样动辄丧身的氛围里,居然可以坦然、昂然地宣称"平生热泪珠玑贵,只赠英雄与美人""三字狱,百年身,未因荣辱捐清贞",这份倔强的胆气与深透的见地真是够惊人的了!更值得钦佩的是,大铁并不止于抒写个人运命的沉浮,对于眼前人妖是非尽皆混淆的现实,他更是振笔直书,毫无假借。《忆王孙·续潘邠老句》组词九首就是绍继湖

---

① 借迪昌师语,见《心态与生态——也谈怎样读古诗》,《古典文学知识》1999年第2期。

海楼"为经为史"的精神与精悍质直的艺术特质的篇章,读其二、三、五、六诸首:

> 满城风雨近重阳,陌上旌旗正作场。白马素车夹道长,自相戕,不辨忠良与鬼伥。

> 满城风雨近重阳,生死茫茫孰自量。一路儒冠絷道旁,督责强,五蠹先除法后王。

> 满城风雨近重阳,九月寒衣未度量。腊雪炎风一敝裳,屡空囊,徒负官家赐券忙。

> 满城风雨近重阳,又庆年丰足稻粱。峻切公文备战荒,久枯肠,大腹便便短口粮。

对这段历史较熟悉的读者当然是清楚"本事",也知道这些词篇的分量的。因为"输肝剖胆,开心写意"①,其作品也难免有直白粗疏者,然而也正因为如此罕见的"输肝剖胆,开心写意",侠骨柔肠的曹氏风神栩栩然树立于纸端,且也应该在词史上博得自己不可取替的一席。关于大铁词,钱仲联《序》有几点说得很切实。他不仅明确地说"君之作,词胜于诗",而且详言理由。第一,"大铁之作庶几无一首不征诸史事,且可补史事之不足,且事中又有大铁之人在焉,斯足当词史而无愧矣"。第二,"词贵自创","若大铁之词,谓之以文为词可,谓之以诗为词亦可,谓之以词为词更无不可"。第三,《大铁词残稿》中《贺新郎》六十七首,"富矣哉!自迦陵为此调一百三十三首后,未尝有也。顾其词虽与迦陵近,而实承同甫、后村两家衣钵,于清人则兼遍行堂、积书岩两家之胜"②。第四,常熟诗人多而词人寡,近代张鸿、杨圻、黄人、庞树柏诸家皆距离"自创"较远,"今大铁出,倘能健笔凌

---

① 《大铁词残稿自序一》。
② 遍行堂谓今释澹归,积书岩谓顾贞观。

云，一新虞山之貌，斯在大铁之自勉而已"。

最末一点是从"乡谊"——也即地域文化——角度入手建构"虞山词群"的期望，前面几点则集中在大铁词直言记史、直笔写心、沉雄豪侠的特质上。"词贵自创"诸语不仅是对大铁词的恰切高度评价，同时也是标举出了"诗余填词"的梦苕翁的审美理想的。

第二章 梦窗派"南能北秀"朱庸斋、寇梦碧及分春馆、梦碧词群

自上文俞、邵、曹乃至前文所述相关诸家可以再次感受到,在那个艰辛的时代里,数千年沉降继替的文明燧火仍旧在放出理性、纯善、优美的微光,尽管那光焰弱小昏暗,似乎任何一点轻风都可以将它熄灭,可是它就那么一直强韧地摇曳着,绽放着,不仅会映照出模糊的方向,也会传递出丝丝的暖意。吴文英,这个在词史上争议巨大的词人,无论如何也想不到,他的衣钵传承历经起伏,在二十世纪后半期会显示出这样一种撑抵现实逼压的特异锋芒。本节合论两位"荒江野老屋"之"素心人"朱庸斋与寇梦碧,二氏皆瓣香梦窗,工力相埒,更苦心孤诣,分别培植起水准极高的岭南、津沽词群,从而不仅成为梦窗派的"南能北秀",更堪称千年词业的传灯续火人。[1]

第一节 "秋心几曾为春苏":论朱庸斋词

一 "便作词人无一可"的畸零人生及其《分春馆词话》

前文说过,朱祖谋不仅是清代词史的"虞渊落照",更是二十世纪词史最醒目飘扬的旗帜之一。任何漠视、涣散彊村老人影响的描述都将导致对近百年词坛的观察形成无可挽救的偏颇与遮蔽。在彊村一脉中,其亲传弟子龙榆生等最终都不同程度地背向"梦窗"大旗渐行渐远,倒是"副帅"陈洵门下的朱庸斋守望得较为纯粹,也更加坚实。

---

[1] 其说早见冯永军《当代诗坛点将录》朱庸斋条,该书第 73 页。

第二章　梦窗派"南能北秀"朱庸斋、寇梦碧及分春馆、梦碧词群

朱庸斋（1921—1983），原名奂，字仲章，以号庸斋行世①，广东新会人，其父恩溥，曾以岁贡生从学彊村，又为康有为万木草堂弟子。庸斋幼承庭训，十五岁时又以年家子从陈洵学词，实为"根红苗正"的"双料"彊村传人。晚年庸斋尝回忆云："述叔先生……赠予彊村校本《吴梦窗词》一册、彊村选本《宋词三百首》一册，及其所刻《海绡词》与《海绡说词》一册，嘱仆如于博处求之则钻研《宋词三百首》，专处求之则钻研《吴梦窗词》，归而读之，觉吴词虽难以体会，然熟习之自觉有一种说不出之好处……又以宋代其他作者及清初作者、近世作者与之相较，总觉无吴词之味，始发现吴词之佳者在乎用笔重，体物深，取境大，命意厚，及参况蕙风先生词话，词贵重拙大之说，始有所会意。"②

年甫逾冠，庸斋以才名被汪精卫聘至南京任私人秘书，旋即以处事不慎遭革除回广州③，为时不过半年。曾短期任广东大学、广东文化大学教席，而困顿无聊，谋生乏术时极多。新中国成立后以失业知识分子登记，1956 年后得叶恭绰举荐入广东文史馆工作，为干事而渐至馆员、研究员。六十年代初在文史馆夜学院讲授词学，大受欢迎，陈永正、吕君忾等月致五元束脩、拜师入门即在此前后。"文革"中虽遭挤迫，终于履险过关④，至 1983 年以肾病卒。

朱庸斋一生除少不更事、短暂"落水"外，其余大抵为清寒的书斋生涯，艰屯困苦，一寄于词。如佟绍弼《分春馆词序》云："君际遇之奇，有为众人所嗟叹骇异而蕲至弗获者矣。君乃恬然自若，无所形色，至其跋踬厄塞挫辱而为人所难堪，则又处之泰然……君得失盖皆以词致，而曾不以间其专好之心……日群其徒侣，声出乎沉酣，意广乎冥

---

① 庸斋生年一般作 1920 年，原名、表字等皆有异说，如陈永正《略论分春馆词》称其"原名殳畹，后名奂，字奂之"。此从李文约《朱庸斋先生年谱》，香港素茂文化出版有限公司 2012 年版，第 3 页。
② 朱庸斋 1974 年作《与女弟陈宝珍书》，《朱庸斋先生年谱》，第 10 页。
③ 据其弟行回忆，盖因庸斋自作主张以汪氏名义援手友人，汪闻之怒，遂遣之。见《南方都市报》2007 年 8 月 31 日"广州旧闻"。
④ 朱庸斋"文革"时常说，"能保住性命就不错了"，其婿李文约转述，见《南方都市报》2007 年 8 月 31 日"广州旧闻"。文中又说，庸斋夫人因出身不好遭谴较重，庸斋所在文史馆历史问题严重者甚多，故稍得清静。

漠,滂沛洋溢,口吟指画,若将以此终身者然",弟子陈永正则感慨:"士君子生于阳九百六之世,龙火漂焚之秋,一身自保不暇,然犹闭户吟呻,焦桐疏越,下鲛人之珠泣,成绝妙之好词……此真词人也。"①王蕴章题写的《临江仙》虽作于四十年代,却很能抉出庸斋平生心事,"经醉湖山劳倦眼,天涯三见红桑。曝书亭子久荒凉。平分春一半,消受泪千行。　便作词人无一可,捣残麝墨题香。梅边花谱写刘郎。琼箫和恨咽,锦瑟比愁长",这诚然是位"便作词人无一可"的畸零者。②

朱庸斋填词得名甚早,"其旧集之流行于世者亦既有年,故港岛人士得见其词,竟有以君为清末词人年辈甚尊者"③,至中年后则以说词著称,陈永正等自素日师门札记、往来书简中掇拾论词语,汇为《分春馆词话》五卷,无论篇幅、见地、格局,均堪称近现代词话之翘楚,论二十世纪词学史,或论彊村一派词学,这部词话当然是不容忽视的。④

《分春馆词话》最特出处在于其以"清季四家/六家"为门径的独特词史标的。自有词话以来,论词者几无不标榜唐宋,力追古远,其中虽不乏称道清词者,也大抵是在"唐宋词不可及"论的前提下予以有限肯定。庸斋当然不是看轻唐宋词,《词话》中所花心力极多,对吴文英更有至佳评语,但论及学词门径,则毫不含糊地直言指出:"余为词……远祧周、辛、吴、王,兼涉梅溪、白石,近师清季……四家","余授词,乃教人学清词为主,宗法清季六家(蒋、王、朱、郑、况、文)及粤中之陈述叔"。⑤之所以如此别择,他在《词话》卷三给出"清词至清季四家,词境始大焉""词至清末,眼界始大,感慨遂深"的回答⑥,不仅视其为清词顶峰,也视之为千年词史的至高境界。我们当然可以不同意朱氏的判断,但他的理由却不能不引起深思。说"清词至清季四家,词境始大焉"是因为"此四家……穷毕生之力深究词学,

---

① 《朱庸斋先生年谱序》,该书第1页。
② 均见《分春馆词》卷首。
③ 傅子余:《分春馆词序》。
④ 曾大兴:《二十世纪词学名家研究》论彊村一派词学以詹安泰为殿军,如能益以朱庸斋,或将更觉完善。
⑤ 《分春馆词话》卷一,一五、一六条。
⑥ 《分春馆词话》卷三,四三、四五条。

其生长之时代及生活,亦多可喜可愕、可歌可泣者,故为词亦远过前代。王于碧山、郑于白石、朱于梦窗、况于梅溪……皆有所得,功力同为宋以后所不能到,甚有突过宋人之处者",说"词至清末,眼界始大,感慨遂深"是因为"清季四家词,无论咏物抒情,俱紧密联系社会实际,反映当时家国之事。或慷慨激昂,或哀伤憔悴,怅触无端,皆有为而发"。

在这些论述中,隐含着朱氏两种可贵的文学思想。其一是"代变论"。《词话》开宗明义即有云:"文章各体不断演变。魏晋时之诗,无齐梁之境也;齐梁时之诗,亦无唐代之境也;唐时之诗,亦无宋代之境也。设齐梁为诗,必须如魏晋人风格……唐时为诗,亦必须如齐梁人手法……诗之领域,凭谁张而广之?诗如此,词亦如此。北宋中期以后之词境,为花间五代中所无;南宋之词境,亦为北宋所无。各大家能开拓词境,使'文小声曼'之词,得以宏大……倘仍恪守其玲珑其声,妙曼其音,境不外乎闺阁,意不外乎恋情,则何以而大、而深、而变乎?"正因持"无新变不能代雄"的理念,庸斋对"明人、清初诸老"提出尖锐的批评:"作者出笔,务求声容意态一一如闺阁女子,诿之为学五代北宋初期。其实作者已是须发皤然之老翁,饱经丧乱……一遁而为词,便变成十七八之女郎,宁不可笑?此乃误于'诗以言志,词以抒情'之旧说。辞藻意境,绝不敢超乎五代宋初以外,不如是,则以为是诗也,非词也,故此时率无好词。"[1] 如此论说,便与一味拟古者划开了清晰的界限,其实是与其师承的朱祖谋、陈洵等也在某种程度上显示出了不同的理论祈向。

其二则是与"代变论"相联系的"知人论世"说。《词话》论唐宋以迄清季各家,罕见就词论词的例子,而大抵结合品格抱负、所处时世探求其审美特质。如对东坡、稼轩,即肯定其"忧生念乱,抚物兴怀,身世所遭,出以唱叹,命笔寓意,又何有异于诗哉",下逮清季,则指出此际"国运衰微,忧患相仍,诗风大变,声气所会,词学复盛,名家迭出,此道遂尊……积愤放吟,固无减于诗也"[2],因此,庸斋既强调

---

[1] 有自注云:"其年不在此列",亦可觇趋向。
[2] 《词话》卷一,六一条。

"学词……首先了解作者之时代背景、生平,该此二点不知,将莫测其中所有……况今古时移世易",又指出"凡学词者,如只学周、史、姜、吴、张等,学之难有所得,惟一经学及清季词,则顿能出己意。此乃时代较近,社会差距尚不甚大,故青年易于接受也"①。

这些理论谈不上怎样高明,更非原创,然而庸斋自此推导出的以"清季四家"为鹄的的词史认识则相当醒目。这不止是教人学词的法门,其实也凸显了作为优秀词人的朱庸斋多年的体会与判断的。那么对于梦窗以迄彊村一系,庸斋自然在师传心法基础上进一步推衍、细化并予以表彰,然而我们也可以看出,因为秉持"知人论世"的通变理念,朱庸斋必然不会死于前人腼下,不可能不在创作中表露出自家特有的骨力与风神。

二 "秋心几曾为春苏"的分春馆词

> 待曙灯窗眼欲枯。起来只影自相扶。酒能助泪休辞醉,梦到醒时始有吾。 花黯淡,月模糊,秋心几曾为春苏。横塘绮语知多少,只是新来记得无。
>
> ——鹧鸪天·夜起

朱庸斋毕生治词,所作甚多,早年每随手散去。中岁后又缘避忌,绝多毁弃。据陈永正说,庸斋1962年半年间即得词百余首,名为《怀秀集》,1966年焚毁。1967年仿《庚子秋词》例,成《丁未夏词》若干首,次年又焚毁。即饶幸存者,庸斋又慎于去取,自言"一字不当即便舍割"②,故最终存《分春馆词》仅一百二十余篇,加集外词数十篇,总数不过一百八十篇而已。正是在这为数不多的词作中,朱庸斋将他"几曾为春苏"的清冷"秋心"呈现得凝练而且斑斓。

这一种"秋心"早在青年时期即已相当老成肃杀。《临江仙·庚辰秋望》作于1940年,时王蕴章、蔡守等在南京发起冶城登高雅集,庸斋

---

① 《词话》卷一,一零条、一六条。
② 陈永正:《略论分春馆词》,载《沚斋丛稿》,中山大学出版社2011年版,第168页。

第二章　梦窗派"南能北秀"朱庸斋、寇梦碧及分春馆、梦碧词群　665

在羊城填词应之,词云:"故国登临多少恨,惊心片霎沧桑。野旅戍鼓满空江。重寻葵麦径,犹识旧残阳。　信道青衫无泪湿,何堪半壁秋光。回风惊雁欲辞行。江山如梦里,无处问兴亡。"登高分韵,本风雅事,庸斋乃大张"故国""残阳""梦里""兴亡"一类萧瑟意象,这当然是与忧患时世相映衬的,也足见庸斋并非不通世务的寒窗书生。《南楼令·冶城送客同王西神作》也是悲凉感弥漫的佳作:"风劲角声干,孤潮寂寞还。问六朝、兴废漫漫。今古石头城下路,追往事,有无间。　丧乱满乡关,归舟落日寒。想庾郎、重赋应难。眼底沧桑千劫过,谁认取,旧江山。"年方弱冠,而下笔重辣宛若野遗老宿,这诚然不能否认"天才""夙慧"的作用,也难怪王蕴章、杨铁夫一辈名家为之倾倒不已了。①

"悲哉秋之为气也",离乱生涯下的朱庸斋丝毫没有"晴空一鹤排云上,便引诗情到碧霄"那样的豪健,而是任凭寥寂的秋天格外拨动自己词的心弦。"又沧江、岁晚倚高秋,危旅拂残星""待把尊前行云约,分付秋来潮汐""多少鱼龙吟啸,西风里、都作潮声""梦里惯登临,趁秋光踏遍,剩山残水""黄叶西风成一派,重阳过了人空在""骤惊身是客,更为西风,寸绪坠樽前"②……在风华正茂的青年庸斋心目中,似乎只有秋天才是属于自己的季节。这样的寒苦萧条心绪就身世之感而言,自然是与吴梦窗遥相递接,而就时世之感而言,则又与彊村、海绡一辈脉络相承的。《木兰花慢·为马宾甫题何邹崖、陈述叔诗词合卷,时去述叔归道山止一月耳》作于1942年,身世、时世打叠错杂,笔力奇重,意蕴深曲,是向恩师海绡翁致敬的杰作。庸斋自己亦以为"精警"③:

　　江山无限事,忍持恨,问新亭。纵故国繁弦,尘笺醉墨,孤抱

---

① 《分春馆词》前亦有杨铁夫题词。《朱庸斋先生年谱》1942年条下记,铁夫见庸斋刊词数阕,依韵和之,并以为"古名家所作",惊叹曰:"吾粤有此才子,而吾竟不知,惜哉!吾老矣,此生不可等与之缔交,可否请其寄一相片来,亦可聊慰渴慕之忱。"该书第30页。

② 分别见《甘州·登越秀楼赋示同游诸子》《金缕曲·秋夕》《扬州慢·依白石酬希颖》《南浦·重九寄怀陈啸湖》《凤栖梧·重阳后二日》《渡江云·衡州秋夕寄怀》。

③ 陈永正:《略论分春馆词》,《沚斋丛稿》,第167页。

谁倾。堪惊夜台梦语,话兴亡、人海尚凄零。倦眼何堪乍瞑,吟魂应信难醒。　　仙城休更望神京,狐兔想纵横。剩荒凉笳角,迷离宫羽,早不成声。泠泠旧时楚些,阅沧桑、词赋已无灵。泪尽新绡故稿,天涯禾黍青青。

此际的"秋心"还有一层原因乃在于情场之创伤。据《年谱》载,庸斋十八岁时尝避难居朋友梁逸家,与其小姨一见倾心,有白头之约。后为女家母氏所阻,事终不谐,庸斋居恒郁郁,垂老尚未忘情,屡见于吟咏。① 诸如《甘州》(怪东风)、《月下笛》(倚槛衣单)、《清平乐》(碧纱轻动)、《解语花·为人题照》《渡江云·过城南故圃》等相当一批作品应该都是为此而发的。词中言愁叹恨,凄冷意浓,《高阳台》与《寿楼春·过城南故圃有赠》两篇"词藻密丽,意新语奇……在梦窗、美成之间"②,最觉动人:

蝶梦空寻,鸳盟已冷,青衫漫惹啼痕。花事无多,绿章谁问东君。寸心未忍成灰烬,想连宵、尚托行云。奈如今,一尺江波,难载桃根。　　故枝犹待春风发,怕离烟恨水,偏误归人。懒卸残妆,也知鸾镜尘昏。落花不管芳菲减,料因循、燕妒莺謇。莫凭栏,衰草斜阳,容易销魂。

听哀鹃啼残。纵天涯有梦,谁念家山。漫记开樽说剑,按歌低鬟。年少事,愁追攀。甚旧情、消磨都难。怪陌上闲花,江潭倦柳,终作去时看。　　春欲老,人初还。认神鸦社鼓,犹满乡关。底事前朝余泪,酒边空弹。芳草外,斜阳间。过故阶、凄凉凭栏。算不更销魂,东风未阑吟鬓斑。

朱庸斋共和国伊始就以"历史问题"失业在家,被"边缘化"了

---

① 《朱庸斋先生年谱》,第15页。庸斋1977年尚作《风怀》绝句七首简梁逸,有"桃根桃叶独有情,别来一水自盈盈。此身已分无余恨,更乞相亲到隔生""秋思犹未断莲根,老去风情敢复论。争似放翁身未死,卅年留梦沈家园"等语,可为佐证。
② 陈永正:《略论分春馆词》。

的寒士自然不大有"翻开历史新篇章"的喜悦与"歌德",仅能闭门蹈故辙而已。但1957年重九日所作步陈洵原韵的《风入松》还是隐约而又敏感地透出了"反右"风云下那种惊弓之鸟般的寒战心绪:

> 故园佳节若为欢,风信待谁言。阴晴此日成何意,叹近来、天亦无端。随分闲眠浅醉,江山秋限犹宽。 病余差减旧朱颜,霜菊耐人看。相携又误西城约,对茗壶、浅注都难。小坐不成清梦,虚窗缥缈云山。

"闲眠浅醉""缥缈云山"之类的意象很装点出一派飘逸神情,可"阴晴此日成何意,叹近来、天亦无端"之句难道不是照出了反复无常的"阳谋"之影?这绝非深文罗织,庸斋对于大动荡时代不仅感知得到,而且是相当犀利透辟的。1966年10月16日(农历九月初三),庸斋率门人沈厚韶、陈永正、吕君忾等到荔湖湾畔撮土为香,遥奠无端罹难之弟子杨平森与丁嫦仙,凄然告诸生曰:"形势若此,我须返文史馆接受批判,词学班亦当解散矣。尔辈多质美而学浅,宜各自努力,互助互学,将来必有所成。"① 也是在这次绝响般的集会上,朱庸斋写下《高阳台·九月初三悼杨生作》:

> 趁暝鸦翻,堆寒叶积,画楼消息重探。梦醒欢丛,家山望绝天南。灯昏罗帐沉沉夜,记年时、九月初三。更那堪,恨结垂杨,泪满青衫。 闲来忍忆樽前句,甚惊秋摇落,先悼江潭。漫托春心,可怜怨宇冤衔。飙风倘逐羁魂去,怕九阍、天路难谙。渺烟岚,楚些愁招,断札谁缄。

婆娑泪眼背后,是杜鹃啼血般的悲愤怨尤。"飙风倘逐羁魂去,怕九阍、天路难谙",又是何等的关切与叹息!1967年夏,广州地区武斗连连,死者枕藉,庸斋以《菩萨蛮》《卜算子》《蝶恋花》三短调写下《丁未书事》组词:

---

① 陈永正:《抹云楼词序》,转引自《朱庸斋先生年谱》,第112页。

茫茫谁吊中流血，怨魂凄对鹅潭月。锦缆断西风，清宵樯橹空。　鲛珠徒自搁，也为人间落。此夕叩阊难，天高无处攀。

峥嵘百尺楼，楼上云霞热。创雁惊弦欲下难，只向人呜咽。
怕上最高楼，忍醉中元月。江蓼秋来瑟瑟红，谁辨花和血。

郭北飘风平地起，陌上繁花，过眼胭成紫。年少驱车怜意气，不辞霜刃轻身试。　如墨战云连十里，天若有情，应惜无名死。腐肉凭谁供野祭，饥乌号客斜阳里。

以闪烁隐曲的《庚子秋词》外壳，承载的则是对濡血现实毫不含糊回避的棱芒，内核又是悲悯的仁者之怀。不消说，在那样岁月里写下如此文字不仅需要看破迷妄的眼力，还要顶着杀身破家的可畏风险。然而这位"性情柔弱，随波逐流""不问政治，不关心国家大事"[①]的词人不仅写了，不仅写得悲凉直率，其弟子行陈永正、吕君忾、蔡国颂等亦各以诗词记录下这"桃李不知何处去，周围一片黑麻麻"的惨淡一页。[②] 在前文论"庚子秋词"部分，我曾做出这样的判断："陈沚斋、吕无斋在数十年之后的和作表达出了《庚子秋词》原唱所不具备的真精神、真风骨、真见地。可以说，正是'二斋'词升华了《秋词》的品格，将那种传统的精英忧患意识提升到了一个古所未有的现代文明的水平线上。"对朱庸斋的遗漏当然是导致了结论的不完整，且也没有上溯到源头的。遗憾的是，庸斋这两年的大量纪事词多遭焚毁，未能传世，否则我们当可更多领略这位荒江野老的识、才、胆、力！

何耀光《分春馆词序》以为庸斋词"晚年渐归平淡，雅不欲以绵丽之笔，与少年争胜毫厘也"，代表作可举《浪淘沙·与静庵不通音问二十年矣，庚戌秋日得来书相讯起居，并以词见怀，赋此却寄》一首，词云："绮陌换斜阳，地老天荒。凭谁商略藕花塘。一语平生都说尽，

[①] 陈永正：《略论分春馆词》，《沚斋丛稿》第164、165页。
[②] 丙午（1966）除夕夜，庸斋游花市，醉中口占句，"路人闻之诧异"，见《朱庸斋先生年谱》，第113页。

只有悲凉。　甘载海生桑，孤抱微茫。还愁风雨近蛮乡。留得潇湘残梦在，各自回肠。"语气的确是"渐归平淡"了，可诸如"一语平生都说尽，只有悲凉"之句，其真能平淡否？早在作此篇之八年前，庸斋就给自己写下了"秋心几曾为春苏"的定谳语，是啊，这位真率的词人于世人竞逐春暖之际固执地吟唱着秋日的萧寂，而在凛冽的寒冬里，他又以自己的"只有悲凉"的"秋心"直面风刀霜剑，为"白茫茫一片真干净"的大地涂抹上一丝绿意。这份"秋心"当然是值得特别珍视与追忆的。

第二节　以陈寂为中心的分春馆友人词群

附　刘斯奋、刘斯翰

作为"自海绡翁以后，三十年来言词者多爱推君"的岭南词群巨擘①，朱庸斋分春馆周围团聚了一批优异的词人，以"二园"（陈寂、黄咏雩）、"三庵"（张采庵、李小竹、邓桐芬）、刘逸生及"二斋"（陈永正、吕君忾）为代表组构成了相当可观的创作阵型。兹依年齿先后，择"二园""三庵"几位友人述之，至如傅静庵、陈襄陵等寓港者当别俟后文。

一　怨怒明爽的陈寂园与叱咤悲情的黄芋园

陈寂（1900—1976），字午堂，一字寂园，号枕秋生，广州人。少时就读私塾，中学毕业后缘家贫而辍学，历任小学、中学教员多年。二十年代初投稿《学衡》，主编吴宓接连为刊数十首，刘永济见而通信，备加褒奖，故陈寂有"知我者刘弘度"之语，叶恭绰则为之圈点眉批诗词集，亦赏赞有加。因此类机缘，1941 年被中山大学破格聘为副教授，并主持《广东日报》文艺专栏《岭雅》，保存岭南文献之功不小。新中国成立后仍任中山大学教席，至 1966 年退休。甫数月而"文革"风暴旋起，陈寂亦受冲击，遭审查，关牛棚，1969 年后又自教授楼被迁集体宿舍，工资仅及此前三分之一，只能卖书度日。其《枕秋阁诗

---

① 何耀光：《分春馆词序》。

钞》卷九"身世类"、卷十"端居类"对此记述颇详,如《牛棚》云:"余年只合称牛鬼,盛世宁须诵典坟。收拾锄耰甘苦役,古来绛灌本无文",又如《余自一九五五年……》云:"小阁琴书十五年,林泉清梦忽如烟。闯门恶客狂如许,不要新诗只要钱",皆探喉运笔,堪称诗史。历经浩劫之垂暮年,寂园有《辞世》诗云:"人生一世如春草,便有来生我不来","何止今生怨迟暮,他生还愿谢人间","惊心动魄,真是惊人的绝望。古今诗人,谁能为此,谁能有是"!①

陈寂诗享高名,尤专意七言短章,有"陈七绝"之美誉。晚年将新中国成立后所作自订为《枕秋阁诗钞》七卷时,卷一录古风、律诗仅七十余篇,卷二至卷七全为七绝,分为身世、感时、端居、咏史、论诗、论词等十一类,凡一千三百余首,瑰玮丰满,前无古人,不谓之"七绝长城"也不可。其词不及诗名气大、成就高,而亦不失为岭南词群中的重要一家,在二十世纪词史也不乏其独有的光彩。今传《枕秋阁诗文集》中有词三百余篇,小令绝多,《清平乐》《鹧鸪天》《蝶恋花》《菩萨蛮》《浣溪沙》《踏莎行》《虞美人》七调合计达二百篇以上,这就已经能够辨认出其不为"梦窗派"时风所囿、独走明爽一路的特质,更可以清晰感知到特定时空中词人独异的品性、眼光与心地。

寂园青年之作大抵以羁旅之感、相思情爱为主,风华力追小晏、纳兰而不乏自家面目,好语如珠,斑斓可采。其言情深挚者如《踏莎行》:"散尽池萍,折残堤柳,清明过了空回首。当时一梦够思量,而今梦也思量够。 短约无凭,后期难就,阑干倚遍愁如旧。定知无分向东风,可怜不是伤春瘦。"自来言情,皆以含蓄不说破为贵,本篇则以"散尽池萍,折残堤柳""当时一梦够思量,而今梦也思量够"的决绝语擅场,而决绝中又正透出千丝难解的深情,故叶恭绰评曰:"怨而怒矣,然恰不伤薄。"②又如《采桑子》《南乡子》二首,皆婉曲中含刚健之意:

暮华冷落闲庭院,雨打空廊,啼彻鸣螀,独倚阑干觉梦长。

---

① 陈永正:《枕秋阁诗文集前言》,黄山书社2010年版,第17页。
② 转引自陈永正《枕秋阁诗文集前言》,该书第19页。

第二章 梦窗派"南能北秀"朱庸斋、寇梦碧及分春馆、梦碧词群

尊前莫问平生意,一半悲凉,那更疏狂,回首西风合断肠。

楼下远芳残,楼上银灯弄浅寒。燕子未归秋欲暝,凭阑,看尽江南万叠山。　乡梦绕朱弦,肯把牢愁付酒边。无奈思量浑不见,空怜,惆怅西风又一年。

至中年所作《鱼尾集》,"忧生揽景","忍饥为诗"[1],风情渐褪而悲慨愈多。如《鹧鸪天·癸未仲秋,蘋盦捐馆曲江,倚此哭之》"百战河山草木腥,白头为客盼承平。谁知短晷山阳笛,却向蛮溪掩耳听。书断续,梦伶仃,故人江海数晨星。明朝不敢登高去,愁满西风野史亭",遣词命意皆逼真元好问,堪称平生佳作。然而,如果仅能为此,则寂园亦不过以小名家传世而已,可能词人自己也没料到的是,渐入老境之后,其词创作又迸发出一天烂漫的霞光。

今传《枕秋阁诗文集》卷十五为《枕秋词》,二百七十余篇中大多作于退休以后,也即"文革"浩劫之中。面对"霎然急响落奔雷,九州顿失山河影"的劫难[2],词人当然也会书写"老病光阴只是闲……人间风雨不相关""去牛来马何足数,打头况复多风雨"的身世浮沉感[3],但更多关注的则是"郁郁天心,沉沉客绪,九州苍莽将何去。牢愁陡地塞江山,江山隘了无藏处"的苦痛时世。[4]且看他直言:

力穑无能且读书,颓然低首入蓬庐。也知戢戢墙根草,何似萧萧水面蒲。　心易老,梦难苏,鸱鹠得意凤凰吁。天官失道群星陨,翘首应无几丈夫。

雪虐风饕已几辰,寰中宇外竟无春。正当逐鹿屠龙会,谁是低眉袖手人。　心易老,梦常新,微生常耐作劳薪。黄花正对春风笑,未必黄花识我真。

---

[1] 《鱼尾集二集自序》。
[2] 陈寂:《踏莎行·瓦背苔生》《蝶恋花·炊黍光阴》。
[3] 陈寂:《浣溪沙》。
[4] 陈寂:《虞美人·出门便与》。

在那样"雪虐风饕"的时代里,如陈寂园这样一针见血地指出"鸺鹠得意凤凰吁""天官失道群星陨"的能有几人?他的《浣溪沙》云:"乱后江山认不真,旧时踪迹散秋尘。草间偷活是闲身。　渐觉声华皆累我,剧怜鬼蜮惯侵人。且凭歌哭吐轮囷", "偷活"于"鬼蜮侵人"的"乱后江山",也只能以歌哭倾诉不平、自我慰藉了!所以《枕秋词》中不少风情、游仙、咏古之作,那都不是承平下的闲愁,而是酸楚悲愤中的逃遁与反抗,诸如"花妖月魅,招我摘花桃树背。授予罗巾,劝入桃源谢世尘。　我言难死,尚较筱铿输几岁。待得成仙,来共君家证道缘"(《减兰》)、"偶戴儒冠事已差,盖棺余恨此些些。藏身岂是留皮豹,阅世真如语海蛙。　抛活计,误年华,如今无地梦乾嘉。挥毫莫著归田录,且去青门学种瓜"(《鹧鸪天》)。这样的词章是值得花点心思仔细看懂,也是完全可析离出充沛的"现代性"的。

陈寂逝后,朱庸斋有《甘州》词哭之:"奈东风、不返旧家春,低垂鬓毛斑。叹刀头鱼尾,零篇剩句,欲续都难。七字曾惊四座,老去渐情悭。一瞑南园夜,杯酒生寒。　谁共水楼凄调,黯空梁落月,断碧分山。问攀天何所,回睇几江关。掣长鲸、顿闲身手,任排空、骇浪自漫漫。来日又、有哀时泪,独洒花间。"将"哀时泪独洒花间"的这位卓越词人,其词史地位当不止于岭南,而是具有独异风神、无可掩替的"这一个"。

陈寂以下当说到叱咤悲情的黄咏雩。咏雩(1902—1975),字肇沂,号芋园,南海人。祖辈经营米业致富,父显芝历任广州总商会董事、广州市米粮行主席等,始终大力支持民主革命。1922年"永丰舰事件"中,显芝携子咏雩登舰捐助白米数船,凡六十余袋,孙中山执手嘉谢,一时传为佳话,后得国民政府"急公乐善"匾额表彰,名列国家勋资,载入国史册。咏雩叱咤商场,魄力尤胜乃父。淞沪抗战后,主持捐赠十九路军广毫银数十万元,又多年捐建中小学、乡村图书馆等,义举振动一时。新中国成立后黄氏父子遭定工商业地主,以剥削有罪罚巨款,咏雩更在"三反五反"中被逮捕系狱,1955年"镇反"中被判刑十五年,一年后方撤销原案。迨"文革"起,咏雩被抄家,"祸患煎迫，颠危病废"①，终因脑外伤悲情辞世。陈寂赠词所谓"惊心啼白雁，洗眼看红桑"②云云，恰为其一生形象化的缩影。

咏雩性亲风雅，弱冠即以诗词得名，与黄祝蕖、黄秩南、黄慈博并称"四黄先生"。诗有《芋园诗稿》十卷，词则以所藏唐代名琴"天虡"为名，分四卷。卷一《横江集》、卷二《芋园集》共存词一百二十阕，朱庸斋为之选录。卷三《海日集》收历年剩稿，卷四《怀古集》则补录北游怀古之作。朱庸斋《后记》有"取材甚富，命意既远，托体犹高……于赵宋诸家取精用宏，大抵体质法度宗尚清真，骨格神致肖乎白石，积健行气来自稼轩，丽泽辞华取于梅溪，而感物兴怀，则发乎自己"之好评，大抵是"相交十余年，唱和弥密"背景下的友人鼓吹，难以当真。刘梦芙称其"天才雄富，诗词皆沉博绝丽，根柢风骚，熔铸经史，足居二十世纪大家之列"也嫌过誉。③ 然而咏雩词确有造诣也是事实。若其三四十年代所作《玉楼春》《蝶恋花》：

绿云深拥鸳鸯住，流水不流香梦去。芙蓉红泪夜惊霜，莲子有心都已苦。　　无时无处无风雨，风雨未阑天又暮。玉楼贮梦隔重帘，辛苦寒虫谁与语。

酒醒高楼寒几许。极目遥天，天也多风雨。花落何曾回一顾，残阳故故红无数。　　燕子来时春已暮。凭藉东风，尚作回身舞。飞尽飞花飞尽絮，青山惯见人来去。

词都是披着言情外衣的，然而"无时无处无风雨，风雨未阑天又暮""飞尽飞花飞尽絮，青山惯见人来去"等蕴蓄巧思之句难道不也是时代的感受？与《蝶恋花》同作于1942年的《贺新郎·壬午九秋，瞿禅自永嘉以雁荡灵岩寺与天五夜话词邮示……答尔嘤鸣，用寄玄想》则"积健行气"，有稼轩神采，二词可相印证：

---

① 黄天申：《黄显芝黄咏雩父子事略》，《天虡词》后附，中国艺术出版社2007年版，第707页。
② 《临江仙·奉题天虡词怀古集》。
③ 《二十世纪中华词选》，第713页。

那有埋忧地。好家居、纤儿撞坏,他人酣睡。过雨空巢漂摇也,可奈刁调聒耳。予尾乱、翛翛犹理。偌大刀轮诸天转,更修罗、暗换人间世。宁郁郁,久居此。　　玉虬叫月银辀逝。挟双鸾、吹箫归去,步虚声里。汗漫卢敖原有约,抗手若人来矣。恒沙劫、我闻如是。待挽龙湫千尺瀑,注愁肠、和泪为云水。浇下界,漫尘起。

外寇侵凌,忧愤交加,那也只能以"步虚"玄想聊作慰藉了,恍惚汗漫中弥漫悲凉,是生平杰作,不宜轻轻读过。①

新中国成立后咏雩词不多作,自财雄一方的绅士沦为阶下囚之心境也难窥端倪,仅可自 1951 年作《临江仙》"一切有为如泡影,观人观世无常""隍蕉空蕉鹿,臧谷竟忘羊""人天一梦付沙虫。星辰非昨夜,天地又秋风"以及 1957 年作《八声甘州·不晤叔俦九年矣……》"世事十年变幻,付鼓琴昭氏,何有亏成。奈樽前白发,摇首不成声""试徘徊、风花观世,算此身、还较落花轻"等句中闻见些微痛苦叹息。以论认识意义,较朱庸斋、陈寂等大大不如。考虑到他一直处在风口浪尖的身份,有所避忌也是完全可理解的。兹引《卖花声·癸巳暮春》以见意。癸巳是 1953 年,其时风雨渐逼,咏雩之心声也如猿啼鹤唳:

清泪落昏笳,望断香车。一春心事托莺花。莺渐老时花欲尽,芳草天涯。　　归也已无家,苌楚猗傩。残云依水不成霞。飞絮乱吹斜日落,风雨啼鸦。

二　"三庵"张采庵、李小竹、邓桐芬

兹接黄咏雩再谈生平履历较简单、词亦各具姿态的张采庵(1905—1991)、李小竹(1910—1987)、邓桐芬(1911—1976)几位。采庵字建白,番禺人,有《春树人家诗词钞》;小竹字隐青,别署醇庵,东莞人,有《碧琅玕馆诗词》;桐芬字楚材,号引庵,顺德人,有《引庵

---

① 黄汉清评注《天蝨词》(中国艺术出版社 2007 年版)未全解本篇词意,解说杂乱。全书将词一一译作白话,尤为不伦。

第二章　梦窗派"南能北秀"朱庸斋、寇梦碧及分春馆、梦碧词群

词》。三人皆长期从事教育工作，其中采庵晚年最活跃于诗词界，作育人材不少，后文或可说之。此先谈采庵本人。

刘梦芙评采庵词云："风格多变……意在融唐宋清词而自成一家，不囿于晚近风气，且每每琢语尖新，阑入曲味，又不失词之体度"，言之近是。① 所谓"不囿于晚近风气"，"琢语尖新，阑入曲味"盖指采庵为词较明快不密涩，也即不走梦窗—彊村—海绡一路。如早年作《蝶恋花》五首中的两首："三月江城寒未解。萧瑟嵯峨，楼阁苍烟外。毁伞摧妆风野赖，榆钱满地还春债。　睡起山容多笑态。一抹青痕，省识真眉黛。欲向深春求浅爱，斜阳立尽终相待"，"先送寒灯青脚下。无意瞒人，声在红泥瓦。真是小楼听雨夜，杏花不管明朝价。　密密疏疏珠玉泻。一霎春酣，一霎秋潇洒。未必便无知我者，今宵欠个联床话"，明白如话，不著典故，然而也峭拔不平实，这当然是需要相当才情的。《采桑子·秋怀》与《浣溪沙·随兴而成本无伦次》六首当已作于晚年，而路数依然，风韵不减当年。试读后者之三、四：

　　谁与伊人伴药垆，窗灯孤另影模糊。旧时残梦又相呼。　丝吐红鸾怜寡妇，环镂金凤约神姑。飞星如矢月如弧。

　　眉萼无烟接眼波，欢场战败付修罗。美人犹倚帐前歌。　若有所思惟汝耳，更无可落奈花何。今宵凉似昨宵多。

其实采庵也自有另一副笔墨，诸如《绿意·余寒寂历》《齐天乐·萤》《一萼红·酒肆中逢某善才，倚此声赠之》《长亭怨慢·秋柳萧萧，驿亭送客，偶有触发，因拈白石此调寄远》等篇即颇阑入清真、白石、梦窗之门户，唯一种爽健出于天性，未尽磨灭耳。《雨霖铃·与邓引庵为文字交才一年……讵意彩云易散，引庵已矣……时丙辰四月，雨晦风萧之夕》用笔沉痛密涩，正与悼念亡友心绪吻合，堪称此一类词作之高明者。同样沉慨在骨而面貌疏朗的是《江城子·重过佟绍弼门前，时佟已下世矣》：

---

① 《二十世纪中华词选》，第765页。

西湖官渡软尘舒,绿疏疏,故人居。浅阁深灯,人去夜窗虚。烟雾横斜梯巷底,犹未掩,卖汤炉。　长思厮伴探骊珠,酒相呼,醉相扶。便要愁时,那更得功夫。今夕犯寒拖尺影,风忒煞,月多余。

佟绍弼(1911—1969),号腊斋,历任勷勤大学等教授,即为朱庸斋词集作前后二序者,又以诗列名"南园今五子"中。新中国成立后热衷改造思想,与"旧我"划清界限,然而终被划入异己一类。"文革"中遭抄抢批斗,含恨去世。[①] 在彼时氛围下,采庵也难免用笔含糊一些,未多赋予友人逝世以时代印记,其实他当然深知底蕴。其诗《街头焚书数日,亦尽肩出所作所藏参与盛会》二首即云:"难舍心头血,红光已烛天。越书原未绝,秦火忽重燃""灵魂真触及,永夜不成眠。"《一九六六年九月廿二日红卫兵勒令归乡……计居乡一百天,得诗如下》十首又云:"诗能曲解当投火,心已难明渐向灰"。从此完全可以看出,采庵对身历的这段历史不仅未曾茫然,且也怀着清醒和勇气去思考去表达的。

与采庵相比,李小竹所历要艰险得多。他"'文革'中被诬有罪,饱受摧残,始终不屈,以死抗争",故"诗词具雄直之气,以悲天悯人之心通天下之志"[②]。如自注"为'文革'中宁死不辱之死难者而作"的《念奴娇》:"南珠沉久,暗金天幂历,重阳风雨。血性男儿雄鬼在,轻此皮囊绝去。幽菊含情,贞兰抱独,还识他时主。寒泉清酹,年年北乡延伫。　想见拔地撑空,长松风格,薄恒流非誉。我为苍生添感喟,未是私情相与。嘉树成蹊,一朝零落,尽芳辰何许。秋堂虫竞,灯昏枯坐无语。"就艺术品质而言,词或未臻高境,然而为"文革"中宁死不辱者作传,胆识见地自然是第一流的。"我为苍生添感喟,未是私情相与",这是高标独立的大感喟,绝非"恩怨相尔汝"者所能企及。《鹧鸪天·庚戌生朝》亦作于浩劫中,语意疏朗,而雄直在骨,亦是皮里阳秋、标格较胜之作:

---

① 可详参陈永正《南园诗歌的传承》,《沚斋丛稿》,中山大学出版社2011年版,第137页。
② 胡秋原:《碧琅玕馆诗词序》中语,引自《二十世纪中华词选》,第880页。

治学治生五纪长，非王非帝万机忙。未来百岁光阴里，竹长龙孙放眼量。　离蚁困，狎鸥翔，江湖挟雨有时狂。凉蝉两度闻西陆，饱读红书早坐忘。

"三庵"中年龄最小的邓桐芬（引庵）则又是一种形态。他中年病废家居，于时世风云几无介入，仅与朱庸斋、陈寂、张采庵等雅集唱和，多悲秋怀旧、芬芳悱恻之作，"格调颇近南宋草窗"①，因而成了"山河一片红"中的"另类""多余人"。幸欤不幸，实难言表。其早年作《浣溪沙·戊寅秋，敌陷广州。己卯春，顺德继沦敌手，予走濠江，愤然填此》颇为"雄直"："烽燧连连迫我行，故园回首又愁生。客窗谁与话长更。　万里山河惟血泪，千村狐兔尽簪缨。仓皇北顾意难平。"迨晚年的《鹧鸪天》则心绪凄楚，情怀作恶：

不省前因抑后因，平生心迹绝纤尘。无端走火邪魔入，险惹风波夺本真。　心上事，镜中颦，秦宫汉阙等闲身。宵来怕作南柯梦，茧缚春蚕只断魂。

"无端"一联是惊魂未定语，也是颇具骨力语，足见这位"病废"的词人心志依然跃动强健。《水龙吟·小楼夜坐，盈耳秋声，感赋长调》一首看似疏离时世，弦外之音亦耐寻绎。其下片云：

太息飘萍断梗，况明朝、阴晴无定。乌啼月落，帘深梦浅，灯摇魂冷。紫陌迷尘，晓阴入望，坠瓶沉井。任重门自掩，沧江老卧，过时光永。

"灯摇魂冷"的寒意并未因病废而稍减，人终究是难以躲过自己的时空的。邓桐芬之"未能映射时局之风云幻谲"② 又何尝不是另一角度的"映射"呢？

---

① 刘梦芙：《冷翠轩词话》，《二十世纪中华词选》，第891页。
② 刘梦芙：《冷翠轩词话》，《二十世纪中华词选》，第891页。

三 刘逸生 附刘斯奋、刘斯翰

古典文学名家、以《己亥杂诗注》蜚声学界的刘逸生（1917—2001）亦是分春馆友人，更是颇富特色的词人。逸生中山人，毕业香港中国新闻学院后历任《星岛日报》等多份报纸编务，并兼任暨南大学新闻系教职。著述颇多，《唐诗小札》《宋词小札》等"小札"系列尤脍炙人口，自家创作结集为《刘逸生诗词》。逸生诗瑰丽奇伟，近乎定庵一路，词则相对质实明快，饶于风情。如《清平乐》"那回邂逅，雨后风前酒。一树红樱吹未透，还是轻寒时候。　沙头小立昏黄，片帆烟际孤光。只有啼鹃天畔，难消这度斜阳"，可谓信口信手，转成妙谛。同为短调，《减字木兰花》无疑要峭拔得多："冷烟阑雨，遏断莺声扶不起。何处啼鸦，窗外时时落碎花。　流光难羁，日日秋痕臻一寸。说与垂杨，莫斗青蛾尔许长。"刘梦芙称许其《水调歌头·与斯奋夜话》一首，谓为"警拔之作，稼轩其年辈复生，当引为知己"，这确是逸生以性情结撰的佳篇，能见胸中丘壑：

> 我有一瓯血，磊落肺肝边。昆仑欲踏千丈，一呕向轩辕。闻道穷荒冻泽，中有凤呻鹤怨，百怪舞蜿蜒。拔剑苍茫出，迸泪忽如泉。　抚白发，看终贾，正华年。云垂海涌四顾，漠漠一灯寒。放步雷霆深处，挽起长沟堕月，白眼睨霜天。此亦细事耳，归去再耕田。

刘逸生二子斯奋、斯翰承其庭训，多学识才艺，风雅不匮，世以三苏拟之。斯奋（1944—　），别号成斋、蝠堂，中山大学毕业后任职至广东省委宣传部副部长、广东省文联主席等。著有《岭南三家诗选》《黄节诗选》《陈寅恪晚年诗文及其他》[①] 等多种，小说《白门柳》曾获茅盾文学奖，又工书画，造诣精深。斯奋词不多作，而婉妙沉雄一手

[①] 该书 1986 年由花城出版社出版时署名冯衣北，即与余英时有关陈寅恪晚年心态文章论战之结集。关于这段史实，参见陆键东《陈寅恪的最后 20 年》，生活·读书·新知三联书店 2013 年版，第 343 页。后余英时称其为"弦箭文章"。

兼之略如乃父。早年作《蝶恋花》即风情独绝，嵌入"时针""课铃"等语汇，愈觉鲜活灵动："陌上柔丝吹不断，花近高楼，楼外巢新燕。名字暗中温百啭，呼来忽觉红双脸。　叵耐个郎情腼腆，欲语无言，滴滴时针转。隔院课铃催二遍，倚门一瞥惊鸿远。"1972年所作《水调歌头·夏夜独酌怀斯翰》则不仅言棠棣之情，沉慨处也上追东坡，别是一种面目：

客里谁堪醉，闲门喜月过。莫问明朝风雨，玉镜正新磨。已有数竿新竹，尚欠一溪流水，此外更云多。饮罢忽长啸，双泪落金荷。　吾倦矣，正思子，浩风波。行吟向晚何处，五岭郁嵯峨。且憩翠微顶上，待我梦魂千里，一笑指斜河。长笛还归去，天海共婆娑。

"三刘"中较多致力填词、成就也最高的是曾主《学术研究》《诗词报》编务的刘斯翰（1947—　），斯翰著述亦不少，而以《海绡词笺注》功力独深，为学界所宗，自作《童轩词》篇什较富，影响亦远过父兄。[①] 其词集《自序》云："词可歌不可歌，乃一巨限。可歌，则利以声情动人，不可歌，则利以理法炫人。余以是思词道倘复兴，终当系于与乐复合，而以写情为主。"可觇志意所在。《童轩词》"写情"深刻者如《长相思》"风之魂，雨之魂，并作巫山一段云。翩翩自绝尘。　花一痕，月一痕，梦似来时却又分。双蛾淡欲颦"，词甚摇曳，或一时兴感而已，然如徐晋如所评："初诵淡雅，再诵则怒潮夜来"，内蕴颇为奇崛拗峭，略得龚定庵遗意。《浪淘沙·为元正逝世十周年作》亦是"句句沉痛"的佳作[②]，煞拍声口逼真，其痛愈甚：

檐压雨难明，滴尽深更。几回愁梦几回醒。娇影泥人还似旧，闲了鸣筝。　天海任君行，十载芳馨。月圆花谢总关情。犹记一

[①]　《童轩词》有陈永正、徐晋如、李舜华、王晓峰等多家评语。
[②]　李舜华评语。

言偏决绝,生死曾经。

斯翰笔下另有高骞雄劲一路,亦自不凡。如《少年游》云:"梦回残月逗微波,人意奈愁何。半生情味,一卮浮白,云影散松坡。　天心未许甘迟暮,龙剑与相摩。短发萧骚,荒鸡寥寂,回首日旛旛。"此为中晚年之作,亦不啻平生自白,故李舜华点出"一卷童轩词,俱从此'天心未许甘迟暮'而来"之意趣,陈永正亦云:"愁怨之词,何其温厚。'半生'三句,绝非少年人所能解",诚然如是。《水龙吟·答晋如》也是情怀毕露、高响遏云之作:

孤光乍起寒漪,怒明夭矫来何世。骚魂千古,一江春水,滔滔遥寄。剑气沉埋,蒿莱余恨,几时能已。看青鬓多情,鸡声催老,应知道、愁滋味。　此夕休谈个事。怕天长、惹愁长矣。子衿荡荡,予怀渺渺,莫名谁例。短信交驰,狂吟偏掷,泪流无地。但人间总有,闲情教想,吴刀堪佩。

"骚魂千古,一江春水,滔滔遥寄""子衿荡荡,予怀渺渺,莫名谁例",从这样的句子看来,"三刘"中最得龚自珍词神韵的还要首推斯翰,其《夏云峰·题斯奋大兄山水长卷》《西河·读一行画集》等作奇横之气跃然纸上,也都证明了这一点。还应引斯翰一首《渡江云·题对庐先生手书咏白门柳人物卷》,可为"三刘"父子及当代文学史留一故实。对庐为徐续(1921—2012)号,与刘逸生、陈永正等并称"岭南五家",有《对庐诗词集》,得名家题咏甚夥[1]:

闲寻前古梦,秦淮柳色,风势飐寒沙。晚芳斜照里,鸱尾新台,寂寞几人家。一钩凉月,还照影、空惹年华。回首处、暮潮呜咽,残堞噪群鸦。　堪嗟。新诗旧史,一卷横斜,起风尘白下。曾几许、魂迷碧浪,血染乌纱。惊烽夺日英雄死,荡名城、秋水兼葭。凭谁问,笔痕黯淡灯花。

---

[1] 广东人民出版社1997年版。

第三节　以"二斋"为典型的分春馆弟子词群

朱庸斋中年后栽桃育李，门人颇多。一众分春馆弟子不仅自乃师处习学诗词书法，更追随履杖传承其冷清独行的人格精神，其杰出者更进而酵化出崇尚自由与尊严的人文品格。陈永正沚斋、吕君忾无斋即可为典型。

一　"清眸自开，余悲突来"：论沚斋词之思想品格

前文"庚子秋词"部分提及的陈永正当不仅为分春馆弟子中最杰出者，亦不仅在"二十世纪四十年代出生之词人中……雄踞首席"[1]。无论技法抑或思想、才华，陈永正均足称矗立二十世纪诗词界前列的名家高手，尤有意味的是，这位优异诗人/词人在二三十岁（也即毛泽东时代结束前）就踏入了自己的高峰成熟期，不能不说，这是二十世纪诗词史的一个"异数"。

陈永正才华富赡，古文字研究、书法之外，七十年代初所作诸小说新诗即"朦胧""先锋"味浓郁，与王小波、食指、北岛等几乎同时起步，堪称日后"现代主义""朦胧诗"的先行者之一[2]，而计其最长，必在诗词。今见之《沚斋丛稿》者诗凡四卷五百余首，各体兼擅，唐宋并采，而以峭刻奇横者最胜，莫仲予所谓"出入于宛陵、昌黎、诚斋之间"者也。[3] 倘以叶燮四字诀论诗，则沚斋"胆识"尤在"才力"之上，技法、词藻等则居更次。如《杂诗百首》三十三云："此膝不得屈，一屈即刻死"，又如《咏怀》云："我欲罪古儒，忠君乃妄诞。肆毒二千年，上下成刍豢……唯有众鹜舞，腐鼠邀豪宴。余子冰结肠，逢人春在面。兹亦国之耻，臣心异亿万。为学故多事，不学自无患"，又如《述怀》云："巍巍天上神，栗栗朝中士。冠带即绞索，王侯递生死。不见金石交，卅年亲莫比。反唇朝夕间，败者名曰匪……英雄竟断

---

[1] 刘梦芙：《冷翠轩词话》，《二十世纪中华词选》，第1364页。
[2] 《沚斋丛稿》中收1972、1973年作短篇小说五篇，1965至1976年作新诗数十篇，皆富现代气息。
[3] 《沚斋诗词序》，《沚斋丛稿》，第319页。

头,江山娇如此",这样的诗句哪是"激烈""郁愤"一类考语所能尽之的?那是站在历史的长河源头透视种种史无前例之"怪现状"的冷冽深远的眼光!而且,这不是事后诸葛亮式的痛定思痛,而是写在日焰炽烈、举国若狂的时空之中的。单就思想品质、人文精神而言,沚斋诗实已达到了百年来罕见的高度。

由于词体的特质在一定程度上与诗"殊途",沚斋词自然也多幽复婉曲之味,很难如诗一般承担思想之重,但也正如傅静庵所指出的:"其(词与诗)性格特立,声貌俨然,实二而一、一而二耳"①,最终二者还是走向了"同归"的。试读这几首相送友人的作品:

> 诀别江头,为君击、渐离之筑。思往日,苍凉志士,雄谭恸哭。三月羊城歌达曙,七年柳塞寒撕肉。最不平、肝胆向人时,如拳缩。
> 天下事,尽翻覆。千古恨,萦心目。忍青春磨灭,歧途踯躅。万里长风豪志决,只防月黑蛟龙逐。哽咽时、相和尽无声,不成曲。
> ——满江红

> 少年相送,正忧思如水,衣冠如雪。君驾箭帆凌沧海,我守故园残阙。黯壁灯孤,封天浪骇,两处心俱折。斑斑重检、那堪衫泪凝血。　万感哀乐茫茫,二三知己,余子真何物。遮莫今宵难决断,恐误中流横楫。何去何从,何时与话,夜雨归时节。大王风起,颓云一角崩裂。
> ——念奴娇

> 侧帽天山山壁立,皑皑不见危峰。惊砂卷雪扑双瞳。驼铃碛上,步步遏回风。　东指苍茫柴达木,黄云千里穹窿。便从飞蓬感萍踪。忽怀珠水,零落泪襟红。
> ——临江仙·有赠

词赠何等样友人未明言,也不必明言,总之是在非常岁月因各种缘

---

① 《跋沚斋诗词钞》,《沚斋丛稿》,第503页。

第二章 梦窗派"南能北秀"朱庸斋、寇梦碧及分春馆、梦碧词群

故遭"贬谪"流放者。这些作品的格式律调当然是"词"的,而一种沉郁刚健重大之精神则是"诗"的,在这里,体式上的差别已经全可忽略不计。最能体现诗词相通之神髓的莫如《莺啼序》:

> 滔滔大江浪涌,荡斜阳半坠。夕晖映、红入霜枫,古陌榛杞深蔽。更黄叶、萧萧秋冷,荣枯眼底知何世。幻明霞、蜃影楼台,画图奇丽。　忽想当年,上帝色怒,搅烟尘万里。朔风卷、林木为摧,唳鸢惊堕空际。仰苍穹、凭谁补裂,九州正、群飞海水。惧方舟、舵折樯倾,岸遥难系。　平沉广陆,浩荡灵修,报怨恩睚眦。怎忘得、严城宵警,七月流火,磨剑临门,居人相视。危墙弹洞,飙轮血溅。长街乱踏平民骨,是男儿、焉得不憔悴。千春兰圃,从教一炬灰残,掩抑漫洒铅泪。　神归瞬息,雨歇云开,已玉京净洗。闲坐对、荒原寥寂,越岭低迷,路阻多艰,未埋英气。佳人别后,只愁春事,盛年难再花有恨,甚连宵、犹梦烽烟地。栖栖长滞珠涯,无限关山,几时信美。

依本书约束篇幅的初衷,最长词调《莺啼序》是并不全文征引的,然而若只引其中部分文字,则难以辨认出本篇小赋一般铺张扬厉的体派,更难以领略到词人汪洋恣肆的思力。词开篇即"大江斜阳"之景而生"荣枯何世"之情,从而逗出中间两片"上帝色怒""群飞海水""千春兰圃""一炬灰残"之乱象。"严城宵警,七月流火,磨剑临门,居人相视。危墙弹洞,飙轮血溅。长街乱踏平民骨"云云直写惨烈的武斗状况,激扬中蕴蓄悲凉哀感,令人不忍逼视,最是全篇菁华。末片则借"雨歇云开"曲传低迷寂寥的"英气"与"栖栖"之感,亦神完气足,浑融得宜。本篇作于1971年,也即与前引《咏怀》《述怀》二首时序相近,气味相投,但"词之言长",更有情致而已。

陈永正这种崇尚自由尊严、鞭挞丑恶的人文品格诚然在一定程度上得自师传,同时我们也绝不能忽视这样一个事实:"文革"前后陈永正、吕君忾皆是二十几岁的青年人,当无数同龄人在大潮中"叫嚣乎东西,隳突乎南北"之时,他们却可以接纳并发展乃师之素心,不仅孤行冥索,而且以"丁未夏词"的联章唱和形式唱出清冷犀利之音。今存

陈吕两位二十八调五十六首词作绝非单纯"发思古之幽情"的老调重弹①，它们所代表的正是彼时一代青年罕有的智慧、悲悯与良知，令人看到遍地稗草中挺秀而鲜亮的希望。不妨再接前读数首：

> 枕前占得残霁讯，人间摇落星如磷。铅弹裂中宵，钱塘江上潮。　铜钲一片月，呵手栏杆雪。步月捡寒花，秋声何处笳。
> ——吕君忾《菩萨蛮》

> 不应寥落伤秋意，写入残图。历乱平芜，漠漠霜林岁久枯。　旧家人向西风老，谁慰穷途。回首崎岖，独对咸阳火后书。
> ——陈永正《采桑子》

> 浊醪三斗，酿成一醉，我欲效刘伶。天心无厌，人情不近，蜗角看纷争。　见说听多伤心事，块垒渐能平。可奈新词如昔日，依然是，泪书成。
> ——陈永正《少年游》

> 寒雨洗残杨，旷野闻新哭。候鸟失磁场，孑孑形骸独。　垄首乱云飞，街角横流浊。不敢问行人，谁秉更阑烛。
> ——吕君忾《生查子》

朱庸斋评价两位弟子的"丁未夏词"云："较之《庚子秋词》稍欠深沉，缘功力未逮故也"②，其实庸斋不可能不明白，这个时代是无法让人"深沉"得起来的，能够不全被它压垮已经不易。在略带遗憾的批评之下，庸斋对二弟子的酬唱应该是满意甚且欣喜的罢？

从陈永正的整体创作而言，他是并不"欠深沉"的。同样作于丁未年、披着"拟其年"外衣的三首《夜游宫》就"深沉"在骨，以"秋

---

① "丁未夏词"唱和在《沚斋丛稿·沚斋词》中收录未全，于吕君忾《无斋诗词钞》（广州诗社2005年版）中较集中刊布，而未标明作者。陈永正先生转赐本中每阕下以铅笔标注"正"或"吕"字，始得其详。

② 吕君忾：《无斋诗词钞》，第27页。

气""寒空""风声""古城"等意象将满腔心事装点得古色古香而又清晰可感。其三芒棱内敛,似最佳:"凉月关山此夜,总难掇、明明如泻。飒飒西风入门罅。漫抛书,侧颐听,喧万瓦。　儒子真堪骂,看天下、得之戎马。自古文章一钱价。数秦皇,数高皇,谁健者。"《甘州》也不可谓不古雅深沉,而笔锋所指,盖在当下:

渐荒寒、风紧迫云飞,芦花满中洲。阅河山千劫,苍茫百感,此日神州。倦眼烽尘匝地,丧乱几时休。无限兴亡意,歌哭难酬。

还认大旗红处,向斜阳低挂,不见长楸。傍东堤艇子,何事苦迟留。漫思他、南来北去,对重洋、无路问寰球。凭谁会,听秋声起,莫赋离忧。

再如《蝶恋花·台风突至有怀钧明》[①]与《水调歌头·九日》:

薄薄秋衾堪独藉,数尽时钟,始信年如夜。辉素半庭明碧瓦,隔帷仿佛霜飞下。　一霎彤云天末亚,扑地惊砂,飒飒重门打。满耳风悲兼雨咤,更谁过与连床话。

高隼去难挹,独客上荒台。苍茫秋色天末,霜叶扑人哀。未怪云山新霁,笑我慨慷胸次,毕竟是崔嵬。极目信吾土,谁分久蒿莱。
问江山,将何地,置英才。朔风吹得清泪,随意化尘埃。明灭戍旗北望,浩漫沧溟东指,斜日敛珠厓。归路翠微窄,黄菊未须开。

"大旗红处""对重洋、无路问寰球"云云诚然是实景实录,但自"满耳风悲兼雨咤,"问江山,将何地,置英才"等句我们不也分明感受到了一条"词脉"自苏轼、元好问、陈维崧、蒋春霖、赵熙等漫流而至?那也同时是知识精英忧患耿耿的文化思想之脉在当代卓特者笔下的显影罢?早在1965年,青年陈永正就有气韵苍凉、直逼老杜《登

[①]《沚斋丛稿·沚斋词》本词题作"怀王钧明",此用《沚斋诗词钞》(花城出版社1993年版)本。

高》名作的《醉太平》云:"幽兰乍摧,骅骝已羸。逍遥独步林隈,望烟江去桅。　清眸自开,余悲突来。山河终古徘徊,任风寒浊杯",面对"幽兰乍摧,骅骝已羸"的迷狂世界,岂能真的"独步林隈"、"逍遥"自适?倒是"清眸自开,余悲突来"八字活画出了那一种清眸炯炯、寂寥深情的神韵的。

深情是文学创作的核心与灵魂,陈永正的"深情"也并不限于宏大的家国情结。当其情感贲发、步入创作成熟期时正值青春岁华,那么"深情"也自然体现在爱情这个永恒的人类主题上面,从而使其成为二十世纪最出色的情词圣手之一。据其自撰《年表》,自 1965 年与郭卉华相恋,此后七年间恋情词均为彼女所作①,实则前一、二年各有《浣溪沙》组词四首,风韵独绝,但未知本事耳。如"守到秋残欲闭门,霜华底事误情根。一冬心绪预伤春。　黄叶辞柯旋聚散,故园归梦暂温存。东风万一竟成尘",又如"今夜娇波昨夜星,众中流目已难成。何妨绰约倚疏棂。　稍稍月生方有望,深深院落见无名。几时片语与君听",旨意隐约,格调清刚,在乎小山白石之间。至 1965 年所作《好事近》《锯解令》《洞仙歌》《一枝春》《清平乐》《一叶落》等皆词中有人,活色生香,读之令人眉飞色动。不妨引数篇:

　　不见缟衣人,凄悄白杨如答。留得娇眸清炯,在秋星轻眨。
　　未应幽阻负昏期,昨夜新盟歃。难抑盈盈双泪,湿风前单袷。

——好事近

　　迟月东生,渐黄昏曲院、流辉如雨。风前悄洒,湿了那人眉宇。温春在抱,问一缕、细香何处。还又恐、波泛深情,故故枕肩私语。　相思怨多休诉,怕碧帘窥影,对门人妒。幽房坐久,忽地催人归去。推言夜冷,定知忆、阿娘吩咐。还待索、纤手同行,涩羞未与。

——一枝春

---

① 《泲斋丛稿》,第 539 页。

久独伫,城隅路,这回待我在何处。说来又不来,秋风吹檐树。吹檐树,不辨伤心语。

——一叶落

字里行间不仅有"俟我于城隅"的"静女"的影子,也有朱彝尊笔下冯寿常的影子,更有着龚自珍笔下"丁香花"的影子,可这写的乃是"史无前例"的"浩劫"时期——二十世纪六十年代的爱情。当我们体察到时空的变异与爱情的恒定,这些词篇的意义才更进一步清晰地凸显出来:那不仅是学古功深、追步前贤那么简单,更是从"灭人欲"的铁幕下透出的荏弱但是坚韧的、发自美好人性的新绿。唯有如此,我们才能解会诸如"沧海梦,女儿心,交加幽恨总难禁。几时会我相携意,拼却平生寂寞吟"(《鹧鸪天》)、"花月盈盈初夜见,月坠怀中,花入红双脸"(《蝶恋花》)、"试问似水柔情,个人怎消得。滴滴时钟,无计永今夕"(《祝英台近》)、"芳韶心事太无端,一日一风花一落,都上眉间"(《卖花声》)、"遥看短夜成长夜,渐觉柔怀负壮怀……如今只与春相约,珍重花期为我开"(《鹧鸪天》)、"平时都道各思量,今夜看谁心最切"(《木兰花》)、"春归都道不曾愁。恐怕明朝有点上心头"(《南歌子》)等等落英缤纷的佳句,它们闪现出的光彩也许一点都不弱于那些匕首投枪一样的思想锋芒呢!

即便单纯从艺术上判断,如以下两首《洞仙歌》也绝不让爱情词大师朱彝尊的"绝唱"《静志居琴趣》专美于前[①]:

伫延街口,望匆匆来至。惯向人前各回避。似相逢陌路,绕过高楼,谁信得、那夜潮腮曾倚。　微波通一瞥,深巷肩随,小语轻言有深意。笑问几时闲,阿母归宁,真个是、天公作美。更一再、叮嘱早些来,见左右无人,送过巷尾。

待来几日,积几多惆怅,一夜开门几回望。奈快邮难寄,电话难通,唯是有、梦入西关寻访。　睡轻容易觉,伴着虫声,冷雨

[①] 见严迪昌《清词史》有关章节。

飘开绛纱帐。不肯送离魂,多事春风,但搅得、心波摇漾。悔前天、玉照送还伊,否则便终宵,把看遥想。

无论"那夜潮腮曾倚""微波通一瞥"的鲜活表情,还是"更一再、叮嘱早些来,见左右无人,送过巷尾""一夜开门几回望""便终宵,把看遥想"的微妙心理与动作,都是"风怀"绝代的竹垞先生也未曾写到的境界。由于礼教、视角等主客观因素的制限,朱彝尊也还有诸多遮掩虚构的成分,虽然在一定程度上增强了艺术表现力,若论真切,似还是陈永正更擅胜场。

"分明记得当时语,莫与分明,各自分明,到不分明语始真。平生万事都成错,不悔平生,若问平生,负尽平生肯负君",1972 年,郭卉华"随人南渡"①,陈永正作七绝百首,编为《零卉集》,以纪念这段铭心刻骨的恋情。② 这首《卖花声》回旋复沓,将"不分明"的"平生错"写得荡气回肠,那份深情的注视也就此定格于词史坐标之上,与小晏、纳兰、竹垞等相视而笑。

还需特别指出的是,作为情词圣手的陈永正另有一路打叠入身世时世之感而言情者,深远绵邈,义兼比兴,所感甚大,格调愈高。如《减兰》《南楼令》与《采桑子》诸阕:

冶春妆罢,曾几钗头花又谢。绣陌尘扬,费我骊歌泪数行。
疏衾自掩,不辨酒痕新旧染。何处哀弦,赖有余悲倩汝传。

芳树傍荒台,春归为谁开。纵春归、明岁还来。唯是年年三月尽,听不得、杜鹃哀。　　未怪恋天涯,故园安在哉。独不见、朱户生苔。料想高丘犹有女,凝情立,望蒿莱。

风尘憔悴西游路,万里登临。何处堪寻,只是缠绵别意深。
伊人不见无由语,独弄清琴。响彻枯林,霜后谁知未死心。

---

① 陈永正:《年表》,《沚斋丛稿》,第 540 页。
② 此亦踵乡先贤之故辙也,昔屈大均妻王华姜病逝,有绝句百首悼之。

如此数篇，实已难说是单纯为男女之情而发，词人将对于人生、命运、现实的迷离深挚之思寄于"香草美人"的意象手法中，范围更广，含蕴更深，也具有着更显著的超越性与普世性，从而对比兴寄托这一悠远的创作传统实现了现代人文精神辉映下的升华。应该看到，陈永正在凛冽氛围下写成的这些"情词"绝不止是对诗歌爱情主题的简单承传与发展，那是对现实的别一种对抗与反拨，是本真人性在特殊境况下的觉醒与表达。从此意义上说，那是比以往任何一个时空里的爱情歌唱都具有着更加珍贵的人性色彩与思想价值，从而也更加撼人心魄的。

二 "清华婉曲，高夐峭拔"：论沚斋词之艺术特质

作为20世纪词史的挺秀峰峦之一，陈永正词在艺术上诚也是臻于极高境界的。正如古今所有大词人，沚斋亦越轶门庭，不主一家，呈现出多元化的创作风貌。关于此点，傅静庵体会得较为细腻真切："诸作之中，如《水调歌头》刻意坡翁，《西窗烛》蕴藉深沉，《减字木兰花》轻清浏亮，均能于古之途径中直捷表达今人之境地与心情外，其他若《乌夜啼》，若《忆汉月》，若《千年调》等，多用大句重笔，含郁怒之气，以逞激荡之情者。统观全集，词笔远挹欧、晏之清华婉曲，近承朱彊村、陈述叔之高夐峭拔，声气与前贤相通，而意皆由己出。"①"清华婉曲""高夐峭拔"二语确实点出了肯綮所在。所谓"清华婉曲"乃植根于词人之多情襟抱与高贵气质，这是先天所禀赋加之后天所陶冶交融而成的，在以伧俗粗暴为美的那个时代已经如瑶华芝草，相当珍稀罕见。在此种"清华婉曲"的目光投射下，举凡山光水色、风晨雨夕、春往秋来、柳颦花笑，就都会呈显出别样的意味与感觉，构成心造的多情世界。

沚斋入手填词时年未弱冠，韶秀多情，自然走清华婉曲一路为多。如《临江仙·白杜鹃》《绣带儿·茶花》《眼儿媚·杜鹃谢后作》《好事近·白兰花》咏物诸作皆具此种气质，《杨柳枝》组词与《木兰花·木兰》是追步大鹤山人者，颇得其神韵。《杨柳枝》其二云："容易东

---

① 《跋沚斋诗词钞》，《沚斋丛稿》，第503页。

风到柳条,眉痕犹是去年娇。可怜长占金城住,不逐春江上下潮",《木兰花》云:"斜阳无限浮云蔽,望断高楼须掩袂。人间旧苑等沧波,莫问河山肠断地。　　东风不管人身世,消息空传青鸟泪。眼前绿树已阴阴,中有娉婷千点泪",仿拟痕迹,未能尽掩,自家面目心性也清晰可辨。嗣后几年,虽局势愈加严酷,词人的清婉气息却并不稍减,如《烛影摇红·瓶中蜡梅一夕风摧》《渡江云·元日访春》《感皇恩·落花》《买陂塘·久雨初停》《夏初临·重五》《八归·中秋》《青门引·插菊》等一批佳作层叠而出,在粗粝荒凉的时世人心之外大张风花雪月的"小情调""小悲愁"。如此写法在另外时空或者寻常,在那种砭入骨髓的酷寒中就显得不苟流俗、馥郁扑鼻。可读风情最近欧晏的《踏莎行·沙凤》与《蝶恋花》:

压野云黄,分波舨浅,江流转处人家见。榕髯拂岸荡荒烟,游情渐被重阴染。　　草色沿堤,黍离在眼,行行不觉山川换。三年无梦到浔峰,芳菲错付东风管。

百卉都随芳节断,袅袅愁余,风物空兰畹。辜负十年肠百转,雨声连日添幽怨。　　野阔天寒怀正远,可惜流光,销与关河贱。马足已随秋社燕,无人五夜知长叹。

"芳菲错付东风管""雨声连日添幽怨"云云,不仅不是那个时代所需要的,而且是被仇视、欲除之而后快的,而沚斋一辈却不动摇,因为这一种清华婉曲之美正源自人性的美好,更源自内心的高贵与明智,尽管有些粗暴的手会不由分说地将其刀斫火焚,然而任谁也不能斩草除根。至于更加"风花雪月"的爱情词,自然也更"清华婉曲",前文述之已多,不必再赘。

清华婉曲与高夐峭拔似为二事,其实亦密切相关。因为"清华",必然显出鄙悖凡俗的超越性,也即高夐峭拔之意态,两者本来就被牢铸在一个硬币之上。可读六十年代中期写下的《浪淘沙》:

西水泛葡萄,缥缈芳皋。可怜离思满青袍。望美人兮悲日暮,忍放轻舠。　　其雨夜潮豪，东指滔滔。谁何失路入惊涛。毕竟故山留未得，何况蓬蒿。

清婉近乎欧晏，郁勃骚雅的情怀又多文廷式的意趣。"缥缈芳皋""望美人兮悲日暮""东指滔滔"，字句间勾勒出的岂不正是自屈原以来无数仁智之士遗世独立的高躅姿态？似这种表面上不甚关痛痒的"老调"是非要花点心思才能听懂的。类此之杰作还有《赤查子·游仙》五首：

折若木，拂云軿，紫宫回驾下神京。月落星飞溟渤外，此行应见海尘生。

星自烂，月无春，不应天上亦沾尘。浪说乘槎归去好，可怜无计动司阍。

携采女，落瑶天，为怜云外不知年。下土红羊千劫尽，思量重设穆王筵。

挥玉麈，摘春星，步虚声寂羽衣轻。闲里便凌东海去，太平风浪几多层。

霜月暗，夜乌惊，谁何更与颂升平。已是重来华表鹤，累累荒冢底干卿。

组词作于1967年，正值高热昏昏之时，而词人居然还有"游仙"的"雅兴"，单看字面，岂不是活在了另一个世界？然而"若木""云軿""乘槎""采女""穆王"等等"天上"意象又岂不是折射了"下土"的"红羊千劫"？可见"高夐峭拔"绝不能简单当成艺术风格对待的，没有过人的襟怀见地，则"高"从何"高"起，"拔"又从何"拔"起？还是傅静庵的话："（汃斋词）深于寄托……命意敷辞，往往非古人之所有，而又为今人之所无。盖由于吾人处境曲折艰难，较诸前

1965年，陈永正有《尾犯·友人索近作》一首，彼时词尚未大成，然而夫子自道，已经说得非常清楚：

> 我有一胡琴，琴上两弦，调异声各。试促哀丝，发苍凉清角。天北顾、浮云乍涌，海南怀、洪波又恶。渐余音了，骤起罡风，便扫千花落。　偏弦多宛转，伴夜夜、舞快歌乐。垂手回波，想春心私托。调中柱、难禁悲慨，促偏弦、终伤浅薄。未知君意，抚鬟终夕沉吟着。

琴上两弦，一弦哀凉，一弦宛转，这也就是"清华婉曲"与"高夐峭拔"的具象之呈现罢？"终伤浅薄"是自谦语，"想春心私托。调中柱、难禁悲慨"才是大旨所在。正如陈永正致程千帆信中"晚少日好为诗，抑塞无赖，聊以自遣，中岁以还，自审不贤，甘于识小，朽甲枯蓍之学，重斲性灵，词章亦久不作矣"云云亦多谦辞②，"抑塞无赖，聊以自遣"则说得很真切。"悲慨"原是诗歌的灵魂，自沚斋词我们是可以再次验证这一真谛的。

三　吕君忾、叶霖生等

吕君忾与陈永正幼年即相识，相好无间逾一甲子，足征声气之投合。据陈永正言，君忾曾有"逃港"之举，未遂后即失业，沦至近乎乞讨境地，七十年代后期始稍安顿，而亦不大致力诗词创作，偶尔涉笔而已。吕氏诗才不及陈，而亦不凡，除前文征引者外，如《临江仙·丙午秋荔湾湖与分春馆诸子悼杨平森学兄》就是这场悲歌联唱中的扛鼎之作。杨平森事见前文：

> 琼岛归怀斜日晚，谁知魂断北邙。忽如朝露黯神伤。悲风才一阵，先已及长杨。　杯酒酹残湖上石，悄然拂尘蛮乡。尘缘空自

---

① 《跋沚斋诗词钞》，《沚斋丛稿》，第503页。
② 《沚斋丛稿》，第270页。

费平章。青青陵上草,夜夜枕前蛩。

1971年,陈寂有《鹧鸪天》八首一组赠陈永正,永正与君忾、刘峻(严霜)等均有和作,因而形成了一种特殊的联吟互唱格局,或可视为当年词坛的一件重量级掌故。君忾之作能于陈寂原唱及永正酬和之外别见气骨,另擅胜场。诸如"难堪避世花耽酒,莫管栖梧凤抑凰"(其四)、"休论社鼠争巢穴,愿乞涎珠退翳阴"(其六)、"大地凝寒蛰未苏,转怜蕙槁与兰枯"(其八)等句皆感慨沉厚。其五似最肮脏难平,棱角毕现:

> 经史穷搜亦渺茫,未闻隐肆有良方。春三二月花零乱,冠五六人酒半狂。　歌子夜,引鱼肠,铜琶一曲换伊凉。书生的是真龙种,问舍求田也未妨。

所谓"经史穷搜亦渺茫,未闻隐肆有良方"其实不就是说在这史无前例的年代里,连隐居避世都已无地?其实文人的要求有时候已经很微不足道的可怜,无非是躲开喧嚣的旋涡而已,而如果这一点都做不到,那怎不让人兴起人间何世之叹?吕君忾的生平杰作《水调歌头·丁未初夏了无公事,拜区潜云师习岐黄术》就是写这种"隐身术"的,问题是"民厄怎生舒",其心中真的能飘逸——"聊润寸心枯"么?

> 今乃未知数,明旦复何如。适闲堪趁晴燠,坦腹晾残书。省得望闻问切,味得甘辛咸苦,莫负此头颅。亲疾或能愈,民厄怎生舒。　法黄帝,师仲景,论柴胡。三参两仁五味,聊润寸心枯。采采芙蓉江上,落落杏林春晚,一架闷葫芦。子曰道穷矣,道可道之乎。

分春馆弟子不少,陈、吕之外,载之《分春馆门人集》者尚有沈厚韶、王玝、邓圻同、蔡国颂、崔浩江、唐景凯、叶霖生、郭应新、周正光、王钧明、蔡泰然、李国明、张涛光、张桂光、梁雪芸、张镇民、苏些雩、李文约、辛嘉玲、陈波等二十人①，沈厚韶、苏些雩、梁雪芸等女弟子当置后文论说，此处再择数家简谈。

陈永正《抹云楼词序》云："时诸同学皆少年，课暇每抵掌雄谭，意气轩举，而蔡国颂与崔（浩江）君则不苟言笑，有老成之风。众皆尊称为蔡大师兄、崔二师兄，私下则颇讥其迂阔。"②蔡国颂词较少，崔浩江则是在丙午《紫萸香慢·风雨送春》词课中夺冠的高手③，其《抹云楼词》颇有佳篇。《风入松·暮春有怀》接续海绡、分春衣钵，就很可读：

> 如烟轻梦逐春还，芳事渐阑珊。绣帷香冷鸾尘暗，离人泪、但损朱颜。愁抱难消浅醉，落花乱点情关。　　斜阳何处泊清湾，日日倦敧栏。天涯远信无凭准，费销凝、误识归帆。料得晚妆慵理，飘蓬千里江山。

同以《风入松》为调、"送春"为题而感喟尤多、老辣更胜的是叶霖生的《庚辰送春》：

> 墨云骤雨斗纱窗，风散又斜阳。疏篱护隘芰荷尽，益堪怜、贫病交伤。粘絮相思飞泪，抚痕检渍回肠。　　几番蕉鹿奈沧桑，巢覆谢堂梁。诛钩硕鼠宁谋国，怎鹃啼、哀断殊乡。流景渐随春去，霏红惜付泥香。

分春馆诸君中，叶霖生是较多"怒气"的一家，因而也更有蓬勃扬厉感。《临江仙·癸亥雨水》也是佳作，"故人青眼少，新贵黑头多""墨儒自古相磨"云云，锋锐处与陈、吕二家相仿。

唐景凯的《沁园春·濡沫急迫之际，国颂兄力措两百银解困》与蔡

---

① 广州诗社内部印本，2004年版。
② 《泚斋丛稿》，第258页。
③ 陈永正：《抹云楼词序》"丙午春，时局飘摇，朱师以《紫萸香慢·风雨送春》为题，命诸生各赋一解，君先吟成，有'杜鹃声、遍啼香国，料她知道，春事如此轻轻。幽恨莫名'之语，朱师评曰：'一结深婉'，举以为诸作之冠"，《泚斋丛稿》，第258页。

泰然的《庆春泽·户籍迁回喜赋》也笔含尖刺，能具词史品格。唐词上片云："覆地翻天，落魄惊魂，格禁岁时。诧红名五列，黑罗七类；六亲疏远，九族分离。高堞重碉，楚河汉界，棍棒戈矛八卦旗。家国任，勉畲荒凿穴，击柝边陲"，蔡词云："萧瑟晨风，苍茫夕照，逡巡轧轧征车。千里琴江，回头迢递乡殊。搏人魑魅谁能免，但凄然、子幼无辜。黯消凝，栖老天涯，九载沉鱼。　寂寥忽听惊雷响，又阴霾扫却，丽日徐舒。布暖春风，而今始到山居。放歌纵酒狂应似，问杜陵、当日何如。喜难禁，碎解连环，泪眼模糊。""覆地翻天，落魄惊魂""九载沉鱼""搏人魑魅"云云，寒士一辈的浩劫心路于此又一次得到呈现。能迎来"丽日徐舒"，词人当然快慰，且以杜甫自比，然而这"喜"竟以"搏人魑魅"贯穿，以"泪眼模糊"结煞，其背后有多少潜台词诚也是耐人寻味的了。

第四节　"千秋不竭心源水"[1]：论寇梦碧词

一　春蚕到死丝方尽：寇梦碧的"传灯"人生

刘梦芙不仅首先注意到了"声气未通却心光遥照"[2]的梦窗派"南能北秀"两大词人，而且详尽比较了朱、寇两位之异同。刘先生以为：（1）以毕生精力治词，词作惊采绝艳，富丽精工；（2）摘文振采，托体风骚，兴寄幽微，缘情要眇，若非深明本事，实难测乎旨归。此二者两家之"同"。（1）庸斋学梦窗，参以白石梅溪，上溯清真，绵丽而清峭，沉厚而温婉；梦碧则兼取碧山稼轩，密丽中有郁怒雄杰之气，且多用昌黎长吉炼字之法，风格瑰奇恢诡。（2）庸斋重在抒发芬馨悱恻之情感，兼伤身世之畸零；梦碧颇多反映劫难之作，殊见志士风骨。（3）庸斋擅南人之秀逸，梦碧含北人之刚烈。[3]此三者两家之"异"。

刘先生的意见我或有不全同意处，如庸斋的"刚烈""风骨"似不弱于梦碧，非徒以"秀逸""悱恻"见长，然而这段剖析深达膝理，卓

---

[1]　寇梦碧：《鹧鸪天·钱丛碧丈》。
[2]　《冷翠轩词话》，载《当代诗词丛话》，黄山书社2009年版，第481页。
[3]　《冷翠轩词话》，第465页。

具见地,可以视为"南朱北寇"之比较论纲,更是探究"北秀"寇梦碧的出发站。

寇梦碧(1917—1990),名家瑞,字泰逢,以号行世,天津人。早年任天津崇化学会讲师,讲授《昭明文选》,后任教天津教育学院及天津大学,晚为天津文史馆馆员等。如此行迹极其简单,三言五语即可说尽,然而在这样简洁线条后蕴涵着的"传灯"人生又极为繁复绚烂。早年梦碧联结词社,提倡风雅,为津沽词坛拓荒者之一,本书绪论部分已有述及,不必再赘。要特书一笔的是其渐入中年,也即风雅道丧、世界颠倒之际,梦碧仍秉持一盏心灯不灭,辛苦呵护,令人动容。不妨先看陈机峰的记载:

> 我与梦碧同龄……经(张)牧石介绍往谒,一见如故,时为1960年秋,正值米珠薪桂的艰难岁月。从此便经常晚饭后随牧石去梦碧家谈词,有时一谈便到深夜,乐而忘倦……最难忘的一段时间是在史无前例的十年中,梦碧、牧石和我都曾"在数难逃"……但在文攻武卫、战火频仍之际都有幸成为"逍遥派"成员。因此三人过往很密,每周至少聚会四五次……远处传来的战车声、口号声喧阗不休,而我们充耳不闻,相濡相呴,且觅今宵欢畅,休问明日祸福。①

于喧阗的"战车声、口号声"中能寻得"相濡相呴"的二三素心挚友,当然算是梦碧一辈的大幸事,而又何尝不是一个时代的大悲剧!在后学身上,这种高洁与清醒当能看得更加清楚。王蛰堪《传灯琐记》即转述了1974年拜入寇门时梦碧的醍醐一问:"这门学问,眼下是寂寞之学,徒费精神,无补生计,与其半途而废,莫若开始不为,不知你有此信念毅力否?"②早七年拜师、后为梦碧乘龙快婿的曹长河记述"约法三章"之声容更加详尽:

> 你如欲学诗词,在天津找我这样的老师不太容易。同样我若想

---

① 《忆梦碧》,载《天津文史丛刊》十二期"寇梦碧纪念专辑",天津文史研究馆1990年版。
② 《忆梦碧》,载《天津文史丛刊》十二期"寇梦碧纪念专辑",天津文史研究馆1990年版。

教学生，找你这样的学生也不太多……为了把诗词接续下去，我决定收下你，但是有三个条件：第一，我至今还在学校挨整，最主要的罪名就是教年轻人学诗词，宣扬封建腐朽文化，与无产阶级争夺接班人，所以你绝对不可对人提及咱们的师生关系，甚至不可让人知道你在学诗词。第二，诗词是民族传统文化中最精粹的部分，要学习就不可半途而废，须终身事之。第三，我今天冒着前程甚至生命的风险教你，不只是为你为我，还为了不使诗词成为绝学，他日一旦学有所成，遇到恰当的青年人选，无论是什么样的环境条件，也要像我这样对待自己的学生。①

这些话固然平淡，但也不啻"无声处"的一记"惊雷"。尽管"徒费精神，无补生计"，尽管"冒着前程甚至生命的风险"，寇梦碧还是自我赋予了"不使诗词成为绝学"的使命，"无论在灯红酒绿之场，蓬门绳床之境，灯窗雪户之下，雁口鹑网之间，都念念不忘倚声之道，确乎能做到颠沛造次必于是，虽担惊遭谤、上当受骗也丝毫不改其志"②，将一点微细的火种那样珍重地保存并传递下去，直至生命的最后一刻。③《维摩经》云："譬如一灯燃百千灯，冥者皆明，明终不尽"，在梦碧一辈的心目中，诗词毋宁说是一种可生死以之的宗教了！今有通西学、鄙国学者有谓中国无宗教，故文化无出路，岂不知真善美即是最大最高的宗教么？

"传灯"，当然需要深具解会、高屋建瓴的见地与理念。虽然没能如朱庸斋般整理出一部深具影响的词话，但从自述、序文以及语录可撮集出的梦碧词论不仅是明确的，而且是较成体系的。④

第一，宗周济标举宋四家之说，而特重"以稼轩之气，遣梦窗之

---

① 《春蚕到死丝方尽》，《忆梦碧》，《天津文史丛刊》十二期"寇梦碧纪念专辑"，天津文史研究馆1990年版。
② 陈机峰：《忆梦碧》。
③ 曹长河文记述梦碧临终前含混吐字，"社务""书"三字而已。
④ 张牧石：《夕秀词跋》："多年与先生并二三子谈词，评泊古今，语多精辟，惜当时疏于笔墨，及今思之，已如遁景难追，不然整理成篇，附诸先生集末，岂非度人之金针乎？"黄山书社2009年版，第95页。陈机峰《忆梦碧》亦有类似语。

辞"。梦碧素邀"梦窗复出"之誉①,其取"梦碧"二字为号亦寓宗祧梦窗、碧山之意,故论者也甚少注意《夕秀词自序》中的这一段话,"予少耽倚声,初师觉翁,中年而后,拟以稼轩之气,遣梦窗之辞,而才力实有未逮"②,在这里,梦碧或因词格相类之故放弃了王沂孙,以辛弃疾取而代之。显然,对稼轩词他是渐渐有了深刻认知与共鸣的。王蛰堪说:"(我)既然从先生学,误以为必须改学梦窗、碧山为正途。先生说:'……稼轩才气大,加之其所处时代背景,故感慨亦深。今人读书少,题目小,而刻意为稼轩之豪,则难免有叫嚣之嫌。'"又记梦碧语云:"稼轩是大家风度,非读书多感慨深不易学到。其'绿树听鹈鴂''楚天千里清秋''更能消几番风雨''千古江山'诸阕,千古绝唱,后之作者能有几人?若其'杯汝来前'则万万不要学。"③不学"杯汝来前"乃梦碧一家之言,或可不必苟同,但就此已足见稼轩之于梦碧之重要意义,更可见不能单纯拿梦窗一派来局限梦碧词风。

第二,重自然性灵,并重声律,倡"词人之词"。王焕墉记梦碧教词语云:"词得于天者为多,好鸟鸣春,幽蛩响夕,微风振松篁,寒泉咽危石,谁为之节奏?自赴其欢娱哀戚之旨,皆天也,词人之词亦犹是而已",对于声律则云:"填词要合律,声情并在律中。诗仅分平仄,词与诗不同,平中须分阴阳,仄中要分上去入,不可相混。然古人存稿中,四声也不能尽合于律,此亦不足病也……今之教人为词者颇以四声并和为尽能事,桎梏性灵,害伤词意,其敝已不胜言,矧古今之音异,南北音异,乃至一名家而数本互异,又孰从而正是之?"④这两段话大抵为夏仁虎为袁克文《洹上词》作序中语,并非梦碧自家之说,但认同之、并持以教弟子行,也可见作为正宗的梦窗"粉丝",梦碧的思想路径比照上一两代人已经开阔而灵动得多,他并不是囫囵吞枣、胶柱鼓瑟的那种踵武者。

第三,词当因世而异。同样见之《夕秀词自序》之语:"予生丁桑海之会,既非古人所历之境,自非古人所为之词……夫水楼赋笔,几换

---

① 周汝昌:《夕秀词序》,黄山书社2009年版,第1页。
② 《夕秀词》,黄山书社2009年版,第3页。
③ 《传灯琐记》,《天津文史丛刊》十二期"寇梦碧纪念专辑"。
④ 王焕墉:《崇斋诗词自序》,辛卯(2011)自印本。

斜阳,词固当因世而异。苟无新意,纵或雅正典丽,奚足取焉。"这已经说得相当明确,《琴雪斋韵语序》则说得更加细腻:"夫文学之发生,盖以鸣其不平。若灵均哀郢之作、少陵北征之篇。不遭乱离,讵有斯作?当以今人之眼观物,则山川风月自与古异。我辈既非古人所历之境,自非古人所为之诗。"①"既非古人所历之境,自非古人所为之词(诗)",这屡次强调的两句话无疑是梦碧关乎诗词本真的宣言,更是对"不使诗词成为绝学"之信念的坚实印证,"梦窗复出"云云,不能算是真看懂了梦碧的创作。带着这两点卓绝的认识,梦碧论词提出"情真、意新、辞美、律严"的八字方针,并以"辞美、律严"为第一阶段,以"情真、意新"为第二阶段。②不难看出,"辞美、律严"两点乃从梦窗、稼轩宗风出发,而"情真、意新"两点则源于"鸣其不平""今人之眼观物"的贴合现实的需要。在这些至关重要的认识上,"南朱""北寇"确是心光遥照、若有戚戚焉的。

二 "千秋不竭心源水,颠倒从他海变桑":论《夕秀词》

所谓"倚声抵死为生计"③,寇梦碧毕生以词为托命之具,所作颇多,据自述乃"不下两千阕"④,然而屡经世变,率多散佚,仅存十一而已。今刊《夕秀词》凡四卷,曰《九霄环佩》者,收小令四十七首;曰《笛外秋心》者,收慢词为主者七十四首。曰《鬘天剩谱》者,收而立以前之"绮语债"三十三首;曰《春台集》者,则"拨乱反正"以来所作四十二首。四集综之,不过一百八十余篇而已,虽难全面反映其卓绝造诣,然而好语如珠,精悍逼人,已岿然为大家。

梦碧如此言说自家词作的四个指向:"魂牵曼睩,目送芳尘,一也;扇底邀歌,钗边贳醉,二也;吟侣征题,闲情偶记,三也;雕琢妍辞,自赏馨逸,四也。"⑤那么不妨先看"魂牵曼睩,目送芳尘""扇底邀歌,钗边贳醉"的《鬘天剩谱》。作为"本无冬郎香奁之寄托,差免山

---

① 转引自魏新河网文《寇梦碧词学要论》。
② 王蛰堪:《传灯琐记》。
③ 陈机峰赠诗语,见《忆梦碧》。
④ 《夕秀词自序》。
⑤ 《夕秀词自序》。

谷琴趣之淫哇"① 的"绮语债",这部早年作品的孑遗颇饶顽艳风情,诸如"饱看脸边霞,偷吮唇中露"(《生查子》)、"篆烟织出回肠谱,钗朵分来压鬓春"(《鹧鸪天》)、"记得画堂南畔见,春心早被秋波剪"(《渔家傲》)、"眼中何物可相思,古春窄到裙边路"(《踏莎行》)、"更何堪,梦隔银屏,人隔银弯"(《高阳台》)、"星星鬓丝渐改,到中年、哀乐便无名。一样伤春身世,杨花不算飘零"(《木兰花慢·题悼兰集》)等不徒好句纷披,那种言情的经心刻露也确实逼似梦窗。如《浣溪沙》:

> 醉里灯唇当梦看,晓霞妆出獭痕鲜。流莺何苦怨朱弦。 长是歌云蒸泪雨,空将心火炙情澜。相思无分况相怜。

"灯唇""歌云""泪雨""心火""情澜",皆可谓戛戛独造,生新动人,令人想起梦窗的"黄蜂频扑秋千索,有当时、纤手香凝"一类名作。《定风波·题春蚕吟》与《鹧鸪天·题怀尘散录》题材相近,而"秋灯影里小沧田""为问春来作么生"之笔法渐趋疏朗,又非梦窗所能圈囿,可谓能入能出者,亦是此期佳作:

> 检点残芳只自怜,被池无复浴双鸳。碧缱湘绚如有路,飞去,遁身何惜入弓天。 信是才人能解意,料理,秋灯影里小沧田。苦到莲心谁与说,赢得,吟香差可当游仙。

> 翘首人天唤不应,些些往事总分明。倚残杨柳当窗月,听尽琵琶昨夜声。 淹病枕,滞香盟,鸳鸯待阕十年情。春归毕竟花同落,为问春来作么生。

至于《沁园春》一首所写已非青年时事,词更作于1982年张伯驹逝世之后。之所以收入《鼛天剩谱》中,盖取其主旨意趣之相近也。这是当代词坛一桩韵事,不可不读。其序云:"甲辰秋,张伯驹丈于福

---

① 《夕秀词自序》。

建乐安词坛得见胡苹秋女史词,清新婉丽,曾投函于胡,倍致倾慕,双方遂相唱和,情意缠绵,积稿四巨册,名之《秋碧词》。实则胡固一丈夫,早岁工为荀派青衫,博学多通,其易弁为钗者,特词人跌宕不羁、故弄狡狯而已。陈宗枢兄曾为编昆戏《秋碧词传奇》,余为之序,结语云:'霓裳此日,举世惊鼙鼓之声;粉墨他年,一笑堕沧桑之泪。'孰意时逢河清,丈邃而下世,此戏遂亦成广陵散绝矣。"序文已佳,词更跌宕可喜①:

> 三千世界,十二辰虫,作如是观。甚忽南忽北,兔能营窟;时钗时弁,狐竟通天。宛转秋心,蓬腾春思,蘋末风生井底澜。千秋恨,枉惠斋才调,一例蒙冤。　　也曾氍演梨园,奈生旦、相逢各暮年。笑优孟场中,虚调琴瑟;叔虞祠畔,浪配姻缘。纸上娇花,床头病骨,打碎葫芦定爽然。凭谁力,待唤醒痴梦,勘破情关。

序中"甲辰"系1964年,彼时张伯驹正在吉林省博物馆副馆长任上,是"戴帽"后较为平顺、而内心终究积郁难化的时期,故而有此"好事"之举。梦碧此篇既关合"秋碧"本事,同时更超脱出来以"痴梦""情关"立意,风雅、调侃、戏谑、沧桑,在尺幅腾挪间错落呈现。这首《沁园春》既是其平生杰作,亦是毕生情事、情感的一次"结案陈词",所以可贵。

至于"吟侣征题,闲情偶记""雕琢妍辞,自赏馨逸"两类则更多见于《九霄环佩》《笛外秋声》两编。身当"世变",而能"自赏馨逸",足见标格,那么"闲情"也就不"闲","偶记"也就不"偶"了。试读《渡江云·九日梦碧词集》:

> 镜天沉悄碧,九州雁外,风雨一危楼。登临凄万绪,节物依然,人自不宜秋。红萸乌帽,更能消、几度清游。生怕遣、惊尘移海,无地著闲鸥。　　淹留。云边闲味,劫罅欢悰,尽簪花载酒。又争知、愁深酒浅,鬓改花羞。岁寒心素怜同抱,向何日、散发扁

---

① 胡苹秋词事见后文张伯驹一节。

舟。吟望苦，宵来有梦相酬。

题曰"梦碧词集"，则本篇当作于解放战争时期，故词中"风雨一危楼，登临凄万绪""惊尘移海""劫罅欢惊"云云并非一般的伤春悲秋，其情怀大抵近似老杜《秋兴》的沉郁悲愤。虽则"岁寒"，然而"心素"，这又与老杜"天寒倚修竹"的《佳人》诗作意相仿了。那么这又何尝不是特殊历史时空中一种心灵记录呢？词是不仅学到了"兰亭面"的梦窗体，精神内核则绝非梦窗词的翻版，那只能是属于寇梦碧的，属于二十世纪的。再如下面这几首模糊了具体年代的佳作：

古愁郁勃填胸，关河纵目迷苍莽。神州一发，齐烟九点，步虚来往。雷挟山飞，风吹海立，精灵摩荡。自夸娥负去，天吴移后，空留得，声悲壮。　　谁辟太初万象。恍当年、巨灵运掌。荒茫百怪，紫甾难叩，恨留天壤。怀古奇哀，纷来眼底，浩歌休放。怕新声惊起，羲和敲日，作玻璃响。

——水龙吟·放歌

万雷鸣缶，闲煞谈天口。日饮亡何浇一斗，拚送流年如酒。
短歌自答疏狂，惊尘不到鸥乡。消得晚凉滋味，不辞坐尽斜阳。

——清平乐

暝入登楼眼。纵斜阳、尽情怜惜，熨愁不暖。楼外浮云千万态，刻意矜奇争幻。尘世与、西风俱换。非雾非烟神州梦，甚而今、梦也和天远。禁几度，海桑变。　　华鬘弹指匆匆散。只空余、夷歌野哭，蕙愁兰怨。蒲柳先零真解事，翻惹悲秋人羡。剩孤佩、冷襟谁浣。解道好春犹须逝，问残秋、底事归偏晚。怀此恨，寄杯盏。

——金缕曲

在这里，考证词作系年似已无大意义，以不变应万变的是"古愁郁勃填胸",是"闲煞谈天口",是"非雾非烟神州梦",那种忧患情怀一以贯之,曾无少减。词人运笔入虚,似不因一时一事而发,但促使他捉笔疾书的感受必定相当实在,冷眼热肠都是很清晰地传递给了读者的。《卜算子·题七二钟声》与《鹧鸪天·丙辰中秋闻震警》两首是可以明确写作时间的,词也大有深意:

酒醒梦回时,花落春归后。数尽楼头百八声,一杵残钟又。舌底不生莲,肘左惟生柳。万马齐喑未可哀,且听蒲牢吼。

恍接豪歌九百年,乘风还拟学飞仙。黑翻地肺尘千尺,红锁天心月一环。　惊后约,惜前欢,桃花无赖向秋妍。万家正作团焦梦,莫上高楼独倚栏。

《七二钟声》是寇、张(牧石)、陈(机锋)三家为主所作诗钟之选集,1972年夏由陈机峰选编缮写一式四册,并请吴玉如题签,梦碧这一首与张牧石诗二首、陈机峰散曲小令二首并著卷端以代序。[1] 诗钟起源既晚,游戏味浓,未及大发展即为新文化所捐弃,故知者少,能"玩"者尤少[2],而梦碧等"津门三家"则在"破四旧"的喊打喊杀声中对此"四旧游戏"情有独钟,"兴致勃勃玩了好几年,积稿约千首"[3],这已经够出格了,何况梦碧还在词序中点出"万马齐喑未可哀,且听蒲牢吼"——在"万马齐喑"之下,这点微弱的游戏文字就已经是龙吟虎啸声了!对此,梦碧词人是深知底蕴而且敢于说出来的一个。能侧过脸去"闲情偶记""自赏馨逸",不也是一种可赞赏的清醒与自尊?

《鹧鸪天》所作之"丙辰中秋"更是二十世纪中国最敏感的时间点

---

[1] 陈机峰:《忆梦碧》。据该文,参与三家诗钟之会者尚有张伯驹、孙正刚等,而次数较少。

[2] 诗钟源于嘉庆道光间闽地官员文士,晚清流行一时,大抵分为嵌字、分咏两格。与梦碧交厚之前辈张伯驹甚喜之,尝倡为饭后诗钟集,做分咏格,夏仁虎、章士钊、黄君坦等与之,《春游琐谈》所记甚多。可参见拙著《诗词课》(辽宁人民出版社2020年版)有关章节。

[3] 陈机峰:《忆梦碧》。

之一,震惊世界的唐山地震发生未及两月,那么词人"黑翻""红锁""万家""莫上"云云岂不是有意无意间记录下了特定的时代频率么?陈声聪《读词枝语》说《倦寻芳·丙午除夕》《百字令·题机锋夜坐读书图》《虞美人》(一天霜讯)等十年动乱中篇章"温邃孤掩,自为词中清品",又称许本篇"依约婉转,不落凡蹊"①,只是此外还有些别样的滋味值得细品罢?《摸鱼儿》作于"中年后",即六七十年代,也是值得"细品"的佳篇:

> 小扬州、二分明月,钟声帆影非旧。才人管领江山恨,底事墨华吟瘦。天也漏。问拄折苍黄,谁是拿云手。狂名漫负。要赋梦歼妖,裁书骂鬼,百怪悄然走。　空凝伫,几许乱尘障袖。孤怀长恁偬偬。岁寒留得推敲伴,便抵玉昆金友。沉醉久。怕壮志潜消,丝竹中年后。心期共守。待珍重骚魂,安排痛泪,日黑看麟斗。

前引文中,刘梦芙称道梦碧的"刚烈"与"志士风骨",我虽以为这并非梦碧所独具,但这一首中"赋梦歼妖,裁书骂鬼,百怪悄然走"云云是极能体现出那股按捺不住也潜藏不下的"壮志""骚魂"与"痛泪"的。周汝昌《悼梦碧词人寇兄》点出他的"遇塞而悲深"②,那么这"闲情""馨逸"背后到底是些什么值得"珍重""安排"的东西不就很清楚了么?

当然也有比较纯粹的"闲情"与"馨逸",且大多蕴涵在精绝的小令中,这是虽延续了"偶像"梦窗之笔意而又较其有进展的一面,也是论者选家易忽略的一面。除前文所引,以下这几首也堪称佳篇:

> 蜡尾相思灰一寸,好春枕上阑珊。日华红到鬓云边。瞒愁愁已醒,寻梦梦应难。　睡起恹恹无意绪,晓妆慵扫双鸾。额黄涂罢

---

① 转引自《二十世纪中华词选》,第 1065 页。
② 《天津记忆》第 46 期,天津市文史馆 2010 年版。

镜中看。新来多少事，只爱夕阳山。

——临江仙

世相幻于云，每把春婆梦当真。试听娇莺声细啭，香唇，腥秽宁知五脏神。　　笑面绉靴纹，夜夜怀惭影对衾。独有精芒销不尽，诗魂，一点灵明不受尘。

——南乡子

丹枫落尽，心剩卷箍红一寸。借月留云，天许清都作散人。
小炉微雪，拥鼻恰宜三两客。料理吟身，山走涛飞只闭门。

——减兰·吟窝二首其一

从"瞒愁愁已醒，寻梦梦应难""世相幻于云，每把春婆梦当真""借月留云，天许清都作散人"等句不难看出，其密丽深刻大抵自梦窗、碧山而来，而疏朗豪隽之气又得力希真、稼轩一脉，所以能做到丽而不纤，密而不涩，两者的有机熔铸最终定格为梦碧特有的"幽奇荒艳，伊郁惝恍"气质。[1] 如此路数或也不能尽免于"沉晦"，梦碧既有自知之明，也有很妙的解释："予早岁曾倡为梦碧词社，诸友响濡于雁口鹑网间，虽联情发藻，不出风花，而意内言外之旨或庶几焉。若风鬟雾鬓，飓母也；唇丹脸霞，瘴轮也；凤簪燕钗，长铩也；兰釭桦烛，阴磷也；雁柱莺弦，狞雷也，而皆伊郁惝恍，莫可究诘……或病其沉晦，则亦不复计焉。"[2] 何以"不复计"？因为词当因世而异，自己笔下的"沉晦"是"雁口鹑网间"的"意内言外之旨"，目的是令人"莫可究诘"！这样的自我辩说诚是耐人寻味的。刘梦芙说得更加畅快："'病其沉晦'者既未能确切体会作者之艰难处境与忧国伤时之苦心，又未能深入探索词艺之堂奥，固不足以共语也！"[3]

最后还应略举《浣溪沙·悼红》及《清平乐·题蒋鹿潭戴笠持竿

---

[1] 刘梦芙：《冷翠轩词话》，《二十世纪中华词选》，第1066页。
[2] 《夕秀词自序》。
[3] 《冷翠轩词话》，《二十世纪中华词选》，第1066页。

小像》各一首，这或是不必遭受"究诘"者，事关文学史迹，足见风雅学养：

> 不为寻秋为悼红，西山片石认玲珑。襟期异代许相通。　十载泪磨脂砚血，一朝春尽楝花风。不留胜业厄诗穷。

> 少年乳虎，骨相非轻许。食肉缘何飞不去，横肋乙威空误。银潢兵气愁看，濯缨濯足都难。料理水云归梦，画图分付鱼竿。

无论"襟期异代许相通"还是"料理水云归梦"，都写得从容博洽、神交冥漠。"千秋不竭心源水"必然酿就上佳的学养、笔力、见地，"颠倒从他海变桑"则养成了冷冽的目光与坚韧的定力，凭借对梦窗、稼轩等前贤的深入解悟浸淫，凭借"为往圣继绝学"的"壮志""骚魂"与"素心"，寇梦碧在天津这座夙乏"词脉""文气"的北方城市硬生生撑起了一座词学重镇，更扛起了"梦窗北派"的猎猎大旗。"欢腾腾百灵精怪，郁沉沉千古奇哀，响当当九霄环佩，锦簇簇七宝楼台"[①]，在近百年乃至千年词史上，梦碧词人的位置当然是显赫坚实、难以漠视的。

第五节　陈机峰、张牧石与梦碧友人词群

一　"藕孔藏忧，槐根续梦"的陈机峰词

陈机峰《忆梦碧》谈与寇、张两人联句时有云："（联句时）有如唱戏，梦碧是主角，我和牧石是'硬里子'……几个人的功力相近，思路灵感要有共同性"，这几句话大约也可视为"津门三家"的形象化描述。陈机峰、张牧石两位"硬里子"既掌梦碧词群之副旗，也是二十世纪北地词坛的中流砥柱，其自具面目处非梦碧可掩，值得论说。兹依年齿，先谈陈机峰。

机峰（1917—2006），名宗枢，多以字行，毕业于河北省立法商学

[①] 语出陈机峰《北南吕一枝花》套曲为梦碧祝寿者，见其《忆梦碧》。

院后虽长期从事会计工作,而性近风雅,特爱词曲,尝师从昆曲名伶王益友、童曼秋等,能戏甚多,行当亦全,所谓"文武昆乱不挡"者也。又擅戏剧创作,有《秋碧词传奇》《秋笛怨杂剧》,诗词曲集则有《琴雪斋韵语》行世。

与梦碧相似,机峰亦罕见论词语。在晚年为刘梦芙《二十世纪中华词选》所作骈体《序》中,我们可以窥见其词学见地的吉光片羽。《序》中,机峰首揭"辞缘情发,情以物迁。心声染于世情,体性系乎风会。史事足征,词林有纪"之大旨,可见既重"情",又重"世"与"史",较之梦碧总体趋近而又微有不同。以下即从"史"的角度盘点二十世纪词史,在各历史阶段举出谭献、王鹏运、朱祖谋(以上二十世纪开端)、陈洵、况周颐、沈曾植、张尔田、刘永济、黄侃、顾随、俞平伯(以上民国前中期)、胡士莹、吴梅、夏敬观、龙榆生(以上抗战时期)、柳亚子、陈毅(以上共和国前期)、沈祖棻、寇梦碧、赵朴初、夏承焘、张伯驹、陈声聪(以上"文化大革命"时期)以立言。骈体序文不易立论,其中褒贬也微妙,但也可大略觇见陈机峰对近百年词的深切关注与精辟判断。

陈机峰词早年走苏辛一路,自1960年与梦碧相识交好后,改宗梦窗、碧山①,然而豪迈遗韵,未尽消磨,集中如《满江红·和夏瞿禅先生柴市口吊文天祥词原韵》即激楚之甚,上片"慷慨捐生,怎抵得、从容就死。赴国难、皋亭雨黑,重围孤骑。一片丹心坚铁石,三年奇节羞朱紫。论忠贞,合并汉之苏,明之史"云云,可谓愈转愈烈,直可作史论读。《定风波·戊申除夕》则另走一路,取法东坡、荆公之诗,多用家常白描语,而下片云:"儿女灯前前岁话,今夜,茫茫如梦又如真。烛泪成灰同劫烬,随分,此身原是劫中人",轻描淡写中实寓大悲慨。《风入松·丛碧翁得蛇尾马头一联,正刚兄采入风入松词,书来索和,予亦继声,时戊午正月二日也》一篇亦绝多辛老子气味。这是彼时梦碧词群的一次集体酬唱,机峰雄深雅健,似可抡元:

十年礼佛守心斋,髭雪忽盈腮。孤灯淡酒柴门闭,望前路、渺

---

① 寇梦碧:《琴雪斋韵语序》,转引自《二十世纪中华词选》,第1088页。

渺予怀。蛇尾杯弓影过,马头云雾山开。　　著微醺后倚窗才,随意拨残煤。瓦棱新雪生春艳,放千花、伫听惊雷。垂老心情难识,人间往事堪哀。

兼具吴王之"丽""艳"以及苏辛之"则""骨"者先可看《木兰花慢·壬子重阳前后无风雨》:

又重阳过也,正秋气,入萧森。对斜雁书空,高云敛色,满目霜侵。商音万方一概,好江山、何意唤登临。望断丝片风雨,迢迢永夜须禁。　　寒衾坐拥到更深,旧梦费沉吟。记酒泛红萸,歌翻白苎,泪铸黄金。何心衔碑嗫口,更千秋、痴绝笑冤禽。悟得蜉蝣况味,新来只惜多阴。

题中"壬子"系1972年,浩劫方殷,曙光未吐,词人有意化用杜甫《秋兴》诗意显然不只是因为节令的关系,更有着"万方多难"的忧患在,若"何心衔碑嗫口,更千秋、痴绝笑冤禽"等语已经说得相当明白。同样作于此际而手法更加纡曲隐轸者当推《鹧鸪天·拟元裕之宫词八首》①。读其一、三、五、七、八数篇:

已是华鬘劫后身,合离又傍楚台云。临窗娇语浓如酒,扑帐杨花巧作春。　　囚鬓整,泪妆新,妖娆可似内家人。买丝枉绣平原像,薄暮依然倚市门。

妆罢攀钩卷细帘,故留春色与人看。华堂重聚三千履,锦瑟新调五十弦。　　湔素手,驻朱颜,当筵枉说断缠绵。翻新别有霓裳谱,留待宫墙取次传。

人面悠悠去不还,春风犹绕画图间。入宫出塞承新命,下地升

---

① 寇梦碧称机峰词"丽而有则,艳而有骨",见其《琴雪斋韵语序》,转引自《二十世纪中华词选》,第1088页。

天本旧缘。　言似鼎，笔如椽，墨池雪岭两无端。昭阳车与章台马，一样逡巡选色难。

劫到恒沙梦已残，偏教金屋贮婵娟。墙花次第都辞树，春色无端又满园。　空躞蹀，枉缠绵，当时应悔系连环。七弦作意呈新巧，只是人前出手难。

学语笼鹦又一时，不知何处著相思。漫教宫里歌都护，且听人间唱叛儿。　嗟后约，误前期，沟头流水各东西。凭阑莫问秋深浅，只看空林落叶飞。

对于这一组词，寇梦碧不仅明言"写劫中诸事"，而且浓墨重彩称道其"于浓艳中见凄黯，于谐笑中寓涕泪，荡气回肠，色飞魂绝，开倚声未有之境，叹为观止"[1]，评价极高，以为陈氏首屈一指的代表作。组词末篇系写"九一三事件"者，故有"叛儿""空林落叶"字样，其余则空际转身，难以字句指实，然而也绝非解不开的谜语。诸如"囚鬓整，泪妆新，妖娆可似内家人""翻新别有霓裳谱，留待宫墙取次传""昭阳车与章台马，一样逡巡选色难""墙花次第都辞树，春色无端又满园"等句的背后蕴含着些什么，稍微熟悉那段历史的人自然是不难想见其底里的。如此胆识，可谓卓绝。[2]

机锋集中抒写三家情谊者颇多，殷勤沉郁，令人动容。若《木兰花慢·辛亥重九前一日赠梦碧》"怪天胡此醉，任魔蝎、厄清才""天涯岁晚识君才，蛮驱若为怀""新哀旧狂待理，误身边、魑魅几惊猜"云云皆是能解梦碧深心的知己语。《祝英台近·庚申除夜立春，和梦窗韵，梦碧兄嘱作》已作于1980年，劫波度尽，而惊悸犹存，那些鸡鸣风雨的岁月确乎难忘，也不应忘怀：

怅前尘，怀远道，潮思荡千股。年换今宵，漏带剩寒去。不劳

---

[1]　《琴雪斋韵语序》。
[2]　刘梦芙语，见《冷翠轩词话》，《二十世纪中华词选》，第1089页。

笳管吹灰，金泥添胜，且消受、灯唇低语。　　脱刀俎，谁与相沫相濡，相怜共心素。哀乐纵横，氤氲大河路。任他曼衍鱼龙，烟云变幻，总难忘、鸡鸣风雨。

梦窗原作系集中名篇，其上片铺陈"除夜立春"题面，全为换头处三句追摄远神，其耐心、笔力皆令人诧异。唐圭璋《唐宋词简释》称此篇"笔力之重大，足以媲美清真……回肠荡气，一往情深，玉田轻诋，殊非公论"。机峰和作亦具梦窗原唱之特点，换头"脱刀俎"三字极为精警，如此刻写出时代伤痕的拟和自然富有震撼力，也与一味学古之庸才划开了界限。还是寇梦碧说得恰切："机峰以深沉之哀阅世，以赤子之心体物，故凡一山一水一花一草，胥为劫中悲惧笑怒所蒙染，阅者于赏其芬馨悱恻之外，往往觉有一大幻弥天之世相在焉。"① 在《百字令·题机峰夜坐读书图》中，梦碧如此勾描机峰的面相："困人夜色，对瓮天无罅，一灯红补。谁掷小楼图画里，悄把古春支住。汉戟须招，湘累莫问，坐对花虫语。霓裳惊破，鬓丝空织愁谱。　　回念内库烧残，天街踏遍，金粉都尘土。边腹纵教留一笥，能贮燔灰几许。藕孔藏忧，槐根续梦，那便从容去。窗曦渐上，淡红遮断魂路。"是啊，"藕孔藏忧，槐根续梦"，那"淡红遮断魂路"的字里行间自有一种悲凉的罢？

二　"心光作作"的张牧石词

寇梦碧《八声甘州·饯梦边词人》句云："回首梦边小驻，共心光作作，夜气漫漫。几精灵摩荡，呼唤杳冥间"，又题写张牧石《梦边词》绝句云："金碧徒夸七宝台，可知肝肺郁风雷。烛边泪尽存心史，十万鲛珠是劫灰。"② 张、陈两位"硬里子"相比，这位"心光作作""烛边泪尽存心史"的张牧石（1928—2011）年齿虽轻，角色则更微妙，作用似更重要。前文说过，陈机峰结识寇梦碧乃由牧石之介，而张

---

① 《琴雪斋韵语序》。
② 张牧石《梦边词》前《题辞》即此篇，署名"番禺解先通"，"夸"作"惊"，"可"作"岂"，仅两字不同，未知何故。或有意讳之耶？

伯驹称赏牧石篆刻，以为可与陈巨来南北并峙。与之为忘年交，多年来津看花，皆下榻牧石家，并推介其与章士钊、龙榆生、吴则虞、黄君坦、夏承焘、俞平伯、萧劳、叶恭绰、唐圭璋、周采泉等名辈定交。凡此皆足见牧石风雅当行，堪为北地文苑艺苑增一异彩。

牧石原名洪涛，因学篆刻崇黄牧甫，师从寿石工（玺），遂改今名，字介庵，号邱园，别署月楼外史等。少年游侍津门名士王新铭、冯璞门下，攻诗文书画，又因冯璞推介拜识寿玺，从学诗词篆刻，研习梦窗词即自此始。[1] 1949 年毕业于天津法商大学法律系后任教于中学，数年后被牵入"胡风案"停职审查，"文革"中则因张伯驹"春游社案"再遭调查数年。[2] 这两次虽均平安度劫，而心生戒惕、远离政治必不可免，所谓"逍遥派"是也。晚任茂林书法学院等校教职，并任《中国书画报》编审。著有《茧梦庐诗词》《篆刻经纬》《张牧石印谱》《张牧石艺略》等《茧梦庐丛书》八种，所刊词合计近二百首。[3]

牧石才华多端，色色精工，而必以词章为第一。在《诗词集自序》中他有这样一段妙语："至于我写诗词又是为了什么，简单的两个字——遣兴……当今某些创新派的词章家们……他们说这种创新是为了祖国传统文艺，为了普及诗词……总之一句话，他们认为搞诗词是要'为人'，这种宏伟壮志对我这个专门'为己'的顽固派来说，却（是）永远视为畏途而不敢问津的。"[4] 话说得相当平和，内里则很斩截有锋芒，将这种"顽固"的"遣兴"上提一层其实更可以看出"诗言志""以诗词托命"的意思来。事实上，牧石也确是苦心孤诣于诗词的，因而得老辈诗词家好评不少。仅以词言，如张伯驹云："梦边词能入于情境，出于情境，学梦窗而又能自树。"龙榆生云："婉曲厚丽，四明法乳，读梦边词可知七宝楼台不容碎拆也。"至于陈声聪所谓"梦边词苍郁勃窣，在诗家为韩昌黎、樊宗师之流亚也"[5]，其实也意指梦窗一派，那么可见牧石为词路数较为"纯粹"，不似梦碧、机峰之兼收并蓄。如

---

[1] 《张牧石诗词集自序》，1997 年自印本，第 1 页。
[2] 张恩岭：《张伯驹传》第八章，花城出版社 2013 年版。
[3] 据《张牧石诗词集》及《张牧石诗词集外》（约 2003 年自印本）统计。
[4] 《张牧石诗词集自序》，第 2 页。
[5] 转引自施议对《当代词综》，第 1976 页。

此"从一而终"数十年,牧石词亦骎骎然直入梦窗之室。寇梦碧评曰:"牧石词师法觉翁,衍彊村、大鹤之余绪,情真意新,辞美律严,允为当代巨手"①,"情真"等八字是梦碧标举的填词最高标准,以之许牧石词,可见激赏。

所谓"衍彊村、大鹤之余绪"者可先举《高阳台·芍药为溥仪作》与《霜花腴·碧丈客长春所为词集成一卷,名之春游,将付剞劂,书来索题》二首:

> 欹槛呈憨,翻阶弄彩,风流占断残春。婪尾韶光,凄凉忍自逡巡。余芳一任金铃护,甚匆匆、也付斜曛。更休提,梦转扶桑,几幻朝云。　　花农纵折丰台去,问栽红植翠,可有伊人。催劫华鬘,剧怜金谷空尘。檀心便解东君意,总还须、巧说承恩。谩思量,后日荒园,谁与招魂。

> 玉关岁月,系旧缘余生,也在春游。回浪惊鸥,别巢迷燕,孤怀纠缦繁忧。自行自留,任等闲、归计难酬。怅天涯,白袷风尘,眼中何物不成秋。　　回眸故园芳事,奈池台拆绣。翠歇红收。边柝愁宽,灯窗吟瘦,争禁夜色悠悠。蜃嘘幻楼,误几番、沙际凝眸。寄骚情,密织鲛绡,缀珠和泪流。

《高阳台》一首是咏物词,而题旨即点名为溥仪作。当年君临天下的"花王"牡丹已经"沦为"平民化的芍药花,这诚然是文学艺术的好题材,然而诗词中似罕有反映。牧石这一首不仅可补空白,词也很见情思,其"梦转扶桑,几幻朝云""催劫华鬘,剧怜金谷空尘"云云将那种沧桑感写得异常浓足。牧石当然不是站在"遗老遗少"角度为末代皇帝"招魂"的,但"陋室空堂,当年笏满床"的"好了"之事何代无之?无论见地、笔墨,这首早年之作是足以窥见牧石的不凡才调的。后一首题张伯驹《春游词》者亦堪玩味。张伯驹以慷慨恢宏的贵公子遭打右派,远谪东北。虽然心胸广袤,出语平淡,但内里不能毫无

---

① 转引自施议对《当代词综》,第1976页。

第二章　梦窗派"南能北秀"朱庸斋、寇梦碧及分春馆、梦碧词群

芥蒂，且不乏"惊鸥""迷燕"之感。牧石词中的"孤怀纠缠繁忧""怅天涯，白袷风尘""争禁夜色悠悠""缀珠和泪流"云云就是读懂了这位"好好先生"心事的知音语。[①] 张伯驹对这位小自己三十岁的晚辈"情有独钟"，视若家人，这一层因缘诚然是不能忽视的。

刘梦芙评牧石词，以为"小令出入五代北宋，长调则纯是南宋家数，度音审律，细入毫芒，功力之深，今人罕及"[②]，其"心光作作"之篇似以"出入五代北宋"的小令为多。如《鹧鸪天·醉中成此，不知为何题也，世有醒者，定许知音》词题即颇为沉郁："醉中"所作而以为"醒者定许知音"，这显然是有屈子泽畔行吟的味道了，那么这是怎样的世道就不难想见："著酒闲愁不厌多，醒时可奈醉时何。无春梦里空花历，有乐人间尽鸟歌。　　将悱愤，付蹉跎，虚窗一任觉星过。残烛莫笑投膏计，红炫初灯又聚蛾"，"将悱愤，付蹉跎"这样六个字隐现于"聚蛾"红灯之下，那种"心光"诚也是掷地有声的。这一时期牧石的几首同调词如《除夜》《如晦书问近况，词以答之》皆大旨相通，"轻贵贱，少悲欢，孤怀敢许味人间""声似絮，命如丝，飘茵堕溷定何时"等语亦极沉郁，《自题小影》则出语最为敏锐：

> 尚有风流认梦边，悠悠往事已云烟。脱胎幸未成新骨，对影何须感旧颜。　　羞逐恶，怯从贤，自应随分软红间。词人与世原相弃，相弃于今也大难。

词人在这里明白宣称"羞逐恶，怯从贤"，既不能泯灭良知，更无法竞逐时好，那也只能"与世相弃"了，关键是如今"与世相弃"也没有了自由！这样的感知和认识确乎道出了那个时代的一种底蕴的。当年一代知识分子选择留在父母之邦，其内心或也不无狐疑的罢？但他们总以为"与世相弃"、隐逸草野是一条可以掌控的底线，可是"相弃于今也大难"，全部的悲哀可能就在于他们早就失去了这条底线！身在局中的张牧石能够冷眼旁观，以"幸未""羞""怯"

---

① 张伯驹事详见下章，伯驹一号好好先生。
② 《冷翠轩词话》，《二十世纪中华词选》，第 1300 页。

数字写出自己的傲骨，这当然是其平生杰作，应该认真读懂，也需格外珍视的。

大凡有傲骨者也有深情。牧石与妻静怡少年结发，相守一甲子从未分离。静怡工画，始学陈少梅，后习写意，夫妇联手甚惬，梦碧《鹧鸪天·题梦边双栖图》所谓"梦边词共湘中草，各占人间一段春""无量劫，有情天，未妨磨折是缠绵"是也。静怡晚年谢世后，牧石伤痛不已，因改室名曰"石怡"，并书韩偓"此生当独宿，到死誓相寻"句立于遗像之侧。①《青衫湿遍·此调谱律不载，或为纳兰自度，戊子春暮，余亦继声悼亡》一首即是此种鹣鲽之情的感人表达，兹录之以为牧石作结：

> 娇云掩霁，斜阳似睡，浅绀迷烟。解惜妍韶狼藉，数番风、取次花残。甚阴晴，幻遍小屏山。忆年时、并影双双燕，伴伤春、转在春前。拚绝红凋绿阴，而今待共谁怜。　　欲问后期心事，流光弹指，感悟人天。检点残箫倦笛，牵情事、商略吟笺。证心盟、容易苦缘悭。纵追寻、石上三生梦，也应无、剩泪偷弹。翠幕从教独倚，鸳衾直恁孤寒。

三　孙正刚、周汝昌

梦碧词社人才济济，唯大多声光寂寞，罕有词作传世，其中孙正刚、周汝昌两家可以简说附后。正刚（1919—1980），原名铮，号晋斋，天津人，毕业于燕京大学，为邓之诚得意弟子，历任天津师范学院、天津教育学院教职。1950年与周汝昌、寇梦碧加入庚寅词社，号为"津门三君"，其后与周汝昌常客展春园，有张伯驹"左膀右臂"之称。著有《天上旧曲》《人间新词》二集，又有《词学新探》行世。

正刚早年曾从顾随学词，故风格时近苏辛，多雄杰气，惜词集罕传，面貌辨认不易，仅可举《金缕曲·题斋毁石存图》一首：

> 掩卷追陈迹。恍年时、深摇地脉，猛翻天极。小筑行窝曾栖

---

① 张秀颖：《石怡室夫妇书画合集序》，网文。

第二章　梦窗派"南能北秀"朱庸斋、寇梦碧及分春馆、梦碧词群

凤，乍可将雏比翼。甚惨淡、经营朝夕。巢覆卵完知多幸，怕千章、去我嫌孤寂。拼性命，葆魂魄。　　哀鸿只恁从抛掷。写流民、丹青郑侠，枉矜才力。崛起琅玡传宗派，逸少还兼摩诘。照肝胆、臣心如石。① 瓦甓堆中存吾道，便一身、万死宁须惜。三载血，半城碧。

正刚藏名家印章逾千方，因有号曰"千印长"，亦以名其室。1976年大地震中，斋毁石存，正刚遂绘图并倚声征题。小词语势奇险，能与其事相配，而"拼性命，葆魂魄""瓦甓堆中存吾道，便一身、万死宁须惜"之句亦堪称精光四射，透显出对于文化命脉的重若泰山的珍爱。其时寇梦碧等三家皆有和作，在梦碧词群中形成了一次别有意味与寄托的联吟格局，而前文所引陈机峰《风入松》那一首的唱和，也是正刚充当了张伯驹与寇、陈、张数家之联络人。由此可见，孙正刚在津沽词坛之地位也是不能小觑的。

论名气，梦碧词群中无疑当以周汝昌（1918—2012）称最。这位红学泰斗同时也是颇具造诣的诗词专家，《诗词赏会》《千秋一寸心》等著别有心裁，能成一家之言，影响不小，至其自作则虽出顾随、张伯驹两大家指授熏陶，毕竟出色者不多，尤以晚年为然，贤者固不必全能也。兹录《风入松·1974年闻三六桥本红楼梦为赋》之二，为其有关红学重要史事也：

翻书时历点脂红，名姓托空空。笔涛墨阵何人事，是英雄、霜雨前踪。经济凭他孔孟，文章怕见顽蒙。　　黄车赤县伫高枫，魂梦一相逢。遗诗零落谁能补，似曾题、月荻江枫。更把新词歌阕，也知遗韵难穷。

下文接梦碧友人本应论三家弟子如王焕墉、曹长河、王蛰堪、赵连珠等，因彼辈创作高峰大抵出现于七十年代后，故置下编，遂以周氏词作绾结本章。

---

① 施议对《当代词综》编入本篇，"臣心"原作"百心"，应为误植。

第三章 词苑三奇峰：绝代公子张伯驹与隐逸儒宗马一浮、蕉窗病叟刘凤梧

近年学界乃至社会上弥漫的"民国热"无疑包蕴着多重复杂因素，其间无可否认的一点是那个时代的确潮涌出了一批中国文化史上空前——或者也绝后——的奇才。伴随着中西文化板块碰撞的隆升效应，一座座峰峦巍峨挺秀，拔地崛起，联绵成后人仰望的文化山脉。拉开一定的时空距离之后，他们的行迹举止、音容笑貌、才华情感都愈加闪烁出异样的虹彩，散射出磁吸般的"民国魅力"。这些峻峭的文化峰峦绝大多数进入了新中国，他们期望看到大同治世在自己眼前实现，为此毫不吝啬地捧出自己的才华与智慧。可是，一波又一波的"冷箭""热浪"逐次袭来，他们开始遭遇不同程度的挤迫与威压。皈依、犹疑、惊悸、迷茫、忐忑、无奈、激愤、怨怒，心绪繁杂，不一而足，他们在全新的意识形态夹缝里艰难爬行……

没有必要不切实际地高估民国，如果它真是一个"理想国"，就不会短短三十几年失尽民心，"国祚"运移，但我们也不能不反思：为何在贫弱忧患交加的民国可以拥有大师奇才辈出林立的生态系统？这个系统后来是怎样被毁坏的？今天又应如何修复？凡此种种提问事关中国的文化命运，我们不该回避，也无法回避。

张伯驹和马一浮就是这挺秀群峰中引人瞩目和遐思的两座，其词之恢奇峻拔对认知一代文化巨匠的心路理路均有至关重要的意义与价值。至于栖居皖西南群山之间的蕉窗老人刘凤梧则又是一种意态，他标志着民国至共和国底层"寒士"的艰辛生涯、傲岸品格与生命高度，可以与张、马两家并称"三奇峰"，构成着毛泽东时代词坛/文化的全方位

扫描标本。

第一节 "天荒地老一真人"①：论张伯驹词

附 袁克文、江夏二黄、张伯驹八秩唱和、周采泉、胡苹秋

一 "我本是卧龙岗散淡的人"

自梦碧词群而接谈张伯驹的内在逻辑不仅体现在他们交往之密迩，更因为寇梦碧主蠹的集群打造出了津沽词坛的超强阵容，而张伯驹则以他传奇的身世、富艳的才华、高贵的人格稳执京华词界之牛耳，将京津两地统联矗立为近百年词史的中心区域之一，功勋至伟。另一个重要原因则是张伯驹存词自三十岁开始，当然可被视为"民国词人"，然而其首个词集《丛碧词》凡二百余，作于民国者一百七八十而已，不仅数量上只占平生的五分之一上下，杰作也不多。换句话说，张伯驹在民国的词创作至多赢得小有才慧的名家席位，他之所以昂然厕入近百年词坛大家之列，主要得力于共和国时期的独特心迹与卓绝成就。根据本书代际划定的"活跃期"原则，置于此部分论述之无疑更吻合其实际状况。

张伯驹毕生爱戏，自己也演出了一场惊湍激浪、令人目眩的人生大戏。从洪宪勋戚到民国公子再到绝域流人，从勇夺美女潘素到遭绑八月，宁死不变卖书画以赎身，从倾家购得《游春图》《平复帖》到数十件国宝捐献国家，从"啼笑皆非马思远，断送中州老词人"②到晚年回京，一度沦为"黑户"再到最终"级别不够"，患小病而遽逝于低等病房……这样的情节张力又岂在任何一部剧本之下？只可惜名导演们或瞄准梅兰芳，或聚焦陆焉识，或铺陈阎瑞生，若能忠实还原张伯驹及其时代的那种韵味，这部荡气回肠的大戏捧回小金人或棕榈树当不在话下，

---

① 冯其庸：《浣溪沙·读丛碧词春游词敬题张伯老》三首之三，见其《旷世奇人张伯驹》、《回忆张伯驹》，中华书局2013年版，第95页。

② 张伯驹：《红毹纪梦诗注》一七二首，《张伯驹集》，上海古籍出版社2013年版，第69页。按：《马思远》为清代公案剧，情节曲折，涉凶杀淫毒，人物刻画难度颇大，于连泉（筱翠花）最擅之。"双百方针"后，张伯驹因提倡此戏解禁被打为右派，故此诗下自注有愤激语云："世换景迁，不应再谈戏曲矣。"

那将是二十世纪中国的一种别有意味的记录!

张伯驹传记近年已有多种,诸如楼宇栋、王忠和、张恩岭、寓真等诸家各有所得,详尽备至,而章诒和笔下的伯驹声容又最为真切动人。① 作为词史,实已不必再低效重复,仅强调谈三点可矣。

第一,伯驹从余叔岩学戏数十出,最擅长者无疑为《空城计》②,"我本是卧龙岗散淡的人"一句唱词也恰好成为其性情的最佳写照。因为"散淡",故全不介怀功勋富贵,而是以"偶然间、缁尘京国、乌衣门第"的"狂生"自处。③ 也正因为"散淡",那样巨大的起落荣辱,别人不能堪,伯驹则可以淡然一笑,浮云过眼。比如黄永玉即亲见他晚年在莫斯科餐厅吃红菜汤一盆、面包四片、果酱小碟、黄油两小块,以至于感叹"富不骄,贫而能安,临危不惧,见辱不惊,居然能喝此蹩脚红菜汤,真大忍人也!"④ 又如遭打右派后,面对章伯钧的"不理解"和"罪疚",伯驹有妙语云:"章先生,你不必向我讲这些话。你是个懂政治的人,都成了右派,那么,我这个不懂政治的人划成右派也就不足为怪。再说,右派帽子对你可能是要紧的,因为你以政治为业,这顶帽子对我不怎么要紧,我是个散淡之人,生活就是琴棋书画"⑤,可见伯驹确乎是以"散淡"自许的,而这"散淡"的背后其实是特属于这位"公子"的高贵!

第二,散淡并非就是看开了一切。对于富贵宠辱可以轻拿轻放,而对自己珍视的琴棋书画戏剧诗词等就格外执着珍视,甚至如痴如狂。章诒和在思考张伯驹何以为《马思远》一出戏跟官方叫板又较劲的问题

---

① 参见楼宇栋《张伯驹》、王忠和《生是长穹一抹风:民国公子张伯驹》、张恩岭《张伯驹传》、寓真《张伯驹身世钩沉》等著,不一一列出版本信息。

② 余叔岩尝语伯驹:汝气质最与孔明合,若《坐楼杀惜》之宋江,阴狠机械,难以神似。又:伯驹四十寿辰为河南赈灾义演《空城计》,自饰孔明,王凤卿饰赵云,程继先饰马岱,余叔岩饰王平,杨小楼饰马谡,极一时之盛,京剧史空前绝后之"卡司"也。《红毹纪梦诗注》一六六首:"羽扇纶巾饰卧龙,帐前四将镇威风。惊人一曲空城计,直到高天尺五峰。"

③ 纳兰性德:《金缕曲》。

④ 黄永玉画《大家张伯驹印象》之长题,引自王世襄《与伯驹先生交往三五事》,《回忆张伯驹》,第65页。

⑤ 章诒和:《君子之交:张伯驹夫妇与我父母交往之叠影》,载《最后的贵族》,牛津大学出版社2004年版,第128页。

时如是说："这和政治家为了维护自己的政见而能豁出性命的道理有相通之处……张伯驹从戏曲某些过左的改革政策看到了文化衰败的消息……从前不惜以黄金房产购回文物和今天不顾利害地要求对戏曲解禁，表达的正是一个中国传统文人对当今社会日益丧失文化品格的深刻焦虑与锥心的痛苦。"[1] 是的，不能因为张伯驹的"散淡"而就忘却和无视他的"焦虑"和"痛苦"，事实上，正是交织着执着、痴狂、焦虑、痛苦的如此复杂的"散淡"才是张伯驹的真面目、真神情。读其词也当具此一种眼光。

第三，余叔岩、周汝昌都说过张伯驹颇似张岱，章诒和更进一步演绎道："都是名门，一样的才情与自负，通文史，擅氍毹，精收藏，痴情韵事……同样在政权更迭之下沉浮荣辱，前期风流浮华，后期苍凉恓惶。一个穷到断炊，一个困在牛棚，但粗糙生活都未能磨损其天生情性。"[2] 这样的比较还可以更进一尘。张岱晚年"破床碎几，折鼎病琴，与残书数帙，缺砚一方而已"[3]，于是"想余生平，繁华靡丽，过眼皆空。五十年来，总成一梦……遥思往事，忆即书之。持向佛前，一一忏悔……偶拈一则，如游旧径，如见故人"[4]，他的"梦忆""梦寻"是以绝妙小品呈现的，张伯驹晚年的词作又何尝不是在"梦忆""梦寻"呢？在《雾中词自序》中，伯驹几乎表达了和张岱完全一样的意思："余之一生所见山川壮丽，人物风流，骏马名花，法书宝绘，如烟云过眼，回头视之果何在哉？而不知当时皆在雾中也！"[5] 那么，张岱之文、伯驹之词又是神交冥漠、呼吸相通的了，欲读伯驹之词也该先理解张岱之"梦"，正如要先理解晏几道的"痴"、纳兰性德的"真"一样。[6]

---

[1] 章诒和：《君子之交：张伯驹与我父母交往之叠影》，载《最后的贵族》，牛津大学出版社 2004 年版，第 146 页。
[2] 章诒和：《中国文人的别样文字——张伯驹的文革交代》，《回忆张伯驹》，第 181 页。
[3] 《自为墓志铭》。
[4] 《陶庵梦忆序》。
[5] 《张伯驹词集》，中华书局 1985 年版，第 297 页。
[6] 周汝昌：《张伯驹先生词集序》云："如以古人为比，则李后主、晏小山、柳三变、秦少游，以及清代之成容若，庶乎近之。"《张伯驹词集》卷首。

二 "新岁月，旧江山"①：作为词人的张伯驹

既然如此，不妨就从词入手，看一看半个世纪的"新岁月，旧江山"在词人张伯驹笔下是怎样一种变幻。

张伯驹有七步才，平生词作至于数千之多，删汰后之《丛碧词定稿》尚近千首。以词集为标志，其创作可大体划为前后两个阶段：（一）《丛碧词》时期，始于1927年作者三十岁时，终于五十年代中。首篇为《八声甘州·三十自寿》：

> 几兴亡、无恙旧河山，残棋一枰收。负陌头柳色，秦关百二，悔觅封侯。前事都随逝水，明月怯登楼。甚五陵年少，骏马貂裘。
> 玉管珠弦欢罢，春来人自瘦，未减风流。问当年张绪，绿鬓可长留。更江南、落花肠断，望连天、烽火遍中州。休惆怅，有华筵在，仗酒销愁。

这是伯驹始"学为词"之作②，也是其成名之作。本年伯驹亦始学收藏，得康熙"丛碧山房"之"御笔"，遂以"丛碧"自号，词中"秦关百二，悔觅封侯"一句即指卸解军职、溺心风雅之历程。就大的时世而言，此际北伐烈焰正炽，直奉皖数支势力角力无能，故词中"几兴亡、无恙旧河山，残棋一枰收""望连天、烽火遍中州"云云感慨良深，非泛泛拟古者可等比。这一时期的伯驹词出入两宋诸家，短调学欧晏，长调学周姜，亦时有近苏辛者，皆能得其神髓而自显圭角。如《蝶恋花》："深掩云屏山六扇，对语东风，依旧双双燕。小院酒阑人又散，斜阳犹恋残花面。　流水一分春一半，有限年华，却是愁无限。禁得日来情缱绻，任教醉也凭谁劝"，末句是自黄公绍"花无人戴，酒无人劝，醉也无人管"之名句化出的，而前缀"有限""无限"二语，自有一份风流骀荡的公子名士味。类此好语如珠，不必一一征引。《木兰花慢·题夏枝巢御史著清宫词》已作于抗战时，天荆地棘之感隐寓于前朝

---

① 张伯驹：《鹧鸪天·甲辰除夕》其三，见其《春游词》，《张伯驹词集》，第251页。
② 张伯驹：《无名词自序》云："自三十岁学为词"，《张伯驹词集》，第313页。

旧梦，令人读之生慨：

郁巫闾莽莽，钟王气，定幽燕。看万国衣冠，六宫粉黛，歌舞朝天。无端祸兴燕啄，竟河山、大好误垂帘。鼙鼓惊残绮梦，胭脂染作烽烟。　　长安剩粉拾钗钿，遗事说开元。似杜陵幽抑，颍川旖旎，花蕊缠绵。谁怜北来庾信，有飘零、前代旧言官。不见白头宫女，落花又遇龟年。

应该说较之后来诸集，《丛碧词》并无大可观，甚至予人无所用心之感。一来拟古痕迹尚重，咏物、怀古者多，性灵未足；二来诸多重要心迹——如匪窟中对峙八月、将《平复帖》八年贴身携带珍若性命等——并未在此集中得到充分记录与折射，更不用说全民族的澎湃抗战也几乎没有多少反映了。这或者与其散淡高致的性情有关，以为平常事不足写，但正如前文论《庚子秋词》时所言，那都是极其宝贵的诗词素材，没能灵眼觑定，任凭轻轻滑过，后人俗庸如我辈是觉得很可惜的。

倒是进入五十年代后，一些篇章中透现出的心境还比较清晰。如1953年所作《水调歌头·南行逢春雪，至金陵，秭园词社以此调咏春江花月夜，因赋》"睡醒欠伸起，开眼换山川。迷离不辨天地，春雪正漫漫。昨日黄沙白草，今日琼枝玉树，一夜到江南。江水今犹昔，江月古长圆。　　江与月，花与雪，映钟山。风流六代不见，只有夜潮还。月为花来写照，花为江山生色，雪为月增妍。我岂谪仙侣，着我在其间"，这虽是无大用心的词课之作，但"江雪花月"数字左右周旋，极尽巧思，更重要的是那种"开眼换山川"的欣悦之情相当真切。此时伯驹的生活还在沿既有的"忙人之所闲"轨道运行，连续在京剧、棋艺、国画、古琴、书法社团任"要职"，词中"生色""增妍"云云当然是由衷的感受。

然而时风渐紧，这样的轻快心绪不久即化为"一生半了繁华事，红紫纷纷只闭门""明明知是春婆梦，也莫空来梦一场""新春纵有重三月，旧侣曾无一两人"的空寥寂寞之感。这些句子出自《鹧鸪天·春感》组词，作年不详。依据楼宇栋《张伯驹生平简表》的说法，《丛碧词》截止于1954年甲午，然而这很可能是有所避忌、故意模糊的处理，

《丛碧词》的最后部分其实是很透出了一点牢骚怨愤的，而从"名家"到"大家"的蜕变也即将由此开始。试读《鹧鸪天·春感集杜》组词的一、二、六、十数首：

花近高楼伤客心，北来肌骨苦寒侵。江山故宅空文藻，玉垒浮云变古今。　忧悄悄，病涔涔，新诗改罢自长吟。可怜宾客尽倾盖，隔叶黄鹂空好音。

想见怀归尚百忧，竟非吾土倦登楼。尊当霞绮轻初散，肠断春江欲尽头。　今日异，几时休，人间不解重骅骝。莫思身外无穷事，远害朝看麋鹿游。

词客哀时且未还，中间消息两茫然。秦城楼阁烟花里，触忤愁人到酒边。　非阮籍，似张骞，强移栖息一枝安。即今耆旧无新语，自断此生休问天。

欲寄平安无使来，一生襟抱向谁开。幽栖地僻经过少，渐老逢春能几回。　存晚计，愧群材，天时人事日相催。且看欲尽花经眼，莫怪频频劝酒杯。

这一组集杜词共十一首，很容易被当作诗钟一类无关紧要的"游戏"忽略过去，然而"集句"并不一定就隔绝心声的。诸如"隔叶黄鹂空好音""人间不解重骅骝""即今耆旧无新语""天时人事日相催"等难道不会引起些关乎时局的联想？能说这不是张伯驹的真实心曲？如果说这样的结论证据不够坚实，那么同样作年不详的《破阵子·闰重三》组词中"乐事又成他日泪，醉眼重看劫后春""岁月糊涂新旧历，花事参差春夏天"等句又能作何解释呢？现存《丛碧词定稿》几乎逐年有词，但《丛碧词》末尾与《春游词》开端——即 1954 至 1961 年七年间——找不到一首可明确系年者[①]，吉光片羽，或者在斯？这样的

[①] 《春游词》末尾至《秦游词》开端，即 1966 年至 1969 年亦无词。

第三章　词苑三奇峰：绝代公子张伯驹与隐逸儒宗马一浮、蕉窗病叟刘凤梧

推断无疑是合乎逻辑的：伴随着飓风般"摧枯拉朽"的空前巨变，张伯驹的"怨而不怒""和雅温文"[1] 也必然要向陡峭耸拔的方向悄然移动。时世人心，此之谓也。

1961年，张伯驹顶着右派帽子"于役"长春，任职吉林省博物馆。先是，他因收得展子虔《游春图》而自号"春游主人"，今更实地"春游"，"乃知余一生半在春游中，何巧合耶"[2]！在《春游词自序》中，伯驹有云："词人先我而来者，有道君皇帝、吴汉槎。穷边绝塞，地有山川，时无春夏……彼者或生还，或死而未归，余则无可无不可……人生如梦，大地皆春，人人皆在梦中，皆在游中，无分尔我，何问主客。"这段话或者又会被引作其"旷达""高致"的证据，然而这难道不是沉痛激愤之语么？赵佶由至荣历至辱，吴兆骞高才遭诬，引此二人为同类，而又强调生还或死"无可无不可"，此真所谓"哀莫大于心死"者也！自此开始十五年，张伯驹将这一份郁勃情怀陆续呈显在《春游》《秦游》《雾中》《无名》《续断》几个词集八百首左右的词篇中[3]，愈转愈深，愈转愈厚，其心悲，其笔辣，拓辟出了毕生词创作的新境界，也真正迈进了二十世纪词史大家的行列。可先读《春游词》开篇《浣溪沙·将有鸡塞之行，题秋风别意图》一组的前三首：

　　野草闲花半夕阳，旧时人散郁金堂。如今只剩燕双双。
　　明月仍留桃叶渡，春风不过牡丹江。夜来有梦怕还乡。

　　马后马前判暖寒，一重关似百重关。雪花飞不到长安。
　　极目塞榆连渤海，回头亭杏望燕山。归心争羡雁先还。

　　自把金尊劝酒频，骊歌一曲镇销魂。回思万事乱纷纷。
　　镜里相看仍故我，人间那信有长春。柳绵如雪对朝云。

---

[1] 刘梦芙：《冷翠轩词话》，《二十世纪中华词选》，第565页。
[2] 张伯驹：《春游词自序》，《张伯驹词集》，第223页。
[3] 其中1966—1969年四年无词，见前注。

笔法依旧圆熟轻灵，若不经意，仔细推敲则"旧时人散""夜来有梦""马后马前""回思万事"等句皆涩苦味浓足，甚至有"人间那信有长春"的陡峭决绝语。这还是"将有鸡塞之行"，已经"预拟"出很地道的"流人"口吻了！花甲老人远谪苦寒边陲，哪里还能有什么佳心绪呢？

长春数年，也不乏平顺写意时光如"春游社"者。至于回京赴津，看花会友，当然也能更多一些旧日的幻觉，然而"归来几日家如客，飘泊频年客似家"①，流放的大痛楚之一也就在此罢？连何处是家都已不能自主，真令人难复为情！如这首《浣溪沙·出关后，家无能养花者，腊尽归来，盆梅只一花一蕊，憔悴堪怜。词以慰之》"去后寒斋案积尘，庭除依是雪如银。小梅憔悴可怜人。　半笑半啼应有恨，一花一蕊不成春。那堪吹笛为招魂"，那一花一蕊的盆梅岂不正是词人自己的剪影？"词以慰之"当然更是自慰了。再如同调组词《回京》的前两首：

小巷依稀认旧门，蛛丝萦槛案堆尘。萧萧梧竹易黄昏。
风扫壁琴弦断轸，泥封厨瓮酒空尊。不知客是主人身。

春事不曾到客边，归来已是雁时天。小庭秋意淡如烟。
虫语悲吟中夜后，蝉声梦醒廿年前。一回回忆一凄然。

能够穿行于"客""家"之间，这或者是现代"流人"较前辈们幸运之处罢？可是已经"现代"而仍有"流人"，幸欤不幸，谁能说清呢？那也难怪这位"不懂政治"的"老右"如此茫然，也凄然了。然而就是这样相对平静的生活也将要不保，"文革"开始后，伯驹因写《鹧鸪天·丙午除夕》二首，遭判"反动"，未久，又写《金缕曲》二首，再被扣八项罪名，遭批斗。② 这四首词《丛碧词定稿》已删，其老友常任侠文中所引当系其一：

---

① 张伯驹：《鹧鸪天·甲辰除夕》之一。
② 参见马明捷《张伯驹论剧》，《回忆张伯驹》，第128页。

第三章　词苑三奇峰：绝代公子张伯驹与隐逸儒宗马一浮、蕉窗病叟刘凤梧

> 尘劫何能躲。奈升沉、纷纭此世，其中有我。但使淤泥莲不染，微笑点头也可。举目尽、烦烦琐琐。覆雨翻云成与败，在旁观、只是乡人傩。论功罪，互因果。　　池鱼殃及城门火，更娥姁、牝雉钟室，居心测叵。富贵岂堪安乐共，未许客星犯座。宁被发、佯狂衽左。换骨脱胎非易事，算螟蛉、终究难成蜾。且争看，一刹那。①

不能说扣罪名者全属深文罗织或胸无点墨，他们是看懂了这首词里的锋棱的。"娥姁""富贵""螟蛉"等语都足见张伯驹非同一般的不"散淡"、不平和，他那些从未刻意掩饰但也从未刻意流露的峥嵘头角终于在浩劫中挺耸出来了！倘若不是因诸多忌讳删削殆尽，这样的词篇是很可以让我们看到这位"无俗容，无俗礼，讷讷如不能言，一切皆出以自然真率"的贵公子的识才胆力的！② 即便是入中央文史馆、得以稍安身心之后，张伯驹也多拗峭不平者在。如其《沁园春·戏和正刚自嘲》：

> 弄姿搔首，阿翁岂是，逸群绝伦。算麒麟不见，黄狼自大；硃砂未有，红土称尊。宝鉴图中，儒林史外，轻重秤量能几分。休妄论，数英雄当世，除我惟君。　　无闻扫地斯文，但敝帚、犹珍任笑嗔。问四家公子，风流安在；三朝元老，勋业何存。前路都如，深池夜半，瞎马骑来盲目人。天已陷，纵娲皇难补，卦象皆坤。

伯驹雅擅风趣，非常人可及③，如此滑稽突梯的"自嘲"却似乎是平生第一遭。词上片"黄狼""红土"的自贬已经很饶趣味，下片则愈

---

① 《谈张伯驹潘素夫妇书画》，《回忆张伯驹》，第161页。
② 周汝昌：《张伯驹先生词集序》。
③ 如其作诗钟分咏格"连鬓胡子、牡丹"云"人面不知何处去，狂心更拟折来看"，"杨贵妃、近视眼"云"承欢侍宴无闲暇，对影闻声已可怜"，"欠债户、社日"云"暂尝新酒还成醉，来是空言去绝踪"，皆堪捧腹，至于咏"周穆王、痔疮"用"何处更求回日驭，岂宜重问后庭花"，咏"美男子、尿壶"用"好向中宵盛沉瀣，焉能辨我是雄雌"，则谑而近虐矣。又：早年看戏，以《金缕曲》咏武花面钱金福亦颇滑稽，词云："耆旧凋零叹。想承平，梨园白发，物移星换。龚陈已老长林死，惟有此翁尚健。算留得、灵光鲁殿。脸谱庄严工架稳，看演来、叱咤风云变。须传此，广陵散。　　有谁不挡兼昆乱。无奈他，失之子羽，艺高价贱。当日只将师傅恨，为何不教学旦？真活把、我家眼现，梅尚荀程皆有党，问谁人、拚命捧花面。空出了，一身汗。"

行愈奇,不仅问到"四家公子,风流安在",不仅预言前路有如"盲人骑瞎马,夜半临深池",更以煞拍"天已陷"三字揭橥滑稽背后的大沉痛的来由。古来"自嘲"者多,而"嘲"至"天已陷"的整个世界者却很少见。这又岂是一味"散淡"的声口呢?读出张伯驹的"散淡"是容易的,可他的真价原本有大半是在这种更值得用心体味的不"散淡"当中的!

最不"散淡"——或曰勘破平生奥秘,所以奇崛盘空者——恐怕要数《水调歌头·和正刚》组词。伯驹论词不甚重苏辛①,填词亦不甚近苏辛,可是晚年这一组词却不期然而然地逼近了苏辛高处,以濡染大笔写出了满腔块垒,不啻为平生的词体自传:

纨绔误门第,粉墨饰豪英。龙阳地下才子,让我是张灵。过眼烟花已逝,回首江山如故,空自意纵横。有酒醒还醉,无酒醉还醒。　疮痍满,堪流涕,此苍生。寒蝉仗马一例,谁作不平鸣。世少桃源栗里,时至暴风骤雨,忧乐总关情。纵使见包笑,河水也难清。

耳目渐聋瞆,世事久迷离。丰神未减当日,寄语莫相思。已过昙华梦影,待遣新愁旧恨②,一任上颦眉。有酒作良友,不药得中医。　雁边风,马前雪,返边陲。燕山亭杏还见,了却死生悲。心迹湘兰澧芷,居处林梅陶菊,小隐拣寒枝。莫道满萧艾,芳馥又何为。

历下聚名士,洛社会耆英。当时间气钟毓,山鬼与山灵。转瞬豪华消歇,何以放怀遣此,只仗酒前横。醉则任其醉,醒则任其醒。　原上草,烧不尽,又还生。喷瓜炙艾休笑,缄口敢争鸣。万事空花泡影,在世却如出世,太上应忘情。一局付棋乱,

---

① 《词话》论苏仅取《卜算子》《贺新郎》《水龙吟》等,论辛仅取《贺新郎》《鹧鸪天》《祝英台近》等。

② 原作"遗",《张伯驹词集》整理者以为形近致误,是。

第三章　词苑三奇峰：绝代公子张伯驹与隐逸儒宗马一浮、蕉窗病叟刘凤梧

两袖剩风清。

旧雨并新雨，死别与生离。金台雪苑前事，回首不堪思。京兆风流藉甚，更秃生花彩笔，懒画柳如眉。无术难成器，多病乱投医。　向空梁，寻燕垒，迫边陲。繁华换了萧瑟，乐极转生悲。老子婆娑已矣，秋意胜于春意，不上闹红枝。穷达任天命，出处在人为。

冬雪瘗秋草，夏雹泣春英。炎凉一例轮转，何必叩冥灵。滚滚大江无尽，莽莽大荒无际，断野乱山横。逼仄此天地，长醉不须醒。　人间世，生还灭，灭还生。黄钟弃置廊庙，瓦缶也雷鸣。陵谷沧桑屡变，日月盈亏长换，造化本无情。万有付乌有，神驭上空清。

口是未心服，貌合却神离。人间万事如此，何用费三思。鼎食盐梅料理，炉冶洪钧运转，吐气看须眉。五味只酸辣，良相亦庸医。　同床梦，分冰炭，隔天陲。阶囚座客啼笑，兔死使狐悲。伐树不知种树，种树不知固本，弱干少强枝。上马贵无敌，下马贵无为。

无论是"疮痍满，堪流涕，此苍生。寒蝉仗马一例，谁作不平鸣""转瞬豪华消歇，何以放怀遣此，只仗酒前横""逼仄此天地，长醉不须醒"，还是"耳目渐聋瞢，世事久迷离""繁华换了萧瑟，乐极转生悲""伐树不知种树，种树不知固本，弱干少强枝"，在这六首词里，张伯驹是把"新岁月，旧江山"这六个字写得够清楚，也够详尽的了！此后的1974年，伯驹有二百余篇词，名之曰《无名词》，"盖为知止而止，此后不再为词，无词即无名矣"[①]，不料翌年仍复填词过百，因

[①]《无名词自序》，《张伯驹词集》，第313页。

"缘之未了,情之尚在,当归不归,亦自然随缘而作续断"①,遂以"续断"名此最后一集。这两集佳作亦夥,奇崛辛辣,别有胜处,但我还是以为,自《丛碧词》末端历《春游词》而至《雾中词》这十余年的创作是伯驹平生真精神、真力量之所在,也是足以托举他进入二十世纪词史大家之列的精粹之所在。"天荒地老一真人",他的人格在这里凝华结晶,透过文字散射出奇异的魅力。与其"立德、立功"相比,"立言"是小道,词尤为小道,可要领会、读懂张伯驹,又怎能须臾离开他倾洒了最真纯的心血的这些"小词"呢?

三 "词人之词"说辨补

对张伯驹词,周汝昌有"词人之词"的著名判断,《张伯驹先生词集序》言之颇详:"我……所见古今长短句,留心玩索,对学人之词、哲人之词、文家之词、杂流之词,其上品也只生敬仰心,而少爱惜情,顾独好词人之词。读书燕园时……先生之展春园近在溪西,偶结词社,以会文流,我以少年书生,叨在末座。社中多七八十高年耆宿名家,声价矜重。但在我看来,唯有伯驹先生词,方是词人之词也……先生……遂极相重,引以为知音,而众老先生闻之,颇讶狂言,不无讥议",这段话包涵了三层意思:第一,词人之词较之学人、哲人、文家、杂流之词更值珍视;第二,伯驹之词乃词人之词,伯驹自己亦极认同;第三,不同意此一判断者多,争议颇激烈。其实在五十年代初为《丛碧词》所作《跋》中,周氏曾给出过更加惊人的判断:以词人之词论,则中国词史以李后主居首,而以张伯驹为殿。②如此看来,在评价张伯驹的问题上,"词人之词"几乎成了个不得不辨的关键命题。

在词学史上,较早提出"词人之词"并注意其与"诗人之词""文人之词"的区别者当推清初王士禛与徐喈凤二家。王氏在《倚声初集序》中提出"诗人""文人""词人""英雄"之词"四分法",这是兼

---

① 《续断词自序》,《张伯驹词集》,第344页。
② 周汝昌:《一代名士张伯驹序》,《回忆张伯驹》,第40页。张伯驹《无名词自序》亦云:"此语一出,词老皆惊,余亦汗颜,而心未尝不感玉言也。"

第三章　词苑三奇峰：绝代公子张伯驹与隐逸儒宗马一浮、蕉窗病叟刘凤梧

顾人之气质与词之起源而言之，未曾深析。徐氏《词证》分析得较王为细腻，但关注的是"情""文"关系，并非从词体角度入手。[①] 故周汝昌的判断更多还是来自谭献的"秀士""学人""词人"之"三分法"，"词人"概念之界定又倾向于王国维所说"不失赤子之心者"[②]。其《序》中特别强调伯驹其人之"自然真率""重情""伉爽而无粗豪气，儒雅而无头巾气"，后文又与晏几道比较云："小晏一家，前人谓其虽为贵公子而有三痴焉……我以为伯驹先生者亦曾为公子，亦正有数痴，或不止三焉。有此数痴，方得其为真词人，而所作方是真正词人之词"，这显然都是取"赤子之心"角度而立论的。

由"词人"及"词心"再及其"词"，如此立说确乎高屋建瓴，诚如周氏所自诩，"以是义而衡量先生之词，然后可以不必寻章而摘句矣"，而我们也再没有罗列丛碧之词以坐实的必要，应予补充的是伯驹的"词人之诗"。伯驹诗功甚深，唯擅律绝，不耐写古体大篇耳，其《红毹纪梦诗注》一百九十九首与《续洪宪纪事诗补注》一百零三首两组绝句秉传"诗史"之灯，异彩披纷，满目琳琅，既是不可取替、独此一家的京剧史与洪宪复辟史，同时也是气势恢弘、体兼俗雅的大型组诗。除了刻意经营的这两组诗作，伯驹的零散之篇大抵入词，《丛碧词定稿》中数量不菲的《小秦王》与《瑞鹧鸪》即是七绝七律，但以词体出之耳，其《秦游词》中《小秦王·和孤桐七绝句》（现存五首）即是明证。在同属七绝体的《渭城曲》小序中伯驹更详辨之："牧石词家来书极谓《小秦王》应为《渭城曲》，平仄应皆遵依，余则谓《小秦王》词应包括唐七绝诗，《渭城曲》可单为调"[③]，可见其认真严细，非粗疏无心之举也。

[①] 王氏语曰："有诗人之词，唐、蜀五代诸人是也；有文人之词，晏、欧、秦、李诸君子是也；有词人之词，柳永、周美成、康与之之属是也；有英雄之词，苏、陆、辛、刘是也。"徐氏语曰："从来诗词并称，余谓诗人之词，真多而假少，词人之词，假多而真少。如《邶风·燕燕》《日月》《终风》等篇，实有其别离，实有其摈弃，所谓文生于情也。若词则男子而作闺音，其写景也，忽发离别之悲。咏物也，全寓弃捐之恨。无其事，有其情，令读者魂绝色飞，所谓情生于文也。"此二条后被田同之采入《西圃词说》，故后人多以为田氏语，见李康化《田同之〈西圃词说〉考信》，《文献》2002 年第 2 期。

[②] 分别见其《箧中词》《人间词话》。

[③] 《张伯驹词集》，第 276 页。

这些"词体诗"佳作甚多,兹举最后一集《续断词》中《瑞鹧鸪·和正刚》三首以觇一斑,为还原"诗体"真面,不予分片,读者当尤能体会其拗峭突兀的心迹与"诗意":

此生天赐已非廉,世上穷奇半饱谙。才觉寒消图九九,更看春满径三三。莺歌燕舞都无赖,酒债诗魔了不堪。消渴漫思甘露饮,文章有价亦空谈。

贪欢年少未能廉,残照风情老共谙。画笔有名同薛五,词锋无影号张三。儒冠纨袴皆非似,华胄舆台并可堪。座上酒空宾客少,对谁挥麈事玄谈。

轻肥裘马敢称廉,一世风流早尽谙。丝竹肉过年近百,诗书画了绝成三。彼莲不似人皆笑,此树如何我尚堪。可有传奇身后事,豆棚瓜架付闲谈。

"可有传奇身后事,豆棚瓜架付闲谈",其言甚可哀,而若其绝笔之词《鹧鸪天》"已将干支斗指寅,回头应自省吾身。莫辜出处人民义,可负生教父母恩。　　儒释道,任天真,聪明正直即为神。长希一往升平世,物我同春共万旬",其言不亦可哀么?但愿后人对这位"聪明正直""任天真"的绝世公子不仅是付之"豆棚瓜架"的"闲谈"而已,他身上有着我们这个民族的神采,也刻着那段浩劫之火的烙痕!

四　"歌哭王孙"袁寒云

张伯驹《金缕曲·题寒云词后》哀凉顽艳,是其早期佳作:"一刹成尘土。忍回头、红毹白雪,同场歌舞。明月不堪思故国,满眼风花无主。听哀笛、声声凄楚。铜雀春深销霸气,算空余、入洛陈王赋。忆举酒,对眉妩。　　江山依旧无今古。看当日、君家厮养,尽成龙虎。歌哭王孙寻常事,芳草天涯歧路。漫托意、过船商贾。何逊扬州飘零久,问韩陵、片石谁堪语。争禁得,泪如雨。"寒云,即与伯驹并伫"民国四公子"之列、又与其"冻云主人"之号并称"中州二云"的袁克文。① 其人虽早卒于三十年代,以关联紧密,亦应附张伯驹而简谈。

克文(1890—1931),字豹岑,袁世凯次子,少从名士方地山等问学②,富文采而乏政治野心,洪宪复辟时有"绝怜高处多风雨,莫到琼楼最上层"诗讽谏其父,因遭软禁。又因兄克定疑忌,遂入青帮为大龙头,期于远祸,世以曹植拟之,故伯驹词中有"陈王"语。撰有《辛丙秘苑》《洹上私乘》等,颇多独特史料,为后人宝重,词则有《洹上词》二百首左右。

寒云早为贵公子,旋为"皇二子",入中年则"湛隐放废、饮醇近妇如信陵",故其词"多恻艳琐碎、燕私儿女之语"③,但清亮哀感,并不甚秾艳雕绘。如《浪淘沙》"临去转秋波,蹙损眉蛾。屏风六曲软烟罗。便是回头人已远,好在情多。　夜半复经过,意态阿那。笑看白发醉颜酡。说与梅花同不睡,睡又如何",又如《秋波媚》"兰汤一掬试轻柔,微雨正新秋。罗衣乍解,绮香初度,欲睡还休。　不留手处明肌雪,欢意十分稠。三分眼底,二分眉上,一半心头",皆大有花间、北宋意趣。至于《念奴娇·代柬》虽无胜义,亦自饶工巧之致,是顾贞观之后最切近"以词代书"的佳作,很能代表其流连风月的倜傥气质:

> 妍华妆次,自初春小别,时时萦思。惟祝韶华今胜昔,更问秋来芳意。珍重尊前,思量梦后,莫使成憔悴。此情如昨,梦魂长是千里。　今又一度相逢,几回重看,图画盈盈里。泪眼挥弹凝望久,只是江流迢递。点点行行,还应笑我,遍写相思字。怨愁重叠,阿文沽上缄寄。

《金缕曲·示七泉》则又是一副笔墨:

---

① 克文得宋王晋卿之《蜀道寒云图》,因以自号。郑逸梅:《艺林散叶》,中华书局2005年版,第9页。
② 地山(1873—1936),名尔谦,自署大方,江都(今扬州)人,与其弟泽山有"二方"之目,擅书法、楹联,有"联圣"之号。周一良辑有《大方联语辑存》。
③ 夏仁虎:《洹上词序》。

732　第四编　1949—1976年词坛

> 眼底无余子。任峨峨、雄冠剑佩,望之非似。虎帐销沉英雄气,肱箧穿窬流耳。遍鼙鼓、哀鸿千里。天下都无干净土,笑鸡虫、蛮触纷如此。荣与辱,一弹指。　　中原立马情何止。且休论、重瞳项羽,斩蛇刘季。纵有丹青千秋在,败贼成王而已。又几度、冲冠裂眦。无限江山休别去,待回头、收拾君须记。长啸也,叱龙起。

寒云自极贵盛而流寓四方,晚年鬻笔墨为生计,不能无江山沧桑之感,故"眼底无余子""无限江山休别去"云云在他并非事不关己的凭空嘶吼。张伯驹《红毹纪梦诗》一一九即写寒云票唱《八阳》《审头刺汤》事,注云:"寒云……饰建文帝维肖,悲壮苍凉,似作先皇之哭。后……又善演《审头刺汤》一剧,自饰汤勤。回看龙虎英雄,门下厮养,多少忘恩负义之事,不啻现身说法矣"[1],其言亦可为此篇注脚。这位年仅中寿的贵公子说到底也是个夹缝中的悲剧人物[2],夏仁虎称其词"独能任天而动,交交若鸟,凄凄若蛩,谡谡若松风,泠泠若泉石"或有些过誉,但说他"词家本色""天事之胜"是对的,能自然流露、不故作悲切豪宕就已足见名士风流,不愧"公子"二字。今世之所谓"公子",尚有之乎?

五　江夏二黄·张伯驹八秩唱和·周采泉

张伯驹的两项重要词学贡献中,与黄君坦合作的《清词选》价值要远在《丛碧词话》之上。君坦(1902—1986)与其兄公渚(1900—1964)、弟公孟虽福建闽侯人,以早年侨寓青岛,筑袖海楼读书,因有"江夏三黄"之目。公孟亦有词名,但早逝[3],兹依序附谈公渚、君坦"二黄"。

公渚名孝纾[4],又字颛士,号匑庵,早年曾主刘承干嘉业堂十年,

---

[1]《张伯驹词集》,第48页。
[2] 秦燕春:《论近代二公子词:袁寒云与张伯驹》论袁氏心事颇精详,可以参看,载《中国文化》第27期。
[3] 有云卒于1949年者,俟考。
[4] 据其《哀生篇》,原名当为"鸿遵",其名字取《诗经·九罭》"鸿飞遵渚,公归无所"之意。

第三章 词苑三奇峰：绝代公子张伯驹与隐逸儒宗马一浮、蕉窗病叟刘凤梧

遍读所藏书，精骈文，与李详、孙德谦、刘师培并称"四大家"①，四方执贽请业者接踵而至，"隐然为东南大师"②，与朱祖谋、况周颐、夏敬观、潘飞声等老辈游处，颇多请益，后历任北大、北师大、山东大学等校教职，并为民国诸词社中坚力量，其行迹可见本书《绪论》部分。公渚多才，特精文物鉴定，未料"四清运动"中被诬"真假不辨""政治错误"等罪名，被迫从青岛前往济南接受批判，会后愤而自缢。同日家中三位女眷亦服毒自尽，此真惨绝人寰之罕见悲剧！

公渚有《匔庵词乙稿》，又名《碧虚簃词乙稿》《碧虚商歌》，凡六十余篇，刊行于三十年代末。另有《东海劳歌》百余首，为记写二劳风物之作，叶恭绰以为"山川有灵，定惊知己""不得不推此为苍头异军"③，其实无多可采。公渚词大抵走"时尚"的清真、梦窗一路，而提出以楚骚陶诗之"迷离淡永"开辟新境之说④，故能不大密晦，精妙峭拔者多。钱仲联着眼其性情，以"语精思邃，郁勃苍凉……哀乐过人"数语论定之⑤，最为巨眼。《满江红·过孟尝君淘米涧故址》可谓典型：

> 长铗归来，拼埋向、斜阳荒陌。叹是处，残杯冷炙，如何消得。五百头颅今入海，三千鸡犬谁之客。便操琴、痛苦过雍门，何人识。　　散窟兔，藏幽魄；淘米涧，余沙砾。只神鸦队队，墙间掠食。生死榜门人大去，孤寒焚券灰犹热。笑而今，一饭曰嗟来，余奚适。

淘米涧传说为孟尝君豢养食客淘米处，故词开篇即用冯谖典故，以下"五百头颅"以田横事映衬之，煞拍则带入自己一饭嗟来、无所适从之感，确乎奇崛之甚，内蕴孤愤。此为匔庵杰作，如夏敬观赞其"怀

---

① 说见钱基博《现代中国文学史》，亦有去刘师培而称"三大家"者。
② 李宣龚：《匔庵文稿序》。
③ 《东海劳歌题词》。
④ 见刘天宇《黄孝纾的生平、创作与书画》，《中国书画家》2020 年第 5 期。
⑤ 《近百年词坛点将录》。

抱珠玉，胎息骚雅"，陈声聪赞其"温婉芳馨"，岂真知其佳处者？[1] 翦庵小令似较长调更胜，如《鹧鸪天》（聘月高楼）一首大抵自小晏翻出而语意峭拔，煞拍"高丘终古哀无女，凄诉回风一往情"二句大笔提振，境界顿开。《南乡子》《风入松》二首语意稍圆转流宕，而沉郁不减，值得一读：

> 落叶下如潮，风雨连宵意已销。何况重阳时节近，凭高，恨水鞏山见六朝。　哀雁答长谣，欢计因循负酒瓢。心事蓬腾残照外，萧萧，留得寒蝉是柳条。

> 虚堂睡起日三竿，小极得偷闲。了知除酒无忙事，春风驻、镜里朱颜。四壁萧然长物，半生渺尔中年。　向人不乞卖碑钱，一角马家山。废吟谁识无声苦，伤心处、点笔都难。海峤几回梦断，天涯且住心安。

与长兄相比，晚年任《词学》编委、中国韵文学会顾问的黄君坦与词坛过往更密，影响也更大，而其《红踯躅庵词》流连光景者多，"哀乐过人"者少，并不能较胜乃兄。刘梦芙之好评——"有耆卿之清畅，东坡之豪宕，复兼后村之雄健、碧山之幽咽……手段因题而施，神明变化"云云过誉太甚，唯肯定其"文革"中所作诸篇"苍凉沉痛，洵反映时代现实之词史也"颇允洽。[2] 兹录《满江红·地震室毁，老病不胜露宿之苦，避地去邢台小住。惊魂甫定，歌以曼声，答瞿禅洛阳、丛碧西安》一首以见其概：

> 环堵青山，衬小市、锋车驿场。逃虚谷、足音萝径，楼幌幢幢。病叶久拚沟壑委，蓬莱又恐海尘扬。漫提携、黄绢外孙来，依婿乡。　冰簟静，宵梦长；天宇阔，影形忘。念六街尘哄，露宿彷徨。蚁磨百年劳转转，凤城万瓦仰苍苍。待露车、父子赋

---

[1] 分别见《忍古楼词话》《读词枝语》。
[2] 《冷翠轩词话》。

第三章　词苑三奇峰：绝代公子张伯驹与隐逸儒宗马一浮、蕉窗病叟刘凤梧

归欤，修我墙。

黄君坦创作中最值一提者当推伯驹八十寿辰时所作《贺新郎》"垲"字韵词，经由他的首倡，夏承焘、刘海粟、周汝昌、徐行恭、陈声聪、周采泉、忻焘、彭靖、王焕墉等推波助澜，再加张伯驹自己的赓和，最终形成了七十年代后期一次罕见的联吟格局。

贺寿诗词自古难有佳作，一般都只是发挥了"可以群"的公关功能而已，然而"寿星"张伯驹的身份与经历实在并不寻常，其八十寿辰又值方度浩劫之年，这些联吟声中必定蕴蓄了诸多陡峭心迹与弦外余音。可先看黄君坦的首唱：

> 放浪形骸外。慨平生、逍遥狂客，归奇顾怪。金谷墨林过眼尽，破甑不嗔撞坏。算赢得、豪情湖海。八十光阴驹过隙，伴词人、老去鸥波在。闲写幅，青山卖。　春灯燕子风流改。忆华年、调弦锦瑟，芳辰初届。一曲空城惊四座，白首梨园罗拜。剩对酒、当歌慷慨。好好先生家四壁，谱红牙、了却烟花债。休错认，今庞垲。①

自首句破空而来的"放浪形骸"至结末处"好好先生"二句，通篇都呈现出了张伯驹的风神笑貌，词人老去，对酒慷慨，那"慷慨"中包涵着多少"金谷墨林过眼尽"的苍凉，而"闲写幅，青山卖"又何尝不隐寓着"不使人间造孽钱"的郁愤！这诚然是"神明变化"、不徒"知人"而且"论世"的上佳之作。相比之下，忻焘（1900—1984）②、徐行恭、刘海粟、夏承焘几位的和作虽也有"青埂峰前奇石古，历劫巍然不坏""旋过眼、云烟若海"的感触③，总体则颂祷而已，不及陈声聪词来得贴切。陈词上片云："白日苍江外。话当时、商丘公子，中州一怪。苦辣甘酸都尝遍，真个金刚不坏。更赚得、名高词海。平

---
① 清代庞垲晚号丛碧山人，故末句云云。
② 忻焘字鲁存，号笠渔，浙江鄞县人，精书法篆刻。
③ 刘海粟、周汝昌词。

复岂随黄鹤渺,算君家、好好今还在。还有几,痴堪卖。""怪""痴"二字很能点出伯驹心事。唱和诸君中,周采泉以四首称多,词亦颇佳。

采泉(1911—1999),原名湜,笔名是水、稀翁,鄞县人,民国时任职沪上工商业,新中国成立后入杭州大学图书馆担任古籍编目工作,并任《汉语大词典》编辑,著有《杜集书录》《柳如是杂论》等多种。采泉素不填词,有之则始于此一唱和,时伯驹征和,见末韵"垲"字不易讨巧,遂再三叠之,深得激赏,自是而放笔为此,成《金缕百咏》行世。① 专填某调而竟成集者,古今罕见,是亦近百年词史新意之一端也。② 采泉四寿词之二云:

> 跃马榆关外。记春游、风尘说剑,虞初志怪。按视杨宾行历处,深觉柳边不坏。得饱看、林原雪海。重向京华休倦翮,认旧居、燕垒依然在。挑虎刺,街头卖。　遥知张绪应无改。庆元宵、寿星伴月,文星同届。才与寒云相伯仲,甫罢祭诗深拜。按红牙、黄垆兴慨。挥斥铜山如粪土,勇收藏、不避高台债。天籁阁,媲光垲。

十余首唱和词中,这是唯一"瞄准"了"春游"经历的作品,从而也就瞄准了张伯驹跌宕人生的第一转折点,上片结末"挑虎刺"三字用谢肇淛《五杂组》中笑话③,实则悲愤无已,精神气力不同凡响。在周氏百篇《金缕曲》中,这篇滥觞之作亦是翘楚。

还应该补读张伯驹四首和作,这既是集外词,文献可贵④,又是伯

---

① 《金缕百咏自序》,澳门九九学社1997年版。
② 清人吴蔚(1755—1821)有《百萼红词》,系以107首《一萼红》词调构成,故有此名。见张仲谋《乾嘉六家词札记》,《唐圭璋先生诞辰120周年暨国际词学研讨会论文集》。尤值一说者,吴氏起意填百首《一萼红》盖因自己六十初度,汪端光以《一萼红》寿之,亦与寿辰有关,而吴氏此集不经见,杭州大学图书馆有藏本,正周氏供职之处,其为《金缕百咏》或与此有关?
③ 《五杂组·事部四·二技致富》云:有以钉铰为业者,道逢驾幸郊外,平天冠偶坏,召令修补讫,厚加赏赉。归至山中,遇一虎卧地呻吟,见人举爪示之,乃一大竹刺。其人为拔去。虎衔一鹿以报。至家语妇曰:"吾有二技,可立致富矣。"乃大署其门曰:"专修补平天冠,兼拔虎刺。"
④ 中华书局、文物出版社两种《张伯驹词集》均未收此四篇,见周采泉《金缕百咏》,第108—110页。

第三章　词苑三奇峰：绝代公子张伯驹与隐逸儒宗马一浮、蕉窗病叟刘凤梧　737

驹人生最后阶段给自己的定位与解读，足补前文所未详，故不惜篇幅征引之：

　　苍狗浮云外。几经看、纷纭扰攘，离奇古怪。百岁光阴余廿岁，身岂金刚不坏。登彼岸、回头观海。粉墨逢场歌舞梦，算还留、好好先生在。犹老去，风流卖。　　江山依旧朱颜改。待明年、元宵人月，双圆同届。白首糟糠堂上坐，儿女灯前下拜。追往事、只多感慨。铁网珊瑚空一梦，借虚名、欠了鸿词债。今丛碧，昔庞垲。

　　回首甋瓵外。浪赢名、四家公子，中州一怪。往事尽多还多恨，欲把唾壶击坏。算梦醒、花开孽海。春草荣枯烧难尽，尚余生、几换沧桑在。红土作，朱砂卖。　　休教老夫风流改。愿长逢、团圆月夕，百年同届。有女河阳丹青手，且向石榴裙拜。莫对此、江山增慨。五岳登观天下小，早归来、了却烟霞债。身犹似，峰高垲。

　　过眼云烟外。溯平生、多闻多见，司空不怪。纨绔儒冠皆误我，披上袈裟衣坏。任幻化、红桑碧海。世事百年如弈局，看兴亡、几换山河在。药依样，葫芦卖。　　韶华无限随时改。又南窗、梅花积雪，春光重届。獭祭一廛书画满，燃烛焚香下拜。莫对酒、悲歌慷慨。福分风流都占尽，算今生、还了前生债。催梦醒，天明垲。

　　世路崎岖外。几经过、翻云覆雨，搜神志怪。沉陆也曾陵谷变，惟有虚空不坏。算只可、皈依佛海。自笑先生穷措大，问铜山、金穴今何在。蠹相吊，残书卖。　　新来旧去年年改，忆当时、儿童竹马，八旬忽届。明月圆从元夕始，白首双双对拜。还共与、回头一慨。因果他生休更卜，待华胥、梦醒身无债。地苍莽，天高垲。①

---

①　此又据张伯驹手书赠蒋风白者校勘，次序文字与周书所载稍有不同。

六 "亦弁亦钗"胡苹秋

前文论梦碧词尝涉及伯驹晚年与胡苹秋（1907—1983）唱和之雅趣事，这位行迹奇特的词人不可不谈。

苹秋原名邵，合肥人，其父尝栖身军政两界，以此家谊早年即从军，自吴佩孚麾下至东北军何柱国部，年未而立已官至少将秘书处长，以枢密位亲历"九一八事变""西安事变"等重大军政活动。苹秋少习京戏，以王瑶卿私淑弟子称民国军界名票之首，最擅旦角，世人因有"亦弁亦钗"之谑语。以此"特长"，1949年后先任西北军区平剧院研究员，其后屡因"诗祸"遭囚降级，至山西晋剧院任编导以终。①

苹秋酷好诗词，用力特勤，现存手稿自五十至八十年代即存诗近三千，词逾两千，数量极巨，惜未刊刻，知者极少。其诗喜韩昌黎、李义山、黄山谷与龚定庵，词取径梦窗而兼及白石、美成、飞卿、大鹤诸家，路数较宽，广通声气、交游遍天下或亦因此。苹秋以擅旦角故，诗坛交往中亦曾数度"变身"女性诗家，制造诸多误会，也留下不少美谈，与张伯驹者即为最显赫之一例，而先于此以"芸娘"之名与周采泉、庄观澄斗诗，引至"西子湖上几于家苹秋而人芸娘"之盛况也尝脍炙人口。② 如此游戏人间，变幻色相，当代词人中亦仅见矣！③

苹秋词未多见，姑录有关伯驹者《浣溪沙·和丛碧回京》数首，存人而已：

> 犹胜翟公罗雀门，为君争洗渡辽尘。夕阳款款欲黄昏。　　只为钟情沉绮业，非关病酒怯金樽。不堪把玩百年身。

> 鲍老郎当酒座边，巢由那可外尧天。而今文垒亦烽烟。　　大冶能教胎骨换，群生奚赴鼎炉前。烹鲜谁复恤悠然。

---

① 参见罗星昊《胡苹秋传略》（网文）。按：胡苹秋经历以此文最详尽，下文亦采撷颇多，致谢。
② 周采泉语，转引自罗星昊《胡苹秋传略》。
③ 刘梦芙《五四以来词坛点将录》与赵郁飞《近百年女性词坛点将录》皆点胡苹秋为"鬼脸儿杜兴"，分别见《中国诗学》第10辑、24辑。

寥落词坛几过从，一年容易又秋风。边尘浣袖感辽东。　小住为佳休钬肾，大难来日欲蒿瞳。天涯一例作飘蓬。

诸篇皆佳，而以"鲍老"一首悲愤欲绝，最著识地，宜其倾倒老宿名家者如此。

第二节　隐逸儒宗马一浮与蕉窗病叟刘凤梧

附　吴则虞、宛敏灏

一　"活人剑，涂毒鼓，祖师禅"：论马一浮词

刘海粟尝评价张伯驹云："丛碧……是当代文化高原上的一座峻峰。从他广袤的心胸涌出了四条河流，那便是书画鉴藏、诗词、戏曲和书法"[1]，在二十世纪文化史上，与张伯驹这位"绝代公子"能够平分旗鼓者屈指可数，马一浮作为新儒家一代宗师无疑是人选之一，其词之意趣造诣虽未及张氏，亦可合论。

马一浮（1883—1967），名浮，以字行世，号湛翁，晚号蠲叟、蠲戏老人等，浙江上虞（今属绍兴）人。光绪戊戌（1898）赴绍兴县试，与周树人、作人同榜而名列案首，旋与谢无量、马君武等创办《二十世纪翻译世界》，大量译介西方名著。1903年赴美工作，习西方人文科学，得读《资本论》原著，又赴日习西方哲学。归国后寓西湖畔广化寺，广阅文澜阁《四库全书》。民国初蔡元培任教育总长，应聘为秘书长，因意见不合旋即谢去[2]，自斯隐逸不出。及抗战起，避寇于江西，始应浙大校长竺可桢之邀，于泰和、宜山开设国学讲座。1939年于四川乐山开辟复性书院，刻书讲论，阐明理学精义。共和国立，任浙江省文史馆馆长，虽平安渡"反右"等劫，"文革"中则被抄家焚稿，因乞求"留一方砚台与我写字"遭打耳光，旋于悲愤

---

[1]　转引自楼宇栋《尘劫难移爱国志》，《回忆张伯驹》，第22页。
[2]　马一浮反对废止读经、男女同校，提议设通儒院，蔡氏不纳。后蔡氏长北大，聘之，以"平日所学颇与时贤异撰"为由谢去。丁敬涵：《马一浮先生年谱简编》，载《马一浮全集》第六册，浙江古籍出版社2012年版，第16、20页。

恓惶中谢世。① 一浮著述宏富，词则未多作，今传《全集》中五十年代前所作辑为《芳杜词剩》，凡三十二首；其后所作辑为《芳杜词外》，凡七十五首，再加辑佚一卷，总计百四十余篇而已，而共和国时期占三分之二左右。

马一浮身在当代"儒家三圣""四大儒"之列②，学术汪洋浩瀚，非外行浅学可以置喙，更何况其人本来就是"中国现代学者当中最难解读的一位"？③ 近年马氏研究颇为热火，目力所及，似以刘梦溪《马一浮的文化典范意义》与刘又铭《马一浮的哲学典范及其定位》二文较为通透易懂，其中刘梦溪提出："他的书信和他的大量诗作，是他的学问的另一载体，那里呈现的是马一浮先生学问精神的最生动的世界。"④ 这一点甚为有见，亦与本书相关，不妨多说几句。

马氏诗数量极富，达三千余首，惜一向少有系统研究者。⑤ 按刘梦溪的说法，马一浮诗"避熟弃俗，禅意馥馥，独辟意境，自创理境"，在现代学人中"应该排在前面而又前面"⑥。如此评价如果从"呈现……学问精神"的角度当然是合理的，马一浮诗的确十之七八皆映射出一个"理"字，或儒，或佛，或儒佛和融，心性圆通而又不乏兴象。不消说在现代学人中，即便加上古代大儒邵雍、朱熹、王阳明等，言理之繁复且高妙，马一浮也应首屈一指。但是，如果回到诗歌本位——也即诗人之诗——的命题上，则马氏诗略嫌枯槁槎枒，感发之力度较弱，似又不应予以过高评价。揆诸现代学者，虽较吴宓、萧公权等为胜，而不如钱钟书，更不必说排在陈寅恪之前了。⑦ 如比之清初顾、黄、王几

---

① 马一浮临终前有呓语："吾之舍利已从玉皇山上流泻下来，满地都是"，闻者认为是指一生著作被毁。丁敬涵：《马一浮先生年谱简编》，《马一浮全集》第六册，第91页。
② 汤一介：《论马一浮的历史地位与思想价值》称马氏与梁漱溟、熊十力为"三圣"："如果说熊十力先生是哲学家，梁漱溟先生是思想家，那么马一浮先生可以说是经学家。"徐复观：《如何读马一浮先生的书》则益以张君劢，称"四大儒者"，见《马一浮全集》第六册，第480、473页。
③ 刘梦溪：《马一浮的文化典范意义》，《马一浮全集》第六册，第482页。
④ 刘梦溪：《马一浮的文化典范意义》，《马一浮全集》第六册，第482页。
⑤ 刘梦溪弟子刘士林有《二十世纪学人之诗研究》，其中设马一浮章，胡迎建《民国旧体诗史稿》亦专论马一浮诗。二家似为今人用力最多者，而胡著较胜。
⑥ 刘梦溪：《马一浮的文化典范意义》，《马一浮全集》第六册，第482页。
⑦ 以上数家皆刘梦溪引以为比较者。

位大儒，则必定更加瞠乎其后。严羽所谓"诗有别才，非关学也；诗有别趣，非关理也"，诚为不刊之论，诗词史论者尤其是不该轻忽的。

全面深入评价马氏诗非本书任务，之所以略说盖在于可与其词取资比较。与诗不同的是，马氏《芳杜词剩》《芳杜词外》二集自起笔即充溢芬芳悱恻的情感力量，其"学""理"的成分在词中非但不冲淡"词味"，且别增一种舒卷摇曳之致。如集中最早的《莺啼序·陈子韶见访……》中即不乏"悔雕虫、相如赋丽，幸未有、书成封禅。爱玄言、齐物逍遥，漆园非谩""犹余风画空中，是法非真，待缘一现"之学问语，但绝不枯瘦，而是与"梦中事，迷乱空华，古来多少征战""有词人痛首，风前啼莺听遍""孤村流水销魂句，写羁怀、不数衡阳雁"等情致浓足之句打叠一处，别具刚健疏朗之美。① 再如《水龙吟·坐雨奉怀南湖金叟见寄和圭塘韵》：

> 小楼听雨连宵，晴湖载酒何时可。竹寒侵幌，花飞落砚，春风长坐。野哭千家，夷歌几处，胡尘方簸。剩水边林下，寻诗说梦，都不管，襕衫破。　老去禅心渐歇，数空华、几曾邀果。达磨齿折，图南睡醒，窗棂牛过。隔疟成年，聚光如墨，白云仍锁。只檐前，历历青山，满目一虚空我。

词题"坐雨"，已经是被写滥了的常题，别人笔下绝多空洞的时序之感，马一浮则自"听雨"写至竹寒花飞下的"长坐"，从而思绪飞腾，既悬思"夷歌""胡尘"，更关涉自家的体会解脱，自"达磨齿折，图南睡醒，窗棂牛过"的奇语而落笔在"满目一虚空我"的彻悟。自来写"坐雨"之"小题目"者，也没有写到马氏这般"大意义"、大手笔的。本篇作于1926年，四十而不惑，正是马氏建构儒佛并重思想体系的成熟期之开端②，同时也是其特有的渊雅健拔奇肆词风的形成期。

迨饱经战乱，流离播迁，马氏词风也有转向明畅直陈的趋势。如

---

① 据《全集·词辑佚》，马氏所作词最早为1904年《归国遥》二首、《临江仙》一首，多豪语而风格未成。

② 刘梦溪以为马氏思想是"以佛证儒，儒佛互阐，儒佛会通"，吴光则不赞成此说，但一般皆以为马氏思想成熟期在40岁上下。参见《马一浮全集》第六册。

1941年重阳所作之《南柯子》"佳节偏催老，胡尘久罢觞。败荷残菊减秋光，又是一番风雨、过重阳。　　绨绤惊寒早，关河入梦长。千山处处割愁肠，消得几多岁月、看沧桑"，又如同时作《水调歌头·九日寄故乡亲友》"独客听巴雨，三度菊花天。故园何处秋好，兵火尚年年。汹涌一江波浪，迢递数行征雁，愁思共无边。极北况冰雪，大漠少孤烟。　　登临倦，笳鼓急，瘴云连。明年悬记此日，万国扫腥膻。看遍篱东山色，不把茱萸更插，巫峡一帆穿。白发倚庭树，归梦滞霜前"，二词皆将沉郁心境寓于轻快笔法中，毫无假借回旋，愈近词家本色。内战时期所作《满庭芳》则能合清真之顿挫、白石之清峭、东坡之刚健于一手，为《芳杜词剩》最高之作：

> 身是浮云，生如流电，百年能几春晴。新消残雪，才见柳梢青。瞥眼风花历乱，刚数日、春已飘零。栏杆外，红英满地，高树遍啼莺。　　堪惊人世换，兵前草木，别后池亭。奈铢衣乍拂，痟首如醒。旧日归心总负，空惆怅、倚杵天倾。悲笳动，游辰易歇，灯火黯西泠。

将自己为数不多的词分编为《词剩》《词外》肯定是马一浮很花了一番心思的选择——他完全明白：一个全新的时代开始了，但对于这位洞明古今的儒学宗师来说，沧桑兴亡早已不是新鲜事。他并没有那种通常的改换新天的狂喜，而是以一种冷冽的态度大写其"触机""戏谑"、禅意盎然之词：

> 触网游鱼贯柳迎，衔泥新燕庆官成。云迷洲渚天如墨，雨压楼台地半倾。　　尘芥事，古今情，漂花烂草度清明。苍苔行处生朝菌，啼鸠声声掩户听。

> 残醉扶归蝶梦迎，锦囊佳句本天成。刀圭嫩药无多许，栲栳明珠已尽倾。　　留醒眼，看人情，浮云生暗月生明。落花芳草春来遍，樯燕林莺各自听。

第三章　词苑三奇峰：绝代公子张伯驹与隐逸儒宗马一浮、蕉窗病叟刘凤梧

罗刹飞空海若迎，愚公智叟两无成。禅机要使西江竭，酒客争夸北斗倾。　矛盾计，怨咨情，误将草昧当文明。寻流水母元无见，鼓瑟游鱼不解听。

这一组二十首《鹧鸪天》作于1950年春，可谓篇篇警拔，字字精光，这里只能选读几首而已。说其中全是封闭内心的独白、没有时世的折光显然是不可能的，正如同说马一浮已经对未来有了不祥预感一样偏颇。他在这组词的序跋中说得很谦逊，所谓"乖词人之本分，例劳者之自歌""只图趁韵，了无足存"，更进一步申明"余不谙声律，未足言词"①，然而在《跋》中马一浮很清楚地表达了对"词"的态度："向来词人唱酬游宴之作，多流连声色，末流益趋于靡，视齐梁宫体尤过之，其咏古怀人，形于哀怨，不失其正者盖寡。虽曰燕乐之遗，稍远风人之旨，是诚衰世之音也……后有正乐者，宜知此意。"②这段话足以说明，马一浮最看重的乃是词体本质性与功能性的"标格"，而非技术性的"声律"，显然，这是能探其堂奥的真知灼见。马一浮无意自居"词人"，但"劳者自歌"，丰沛学养出乎肺腑性灵，所以不求胜而自胜，较之一班"词人"自命者是高出不止一尘的。

在生命的最后阶段，一代儒宗马一浮以两首《西江月》归结了他对这个变幻世界的观感："天运阴阳消长，世情尧桀兴亡。道人观化悟无常，不觉杨生肘上。　满眼风云变态，一庭兰艾殊香。群生扰扰几沧桑，都付渔樵歌唱"，"妄计名言指马，劳生得失鸡虫。枯鱼衔索不成龙，走向谁家齑瓮。　惑起玄黄变色，情亡胡越投弓。柳梢楼角又春风，几见星河影动"。所谓"风云变态""兰艾殊香""玄黄变色""胡越投弓"等句究竟何指，我们也许不必一一凿实，但完全可以肯定，学究天人之际的马一浮对这个变怪的世界是有着颇多疑惑与茫然的。在抗战烈火正炽的1941年，马一浮写下《水调歌头·戏作禅语》，此亦代表性的杰作：

---

① 分别见《马一浮全集》第三册第759页、第二册第132页。
② 《马一浮全集》第二册，第132页。

一念入三昧，万法本来闲。离名离相何说，真照自无边。争奈如麻似粟，只解寻声逐响，空费草鞋钱。菩萨不登地，罗刹正飞天。　　活人剑，涂毒鼓，祖师禅。常情迥出向上，千圣不能传。任尔沤生沤灭，都是无绳自缚，不肯绝攀缘。吸尽一江水，翻却钓鱼船。

身处"罗刹正飞天"的险恶艰辛中，那时的他还有"活人剑，涂毒鼓，祖师禅"作为思想的利器，也有"吸尽一江水，翻却钓鱼船"的强大内心定力，然而"不是我不明白，这世界变化快"，临终前的马一浮只能凄凉无助地捶床埋怨外甥丁慰长不来见最后一面，他哪里知道，丁慰长已经蒙冤投湖自尽数年了![1] 回看《水调歌头》，再联想及这位隐逸儒宗的终场，能不呼叹？"群生扰扰几沧桑，都付渔樵歌唱"，是的，只是那渔樵唱出的又能是什么滋味呢？

二　"银河孤月向谁明"[2]：论刘凤梧词

马一浮虽毕生持隐逸形态，却也誉满台阁，声震海内[3]，论名声、地位、学养，伏处草野、奔走皖鄂山林间的一介病叟刘凤梧当然不能与蠲戏老人相比，然而两者也有诸多相似处：都重儒学，都清高自守，都孤峭冷洌，都与纷乱时世内心疏离……如果说马一浮代表着那一代儒学宗师的沉潜与挣扎，刘凤梧则代表着传统底层知识阶级——寒士命运的现代遭际。在这一点上，不但刘氏的认识意义不弱于马氏，而且由于他对国运民瘼的殷切思考、诚挚记录，这位湮没于时间风尘中的蕉窗病叟尤值得后人投入关注的眼光。

刘凤梧（1894—1974），谱名国桐，字威禽，晚年自号蕉窗老人，安徽太湖（今岳西）人，幼承家学，弱冠始入高小，三十余岁自省立师范考入安徽大学，从姚永朴、刘文典、陆侃如等受业，毕业后历任各中学教职。共和国立，因教师整编而退职还乡，行医为业，又因划为地

---

[1] 丁敬涵：《马一浮先生年谱简编》，《马一浮全集》第六册，第91页。
[2] 刘凤梧：《浣溪沙》，词见后文。
[3] 蒋介石尝"顾问"马一浮，周恩来称其"理学大家"，陈毅亦与之交好，皆见《年谱》。

第三章　词苑三奇峰：绝代公子张伯驹与隐逸儒宗马一浮、蕉窗病叟刘凤梧

主成分遭管制批斗，举家沦为"贱民"。虽被省文史馆聘为馆员后境遇稍佳，而"私巡仓廪无儋石，误读诗书富五车"①，艰辛生涯，斑斑可见。1964年，凤梧因出诊跌伤，遂成风痹之疾，卧床十年后逝世。其著述颇富，毁于劫火者多，今幼子刘梦芙搜集诗、词、文、联等编成一集，尚得诗两千余，词三百余，可见才力，而作于共和国时期者居大半。

自民国至中华人民共和国，凤梧均无显达际遇，然而"位卑未敢忘忧国"的传统文人精神深入骨髓，能将一切目击身历、可惊可骇者形诸纸端，以"血泪篇"记录下他眼中的这段"风雨江山"②。其诗如"历城烽火烛天红，济水春波因不绿""风鹤军声惊草木，生灵尸血染弓刀""红旗昨报湘南捷，喜极翻教涕泪多""一人难觅兼人食，十室堪怜九室空"皆呈现出真切的民国历史。③ 至于共和国成立，凤梧亦未尝为时势所左右，而是以"环堵萧然剩此身，举趾寸步遇荆榛""驮来薏苡冤难雪，击碎珊瑚恨未移""一顶玄冠重泰山，十年生命系刀环""年荒鸡犬瘦，世乱虎狼肥""屋毁通衢余瓦砾，血流眢井似胭脂""诸村多饿殍，到处有流亡""病久双眸成血色，秋深万籁作商声"等句直抒胸臆，毫无粉刷窜动地保存了那个时代的一种真实形相④，从而与聂绀弩、胡风、朱庸斋、陈永正、寇梦碧等共同组成了精英智识群体最为珍稀的心路影像。

与此遥接杜甫诗史神髓的大量诗作相比，其四卷《绿波词稿》未免显得纤弱一些，然而仅以词史视角论之，刘凤梧亦心灯孤擎，大声鞺鞳，高耸起词苑的一座奇峰。

据《绿波词稿自序》，凤梧学词较晚。当其诗早斐然有名，读书安徽大学，乃受李大防、周岸登等点拨，从事倚声，此时已年近不惑，因此现存《词稿》前二卷大抵为蹒跚学步、风格未成之作。虽有《六州歌头·感事》《沁园春·遥听辽东》《八声甘州·记春初》等较佳篇目，亦仅小词人而已，自家面目风骨并不清晰。真正具家数造诣还要等到五十年代以后，也即凤梧年逾花甲之时。且看这一组《鹧鸪天》"除夕词"：

---

① 刘凤梧：《雪夜不寐，赋此写怀》。
② 刘梦芙：《蕉雨轩诗钞前言》题为《风雨江山血泪篇》，黄山书社2012年版。
③ 分别见刘凤梧《哀济南》《秋兴》《端午感怀》《和张嵩焘兄书怀原韵》。
④ 分别见刘凤梧《辛卯除夕书怀》《春日抒怀》《落帽书怀》之一、《深秋漫兴》《感时》《夏日乡村即事》《病阁八秋，百无聊赖，满腔孤愤，悉藉诗鸣……》。

栗陆风尘兴已差，黑貂将敝始悬车。踟蹰马足关河贱，消瘦鸾肩鬓已华。　甘寂寞，怕喧哗，桃符新换属谁家。屡惊夜雨摧蕉叶，休盼东风嫁杏花。

——丁酉除夕

初闻葭管已飞灰，争说阳春有脚来。远地音书经岁断，个侬怀抱几时开。　宾客谢，姓名埋，风尘憔悴不羁才。潜踪空谷惊猿啸，戢影深山怕鹤猜。

——己亥除夕

爆竹声中一岁残，合家儿女喜团圞。屠苏酒饮浑忘醉，险韵诗成恐未安。　憎世网，误儒冠，归田买犊学耕难。梦醒蕉鹿应含笑，裘敝金貂可奈寒。

——辛丑除夕

腊鼓蓬蓬岁又阑，漫天风雪一家寒。衣余敝絮悲难补，柴是青松湿未干。　酬令节，荐辛盘，高烧红烛照团圞。儿斟柏酒陪爷饮，女折梅花送母看。

——癸卯除夕

虚度韶光七二旬，残年何幸又逢春。难沽绿酒千杯醉，剧爱红椒一味辛。　婴疾痼，患家贫，旧时交友不相亲。已离槐国无萦梦，莫获桃源敢问津。

——乙巳除夕

归田廿载久悬车，羞向侯门浪曳裾。晚岁几罹文字狱，荒溪难觅武陵渔。　悲暮景，泣穷途，那堪浩劫毁诗书。时人不识春消息，今夕何从问紫姑。

——辛亥除夕

丁酉至辛亥，即1957年至1971年。在这些"除夕词"里呈现了很

第三章　词苑三奇峰：绝代公子张伯驹与隐逸儒宗马一浮、蕉窗病叟刘凤梧　747

多耐人寻味的东西：那是一个怎样的时代，普通百姓过着怎样的生活？背负"地主"帽子的寒士又在过着怎样的生活？刘凤梧笔下的"寂寞""飘泊""憔悴""憎世网""一家寒""旧时交友不相亲""几罹文字狱""浩劫毁诗书"与满世界的锣鼓战斗声相比，又是哪一个更恳切地记录下了真实的音像？显然地，刘凤梧操起的是并不弯斜的直笔，更是锋锐雄劲的史笔。所以，他在民国时期的创作固也可贵，但那只是彼时常见的爱国文人情怀，到了这个时代，不要说敢于"单身鏖战""韧性反抗"者已经凤毛麟角，就是不违心地自吐冷焰、写几句真感受也很珍稀难得了！① 那时也正是大肆张扬杜甫的现实主义精神的高潮期，可真正继替了少陵野老者是那些夸夸其谈者还是这位蕉窗病叟呢？答案似不难寻得罢？

如此类比不应该算作牵强攀附，因为刘凤梧的《鹧鸪天》"除夕词"创作绝非无心的点缀，而是刻意为之，惨淡经营。一方面，自1957年到1972年，刘凤梧在除夕至少写下六十七首《鹧鸪天》②，很明显地，他在力图建构一个以除夕作为时间节点的晚年生命序列。另一方面，刘凤梧诗歌造诣绝高，故填词也多作诗手段。这个以词体书写的个体生命精神与杜甫直面惨淡现实的"诗史"情怀与沉郁顿挫的艺术特质均心香遥祭，脉络相承，对此，刘凤梧有着清晰的自白："青莲曾爱鹧鸪词，我亦填成当小诗"③，在他的理念里，这些《鹧鸪天》词——当然也应包涵其他的词篇——是与诗全无隔阂、界限和区划的。

不妨再接读几首这样"填成"的"小诗"：

> 寒怅无衣食乏鱼，身同牛马任人呼。登楼始觉新无力，揽镜方知白了须。　慵放鹤，懒骑驴，年年风雪卧茅庐。欲携椒醑招人饮，知道梅花笑我无。
>
> ——鹧鸪天·乡居有感

---

① 鲁迅：《这个与那个》。
② 据《绿波词稿》统计，其中有些篇章删汰未面世。
③ 《思佳客·秋夜衾寒，苦弗成寐，起赋小词，聊以自遣》。

廿载别乡关，乱后归来古木残。垂老纵知春有意，楼边，数朵梅花向我妍。　　啼笑总无端，但觉孤衾梦不安。谁分跌伤成废疾，凄然，僵卧危楼已二年。

——南乡子

薄暮春风拂面迎，夜阑衾枕峭寒生。小窗红烛泪纵横。　　病后旨甘皆乏味，梦中啼笑总无名。银河孤月向谁明。

——浣溪沙

鸳为共命鸟，蝶是可怜虫。身与梧桐相似，叶叶怯秋风。卅载朱楼巾帼，七秩苍颜夫婿，辛苦记曾同。相思明月里，愁绪落花中。　　困吴蚕，悲蜀魄，泣寒蛩。几见风狂雨骤，树底剩飞蓬。看到十分憔悴，为我百般怜惜，衰老念梁鸿。可堪残梦夜，相对一灯红。

——水调歌头

词里自然不乏古人——诸如辛弃疾、朱祖谋、纳兰性德、蒋士铨——的意趣，可古人有谁曾写过"身同牛马任人呼""僵卧危楼已二年""病后旨甘皆乏味"么？即便是"困吴蚕，悲蜀魄，泣寒蛩""看到十分憔悴，为我百般怜惜"这样的句子，也不再是古代寒士口吻的老调重弹了，我们完全可品读出，他沦肌浃髓的自尊自信夹杂于自嘲自怜之间，有如孤月独明，心光熠熠。如果不是后人有胆力保留下这些"寒蛩"之"泣"，谁能想到大别山深处的"僵卧"病叟能够吟唱出这样强劲的独一无二的心音！[①]倘要真正读懂那一段并不算遥远的历史，尤其是"寒士"阶层的心灵历史，刘凤梧的认识意义当然是足资参照、无可取替的。

《绿波词稿》四卷仍是以《鹧鸪天》"除夕词"作结的，时在壬子，也即1973年初，这已经是蕉窗老人卧病的第九个年头，大约可视为

[①] 凤梧幼子梦芙将老父作品藏于屋瓦缝隙，因而躲过抄毁，得以保全，见刘梦芙《蕉雨轩诗钞前言》。

绝笔：

> 天运循环靡有穷，一年容易又春风。花光红照梅枝上，山色青来梦境中。　扶病榻，倚薰笼，白头憔悴望虚空。满腔幽愤凭谁诉，更比屠苏酒味浓。

"花光""梅枝""春风""山色"，词里不乏生命的律动与明媚的希望，然而它是以"天运循环靡有穷"的感喟开篇，以"满腔幽愤凭谁诉"的叹息煞拍的。浓浓的化不开的幽愤，这就是耄耋老人在人生末端品尝到的味道，思之能免扼腕唏嘘？

三

皖地近现代诗家颇多而词人较少，得一刘凤梧如古南岳支拄其间，尚不觉寂寞。其实除刘凤梧外，吴则虞、宛敏灏两家皖籍学人也自成格局面目，足为蕉窗病叟之护旗骁将。

吴则虞（1913—1977）[①]，字蒲顾，泾县人，早年从学陈衍、章太炎，并加入章氏"国学讲习会"，历任西南师院教授、中科院哲学所研究员等，其学博通四部，而尤精子、集与版本目录。其《淮南子集释》入校九十九种本，引用二百余书，五易其稿而后成，是为集大成之作。另如《晏子春秋集释》《论衡集证》《晋会要》《续藏书纪事诗》《安吴年谱著述考》等亦久孚盛誉，足称一代通儒。则虞治词学亦称大家，校辑整理之《清真集》《山中白云词》《花外集》《稼轩词选》等皆学者案头必备书。自作诗文词甚夥，则秘藏箧中，鲜以示人。《曼榆馆文集》四卷与《诗集》二卷，学界知者极罕，《曼榆馆词集》数百阕亦迄未版行，赖施议对《词综》、刘梦芙《词选》披露数十篇，能大体识其面貌。[②]

刘梦芙《五四以来词坛点将录》点吴则虞为"没羽箭张清"，评价

[①] 刘梦芙：《二十世纪中华词选》记则虞卒年作1981年，误，见吴受琚《悼念我的父亲吴则虞教授》，《四川图书馆学报》1979年第4期。

[②] 据网载刘梦芙著述目录，该书已整理列入安徽近百年诗词名家丛书，计划2012年出版，而迄今未见成书。

特高:"兼梦窗之裔丽与碧山之沉郁,不愧名家。其铸语命意处,往往迥不犹人,幽微若蚁穿九曲之珠,轩矗如凤振九霄之羽,于百年词坛中,足可高张一帜矣",所说甚是,亦有未搔到痒处者。则虞高处在于"裔丽沉郁"中自有一份清疏流宕,因而不密晦,不闷损,他走的并不全是吴王一路。如小令词就颇多白描见巧、直截苍凉者:

> 鳌峰峰下春无价,凉绿画银塘。落花时节,草薰蝴蝶,雨老鸳鸯。 可堪沾臆,不堪回首,最是难忘。掀帘一笑,销魂半霎,人影灯藏。
>
> ——人月圆

> 虎丘山下寻春处,草与裙齐,裙与衫齐,履底香泥污凤鞋。门前半剪吴淞水,花送春归,春送人归,梦里青山月又西。
>
> ——采桑子

> 楼头鼓声,桥边柝声。城中鸡犬无声,只风声哭声。 空篝火明,荒村鬼行。看来看似升平,每沉思涕零。
>
> ——醉太平

> 一室他乡馨似悬,居然笑语到灯前。荒年儿女偏加饭,乱世文章不值钱。 门外路,比登天,橐穿准拟典衣旋。南州幸是无霜雪,十月征途勿用棉。
>
> ——鹧鸪天·妇挈两儿女就食曲江,隔岁往视,居贫食约,难乎为余怀也

"掀帘一笑,销魂半霎,人影灯藏""花送春归,春送人归,梦里青山月又西""城中鸡犬无声,只风声哭声""荒年儿女偏加饭,乱世文章不值钱",如此笔墨,性灵洋溢,未假涂饰,似纳兰,似渔洋,似湖海楼,似两当轩,都不是梦窗碧山所能制限。其实《曼榆馆词》长调也多格调骏爽者,如《百字令·过琴高台》之"一笠斜阳,半肩行李,路入青霄上。先生休笑,世间如此流宕",如《声声慢·和邵次

公》之"不为吟商,商声递入零缣",如《声声慢·西湖礼曼殊上人塔,上人尝云身世有难言之痛,余诵其言而悲之》之"身世谁堪诉与,听伤心人语,我亦心伤",如《摸鱼儿·蜀中闻杜鹃,分韵得悟字》之"崎岖世路,正三月三巴,三更三点,叫彻千门户",如《南浦·梁秋水夕阳感逝图》之"谁打销魂画稿,画裙裾、偏要画长亭……我亦略工感慨,便香消、花落也心惊……未到死时犹别,纵不思、前事也伤情",以此等好句杂入"裔丽沉郁"之中,乃能不仅"幽微蚁珠",而且"轩翥凤羽",熔铸成其特出的艺术品貌。

则虞天性"仁厚乐易,平生未尝忤于物。以为君子之处世也,轻重之衡,当在于我,决不以一时之所遭而身与之沉浮"①,再加未花甲年即病废,故较疏离于浪尖风口,但晚年所作《鹧鸪天·病中四唱》隐约中不乏郁愤,智者从来就不是自外于时世人心的。读一、四两首:

> 十载春明鬓已华,仙源入梦路云赊。偶传秘牒如闻呗,遂覆深杯怯见蛇。　风剪剪,雨些些,乌衣巷口燕迷家。买花前度朱门女,又傍朱门叫卖花。

> 三月暄春尚褐衣,幸逃沟断且矜持。每惊灯烬悲生事,畏听棋声远杀机。　分药裹,量刀圭,年年病苦作僧栖。虚堂那识春风面,几片残花带鸟归。

"买花"二句是写尽了世态的冷眼旁观语,"遂覆""畏听"二句又何尝不是对诡谲现实的冷峻一针?曼榆馆生涯总体而言是宁静的,但迪昌先师尝有言曰:"能于世道如此之今日谋心安,亦谋稻粱,我以为即大豪杰。一座森林绝不能仅有枭鸦或仅有黄鹂。总是百鸟丛集,是则各为其鸟可也。拿起勃朗宁者,是英雄,然非必握耙耨者乃庸人也。"②于吴则虞"宅有泊,酒无徒,渐从平等泯荣枯""且莫莫,任悠悠,青

---

① 吴受琚:《悼念我的父亲吴则虞教授》。
② 1994年5月18日赐札。

山青史壑移舟"的词句①以及悼念黄公渚、龙榆生等篇章中其实不难领略这位大学者内心的万丈狂澜。他的"耙耨"之"杀伤力"又岂在"勃朗宁"之下？吴则虞因词作秘藏、声名未彰而屈居蕉窗老人之护旗，实则论造诣心志，是完全可以与其双峰并峙，共同标示出皖省百年词坛的高度线的。

与刘凤梧、吴则虞相比，另一位与夏承焘、唐圭璋并称的词学大家宛敏灏（1906—1993）走平顺清浅一路，醇厚回味有所不及，是亦擅言词者未擅填词之一例。敏灏字书城，与凤梧同学于安徽大学后历任安徽师范大学教授等，治二晏及张孝祥词最称精绝，《词学概论》亦久为学界推重，自作有《晚晴轩诗词稿》。《满江红·牛棚夜雨，僵卧默诵杜诗，感怀得此》尚称沉郁，词不赘。

第三节　1949—1976年词人生态一瞥

严迪昌师在《清诗史》"八旗诗人史略"一章写到八旗诗人不顾高宗"朱谕"禁令，照旧与汉族诗人频繁唱和的场景后尝慨乎其言："心灵的难以羁缚和扼制，看来是条真理。权势既可合理地袭人，心灵也能合法地逃遁。'逃'是可以自主的，当然指的乃心之'逃'。"②确乎如此，"诗既然具有心灵之窗的功能，当被……压抑得无所栖遁时，为酷烈的现实惊悸或激愤得无以喘息时，这扇窗子终究会被顶开，作为栖遁和自慰的精神小园"③。在前文，我们有相当多的叙述可以感知到这一点，而本节尚可接张、马、刘几位继续这个话题，选择一批词人扫描"毛泽东时代"文人生态之一角。

一　"书生自古有穷途"④：陈沧海的"劳改词"　附陈朗

首先应说罕为人知的悲情书生陈沧海（1901—1964），其"揽镜头

---

① 《鹧鸪天·病中四唱》二、三。
② 严迪昌：《清诗史》，第848页。
③ 严迪昌：《清诗史》，第846页。
④ 陈沧海：《咏怀十一绝·寄天台国清寺主潥云大师》之三。

颅空自惜,金鞭铁钵两蹉跎"① 的"穷途"具有着相当的典型性,诸多"劳改词"更是近百年词史绝无仅有的一页苍凉乐谱。沧海原名季章,浙江温岭人,毕业于浙江第一师范,师从李叔同、经亨颐等,与潘天寿、郁达夫等为友。壮岁出家,法名蕴光,自号寒石子,托钵于天台、雁荡之间。抗战中沧海慨然还俗,参第十集团军俞济时幕,又任职重庆社会局、上海民政局等,五十年代后调上海农场管理局,旋被流放苏北劳改,1962 年获释回浙,仅两年即去世。后人近年汇其诗五百七十余首、词二百二十余首为《沧海楼诗词钞》,创作风貌始能为世所知。②

沧海籍籍无名,而诗词皆为上品。其四十年代作《浪花集》以七十余首古风组构,咏怀刺世,厚实犀利,最具特色。因文献罕秘,姑引二首觇之:

> 山北湖不少,我独爱白湖。春风依桃柳,秋色在菰蒲。我宿湖边寺,好友常相呼。借只打渔船,歌啸入烟芦。

> 国内有要人,身膺特任官。陶朱堪比拟,居职未三年。为拯饥民命,慨捐十万廉。国人颂其德,国府奖其贤。

《沧海楼诗词钞》中词分四集,如沧海自述:"凡体属香艳、近似《花间》者,集为《拈花词》一卷;行戍之作集为《味雪词》一卷;其余闲情逸兴、登临怀古以及题赠诸篇汇为《遗珠词》一卷"③,另有《遗珠词续》一卷。这几集中,陈氏特别对《味雪词》予以说明:"删去者以《味雪词》居多……《味雪》一卷,虽经尽量删削,仍多刺目之处。"④ 如《望江南》:

> 南冠客,海曲系孤舟。野月荒烟新感慨,轻毽肥马旧风流。谁与话穷愁。

---

① 上组诗之一。
② 书为陈朗审订、陈治编辑,台湾朗素园书局 2015 年版。
③ 陈沧海:《致盛配有关校删事札》,《沧海楼诗词钞》,第 389 页。
④ 陈沧海:《致盛配有关校删事札》,《沧海楼诗词钞》,第 389 页。

芦花白，海国蔚秋光。漫向雷池窥瘦影，且寻诗句慰饥肠。独自踏斜阳。

黄海月，清冷倚寒碉。不似旧家池馆里，柳阴花底照吹箫。相对共无聊。

身在苏北的一介"诗囚"①，妻女远在姑苏，所以旦夕都有"望江南"的渴盼。"望江南"者多矣，"穷愁""饥肠"或也有之，可谁表达过"南冠客""倚寒碉"的清冷孤寂？这还是提空写"心"之作，《忆秦娥》更加质实逼真，令人寒栗：

冬耕急，河桥踏雪侵晨出。侵晨出，冷风如箭，冻泥如铁。
千锄力尽偷休息，抬头还见残宵月。残宵月，凄凉相照，可还相识。

荒畴阔，黄沙碧海斜阳没。斜阳没，肩挑泥担，手撑腰骨。
三春何处花枝发，三冬愈见乾坤白。乾坤白，晓天霜雪，老囚须发。

"吾侪未掩支离骨，已是中朝狱政宽"②，比起境遇更等而下之的那些，陈沧海写下这样诗句的时候心底或真有几分庆幸，可那不也是激愤至极的反语？所以，真应该好好读一读他笔下这些"老囚"的嘶喊，它提醒着我们，这段心酸痛史不能遗忘，否则不只是对历史的轻蔑和背叛，而且我们可能再蹈覆辙，重演悲剧！

海天三月冰犹结，清明却下纷纷雪。何处有春风，桃花不敢红。　夜长归思渺，梦短窗难晓。枕上待啼鸡，天寒鸡不啼。
　　　　　　　　　　　　　　——菩萨蛮

---

① 陈沧海：《感怀》："孰道庾郎今老矣，尚留微命作诗囚。"
② 陈沧海：《示友》。

第三章　词苑三奇峰：绝代公子张伯驹与隐逸儒宗马一浮、蕉窗病叟刘凤梧

> 昨宵说是灯宵节，说是灯宵，不是灯宵，漆黑房栊饥鼠骄。
> 今朝说是花朝日，说是花朝，不是花朝，白满荒畴狂雪飘。
>
> ——采桑子

春日芦荻"解作秋声"，桃花不红，荒鸡不啼，"灯宵"与"花朝"只余"饥鼠"和"狂雪"，这是个怎样荒芜的世界？不能小看这些"劳改词"，就算回到文学层面，近百年中似乎也只有聂绀弩的诗作深切地反映过这一极特殊的罪囚生涯。从艺术而言，陈沧海或者还不及散宜生的凿荒独道，个性心绪也略显消沉，可是如此珍贵的心音"录播"已经足够奠定这位久遭湮没的诗人难以取替的独异地位！

这份"心音"之最凄怆沉郁的表达当推他去世前那一组《金缕曲·效顾梁汾以词代柬寄雪风武林》六首，这组词既在一定程度上可视为总括平生的"绝笔"，又因为凄婉至深的儿女沧桑情怀而撼动人心。[①] 读一、二、六：

> 依黯情何极。记年时、春申江畔，黄昏时节。已恨十年成一面，那更匆匆握别。十五载、又轻抛掷。纵使相逢犹有日，怕两人、面目难相识。泪欲堕，肠暗结。　　前年我渡钱江日。喜探知、故人别后，平安踪迹。明媚江吴都会地，输与廿年栖息。今逸兴、可还如昔。春到孤山山下路，问怎生、分付探梅屐。无恙否，咏絮笔。

> 三月犹飞雪。是当年、长鞭指处，穷陬荒驿。一度鱼书曾寄我，辜负情深相忆。恰当日、乱愁重叠。欲觅归鸿无觅处，正满城、风雨重阳节。便从此，音尘绝。　　妻孥一旦浑抛撇。向戍庭、餐风凿地，披星斩棘。海角春风吹不到，不让龙堆马邑。孤枕上、秋风凄切。惊断江南多少梦，听数声、雁叫荒芦月。沈腰

[①] 张雪风（1917—1998），浙江玉环渔家女出身而富于才华，诗词有声于时。青年逃婚，寄住温岭寺庵，因结识陈沧海并得其庇护，遂成终生知己。沧海晚为罪囚，雪风曾寄寒衣，且接济其妻女。事见周素子《追忆张雪风》，《沧海楼诗词钞》附录七。

瘦,潘鬓白。

  总算生还矣。看门前、春风两度,吹开梅蕊。消息未通君莫怪,愁隔钱塘江水。尝已惯、别离滋味。纵有吴笺三百尺,也无由一罄萧郎意。屡举笔,旋抛弃。　故人毕竟情难已。近些时,中宵少睡,挑灯还起。谱出心弦甘苦曲,权当巴山夜雨。念后会、相期何处。老矣文园多病客,愿他生、重结成知己。言止此,沧海启。

当年顾贞观"以词代书"寄挚友吴兆骞,为千古绝唱,此后仿效者颇多,而大都是"平铺直叙,率觉嚼蜡,由无深情真气为之干,而漫云'以词代书'"之作。[1] 陈沧海这一组词无疑是效顾氏绝唱之"神"、充"真气"、传"深情"的上佳作品。

还需补说一句者,温岭陈氏一门风雅,沧海兄弟行伯龄、仲齐、叔寅、鹗、凌云及侄辈让、永言、朗,包括陈朗妻周素子等皆耽吟咏,仲齐与素子将在本书后文有述[2],此处再略说陈朗。

陈朗(1924—2017),号墨痴,就学国立杭州艺专时师事潘天寿,在《戏剧报》编辑任上"照例分享右派待遇"[3],在大西北劳改多年,虽"把锹扬粪"之际而能不废吟咏,性情可想。[4] 晚年移居新西兰,近年汇平生所作数百首为《西海诗词集》。其《西海词》卷一七十首较完整地记录了自己"放废"二十年的心灵轨迹,虽未及乃叔之锋锐,也艰难保存下了一段"何必曰义、率人食人的无间道上……踽踽独行"[5]的剪影。《望海潮·红古河嘴公社学耕》写劳改经历,就与陈沧海埍篪相应,其下片颇沉郁:

---

[1] 谢章铤《赌棋山庄词话》语。
[2] 陈氏风雅可略见陈让《一家诗话》,《秋半轩诗词钞》后附,台湾朗素园书局2015年版。仲齐见后文"新时期的鲁殿灵光词群"部分,素子见"女性词坛"部分。
[3] 施议对:《西海词序》,载《西海诗词集》,台湾朗素园书局2016年版,第193页。
[4] 周素子:《西海词序》,《西海诗词集》,第195页。
[5] 陈朗诗词得以保存甚赖其弟陈诒之力,见周素子《西海词序》。引文出自何英杰《昆山玉碎凤凰叫》,《西海诗词集》后附,该书第508页。

第三章　词苑三奇峰：绝代公子张伯驹与隐逸儒宗马一浮、蕉窗病叟刘凤梧　757

> 长天夜气漫漫，有流星坠屋，斜月衔山。呵壁何求，书空多事，草间旋起沉鼾。无梦到槐安。剩案头尘冷，谁见萤干。浪笑从前，只因误步落邯郸。

他虽尽力写得平和一些，但"夜气""呵壁""浪笑""误步"云云还是掩不住百丈心澜。大好青春甚至生命都被无辜葬送，那种悲愤难道真是能掩盖的么？

陈朗执业戏剧编辑，集中的"剧评词"如《金缕曲·观影片昆曲十五贯》四首及观剧组词十八首皆体现出专业眼光，而又别有怀抱。相形之下，1978 年作《金缕曲·有言"树倒而猢狲不散"者，因撷取〈红楼梦〉中秦氏、王夫人、小红、薛蟠、贾母及马道婆诸人话头，参以己意，缀成此篇》更佳。其时"文化大革命"虽歇，而作者流落西北，尚无归信，言辞间即讽辣十足。"读红"而能品出此味，非一班所谓红学名家所能措手也：

> 树倒猢狲散。怎丸儿、捏来不坏，金刚罗汉。千里长棚拴何紧，空使女儿眉攒。看薄薄、衫儿装扮。络臂金丝恩盟在，敢惺惺、相惜缘非浅。你不惯，我曾惯。　猱儿缘木犹儿串。更猴儿、身轻站俏，搔腮弄眼。鼠子啮人同鬣狗，一味堂皇冠冕。便推倒、油瓶不管。只说海灯长无息，甚风儿、吹灭美人盏。猿挂月，叫来晚。

二　周重能、赖高翔

接说另一形态的周重能。重能（1899—1982），四川金堂人，国立成都大学毕业后历任各中学教职，无显赫行迹，而创作颇富，亦颇有佳篇。如《高阳台》（哀角惊天）写敌机轰炸成都，《齐天乐》（北郭风吹）写盟军攻克巴黎等，皆具词史品格，而据曾阅其《水竹山庄词》的刘梦芙说，周氏五十年代以至晚年，"宗朱颂圣之作沉沉夥颐，且屡咏国际时事，抨击'美帝苏修'，皆不离新闻广播腔调"[1]，这是彼时文化形态塑造下必然浮出的现象，亦是此后"老干体"大规模登场之

---

[1]《二十世纪中华词选》，第 585 页。

"先驱"。唯周氏尚未全泯熄"独立人格",其《水调歌头·寓居十年,再赋一阕》云:"险阻世间路,到处脚趑趄","几个苍蝇趋热,几个螳螂当辙,好梦一场虚",《鹧鸪天·女孙乐钧负幼女来新都……》云:"孩踬跌,老蹉跎,人生如此慎风波。咿呀学语期难就,纵使能言畏网罗",言冷心冷,都很可读。他是在怎样心态下"宗朱颂圣""不离广播新闻腔调"的,在这些字句间可以约略窥见端倪。

周氏好友、与之唱和频密的简阳人赖高翔(1907—1993)则又是一种风范。他就读四川大学时师从吴虞、林思进等,亦执教中学有年。五十年代初即迁居成都东郊,躬耕自养,累召不出,至八十年代始就聘省文史馆领一虚名,"诗集名'寄栎',盖深悟漆园之旨者"①。对于此种"深于阅史,勘破世相"的人生选择②,他作于1973年的《鹧鸪天·奉次重能原韵》组词已经解释得相当清晰、冷峻:

湖海豪情忆旧年,槃阿一觉雪盈颠。当时庾信哀梁运,此日灵均问楚天。　才见异,便思迁,远离恩宠换身全。卜居尚恨秾华近,人在春桃烂漫边。

项蹶嬴颠阅世多,八千为岁奈愁何。黍离麦秀滋春草,桧老松坚鬻女萝。　裘御雨,坐披蓑,有人舞楫玩江河。怀珠被褐生来惯,肯向荆山痛下和。

陈迹千秋入混茫,祥金大冶亦堪伤。不工应接难酬众,每羡支离愿作尪。　风会改,逝波忙,雄心表海树红桑。卢生未了邯郸梦,邻院先炊粳稻黄。

"才见异,便思迁,远离恩宠换身全",说得既幽默,又真切。"项蹶嬴颠阅世多""有人舞楫玩江河"则就锋利得多了。"怀珠被褐生来惯""不工应接难酬众",又有一分庄子的自傲自放,这位"深悟漆园

---

① 刘梦芙:《冷翠轩词话》,《二十世纪中华词选》,第816页。
② 刘梦芙:《冷翠轩词话》,《二十世纪中华词选》,第816页。

之旨者"诚是罕见的清醒者!

三 富寿荪、周宗琦等

深入诗词史的内部,我们当可以比较清晰地发现:心之逃遁确实是不容易阻止的,相当数量的诗人还是在用"安全系数"相对较高的格律诗词顶开心灵小窗,营造栖居小园。其中比例较大的自然是沉郁悲慨者,如富寿荪[①]作于1975年的《浣溪沙》"残梦荒唐感不禁,余生忧患苦相侵。人间何地着沉吟。 伤别伤春三月暮,愁风愁雨十年心。凭阑却怕落花深",凭虚造浑,以观堂、蕙风一辈笔意黯乎言愁。陈九思[②]《壶中天》"平生诗卷,付祖龙一炬,灰飞烟灭。也有呕心肠断句,回首都成陈迹"等句写诗作遭抄焚,痛彻肺腑,就劲直得多。又如贺良琪[③]《摸鱼儿》,词题即颇悲怆:"1967年,买金鱼一缸,离汉赴沪,归来死亡过半,词以悼之",词悼金鱼,行且自悼,"惟余与汝。对击碎珊瑚,抛残鳞骨,同此瓦缸暮"云云可谓物我混一,同声长哭。

相比之下,年辈较早的周宗琦则另走辛辣调侃一路[④],漫画化笔法令人哑然失笑。读《江月晃群山·斗室群居思过》《南乡子·里弄学习纪实》与《南歌子·赠老九》:

对待谁能正确,歧途我亦彷徨。几番风雨起苍黄,随波去,只逐浪低昂。 高喊迎头打虎,慎防失手亡羊。池鱼殃及事寻常,看倾向,角度尽参商。

斗室用途宽,食罢眠余总不闲。老少女男都促膝,悠然,点缀长竿矮凳间。 有礼话寒暄,菜场风景说难完。针线暂停归正传,茫然,鸦雀无声默半天。

[①] 富寿荪(1923—1996),浙江海盐人,曾任上海古籍出版社编辑,有《晚晴阁诗存》,校点《清诗话续编》、选评《清词菁华》等皆有功学术。
[②] 陈九思(1901—1999),浙江义乌人,任职上海师范大学,有《转丸集》等。
[③] 贺良琪(1912—),湖北蒲圻人,从事教育工作。
[④] 周宗琦(1896—?),浙江湖州人,同济大学医科毕业后从事教育工作,曾任上海科学出版社副总编。有《春松斋诗余随笔》,已散佚。湖州另有画家周宗琦者,系刘海粟弟子。

投笔笔仍在，杀猪猪要逃。百无一用合相嘲，收拾三坟五典、做柴烧。　粒子频加速，卫星细扫描。东瀛西域各争高，大物庞然矮子、够蹊跷。

"对待"一篇是紧扣"思过"主题的内心幽默独白，"斗室"一篇是敏捷的速写式漫画，"投笔"一篇更是箭在弦上，引而不发，乍读平平无奇，愈细品则愈有味。作者个人的难堪苦恼似都消解在这些带笑的小心思、小场景中，其实那淡淡的冷笑不就是作者心底的苦泪所凝成？周氏尚有《江南春》以白描法写劫后状态极真切："真相白，十年身，千夫曾怒指，万死尚甦生。亲朋相见似相识，不敢呼名喜又惊。"这位不以词著称的医学家诚是位妙人，可惜知者太少。与周宗琦有异曲同工之妙的是著名新诗人、翻译家屠岸（1923—　）[①]的《浪淘沙·随笔》：

帘外雨潇潇，闷气难消。今朝检讨未曾交。惹得头头捶桌子，不曾求饶。　梦里见天高，大地妖娆。醒来依旧在笼牢。只待明晨喷气式，当代风骚。

屠岸在1957年虽侥幸逃过右派劫数，亦遭打击下放，并患忧郁症，曾自缢未遂。这般苦痛的经历体现在小词中竟全然"踏雪无痕"，只余下轻松的嬉笑。这诚然是"化悲愤为力量"的良方，而那些"悲愤"又真的可"化"么？屠岸其实一直没能走出政治运动留下的心理阴影，"甚至到现在还会做噩梦，梦见在迷宫里找不着出路、考试不及格或者欠债"[②]。这首小词背后的潜台词真是可以发掘出不少的。

四　黄万里、石声汉、戈革

本节最后还不应遗漏几位著名的自然科学家——黄万里、石声汉、

[①] 屠岸原名蒋璧厚，江苏常州人，曾任人民文学出版社总编辑，著有《屠岸十四行诗》等，译著《莎士比亚十四行诗集》《济慈诗选》《英国诗选》等。格律作品辑为《萱荫阁诗抄》。

[②]《屠岸：与忧郁症作战的诗歌译者》，《新京报》2005年4月13日。

戈革。

黄万里（1911—2001），上海人，黄炎培第三子，毕业于无锡实业学校、唐山交通大学后赴美留学，民国间历任水利部视察工程师、甘肃省水利局局长兼总工程师、东北水利总局顾问等，新中国成立后主唐山交通大学、清华大学讲席。1955年三门峡大坝工程动工，在"圣人出，黄河清"的巨大政治压力下，黄万里独持异议，与力主者激辩多日而终于无力阻挡其上马。[1] 1957年顶"名右派"帽子下放劳改多年，1980年"平反"后，黄万里孤耿不改，多次上书反对某国家工程上马，而依旧是"一从弃掷无人问，独自行歌有鸟知"的结局。[2] 去世当月，黄万里留下遗嘱："治江原是国家大事，'蓄''拦''疏'及'挖'四策中，各段仍应以堤防'拦'为主。汉口段力求堤固，堤临水面宜打钢板桩，背水面宜以石砌，以策万全。盼注意，注意"，其后又加注小字说明其利害。如此铮铮铁骨、心系苍生，乃真可称百年中国的脊梁！[3]

万里终生治水，业余之诗词结集亦以"治水吟草"名之，内含《右冠残草》三十首、《治河咏怀》十五首、《忆旧感怀》二十六首及《漫游闲咏》二十九首。其诗词多与水利有关，更与一代知识精英的风骨精神有关，所谓"欲治黄河赍志早，空负抱，掣鳌有策知音渺"[4]，其愁欲问天、忧来埋地之姿态是可以凝铸在史册的显赫位置、用以警醒愚顽的。

1960—1961年间，万里全家尚可就阶前三分地种玉米、南瓜，已经相当幸运，其《耦耕词组》八首遂大有"词史感"，词亦有佳者如《鹧鸪天·隔秋翻土》《渔家傲·隔冬积肥》：

狂士何尝梦肉钱，素餐已自对群惭。平生效世诚微小，曲突移

---

[1] 参见顾永杰《三门峡工程的决策失误及苏联专家的影响》，《自然辩证法研究》2011年第5期等。

[2] 黄万里：《答酬宜之十八韵》。

[3] 黄万里事迹言论可见《黄万里文集》（2001年自印本）、赵诚《长河孤旅：黄万里九十年人生沧桑》（长江文艺出版社2004年版）及多篇有关文章。

[4] 黄万里：《渔家傲·牙落惊老》。

薪肯笑谈。　衣望暖，食求甘，会须躬稼力耘芟。早翻圃土迎阳照，待种春蔬盼翠尖。

北国冬临何肃静，田空木落凄凉景。四顾悠闲清净境，应莫等，积肥要趁风光冷。　捡起桶瓢修完整，呼儿共舁培田品。秽气飞扬欺鼻甚，须猛省，肩头负得流金渖。

方之古人似苏东坡，方之今人似散宜生，而所谓"似"当然是不谋而合、自然同频的结果。辛丑之秋，"满圃葳蕤，余赤背负耜，且耕且啸其间，飘飘然几不知尚寓形宇内也"，这组词的最后一首《哨遍·小圃夏景》以"形可役心，稼以习勤，顺运而终始"开篇，以"笑东陵，落魄种瓜时，犹自觉，青门有余悲。委我心、休计誉毁，种瓜应得瓜实，他事东流水"结末，宛然渊明声口，然而陶氏尚可辞官归里，不被视为另类，黄万里的际遇是远不及古人的了！

正由于这份不讨人喜欢的"委我心、休计誉毁"，晚年恢复了公民身份的黄万里依然遭受莫名其妙的歧视。作为全国最优秀的水利专家，黄万里不能参加全国科技大会，人或问起，万里即"剥后村句"，作《满江红》"效长吉《恼公》，聊以自嘲"：

邺架书城，记当日、萤窗负笈。破褴下、焚膏继晷，几多朝夕。但觉高歌惊神鬼，何妨饿死填沟洫。有谁怜、兀兀老书生，无出息。　原著作，残篇什；零落尽，慵收拾。把宋人词句，时时温习。生怕客谈科技事，且教儿诵苏辛集。叹臣之、壮也不如人，今何及。

词甚幽默，似乎不以为意，但这幽默又何尝不是大半生的苦涩之结晶？！

名望不及黄万里而愤激远过的是石声汉（1907—1971）。声汉，湖南湘潭人，1933年获伦敦大学植物生理学博士学位后任职于同济、武大，五十年代后任西北农学院教授。石声汉是最早用科学方法研究中国哺乳类动物的学者之一，所著《齐民要术今释》《农政全书校注》等又为中国农史学科奠基之作，唯就读中学时尝受业刘永济、吴芳吉，喜诗词大抵因缘于此。其词近百首由后人辑成《荔尾词存》，余绪为之，而造诣不凡。

在一帧条幅中，石声汉有云："老蹇蹉跎……平生不甚以显达荣乐为怀，尤不欲人以词人文士见目。少年学作韵语，只以自写块垒。"①秉此自写块垒、不平则鸣之心态，词也必定刊落铅华，真淳自然。抗战期间所作《水调歌头·戊寅春日长沙乡居，寄张小柳、王望楚》三首即直揭大发国难财的丑类之画皮，用笔如刀。迨1939年在昆明，被迫签名于《国民公约》，声汉愤然作《鹧鸪天》：

冻馁驱人剧可哀，鹧鸪牵上凤凰台。恭签誓约真无耻，不发牢骚假学乖。　　浑是戏，更休猜，任人提线不关怀。自从羞恶都忘后，俯仰人丛当活埋。

虽"冻馁""可哀"，笔下还是有着匕首投枪的力量，然而难以预想的是，近三十年后所遇所闻愈加惊心，于是石声汉又有《鹧鸪天》之作：

纨绔声威虎后高，分明狠斗媚樱桃。贪逾厂卫搜阛阓，酷迈周来用烙炮。　　凭暴虐，计勋劳，公车馆饩恣游遨。群猱升木长林毁，那许鹓鸾剩羽毛。

牛鬼蛇神事有无，蚊雷市虎代爱书。乌台谳急钞瓜蔓，红卫兵骄卤腐儒。　　髡皓首，系玄符，龙钟拥簪涤圊窬。劳心锻就风波狱，迂固何曾涉谤诬。

在"交代材料"中石声汉对这两首词的背景尝有详解："（《十六条》）公布后，我……自己估计……决不是敌我矛盾，骤然一下宣布我

---

① 见叶嘉莹《荔尾词存序》，中华书局1998年版。

以牛鬼蛇神身份接受专政制裁……冲击远远超过了我当时的精神准备。尽管用老办法咬紧牙吞了下去,没有正面的反抗动作,但内心却不停地迸出愤激的烟火。"[1] 是的,"愤激的烟火",这既是其词给人带来震撼的原因,也浓缩了作者那些"块垒"背后卓绝的人文品格。

《荔尾词存》仅保留下作者六十年代作品六首,除上引《鹧鸪天》以外,《念奴娇·白鹤》《最高楼·自嘲》二首亦可圈可点,兹不赘,接谈戈革。

戈革(1922—),河北献县人,先后毕业于北大、清华物理专业,长期任职石油大学(北京)至退休。精理论物理学,中年以后治量子物理学史,专研尼耳斯·玻尔,有"玻尔第一人"之目。戈革擅篆刻,好诗词,曾为钱锺书治印,又为张伯驹庚寅词社成员,与之交往频密,故《金缕曲·友人孙晋斋兄浼丛碧词人为余作寒菊图……》中有"惆怅三生余痴骨,背斜晖、顶礼黄花影"的致敬语。

戈革心志与石声汉有相通处,所谓"向来喜怒形于色,只为中怀太不平"者也[2],但对词坛涉入较深,即显得更加"专业",也更加婉转。其壬子年(1972)所作《鹊踏枝》组词即是和冯延巳的,饶具五代风格,而"不平"之"中怀"也不难窥见。试读两首:

> 自抱芬芳心一片,浩浩江流,不送兰舟转。梦里几番参聚散,醒来又被时空限。　十二重帘遮素面,碧海沉沉,却比柔情浅。只望花阴重遇见,无人行处都行遍。

> 莫道芳心能见许,天与蛾眉,饮啄非关数。溷厕埋香奇绝处,飞花自选沉沦路。　解佩还珠年已暮,小筑蜗庐,梦傍琼楼住。冷面相逢无一语,并刀立断情丝去。

"自抱芬芳心一片"而"溷厕埋香""飞花沉沦",这不正是一代知

---

[1] 石氏子女所作笺注,见《荔尾词存》。
[2] 戈革:《鹧鸪天·读辛稼轩长短句》。

识分子命运的绝好写照？戈革的"清丽雅正"① 之笔并不真的"婉约"，也没有遮蔽真相。

综合大量的史实——至少从本书前文的曹大铁、周宗琦至这里的石声汉、戈革——我们都不难看到：彼时的自然科学界并非世外桃源、净土一块，而诸多从事自然科学的奇杰之士，他们也并未一味埋头书斋或实验室（如果条件允许的话），对于自己的内心、外面的世界，他们不仅在思考，而且有话要说，更是说得非常精悍、切中肯綮的。谈此期的词坛生态，这是别具意趣、不可轻忽的一页。

---

① 刘梦芙：《冷翠轩词话》，《二十世纪中华词选》，第1217页。

第四章　走进词史的毛泽东

第一节　毛泽东诗词研究的文学本位

　　毛泽东对于百年中国的影响，对于世界乃至对于人类的影响都值得开展更加全面客观、深入系统的研究，应该建立学术意义上的——而非已有的政治意义上的——"毛泽东学"，并设立"毛泽东军事学""毛泽东政治学""毛泽东哲学""毛泽东文学"等学科分支，从而构成极具魅力的系统性话题。[①]

　　这个魅力话题中当然不能排除毛泽东的个人魅力，而其个人魅力又肯定是和那些天才发越、夐乎绝尘的诗词无法割离的。《沁园春·雪》是最典型的例子：当重庆谈判的敏感时期，《新民报》发布传抄稿，它在读者心灵中击起的情感浪潮是那样铺张湍急，漩流跌宕。编辑吴祖光就按捺不住内心的激荡，加按语云："风调独绝，文情并茂，而气魄之大乃不可及"，柳亚子亦惊叹为"中国有词以来第一手，虽苏、辛犹未能抗手，况余子乎？"陈布雷面对蒋介石的咨询也直言"读后感"："气

[①] 仅就"毛泽东文学"而言，李洁非、杨劼在《共和国文学生产方式》（社会科学文献出版社 2011 年版）一书中给出了如下很有启发性的提法："如果我们给 20 世纪文学人物排一排座次，第一人既非鲁迅，也不是文坛上任何其他标志性人物，而是毛泽东……（这一）地位并不仅简单地由他的政治身份来决定。毛泽东拥有一整套以他命名的文艺体系，所有的作家都以他的思想为指南投入写作……从批评史角度看，他无疑是 20 世纪下半叶头号文艺批评家，他的批评权威笼罩了从 1950 年代至 1970 年代的整个文坛，几乎所有重大批评事件均由他发起，跟他相比，别的批评家只是缺乏个性的复述者。他在创作上也作出表率，他的诗词是最高典范，而这并非谀美的结果，即便是他的政治神话消失之后，人们也仍然这么看，但最能说明毛泽东'文学第一人'地位的，是'毛文体'那无所不在的影响……。"该书第 19—20 页。

势磅礴，气吞山河，可称盖世之精品。"至于普通读者被这一首词震撼感动、从而"竞折腰"于毛泽东个人魅力之下者更是不知凡几，难以数计。① 一首小词能打赢一场文化宣传战，能征服人心至如此程度，实堪称自有词史以来所未见之奇观。所谓"纤笔一枝谁与似，三千毛瑟精兵"，这两句词用来转赠自己无疑比描述丁玲要恰切得多。②

毛泽东诗词研究是"毛泽东学"的重要部分，这一点已无须强调。事实上，多年来毛泽东诗词的研究成果不仅已经汗牛充栋，且已有多个研究机构成立，相关活动相当频繁。③ 从学科意义上讲，在"现当代旧体诗词"研究遭遇漠视轻蔑的总体态势下，毛泽东诗词研究的红火堪称一峰突起、出人意料的"异数"。

我们都能理解，这当然不是轻飘飘的"学科"问题，"异数"完全在情理之中，但是，"异数"的出现正提醒着我们，对于毛泽东诗词的海量研究其实从来就没有能够离开其人的强势政治规定性而客观、独立地进行。诗词异化为"最高指示"、家弦户诵的年代自不必说，即便近年号称"严肃"的学术论著，也大都先有一个"歌德"的成见横亘胸中，再以此为出发点搜寻证据，来"六经注我"式地坐实之。诸如"震古铄今的绝代诗章""伟大的中国革命的壮丽史诗""中国革命史上的丰碑，人类诗歌宝库中的东方瑰宝"之类结论显然都不是学理性的判断。④ 从这个意义上说，种种歌颂反而遮蔽了毛泽东诗词真正的光彩，"毛泽东诗词研

---

① 可参杜忠明《毛泽东〈沁园春·雪〉的传奇故事》（辽宁人民出版社 2014 年版）有关章节。

② 毛泽东：《临江仙·给丁玲同志》。

③ 据不完全统计，国内出版的讲解、赏析、研究毛泽东诗词的专著已超过 400 部，文章超过 2300 篇。1994 年中国毛泽东诗词研究会在北京成立，此后江苏、湖南、陕西、湖北、黑龙江、山东等省研究会陆续成立。见郭思敏《国内毛泽东诗词研究综述》，《学术研究》2002 年第 5 期。

④ 也即李建军所谓"谀评"，上述说法转引自郭思敏《国内毛泽东诗词研究综述》，其中"丰碑""瑰宝"说出于贺敬之 1996 年在毛泽东诗词国际学术研讨会上的讲话。周泽雄有一段话也可供参照："各种毛泽东诗词注解本也多以挖掘微言大义为己任，评家往往丧失了客观立场，以只有歇斯底里的畸恋才可能想到的语言，把毛泽东诗词一一升华到巍峨的政治高度和只有上帝亲自写诗才可能达到的艺术高度。与之相应，引导审美阅读的使命也惨遭蹂躏，它们也一次次地被评家的效忠热诚所代替，遂使对诗境的欣赏，对诗情的玩味，对诗句的推敲，一概转化为对'光辉诗篇'热情到无限程度的赞颂。"见其《说说毛泽东诗词》，《书屋》2000 年第 1 期。

究"其实存在着巨大的空白,甚至从来就没有真正地开展过。

毛泽东诗词研究亟须在"去政治化"的前提下回归理性和学术,回归文学本位,否则再多、再貌似系统深刻周延的"研究"都将徒劳无益。"去政治化"与"文学本位"的提法或又会引发一定程度的不满与反弹,所以有必要申明:(1)"去政治化"强调的不是抛开毛泽东的政治身份,而是不能先入为主地存有"伟人""伟大领袖"等概念,避免"习惯成自然"的"歌颂""跪拜"心态,应将政治因素对文学史判断的干扰降至最低。①(2)"文学本位"强调在"去政治化"前提下将毛泽东置于文学史长河中,将毛泽东当成与其他人完全平等的诗人/词人来对待,理性地正视其诗词的优缺点,以流变、比较的眼光透视其美学特征,尽可能给出公允合理的诗词史定位。(3)毛泽东诗词与其本人既是无可避免要紧密相联的,同时,两者又在一定程度上必须隔离开来分别观照。

脱掉政治硬壳,回到文学立场,以科学理性观照毛泽东诗词,我们依然不难得出这样的结论:毛泽东不仅是二十世纪中国最优秀的诗人之一,同时也是漫长的中国诗歌史上最具才华、最有分量的大师级诗人之一,他在短短六十几首诗词中所表达出了惊人的虎跳龙拏、飞扬跋扈的气派、美感、神韵,完全可以与屈原以降的各位超一流诗人较胜争妍而未知鹿死谁手。这既是诗词史的客观存在,同时也有力证明着现当代诗词/二十世纪诗词的价值——他本来就不必借"伟大领袖"的政治身份而增重的——而这一点,即便是最坚决地站在他对立面者(如陈布雷等)也无力否认和抹杀。

第二节 "非常之人"与"非常之事": 毛泽东词的历史意蕴

"有非常之人,然后有非常之事",由于毛泽东其人在二十世纪中

---

① 仅举一例,李建军在《粤海风》2013年第3期发表《毛泽东诗词:谀评后的重评》,其中不乏为"重评"而"重评"的缺陷,将毛泽东诗词定性为"中品"亦笔者不能苟同,而此文一出,即遭多方围攻,大多皆是无理性之谩骂。

国无以比伦的巨大重量,在他诗词中表现过的任何一点细节都有可能成为考察那段历史的关键性文献。诗词既非呈堂证供,也非报告文学,自然不能用它来行使历史研究的职责,但任谁也无法否认"知人论世,以意逆志"的社会历史批评的合理性。读解毛泽东诗词当然是离不开它背后的那些同频共振的历史的,这并不就是悖反了"去政治化"的、文学本位的原则。

即便是很简单的整体评价毛泽东诗词,那也不是本书所应该和能够承担的任务,但如果稍微细腻一些,将广义的"诗人毛泽东"区分成狭义的"诗人"与"词人"的话,那就必须指出:他的第一身份应该是"词人"而非"诗人"。从数量、质量、影响力、情感投射等各项指标来看,毛泽东词的分量都较诗来得更沉厚一些。[①] 在短短三十几首词里,他所展呈出的历史风云是那样摇曳变幻,情感世界是那样斑斓多姿,艺术创造力是那样卓绝颖秀,这是那些较富理性的批评家也会叹为观止的。

似乎应该从《沁园春·长沙》说起:

> 独立寒秋,湘江北去,橘子洲头。看万山红遍,层林尽染;漫江碧透,百舸争流。鹰击长空,鱼翔浅底,万类霜天竞自由。怅寥廓,问苍茫大地,谁主沉浮。　　携来百侣曾游,忆往昔、峥嵘岁月稠。恰同学少年,风华正茂;书生意气,挥斥方遒。指点江山,激扬文字,粪土当年万户侯。曾记否,到中流击水,浪遏飞舟。

这首 1926 年写下的词可以看作毛泽东平生第一篇重要作品[②],是他的理想主义情怀——传统语境下或又可称"王者气"——第一次完整充沛的释放。此前一段时间,毛泽东组织领导了一系列罢工运动,在党内

[①] 以毛泽东诗词最通行版本、中央文献出版社 2003 年版《毛泽东诗词集》为统计依据,毛泽东现存词 34 首,诗 33 首,其中载"正编"者词远多于诗。毛泽东自己也说诗"未入门","几首七律没有一首是我满意的",相比之下,"我则对于长短句的词学稍懂一点",见其 1965 年《致陈毅信》。

[②] 本篇一般以为作于 1925 年秋,陈标《毛泽东〈沁园春·长沙〉写作时间考》以为作于 1926 年 12 月,见《党的文献》2000 年第 3 期。

地位上升的同时亦因农民问题而受到冷落,内心不乏挫败与迷茫感①,但胸中又涌动着澎湃的希望。词是从橘子洲头的落寞身影写起的,然而从领字"看"以下全用腾挪雄健的赋笔,推荡开了"万类霜天竞自由"的长卷,至上片结句以"怅"字回照"独立","寥廓"一问,极尽"苍茫"之致。以气魄而论,确乎驾苏辛而上之,就是以词艺论,也兼豪纵顿挫于一手,绝不在苏辛之下的。更为重要的是"问苍茫大地,谁主沉浮"背后的潜台词,方逾而立的毛泽东当然绝不会想到二十多年后自己会成为这片锦绣国土的主宰者,但这首词仍带有着奇异的预言色彩——正如天命论者所虔信的那样。或者可以说,在这首词里,毛泽东才真正意识到并表达出了自己对这个世界的态度,一个即将改变无数人命运的革命家正起步走向历史舞台的中心。从此意义上讲,这首词与其说是文学的,毋宁说是历史的、政治的,甚至是命运的。

如果说《沁园春·长沙》还只是宏大抱负的"首秀",十年后的同调词《雪》则如同刚刚经历的长征一样,以"宣言书""宣传队""播种机"的姿态把他的自信张扬到了一个新的高度。② 在这十年,毛泽东经历了多次起落浮沉,如今的他已经要创造出自己梦想的世界了。内心的炽烈与漫天寒雪交相迎合,他怎能禁得住放声高吟的激切?

> 江山如此多娇,引无数、英雄竞折腰。惜秦皇汉武,略输文采;唐宗宋祖,稍逊风骚。一代天骄,成吉思汗,只识弯弓射大雕。俱往矣,数风流人物,还看今朝。

从哪个角度也不该低估这首词的价值。在诗词史上,我们的确从未听到过如此挥斥八极、指点江山的声音;在更广阔的历史上,那些铸就一代伟业的大人物的吟唱与此相比也都显得过于幽怨抑郁或者粗陋伧俗。③

---

① [美]罗斯·特里尔:《毛泽东传》,胡为雄、郑玉臣译,中国人民大学出版社2006年版,第80—84页。
② 盛文庭考证以为本篇作于1936年2月23日清涧县,见其《毛泽东〈沁园春·雪〉的写作与发表问题》,《中国现代文学研究丛刊》1982年第2期。
③ 曹操"如幽燕老将,气韵沉雄",也难免"譬如朝露,去日苦多"的悲怆颓唐,"宋祖"赵匡胤、明祖朱元璋等就更加瞠乎其下了。

"俱往矣，数风流人物，还看今朝"，毛泽东的确在告知世人：历史已经翻页，属于我的时代即将到来！难以想象，刚跋涉过雪山草地、稍微安顿憔悴身心的他是怀着怎样的乐观与勇气写下这些"天启"般的词句的。九年后该篇刊布，《大公报》总编辑王芸生曾"录陈"傅斯年，语含不满。吴组缃也在日记中谈及感想："毛反对个人英雄主义，而词中充满旧的个人英雄主义之气息……这些气味，使我极感不快。"① 然而，他们的"不屑"与"不快"丝毫没能抵消这首词的伟力，倒是他们自己被轰隆疾进的历史列车毫不留情地碾压过去了。在时代的大江大海里，每个人都只是一滴水，他们哪里知道江海的方向？②

与"打天下"时代的两首《沁园春》相比，"坐天下"时代的《水调歌头·游泳》也绝非闲情逸致，那是更加复杂精细的历史政治文本，因而也更能彰显其诗词中澎沛的历史容量，因而更值得关注剖论：

才饮长沙水，又食武昌鱼。万里长江横渡，极目楚天舒。不管风吹浪打，胜似闲庭信步，今日得宽余。子在川上曰：逝者如斯夫。　　风樯动，龟蛇静，起宏图。一桥飞架南北，天堑变通途。更立西江石壁，截断巫山云雨，高峡出平湖。神女应无恙，当惊世界殊。

赵雨的《〈水调歌头·游泳〉释证》是为数不多的真正称得上"毛泽东诗词研究"的文字，他以数万字篇幅对该篇创作背景及意蕴做了相当铺张深入的分析③，综简之可得以下几个要点：（1）1956年苏共二十大召开、匈牙利事件以及党内高层的"反冒进"舆论给了毛泽东很大的心理压力与抵触情绪，"风吹浪打"云云是这种烦恶心绪的真实表露。（2）"胜似闲庭信步"凸显的是毛泽东从年轻时就有的"与天斗，与地斗，与人斗，其乐无穷"的"刚强的人格意志"，"游泳"成为了

---

① 彭知辉：《〈沁园春·雪〉的解读之争》，《炎黄春秋》2014年第2期。此二条史料系谢泳发现。
② 龙应台：《大江大海》语意。
③ 赵雨：《元典之命运》（以下简称赵书），香港国际学术文化资讯出版公司2007年版，第85—124页。

具有政治含义的一个信号。(3)当然也不全是政治,词中"更立西江石壁,截断巫山云雨,高峡出平湖"的伟大展望日后就成了长江三峡工程的最重要的理论依据。①尽管李锐、黄万里等持反对态度,黄万里直至 2001 年去世仍念念不忘三峡问题,他们的声音比起最高领袖来说还是太过微弱渺小了。(4)毛泽东化用孔子名言入词并非对传统的敬畏,而是张扬"不舍昼夜"的进取美学和进取政治学。"于是,在强大的权威震慑下,人们纷纷追随这种'进取',效慕这种'进取'。"②

这样的分析既是精彩警策的,又是毛泽东诗词读解与研究的正道。这里值得我们关注的是,短短一首"意境奇绝"的小词承载着多少离我们并不遥远的历史,甚至正在我们身边上演着的现实!"词""史"间形成如此强烈的共振效应,这是千年来任何一位词人笔下都没有过的。

还不应忘却 1965 年毛泽东写下的《水调歌头·重上井冈山》,它高亢的旋律奏响在"文革"降临的前一年,历史意蕴当然非同寻常:

久有凌云志,重上井冈山。千里来寻故地,旧貌变新颜。到处莺歌燕舞,更有潺潺流水,高路入云端。过了黄洋界,险处不须看。

风雷动,旌旗奋,是人寰。三十八年过去,弹指一挥间。可上九天揽月,可下五洋捉鳖,谈笑凯歌还。世上无难事,只要肯登攀。

1965 年在毛泽东时代不是引人瞩目的一年,但并不是不重要的一年。《毛泽东传》作者罗斯·特里尔把这一年开始的那一章命名为《乌托邦之怒》,已经揭示出了这一点。满怀即将发动全面反击的"凌云志",毛泽东回到阔别三十八年的井冈山。"到处莺歌燕舞,更有潺潺流水"或许不仅是自然风光,更是他操稳了胜券的心境的投射,而"可上九天揽月,可下五洋捉鳖"等句难道不是对予取予夺、"试看天地翻覆"的未来的一种想象?如同前几首一样,以词而论,不仅妙不可

---

① 赵书指出,1958 年于北戴河召开、周恩来主持的长江三峡会议所提交《三峡初设要点报告》已经将毛泽东的这几句词作为依据,"成了对于'为什么'的有力回答",第 107 页。

② 赵书第 120 页。

言，置之词史亦不难千里决胜，只是"人有病，天知否"，想到"谈笑凯歌还"背后发生的一切，谁能禁得住内心的凛然？

在本书前文我多次讨论过"词史"的概念，大抵强调在物质历史与心灵历史的运程中，"词"应当时刻"在场"，要能够充任观察家、记录员、雕塑师与歌手的角色，从而提供给当时后世足资辨识的意义。如果抛开政治学的价值判断，回到文学立场，那么我们以毛泽东四首名篇为例，已经可以充分看出他的"词"在"史"的大幕下扮演了怎样流光溢彩的角色。这样的"同频共振"固然是由于作者的特殊身份，但毛泽东以卓绝的笔墨将儒生词家们苦苦争辩数百年的"词史"界限举手投足间即摧枯拉朽地破去，将"词""史"高度密合无隙，这也是不必讳言——其实也不能遮蔽——天挺其才之说的罢？

第三节　师心自用、创铸伟辞：毛泽东词的艺术特质

不必讳言、也不能遮蔽的还有毛泽东在诗词写作中凸显出的惊人的艺术创造能量。"毛泽东诗词发表后……迅速成为人们语言、思想与行为的指标，这既有被动的精神灌输的作用，更是主动的填补空虚的选择……于是，在元典被扭曲、被否定、被遗忘之后，朗朗上口且意境奇绝的毛泽东诗词成为首选的代用品。"[①] 成为"首选代用品"显然必须具备相应的艺术品质，从而与大众心目中"伟大导师、伟大领袖、伟大统帅、伟大舵手"的地位相匹配。

毛泽东论诗词语不多，其中关于词者似仅有"对于长短句的词学稍懂一点"一句而已，并未明言"懂"些什么，追慕者又是哪些。其实也许不难辨认以苏辛为典型的诸多词人对于毛泽东的影响，也还可以上溯到李白、李贺等人浪漫奇幻的精神元素，但说到底，那都是很次要的。毛泽东既无暇也无心去古人臑下讨生活，他的词大抵师心自用，独铸伟辞，信手拈来，皆成妙谛，此所以为"大"词人与一般词人乃至词匠之分野也。

不妨就从以下较早期的几首说起：

[①] 赵雨：《〈水调歌头·游泳〉释证》，《元典之命运》，第119页。

风云突变,军阀重开战。洒向人间都是怨,一枕黄粱再现。红旗跃过汀江,直下龙岩上杭。收拾金瓯一片,分田分地真忙。

——清平乐·蒋桂战争

宁化、清流、归化,路隘林深苔滑。今日向何方,直指武夷山下。山下,山下,风展红旗如画。

——如梦令·元旦

万木霜天红烂漫,天兵怒气冲霄汉。雾满龙冈千嶂暗,齐声唤,前头捉了张辉瓒。 二十万军重入赣,风烟滚滚来天半。唤起工农千百万,同心干,不周山下红旗乱。

——渔家傲·反第一次大围剿

东方欲晓,莫道君行早。踏遍青山人未老,风景这边独好。会昌城外高峰,颠连直接东溟。战士指看南粤,更加郁郁葱葱。

——清平乐·会昌

这几首词是土地革命时期毛泽东真实行迹与心迹的记录,亦属"词史"之作,在艺术层面特别值得关注的则是大量地名、人名的镶嵌。这本是古代诗人的长技,诸如李白《峨眉山月歌》,诸如杜甫"即从巴峡穿巫峡,便下襄阳向洛阳""黄四娘家花满蹊""崔九堂前几度闻"与陆游"楼船夜雪瓜洲渡,铁马秋风大散关"等句早已流播众口,后人继武者亦络绎不绝。毛泽东的杰特之处则在于他并无心与诗人竞章逐句,更无拘守规矩法度之念,而只是"心随我动"、目送手挥而已,恰恰是这种"无心""无意"使他的笔墨一"气"呵成、"气"脉流贯,"气"韵跃动,"气"派阔大,别具一种充沛刚健的"气"质。是的,在毛泽东词中最容易、也最突出感受到的就是那种"基于创作主体生命活力之上的气质个性及其在作品中的体现"的"气"[1],它永远是文学作品的第一主宰,孟子所谓"沛然莫御",苏轼所谓"行于所不得不

---

[1] 汪涌豪:《中国文学批评范畴及体系》,复旦大学出版社2007年版,第534页。

行,止于所不得不止",以"气"来驭文当然比惨淡经营之"意"、苦苦雕镂之"辞"要高明得多。①

因为以"气"驭文,故能自我作法,创铸奇境。同样作于土地革命时期的《蝶恋花·从汀州向长沙》即是显例:

> 六月天兵征腐恶,万丈长缨,要把鲲鹏缚。赣水那边红一角,偏师借重黄公略。 百万工农齐踊跃,席卷江西,直捣湘和鄂。国际悲歌歌一曲,狂飙为我从天落。

如上引诸篇,这首词中也镶嵌了"赣水""江西""湘鄂""黄公略"等地名人名,不同的是前几篇大抵停留于"分田分地真忙""战士指看南粤"的现实层面,而本篇煞拍两句则以奇丽苍凉之笔,营造出浪漫超越的意境。清初词苑宗师陈维崧能在小令中创辟奇境,更以善用"风"意向称雄词史。诸如"秋色冷并刀,一派酸风卷怒涛""寒山几堵,风低削碎中原路""悲风吼,临洺驿口,黄叶中原走""话到英雄失路,忽凉风索索"等句皆极得后人称赏②,然而比之毛泽东绝对意志驱使下的阔大壮美的"狂飙",作为一代宗师的陈迦陵之"酸风""悲风"就未免显得"小"而"苦",要远远瞠乎其后、奔逐莫及了,那么毛氏的词史席位应当置于何处岂不甚明?③

如此超轶古人的奇境在毛泽东词中可谓随心挥洒、比比皆是。如《菩萨蛮·大柏地》中的"赤橙黄绿青蓝紫,谁持彩练当空舞",如《忆秦娥·娄山关》中的"马蹄声碎,喇叭声咽""苍山如海,残阳如血",如《清平乐·六盘山》中的"天高云淡,望断南飞雁""今日长缨在手,何时缚住苍龙",如《浪淘沙·北戴河》中的"大雨落幽燕,

---

① 李洁非、杨劼之说可以参考:"此前,中共几代领导人的文化高度也颇可观,陈独秀、瞿秋白一时翘楚,张闻天亦属博雅能文,但若与毛泽东相比,则无论才情与见识都终逊一筹。毛泽东的文化高度不仅体现在文史烂熟上,更得益于一个'活'字,他那种将古今熔于一炉、尽拆藩篱的眼光与胸襟,实属罕见。"《共和国文学生产方式》,第59页。

② 分别见其《南乡子》《醉落魄·鹰》《点绛唇·夜宿临洺驿》《好事近·夏日史蘧庵先生招饮,即用先生喜余归自吴闻过访原韵》)。

③ 此单就创辟奇境一节而言,不代表二人整体成就之比较。

白浪滔天""萧瑟秋风今又是,换了人间",如《蝶恋花·答李淑一》中的"问讯吴刚何所有,吴刚捧出桂花酒""忽报人间曾伏虎,泪飞顿作倾盆雨"。那些常人终生难得一句者,在毛泽东笔下则举重若轻,络绎缤纷。通体奇绝者当推《念奴娇·昆仑》:

> 横空出世,莽昆仑,阅尽人间春色。飞起玉龙三百万,搅得周天寒彻。夏日消溶,江河横溢,人或为鱼鳖。千秋功罪,谁人曾与评说? 而今我谓昆仑:不要这高,不要这多雪。安得倚天抽宝剑,把汝裁为三截?一截遗欧,一截赠美,一截还东国。太平世界,环球同此凉热。

本篇作于1935年10月,时当毛率中央红军即将结束长征,到达陕北,所谓"更喜岷山千里雪,三军过后尽开颜"之际。雪山草地的寒泞尚存,乌蒙金沙的烽烟犹在,而词人峭立岷山绝顶遥望苍茫昆仑,已经在畅想"千秋功罪"与"太平世界"了,如此"独与天地精神相往来"的胸襟气派确乎不是普通文人所能拥占——甚至想象、理解——的。北宋王令有《暑旱苦热》诗亦写及昆仑,"不能手提天下往,何忍身去游其间"之名句已经被钱钟书许为"仿佛能够昂头天外,把地球当皮球踢着似的,大约是宋代里气概最阔大的诗人了"[①],然而比之本篇之"人或为鱼鳖""安得倚天抽宝剑,把汝裁为三截""环球同此凉热"等句,不仅气魄远逊,那种粗粝也是难与毛氏的雄厚浑融相比的。

毛氏在艺术层面最为奇绝惊人之作当数晚年的《念奴娇·鸟儿问答》:

> 鲲鹏展翅,九万里翻动,扶摇羊角。背负青天朝下看,都是人间城郭。炮火连天,弹痕遍地,吓倒蓬间雀。怎么得了,哎呀我要飞跃。 借问君去何方,雀儿答道:有仙山琼阁。不见前年秋月朗,订了三家条约。还有吃的,土豆烧熟了,再加牛肉。不须放屁,试看天地翻覆。

[①] 见《宋诗选注》。

第四章 走进词史的毛泽东　777

　　这首作于1965年而于1976年元旦播发的词系讥讽修正主义首领赫鲁晓夫之作，或可视为将要取代苏联成为国际共产主义运动主帅的明确宣言。面对"苏修""订了三家条约"、惊呼"怎么得了"的"怯懦"，毛泽东自信滂沛，是要只手回澜，以共产主义领袖的姿态把革命浪潮与斗争哲学推向一个新的高点的。如此巨型的政治题目，却自《庄子·逍遥游》摘取"抟扶摇而上者九万里"的大鹏与"抢榆枋而控于地而已"的小雀，以主客问答之赋体出之。此乃辛稼轩"以文为词"之故辙，"奇"矣而未至于"绝"，但写小雀惊惶用到"哎呀"二字以及煞拍"不须放屁"四字则真可称"千古不可无一不能有二"之"奇绝"语。① 以如此直白伧俗之口语入词或者会遭到诸多"腹诽"，以郭沫若对毛氏之服膺，尚且对原稿煞拍"牛皮葱炸，从此不知下落"觉得"太露"，岂不知定稿不仅更"露"，而且"大俗"，想必郭氏内心会更加惊骇罢？②

　　郭氏（以及后人）的诸多"惊骇"恰恰从另一个层面证明了毛氏作为诗人之"大"。嬉怒笑骂，称心而出，哪里还有什么规矩忌讳在眼前碍手碍脚？连孔孟圣贤、佛祖菩萨都可以推翻打倒，区区诗词又岂在话下？在这一点上，毛泽东表现出的革新精神与大家气象甚至是超越了李杜苏辛这些先辈的，而当时后世的种种非议亦正如词中被"吓倒"了的"蓬间雀"，实乃眼光魄力不足的"嗡嗡叫，几声凄厉，几声抽泣"而已。③ 从题材抑或艺术层面上说，毛泽东的大部分词作无疑都是充溢着现代精神与"现代性"的"二十世纪词"，那是充分彰显出了近百年词史精神特质的"妙品"与"神品"。④ 不能看到这一点，而一味秉持隔膜的"现代性"尚方宝剑以斩杀"旧体诗词"价值，那只能说是深中文化激进主义之毒而未能转圜超越的原因。至于作为大诗人的毛泽东以自己建构的思想体系砸了自己"大诗人"的"招牌"，如此悖反下的悲喜剧亦实为学术史所仅见。这或者正是那种"内在混乱"的

---

① 谭献评晏几道《临江仙》"落花人独立，微雨燕双飞"语。
② 冯锡刚：《毛泽东诗词创作的两个高潮期》，《同舟共进》2014年第10期。
③ 毛泽东：《满江红·和郭沫若同志》。
④ 苏辙：《汝州龙兴寺修吴画殿记》："画格有四，曰能、妙、神、逸。"

"文化逻辑"的一个典型表征?①

如此蔑视规矩,自我作法,也难免有轶出藩篱、不合格式之处,如果说早期《西江月·井冈山》以"闻""重""动""城""隆""遁"六字以方言叶韵,还处于诗词必需的音律美的底线的话,同调词《秋收起义》则就混乱过甚了。② 至于晚年名篇《蝶恋花·答李淑一》上下片分用两韵,自也大悖格调,不足为法。但值得注意的是在《蝶恋花》下作者自注:"上下两韵,不可改,只得仍之","不可改,只可仍"者是什么?恐怕只能是作者激扬磅礴、不能自已的情感巨澜罢?这就提示我们:对毛泽东词中的某些缺陷既不应无原则地美化,同时也应该看到:一方面,作为大词人的毛泽东师心自用,创铸伟辞,某些声律缺陷是他在这一"创铸"过程中必然要付出的代价,不能只揪住"缺陷"的"一个指头"而忽视了"成就"的"九个指头";另一方面,《蝶恋花》分用两韵以及"哎呀""不须放屁"等现象的出现是毛泽东"专属"的特点,这是与他的人格、地位、胸怀等相匹配的"不可无一不能有二"的巨大创造能量,他自己也是偶一为之,后人不得引以为胡涂乱写的借口。不顾基本的美学原则,将诗词写得"满纸荒唐言",或者将《满江红》做成"满江黑",那是会愧对"伟大领袖、伟大导师"的榜样力量的。

毛泽东诗词具有着无可争辩的艺术魅力与情感魅力,堪称二十世纪诗词史的巅峰之一,并以它特殊的成就佐证着三千年诗歌史在近百年依然具有强大活性与能量这一文学史命题。然而,文学史判断的基本完成并不意味着毛泽东诗词研究的终点。正如绝大多数已有的毛泽东诗词研究必然通向对其思想与人格的歌颂一样,我们也必须在被其诗词情绪感

---

① 赵雨在所撰《毛泽东诗词注释赏析·序言》中指出,毛泽东晚年的一系列举动"关涉到一个多世纪以来文化逻辑的内在混乱",见其《〈水调歌头·游泳〉释证》,《元典之命运》,第 88 页。

② 分引三词如下,以免翻检:"山下旌旗在望,山头鼓角相闻。敌军围困万千重,我自岿然不动。　　早已森严壁垒,更加众志成城。黄洋界上炮声隆,报道敌军宵遁。""军叫工农革命,旗号镰刀斧头。匡庐一带不停留,要向潇湘直进。　　地主重重压迫,农民个个同仇。秋收时节暮云愁,霹雳一声暴动。""我失骄杨君失柳,杨柳轻飏直上重霄九。问讯吴刚何所有,吴刚捧出桂花酒。　　寂寞嫦娥舒广袖,万里长空且为忠魂舞。忽报人间曾伏虎,泪飞顿作倾盆雨。"

染后做出理性的认知与评价。

冯友兰晚年撰有《毛泽东诗词所表现的境界》一文。谈诗词冯氏并非行家,其着眼点更在"境界"二字。冯友兰以为毛泽东诗词中有功利境界,偶尔也有天地境界、道德境界,"基本是功利境界"[①]。这是相当深邃的问题,他在这里所谓的"功利境界"或者可解作毛泽东毕生信守与张扬的"进取""斗争"哲学,"子在川上曰,逝者如斯夫"是如此,"一万年太久,只争朝夕"是如此,"试看天地翻覆""世上无难事,只要肯登攀"也是如此。"进取""斗争"当然不是坏事,然而赵雨说得好:"个人必须对自己的边界和限度有所觉悟,知所敬畏,知所遵循,知所节制,知所皈依,维护健康、笃定、完整、开放的精神生态,方有切身亲证本体之希望。"[②] 在被毛泽东诗词之伟力震撼的同时,这一点提醒恐怕是时刻不应忘怀的。

第四节 "金牌配角"章士钊与"文化班头"郭沫若

附论"老干体"

"文革"中古典文化百卉凋零,一片荒芜,得以出版的有名读物仅两种而已,即章士钊的《柳文指要》与郭沫若的《李白与杜甫》。如此破格待遇当然与毛泽东的直接赏识提携关系至密,附于其后谈之自然顺理成章,且二人本身即构成二十世纪文化史的特定现象,很值得多花些笔墨。

一 "金牌配角"章士钊

孤桐老人章士钊(1881—1973)不仅以九十三岁高寿躬阅三朝,遍历沧桑,更因其特别繁复的人生形态成为折射二十世纪诡谲风云的一部无可取替的"活字典"。王开林在《荣辱得失漩涡中的章士钊》中说:

> 章士钊挟其私智,半个多世纪旋进旋退于英才、志士、名流、

---

① 蔡仲德:《冯友兰先生年谱初编》,河南人民出版社2000年版,第781页。
② 赵雨:《〈水调歌头·游泳〉释证》,《元典之命运》,第121页。

学者、军阀、政客、奸雄、宵小之间，有幸得跻高位，终于无所兴作，无所建树……章士钊竭力想成为政治家和思想家，却事与愿违，终究只披上一件"衣袖露两肘"的政客和学者的破外套……其实，撇开政治上的东食西宿不谈，他丰富无比的人生体验足以令知识分子艳羡不已，单从这一点上说，他是活得够本的，而且是绝对超值的。但他命中注定，只能折腾，而不能终成正果，缺少事业的龙骨和支柱，他在近现代中国历史舞台上所扮演的角色便显得越来越形迹可疑。①

这样评说显然严苛一些。站在只能枯守专业领域"一亩三分田"的今日回望章士钊，他在哲学、政治学、教育学、新闻学、文化学、文学、翻译学等多个领域皆有建树，许为"通人"并不过分。他在立宪政治方面尤多发挥，对政坛影响颇巨，孙中山甚至有云："革命得此人，万山皆响。"② 至于将逻辑学传入中国，中国始知所谓思想方法、演绎、归纳及形式论理与逻辑论理之分别，也是巨大的学术贡献。这不能不说是"兴作""建树"，足可睥睨群伦后世。然而王氏揭出其"旋进旋退于英才、志士、名流、学者、军阀、政客、奸雄、宵小之间"的多重面目则相当允洽，章氏的行迹确乎更副合"名士""纵横家"的定位。

士钊字行严，湖南长沙人。早年入武昌两湖书院，与黄兴同学，共组华兴会，又主《苏报》《民吁日报》笔政。1905年始先后赴日本、英国留学，宣传立宪即在此时。辛亥后历任广东军政府秘书长、段祺瑞政府司法总长兼教育总长、国立北京农业大学校长、东北大学教授、执业律师等。1949年被李宗仁邀为代表参与国共和谈，即留北平，新中国成立后历任政协常委、政务院法制委员、中央文史馆馆长等职。1973年背负统战使命飞赴香港，以最高龄信使之身份卒于道中。

这样简单的履历叙述并不能看清章氏在二十世纪历史的多样态存在，倘若再能加入以下这些历史细节——（1）孙中山之大名系章氏误

---

① 《同舟共进》2012年第10期。
② 引自陈书良《章士钊诗词集前言》，载《章士钊诗词集》，湖南人民出版社2009年版，第2页。

译而成；（2）袁世凯极为推重章氏，而"二次革命"讨袁檄文即出其手；（3）1920年曾资助毛泽东两千大洋作为留学经费；（4）创办《甲寅》，与胡适笔战；（5）"三一八"惨案中与鲁迅交恶，至于对簿公堂；（6）在杜月笙家里吃"流氓饭"，月薪高达一千大洋；（7）与两位共产党肇造者"南陈北李"皆亲厚，李大钊遇难后为其经纪后事，又在陈独秀公审时为之仗义辩护，声闻天下；（8）毛泽东感念早年资助之情，自1963年起，每年"还债"两千元，并在红卫兵冲击章宅后迅速接其住院，保护周至；（9）晚年尝上书毛泽东，提出不必打倒刘少奇，毛虽未采纳，但回信有"尊计似宜缓行"之敬语。如此"客气"，仅此一例①——则可以看到，章氏一生犹如神龙，夭矫隐现，时露鳞爪，居然在那么多场扑朔震荡的重头戏里演出了属于自己的桥段，称之为二十世纪中国这部巨片中的"金牌配角""老戏骨"应该是很精准的定位。

从此意义上说，章士钊数量巨大的诗词创作自然也记录出了历史的特殊面相，因而成为文学史同样跨不过的重要存在。章士钊诗才雄捷，抗战期间入蜀两年，即得诗四千首，以致"人不遑悉读，吾亦不知所布"②，以此计之，平生所作当不下万。潘伯鹰称其"运迁、固之笔于声韵之间，皆沉雄浩瀚之诗史也"③，或稍夸张，亦不为无理。惜今绝多散佚，得存世者不足十一。陈书良编校《章士钊诗词集》为目前最全之本，共收其诗词八百五十四首④，然而尚有重大遗漏。章氏所作《论近代诗绝句》全辑虽不可见，而载诸汪辟疆《光宣诗坛点将录》者不下百首，且绝多精警，为一生杰作，今《诗词集》仅收数篇而已。汪《录》乃名著，失之眉睫似不应该。除本书前文赵熙、陈曾寿部分所引之外，应再录精绝者数首，以见其意其才：

  频将红线当华簪，省识周妈买弄心。六十余年谈笑惯，祁门洹上等闲寻。（王闿运）

---

 ① 可参看白吉庵《章士钊传》（作家出版社2004年版）及李洁《长青的孤桐》，载《文武北洋》，广西师范大学出版社2004年版。
 ② 《近诗废疾》自序，《章士钊诗词集》，第75页。
 ③ 潘语见：《近诗废疾跋》，《章士钊诗词集》，第83页。
 ④ 其中词200余篇。

众生宜有说法主，名士亦须拉缆人。石遗老子吾不识，自喜不与厨师邻。（陈衍）

柳瘦敲残欲去春，风灯照澈未归身。半塘寂寞沤翁殁，看此西江社里人。（夏敬观）

莎米何能合一炉，不知狸亦不知狐。亚匏自是英雄手，自敛堪师人境庐。（金和）

硬黄烟脸茜纱衫，孤注湖湘霸气酣。一折却为迁客去，擎将诗卷压江南。（黄遵宪）

云起轩中寸寸愁，山河破碎不堪休。未知那处伤心地，夜半惊风起髑髅。（文廷式）

穷栖瘴海两瘿公，花下闻歌处处同。饶是颈腮不须辨，一瘿如醉一瘿聋。（罗惇曧、吴彦复）

与如此精悍崛峭的诗歌相比，章士钊的词无疑要逊色得多。前文所引姚鹓雏有《望江南》论其词云："称绣虎，文采郁斓斑。诗界天宽供跳掷，词场地小限回旋。下笔看澜翻。"其实也是寓贬于褒，未见其可。这一情况显然与章氏花甲之年始学填词、用心不足有关。

在《长沙章先生桂游词钞自序》中，章士钊颇为详尽地自述了学词之因缘："余不作词，犹畴曩之不作诗，审其难也……在渝州攻诗律时，三原于右任颇劝为小词，且检词曲若干种见贻，意未尝动。吴县汪东寄生以词雄于曹侣，顾寄生未得导余为词，余反强寄生泛滥于诗者且二年。最近寄生为之言曰：吾诗逸不如尹默，放不如孤桐，行且自反求竟词功尔！余忽震惊其言，怦然若有所会。"[1] 因为这种"震惊""怦然"，章氏才在后辈朱荫龙的推动下操觚染翰，"且读且作……两月余

---

[1] 《章士钊诗词集》，第117页。

成词几二百首"①。对于自己花甲填词这段经历，章氏不仅相当得意地自比高适"五十后为诗"之佳话，且于词亦有通达论调：

> "文章妙手偶得"云者，非运天下之至恒，偶将永不可得。惟恒生偶，以偶贞恒，词翰之事，遂无之而不可。人有谓东坡之词为词诗，稼轩之词为词论，即诗即词，即词即论，质之苏辛，二者或且樊然艰于别白。何也？恒偶之道，通内外之迹，往往沉瀯如一，骤不明其所以分也。

这也就是说，文字（偶）只是胸襟情怀（恒）的外化形式，东坡为词诗，稼轩为词论，皆情怀使之，自然而然，根本不必强分畛域，大惊小怪。在《水调歌头·与人论诗作》《凤池吟·和方子论词》中章氏又云："诗者求诚事，无物莫轻涂"，"倘词中昧我，二窗双白，也是残魂"，同样都是强调"我"在词创作中的核心作用。这虽然是"士先器识而后文艺"的老话翻版，但在国难逼人、辗流江湖之际提出也别有深意。

因为有这种不"昧我"的清醒，士钊词不乏直笔记史、与其清刚气质相配而表表可读者如《夜行船·与仲虎谈往事》《卜算子·七月十七日赴九龙坡机场……》《木兰花慢·为俞逸芬题寒云日记》《贺新凉·桂林晤龙积之翁……》《满江红·罗钧任挽词》《百字令·题苏凤初海沤剩渖》等。《望江南·南山即事》锋铓内敛，兼有陆放翁《临安春雨初霁》与清初钱继章同调词《暑月闲居》的意趣②：

> 六月半，避贼到南冈。绝涧猿身危挂树，残山雁字懒随阳。日长心更长。　　昏昏睡，无事起仍忙。人爱劣书题纸背，僅收断句入诗囊。小令更荒唐。

再如《玉楼春·省府门前》也颇耐读，富于画面感而感喟良深：

---

① 《章士钊诗词集前言》称章"词从朱荫龙""朱让其遍诵唐宋诸集"，用词不妥。
② 钱词云："无个事，曳杖出溪坳。柳市说书钱入掌，槐阴狙戏玉围腰。一笑卷《离骚》。"

哑哑穿过黄云里，薄暮铃辕同闹市。参差枯柳不成行，黑点如花还涴地。　　长安遍是鸦孙子，羽后奈无鸦本纪。唐槐舞爪一千年，鸦老应知千年事。

下片四句雍容、辛辣而沉痛，确是不凡手笔，而民国所作大抵精彩在是。进入共和国后，"风自不来桐自若"① 的孤桐先生也难免"一个环球统帅，千年命世辞宗。文韬武略尽从容，化作惊涛齐涌"的"颂圣歌德"口风②，但比之旁人，大体是撑持住了自己的人格风范的。如《忆旧游》虽也有"训言""天听"字样，但一片拯饥救溺的仁人心怀跃然楮墨间，具标格，也不少勇气。词序云："中央文史馆原定计划招满二百名……历年有死无增，现只寥寥五十余名而已。自文化大革命后，馆外老者尤为困厄，鄙意馆额能望徐徐补足，爰成此阕，冀达天听。"词云：

怅前朝文海，占毕长年，游手堪惊。一旦逢专政，便尺长寸短，难荷裁成。独赖东皇顾藉，风暖向东倾。见白屋余生，乌衣故老，一样飘零。　　屏营。吾甚恐，叹草经野火，烧尽难生。世无贫富别，问谁加存济，惜此惺惺。饿死纵然事小，天语世人听党曾公言中国不许有一人饿死。想茅屋秋风，少陵广厦无限情。

章氏词最后还应关注晚年的《贺新郎·记鲁迅旧事》两首。章鲁诉讼案不仅轰动当时，置之近百年文化史亦极具震撼效应，此节毋庸赘言。问题是当年完胜了官司的"周金事"现在已经是"旗手""主将""圣人"③，而打输了官司的"老虎总长"却也是中央文史馆馆长，正在"享受"每年还债两千元的"特殊礼遇"，历史老人的安排有时真是令人啼笑皆非。在前一首词中，章士钊感慨地回忆起"当年两生逋峭、蜚声水陆"的意气与"嗟狭路，堂与属"的尴尬，并辩解道："两害相权

---

① 章士钊：《孤桐四首》之四。
② 《西江月·戊申元日》。
③ 皆毛泽东语，"旗手""主将"见《新民主主义论》，"圣人"说见1937年陕北公学《论鲁迅》之演讲及1971年武汉地区座谈会讲话。

从轻取，剩强教、噪雀先离屋。吾为此，吞声哭。"后一首的下片更在申辩之余表达了"相逢一笑泯恩仇"的委曲心事：

> 危疑重谤须终负。四十年、答无一语，居然能彀。华盖一编专门集，指似孤桐狂诟。却在我、聋丞闻鼓。曾与骞期期期约，这吞声、带到斜阳暮。待地下，笑相语。

"总长"握手言和的心愿是很诚恳的，可迅翁分明说过"一个也不饶恕"，两位恩怨纠葛的老友在"地下"能否真的"笑相语"呢？

二 "文化班头"郭沫若

作为毛泽东时代文化符号银牌获得者——鲁迅早逝，郭氏实已获得"金牌"，所谓"文化班头"也[①]——的郭沫若（1892—1978）多年来一直荷载彷徨于"神化"与"妖魔化"两间，其实这也是始终没有得到平心静气的客观研究的一个。

首先是不应讳言其才调之放逸。不必说郭氏在古文字、古代史方面的造诣，也不必说他在新诗、戏剧等方面的拓荒，单以诗词创作而言，那也不仅数量丰富，为新诗人群体之冠[②]，更允称当行本色、出手不凡。他在弱冠之年所作五律组诗《舟中闻雁哭吴君耦遴》、七律组诗《感时》《寄先夫愚》等即追踪老杜笔意，颇得神髓，虽较之郁达夫、鲁迅等尚有差距，亦足以副其才子之誉。如《舟中……》之六云："求死终难死，逃生总不生。股肱悲孑折，肝胆向谁倾。酒社无英敌，诗坛少定评。少儿真梦梦，寿促谁能争"，沉郁苍凉，可觇一斑。

郭沫若填词始于1938年底，彼时日寇飞机轰炸桂林，作曲家、《洪波曲》作者张曙及其幼女遇难，因有《望海潮》悼之，词云：

> 武昌先失，岳阳继陷，长沙顿觉孤悬。树影疑戎，风声化狄，

[①] 1941年周恩来在重庆纪念郭沫若从事创作二十五周年会议上的讲话盛赞其为"革命文化的班头"，见《我要说的话》，《新华日报》1941年11月16日。

[②] 王继权等：《郭沫若旧体诗词系年注释后记》，黑龙江人民出版社1984年版，第694页。

楚人一炬烧天。狼狈绝言筌。叹屈祠成砾,贾宅生烟。活受阇维,负伤士兵剧堪怜。　中宵殿待辎辇,苦饥肠辘转,唯可熬煎。白粥半锅,红姜一片,分吞聊止馋涎。南下复流连。痛几番狂炸,夺我高贤。且听洪波一曲,抗战唱连年。

纯以艺术论,或者还稍嫌直白,略少含蕴,而运笔如刀,叙事写情,俱有令人动容处。稍后所作的《鹧鸪天·吊杨二妹》一组则和泪和血,将个人的小哀戚与家国的大悲壮熔铸而后出之,是为抗战词坛不可多得的佳作,也足以托举郭氏迈入民国词坛一席:

白色蔷薇蠹在心,一朝萎谢泣秋禽。雁来北国愁侵梦,月照南楼泪满襟。　空寂寂,影沉沉,凄迷夜雾锁遥岑。明年纵见春风返,旧蕊枝头不可寻。

谪处东夷等半生,去时小妹尚龆龄。大雷岸上音书少,让户川头诽愤萦。　空磊落,苦伶仃,芦沟晓月弹声惊,欣将残骨埋诸夏,别妇抛雏入阵营。

烽燧连天返蜀山,卅年契阔幸生还。海棠香国重相见,竟把荆枝当客看。　思往昔,庆团圆,杯中有泪眼中酸。当年戏共弹蚕豆,犹忆八哥最善弹。

乐极生悲语不虚,无何陟岵动哀呼。于今又见令晖逝,晚景何堪九婶姑。　肝如割,眼成湖,天原梦梦诉何须。伤心一语今成谶,曾道重逢后恐无。

词自"蠹心"的"白色蔷薇"起兴,多维度地摹写伤悼之情,有"犹忆八哥最善弹"的记忆,有"晚景何堪九婶姑"的惦念,更有"别妇抛雏入阵营"的豪迈。无论才华抑或心志,在这里,郭沫若确乎足以树起现代文人投身御侮伟业的标格的,对此,"妖魔化"其人者也不能视之蔑如。

然而也不能不特别注意"郭沫若现象"的存在并予以理性的反思。随着"文化班头"身份的明确,特别是随着《甲申三百年祭》被定位为党内整风的经典文献,郭沫若也就更自觉地向"文艺为政治服务"的大方向"变身"。千百年来,无数文人因为修齐治平的理想和功名富贵的热望都不可避免要堕入"妾妇之道"的悲剧之阱,但他们多少还能撑持起自我抒情言志的小天地。与之相比,郭沫若似乎走得最彻底、最极端。如果说1945年《沁园春·雪》论战中助阵、1957年《试和毛主席韵词三首》还多少葆有一点艺术品质和审美追求,那么此后的郭沫若诗词就几乎完全沦为了干瘪的口号与空洞的嘶吼。于是,这样的"奇作"自然纷纷出笼:

> 轰轰烈烈,喜喜欢欢,亲亲热热密密。六亿人民跃进,天崩地裂。一穷二白面貌,要使它、几年消失!多益善,看今朝,遍地英雄豪杰。　八大煌煌决议,十九字,已将路线总结。鼓足干劲,争赴上游须力!多快更兼好省,更增添,亿吨钢铁。加紧地将,社会主义建设。
>
> ——声声快·李易安有《声声慢》一词,入骨地诉说了"冷冷清清凄凄惨惨戚戚"的个人情趣。那也可以说是旧时代的面貌。我如今和他一首,但一反其意,以反映当前"一天等于二十年"的大跃进高潮,因而把词牌改为《声声快》

> 四海《通知》遍,文革卷风云。阶级斗争纲举,打倒刘和林。十载春风化雨,喜见山花烂漫,莺梭织锦勤。苗苗新苗壮,天下凯歌声。　走资派,奋螳臂,邓小平。妄图倒退,奈翻案不得人心。三项为纲批透,复辟罪行怒讨,动地走雷霆。主席挥巨手,团结大进军。
>
> ——水调歌头·庆祝无产阶级文化大革命十周年

> 大快人心事,揪出四人帮。政治流氓文痞,狗头军师张。还有精生白骨,自比则天武后,铁帚扫而光。篡党夺权者,一枕梦黄粱。　野心大,阴谋毒,诡计狂。真是罪该万死,迫害红太阳。

接班人是俊杰，遗志继承果断，功绩何辉煌。拥护华主席，拥护党中央。

——水调歌头·粉碎四人帮

花篇幅全文征引之自然不是表彰，然而二十世纪词史不能缺少这一页，它如此鲜活地展示出当文学戴上桎梏以后，那舞姿可以拙劣可笑到怎样的地步。一个时代最顶尖的"文豪"以最大音量唱出这些歌声的时候，难道不是宣告了这个时代的文化崩塌？崩塌显然是整体性的，它绝不是"毁掉"了几首早已边缘化的小词那样简单，郭沫若此期的某些新诗就比词要恶劣得多。更值得关心和探究的是，在此种文化机制的有心"培育"与无意"熏陶"下，劣币必定驱逐良币，风雅扫地，斯文道穷，良知残碎，其流韵至今也还在大行其道。2008年汶川地震中，山东省作协副主席王兆山发表"名篇"《江城子·废墟下的自述》："天灾难避死何诉，主席唤，总理呼。党疼国爱，声声入废墟。十三亿人共一哭，纵做鬼，也幸福。　银鹰战车救雏犊，左军叔，右警姑。民族大爱，亲历死也足。只盼坟前有屏幕，看奥运，同欢呼。"① 王主席的学殖自然远不及"郭老"，声律疏误，比比皆是，然而也有"神似"之处。为了"党疼国爱""民族大爱"的正确主题，面对数万条生命的消失，居然没有一点恻怛和悲悯，能写出"纵做鬼，也幸福""看奥运，同欢呼"的"诗句"。它挑战的早已不是文学底线，而是人伦底线！在这个向度上，郭沫若一系不仅后嗣未绝，而且是得到了"踵事增华"的"大发展"的。

那么就应该明确为什么不能"向前看"而忘却"郭沫若现象"、为什么不能"只看主流"而忽视"郭沫若现象"。《管子·牧民篇》与陈寅恪《海宁王静安先生纪念碑记》中的两段名言完全可以作为回答："然而四者之中，耻尤为要。人之不廉而至于悖礼犯义，其原皆生于无耻也。故士大夫之耻，是为国耻"，"士之读书治学，盖将以脱心志于俗谛之桎梏，真理因得以发扬。思想而不自由，毋宁死耳……惟此独立之精神，自由之思想，历千万祀，与天壤而同久，共三光而永光"。在

---

① 《齐鲁晚报》2008年6月6日A26版"青未了"副刊。

这个意义上来说，作为文化研究命题的"郭沫若现象"不仅没有过时，而且是常说常新、颇具"魅力"的。

三 "老干体"简谈

接郭沫若可以顺谈"老干体"。曾经位至显职的郭沫若当然是"老干部"中的一员，他与其他文学巨擘（如茅盾）、革命元勋联袂出演，在时代召唤下拉开了被后人戏称为"老干体"的一脉诗词写作的帷幕。

前文早已指出过，所谓"老干体"本非学术意义之指称，它指向的是"老干部"为主的当代文人与准文人的诗词创作，特征有三：（1）多取材重大政治事件；（2）基调以歌颂和浅薄的抒情为主；（3）格律、对仗等技术环节破绽较大。这是一个略带嘲讽意味的民间词汇，按其实质则并非"新事物"，那只是"台阁体"的一脉相承而已。

以"讴歌庙堂之盛"为主要需求的"台阁体"尽管迟至明代前中期才获得定名，而源头则可洄溯到《诗经》中的《大雅》部分。文人"歌德"，本是其"功能"的一个重要部分，或亦无可厚非，但由于其天然的某些不良基因，在一定的外部条件催化下就会发生相当程度的恶变。可以明代台阁体为例略做解剖。[①]

台阁体是诗文史上首次明目张胆地以"台阁"为名的文学体式概念。按照文学大抵与时代特征同步共振的规律，"高辞尔雅""气象雍容"的"台阁体"既是明初中期相对承平的世态反映，又是王朝中央集权建设达到一定高度后产生的压制负面舆论的需要。事实上，"台阁体"虽正式诞育于永乐年间，源头则完全可以上溯到洪武一朝极端恶劣的政坛与文坛生态。作为中国历史中罕见的恶棍型皇帝，朱元璋一方面难以摆脱变态心理所带来的对从龙诸臣的戒惧，一方面也不能祛除对知识阶层的天然残狠。赵翼《廿二史札记》卷三十二"胡蓝之狱"条比较刘邦与朱氏的类似行为云：

> 汉高诛戮功臣，固属残忍，然其所必去者，亦止韩、彭。至栾

[①] 下文关于台阁体之论述迻录于拙著《清初庙堂诗歌集群研究》，吉林人民出版社2007年版。

布，则因其反而诛之。卢绾、韩王信，亦以谋反有端而后征讨。其余萧、曹、绛、灌等，方且倚为心膂，欲以托孤寄命，未尝概加猜忌也。独至明祖，藉诸功臣以取天下，及天下既定，即尽举取天下之人而尽杀之，其残忍实千古所未有。

其实维护"家天下"之稳固、消除某些不利因素在大多数开国君主实为必需，但如果不是具有朱氏的极端变态和酷虐心理，则还可以有更多的选择。如赵翼所说，刘邦只剪除了几个他认为"反形已露"的武将，赵匡胤则很聪明（比起朱氏来还算得很仁慈）地采用了"杯酒释兵权"的法子。相形之下，赵翼的"残忍千古未有"六字可谓朱氏定谳。其诛杀臣子之行迹大要可见下表：

洪武三年（1370），杀中书省左丞杨宪、御史刘炳。

八年，德庆侯廖永忠坐事赐死。诚意伯刘基死，疑为朱元璋授意毒毙。①

十年，杀山东按察副使张孟兼。

十二年，杀右丞相汪广洋。

十三年，杀左丞相胡惟庸、御史大夫陈宁、御史中丞涂节。永嘉侯朱亮祖父子被鞭死。

十四年，翰林学士承旨宋濂死。前一年，以孙宋慎坐胡惟庸党，几陷于死，以皇后、太子力救，安置茂州。本年五月，行至夔州卒。工部尚书薛祥坐累杖死，天下哀之。

十五年，杀大理寺卿李仕鲁。大理寺少卿陈汶辉自尽死。兴"空印案"，各地方衙门主印者一律处死，佐贰官杖一百充军边地，地方长官被一杀而空，牵连死者数万。

十六年，杀刑部尚书开济、侍郎王希哲、郎中仇衍。

十七年，杀临川侯胡美。追赠岐阳王李文忠卒，疑与元璋猜忌

---

① 《洪武实录》《明史本传》等均言刘基在京病时，胡惟庸以凤嫌挟医来视疾，基服其药，有物积腹中如拳石，一月而卒。钱谦益有"胡惟庸之毒诚意也，奉上命挟医而往"之语。

有关。①

十八年，大将军徐达死，疑为元璋毒毙。② 兴郭桓案，六部侍郎以下皆处死刑，牵连死者数万。杀吏部尚书余燫。

二十三年，以胡惟庸党案杀元勋李善长，全家七十余口并诛。吉安侯陆仲亨、延安侯唐胜宗、平凉侯费聚等亦坐胡党死，已故营阳侯杨璟、济宁侯顾时等追坐若干人。至二十七年前后，胡案诛杀者共计四万余人。③

二十五年，杀江夏侯周德兴。

二十六年，凉国公蓝玉坐谋反，被族诛。列侯以下坐党夷灭者一万五千人④，于是元功宿将相继尽矣。

二十七年，杀定远侯王弼、永平侯谢成、颍国公傅友德。

二十八年，杀宋公冯胜。

可以看到，愈到执政的晚年，朱氏对臣民的猜忌、惩戒以至屠戮就愈走向一种变态的极端，从而获得心理上的快感和安全感。更何况，以上这张长长的表格其实只是朱元璋"大戮官民不分臧否"⑤之"丰功伟绩"的一部分而已，难怪吴晗称朱氏为"杀了一辈子两手都涂满了鲜血的白头剑子手"，称这种政治是"名副其实的恐怖政治"⑥，更难怪在明初历史上出现了亘古未有、令人啼笑皆非的这样一幕：

> 时京官每旦入朝，必与妻子诀，及暮无事，则相庆以为又活一日。⑦

---

① 文忠为元璋外甥，屡建奇勋。当其卒也，《洪武实录》历叙战功，追崇恤典，似无芥蒂者，然野史异说颇多。如王世贞《史乘考误》以为元璋尽杀文忠门客，文忠惊悸得疾，暴卒。《草木子》《记事录》《国初事迹》等亦有类似记载。
② 见徐祯卿《剪胜野闻》、吴晗《明初的恐怖政治》。
③ 胡案所诛人数多异说，此从吴晗先生《胡惟庸党案考》，《吴晗史学论著选集》第一卷，人民出版社1984年版，第442页。
④ 《罪惟录》《国榷》《明史纪事本末》《明书》均云株连者"可二万人"。
⑤ 《明史》卷一三九《周敬心传》。
⑥ 吴晗：《明初的恐怖政治》，载《吴晗史学论著选集》第二卷，人民出版社1984年版，第666页。
⑦ 《稗史汇编》卷七四《国宪门·刑法类》"皮场庙"条。此事一般从赵翼说，以为《草木子》记载，此从王树民先生《廿二史札记校证》说。

多么荒唐而又可怕的情形！如此"命危若晨露"，何不遁迹草野，以全天年呢？估计当时作此想头的士人应不在少数，可朱元璋又怎会轻易放过他们？洪武十八年（1385）至十九年（1386），这位原本目不知书的"淮右布衣"突发奇想，欲仿效成周《大诰》训化官民，于是颁定了《御制大诰》及《二篇》《三篇》。在《奸贪诽谤第六四》条，他指责那些辞官者为"奸贪无福小人，故行诽谤，皆说朝廷官难作"，律以"大不敬"的重罪。对于不愿做官的士人，朱元璋一方面下令各地方要敦迫其出仕，不惜待以对付囚犯的械押手段。一方面则创造性地颁布"寰中士大夫不为君用"律，以为"率土之滨，莫非王臣，寰中士大夫不为君用，是自外其教者，诛其身而没其家，不为之过"①。贵溪儒士夏伯启叔侄断指立誓不做官，苏州姚润、王谟被征不至，皆被朱氏处死，"以绝狂愚夫仿效之风"②。至此，他对知识阶层的提防、嫉忌，混合着自己内心的自卑、恐惧终于酿铸成一股莫名其妙、不可理喻的恨意。

提起"文字狱"三字，后世印象最深的多在于清代，尤其乾隆一朝。很少有人会说到，洪武一朝的文字狱数量既多，其光怪陆离、匪夷所思尤甚于清代。《明诗纪事》编者陈田在甲签卷六之陶凯条有这样一段按语，集中展示了彼时文人的凄惨命运③：

> 中立（陶凯）致仕后号耐久道人，帝闻而恶之，追论在礼部时朝使往高丽，主客曹误用符验，论死。当时士之以文字受祸者，高季迪以作上梁文、王常宗以作文、孙西庵以题蓝玉画、王叔明以往蓝玉家观画、苏平仲以表笺忤旨。王弇州云："洪武间三司卫所进表笺，皆令教官为之。当时以嫌疑见法者不少，其可知者：浙江府学教授林元亮为海门卫撰《增官俸谢表》，内用'作则垂宪'，诛；北平府学训导赵伯宁为都司撰《贺万寿表》，内用'垂子孙而作则'，诛；福州府学训导林伯璟为按察司撰《贺冬节表》，内用

---

① 《大诰三篇》苏州人才第一三。
② 《大诰三篇》秀才剁指第一零，《大诰三篇》苏州人才第一三。
③ 《明诗纪事》，上海古籍出版社1993年版，第147页。

'仪则天下',诛;桂林府学训导蒋质为布、按二司作《正旦贺表》,内用'建中作则',诛;常州府学训导蒋镇为本府作《正旦贺表》,用'睿性生知',诛;常德府澧州学正孟清为本府作《贺冬节表》,内用'圣德在秋',诛;陈州学训导周冕为本府作《万寿贺表》,内用'寿域千秋',诛;怀庆府学训导吕睿为本府作《谢钦赐马匹表》,用'遥瞻帝扉',诛;祥符县学教谕贾翥为本县作《正旦贺表》,用'取法象魏',诛;凤阳府亳州训导林云为府作《赐燕谢东宫笺》,用'式君父以班爵禄',诛;尉氏县学教谕许玄为本府作《万寿贺表》,用'雷震天下',诛;德安府训导汲登为本府作《贺册立太孙表》,用'永绍亿年',诛;德安府训导吴宪《贺册立表》,用'永绍亿年',诛。又有以'天下有道'及'望拜青门'诛者。诸所诛者,'则'嫌于贼也,'生知'嫌于僧也,'帝扉'嫌于帝非也,'有道'嫌于有盗也,其他则不可晓矣。"……又检李文达《日录》云:"高庙时有张翰林者,以直谏谪蒲州学正,表词有'天下有道,万寿无疆'之句。上怒曰:'谤我是强盗!'即严逮殿鞫。张仰首曰:'陛下有旨,表文不许杜撰,务出经典。天下有道乃《四书》圣言,万寿无疆乃《国风》颂语,何云诽谤?'上良久曰:'还嘴强!'释之。左右相谓曰:'数年来,惟容此一人。'"观此则不容者多矣。当时有"广文御囚,撰表墓志"之谣,哀哉!

之所以不惜篇幅,引用綦详,目的盖在于凸显从庙堂到边陲的各个层次之文人所共同遭遇的旷古未见的逼仄与残酷。在这样的情势下,士人的言论、思想、人生选择的自由都被完全剥夺,生存空间缩小到了极致。明初文字狱有两大特点:一是范围广。从上文可见,自巍然的礼部尚书到小小的县教谕都不能逃脱文字贾祸的运命,网罗所及,甚至方外人也不免。天竺僧来复本为朱氏礼敬,故谢恩诗有"殊域"及"自惭无德颂陶唐"之句极尽歌颂之能事,但朱氏以为"殊"可拆开成"歹朱"二字,"无德"系讥其德行不足,遂斩之。[①] 郎瑛《七修类稿》卷

[①] 赵翼:《廿二史札记》卷三十二。

三十四"二僧诗累"条则记有四明僧人守仁、钱塘僧人德祥因诗获罪之事。① 二是处刑严酷。从上引文可以看到,大凡触及文字忌讳者,"诛"——一般指斩首——为常见的结局,而鞭死、杖死、腰斩等"花样"大概也少不得这些文人的份儿。擅名一时的"吴中四杰"中,高启即以39岁的英年被腰斩,杨基因为蓝玉题画,贬死戍所。徐贲坐犒军不时,下狱瘐死。张羽流窜岭表,投龙江死。"南园五子"的魁首孙蕡、名诗人谢肃、魏观等亦皆死于非命。

不仅时人如此,连古人也摆脱不掉朱氏无远弗届的魔掌。朱氏读《孟子》至"民为贵,社稷次之,君为轻""残贼之人谓之一夫,闻诛一夫纣矣,未闻弑君也""君之视臣为手足,则臣视君为腹心;君之视臣如犬马,则臣视君为国人;君之视臣如草芥,则臣视君如寇雠"等处,不禁拍案大怒,狠狠地说:"使此老在今日,宁得免耶!"先是下旨取消孟子配享孔庙的资格,在强大的舆论压力下,虽收回成命,却还是令刘三吾编成《孟子节文》,删去了自己看不顺眼的八十五条言论。②

一代风雅,终在朱氏疯狂的屠戮中销磨殆尽。文人无不战战兢兢,临深履薄,元末以来辛勤培植出来的良好文学氛围荡然无存。文人为了全身保家,都把"平安"二字放在首位,竞相创作云蒸霞蔚、不痛不痒的"歌德派"文学,此即后来文学史所称的"台阁体"之由来。

"后之视今,犹今之视昔",以上关于台阁体的论析对"老干体"无疑是具有相当的参照意义的。鉴于"老干体"人员及作品数量巨大而水准乏善可陈,本书不拟详论,只简要提醒以下事实:

第一,并非所有主旋律的"歌德"之作皆可归入老干体,艺术水准应该成为一条比较清晰的界线。仅以近年创作略举数例,读李静凤《年末政协各界座谈会建言感怀》"海尔风柔户不冬,单车朝市效扶筇。微

---

① 守仁《题翡翠》云:"见说炎州进翠衣,网罗一日遍东西。羽毛亦足为身累,那得秋林静处栖。"德祥有《夏日西园》诗"新筑西园小草堂,热时无处可乘凉。池塘六月由来浅,林木三年未得长。欲净身心频扫地,爱开窗户不烧香。晚风只有溪南柳,又畏蝉声闹夕阳",皆为朱氏见之,谓守仁曰:"汝不欲仕我,谓我法网密耶?"谓德祥曰:"汝诗热时无处乘凉,以我刑法太严耶?又谓'六月由浅','三年未长',谓我立国规模小而不能兴礼乐耶?'频扫地''不烧香',是言我恐人议而肆杀,却不肯为善耶?"皆罪之而不善终。

② 赵翼:《廿二史札记》卷三十二。

言仗去关黔首，大梦支来隐赤烽。应有潘花开绮席，向无铁网辟尘庸。非商非学终何用，许向泥涂印野踪"。再读张智深《赠公安》"崇冠常自正，勿使国徽磨。徽上麦株少，人间社鼠多"，《蝶恋花·春》"风卷玉尘开万户，箫鼓秧歌，喜把春来娶。巷陌春随人曼舞，洞房人共春私语。　　问讯天公天已许，频打春雷，细嘱春娇女。塞外而今多富土，嫁来从此休归去"。再读刘庆霖《全国哀悼日路边闻笛感赋》"满街哀痛万笛鸣，恍似汶川城下听。双膝跪在震波上，手捧山河哭泣声"，《高原军人》："高原营帐触天襟，耕月犁云亦可闻。夜里查房尤仔细，担心混入外星人。"这些题目内容何尝不是"老干体"之常见者？而作者用心笔力皆正大工巧，颇为可观。如此"歌德"，谁曰不宜？

第二，并非所有"老干部"之创作皆为"老干体"。一方面，革命干部中亦有颇富诗才者，所作不乏可读可佩；另一方面，非"老干部"身份者也自有不少阑入"老干体"的。此类情况亦颇有先例。清初诗坛之著名台阁群体"燕台七子""海内八家""金台十子"中，诸如宋琬、王士禄、田雯、谢重辉等就较少台阁气味，心声棱角历历可辨，而福建福清人魏宪终生在野，以诸生的身份选《百名家诗选》，其中绝大多数系庙堂诗人，朱彝尊、方文等名震天下而不得其列，以至朱氏愤慨地道："近来论诗多序爵，不及归田七品官。直待书坊有陈起，江湖诸集庶齐刊。"更极端的例子见于同样在野的孙鋐所编辑之《皇清诗选》，他不仅明言编辑目的在于"见化行之有自""彰声教之郅隆"，更在正文三十卷前列"首一卷"，录玄烨《御制诗》四首、《御制耕织图序》《恭进皇清诗盛初编奏章》及《恭纪》等篇，台阁气味较之在庙堂者毫无逊色。[①] 近数十年之诗界亦频见类似景象，读者可自明察，兹不赘举。

---

① 参见拙著《清初庙堂诗歌集群研究》的有关章节。

第五编

"新时期"（1976—2000）词坛

以上对1949—1976年词坛的断层剖析可以得出以下两点基本印象：第一，尽管那是一个传统文化遭遇劫难的时代，作为传统文化重要构成之一的格律诗词还是在某些机缘——诸如传承惯性、文化韧性、领袖垂范——的作用下得以保全一线命脉、一口元气；第二，由于多元、健康文化生态遭遇致命摧伤，覆巢之下的诗词也自然不能幸免刀俎鱼肉般的戕害。"老干体"的要害并不在于艺术品质上的肤浅可哂，而在于诗词完全异沦为口号与工具，丧失了独立的品格与自身的尊严。

这两个现象当然引发了在下一时期——也即1976年至2000年，一般所谓"新时期"——的双重效应。一方面，老干体仍旧占据大量的甚至是绝对优势的"市场份额"，挤占着本就狭隘的诗词创作空间，误导着一般读者对于当代诗词写作的认知；另一方面，那一点星星之火也在新的开放格局下渐成燎原之势，以强韧的姿态重塑古老诗国已经坍塌得七零八落的围墙。

"新时期"是一个相当不科学的时段称谓，将来总会找到更准确的概念来指称二十世纪这最后四分之一的山呼海啸般的变化[1]，然而它之所以深入人心，那是因为"新"字最恰切地表达了中国人对"旧"时代的厌倦与憎恶、对"新"蓝图愿景的欣悦与向往。事实上，在上一个时期的末梢，中国已经如脱缰的马车向下坡疯狂奔去，距离悬崖仅毫厘之遥。以邓小平为代表的第二代领导集体以不可思议的勇气力挽狂澜，将马车拽回了正常行驶的通衢大道——那条路上竖立起了一块又一块里程碑，上面大写着改革、开放、民主、科学、富足、自由、平等……一系列令人心潮澎湃、热血贲张的理念。词坛，也必定要在这种转寒回暖的大气候下发生新的递变。

---

[1] 据徐庆全考证，"新时期"概念大抵出于1977年党的十一大上华国锋、叶剑英、邓小平的报告，以"新的时期""新的发展时期"等表述。1978年5、6月间，全国文联三届三次全委扩大会决议中首次使用"新时期文艺"的概念。同年底，周扬有《社会主义新时期文学艺术问题》的报告，"新时期"至此定型。徐文还指出："新时期"并不科学，总该有个下限，故建议用"转折年代"。见徐庆全《你知道"新时期"这个词是怎么来的吗》，"八十年代"微信公众号发布。黄平对于"新时期文学"有着更加精详的考证，见其《"新时期文学"起源考释》，《文学评论》2016年第1期。本书出于叙述方便，姑且将下限定于二十世纪末，而以二十一世纪至今为"网络时代"。

第一章 "新时期"的"鲁殿灵光"词群

——以徐行恭、陈声聪、沈轶刘、陈瘦愚为代表

二十世纪七十年代中后期以及以后一段时间的词坛还活跃着相当一批鲁殿灵光式的老辈词人，他们出生于十九世纪末，行辈晚于章士钊、马一浮、刘永济、汪东等，与刘凤梧、张伯驹等相埒，而稍早于夏承焘、唐圭璋、龙榆生、缪钺、钱仲联一代。这一批"人瑞"级的长寿老人大抵开笔较晚，对晚清民国词界影响微细，而在共和国时期则硕果仅存般地延续障护着近百年词史的命脉。他们总体成就较之上述大家名家有所不及，而亦自成格调，别具姿采。本编开头即应予以简略论析。

第一节 "孤光冷照"的徐行恭与"说诗海上"的陈声聪

附　徐定戡、周退密

施议对《当代词综》将近百年词人划为四代，其中自姚鹓雏、毛泽东以至万云骏、何之硕的第二代为中坚力量，又在此一代中特地标举"十大词人"，徐行恭（1893—1988）与陈声聪（1897—1987）皆在其列。对此，刘梦芙表达了相当鲜明的异议："（徐之）《延伫词》造诣虽精，然独茧深缫，孤光冷照，反映现实、忧念民生之作过少，持较刘弘度、夏瞿禅、缪彦威、沈子苾诸家，毕竟有轻重之别……故余以为徐、陈二老，可列名家，尚未到大家境界也"，"施君议对举壶因老人……

推崇过甚……其总体成就……至多为二、三流之间作手耳"。① 两位著名学者持论抵牾，看来此桩公案值得关切。

一 "孤光冷照"的徐行恭

先述徐行恭。行恭字颙若，号曙岑、玄叟，杭州人，曾任北洋政府财政部司长、兴业银行行长等，晚被聘为浙江文史馆特约馆员。行恭早有诗才，宦游北京时作诗千余，成《竹间吟榭集》十卷。后《续集》十二卷，又千余首，可见才力，而学词则迟至新中国初建、年近花甲时。其《学诗与词之缘起及词中一得》曰："向仆崇诗黜词，以为此昵昵儿女语，非丈夫所当为。洎赋中年，遭逢板荡，诗犹懒理，遑顾其他……庚寅，谋食歇浦，行年且五十有八矣。偶与三五素心，休务小集，缘诗及词，怂恿尝试，林君松峰、陈君兼与实导先河。稍习，觉诗有所不能宣者，惟词或能达之。于是灵襟默运，一泄诸词，转视诗为少趣。"② 这里把"缘起"说得很清楚，"原因"则说得很模糊。何谓"诗有所不能宣者，惟词或能达之"？刘梦芙以为"诗直词曲，故诗不能言者，藉词隐约以言之，以折射知识人士危苦心态……亦宣泄抑郁之一法也"③。这一判断还是成立的，虽然那种"危苦心态"表现得相当散淡，需要细心抽绎。可读1955年至1962年所作数首：

> 淡月云遮。清辉展、阑干宛浸霜华。唳空声怨，何事浪走天涯。度尽关山怜倦羽，但传旧谱奏平沙。去程赊。雾低塞北，愁梦交加。　　难依乔柯蔽迹，怕暗雇箭镞，小避还嗟。最销魂处，长夜宿遍芦花。相呼看移队远，爱闲画重重人字斜。冥飞外，正撼窗风劲，秋思谁家。

——新雁过妆楼·闻雁

---

① 《五四以来词坛点将录》。
② 转引自施议对《当代词综前言》，该书第52页。
③ 《五四以来词坛点将录》。

育雏且晚知心苦，养成肯让凡禽侮。随分弄朱樱，客来都不惊。　　罢啼余袅袅，啼处生芳草。浮海木兰舟，峭帆收未收。

——菩萨蛮·闻莺

心上事，眼前人，一番寒燠一番新。狂藤抵死偏紫树，弱水扬波会见尘。　　从古怨，惹今颦，阴符无效更休陈。阿房铜雀矜闳丽，燕剪平芜寂寞春。

——金错刀·冯正中词"只消几觉蓍腾睡，身外功名任有无"，读之爽然，依调为更进一解

作为旧时代的财政官员、银行行长，这个"一番寒燠一番新"的社会显然没打算给他预留什么安逸的位置，能免于难已经算是相当幸运了，所以于"闻雁""闻莺"一类"闲"题目中，于"唳空声怨""怕暗罹箭镞，小避还嗟""养成肯让凡禽侮""阴符无效更休陈"等字里行间，确乎能读出一些峭拔危苦的心音来的，但也大抵止于此而已，没表现出激切到足以授人以柄的情绪。刘梦芙批评徐氏"独茧深缲，孤光冷照，反映现实、忧念民生之作过少"诚然不错，但他安然度劫、寿跻大耄，能说与此无关？在这一点上，徐行恭是深谙庄子"材与不材之间"说的奥妙的。

行恭论词语不多，晚年所作《学诗与词之缘起及词中一得》谈意境、藻采也深中奥窍："词主意境，次藻采。有意境无藻采则滞，有藻采无意境则滑。意境见才华，藻采见学力，二者得兼，一以声律贯之，方等完璧"，在他自己的《延伫词》三集六百首作品中，才华、学力及其平衡关系皆有着很好的展现。如《浣溪沙》"无限青苍入化机，一痕寒玉吐前溪。意中难状此清奇。　　层巘阴晴衣狗幻，几家锄种竹龙肥。我来迎客画眉啼"，其中"衣狗""竹龙"二语即前人所未道，极其生新。又如《鹧鸪天·春晚窥园》已作于九旬高龄，故有净洗铅华、称心而不逾矩之态："狼藉春红一径斜，小桥流水自幽遐。凫儿出没嬉成队，蜂子低昂惯守衙。　　生有尽，趣无涯，忍教轻掷好年华。碧翁似解多情累，频遣东风扫落花。""蜂子"句点化黄山谷诗意，"碧翁"

则用古俗语，皆能自然浑厚，使人不觉①，非眼高手高者不能办。

还可读《高阳台·梦痕》一首，这是行恭笔下不多见的言情之作，足以窥见老人青春风华与"深沉绵邈，含毫孤往"的艺术特质②：

> 残梦无凭，遥痕宛对，那须寄慨沧桑。莺燕重来，依依偷瞰芸廊。当时悔种相思树，却共伊、分惹凄凉。到如今，结念韶华，空搅柔肠。　　青衫湿处人憔悴，记丁年剑佩，子夜歌觞。一晌多情，情多转易参商。连朝雨横风狂后，遍池台、戚损红芳。任杨枝，倦舞傞傞，低拂斜阳。

"残梦无凭，遥痕宛对，那须寄慨沧桑""记丁年剑佩，子夜歌觞。一晌多情，情多转易参商"，如此风情很容易让人想起朱彝尊的同调名篇。陈匪石说他"于雍容大雅中融会意境，抑扬声律，不失宋贤矩范"，又指出其欲熔浙、常为一炉③，此类篇什是很具代表性、有说服力的。

二　"说诗海上"的陈声聪

次述陈声聪。声聪字兼与，号壶因、荷堂，福建闽侯人。毕业于中国大学政经科后长期工作于财税部门，晚年被聘上海文史馆馆员。声聪早年书画名重，诗由同光体而学东坡、诚斋，终以"情趣"为宗尚，认为"言愁能使人皱眉，言哀能使人酸鼻，言笑能使人忍俊不禁，然后这诗才有价值"。因此种豁达见地，他能成为旧体诗人中为数不多的不反对新诗、认为新诗终会成为主流的一个④，又能以其良好的人脉主持风雅，打造出海上一大说诗胜地。据施议对说，其晚年书斋号称小沙

---

① 黄氏屡用"蜂""衙"字样，如《和柳子玉官舍十首之蜜蜂》云："日日山童扫红叶，蜂衙知是主人归"，又如《庚申宿观音院诗》："旁有蜂蜜庐，颇闻衙集喧"，又如《戏书效乐天》："鸟飞鱼泳随高下，蚁集蜂衙听典常。"碧翁，即碧翁翁，犹言天公，见陶谷《清异录·天文》。

② 施议对：《当代词综前言》，该书第51页。

③ 转引自施议对《当代词综前言》，施议对《当代词综前言》，该书第51页。

④ 张鉽生：《陈声聪先生生平记略》，载福建省政协文史资料委员会编《文史资料选编》第3卷"文化编"，福建人民出版社2001年版。

第一章 "新时期"的"鲁殿灵光"词群

龙,至茂名南路兼于阁品茶谭艺者难以计数,其中如陈琴趣、沈轶刘、陈九思、包谦六、施蛰存、周炼霞、吕贞白、周退密、何之硕、张珍怀等皆常客。陈氏有诗记云:"谭艺清茶一盏同,寒斋亦号小沙龙。题诗早已笼纱壁,胜听阁黎饭后钟",令人想见满座春风,思慕不已。① 胡文辉因将其与钱仲联并称为"说诗海上陈兼与,点将吴中钱梦苕",亦可觇见非凡的影响力。②

声聪早从寿玺、向迪琮等游,抗战时期结识乔大壮始稍填词,较大量创作则在逾知命年以后,也即前文徐行恭所说"庚寅谋食歇浦"时期。此后三十年,集成《荷堂词》一卷七十余篇,后更增删至九十余篇,名为《壶因词》,附于1982年自刻之《兼于阁诗》后。③ 与七百首诗歌总量相比,余事而已。对此《壶因词》,刘梦芙有很尖锐的批评云:"其中题图、祝寿、咏生辰、次韵之作近四十首,几占五分之二。词之内容,除咏人造卫星、长江大桥、登山队等数篇写新事物外,大多表现文士之逸趣闲情,与二十世纪时局之动乱、国家之忧患、黎民之苦难,极少关涉。以词艺论,取径玉田、梅溪,实不甚高",这与包谦六、施议对赞其"天机衮衮,才情敏赡,实非玉田、梅溪所能限"、何之硕赞其"小令和婉韶秀,长调疏荡清空,自谓喜梅溪、玉田,实亦兼得东坡胜处"形成了相当悬殊的口径。④

似应先读几首较杰出者以验之:

> 落叶空阶风满楼,一天凉雨湿闲愁。刚推愁去重寻梦,又遣人来带着秋。　家甚处,舸中流,惊风怕浪几时休。江湖但得无拘管,鸥鹭何因也白头。

——鹧鸪天·雨中赵亭至

> 清风楚畹,披叶长长根短短。画笔匆匆,莫当街头蒜与葱。

---

① 施议对:《当代词综前言》,第50页。
② 冯永军:《当代诗坛点将录》"陈声聪"条。
③ 《荷堂词》约刻于1977年,凡74首,《壶因词》增入其后几年所作,并刊落数首如《喜迁莺·喜闻柬埔寨军民收复金边》《八声甘州·喜闻南越军民收复西贡》之类,凡92首。
④ 《当代词综前言》。

寒香自好，何必逢人先说老。换土移根，阅尽荣枯是瓦盆。

——减兰·戏题画兰

白门城郭，俯中流人物，潮翻沙卷。自古长江天堑险，南北今谁能限。水底鱼龙，山中狐兔，铁锁新钩绾。寄奴如在，亦知残霸须剪。　　蓦地匹练横空，垂虹十里，来去喧舟辇。野阔星低天四幕，宵静明灯遥灿。马粪诸王，乌衣子弟，梦也何曾见。钟山无语，六朝惟有飞雁。

——念奴娇·南京长江大桥

题材各异的长短调，有清疏流丽者，有沉郁陡峭者，有气魄雄健者，确乎能展现出"敏赡"的"才情"，诸如"刚推愁去""换土移根""钟山无语"等句甚至是一时之选，然而如此精彩者仅几处而已，但凭这些确实难称"一流"，更不必说跻入"十大词人"行列了。在这一点上，刘梦芙的意见还是可取的。至于《读词枝语》《闽词谭屑》确为现代词话之精品，那也难以为"大词人"之定位加分，还是刘梦芙的话："夫确立词人在词坛之地位，当观其创作之实绩如何，理论研究则无关宏旨。如论清词，以撰《白雨斋词话》之陈廷焯与无词学专著之陈维崧并列为大词人，可乎？"

三　徐定戡、周退密

沈轶刘《繁霜榭词札》谈近代北方词派之形成发展，以为"财政部名三司"之徐行恭、陈声聪专务吴、王之学，传播寇梦碧夕秀一系，以次达于南方而成现代主要词系。"三司以后，承其绪而孜孜不舍者有杭州徐定戡、四明周退密、宁波刘惜闇。"① 刘氏词不多见，兹谈徐、周二位。

徐定戡（1916—2009），名祖武，号稼研，家四代业丝绸，为钱塘工商巨子。十八岁入章太炎国学讲习会，为最年少会员之一。后入兴业

---

① 《繁霜榭词札》，《近现代词话丛编》，黄山书社2009年版，第217页。

第一章 "新时期"的"鲁殿灵光"词群

银行及财政部供职①，并考入大夏大学攻读法律，为国民政府上海地方检察官。五十年代后入北京新法学研究院学习改造，任最高人民法院华东分院审判员及卫校教员。1958年后遭判"历史反革命"，管制批斗，不一而足。晚年入上海文史馆为馆员②，又移居澳洲。定戡才力雄富，平生所为诗词极夥，而花甲前之作俱已荡然，今存十一集、十三册之巨帙皆作于七十年代中叶以后③，其中词数量甚富，仅《稼研庵近词》两巨册及《北驾南舣集》中长短句即不下千阕。④ 大耄之年而能有此激情精力，洵异数也，而称之"新时期"词人，亦甚贴切。

施蛰存尝明确指出徐氏"词胜于诗"，以为其词"眼前即兴，生机活泼"⑤，这与徐行恭称道之"茹刚吐柔，称心而言。转益多师，不为派囿"若合符节⑥，定戡词确乎具此特质。如《鹧鸪天》组词中一、二、五：

> 浩劫千家八表同，抱残守缺老冬烘。黄齑嚼出成宫徵，白堕频倾莫恼公。　携屐地，懒书空，儿童绝倒啜嚅翁。代薪覆瓿原无择，笔底龙蛇可御风。

> 鳌掷鲸呿百态趋，投闲寄傲得舒徐。款关喜接谈玄客，插架新增志怪书。　青箬笠，白裙襦，依然合眼梦菰蒲。羡新莫笑玄亭客，解注虫鱼亦丈夫。

> 突兀层楼望杳冥，秋天客睡著何曾。浮沤起灭无成坏，皓魄盈亏有死生。　歌浩荡，梦沧瀛，凭谁九转续丹经。山南山北遗高躅，何似空阶曳杖行。

---

① 定戡任职兴业银行时行长即徐行恭，二人交谊颇厚。
② 徐定戡经历文献多未详，兹据其子徐家祯《上海文史馆馆员徐定戡先生传略》简述之。
③ 徐家祯:《传略》中存细目，此不赘。
④ 刘梦芙:《冷翠轩词话》。
⑤ 评徐氏:《西辕吟稿》函，转引自刘梦芙《二十世纪中华词选》，第1047页。
⑥ 徐行恭:《读稼研庵近词赘语》，评徐氏:《西辕吟稿》函，转引自刘梦芙《二十世纪中华词选》，第1047页。

词不废学殖，但无头巾气，"笔底龙蛇可御风""解注虫鱼亦丈夫""山南山北遗高躅"云云尤多自得自傲之态，确乎"眼前即兴""称心而言"，笔调则"疏越处如苏辛"，能见高朗襟怀。其实徐氏笔下也多"丽密处如二窗"者。① 读《高阳台·梦归湖上》：

> 遥树依云，澄湖熨浪，天风吹堕家山。仿佛前游，红牙紫玉歌残。燕归苦说韶华误，倩何人、打桨同还。倚阑干，叠翠西泠，衣袂都寒。　沿堤约略无多柳，况离宫赵氏，夕照临安。重到刘郎，青袍意兴阑珊。乡亲苏小深情甚，幻香魂、雾鬟烟鬓。梦游仙，野鹭闲鸥，试语应难。

思乡情甚"密"而语势奇"丽"，与其说"如二窗"，不如说近乎乡先贤朱彝尊、龚自珍更准确些。徐氏阅世甚深且久，虽大多作品"悲欢不逾于身处，忧喜无关乎天下"②，而亦有感喟难自已者。《浣溪沙》写山馆檐际双燕营巢，昕夕相对，就感叹其"去来未失惯炎凉，知渠也复阅沧桑"，着一"也"字，便觉词中有人，情不空泛。《鹧鸪天》开篇即写"占断溪山一味闲"，而下片乃发"赦余斧斤得天全"的不"闲"语，也是弦外有音之作。至于《虞美人》以蕴藉的比兴手法出之，而感慨尤浓：

> 十年新妇车中闭，归计蛩声里。湖埂负了藕花风，却待蓬瀛清浅话桑红。　鸾叱凤靡今何世，沧海休横涕。微生幸得戴头还，谁识当年侧帽此孱颜。

"鸾叱凤靡"语见《禽经》，谓鸾凤之死。这诚然是与"坤轴愁翻，霓旌难驻，俯仰今何世""文字因缘深骨肉，佐批红、判白诗千首"等句一样③，有着绝大感慨的。文字之最可贵者，难道不是因为它所传递

---

① "疏越""丽密"系周退密评语，徐行恭：《读稼研庵近词赘语》，评徐氏：《西辕吟稿》函，转引自刘梦芙《二十世纪中华词选》，第 1047 页。
② 徐氏词集自序中语，转引自刘梦芙《冷翠轩词话》。
③ 分别见徐氏《念奴娇》（晚云凝碧）与《金缕曲·巢痕既扫，行迈靡之，倚此泫然》。

的心声中烙上了时代的清晰印痕？在这一点上，"承其绪"的徐定戡是要胜过徐行恭的"孤光冷照"与陈声聪的"逸趣闲情"的。

周退密自言本不知倚声，得交徐定戡乃见猎心喜，益钻研之。① 二人更合刻《于喁小唱》之集，可见情谊密近，唱和频多。周（1914—2020）较徐年齿稍长，笔致骏快雄爽，别走一路，认识意义同样丰赡。退密原名昌枢，号石窗，毕业于上海震旦大学，从沈迈士学诗词，从彭廉石治法学，曾任上海法商学院、大同大学教席，新中国成立后任教于哈尔滨外国语学院、上海外国语学院等。著有《墨池新咏》《上海近代藏书纪事诗》（与宋路霞合著）、《退密楼诗词》等，后辑成《周退密诗文集》，凡百万余言。其中《退密词综》自1970年起编，内含《石窗词》《秋井词》《蓓蕾集》《芳草集》《春酒词》（二卷）、《浅草词》及《安亭草阁词》（十卷），再合以《退密诗历》《诗历续编》《二续》《三续》中长短句，亦不下千首。

退密所作序跋颇多，论诗词语也不少，大抵以通达为旨的。如《谈诗小札》云："窃谓诗只有优劣之分而不必强分新旧，旧体中之陈词滥调、酸腐空洞之作便是劣诗，新体中之清新机智、洞察入微之作便是好诗"，"如对'孤平'之藐视、'通韵'之扩大等……此乃社会文化之进步现象，是好事，不是坏事，普天之下怎有万古不变之事物耶……历若干年后，诗之新旧之迹，将随时代而逐渐变化混同"②，耄耋之年而见地毫无拘隘茧缚，岂不令一众青春而偏狭者汗颜？退密填词也大张此种推重性灵、心手随应的态度，故屡申明之，如"但欲及今留我相，何须泥古受人讥。天然自在复奚疑"，"陈语徒供炊具，覆瓿还欠鲜新"，"只为自家怡悦，直书心曲何妨"等③，旗号颇为轩朗爽快。虽与梦碧词群唱和频繁，其实路数并不全同。

似此心快手快，也难免有摇笔成篇、稍涉浮浅一类弊病，但因为词中能够追摄出"学识渊雅""性情冲夷"的"我相"④，可"淘金"处

---

① 周退密：《徐稼砚周退密于喁小唱序》，载《周退密诗文集》，黄山书社2011年版，第1410页。
② 《周退密诗文集》，第1361、1362页。
③ 分别见作者《浣溪沙》《临江仙·岁暮自励》《清平乐》词。
④ 王瑜孙：《安亭草阁词序》，《周退密诗文集》，第743页。

仍旧不少。如《浣溪沙》这一首已作于近八十高龄，能藏奇崛于平淡中："粥饭庸僧不自奇，白头犹自爱临池。略窥汉魏与芝义。　牛鬼蛇神纷满目，家鸡野鹜漫相嗤。肯将一幅换鹅儿。"相比之下，2007年九十六岁所作同调《己丑母难日忽漫感生，录以自悼，不自知其辞之何来也》组词前两首还更沉郁一些：

  白日红尘醉眼过，小丫头忽变婆婆。颓然老我一头陀。　愧乏才情文吊屈，终无法术咒驱魔。醉时何少醒时多。

  画地为牢缧继亲，十生九死记犹新。纤儿撞坏是何因。　忠字当胸甘活殉，生祠遍野祀天神。堪怜可笑是愚民。

"终无法术咒驱魔""生祠遍野祀天神"，皆读史阅世所得，以耳闻目击摇荡心胸，世纪老人的这些感慨当然是值得认真倾听的。

第二节　"闹市侠隐"沈轶刘与"南社遗响"陈瘦愚

附　徐映璞、陈仲齐

一　"闹市侠隐"沈轶刘

针对陈声聪因交游广阔而列名"十大词人"之说，刘梦芙又有议论曰："壶因交友纵多，安能掩其词作成就之不足？繁霜榭老人沈轶刘年长于壶因，同居沪上，闭门寡俦，而倚声独辟蹊径，论词殊多卓识，此即壶因所不及也"，"年长于壶因"不对，他言则近是。沈轶刘之成就确在陈兼与之上。

轶刘（1898—1993），名桢，以字行，上海人，毕业于中国公学中文系后执教闽地数所中学，后从事报刊工作，新中国成立后则蛰居沪上四十余年，不乐交接，闭门读书撰述而已。所谓"闾里浮沉，胡为失此人""高隐市廛，独吟江海"①，刺取金庸笔下"闹市侠隐"绰号以名之，或能摹其行迹。轶刘著有《繁霜榭诗词集》《八闽风土记》《续清

---

① 分别见冯永军《当代诗坛点将录》、刘梦芙《冷翠轩词话》。

溪三十二咏》等多种，而以《清词菁华》（与富寿荪合作）最为世人所知。该书录清词人三百八十家，词作逾千，评点极简洁而中奥窍，乃系龙榆生《近三百年名家词选》后水准最高的一家。年九旬后作《繁霜榭词札》，篇幅不大而论词范围自唐宋以迄当代，呈现出较为独异深邃的词史视角。本书已征引者之外，另如"两宋词本为一体，只有时代之异，初无高下之分，故南北河流，不应偏废，必欲强为出入以言宋词，是割裂源委以求江河也"，"吴文英组纂精密，不能掩其晦塞伤气。朱祖谋仵于吴，然其能成词宗，岂非全赖晚岁之瀹于苏？厥故可思。故南宋之入于弊，吴实不能辞其咎"，"有清一代之词，终始于两朱……末世词料多，题材广，取资易，此点后朱远较前朱为便利也"等论，宏观微观皆具慧眼，从而岿然为当代选词论词一重镇。

沈轶刘诗学乾隆后三家之一的舒位，深得其"郁怒横逸""百怪惶惑"之气味①，冠剑远游，伤事感时，为当世一大家。其《今诸将》组诗步武老杜《诸将五首》，而增至七十二首，斑斓慷慨，无论篇幅力量皆称抗战诗坛之异彩。与诗相比，沈氏词开笔较晚，二百余篇皆作于1949年后，成就有所不及，然而亦多独特处，令人过目难忘。

沈氏词风大约可以"奇险"二字概括之。其《叶流词》《逸留词》绝多选填常人望而生畏的僻涩之调。若《清风八咏楼》《舜韶新》《甘露滴乔松》《卓牌子近》《孟家蝉》《倚风娇近》《绕池游慢》等，前人词集中也多一闪即逝，极罕步武，而沈氏勤力为之，类此者十居八九，稍平俗者如《虞美人》《采桑子》等则百不得二三，如此别择，足见学养深湛与个性杰特。

由此僻涩之调的选择必然带来"喜押险窄之韵、琢语奇峭、隶事生僻"等一系列特征②，从而形成整体上的幽微晦涩、难索解人，大抵仅能从炫目的辞藻中间模糊体会其意指笔力。不妨读数首以觇其概：

十年梦觉西湖。记月瘦苏堤，南屏医佛，酒肓诗痼。霜钳露戒，看谁强倔。银髯飘似霰，伴剑胆、琴心长祕郁。听点卯、闲杀

---

① 龚自珍、王昙评语。
② 刘梦芙：《冷翠轩词话》。

秋虫，独对一尊盘屈。　　姚江夜夜传烽，望浙左家山，战尘能袯。短枪花帽，孤军奋骤，大岚雄窟。头颅千万价，剩老去、双苔波未熨。更收拾、盾鼻光阴，醉来唯物。

——西湖月·柬施叔范

自古将军能种菜。况长沙、二贤遗爱。湘帆照槛，湖云映脥，羡东园朝溉。日暮独行吟，香兰悴、临风遥慨。秋原试马，春田放牛，平生事，尽多怪。　　宝剑瘖，归骑瘵。髀空摩，灞陵余态。头颅价重，文章气短，费雌黄丹黛。获稻向西畴，桑麻话、酒浆新贷。檐耕且幸，奇书看尽，弓刀未卖。

——湘江静·忆有不尽庵

往事新罗，海壑记泻堑。青山在，有横磨剑。英雄大胆，斗鸭绿江天雪暗。上甘岭、电裂云崩，楚三户，秦竟陷。　　连烽走焰。破贪狼，气能兼，嗟拜井、碧波难蘸。霖咀溺啖。更休问、唇焦舌绀。剩几人、好慰古魂无憾。剪龙蜃，诸怪潜。

——爪茉莉·上甘岭

以上作品还是相对晓畅些的，诸如上甘岭事迹当然是我们较熟悉者，而作者笔下亦极生新，几无一语平熟，其余更无论矣。如此目眩神迷，七宝楼台，即便吴文英似乎也没有做到。如何认识此种"奇险"词风？就积极的角度而言，刘梦芙所称道的"拔戟一军，绝空依傍，殆欲目空古人，恐亦后无来者"不算过誉。[1] 作者有此志气，而学问力量又足以副之，从而将奇险风格发挥到旷古绝今的"五丁开山手"的程度[2]，为词苑新添一个美学品类。这诚然是值得称赏的。

可是仅凭此"奇险"一路能否成为"词国万人敌"——也即一流大词人——否？[3] 需要看到的是，作为一种美学风格的"奇险"如果不能

---

[1] 《冷翠轩词话》。
[2] 《冷翠轩词话》。
[3] 《冷翠轩词话》。

同时表现出大气象、大意义，特别是"可读解"这样的多元化构成，则"奇险"感发力量不足，也很可能沦入"险怪"的小家数。以前贤为例，韩愈的《进学解》不乏奇险，但"进学"主题是清晰可解的，"奇险"就更多体现为亮人耳目的生新；其《山石》以奇险著称，而同时又有《早春呈水部张十八员外》《左迁至蓝关示侄孙湘》等一批易读解的名篇以救之，二者相辅相成，才得以确立大师级位置。至于学韩奇险一路至于极端者如卢仝、刘叉等，虽也占一席之地，毕竟难有大成就。沈轶刘词对吴文英的幽涩、陈维崧的雄鸷皆能有所发展①，但缺乏吴氏《唐多令》《风入松》的清畅婉美，也缺乏陈氏诸多《贺新郎》《沁园春》《水调歌头》杰作的豪爽淋漓，视之如唐代卢仝、刘叉，或较允当。

如此评价或嫌过低，其实能为卢、刘，亦谈何容易！更何况沈氏的"奇险"中还很蕴藏了一些深沉的大感喟呢？如《湘灵鼓瑟·戊戌初度感事》：

新旧史。向眼底、心头欸逝。奇药剩谁输一转，竟斥淮南犬雉。问爇尽红桑，群飞海水，适来何事。舞戚形天，骂人膏魅，尽翻作、通天乾矢。待重铭、劫后鼋鲈，已觉江山如此。　　六十载、长遗金丹，有无数、唐鸡竟舐。去日罡风嗟棹绝，断却神鳌左趾。悔误入桃源，胡麻冷了，几番尘世。兰泽行吟，荷锄生计，但消受、露狂烟肆。看他年，皂帽东归，百岁河清能俟。

戊戌即1958年，词人方逾花甲，彼时中国正是"爇尽红桑，群飞海水"的天翻地覆年代，究竟是何等见闻经历令作者兴起"舞戚形天，骂人膏魅"的激愤之叹或者已难考证，但在举国昏热里，他是冷眼冷言的一个。这份清醒与独立当然是可钦敬的。

再如浩劫后沪上名胜豫园、东园始复，词人以《小重山》深致欣惘

---

① 刘梦芙称其"笔力之雄鸷奔放，又颇似陈迦陵"，见上。沈氏颇心仪陈维崧，集中有《秋水·读湖海楼词》，可以一引："消尽半生湖海疹。酒悲起，红箫喷。奈茶花未髓，古烟谁爨，只剩与、苦捣珊瑚盈寸。爇锦菊、空余短烬。豪泻哀丝，凭铸就、竹山孤愤。　　心事旧家阑楯。老怀长绝，故园樱笋。怎庾郎萧瑟，鬓边词赋，尽孤负、席畔南朝金粉。但醉倒青楼休问。放却颠狂，还看取、梦里须眉齐奋。"

交织之情：

> 春城劫后废园亭，十年消息断，付红兵。小桥流水雨溟溟，东园梦，闲被鸟呼醒。　一片好烟汀，凭谁妆点去，问山灵。楼台随意布云屏，淞苕近，咫尺起风霆。

语气总体甚为平和，而发端即用"劫后""付红兵"等语，可见词人心头是有着余悸、余痛的，末句中"咫尺"激起的"风霆"或者就是蓄积胸中的万丈波澜？这是轶刘笔下为数不多的平易之作，而特见功力，余韵耐嚼。

沈轶刘的言情之作也有深婉动人如《高阳台》（蜀鸟啼烟）、《虞美人》（凭君莫种）之类，作为其"奇险"主干外的"别枝"，不得不提。兹读较空灵的《一痕沙》，以收束本小节：

> 新谱十三管子，新写十三行字。楼馆十三层，雾初澄。　鸿宝枕中难会，照夜明珠百琲。谁与惜银筝，坐吹笙。

二　"南社遗响"陈瘦愚

沈轶刘民国间主要活跃于福建，有关著述中也充溢着对八闽山水风土的称赏依恋之情，以与其行辈、寿数相埒的"南平第五词人"陈瘦愚与之并列，当是不错的选择。

瘦愚（1897—1990），名守治，号乐观词客，福建南平人。晚年追溯乡邦文献，以宋代词人仅黄裳等四位隶籍南平，又自称"南平第五词人"[1]。瘦愚曾入北平大学，因家贫辍学，返乡历任各中小学教员及编辑、记者，并积极参与南社湘集、闽集及虞社唱和，为南社余响阶段重要成员之一。[2]

---

[1] 陈氏本称"南平第四词人"，后得南宋探花潘方，又退一位。见《徐陈唱和词》，油印本，第9页。

[2] 南社闽集由朱剑芒组织，时在1943年端午节，地在永安，共17人参加，恰与南社首次虎丘雅集人数相同。见朱氏《我所知道的南社》，转引自杨天石等《南社史长编》，第652页。按：朱氏回忆中有"南社闽集正式成立后，只隔四个多月，日寇投降"语，时序有矛盾处，俟考。虞社1920年成立于常熟，响应南社而别树一帜，编印有丛书、月刊等。见陈瘦愚《罗敷媚》（廿年窃得）一首小序，《乐天安命室词删》，民国二十八年刻本。

五十年代后潜心创作著述，有《愚窝杂拌》《国语同音韵字典》等行世。诗词作品尤多，更有"词迷"之号，"分年编集，不啻万首"①，仅以数量而言，似可夺古今之桂冠。

如此巨大数量，难免"或骇其多，或讶其易，或疑其浅"②，而赞之者则以为"瘦愚以散文化入词，新天下耳目"③，"运意使笔，脱口如生"，"于周姜苏辛两派之外，实能另辟一境"④。此"一境"之核心即是散文化的"平易"，特点表现为"多抒情、少写景，多铺叙、少比兴，多白描、少典故，据事直书，以期旧瓶装新酒，读者易懂，新人易学"⑤，从而自然洒脱味浓，缺点则必然呈现为率意者多，"歌德"之篇亦不少。其实在《金缕曲·述怀》中，他已经把自己的祈向说得很清楚：

> 词气须豪放。念平生、愿师青兕，何妨粗犷。也学迦陵终不似，却似樵歌渔唱。残稿在、只堪覆酱。七十衰翁生气尽，便呕心、那有新花样。成俚句，自欣赏。　　而今割断看山想。碎行囊、兼抛木屐，关门陋巷。晏起早眠三顿粥，且幸冬来无恙。省药物、好沽村酿。小饮几杯聊遣兴，醉乡遥、难学陶元亮。容易醒，暗惆怅。

词人自己是很清醒的。他既明确高举稼轩、迦陵一派大蠹，为自己的"豪放""粗犷"找到理论支点，又很有分寸地表示"终不似"。这并不完全是谦逊，自古学稼轩、迦陵者多，"终不似"者当然不少。追溯其故，厥有两端：第一是缺乏对时世人心感知的深度，没有迸发出足够激越苍凉的声情。刘辰翁《辛稼轩词序》云："斯人北来，喑呜鸷悍，欲何为者；而谗摈销沮，白发横生，亦如刘越石陷绝失望，花时中酒，托之陶写，淋漓慷慨……英雄感怆，有在常情之外。"⑥陈维崧虽

---

① 徐映璞语，转引自施议对《当代词综》，第618页。
② 徐映璞语，转引自施议对《当代词综》，第618页。
③ 徐映璞语，转引自施议对《当代词综》，第618页。
④ 衡阳崔廖适语，见《陈瘦愚词选》卷首，油印本。
⑤ 陈陶：《南平市志·人物传·陈守治》，网络版。
⑥ 刘辰翁：《须溪集》卷六。

无稼轩的济世安邦才志,而雄飞夭矫、潜气内转则略同。学辛陈,此一节至关重要,一味"平易"显然偏离了方向;其次是没有认识到稼轩、迦陵"豪放""粗犷"之外的曲婉蕴藉特质,这是标识着一代宗师艺术高度的决定性因素。施议对就指出过:"辛词用于婉约之力,远较用于豪放之力为大"①,陈维崧之名篇也以内敛不说破者居多。徒学其直白平易不能说切中了窾窍。

以上这段批评并非只为陈瘦愚而发的,他的平易一格也确有所长,足名一家。诸如集中《莺啼序·清平叟忆西溪旧游,书怀及余,继声报之》一篇,就将篇幅最长、最易密晦懵懂的词调写成小品文一般的清晰流动,叙事板眼俱足,故"清平叟"徐映璞有云:"词家之有《莺啼序》,犹释氏之有《华严经》……历来作家,不难于按谱,而难于自然;不难于典雅,而难于生动……尊和能独辟蹊径,畅所欲言,诚足令一军皆惊也。"② 其他如《尉迟杯》《西平乐》《绕佛阁》等调亦甚清畅,与时风迥异,皆能见才情。从数量、风格两个角度,陈瘦愚都是一位值得关注的词人,但万首词得问世者仅百余而已③,知者甚少,倘能精选付梓,则其面貌还能更加清晰些。

三 徐映璞

与陈瘦愚多年埙篪相应并合刻《徐陈唱和词》的徐映璞也附下简谈。映璞(1892—1981),字镜泉,号清平山人,浙江衢州人,十一岁县会考抡元,入鹿鸣书院为廪生,故有"神童"之誉,长而任职浙江红十字会及水利委员会等,被选为浙江省宪法审查员、宪法协会执委。最精方志学,其《烂柯山志》《九华山志》《杭州山水寺院名胜志》等久为学界所宝,诗词数量亦颇丰,而大抵遭抄毁于"文革"浩劫。映璞才情与瘦愚相似,但不似陈之求新求易,笔调更显雅致。因遭际较陈坎坷④,心绪较沉郁峭拔,词更耐读一些。可先看《清平乐·辛丑冬七十自述》

---

① 沈轶刘:《繁霜榭词札》引,《现当代词话丛编》,第198页。
② 《徐陈唱和词》,第14页。
③ 《乐天安命室词删》仅70首,《徐陈唱和词》亦数十首而已。
④ 徐氏"文革"中遭遣送回籍,收藏著述皆被抄抢。七十年代初老妻遭批病逝,自己亦几乎丧命。

之前三首：

> 飞花欲堕，与世常相左。四体劬劳无所可，天地能容今我。也曾冒雨挥锄，也曾冲月披蓑。误了有涯期望，毕生无奈蹉跎。

> 熔今铸古，顽石终难煮。错节蟠根谁玉汝，皓首穷经奚补。能言未若笼鹦，知秋枉似庭梧。梦里有时清醒，醒来依旧糊涂。

> 凌晨早起，生事清如水。俯仰洪荒千万祀，意识终为身累。春深旅雁南飞，秋分纨扇频挥。颇疑迎头赶上，依然不合时宜。

辛丑系1961年，尽管词人也有"梦里有时清醒，醒来依旧糊涂"的茫然，可还是鄙薄"能言"的"笼鹦"，以"知秋"之"庭梧"自诩，斩钉截铁地宣称自己"与世常相左""依然不合时宜"。显然，没有一点"梦里清醒"是唱不出这高亢的音量的。另一首《金缕曲·自题清平诗账》不啻为词体自传，诗集而曰"账"，本身就见出怪话连篇、牢骚满腹：

> 七十三年矣。溯萍踪、文章经济，尽成儿戏。总角嵚崎逾流辈，谁使立锥无地。乡父老、从何说起。贫贱艰虞寻常耳，是神童、终是龙门鲤。矜宠语，岂吾意。　　弱龄远客伤憔悴，尽江湖、传餐负米，孑身如寄。冷粥残羹元瑜感，检点隐囊囊底。到今日、百分存几。铁砚磨穿枯毫秃，算酸咸、辛苦留真味。诗账在，拾残坠。

同一写粥，陈瘦愚是"晏起早眠三顿粥，且幸冬来无恙"的悠然，徐映璞则是"冷粥残羹元瑜感，检点隐囊囊底"的窘迫与愤然，"谁使立锥无地"六字更是令人惊悚的诘问。因为这一份"怨而且怒"的究诘，"徐"的词格是要超过与之齐名莫逆、叠相唱和的"陈"的。道理很简单：词人而见地不足，于生命和时代感知不够，那又何贵乎数量之庞巨与辞藻之丰美呢？

四　陈仲齐

温岭陈氏的又一位名词人陈仲齐与瘦愚、映璞颇多唱和，也属"鲁殿灵光"之一员。仲齐（1890—1979），名斯乐，以字行，晚号秋半翁，清末诸生，壮岁参戎行，中年后即息影里居以至耄耋。著《秋半轩诗词钞》，含诗词各百余首。

仲齐为文主清便通疏，其《金缕曲·答天枢生》下片云："杜陵言语村如彼，博芳名、流传万古，恨无人继。我与邻家翁媪约，有话都来学你。徐彦伯、并非知己。从此笔端无僻典，想东坡、看见应欢喜。休再驳，好兄弟"，词中引"好为强涩之体"的徐彦伯为戒[1]，强调"笔端无僻典"，可大概领略其主旨。读《清平乐·哀邻妇》与《浪淘沙·生圹做好，书此自慰》：

出门侵晓，南亩除春草。心事更无人共道，归去鸦啼残照。
郎君留滞天涯，高堂没了娘爹。除却灯前倩影，床头剩个娃娃。

触处野花开，露点霜苔。松涛抵死学春雷。如此凄凉争肯住，山曲水隈。　家有老妻陪，图史成堆。消闲浊酒两三杯。但愿阎君捆就我，符牒休催。

一写邻妇孤凉，一写营筑生圹，均沉重事，而下笔轻逸流转，了无难色，亦可见"人生槐下蚁，世事天边狗"的达观[2]，然而身处艰难时世，"达观"二字又谈何容易！其《蝶恋花》六首为远谪西北的儿辈作，就难免"老泪纵横如织雨"的伤情语[3]，而当四弟沧海病逝，仲齐更是放声一恸，写下《金缕曲·哭四弟，次弟寄雪君武林韵》六首、《高阳台·追和四弟》一首，十年后犹有《浣溪沙·梦四弟沧海……》一首，皆痛泪横流，感怆至极。兹引片段：

---

[1] 《旧唐书·徐彦伯传》。
[2] 陈仲齐：《千秋岁·紫薇花一名百日红……》。
[3] 《蝶恋花·永儿每年一度归省……》其二。

阴风惨惨天无日，问探寻，夜台兄弟，有无踪迹。但得英灵无恙在，梦里应通消息。觊相聚、绸缪如昔。我老趋陪应不远，计来时、准带登临屐。除此外，一枝笔。

不怕风和雪。问生平、经过多少，长亭短驿。二十三年暌隔里，无限相思相忆。新旧恨、云山千叠。曾约秋凉来看你，插茱萸、同赏重阳节。却不道，此情绝。

人情只恐今非昔。问伊谁、肯收遗稿，妥编成帙。剩有盛陵肝胆客，高义十分难得。要做到、永留鸿迹。博取世人挥泪读，与戍楼、残角同呜咽。人与鬼，两凄绝。

病叶愁风，寒枝怯雨，头颅久戍霜堆。谁信苏卿，老携骸骨归来。戴家山水应如旧，想朝昏、瘦影徘徊。最难忘，系缆芳洲，走马章台。①

豁达避世的陈仲齐以他的创作向我们重申了这样一条规律：没有人能真正躲避"此在"的时空，唯有对时代的心光折射才能最大限度地获得永恒的价值与感发的力量。

就行辈而言，"鲁殿灵光"词群还应包括萧劳（1896—1996）、刘海粟（1896—1994）、张大千（1899—1983）等"画人词"，以其无多警策，兹可从略。

---

① 分别为《金缕曲》六首其一下片、其二上片、其三下片及《高阳台》上片。

第二章　白描两圣手：论启功与许白凤词

本书上一章结末处尝谈及白描平易的陈瘦愚，仅予中评而已。实则我个人对于白描一体非但无"傲慢与偏见"，反而推崇备至，但陈氏词可耐思忖者较弱、标格未高耳。本章即接上文谈两位"白描圣手"启功与许白凤，他们以俗为雅，天趣充漾，白描入神，为千年词史增献了"新"的审美感受，提显了"新"的美学问题与现象，当然也为"新"时期添抹了"新"鲜的色素，奏唱出"新"的乐律。本书多次强调，"新"是近百年词史最应受到珍视的艺术品质——"若诗艺超迈，而所吟之风仍为唐人之风，所弄之月仍为宋人之月者，虽超迈复奚益哉？"[①]那么无论从哪一个历史、艺术维度言之，启、许两位都是值得敷以重彩浓墨的。

第一节　"清空如话斯如话，不作藏头露尾人"：论启功词

附　吴世昌、吴祖刚、田遨、邓云乡、孔凡章

一　"放胆押韵"与解脱性灵

启功书法秀逸无伦，冠绝一世，有"当代书圣"之誉[②]，但也不少争议，观之不怿者比比皆是。考虑到颜真卿尚被斥为"丑怪恶札之祖"[③]、苏轼也贻"墨猪"之讥，可知此事难有定论、不必当真。与书

---

① 笔者2007年致刘梦芙先生函中语。
② 鲍文清：《启功杂忆》语，转引自郭梅、张茜《"坚净翁"：启功传》，江苏人民出版社2010年版，第28页。
③ 米芾：《尘晋英光集》语。

法相比，启功诗词可谓声誉未隆，然而瞩目者并不少，意见分歧更远过其字。《启功絮语自序》中就以他一贯的幽默说到世人"七彩迷离"的"读后感"："一般都在照例夸奖之中，微露有油腔滑调之憾；也有着实鼓励以为有所创新的；更有方家关心惜其误入歧途的；还有不客气的朋友爽直告诫不须放屁的。"① 当面评议尚且如是，私地背后当更难堪，看来这早就构成了焦点性话题。

启功（1912—2005），字元白，晚年以"一拳之石取其坚，一勺之水取其净"之砚铭自号坚净翁，北京市满人，清世宗胤禛九世孙，著名的"荒唐王爷"弘昼嫡裔，而向不称满姓，以"姓启名功"自居，心事颇微妙。② 幼孤，随祖迁易县，三十年代初经傅增湘之推介受业于陈垣，后历任辅仁中学、辅仁大学、北京师范大学教职，并任全国政协常委、国家文物鉴定委员会主任、中央文史馆馆长、中国书协主席等。著述颇丰，有关书法者居多，诗词集含《启功韵语》《启功絮语》《启功赘语》三种，《论书绝句》一种单行，另有《诗文声律论稿》一薄册。

《诗文声律论稿》篇幅虽小，意在普及，但启功为之倾注了大半生心血③，斟酌备至，从而可以举重若轻，直切要害，某些关节似较王力名著《诗词格律》更通透精准。作为讨论其诗词创作的背景，一个显著的悖论在于：作为精通声律的语言学家，启功竟是反对死守声律的。在《启功丛稿·诗词卷总序》里，他以学理态度对陆法言、孙愐、杨万里、魏了翁诸家关于声律的说法进行剖析，结果是"读了陆法言的一句和孙愐的半句话以后，我更放胆押韵，不再标举什么'十三辙'、什么'词曲韵'以为自己乱押韵的护身符了"。④ 本书前文尝举多家如冒

---

① 《启功丛稿·诗词卷》，中华书局 1999 年版，第 165 页。
② 启功尝有《族人作书画，犹以姓氏相矜，征书同展，拈此辞之》二首言及此事，"闻道乌衣燕，新雏识旧家。谁知王逸少，曾不署琅琊""半臂残袍袖，何堪作供场。不须呼鲍老，久已自郎当"，意谓乌衣王谢，沧桑过眼，无必要抱残守缺。另一原因系因洪宪时袁世凯下令爱新觉罗改金姓，启功祖父毓隆痛恨拒改，启功乃从祖训也。见《启功口述历史》，北京师范大学出版社 2004 年版，第 4—6 页。
③ 启功自述："六十年代我还起草了……《诗文声律论稿》，但在文革期间始终无法出版，直到'文革'后才得以问世。这是我的用力之作，花费了多年的思考与斟酌，直到本世纪初我还在不断地修改，可谓耗费了我大半生的精力。"见《启功口述历史》第五章《学术著作》一节。
④ 该书第 4 页，其中陆氏一句话指"欲广文路，自可清浊皆通；若赏知音，即须轻重有异"，孙氏半句话指"若细分其条目，则令韵部繁碎，徒拘桎于文辞耳"。

广生、吴眉孙等"破词禁"的高论，启功比他们更进一尘处在于"放胆押韵"的结论乃是源于两位制定韵书的祖师爷！这就更具有一种"以子之矛，攻子之盾"的难以辩驳的逻辑力量。所以他明确宣称："我所理解的韵，并不专指陆法言'我辈数人，定则定矣'的框框，也不是后来各种韵书规定的部属，只是北京人所说的'合辙押韵'的辙和韵，也就是念着顺口、听着顺耳的'顺'而已矣……'韵'字古既作'均'，应即从'均匀'之义命名的。声调均匀，如扬调的与扬调的相随；韵类均匀，如啊韵母的与啊韵母的相随，岂不很均匀吗?"①

反对死守声律只是手段，根本目的乃在于解脱过守声律对于"性灵"的拘桎，不妨看几首《论诗绝句》：

　　地阔天宽自在行，戏拈吴体发奇声。非唯性僻耽佳句，所欲随心有少陵。（杜子美）

　　路歧元相岂堪侔，妙义纷纶此际求。境愈高时言愈浅，一吟一上一层楼。（白乐天）

　　古文板木少灵气，诗乏难怪曾南丰。章奏万言诗胆弱，四平八稳见荆公。（曾子固、王介甫）

　　词锋无碍义无挠，笔底天风挟海涛。试向雍乾寻作手，随园毕竟是文豪。（袁子才）

　　望溪八股阮亭诗，格熟功深作祖师。我爱随园心剔透，天真烂漫吓人时。（袁子才）

对杜甫、白居易是极称其"地阔天宽自在行""境愈高时言愈浅"，对曾巩是讥其"古文板木少灵气"，因而"难怪""诗乏"。对袁枚虽未正面申明服膺其"性灵说"，但"词锋"二句、"我爱"二句中所藏激赏

---

① 《启功丛稿·诗词卷》，第19页。

不难感知。从这里已大略可清晰抽绎出启功的理论立场——他不仅是袁枚"性灵"的隔代传人,那种行文的通达爽利也都与"乃师"酷肖呢!

具体到词体评骘,启功也有旗号鲜亮的《论词绝句》组诗,可再读数首:

柔情似水能销骨,珠玉何殊瓦砾堆。官大斥人拈绣线,却甘辞费燕归来。(晏殊)

叔世人文品亦殊,行踪尘杂语含糊。美成一字三吞吐,不是填词是反刍。(周邦彦)

毁誉无端不足论,悲欢漱玉意俱申。清空如话斯如话,不作藏头露尾人。(李清照)

顾影求怜苦弄姿,连篇矫揉尽游词。史邦卿似周邦彦,笔下云何我不知。(史达祖)

崎岖路绕翠盘龙,七宝楼台蓦地空。沙里穷披金屑小,隔江人在雨声中。(吴文英)

晏殊一首是不满他斥讽柳永①,吴文英一首是说其佳作太少,这两首态度还算温和的。周邦彦、史达祖两首竟对千年来几乎家弦户诵的两大家径称"不是填词是反刍""笔下云何我不知",以"一字三吞吐"的"游词"视之,真是痛快淋漓、斩截果断,将千百年遮遮掩掩的迷雾一笔荡破。② 作为"反刍""游词"对立面的是李清照"清空如话斯

---

① 张舜民《画墁录》:"柳三变既以词忤仁庙,吏部不放改官。三变不能堪,诣政府。晏公曰:'贤俊作曲子么?'三变曰:'只如相公亦作曲子。'公曰:'殊虽作曲子,不曾道彩线慵拈伴伊坐。'柳遂退。"

② 启功 2001 年致薛瑞生书尝忆及八十年代见饶宗颐,饶批评其"拿古人开玩笑",深以为不宜,启功因有"只图谐谑,愈发不敬"之"忏悔",其实乃门面语也。在此后的《启功口述历史》中,他依然坚持"我之所以不喜欢周邦彦的词,是因为他在表情时总是吞吞吐吐,把没味道的东西嚼来嚼去"观点,并无"悔意"。见于翠玲《启功先生对〈论词绝句〉"纠错"》,《文史知识》2005 年第 10 期。

如话,不作藏头露尾人",这十四字既是对易安居士的高度赞肯,又何尝不是启功自己的理想与宣言,甚至是做人为文的追求与准则?在这组诗的最后,他还有更辛辣、也更具理论色彩的两首:

> 妄将婉约饰虚夸,句句风情字字花。可惜老夫今骨立,已无余肉为君麻。(伪婉约派)

> 豪放装成意外声,欲教石破复天惊。闭门自放牛山屁,地下苏辛恐未能。(伪豪放派)

"伪"字很重要,这说明启功对于"真"婉约、"真"豪放的推赏与看重,而"真"岂不正是随园的"天真烂漫"的"性灵"?这寥寥十几首诗已经把他的理论祈向揭橥得不能再明白,没必要再饶舌。① 那么,启功的"放胆押韵"不是"无知者无畏"的那种胡作非为,而是构筑在严谨学理基石上的系统性反思与别择。所谓"地阔天宽自在行""所欲随心""不作藏头露尾人",启功趋取的根本就是一条解脱性灵的康庄大道,他的这些理论主张也构成了二十世纪诗学/词学的最具胆略和魄力的声音之一。

二　非不能为正格

从《诗文声律论稿》完全可以看出,启功对于"正格"不仅不陌生隔膜,而且本色当行,足称一时作手。刘梦芙就很欣赏其"雅正之作",以为"《虞美人》藻采清丽,《八声甘州》情怀高旷"②,两首词均出自《启功韵语》卷一:

> 缥缃乍拂余尘暗,始讶流年换。锦园明月旧南楼,识否当时青鬓不知愁。　墨痕翠滴浓于雨,点点增离绪。乱红无语过芳时,又是浓阴密叶满平池。
>
> ——虞美人·自题新绿堂图,次杨君武先生韵

---

① 《启功口述历史》中对此还有更详尽的解释,不赘。
② 《冷翠轩词话》。

第二章 白描两圣手：论启功与许白凤词

> 渺同云、飘堕自潇湘，墨雨入银钩。想北窗凉思，东华尘土，都是阳秋。挥尽澄心一卷，暮霭万竿稠。唯有梅花叟，堪配湖州。
>
> 笑我频年习懒，弄柔毫但写，翠凤青虬。对零缣断素，无语共天游。任相疑、非麻非竹，羡云林、胸次总悠悠。神来处，笔歌墨舞，时绕丹丘。
>
> ——八声甘州·社课题姚公绶画墨竹①

《启功韵语》卷一为1948年前作，词仅四首而已，曰"藻采清丽"，"识否当时青鬓不知愁""乱红无语过芳时"等句可证；曰"情怀高旷"，"羡云林、胸次总悠悠。神来处，笔歌墨舞，时绕丹丘"等句可证，皆实有之，但也只平平小家数而已。倘循此路径深自锤炼，不过能为吴湖帆、萧劳而已，绝无"为词坛别开生面"之日。② 对于这一点，启功大约也心知肚明，故兴趣缺缺，一掠而过。晚年的一些题画之作虽也属"正格"，但一来动人处不多，二来也会"打猛诨入"，羼杂些不那么"清丽"的"藻采"和不那么"高旷"的"情怀"了。如《沁园春·戏题时贤画达摩像六段》，着一"戏"字，就可以横说竖说，缤纷烂漫，尽是"悟透了"的机锋。此为启功杰作之一，当特别瞩目：

> 片苇东航，只履西归，教外之传。要本心直指，不凭文字；一衣一钵，面壁多年。敬问嘉宾，有何贵干，枯坐居然叫作禅。谁知道，竟一花五叶，法统蝉联。　　断肢二祖心虔。又行者、逃生命缕悬。忆菩提非树，那椿公案；触而且背，早落言诠。临济开宗，逢人便打，寂静如何变野蛮。空留下，漫装腔作势，各相俱全。

这些"正格"作品当然出自启功的笔下，但其大多数似乎仅有参照的意义，而不能代表启功的风格，甚至可以说，不能算是"启功词"。

---

① 所谓社课系青年时在溥儒及溥雪斋家中雅集而作，见《启功口述历史》，第74页。
② 《冷翠轩词话》。

三　长笑当哭，大俗近雅

然则何以为"启功词"？准确地说，"启功词"——也包括"启功诗"——的"铸模"是从1971年开始的。

1971年是启功后半生大转折的年份之一。自五十年代初院系、学科调整，启功就已经对机械学苏联的极左学风与体制深感郁闷不适，"有力使不出来"①，但这只是厄运的开始。1958年，启功以中国画院院长叶恭绰"死党""狗头军师"的"显赫"身份遭打右派，刚晋升的教授职位被取消，生活迅即陷入困顿。②"文革"开始后，"摘帽右派"启功自然进一步沦入低谷，然而峰回路转，1971年，因为一句"二十四史还是要出的嘛"的"最高指示"，启功被调入中华书局担任《清史稿》的点校工作，在这世外桃源般的"第二个家"一栖十年。③

生活安善固然重要，但更重要的恐怕还是得到"高度信任"、可以抬头做人的那种心气与薰风。他在《启功韵语》卷二《北风》一诗前特地标注"以下一九七一年后作"，这说明，转折已经开始——尽管老病侵寻，那些被缚抑了数十年的才华和幽默还是悄悄萌芽绽放了："一九七三年冬，因患颈椎病住医院，不能看书，有时哼几句'顺口溜'，再凑成某个'词牌'。合不了诗韵，当时又无韵书可查，就注上北方十三辙的某一辙。这是我放胆打破韵书束缚的开始"④，其实还不止"放"

---

①　《启功口述历史》第四章《院系调整》一节，文中有云："严格地说，我哪个学科都不属，更不用说属于哪个学科的哪段了。当时的文学史课属于理论性很强的课，因为它牵扯到唯物史观和唯心史观的大是大非的问题，一定要由马列主义理论水平高的人来主讲，像我这样被'公认'为不懂马列的人是不配讲这门课的……这种体制不但要控制你讲授的内容、范围，而且要规定你的讲授方法、形式……什么方法都是因人而立、因时而立的……必须按一定模式去进行，必然成为僵死的教条，不会取得好效果。孔子早就说过要'因材施教'么。"

②　启功自述云："我虽然深知当右派的滋味，但并没有特别冤枉的想法。我和有些人不同，他们可能有过一段光荣的'革命史'，自认为是'革命者'，完全是本着良好愿望……向党建言献策的……他们当然想不通……我的情况不同于他们……咱们是封建余孽，你想，资产阶级都要革咱们的命，更不用说要革资产阶级命的无产阶级了，不抓咱们抓谁？咱们能成左派吗？既然不是左派，可不就是右派吗？"《启功口述历史》第四章《反右风波》一节。

③　启功常说"中华书局是我第二个家"，见《"坚净翁"：启功传》，第84页。

④　《启功丛稿·诗词卷》总序，该书第2页。

了"打破韵书"的"胆",对于生老病死的人间和光怪陆离的世界,启功也已经从"耳顺"走向"从心所欲",他"有话要说"。

不妨看几首《沁园春·美尼尔氏综合症》,是为"放胆打破"的开笔之作:

> 夜梦初回,地转天旋,两眼难睁。忽翻肠搅肚,连呕带泻;头沉向下,脚软飘空。耳里蝉嘶,渐如牛吼,最后悬锤撞大钟。真要命,似这般滋味,不易形容。　　明朝去找医生。服本海啦明乘晕宁。说脑中血管,老年硬化;发生阻碍,失去平衡。此症称为,美尼尔氏,不是寻常暑气蒸。稍可惜,现药无特效,且待公甍。

> 细雨清晨,透户风寒,汗出如浆。觉破房倾侧,俨然地震;板床波动,竟变弹簧。医嘱安眠,药唯镇静,睡醒西山已夕阳。无疑问,是糊涂一榻,粪土之墙。　　病魔如此猖狂。算五十余年第一场。想英雄豪杰,焉能怕死;浑身难受,满口无妨。扶得东来,西边又倒,消息微传帖半张。详细看,似阎罗置酒,敬候台光。

再加本书绪论部分征引的"旧病重来"一首,启功为自己的这一场美尼尔氏综合症连写了三首长调。嗟叹贫病老卑——如同伤春悲秋一样——是最令人生厌的"老调"之一,如此"铺张",未免"辞费",然而写病之词多矣,大抵呻吟号苦而已,哪里有启功这般写得让人满眼笑泪的?这不是琐碎的小节,"现药无特效,且待公甍""似阎罗置酒,敬候台光",生死大事,拿来做滑稽突梯的笑谈,岂不较绝代风流的唐寅更多一份豪迈与通达?[①] 生死观难道不是最"大"的哲学之一?若以为此乃"油滑""歧途",那么倒可以请持论者也拿出识才胆力来试试看!

病当然不可羡,即便鲁迅提到的"秋天薄暮,吐半口血,两个侍儿扶着,悄悄的到阶前去看秋海棠"的"雅病"也着实不如"独自一个

---

① 《伯虎绝笔》:"生在阳间有散场,死归地府也何妨。阳间地府俱相似,只当漂流在异乡。"

硬硬朗朗到菜圃看一畦萝卜白菜"①，然而作为"四苦"之一，人人难逃的病——以及肯定"跟进"的死——必然会被赋予厚实的哲学意蕴。启功当然不是从高深的哲学角度着手的，但读者不能不以"哲学眼"来品味这些"笑谈"：

  挚友平生驴马熊，驴皮早已化飞鸿。鄙人也有驴肝肺，他日掏来一样红。

——鹧鸪天②

  七日疗程滴液罢，毫升加倍齐输纳。瞎子点灯白费蜡，刚说话，眼球震颤头朝下。

——渔家傲

  此病根源由颈部，透视周全，照遍倾斜度。骨刺增生多少处，颈椎已似梅花鹿。

——蝶恋花

  往日从头算，成事无一件。六十岁，空吃饭，只余酸气在，好句沉吟遍。清平调，莫非八宝山头见。

——千秋岁·就医

  痼疾多年除不掉，灵丹妙药全无效。自恨老来成病号，不是泡，谁拿性命开玩笑。　牵引颈椎新上吊，又加硬领脖间套。是否病魔还会闹，天知道，今天且唱渔家傲。

——渔家傲

  "天知道，今天且唱渔家傲"，这就是启功的"笑"哲学，不管这

---

① 分别出自鲁迅《病后杂谈》与梁实秋《病》。
② 前二句作者自注："驴者曹家琪，马者马焕然，熊者熊尧。曹于去年病逝于此，遗体作病理解剖，然后火化。"

个世界甩给他多少难堪和眼泪。他从来不惮于写一地鸡毛式的"小生活",并且从"小生活"里发现空气中飘荡的"笑元素",从而把那些腐筋蚀骨的强酸中和成"养生保健"的弱碱。"乘公共汽车"是比"病"更加琐屑的小事,启功却"痛下杀手",一写八篇,姑读其半:

乘客纷纷一字排,巴头探脑费疑猜。东西南北车多少,不靠咱们这站台。 坐不上,我活该,愿知究竟几时来。有人说得真精确,零点之前总会开。

这次车来更可愁,窗中人比站前稠。阶梯一露刚伸脚,门扇双关已碰头。 长叹息,小勾留,他车未卜此车休。明朝誓练飞毛腿,纸马风轮任意游。

铁打车箱肉做身,上班散会最艰辛。有穷弹力无穷挤,一寸空间一寸金。 头屡动,手频伸,可怜无补费精神。当时我是孙行者,变个驴皮影戏人。

挤进车门勇莫当,前呼后拥甚堂皇。身成板鸭干而扁,可惜无人下箸尝。 头尾嵌,四边镶,千冲万撞不曾伤。并非铁肋铜筋骨,匣里磁瓶厚布囊。

启功诗词当年传播最广的恐怕就是这一组,他自己最得意的也是这一组。[①] 病非人人有体验,公共汽车谁没坐过?谁又没有过"明朝誓练飞毛腿,纸马风轮任意游""当时我是孙行者,变个驴皮影戏人"的感受和想象?读到启功这些狡黠笑容下的小心思、小动作,能不为之捧腹?可是,你又真能够放声痛笑,不觉得里面潜藏着一丝丝的心酸?

问题在于,这"笑"背后到底隐埋着一些什么东西?难道只是

[①] 《启功老爷子如是说》,转引自王学泰《余生几朝夕,宜乐不宜哀——读启功先生诗词》,载《清词丽句细评量》,东方出版社 2015 年版,第 8 页。

"油滑"的解颐而已？不妨上溯一下，看看王思任的《屠田叔〈笑词〉序》：

> 海上憨先生者老矣，历尽寒暑，勘破玄黄，举人间世一切虾蟆傀儡、马牛魑魅抢攘忙迫之态，用醉眼一缝，尽行囊括，日居月诸，堆堆积积，不觉胸中五岳坟起，欲叹则气短，欲骂则恶声有限，欲泣则为其近于妇人，于是破涕为笑。极笑之变，各赋一词，而以之囊天下之苦事。①

这恐怕是古往今来最能揭橥出"笑"的底蕴的一段奇文，而启功又何尝不能视为"海上憨先生"的现代翻版？所谓"人间世一切虾蟆傀儡、马牛魑魅抢攘忙迫之态"他看得还少么？他的这些"笑词"难道不是破涕而为，以之"囊天下之苦事"？不了解这一点，自然就读不懂上引的启功词，从而将下引这些视为没多大意义的"滑稽"：

> 检点平生，往日全非，百事无聊。计幼时孤露，中年坎坷；如今渐老，幻想俱抛。半世生涯，教书卖画，不过闲吹乞食箫。谁似我，真有名无实，饭桶脓包。　偶然弄些蹊跷。像博学、多闻见解超。笑左翻右找，东拼西凑；繁繁琐琐，絮絮叨叨。这样文章，人人会作，惭愧篇篇稿费高。从此后，定收摊歇业，再不胡抄。（末三句一作"收拾起，一孤堆拉杂，敬待摧烧"。）
>
> ——沁园春·自叙

> 美誉流芳，臭名遗屁，千千万万书中记。张三李四是何人，一堆符号 A 加 B。　倘若当初，名非此字，流传又或生歧异。问他谁假复谁真，骨灰也自难为计。

> 昔日孩提，如今老大，年年摄影墙头挂。看来究竟我为谁，千差万别堪惊诧。　貌自多般，像惟一霎，故吾从此全抛下。开门

---

① 《王季重小品》，文化艺术出版社1996年版，第156页。

撒手逐风飞，由人顶礼由人骂。

——踏莎行

从"偶然弄些蹊跷""一堆符号 A 加 B""看来究竟我为谁"的"滑稽"里，绝不难抽绎出"往日全非，百事无聊"的沉痛、"问他谁假复谁真"的玄想以及"由人顶礼由人骂"的洒落，我们的笑容里也会因之掺上几分苦渗渗的滋味的。这种"滑稽""反雅"的写法当然不是无心随手的，恐怕也不只是"我手写我心"那么简单①，启功正是在用这种"反雅"的"滑稽"方式告诉我们：在自己走过的这些荒诞人生里，"典雅"最终成了"笑话"，那么就只有"笑话"才能转为"典雅"了！如此感悟难道不是异样沉痛的么？施蛰存评聂绀弩云："一首诗，光有谐趣，还不易成为高格。聂绀弩同志的谐趣，背后隐藏着另外一种情绪：沉郁……所以这谐趣成为一种破涕之笑，创造了诗的高格。"程千帆也说聂诗"艰心出涩语，滑稽亦自伟"，并说庄子"故为谬悠，实深于哀乐"②，这些话移赠启功，毋宁允洽？那么，如果只看见"滑稽"而看不见背后的"沉郁"，只看见"大俗"而看不见内里的"风雅"，只看见"打油"而看不见字行间为千年词史献添的盎然新意，就还是请抱着"雅正"的徽章叹泣诗词的末路罢！

四 "卡拉 OK 唱新声"

没有理由看不到启功的"衰年变法"——也即晚年在诗词创作中表现出的求新善变的胆魄、精神与造诣。在《启功口述历史》中，他有专门篇幅谈及这一点："就创新说，因为是当代人写，所以不但要写出时代气息，而且要在创作风格上体现出新特点、新发展，否则从语言到情调都是旧的，那如何称当代人的作品？与其如此，还不如径直去读古

---

① 启功谈诗词创作云："我主张'我手写我口'，或者说得更明白、更准确些是'我手写我心'。"《启功口述历史》，第 199 页。

② 施蛰存：《管城三寸尚能雄》、程千帆《"滑稽亦自伟"》，见《聂绀弩诗全编》，第 520、522 页。按：徐晋如《缀石轩诗话》评程千帆语云："但'滑稽'便不'自伟'，优孟师涓，未闻兼于一人"，此言隔膜"滑稽"真谛，不必深论。程千帆称庄子语见《先唐文学源流论略》，《武汉师院学报》1981 年第 2 期。

人的作品，因为在这范畴内，我们做不过古人……一定要敢于使用新语，而且要把使用古典语与使用现代语相结合。"① 道理并不艰深，袁枚、赵翼、黄遵宪等也早说过，但知者丛集，真切落实笔端者能有几人？启功的《卡拉OK》就是以诗体再次申明这一观点的，小序即很有意味："中行翁见拙词《沁园春·自叙》，笑其调古而辞俗，说'例如孟子之束发加冠，口不离仁义，如果换为西装革履，满口卡拉OK，那还是孟子吗'？赋此奉答，以表服膺"，诗云：

> 卡拉OK唱新声，革履西装作客卿。五亩蚕桑堪暖老，四邻鸡犬乐滋生。齐王好乐谁参预，姜女同来未可能。莫笑邹人追现代，半洋半土一寒伧。

说是"服膺"，其实变本加厉、大步进占；看似打哈哈，其实是"顽固到底、死不改悔"的严肃——这也是他所赞佩师法的随园老人常用的手段。② 基于对"半土半洋"——也即半继承半创新——的认同与追求，启功才在诗词中放手嵌入"卡拉OK""A加B"之类洋文，放胆运用"臭名遗屁"这样的"打油"语，甚至还追随"伟大领袖"之后再用"哎呀"二字：

> 小笔细涂鸦，百首歪诗哪足夸。老友携归筹旅费，搬家，短册移居海一涯。　转瞬入京华，拍卖行中又见它。旧迹有情如识我，哎呀，纸价腾飞一倍加。
> ——南乡子·拙作论书绝句一百首原稿为友人携去，归于客商，展转复来燕市，价增竟至一倍

小序简短雅驯，小词轻爽喜快，内里则隐藏着一件伤心郁愤事。序中所谓"携去"乃是"骗去"之委婉语，"价增竟至一倍"背后乃是启

---

① 该书第202页。
② 参见严迪昌《清诗史》"袁枚论"一章。

功花巨款买回自己作品的无奈①，如此种种恶心绪，仅付诸"哎呀"二字，正可与毛泽东的"哎呀我要飞跃"前后辉映，臻天然境界，开新奇法门②，从中也可窥见其人之豁达爽朗，云淡风轻。词即心声，诚然诚然。

同属"新声"而别饶童趣天籁感的是《清平乐·梦小悦唱歌》："滴滴点点，输液晨连晚。大罐脉通罂粟碱，高卧床头不管。　梦中多少歌声，醒来记不分明。只有难忘一句，狐狸蒙上眼睛。"在这里，衰病老人胸中跳荡着的是灵捷鲜活的童心，新异感扑面而来，久嚼不厌。日后网络词坛中，李子、沙子石子等所作诸多"童趣词"其实都隐约闪动着启功这首词的影像。不妨提前略读数首，以相参照：

推太阳，滚太阳。有个神仙屎壳郎，天天干活忙。　从东方，到西方。路好宽呀路好长，云来歇歇凉。

——李子《长相思·拟儿歌》

七月晴光九月波，山家妹子背山箩。山南山北唱山歌。　红果摇枝风串串，青瓜躲叶水坨坨。应声人是阿哥么？

——李子《浣溪纱·山妹子》之二

十面青山围土屋，天生我是山娃。腰间刀把掌间叉。竹敲应辟鬼，草响莫言蛇。　日日瘴烟人不见，绳悬百丈危崖。半筐酸果半筐花。一支张口调，几抹印腮霞。（注："竹敲"两句系赣南山区孩子的小迷信。）

——李子《临江仙·小山娃》

---

① 见《"坚净翁"：启功传》"受骗"一小节。
② 词中用"哎呀"似以笔者为第三人，拙作《沁园春·庚辰之夏，余鹪栖吴门，生涯濩落，因仿辛老子"止酒"涂"与钱问答"三首。恍焉十年，今又逢庚，虽较昔之困窘略为可观，而濩落之感，大体无异，因更作前题三首，聊以遣兴，用九佳十灰之韵，盖辛老子元韵也》其一："哎呀孔兄，久不相逢，盍兴乎来。叹十载前见，臣年少矣；世事衡行，恣意推排。富贵功名，翻掌可致，侯万户何足道哉。初未料，料半生寂寞，白浪盈颏。　到今百计全乖，剩昏黄、灯底几局牌。对南面书城，居然王者；西窗笔墨，往复徘徊。镜里鹄形，袖中赤手，依旧与兄隔天涯。问大哥，弟何处开罪，愿言之赅。"

日色上苍苔，绿染眉梢绛染腮。觅得藤枝和菊蕊，编排，要与邻娃作玉钗。　　溪畔遍蒿莱，树影随人卧石阶。为要人家夸一句，真乖，旧谜新诗信口猜。

石涧路横斜，满眼秋风野草花。矮树丛中千百点，山楂，涩涩青青味亦佳。　　夕霭薄如纱，一抹残阳恋水涯。忘了来时曾嘱咐：归家，不许天边见月牙。

——沙子石子《南乡子·童年记忆》

在此意义上我们应可认识到：第一，时代风会对于文学之影响不仅是实存的，而且如影随形、如响斯应。或者时代气氛的转换引发文学的相应变革，或者文学作为报春鸟提前感知了时代的运会转移，两者总在紧密地产生互动效应。① 假如把张中行的话翻个案来说，即便孟子来到今天，他也必然是"西装革履，满口卡拉 OK"的，但那还是孟子，不是别人。所以，无"新声"则文学必然走入死路。第二，作为文学发展最大内驱力的"新"并非终极目的，它通向的只能是心态的真诚与艺术的超妙，无"真"不"妙"的"新"必定只能沦为空谈笑柄。就这两点而言，启功是以他的睿智和通脱给出了足够的启示的，从而也以"不做藏头露尾人"的姿态昂然在近百年词史踞一前席，成为一颗闪耀独异光芒的"超新星"。

五　吴世昌、吴祖刚

同以红学著称的吴世昌（1908—1986）词风与启功其实不甚相近，亦不贬清真，而有两点略同：第一，不喜梦窗一派，态度较启功更为激切②；第二，宣称"填词之道，不必千言万语，只二句足以尽之，曰：说真话，说得明白自然，切实诚恳，前者指内容本质，后者指表达艺术……凡是真话，深固可贵，浅亦可喜。凡游词遁词，皆是假话"③。

---

① 笔者欧游，至佛罗伦萨但丁故居，有诗咏之："倾耳但丁众神曲，愿同薄丘十日谈。三冬严凛群鸟寂，凤凰鸣总在春先。"即此意也。

② 可参见吴氏《词林新话》。

③ 《罗音室词存跋》，《吴世昌全集》第十一册《罗音室诗词存稿》。

第二章　白描两圣手：论启功与许白凤词

这几乎是启功的口吻了，视为同盟军应无大出入，可附谈。

世昌字子臧，浙江海宁人，早与兄其昌并称"二吴"，燕京大学毕业后赴哈佛燕京学社获硕士学位，历任中山大学、中央大学等校教职，1947年应邀牛津大学高级讲师，1962年归国后任职社科院文学所。

吴氏在赴英十五年后、国内动荡窘迫之际毅然归国是当时颇为轰动的事件，更是日后研探知识分子心态的一个"未解之谜"。回到祖国四年后，"文革"开始，世昌进"牛棚"、下干校、受侮辱、触灵魂，次女失学，长女因运动刺激而致病久住医院，诚可谓备历艰辛。作为著名自由派知识分子、长期主编《客观》撰稿《观察》的吴世昌难道丝毫也没预见到这样的后果？他难道不懂得"个人是尊严的基本单位"这样的"基本"常识？① 还是炽热的爱国情感真能将自由尊严都熔化掉？凡此种种，我们迄未找到很有说服力的解释。

吴世昌以红学擅名，词学亦无多逊色，其词体结构论在本色论、境界说与风格论之外独树一帜，虽尚难断言"继王国维之后，二十一世纪之中国词学将是吴世昌时代"②，有所发明当无问题。至《词林新话》，大抵乃读词时率意眉批，虽偶见胜解，而不经推敲之卤莽者亦颇多，殊难代表其水准。③ 刘梦芙《五四以来词坛点将录》点为"没面目焦挺"，并不为过。其自为词"取径甚高"④，雄健缠绵，两擅胜场。如早年作《减字木兰花·为燕京大学学生抗日会至长城前线各口劳军，归途作此》《鹧鸪天·平津沦陷后车站所见》，皆具词史品格。《浣溪沙·息县干校"威虎山"值夜》《鹧鸪天·余自英返国十五年，客有问余侨寓旧况者，赋此答之。时丁巳中秋》二首晚年作则能寓雄健于苍劲，较前期更显老辣沉着：

---

① 王小波语，见其《个人尊严》。
② 施议对：《走出误区——吴世昌与词体结构论》，载《今词达变》，澳门大学出版中心1999年版，第384页。
③ 学界属文商兑者不少，如吴建国《"推倒一世之豪杰，未必——吴世昌〈词林新话〉纠谬》（《文汇报》2004年3月21日）、胡晓明《"江山太无才思"及其他》（国学网），笔者亦曾有《〈词林新话〉札记》载之《书品》2005年第1期。
④ 陈声聪评语，转引自施议对《当代词综》，第1267页。

新涨池塘绿渐盈，荒村无酒暖寒更。安排枯坐待天明。　　遍地横流行不得，终宵蛙鼓梦难成。晓钟穿雾到残灯。

飘泊中年迹已陈，天涯海角若为春。灯前闲煞雕龙笔，梦里空留寄象身。　　今老矣，复何云，臣之壮也不如人。平生未作干时计，后世谁知定我文。

其实《罗音室词存》中最动人者反而是言情之作。《蝶恋花·四哥有"那不"一首，首句云"那不人生容易老"，余爱其句，率赋一章》云："那不人生容易老，未到黄昏，便觉斜阳少。试倩危弦流侧调，为君未必君知道。　　背手花前成独笑，几片随风，还向枝头绕。转眼落红春可扫，新莺学得啼清晓。"其中"为君"七字真古人未道，柔厚至极。《鹧鸪天》亦佳：

尽日春风卷画帘，天涯人老落花天。只因寄骨同寒燕，未可将身比病蝉。　　多少事，费缠绵，酒边倦绪似中年。如何丝竹摒除尽，尚有心头一缕弦。

"如何丝竹摒除尽，尚有心头一缕弦"，写情至此，真令人废然长叹，呼天无门，王彦泓、纳兰性德、黄景仁等"圣手"亦当避席矣！

与世昌同姓同龄而得享百六高寿的吴祖刚（1908—2013）填词多新题新意，也应视作启功一脉，而又颇有不同。祖刚字且冈，江苏武进人，毕业于北京大学法律系后任职金融机构，并精法国文学，译有《屠格涅夫传》等，五十年代后任教于中学至退休，有《贻笑词草》《且冈词草》等，多作于晚年，而绝无衰惫之态，诸如"登月""听广播""看电视""日环食""哈雷彗星"等现代事物概念层出不穷于笔下，活力盎然，不输朱颜绿鬓。《高阳台·咖啡》即极雅洁而不堆垛，深得朱彝尊《茶烟阁体物集》之佳处：

酒醒人倦，梦压眉梢，黄昏无奈空帷。霭霭凝云，浮来海角芳菲。半杯敧紫纤纤玉，捧琅玕、敲碎凄迷。两心知，脉脉微醺，一曲华滋。　　重来白发春归后，有残厄冷落，蔗块纷遗。欲挽春魂，这回何处相依。人间愿自多离合，掬清泉、再煮红泥。沁肝肠，微苦微甘，破梦催诗。

《木兰花·桂林道中》是常题，轻快流动不亚于启功，沉郁曲折处则为启功所无：

衰翁踯躅关山道，不管行人指面笑。殷勤长揖万山青，都是当年旧相好。　　青山怪我蟠然老，我怪青山长卖俏。我呼山应山迎来，怪我入山胡不早。

下片字面浅易，但颠倒盘旋，化用稼轩"我见青山多妩媚"及孔稚圭《北山移文》语意，乃酝酿学养而脱化无痕者。祖刚笔下另有雄健苍劲一路，系自湖海楼得来，亦与启功有异。如1965年作《水调歌头·玉兰花发，赠于曙晖》：

我不及君傲，肝胆为君开。庭前玉树花发，形影共徘徊。瓣瓣天香胜雪，无奈风凄雨急，瑟瑟有余哀。商略千秋事，一笑覆春醅。　　秦皇宫，汉家阙，魏公台。榛榛莽莽一片，千古没蒿莱。一卷何如在手，写尽琴丝儿女，有恨寄樽罍。且莫仰天啸，无意动风雷。

其"风凄雨急""瑟瑟余哀""商略千秋"云云，置之时代背景下皆弦外有音，并非泛泛翻伤春吊古之老账，笔墨神行，亦绝似迦陵。"甚矣吾衰矣。捉蝇头、昏花老眼，横斜盈纸。写到颖公全秃顶，句句淋漓尽致。应拜起、稼轩同祭。三百年前鞭鞳手，恍灯前、慷慨飙风起。诗魂在，儒冠死"，这首《贺新郎·手钞湖海楼词书后》是尽吐心仪瓣香之情的佳作，既视之同稼轩，又赏会其"飙风"，堪称陈髯隔代知音。

六 田遨、邓云乡

曾任中华诗词学会副会长的田遨（1918—2016）词亦无所师承，而时见骨力开张、清流潺潺之作。虽多主流题材，但不可以"老干体"视之，能与启功合观。田遨原名谢庚会，济南人，历任《解放日报》国际版主编、上海美术电影制片厂编剧等。著有《杨度外传》《宝船与神灯》《清词精选评注》等，总汇为《田遨丛稿》八卷，其中词一百五十余篇，多作于七十年代后。

田遨民国之作虽存留无多，已大体能看出不堆垛的流动感，如《春风袅娜·有怀》的这一段："忆儿时、一一旧事堪夸。牵竹马，逐香车。更苔阶嬉雨，花缸捞月，山坡追兔，水草捉虾。衣污不知，天翻谁管，捉得迷藏笑语哗……惆怅当年情事，如烟似梦，烟和梦、销尽繁华"，很具意到笔随之妙。至于历经沧桑，迈入老境，更在明快中添一份摇曳沉郁感。如花甲年前后所作《瑶华·五十八岁初度，适友人画船一幅相惠，因取以自喻》上片及《金缕曲·十年前被抄去书籍若干册，近归还约十分之一，佳本尽失，唯残编败蠹，罗列盈几，词以酹之》：

> 半生漂泊。三十年来，似扁舟一叶。荒江秋冷，曾惯听、篷背雨声骚屑。黄河夜渡，又曾听、舷边冰裂。数当年、历历水程，冲雨冲风冲雪。

> 得失何须计。任床头、黄金聚散，无关悲喜。还我旧书三百卷，一笑置之而已。况半是、蠹痕鼠屎。无奈丹铅余癖在，又夜深、灯下翻残纸。书有恨，皱纹起。　　将军百战含冤死。叹多少、挂甲荒屯，囚车燕市。一代文章成粪土，何惜丛残图史。念只念、所余无几。已分虫沙同漠落，算重逢、不过偶然耳。沉思处，灯光紫。

向来以"历历水程，冲雨冲风冲雪"的船"自喻"者并不多见，词情颇为苍凉，而"已分虫沙同漠落，算重逢、不过偶然耳"也绝不是看破了红尘的豁达语，其中更包涵着一种劫后的余悸的。"灯光紫"

三字在龚定庵"一灯青""一灯红"之外翻出新"色",也见才调。《浣溪沙》两首虽曰"叹老",但并不衰飒,很可一读:"假我青春四十年,我将重整旧湖田。引流移石合天然。　且莫揠苗违物性,还求种树护风烟。旧家鸡犬可升天","假我青春四十年,我将海上弄渔船。白鸥共泛海中天。　不必功名悲堕甑,何须身世困磨砖。蓬莱清浅在吟边"。

至于年登大耋,随心所欲,更加昂扬通脱。这既是个人的"寿征",也是时代气象在比较主流的老诗人身上的必然折射。《金缕曲·九十初度》是代表作,最近启功一路:

苦乐知多少。算平生、几经战火,几经风暴。劫后余生才站起,已是颓然一老。总耐得、无端纷扰。幸遇承平膺后福,又从头、拾起零星稿。闲不住,瞎忙好。　人生如走盘山道。一路上、雾里迷茫,晴时呼啸。爬过陡坡高处望,喜是前山缥缈。中传出、歌声袅袅。似有云端人唤我,道峰头、空旷宜凭眺。忙回答,我来了。

"忙回答,我来了"表达出的是九旬老人健旺的生命状态,令人歆羡,其实经历难言之痛,田遨也能出以健举真挚之笔,绝不密晦,所谓"本性难移"是也。1986年,其子光普在某铁矿采区救人牺牲,被追认烈士,年仅三十九岁。《水调歌头》记录下了整个过程,"一气回旋,层层跌宕,全是真情流露",称得起"天壤至文"①:

北客报儿病,促我速回程。怪客言词恍惚,不免半疑惊。到时家急问儿病,家人但有悲哽,老泪忽纵横。儿竟先我死,风雨杂悲声。　儿非病,因救死,竟捐生。生前多少好事,忍泪我初听。最怜年未四十,抛下孤儿寡妇,生死两牵情。百恸还一慰,遗烈照云星。

---

① 鹿苹、于在春评语,本篇后附。

在《一剪梅·修订清词精选评注，自题》中田遨特地标举"迦陵磊落纳兰馨，才也纵横，泪也纵横"，其实强调的是"真情"基础上的"才"，如上引诸篇正是此一观念的实践，所以能备一格。

"杂家"邓云乡（1924—1999）主要是红学家与民俗学家，以"晋籍上海人"而多超过土著的"北京乡愁"①，更有专书研究八股文，凡此皆与启功有"交集"，亦当然可视为一翼。云乡山西灵丘人，北京大学中文系毕业后先后任教山西、天津各中学，新中国成立后任职燃料工业部、上海电力学院等。著有《文化古城旧事》《红楼风俗谭》《宣南秉烛谭》等多种，又将《诗词钞》《诗钞》《词钞》《诗词自话》汇为一集，总题《诗词自话》行世，收词百余首。《苏园花事词说》以《望江南》四十首记苏园"四时花事，百年乔木，有故旧之感"②；《百年梨园沧桑词话》以《浣溪沙》三十首缕忆京剧掌故，寓寄"俯仰之间皆成陈迹"之慨，颇具史料价值，连篇读之甚有味。邓氏精红学，诗词取材不少，《玉楼春·尤三姐故事。"清水杂面""影戏人子"均三姐话，原京华市井谚语也。以龙藏寺笔意书之赠童芷苓女士》一词刻画入骨，别有风神：

> 谁将杂面漂清水，影戏人儿全靠纸。锋芒快语似闻声，方露荆卿霜雪匕。　　柔情傲骨姑娘你，一脉钟情游侠子。鸳鸯剑一泪千行，痛煞风尘知己死。

七 "通天教主"孔凡章

启功与中央文史馆的"同事"孔凡章（1914—1999）曾有一桩"打油"公案。据魏新河《还斋琐忆》云：启功题孔氏诗集《回舟续集》有"和韵余痴剩打油"句，凡章回信对"打油体"大加贬斥，启功遂欲索回题诗，经解释乃罢。③ 孔氏另一弟子陈廷佑则对此表示"讶异"，以为"启诗亦庄亦谐，谐为其妙；孔诗庄谐兼具，庄为其貌"，

---

① 李乔：《一个卓然特出的杂学家——邓云乡》，《中华读书报》2015年9月9日。
② 《苏园花事词说小序》。北京苏园为清末福建人、"交通系"宗主陈璧之园林，在西华门外皇城根礼王府南，其地乃明清"灵济宫"之旧址。
③ 《还斋琐忆》，网文。

"先生也有'当时不作巴人曲,留待今朝好打油''岸然道貌全抛却,随意鸡毛搭蒜皮'的诗句,这不是比启功先生的'和韵余痴剩打油'还要'俗白'吗",故不至如此。① 陈氏所说自有道理,而以推测为多,魏氏之说应较可信,启功与凡章往还密迩更可想见。

凡章字礼南,四川成都人,诗词得自家学,长入震旦大学,逢抗战中断学业,入交通、金融界工作,新中国成立后调入成都市、四川省任围棋教练、主教练,国手孔祥明即其爱女。晚入中央文史馆任诗词组长,培养诗弟子极多,故有"通天教主"之目。② 著有《回舟集》至《后集》共五卷,其中词近四百首。

凡章以梅村诗弟子自任③,《杨花曲》《玉玲珑歌》《芳华曲》《涉江曲》等哀感缠绵,足称"梅村体"之替人。相较之下,词流连光景者多,故远逊之,而亦有不凡之笔。如民国所作《金缕曲·酉阳监中探友》二首即极有湖海楼、积书岩气质:

> 风雨西窗话。正扬州、十年一觉,舞休歌罢。频举金樽倾绿酿,楼外江声如泻。喜相识、元龙侪亚。纵论沧桑词坛事,怅稼轩、一去今谁霸。肠断句,几回写。　吴钩此日无人借。访柴门、满庭乌鹊,旧时车马。将伯呼谁援季子,我亦依人作嫁。有清泪、樽前双下。河岳日星知吾意,愧文章、旧侣东林社。天梦梦,此长夜。

> 轻薄何须数。任蚍蜉、乾坤一粟,覆云翻雨。昨日满城花似锦,今日凄凉禾黍。叹浊世、新愁如许。安得玉瓶清净水,洗双眸、冷看群魔舞。天下事,误狐鼠。　怜君一着全盘误。尽寒灯、无言相对,前头鹦鹉。乱世文人生死贱,缓颊谁堪季布。算此

---

① 陈廷佑:《追忆中央文史研究馆员、诗人孔凡章先生》,《中华书画家》2012年第8期。
② 徐晋如:《红朝士林见闻录》,网文。
③ 此事凡章数数自言之,如《啸云楼诗词序》"予……平生吟事,于万仞杜陵,惟怀高山之仰止;而三复梅村,转慕东山之可即",《读梅村集》"自诩先生弟子行",《七十生朝感怀》"梅村贞观是吾师"。

诺、十年须赴。俦侣高阳深结纳,为秦廷、剑泪留孤注。吾待子,锦城路。

此友人为谁及何事入监均未详,否则当可更通透地解会词意,简单模糊看之,已不难领会其丰沛激扬的心绪。这种深情即便在晚年应酬应制渐多的情况下也时见吐露,颇为动人。如《满江红·汪稚青先生以〈晚霞韵语〉嘱题久矣,以君身世之坎坷,不觉题词亦凄婉之音也》以及《金缕曲·门人刘梦芙来京任〈中华诗词〉编辑,应其请,倚声为赠。梦芙读词,哽咽良久》,皆与早年一脉相承。

最能体现芬芳悱恻之深情者莫过于眷念旧情侣诸作。凡章青年时尝与杭州一姝姓上官、小字菊容、有"小水仙"之称者相恋而姻缘未谐,遂牵系终身,寄情于菊花水仙,更以诗词托寓悬思怅惘之感。[1] 如"往事珠辞玉诀,风外枉凝眸。万一相逢白发,只银尊、和泪为君酬。尽卅年尘劫,心期终是在心头","此意已如冰,纵使春回,终不似、旧时温热","珍宿诺,掷芳华,风诗三百本无邪。凄凉世外秋篱梦,哀婉心声借此花"等句[2],真有令天下有情人同声一哭之力量。《湘春夜月·水仙花畔偶成》似最能见出此种"心坚如玉,之死靡他"之无量深情[3]:

又含愁,几番灯侧低徊。纵使立尽寒宵,谁与诉幽怀?永忆那年明月,照钿车遥去,不照归来。漫向花哽咽,花如解事,花也成

---

[1] 魏新河:《还斋琐忆》,网文。此事甚奇,又极见凡章性情,可略摘魏文如下:"(上官)与先生相恋时,已与人议婚待字。常背着家人与先生约会,二人常以小舟载酒泛游西湖,对景吟诗……二人曾一度离家出走……后……鉴于当时环境,二人大胆相约以十年为期,而后谋婚……分袂未久,女以不堪家庭压力,被迫与人结缡。同时给先生写了一封凄婉的诀绝书,互相退还了所有书信。自此天各一方,永无音讯……1988 年,他忽接一函,惊悉女寄,且知她亦辗转定居北京……先生多次要求一晤,女拒不允,只以好语慰之……终未一见。女于九八年六月逝,寿八十四……九九年一月……先生……发病,八个月后……易簀。这一段跨越六十余年的生死恋颇类陆放翁与唐琬,所不同者,初未结合,后未相见……吾于此为之发一浩叹!这一富有传奇色彩的恋情令先生毕生难以释怀……他把所有感情倾注在供养水仙上,每年艺花达三十六盆之多,自号'水仙城'。"

[2] 分别见《南浦·阳朔舟中有忆》《洞仙歌》《鹧鸪天·水仙词结束语》。

[3] 刘梦芙:《啸云楼诗话一则》,网文。

灰。　悠悠往事，温馨宛洛，婀娜蓬莱。绝代钟情，当此际、雪晨霜夕，都付金罍。欢轻恨重，更那堪、春水亭台。绿盎里，但清华自赏，风流让与，香国红梅。

"漫向花哽咽，花如解事，花也成灰"，连用三"花"字，真是心碎至极语，即便小晏、纳兰之辈"千古伤心人"亦不是过。如此看来，这位"通天教主"之得名哪里是因为弟子众多，那应该是"寒暑晨昏念念在兹，言行眠食念念在兹"的情愫"上通于天"才对![1] 在词史上，孔凡章自是应该有自己的特殊地位的。

第二节　"诗到无人爱处，几分天籁来时"：论许白凤词

附　吴藕汀、庄一拂

一　"果真话用诗来说"

上节说过，时代运会之转移必然引发文学风会之变异。在一个视风雅如寇雠、必欲锄兰草而长萧艾的氛围里，典丽精工的审美取向被大幅消解已是必然事，白描口语、性灵天籁定会成为具有相当普遍性、必然性的选择。那不单纯是艺术宗法的缘故，更是面对荒唐世界的态度。从此意义上说，启功绝不会是孤军突出、独峰挺秀的，就白描手法、性灵理念一节而言，词隐于浙江平湖小商铺的许白凤就足以与其南北呼应、高踞文苑。

许白凤（1912—1997），原名汉，字奇光，家九世治木业，颇殷厚。幼入学塾，酷好诗文篆刻，十六岁继祖业入木行为学徒及会计，抗战时曾去沪以治印为生，后重办木行，自任经理，新中国成立后转入集体商业至退休。著有《白凤印存》《丁卯庐诗》《亭桥词》等，又曾校点张惠言《茗柯词选》行世。

在二十世纪诸大家名家中，许白凤是为数不多的既无高等教育背景、亦不从事文字工作的一个，然而来自积学苦思的诗词观却很鲜明可

---

[1] 魏新河：《还斋琐忆》。

贵。在 1981 年所作《踏莎行·章元善丈〈学诗存疑〉有"果真话用诗来说,语不惊人却自由"句,读后同感》中他说:"笔底花开,自家本色,引流墨线新篇什。不惊人处却惊人,果真话用诗来说。　水岸渔歌,柳阴牧笛,清音都是民间出。杜陵抵死苦沉吟,可怜此意何曾得。"文字颇短,可抽绎出的东西则很丰富绵长:第一,"果真"即真切、真纯,"真"是诗歌的灵魂;第二,因为"真","不惊人"的自然平淡也可变得"惊人";第三,要在"真"的基础上以"新篇什"建构"自家本色";第四,天然性灵的"真诗"多在民间,文人苦吟,未见其可。这些意见完全可以整合成一个结构完整的诗学思想体系,既从古典中沉淀凝结而成①,又洋溢着盎然的时代趣味,与启功同出一辙,风会所趋,痕迹宛然。

类似表述同样见于晚年其他篇章,1985 年所作《水龙吟·次韵答沈甜斋》有云:"古人不见,天生吾辈,玲珑心手。时代云裳,罗绫刀尺,别裁襟袖。任欧秦婉约,苏辛豪放,也闷想,葫芦透",字里行间很具雄心气派。其实时光从此倒退四十年,1946 年的《清平乐·立秋后三日作》虽仅一时风物感触,而性灵贯穿,也是绝妙诗论:

　　秋凉如许,薄薄添衾絮。梦醒残灯虫乱语,昨夜黄昏一雨。
　　晓窗把笔迟迟,芭蕉叶上新诗。诗到无人爱处,几分天籁来时。

"诗到无人爱处,几分天籁来时",这说明"天籁"在许氏诗学观当中的核心地位,曰"真"曰"新",曰"自家本色"抑或"清音民间",总括而言之,一"天籁"而已!

二　"自拉胡琴还自唱,唱得千山皆响"

从上文已可感受到,与启功的"质变"出现于"文革"阶段性转折的 1971 年不同②,许白凤对于"天籁"的认知要更早,也更具持续

---

① 袁枚类似思想无论矣,如前七子之李梦阳也标举过"真诗乃在民间"之说,甚至教学诗者谓"若得似传唱《锁南枝》,则诗文无以加矣"。
② 综合大历史运程及诸多个体感受,1971 年应视为"文革"转折之年。本年林彪事件发生,翌年中日建交、尼克松访华等皆为明证。

性。即便走比较古雅的"正格",也慧心独运,性灵栩栩然闪烁其间。如现存最早词作之一的《采桑子》:

愁边一角春来路,记得前番,赠我香兰,绿意红情问小鬟。
分明是梦还非梦,莺老花残,芳思都删,行过双桥怕转弯。

本篇作于刚逾弱冠的1934年,爱恨情愁,必为常题,笔致姿态,也近乎小晏、纳兰一脉,但许氏写得似更轻灵,"行过"一句全属眼前景而内蕴极丰,抵得旁人千百言语,可谓深达"天籁"之旨。《高阳台·秋感》也是常题,且容易做得婉涩,而白凤笔下照样跃动飞飏,上片云,"梦醒无痕,愁来有路,不该埋怨秋秋。秋不干人,愁人自制闲愁。卷帘漫道黄花瘦,比黄花、顾影还羞。怕萧飕,落木寒阶,早上罗兜",《清平乐·葡萄棚下偶见》既曰"偶见",当然更多"采菊东篱下"的灵机:

累累珠串,倒缀藤儿软。等是那边红杏院,斜出墙头一半。
窥邻小玉聪明,并州快剪轻盈。燕子不知细底,飞来误触花铃。

民国时所作多天籁者大略如是,至五十年代后重拾词笔,则多表态"歌德"、追逐形势语,诸如"花下翻开毛选读,更认清革命人生观。矛与盾,恩和怨"等句①,尚见巧思,而对时世缺乏基本的反省与批判。我们自可以其伏处草野、明哲保身或者关切家国大事解之,但与之处境相似或不及的刘凤梧、赖皋翔、吴藕汀等皆不如此,那恐怕与汪东相似,是很诚恳地脱胎换骨、自我改造了的结果,是蘸了特定时空里熬制的"特制"墨汁写就的。② 如此心态可以理解,但灵妙涩滞、愚钝横生也成必然。在这一点上,我们对这位性灵词名家是颇致遗憾的。

时代、文学运会的双向互动转移有时候确乎精准得令人瞠目结舌,"忽如一夜春风来,千树万树梨花开",许白凤对"天籁"的重新发现

---

① 《金缕曲·乍浦搬运站史读后感》,1963年作。
② 见本书前文汪东一节。

其实也出现于阶段性松动、转折的 1971 年，与启功"质变"年份完全吻合。《生查子·王四老得鱼招饮》一篇可谓"拉开序幕"的佳作：

> 黄梅雨水多，浅岸鱼浮藻。邻叟过田沟，捧着鱼儿笑。　床头老酒壶，携向前村挎。要我来几杯，隔个篱笆叫。

词境并不新鲜，仅是对杜甫名句"肯与邻翁相对饮，隔篱呼取尽余杯"有心无心的演绎重写而已，但这并无损其价值。老杜的整饬沉郁在许白凤手里全化作了畅快灵动，几乎成了两种极端化的审美效应。这首仅四十字的小词至少具有双重意义：其一，所谓"学会旧诗新作法，得句沾沾自喜"，对新风格、新境界的感悟自此必然促生"吟不息、舒张肺气"的强烈创作欲望①，并叠加衍变成为"自拉胡琴还自唱，唱得千山皆响"②的"自家本色"。

如前所云，"自家本色"的核心乃在于新词藻、新意思合构而成的"新作法"。《鹧鸪天·看流浪者电影》即是一显例：

> 万物原无固定型，纯蓝颜色变深青。法官养子难为继，强盗迷人自有能。　灯上影，世间情，不分明处却分明。移来西域音歌调，记取禅门念佛声。

《流浪者》与《追捕》已经不单纯是电影，而是影响了"新时期"一代甚至几代中国人的文化符号，这些现在看来相当幼稚简单的作品只因带入了我们丢失数十年的人性元素，就风靡一世、万人空巷。挟带褪黄的记忆回看"万物原无固定型，纯蓝颜色变深青""灯上影，世间情，不分明处却分明"之类句子，依然会唤起浓郁的新异与先锋感，手法风格均能直接网络时代创作，而它居然出现在七十年代末、年近七旬的老词人之手！这再一次无可辩驳地说明，传统样式的诗词的生命力不仅没有完结，而且还夭矫腾跃、转圜自如。那些以为诗词不能记录、折

---

① 许白凤：《金缕曲·甲申十月初九日作歌三首》其二。
② 许白凤：《清平乐·自制词仙印，戏答钱默存先生》。

第二章　白描两圣手：论启功与许白凤词　845

射现代生活的质疑难道不能在这里找到最好的答案？

某些古已有之的常题经由现代意识的擦洗也会现出异样的光彩。本书绪论所引《清平乐·醉八鳌》即披咏物外衣行讥刺之实，"团一尖三搭配""笑他全没肝肠"之妙句下漫画效果全出。《南乡子·过卧佛寺有感》云，"古刹翠岩边，殿宇新装色泽鲜。和尚不知何处去，谁言，脱下袈裟学种田。　放眼看今天，呼起扶头老佛眠。叶落长林风雨夜，喧阗，一样蓍腾过十年"，从词题下小注"四凶作乱，卧佛无恙"即可知不是流连光景的无谓之作。"风雨""喧阗"的"十年"岁月，"老佛"不也是"蓍腾"一睡？如此反思既是宏阔的，其中或也包涵着对自己"蓍腾""歌德"的自嘲苦笑？对于曾经的"蓍腾"，晚年的许白凤是有着很清醒认识的，因而屡屡言之："雨遮天，风卷地，盼煞新晴，盼煞新晴未。撩乱枝头蜂蝶意，大好春光，大好春光弃"（《苏幕遮·客来谈十年风雨》）、"十年祸乱从何出，惊风密雨天昏黑。万马一齐喑，汨罗江水深"（《菩萨蛮·读田汉诗选感赋》），尽管后知后觉，然而必不可少，这其实与其词的品质、品格密切相关。"后知后觉"的代表作当推《风敲竹·偶与客谈》一篇，从立意到语词均焕然一新，足可与启功同调名作《读史》并传：

凡事求诸譬。没奈何、效他阿Q，精神托寄。不破那能新的立，说说似乎有理。证古往、今来兴替。失马塞翁安知福，看老夫、小小书房里。是也可，举其例。　家贫卷帙虽无几，敢自夸、百城南面，缥堆缃砌。回首十年红暴火，大笑清除彻底。算给我、强心补剂。未死还当书补读，又聚沙、成塔为之计。铅印本，日新异。

启功是在综观大历史的过程中"参透"了"多少王侯多少贼，早已全部完蛋。尽成了、灰尘一片""檐下飞蚊生自灭，不曾知、何故团团转"的"公案"的，其中自然会夹杂个人的经验。许白凤则短兵相接，以"老夫"的"小小书房"历经的"十年红暴火"印证了"不破不立"的"真理"与塞翁失马的古训，从而殊途同归地得出"证古往、今来兴替"的解悟，形成了两位分居南北、并无直接交往的白描圣手惊人的同频共振效应。值得注意的是"没奈何、效他阿Q，精神托寄"一句，有论者颇不慊于聂绀弩、启功、许白凤辈的"阿Q精神"，殊不知"没奈何"的"阿Q"与懵懂的"阿Q"并非一回事，甚至"没奈何"的背后更隐藏着一种自觉的对抗和战斗呢！所谓"自拉胡琴还自唱，唱得千山皆响"，那些嘹亮声响的相互传递与碰撞不正组构出词史/历史的多音部合唱，从而演奏出二十世纪词史别具魅力的旋律？

三　别具格调的田园风情词

《生查子·王四老得鱼招饮》的另一重意义在于，从此开始，许白凤的一系列类似创作不仅以白描口语唱"清音"，且聚焦"民间"、乡村，最终造就出近百年词史最为杰特的田园风情词。

回溯历史，田园词向难称词史之"大宗"，甚至"小宗"之成立也还在疑似之间。苏轼、辛弃疾寥寥几首佳作后似乎应该直接数到清初，在陈维崧为宗主的阳羡词派手中，"长太息以掩涕兮，哀民生之多艰"的现实精神与历史责任感才使这一类型成为了他们着力抒述的重大主题。仅以陈维崧为例，《南乡子·江南杂咏六首》《水调歌头·夏五大雨滂月，南亩半成泽国，而梁溪人尚有画舫游湖者，词以寄慨》等作第一次以词的形式集中抒写类似杜甫《三吏》《三别》《自京赴奉先县咏怀五百字》的主题，足以见出他的真胆识、真精神。其后继替陈髯笔调而又有所推展者当是陆震、郑燮师弟。陆氏二十七首《忆江南》、八首《满江红·丁酉夏获麦村中……》及郑氏的"过桥新格"《满江红·田园四时苦乐歌》皆称一时之选，而此后这类作品亦大抵消沉[1]，直至二十世纪林思进、刘凤梧笔下始见起色[2]。如此若断若续的田园词在许白凤手里同样出现了"上扬"趋向，虽对民生疾苦缺乏反映，一定程度上失落了田园词的精神内核，然而以口语写乡土风情之真切妥帖亦前无古人，具见"自家本色"。不妨先读《甘州子·田头杂写》组词：

　　东郊游罢又西畴，桥断处，只无舟。牧童过渡会骑牛。水面两

---

[1] 可参见严迪昌《清词史》的有关叙述。
[2] 参见本书第一编、第四编。

三鸥,似笑我,近路远滨兜。

　　浓香阵阵稻花稠,蜂几个,与同游。不贪春色爱寻秋。小树岸边头,扶一把,跨过水田沟。

　　荻芦瑟瑟似汀州,谁画就,几分秋。夕阳归去采菱舟。满满水红浮,呼小买,为我且停留。

几首短调全以速写法为之,笔致骏捷,追摄光影,极富画面感,与本书绪论所引《浣溪沙·东湖晚眺》之"一头挂个酒葫芦"可以竞美。《金缕曲·过新婿吴郎家共亲家母茗话》则又是一种,因词调较长,故絮絮叨叨,不嫌其尽,人情风俗自在其中。上片云:"互道亲家好。记前番、兴游三埭,者番重到。礼数亲情为最重,入室蛋茶先泡。更厨下、葵烹豆炒。鸳枕并铺东南舍,看洞房、家具成新套。城镇派,农村效。"较之更能展现江南农家风情的是同调词《戴家浜行》一组,为娘舅探亲琐事而谱长调三首,不仅前无古人,且绘声绘影,真所谓"不惊人处却惊人"也。读前两篇:

　　作计姚村去。搭轮车、平湖下站,更呼舟渡。跳上柳庄桥畔立,心急慌忙四顾。哪里是、戴家浜路。弯路几回错走了,到河塘、断处无人遇。看日色,将垂暮。　　炊烟远望迷烟树。便匆匆、向前问讯,白头田父。多谢挽扶过灌道,履险真成恐怖。可笑我、胆寒如鼠。行近东浜安喘息,看西浜、客至闻传语。见大妹,手遥举。

　　来了亲娘舅。顿安排、今宵眠食,合家忙透。河蟹捉存鬈底里,急付汤锅煮就。正好供、重阳杯酒。明日早须打桨去,更呼儿、网取银鳞剖。鲜味美,水乡够。　　一灯围坐黄昏后。话家常、叨叨絮絮,欲无还有。兄自闲居何足遣,妹自勤劳双手。又添得、几分消瘦。端出点饥山芋粥,谢小房、新妇殷勤侑。浑不觉,夜深久。

三四百字篇幅，仅写探亲一事，毋宁铺张？然而敢于写，且写得真、写得好，正是这位白描圣手的长技，那种朴厚的铺排其实是渊源于老杜《羌村》一路的，虽无其沉郁忧患，也不失为田园词之创体。《玉楼春·春节市场一瞥》全以口语行之，也有奇创处："田家都道收成好，百货公司真热闹。玻璃煞亮大橱窗，花样任凭顾客挑。　丙尼条纺新来到，眼见村姑呼嫂嫂。买归做件夹旗袍，料作你看要多少？"

在这些江南田园风情中出现的许白凤与"归去来兮"的退职县令陶渊明不同，也与"道逢醉叟卧黄昏"的现职太守苏轼不同，他既不是客串者，也不是旁观者，而是自身就生活在亲家母的蛋茶、妹妹的河蟹、姑嫂的叫呼里面的一个。那么，这些田园风情就显得纯度更高，香气更浓，从而为二十世纪词史添写了别有风趣天籁的一页。仅凭这一类田园词，许白凤就已经是站稳了自己应得的前沿位置的。

四　吴藕汀的《药窗词》与庄一拂的《南溪词》

仅小许白凤一岁的同乡吴藕汀（1913—2005）亦隐于词，且邃于词学，值得附谈。

藕汀嘉兴人，号药窗、小钝、信天翁等，幼时家道殷实，有红霞楼在鸳鸯湖畔，与烟雨楼遥遥相映，书画鼎彝，收藏甚富。藕汀耳濡目染，弱冠即负才名，甚得耆宿金蓉镜、王步云等称许。[1] 五十年代初被征供职于湖州嘉业堂藏书楼，"大跃进"中遭批判而解职[2]，变卖家什度日，不得还乡[3]，颇历困苦而冰心不改。藕汀尝自嘲云："我的一生十八个字：读史、填词、看戏、学画、玩印、吃酒、打牌、养猫、猜谜。前四项是主要生活，后五项是多头"[4]，可见其真朴趣味。藕汀著述繁多，除乡邦艺文类如《烟雨楼史话》《近三百年嘉兴印画人名录》

---

[1] 王步云至以孙女妻之。步云系王蘧常之父。

[2] 柯文辉：《药窗诗词集序》，2007年自印本，第3页。范笑我《自由精神　独立人格——我所知道的吴藕汀先生》一文引吴氏自述云"预感不妙，主动辞职"，并有"如果不能坐着吃饭，可以站着吃，绝不能跪着吃"之语，见《吴藕汀研究资料集》，第149页。

[3] 2000年始还嘉兴定居，上距离乡恰半世纪。

[4] 张建智：《聊乘化以归尽，乐天命复奚疑——悼吴藕汀先生》，《吴藕汀研究资料集》，第159页。

之外，长达数百万字之《药窗诗话》以"渊博之学识、独到之见地、高雅之情趣、温润之文字"成为兼具诗话、小品文、地方风俗志等多种功能的一部独特著述①，颇受学界关注。词学著述则有《嘉兴词征》《词名索引》《词调名辞典》等，前书知者不多，后二者则脍炙人口，为治词学者枕边要籍之一。其填词用僻调甚多，又多自度曲，即与此治学背景关系甚密。

"填词"是吴藕汀的"主要生活"之一，其词数量既丰，也别有特色。据目前可见最全之《药窗诗词集》五种统计，其《药窗词集》中自《鹧鸪愁唱》以下四种为1954—2004年半世纪的编年词作，《镜破吟》系以自度曲《石榴红令》写就的悼念妻子的专题词集，《邻笛词》系悼念契友沈侗楼的专题词集，《草木诗余》系咏植物专集。以上七种词集总量应已近千首，再加《红氍梦录》中以《菩萨蛮》《忆王孙》二调记咏戏剧、弹词、演员者数百首，总量直追徐定戡、周退密诸氏。这些耆年高寿老人不约而同地选择词作为销忧托命之具，他们的批量出现无疑是二十世纪词史研究一项别饶趣味的课题。

"以词托命"的祈向在吴藕汀身上似体现得尤为明晰。从五十年代中期开笔填词，他的心境就是相当清冷的，尽管还大体安适。如《壶中天·题外舅瘦匏老人煮雪填词图》上片云："壶中天地，恁纷纷幻出，琼花琪树。莽莽乾坤留一著，容个词人来住。结草巡檐，残书作蠹，除酒谁相与。功名蜗角，算来难到斯处"，又如《相见欢·呈外舅王铭远先生》云："新词一卷珠匀，伴吟身，尽有小楼一角、不言贫。　软红屐，蓬瀛客，海南轮。谁识忧生念乱、老遗民"，虽摹写"外舅"心事，而"莽莽乾坤留一著""功名蜗角""忧生念乱"等语也未尝不是自家写照。迨解职堕入窘境，又值爱妻幼子病逝，心绪作恶，尤甚往昔。可读《减字木兰花·古庙》：

乱鸦无数，古木门前三两树。不住飞鸣，似诉心中气未平。
断垣残壁，有个斜阳凭吊客。涌上思潮，眼看墙阴欲放桃。

---

① 余杰：《岁月的温情与锋芒——序吴藕汀药窗诗话》，《吴藕汀研究资料集》，第130页。

即将绽放的桃花与自己何干？倒是"乱鸦"的"不住飞鸣"似与内心互答，可谓郁愤至极。《横云·太湖观雁》与《玉楼春》组词是更加铺张显豁的表达，可读后者：

> 灶下焚余留一榻，长物萧然同挂搭。青灯黄卷是耶非，蔬食无亏输老衲。　养拙闭门人不合，莫道我今心地狭。几番凝想怕支颐，破几欹斜移石压。

> 五柳先生堪足法，不与寻常鸥鹭狎。无弦琴上谱宫商，寂寞闲庭栖鹁鸽。　多病由来逢浩劫，乐道安贫薪水乏。海枯石烂守初心，自比梅花刚破腊。

> 花护金铃防鹊踏，处处池塘闻吠蛤。扫蚕时节日如焚，典尽罗衣寻破裕。　世上无人青眼眨，愁重心头多宝塔。子殇妇死运何乖，我欲问天天不答。

词全用入声险韵，一字一咽，"海枯石烂守初心"的孤洁与"我欲问天天不答"的激楚终于凝结成"我看不得人，人亦看不得我"的"现世傲物"[1]，而这显然不止是个性的原因，其中自有着大时代汹涌风云的倒影。1987年所作一组《迈陂塘》中有这样两首：

> 镇惊心、如同谈虎，一时万象休致。女萝山鬼跳梁丑，那不尽教深思。当日是。怕记取、衣冠优孟人皆醉。闲荆野穗。也叱咤风云，肆无忌惮，践踏好年岁。　嬴秦火，处处飞灰扬起。倒箱声接翻几。用心别有非周孔，伤耗复原难矣。金玉碎。百善废、猖狂宛比江潮水。断亲绝谊。快泡影昙花，文随冥想，恍若梦中寄。

> ——读《文化大革命十年史》，八用前韵

---

[1] 吴藕汀晚年有自画背立图，题"瓦山野老意"数字，系取其乡贤吴履之语，见包立民《瓦山野老——吴藕汀》文后范笑我补记，《吴藕汀研究资料集》，第213页。

恨难消、十年磨蝎,关心创痛深致。形形色色狰狞貌,如此狂言胡思。堪怕是。忘记取、昨朝自我陶陶醉。分香裂穗。但随想随出,随闻随写,誓不耗虚岁。　　凄风雨,容易前尘径起。当时投笔离几。文章辛苦成灰尽,人道于今休矣。心尽碎。肠尽断、眼看无际茫茫水。弃情夺谊。这害理伤天,怎甘姑且,留下健豪寄。

——读巴金《随想录》五集作,二十六用前韵

词或者有直白处,其实是"用心别有非周孔,伤耗复原难矣""文章辛苦成灰尽,人道于今休矣"之类的大感喟作用下难以精雕细刻的结果。能对历史反思至如此深度,自然可称词坛珍品,很能见出思想的光彩。对自己饱尝酸苦的那个荒谬时代,吴藕汀并不是一味窗下煮药的"甍腾"人。这位为爱妻、挚友、宠猫都写下了大量悼念文字的词人不仅是"深于情",同时也是"敏于思"的一个。

吴藕汀晚年遭遇"和《鸳鸯湖棹歌》案"[①],密友庄一拂(1907—2001)为同案中人,应予并论。一拂原名庄临,号南溪,晚号篛山,嘉兴人,精研昆曲,著有《古曲戏曲存目汇考》,共收戏文、杂剧、传奇凡四千七百五十余种,蜚声学界。词集即名《南溪》,凡数百首,水准与藕汀相垺而巧思时或过之。录《踏莎行·己丑重九小饮南溪次春雨韵》一首以觇之:"沧海归帆,闲门种树,丹枫零落黄云暮。惟因寂寞住城南,何妨寂寞城南住。　　菊瘦霜腴,雁凄筎苦,长竿不欲鱼龙负。一声铁笛响秋风,何曾吹断秋来路",上片结句工巧至极而全篇气格劲健,颇不易得。

[①] 1975年值朱彝尊作《鸳鸯湖棹歌》三百年,吴藕汀与庄一拂、沈侗楼各和诗二百,本同乡后进文人风雅事也,无涉时局政治,而庄沈旋遭逮捕,关押数月。

第三章 "谁家玉笛暗飞声"："新时期"的名门高弟词群

无论在古典抑或现代文化背景下，师弟承传都是明晰统绪、接递渊源的最主要手段之一，本书伊始即重点关注此一现象，并以之为划定词坛坐标的重要依据。在本编涉及的"新时期"词坛上，仍然活跃着相当一批名门弟子。他们年辈跨度颇大，自二十年代至六十年代出生者俱在其中，共同性则是秉承师教，继替薪火，同时又时见新异，勤力发展，臻于甚高境界，故最称新时期词坛的"主力"与"砥柱"。本章大体依年辈论述自谢孝苹、霍松林以迄魏新河、郑雪峰的各位名门高弟，用以渐结本编。唯现代教育背景下"转益多师"之情况较古典时代尤为普及宽泛，以下归入某一"门"者，常取便利原则而已。

第一节　谢孝苹、霍松林、俞律

一　"侧商调，今弹遍"的谢孝苹

名门高弟群体行辈最尊者当推谢孝苹、霍松林、俞律几位，兹先谈谢孝苹。孝苹（1920—1998），字鹿炯，号雷巢，江苏海安人，四十年代初毕业于东吴大学法科后从事外交工作，1957年遭右派之谴，放废二十余年，晚任中国社会科学院历史所研究员。孝苹精历史学、考古学、书学，又为著名古琴演奏家、理论家，更以《水云楼词疏证》《读蒋鹿潭水云楼词札记》等萤声词界，世称通人。著有《雷巢文存》，内含《双雷琴馆诗稿汇存》，有词七十余篇。

孝苹从冒广生、夏承焘学词，虽数量不多，已能略得冒氏苍凉与夏氏高华于一手。如1943年作《水调歌头》之风华气韵即逼近二师：

第三章　"谁家玉笛暗飞声"："新时期"的名门高弟词群　853

浊醪谁造汝，一醉散千愁。人生行乐如此，能作几回游。我欲手持雷锷，刺破长空遥碧，笑傲海东头。昨夜撤风笛，吹梦过扬州。

侧商调，今弹遍，十三楼。鹅笙象管难遣，慵谱汉宫秋。吟到梅边诗句，起看春归鸿雁，何事苦淹留。细草江南岸，身世两悠悠。

本篇孝苹自注云："癸未春日今虞琴集，酒后耳热，击节歌此"，彼时风华正茂，而国难方殷，当然多凄厉高亢的"侧商调"。此种以琴为媒"弹遍"的心声在中年遭谴之际体现得尤为沉挚折转，《贺新凉·梦中仿佛吾母妻尚在人世……》中"老作尘沙幽并客，赢得鬓丝成雪……月与我，共萧瑟"、《凤凰台上忆吹箫·戊戌寄怀北京上海琴坛友人》中"甚龙翔音邈，何日重弹。却念股生髀肉，应许我、时抚刀环"等句已多"秋来草木霜营"的凋伤感，《木兰花慢·京津唐大地震中，惊闻查阜西丈陨谢都门……》一首哀悼琴坛前辈宗师[1]，当然也寄寓了自家"频年漂泊""短发鬅鬙"的"怆怀"[2]，最为生平杰作：

狂飙天外落，持热泪，洒西州。记诗酒平生，琴歌隔世，去日悠悠。鞠躬倦闻鸟语，伴酸风、三径泣羊求。放眼潇湘云水，伤心鹦鹉洲头。　　层楼。声咽洞庭秋，玉管写新愁。甚独抱清商，言迟更速，将往还留。芳洲已无杜若，便涉江、采撷语谁酬。寂寞莼波双桨，一川烟雨绸缪。

其同调《夏瞿禅师挽词》句云："寂寞月轮幽绪，春山处处啼莺"，"墙外谁喷霜竹，哀弦宽褪银筝"，两位师尊中，孝苹词毕竟还是得瞿禅之气为多，故也能见情致如此。

二　"善承匪石翁法乳"的霍松林词

霍松林（1921—2017）就读中央大学时深得胡小石、朱东润、罗根

---

[1] 查阜西（1895—1976），名镇湖，江西修水人，古琴艺术大师。30 年代组织"今虞琴社"等活动，1953 年后历任北京古琴研究会会长、中央音乐学院民乐系主任等职，主持编印《琴曲集成》《历代琴人传》等。

[2] 本篇词题。

泽、汪辟疆、陈匪石等名辈指教陶冶，是亦现代教育体制下"转益多师"之典型一例，单就词业言，则陈匪石影响最大，故可列之"陈门"。

松林字懋青，甘肃天水人，中央大学毕业后旋即赴西安执教，任陕西师大教授，并兼中华诗词学会副会长等社会职务颇多。松林唐诗研究最著于世，而亦兼擅文学理论，为当代文论开风气者之一。五十年代发表之《试论形象思维》是国内探讨该问题的首篇长文，反响巨大，而"文革"中即因此文下放劳改长达十年，所谓"著书壮岁谗犹烈，学圃髫年技未荒""毒蝎螫人书屡废，贪狼呼类梦频惊"是也。① 著有《文艺学概论》《诗的形象及其他》《〈瓯北诗话〉校注》等数十种，诗词结集为《唐音阁诗词选集》，以诗为主，词以余力为之，仅数十篇。

松林词诸名家评价甚高，而以苏渊雷所说最为中肯：

> 大作取境甚高……长调如和清真《大酺》《瑞龙吟》……诸阕，深稳自然，恰到好处，善承匪石翁法乳，优入宋人圣域……解放后诸阕，视前此各首稍逊，豪情易敛，客气难除，莫不皆然。

这段话点出两层意思：第一是善承匪石。集中与"匪石师"唱和者即有四首，格调气息皆具规模。《满江红·病疟和匪石师立秋韵》是小题目，然而笔力甚大不拘囿，诚所谓"无一平笔，用意皆透过一层"②，是最得彊村以至匪石一派三昧的佳作：

> 欹枕支颐，懵腾里、乾坤变色。舒巨翅，一飞千里，大风层积。上浴银河余咫尺，下窥尘海无痕迹。甚九天、虎豹逼人来，难停息。　　天未补，怀奇石；地休缩，剩孤客。叹愁飐魂梦，梦回何夕。热泪堆盘烛尚赤，凉飙撼树月初黑。望药炉、犹待拨残灰，胡床侧。

此篇写"梦"，已甚动人，《玉烛新·梦归》更被论者许为"自运

---

① 霍松林：《放逐偶吟》其四、《劳改偶吟》其一。
② 陈匪石评语。

第三章 "谁家玉笛暗飞声"："新时期"的名门高弟词群　855

机杼，清折幽咽兼而有之""写梦归者可以停笔"者①，题材格调皆大有生新之意，可以压卷：

  霜风吹客袖，越万水千山，里门才叩。短垣矮屋，摇疏影、一树寒梅初秀。抠衣欲进，怕老母、怜儿消瘦。拈破帽、轻扑征尘，翻惊了、荒村狗。　　仓皇持杖遮拦，却握了床棱，布衾掀皱。烛光似豆。依旧是、数卷残书相守。听折竹、声声穿牖。寻坠梦、愁到明朝，难消短昼。

  第二，苏渊雷指出"解放后诸阕，视前此各首稍逊，豪情易敛，客气难除"也是事实，即便他所称道的《念奴娇·庚申初冬游赤壁次东坡韵》一首也未能超过民国时水准，衡以之前论述的汪东、唐圭璋、夏承焘、沈尹默等，即可知这不全是个人问题，而是时世转移对文运的制约效应使然。② 这种效应之下，松林晚年锐意求新而作的五首"自由词"必然也会走入窄路，且主要不是艺术上"探索""试验"的原因。③ 词人关于"自由"的思考是可贵的，"甘冒风险"的勇气亦可嘉④，而结合民国时陈柱、曾今可、龙榆生等的相关探究当可知人同此心，然兹事体大，不易成功，我们也不妨保留几分期待罢？

三　"冷落江湖笔"的俞律

  民国三十一年（1942）抗战烽火正炽时，国民政府犹有"闲情"评选颁发全国学术奖励，大有"弦歌不辍"之遗韵存焉，其中文学类获奖者之一为唐玉虬，自是唐氏名满天下，成为饮誉民国坛坫之大诗人。⑤ 玉

---

 ① 苏渊雷、端木蕻良评语。
 ② 霍氏自己也有清醒认识，但未说透而已。其《唐音阁诗词集后记》云："近四十年的光阴过去了，应该大有长进，然而却是退步了。这里面的原因是不难探究的，也是令人痛苦的。"转引自刘梦芙《读唐音阁诗词集札记》，载《近现代诗词论丛》，学苑出版社2007年版，第430页。
 ③ 《唐音阁诗词选集自序》，北京图书馆出版社2004年版，第3页。
 ④ 《唐音阁诗词选集自序》，北京图书馆出版社2004年版，第5页。
 ⑤ 玉虬名鼎元，号髯翁，历任华西大学、南京中医学院教职，著有《唐荆川先生年谱》《入蜀稿》《国声集》等。

虬（1894—1988），常州人，游于同邑钱名山门下，其自家弟子则以俞律最为杰出。

俞律（1928—　），扬州人，父长源精小说戏剧创作，为"鸳蝴派"代表人物之一。俞律幼承家学，又曾向沈尹默、林散之问诗，"后更忝列唐玉虬先生门墙，艺乃稍进"①。五十年代初毕业于光华大学商科后从事金融工作，1957年被划右派，七十年代末平反后任青春文学院教务长、南京市作协副主席等。著有《湖边集》《浮生百记》《萧娴研究》等，诗词结集为《菊味轩诗钞》，其中词六十余首，数量较小，但精粹颇多。

俞律《读玉虬夫子诗感奋不已，敬赋四首》句云："英雄诗有胆，霸气笔无伦"，"赤马追鲸坐，宝刀和月磨"，其诗品峻洁遒峭而时见热血激扬，确乎追慕乃师能得神髓。仅以词论，虽无抒写时势之大题目，而《念奴娇·晓桥醉作》《念奴娇·毛坦桥卧病读史》《永遇乐·大胜关怀古》《永遇乐·邯郸怀古》《满江红·过焦山》《青玉案·大醉再登丛台》《桂枝香·牛首山即兴》等皆笔力横放，悲慨不让古人。可先读《念奴娇》二首，盖其间最多自家心事也：

满川逝水，助行客、梦里布帆归急。山影凝空残月小，月下柳烟寒郁。是处晨钟，几门吠犬，一片秋何物。谁家炊火，为人断续先热。　　风雨久客晓桥，马足车尘，冷落江湖笔。不信书生床下老，日日清波照发。醉里只应，满腔犹沸，万斛少年血。牛郎来也，声声霜竹吹裂。

满天红雨，飘不尽、十里乡村秋色。茅舍桑榆篱下犊，望断西风影只。圃冷园荒，溪清石瘦，快度衔泥翼。吾轩何处，光阴一去难说。　　却忆野菊开时，借酒曾吹，柳下黄昏笛。种菜那辞门闭老，自古英雄难作。用世有心，干时无用，重起难为力。老山难老，滁河流水无极。

---

① 《菊味轩诗钞跋》，黄山书社2011年版，第391页。

二词作于罹"右祸"下放之际,身处旷古未有之逆境,不仅有"马足车尘,冷落江湖笔""吾轩何处,光阴一去难说"的自怜,更有"不信书生床下老""醉里只应,满腔犹沸,万斛少年血""用世有心,干时无用"的感愤。"牛郎来也"四字中该包涵着多少感怆!

《满江红·癸巳年屡听王少堂说书于魁光阁》也值一读。王少堂系扬派评书名家,是遥承一代宗师柳敬亭衣钵的代表人物,明清之际写赠柳氏之名篇极多,足以构成写照文人共同心绪的"赠柳"现象①,其中吴伟业、曹贞吉所作词最称冠绝一时,感激肺腑②,俞律此篇可谓继踵前贤,饶具古意:

一拍惊堂,茶香里、先生来也。开画扇、挥风鼓舌,口津倾泻。鬓影映刀香溅血,将军断首愁生夜。背平林、残照走荒坡,声声咤。　　不平事,任叱骂;头已白,犹堪霸。更能消几许、秋冬春夏。拍案纷纷悲喜客,抚膺哭笑残灯下。待座空、人去细思量,何为者。

于"不平事,任叱骂""拍案纷纷悲喜客"等句中,不难看见作者自己的影子。这是以真气行之,而不全是局外旁听心态,能入能出,故能成此佳作。《南乡子·题云荫庐》锻句炼字,迥出意表,又是另外一路,极耐咀嚼:

何处著光阴,两尺斗方通古今。应有虎毛红管笔,诚心,呵出

---

① 详见门下弟子朱小桂《清初文坛"赠柳"现象研究》,硕士学位论文,吉林大学,2008年。
② 吴伟业:《沁园春》词云:"客也何为?八十之年,天涯放游。正高谈挂颊,淳于曼倩;新知抵掌,剧孟糟丘。楚汉纵横,陈隋游戏,舌在荒唐一笑收。谁真假,笑儒生诳世,定本春秋。　　眼中几许王侯?记珠履三千宴画楼。叹伏波歌舞,凄凉东市;征南士马,恸哭西州。只有敬亭,依然此柳,雨打风吹絮满头。关心处,且追陪少壮,莫话闲愁。"曹贞吉《贺新郎》词云:"咄汝青衫叟!阅浮生、繁华萧索,白衣苍狗。六代风流归抵掌,舌下涛飞山走。似易水、歌声听久。试问于今真姓字,但回头、笑指芜城柳。休暂住,谭天口。　　当年处仲东来后。断江流、楼船铁索,落星如斗。七十九年尘土梦,才向青门沽酒。更谁是、嘉荣旧友。天宝琵琶宫监在,诉江潭、憔悴人知否?今昔恨,一搔首。"

羲之鬼一临。　　庐静望云岑，五朵飞来值万金。却怪窗前无觅处，深沉，只向阳台梦里寻。

《菊味轩诗钞》分为内编、外编、续编三部分，内编所附词多苍凉之什，外编所附词所悱恻之篇，毋论"病里见杨花""聆霸王别姬唱片"，还是"蓄金丝雀三年，一朝为野猫攫去"，抑或"不知徐娘身世颠末"[1]，无不笔酣墨饱，款款缠绵，警策处俯拾皆是。不妨再读数首：

富贵无端一现昙，赵王城下旧街谈。十年无梦秋风浅，枕上黄粱今又酣。　　浮世味，此中探，而今翻作再眠蚕。眼中不是中书令，却似东坡到海南。

——鹧鸪天·甲申夏，庆先自邯郸来，是夜忽梦赵市旧游，曾赋诗云"而今再伏邯郸枕，只有秋风入梦深"，赋此寄慨

听汝万言谈罢，为我消磨长夏。却道朱炎消不得，多少浮生牵挂。倚枕未成眠，明月徘徊窗罅。　　汝是评书流亚，中外古今同骂。漫说六朝兴废事，短巷乌衣王谢。窗外渐西风，一叶今宵初下。

——离亭燕·立秋之夕，觉所蓄一夏叫哥哥有异声

身如春梦还轻薄，开卷思量著。一番暮雨一番云，更惹一番红泪染余醺。　　相思一瓣知谁匿，憔悴无颜色。斜阳宿草燕低飞，飞过秦淮故里玉楼西。

百年泥爪留痕少，最是形容槁。玉人何处忆芳春，叶叶花花依旧十分真。　　莺啼声里谁家巷，风月无边相。空教短梦肯长留，已负生生世世旧温柔。

---

[1] 分别见其《外编》中《贺新郎》《西江月》《锁窗寒》《虞美人》。

——虞美人·癸巳春月余于大行宫购得旧书《断肠集》，其扉页有楷书款曰"中华民国二十一年，白门琵琶巷徐来来"十六字，娟秀可人，开卷有残花数片。不知徐娘身世颠末，因赋此调三阕寄感云

俞律于新文学造诣颇高，散文、小说有声于时，诗词名遂为所掩，然而按其造诣，较之某些广通声气、颇邀时誉之"活动家"不知高出几许！在此意义上说，他的"江湖笔"诚然是"冷落"的，可是文字自有精光，浮华褪尽，始见真淳，这既是文学发展的铁律，正也是文学史家应该承当的责任罢！

第二节　龙、唐、夏"三大家"弟子群

一　喻蘅、苏昌辽

龙榆生、唐圭璋、夏承焘"三大家"终生培栽桃李，而兼擅词创作者亦不少，本节将"三大家"弟子除前文已提及者汇而略举之。先谈龙门二弟子喻蘅与苏昌辽，以补前文龙榆生章之未足。

喻蘅（1922—2012），字楚芗，号若水，晚号邨翁，江苏兴化人，其父喻兆琦（1898—1941）为著名生物学家，甲壳动物十足目虾科分类学之创始人，又博通经史，为《学衡》撰稿人之一。喻蘅早承家学，弱冠就读中央大学艺术系时从吕贞白学诗，从龙榆生治词，后长期任复旦大学教席，并兼上海画院特聘画师，著有《艺文随笔》《桑榆集》《诗书画缘》等。

喻蘅诗较有名，一时名流如陈声聪、钱仲联、陈从周、包谦六等多称赏之，而百余首词也确实记录了六十年间"浮生梦影，兴感纪事之零缣片楮"[1]，具有一定的认识价值，民国间所作尤然。如《鹧鸪天·癸未冬，在金粉酒家画凤凰厅壁画，闻歌有感》"一脉青溪缓缓流，琼枝璧月溢歌喉。天荒地老宁无恨，国破城春恁解愁。　人不语，泪空流，调朱研碧画樊楼。可怜金粉销残夜，梦断东南小九州"，题中"癸

---

[1] 喻蘅：《延目词稿编后记》，网络版。

未"即 1943 年,沦陷区青年学子心事如何? 于"天荒地老""国破城春"等字眼里可以很真切地寻味得。《迈陂塘·丙戌秋寒之岁,内战愈酣之月,购〈抗战八年木刻选集〉,感赋长调,时在春申》一首之主旨题目中已交代得很清楚,词也极多感喟:

> 旧山河、依稀落日,九边风色愁起。无多感慨酬当道,倦矣蒹葭秋水。真旖旎。看绣叶红轻,碧血曾渐洗。人情如此。恁剩水残山,惊魂断魄,错用屠龙技。 前尘事。谁问漂沦客子。眼前缭乱魑鬼。雕虫章句终何补,壮志碧霄千里。事往矣。空销得、极天幽怨沉秋雨。荒唐梦耳。又九阙笙簧,五陵冠盖,乐甚太平世。

不能站在后知后觉的立场上歌颂伟大的解放战争而一味"幽怨",企盼"太平",这样的作品肯定不是"政治正确",至少是有瑕疵的,然而真相就是真相,历史虽由胜利者所书写,它最终却不会给强横和扭曲保留情面。比如喻蘅作于 1976 年的《玉楼春·丙辰春荣远携凡儿去金陵小住,适天安门事件波及江南,雨花台畔亦掀起悼念周总理风潮。函告所见,因赋》就以隐曲笔致记写历史的一个真实横断面:

> 番风廿四春无迹,百六韶华真瞬息。白门弱柳已毵毵,歇浦寒云犹密密。 连朝风雨如潮急,划地风狂飘怨屑。诗情破梦到天街,揉碎桃花红滴滴。

由此而言,这位龙门弟子是在一定程度上达到了乃师"(词须)少有裨于当时"的论旨的。① 还可再读《浣溪沙》一首,这也是记录了一段奇特文字因缘的具"史"之品格的佳作。词前有长序,略谓贵州大学历史教授姚公书与喻兆琦少年同学,1929 年兆琦赴法留学时曾托其代存古籍一箱。抗战军兴,天各一方,姚氏万里徙家于巴水黔山间,守护此箱勿失者数十年。"文革"结束后,乃从发还图书中检出,分批邮

---

① 详见前文论龙榆生一节。

还，了此宿缘。其中有胡刻《文选》前半部，竟与喻家所藏之后半部并成全帙，亦延津合剑之佳话也：

> 书剑萍蓬五十年，襄阳耆旧已萧然。忽欣精椠寄遥天。　小阁深宵萦旧梦，揭天悯雨对残篇。纷纷辛泪落灯前。

苏昌辽（1922—　），字洗斋，南京人，四十年代就学于中央大学法律系时师从龙榆生、钱仲联、陈方恪等习诗词、碑帖、目录之学。毕业后曾任法院书记员，1949 年后任中学教师，后因"历史反革命"罪服刑三年，《临江仙·青海戍所》所谓"飞雪如矛寒刺骨，悬崖惊越还疑。冻云啮堞老猿啼。伤心南望，何处见莺儿。　月黑风栖山径杳，归来敛损双眉。围炉拨火幸无饥。拥毡伴卧，残梦慰相思"，摹写"罪人"处境至为逼真，是亦当代史甚具意味之一页。

昌辽"久离颠踬"①，故较多"醇酎深杯容易醉，残脂剩粉最堪怜"的幽忧辗转心绪②，于晚年所作《和观堂长短句》中表现得最为典型。此一唱和盖源于陈方恪寓牯岭路时曾尽和"沧海遗音本"《观堂长短句》二十三阕，题曰《适屦集》，汪辟疆为录存于所辑《光宣以来诗坛旁记》中。迨 1983 年得程千帆钞示，"怅触情怀，亦敬和之"③，并征柯昌泗、郭莘、许莘农三家同和。这次唱和不仅载负着多年师弟情分，更将那份难言的"怅触"传递得"宛转缠绵""一往情深"。④ 试读《点绛唇》与《浣溪沙》：

> 较短争长，论量世事常偏左。飞流浮舸，不待人云可。　莽莽乾坤，无处容真我。蒲团大，爇香趺坐，一任情缘堕。

> 半幅舆图不忍看，风云壮阔见波澜。十年余恨锁眉间。　一片素馨迷曲径，几茎红药隔重阑。惊雷不起意能安。

---

① 苏昌辽：《和观堂长短句书后》，《词学》第五辑。
② 苏昌辽：《浣溪沙》。
③ 苏昌辽：《和观堂长短句书后》，《词学》第五辑。
④ 唐圭璋读后识语，苏昌辽：《和观堂长短句书后》，《词学》第五辑。

唐圭璋之读后感"洗斋先生远绍阳春，近承庄谭、观堂、鸾陂诸公之遗绪。所写小词，一往情深，千古一辙。虽作者心迹由于时代局限不可能从同，但读者得其反映社会现实之一面"云云是说得很隐晦而巧妙的。"社会现实之一面"云何？难道不就是上文中的"莽莽乾坤，无处容真我""惊雷不起意能安"等句？作为有着"历史反革命"污点的龙氏、陈氏门生，那种"伶俜行尽章台路，回首因缘误""疏帘旧箔依然在，莫再轻言悔"的纠葛心曲确实也是与乃师一脉相承的。① 龙榆生曾赠诗云"惟有琅玕能比德，他年重与证因缘"，这"因缘"又岂是三言两语能说清者？

还可再读一首《虞美人·读寒柳堂诗存即代挽歌》，悼陈寅恪之诗词不少，而苏洗斋系以方恪弟子身份为"师伯"唱响"挽歌"，从而别具意味：

芸窗长认双眉锁，谁念家山破。遗篇郁郁见初心，恰似薰风吹送海潮音。　　论量深邃功如砥，诗写闲情耳。十年魂梦各天涯，一任心香爇尽望京华。

二　夏氏晚年词弟子（上）：彭靖、周笃文

兹接"龙门"谈"夏门"几位晚年词弟子，他们年辈有差，拜入夏门则均在六十年代后，作为广义的"天风阁词群"成员为夏氏晚年词业填涂了丰富的色彩。请先谈彭靖（1923—1990）。

彭靖字岩石，湖南涟源人，幼承家学，抗战后主湘垣诸报笔政，又任中学教职，五十年代尝因牵入"胡风案"入狱遭审查，颠沛失所多年。"文革"后始调湘潭大学，并参与筹建中国韵文学会，创办会刊。自著《王船山词编年笺注》《岩石诗词集》等。彭靖素有诗名，填词则大抵始于1975年从游夏承焘时。②《水调歌头·为夏瞿禅词丈莅湘作》是致敬皈依之始，手笔已经绝去凡近：

---

① 苏昌辽：《虞美人》。

② 彭靖存词最早为1973年。1975年瞿禅游湘，有与彭靖合影载之《岩石诗词集》，光明日报出版社1995年版插页。

屈贾伤情地，杜老发悲歌。更看补天巨手，长剑此间磨。烟簇貔貅万灶，霜点将军两鬓，意气动山河。却向吟边老，数卷自摩挲。　　永嘉叟，哀乐意，过人多。辛陈唤起，秋深处听洞庭波。满袖秦关月色，一枕楚骚心事，帘外泣湘娥。千载词坛业，倘许补蹉跎。

题为"莅湘"，词即紧扣"湘"字，而特别以辛弃疾在长沙建"飞虎营"事绾结"山河意气"与"楚骚心事"，见学养也见性情，更标举了自己欲打叠稼轩之悲壮、船山之骚雅于一手的审美理想。因为这份"郁勃为诗意兴横"[1] 的"壮心"与"骚心"，彭靖在短短十几年创作生涯中贡献出了诸多如《水调歌头·奉陪瞿丈观王船山先生〈宋论〉手稿……》《水调歌头·书愤》《金缕曲·丁巳夏风雨之夜……》《金缕曲·游仙》《水龙吟·感事》《水龙吟·读谭嗣同莽苍苍斋诗》等"深沉感怆"之作[2]，从而成为夏氏晚年最有成就、最得看重的词弟子之一。[3] 可读《书愤》《感事》二首：

一夕风雷后，广宇顿成喑。满地落红无数，万叶入沉吟。莽莽天高如许，生气九州何在，清泪暗沾襟。万绿无人处，一鸟噪高岑。　　钟声寂，人语悄，思难禁。层楼铁笛，还闻隔海有知音。渐老情怀衰脆，犹恐清尊就浅，夜午只听心。来日阴晴事，催汝问潜蟫。

眼中莽莽神州，凭栏忍袖擎云手。夜阑风雨，淋漓醉墨，狂歌几首。摇梦灯青，惊霜鬓白，初心犹守。正林花开罢，飐天残絮，人意倦，风尘后。　　也识古今一例，决兴亡、绳枢瓮牖。燕然入望，碧云千叠，每依南斗。故国飞扬，高楼缱绻，谁欤吾偶。对湘流千里，骚魂酹起，看风雷走。

---

[1] 刘逸生《悼彭靖》诗语，《岩石诗词集》，第176页。
[2] 刘梦芙《冷翠轩词话》语。
[3] 瞿禅晚年自订词集，独请岩石作跋，可见相契，见马积高《忆彭靖》，《岩石诗词集》，第168页。

作于1987年、1988年的这两篇不是无所用心的拟古学步或独善其身的一己悲欢，而是对自己经历和身在的那一段时空直抒感受的"忧世"佳篇。彼时拨乱反正的"新时期"已经跨过十个年头，一方面，新的生机和活性正日新月异地拔苗飞长，另一方面，抱残守缺的旧利益集团也余勇可贾，甚至还会在新条件下突变出无数华丽化身来。诸如"真理检验标准大讨论""严打""清除精神污染""反资产阶级自由化""官倒"……面对这一大批新现象、新概念，有识者能不带着几分迷茫思考中国未来的道路？当绝大多数诗人词人都经过文化浩劫的"易筋伐髓"，只能/会沿着"安全""正确"的惯性继续"歌德"的时候，我们毕竟还很欣慰地读到彭靖笔下"莽莽天高如许，生气九州何在，清泪暗沾襟""眼中莽莽神州，凭栏忍袖拏云手"这样"感伤时局"[1]的"盛世危言"，从而可以看到，在怎样的"集体性无意识"中，都有着那么一些满怀殷忧的清醒者在真正关切和探索着国家民族的命运。所谓"世人多写三都赋，惟有君吟蜀道难"[2]，他们常常是边缘化、不讨好甚至被恨之切骨的一群，但是没有他们，一个族群难道不会笑得上气不接下气，从而走向堕落与灭亡？在此意义上，彭靖的那些瞩目时局的"字字楚骚心"之作就绝不是艺术宗尚那么简单[3]，而是有着更宽阔的足资辨识的意义和价值的。

刘梦芙云："（彭靖）小令……大笔挥洒，一扫前人绮靡纤柔之习，堪与湖海楼比肩，虽略逊陈其年之霸悍，而深沉感怆，每有过之"[4]，虽少嫌夸张，亦见具眼。由于篇幅窘狭，小令词很难写得波澜壮阔，腾跃激扬，词史上陈维崧是以出众才华和惊人创造力在令词中描绘出一般只能寓于长调的慷慨沉雄境界的一家。彭靖令词的成就当然还不能与陈髯同日而语，但也恢奇有棱，雄奇多骨，堪称陈氏及乃师夏氏之后很具艺术个性的"这一个"。

试读下面两首以证之：

---

[1] 刘梦芙《冷翠轩词话》语。
[2] 熊鉴《悼彭靖》诗语，见《岩石诗词集》，第178页。
[3] 借用朱祖谋评王夫之语。按：彭靖词多关注时事者，如咏胡耀邦、阿基诺、霍梅尼等。
[4] 《冷翠轩词话》。

纳纳乾坤不厌看，雕栏曲处倚高寒。流霞天际待谁餐。　　入眼纵横烟万缕，盘胸突兀屋千间。天风一径浩歌还。

——浣溪沙·随瞿丈登岳麓山至云麓宫之三

听断潇潇雨一帘，凭栏喜陈晚晴天。夕阳红到小楼前。　　远树微茫鹰掠野，乱山飞动马迎鞭。眼中万象各腾骞。

——浣溪沙·小楼晚眺

年辈较晚彭靖、与之交游密切而几乎同时拜入门庭者是周笃文（1934—　）。笃文字晓川，湖南汨罗人，五十年代初高中毕业未久即参军入朝，回国后入北师大中文系学习，"及文革变生，万喙噤声。横祸傥来，悲恨莫名，乃赋诗以寄愤"[①]。七十年代前中期笃文分别拜于张伯驹、夏承焘门下，并受命联络发起中国韵文学会、中华诗词学会，奖倡风雅，与有功焉。著有《全宋词评注》《影珠书屋吟稿》及词选多种。

笃文密迩庙堂，接应八方，故不能免"应制""应社"之套，然集中少量激越反思之作甚应珍视。如1966年所作《金缕曲·感事》上片云"霹雳当空击。卷狂飙、昏天墨日，海翻山坼。浩浩乾坤惊劫换，鬼火磷磷青碧。纵横是、豺狼狐蜮。万里长城真自毁，向高天、百问偏岑寂。骚楚恸，此何极"，浩劫初起，红火漫天，词人居然已有如此痛切的感触，这份胆识诚然是罕见而且惊人的。《八声甘州·读〈彭德怀自述〉感赋》与《鹧鸪天·勃兰特谢世作》均已作于八九十年代，前者悲慨彭德怀"是元戎、蒙难黑牢时，沥血述文章"，后者感叹勃兰特"能干四兆冤魂泪，别启千钧手足情"，皆沿递了早年那种犀利灵锐的历史感。身在热闹而能偶持冷眼，即可贵。

三　夏氏晚年词弟子（下）：施议对、吴战垒　附陶然

与周笃文同样应酬居多而能灵光偶现者是施议对。议对（1940—　），字能迟，早号钱江词客，晚号濠上词隐，记其迁徙也。台湾彰化人，福

[①] 周笃文：《影珠书屋吟稿自序》，北京图书馆出版社2004年版，第6页。

建师院毕业后考入杭大师从瞿禅攻读词学,逢"文革"起,"劳动锻炼"风行,遂于数年后被迫返晋江军垦,故杭大研究生称"结业"。1978年入中国社会科学院师从吴世昌攻读硕士、博士学位,以博士论文《词与音乐关系研究》饮誉学界,现为澳门大学中文系教授。

本书前文业已提到,施议对是近百年词史研究最早、最主要的开拓者之一,其《当代词综》之编著具有文献裒辑、理论奠基的双重意义①,主通变、重当代的理念亦多引发同人的关注讨论。自《金缕曲·誓诗》可以得一印证:

> 诗乃我家事。五千年、因承沿革,法门无二。群怨兴观鱼虫辨,以口以心而已。风雅颂、敷陈排比。其奈朝儒强施解,纵非邪、也教从邪意。纷诡怪,看蜂起。　　烟云变幻天兼地。醉沙场、琵琶马上,十方歌吹。春水一江东流去,到处人生何似。杨柳岸、鸿飞雪霁。燕北于兹跨八骏,路漫漫、究竟开新纪。超四海,历龙尾。

议对尝有《胡适词点评》之著,此"誓诗"或也受到影响。论意义价值,本篇当然不及胡氏名篇,然而"以口以心而已""路漫漫、究竟开新纪"的观点也极鲜明近理,"其奈朝儒强施解,纵非邪、也教从邪意。纷诡怪,看蜂起"数句抨击"朝儒"之"邪",扫荡古今而似"今"更凸显。以郭沫若《李白与杜甫》为代表的一大批著述岂不都是"诡怪蜂起"的"纵非邪、也教从邪意"?时移世易,这一篇"誓诗"其实也有着正本清源的功用的。

前文曾提到施议对论辛弃疾"婉约之力大于豪放",沈轶刘以为人所未道,从此可见施氏对于稼轩的深邃解会。在古今无数"谒稼轩墓"的词篇中,施氏作于"癸未秋晚"的这一首《贺新郎》堪称神交冥漠、令人眼明者:

---

① 可参见施议对《百年词通论》(即《当代词综》前言),谭新红主编《词学档案》,武汉大学出版社2012年版,第215—244页。笔者在文后评介文字有云:"本文对于百年词史的分期、流派、词体继续存在并发展的原因、词业现状及发展前景等重大理论问题,均提供了缜密精严、富于启迪性的回答。值近百年诗词研究渐趋热火之今日,回望二十余年前施先生的这篇大作,我们确乎对其前瞻之卓识、发轫之伟绩感到由衷的钦敬。"

壮岁旌旗拥。渡江南、平戎万字，东家树种。但得君王心事了，身后生前歌颂。金印大、祸无旋踵。雁避船回风波恶，算初成、三径盟鸥共。情与貌，众山奉。　　我今拜祭清词供。向溪桥、社林茅店，儿童嬉弄。隔岸莲塘青碧小，霜柚枝头沉重。路宛转、云烟走动。一竹一松真朋友，料胸间、勿尽凭收纵。时不予，岂堪痛。

议对因师门交游及编著《当代词综》之故，与诸老辈过往最密，集中挽词也多。《鹧鸪天·敬挽夏瞿禅师》之特异处不全在师弟情分，更在于"绝代宗师"与"新浙派"的提法，这是很有词史眼光的大判断与新判断，故值一读：

病榻恹恹忍便分，辽天何处唤归魂。春蚕到死丝方尽，绝代宗师哭谢邻。　　新浙派，众星尊，髯公青兕认前身。平生事业犹无竟，桃李门墙起异军。

再说吴战垒（1939—2005）。战垒字刚如，浙江浦江人，杭州大学中文系毕业后任职浙江人民出版社及浙江古籍出版社，并任《汉语大词典》编委，与力最多。战垒为承焘晚年最钟爱弟子之一，《夏承焘集》《天风阁学词日记》两巨著即出其手，是不仅"能读师书"而已。其自家著述亦丰，《中国诗学》《千首宋人绝句校注》等皆见工力，另有《止止居诗词草》存世。①

战垒词首先值得关注者乃《浣溪沙·读唐宋词》一组，作者自言"晚年重温唐宋名家词，有所感受，则倚小令纪之，聊当灯边读词小札耳"②，其实是"读"而兼"论"，在一定程度上继承了乃师《瞿髯论词绝句》的衣钵，而又为"论词词"助一声色、开一生面。组词中颇有见地者，如《顾敻》一首云："换得我心为你有，始知相忆此心倾。屯田一派导先声"，《晏几道》一首云："梦后楼台为恁锁，尊前微抱情

---

① 书承陶然兄寄示，特致谢忱。
② 《止止居诗词草》，浙江古籍出版社2006年版，第1页。

谁开。三生杜牧转轮来"，《叶梦得》一首云："林下风清宜啸咏，山中岁晚足烟霞。新词简淡谢纷华"，皆能抉前人罕道及处。殿末《蒋捷》《张炎》二首则清韵悠扬，融化无迹，单以词论，亦是佳篇：

听雨僧庐万念空，悲欢离合太匆匆。秦筝何事叹宾鸿。　红了樱桃蕉又绿，烧残心字泪已穷。秋声一片月明中。

欲下寒塘顾影迟，故人拥雪误心期。但凭片羽寄相思。　谷口白云归缓慢，鸥边旧约悔差池。秋声只在一梧枝。

类此"句读不葺之读书札记"其实还有不少[1]，虽然个人心曲披露无多，作为读书人痴恋清静生涯的较系统记录还是颇为新颖别致。如《感皇恩·读韩昌黎集》末数句云："恃才肆意，未探醇儒堂奥。可嘉斑驳处，惜其少"，自注云："《旧唐书》称韩愈'时有恃才肆意，亦有戾孔孟之旨'，二程、朱熹亦讥其斑驳而非醇儒，故末句及之"，其实是激赏韩愈之才，尽翻宋儒之案，可作文论来读。《沁园春·读李长吉歌诗，戏檃括杜牧之小序中语》罗列李贺的"阵马风樯，牛鬼蛇神，美女时花……铜龙夜吼，狼烟遍地，秋坟鬼唱，白骨千家"，《八声甘州·读玉谿生诗》伤悼其"黯消凝、怨深牛李，任才华、绝代也凋零"，也都是唱叹有情，辞采瑰丽。

《西江月·卧病有感》作于2005年，是为绝笔，冲夷平淡，养气有成，不愧瞿禅"桃李门墙"之"异军"[2]：

斗室维摩示疾，弥天花雨飘身。不萌片念任纷纷，则化匆匆一瞬。　解得饥来吃饭，还从实处做人。平生无愧最难能，福祸置之不问。

瞿禅小门生、吴熊和弟子陶然（1971—　）亦工词，足为"夏门"

---

[1] 作者自谦语，《止止居诗词草》，第20页。
[2] 施议对语，见上文。

第三章 "谁家玉笛暗飞声"："新时期"的名门高弟词群　869

替人。陶然南京人，现任浙江大学中文系教授，以金元词研究最著称学界。课余为词，颇清雅而时见棱芒。如《减字木兰花》作于海南临高角，即林彪指挥四野大破薛岳处，"鼓勇穷追""翻覆身名"云云极感慨之至："临高一角，鼓勇穷追争正朔。万舸长弓，射破天炉染海红。将军百战，翻覆身名如电转。赢得凄凉，胜败从来棋子忙。"

《南歌子·和欧公闺词》与《代答再用前韵》二首作于2016年5月，拟古讽今，顾盼生姿，后篇煞拍尤其谑而近虐：

  拟解香罗带，才抽凤尾梳。洞房酒醉倩谁扶。未料锦衾孤寂有如无。　宝帐燃灯尽，花台试笔初。满堂霞影觅新夫，却问华章今夜怎生书。

  已得金龟婿，犹期鹿角梳。闺中正气尚须扶，且看此章深浅入时无。　拜手焚香后，凭窗奋笔初。今生拼却作鳏夫，也待堂前抄罢圣贤书。

四　钟振振

夏唐两大门庭比较，唐门弟子之词学研究影响似胜一筹，而创作造诣有所不及。唐门高弟中唯钟振振勠力倚声，可名一家。振振（1950—　），南京人，八十年代中师从唐圭璋获硕士、博士学位，现任南京师范大学特聘教授，并兼任中国韵文学会会长等职。著有《东山词校注》《北宋词人贺铸研究》，并主编"历代词纪事会评丛书"等，甚具影响，自作词辑为《酉卯斋词存》，凡数十首。

振振以贺东山研究最称精绝，自家填词亦自东山而上窥北宋骏快壮丽一路，偶杂沉郁，凑为妙诣。如《醉太平》"红过杏梢，青过柳条。看看紫了葡萄，又黄梧叶飘。　无棋可敲，无山可樵。无方可药无聊，有闲词待烧"，词境似自蒋捷名篇《一剪梅》而来，下片四"无"字连用，工巧亦不在竹山之下，而"敲""樵""烧"三韵极锤炼沉挚，又与蒋氏不同，可谓不让宋贤专美于前者。

振振近年词多关切时事时景，颇有"现代化"倾向或曰"网络感"十足，佳作愈多。如《西江月·五一二大地震四周年，北川废墟中见红玫瑰一束盛开》二首：

> 四十九番圆月，一年一度春风。红玫瑰似血鲜红，不省当时谁种。　未化双飞蝴蝶，定成并蒂芙蓉。天崩地裂死生同，遮莫钗头拆凤。

> 一镇丘墟沉寂，四山泥石峥嵘。悬锤停摆震时钟，锁定天摇地动。　爱侣可能灰灭，真情永不尘封。红玫瑰胜昔年红。开在坍楼窗缝。

汶川地震当年，哀悼之作自然连篇累牍，而"四十九番圆月"过后，还有多少人记得这片曾经的"巴山蜀水凄凉地"？词人从北川废墟的红玫瑰不仅"提取"到了"天崩地裂"也无法掩埋的真爱，更传递出生命的坚韧与伟岸，极具现代人文气息。《鹧鸪天·藏东行》与《浣溪沙·过米拉山口》是"青藏行"系列的两篇，较上引《西江月》更觉灵转，大有随园老人神味。振振以为当下诗词写作的出路在于以古词汇的"常规武器"打新生活的"现代战争"[①]，此二篇可为力证：

> 一箭穿行梦幻诗，飞车拉萨向林芝。神山面目云中改，怪树魂灵窗外驰。　红簌簌，碧离离，牦牛鬣马饮清溪。村村五彩缤纷瓦，不信桃源有此奇。

> 米拉山翻千丈危，经幡五色好风吹。真言六字玛尼堆。　绿野放羊云聚散，蓝天飘絮马旋回。斜阳中有一车飞。

第三节　孔门弟子刘梦芙、张智深、郑雪峰

前文启功一节尝附谈"通天教主"孔凡章，孔氏门庭广大，汲引后进如恐不及，造就人才甚夥，至有"河之北关之外以诗词鸣者，泰半出

[①] 见钟振振博客。

其门下"之说①，其中名词人也多，本节仅简谈刘梦芙、张智深、郑雪峰三位。魏新河为孔氏"最骄宠"者，唯其为网络词坛中军渠帅之一，应置下编，其余则不暇矣。

一 "啸云楼主"刘梦芙

以年辈成就等指标综合考量，孔门弟子应首谈"啸云楼主"刘梦芙。梦芙（1951— ），字蓉卿，安徽岳西人，蕉窗老人刘凤梧幼子，受老父"另册"身份牵累，1966年初中毕业即被迫辍学，回乡务农。1978年后历任中学教职，1999年始调入安徽省社会科学院文学所专事研究工作。

作为学人的刘梦芙是"二十世纪诗词研究"方向的重要开拓者、奠基人之一。以言文献，则编有《二十世纪中华词选》及别集数十帙；以言论著，则有《二十世纪名家词述评》《近现代诗词论丛》《二钱诗学之研究》《近百年名家旧体诗词及其流变研究》等煌煌百余万字；以言旨的，则提出"爱国情怀与忧患意识""自由之思想，独立之精神""悲悯人生与博爱宇宙万物的终极关怀"三点作为二十世纪诗词的突出特质②，堪称精当。在这几个关键性维度上，刘梦芙都较早地站在了最前沿，其卓绝贡献不仅在本书中随处可见，亦应当为未来的学术史所铭记。

刘梦芙之诗词观散见于上述诸种论述中，可简单概括为"重学崇雅，求正容变"八字。在作为《二十世纪中华词选》前言的《百年词综论》中，梦芙特地拈出"学人之词——词人学者化和词作典雅化"一节，以为近百年词的主要特色。文中以为"二十世纪词坛……多数为著名学者……或是编纂、校勘、笺注古典词籍；或是研究词的图谱、声调、用韵、乐律；或是鉴赏批评古、近人词，写成专论、词史，著述数量之丰与质量之精，皆已大大超越前代……另有一部分词家，或本身是学人而无词学理论，或只喜创作而极少论词……但无不学殖深厚……词皆典雅深醇，绝少浅薄空疏之病，具有明显的学者化特色"③，这既是

---

① 孔氏弟子陈廷佑《忆孔凡章先生讲"作诗"》，网文。
② 《近百年名家旧体诗词及其流变研究》，学苑出版社2013年版，第17—21页。
③ 《二十世纪中华词选》，第35—37页。

文学史论，同时也可视为自家审美理想的基本路向。所以他在后文明确指出："知识分子……是国家民族的精英，肩负着文化启蒙、道德评判、文明建设的重任，具有高尚的情操、坚贞的气节、卓越的识见，词作必然会表现出不同流俗的品格，充溢着……人文精神。""精英文化……在思想上具有前瞻性和超越性，艺术风格表现为高华典雅，有着永恒的美学价值……其中含有不少通俗的成分，但通俗不等于庸俗，内在气质仍是高雅的。""当今诗词界一味强调作品要'通俗化、大众化'，视典雅为大忌，殊不知'大凡通俗的东西都是数量多的，价值贱的'（钱钟书《论俗气》）……要求诗词家降低品位，去迎合大众文化的低级趣味，恰恰是颠倒引导者和被引导者的关系，其结果是使诗词退化到原始阶段……这应该是有识之士深为忧虑的。"①

对知识分子、精英文化以及"典雅"化的判断，无疑有着乃父、乃师与大批文坛前辈同人身影的折射，同时更带有着特属于刘梦芙个人的忧患使命感，那么其诗学观念也必然趋于阳春白雪一种。如对于火热一时的"声韵改革"方案，刘梦芙就痛下针砭，指出"改革的结果势必使后人难以学习、接受古典诗词的格律，斩断了诗词声韵的承传关系"②；对于百年来风起云涌的新诗创作，则严厉地批评道："以现代汉语写作的新诗极少用典，未曾'雅化'……大量'象征派''朦胧体'新诗，语言生硬晦涩，意象怪诞离奇，不要说人民大众难以卒读，就连专家学者也无法解释。"③

这些意见不尽能为人赞可，本书中就曾多次引诸前贤之说以为一定程度的声韵改革甚有必要④，至于新旧诗的关系，我也有"不薄新诗爱

---

① 《二十世纪中华词选》，第38—40页。
② 刘梦芙：《当代诗词的发展历程、创作成就与存在问题》，"中华诗词六十年"高峰论坛暨创作研讨会论文，网络版。
③ 刘梦芙：《当代诗词的发展历程、创作成就与存在问题》，"中华诗词六十年"高峰论坛暨创作研讨会论文，网络版。
④ 散见前文梁启超、吴眉孙、冒广生、詹安泰等节。拙作《我之格律观》中又明确这一点："诗词用韵宜宽不宜窄，所谓诗当用平水韵、词当用词林正韵之说，吾不谓然。真想复古，该用《切韵》，至少用《广韵》才算正宗，何必用从二百多部减到一百多部甚至更少的韵书才算标准？可见韵部应随语音的实际运用情况而变动。现代人以现代共同语（普通话）为基础、以十三辙韵书为基准大体可行。"见拙著《诗词课》，辽宁人民出版社2020年版，第257页。

第三章 "谁家玉笛暗飞声":"新时期"的名门高弟词群

旧诗"之说,以为"新旧诗是友军,是同盟,而非不共戴天的对手和敌人"①,但对于梦芙的肃穆态度与雅正追求,包括我在内的学界同道显然都是持尊敬与理解态度的。同时还应该看到,梦芙在"求正"的同时亦有着鲜明的"容变"倾向,如对某些作者鼎力宣扬的"四声词",他就在缕述多家看法的基础上给出"若徒有复雅之名,羌无真善之实,仅求音律辞藻,而考其内涵,无非流连光景,则较诸俚俗之作不过五十步与百步之异耳","词之四声遵守与否,当由作者视自身情况而定,不须悬此以为高格,使人人效之,转生买椟还珠之弊也"的通达结论②;又如《二十世纪中华词选》中单设"网上诗坛"一部分,且对钱之江、如月之秋、发初覆眉等颇致好评,也足见"容变求新"的眼光与襟怀。

以上讨论自然是作为研究其词创作之背景的。梦芙《冷翠轩词》深得诸老宿名家之好评,其中周退密所说最中窍要:"(刘梦芙、王蛰堪、熊盛元三君)……大抵盛元之作时近苏、辛,蛰堪专事梦窗、中仙,而梦芙能斟酌四家,出以高骞之笔,有鹤鸣霜天之概"③,"斟酌四家"已见具眼,"高骞""鹤鸣霜天"二语尤能抉发梦芙特质。如80年代所作《八声甘州·登采石矶太白楼》:

> 任天风、骀荡送轻舟,吹上最高楼。正残霞红绚,澄江碧酽,醉我吟眸。几欲扪星摘斗,珠玉一囊收。情共长江水,浩瀚东流。
> 千载骚坛无敌,想云霄意气,凌轹王侯。叹飘零湖海,寂寞伍沙鸥。锁鲲鹏、乾坤何窄,是英雄、同抱古今愁。龙蛇动,啸悲风处,犹有吴钩。

词虽歌咏李白的"千载骚坛无敌""云霄意气,凌轹王侯",其实配饰而已,真意乃在"飘零""寂寞""窄""愁"数语。梦芙怀才不遇,处县乡中学教席数十年,故发语激切,剑气纵横,诚可谓"鹤鸣霜

---

① 《二十世纪旧体诗词研究的回望与前瞻》,《文学评论》2011年第6期。
② 《论四声词》,网络版。
③ 《二十世纪中华词选》后附。

天"、独抱孤怀的力作。类此"高骞"者在《冷翠轩词》中比比皆是，即便"眺九华山""中秋怀友""登长城""颐和园万寿山远眺""莫愁湖"等常题也都写得声色浓足，情韵丰赡。至当具体人事触发，则又沉郁逾恒，能摧百炼钢为绕指柔。如《烛影摇红·读分春馆词悼朱庸斋前辈次其海边落叶词原韵》：

> 劫海茫茫，骚魂莫恋人间世。当年影事倩谁传，岭表啼鹃泪。太息明珠逝水，卷苍波、西风怒起。那堪肠断，飘泊愁红，雕栏寒翠。　孤馆分春，惜春难借春荫庇。萧条身世托金荃，暂作埋忧地。旧梦依稀尚记，谱灵箫、昏灯黯倚。凄凉一卷，夜雨秋心，声声吟碎。

本篇自注："据云朱于三十年代末曾恋汪精卫之女，事未克谐而后以此屡遭冤陷，乃作《烛影摇红·咏海边落叶》自伤身世，哀艳绝伦，传诵一时。"故词有"影事""萧条身世"云云，其情致低黯，千回百转，几不弱于庸斋原作，至"孤馆"二句，尤能令人放声一恸。《台城路》二首系"读老辈劫中诸作，纵笔书感"者，虽自为摇曳，谦称"未能幽婉，不足言词"①，实则感触坌涌，不能自已，实有自家"萧条身世"寄寓其间：

> 一编青史斑斑血，书生竟成牛鬼。赤焰烧空，玄冠压顶，微命刀环牢系。兰枯蕙死。甚犹抱焦桐，素心无悔。午夜悲鸣，数声迸裂墨云里。　残阳终见化碧，长安棋局换，今又何世。妙术营金，新妆傅粉，同乐承平歌吹。骚魂唤起。听鸾背箫音，昆仑高倚。那得河清，雪莲开万蕊。②

---

① 本组词题。
② "微命"句下注："先君诗：'一顶玄冠重泰山，十年生命系刀环。友朋冰炭无相契，亲戚参商少往还。'又云：'曾着南冠类楚囚，亲朋相见总含羞。未能仙去同鸡犬，一任人呼作马牛。'""残阳"句下注："寇梦碧先生诗：'病叶零蝉渐不支，战秋魂气尚如丝。林梢一抹残阳血，看到幽幽化碧时。'"

第三章 "谁家玉笛暗飞声"："新时期"的名门高弟词群　875

　　一从鳌足崩坤轴，尧疆拍天洪水。虎豹磨牙，龙蛇起陆，诺亚方舟谁置。余生众蚁。望鼎定神京，少陵收泪。叵测君心，赤旗又卷海潮沸。　　昆冈琼玉尽毁。宝章惟四卷，红耀寰内。遍野莺歌，通衢燕舞，百拜吾皇恩惠。江山信美。恁丹药无灵，玉棺长闭。紫禁招魂，夜枭犹叫起。

钱仲联称许梦芙《水龙吟·登长城》"昂头天外，掷笔空中"①，其实真能当此八字评语的是这两篇。如此干将出匣、精光冲斗之绝大文章，又何贵乎"幽婉"二字？而世人或不及见，或不敢见，对此竟无赏会，诸多好评恐也难免皮相敷衍罢？

梦芙长调最精多，盖才性宜于铺叙也，小令数量质量均远不及，但也不少"俊逸浏亮"之篇。②《南乡子》兼有稼轩、玉田笔意，可为典型：

　　朔雪几时收，红萼开残傍小楼。一望江山皆粉饰，荒畴，惟听寒潮隐隐流。　　莫去问沙鸥，同是飘零白了头。几度寻春归未得，休休，不尽人间海样愁。

《鹊踏枝·随意写之，漫无章次也》一组则又是一种笔墨，芬芳悱恻中骨力峥嵘，周笃文、徐晋如等称其词格于项莲生、蒋鹿潭为近③，或亦有见于此。读三首：

　　瑟瑟秋风寒渐紧，小苑嫣红，一夜经霜刃。安得锦幡仙箓镇，护花长葆花容嫩。　　若有人兮垂绿鬓，悄散芬芳，双颊胭脂晕。欲诉幽衷身又隐，梦边知是花魂近。

　　一寸横波流媚眼，舞断纤腰，歌尽桃花扇。宜喜宜嗔休再怨，

---

① 《二十世纪中华词选》，第 1994 页。
② 富寿荪语，《二十世纪中华词选》，第 1994 页。
③ 俱见《二十世纪中华词选》，第 1994 页。

羊车已到昭阳殿。　　破镜重圆秋亦暖，海誓山盟，细说千千遍。从此双飞双宿燕，不愁天外蓬莱远。

　　弹指神通施帝力，幻作瑶池，嘉会迎宾客。已命双成躬献酒，还教小玉来吹笛。　　蓦地风云惊变色，凤散鸾飘，一片乾坤黑。都道天心真不测，东方竟有愚人国。

毋论哀红悼绿、宜喜宜嗔，抑或小玉双成、鸾飘凤散，都写得浑厚生新，确乎"得北宋余绪"[①]，最后一章更是前引《台城路》的"微缩幽婉"版，蕴藉中字字生棱，特著见地，足可觇"家学渊源""世代心绪"也。

二　"不觚斋主"张智深

张智深（1956—　）是"河之北关之外以诗词鸣者"的孔门弟子之一，虽师门渊源不及刘梦芙、魏新河等深厚，才艺精多则相仿佛，为专业作曲家，尤为当代词人所罕见。智深黑龙江阿城人，数理学科出身而任本省画院、书协要职，国家一级作曲。有《不觚斋吟稿》，诗为主，词不多而自饶灵性。前文论"老干体"尝举其《蝶恋花·春》，题材"主流"而笔墨酣饱，其实典雅者如《琵琶仙·奉题秋扇兄垂虹感旧图》《忆旧游·吊小小墓次蛰堪兄原韵》等亦佳，而又有很具"网络"味者。如《瀛洲令·忆亡友》与《生查子》：

　　镜后存一目，悲欢只独噙。视觉非常远，光圈所以深。　　十载能无病，瀛洲何处寻。我在QQ上，待君蟋蟀音。

　　初见乐游园，道是天秤座。一袭碧罗她，半个柠檬我。　　别来三十年，一笑还如朵。唯有那支歌，遗在天之左。

前者寓沉痛于轻灵，后者风情栩栩，嫣然独绝，而皆融用现代语

[①] 徐定戡评语，俱见《二十世纪中华词选》，第1994页。

汇，先锋感十足。《浣溪沙·镜里》云："镜里斜熏镜外风，无心沙漏有心通。幽思欲满却还空。　月渐融残深海碧，春方醉破小桃红。夜光旋舞一飞蓬"，写"幽思"情事，有义山风调，而"无心""夜光"二句又非现代人不能言。

智深集中另有《旧号吟叮》《变形青鸟》《铁达尼》《回声欸乃》《大江爵士》《黄昏边界》《吹梦如簧》等自度曲若干，也应注意。今人所谓"自度曲"者，绝多不可卒读，唯智深精于乐事，自度曲韵律颇谐美，又当别论。如《吹梦如簧·故宫》：

> 琉璃溅日，栏杆剥雨，西风演义阴晴。朝珠暗算，旗袍狂舞，悠然过眼清明。井心遗落，枯水咽娉婷。真如戏，一场辛亥，王朝摘去花翎。　蛙衣小坐龙床，镜中紫霭浮窗。昔日座钟犹漫走，今日之时光。结两槛，苔生篆意；似长门，吹梦如簧。待寻看，深宫往事，月辉秘影宫墙。

古代词牌中，《换巢鸾凤》《西江月》等由平转仄，押同一韵部。另有《清平乐》等平仄转换，然亦转韵。本篇上下片同押平声而换韵，古之所无，而读之亦饶音声之美，不可以今人度曲而非之。即以文字论，如"真如戏，一场辛亥，王朝摘去花翎""结两槛，苔生篆意；似长门，吹梦如簧"等句，皆可圈点。

同样美声律而妙词藻者还有《旧号吟叮·访哈尔滨小戎街 2 号抗联将领满洲省委书记冯仲云将军故居》：

> 小戎街畔，正暖日，斜入中厅。满洲空气，水彩午茶，有客商量密营。电车卧轨，壁炉里，火柴擦破警铃。蝴蝶便衣，玫瑰暗号，悠然错过牺牲。　琉璃眸子，有几个，校服女生。工课一篇，簪花偶数，来寻昔日心情。将军何处，有漆皮电话，旧号拨吟叮。无人答，但闻听筒里，兴安风雪声。

词乃革命史题材，可谓"主旋律"至极，然而能以静谧优美之笔致抒写诡谲惊悚之战斗，历史现实于此交织成一幅色调繁复之画面，令人感喟良深。如此动听之"主旋律",多乎哉?不多也!

三 "来鸿楼主"郑雪峰

郑雪峰《回忆孔凡章先生》盘点诸同门曰:"若新河兄最得孔老骄宠,江南最受喜爱,梦芙先生最受器重,(王)震宇所受指点最多,于文政兄诗风受孔老影响最大。我惭愧在门人中属于平平者,而或有人认为我的性情温润最近孔老,则更是惶恐不敢当了。"不乏自谦成分,而师弟间旦夕偕乐及自家面目,皆已表而出之。

郑雪峰(1967—),字寒白,辽宁兴城人,现为某职业学院教师,兼任《中国书画》编辑。著有《名碑名帖集联》《来鸿楼诗词》等。关于学诗经历,雪峰也有自述:"余年十四始知声律学为诗……初于夏承焘先生天风阁诗有悟入,由之寻讨陈简斋,深好之……虽有偏嗜而不敢偏废。曾问学于孔凡章先生,又与辽西徐长鸿、王震宇二君往还商略……词则初学白石而不能似,后颇读清代数家,而终无所归,但任其意耳。"[①] 所谓"终无所归,但任其意",落实到词篇中来约有二端:一是以"意"为帅,唯"真"是从;二是风格多元,不傍门户。

不妨先读"学白石"者数首:

> 来晚青衫,但追想、一舸飘然踪迹。曾载双桨明珰,菇波也堪惜。苔影里、垂虹老去,剩栏外、几多风色。冷韵疑非,微痕认淡,惆怅难拾。　　问谁幻、烟水迷离,又迢递、连环锁柔碧。还自柳阴深处,渐低篷摇出。都一段,悲欢旧史,却只裁、绢素三尺。恍惚清起箫声,玉蟾吹白。
>
> ——琵琶仙·垂虹桥原北宋胜景,而垂名久远者实以姜白石……戊子、己丑余曾两过垂虹,叠经隳圮,残墩尚在,不无叹息。今秋扇词兄作《垂虹感旧图》,悬拟白石诗境,并题词征和,因用其调谱此

[①] 《来鸿楼诗词后记》,浙江古籍出版社2013年版,第218页。

第三章 "谁家玉笛暗飞声":"新时期"的名门高弟词群　879

　　如影孤愁欲避迟,飘蓬心倦鬓先知。昨日霜笺飞一叶,分别,西风又到岁寒时。　与子曾无经月隔,萧瑟,残灯听惯雨飘丝。莫怪山阴回短棹,应要,十分滋味酿相思。

　　　　　　　　　　　　　　　——定风波·答兴志

　　苍鬓迷添,新词同瘦,十年多少堪惊。谈久烟浓,斟频茗淡,月华耿到疏棂。忻忧何计,剔宝剑、寒苔蠹青。二三除却,人世追呼,不愿愁醒。　当时绝忆分明,摇影瓯波,流梦江声。谁分诗筵,单衫潇洒,只今难浣尘腥。夜霜飞冷,但惯抱、孤衷断檠。安排已够,一管长箫,坐送深更。

　　　　　　——庆春宫·己丑中秋后二日引之来葫芦岛⋯⋯追往叙今,至有情何以堪之感,为谱一阕

　　梦里一相逢,梦外思难足。方寸小灵台,作汝黄金屋。　世路剧悠悠,我欲归空谷。空谷竟何如,山水皆眉目。

　　　　　　　　　　　　　　　——生查子·梦里

　　或全似,或略似,或语似,或神似,白石风调俨然,但更值得追问的恐怕是何以"不能似"?以雪峰才力,专作此种而翻然成家或亦不难,然而"意"岂能与白石全同?只要"命笔之际惟求一真字"[1],要记录下那些寂寥、愤激、忧患的真诚生命感受,就难免旁逸斜出,越轶白石门户,更遑论"清代数家"哉?雪峰《我诗》一首云:"我诗不苟作,郑重写间关。莫说珠光润,分明血色殷",已经是明言了这一点的。《木兰花慢》"柔颖内敛"近乎白石,"浑涵劲折"者如"是频年、种种验悲欢""从来恨有难言""万事付苍天"等则非白石语[2]:

　　漫矜持别绪,但挥手,忍长叹。正灯火笙歌,高楼万户,佳节团圞。风前乱飘鬓雪,是频年、种种验悲欢。几度眉还暗锁,从来

---

[1]《来鸿楼诗词后记》,浙江古籍出版社2013年版,第218页。
[2] "柔颖"二语出自段晓华《来鸿楼词序》,《来鸿楼诗词》,第162页。

恨有难言。　　杯翻一醉且颓然，万事付苍天。莫更问东风，甚时与送，归燕翩跹。愁端奋身斫却，把深心、旧悔掷长川。遮莫蛮天瘴雾，未须凭断阑干。

至于《金缕曲》二首赠徐长鸿者更把浓殷的"血色"直笔挑明，词序即有"侘傺其怀""世事多艰，骆宾王有悲'露重飞难进'；生计既困，李商隐而叹'我亦举家清'""惭愧感愤"等语。面对挚友窘境，雪峰特选顾贞观"寄吴汉槎宁古塔以词代书"词调刻写之，那种拗怒之"意"显然也是白石所无，即"不能似"的原因所在。词前篇以杜诗原句"偪仄何偪仄"开头，以下缕述"却为全家衣食计，为病妻、稚子不堪七"之无奈，下片及后篇更以"我亦泥涂艰曳尾，不著朱门野屐。何处为、故人屈膝""万事偏相逼""岂是才高难用世，算唯亲、唯诣都无术"等句绾合二人交谊处境，可谓深得顾氏原作三昧。

"凡交情之冷淡，身世之飘零，皆可于一草一木发之"的"沉郁"是雪峰词的显著特质①，而随物赋形、嘘物成灵的才华又造就了他的多元风格，这也是"终无所归，但任其意"的重要表现。《洞仙歌》（一枝春色）写风情艳发，"颤梦中风朵。遥想佳人目微可"，"痴坐影，早被相思暗锁"，"但耳语、当时太销魂，又极忆窗前，素蟾斜堕"云云，正是朱彝尊、史承谦一派苗裔。《沁园春·乌鲁木齐野马公园见硅化木……〈山海经〉有云："大荒之中有方山，上有青松名曰拒格之松，日月所出入"，得非其类乎。又有陨石甚多，则不知孰先孰后也》一首可谓风樯阵马，牛鬼蛇神，笔意情怀直追陈迦陵：

日月双丸，出入其中，力柱彼苍。更呼风以啸，声驱万马；披霜而振，甲列千章。海水倏飞，潢星乱坠，劫灭乾坤第几场。狂灰外，却心肠似铁，鳞鬣犹张。　　茫茫戈壁无疆，倩扶起、真应诧梦乡。但惊沙杳飒，半天横卷；孤蟾苦白，邈古同荒。残骨堪扪，奇龄莫算，过客蒙然猜未央。还愁我，是当时野鹤，来认栖翔。

---

① 陈廷焯：《白雨斋词话》语。

与中长调相比,《来鸿楼词》小令似更显精绝。《玉楼春》《醉太平》二首或于平淡见沉厚,或于恢奇见深婉,得古人高处而不陷于拘泥模拟:

> 物纷看惯天花堕,那更衣缁心似火。中年哀乐不由人,世路泥途堪笑我。　酒杯偏与诗肠左,雪虐风欺佳节过。新春入鬓坐成愁,可要红枝簪帽破。

> 山程水程,思萦恨萦。当初一别轻轻,怅仙人玉骈。　愁醒梦醒,珠明泪明。天涯重话逢迎,剩前生后生。

《鹧鸪天·以〈彊村语业笺注〉赠引之》更是古味醰醰,雅人深致:

> 匝面黄尘势涨天,万流趋市此何年。酒边别奉清真教,池北同参文字禅。　鹃换世,玉沉烟,四明孤调更谁传。遥怜瘦影秋衫薄,笛撅高楼白月寒。

引之系鞍山张树刚字,后文有述。"清真教"云云则见于张尔田《与榆生言彊村遗事书》所记张次珊语。时与朱祖谋、郑文焯、陈锐等宴会,适客有谈及宗教者,次珊曰:"我辈亦信教者。"问何教,曰"清真教",群相拊掌。[①] 词记此趣谈,既明彼时诸词老宗尚,用意更在"匝面黄尘""万流趋市""四明孤调"数语,一种苍凉栩栩纸上。《柳梢青》则另走一路,词人僻处辽西,奔走京华,时有"长安名利市,磨损才华,人海茫茫侧身冷"的自伤身世感[②],这首词即直抒情怀,具现代人文气息,透露出不得不然的"新变"端倪:

> 万驶喧潮,千楼换世,窗外沉沉。长安倦旅,灯前检点,剩有

---

① 见本篇自注。
② 郑雪峰:《洞仙歌·京华岁暮》。

秋心。　　青春无影无音，都不比、歌尘在襟。却费思量，光阴掷我，我掷光阴。

"光阴掷我，我掷光阴"，古来多少羁旅浩叹，在此八字中写尽！至于《台城路·读高华》虽字法古雅，而笔锋所扫，盖在近今，其锋锐厚重，尤见高格：

火燎平野围秦鹿，英豪一时争奋。大帝谋深，才臣术巧，烧剔翩翩神骏。霜风渐紧。正灵塔生寒，倚天抽刃。血染群峰，锦霞烘处日升稳。　　难开更难掩卷，是残灰劫墨，重拨谁忍。绕指钢柔，吹香桂折，都作他年灾衅。茫茫莫忖。甚键户中宵，坐萦孤愤。几辈虫沙，若何天不悯。

雪峰《来鸿楼诗词后记》云："方今百学竞新，诗词一道非名利之具，唯延命而已……吾之所为，亦但取琐记流年而已……庶以遣半世无成之悲慨也夫"[1]，两个"而已"，一个"也夫"，诚皆是大沉痛语，而其值得珍视处，或者正在那不无萧索的"延命""琐记"之中？

第四节　津门名家弟子词群

前文寇梦碧一节尝专门论及寇氏"传灯续火"心绪，言行耿耿，至为感人。此种忧患责任感之下，梦碧培育起了数量可观、成就卓著的弟子群体。自曹长河、王蛰堪以下，诸如王焕墉、杨绍箕、龙德庆、周大成、冯晓光、侯慧昌等皆自成面目，与陈机峰弟子赵连珠等共同构成此期一支词坛劲旅。

一　曹长河的《逐鹿词》

万方涂抹红潮，欲将血色妆天地。艳阳照处，长街人涌，秦灰

---

[1] 该书第218页。

再起。记得当时，上元夜景，月沉灯死。有书生跪拜，城南陋巷，浑忘却，乘除计。　　四十光阴若寄。守心魂、自知滋味。蛾眉谣诼，筵前龃龉，从容相对。未负孤衷，晨昏不辍，几株桃李。为三章约法，甘糜顶踵，向先师祭。

曹长河（1943—　）这首《水龙吟》系四十一年后追怀丁未（1967）拜入寇门情景而作，彼时年方逾冠，今则逾远古稀，而"红潮"下"书生跪拜城南陋巷""三章约法"之画面犹然清晰。消沉月色、昏黄灯光之下其实演出的是二十世纪词史异常动人的一幕！对这段往事，长河又有自述云："河生当传统文明崩坏之时代，复无家学依凭，本与旧学无缘。以新学开蒙，初择业物理，劫火起而未克学成……退而以诗词自娱。于泼天红海中把卷向隅，初窥旧诗词之境界，即惊其窅邈万端，继而师从寇公梦碧，稍得门径后复叹其深邃博大。于是寝馈其中，不知有汉矣。卅余年间立命之业屡变……至今劫尽变穷……其始终不变者，唯自溺于旧诗词耳。"① 能"于泼天红海中把卷向隅"，实素心豪杰，为寇氏"开门"并为东床快婿，良有以也。②

关于《逐鹿词》之得名，寇梦碧有云："其逐中原之鹿耶？逐雄苍之鹿耶？抑为马之鹿耶？曰皆非也，是皆逐蕉底之鹿耳。"③ "蕉叶覆鹿"典出《列子·周穆王》，实即迷离惝恍、人生如梦意，这诚然是深知长河心事的判断。梦碧又论其宗尚云："曹君长河少从予学词，于古今声家多所取径，而三熏三沐，尤在鹿潭，所为词兼清婉豪纵之长。"④ 则曹氏风格亦大抵清晰矣。可先读《甘州·秋日大风雨作》：

近黄昏、急雨荡关河，惊沙扇狂风。便扫清残叶，重遮瘦日，吹堕征鸿。海际片帆高举，浊浪怒排空。无限兴亡感，休问苍穹。

多少衰荷病柳，认伤心惨碧，锁梦愁红。算春秋代谢，造化是何功。渺长空、铅封四野，只逝波、滚滚向天东。凭谁力，遣雷霆

---

① 《逐鹿词自序》，网络版。
② 王焕墉拜入寇门似甚早，而年份未详，有据可查者当以长河居首。
③ 《逐鹿词序》，网络版。
④ 《逐鹿词序》，网络版。

起，唤醒鱼龙。

本篇作于长河初入寇门时期，诸如"关河""征鸿""铅封四野""唤醒鱼龙"等句皆极似蒋春霖手笔，更重要的是这并非泛泛拟古，那些狂风残叶、衰荷病柳、惨碧愁红岂不正是时世人心之写照？《木兰花慢·溱潼水云楼遗址吊蒋鹿潭》是瓣香蒋氏的自白，"我淑先生锦绣，先生遗我穷愁"二语尤其表明隔代心灵之契合，"三熏三沐"不仅是艺术宗尚之谓：

> 认荒陂旷院，道曾是，水云楼。只绕树低徊，临风浩叹，老泪难收。心头一番寄慨，似门前、野水乱横舟。我淑先生锦绣，先生遗我穷愁。　吟眸。身影远天浮，遥拜酹琼瓯。诉拣尽寒枝，栖迟未肯，甘落沙洲。堪羞古欢自许，恨萧条、异代不同秋。唯有芦花依旧，些些知为谁留。

综鹿潭沉郁情怀与梦窗绮密笔调于一手者当推《浣溪沙·步韵奉题引之莺天笛夜图》二首之一："往迹沉埋渐化烟，无垠噩梦困山川。万重哀乐置双肩。　红海惊心赊笛夜，黑云压眼待莺天。自将绮句证枯禅"，"无垠噩梦""万重哀乐"所感至大，不徒"莺天笛夜"对仗之工巧也。《蝶恋花》五首与《鹧鸪天》四首亦有为而作，词人自己说"家国事，且缄口"①，其实当然是牵系难以去怀的。《蝶恋花》之五似尤深婉而语意锋锐，煞拍或正是"蕉鹿梦"主题的又一种表达：

> 日影西斜深院锁，院外春荣，院里残红卧。羯鼓曾经挝欲破，心花已共群芳堕。　黻黼重拈成独坐，绣也无聊，抛也终非妥。我绣平原谁绣我，针针线线都相左。

《暗香·臭豆腐》一首是闲情"社课"之作②，而拈题拈调既甚可

---

① 《贺新郎·五十自寿》。
② 应为大河吟社课题。

喜，词也化俗为雅，具见梦碧门下"熏沐"而出的工力与风趣，不可不读：

> 冻檐雪急，听一声叫卖，悠扬长陌。小小数方，喜共椒油间红黑。休便攒眉掩鼻。齐物看、龙涎相敌。恰似那、橄榄回甘，余韵更无匹。　　还忆。未变日。正蔫蔫玉容，质也清白。为酬食客，来餍伊人食痂癖。知己平生竟寡，谁会得、非常标格。只美人，豪杰士，肯同本色。

二　王蛰堪的《半梦庐词》

寇梦碧以梦窗、碧山"家法"为旗帜，其实门径甚宽，堂庑颇大。就这些特点而言，王蛰堪似继承得最为纯正。他斋号"半梦"，虽为自谦，也未始没有"半力梦窗，半力他人"之意。①

蛰堪（1949—　）词确从梦窗入手，今存最早一批作于八十年代初者如《祝英台近·庚申除夕立春和梦窗韵》《霜叶飞·题斜街唤梦图依梦窗韵》《霜叶飞·赋落枫用梦窗韵》等皆已表明宗法。《石州慢·题夕秀词》似最典型：

> 藕孔魂迷，槐穴梦阑，秋气萧瑟。斜街冷社题襟，酒外窗痕山色。隔纱烟语，绛幡谁系金铃，番风凋尽群芳魄。眇眇正愁予，听山阳邻笛。　　岑寂。水西声断，梓里珠沉，恨犹堆积。万海千桑，镜里都成衰白。珮零环缺，拚教泪铸新词，劫尘不滓花间屐。残蜡渐成灰，剩春蚕丝碧。

以弟子题写恩师词集，却无常见的仰止祝祷俗套，而是着眼于藕孔槐穴、桑海劫尘的"萧瑟秋气"来揭橥"夕秀"心事，仅煞拍略点染"蜡炬""春蚕"之句耳。趣味笔力，已得梦窗一系真传。《高阳台》《临江仙》也是同一家数，言情深挚而用笔较疏朗，是不拘于梦碧家

---

① 熊盛元：《半梦庐词序》云："蛰堪以半梦名斋，似谓仅得觉翁一半，实亦隐含别开蹊径之意。"《半梦庐词》，黄山书社 2010 年版，第 5 页。

法者：

> 梦外芳期，樽前嫩约，十年怕忆霜风。雨暗云深，等闲消却香浓。痴情忍便无余念，抛恩怨、转瞬都空。泣花丛，万树千株，尽是愁红。　无常世相终难问，叹魂迷枕蝶，影畏杯弓。路隔人天，蓬山望断千重。凭谁为解三生孽，道今生、何事相逢。渺苍穹，碧落黄泉，此恨难穷。

> 笛里灯前无限恨，恨来况是无因。只将杯酒付流尘。倚栏凝望处，独立又黄昏。　枕上行云窗上月，月痕冷似心痕。片时睡醒足消魂。小庭怜旧色，顾影恁逡巡。

前篇"凭谁"以下诸句直呼胸臆，后篇"恨"字顶针及"枕上"二句工巧层叠，皆以性灵行之。熊盛元记九十年代访蛰堪于津门，见其壁间悬况周颐《浣溪沙·听歌有感》，可见这也是半梦庐所企慕的一种。其实蛰堪学梦窗、碧山者能见工力，佳作则还是集中在较富性灵之篇章。可再读下面两首：

> 晓窗窥破孤眠，梦长苦恨春宵短。几番分聚，消魂最是，悲欢相半。那更离怀，柔肠萦系，争如不见。甚人生易老，芳华总向，闲中改，愁中换。　心绪晚来偏乱。记前时、小园行遍。东风次第，长桥柳外，绿茵娇软。月夜归来，欢情顿改，佳期空远。问匆匆别后，桃花开未，更何时看。
>
> ——水龙吟

> 匝地惊尘，迷天劫影，一编吟草堪凭证。漫嗟天遣此英才，可能医得家山病。　袖手神州，结庐人境，平生消与诗人并。百年沉梦酒醒时，寒星恍似南天迸。
>
> ——踏莎行·题黄公度人境千秋长卷

词篇题材不同，笔法亦异，共通处乃在于峭拔中蕴沉厚灵转，诸如

"芳华总向，闲中改，愁中换""百年沉梦酒醒时，寒星恍似南天迸"等句皆气吞声咽，平中见奇，置之梦碧集中骤莫能辨，此之谓"薪火"也。蛰堪词也偶有"时尚"元素，《贺新郎·迦陵生辰作》本来是"标准"的怀古题目，可写得古意盎然，但因拟陈髯之疏放，笔致开阖，遂有"迪科摇滚"之奇语。全篇借古写今、亦今亦古，是越轶门庭、拓展胸襟的佳作：

> 世相凭谁问。甚千年、楚骚余绪，一朝灰烬。铁板红牙俱已矣，换作迪科摇滚。感苍生、几多悲悯。尸位嗟无医国手，枉教人、引醉思尧舜。一息在，未应泯。　画眉新样与时进。便操觚、续貂狗尾，佛头着粪。何事风流遗我辈，敢惜残年衰鬓。算只有、孤怀差近。唤起词魂和月饮，共先生、万古同销恨。情与泪，漫弹损。

《浣溪沙·过陈独秀墓》也是怀古之作，但言简而意赅，对这段诡谲历史的反思在吞吐之间隐现锋芒：

> 功过应难论是非，当年只手唤云雷。可堪初始愿相违。　半世纵横归落寞，几番风雨感栖迟。临终心事定谁知。

"可堪初始愿相违""临终心事定谁知"，上下片两结句一斩截，一摇曳，陈氏平生已经掩映其间。梦碧对历史现实多卓见，多定力，而不甚付诸臧否，"偶尔见峥嵘"而已，蛰堪可谓深得乃师心法。即如其《半梦庐词话》，仅谈词之作法若干，而无通常之古今词坛评骘掌故，或者不无谨慎起见。亦可录两则淙淙可听者：

> 词之为体宜雅言，故雅事雅言曰合体，俗事雅言曰尚可，雅事俗言曰不可，俗事俗言则可不必矣。初学者往往平仄格律在在悉依而寡然无味，使人读之生厌，究其根源即一俗字。余谓医俗之方无他，只在读书二字上。

词最主气格。气格者……要皆词人心胸之折射也。有柔厚之心，其为词也必缠绵悱恻，必忠爱悲悯。予谓作词须先作人，不有柔厚之心，必工尖苛酸愤之语，此关乎天性，所谓迥不由人也。

三　王焕墉、赵连珠

寇门弟子尚多俊彦，各有一日之长，本书不拟详说，仅再简论王焕墉，并及赵连珠。

王焕墉（1942—　），号崇斋，因与梦碧长子仲询同学而拜入寇门，又得张牧石赠"双梦一灯传"之印，以梦碧、梦边二家传人期待之。（见王焕墉《双梦一灯传》）焕墉缅怀师恩，近年发起成立"崇碧词社"，亦延续风雅正脉之善举也。其词可读《浣溪沙》一首以见意：

划地风高夕梦沉，弥天哀乐一灯昏。围炉夜话酒同斟。　　两代是非谁共语，百年忧患入清尊。淡茶明月最可人。

与王焕墉共创崇碧词社的赵连珠（1947—　）系陈机峰高足，1995年，以梦碧尝于浩劫中定期与友生雅集于海河之滨，谓之"大河集"，遂与曹长河、王焕墉、冯晓光等邀集为大河吟社以为纪念，其后唱和者波及十数省数十人，亦善承香火，有功吟业。

连珠词风较为明爽而意旨不浅，关切现实之直截痛快尤为曹、王数家所无。如《浣溪沙·题浙江乐清金定强先生诗集》下片云："纵使文章成鉴后，那堪时弊总翻新。空教累死一诗人"，诗人竟被"累死"，时弊之新多自不待言，而"空教"二字更透出无奈怅惘感。金氏诗以直陈史实时事见长，集中《双牌行》与《流莺曲》十三首等皆所谓能"累死诗人"者，连珠之品鉴甚为确当。《贺新郎·上元》更是常题，连珠笔下却新趣溢满：

荡夕烟花扰。便此时，才开犹落，欲闲还闹。彩胜家家朱幻碧，举目财神当道。总例是、千门歌笑。懒对荧屏归一隅，理愁思、寂寞矜怀抱。谁伴我，明月照。　　杞人惯自添烦恼。况禁他、世风险怪，人情乖巧。造物无端偏虐我，遣此神经大脑。强说甚、春寒心老。作意忘尘须纵酒，更等闲、身后空词藻。搔短鬓，忆年少。

"造物无端偏虐我，遣此神经大脑"，如此句子略有启功神韵，而"世风险怪，人情乖巧"之时又岂能少此一格？

第四章 "新时期"词坛补说

二十世纪最后四分之一的"新时期"词坛自有其特定属性。一方面，挥别未久的"文革"时期几乎全方位重创了传统文化的各要害部位，所造成的"肌腱撕裂"非一时半刻能够组接痊愈。诗词水准必将随文化整体坍塌而大幅滑坡。另一方面，随着改革开放的巨手挽狂澜于既倒，中国也从数十年的封闭状态走入了"新文化运动"后又一个思想启蒙潮流。以八十年代为中心的二十几年时间，我们几乎饥不择食地"恶补"全了西方文化界百年左右的理论成果，当然，浮皮潦草者有之，生吞活剥者有之，"各领风骚三五天"者亦有之，但在这种"东边日出西边下雨，道是无情却有情"的"淆乱粗糙之中，自有一种元气淋漓之象"。[①] 诗词也在呼吸到养分混杂的一点自由空气后面色渐渐红润……

诗词创作自然不能离开宏大的文化背景而独立图存，而各有侧重（或曰局限）的前文三章也不能完整描述此期词坛的边框棱角，有必要补充本章文字，以散点透视的方式为二十世纪词坛关上大门。每一个散点透入的光线或许都是微细的，但那不也是晶莹剔透，给人带来鲜亮和生机的么？

第一节 杜兰亭、马祖熙、梁藻城、刘征

前文谈"鲁殿灵光""名门高弟"词群，我已经尽力将诸老辈词人

[①] 此处用陈平原说法，见查建英《八十年代访谈录·陈平原》，生活·读书·新知三联书店2006年版，第123、137页。"淆乱"一句为陈氏引梁启超《清代学术概论》语。

涵纳其中，以免过多枝蔓，然而尚多遗珠，本节即先谈杜兰亭、马祖熙、傅义、刘征诸位，亦补过之意尔。

一 "一段诗史"杜兰亭

杜兰亭（1906—1997），字水因，自释为"智者乐水，菩萨畏因"，则晚岁耽于佛学之故。[①] 江苏无锡人，毕业于无锡公益工商中学后任职工商金融业，平生所作由女夫王运熙整理为《饮河轩诗词稿》，起于丁卯（1927），迄于丁丑（1997），"七十年浩茫心鸿，皆倾诗笺……后人不妨作一段诗史读"[②]。

《饮河轩诗词稿》的"诗史"品格固然因为足够长的历史跨度，更因为作者直面现实的勇气与锋芒。集中《哀榆曲》写"三一八"惨案当事人之一的杨荫榆，特重其"一愤成名一怒死"的被日军惨杀之大节，为民国诗坛名作。至《一蹶》十首、《呦呦吟》十首、《忆梦杂诗》七十五首、《欲哭》四首等组诗联吟亦寸铁杀人，胆识兼备。与诗相比，其词成就较逊，而诸如《双双燕·咏燕，一二八后回闸北作》《鹧鸪天·户口米》《鹧鸪天·封锁》《临江仙·灯火管制，露坐愀然》《采桑子·自警团站岗》《醉太平·岗亭夜坐，凄然成咏》等既堪称抗战词史某一侧面之真切记录，《满江红·近读张志新烈士事迹，肃然起敬，悚然有作》中"儿戏十年鱼上树，马喑万姓碑衔口""染遍神州强者血，斫伤元气谁之咎"云云更是对那个荒谬绝伦年代的冷峻质问，实亦"诗史"之俦也。试读《鹧鸪天》二首及《醉太平》：

> 一饭今无漂母情，长蛇列队对昏灯。嗟来只为三升米，半夜营营腾站到明。　　惊变色，怪闻腥，太仓闭置岁年更。艰辛淘得沙中粟，犹怕登盘戛齿声。

> 鬐篥声声天地秋，长绳迤逦望中收。倚门炊待三升米，划地牢成百尺楼。　　亡国恨，破家愁，一般滋味在心头。天边残日红如

[①] 《饮河轩诗词稿》封面，1998年自印本。
[②] 曹旭：《读饮河轩诗词稿书后》，该书第153页。

火,捷报犹传克鄂州。

> 长亭短亭,魂惊梦惊。举头犹正三更,盼东方未明。天寒酒清,威尊命轻。自怜深夜伶俜,又风声雨声。

"艰辛淘得沙中粟""划地牢成百尺楼""天寒酒清,威尊命轻",皆他人笔下所无,故此可贵。兰亭词长短调均佳,《鹧鸪天·寐词》与《浣溪沙·寐词续》是青年时言情之作,颇有义山风神,可录《浣溪沙》一首以觇之:

> 莫作人间第一流,原知清福未前修。果然容易是离愁。南国偏生红豆子,西风早敝黑貂裘。醒时如醉醉时休。

二 心仪湖海楼的马祖熙

心仪湖海楼的马祖熙(1915—2008)亦是不容忽视的重要词人。祖熙号缉庵,江苏建湖人,读书镇江师范时受业于任中敏、赵祥瑗等,盖亦吴梅再传弟子也。抗战起,间关走八闽,就学余謇、李笠等门下,其后辗转各中学教职至退休。祖熙治词以北宋为宗,兼祧苏辛周姜,于有清尤心折陈维崧,尝谓"迦陵秉赋豪迈,天资超卓……几希于苏辛……而其造境独至处,常有胜蓝之概"①,故甚倾心力作《陈维崧年谱》《迦陵词选笺》等。清初以来瓣香迦陵者颇多,如缉庵者,亦可称"忠实粉丝"矣。消息如此,其集中多"效迦陵体"之作即不足怪。如以下这两首《贺新郎》:

> 一怒凭空攫。鹰汝去、纥干山上,冻余寒雀。大叫纵横三万里,惊起水枯沙落。那只有、凉风索索。多少英雄悲末路,洒荒原、毛血成秋恶。天此醉,人如愕。银涛碎泻胸中壑,有人间、不平块垒,崎岖确荦。儿戏尽余翻复手,未必吴儿轻薄。我已病、君还如昨。转眼斜阳明健翅,豁霜眸、夜逐边城约。听不了,

---

① 陈铁凡:《缉庵词序》,网络版。

伊凉角。

——咏鹰

> 夜走南飞鹊。问人生、几番迟暮，几番离索。月惨星疏成一笑，扫地霜风作作。况又值、关河雁落。绕尽寒枝栖未得，莽中原、千古谁横槊。酾热酒，当曹愕。　　茫茫剑倚秋江恶。满长干、旧时儿女，而今欢乐。笛泪砧声秋以外，别有秋华春萼。更多少、乱山如削。拉尔乾坤同洗手，许科头、箕踞吾终托。呼北斗，同杯酌。

《贺新郎》是陈维崧的标志性词调，集中多达百余，陈廷焯所谓"飞扬跋扈，不可羁缚，一味横霸，亦足雄跨一时……即苏辛复生，犹将视为畏友也"[①]。缉庵词不仅用此调，且多点染迦陵语意，襟抱肩随，神貌毕肖，非泛泛袭古人皮毛者可等比。集中如此类者如《风流子》（西风青落照）、《台城路·汀州西岭吊南明墓》等尚多，不一一赘举。至晚年所作同调词《庐山牯岭访散原先生松门别墅故居》则已"敛雄心""成悲凉"，豪壮转入沉郁矣：

> 徙倚松门路。怅丹崖、依然虎守，烟峦云树。当日读书楼尚在，留得高名千古。曾吟就、千哀百虑。苦雨盲风多少恨，染苍苔、断碣眠芒楚。篱菊绽，秋如许。　　卅年避地蒙霜露。叹无端、仲弓坷坎，孟公迟暮，寄意安危存直节，销尽斜阳几炷。长太息、钧天难诉。袖手神州成悲愤，尽哀时、谁识公心苦。诗卷在，漫轻抚。

刘梦芙《五四以来词坛点将录》以为缉庵"词作殊富，风格近湖海楼之雄杰"，同时又指出"小令极有风致……神貌与慢词迥异，几疑出两人之手"，甚是。亦录风格近放翁、白石者各一，以顾见全人：

[①]《白雨斋词话》卷三。

写罢丝阑梦似冰，红灯夜雪欲三更。天涯如此忒多情。　　拟上吴峰同试马，要倾海水饮长鲸。中原落叶一声声。

——浣溪沙·抚州除夜有寄炳弟嵩阳

清江过雨，冉冉月华明胜玉。夹岸苍山，小管吹笙又一滩。
今宵卧稳，天上姮娥应有恨。别浦鸳鸯，一例微风怯晚凉。

——减字木兰花·新安江舟次

三 "几页虫鱼，一腔情怨"的梁藻城

生于1919年、去世于2021年的梁藻城享寿逾百，虽无伟功高名，笔下折射出的世纪风雨已足令人叹慨不已。藻城顺德人，十八岁从军抗日，五十年代后移居容桂至去世，有《风雨冰弦诗词》，其《自序》亦如疾风骤雨，嘈切错杂，陡峭心怀，袒露无遗：

感激天赐予一个悠悠八十载俯仰之间庶几无愧之我，感激天赐予一个历尽风雪泥途现仍健饭之我，更感激天赐予一个方吝其薪火却不靳其慧业令宿儒疾首学士冷眼之我。呜呼！日月沧海，万象森严，涓滴微埃，渺予何界。收拾风花一卷，抛残心血廿年，斯亦到此一游之过客留言而已。未有我前，既生我后，鸿飞鹤返，天道茫茫。倘留得几页虫鱼，一腔情怨，供后人指摘笑骂，不亦快哉！

所谓"收拾风花""抛残心血"，其实正是"尊情"的同义语。因为尚情尊情，必然不走入某些门户的隘见，不陷入拟古摹古的泥涂，必然要以"思衔千载终遥远，法定多端可有无"①的词笔记录下苦短人生、方亟世变中的"风声雨声、哀乐声、弦管声"②。《金缕曲·写于七十岁生日》可为代表：

---

① 梁藻城：《论诗》。
② 梁藻城：《风雨冰弦诗词二序》："人生苦短，世变方亟。九四衰翁蛰居陋巷，藜藿自甘。雷鸣电闪，不为所动。"《自序》又云："一时风声雨声、哀乐声、弦管声呜呜大作，几忘却人间何世。"

叟亦词人欤。冷红堆、风鬟雨鬓，衰兰泣露。更有翩翩佳公子，散尽黄金迎娶。何此老、肮脏自负。犊鼻围腰拖燕尾，肆目无、君上人移顾。死可谥，某狂父。　　告君一事宁怀恶。炼炉旁，偷薯挖芋，饿儿饥妇。岂屑酸丁穷途哭，低首黄牛撑肚。犹恨恨、风高夜渡。天地尚容残木杮，是野狐、不打诳言语。仲夏梦，梦何去。

词人不应该是"冷红堆"里"风鬟雨鬓，衰兰泣露"的"翩翩佳公子"吗？难道自己"犊鼻围腰拖燕尾""炼炉旁，偷薯挖芋，饿儿饥妇"也算是词人吗？"某狂父"而已！这样的"解构"式自伤诚是满含辛酸的了。《沁园春·公望来书，谓近日亲友，存殁凋零，颇多感喟》与《水龙吟·读〈陈寅恪最后二十年〉》也是悲慨无端、锐眼阅世之作：

在世无名，死后无灵，上国之氓。顾春风不度，衡门有锁；天鸡屡唱，塞耳不闻。酒憾真愁，药医假病，据报阎王最不仁。西山望，尽郊寻独活，瓮贮回春。　　吾人莫便吟呻，看过客、匆匆是劫尘。笑黄泉设店，旌旗十万；红阳救世，家国一神。文采风骚，秦皇汉武，谁是金刚不坏身。吾与子，做一天和尚，钟鼓晨昏。

先生云外飞来，少留好共云飞去。土垣卑院，闭门种菜，莫非闲事。织素欺心，然脂夺命，长安难住。岂禅机偶碍，蜃楼幻彩，便抛却、燃犀炬。　　且把金楼玉茗，唤盲翁、斜阳负鼓。再生缘渺，河东柳死，孤怀如此。非兰非蕙，不驴不马，忧愁风雨。幸十年心史，一朝天日，听阳秋语。

前首说任何人都是历史的匆匆过客而已，后首说这历史不能轻忽，最需要以"忧愁风雨"的"孤怀"记录展现出来。如此"纸上苍生可奈何，几人情泪洒山河"的卓绝见地[1]，得之于隐遁岭南乡村一隅的苍

---

[1] 梁藻城：《浣溪沙》六阕其三。

颜老人，幸欤不幸，谁能说清呢？

尚情尊情，也不能缺少宝贵的闪耀人性光芒的爱情，词人与妻子结缡六十余载，已过世人叹慕的"钻石婚"，然而一旦死别，见到"亡妻手植葡萄今始结子"，还是悲从中来，以《贺新郎》长歌当哭：

> 六十三年梦。痛黄粱、匆匆未熟，问天何憯。不信钗盟同草腐，立尽斜阳短垄。容少报、知寒问冻。陷我愁城知怎过，听零风、剩雨敲窗弄。待细诉，地无缝。　　天涯同是伤心种。信前缘、云萍万里，泊鸾飘凤。几度同罹天地劫，比翼何堪霜重。顾六合、百无一用。十载葡萄才结子，蓦西风、一夜和悲送。君稍驻，我将踵。

词令人想起归有光的名句"庭有枇杷树，吾妻死之年所手植也，今已亭亭如盖矣"，而"君稍驻，我将踵"的心盟语更显痛切。"几页虫鱼，一腔情怨"，这永远是诗词的真谛吧！

四　于"流外""画虎"的刘征

刘征堪称当代文坛的多面手，他的新诗、杂文皆蜚声文坛，诗词起步较晚，而颇具性灵，有关理论也耐人深思。

刘征（1926—　），原名刘国正，北京人，北京大学未毕业即参加中国人民解放军，后因病退役，从事教育、编辑工作，曾任人民教育出版社副总编辑。著有《刘征寓言诗》《刘征杂文选粹》等数十种，诗词自《流外楼诗词》《画虎居诗词》《古韵新声》等诸集选辑七百余首为《风花怒影集》，已能代表创作风貌。

刘征在《流外楼诗词自序》中明言自己的诗词写作主要从粉碎"四人帮"以后开始，并申说"关于写旧诗的主张"："旧诗的创作要争一个'新'字，思想感情要新，意境要新，语言要新，少用典甚至不用典，押大致相同的韵，否则制作再精巧也不过是复制的'唐三彩'，比古人尚不足，于今人则隔膜，生命力是有限的。"[①] 这些意见与启功

[①] 《风花怒影集》后附，北京图书馆出版社2004年版，第272页。

的"放胆押韵"、解脱性灵之主张大有近似处,但是仅以"新"字立意,理论色彩稍嫌匮乏,容易被胡诌乱写者资为借口。对这种"两面不讨好"的局面,刘征自己也有准备,故而声称"我只好来个跳出三江外,不在五湖中,自己不树流派,也不属于任何流派,书名《流外楼诗词》,显示了这个意思"①,如此将自己降到"仅备一格"的位置,就融通自洽得多了。

其实,刘征强调的还是"性灵"一说,因为抓住了这个要害,其诗词尽管尚多"主流"气味,却能逞才使气,笔下不乏佳篇。诸如《沁园春·答曾仲珊同志,兼呈彭靖同志》《浣溪沙·儿时忆趣》《沁园春·赠别败笔》《金缕曲·自寿二首》等皆古意醇厚,甚得"辛豪"三昧②,可读《金缕曲·得新疆短刀》:

> 七宝莹然射。乍抽刀、横空秋水,冷光出匣。陡觉周天寒砌骨,乱落飞光如洒。料不用、洪炉欧冶。浩浩天山万古雪,坠人间、一片冰龙甲。听夜吼,风雷咤。　　拂帘落涧谁知者。定前身、柴车元叔,狂生德也。弃剑学书偶然耳,赢得鬓丝衰飒。驱万字、狂来倚马。漫道文章干世运,谓投枪、自笑枪头镴。百无用,书生话。

虽然标举"少用典甚至不用典",本篇还是用了欧冶子、范缜、赵壹、纳兰性德等典故③,但用得其宜,适足增雄杰之气,并不输力学陈髯的马祖熙。当然,刘征最具面目者尚不在此,那些"思想感情要新,意境要新,语言要新"之作无疑更值得关注。《金缕曲·游曲阜》结末处云:"看来了、六七童子。唱着歌儿拍着手,拉先生、共做迷藏戏。柳荫下,芳草地",性灵化的幻想场景确乎将"怡然若有所会"之感渲

---

① 《风花怒影集》后附,北京图书馆出版社2004年版,第272页。
② 《沁园春·答曾仲珊同志,兼呈彭靖同志》句云:"颇嗜辛豪,亦耽姜婉,不惯称臣自作王。"
③ "拂帘落涧",《南史》引范缜语。元叔,赵壹字。"狂生德也",用性德"德也狂生耳"句,皆见本篇自注。

染浓足①,自来写"浴乎沂风乎舞雩"一段者未曾有之。

《念奴娇·海恋》与《念奴娇·赠海若》两首为姊妹篇,通体洒落恢奇,别具匠心,而又各出机杼,更是刘征笔下杰作。《海恋》一首全用情书笔法,上片极言"几回见面,你总是,无言默默……道是无情,眼波流转,那是为什么"的温柔思慕②,下片却转为"浪打长天天欲裂,燃起无边碧火"的壮观与"仓皇遁走,才知存想都错"的惶恐,反差中见巧思,巧思中见痴恋。《赠海若》较之《海恋》尤为奇辟:

> 我猜海若,你准是,一个迷人女子。云做衣裳星作眼,更有柔情似水。那美人鱼,黄昏怅望,多半是姐妹。轻潮如唱,波澜一点不起。　然而也许不然,或为哲人,白发长拖地。秋水滔滔喻无限,河伯欣然而喜,几次来寻,未曾一见,为什么回避。怕惊佳客,微微一笑霹雳。

海若之名出于《庄子·秋水》,即海神。庄子笔下的海若滔滔雄辩,乃是寄托自家思想的睿智化身。本篇一反此种"刻板印象",先将海神设构为"云做衣裳星作眼"的"一个迷人女子",下片始回到"白发长拖地"的"哲人",而以"怕惊佳客,微微一笑霹雳"十字结之,难怪周笃文竟以"构思如此高奇,提炼口语圆莹本色,真化工手段"称之!③

还值得一说者系刘征之"杂文词"。虽然他自称"写新诗主要用来讽刺……写旧体诗则多用来歌颂"④,但郁怒横来,"旧体"也不免承当匕首投枪之任。这些"笔不生花偏着棘,可能刺痛耶胡"⑤之作不能称多,然而如《金缕曲·读报有感》写安徽阜南联防队员超征提留款杀人案就戟指怒喝"甚今时、公仆酷似,当年敌寇",《沁园春》(云惨苍山)写广东从化铁索桥断坠死数十人惨案也悲慨"欲问苍天,苍天无

---

① 本篇小序。
② "几回"数句中依律缺二字,原书如此。
③ 见周笃文《激活传统　继雅开新》(网文)。
④ 《霁月集自序》,《风花怒影集》后附,第275页。
⑤ 刘征:《临江仙·台风》句。"耶胡",自注见《格列佛游记》。

语，人与黄金孰重轻"，力度皆比杂文有过之无不及。

1994年克拉玛依友谊馆大火是二十余年后仍令人惊心并深感耻辱的事件，死难三百余人中学生独多。死难者家属要求给捷足先逃之"公仆"立耻辱碑，以昭其恶。刘征词不啻为凌厉风发的碑文，可径直录之，不必更求：

> 耻辱名碑，我试评量，何辱可言。查命如草芥，贱者百姓；身同金玉，贵者为官。烈火无情，千钧一发，官不先逃谁占先。知趣者，喝学童等死，且让一边。　碑文大笔须韩，更柳骨、颜筋神力镌。任年光流逝，长存伟绩；八方来往，共仰青天。烂额焦头，冤魂三百，谅畏官威不敢前。深夜静，问公仆滋味，苦辣酸咸。

以词论之，或又会有人摇头叹气，以为如何如何，可是谁能忽略词中震撼人心的良知的能量？在这种能量面前，一味拟古得来的"婉曲雅正"难道不会黯无光色？

第二节　何永沂、廖国华等"打油"诸家

一　李汝伦、何永沂

以性灵抒良知的路径并非只有刘征孤行独走，词史还应该记下与他年纪相若的诗坛骁将李汝伦。他词不多作，成就也远逊于诗，但因为良知的伟力，这些词也就观之如干将炫目，听之若流泉琤琮。

李汝伦（1930—2010），吉林扶余人，1953年毕业于东北师范大学后历任中学教师、文委作协干部。1957年后遭划右派，二十年百凶遘罹，"改正"后任职广东作协，并任《当代诗词》主编，尝特地开辟"劫尘史鉴"栏目，成为以诗词形式抚摸清理伤痕的重要的——应该也是唯一的——阵地，其卓绝胆识于斯可觇。汝伦诗词结集为《性灵草》《紫玉箫集》《紫玉箫二集》，总量不菲而词作不多，未大用心力。可录自度曲《雀儿令·追忆一九五八年围剿麻雀之役》一首，聊以存人，

并可见证人类科学历史上荒谬愚昧的一幕[1]:

> 喧闹盆和板,竹竿破布幡。清风朗日可怜天,无边,窝不能全,足不能安。　羽国烝民细,恶名石鼓刊。莫须有罪大南冠,人间,千古奇冤,今古奇观。

"几份性灵传海内,满胸块垒酒难平"的何永沂与李汝伦往还密迩[2],也是同道中人。永沂(1945—　),广东中山人,毕业于中山医学院后始终从事一线临床工作,著有《内科急症诊疗》等,诗词汇为《点灯集》《后点灯集》,系取"只准州官放火,不许百姓点灯"意,旨的已甚明晰。[3]古代医儒相通,医士诗人互兼者如清代方文、傅山、郑文焯等不少见,现代社会分科愈细,能贯通者则罕觏矣,何永沂是其中出色的一个。

《点灯》二集以诗为主,尤以"救心丹"式的打油诗见重吟坛。[4]其《打油三首论打油》后二云:"当年何处望神州,雅士纷纷赋打油。思深痛定不言痛,万种荒唐好个秋","秦坑秦火两悠悠,一片晴天尚可偷。方家多道温柔好,我爱诗真略带油",可谓别有心解,深得三昧。永沂词小令居多,精悍"带油"略如其诗。如《浣溪沙·猴年新春夜读史偶成》:

> 说梦痴人梦未休,忽惊梅萼又枝头。那年一雨便成秋。　窃位堂前能指鹿,整冠屏上已非猴。封神演了是西游。

读史读出《封神》《西游》,不太容易,也别见辛辣手眼。同调词

---

[1] 1958年2月12日,中共中央、国务院公开发出"除四害"的指示,麻雀列名其中。据《人民日报》等,4月19日至21日,北京市300万人连续突击三天,共歼灭麻雀40余万只。上海4月28日大战一天,灭麻雀掏雀蛋共25万只。1960年4月,全国人大二届二次会议正式通过文件,"除四害"中的"麻雀"改为"臭虫"。见郑光路《一九五八年围剿麻雀的"人民战争"》,《党史文苑》2003年第5期。

[2] 何永沂:《秋夜不眠》。

[3] 永沂:《自题点灯书屋》句云:"放火施魔术,点灯骄正声。"

[4] 何永沂:《打油三首论打油》其一"打油诗是救心丹"。

《遣怀》与《前尘杂感四首》之三也多警拔处：

> 莫负天南月占多，清光如水泻新荷。点灯一卷有人哦。　谁复幻虚寻蚁梦，自思无意惹蜂窝。江湖载酒笑千磨。

> 一卷真诗理乱麻，窦霜秦火听寒鸦。荧屏省识雪莲花。　梦也春回楼听雨，凄然事去浪淘沙。红棉红处是吾家。

"蚁梦""蜂窝"与"楼听雨""浪淘沙"，不徒对仗工巧，感慨也深，有着平生心事之投影。《减字木兰花·秋夜意识流》则看似无意义的堆砌，其实潜气内转，颇见风骨：

> 天涯枫叶，未遇霜寒休滴血。险峡铜琶，卷起千堆白雪花。有时无语，江月江风随梦去。谁是诗仙，天子呼来不上船。

这种"意识流"不仅是诗思的发散性难以收束，更多恐怕还是心有避忌，难以明言。再读《沁园春·梦呓》，其意象纷杂，也都属"意识流"，但那其中"流"出的难道不是诗歌中最称宝贵的思想"活水"？

> 荡荡乾坤，偷儿大半，念念弥陀。惯威狐假虎，指龙为马；千寻铁锁，三字风波。张弩射潮，挥戈返日，惊煞当年春梦婆。凌绝岭，问摇摇残照，天意如何。　卒嗟烂了千柯，怅蚁聚、槐安劫数多。爱冰封雪锁，苍苍古柏；鸡啼剑舞，耿耿霜河。纸上真情，杯中傲气，幻起天风海浪和。谁共我，把唾壶击破，慷慨悲歌。

李经纶（1947—　）与古求能（1948—　）两位广东诗家也都是团聚在李汝伦"旗下"的"打油"高手。① 古氏《金缕曲二首》之"听罢鸡鸣闻犬吠，更景阳、冈上惊虫吼。强咽下，迷魂酒""不计较、高卑品味。不唱 OK 不跳舞，有客来、泡点单丛焙"云云意态宛然，而

---

① 李氏台山人，有《李经纶诗词选》等，古氏五华人，有《同声集》。

李氏《西江月》"残夜寒潮飙突,不知世道何年。傻头逆水撞坚船,流血当然满面。　天下谁家作主,休听乱语胡言。鸡鸣星坠起炊烟,山鬼潜踪不见"尤显锋锐,另有值得一提者系被何永沂称为"白话为诗见大才""一生襟抱向诗开"的"寒农"诗人廖国华。①

二　"寒农"廖国华

廖国华(1945—　),号听松庐主等,湖北荆州人,幼从父学诗,初中毕业即进砖瓦厂做工,五十岁后因企业破产而失业,生计无着,遂以诗求售,一发不可收拾。能以诗歌赛所得奖金买下社保,以维持晚景,亦云幸矣。此境遇比之古代"寒士"尚有不如,称之"寒农"或更允洽。国华有"诗魔""诗匪"之称,曰"魔"曰"匪",大抵与其"无门无派,以手写心,不拘成法"从而显得大胆怪异之特质有关②,诸如《夜聚吟》后半"每话天灾真见鬼,一提腐败日他娘。是谁座上嗓门大,老子农民不下岗"就轰动一时,颇引关注,也颇惹非议,然而滕伟明云:"他不走驯良的道路,经常用一种戏谑的态度来诠释生活,形成另类风格,颇为别致……他对古典诗词……犹如花和尚对佛经的领悟,即所谓'酒肉穿肠过,佛祖胸中留',在反叛的行状中隐藏着虔诚"③,此语可谓得之。自《沁园春·戒诗叹》不难看出这一点:

> 酒可停杯,烟能绝火,笔却难封。是四时花鸟,催成意趣;一天风雨,涌入诗筒。牛背哼来,犁尖耕出,得自天然句便工。疏篱下,问黄花何幸,着个吟翁。　偏偏报纸难容,平平仄、输它假大空。把泥香汗味,斥为土气;山歌俚曲,鄙作雕虫。不必求他,依然故我,发了牢骚再用功。掀髯笑,笑戒诗何苦,破戒何匆。

上片强调"牛背哼来,犁尖耕出"的"天然",下片鄙斥只讲"平平仄"的"假大空",平白道来而旗号鲜明,绝无含糊。这也说明廖国

---

① 何永沂:《题廖国华无妄斋吟草》。
② 廖国华自撰小传,网络版。
③ 《四川经济日报》2012年5月26日"九里堤文稿"专栏,署名"亏堂"。

华的写作自有其理论根基，而诗词中的愤世嫉俗气又显然与他的"寒农"心绪紧密相关。可读下面两首：

> 行年五五，心总无城府。热脸不粘凉屁股，能不归来刨土。
> 此身甘老荒丘，无非做马当牛。除却茅檐碍帽，谁还令我低头。
> ——清平乐·乱弹四首（其一）

> 一路山墙一片红，盛装巧扮掩真容。商家自是腰包鼓，书记当然喜气隆。　　官运旺，宦囊丰，黄粱未熟梦方浓。哪知背后行人指，外似桃花内有脓。
> ——鹧鸪天·题刷红全县临国道房屋

> 大国纷纷夸崛起，争相神侃胡吹。教授名家口沫飞。自甘充仆妾，人岂尽昏聩。　　祸起三令五申里，法颁万百千回。年年见惯食言肥。忽悠凭你忽，呵欠我成堆。
> ——临江仙·荧屏噪音

"油气"不少，"火气"也不小，更多的怕是"傲气"与"冷气"罢？牛背犁尖的"天然"也不总是一味愤激的，《定风波》二首一嘲落牙，一落牙嘲我，意旨自稼轩《沁园春·止酒》而来，化一长调为二短调，也别具机趣，不可不读：

> 时痛时松时发麻，半边肿脸灿如花。许是今朝缘分尽，须信，祸来唇齿也分家。　　基础动摇当下岗，休想，同甘共苦度生涯。后我而来先我去，归处，长河东下伴泥沙。

> 自打随君食亦苦，饥时倒比饱时多。劣酒菜根常作伴，粗饭，纵如铁石也销磨。　　君已消闲吾不用，珍重，别君一去两蹉跎。一语嘱君君且记，休弃，无牙莫唱大风歌。

自启功、许白凤到本节的何永沂、廖国华等可以反映出，"打油"

二字已经愈来愈成为当代诗词发展的一条主线。如何认识"打油诗"之价值与审美特征前文已经散碎说过，这里不妨再征引钱理群之语做一小结："耐人寻味的是……打油诗……竟在六七十年代的中国得到了异乎寻常的发展，而且一直影响到八九十年代的旧体诗创作……在那史无前例的黑暗而荒谬的年代，人的痛苦到了极致，看透了一切，就会反过来发现人世与自我的可笑，产生一种超越苦难的讽世与自嘲。这类'通达洒脱其外，愤激沉重其内'的情怀，是最适于用打油诗的形式来表达的……打油诗……具有相当大的心理与感情的容量。尽管它需要有更高的精神境界，更强的驾驭语言的能力，但我想，在我们这个充满矛盾的处于历史转型期的时代里，打油诗体是可能具有更大的发展前景的。"[1]

第三节　熊盛元、熊东遨、杨启宇等

一　熊盛元

前文论刘梦芙部分尝引周退密称刘氏及王蛰堪、熊盛元为"三君"的说法，并以为"盛元之作时近苏、辛"，其实刘梦芙总结得更为全面切实："其词先喜苏、辛，入中年后易辙为梦窗、碧山，上溯清真，持律谨细，运笔绵邈，于丽藻中含沉咽，绮思中见悲慨，无复早年朗畅之风矣。"[2]

盛元（1949—　）字复初，号晦窗主人，江西丰城人，师从庐陵吕小薇，又与梦碧一派接触频多，不妨视为派外友军，与王蛰堪、刘梦芙、段晓华等唱和最密。现任职江西社会科学院文学所，著有《静安词探微》《晦窗诗话》《晦窗吟稿》等，词存二百首左右。盛元论诗有古雅清真倾向，而格局能包容开放，在"当代诗词复兴进程中的传统派"中颇不易得。[3] 如第八条：

　　幼时读卞之琳先生《长途》诗，极爱其中四句："几缕持续的

---

[1] 钱理群：《二十世纪诗词：待开发的研究领域》，载《全国第十四届中华诗词研讨会论文集》。
[2] 《冷翠轩词话》。
[3] "当代诗词复兴进程中的传统派"系刘梦芙语，见其博客揭载同题文章。

蝉声，牵住西去的太阳。晒得垂头的杨柳，呕也呕不出哀伤"，以为唐人高处，亦未必能过此。近读……富寿荪先生《襄阳公园抒怀》诗："梧叶飘残昨夜霜，小园风物乍苍凉。一坪饥雀喧衰草，几个游人倚曲廊。能写萧寥惟老柳，略分惆怅与斜阳。低徊意绪凭谁说，却对寒云忆渺茫。"其中"能写……"两句，境界与卞……诗极为相似，铸词炼句，亦难分高下。由此可知，诗之优劣，在神而不在貌，在实质而不在载体。时下新旧诗人，壁垒森严，或以新诗为主流，或谓旧诗乃正统，蛮触相争，纷纷扰扰，殊可笑也。①

这无疑是有识之见，较之视新诗若仇雠者高明多多。与理论相比，熊盛元诗词创作不甚见新诗味，毋论"先喜苏、辛"抑且"易辙为梦窗、碧山"，大抵归于醇雅古厚。如《鹧鸪天》：

剑敛幽光瑟掩尘，侵阶草没旧苔痕。沧桑变幻棋千局，湖海栖迟酒一樽。　　衾渐冷，梦难温，菱花空照二毛身。从今收拾名山业，不拜英雄拜美人。

此为庚午（1990）所作，犹多苏辛意味，而"衾""梦""菱花"等意象已见"沉咽""悲慨"。《晦窗诗话》第二条云："余填《鹧鸪天》词，其下片云云，自以为造语甚工，师友亦多称赏。唯施蛰存先生颇为不满，批曰：'二毛身是中年以后的人，还要拜美人，岂非老而好色？'盖讥我年甫四十便叹老嗟卑也。"② 这是一段别有意味的记载，大约此后盛元词风虽尚多奇横，乃更多转向内敛一路。如《水龙吟·谒文芸阁墓即用其"落花飞絮茫茫"韵》即不全是芸阁笔法：

绿烟低护荒坟，梵钟消尽凄凉意。花飞石罅，鹃啼林表，不知何世。漫拂碑尘，重招词魄，芳春归矣。向空山一啸，清泉四溅，谁人解，松筠志。　　拔戟西江兀傲，梦惊回、乱鸦声里。青衫泪

---

① 《当代诗词丛话》，黄山书社2009年版，第226页。
② 《当代诗词丛话》，黄山书社2009年版，第223页。

湿,红椒味永,幽怀无际。萍实潜踪,蕙风盈袖,夕岚横翠。剩苍茫万感,都融落照,伴孤云起。

"拔戟"映以"乱鸦","红椒味"映以"青衫泪","苍茫"映以"孤云",在追慕乡前辈"兀傲"的同时别有一份"谒墓"之荒凉,很能为盛元整体词风剪影。《水调歌头·梦天》与《婆罗门引》也是奇横而未甚放逸之佳作:

今古劫尘里,渺邈雁书天。几行云篆谁识,欲问大罗仙。梦入迢迢银浦,月泻洴洴玉露,惊看藕如船。举棹绿波起,星影自盘珊。
觑人世,陵变谷,海成田。便栖紫府,幽恨堆枕也难眠。检取千年瑶佩,拭尽三生残泪,袂底贮虚烟。不信鲛珠碎,深夜又重圆。

蜃楼幻灭,劫波沸处海桑红。千年镜月迷蒙。恍觉浮生如梦,今古万缘空。但闲吹玉管,静抚焦桐。　山深雾浓。倚翠竹,对西风。未许魔炎魅火,燃炽胸中。云端长啸,又还怕、声彻广寒宫。无限意,尽付秋鸿。

如果说"梦天"一首还掺杂些东坡、于湖的高旷,《婆罗门引》则已深入梦窗一派堂奥,从而印证了刘梦芙"无复早年朗畅之风"的说法。"朗畅"或者"沉咽"无非是词人对于内外双重世界的感知体悟而已,情随事迁、笔因时转实属必然事。

不妨再看一首"悲慨"的《减兰·痛悼李汝伦诗丈》:"悲歌匝地,荷戟荒原空洒泪。雪意沉沉,九域依前万马喑。　剑横牛斗,独倚高楼风满袖。莫怨春遥,梦里如闻紫玉箫",由现实催生的沉痛必然更为真实,更具感发的力量。此篇有菽子、蛰堪、安知、风清等四人和作,盛元词集中尚属于规模不大者,诸如《浣溪沙·题安亭草阁填词图次石窗词丈韵》《琵琶仙·庚寅七夕前二日,新河以所绘〈垂虹感旧图〉及〈琵琶仙〉词见示,觉风流不减尧章,爰赋此以报,用鹿潭韵》等作,唱和者皆多达十余,同气相求、师弟继替的群体活动当然是标举风格、张扬文脉的重要手段，更是文学史研究应该予以关注的关键一环。

二 熊东遨

熊东遨与盛元同姓同龄，多交集，可合而论之。东遨字日初，号楚愚，湖南宁乡人，从事新闻、教育、外贸工作，现定居广州。著有《诗词医案拾例》《求不是斋诗话》《忆雪堂选评当代诗词》等。东遨创作以诗为主，《诗话》论诗法也多本色通达语，如：

> 诗之有新旧，犹人之有弟兄，弟兄不应裂眦，新旧不应对立。有好新诗而鄙薄旧诗者，亦有好旧诗而鄙薄新诗者，皆失矣。窃以为新旧体各有所长，亦各有所短，取彼之长补己之短，正其宜也。兄弟阋墙，于诗无益。(二七)

> 作诗有死抱前人戒条者，亦属不智。以用韵为例，"东""冬"分明已合，偏要强分；"元""魂"分明已分，偏要强合。如此作茧，非不智而何？须知君所为诗，乃供今人读也，非供古人读也，今人觉其是者，何必非之以就古人？(二六)

类似频繁的征引再次表明，对于诗词声韵一定程度的改革、新旧诗的关系等问题其实已经有着深广的思考，并且已经在相当范围内达成了包容中庸的共识。

东遨词走清疏畅达一路，毋论闲情挚爱，或者琐忆抒怀，大抵快人快语，甚少描头画角习气。如言情之作《浣溪沙·有思》"相忆相忘两未能，登楼但说月凄清。雨肥风折不关情。　十九年花消受血，二三更梦感知兵。有时麻木到心灵"，用笔一顺到底，而"雨肥风折"四字及过片折腰对又颇深曲回旋，并不显平直。《浣溪沙·山乡杂拾五首》有杂文漫画气，《沁园春·岁首和新河》笔涉时局，皆不以渟滀见长，而后者自有一份沉郁凛然：

> 回到从前，已不可能，便向未来。幸黄尘未损，风前老眼；浊醪差慰，雪后孤怀。月殿观光，槐村选举，梦个团圆亦快哉。

天朝事，任公婆去说，只当齐谐。　无端又替人哀，算几代、花冠属彼侪。看轮番上演，无非是戏；独家种蛊，久必成灾。绿坝防川，红歌祭祖，未审狂澜出砚台。君休笑、到中流试听，一曲秦淮。

"未来""选举""种蛊""红歌"云云，语新意新，辛辣中蕴忧患之思，如此能"紧扣时代脉搏"者终较拟古画虎者为可贵。《摸鱼儿·童年琐忆》以天真烂漫之笔写悠远怅惘之情，也是难得一见的佳作：

忆儿时、坐分果果，何曾忘却些个。人中你是花仙子，淘气一休为我。才入伙。便怎地、瓜棚争演《花田错》。心扉不锁。任八姐三姨，堂前拍手，笑个钗儿堕。　西厢曲，苦被黄鹂搅和，东风尤与相左。天涯一别无消息，剩有乱愁成垛。伤不裹。伤只在、内心深处君知么？何堪更挫。最苦是昨宵，莺花梦里，与你擦肩过。

昔年郑燮有名作《贺新郎·赠王一姐》，自"竹马相过日"之"琐忆"种种转至"廿年湖海长为客……今日重逢深院里，一种温存犹昔"的沧桑当下，而以"回首当年娇小态，但片言、微忤容颜赤。只此意，最难得"的温馨作结。东遨此篇不让板桥专美于前，而"莺花梦里，与你擦肩过"之煞拍尤令人长唤奈何。同一写情，在清初为朱彝尊的"渐坐近、越罗裙衩""众里偏他回避早。猜不到，罗帏昨夜曾双笑"[1]，在清中叶则为郑燮的"还记汝、云鬟覆颈，胭脂点额"，而至今就必然衍化为熊东遨的"人中你是花仙子，淘气一休为我"，这才是文学史正常推转运行的轨迹所在，或也可套用一句时语"只有时代的，才是永恒的"？

东遨妻周燕婷系张采庵高足，后文女词人一编有述。

---

[1] 朱氏：《鹊桥仙·十一月八日》《增字渔家傲》，皆见《静志居琴趣》。

三　滕伟明、刘静松、陈仁德

"二熊"分立赣湘，实则此期之"川军"声势更盛。先说滕伟明。

滕伟明（1943—　），号亏堂，成都人。毕业于四川大学中文系后历任中学、高校教职及报刊编辑，著有《滕伟明诗词选》《亏堂说诗》等多种。滕氏词亦甚健举，而不乏郁怒味。如《贺新郎·丁丑八月……》句云："底事宫花簪未竟，廷杖纤腰欲断……著述休夸三百种，被村夫、裹了银丝面。犹未入，循良传"，又如《水调歌头·诗文集编成付梓，感慨系之》句云："功在官娼后，无乃太凄凉……一生都在碰壁，端如鬼打墙"，再如《清平乐·渝上与万龙生痛饮》句云："经年曳尾尘埃，喉咙淡出鸟来。今夜椎牛宰马，为君格外开怀"等，皆可圈点。《贺新郎·初十日登望江楼》真是"牢骚满腹"，而以"锦江"参照映衬之，即有"我何以堪"之感喟在焉：

又豁登楼目。叹锦江、照予求学，照予干禄。四十年来无一字，只有牢骚满腹。冷落了、枇杷诗局。恰似当今诸小蜜，应酬中、暗解流行曲。三两首，尚堪读。　今朝试手栽新绿，占风光、七分麻将，三分射覆。虎帐挑灯辛大帅，休怪元轻白俗。也懒得、新亭对哭。人到糊涂成至圣，把东坡、樊哙同熬粥。刀割瓽，眼观竹。

《渔家傲·保尔再现荧屏，年少呼为瓜娃子》是另一种"牢骚"，带有着四十年代生人特定的心绪印记，也很可读：

不意相逢屏幕里，红场执手悲耶喜。一事叮咛君且记，巴威尔，冬妮娅是新经理。　莫讲冰天修路史，哄堂大笑瓜娃子。冻鼓重擂声不起，巴威尔，辉煌事业今如此。

刘静松（1951—　）[①]的《忆江南》写"读人生"之"寂寞"，而

[①] 静松别署蜀南吟客、归真屋主人，自贡人，供职于重庆某高校。

以"孤独是寒星"煞拍。此"寒星"或者可从鲁迅"寄意寒星荃不察"之"寒星"寻得渊源?《贺新郎·咏火柴》更是非常别致的咏物词,"瘦骨嶙峋头脑在,但平生、发言唯一次""明知言罢难逃死"的火柴分明是多年来无数因言获罪的志士之剪影,如此"小"题目能出如此"大"意义,历来咏物,难能一见:

> 瞧这一家子。小房儿、百余十口,不忧其挤。个个直如擎天柱,要把颓空撑起。躺下是、待燃诗句。瘦骨嶙峋头脑在,但平生、发言唯一次。光与火,灿如炬。　明知言罢难逃死。叹男儿、成仁取义,前行后继。天降我材何所用,一逞胸中豪气。遭劫难、可能天意。休羡火机华且贵,吸他人、膏血成肥己。藏机巧,赚公喜。

陈仁德(1952—),重庆市忠县人,少小失学,仅读初中一年即务农,后靠自学毕业于四川大学,从事新闻业,著有《白居易忠州诗注》《吾乡吾土》,近著《新编声律启蒙》"巧翻新样"[1],犀利沉痛,毋论内容形式,都是近年吟坛的可喜收获之一。可读二则以尝味:《二冬　黑帮老大》云:"威对猛,紧对松,打手对帮凶。豪夺对巧取,挥霍对放纵。风月好,脂粉浓,引蝶对招蜂。频年声赫赫,终日气汹汹。恶贯满盈难易辙,怨声载道仍从容。黑幕高张,直搅得鸡飞狗跳;红伞暗罩,何曾怕水复山重",《六鱼　新闻舆论》云:"教对说,堵对疏,鼓噪对吹嘘。查禁对封锁,杀伐对剪除。真不足,假有余,乌有对子虚。肉麻遇齿冷,溢美加浮誉。胡扯吾华抗战史,反讥他国教科书。文过饰非,居然能如泣如诉;跟风转向,精彩到不疾不徐。"

仁德词中《行香子》一组十首大多可观,其《忆知青岁月》云:"荒岭重重,野渡蒙蒙。苦消磨,春夏秋冬。荷锄垄上,挥汗田中。伴一身泥,一身雨,一身风。　前路休问,浊世难容。查身家,万事都空。窗头冷月,灯下寒蛩。叹归无期,去无计,恨无穷",虽谈不上深

---

[1] 该书郑远彬序,2013年自印本,第1页。

刻，亦大抵真实，较"也无聊赖也悠然""今生今世惹相思"等句更具典型性。①《感时》与《卡扎菲殒命》两首则与《新编声律启蒙》辛辣同一机杼，而略伤平直，兹不赘，接说杨启宇。

四 20世纪词史的"关门"之作：杨启宇《鹧鸪天》组词

杨启宇（1948— ），号安知，自贡人，学诗于黄稚荃，成都大学数学系毕业后历任教师、编辑，著有《无穷大史话》《知青沉浮录》等。② 启宇为当今诗坛重镇之一，折腰体七绝《挽彭德怀元帅》"铁马金戈百战余，苍凉晚节月同孤。冢上已深三宿草，人间始重万言书"，拗怒悲愤，早播众口。近年新作《天龙八部》大型七绝组诗哀讽世相，触处生春，是聂绀弩之后"杂文入诗"的最出色一家。

启宇本不甚填词，偶因友朋聚会而兴起填《鹧鸪天》一调，一月余竟填至百首，遂有"杨鹧鸪"之号。其敏捷汪洋，类乎乡贤赵熙，亦"天捷星"之属也。③ 此组《鹧鸪天》分为《游仙词》二十首、后《游仙词》二十首、前《游仙词》七十一首，再加《游仙序》《后游仙跋》《游仙词终》三首，计得一百一十四篇。以同调作同题组词至如此规模，可谓古今罕见，较邵瑞彭《山禽余响》之《鹧鸪天》四十五首尤驾而上之。所谓"还将缥缈虚无意，写作离迷惝恍词""都将悼翠哀红意，来诉悲天悯地词"④，那种扑朔变幻、不可方物之致亦差相仿佛。如下面这几首：

> 游戏尘寰假作真，自言南极老人星。红丸曾进光胪寺，皓首能招姹女魂。　　三字诀，太玄经，无边风月属秦城。美人憔悴苍生死，谁见先生有泪痕。
>
> ——游仙其八

---

① "也无"二句系王亚平《浣溪沙·上山下乡二十周年祭》中句。王亚平亦籍四川，词有佳作。
② 《无穷大史话》系数学著作。
③ 赵熙被汪辟疆、钱仲联两部《点将录》均点为"天捷星没羽箭张清"，见前文。
④ 分别见组词《游仙序》《后游仙跋》。

天外飞来七宝车，美人如玉鬓钗斜。深怜隔世杨郎老，有约重来铁树花。　　斟北斗，酌流霞，今宵饮罢即天涯。水瓶座外卿云里，那点孤星或是她。

——后游仙其七

仰望苍穹有所思，星星眨眼意何为。可能彩焕辉生处，已是光澌影灭时。　　来有自，去何之，呵天难解塞胸疑。忘川终古迷茫水，究竟谁知我是谁。

——前游仙其五

应是前身蝙蝠仙，雷音灵鹫舞翩翩。误吞紫箓翻遭谴，小谪红尘不计年。　　呼彩雉，赌轮盘，随缘游戏在人间。推枰一怒参禅去，作喜回嗔又出关。

——前游仙其十六

如"天外""仰望"两首，大约能明其情爱哲思主题，"游戏"一首中"秦城""苍生"云云颇耐寻思，"应是"一首则无从端倪矣。组词之中这还不算是太过惝恍变怪、用笔深涩者，但已足够读者百转千回、神思颠倒的了。

从"悲天悯地"的角度，有些篇章还是意旨醒豁、不难索解的，如《前游仙》的二十六、二十八、六十八几首：

曾见东皇饰早春，千花百草一时新。逗他啭舌能言鸟，引尔跳波出洞鳞。　　翻袖雨，覆襟云，落英满地太缤纷。年深积郁凝红豆，似此相思总断魂。

一夕风雷动九天，绿衣红袖满长安。脱缰野马抄瓜蔓，入彀羔羊荐祭坛。　　驱竖子，溺儒冠，烧江煮海更焚山。颠狂青史无前例，揭破龙鳞识圣颜。

衣钵传家子及孙，蓬莱宫阙又迎新。登坛仗剑披犀甲，缕玉镶金饰凤裙。　　呼万岁，祝千春，苍生瘦骨太伶仃。仙家辟谷非关饿，日食神芝四五茎。

这一组词包容甚广，既多"大漠黄沙衬夕曛，塔形金字法王陵""通灵殿圮凌空柱，断臂人如解语花"等对异质文明的凭吊感慨①，也多对当下社会诸种"怪现状"的质疑思忖，故"比基尼""伪娘""太傻太天真""多米诺，九连环"等"锐词"层出不穷。② 尽管披上了"游仙"的外袍，笔锋所向并不含糊。这些作品再一次有力诠释出了"游仙"主题"精骛八极，心游万仞"而真意在乎睫下的特质。

启宇《后游仙词》其十八云："一曲鹧鸪当挽歌，骑鲸人唱定风波。蟹行文字今生累，蜗角生涯古墨磨。　　光皎洁，影婆娑，长空万里看山河。星娥莫拭英雄泪，遥指尘寰泪更多"，或者可作为创作动因的"夫子自道"。他饱含"英雄泪"所唱响的这一组"挽歌"无疑是近百年词史的一大奇观，更带着符号化意义为二十世纪词史关上了大门。历史本身难道不是比"游仙"之"满纸荒唐言"更加光怪陆离、迷蒙难辨么？

---

① 《前游仙》其十二、十三。
② 《前游仙》六十一、六十二、六十六、六十九。

第六编

"种子推翻泥土,溪流洗亮星辰":
论网络词坛

从技术层面讲，中国互联网元年开始于1994年。本年4月20日，国家计委64K国际专线开通，实现与Internet的全功能连接，中国被国际上正式承认为有Internet的国家。1997年，网易、搜狐、新浪（前身四通利方）三大门户格局形成。1998年，信息产业部及公安部网络安全监察局成立，标志着中国正式进入网络时代。

看起来毫不"时尚"的"旧体"诗词面对互联网技术一点也不显得"动作迟缓"。1998年，新浪网已开辟"诗风词韵"BBS专版，与"清韵书院"的"诗韵雅聚"板块等共同构成最初的发布阵地。追菊斋、榕树下、天涯·诗词比兴、红袖添香、故乡古风、诗三百、诗公社等论坛此后几年陆续建成，也随着莼客《有所诗》《春冰集》、靳晖（象皮）《网络诗三百》、檀作文《网络诗词年选2001—2005》等编辑工作的推进，网络诗词迅速成为千年诗词史的"现象级"新页。

在一定意义上，推开新世纪、新千年大门的2000年可以视为"网络诗词元年"。2015年夏天，以嘘堂为山长的衡门书院召集"网络诗词十五年学术座谈会"及其他系列活动，以"十五年，我们赓延着文言诗的血脉；十五年，我们撑持着文言诗的在场；十五年，我们瞻望着文言诗的未来"为主题词，这显示出网络诗词界形成的大范围共识。

网络诗词绝不仅仅是改变了诗词的传播方式、拓宽了诗词的交换平台那么简单，事实上，这种低门槛甚至零门槛的进入在一定意义上消减了编辑审查的巨大障碍，使难以数计的诗词写作者赢获了"我的地盘我做主"的自由。以互联网为载体的诗词写作短短数年即构成了千年诗词史直进突起的一支"异军"，它以悲悯凝重的人文情怀、自由深邃的思想取向、守正开新的艺术追索刷新着当代诗词写作的面貌，给人带来诸多"惊艳"，甚至"惊为天人"式的阅读体验。不能不说，正是网络的出现，才使得诗词写作的队伍、作品数量呈几何级数扩张，真正由"小众"走向"大众"[①]；也正是网络的出现，才使得一些无论精神抑或技

[①] 据曾"历时四年，凡阅览六万余帖、四百余人"并作《网络诗坛点将录》的苏无名说："如今的网络诗坛，已经拥有数以百万计的爱好者，数以十万计的创作者，数以万计的论坛、个人网站和各种聊天室。每天的诗词发帖量，平均有数百首之多。从如今网络诗坛的创作数量而言，超过了以往数千年诗词的总和。"见苏无名网文《沉寂与喧嚣——网络诗词的七年》。

法都真正杰出的作者自"平庸"的汪洋大海中挺然秀出①,不仅在诗词史上踩下属于自己的脚印,也令这种长期被判定死亡的文体焕发出夺目的精光。那些狂澜跌宕、飞珠溅玉的作品无疑在续写着"江间波浪兼天涌"的诗词史卷,使中国语言美妙氤氲的最高形态得以再次挥发出令人感奋激越的魅力。

对此,网络诗词界自身已有了相当鲜明的认识。比如,究竟何谓网络诗词?檀作文以为它不仅仅是一个时间或媒介概念,更是"文学史研究视野的一个诗学概念"。网络诗词指"活跃于互联网上、不依赖于中华诗词学会体系的当代青年诗人群所创作的诗词","具备三大属性:(1)作品发表于网媒而非《中华诗词》刊物;(2)创作主体是以70后为轴心的青年诗人群;(3)美学风格上排斥'老干体'"。②伯昏子(眭谦)也高揭"现代文言诗"表现方式、审美价值、思想价值的三个"现代性",实质上构成了对借口"现代性"而否认"现代文言诗"之类说法的学理性反拨③;嘘堂倡"当代诗词在网络"之说,甚至放言"舍网络,文言诗词概无可观,绝无出路"④,以极端化口吻进一步确认网络诗词的特质与地位,带有着强烈的价值判断与身份归属的意味。又如,关于网络诗词所承担的历史角色,本书绪论部分尝提及的《留社丛刊第一期序》有如下阐释:

> 久矣哉诗道之寰零也!方其发轫乎风骚,絜矱乎汉魏,成乎六代,盛乎唐,深乎宋而拗怒乎清季也,浩浩汤汤,涌跃沣沛,诚千秋之壮观也。今文遽兴,如浊浪排空,喧腾沉瀯,为时不过百年而诗道遂衰,犹江河入海,晚景恋岫,挽之无计,留之乌能,而留社因之作焉……诗者五色,人者素布。人之不织,诗其焉附。故撮言留社大旨,曰"留"者,存古雅淳朴之人本,以当纷繁倏忽之世

---

① 张如腾:《平庸是旧体诗的大敌》,《中华诗词》2003年第11期。
② 檀作文:《复与变:网络诗词两大潮流平议》,载其博客。
③ 伯昏子网文《"现代文言诗"与文言精神》。
④ 《断裂后的修复——网络旧体诗坛问卷实录:李子、嘘堂、徐晋如、独孤食肉兽》,《新文学评论》2014年第2期。按:嘘堂之说法颇引争议,站在学理性角度或有全称判断之嫌,而作为理论策略又不难理解,大体相当于新文化运动诸君之故辙而已。

界……汉语音节苟存一日，文言诗词必不能废。诗道所存，又何难哉！①

"今文遽兴，如浊浪排空，喧腾沆瀁，为时不过百年而诗道遂衰"，这样充溢着强烈文化保守主义色彩的判断或又被当作"甲寅""学衡"一类的老调重弹，颇难为人所乐闻，但那种"挽之无计，留之乌能，而留社因之作焉"的忧患感与担当感的确很真诚，也足令每一个关怀传统文化出路的人耸然动容。再如2008年，针对中国诗词学会倡导的"声韵改革"，伯昏子、徐晋如（胡马）起草了《关于传承历史文化、反对诗词"声韵改革"的联合宣言》，并征求网络签名，可谓锋芒毕露。《宣言》声称：

> 这种短视的"改革"，把媚俗附势当作与时俱进，以消解文化传统为代价，并严重误导诗词初学者和一般爱好者……实践证明，中华诗词学会的"声韵改革"只能导致劣诗泛滥、伪诗横行，目前充斥报刊杂志的"老干体"就是明证。

上述说法偏颇与否还可以深入讨论，所以征引罗列之，无非是想证明网络诗词不仅已经构成一支"铁骑突出刀枪鸣"的劲旅，而且旗帜醒目、元气充盈，代表着当代诗词写作一种非常重要的走向。在拙作《种子推翻泥土，溪流洗亮星辰——网络诗词平议》的末尾，我给出了这样的提法：

> 以上这些……能否真的开出新路，"为当代诗词指明一个方向"？如果谨慎一点，我们似乎还不能说得这么斩截绝对。毕竟网络诗词兴起才不过十年，这些簇新的萌芽能怎样生长、有多少追随者、能否形成一股潮流，诸如此类问题都还不易作出肯定性的预测。但是，如果因为感受到了它荜甲新意、生机勃勃的现状而大胆

---

① 该文出军持手笔。本书绪论部分已征引其中文字，此处为免读者翻检之劳，更引较完整者以见意。

一点，我们就应该，也能够认同"当代诗词在网络""未来诗词在网络"的判断。我们看到，因为向传统虔诚致敬的"守正"姿态，因为"无论这个传统有多伟大"都坚持"现代人立场"的"开新"勇气，诗界革命派、南社、毛泽东、聂绀弩、启功们在二十世纪做得很出色的事情，网络诗词在二十一世纪的前十年就已经做得同样甚至更加出色；大师们在二十世纪没有做到的事情，网络诗词在二十一世纪也已经做到或者正在做到。无论怎样评价，不得不直面的现实是：我们原本以为早被画上句号的诗词史程正在变成省略号，甚至变成惊叹号！①

网络词坛正是在这样热切的期待中撩开自己的面纱的，然而首先要面对的问题是：如何辨认网络词坛的基本形态与大体流向？在《种子推翻泥土，溪流洗亮星辰》一文中，我以"守正开新"四字归纳网络诗词的艺术品质，那么本此思路，网络词界也可区分出"守正""开新"两大"派"。这里所谓"派"，如同前文南社一编之划分，乃是相似审美创作倾向的归并性指称，并不等同严格意义上的文学流派。而且，"守正"并不完全拒绝"开新"，而"开新"更不能剥离"守正"之前提，二者之间必然存在"灰色地带"，那么本编将某些词人纳入某"派"也肯定有主观性的偏颇，是亦草创之事、权宜之举而已。②

---

① 《文学评论》2013 年第 4 期。
② 关于此一节网络诗词界亦多有说法，仅举几种：刘如姬（网名如果）以为"无外乎'守正派'与'新派'"，嘘堂以为"终究不外三派：保守派、实验派及性灵/婉约派"，天台则从论坛角度区分出"坚守古典传统"的"诗三百"与"开拓新境融贯中西"的"诗公社"，并指出"气氛较温和的诗词论坛还有菊斋、光明顶……还有不少散客……名气较大的有李子、伯昏子、李梦唐等人"，以上均见《新文学评论》刊发之《断裂后的修复——网络旧体诗坛问卷实录》系列。嘘堂对此有精辟的理论阐说："所谓'实验'与'传统'的对举本身就有问题，盖只有'实验'与'保守'相待也。前者重传之创化，后者重传统之守成。事实上，近些年来，不少被一般舆论判为保守阵营里的重要作手也或显或隐在寻求新变，而实验写作群体对古典诗学的深入研讨更是从未止步。这是任何稍具器识的人都能一眼看到的。"《昨夜微霜初渡河——嘘堂访谈录》，百花潭 2009 年访问，网文。本编因论及网络词坛，部分引用来自网络文章，无法一一说明出处，以"网文"标注，特此说明。

第一章　网络词坛之守正派（上）：留社词人群

第一节　"与君冥坐嶓如，到蒙蒙太初"：论莼客、军持词

谈网络诗词之"守正"必首推规模、影响最大之留社，其数十名成员大抵能词且造诣不凡，本编即以留社诸君开篇，先合论两位核心人物莼客与军持。军持《醉太平·题履错集赠莼客》云："单衾梦虚，三秋雁疏。碧梧红浸噫吁，剩江风未拘。　空山啸狙，深渊燿鱼。与君冥坐嶓如，到蒙蒙太初"，煞拍适可为二人写照。

一　留社"祭酒"莼客

莼客系莼鲈归客之省称，本名钱之江（1973—　），字子南，浙江杭州人，留社发起人之一、社长，现任职于浙江古籍出版社。作为"祭酒"的莼客在一定程度上决定和代表着留社的基本方向，上文征引的《留社丛刊第一期序》——也即发刊词及宣言——或者也可视作莼客个人所守持的大原则。其"唱道东南，而斯文赖以不坠，其责端在我辈"等说法担当感十足，而"学术上兼容并蓄"之倡议尤具大家气象。[①] 在百花潭的一次访谈中，莼客有言曰："（诗社）社员们的创作风格趋向各不相同，我虽然有自己的偏好，但不会把这种偏好强加于其他社员……虽然嘘堂兄的……实验风格在留社属于绝对的少数派，也曾经半

[①] 《留社五周年之谈话》，网文。

开玩笑地要我把他开除出社,但我决不会这么做,因为留社需要这样的'异见人士'来反观自己的得失。但留社也许还将延续大体一致的审美倾向,这是留社入社的评议员制度决定的,我无意改变这一点"①,"兼容并蓄",确非虚言。

值得注意者是"不强加于其他社员"的"自己的偏好"。同样在这次访谈中,莼客表示:"实验诸作我所不解,纤巧一路素所不喜","圜凿而方枘兮,吾固知其鉏铻而难入"②,追求"雅正刚健"的姿态极为决绝,所作也能副其宗旨。如《湖山四首用亭林海上韵》其三、四云:"百年人物已虫沙,惨淡湖山有故家。索米每惭新世纪,振衣翻悔旧生涯。禅心难问曹源水,沉陆思回博望槎。愁到三秋清景在,一弯残月向人斜","苍茫平楚入寒城,衰飒湖山百感生。在涧在阿贤者事,以风以雨旧交情。逃名久欲追梅福,起复频闻用蔡京。终古痴儿匡国梦,几人真不帝强嬴",沉厚悲慨,几不让顾亭林原作,而诗中另有《五四》《索尔仁尼琴》《老兵马里安之歌》等传诵一时之新题材,虽与"实验诸作"有别,亦足见"兼容并蓄"之风范。

与诗相比,莼客之保守气息更多见于词。在《艮止集自序》中,他首先标举"词与诗初非二道,犹支子之于大宗也,溯其原则一也",以下训释"词"之语义:

> 词者,犹言司也,所以司其言者也。言为心声,而大命往往随之,可不昚乎?春秋之世,诸侯聘问,皆赋而观其志,故夫子严过庭之训。词者,犹言祠也,所以重宗庙也。郑卫之声,衰德系焉,故夫子惧而放之,恐其乱雅乐也。

当年张惠言据许慎转引《周易章句》称"意内言外谓之词",其实已经犯了偷换概念的错误,但至少张氏还肯承认"词者,盖出于唐之诗人,采乐府之音以制新律,因系其词,故曰词"③。如今莼客置词兴于

---

① 《风行已觉群阴涣,况有微阳到蛰龙——莼客访谈录》,百花潭网文。
② 《风行已觉群阴涣,况有微阳到蛰龙——莼客访谈录》,百花潭网文。
③ 张惠言:《词选序》。

第一章 网络词坛之守正派（上）：留社词人群

唐的事实于不顾，强行将其牵合到"春秋""夫子"之世，这口吻显然是与作意好奇的龚自珍"词出于公羊学"之说一脉相承的。① 如此迈往不顾之"文化遗老"姿态即便置之晚清民国也会相当显眼②，然而龚氏论词主旨更在"尊情"③，又不见莼客称引，那就只剩下单方一味的"雅正"追求了④，其与"开新"笔调"圜凿而方枘"几属必然事。因此，莼客于宋词极推"眉山苏公、淮海秦公、钱唐周公"的"平和中正之音"，又以"番阳姜公、济南辛公、四明吴公、钱唐张公、山阴王公"为"腾天潜渊，穷古今未有之变"，对清词，虽肯定其"词学复盛，远轶元明而接武两宋"，但以为"多雕镂过甚，终不及两宋之浑成"，仅取蒋春霖、朱祖谋二家而已。

如此持论必定产生双重效应：一方面浑厚庄重，不涉纤巧滑易；一方面趋于泥古，导致自家面目漫漶不清。如下面这几首：

> 第一江山，登临依旧，残日烟渚。失路孤臣，神州雪涕，极目空吴楚。百年形胜，遗民指点，霸气消沉今古。想归来、扁舟散发，濯缨濯足清苦。　　苍茫眼底，金焦隐隐，一线乱山如堵。混混鱼龙，梦梦尘世，波冷冯夷舞。竹西遥望，长风吹送，此意老松能语。危栏外、寒潮犹带，鹤林暮鼓。
>
> ——永遇乐·登北固山多景楼

> 我欲长啸凌空，余音嘹唳，怕有蛟龙伏。负势惊飞还矫首，风雨神州沉陆。寒玉苍苍，劫埃滚滚，千载闻歌哭。峰头回望，夕阳山海之麓。
>
> ——壶中天·长城极目（下片）

> 几回魂梦山阴去，依稀旧时池沼。頳木苍岚，盲风怪雨，吹上

---

① 转引自严迪昌《近代词史的再认识》，载《严迪昌自选论文集》，中国书店 2005 年版，第 266 页。
② 莼客自认为"文化遗老"，见上引之百花潭访谈。
③ 龚自珍：《长短句自序》。
④ 莼客：《艮止集自序》："旧作或不存，以辛巳以来略关于雅正者裒为一集。"

故宫檐草。龙山夭矫。正怀古无征,暮鸦声悄。穵石光回,至今宝气动昏晓。

——齐天乐·登禹陵(上片)

鹧鸪啼处,莽山川、葬送禹之遗烈。草木荒披思带甲,天遣沼吴存越。飞翼楼空,若耶溪冷,华表悲风歇。鬼雄犹护,老松声作金铁。　　坐阅陵谷千年,萧萧种墓,鸟迹云边没。我欲登临望鉴曲,三尺素绫如雪。废垒残题,青山峻骨,万古俱磨灭。棹歌归去,五湖应是明月。

——壶中天·登卧龙山越王台

大气肃敬,古调独弹,虽尚未足当"神思超逸,骨力沉雄,苏辛姜张,一炉并冶"之誉[1],亦能兼"东坡稼轩之壮阔"与"白石玉田之清刚"[2],大有迥绝凡响之处,然而词中之"我"或消隐文字之间,或近乎古今骚人墨客之"共名",不免也略显空洞。对此莼客自有反思:"落笔辄流于空滑,与浙西末流无异也,颇思以清真、梦窗之密丽救之而未能,盖天分所限耳,遂弃去不复为。"[3] 其实,"清真梦窗之密丽"未必是疗救良方,"尊情"二字才是通衢大道。《台城路·听雨》与《高阳台》二首便有"尊情"之意,所以更佳:

胃丝无奈残春去,青青故园烟树。旧市饧箫,深街纸伞,忍向红桥凝伫。昏灯自语。对尘袂经年,坐成迟暮。恻恻轻寒,葬花天气似前度。　　青衫俊游几许。绿芜遮望眼,云水伊阻。过耳东风,桓伊旧笛,吹老河山无主。茫茫远浦。认雨外楼台,雨中归橹。薄酒残欢,莫教轻付与。

侧柏啼乌,虚檐误燕,中庭立尽残更。雨冷花昏,匆匆梦过前

---

[1] 刘梦芙:《冷翠轩词话》,《二十世纪中华词选》,第1934页。
[2] 莼客:《艮止集自序》。集中有《无闷·大雪登吴山绝顶独酌,并寄子云、弱侯二兄索和,依梦窗格》可以为证。
[3] 莼客:《艮止集自序》。

生。青磷不辨来时路，溯溪云、万壑流声。望层城，渔火微茫，夜气纵横。　　洞箫一缕重楼外，把湖山古怨，吹到天明。碌碌年华，不应仍是飘零。殷勤惟有隋堤柳，似相留、逆旅归舣。正消凝，鸥鹭忘机，碧树无情。

"旧市饧箫，深街纸伞""雨外楼台，雨中归橹""把湖山古怨，吹到天明。碌碌年华，不应仍是飘零"，此类意象心绪更是自家情志的真实凸显，故多一份感发的魅力。《鹊踏枝·中秋有感兼自寿》与《醉太平·赠胡僧时廿二年》则显然以"情"为主，篇幅虽小，意味尤厚：

凉吹暗回胸次迥，扰扰依然，镜底山河影。漫衍鱼龙灯市警，披衣坐尽孤光冷。　　三十一年浑未醒，醒也无聊，哀乐同飘梗。往日轩渠犹耿耿，他时记取清欢永。

寒灯在衢，疏星在湖。相逢欣指头颅，似依稀故吾。　　春光又臞，余音渐枯。都门旗鼓须臾，有幽兰未屠。

与"三十一年浑未醒，醒也无聊"的烦恶相比，《醉太平》的情感指向更见复杂闪烁，"臞"字、"枯"字、"屠"字皆如铸生铁，有扛鼎之力。此类个人化的"词史"之作既情怀毕现，也可见出其与词论不全吻合的对现实的强烈瞩目。还可读《霜花腴·夜饮听粤伶陈慧娴旧曲》一首，这似是莼客词作中唯一明显的现代题材，沉吟高华，深情贯注，一如"陈伶"之曲风：

素弦乍拂，动苦吟、孤檠夜语曾谙。声起云迟，曲终人散，江天鹄影空涵。故怀久缄，二十年、都付僧谈。听清商，还绕空梁，问君真解赋香奁。　　飞阁坐追驰景，甚劳生密勿，又理征衫。哀乐能言。浮沉无据，尊前细雪吹檐。叹之再三，为旧容、凋谢优昙。念知音，立尽重阶，此心何以堪。

二 "风雨一心知,欲去歌慷慨":论军持词

"生死若浮尘,天地如鸡子。忽在梦之中,忽在云之外。风雨一心知,欲去歌慷慨。海上万波横,如有江山待",军持这首《生查子》徐晋如许为"一结如剑花电发,冷艳逼人",我则更看重"风雨"二句对其心性风格的概括。作为留社的发起人、组织者之一,军持词不仅可称冠社中同侪,在英彦辈出的网络词坛中亦当推为高手名家。

军持(1967—),本名秦鸿,字子云,江苏泰州人,毕业于华东工学院机械制造系,现居沪上,为自由职业者。诗词不由人授,得之自悟而卓特瑰异,刘梦芙因有感云:"民国词坛之大手笔均为人文学者,历赤马红羊之劫后……词人……则多为出身高校之理工科学子。盖科技盛行……天资卓越之一流才俊多被罗致,考文科者多属中驷耳"[1],此中消息,盖亦可参。军持词集名《雪泥》,系删订弱冠至不惑二十年间所作七十一首而成,"用拟篇章之浊沦,兼嗟爪痕之倏霍"[2]。另有《删稿》,其数倍之。

与莼客有所不同的是,军持论词明标"性情"说:"余十三学诗,十四倚声,习之于旧籍,逞之以性情。直干逸空,初不事镌镂;霖雨挂壁,岂循彼故辙。词,摹情抒臆而已矣"[3],"摹情抒臆"并非新见解,关键在于所"逞"所"摹"是何等样的"性情"?刘梦芙称军持词"迭出奇境"[4],这个"奇"字正是对军持"直干逸空""霖雨挂壁"之"性情"、风格、特质的精准描述。即以本书绪论部分征引《三台》一首为例,开篇"正西风、遥起木末,海潮怒涛纷溅。跨海来、曳月几长鲸,为谁化、蓬莱空幻"一节即极尽瑰奇摇曳之能事,以下更以"渔歌""白鸟""青苹""炬火""暮霭""斜阳"等点缀过渡,为"万马驻、黑海东头,大秦隔、浪高千巘。看狮身、人面俱坏,伏羲女娲皆远。想握蛇、逐日走平沙,去程被、层林苔藓"等大段变怪恢奇之笔开拓地步,而最终以"百尺楼、人在天半。俯城郭、心事苍凉,后庭花、

---

[1] 《冷翠轩词话》,《二十世纪中华词选》,第1453页。
[2] 《雪泥词自序》。
[3] 《雪泥词自序》。
[4] 《冷翠轩词话》。

夜深弦管"的感喟谢幕,可谓忧愤深广、心事苍凉,是以"奇"贯穿终始的典型篇章。《三台》法度森严,工力深湛,其实论"摹情抒臆",该篇尚非至者,试读下面几首:

> 降作吴山鬼。若有人、山阿悄立,不知名氏。度尽层林风露冷,萤火磷磷香芷。髡柳下、独星如洗。梦寐长淮空积水,棹孤帆、澹澹萧然济。天不老,人何悔。　丰狐文豹其皮罪。散千金、成吾酒病,养吾诗痦。最恨生材难有用,焉学丈夫奇伟?冰旗荡、悠悠远市。渐肉脾间惭诸友,被阮囊、羞涩惟酣睡。推食食,解衣衣。
> ——金缕曲

> 笑当年、慷慨渡江行,沉醉却归来。被江神诮我,凌云意气,暮雨残灰。往者有如江水,来者尚能追。家在吴陵里,故梦尘苔。　深院楝花飘砌,似孤心零落,洒泪盈杯。酌疏星醅远,天外自奔雷。向寻常、黄昏灯火,试新茶、白眼看傀儡。空怀感,有凭高意,无处登台。
> ——八声甘州

> 一番凄雨共天浮,燕子旧矶头。散发试悲秋,千万丈、无端是愁。　我心如水,我歌如月,我梦一沙鸥。怕续故山游,人道是、云封雾稠。
> ——太常引

> 莫唱当年击筑歌,太平燕赵绝荆轲。一鹤高飞华表上,悲怆,人民如蚁市如磨。　散尽鱼龙波不起,秋水,聊编故梦作渔蓑。二十三弦弹已遍,弹剑,归来落日满山河。
> ——定风波·廿三自寿

> 茕茕江海水云身,壮悔花时未化尘。暮霭空销十六春,市灯昏,二八佳人新倚门。
> ——忆王孙·乙酉暮春重过金陵口占

《金缕曲》为《雪泥词》首篇，当作于弱冠前后，手笔已经极为老辣霸悍。词自《山鬼》篇切入，主旨乃在"生材难有用"一句。其上片幽独，下片肮脏，最近龚自珍、文廷式一脉。《八声甘州》被徐晋如推为"悲慨沉雄"的"法乳水云楼"之作①，诚然，而"笑当年、慷慨渡江行""被江神诮我""试新茶"等句之神理更得力于东坡，"孤心""白眼"二语乃是写心的"词眼"所在。《太常引》意在悲愁，而"散发"至"沙鸥"诸句一气贯注，笔势奔涌，确有太白之风。② 诸作最沉挚大气者莫过《定风波》《忆王孙》二首，其"人民如蚁市如磨"的"悲怆"、"归来落日满山河"的浩叹、"二八佳人新倚门"的大感喟正是特定情态下心头创痛的真切投影，与前引莼客《醉太平》可称姊妹篇。凡此词篇皆以性情运笔，不问家数，而"家数"与苏辛以至湖海楼、云起轩一派不期而合。军持以他的创作又一次向我们证明："摹情抒臆"才是万流归宗的不二法门。

当然不能忽略作为其独特艺术个性的"奇"，这是凸显自家情怀面目的核心元素。上引诸篇已经不乏此种底色，集中《生查子》一调更多奇肆罕匹之作，试读三首：

> 离魂不用招，只在衰杨里。所托郑家兰，不着当时地。　闲愁积作山，出入何其累。我是北山愚，谁是夸娥氏？

> 子夜渡长江，过午黄河北。皮囊倦一抛，白日惊西匿。　不垢亦何能，不净谁轻掷。电光飘野林，中有孤枯骨。

> 忽在暮山西，忽在朝山北。平生韩子卢，气息能盈尺。　我血沸如喷，我足沉逾石。余瞥半青天，野花正摇赤。

似不必饶舌解说，能将区区四十字仄韵短调写得如此槎枒崚嶒，大有五言古体"重拙大"之味，求之古今词史，殆未多见。尤其令人悚

---

① 《雪泥词》附评语。
② 徐晋如评曰："青莲句法入词。"

然的是"我是"二句、"电光"二句、"我血"二句中包涵的那种"幽情悲抑""庄生灵鬼，驱驰笔下"的思维情致①，若非才情两端俱臻高境，焉得有此？更何况《雪泥词》中类此之作如《蝶恋花·戊辰除夕作》、《减字木兰花·己巳元日作》、《浪淘沙》（交错剩筹觥）、《玉楼春》（雕墙击壤）、《金错刀》（歌缥缈）、《夜行船》（谁按琤玥）等尚有不小的一批呢？

如此奇横情志襟抱，笔下自然绝少凡品，同时似也难免才人"好奇"过甚之病。集中"慢词僻涩之调"虽多"龙跳虎卧，绝无拘碍"者②，但也有作意雕刻、转失自然的。至于《履错集》结成后，军持自题五十余首词分赠师友，几乎人各一调，字句力避平熟。无论才华抑或组词之形式感皆可称难得，而密晦处亦不少见。从此意义上讲，"奇"固胜于"平"，而"平"亦不可废。彊村老人晚年引东坡而济梦窗，其故颇应深思。《木兰花慢》或为"军持"得名之由来，也是翻空出奇的佳作，而以"平"济之，恰到好处，可为军持一小节作结：

> 黯云垂四野，徙倚处、欲何之。想烂漫桃花，当时明月，我梦如诗。新荷露，今在否，但空江、芦荻殢孤飞。系取灞陵衰柳，那堪风雨征衣。　　狐疑鼠黠竞妍媸。故国乱山围。怕草草杯盘，昏昏灯火，人事皆非。苍山老，天坠处，料残生、江海挂军持。回首向来幽径，苔深屐迹依稀。

第二节　网络诗坛两巨擘伯昏子、嘘堂及王星客等

附　杨无过

一　"安求罍饮问乾坤"的伯昏子

接谈身在留社而不为所限、主力治诗而不废倚声的伯昏子、嘘堂两家。

---

① 徐晋如评语。
② 刘梦芙《冷翠轩词话》评语，《二十世纪中华词选》，第1453页。

伯昏子（1966— ），本名眭谦，字印苔，号由蘖斋主人，江苏镇江人，北京外国语大学俄语系毕业，有《由栟斋吟稿》，前四卷为诗，卷五《媚痕集》为词。伯昏子弱冠即治诗词，网罗同人，推宕风气，厥功甚伟。其诗关切现实者多，题旨正大，典实浩繁，学人气息浓郁，若《皋兰行》《井泉谣》《彭水谣》《挽辞》《亚历山大一世歌》等古体力量最为雄厚，能自树一帜。

与诗相比，其词情较温婉，能摧百炼钢为绕指柔，这也是词体特质带来的必然转换。如《兰陵王·寄人》前两叠铺叙"莽原驿……青青草、埋白茫茫""宫河怨结冻若石，不流到侬侧"的凄凉情景，第三叠扶摇而上，情感升至高潮："凄恻。鹤曾识。纵万里扶摇，终向皋泽。青山待着游仙屐。自阮肇一去，萋萋翠织。而今谁顾，露满睫，雪掩膝"，真可谓款款情深，煞拍数语尤足动人。《浣溪沙》二首题旨略同，而更显精悍：

    蟾桂年年堕鹊波，京华梦已雪清和。离人泪处却花多。　　暮草常教霜打折，朝华已任酒消磨。又逢归雁越新河。

    玉镜曾期照画眉，一灯如豆胜春晖。小楼无计避惊雷。　　华表人空孤待鹤，篆炉香老冷余灰。归来别苑发新梅。

前篇"离人"一句最为凄美，后篇"小楼"句笔意甚重，"归来"句貌似平浅，其重更胜，皆是苦心雕刻而渐近自然的手段。同调词《常州道中》也是具见心事之作，"栖遑""钁饮"二语很耐寻思：

    云幕低垂四野昏，凯风拂面洗清尘。栖遑未得戏丝纶。　　江水春来愁不尽，芜园鸟去树犹存。安求钁饮问乾坤。

伯昏子创作中还特别值得一提者是以诗词体式翻译的大量外国诗作。如其自述："新诗译者在翻译中，往往罔顾原文的韵律，将韵律谐和的作品，翻成断句散文。而我用文言翻译西诗或者保持原有的韵律形式,或以汉语传统格律置换原作的格律。"① 此种做法显然更接近"重写",而非简单的语言移植之"翻译",不仅对译者的修养提出了更高的要求,同时也肯定颠覆了习见的"翻译"概念,引发不少争议。其中《莪默绝句集译笺》以七绝译出十二世纪波斯诗人莪默(通译海亚姆)的四行诗数百首,可谓诗歌翻译史之奇观,置之"跨诗体写作"概念中审视则更为重要。② 这里可读其"词译"佳作数首,以见一斑:

孤枕渐教倚热,一身辗转堪怜。银釭蜡尽续还燃,何处鸦声一片。　　应是宵深难寐,行行梦至谁边。熹微巨耐素窗轩,欲问伊人不见。
——西江月·译阿赫玛托娃诗一首

蔷薇倦病,不见飞蛋影。暮夜翩翩翔未定,雨僶风僝声进。终寻玉帐椒房,万红一哭欢场。怜被幽情秘意,尽摧百岁韶光。
——清平乐·译威廉布莱克 The Sick Rose

世间浑若戏,玉人坐,冷相看。算苦我平生,甲袍变换,走马梨园。春风事,时有值,但洋洋、得意赏花繁。都是娱心易逝,却凭愁魄来还。　　遥知波媚寄绵绵,何事笑吾癫。叹钗凤无情,伯劳分去,各致悲欢。梨涡浅,清泪滴,倩谁教、古井起微澜。莫道柔情似水,那堪化石成山。
——木兰花慢·译爱德蒙斯宾塞商籁之五十四

不须精懂原文,自译文之辞采亦大略可感受诸作之绝世美感。谓此乃真正之"信达雅",谁曰不然?

---

① 《新文学评论》2014年第4期。
② "跨诗体写作"之概念由门下博士弟子赵郁飞最早提出,应主要意指新旧、中西诗体间交融互渗背景下产生的具有突破意义的诗歌写作现象。其典型者如李子、嘘堂、独孤食肉兽等的诗词写作;马君武、萧公权、伯昏子等以诗词体式翻译外国诗文;马辉以新诗形式翻译/重写仓央嘉措诗等。对其系统深入的理论阐释我们尚在准备之中。

二 "攥紧虚空一假肢"：论嘘堂词

另一位诗坛巨子嘘堂总体风格既与留社主流有异，影响也非其能制限，故有"半开玩笑"地自请"开除"之议。嘘堂（1970— ），本名段晓松，安徽合肥人，弱冠年有感时事而出家，历任开元镇国禅寺监院、岭东佛学院教务长，编撰出版《永嘉证道歌·信心铭》等。十年后还俗，从事传播业，又倡为衡门书院，自任山长。嘘堂早岁主攻新诗，2001年始以网络为平台，勤力诗词写作，倡导"文言实验"，欲以"旧体"与"真想"相溶，代表着当下诗词一种极为重要的路向。①

嘘堂创作以诗为主，各体兼擅而五古成就最高，其现代意象的荒谬错杂与古典诗体的简净典雅有机融合到极致，较之新诗、旧诗均别有一种奇异的"越界"味道。② 网络诗词之可"惊为天人"者，嘘堂必居其一。③ 体裁篇幅限制，仅引《自由之白日》与《古诗九首》之五以觇之：

> 自由之白日，秘密我已悉。自由之秋天，炎阳犹赫赫。楼道静悬钟，眩晕复沉溺。若有偷窥者，收听而返视。既已厌葳蕤，谁其辨五色。连空蝉声疲，呻吟孰可抑。裸妇肌胜雪，想象于禁闭。树

---

① 胡晓明：《嘘物成灵——须弥座跋》："这样就明白了，嘘堂的立场还是现代人，他不做中国传统的'孝子贤孙'，不管这个传统有多伟大。他的'文言实验'精神，一言蔽之，让'旧体'与'真想'相溶。这是晚清同光体诗人所做过的事，是诗界革命黄遵宪等做过的事，是王国维做过的事。嘘堂究竟做得怎样，有没有突过前人，总体如何评价，这将来是文学史的事情。文学史家将来会发现，真正的文学史，尤其是以自由、创造、平等、真诚为精神的诗史，应在网络；其次会发现，世纪初的以嘘堂为代表的'文言实验'，必然是一面极醒目的旗帜。"网文。

② 拙作《种子推翻泥土，溪流洗亮星辰——网络诗词平议》有云："在面对'现代'这个巨大命题的时候，新诗诚然有着格律诗词不能比拟的表达优势和掘进深度，但当那些现代诗歌质素被'越界'纳入格律框架，以另一种熟悉而陌生的面目出现的时候，它难道没有因'陌生'而'漂亮'，因'漂亮'而获得震撼人心的艺术效应，因震撼人心而令我们重新审视自己生存的这个时空么？'诗歌'之为'诗歌'，外在形式从来就不是第二义的，它是诗歌灵魂不可切割的核心部分。在此意义上说，网络诗词的这种'越界'实际上正推启了千年诗词史之外一扇新的审美之门的。"《文学评论》2013年第4期。

③ 见本编引言，此语早见拙作《种子推翻泥土，溪流洗亮星辰——网络诗词平议》。

第一章 网络词坛之守正派（上）：留社词人群

叶转欲黄，暂停内分泌。偶尔闪微光，庄严如悲剧。观众固无言，悲伤或战栗。悲伤我不能，战栗亦乏力。我在自由中，自由独寂寂。乃入地下室，轰响发我侧。七彩球碰撞，一局斯诺克。

谁在木雕上，抚慰一面庞。在夜行车里，见某种灯光。石盐已在水，底片泛微黄。万物皆影像，沉浸于暗房。而我所赞喻，所爱或所伤。所有乞求者，幽深不可量。似水管弯折，似四壁白墙。所有已逝者，立于语言旁。藉此而复活，低分贝音箱。群动若将出，孰能作颂扬。散为浮尘举，聚为道路长。天空固明媚，旗帜久彷徨。我本大地土，语言是我乡。我今何所思，语言使我盲。我今无所见，秋日如空仓。应有拾穗者，默自贮余粮。

此种满溢现代感的手笔在词中也常常可见，如《玉蝴蝶》与《生查子》：

人潮来去仓皇，遁入旧时光。口号漫红墙，寒星如冷枪。当空抛硬币，吹面晚风凉。邀个死魂灵，默然谈死亡。

疾雨乱翻梭，今日为何日。一十五年间，坚硬如荆棘。何物在深心，夜以黑纱织。一十五年前，一瞬停呼吸。

将"实验"诗笔略加剪裁而为小词，自是举重若轻，精悍如剑出匣。《减字木兰花三叠》笔调略同，而以组词形式出之，新意更为浓足：

眼中金屑，研出深宵花与叶。春雨微凉，砂纸摩平乌有乡。小楼谁待，稳系青丝春雨外。造物休耕，余我独听簌簌声。

锗黄灯晕，深嵌高楼如锈盾。扑碎琉璃，攥紧虚空一假肢。听风听雨，听到人间离别苦。爱是词根，欲偕死亡共出奔。

> 灯红酒绿，已隔长街休再续。堤上无人，暗夜如钳锻藏银。漫浮小艇，腻水无声拍拱影。肯又重来，似荡肮脏旧纸牌。

三词其一风韵独绝，二、三则诡诞荒霾，"爱是词根""肮脏旧纸牌"云云即便置之新诗中也是难得之语，"扑碎"二句更是带有个人体验的形上妙品。至于最长调《莺啼序》之光怪陆离，繁复诡谲，尤可以清晰辨认出"现代性"的鲜明存在，故值得再破规矩，全文一引①：

> 零风漫分阵雪，满城皆裂帛。玻璃镜、无限延伸，映见云角微赤。展旗语、凭高猎猎，深壕伏甲齐奔出。战虚空、词屑纷扬，象牙王国。　幻影穿梭，织篝补梦，是萍青鹭白。素菱锦、雕上窗棂，一程山水标格。隐于兹、苍然者我，待皴破、残荷枯泽。却惊疑，蒸汽声里，火车鸣笛。　何人远去，唱颂低沉，亮光复静默。夜未彻，背街枝桠，尽烙铅痕，扑面轻蠓，细遮银砾。蜡台幽旷，箴言简朴，竖琴冻结骷髅地，又何人、重奏大弥撒。躬身施礼，唯神可与垂听，此时瑟瑟双展。　且行且踬，塔影钟楼，向薄冰暗匿。恍群鸽、遥接岸曲，敛翅彷徨，数捧灯霾，乍浮林隙。欢歌不永，前途修洁，平生暂许成通透，死魂灵、错以蓝花氎。独余辙印茫茫，渐渗微曦，路牌游弋。

"如果我们的文言诗不能说出我们是谁，我们居住在哪里，我们生活在一个怎样的世界中并如何真切地体验着这些情境，那么任何经营都无意义"②，嘘堂的这一句宣言比任何喋喋不休的理论都有力量。他也正是以最长词调"说出"着"我们是谁"等一系列核心命题，从而最有力地突显出了"网络诗词"的特有气象。在具体技法层面，嘘堂也有毫不含糊的倾向："目前俺最看好的文言突围之利器，仍是在杂言、五古一类文言自由体上，而所以尚措意于格律诗及词……是觉得广义的格律诗体……毕竟是唐代以降诗体之大宗，自有其极高的文体价值……

---

① 本书尽量不引过长词篇，前文论陈永正尝一破例。
② 嘘堂：《时语入诗小议》，"衡门之下"微信公众号发布。

倘能寻得一转身,死中求活……也还是很有意义的事……俺于格律诗……总的方向是在遵守诗体既定的基本游戏规则之内,于意识和结构上寻求对程式的突破。比较而言,词上的突破或者说出格可能较为明显。它们还是实验品,在新旧意识和古今语境的对接上都还存在种种问题。俺唯一能自豪的是俺就这样写了,提示别人格律诗或许并非铁板一块,还有松动、腾挪的余地。余地所在,其实还在以古入律,即以古体所蕴的自由意识,破格律之外在桎梏。"[①] 如此建立在出色的创作实践台基上的提醒阐发无疑是值得认真寻味的。

正如其诗之多元化杰特表现,嘘堂词也自有纯粹"守正"之佳作,以"留社眼光"审视,亦绝无"异端"之嫌。如出家时所作《满江红》与《贺新郎·邀友同赴武林吊曼殊大师,及期不至,作歌寄之》二长调:

> 地老天荒,龛中事,若聆耳语。香火后,冷灰三寸,法华一部。赢得清光空堕落,前生终被今生蛊。谁为我,辛苦借霓裳。尘间舞?　水流去,山不许。思有尽,梦无侣。把明珰残卷,替人收取。曾倚高楼成宿债,枯肠待向西风举。纵如此,也是偈如云,花如雨。

> 白眼平空放。散千金、买些烟水,倩谁偶傥?莫谓青天无雁过,九万余里莽莽。稼共甫、几回抵掌。草木形骸当同朽,问何人、同来还同往。君之罪,再三爽。　长歌要与西风抗。多少情、付诸江海,可为绝唱?昔日曾听胡僧语,见我毋以身相。遂无端、狂哭一场。零落衣冠原不整,笑君子、逝也不可罔。樽俎物,是吾党。

禅林之词虽为流量甚小之旁支,亦是词史光辉一脉,其千古翘楚当推明清之际的今释澹归(1614—1680)。澹归本为南明御史,怀亡家灭国恨遁皈释氏,外披袈裟而内忧天下,其《遍行堂词》"苍劲悲凉,极

[①] 《昨夜微霜初渡河——嘘堂访谈录》,百花潭2009年访问,网文。

痛切凄厉。他好次稼轩、竹山韵，而比辛弃疾多苦涩味，较蒋捷为辛辣，这是遭际身世大悲苦心境的表现，所以，即使他常有勘破尘世的禅门话头，骨子里却绝不是四大皆空"①，严迪昌师对于澹归的这一段判语恰可引为对嘘堂的参照。这两首空门之作能于冷眼中蕴一副热肠，冷寂中藏一份热烈，心事种种，正如偈云花雨，纷纷飘落，"遂无端，狂哭一场"句更见人间情怀。至世纪末脱还红尘，又有《贺新郎·赋归》之弹剑高歌：

> 大道谁堪许。记当年、灵山一啸，落花如雨。却怕人间成枯寂，独自白衣击鼓。只赢得，星沉霜聚。我视释迦为知己，奈双林、灭后无抔土。琴已焚，鹤当煮。　　爪尘散尽何从数。对空门、来犹未来，去焉能去。世有佳人应迟暮，还忆黄初赋否。料不会，深情密语。久病唯余骨鲠在，叹古之、淡水今之乳。歌未彻，梦中补。

本来是躲避"人间枯寂"，愿以"释迦为知己"的，可惜空门也只是煮鹤焚琴、大煞风景之况味。这份感喟真也是沉甸甸令人徒呼负负的！词人当然不是讥嘲禅林，那是因为自己"久病唯余骨鲠在"，对人间世终难忘情而已。"还俗"而曰"归"，在词题中就已清晰显示出了这一点。还可读《浣溪沙·咏赵小姐事》一首，词讽赵薇穿"太阳旗装"事，下片意重笔重，然非上片轻讽不能衬显其重，于此可略微窥见嘘堂的"骨鲠"，也即"骨子里绝不是四大皆空"的那种热切：

> 玉照云鬟新画皮，流行风里试倭衣。蛮腰合教万人迷。　　无端痴儿牵往恨，慰安老妇世当稀。几人认得太阳旗。

三　响马、杨无过

自嘘堂可附谈响马、杨无过。

---

① 严迪昌：《清词史》，江苏古籍出版社1999年版，第99页。

第一章　网络词坛之守正派（上）：留社词人群

响马非留社中人，但作为嘘堂倡导的"实验体"之副帅，地位、特色自不可掩。其《创世纪》与《连环套》思致恢奇，堪称"诗到语言为止"的典范之例：

> 如同捏泥巴，或者更简单。算上休息日，一星期时间。再创新宇宙，以及伊甸园。然后坐下来，喝茶并闲谈。目瞪口呆者，在一壁旁观。永远被封冻，封冻在冰川。

> 当昨夜隐退，当晨露变霜，口涎湿睡枕，梦魇饭黄粱。结束即开始，落幕或出场，暂时离开后，再重温这床。如得不失眠，则预演死亡。

响马词作不多，与诗相比，实验感较弱而传统感较强。《减字木兰花·五四遗事》即颇"雅正"，感喟甚深：

> 西风雁字，木叶萧萧人不寐。别有新歌，荡气回肠最折磨。
> 奈何呐喊，一种彷徨怜不免。拾得落英，归去无声耻圣明。

《钓船笛》一组系林庚白"淫艳"之苗裔，其实也是一种活色生香笔路，没必要再站在卫道禁欲立场大加苛责，兹引其略含蓄者一，略品滋味而已：

> 九日天气新，勾动寻春脚步。回首高城不见，只乱山无数。
> 汗腻香粉娇欲喘，恰到无人处。揾得桃腮慢脸，喜丁香暗度。

在名为《昨夜微霜初渡河》的访谈录中，嘘堂有云："新生代里，俺目前最关注和看好的是杨无过和杨柳困。无过有现代白话诗的阅读视野和创作体验，兼以不竞不躁，厚其本而锐其思，故新硎一发，锐气逼人，去岁《虚室》一篇，压倒群彦，《成都》诸什，足开眼目……而如何抹去摹写的痕迹，则是二人皆须面对的首要问题。"如果说嘘堂在留社为"异类"，他也并不完全孤独，至少还有杨无过追随其足印。

杨无过（1983— ），本名王萌迪，西安人，幼年起从父进行私塾式教育，九岁背诵经典十数万字，能属对、书法，尝引发诸多媒体关注，同时因文史以外科目大抵欠佳，仅能考入西安电大及外事学院学习，又引起一定争议。① 争议属于教育学范畴，非本书所关注。单就诗词创作而言，杨无过的"非常规教育"无疑是极其成功的。早在2003年，方及弱冠的杨无过就已经写出《长安雪后》《古诗》《杂诗》等极具水准、"先锋感"十足的诗作。不妨读《古诗》一首以见其才调：

朝风吹不散，难分吾与彼。呵手成新雾，雾中千门喜。晴光入树梢，树梢生花蕊。持蕊思远人，相隔一江水。突闻地铁声，旷然无铁轨。此期成无期，尽归泥土里。迷人之城市，滚动新鞋子。

同样是在这一年，杨无过的词也渐入佳境，虽然还有些生涩模拟之处，但如《水龙吟·三月十九日后》已经新意栩栩，很具"独孤一派"印象特征②：

老藤挂上红墙，有余影、凛若淡墨。锵然夜雨，声声调进，南木石刻。新伞游离，蓝衣倏忽，藏言相过。听铃音寂寂，断失何处，非惟我，谁相惑。　　总是光阴沉默，我无非、其之魂魄。月光如水，月光如镜，拭手可摘。有形城市，无人长街，空寻消息。见招帖箱上，彩屏换尽，旧时颜色。

"有余影、凛若淡墨""我无非、其之魂魄"云云尚略觉生硬，至《永遇乐·听 FIR 歌而记》即如弄弹丸，极灵动沉郁：

凉月涂诗，西窗印雨，人倦人怠。老街传歌，歌词犹是，寂寞无人改。我们的爱，我们的爱，过了已经不再。正茫茫，银吧换

---

①　解维汉：《追踪"现代私塾"》："等到萌迪真正步入社会，如鱼得水、得心应手地发挥特有专长，为社会大做贡献之日，我们方能正确评判他早期专业知识储备的潜在意义。现在还不到喝彩的时候。"网文。

②　指独孤食肉兽一派作品，详见后文。

酒，烛台缤纷光彩。　　杯空唇冷，烟分温退，颜色青丝磁带。谢酒春深，辞欢梦窄，谁在蓬山外。却依消息，凄迷如此，赢得十年诗债。灯隙处、沙汀旧路，潮汐似海。

《蝶恋花·夏雨二首》之二走的是巧思一路，上下片只变易数字，即能对映今昔，自然流动中别有一份苍凉。这是杨无过之创体①：

往日忽随风唤起，我在梦中，子在歌声里。楼上歌声柔似水，谁知此雨何时已。　　今日已随风唤起，我在车中，子在歌声里。楼上歌声寒似水，不知此雨何时已。

"流水它带走光阴的故事改变了两个人，就在那多愁善感而初次流泪的青春"，青春少年，必然最多唱响爱情的音符。《贺新郎》二首分别以"此曲终未止"和"你在唱什么"开篇，那种"我未忘君君忘我""湮没了，我自己"的恋曲旋律听来荡气回肠，第二首似更深沉一些：

你在唱什么。却为何、在我耳膜，似风飘过。列车往来如候鸟，冷街空台闲坐。看旧吧、缤纷花朵。开到荼蘼逝到醒，又年年、秋叶纷纷落。梦醒后，可有我。　　欢声笑语还如昨。只是把、一切痴心，都深深锁。依旧此生觅无处，依旧此生颠簸。终不免、音沉玉琐。夜雨深凉指渐冷，对琴弦、此曲共谁和。岁月里，且消磨。

"依旧此生觅无处，依旧此生颠簸""岁月里，且消磨"，这样的句子出于少年之口，未免引出人"不识愁滋味"的微笑，可我们自己的惨绿年华不也如此度过？但恨无杨无过之妙笔夸张描摹耳！《减字木兰

---

① 或者创体自得之故，其后《夜行船》亦用之，词藻稍密而流丽略逊。词云："风暖来时江上路，听流光、约人无数。樟畔生香，莲衣印影，是与伊，相行处。　　风冷归时江上路，听流光、解人无数。樟畔余香，莲衣换影，曾与伊，相行处。"

花·魏玛四韵》作于2011年，其二、四云：

> 语言沉默，暴徒裸陈理想国。君意如何，我有微怀不可歌。烟花尽散，垄上新铸黄金盏。荒野谁归，焚我空原照纸灰。

> 明黄暗紫，宿雨如阵终难止。舞碎珠光，温柔永栖乌有乡。水市明灭，隔浦兰舟声徐歇。罗袖微醺，起看高城夜磷磷。

奇诡老辣，足可分嘘堂、独孤之一席，总体尚处于"新硎一发，锐气逼人"阶段的杨无过确乎还有着可以期待的光焰未来的。

四　王星客、潘乐乐、燕垒生、浮蚁

嘘堂《满江红·次王星客》也是承继迦陵一脉的"守正"奇横之作："筚篥同吹，亭画里，鱼龙争驾。红叶烂，汉弓秦弩，凭空漫射。老去何堪夸骏骨，熔金手段开一罅。是斜阳、迭垒令人盲，周天卦。

风犹烈，沙更打；花满壑，惊香麝。问林间谁遇，去来归者。雷鼓击穿兵气在，孤鸿顾影休相讶。认当时、暗袖铁椎儿，副车卸。"于此又可见星客之神采。王星客（1973—　），自署王引，扬州人，现居上海。有诗集《南北集》、词集《网庵词》。星客诗出唐入宋，多拗峭峥嵘之致，小词深情绵渺而不纤细，总由性情才力之恳挚富厚也。《蝶恋花》是其第一绝作，言情深刻为纳兰笔下所无：

> 桌上孤灯灯下纸，无那相思，检点平生意。蓦地愁来何所避，心头眉上参差是。　耿耿夜长愁已寐，拟把相思，结作同心字。结去结来皆不似，结来结去心都死。

末三句连用五个"结"字，极天然而奇特，"结去结来皆不似，结来结去心都死"又何其痴也！星客另有网名曰"结网人""网庵"，取意或皆由于此篇。另两首《蝶恋花》也是蜜意柔情，悱恻缱绻，可视为晏欧一派之现代版：

梦里狂追花事近，怒马春衫，人比春衫俊。那识时时耽梦境，浮生已惯持杯稳。　　回首十年真一瞬，渐味年来，秋与春相并。春似秋风容易恨，秋风暗换人春鬓。

帘外月来窥白眼，有个人儿，指上燃烟卷。记得相携星晱晱，今宵风露谁家院？　　别后清辉随夜减，悔学蚕儿，吐作缠丝茧。为子剖心丝又断，不如剥却凭君剪。

《网庵词》写情最俊，亦有浑厚隽快、雕刻入神之作。《定风波·乐山大佛歌》云："城郭全非斧烂柯，独参宝像礼巍峨。一夜石头齑与粉，随份，后人还有后人磨。　　千古英雄淘浪里，偏指，青衣江上老渔蓑。真个五湖携翠袖，知否？年来西子亦成婆"，笔调疏朗，颇近东坡。就立意而言，仅"宝像"一语写到大佛，其余尽皆提空，如此写佛，可谓"道着"。

《点绛唇·10月18日京师大风》字斟句酌，迥不犹人，不唯奇创，兼且重大，"一币"二句尤然：

辟易西风，长街槐碎踩青胆。夏衣萎茧，鸦外重关掩。　　一币孤城，反转铅华面。惊秋换。雾情霾感，待拭红尘眼。

潘乐乐（1973—　）与王星客同龄，词亦相埒。乐乐安徽巢湖人，故词中多有记咏巢湖时事者，如《鹧鸪天·秋蝶》自注："远游归，睹撤市后巢湖，百业萧条，零售、餐饮、服务、地产、交通各行无不日趋艰难……"，同调《秋蛩》自注："九月十日，巢湖市直公务员分流完毕，各至省直、合马芜三市政府机关。网上坊间见普通市民哀怨悲愤之声犹不绝矣"，同调《秋燕》自注："巢湖市拆分，各级官员大批调离矣"，虽多婉曲，亦云实录。《台城路·过柘皋北闸老街，李鸿章当铺故屋圮于风雨矣》与《减兰·偕晦窗、颖庐二先生登姥山，淮军旧地也》二首咏怀家乡史迹，前者萧瑟，后者激壮，皆具有一种"风流总被，雨打风吹去"的纵深感：

一椽留梦沧桑影，堪怜梦还吹去。草积虚栏，苔斑颓壁，谁认花深前路。秋虫最苦。正篱角微霜，海天重诉。泪洒春帆，断魂雪浪更何处。　　烟寒翠篁漫倚，对荒檐瑟瑟，能几风雨。燕别庭空，星垂木老，剩拾愁痕无数。残天未补。甚寂寞枯坪，恨余今古。夜气沉沉，乱云嘘暗浦。

　　峭崖积铁，兀出苍茫千尺雪。拍岸涛腥，犹作英雄歌哭声。云腾似火，孤塔难支天欲堕。如此山川，风雨飘摇付倚栏。

自上引词篇已可见出，潘乐乐擅怀古，尤擅以疏爽笔调传达沉郁心绪。《高阳台·过扬州二十四桥》上片云："去雁沙寒，牵藤石老，我来秋色堪伤。瑟瑟西风，蒹葭吹恨微霜。行人莫向桥头倚，倚桥头、怕认沧桑。最销魂，抚遍阑干，立尽斜阳"，大有朱彝尊、李良年一辈意趣。同调《秦淮雨中登媚香楼》生新感似能更胜一筹：

　　古柳围津，疏英倚石，萧萧暮雨阑干。一片伤心，迷蒙剩水残山。朱楼莫恨笙歌杳，便笙歌、不是当年。黯销凝，几度西风，一舸秋烟。　　繁华梦里匆匆散，认亭林岑寂，巷陌荒寒。扇底飘零，流红今到谁边。沉沉天海无情隔，任徘徊、望断人间。莫重来，万缕清霜，吟鬓苍斑。

《鹧鸪天·西藏旅中》也是潘乐乐笔下佳作，诗词得江山之助，信然：

　　踽踽苍茫照鬓丝，三生梦绕石边谁。转经人遇林间笑，落日歌驮马背飞。　　云哈达，水琉璃，巉岩积雪插天低。格桑花只高寒发，不惜风尘迹更西。

留社之"七〇年一代"尚有临平中学同班的燕垒生（张健）与浮蚁（沈刚）。燕垒生精小说，以《天行健》等奇幻之作享誉网络，诗中七古《云鹤曲》为"梅村体"苗裔，与王震宇《潇湘曲》并为当代罕见的"拈大题目,出大意义"者。相比之下,词多咏叹个人身世,往往伤于直白,耐读者不多。《千秋岁·悲白发》笔路疏快而题旨委曲,有东坡之风:

> 风灯石火,一梦秋霜早。心已死,人空老。几回愁未遣,欲说都潦草。犹听得,耳边正作鸱鹕笑。　　莫厌浮生少,醉里鸦涂稿。世上事,休相扰。人生衣食耳,只为高难饱。还依枕,蒙头且觅蓬莱岛。

《木兰花慢》当为一集中翘楚,流丽深婉,不可多得:

> 怅空街十里,又听得,几秋声。渐木叶翻黄,草虫吟涩,老尽蜻蜓。多应买花载酒,只新来、不是旧心情。走遍颓桥曲巷,愁怀说也零星。　　一杯春露冷如冰,醉里莫求醒。正蝶梦初酣,雁书难达,珠箔飘灯。看他落红舞倦,也随风、一片到窗棂。寂寞人行更远,檐前铃语凄清。

苏无名《网络诗词点将录》以燕垒生精小说、新诗、诗词,故拟之"八臂哪吒项充",又称其(诗词)"风格数变,若不能穷,仿佛老僧坐禅,空中现三十二相",此语言其诗尚可,言词则嫌夸张。浮蚁之作风格较多元,而才情稍逊燕垒,兹从略。

第三节　以"二青衫"为眉目的留社中晚生代词人群

留社元老一代大抵为六十年代后期至七十年代初生人,而"75后"则大约可看作"中生代","80后"可视为"晚生代",本节即盘点这一批留社词人,先谈"留社二青衫",即李青衫与青衫客醉。

一　鬼柳词人李青衫

李青衫(1975—　),字士微,本名不详,常州人。酷爱榉木,因取其俗称"鬼柳"颜所居,并名词集。其《玩古代榉木家具有感》诗序云:"余爱其至俗致雅,遍搜毗陵及左近求之,得床、柜、案、几、椅凡十余种,或坐或卧,时时摩挲,以其息怒清心,去浮远躁,思古静神者也","息怒清心,去浮远躁,思古静神"云云,非仅言鬼柳之用,亦实蕴涵着对世界的观感与自家的格调。此种观感与格调常存乎心底,而蓦然发于不经意间,那就必然不拘古今、无论门户,笔触所之,纵横无不如意。如受到数年前网络间大火大俗的"我有一杯酒"主题唱和之触动,李青衫即捉笔成"我有□□□"组诗二十一章,诡谲正大,妙语纷披,不在嘘堂、响马之下。不妨读数首:

　　我有一隐疾,向未与人言。如童年玩具,深锁于时间。日月犹可溯,时间乃可穿。重逢竟无语,惝怳吐烟圈。欲告将来事,身意难两全。所以道永别,点燃纸飞船。

——第三章

　　我有怯远症,视物向不明。惯将鬼磷碧,误作繁华城。暴死恒有辜,凶手咸无名。满座目击者,哓哓电倏停。世界溷且黑,飞过数流萤。窗外夜魔侠,谛听复谛听。

——第七章

　　我有熬夜习,愈晏愈精神。岂为失眠故,乃俟鬼敲门。物鬼终不至,践迹惟蚤蚊。危坐迥非愿,袒卧适此身。夜气深于海,如覆泰坦轮。凌晨一碗面,啖尽更无人。

——第十五章

　　我有武侠癖,流幻曾未易。少年之理想,惟天下无敌。弱冠转多情,春水波恒碧。贪鄙当自了,何计不血食。纡难替晏如,孰为曲中直。投箸行拇战,恍然破剑式。

——第二十章

因近视而"惯将鬼磷碧，误作繁华城"，写熬夜则"岂为失眠故，乃俟鬼敲门"，更有恍然将划拳视为破剑式的"武侠癖"，的是妙不可言，而又不乏刺世的悲愤。如此奇特手段施之于词，即成为《一斛珠》七首这样的神品：

> 炎霞烧罢，残灰荡散鱼龙夜。有谁注视茔茔者。或在高楼，或在高楼下。　　故迹重来空木马，长街划地光犹射。橱窗上演新童话。半世如何，半世如何也。

——第一

> 日光磨镜，潜移满地驴皮影。蜻蜓有翅风无定。一任天行，一任天行病。　　梦里阳阳终画饼，焦糖艾尔浮三听。醉余但与蚕相应。片月如钩，片月如钩颈。

——第二

> 我为鱼肉，流汤厌饫桓公腹。大人偏爱三分熟。折椅悬空，折椅悬空屋。　　拍手而来呼郭秃，相逢闹市当还目。城头滴血其声笃。积念成山，积念成山覆。

——第四

> 一朝梦破，未来不复言如果。归墟地远人相左。现在从前，现在从前我。　　向死而生犹扑火，窗开十面形躯裸。花枝将老星将堕。錾凿须弥，錾凿须弥座。

——第七

在形式上借鉴了"堆絮体"，意象构建则充溢着"印象派""超现实"的感觉，其中心绪更是激宕回旋难以自已，在留社中可谓"异数""别派"，然而如此之"留"，恐怕才能真正"留"住一些可贵的东西吧？上引诗中提到的"武侠癖"溢而为词，则孳生为《浣溪沙》"题金庸小说"一组，趣味更是透纸而出：

一曲天铃夜未央,人心似碗可赀量。中原不是我家乡。白首相知犹按剑,青丝早断好梳妆。楼兰哭罢哭高昌。

万骨将军半亩田,泥丸出窍睹方圆。潜龙勿用一招先。太古江山谁是主,当初混沌那来天。一灯如雪说因缘。

自古雄才报国艰,几人悲喜为红颜。行藏非鬼亦非仙。了却君王天下事,修行无赖野狐禅。暂分一印管江山。

辛苦殷勤不了翁,恩仇国事论鸡虫。画眉深浅问张公。会说忘言终悟道,无须洗耳也惊鸿。世间太极是南风。

以上分写《白马啸西风》《射雕英雄传》《鹿鼎记》《倚天屠龙记》,熟悉金庸小说者自能领会其贴切浑凝。数词煞拍最多余韵,"楼兰哭罢哭高昌""一灯如雪说因缘""世间太极是南风"皆令人低回不已。"暂分一印管江山"几乎可同聂绀弩《钓台》名句"昔时朋友今时帝,你占朝廷我占山"媲美,而别具一份从容气派,才情极为可喜。

《醉太平》《南乡子》二首或异样苍凉,或清疏寥廓,其机杼或也与"武侠癖"有关,但恐怕更来自空阔的现实感触与细腻的内心怀想,其品质当在杨圻、刘嗣绾诸人之右①:

春云锦笺,莲池万钱。江山到处风烟,又苍黄一年。初霞洗天,残阳透帘。长吟几度愁边,恁从今自怜。

何事太珊珊,订了佳期几日还。花雨无心尤簌簌,灯阑,玉指翻飞绿线衫。最怕是情关,小字频呼信未删。梦里青禽寻不得,相看,双眼横穿十万山。

---

① 兹引刘嗣绾《南乡子》以见意:"春事已阑珊,一纳青鞋倦往还。记得故园风景好,凭栏,荠菜花儿单布衫。兀自掩柴关,芳草无多忍再删。却借一鞭楼上指,君看,绿遍江南岸岸山",本篇或为步刘氏韵者。

《江城子·丙申端阳前五日》题旨正大而笔法蕴藉，亦当推为罕见之杰作。凭如此多态之佳篇，这位鬼柳词人是可以不徒在留社称雄一时的：

> 当时月色满城东，忽遭逢，不周风。玉骨星星，碧焰映双瞳。从此寒蝉鸣不得，蒿藜里，卧吟蛩。　半生露电与谁同，瘦村童，病髻翁。廿七年来，国事付鸡虫。禁苑宫墙高百尺，檐下雨，似惊泷。

二 "独钟蒋鹿潭"的青衫客醉

以词而论，本书绪论曾征引其《渡江云》的青衫客醉当为军持左右一巨擘，与李青衫并称，可谓旗鼓相敌。青衫客醉（1979—　），本名汪洋，字宗白，号硿斋，泰州溱潼人，即蒋春霖水云楼所在地，其结缘蒋氏，固有天然凑泊处。有《沧溟词》，莼客、军持为之序跋。莼客《序》重大精悍，可追古人：

> 庶几哉，沉博奥衍，其鹿潭翁之抗手乎？当鹿潭之世，浙西词派渐衰，学者欲矫其空疏之病，推尊词体，故有常州派之兴，然多眼高于顶，所作几无可称。鹿潭翁出，掩有二家之长而无其病，为近三百年词人第一……《沧溟》一集，驱坡公稼轩笔端万牛之力，而以梦窗碧山缠绵深挚之音缓缓出之，指出向上一路，遂使倚声者知所重，其于词坛，岂曰小补哉？[①]

苏无名《网络诗词点将录》点其为"短命二郎阮小五"，所评更为精细，而亦有"独钟蒋鹿潭"之共识：

> （词）初作峭拔空灵。如白云在天，舒卷自如；秋风在水，来去无迹。"无花试酒，剩灯前、水样新愁""六朝板荡凌烟梦，吴

---

① 与以下苏无名《点将录》皆为网文。

市吹湿碧竹箫""古田野稗英雄冢，新柳黄蝶丽人桥"，皆不求工巧而工巧自至……近则师法清人，而独钟蒋鹿潭，有"蜗缘藓迹"一语，刻画出神。"野浪空桥有鸥鸣，未曾叶落已秋声""巷口如今夕日斜。皆安否，寄萦肠一寸，化作烟霞"……遣辞精丽，真气内转，温淡沉郁，俱得鹿潭之旨。

蒋氏生当晚清离乱之世，沉沦下位，备历艰酷，因而"最善写衰世漂泊中的愁苦，有浓重的世纪末情调"，"无论是'一枝一叶怕秋风''满身清露在天涯'，还是'化了浮萍也是愁'，全都反映了寒彻心骨的陷落感和难见尽头的迷惘情"。与同时项廷纪等人相比，又在凄厉中更多一份"性复倜傥，有豪侠气"的特质，以及由此带来的"开阔气势或捷速的笔意……虽有寒苦韵味而不枯槁或酸涩"①，这些确实都很逼真地复刻在了《沧溟词》中。如以下几首：

露凝烟浪，撷鲛人清梦，水晶宫里。摒息鱼龙三百万，上有群峰环翠。澹月双圆，轻舟孤寂，半是瀛洲味。跳珠风细，为予微湿诗袂。　　独卧无际苍茫，高台耸冷，今古如飞骑。玉斗低飘松柏响，远远离离堆髻。众岛围碁，一湖漂碧，空莽皆浮世。虚槎谁下，或为星火斜坠。

——念奴娇·月夜泛溧阳天目湖

茅店荒鸡，断桥流水，客中又听檐铃。忆春台煮酒，问击筑谁听。料风雨、家山卷遍，少年心绪，都落旗亭。笑区区，同是风鸢，不拟多情。　　漂零四海，旧轻狂、重理堪惊。算折尽垂杨，年光肯与，屠狗功名。越客楚才都老，吴钩冷、拍也无声。剩平芜唤我，登楼依旧青青。

——扬州慢·送客和梦烟霏

---

① 严迪昌：《清词史》，第526—528页。"有豪侠气"云云乃杜文澜语，见《憩园词话》。

[清兵围江阴八十一日,城破,怒屠之。吾过江阴,游季园(今中山公园),有纪念亭曰忠邦亭。一老叟吹笛,甚为自得,吹罢,语前朝事,客感而作词。]

亭写忠邦,几人识、梧桐滑叶。当年事,忽飞星眼,旅人愁绝。射虎将牵尘土骑,采菱女浣长江血。问苍冥、黎首举干戚,真奇节。　天已暮,谁弄楫;吹笛叟,悲声裂。笑平生无用,只肝肠雪。人道吴儿音媚软,偏成南国多英杰。久不言、灯火盈盈市,风如铁。

——满江红·游季园

从这三首词里已经很容易辨认出青衫客醉的深湛工力与独特风格。《念奴娇》一首清旷洒落,整体趋近樊榭山房,而"摒息鱼龙三百万""今古如飞骑"之阔大显然又有着相当的"豪侠气";《扬州慢》极言送客之凄清,而"击筑""风雨""屠狗""吴钩"等意象纷至沓来,心绪壮阔,并不衰飒;《满江红》写阎应元等守江阴史事,上片折腰对句极为劲健,下片更揭橥"偏成南国多英杰"的地域文化命题,悲壮中寓昂扬之致,自水云楼而渐近稼轩。

自上还可以看出,《沧溟词》中佳作针线绵密,但笔致疏朗,并不破碎,故耐读,且好读,此境界不易到,确实可医当下词苑"涩""浅"二病。如《翠楼吟》写"扶桑人有老宅,打墙时见一壁虎,系于其间,不知何许年,又见一壁虎含食至。感而遂罢"事:

末小生灵,古墙阴里,谁人解渠幽困。忽十年缧绁,记初夏、灯前虫韵。千千一问,忍一缕娇魂,因风吹遁。芳颜损,令人心折,月空黄晕。　无恨。儿女人间,有几真如此,定消音讯。料庄生梦杳,笑嚅沫、池鱼混沌。蛮笛声润,共夜夜飞来,浮尘一瞬。琴音紊,打檐秋雨,又清寒阵。

可谓娓娓道来,层折递进,叙事言情两臻其妙。"叙事而不以事实为填词料,提空而写心灵颤抖状,这是倚声妙擅之处,空灵也由此而出",严迪昌师分析蒋鹿潭名作《台城路·金丽生自金陵围城出……》

的这一段话大约也可移用于本篇。① 相比之下，《水调歌头·寄叶三》更疏朗一些，而情韵密厚，并不因此少减，过片三短句最耐寻思：

> 暮雨瘗晴日，时节总因循。骊歌翻唱难听，消息隔重云。渐觉秋声变了，莫说红萸无恙，双鬓满烟尘。肃气逐人紧，堕叶正纷纷。
> 事如影，灯若语，稿宜焚。徒有萧瑟，如今都懒说消魂。但恐栖霞枫色，不待游人同赏，古寺剩青磷。且对洋洋水，来着旧时巾。

青衫客醉的短调也是开阖动荡，疏密得宜，得鹿潭神髓而不为其所拘缚。如《鹧鸪天》"秋气侵墙叶满庭，重寻旧迹已星星。十年半悔无益事，仿佛渡头打衣声。　行止计，应难凭，海云深处一浮灯。前尘许是悲秋客，身世依然比梦轻"，这里是有着"一枝一叶怕秋风"的"瘦梧桐"身影的，但"仿佛渡头打衣声""身世依然比梦轻"的感受要更圆转一点。时空毕竟不同了，没必要非愁苦到"满纸有寒色"的地步②，但另一首《鹧鸪天·过常州瞿秋白祠》还是不能自控地显现出沉重感，那应该是历史本身的分量罢？

> 野浪空桥鸥远鸣，未曾叶落已秋声。吴街自古悲歌地，风雨欺襟一味腥。　无处觅，少年膺，偶逢不忍说伶仃。天暝抱膝惟呼酒，扶醉登楼看落灯。

就全篇而言，当然还是不及彊村之同调名作《过裴村别业》的，可"吴街"二句、"天暝"二句也感喟于呼酒看灯的无言处，与"红萸白菊浑无恙，只是风前有所思"神味酷似。

还值得注意的是嘘堂在《访谈录》中的一个敏锐判断："青衫客醉……近一两年的作品更明显融入了现代意识与技法，不脱于古，而亦不隔于今"③，此类作品以短调为主，可试读：

---

① 《清词史》，第 526 页。
② 陈廷焯《词则》评蒋春霖《凄凉犯》（短檐铁马）一首语。
③ 《昨夜微霜初渡河——嘘堂访谈录》，百花潭 2009 年访问，网文。

烟奁徒锡存，小肆光将锁。帘幕渗春风，夜气涵腥朵。　　天穹如土封，楼阁排棺椁。疯妪倚楼扉，兀自划磷火。

——生查子

蛮花红重，漫裂颓墙春已痛。啜泣提琴，夜半琉璃裹月沉。镜中生灭，影听潮头呼不歇。局外流鸥，北望胡尘似忘忧。

——减字木兰花·马六甲

灯氛微绀，殿背丛林天渐黯。神兽狰狞，无数悲欢始筑成。千年一觉，十亩莲池红漠漠。斜日缄门，似隔年光与世尊。

——减字木兰花·暹粒

在青衫客醉的创作中，这只能算是浅细的溪流，然而"不脱于古，不隔于今"从来都是诗词创作的不二法门，哪怕并不那么突出的"现代意识与技法"当然也是不可或缺且深具指向性意义的。

三　城南僧、俞风挽、芋水堂

留社中晚生代词人群还应提到城南僧、俞风挽两位。城南僧，不知本名，约生于1975年，现居美国。苏无名甚称其词，以为小令尤佳，并举"千万里霜播，破窗来、何年冷月""梧桐疏影外，灯火满楼台""巷侧灯微，天末流星落我衣""见说春心弥远，杯中或是天涯"等句为证①，好处亦大抵如是。俞风挽（1978—　），本名蔡希平，上海人，词作结为《学步集》，数量不多，《何满子·雨夜》《望海潮·海上》二首尚可称合作，兹不赘引。

此二家成就不高，于词用力甚专而造诣较胜者当推芋水堂。芋水堂（1979—　），本名陆俊，字峻石，号芋水居士，苏州人，有《自叙》云："幼美风姿，厌举业。及长，好论天下事，尤嗜酒，尝饮西湖舟中，大醉几落水死。始以诗文自负，及读经史，尽焚少作，云：'大丈夫不

---

① 《网络诗词点将录》，以上分别出自其《蓦山溪·倩女幽魂》《临江仙》《减兰》《清平乐》。

恃浩然之气',盖气者斯文之本,经义斯文之质,辞赋章句,复缀其末也"①,可见欹崎拗峭之态,是为"守正派"中又一特殊典型。此一"自叙"并非托之空言,芋水堂致力民国史传之著,其《儒林》《文苑》《国士》《死事》等传均撰多篇,加上一批"世说"式掌故,已经隐然构成了一种很有价值的私人民国史,而以《酷吏传》数篇最著史才,必可传之久远也。②

因为视"辞赋章句,复缀其末",故用心较少,但以如此高屋建瓴之见地才识,所作亦多可观。其词甚得北宋诸贤精髓,而最近东坡之俊阔,如以下数篇:

> 城外天青湖水照,歌声直上晴云袅。飞鹭潜鱼声悄悄,山一抱,烟波枕上芋翁老。　玉腕撷花霜雪皓,盼盼秋水怜君好。不住薰风柔橹掉,还将恼,转头行过莺莺笑。
>
> ——渔家傲·过澄湖,击掌唱歌,有游女撷花而去

> 绿杨郭外东风好,处处清波游小棹。南村桃李待行人,一树江梅逢野老。　人间解语花恨少,马上看花人一笑。畏寒劝客莫辞花,明日无花还应恼。
>
> ——玉楼春·上元日挈诸公步出东门,绿梅一树放也

> 曲岸桃花红着雨,绿了垂杨,点点沉烟去。柳眼横波春风顾,惊莺一霎吴儿语。　城外杨花天欲暮,楼上那人,一笑犹相许。道是春愁真楚楚,春心恰被那人误。
>
> ——蝶恋花

---

① 网文。
② 均可见其博客,兹录其学林掌故数则以见意:"黄侃博达,而好色之甚。时人论侃曰:'非吾母,非吾女,可妻也。'于是常得佳丽,而恒弃之,而奔走门下者不绝。或有告之于炳麟者,炳麟曰:'使公有侃才,章某愿赠贶十女。'""刘师培妇何氏,暴强常虐刘。师培恶欲休之,而每不敢言。妇稍闻,师培大恐,夜遁入张继家。时有人讦张继敲门,师培意妇追至,匿继床下,战栗哭泣,数人始牵出。""刘半农欲举俗文学,乃标榜求骂(各地方言),于是生徒宵旴骂之。周作人意本恶刘,遂索刘大作秽语;时赵元任通四海方言,辄召刘饮,酒酣,指数州县而大骂。刘坐听终夜,犹不尽得。"

不难看出,《渔家傲》《蝶恋花》两首笔力思致多有得力东坡"天涯何处无芳草""小蛮针线,曾湿西湖雨"处。《玉楼春》因题面"东门",更多联类点染坡诗"东风未肯入东门"一篇,而下片四句连用四"花"字,令人不觉其复,尤显天然浑融。《水龙吟·江阴夜渡,月明,西扬州岸也》一首则高迈刚劲,直闯稼轩之室:

渡江浮鲫连云,纷纷南北那如子。鹅湖袖手,华阴归马,苍头青兕。我觉霜寒,人眠风息,月明天洗。向金山楼下,笛声吹彻,有乌鹊,频惊起。 沙岸云楼飞峙,去青天、欲上还止。膏溶金屋,脂干银壁,王孙官邸。一顾重来,朱儒俯拾,车鱼青紫。问何人夜哭,梅花落尽,李庭芝死。

"膏溶"三句,"问何人"三句,皆沉痛至极,深达怀古苍凉之慨。《浣溪沙·咏梅》则是披着咏物外壳曲传自家沉痛怀抱的:

病曲临风一树梅,寒香销尽雪成堆。送春不语几时回。 折尽众芳无好意,东风殢雨拥轻雷。年年泣血俱成灰。

"折尽众芳无好意""年年泣血俱成灰",这或者是自古以来最惨厉的咏梅之词了,如果不是别抱隐曲,断不会摄神写心到如此地步。"病梅"意象当从龚自珍来,词情则较龚氏"如梦如烟,枝上花开又十年""莫怪怜他,身世依然是落花"等句更为激切。[①] 此中消息,或者能从《贺新郎·清明,张志新祭日也》一首窥得一二:

坐看华年急。怅神州、风尘万里,黯然春色。马上悲歌行云住,欲上高楼吹笛。更楼外、层城深壁。风雨吟愁谁堪问,想倚槛、室女孤魂泣。千古事,一人力。 横空风浪蓬莱隔。翼垂天、他年回首,蓦然京国。日月跳丸人旋蚁,金狄铜驼萧索。叹正是、忧愁羁

[①] 龚词为:《减字木兰花·偶检丛纸中,得花瓣一包,纸背细书辛幼安"更能消几番风雨"一阕,乃是京师悯忠寺海棠花,戊辰暮春所戏为也,泫然得句》。

客。社火迎春寒犹袭，况日中、星鸟无消息。君且自，好眠食。

词并不纠缠渲染张志新的经历或精神，而是以"倚楹室女"的身姿反照悲歌风雨的那段历史，将自己的黯然之情贯穿终始，充满郁勃感人的力量。如此"辞赋章句"，何尝应该缀于"经史之末"呢？陈维崧说得好："选词所以存词，其即所以存经存史也夫！"①

四　蕉庐、当年小杜、江东散人、十六年之约

留社之"80后"亦多俊彦，除前文附论之杨无过外，尚有江东散人等，兹简说之。

蕉庐（1982—　），本名朱昌元，名号甚多，安徽桐城人，现供职徐邦达艺术馆。词不多，《惜红衣》"咏彼岸花"一首尚能见作意。所谓彼岸花者，"花开而叶没，叶生而花不见，花叶相间，正所谓动若参商者也。花如是，而人生岂不如是耶？"此序已能动人，词亦相配：

宿雨滋苔，新烟幂甓，漫劳行展。洗翠林深，绯云照南陌。痴心万点，思彼岸、都成玄默。凄恻。花胜昔年，问伊人消息。怃然伫立。愁染娇颜，纷纷泪痕泣。堪怜一片艳色，与谁摘？往事恰如蕉鹿，但作别魂吟魄。叹谢家池畔，谁识归来词客。

与蕉庐同龄的当年小杜造诣也略似。当年小杜本名陈伟，字渺之，广东潮州人，现供职韩山师范学院，著有《选堂诗词论稿》（合著）、《岭东二十世纪诗词述评》等。诗词结为《弥纶阁集》，莼客《序》以为"初编……近效同光诸老，远承老杜……丁亥以来诗风一变，专以元嘉为师，而冲和嘽缓之意居然近之"，未及其词。《金缕曲·诗词网充斥轻薄之作感赋》一首贬斥网间"舌弄鸠腔三流调，也学愁生南浦""怪底屏前花月客，乱郑声、只戏良家女"等种种怪相，更有"真善于今仍持否，我欲呼天不癔"之疾呼，灼然可见旨的。《湘月·偶作用定庵泛舟西湖韵》甚飘逸而沉郁：

---

①《今词苑序》，前文论"庚子秋词"部分已征引之。

维摩弹指,坠天花无数,云端佳丽。十载飘然绳检外,只在酒边书际。梦马真驰,伊人不老,始快平生意。秋风一棹,倩谁同定归计。

送尽岭外朝云,天涯芳草,无复春愁起。侠骨江湖何处觅,纵有琴心难寄。北阮清狂,南阳疏懒,领略些儿味。谪仙呼我,奏刀来断韩水。

《定风波·丙申仲夏之夜,诸生宿舍优昙正开,赋此寄兴》则别有风致,下片尤然:

守到凌波缓缓来,依然白月上阳台。一缕香魂真尔汝,无语,素心留与晓风猜。　弹指清眸圆凤梦,轻送,琼歌莫放唱成哀。纵是离长终聚短,不管,好花今夜要全开。

本书绪论关于网络文献部分尝提及的陈梦渠(1983—)专力治词,不仅广泛搜集录入晚清民国以来词集,公诸同好,功德不浅,其自家创作也有一定特色。

陈梦渠,本名陈思盖,网名江东散人,浙江温州人,有《折梅词》甲、乙稿,又有《折梅斋词话》四卷,所论大抵为清人词,推重陈维崧、朱彝尊、蒋春霖诸家,主情感,主沉郁,多有似《白雨斋词话》处,而亦偶见自得。如卷三论"诗词并非士大夫之文学"、卷四"论《红楼梦》诗词不堪一读"皆是。[1] 其《折梅词自序》则明确标举"词人之词",声称"不在憔悴中而生,必将憔悴中而亡。昔项莲生言:'生幼有愁癖,故其情艳而苦',吾亦如是焉"[2],虽然,其词亦不甚"憔悴",若《扫花游·题琐烟阁》下片云:"或是谈因果。记那日情怀,芳心已堕。手持一朵。看茫茫天地,野烟低锁。黯淡青衫,又把孤

---

[1] 前条云"中大徐晋如曾言诗词乃士大夫之文学,殊不知古今真正之士大夫并非个个都是诗人,然一些底层民众恰是诗词之继承者……诗词乃真性情者之文学,是故,一民妇贺双卿词……能动人者,因其有真性情也",后条云"《红楼梦》诗多词少,然无论诗词,皆不堪一读"。按:《红楼梦》诗词不佳,其说早见陈永正《红楼梦中劣诗多》,刊于《文艺与你》1985年第1期,后收入《沚斋丛稿》,中山大学出版社2011年版,第81—85页。

[2] 网络版。

愁于我。叹些个。卷纱帘,有时光过",《浪淘沙·七夕买花》云:"十二碧斜栏,梦不曾圆。怕将消息负春妍。昨夜五更吹瘦了,一片啼鹃。

往事剩凄然,那角帘残。为谁费尽买花钱。听雨听风年少事,别样人间",亦楚楚动人,但较项廷纪之"愁癖"尚有间焉。此亦性情所关,不可强求也。

谢楚海为《折梅词序》,指出梦渠嗜好陈洵、周岸登两家,《渡江云·书海绡词后》即是致敬之作,身世"憔悴",溢于言表,为集中杰作:

> 尊前余短梦,漫吟花信,去国更劳商。酒醒无有月,过眼车尘,桑海费思量。情怀销尽,却东风、避我疏香。空自怜、行云乌雀,寂寞对愁乡。　　堪伤。十年游历,几处江川,剩青衫何况。终不似、透帘笳泪,一片荒凉。沉沉图画天涯老,怕辜他、容易斜阳。今后约,黄昏碎雨成行。

留社近年亦不断扩张规模,汲收英俊,若年纪最轻之剪灯楼(史啸天)、张子璇已是"95 后"一代,可谓后继有人。本节大体以年齿为序,"80 一代"可以时润民为殿军。润民网名十六年之约,人或称之"十六少",又因精研郑文焯故,自号小鹤山人,上海人,1986 年出生,故称纯客、军持一辈为"师"。《木兰花慢·暮春偶赋寄诸师》颇为新辣颖异:

> 过蛮春醒未,深浅地,柳芽潮。被射日腥花,冲尘怪燕,换了年韶。翩然事,今已矣,但危楼、满目竟妖娆。旧味消磨似此,片愁淬梦成刀。一编书恨筑经巢,去路海生绡。　　有剩水靡歌,蜗车万笛,吹破莲谣。微茫意,天不管,画丹心、傲骨世寥寥。物我差堪两忘,野云空外如烧。

《定风波》写情亦甚奇峭,煞拍尤其有味:

> 袅袅秋波五十弦,万丝拂罢不成烟。劫后逢迎催旅困,无分,

因君一笑识枯缘。　　看取芳菲相对里，如水，永堪弹指是初言。散入柔光穿柳梦，谁弄，浮生渐已隔流年。

近年润民获中国古代文学博士学位，所研甚"古"而下笔愈"新"。如"翻唱"名曲《我和春天有个约会》的《八六子》：

悄追踪、少年欢语，依依萨克斯风。是早就明知失去，已然思念无穷。在生命中。　　重重心茧原封。那刻发丝吹散，其间色彩迷蒙。自春往秋来，世尘纷扰，夜阑人静，宙星移动，想终有日能凝对你，交低内里情浓。记相逢，当时淡妆笑容。

又如《鹧鸪天》：

蜃气江云共逗留，因循或正在初秋。台风雨势斜拉索，往事情形意识流。　　除邂逅，亦纷绸，两般似此谓无由。中天叠梦成思海，淡入抟沙眼与眸。

足以代表留社年轻一代渐趋"开新"的趣味和方向，令人欣慰。

第二章 网络词坛之守正派（下）

第一节 红楼吹笛，鹤背吹箫：论魏新河词

附 王门弟子群

上节对留社词人群的轮廓勾描应该能够初步展现出网络词坛"守正"的一个重要侧面，本节即承上谈秋扇、胡马、碰壁斋主、尘色依旧等，意在进一步划定网络词坛半壁江山的地貌特征。请先谈秋扇。

一 "词禅参到芬陀利"的《秋扇词话》

寇梦碧《采桑子》云："小荷才露尖尖角，翠嫩香柔。占断芳洲，怕有蜻蜓立上头。　词禅参到芬陀利，无乐无忧。莫莫休休，不见春来怎见秋"，此赠魏新河者。词前小序云："魏新河小友年甫弱冠，于两宋词家多所寝馈，风格尤近清真、白石。当此举世依傍苏辛，而能不矜才使气，哀乐造端，一归醇雅，独出冠时，夐乎不可及。维素拈诚斋'小荷才露尖尖角'句为喻，因取为发端，并征社中诸子同作。或曰：'君欲看杀卫玠耶。'予曰：'纵被看杀，犹胜活埋'"，末数句极风趣，又足见激赏情。梦碧老人具眼不谬，当时"才露尖尖角"的"小荷"已经"淡晕还殊众，繁英得自然"[1]，成为当今词坛一面猎猎飞舞之大纛。

魏新河（1967—　），网名秋扇，河北河间人，毕业于空军飞行学院，空军特级飞行员、教官，大校军衔，故我尝戏以"点将录"体

---

[1] 姚合：《和李补阙曲江看莲花》。

"入云龙"而称之。① 新河身在戎伍而性亲风雅，天赋卓绝，学诗词于孔凡章、王蛰堪，学书于启功、王遐举，学画于王叔晖、葛焴，并曾问学萧劳、缪钺、寇梦碧、吴柏森、刘炳森、欧阳中石等前辈。能融集各大师名家之真传于一身，求之古人，亦罕有其匹，那也难怪寇梦碧、沈轶刘等前辈赞不容口，而恩师孔凡章对其"娇宠"逾恒了。②

新河亦工诗，最擅七绝，有《孤飞云馆诗集》，而对词所用心力远过于诗。《秋扇词》四卷之外，尚著有《秋扇词话》《词林趣话》。《趣话》系撮集古今词坛趣事及自身经历而成，多文献价值而略嫌芜杂，《词话》则可以比较明确觇见其承继"梦碧家法"的主导倾向。如对梦窗、碧山两家的高度肯定：

> 梦窗词如万花为春，令无数丽字一一生动飞舞，潜气内转，空际翻身，常人所不宜学，唯其字面，骚雅之至，学者可先由此观梦窗。（五）

> 《左庵词话》"张玉田'写不成书，只寄得、相思一点'，沈昆词'奈一绳雁影，斜飞点点，又成心字'，周星誉词'无赖是秋鸿，但写人人，不写人何处'，三词咏雁字名目巧思，皆不落恒蹊"，然尚不如吴梦窗云"山色谁题，楼前有雁斜书"，修辞之能，无出其右。（五二）

> 碧山乐府深厚之至，八百年间难得其匹，真词中之圣也。若龙涎香、新月、蝉、牡丹诸作，缠绵忠爱，骚雅清俊，殆欲后无来者，乃复平易近人……学词先由此入，乃为正途。（四）

---

① 见拙编《网络诗词三十家》秋扇小传，书未出版。
② 据郑雪峰《回忆孔凡章先生》，孔门弟子中魏新河"最得骄宠"。自魏氏《还斋琐忆·如此门生黑一堆》条可大抵得其仿佛，其文略谓：新河尝不修边幅，经旬不沐，且图便利，常着黑色衬衣，凡章遂有诗词一组戏之，警句如"绛帷有幸添高足，黑布无辜作内衣。妙处在穿三百日，旁人难见一分泥"；"庚郎未赋先愁绝，鬓云欲度双腮黑。暝色入君头，教人愁上愁"；"如此门生黑一堆，尧章发怒自徘徊。无颜再过松陵路，跳入西湖永不回"等，诙谐略同启功，足为二十世纪诗词添一段佳话。

花外集六十五首，泰半绝唱，难以为继。（七一）

初学词最宜读梅溪、碧山词。（七二）

这里所标举的吴、王两家特质与词史地位，显然是梦碧一派嫡系递传的结果。当然，正如前文所云，梦碧词派也绝不止推尊梦窗、碧山那样狭隘，在此背景下，新河亦多别择。他不仅对白石、梅溪颇致好评，还特别提点出李煜、陈维崧两位。对于李煜，秋扇强调其无人可比的"沉痛伤心"予人特殊的感发哲思效应，所以他说："后主，词禅也。每览唐宋人词，读毕后主，觉其余诸辈伤春悲秋浑无心情。"① 对于陈维崧，则先从"学苏辛"入手，以为能做到"疏荡求淡雅，豪壮求雄浑，审音辨色，运气纵情"者"有清一代，陈其年最为合度"②，而且还有一段《词话》中篇幅最长的畅论：

《湖海楼词》汪洋恣肆，无美不臻。其用词极新，又每以口语、文语入词，使亲切疏畅间饶庄重高古之致。遣词无不妥贴，极有分寸，为有词以来于醇雅一派之外立疏朗淡雅之楷模。每读《迦陵词》，辄深觉与之暗通呼吸。其年词大多归于淡雅，即其极淡处亦甚经营字句。学此类词必先沉浮于南宋，参以北宋，嗣事博览，始可临习，酝酿郁勃之情，推敲淡雅之辞，而后出之，舍此别无路径……世之填词者起手便学苏辛，不知苏辛字面几无法度，致使选辞全无标准，更无论声色，随意写去，粗率无度，故张玉田云："词一为情所役，则失其雅正之音矣。"阳羡生实由北宋入南宋，三熏三沐而出者，稼轩初则于字面无所选择，继而恣意发挥，较其年自输规矩，虽其浑化如《贺新郎》《摸鱼儿》亦非无瑕可摘。世皆以二公同途，非尽然也。若论情韵，稼轩满足，其年老辣。③

---

① 《秋扇词话》四二，此语或即寇梦碧词中"词禅"二字出处，见《当代诗词丛话》，黄山书社2009年版，第670页。
② 《秋扇词话》三四，《当代诗词丛话》，第668页。
③ 《秋扇词话》八零，《当代诗词丛话》，第681页。

这段文字的出发点在于确认陈髯风格的"疏朗淡雅",虽与陈氏主调未全合,也的确别具只眼地点出了向不为人留意的这一特殊层面。值得注意的是"每读《迦陵词》,辄深觉与之暗通呼吸"一句,尽管此时还更多于"淡雅"求之,但运用到创作实践中则令自家词风发生了不小的变化。这是秋扇词一大关捩所在,不可轻忽,后文还当详谈。

本着相对宽阔的视域定位,新河进一步归纳出自己对"词"的基本认知。他说:

> 诗词之道,性灵、神韵而已。(八五)

> 余以词之为物,概言之,要眇宜修;要言之,深婉;质言之,乃探得八字以喻:曰清、曰轻、曰静、曰小、曰平、曰宛、曰曼、曰渺。(八八)

> 人非皆可为诗人也,诗人非皆可为词人也。词人者,生而心灵极端敏感,深情厚意,一往沉绵,温柔自溺,终其一生,是故出一词人尤难于诗人也。况蕙风云:天以百凶成就一词人,诚哉斯言。(三一)

性灵神韵、要眇宜修云云还都是比较"老派"的话头,诗人词人之辨则在很大程度上颠覆了自古有之的成见。昔年王允晳因人呼之"词人"而不悦,以为自己"独不可为诗人乎",这是曾遭到陈声聪的讥讽的[1],现在魏新河不仅止步于诗人词人并称无别的判断,而是更加鲜明地指出"出一词人,尤难于诗人也"!如此"翻案"是很能见出"词"和"词人"在他心目中的地位分量的。

《秋扇词话》对"词本位"的坚守并不意味着只在"清轻静小,平宛曼渺"的小圈子里打转转,"词外求词"也是他的别有会心之论,因而数数言之:

---

[1] 前文论清民之际八闽词坛曾谈及此事,陈声聪评曰:"吾意诗人比词人究竟能高多少,此等分别,亦甚无谓。"

"还君明珠双泪垂,恨不相逢未嫁时",余深爱此二语,温柔敦厚,哀而不伤,怨而不怒,词之旨也。(二二)

"萧萧马鸣,悠悠旆旌",写二小事而军容之整肃威严可见;"昔我往矣,杨柳依依。今我来思,雨雪霏霏",写景而情与之俱,征役之况,岁月之感,胥在言外。小令写景必如是而后妙,不似长调可敷缀见工。(二四)

"鸡声茅店月,人迹板桥霜",词中惜少此种野逸之境,只在象牙塔中讨生活。(五五)

《诗·蒹葭》一篇,深婉柔厚,凄迷往复,最合词旨。(五六)

词外求词,不可不知,如东坡《记承天寺夜游》、张宗子《湖心亭看雪》,岂非绝妙词境。(五七)

就"词境"的拓宽以及"词人"的储备等多角度言之,上述这些感悟诚然都是深具见地的。尤其值得补充的一点背景是:《秋扇词话》之绝大部分系作者 1988 年"年甫弱冠"时所作[①],如此丰盈的理论认识完全可以昭示出秋扇当时的词学造诣,更预示着他未来可能达到的惊人高度。

二 《小梦词》与《小红楼吹笛谱》

魏新河《秋扇词自序》首先自述学词经历云:

予志学之年读白石《扬州慢》、耆卿《雨霖铃》,深爱其韵致,自此锐意为之,尤爱白石……十七入空军飞行学院,益力于词,十

[①] 《秋扇词话》前《弁语》云:"余二十年前之所作也。客岁曲江雅集时,梦芙兄欲征同好数子词话,裒为一帙,用镌梨枣,今岁又复屡趣,爰发旧簏,检出付邮之际,续作尾条,加以弁语,戊子……魏新河识于……"《当代诗词丛话》,第 657 页。

八问词于津门王蛰堪先生。丁卯冬,载雪诣寇梦碧翁于沽上,梦翁毕生治词,襟怀胸次绝类晋宋间人,于予爱惜之至,奖掖教诲在所多焉,词林亦以天津词派目予。余方羁身细柳,旅食长安,以空军飞行员而事倚声,径庭不情,而予未尝不以词为性命也。

与"出一词人,尤难于诗人"论相比,"以词为性命"是更直接的表白。这就说明,词既非"诗之余事",更不是侑觞佐酒的点缀,那是可以背负传递"生命中不能承受之轻"的核心载体。从此意义而言,新河是自唐宋以来诸先贤手里接过了"以词托命"的接力棒的,所以他对《秋扇词》四卷做了充满生命感的庄重安排:

> 壬申秋寓居湖上……终日而思,颇悟人生之理,自顾所为词,亦频年心血,不忍捐弃……因厘析类次,裒作四集:曰《小梦词》,瀹茗看花,补题分韵,寄所托也;曰《小红楼吹笛谱》,煮泪煎愁,分春吊月,绮语债也;曰《半楼词》,变声写醉,恣墨骋怀,放情语也;曰《鹤背吹箫》,倚天纵览,抱月长吟,空中景也……自知为天地间废弃之物,过而存之,姑以志悲欢、纪年月云尔。

"颇悟人生之理""频年心血""志悲欢、纪年月"云云都是对"以词为性命"的呼应,所谓"寄托""绮语债""放情语""空中景"也莫不皆然。词人自己将生命段落切分妥帖,我们也不妨循此路标而观之。

先说《小梦词》。"瀹茗看花,补题分韵",这样的风雅举止乃古典时代文人的基本配饰,家常便饭,但久已被当成"毒草"芟薙一空。新河最晚在八十年代中拜入王蛰堪门庭时就已经重拾微如一线的风雅传统,与诸多益友良师赓和联唱。对于当代人而言,这当然是一种令人侧目的奢侈了。单看以下词题即有一股清雅气拂拂而来:

> 西湖月·壬申暮秋之望,自后湖引舟过苏堤望山桥,以观雷峰、南屏、玉皇诸山,绕三潭而北,入西泠桥,小泊孤山放鹤亭下,秋荷深处,茗坐话旧。抵暮始出里湖,断桥西去,穿跨虹桥以

入曲院，维舟待月，小酌行歌，文琴鼓筝，小凤抚琴，予吹笛和之，唱东坡水调，湖山风露，疑非人世，兴尽且醉，载月归去。

忆旧游·丁丑八月既望携小菱、佩儿约毛谷风先生同访西溪。樊榭此调小序云："辛丑九月既望，唤艇自西堰桥沿秦亭、法华湾回，以达于河渚"，予亦循其旧迹自松木场、古荡至蒋村河渚。秋芦始花，木叶半脱，群雁初飞，诸峰若蕞，景物清绝。蒋村杨杏祥熟谙西溪，导访历代词人祠、秋雪庵、交芦庵、樊榭祠遗迹。其地水路网开，萍藻蕃密，大小池沼，百十莫数，夹岸回曲，竹树弥望。田人出事，必以小舟，时见三五出没于菱花柳丝间，亦一乐也。揭来西溪，相羊名胜旧游地，亦此生词缘也，他年有分，吾将买宅终老焉。嗣至留下，小酌酒肆，追和樊榭老仙。

曲游春·丁亥仲冬之望雨夜游湖，买舟自刘庄穿望山桥，越苏堤，入三潭，掠白堤，缘孤山，度西泠，经曲院，小泊阮公墩，主人置茶果迓客于水云居竹楼，青凤按筝作汉宫秋月，适有笛声宛转自外来者，与湖山风露相表里，触百年之感怀，抚一夕之兴会，相约同赋此调，即用周草窗原韵。一舸同载者，钱塘王翼奇羽之、津门曹长河至庵、王蛰堪半梦、岳西刘梦芙啸云……益阳曾少立李子、盐城徐晋如建侯等，凡二十五人。

琵琶仙·庚寅六月十四日访垂虹桥，赋句云：绿杨阴里问松陵，过尽吴江十里灯。听得小红低唱罢，白荷花下月初升。已而京师席上，同社诸子邀作垂虹感旧图，以为品题。

序文之清美可直追白石樊榭，自不待言，还应该看到，在这些同游酬唱、寻幽访古之中，南宋姜、周以迄康乾朱、厉直至晚清民国诸贤的这一条"词脉"显然是接续得血肉充盈的，更何况词亦绝多佳作？如《一丛花·勿忘我。石窗词丈征和》：

伤情生怕听花名，仿佛旧叮咛。三花两蕊无多态，两三花、也恁娉婷。人不忘卿，卿能忘我，卿我互相凭。　倾心原不在倾城，相对诉心声。余生有分应重见，怕重见、帘底盈盈。新月下时，闲愁起处，清梦抱银瓶。

勿忘我为爱情之花，然其名晚出，罕见诗词咏之者。[①]"伤情生怕听花名，仿佛旧叮咛""人不忘卿，卿能忘我"，以词课之属而回肠荡气若此，非才情两美不能办，断可为秋扇言情篇什之能品。至于《浣溪纱·新月》更是咏物之神品：

初一潜形初二痕，初三初四小眉新。可怜初五半樱唇。　甚底无情多照你，都应有意不看人。这番销尽剩余魂。

"新月"亦咏物常题，而古来未见自初一一气写到初五者，加之下片全用口语，天籁横溢，尤增新巧灵动，纳兰、蕙风见之亦当避席。新河身在北地而魂系江南，梦寐最在杭州，集中《西湖竹枝》组词多达103首，可谓形形色色、微细备至地展现了那分"瀹茗看花"的风雅身姿，篇幅所限，仅能略尝其味而已：

砚几沉沦梦亦荒，红尘暂避此江乡。从容小坐湖西岸，领略秋来一味凉。丁丑七月疗养杭州，廿七日薄暮湖上纳凉，小坐刘庄北麓，隔堤望市景，万灯入水，上下空明。

千年事隔万重纱，莫问钱塘苏小家。怅望西泠松柏下，秋风吹谢白荷花。苏小小墓旧在西泠桥北肩，今唯余慕才亭焉，独步至此，感吟成句。

西南山色厌逢迎，一见诗人便有情。故弄琴声留我住，飞来峰下冷泉亭。诣灵隐寺登飞来峰小坐冷泉亭。

身共浮云未得闲，六年三度住湖边。又逢九月初三夜，杨柳千

[①] 此前似唯陈小翠咏之。

丝月一弯。居杭月余日日醉中，诵东坡句：居杭积五载，自意本杭人。故山归无家，欲卜西湖邻。作此寓意。

《竹枝》曰诗曰词，尚在纷纭中。窃以为归乎词者，大抵取其语致清圆摇曳。此四首即如此，底里仍是新河独擅的绝句手段。山水风景之助词人如此，而如此妙句不也更助山水风景之清嘉么？

与《小梦词》相比，专写风怀的《小红楼吹笛谱》主题更为集中，情感尤其真挚，时近纳兰手笔。如《昭君怨·春尽前三日过北洼空军医院》"春水弯弯门户，闻道彩云曾住。当日住东门，住西门。　试向花儿借问，问讯那年音信。知是问桃花，问杨花"，怅惘无极，大可视为词体之《题城南庄》，而桃花、杨花皆有轻薄意，其中包涵的隐隐怨怼使得情感层次更加丰富。《诉衷情》之怅惘不及《昭君怨》，而空灵似有过之：

应怜明月者回残，圆夜记同看。都因那日湖上，有两个，橹枝闲。　山挂黛，水拖蓝，两无言。一番滋味，没个人知，愧似前年。

新河少年多才，风流情性，浪漫事所在多有，所谓"门不二，法无边，可堪情字太相关""自许痴情第一人"是也。①《减兰》一组五首，所咏似非一人，其中寥寥几笔勾画出的这个女子可谓鲜活可喜：

轻时素面，况复聪明工计算。划袜香阶，银甲新修小小鞋。

---

① "门不二"句系新河《鹧鸪天·和东遨燕婷酬智妙见访原韵》中语，"自许"句系《浣溪沙·自题小红楼吹笛谱》中语。其《还斋琐忆·与君情意有同钟》条可提供一证："1992年我在杭州疗养时，认识了三个女孩子。一个叫文琴，擅古琴。一个叫小风，擅古筝。一个叫小燕，通音乐、擅歌唱……中秋夜，我们一起划小舟、载酒肴、泛西湖……我作《西湖月》词记之，大家玩得很尽兴。离开杭州，我就进京去见（孔凡章）先生，先生一口咬定我拈花惹草，恰好这天那几个女孩来电话……我放下电话进到书房时，先生说：'你打电话时，我作了四首诗送你。'……《闻人打长途电话有感》：……三、太上忘情似醉酣，公然情话再而三。而今把柄归吾手，一本长安定要参。四、文绮湘琴艳可夸，孤山梅屿正初花。隔房二老浑无事，只觉浑身肉欲麻。"网文。

垂云一缕，酒酽宵深翻不语。衣摆轻分，叠损桃花在绣裙。

《定风波·依秋体十日词之一》或者可以作为"煮泪煎愁，分春吊月"之"绮语债"的"总结陈词"：

第一风华属谢娘，小词一卷误萧郎。心比玲珑千佛洞，能种，菩提树与紫丁香。　忧思沉沉沉似承，多重，这回压断旧疏狂。剩有今生辛苦果，和我，和风和雨品凄凉。

笔轻而情重，语浅而心苦，"心比"数句、"剩有"数句，其妙不可言，言情至此，真绝技也！

三 《半楼词》与《鹤背吹箫》

"瀹茗看花""分春吊月"只是秋扇词人的一个侧面，早在弱冠所作《词话》中，魏新河就已经表达了对陈维崧的心仪瓣香之意，迨近年《秋扇词》成集，他更明确宣称："昔年为词多习南宋，近岁转爱陈其年。"[①] 陈髯的雄奇霸悍、慷慨悲凉为秋扇"放情语"的《半楼词》与"空中景"的《鹤背吹箫》提供了绝佳的范式与舞台。首先可读《摸鱼子》，词前有长序，略谓咸阳市上有鬻螽斯（即俗谓蝈蝈）者，因置二头，归悬户下。移时，雌者暴死，雄者亦不复鸣，至夜自撞扑而毙。因取元遗山雁丘调，拟迦陵体而赋之：

旧家国、顿时抛却，茫茫谁念生死。两三声叫凄凉甚，能把断魂招起。千万里。也则为、主人家室谋生计。朋曹剩几。对着个空笼，灯儿惨淡，勾起许多事。　吾和汝，同是天涯客子。江湖风雨中耳。可怜一对双飞伴，死在异乡他地。君已矣。我还在、沉浮世事追名利。悲欢似此。待诉与苍天，苍天不语，我自泪如洗。

元好问雁丘词乃千古绝唱，一句"问世间、情为何物，直教生死相

[①] 《秋扇词》，黄山书社2009年版，第6页。

许"几乎成了中国最富感性与哲理意味的咏叹,此后追和者虽指不胜屈,而真得神髓者寥寥。秋扇此篇自小题目而涉笔"旧家国、顿时抛却,茫茫谁念生死"的大命题,极腾挪变幻之奇,合稼轩、遗山、迦陵为一手,所谓"风流能拍古人肩"者,本篇足以当之。

《秋扇词》致敬湖海楼者甚多,如《浣溪纱·亳村访湖海楼遗迹》云:"一绺山鬟引旧踪,小村都在苇花中。那时消息石桥东。　河水无声听足迹,人情有史属髯翁。百年歌哭为谁雄。"全篇重在"访"字,末句始点出陈髯风神,笔势摇曳一如柳枝纷披。更直接放笔礼拜并引起词坛广泛赓和的是《贺新郎·腊月五日为予生日,次日即陈其年生辰,忆沙孟海尝为彊村老人镌"前竹垞一月生"印,拟治"先其年一日生"印,亦奇缘也,用其年访万红友原韵》一首:

> 客逐西风去。想当初、中原唱罢,大河横渡。下拜词坛王霸手,目断荆溪烟浦。一路上、悲歌谁与。四百年来无人继,白眼看、世上呆儿女。曾几梦、共帆橹。　髯翁铁笔空今古。五千年、堂堂中国,英雄可数。我幸先公生一日,悉似奇情万缕。正满眼、苍生无处。肉食者居人民半,算两朝、未可同时语。公在日,少风雨。

"词坛王霸手""铁笔空今古",评骘迦陵,亦应有之义,而下片后半忽接"正满眼、苍生无处"云云,则"先其年生一日"之"我"亦栩栩如生矣,词最动人处在此,与迦陵题赠苏昆生之煞拍"我亦是,中年后"同妙。[①] 据《秋扇词》本篇后附,同时和者即有王蛰堪、刘梦芙、曹长河、熊东遨、郑雪峰、段晓华等十二家,词十三首[②],如此规

[①] 陈词题为《贺新郎·赠苏昆生。苏,固始人,南曲为当今第一。曾与说书叟柳敬亭同客左宁南幕下,梅村先生为赋楚两生行》,词云:"吴苑春如绣。笑野老、花颠酒恼,百无一有。沦落半生知己少,除却吹箫屠狗。算此外、谁欤吾友。忽听一声河满子,也非关、泪湿青衫透。是鹃血,凝罗袖。　武昌万叠戈船吼。记当日、征帆一片,乱遮樊口。隐隐柁楼歌吹响,月下六军搔首。正乌鹊、南飞时候。今日华清风景换,剩凄凉、鹤发开元叟。我亦是,中年后。"

[②] 《秋扇词》,第135—139页。

模的呼应联吟显然是在当代词坛鼓荡起了一股浓烈的"迦陵风"的。

以"迦陵风"为中心的《半楼词》篇章不多而佳作极夥,若《满江红·三十六初度被酒作》中"万象随身天亦客,半生走马风吹雨""韩信将军功若狗,景升儿子多于鼠",若《沁园春·四五生辰感怀》中"我若无情,我若如人,我若再来。把平生涕泪,还君洗恨;诸天欢喜,与汝为怀……沉埋万古奇哀。问宇宙、茫茫孰与侪"等句,其意态雄杰奇纵之处,真可起迦陵地下,相视而笑。《贺新郎》是陈维崧的标志性词调,除生日一篇外,《志强先生有戒吟之语,戏作代柬》寓肮脏不平之气于谐趣跌宕之中,亦最得迦陵风神:

> 敬启先生者。自前时,薄言封笔,岂其真也。一脉风骚公辈事,舍子谁堪凭借。况笔阵、能教公怕。七步八叉文思敏,更掣鲸、碧海扶风雅。群众怒,信难惹。　床头抱恙堪惊讶。近些时,小词娱乐,竟难厮耍。就说曩时三百首,俱是闲闲笑骂。最可笑、无干风化。多病多年吾已惯,辱频施、书简常牵挂。河顿首,再三谢。

历来所谓"戏作"大抵并不"戏",盖圭角芒刺驱除难尽之另一形态也,故也常多佳作。本篇自"一脉"以下,句句皆含讽意,"就说曩时三百首,俱是闲闲笑骂。最可笑、无干风化"数句最为滑稽,也最犀利,嬉怒笑骂,真可谓"放情语"也。

当然还不能不特别提及魏新河以迦陵笔调挥洒于星河之间的"飞行词"。所谓"鹤背吹箫",在旁人或为游仙梦幻之想,在《秋扇词》中则是得"天"独厚的"独门绝技"[1]。"知今古、几人似我,云上传情"[2],得益于现代科技之助力,加之特定的职业背景,这一辑《鹤背吹箫》虽只"是全集的一小部分,但从品质上讲,这无疑是他的作品中乃至当今词坛上最重要的一部分"[3]。不妨先看几首:

---

[1] "得'天'独厚"乃熊东遨评语,见郑雪峰《我在云端翻旧谱——简说魏新河的飞行题材词》,《秋扇词》后附,第160页。
[2] 魏新河:《平韵满江红》(鸣鹤冲天)。
[3] 郑雪峰:《我在云端翻旧谱》。

白云高处生涯，人间万象一低首。翻身北去，日轮居左，月轮居右。一线横陈，对开天地，双襟无钮。便消磨万古，今朝任我，乱星里，悠然走。　　放眼世间无物，小尘寰、地衣微皱。就中唯见，百川如网，乱山如豆。千古难移，一青未了，入吾双袖。正苍茫万丈，秦时落照，下昭陵后。

——水龙吟·黄昏飞越十八陵

风雪灞桥头，驴背吟诗孰与俦。我在云端翻旧谱，箜篌，听取仙人十二楼。　　河汉水西流，待把诗囊括斗牛。携得精芒十万丈，归休，要把光明散九州。

——南乡子·雪中飞过灞水

（夜航进场后，气象台忽报航线上有危险天气，推迟起飞……仰观星月，心意茫茫，有万古之思。作此阕，用坡翁赤壁怀古韵。）

天何为者，是轻清一片，支之无物。四顾苍苍无际色，欲问呵之无壁。嵌月涵星，更年易代，几阵风和雪。穹庐兼覆，此间曾有人杰。　　猜想天外诸天，运行千载后，何生何发。大卵同行，应不外终结，归于消灭。小若吾生，两间存一粟，渺如毫发。临风长叹，永恒唯有明月。

——念奴娇

四望真天矣。扑双眸，九重之上，混茫云气。天盖左旋如转毂，十万明星如粒。那辨得、何星为地。河汉向西流万古，算人生、一霎等蝼蚁。空费我，百年泪。　　当年盘古浑多事，一挥间，太初万象，至今如此。试问青天真可老，再问地真能已。三问我、安无悲喜。四问烝黎安富足，五问人、寿数安无止。持此惑，达天耳。

——贺新郎·天半放歌

以上四阕前二首重在"人间万象一低首""我在云端翻旧谱"的宏阔气象，后二首则重在"天何为者""持此惑，达天耳"之类基于对宇宙形象感知的种种哲思。二者"高亢沉潜，两极其妙。灵心所运，妙绪纷呈"①，各有激荡人心处，而玄想求索之魅力显然更胜一筹，开古今人笔下未有之新局面。末首《贺新郎》以"微缩"《天问》手段连下一气五问，尤为创格，也为典范。

《卖花声·去志既决，赋此作别云天，空中传恨，将复不再》一首当作于退出一线飞行任务之前，铁翼翱翔之穿梭自在将同烂漫青春一道挥别，确乎难免"空中传恨"的惘然，然而能将韶华播洒于银汉繁星之中，古今诗人恐仅此一人耳，思此当为长笑而无"恨"，可以录此为《秋扇词》作结：

> 重入旧苍穹，检点前踪。大千回首老鸿蒙。挥手浮云千万里，泪洒长空。　二十五年中，抱月怀风。人间天上与谁同。河水清涟星灿烂，曾照孤衷。

自以上盘点完全可以看出，魏新河不徒为网络词坛之巨擘，在近百年词史上，他也是以多元化的卓绝造诣越轶了"天津词派"门庭，书写下了斑斓特异的一笔的。

四　王门弟子群：高凉、邵林、张树刚

王蛰堪栽培桃李，门下俊秀者多，魏新河为佼佼者之外，尚有几位可择而简介。

魏新河《风入松·拾梦斋听箫燕饮》云："严城一角聚蒲牢，杯酒说前朝。重来无限笙歌地，对西山、红叶萧萧。抛尽千盘珠泪，能酬几寸鲛绡。　凭将老柳曳新条，尘外织孤巢。与君都在秋声里，细听来、中有春潮。守护一支残梦，消磨半日清箫"，词至下片，愈见精神，煞拍二句则手挥五弦矣。"拾梦斋"系同在王门的高凉（1975—　）斋号，高凉本名刘挺，广东高州人，现居北京，居庸诗社成员，精昆曲，其《水龙吟·题拾梦斋谈曲》咏叹"余素心向曲，于今已近二十年矣……多年向曲，颇废营生，然此中甘苦，岂为外人道哉"之情志，亦足称风雅守正之一员：

---

① 郑雪峰：《我在云端翻旧谱》语意。

十年书剑江湖，何堪一梦皆成鹿。题桥故事，元龙盛宴，个中谁复。羁旅风尘，江南游子，恁无归宿。算君平术数，茫茫天海，当时意，真难卜。　　便有人成幽独，看云山、苍苍眉目。川原田舍，水清潭碧，营些陶菊。偶尚闲情，瓮边吏部，临川珠玉。待文章老迈，新愁旧恨，谱工凡六。

高凉又有《拾梦斋闲话》，记人记事颇佳，其中盛推同门邵林之《环佩》一阕。《环佩》即《六丑》，梦碧"羡其词体美绚而恨其调名不雅……故另名之"①。邵林词煞拍云"莫卷帘、看了玲珑月，教人叹息"，高凉以为"如空际无人，琴韵幽远，别以《环佩》名之，得矣"②，甚是。此外，邵氏《齐天乐·予从蛰师习词，始于丙戌，时梦翁归道山十有六年矣。戊子杪秋，新河兄以翁昔赐集名"空山琴雅"转赠并为绘丹青……感成此解，兼祭梦翁》一首也涉及寇门传灯续火之掌故，文献可贵，词亦相配：

夕阳收尽遥山雨，秋风一帘幽思。渭北鸿稀，辽东鹤杳，云外丹青谁寄。余霞散绮。幻七宝琼楼，漫天红泪。恍听瑶琴，数声沉入霭峰里。　　春台遗绪万缕，噪蝉何限怨，犹抱残蜕。桦烛腾光，兰樽吊月，珍重鬘华深意。追怀未已。待重觅吟踪，顿空烟水。黯抚霜缣，碧回窗梦底。

邵林（1970—　），字梓乔，号和轩主人，网名叶凝秋，山东高密人，唤梦词社成员。熊东遨以为"词风豪婉相兼，为当代吟坛有数作手"③，似嫌过誉，唯邵林词工力确乎较深。熊东遨称其《扫花游·辛卯三月晦日送春》"意有多层，情有多曲。一层一痛，一曲一哀，不尽悱恻缠绵之致"④，其实《八声甘州》骨力更健，是梦窗一派高境：

---

① 本篇词序。
② 《拾梦斋闲话》十七。
③ 《忆雪堂选评当代诗词》，网络版。
④ 《忆雪堂选评当代诗词》，网络版。

纵痴蝉、噬尽古今愁，愁生又无端。化沧桑尘劫，悲欢情味，都聚眉山。花事惊随人瘦，吟鬓觉微寒。望极星河外，北斗阑干。

回首年时行迹，叹梦来春窄，梦去秋宽。更飘零何处，霜激雁声酸。伫危楼、凉飔吹月，荡客魂、江影不成圆。茫茫夜，把伤心泪，弹向苍烟。

邵林与同门张树刚情好甚密，集中多有怀想唱酬，《浣溪纱·奉题莺天笛夜图用引之韵》二首其一似称最佳："古墨生绡笼碧烟，斜街往梦越千川。当时风月瘦吟肩。　幽笛吹残中夜雨，倦莺啼冷大罗天。满身松影坐诗禅。"张树刚（1974—　），字引之，号哑僧，辽宁海城人，现供职于鞍钢某工厂，故郑雪峰为其《莺天笛夜庵词》作序称"壮年不骋，困于陋巷，然箪瓢以乐，拥书自足，妇子亦洽然而娱，里人或不知其能文辞，且有乎四海之名"，又论其词云："愁绪袅然婉转，回环不散，读之令人不欢……历梦窗，反彊村，而徘徊乎其间，以愁类也，至其精粹历练，沉潜而飞动，盘郁而脆爽，苦而甘，意在一往而笔自振拔"[①]，其言甚精，尤能探"哑僧"词心。

所谓"袅然婉转，回环不散，读之令人不欢"者如《浣溪沙·感赋，次韵石窗词丈》：

为护灯花独掩门，漫天风雨压心魂。蕊残犹自战黄昏。　纵有笙歌能续梦，断无杯酒可留春。浮生不若一孤云。

"漫天风雨压心魂""浮生不若一孤云"，真是写尽沉沦下位之寒士心态，自然令人读之不欢。"精粹历练，笔自振拔"者亦多动人，可于《鹧鸪天·酬雪峰兄寄赐〈彊村语业笺注〉依韵奉和》二首见之，其一云：

大野星沉雾蔽天，披衣默坐送流年。为花荐梦空垂涕，因病逃

---

① 网文。

虚渐悟禅。　　量药裹，费炉烟，个中心事倩谁传。残灯不媚秋宵意，一点幽光颤夜寒。

不仅第四句用彊村《惜红衣》"万感逃虚，孤吟费日"语意，全篇也重大锤炼，逼近彊村高境，"荐""媚""颤"几字更是如铸生铁，扣之有芒。《八声甘州·丙戌秋杪，卧病千华，时距寒白词人索题来鸿楼读书图阅月矣》也是"盘郁"而"振拔"的代表作，可与邵林同调之作并称"双璧"：

看颓阳、不语下荒丘，西风换人间。剩无名秋病，多情词客，魂绕江干。刬雁冲寒欲去，残魄坠霜弦。绘出关心事，抚卷汍澜。　　自古儒冠轻贱，纵蛾眉姣冶，难惯幽单。笑承平樽俎，杯底梦痕圆。望红矬、一灯云外，乍冷芒、叱起杳冥边。留微命，渡虫沙劫，莫倚危栏。

《浣溪沙·艳红生日渐近，偏逢其连日夜值，颇感婚后琐事，戏成五首》是张树刚笔下少见的温馨之作，"怜他醋语忒酸生""嫣然破涕小娉婷"云云，将"妇子亦洽然而娱"的平易生活写得活色生香，很值得一读。姑录第三首：

醉里伴狂墨写襟，绀绒唾面笑难任。夜阑却忆劝停针。　　槛外娇花空自裛，灯前芳醴倩谁斟。邻家烟语隔帘深。

第二节　"禅心剑气相思骨"：论徐晋如词

附　矫庵、檀作文、夏双刃

一　"禅心剑气相思骨"：徐晋如的"道与法"

当代旧体诗——依徐晋如之说应称"国诗"——写作者中，徐晋如（1976—　）年纪甚轻而成名甚早，且毫无疑问成为最具影响力、也最多争议的一个。

第二章 网络词坛之守正派（下）

　　晋如字建侯，网名胡马，江苏盐城人，1994 年入清华大学中文系，1996 年转入北京大学中文系，是为五十年代初院系调整以来本科就读"清北"的唯一特例。其后晋如发起或卷入诸多文化事件，诸如在网络上发表《红朝士林见闻录》、联合十博士为于丹"解毒"、批评文怀沙南怀瑾余秋雨莫言、发起反对"声韵改革"的宣言等，在赢得一定声誉的同时，也遭遇了至少等量的仇视与攻讦。2005 年南下羊城，以硕士同等学力投入陈永正门下攻读博士学位[①]，毕业后执教深圳大学文学院至今。有著作多种，诗词作品结为《忏慧堂集》，内含《胡马集》六卷、《红桑照海词》一卷。

　　毋论声名鹊起抑或攻讦仇视，大抵都与他自家认证的"文化遗民""士大夫"标签密切相关。在回答"凤凰网读书·时代周报"提问时他直言不讳，毫不隐瞒自己的不合时宜、格格不入："我把自己定位成是一个文化遗民。我认为，真正意义上的中国在 1905 年废除科举考试后就不复存在了，我是那个 1905 年以前的中国的孑孓⋯⋯我是一个传统的士大夫，我不是一个现代知识分子"[②]；在另外一次访谈中，他更明确声言："这是一个民粹主义盛行的时代，这个时代的根本特征就是社会的绝大多数成员安于无知，安于卑贱，以有用价值取代生命价值。这既是孔子所说的'礼崩乐坏'之世，也是马克斯·舍勒所说的'没落'。我生在这个时代，就有责任引导人心作向上之努力。"[③]

　　如此斩钉截铁、高自标置的保守主义姿态，当然会引发多频度的强烈回响。我在不完全赞成其文化立场的前提下曾有如下评说：

　　　　于举世充盈四平八稳、雍容平和的"雅音"之际，晋如兄独能

[①] 陈永正为等徐晋如投考推迟一年退休，曾云："像晋如这样的人，生存在这个世上会吃亏的。我招他，就是为了要多保护他三年。"阚菲菲：《徐晋如：选择做一个"文化遗民"》，《中华读书报》2010 年 6 月 9 日。

[②] 《"文化遗民"徐晋如：互联网时代的士大夫》，凤凰网读书·时代周报，2010 年 4 月 29 日。

[③] 《士先器识而后文艺——徐晋如访谈录》，《缀石轩论诗杂著》，海南出版社 2011 年版，第 79 页。

发出剑走偏锋、万玉哀鸣、近身肉搏、寸铁杀人式的尖啸，无疑是难得听闻的别一种声响，我以为值得珍重而不是敌视，值得庆幸而不是恼火，值得钦敬而不是攻讦。我得承认，这部书中最打动我的还不是那些看起来很新异的论点，而是那种峻岭孤松般高标独立、敢于承接八面来风的理论勇气，及其明确彰显出的一个天才学人的自尊、自信与自负。①

上文所谓"这部书"指的是《缀石轩论诗杂著》，其实这一点"读后感"也代表着我对徐晋如之"道与法"的总体评价的。

还是应当把"道与法"牵回诗歌界域。从《禅心剑气相思骨——中国诗词的道与法》及《缀石轩论诗杂著》中可以抽离出，徐晋如论诗核心观点有二：一曰"先器识而后文艺"，一曰"哀乐过人"。换言之，"诗人必须是哀乐过人的理想主义者"②。以此高屋建瓴的认知为出发点的《缀石轩诗话》与《缀石轩论诗杂著》即多有精警骇人之论，仅举《诗话》数条为例：

> 易得郁达夫之清丽，难得郁达夫之清癯……有能味郁达夫之清癯者，不徒知郁达夫矣，更足与论黄仲则。

> 世间一切第一等诗词，情感必具个人化、超越性之色彩，初与社会集体无涉，故奉命文学鲜有足称。

> 柳亚子郭沫若有体无象。剑气不以箫心为佐，只一大花脸也。

> 胡适之于诗未尝依傍门户，浑是一派天真。《如梦令》："天上风吹云破，月照我们两个。问你去年时，为甚闭门深躲？'谁躲？谁躲？那是去年的我！'"不意《云谣集》外，尚得睹此构。

---

① 《缀石轩论诗杂著序》，该书第3页。
② 《士先器识而后文艺——徐晋如访谈录》，《缀石轩论诗杂著》，第73页。

于右任伧父面目，乃竟以诗享名。以其人而崇其诗，吾独不服。

一流诗人抒写生命，二流诗人藻雪性情，三流诗人只是构想、藻饰工夫。然众庶之所重，世人之所誉，正在二三流间。

定公诗："一箫一剑平生意，负尽狂名十五年""狂来击剑更吹箫，剑气箫心一例销""气寒西北何人剑，声满东南几处箫"，设剑箫为喻，揭破体象之密，于诗道庶几近之，然终稍嫌单薄。至若谭浏阳"禅心剑气相思骨，并作樊南一寸灰"，说尽诗奥，斯乃可谓至矣极矣，蔑以加矣。清刚妩媚之外，饶多执着深沉。

无论谈诗之本质、体象、天赋，抑且褒贬诸子，大抵快人快语、直抉要害。如此"道法"之深刻处难有人及，但也时见偏激。比如，晋如以为非感情浓烈者不能称之为诗，并据此裁抑王维、苏轼、黄庭坚、袁枚等。我则以为，诗之本质缘"情志"，而情志缘起非止一端。有浓烈者，亦有冲淡者；有执着者，亦有放达者；有严正者，亦有诙谐者，不可执一而衡天下。倘若依晋如的观念，那又何必有《二十四诗品》《续诗品》《二十四词品》等著作辛辛苦苦地将诗词之美分出那许多类别呢？先师严迪昌先生多次警诫，读诗应懂得欣赏"异量之美"。我也因而有言："审美可以有偏好，但切忌偏狭。"昔年陈廷焯氏《白雨斋》之著执"沉郁"一端论词，凡欣赏者必牵合以为"沉郁"，凡不"沉郁"者必斥之为"野狐禅"，实乃其早年通达词学观之大倒退。故论诗之包容绝非乡愿贼德之论，而是对我们面临的纷繁世界（也包括诗歌世界）的客观体审。

再如，晋如认为"国诗与新诗，泾渭分明，从无交集，永无合流"，又以新诗之"舶来品"渊源叠加之以"西方文学之附庸""殖民心态""诡异""无能"等一系列恶谥[1]，实亦过于激切的意气之语。第一，新诗至今只有百年历史，相比"国诗"之三千年发展历程，其

---

[1] 《缀石轩论诗杂著》，第118页。

"不成熟""仍在尝试中"是应有之义，不能据此全盘否定新诗的价值和意义。晋如自己也承认，新诗百年出现过"徐志摩、闻一多、艾青等名噪一时的诗人"，也"留下"了少数"为人传颂的诗篇"①，那么便可以反问一句，一种不到百年（仅大略相当于汉唐宋明清几朝的初期）的新生诗体，已经贡献出如今数量的名家名作，难道还不够么？对此似不必吹求太甚，更不必引新诗为敌人，必欲毁弃之而后快。

第二，本书前文已经说过，新诗从诞生之日起，就至少有一只脚是踩在中国古典诗歌的土壤上的。新诗渊源之"舶来"并不意味着其将永远"乞灵"西方。我们这块土地上有三千年灿烂的诗脉，也有太多的苦难需要倾吐。对此，新诗人并非视而不见听而不闻。假以时日，"舶来"的新诗必将"中国化"，会形成自己的中国品格。我愿意葆有信心，也自信此种信心不会落空。

以上辩说并无贬损或争吵意②，而只是想说明：晋如之理论富才子气，因而自有深刻独至处，非一班俗流所能解，同时，与"才子气"共生的某些观念偏颇也在所难免。事实上，当我们打开《忏慧堂集》一篇篇细读的时候，那些或锋锐或顽拗的"道与法"马上就会变得苍白直至消隐，而那些由"禅心剑气相思骨"凝结而成的"文化遗民的旷代歌哭，保守主义思想家的眷眷深情"则会紧紧攫住我们的心灵③，让我们沉潜其中，不能自拔。

二 "言志"之诗与"言情"之词

在回答"凤凰网读书"提问时，徐晋如提到："我的诗风和词风差异极大……我的诗、词划分标准与一般人不同，我把所有言志的作品都算作诗，而把言情并且又符合词体规范的才算作词。我的词是我个人爱情的一段私密记录，但那不是我的本色。我的本色仍然是刚猛精进的诗"，如此自白显然对认知其诗词是有着重要意义的。

首先可略看其"刚猛精进"的"言志"之诗。晋如诗转益多师，

---

① 《缀石轩论诗杂著》，第117页。
② 以上辩说见于拙作《缀石轩论诗杂著序》，2010年作。
③ 《忏慧堂集》腰封语，海南出版社2010年版。

而心摹手追最在龚定庵；各体皆佳，而菁华尤在律绝。《戏为》《元旦献辞》《黄河治理》《丁丑戊寅间感事》《去岁春日……》等一大批佳作皆感激史事、直面现实，全集最为瑰奇高迈者当推追步《己亥杂诗》的《世纪之挽》五十首，可读数篇：

> 花残寂寞剑残痕，红泪将销烈士魂。终古相思终不见，平生欲共屈平言。

> 辞令从容我所难，兴来发论总披肝。浮名易为畸行得，孰作箫心剑气看。

> 人权论罢体生寒，国脉如丝断续看。漫把哀时幽愤泪，平畴洒落溉馨兰。

> 铁血精魂少自狂，温柔乡梦到何尝。而今遍阅人间世，也爱春风花草香。

"平生欲共屈平言""辞令从容我所难""国脉如丝断续看""铁血精魂少自狂"，所"言"确乎为"刚猛精进"之"志"，而又别有悱恻芬芳之致。值得注意的是，在自我标签"言志"的《胡马集》中，晋如杂入了六首词。显而易见，他是把这些词篇归入"言志"一类而与"个人爱情的一段私密记录"的《红桑照海词》区别开来的。先读作为自画像的《茶瓶儿》：

> 杖履先生何事，为占断、满林秋气。寒乌沉响斜阳地，闻万籁、我今何似。　须忘世，难忘世。笑胡儿、割鲜滋味_{胡儿多不解烹饪，初尝甘旨，辄必狼吞虎咽。余志学也晚，骤闻大道，情状类此。}性情都不关山水，竟入了、诗家名字。

此处所言之"志"尚属温和，还带着几分自我调侃，然而"秋气寒乌"已经颇为肃杀，"须忘世，难忘世"六字更是所感甚大，刘斯翰

点评以"沉郁"二字,极有眼光。① 《浣溪沙》则显得硬语盘空:

> 梦里莺声好语将,啼风山鬼引更长。啣隅纸上又成行。　荇带冰绡忘未便,峨冠铁铗绝难当。骑鲸终是少年狂。

自滴呖的"莺声"到飘拂的"荇带"都还带着几分"柔情",但也终于不能掩盖"啼风山鬼""峨冠铁铗"的萧寥刚健,至煞拍"骑鲸"一句更是歌呼拍张,轩然高举。四十二字之短调而能如此收放开阖,阴阳并济,确乎难得一见。《水龙吟·甲申春日于玉渊潭赏碧桃……今岁客寓东莞,时既春而酷寒倍于腊余。居人云得未曾有也,乃为斯解,以寄深哀》是六首中"言志"最充沛的一个,其笔意不在云起轩之下:

> 东风吹转芳菲,可堪不换人间世。苍茫广宇,一花世界,骚心难寄。风雨凄其,宿星沉晦,鸡鸣都已。便逢人痛饮,蒲桃美酒,浑未辨、杯中味。　谁想拏云心事,到而今、二毛生矣。威禽远弋,鸱枭高据,因循成例。越剑龙喑,秦箫羊哑,冷清清地。满江湖只有,渔翁放棹,纫秋兰佩。

刘梦芙点评本篇曰:"上片最佳,下片用笔稍硬,未臻浑化",说亦甚是,但"稍硬"的"威禽"数句岂不正是作者"深哀"所寄之处?晋如诗有《偶感》句云:"吾将披发乱流地",《闻蝉》句云:"欲持针艾疗天病……尘海英雄三两见,心头魔念百千强",皆堪为本篇之"深哀"注脚。由此可见,《胡马集》之"言志六词"与"刚猛精进"之诗多有相通处,这样的安排显然是颇具苦心的。

当然更应该关注《红桑照海词》,就基本倾向而言,它诚然是"个人爱情的一段私密记录",然而也并没有那么简单。正如其《自序》所言:"虽窃心慕花间沉艳,而气息不畅,高者偶到草窗、竹屋,下者仅与升庵、衍波为邻。差有所长,平生不作游词鄙语,一本性情之真而

---

① 《忏慧堂集》本篇后附。

已"①，"爱情"是"性情"的一部分，从这里是能读出很丰富的一个徐晋如的。可先看几首：

> 檐花细逐心灰落，谩是当初错。鲽盟鲽誓便能忘，几度凤翘高搁恣颠狂。　海棠又为蘖卿下，恸哭今谁者。莫抛残梦与劳生，可奈江湖夜雨十年灯。
>
> ——虞美人

> 昔时歌吹，都与秋声留梦里。重过津门，一花一草足销魂。海棠休记，沧海相思应更绮。任说悲欢，有个人人正倚栏。
>
> ——减兰

> 写不尽秋声，风里玉龙吹索。冬月又逢初七，上去年楼阁。鸳鸯别浦梦中云，夜雪愁听落。伴我满身清露，有一般梅萼。
>
> ——好事近

> 旧年风露，照罗浮梅靓。后夜参横玉娥冷。小轩窗、想汝新起梳头，芳尊侧、不记人间光景。　那回携素手，秋自无声，庭院深深共消领。题遍蜀蛮笺，只是相思，都未与、绮词同咏。问汉佩、盈怀几时重，便珠箔飘灯，独归人病。
>
> ——洞仙歌

不徒"私密"，抑且具体而微，精丽至极。《好事近》《洞仙歌》两首置之朱彝尊《静志居琴趣》中，几难辨楮叶，至于《虞美人》"几度凤翘高搁恣颠狂"一句"艳冶至极"②，许之为"艳情中绘风手"亦不过分。③ 确实不易想象，这位"禅心剑气"自命、"刚猛精进"自许的"畸人""异人"笔下竟有如此一段旖旎风光！④

---

① 《忏慧堂集》，第79页。
② 刘梦芙评语，本句后附。
③ 陈廷焯评董以宁语，见《白雨斋词话》。
④ "畸人"系张远山语，见《胡马集序》，《忏慧堂集》，第3页。

正如"身世之感打叠入艳情"的古老命题所指示的那样,晋如的旖旎"爱情"之外必然还包蕴着许多淋漓挥洒的"身世""性情"。彭玉平《红桑照海词序》云:"予读红桑照海词,亦觉有莽莽苍苍之气荡乎其间,甚者,有如幻如电、如怨如慕、如昨梦前尘之感,其贤人君子幽约怨悱、不能自言之情,一流于其中,余因是略疑其本事云尔。"①"略疑其本事"是疑心有比兴寄托的成分,这还一时难以确证,"莽莽苍苍之气""如幻如电、如怨如慕、如昨梦前尘之感"的阅读感受则相当敏锐和真实。

> 博我当初不自持,深涡浅晕映金卮。那夜惊鸿来复去,种相思。　　南国秋宵听蟪唱,凤城回首恨依依。记得梨花清静月,照云归。
>
> ——山花子
>
> 雨后情虫苦胃丝,红桑照海梦醒时。黄花看已满东篱。　　系足难凭鸿北去,此间消息月流西。生怜诵遍纳兰词。
>
> ——浣溪沙
>
> 春愁如海说应难,憔悴不相关。去年社燕,今年杜宇,都上眉间。　　可堪后夜倚雕阑,筝柱已慵弹。彩云易散,歌云将尽,只是轻寒。
>
> ——眼儿媚

这几首的"底里"还是爱情,而于"博我当初不自持""红桑照海梦醒时""彩云易散,歌云将尽"等句中又分明透现出了泡影露电的禅意与幽约怨慕的情怀,结晶成为一种超越性的爱之体验。至于《忆少年》开篇三句"茫茫旧恨,茫茫雨夕,茫茫来日"被刘梦芙推为"极写相思之愁,与时空同一无尽,真有杜诗'颍洞不可掇'之慨"②,那

---

① 《忏慧堂集》,第78页。

② 本篇后附。

是更具哲思向度的情感表达，虽于黄景仁名句"茫茫来日愁如海，寄语羲和快着鞭"有承袭处，而不减其真价。

以情为载体而抒发"莽莽苍苍之气"是《红桑照海词》的另一主要特质。如《浣溪沙》"萧寺钟催客梦醒，娇龙去语尚分明。谁其素服坐调筝。　　数武高杨吹作海，半规春月淡于星。人生怅惘隔沧溟"，乍看之下觉"娇龙""数武"二句奇，细审则无句不奇，"人生怅惘隔沧溟"七字尤其透发出天荒地老的莽苍之感。同样写到"沧溟"，《临江仙》之精警似能更胜一等：

> 杳杳天低鹘没处，西风也到沧溟。不堪秋气警兰成。谁将枯树赋，换作浪淘声。　　残萼不离枝上老，怜他红死红生。双鱼莫再误盈盈。层山归路阻，阻不断多情。

开篇化用苏诗，笔力已颇劲健，至下片"残萼"二句则能自"相思入骨"的深情语而转入"方死方生"的禅道心，较之王国维"最是人间留不住，朱颜辞镜花辞树"之句不遑多让，煞拍之"多情"也因之成为人生大情怀的吐露，不得再以"爱情私密记录"视之。《画堂春》一首亦是奇作：

> 一生赢得是凄凉，此情忍便相忘。矜严销尽汗脂香，直恁么狂。　　郑佩虚怀洛浦，巫云不度高唐。南霖北雪遣收场，魂梦茫茫。

论"艳"，"矜严"二句不亚于欧阳炯"兰麝细香闻喘息，绮罗纤缕见肌肤"，而如此淫艳，竟付之"魂梦茫茫"的人生大悲哀，笔力沉郁万端，绝非《花间》诸子所能措手。军持点评云："'矜严'二语，无胆者慎避"，极是。此"胆"难道不是叶燮标举的"识才胆力"之"胆"？如果说，以上的"莽苍"毕竟还是埋在"爱情"外衣之下的，《水调歌头·己卯中秋》与《南乡子》二首则几乎谢绝了一切必要的和不必要的装饰，"大踏步便出来"：

六合苍茫感，持性对仙娥。不知流盼娇眼，毕竟眷谁多。候到天风午夜，携得翠珰琼佩，浓露仰人过。羿有逢蒙恨，无地著情魔。　　冷千岳，皓万岭，照烟萝。空虚八表，清华其奈暗尘何。待唤渊龙沉睡，寒倚苍苍正色，精魄近消磨。报答双红豆，努力掷长波。

小雨晚初收，暝色和人共入楼。徙倚夕阳沉海处，平畴，翠自无情红自流。　　天地一沙鸥，臣甫支离已白头。闻说长安新月好，归休，莫用梅花寄得愁。

"六合苍茫感"开篇，"报答双红豆"归结，《水调歌头》在瑰奇中寓婉娈，别开境界，是可堪步武东坡绝唱的佳篇。《南乡子》则重在"天地一沙鸥，臣甫支离已白头"二句，故刘梦芙曰"小词竟化入老杜诗，可谓重拙大矣"①。言志乎？言情乎？至此已经一片模糊，唯见淋漓元气充塞其间了。

从以上的盘点可以辨认出：晋如虽有"狂者"之称，但《红桑照海词自序》中"心慕花间沉艳，而气息不畅，高者偶到草窗、竹屋，下者仅与升庵、衍波为邻"云云则是相当谦逊的表达。因为"不作游词鄙语，一本性情之真"，因为"性情"魁奇深异，晋如词完全可以直接他并未大力鼓吹的龚定庵衣钵，较"学龚"著称的南社诸子似更能得个中三昧，故毋论置之清季以至近百年，皆可称大手笔而无愧。②草窗、竹屋、升庵、衍波，以词论仅二三流作手耳，难与同日而语。

三　矫庵

徐晋如性情之敦厚一面不仅表现在自我定位之谦下，对于友朋之富才情者亦常有"说项"之雅意。比如对军持词就毫不犹疑地许为"当

---

① 本篇后附。
② 钱仲联选《清八大名家词集》，龚自珍位居其一。

代第一"①,而对矫庵也称赏备至:

> 友人中予与矫庵相识最晚,相交亦最浅然。世之知予者,殆莫矫庵若。世皆怜矫庵之才,予则惟爱其性情之厚,学殖之深。昔彊村于并时诸老最推服海绡,予于当世同辈学人亦惟低首矫庵也。②

矫庵(1978—),本名程滨,字子浔,又号反客生,天津人,毕业于南开大学后执教南开中学,著有《矫庵语业》《矫庵集》。矫庵生有愁癖,诗词中往往见落寞凄厉意,令人读之惨然不欢,而用情颇深,思致刻骨句极多,亦感人肺腑。方之古人,最近项莲生,但较项氏堂庑阔大、性情高朗也。可先读《南歌子·风雨有感》与《清平乐·秋蝶》:

> 失意狂拼酒,无聊苦斗牌。几人知我破幽苔,相约秋风秋雨共徘徊。　密密携花去,萧萧扫叶来。为伊零落为伊开,者个欲埋愁者被愁埋。

> 春心太软,结作相思茧。拚向一花深处展,雨后花飞翅卷。
> 前生欲说无凭,此生已分飘零。只愿来生携手,奈何不信来生。

《南歌子》中"者个欲埋愁者被愁埋"已经是沉痛之句,而《清平乐》煞拍翻进一层写,与纳兰"待结个、他生知已。还怕两人俱薄命,再缘悭、剩月零风里"同工,其痛愈深。两首均堪称写"悲情"的佳作,《踏莎行》二首情调略同而意象较新,富现代感:

> 开到酴醾,凋残豆蔻,春归触处添僝僽。人间万事不关心,风前独自伤清瘦。　冷眼众生,茫然依旧,当时热血今寒透。如今只觉戏为真,登台哭湿青衫袖。

---

① 见刘梦芙《冷翠轩词话》,《二十世纪中华词选》,第1453页。
② 《矫庵语业跋》,《忏慧堂集》,第159页。

> 一地残花，满枝禁果，卅年踽踽吾将跛。黑貂裘敝夜风寒，人间岂有真天火。　　无可如何，如何不可，镜中万象无非我。自由无过我灵魂，灵魂长向微躯锁。

矫庵酷爱戏剧，精昆曲、皮黄，小生应工，故"登台""万象"云云皆自戏中幻象写出深沉悲哀。两首相比，后者尤佳，"无可如何，如何不可"与"自由无过我灵魂，灵魂长向微躯锁"两组哲思性的悖论极其悚人耳目内心，确乎很见"学殖"与"性情"。

同样带着沉甸甸的思考重量的还有几首《清平乐》：

> 凄凉既久，为问君知否。何物终朝常在口，古调牢骚烟斗。几番欲着袈裟，几番欲到天涯。收拾人生十论，摩挲门外残花。

> 清阴古殿，昨日花开遍。影入镜中原是幻，留与他年重看。旧游十一年前，残碑相对依然。世上何曾有我，诗人终会无言。

> 十年前我，欲盗天之火。血著文章今世左，兀对长门金锁。尘封一卷清吟，尘封案上鸣琴。一任尘封往事，尘封不住伤心。

矫庵师从叶嘉莹，也即顾随之小门生，这几首《清平乐》洒脱深情，颇有"苦水"味道。后两首系参加中华诗词青年峰会而作，但能脱尽应社俗套，直写自心，寓大感慨，极为难得。"十年"一篇下片连用四个"尘封"，已极新警，而"清阴"一篇煞拍"诗人终会无言"六字玄妙深刻，更耐寻味。

自太老师传递而来的这一份性灵味道在矫庵词中时有表见，如《浪淘沙》云："午后好长天，爬上残垣。槐花影里有鸣蝉。日子多多如蚂蚁，数到三千。　　春去又春还，记忆深渊。相逢总说没时间。赢得玉堂金马后，丢了童年"，虽"玉堂金马"字面稍嫌率易，全篇则意浅语浅，反成佳胜。《贺新郎·暮春》是矫庵笔下最为流宕可喜的上佳之作，顾随见之必掀髯长笑，以为有替人也：

嫩绿春之始。尚珍藏、一株碧草，一十三岁。问我春天终何是，都是都还不是。在花下、暗生欢喜。冬日无花花有梦，梦中人、立马蓝鲸背。冬去后，是春始。　　依然嫩绿今春始。却看他、丁香结雨，玉兰随水。看见含苞成怒放，看见花儿委地。小阑下、牡丹香死。一树紫藤花正淡，向行人、报道春归矣。春去也，只如此。

四　檀作文、夏双刃

"莫教猛志长存，一花幻作承平世。披衣乍起，宵残似魅，诸天同寄。如此江山，鸡鸣风雨，灵根早已。纵相期蹈海，焦肝苦胆，和冰嚼，成滋味"，这首《水龙吟》的作者檀作文（1973—　）是"甘棠六子"之一，亦古味醇醇而新旧融贯，多雄奇锋棱，颇与晋如同调，惜诗词皆不多作。

作文安徽东至人，毕业于南京大学社会学系后考入北大攻读古代文学硕士、博士学位，现就职首都师范大学，著有《论语解读》《朱熹诗经学研究》等，并创设雒诵堂私塾，进行青少年国学教育，甚见功德。檀作文是网络诗词研究的最早介入者之一，其对网络诗词概念的界定、特质的梳理本书已多有征引，所主持《网络诗词年选2001—2005》更构成了网络诗词最早的集体性亮相，意义非凡。其词见于《甘棠初集》，似仅十余首，而亦有佳作。如《采桑子》"暗想红芳，一寸相思入骨凉"、《蝶恋花》"无尽悲欢都一晌，芙蓉开在秋江上"等句皆能动人。《减兰》则通体萧疏，言简情长：

四望皆白，一霎重城成雪国。呵手微寒，谁个推窗倚画栏。
树同人削，相觑无言真落寞。绿野仙踪，记得前生同御风。

作文痴迷樱花，有词一组写云南、青岛、无锡、杭州、长沙等各地樱花，笔致斑斓，颇见作意。《南乡子·云南樱花》似最佳：

着意苦寻欢，独上圆通寺后山。昨日花同人面好，开残，谁记娇红雪后燃。　　岁岁复年年，自许风流误管弦。此去须添无限恨，流连，心事浑如雨打船。

徐晋如《国诗刍议》一文建构"国诗"概念，理论价值甚巨，其中批判胡适有关主张时尝引"吾友夏双刃"之驳论："余读胡适所举之陈伯严诗，真嚼蜡也，然胡适何不举黄公度之台湾诗、汪精卫之题壁诗耶？试问以《尝试》《去国》之文法，能作引刀一快否？故陈伯严之病根，彼自折磨而已，何坏乎七五言之佳文字？胡适之用心亦可诛矣！"[①]夏氏之说甚是，可见其同声相应。

夏双刃（1977—　），本名夏宇，山西陵川人，复旦大学中文系硕士毕业，现居深圳。著有《非常道Ⅱ——1840—2004的中国话语》等，又有《郁达夫诗词编年笺注》《民国史》等未梓，诗词结为《日落集》《堕马集》等多种。其词言情者多，总体成就未高，如《临江仙》之下片"何意北城重见，飘零未减蛮腰。奈何纤指画心牢。归来全不晚，和泪读离骚"能打叠入身世感，尚有可采。《迈陂塘·夤夜归来读遗山词有感》亦写情而甚悲壮，所以独佳：

更谁知、人生如此，深情款款难系。悲凉竟日侵寒骨，回首尽如前世。相拥味，暗弹泪，都来此际成孤罪。问君何似？恰万念皆灰，信陵公子，醇酒妇人矣。　　男儿事，沦落徒增马齿，天涯帘杏斜倚。新人携手长桥落，沧海月明沉醉。从此始。再休问，人间天上何时已。却应无悔。任掌下青痕，至今犹热，想是别离计。

第三节　"网络词坛双雄"：碰壁斋主与尘色依旧

附　杜随、南华帝子、郑力、顾青翎

作为网络诗词巨擘的魏新河与徐晋如皆才性雄奇，不徒霸视当下，且可上埒古贤，而又均有绵邈深婉的一面。相比之下，碰壁斋主与尘色

[①] 《社会科学论坛》2010年第15期。

依旧亦称大家，他们更多承继辛稼轩、陈迦陵一派衣钵，将淡淡脂香、盈盈粉泪一扫而空，追求且呈现出"骨力劲挺警拔、气势浑茫磅礴、神思飞扬腾跃、情致酣畅淋漓等为基本特征的总体风貌"[1]，是为"网络词坛双雄"。

一 "住与谁同，不与天风即海风"：论碰壁斋主词

苏无名作《网络诗词点将录》，不易之事也，"天魁星呼保义宋江"位次的选择无疑最引人瞩目，也最引争议。最终，苏氏推出碰壁斋主"领衔出演"，习惯了分歧喧哗的网间竟罕有异词，可见众望之所归。

碰壁斋主（1968— ），本名卢青山，湖南岳阳人，曾任教师、工人等，始终处社会底层，遍尝清寒味。近年流寓岭南，但未知境况稍有改善否。碰壁自八十年代中期开始诗词写作，十余年作品厘为《安归集》，内含《荷塘集》等六种，又分体整理为《壁下诗存》《壁下词存》，凡数千首。如此"才大气粗"，必不能尽免芜杂，而生命感之充沛如浊浪惊涛，翻空拍岸，当代无人能出其右，故可推为今日诗界罕见之大作手。集中古体诗最具澎湃撼人之力，诸如《九月二十六日加班至晚八点……》《微风》《山歌。予以生计故，将辞山入市……》《电视中偶听旧曲……》《醉中右手之茧忽脱……》《七月二夜醉作蜀道难》等皆古人笔下所无，词亦变怪百端，大气磅礴。如"多有古风意态"之《沁园春》：

> 我所生兮，羿剑蛇颈，洞庭乐张。看伊谁踽踽，漉巾以饮；翘余佗傺，披发而狂。古莫能追，时不堪惜，咄汝青衫落叶黄。狂且住，曷横眸四顾，却曲迷阳。　　迷阳无遏吾行，我小谪、而已非恒长。尽交亲跋扈，人人屠狗；梦魂骀荡，夜夜骑羊。献山鬼篇，进齐物论，庄奴屈跪罗吾旁。秋窗外，有相怜明月，万古清光。

"多有古风意态"系作者自注，故有讥其"不尽合律"者，其实又

---

[1] 严迪昌评陈维崧语，见《清词史》，江苏古籍出版社1999年版，第213页。

何必要苛求？不能领略其庄骚为魂的铺张扬厉披靡之趣，不能为"伊谁踽踽，漉巾以饮；矧余佗傺，披发而狂""交亲跛扈，人人屠狗；梦魂骀荡，夜夜骑羊"等句而莫名感动，竟斤斤计较其律度，真不知诗词者。"多有古风意态"的绝不止《沁园春》一首，《贺新郎·又复卧床输点滴，穷极无聊，思将往三峡，赋此遣闷》径直以《梦游天姥吟留别》为蓝本，翱翔八极、神飞万仞之概直追太白：

> 梦我攀天客。奋长肢、猱身直上，昆仑绝壁。小坐危崖憩杯酒，崖下云涛荡击。正王母、歌回舞疾。大笑掀髯杯偶侧，泻长河、下作三峡立。杯一掷，天西极。　　四围一色苍茫碧。诧梦醒、此身已堕，峡波之隙。转折群峰三百里，终古岚霾雾塞。听隐约、有人幽泣。独作行云独为雨，怆万年、孤寞谁来惜。梦又向，阳台陟。

同调词《四月三日步曲巷寻太傅贾谊故宅……》则更进一尘，笔力雄浑顿挫，直可作《祭贾谊文》读：

> 贾汝推棺起。问遭随、王其有命，何惭于你。赋鵩怀沙来楚国，悲怆千秋二鬼。岂不见、天涯苏子。夜半苍生都不问，便帝家、心意应知矣。汝何固，不悟悔。　　飘衣来过长沙里。剩苔封、公文一壁，汝将悲喜。斯世生人争搏杀，死者从来无地。劝死亦、休嗟生事。野老相询千万语，诧吾龄、值汝太中齿。我去也，呜呼谊。

自此已经可以毫不犹疑地给出判断：碰壁斋主瓣香正在辛、陈一路而尤近陈，蹈厉腾踏之感较湖海楼更有过之而无不及。[①] 严迪昌师在谈迦陵词与"稼轩风"的关系时曾有语云："《稼轩长短句》所呈现的

---

① 碰壁斋主有网文《旧诗词杂想》系列，其中对辛陈备致推崇："陈其年的小令写得开张骠悍，声色俱厉，笔力奇重……辛弃疾的笔力没有陈其年那样横霸刺激，取胜的地方，在于寄慨深重，意境深远。这两人都是才情顶好，顶不爱守规矩的作家。他们把非传统的笔墨攻破传统，开辟出一个新的园圃，建立了一个新的传统。"

'雄深雅健'的风神……无疑与辛弃疾所处的特定年代和他本人阅历、学识、身份、个性密切相关,是时代的不可超越性和个性禀赋的非随意选择所决定的……陈维崧既在时代和经历上与辛弃疾迥异,更不同于稼轩那种雄鸷飞将军和持节方面大臣的才性,所以,不仅是穷通出处的'兼济天下'或'独善其身'的观念已经被沧海桑田的剧变所淡化,甚至历来为文人儒士藉以自我解脱困境的老庄或是黄老思想也都不信奉"①,这段文字不仅是区划辛陈审美特征差异的精粹论断,更重要的是,它典型地揭示出了词人间进行历时性、共时性比较的规律性法则。这一法则当然也是适用于陈维崧和碰壁斋主的。

陈维崧既身处山崩海立的时代剧变之中,又因个性、机缘大抵处于"风打孤鸿浪打鸥"的抑郁难舒状态②,但至少他还有曾经显赫的家世、倾心援手的父执友朋、尚可优游林下的经济保障、"此生真见、禁林春扁"的扬眉吐气的晚景③,更重要的是,他一直都拥有着"士林"的广泛高度认可,以及由此带来的自尊与担当。与陈髯比较,碰壁斋主能把握的有什么呢?除了少一份撕心裂肺的家国之恨令人略觉"幸运"以外,碰壁斋在其他每一项指标上都几乎"完败"给湖海楼。那么,其牢落不偶、幽忧愤悱之感怎能不与陈维崧同频共振,甚且驾而上之!只有持此眼光,才能看懂下面这样的词篇:

> 长夜悄如洗。抖陈笈、荒尘古蠹,东奔西避。剩下丛残千百字,字字既疑还似。看字隙、幢幢影子。恍二少年蓬莱顶,正长歌、浩啸天风里。崖以下,东溟水。　　东溟水簸横天地。掣孤

---

① 《清词史》,第212页。
② 陈维崧:《一剪梅》。
③ 维崧祖父陈于廷,万历进士,官至左都御史,为东林党中坚;父陈贞慧,与方以智、侯方域、冒襄有"明末四公子"之目,尝参与起草申讨阉党阮大铖的名文《留都防乱公檄》,文藻节义,震烁海内,被黄宗羲称为"清流"之魁。明朝灭亡后,维崧由"家门煊赫""不无声华裙屐之好"的"意气横逸"状态堕入"中更颠沛,饥驱四方"(陈宗石:《湖海楼词跋》)的飘零生涯之中,仅避祸寄食如皋冒襄的水绘园中前后就淹历八年。康熙七年(1668)入京待沽,虽经父执龚鼎孳赏识推介,仍铩羽而归。直至康熙十八年(1679)应"博学鸿词"考试,始以第一等第十名授职翰林院检讨。三年后,即在眷故怀乡的寂寞凄凉中溘然长逝。"此生"句出自陈氏《贺新郎·戊申余客都门……》一首。

舟、飘然一往，死生谁计。前不见洲后不岸，从此迷航无际。便迷到、二毛摧毁。犹有少年歌不绝，日茫茫、吹向中年耳。人生味，竟如此。

此是人生味。便酸甜、苦辛万字，谁能相拟。破读人间五千卷，道释呼儒来跪。算无外、盲眸哑嘴。海上狂澜翻不定，正奔腾、涌入寸心里。谁为我，出一喙。　　桥南小月微风起。记同君、青衫拂拂，醉中斜倚。袅袅红裙悠语笑，一夕销魂无地。彼岂识、后来如此。与汝同携巨惑往，向茫茫、大块无休止。生以外，唯存死。

——贺新郎·为肖健理旧作，中多少年相共事，赋以赠之

崩然我醉，万里苍山扶我睡。睡起徘徊，八面涛声动海来。
人生似此，偶得清欢随可死。死向何方，七尺微棺大地长。

不生不死，谁识微生长在此。此是人间，下有重泉上有天。
飘然一絮，随地可飘随地住。住与谁同，不与天风即海风。

——减兰·高明醉作

　　肖健为碰壁挚友，集中赠答之作最多，这两首《贺新郎》自"长歌浩啸"的少年写到"酸甜苦辛""盲眸哑嘴"的中年，个中况味真如海上狂澜，奔腾不定，与湖海楼主一样"在词中激射出一束束备经压抑和羁缚的情波……具有一种独异的霸悍之气和冲击力"[①]。至于两首《减兰》将生死大事付之一醉，豪迈激扬处即便陈髯亦难措手。"死向何方，七尺微棺大地长""住与谁同，不与天风即海风"，何等沉痛始能得此一二句！
　　带着对生死、存在等哲学本体性问题的思考，碰壁斋主笔下涌生出一系列浓郁"形上"意味的佳作。《生查子·秋夜三章》即曾在网间引起巨大轰动与争议，争议焦点大抵集中于第二首中"生造"的"古蟋"

[①] 严迪昌论陈维崧语，《清词史》，第213页。

二字,力挺者甚至形成"古蟋教"之戏称,然而正反方都似乎忽略了组词本身特有的深度与魅力。第二首前文论观堂词部分已引,此处读其余两首:

> 万户闭门扉,秋意寒如火。携此满天秋,独去阶前坐。　月色淡如眠,星斗沉将堕。渐觉散斯心,漫向乾坤播。

> 古亦在吾中,后不后于我。问我汝为谁,语出千年左。　漫漫月光流,流转随圆椭。饮此月光芒,拥此光芒卧。

"携此满天秋,独去阶前坐""宇宙自茫茫,我复居何所""饮此月光芒,拥此光芒卧",不能领略此中的博大深沉情怀而只为是否"生造"吵闹无休,岂不买椟还珠、以瑕掩瑜?再如《谒金门·秋夜独坐,深静如禅,此予至喜之境,为作四章》之三及《水调歌头·中秋词》:

> 寒秋坐,衣袖无风自破。照我星为旧物么,年来年去我。各有蛮人一个,便觉乾坤不大。算算双肩太坎坷,担得时空两垛。

> 二十青春子,来坐老桐阴。年华强半付水,得此一闲情。未上霜风霜树,毕竟中秋时节,渐渐觉衣轻。旧蟋依前友,新叶试敲门。　无穷宙,无穷宇,虱此身。起舞流晖宕影,魂与月俱新。来往清怀尚在,久失流萤复出,尽足慰平生。无有怀人意,无有可怀人。

"蛮人""旧蟋"之类或又会引起讥议,然而都不要紧,《谒金门》随手而作,但如铸生铁,"双肩太坎坷"之"我"形象尤为鲜明,更胜《生查子》三首。《水调歌头》能于前人所有中秋词外开出新意,诸如"无穷宙,无穷宇,虱此身""无有怀人意,无有可怀人"等句开阖震荡,气魄绝大,也足称易哭庵以来的卓特一篇,那种天才腾踔之感也约略仿佛。

没有人能超然于自己此在的时空,深湛的哲思必然源于对现实的强烈体认。碰壁斋主的寒微生涯所激发出的直面现实之作亦特具神采。先读《减兰·钱票俱尽，此况月恒有之，戏赋钱……》之前两首：

> 神通此物，一日无之魂失魄。百计难宁，击唾壶来掩腹声。
> 嗟哉原宪，道在空肠将怎转。咄汝有身，留不为功弃不能。

> 金钱粪土，必是肥肠大腹语。卧雪袁安，梦到红炉亦自寒。
> 江湖我欲，大翻千山忘宠辱。此事何难，略饱衣衫万念删。

因落魄生感慨，于感慨蕴幽默，幽默背后又不乏郁勃辛酸。"嗟哉""金钱"二句正可与袁枚"解用何尝非俊物，不谈未必定清流""我有青蚨飞处好，半寻烟水半寻花"之类名句对看①，贫富悬殊，凿然可见，亦颇可噱。②《浣溪沙·有感》二首则另开一意，笔力重大，寄寓着对时世人情的深刻省思：

> 曳尾争蛮两并迷，悠悠物论竟谁齐，巡天乌兔自东西。　人意纷繁风里水，世情幻变古来棋，我持一子久犹疑。

至于《水调歌头·负暄戏作》之"终古江山如此，独笑先生幽蛰，如鼠穴而居。安石偶然出，不过曝微躯"；《满江红·山居遣兴》其四

---

① 袁枚：《咏钱》。
② 我亦颇有为钱所困时，前文论半塘词尝附庚辰年作"与钱问答"三首，实则庚寅年复作三首，可附此发为一笑，聊示与碰壁同情而已。序云："庚辰之夏，余鹪栖吴门，生涯濩落，因仿辛老子止酒涂与钱问答三首。恍焉十年，今又逢庚，虽较昔之困窘略为可观，而濩落之感，大体无异，因更作前题三首，聊以遣兴，用九佳十灰之韵，盖辛老子元韵也"，第一首已见前引，后二首云："孔兄闻言，謇然哂之，嘴几乎歪。想前度逢君，苦心训诲；虽云正色，颇杂嘲诙。以汝IQ，当有所悟，讵料仍然一书呆。这十年，竟略无出息，其真可哀。　还须闭口干杯，免听君、胡扯复瞎掰。数助教飘蓬，司勋落拓；耆卿沦谪，伯虎摧颓。古而及今，才人坎壈，剞君驵侩属下材。从此后，且安神度日，莫鸣喈喈。""如是我闻，起而长揖，先尽一罍。恰微中闲谈，豁焉轩敞；不烦要语，绝弃嫌猜。冷淡生涯，从今可日，此揖聊谢孔兄台。微斯人，吾焉归谁与，乱了心怀。　望兄许我追陪，好聆听、舌底绽风雷。令射影阳谋，轻轻放下；抟沙伎俩，稳稳推开。纸醉红尘，金迷世界，尽作荒唐一梦槐。说不定，兄今宵别去，异日还来。"

之"不肖与贤唯自处,我宁曳尾泥涂也。看无边、风雨总多情,沿窗打"云云乃是以隐居形态反向折射现实的痛切语,也是逼真迦陵、守持传统的上佳之作。

天海风涛的审美风貌也好,玄朗深湛的哲理省思也好,其实无不源于词人内心震荡澎湃的激情。碰壁斋主《安归集》中首集名《荷塘》,其中绝多以"荷"为意象之新旧体情诗,用心之深刻缱绻,令人动容,而在婉曲言长的词体中反而见不到多少爱情主题的叙写,如此别择也很令人深思。《蝶恋花·五月二一》三首是碰壁笔下罕见的言情之作,偶露峥嵘而已,其一下片云:"似有如无情怎料,似注横波,似作无心笑。似此相望人欲老,似君冷漠人间少",已极沉挚,其三更写尽失意情怀,上下两结足称千古伤心人语:

借避相思长日醉,那识梦魂,犹被相思噬。天上何神司爱字,僻乖残忍能如此。　　笔墨安传心底事,千遍作书,千遍团书纸。为子今生憔悴死,他生但乞休逢子。

《清平乐》写失怙之痛亦颇感人,小序云:"余家夙有《聊斋》,余十二岁时,先父选其篇目,加笔题上,其涉儿女私情者不点,命余读之。浑沌模糊,囫囵吞枣,居然终卷。而满心狐鬼,憧憧欲出。今更翻旧书,先父批注犹存,耿介洒然,如见其人,但人已仙去久矣。怆痛无端,为赋此解,以题聊斋,兼怀先父。松龄字留仙",词云:

狐音鬼语,俏作人间句。灯下风眸窗外雨,客梦谁成归住。
茫茫九域天渊,迷魂谁与招还。招得人间六合,也应无地留仙。

词借慈父手批《聊斋》兴感,故较内敛收束,而肺腑伤裂之感较呼天抢地之嘶吼有过之无不及,与前篇中"为子今生憔悴死,他生但乞休逢子"等句共同织构出浓密坚韧的情感之网,从而也代表着碰壁词重情、深情的一个重要侧面。

碰壁斋主《西江月·题肖词》云:"我固逊君清丽,君须避我沉雄。烛光两对早衰翁,笑说风情万种。　　物态依然翻覆,斯人幸已盲聋。世情淡薄酒花浓,酒尽怆然一恸",径直以"沉雄"顾盼得意,可谓不嫌自负,而"酒尽怆然一恸"六字也确实能勾画出他那种拗峭不凡、心怀隐痛的神理的。苏无名《网络诗词点将录》碰壁条虽不专论其词,而断语精准,可摘录于下,以为结末:

> (碰壁)未出时,网中诗人依坛而社,三五党朋。碰壁出,莫不尊碰壁。古风一格,狂飙突起,元气淋漓……格律诸公,亦未能销碰壁之影响,受其沾溉者甚多。自日下、江左、西蜀、岭南,莫不争欲见之……至手辑《荷塘集》,闻之者心荡而情摇;至《死亡集》,睹之者泫然垂涕;至《退万集》,皆瞠目不能语。碰壁诗词卓然当代,宜为首领。赞曰:青云穆穆,白水绰绰。神在壑,神在泽,纵有长缨不能缚。①

二 杜随、南华帝子

苏无名所谓"碰壁出,莫不尊碰壁……受其沾溉者甚多"并不算夸张,姑举杜随、南华帝子两家为例。

杜随,本名、年齿、履历等皆不详,苏无名称其"才识卓异",点为"铁扇子宋清",盖以其尝用"碰壁斋前马牛走"之网名也。评语有云:

> (杜随)《城头月》:"如潮夜色吞天地,没入沧溟底。顶上云波,波中月舸,待我漂浮起。 沉沉何物横胸际,欲弃终难弃。一点微温,几声轻响,万古寒幽里"……妙处正在无可名状,与碰壁形神俱肖。他作如……《蝶恋花》"蓦地流星如箭发,一霎光华,那惜身旋没"……《生查子》"不恨薄情人,我亦无情者"……皆是佳作……惟胎息略不及其厚也。

所说甚是,"胎息"或曰"元气",大约指杜随生命感不及碰壁之充沛,而杜氏词亦甚有自家体格。其清浅信手而颇有余味者如《荆州

---

① 网文。

亭》:"昔我偶然来此,恰似风吹雨至。今我欲行时,只是雨停风止。但有心情片纸,留下谁人名字。但有一行囊,锁着些些旧事",皮里阳秋者如《减字木兰花·读史》:"编些最好,大国小民须热闹。隐去何妨,未转头时便已忘。　涂脂抹粉,自有伶工排脚本。台下欣欣,指点英雄与罪人",意思皆妙。《贺新郎·末日》系应菊斋社课之作,而并无敷衍之弊,奇想入神:

> 大地真开裂。悔当时、居然不信,剧中情节。只是手机无信号,更与何人言别。龙套者、台词稀缺。都道人生如杯具,果今朝、碎了成飞屑。依剧本,被消灭。　沉埋地底经千劫。待何年、残骸化石,偶然挖掘。几把烂泥糊稻草,重塑形容奇绝。须考证、史前生物。博物馆中标牌立,任儿童、指点老师说。团体票,打三折。

如果追问这样的作品"有何意义",或者见智见仁,难以达成一致,不可否认的是词中愈演愈烈、至煞拍达到顶点的机趣。《清平乐·翻作徐志摩译诗〈歌〉》趣味亦极似碰壁,而笔致在碰壁之外,是"胎息"较厚的佳篇:

> 枯坟荒垒,澹日升还坠。草下残碑碑上字,道我长眠于此。
> 不知春雨秋霜,不闻啼鸟鸣螀。蝴蝶偶然飞过,人间合是相忘。

"尝师法碰壁,后自成一家"者尚有南华帝子(1980—　)①,本名姜晓东,辽宁人,古代文学博士毕业后定居海外,有《万镜诗》《万镜词》。苏无名赞其"捶生为熟,渐出渐厉,无体不精,皆清新潇洒,光彩照人,迥超时辈",其《点将录》中乃难得好评,而南华亦实能副之。如下面三首《蝶恋花》:

> 夏日烈阳轧炽屑,鸽子飞时,暮色腥如血。我坐无人之地铁,

---

① 苏无名:《网络诗词点将录》。

若闻无迹之撕裂。　　窗外霓虹排碑碣，七色灯光，触手辄销灭。城市柔情歌不歇，高楼人面白如月。

　　梧叶萧萧飞不已，独坐庭中，独坐凉风里。天地气息皆细碎，斜阳入眼温如水。　　深夜隔窗闻歌起，欲细听时，窗外悄然矣。刹那清光疾似矢，中天月桂开千蕊。

　　去年楼上灯如火，我看灯光，子看灯中我。人影冰花窗底过，不知此夜归何所。　　今年楼外灯如火，我看灯光，子看灯和我。人影冰花风里过，不知当日归何所。

第一首较具现代感，第二首古雅而富气派，最近碰壁风格，第三首上下片仅更易数字，而妙于言情，确乎"无体不精""光彩照人"，能"自成一家"。南华帝子哲思感悟一类作品亦佳，如《行香子》与《减兰》，大有顾随风味而写法更富时代感：

　　影自八方，拥我来翔。向虚空、乱舞清光。天风浩浩，云路茫茫。我是何人，来何处，归何乡。　　倏然梦醒，箪枕空凉。正秋深、一室寒香。恍惚刹那，又自思量。教星为灯，夜为翼，水为裳。

　　深庭萤碧，谁识铜盘铅水色。暗里声来，竟似枯花缓缓开。我欲阖眼，双眸久被秋霜染。漫对西风，身在虚空万镜中。

"身在虚空万镜中"，作者诗词集得名于此，可见自珍，而"影自八方，拥我来翔"也可视为"万镜"的另一种表达，恍惚空茫感十足。《金缕曲》是《蝶恋花》"去年楼上"一首的"升级版"，全用口语结撰，浅明而情深，也很难得：

　　一切都如意。一时间、我还是我，你还是你。候到无心梦到醒，梦又何需说起。让明天、擦掉痕迹。是有天涯隔断了，是一生、终不能相倚。深藏罢，悲和喜。　　人生只合飘零计。有谁知、深心似雪，华年似水。依旧浮沉人海里，依旧荒寒城市。只丢了、当时自己。午夜空车行缓缓，看漫天、烟火明如此。等寂寞，重开始。

三 "如此江山如此过"：论尘色依旧词

网络词坛中与碰壁斋主气派最相近的当推尘色依旧。他也才力宏富，创作数量巨大，也追步湖海楼一路，虽沛然莫御之感略有不及，而笔法多态，更能稍胜碰壁。

尘色依旧（1969—　），本名沈双建，江苏南通人，现任某职业学校教师。有《诗集》《词集》，总量逾千。其诗古近体兼工，既多关切历史现实，亦抒情写心，皆有精悍声色。如《思悲翁》写"心枯无文，眼枯无泪"的孤寂老人，《渔家乐》写"前年水清能打渔，打渔交税犹局促。去年水边开工厂，水污鱼死空气浊"的水滨生涯，《续华亭歌》写世博会等，最淋漓尽致者当推为仵德厚所作《仵将军歌》。仵在台儿庄战役中任敢死队队长，解放战争中任国民党军副师长，驻守太原，城破被判徒刑，七十年代中始释放，2007年以九十七岁高龄病逝。诗中详叙仵德厚"种地放羊一老翁，三十年间劳若蚁"的"浮云事迹"，而以"天佑吾土与吾民"的大感喟终篇，足称"梅村体"之苗裔。

尘色填词自常州词派入门，受稼轩、其年、小山、花间影响较大，而最喜湖海楼[①]，集中常见次韵之作，气韵俨然，直可乱真。如以下这几首：

咄汝何来，怕应是、寒沙漠漠。彤云卷、长河白日，奇峰斧削。壮士横刀青史乱，文章命笔图谋恶。酒酣时、谁为唱阳关，狂飙落。

有情泪，无情芍；花飞蝶，竹鸣雀。便心如耳热，可曾欢噱。枕上吴歌听未了，人间庄梦轻重作。笑身前、依旧瘦杯空，言诺诺。

——满江红·次韵陈其年怅怅词五首（选一）

[①] 《断裂后的修复——网络旧体诗坛问卷实录：天台、伯昏子、齐梁后尘、尘色依旧》，《新文学评论》2014年第4期。

呓语能听否。数年来、最堪怜处,凄凉长守。于我于君同似此,杖上酒钱难有。西风起、为君击缶。如此江山如此事,笑江山、总在伶人手。谁又是,洗耳叟。　　逢场作戏人前后。但遭逢、狂言不住,君其鬼酉。我亦如君瞠其目,人世空言滴溜。更不会、颠连筋斗。尘外身心尘里梦,到梦醒、还向红尘走。君莫笑,吾其偶。

——金缕曲·次韵陈其年"强饭还能否"

直使狂飙骇马,疾奔入、莽苍苍下。一派红旗影飞泻,卷秋云,啸鱼龙,鸣震瓦。　　谁复如公者,饮烈酒、纵情呼诧。岂作随人嚼残蔗,笑依然,大星垂,光四野。

——夜游宫·次韵陈其年四首(选一)

《满江红》《贺新郎》均为陈维崧的标志性词调,《夜游宫》四首亦是《湖海楼词》中以短调见气象的典范作品,尘色之作激切苍凉兼而有之,绝似陈迦陵,而又不乏自家面目心事。作为清代也是千年词史的一代宗师,陈维崧并不缺少追仰致敬者,但大抵"力弱气粗,竟有支撑不住之势"[①],如碰壁、尘色者,在陈髯身后数百年间也足称不可多得的了。如治"陈维崧接受史"一类课题,很值得特别关注。

至于以《金缕曲》两"读"《乞食图》,那是《湖海楼词》也没有过的题目,更能见出尘色自己的眼光。第一首是读陈师曾《乞食图》:

不问人何处。但能知、破衣白发,追尘逐土。来去茫茫长路在,怜我知谁回顾。肯作个、善人佑护。入眼萧条人去也,料吹箫、乞食留难住。垂老者,尘和土。　　死生容易嗟何苦。遍繁华、朱门邀客,垢颜难赴。影落沿街争作弄,日日年年如故。浑忘了、怆然凄楚。踽踽行来风霜里,便黄昏、立尽摇枯树。听鬼笑,哭歧路。

---

① 陈廷焯评蒋士铨《铜弦词》语,《白雨斋词话》卷四。

《乞食图》为陈氏系列画《北京风俗》之一，图绘人力车之一角，仅见坐车者头部，一老妇蓬首垢面，手持布帚香烛，逐车乞钱。程康为题一绝云："垢颜蓬鬓逐风霜，乞食披尘叫路旁。此去回头君莫笑，人间贫富海茫茫"，尘色词将程诗推而广之，不徒写贫富，亦写哭笑生死，其意更为深远，而论标格，则"读"李老十《乞食图》一篇尤胜。词云：

尚有人行处。首飞蓬、或能踢踏，托瓶钵去。赏我沿街羞未死，惯了相看无语。但拄杖、悠然今古。耳际八风飕飕过，算人间、终许留人住。南复北，朝更暮。　　眼翻青白何须数。几回听、旁人呵斥，尘飞雨注。冷炙残羹从乞与，哪管讥嘲忿怒。掉头也、低眉如故。慢嚼馊霉人自在，笑世人、谁不吹箫路。知我意，随我否。

李老十（1957—1996）乃当代一畸人，画、印、诗、书、文皆能独步一时，而与世难谐，以自尽终局。其《乞食图》非止一幅，有题"深一脚，浅一脚，沿街乞讨。馊也要，霉也要，慢咽细嚼。骂我脏，把我笑，我倒要问问世上人，哪个不乞，哪个不讨"者，亦有题"余平生为人作画，从不标榜清高，非不想也，实不能也。若时时此状而又不得身心一致，岂不是欺人耶？故每作乞食图，其中意思自知也"者，心事历历可见。尘色笔墨挥洒，将此风尘沦落感揭而出之，手眼逼似湖海楼而又能越铁其外。其两"读"《乞食图》，笔笔不同，足见才力。金圣叹氏评《水浒》，以为有"正犯法"，即"故意将题目犯了，而出落得无一点一画相借"[①]。此两阕词，亦可谓"正犯法"也。

同样出入于湖海楼的还有《沁园春·骷髅》三首。骷髅者，佛道两家参悟死生之共途也，持之入咏物词，非有大胸怀、大手笔不能驾驭，乃是"死亡的诗学"背景下"哥德巴赫猜想"级的难题。[②] 清初今释澹归有《沁园春·题骷髅图》一组七首，为旷世绝作，严迪昌师《清词

[①] 金圣叹：《读第五才子书法》。
[②] "死亡的诗学"系借用张晖文章名，《文学评论》2013年第4期。

史》给予极高评价:"一腔大哀情出以嬉笑怒骂之笔法,词中或对人世沧桑的颠翻,或对生灵如蝼蚁的被践残,或对人魅转化、鬼蜮伎俩的惑变……极尽淋漓痛快而又恢奇幻化的描述,是词史上不可多得的作品。"[1] 尘色之作承继澹归上述特质,亦多虎跳龙拏之气,未许前贤专美:

> 我问骷髅,骷髅问我,竟何如之?想情迷荒草,不辞霜浸;梦如死月,莫怨花迟。眼已空空,舌犹存否,说与先生岂不知。虫蚁意,竟悄然穿耳,凉意丝丝。　谁言精魄如斯,但一掷、皮囊暗夜时。好唤来虎豹,饥餐渴饮;空余骨肉,雨打风答。前世莲花,今生机会,笑煞庄严向古祠。寥落处,有几人记得,当日妍媸。

> 我对骷髅,骷髅对我,仔细端详。笑道旁弃置,不关矢溺;百年风雨,不减荒凉。天际归鸦,枝头鹈鴂,岂是因人啼断肠。空回首,正荆榛依旧,落日昏黄。　恍然当日皮囊,肯妙想、奇思八宝妆。竟美人如玉,洞开两眼;诗心如火,凝骨严霜。或许温情,不应纵放,到此一般无短长。端详久,且碧磷擦拭,说与荒唐。

> 前世庄周,庄周前世,一般荒唐。甚其心烟灭,青冥浩荡;其颅如铁,制骨成觞。新酿才成,邀君何处,一饮骷髅是醉乡。休摇首,有古时明月,依旧清凉。　未须玉嵌金镶,但酒浸、自然透体香。唤山灵山鬼,幽魂随舞;妖邪魑魅,影幻昂藏。摩颡遥思,搏人清景,磷火微明且作狂。更无语,想空空七孔,当日王嫱。

"情迷荒草""梦如死月""美人如玉""诗心如火""山灵山鬼""妖邪魑魅"云云,无不怪怪奇奇,摇曳诡变,其中既蕴涵着哲思命

---

[1] 《清词史》,第101页。姑录澹归词一首,俾读者参看:"叹汝骷髅,骷髅汝叹,无了无休。便脂消杵臼,抛沉海底;灰飞炉火,吹散风头。起倒随他,笑啼是我,生不推开死不收。谁来问,问谁来感慨,禁舌凝眸。　思量多少迁流,直趱得、纷纷作马牛。痛支离天地,紧穷过电;颠连民物,烂沙浮沤。后辙前车,爱憎悲喜,有得揶揄没得羞。还闻道,道汝能无事,我也无忧。"

题，又折射出现实心绪。尘色这样的篇章无疑是该占有一定的词史位置的。

尘色在访谈中特地标举小山、花间对自己的影响并非徒托空言，其流宕婉曲一路作品亦特见光彩，较之碰壁斋主更擅胜场。如《鹧鸪天·夜听陈慧娴》四首，题面簇新，而笔意全从小晏而来。读一、二、四：

啜饮凄凉月半弯，惘然灯下影斑斑。杯空杯满难相问，缘浅缘深夜未还。　凭呼唤，似安闲，此情终在有无间。余生付与遥相望，不信余生总隔山。（红茶馆）

心若伤时雪自寒，飘飘去远泪难删。思从冷处常惊醒，痛到深时怕一看。　从别后，不知欢，此时追忆剩辛酸。谁人劝我重来过，一去时光哪复还。（飘雪）

夜色如歌淡淡伤，星空如醉自彷徨。别时最是无言久，别后始知思忆长。　风吹梦，雨敲窗，那年那月更难忘。想来唱得千千阕，不比当时唱一场。（千千阕歌）

陈慧娴一代歌姬，诸名曲高华而富深情，白雪阳春，乐坛仅此一人。尘色词有檃栝，有演绎，有"歌词大意"，也有自家感悟，令人生徒唤奈何之感，气质与陈慧娴原曲相得益彰。再如《清平乐》《双调忆江南》与《浪淘沙》：

几回思遍，却道思来浅。若使思深休道远，若使离魂能见。离魂更不思还，越过万水千山。暗里随他身侧，随他心暖心寒。

花落后，人到落花前。细数落花还不语，倦逢残雨更谁怜。春去一年年。　春去也，此外竟无言。寒似深更天上月，静如高阁壁间弦。心事梦难传。

细雨湿眉梢，百事无聊。窗前倚向听萧萧。不是春声听不得，巨耐寥寥。　　所以可怜宵，付与寒潮。春风直管说春朝。梦不分明遥夜里，且听芭蕉。

《清平乐》嵌入四"思"字；《忆江南》开篇连用三"落花"，过片点缀二"春去"，而读之竟不嫌其复；《浪淘沙》过片近乎天籁，"春声""春风""春朝"之回旋则大有跌宕。诸篇用笔之妙既宛然有小晏、花间的印记，又性灵充溢，新意盎然。《减字木兰花》尤其不为古人所囿，自铸好辞：

不知风冷，只在风中痴自等。不识花寒，花影袭人疑是欢。
不应有泪，乔木苍苔谁肯会。不待他来，更有谁能入我怀。

这首创体的《减兰》可以让我们看到，尘色对于小山、花间的汲取绝没有简单停留在语词等浅层面上，他把特属自己的时空感觉与千古恒定的感情铁律融化于一手。所谓"化我者生，破我者进，似我者死"[1]，能"破"而至于"化"，才可能有下面这样以现代口语白描抒情的《临江仙》，同时也让我们再一次意识到——"守正"与"开新"是一个硬币的两面，两者既非势同水火，而且兼容交集，不能须臾分离：

你的依稀样子，心头几度摩挲。由他笑我扑灯蛾。那年寒雨夜，记得誓言么。　　灯火机声远去，机场剩我蹉跎。梧桐门外老枝柯。那年寒雨里，只唱感伤歌。

岁月谁能忘记，梦来几度伊家。徘徊闲折石榴花。欲留终不敢，辜负月笼沙。　　憔悴别来音讯，年年恍惚生涯。难怜白发笑蒹葭。说来都不信，那夜的繁华。

尘色温婉一路词风佳作颇多，远不止小令为然，诸如《摸鱼子》之"芳心渐有清凉意，几度扑帘冰雨。君何处。君不见、天涯一样云垂

---

[1] 吴昌硕语。

暮",《东风第一枝》之"都只是、泪盈倦眼；都只是、风尘满面……放一身、淡淡清光，却道断肠亭院",《贺新郎》之"屏倚蓬山千重意，谁道蓬山梦好。谁更道、紫薇花老"等皆勾勒趋于浑厚，气韵归乎醇雅。《蓦山溪》一组尤为翘楚：

> 黯淡斜阳，人在朱帘后。一曲别离歌，唱不尽、花开时候。花开如此，人已向天涯，几分痛，几分痴，换几分消瘦。　能解情怀，潦倒杯中酒。酒尽更扶头，好笑我、愁来依旧。黄昏而已，怎耐得凝思，心头意，梦中人，怕问人知否。

> 一树梧桐，人在梧桐下。讷讷更呼名，误多少、无情人也。者番风雨，凄冷到今宵，一阵阵，一声声，总是成虚话。　笑煞春来，桃李东风嫁。燕子已归巢，向眼底、几回惊怕。漏点迢遥，帘卷一窗红，人对影，影对人，灯火愁生夜。

> 心似琴弦，一曲翻新罢。细雨湿黄昏，和心事、一齐倾泻。峭风凉透，何事更牵情，销魂也，怕销魂，憔悴终难写。　春已无情，何况无情夜。瘦骨拥孤衾，听一片、风声过罅。夜已三更，好梦伴愁来，伤心否，正伤心，屈指无聊画。

《蓦山溪》字拍较多，上下片仅各三仄韵，属较冷僻的词调，而尘色写来非但丝毫不见滞涩，且复沓回旋，言情深挚，尤以三词上下片两结拍为胜。本书前文论况周颐、易顺鼎等已多次说过，能自冷调发现并表达出流宕灵动的旋律，是乃才华之重要一端，尘色于此深得其三昧。

最流宕而大气者当推《采桑子》：

> 凝眸惯见浮生事，来也如何，去也如何，世事无非一曲歌。
> 近来疏懒南窗侧，梦也无多，泪也无多，如此江山如此过。

稼轩、迦陵、小山、花间，在这一首短短小词中倏忽隐现、不分畛域地凝化成了尘色自己的独异光彩，把诗人个体与时空世界的关联做了浓缩清晰的总结。在访谈中，尘色有语云："旧诗的写作，便在乎个体的言说与宣泄……诗人只代表自己，无论是自身的情感，还是对这个世界、这个社会的看法或牢骚，都是如此"①，"梦也无多，泪也无多，如此江山如此过"毋宁是对这一态度的诗化阐说？

四　郑力、顾青翎

碰壁、尘色之后颇得迦陵标格者当推郑力与顾青翎。郑力（1976—　），河北邢台人，任承社、邢雅诗社社长，其为诗专攻近体，不仅数量颇夥，且牵涉家国历史为多，格局甚大，感慨深沉，其余力作词，风调亦大有与诗相似者。如两首《临江仙》"乌苏里江岸"与"华山西峰顶"：

渺渺寒江流不尽，此生不复江东。船歌晚荡月明中。国从江左断，枫是故山红。　长恨苍天天不应，百年不复弯弓。鹤来鸥去自兼容。梦同天外雪，没我旧时踪。

断去迢遥风雨路，天边独立斯人。三秦转首尽成尘。龙飞逃浊世，高蹈步鸾云。　霸主枭雄何足数，劫灰独痛斯民。荆驼奈得泪犹新。莫寻仙睡处，都是梦中身。

登山临水，其意并不在山水之间，而多涕泪凭吊，将若干痛史勾连呈现，如此词作显然是以"闲题目出大意义"的佳篇。《生查子·吴哥窟与万人坑》则将柬埔寨的佛教圣地与残酷魔窟对举写之，单只词题即透出悲悯哀凉之感，词中折叠迷离的新诗笔法亦相得益彰，断为其集中最胜，也是当代词坛罕见的上乘之作：

素手抚如兰，瞳孔幽沉铁。净影倚如莲，颔骨深埋魇。　腐土亦萤青，画壁何无蝶。往世亦摧红，照魄何无雪。

---

① 《断裂后的修复——网络旧体诗坛问卷实录：天台、伯昏子、齐梁后尘、尘色依旧》，《新文学评论》2014年第4期。

至于《满江红·夔门》《念奴娇·华岳》《水龙吟·北固山》《永遇乐·焦山》等作虽无过多深意，也大笔淋漓，写景感事，不作凡响。《临江仙·万州乡居》则转入平易之田园风物，峭拔笔致中透出别样的温暖：

芦叶嫩描低月，蓣花满蘸晨星。鹧鸪已带稻香鸣。烟含疏岭白，云让远江清。　竹密不撑桐伞，蹊幽只串牛铃。半塘蝌蚪睡波平。蚕丝长过午，蜗角细萝萦。

顾青翎（1989—　），本名曾拓，湖南涟源人，2010 年大学毕业以来旅食都门，从事编辑工作。青翎自称"诗学晚清，词宗迦陵、鹿潭二家。之所以偏爱清朝诗词，一则以为清人高处不减唐宋，再则清朝离现今不远，学而易肖，欲上蹈唐宋，不妨由此入手"[1]，口吻颇近朱庸斋。其诗词数量不大，但甚精悍，无粗率之病，即如《望江南·辛卯端阳词》写眼前景，亦能平淡中见锤炼。试读一、五两首：

重五节，旧事已如烟。记得小堂蒸粽叶，阿婆闲话说龙船。转眼十多年。

重五节，前岁在长安。座上酒酣行炙处，一天夜气正阑干。不复旧时欢。

词写自幼至今"转眼十多年"事，亦一"小沧桑"也。楚人写端阳风物已可喜，能带入浓郁情感则愈佳。自后篇又可见其"北漂"生涯诸多艰辛，故烦恶心绪屡见于词，颇似陈迦陵晚年入翰林时手笔[2]：

名园内湖，长街畔庐。夜深归去谁扶，记年时事无。　关河

---

[1] 顾青翎致笔者函中自撰小传。
[2] 康熙十八年（1679）陈维崧被荐博学鸿词科，以第一等第十名授职翰林院检讨，参修《明史》，而大抵乡情苦浓、病愁交加。徐喈凤《十二时·哭陈太史其年》云"古长安道，日苦柴空米少"，可为写照。参见严迪昌《清词史》，第 200 页。

雁孤，春秋梦芜。不堪人渐萧疏，向高楼醉呼。
　　　　　　——醉太平·与黄、董二兄饮，话及旧游，书此以示

年来长铗依人惯，欢会难逢。此夜春风，一霎微添病颊红。
座中饮到飞扬后，跋扈争雄。醉打金钟，忘却行囊昨已空。

酒酣行炙年时事，记得园东。暮雪寒风，小馆门垂火不红。
于今各向天涯去，唱尽离鸿。忽笑朦胧，老五栖栖与我同。
　　　　——采桑子·壬辰生日杂题，是夜中酒，未半而寝，翌日续成（选二）

《醉太平》"雁孤""梦芜""醉呼"云云寂寥俨然，但寂寥中自有一段难掩的豪迈。《采桑子》二首笔致自东坡儋州诸诗化出，而后篇煞拍忽杂入"老五"二字，便生奇妙。《满江红·连宵梦阿弟》也是此类心绪的扩展性表达：

掩卷停杯，便咄咄、忽而不乐。看萧瑟、一天月冷，半城灯烁。楼外玉龙吹骤哑，檐间铁马声齐作。是惊风、打碎故园心，怀添恶。　　泥雪事，都非昨；连宵梦，凭谁托。数年来踪迹，一般流落。尔厄荆南归计误，我游蓟北生平错。最无聊、但觉夜偏长，寒衾薄。

迦陵湖海飘零，每有寄弟维崧、维岳等凄感之作，琐细絮叨，家常语颇感人。此篇"是惊风、打碎故园心，怀添恶""尔厄荆南归计误，我游蓟北生平错"云云亦大略同此，深得迦陵遗意。《沁园春·稻粱之谋不就，颇有归欤之慨》抒失意感更加激切，置之迦陵集中，几可乱真，"梦醒"一语令人失笑而辛酸：

归欤归欤，我亦在陈，胡不归欤。正商声骤起，一天雁冷；征歌空发，半夜蛩疏。壮不如人，贫何至此，奔走豪门兴有无。貂裘敝，只残羹冷炙，牢落欷歔。　　归来懒问田庐，且手种、芭蕉二

百株。爱春朝风软，添红药酒；秋宵雨碎，置紫莎鱼。忙去锄花，闲来书叶，梦醒邻床鼻息粗。哑然笑，甚荒唐若此，合受揶揄。

顾青翎为本书述论之年纪最轻者，以甫而立年有此手笔，前景未易估量。同时，杨无过、顾青翎等"晚生代"的蔚兴更提醒着我们：诗词史的篇章还会继续得到精美的书写，我们完全可以对此保存一份温暖、信心和希望。

第四节　网络词坛"守正派"余论

本编伊始我即以七八万字篇幅对网络词坛"守正派"予以较深度扫描，如前文所言，所谓"派"仅是一些感觉基础上的粗略归属性称谓而已，而且"守正"与"开新"之间常常出现大量的灰色地带，凡此皆导致前文的有关分类时见"错位"现象。本节再缕述前文所未及者数位，用以结束"守正派"部分。请先谈苏无名点为"玉麒麟卢俊义"的胡僧。

一　"写我心""不因人"的胡僧

胡僧（1977—　），又网名地藏、畸人等，本名胡云飞，湖北荆州人，北京大学光华管理学院MBA毕业后从事金融业。诗词结集为《三十岁前诗》，盖因"泰西人言：三十岁前人皆能诗，唯三十岁后能诗者始为真诗人，故名之……非敢自轻，有所期也"[1]，内含《冰壶》《惯斋》《畸人》《近思》诸集。苏无名以为胡僧诗词"厚味而淡，婉转而刚健，沉郁复能超拔，以洞悉之眼目，冷静之心态，摹写世态情感"[2]，此一特质在其《随想随作》《一纸行》《挽歌为李思怡作》等名作中最为凸显。兹录后者：

黑漆门开兮大光明，白米饭兮玉米羹，阿妈在门兮神气清。黑

---

[1] 胡僧：《三十岁前诗自序》。
[2] 《网络诗词点将录》。

漆门阖兮三岁之眼睛。

　　黑漆门开兮大光明，红苹果兮黄橘橙，有人初见兮阿爸是名。黑漆门阖兮三岁之眼睛。

　　黑漆门开兮大光明，豆奶甘兮雪糕冰，小哥哥兮欢唱声。黑漆门阖兮三岁之眼睛。

　　黑漆门开兮大光明，糖七彩兮饼千层，邻居往来兮喜相迎。黑漆门阖兮三岁之眼睛。

　　黑漆门开兮大光明，果冻杯兮可乐瓶，警察叔叔兮笑盈盈。黑漆门阖兮三岁之眼睛。

　　三岁之眼兮长闭，三岁之哭兮渐逝，三岁之血兮枯萎，三岁之女兮见弃。

　　铁屋兮如铸，漆门兮盘固，坚墙兮不语，时钟兮漫步。绒熊生尘兮寒月在户。

　　诗前小序对这一令人发指的事件有不动声色的简介："李思怡，女，2000年某月某日生于成都，无父亲，无户籍。2003年6月4日至21日间某日，因母亲吸毒为警察抓走而饿死于家中。""李思怡事件"在网络上引起强烈关注，嘘堂、碰壁斋主、胡僧、添雪斋、天台等名家均有极富力度的诗作表达内心的激愤与悲悯，一时间形成网络诗词界的"李思怡现象"[1]，其中胡僧之作最为铺张细腻，也最具射穿人心的锋锐感。诗前五节以"黑漆门开"与"黑漆门阖"作对比，"大光明"与"三岁之眼睛"作对比，以种种色泽艳丽、令人垂涎的饮食与李思怡被饿死作对比，以各色人等的活动与李思怡孤零黑暗、无人照管作对比，貌似波澜不惊，实则同情愤懑惋惜至于极点，难复为言。最后一节连续铺排"铁屋""漆门""坚墙""时钟""绒熊""寒月"等诸种意象，既是写实，也构成了对这个冷漠世界的愤怒的诘问。李思怡事件是一起"把心灵逼迫到一个忍无可忍的境地"的事件[2]，在"没有人幸免于罪！我们就是李思怡的地狱"的呐喊声里，正是胡僧这样的杰作庶几让我们

---

[1]　嘘堂辑有《童话集》（李思怡纪念集），收十人作品十首。
[2]　任不寐网文《祭李思怡文》。

"感到安慰,看到希望,在深重的羞耻中捡回一丝作为中国人的骄傲"①。所以,仅以网络诗词杰作视之,未免太局限了,诗歌史会记住这首沉甸甸令人不能逼视的作品。

胡僧诗杰作尚多,兹不赘述。与诗相比,其词数量较少,分量也轻,确乎为"余事",而才情所在,亦自有光焰,非诗可掩。如《贺新郎·卖云吞小贩》中的人文温度就是与诗相呼应的:

> 铁片叮当响。趁儿童、回家时候,竭声邀唱。一碗云吞分半利,挣得铜钱三两。更挑担、穿街串巷。几屉卖完天已晚,忙收摊、归去休游荡。五口食,在肩上。　囫囵吃罢登床躺。觉浑身,骨骸都脱,痛酸难当。妻言来年儿升学,学用如何供养。谋不定、心事难放。但记明朝该早起,快入梦、勿作闲惆怅。醒后事,醒时想。

我在《种子推翻泥土,溪流洗亮星辰——网络诗词平议》中曾说过:"人文情怀当然也不只体现在某一些'事件'之中,对一个具有良知的诗人来说,那是应该随时藏纳于心、湿润于眼、诉诸笔端的一种本能。"②本篇所写的"卖云吞小贩"何地无之?但又有几个人会悲悯地想到他"一碗云吞分半利,挣得铜钱三两……五口食,在肩上"与"但记明朝该早起,快入梦、勿作闲惆怅。醒后事,醒时想"?这当然是"诗人"之为"诗人"最具光彩的品质。

《贺新郎·自述》是直抒志意之作,涌射于上述佳作中的汪洋的人文情怀从何而来,在此可以寻得端倪:

> 弹剑而歌者,是堂堂、重华苗裔,太白流亚。家在大江平野际,激浪凉风相射。将骨节、畸零陶冶。哀乐过人人不识,竟笑予、底事长悲咤。生也处,危墙下。　新朝礼乐纷崩瓦。况经

---

① 以上两处引文见康晓光《起诉——为了李思怡的悲剧不再重演》一书的引言,该书2005年由香港明报出版社出版。此处所引为网文。
② 《文学评论》2013年第4期。

番、千年变局，乱倾夷夏。孰道天公能振作，唯见痖喑万马。辜负煞、行吟屈贾。补裂我无娲祖手，但玄黄、心血甘飘洒。来去路，休问罢。

同调词《检点旧作戏为》更进一步追溯文字因缘，大体可看作胡僧的文学主张。其下片有云："我写我心由我手，算他年、金匮非吾望"，这与《随想随作》中"诗不因人此真诗，自有精神别一枝"之句无疑是消息相通的。"写我心"，"不因人"，才能自见风标，别走一路，这是诸多有识之士倡议且验证过的规律，胡僧对此显然深有会心。他的《蝶恋花·冯友兰〈中国哲学简史〉结语：人必须先说很多话然后保持静默》以香奁语阐扬哲理意蕴，亦古亦新，就是"旧瓶装新酒"的"自有精神"之作：

耳鬓香销魂梦透，夜夜帏中，心事同消受。斜月已低西苑柳，卿卿私语还依旧。　倾诉徐徐都听久，忧乐君知，人是君家妇。脉脉相看成白首，无言只在多言后。

《清平乐》则直写"销尽红裙意"的怅惘，别无蕴涵，而词笔灵妙，如燕掠波，也非凡响：

一番花事，销尽红裙意。但想明朝花欲坠，深似别离滋味。斜阳渐渐沉酣，平林堆起烟岚。燕子飞过城市，人生城北城南。

二 "流丽开阔，皆得其宜"的梦烟霏

胡僧以下还应提到网名梦烟霏、李蕙风的李旭东。梦烟霏（1976—　），辽宁大连人，著有《竞喧诗》《与默词》，皆近千首。苏无名《点将录》甚称道其"流丽开阔……皆得其宜"，同时又指出"皆不能久读，盖意稍熟，笔稍嫩，格略不能高，根略不能稳，小我之境，未能大也"。单就词而言，如此评说未免严苛一些。梦烟霏才情富艳，用笔纯熟空灵而不纤细诡随，是词坛"守正派"中很有代表性的一家。其《月当厅·与词》很能见出对词的总体认识，"撑肠""拗莲作寸""芒角"云云，

甚有半塘老人"祭词"风调：

> 藉藉不过勾阑调，撑肠捣麝，疑汝何来。问影问形，犹恨对景难排。闲处拗莲作寸，结尘香、万事已深埋。小言矣，逢迎将惯，几似优俳。　风谣半做空中语，托微词、劝君休说吟怀。与汝且听，花外底事能乖。还恐月痕入芒角，肯知烟雨各天涯。应自许，雕虫技，也莫要人猜。

《踏莎行·与词》二首则盘点"大鹤新声，彊村旧泪""碧山消息""曝书亭外""湖海楼头，梅溪影里""水云仍堕铜仙泪"，足见取法之宽，"浑然寄得沉沉世"一句更明言其"境"并非只是"小我"，里面并不乏对世界的关心与热切。《醉思仙》就是此种情怀的注脚：

> 莫思量。这纷纭世事，惯了苍茫。算莺儿蛱蝶，暮雨朝阳。天未老，高声唱，长啸又何妨。酌几杯，醉几次，听风吹卷沧浪。　眼泪凭谁掉，古来烟月都藏。把尘容换却，此刻羁狂。南窗里，西溪上。纵解得，两相忘。梦一场，笑一场，管他秋夜春江。

《月当厅》《醉思仙》都是僻调，而梦烟霏能写得淙淙流宕，仅凭这一点就足见工力。《与默词》中类此者尚有《昼锦堂·某日与友人谈及旧歌若干……》《夜合花》（溪柳参差）、《安公子》（春雨犹经惯）、《西子妆慢·秋雨》、《喝火令》等相当一批佳作。可再读《喝火令》：

> 昨夜谁来过，谁来处问寻。一杯琥珀是谁斟。重仰首看星海，听几点虫音。　醉也偏难忘，闲时又此心。是云影、隔断山岑。那日街中，那日雨轻临。那日流风吹动，错过了光阴。

结末处几个"那日"是全篇最为流美处，能从冷调中发现且很好地表达出来，非俗手所能到。至于用《卖花声》这样热熟的词牌，那就更加游刃有余，不徒流丽，而且便于荸甲新意了。读《听〈SOMEWHERE IN TIME〉》：

谁割断时间，你的容颜。藏于回忆里多年。偶尔翻开如梦寐，也算因缘。　　谁更向谁边，跌落风前。把希冀写在长川。每次抬头星海下，乱了心弦。

《满江红·读梅村集书感》二首能见出梦烟霏又一种笔墨，与《卖花声》相比，既"守正"且"开阔"，沉雄之感直追陈迦陵。其二"所欠无非头一举，当时狼藉谁堪画"句极能摹写出吴伟业趑趄出处的纠葛心绪，而下片稍伤因袭。全篇而言，其一牵合卞玉京、陈子龙映带梅村，更见圆熟老辣：

我读先生，亦不过，外人而已。值当日，南云北马，仓惶之至。好向吴山烽火烬，蒋陵萧瑟秋风里。叹黄花、拾起更无因，秦淮炽。　　遭逢际，苏与李；琴河感，玉京耳。算才名何用，几篇青史。鱼肠葬罢龙飞去，一笺错写燕歌市。酒阑时、昨梦付谁闻，陈卧子。

三　安宁狂生、贺兰吹雪、持之

梦烟霏集中与安宁狂生唱和颇多，《高阳台·夜中得狂生词次韵与寄》甚佳，而狂生"原玉"尤苍凉刚健：

抱瓮消时，飞花过目，谁人与话伤心。冷落阳台，休馋旧梦难禁。曾经哀婉桃溪路，渐模糊、忘却悲吟。一搔头、醉也无聊，醒也沾襟。　　江湖原是煽情地，笑几回风月，几次浮沉。酒绿唇红，镜颜憔悴瑶琴。眼前只有春归去，但无知、魂断光阴。怕追询、不再狂癫，散发羞簪。

安宁狂生（1968—　），本名赵卫华，自署蜀南人，王功权创设中华诗词（BVI）研究院，为最早加入者之一。以可见的作品数量而论，狂生似能撷古今词人之桂冠。其博客中仅"乙未上半年存稿"即多达四五百首，以此频率计之二十年，则总数完全可突过万首。又喜于词牌前注明律调如"仙吕宫""黄钟羽"之类，或亦真有所见，然不敢必也。

狂生词作海量，一方面必然精粗杂陈，一方面也确实可见奔逸之才。其集中喜和民国当代诸家词，《寂园词和》一卷竟遍和陈寂现存全部399首，眼光工力确有过人处。《高阳台·自题寂园词和》多用现代语，而体察寂园心事特深刻，词亦悲壮工稳：

> 杯后呢喃，灯前戏谑，谁人把玩忧伤。缩进行窝，江山一统荒唐。几多楼外闲风雨，暂无关、随意辞章。写生涯、敏感灵魂，颓废心肠。　　匆匆时日如银泻，但梦痕驱逐，自我流亡。天上婵娟，依然悬照东方。关门只有愁来过，笑多情、入眼苍茫。听红尘，原样声音，透越帘窗。

魏新河《曲游春·丁亥仲冬之望雨夜游湖……》一首词序记录了二十五人雅集的超强"卡司"，安宁狂生居其一，与之同气相求者还有网名贺兰吹雪的刘中庆。

刘中庆（1964—　），字任之，辽宁大连人，有《吹雪词》。贺兰吹雪心仪陈迦陵、龚定庵，集中次韵者颇多，时有得神髓者，而关切史事、时事之精神尤近陈、龚。心捷手敏，是其所长，泥沙俱下处亦所在多有。《金缕曲·林庄公》用秋水轩"剪"字韵反思"身后迷云费捉摸，料内情、也似淮阴典"的一段当代谜案，有史论味。《迈陂塘·狼狈传奇》则取世人揶揄之"狼狈"为唱颂歌，其灵感既来自元好问雁丘词，又与古龙《萧十一郎》中对狼的"翻案"息息相通，别具心裁，极苍凉之致[①]：

> 算痴情，古今有几，相期同穴生死。醉魂梦绕横汾路，重吊秋风荒垒。曾联袂，浪走江湖，夜夜追兵吠。苍茫雪地，剩身后依稀，红霞千点，只影残阳里。　　叹尘海，多少高唐旧事，翻为朝暮儿戏。夏虫难与言冰耳，何意妄猜狼狈。听凄厉，回荡高冈，千

---

① 小说中萧十一郎歌云："暮春三月，羊欢草长。天寒地冻，问谁饲狼？人心怜羊，狼心独怆。天心难测，世情如霜……"，见第十六章《柔肠寸断》。

古谁知己。山盟从此。世世续前缘。传奇侠侣,留待里人志。

贺兰吹雪亦有现代感浓足的佳作,《鹧鸪天·解读某种心情》写难言的迷惘失落,十分真切而格外灵动,也可一读:

> 欲把深情彻底埋,心头加锁委青苔。甜言教与鹦哥学,诗谜留待燕燕猜。　狐附体,鬼怀胎,酒醒心事最难排。可怜一片玲珑月,才到波心便发呆。

"守正派"余论中不可无持之一席,兹简述之,用结本节。持之(1973—),本名陈初越,号变苍斋主人,1973年生,福建福州人。毕业于中国人民大学新闻系,现从事多媒体行业。早年倾心现代诗,曾在大学主持十三月诗社,后转而专注于旧体诗之创作,并潜心乡先贤诗词研究。持之诗词多以气行,予人不衫不履、挥洒盘旋之感。新题材不少,而罕用现代语汇,旧瓶新酒,自成一家。其词以小令为佳,如《浣溪沙》"步苏轼""秋蝉"二首:

> 犹记青山对素纨,一时语住寂如兰。万蝉声正沸斜川。　且向流光舒水袖,还呼彩蝶上云鬟。人生只此一年年。

> 扫叶秋风下荻洲,曼歌犹系柳梢头。为谁最后一温柔。　任把吟魂同宿露,岂将心事托媒鸠。来生相见绿云稠。

二词之最佳处在于能在古人外开新境界。前首"一时语住寂如兰""万蝉声正沸斜川"二句看似寻常,深味之则向来未见。后首或写情事,然在有无之间,颇得咏物词寄托之妙。以"为谁最后一温柔"七字写蝉,也在骆宾王"无人信高洁"、黄景仁"蝉到吞声尚有声"之外别辟一天,出人意表。

第三章　网络词坛之"开新派"

就词人数量、作品数量、产生影响等诸多指标而言,网络词坛的"守正一派"都占有明显的甚至压倒性的优势。"守正"不仅不应遭到贬抑与否定,且理当大力推倡弘扬;"开新"不能离开"守正"而单独图存,否则必然走上邪路。这两点是最基本的认识,没必要多说,也无可辩驳,但如果非要泾渭分明、二必择一,我还是会坚决地站在"开新"一边。这是本书始终贯穿的理论主线之一,在书写网络时代词坛时尤其不能例外。

在拙作《种子推翻泥土,溪流洗亮星辰——网络诗词平议》的结尾部分我有这样一段话:

> 回溯往昔,我们还记得二三十年前,朦胧诗的出现是伴随着很长时间的冷漠、敌视、挑剔和曲解的。但在"崛起"之声的不断鼓荡下,朦胧诗终于成功突破阻力、惰性和敌意,成为新诗史上恢宏的一波浪潮。以昔律今,我们有理由说,十年来的网络诗词写作也正在崛起一种"新的美学原则",正在出现一个"崛起的诗群",而在这种"新的崛起面前",准历史之先例,我们有信心认为:朦胧诗最终被接纳并引领一代风骚的那一幕也将在诗词写作的历史上重演,这个惊叹号还将被续写,并被堂皇地载入史册。[①]

以朦胧诗为参照系做出的这样一个"预言"能否兑现当然需要拭目以待,但很显然,我的发言基点主要在于对"开新"的格外珍视和高

[①]《文学评论》2013年第4期。

度评价。另一个简单的常识是：守正给我们根基，而开新给我们方向；守正赋予我们动力，而开新赋予我们生命。没有守正基础上的开新，诗词也好，文学也好，文化也好，必定会奄奄无气，走向枯槁与衰竭。

第一节　网络词坛"旧头领"蔡世平的《南园词》

一　"词在鱼背上雀毛边"

作为一个学术概念的"网络诗词"其实隐涵着对创作者不甚严格的年龄划定。网络诗词作者绝大多数为60、70一代，对于网络，他们有着足够的敏感和接纳能力，因而可以在新技术传播平台兴风弄潮。相比之下，"50后"的网络活跃度与依存度显然要迟钝疏松一些。从此意义上说，"网络诗词"一般不会包括"50后"作者，只有极少数活跃度较高者例外，如1956年出生的张智深就被我选入《网络诗词三十家》中。[①]

还有另一种例外。论年龄，蔡世平出生于1955年；论"网络化"程度，蔡世平也显得偏低，但一个有意思的事实是：他以散文、新诗写作收获文名，却突然在2002年"勒马回缰作旧诗"，几年中即声誉鹊起，受到诸多诗人、学者的高度肯定，甚至被称为"为今后词的创作开辟了一个新的方向，建立起一种新的审美范式，提供了一个词体复活的成功样本，展现出词体艺术发展的乐观前景"[②]。如果我们把"网络诗词"理解得宽泛一点，认为可以包括所有"网络时代的诗词创作"的话，那么，蔡世平当然是"网络词坛"一个值得关注的特殊存在。同时因为上述原因，我们姑且引"点将录"之例，称之为"旧头领"。

蔡世平，湖南湘阴人，高中毕业后回乡务农，旋入伍戍边，驻扎西北边陲多年，转业后历任《岳阳晚报》副总编、岳阳市委宣传部副部长、中华诗词研究院副院长，现供职于国务院参事室国学研究中心。著有《大漠兵谣》《回忆战争》等，词作结集为《南园词》，以《南园词

---

① 未刊稿。
② 王兆鹏语，见蔡世平《南园词》腰封，中国青年出版社2012年版。

话》三十七则作为代序。

单以词话而论,《南园词话》也是极具神采、不容忽视的一种。作者以散文诗的语言传递出了特属于词的"生命感",它构成了蔡世平词创作的指导性理念,并由此散射出"总是星星点点地亮着"的"词意"[1]。且看下面这几则:

> 词是什么?词,是古人创造的既能通天入地,又能探幽访秘的"神器"。词的神奇性在于,能以最精短的语言实现人性的深度表达,又能以最快的速度抵达人类遥远的精神故乡。那里有父亲的微笑,母亲的叮咛。
>
> 词是一个生命体,它能呈现给读者一种生命状态。
>
> 词是生命的舞蹈……时时拨弄一颗颗柔软的心灵。
>
> 词人,是那种把世界放在心中的人。世界就是他生活的村庄和桑园。他进进出出,大大咧咧。有时候指鹿为马,有时候命草成花。裁云剪月,呼风唤雨,全不看别人的脸色。
>
> 泥土养育万物,当然也养育了词。在我看来,凡是不能落地生根的东西,是不能拿来栽培词意的。不信你试试。词是灵物,她喜欢干净的青山绿水。
>
> 对我来说,词只是一种乡愁,是归乡路上的一个浅笑,抑或一声叹息。[2]

角度多端,言语各异,但主题只有一个——生命。生命的感受可以是"千里万里,山奔雷驱""如有万古,入其肺肝"的宏大苍莽,也可

---

[1] 《南园词话》第三则,《南园词》,第11页。
[2] 分别为《南园词话》第一、二、十二、三十三、三十五、三十七则。

以是"秋老茅屋,檐虫挂丝""荷露入握,菊香到瓶"的细腻深微。①在兼容这些境界的同时,蔡世平更加看重以自然万物为中心的生命的万般律动。所以他一直强调:

> 词笔要深入生活的细部,也要深入灵魂的细部。越细越深刻,越细越丰富,越细表现力越强。当然,细不是芝麻绿豆,婆婆妈妈。细是血的颜色、心的温度。

> 民间和土地的智慧永远值得珍视……写词就如乡民拔萝卜,要拔出萝卜带出泥才叫好。读者看到词上的"泥土"和"小须毛",自然感到亲切和温暖。

> 语感就是语言的气息,流贯、畅通。呼吸它,会有色彩、声音、气味,以及毛茸茸、热乎乎的感觉,向你靠过来。②

无论是"血的颜色、心的温度",还是"泥土"和"小须毛",或者"毛茸茸、热乎乎的感觉",那都是新鲜的、暖和的、芳香的生命的动感。只有敏锐地感受、捕捉到,并且艺术化地表达出来,词才有价值,才能配称为"词",所以他才在篇幅不大的《词话》中重复指出:"词在鱼背上雀毛边,谁能骑鱼背谁就有可能成词人。"③

带着这种对生命感的格外尊重,蔡世平的创作理念必定是大开大阖、回归本位的。他可以直接撩去那些令人头疼的理论纠葛而昂然宣告"古人只是把词写好了,但却没有把词写绝了。生命没有终结,词就不会终结。所以,今天我写词"④。这诚然是建立在独特的生命体验与创作观念基础上的自信的姿态,由此扩展及"当代词",词人当然也是充满信心的:

---

① "千里"二句出自郭麐《词品》之"雄放""感慨","秋老"二句出自杨夔生《续词品》之"闲雅""灵活"。
② 《南园词话》第七、八、二十一则。
③ 《南园词话》第三、二十九则。
④ 《南园词话》第十九则。

当代词是到了放鸟出笼、放虎归山的时候了。当代词如果还封闭在宋词清词里，自我陶醉，自我欣赏，路只会越走越窄，直至成为非物质文化遗产。开放的眼光，开放的胸襟，开放的笔墨，是当代词应有的姿态。

当代词居住在一个豪华的房间里，风来八方，是因为窗开四面。一扇开向传统，一扇开向未来；一扇开向东方，一扇开向西方。只要展翅，就能飞翔。

长期的比较优异的现代诗与散文创作给了蔡世平融通的眼光，传统未来，东方西方，在他这里都不成其为问题。指鹿为马，命草成花，裁云剪月，呼风唤雨，只需遵从生命本体活泼泼的律动就够了，"全不看别人的脸色"，"绣口一吐，便半个宋朝"。① 这不是狂妄的呓语，而是元气淋漓的"当代"立场，具有着难以辩驳的理论魅力。很明显，"当代"成了蔡世平言说的另一个重要主题词，具体到词的语言层面，他也有一针见血的"当代"论：

语言是一条河流，流动才显出生息。当代人的词应通过当代人的语言组合、安排，出现新的意义和可能。让读者大吃一惊，话还可以这么说，词还可以这么写。

狗要叫，词语要跳。狗叫起来，行人就警惕了；词语跳起来，读者就不打瞌睡了。②

说得简洁、俏皮、精彩、通透，那么就可以看看"词语"在《南园词》中是怎样"跳起来"的了。

---

① 《南园词话》第二十三则。
② 《南园词话》第九、十则。

二 "江上是谁人，捉着闲云耍"

与光彩熠熠的词论相比，《南园词》似乎要显得单薄一些，但也确实在"生命""当代""跳起来"几个向度上做出了卓有成效的努力。先读《朝中措·地娘吐气》：

> 且将汗水湿泥巴，岁月便开花。闻得地娘吐气，知她几日生娃。　一园红豆，二丛白果，三架黄瓜。梦里那多蓝雨，醒来虫嚷妈妈。

词写早春，古今名篇已不计其数，但像这首生命力量几乎可以澎湃得破纸而出者则从所未见。"地娘"无非就是书面语的"大地母亲"之意，化为土气浓郁的口语，即转变出贴心贴肺的亲昵与感恩，题面已经先声夺人，词也通体灵妙。煞拍六字不徒与"知她几日生娃"遥相呼应，那种对土地的"信仰与宗教"一般的爱恋"移情"到闹闹嚷嚷的虫儿身上更是妙不可言。[1] 小词全是口语、常语，却历经千百锤炼而后妙手偶得。故作者有云："巧句易学，常句难求……艺术的至境就在一个'常'字。"[2]

与《朝中措》相比，《生查子·江上耍云人》的情感指向要显得模糊一些。爱情？命运？自然？……"衍义"或可阐读出"多重"[3]，而不求甚解、只沉浸于新巧的语感意境也未尝不是一种惊喜：

> 江上是谁人，捉着闲云耍。一会捏花猪，一会成白马。　云在水中流，流到江湾下。化作梦边梅，饰你西窗画。

---

[1] 蔡世平说："我来自乡村，我对泥土有一种深深依赖。泥土是我的信仰和宗教。我写不出词的时候，我就会去南园这里走走，那里看看。泥土会给你灵感和智慧，我的许多词都有泥土的影子。"见李凡《词随心动，心与词飞——专访中华诗词研究院蔡世平副院长》，《湘阴周刊》2015 年 11 月 11 日。

[2] 《南园词话》第二十五则。

[3] 宋湘绮：《西方文论下的旧体词》对本篇有着精细的多重解读，《船山学刊》2008 年第 1 期。

末句化用卞之琳诗意，但毫不损伤天然空灵的气韵，反增雅致。此类句子在《南园词》中相当不少见，如"才捏虫声瓜地里，又拎蛇影过茅墙""竹阴浓了竹枝蝉，犬声单，鸟声弯""撕它风片殷勤扇，纺个雨丝润细微""窗外一枝横，犹绿昨宵梦""你画莲光波上动，怕碰莲花，是怕莲花痛"等①，可谓好句纷披，扶疏摇曳。《浣溪沙·长白山浪漫》很容易写成空泛的讴歌应酬之作，蔡世平则能下笔入神，意匠独裁：

  挽得云绸捆细腰，男儿也作美人娇。且随松鼠过溪桥。　　须发渐成芝子绿，衫衣已化凤凰毛。山猴争说遇山妖。

下片可谓愈行愈妙。《鹧鸪天·观荷》之轻逸折转近乎郭麐，而"浓缩""折磨""又碰蛙声又碰荷"等句又确乎是"当代"人的"跳起来"语，足可一扫困意：

  我有池塘养碧萝，要留清梦压星河。时将绿影花浓缩，便入柔肠细折磨。　　闲意绪，小心歌，近来水面起风波。夜深常见西窗月，又碰蛙声又碰荷。

自上引作品可以看到，用文字使读者感受到"泥土"的清香、自然的"小须毛"是蔡世平独擅胜场的绝技。另外一些题材诸如军旅、怀古等也有佳作，但常常篇句不够平衡，不及《定风波·千载乡悲》之恻怛真挚。时作者挂职于岳阳市屈原区，词中有"烟火民间，几多感慨"②，但并非简单的"邑有流亡愧俸钱""疑是民间疾苦声"的翻版，而是带着现代文明特有的温度：

  又听渔婆斗嘴声，村官催费到西邻。十载乡愁羞感慨，无奈，

---

① 分别见《浣溪沙》（饕山餮水）《江城子·兰苑纪事》《鹧鸪天·春种》《生查子》（花月春江）《蝶恋花·画莲女》。

② 本篇小序。

总随屈子作悲吟。　蓝宙碧田生白发，还怕，呼儿买药病娘亲。土屋柴炊锅煮泪，真味，民间烟火最熏心。

另一首别具一格的作品当推《水调歌头·山鬼》：

是谁骑赤豹，身后带花狸。薜荔罗裙巧巧，且插桂枝旗。折把芳馨在手，展我窈窕身段，含睇向他兮。嫣然溜一笑，山鬼自痴迷。　呼来熊，招来兔，吃山梨。养个山村世界，活泼又生机。再遣电光雷雨，还有轻风淡月，同我听猿啼。独立山之上，好看乱云低。

不消说，灵感是自楚辞同题名篇而来，可以视为楚人苗裔对先贤的致敬。但蔡世平笔下的山鬼再也不是那个"折芳馨兮遗所思"的痴心少女，所处也不再是"石磊磊兮葛蔓蔓"的幽岭深林，而是"养"出了熊兔招呼、活泼生机的一个"山村世界"。蔡世平说，"婉约也好，豪放也好，写出人的真性情就好"[1]，这个心造的山村世界既是"当代"的，也是"性情"的，足以代表《南园词》的才情与精神境界。以年近半百之"高龄""回归"词坛，并贡献出为数不少的"开新"妙品，这位"旧头领"及其引发的"现象级"讨论诚然是值得深思的。[2]

第二节　"种子推翻泥土，溪流洗亮星辰"：论李子词

附　象皮、杨弃疾、殊同、
沙子石子、无以为名、崔荣江、小崔

我在2011年初正式介入网络诗词研究，在给予我"惊艳"——"惊为天人"感觉的诗人/词人中，李子无疑是极为突出的一个。此后

---

[1] 《南园词话》第十三则。
[2] 有关《南园词》讨论颇多，择其要如：2005年《洞庭之声》报称之为"蔡世平文化现象"，同年《文艺报》加编者按刊发两整版词。2006年中华诗词学会召开"蔡世平当代旧体词研讨会"，2007年《光明日报》发表《蔡世平与蔡词》专访。近年王雅平、宋湘绮等亦有相关论著。

不久,我完成《网络诗词平议》一文,遂借用了他《风入松》中"种子推翻泥土,溪流洗亮星辰"二句作为文章的主标题,以为它们"既隐喻着网络诗词满蕴张力的现状,也预言着网络诗词充溢光芒的未来"①。2013年,在编选《网络诗词三十家》时,我推李子为"天魁星呼保义宋江",虽半是戏言,也足见对其"开新"努力的赞肯与对其领军席位的确认。

一 "远离青史与良辰":李子的"日常生活"与"平民立场"

李子(1964—)系网名李子梨子栗子之省称,本名曾少立,祖籍湖南益阳,生长于赣南矿山,自某理工大学毕业后投考水泥工艺方向硕士,从此定居北京,先后做过销售工程师、网站管理员、翻译、杂志编辑等工作。1999年夏李子"偶遇一本龙榆生的《唐宋词格律》,就按上面的词谱,尝试填了一首《清平乐》。没想到这一即兴所为,会改变我的后半生。十年后,诗词这一极冷僻的文学样式,竟然成了我的职业"②。他坦承自己"半路出家,无根柢,无师承,无文人的雅趣",并特别强调自己"所写的,无非是平民记录平生感受而已"③。

问题是何谓"平民记录平生感受"?这里面首先透现出来的是"日常生活"与"平民立场"两个主题词④。他这样诠释"日常生活":

> 这实际上是一个写作题材的选择问题……我所说的日常生活,是指上班、柴米油盐吃喝拉撒为主体的生活,恐怕我们百分之九十的时间花在这上面。从道理上来说,什么事经历得越多,在诗词中反映得也应该越多。至少我的诗词是这样的……有很多诗词主角不是我本人,但肯定是我日常生活中经历过的事。⑤

---

① 《文学评论》2013年第4期。
② 李子:《远离青史与良辰——谈谈十年诗词写作的心得》,网文。2013年李子创办北京香山国诗馆,以授诗传道自任。
③ 李子:《远离青史与良辰——谈谈十年诗词写作的心得》,网文。2013年李子创办北京香山国诗馆,以授诗传道自任。
④ 在百花潭网站对李子的一次访谈中,李子总结自己诗词的四点特色,其中两点为"日常生活"与"平民立场",见《李子访谈录》,网文。
⑤ 《李子访谈录》,网文。

书写这些占了我们"百分之九十的时间"的"柴米油盐吃喝拉撒的生活"的意义何在？李子的下面一段自白显得激切一些，对"文人雅趣"的批判性也更强："诗词既为文学，就不可能一个人学另一个人，就不可能当代完全继承前代，而是必须跟着时代走，跟着作者的人生走。正是对这一本质问题的认识不清，才导致当代诗词创作的许多怪现状。很多人写的诗词，即便……从头读到尾，也看不出他的人生，甚至看不出他的职业、年龄、性别等基本情况。他不写占他一生百分之九十时间的日常生活，专写那百分之十的'雅事'，写诗酒风流，写休闲，写游园，写伤春悲秋……这不是咄咄怪事吗？"[1]

在李子看来，对日常生活的书写原来是事关"跟着时代走，跟着人生走"的"本质问题"的！所以他心目中的优秀诗人必须具备"超强的抒写日常生活的能力"："现代每个人是社会大网的一个节点……每个节点都不同。最能突显这种不同的，是日常生活细节，而那些'雅事''大事'，则具有相当程度的趋同性。只有大量的日常生活进入诗词，诗词才不会贫血，才能更接近文学的本质。"[2]

把"日常生活"抬到如此攸关生死的理论高度者，李子即便不是第一个，那也是罕见的说得通透的一个，而且，在李子那里，"日常生活"其实包蕴着他独树一帜的创作的诸多"道法"。比如他说，"抒写日常生活和拓展现代审美，两者紧密相关，甚至可以说是一个硬币的两面"[3]，又比如，作为备历艰辛的"北漂"平民，他在书写日常生活时当然会无可选择地站在"平民立场"。具有巨大包容性和强烈发散性的"日常生活"是李子的出发点，也是我们理解李子的出发点。

不妨就看看"平民"李子的"日常生活"：

一盏高灯吊日光，河山普照十平方。伐蚊征鼠斗争忙。　大禹精神通厕水，小平理论有厨粮。长安居久不思乡。

——浣溪纱·租居小屋

---

[1] 《李子访谈录》，网文。
[2] 《李子访谈录》，网文。
[3] 《李子访谈录》，网文。

一孔方来七孔骄，坐堂包养小平猫。黄粱未熟水泥窑。　蛋在生前多白扯，肉于死后便红烧。手提河蟹挂天巢。

——浣溪沙·忆承包败绩

方便面，泡软夜班人。一网消磨黄永胜，三餐俯仰白求恩。蚁梦案头春。

——望江南·夜班

写字楼西月有霜，小编生计冷于墙。时文颇似迷魂药，大事还推隔夜粮。　声旷寂，影幽长，起身添得厚衣裳。加红抹黑知多少，十里华灯此未详。

——鹧鸪天·夜班

在逼仄陋室伐蚊征鼠的困窘房客、见惯了"白扯蛋"的亏本承包商、被方便面"泡软"的网管、"隔夜粮"尚在未知的夜班"小编"，这就是李子一地鸡毛的"北漂"日常生活。诸如"蛋在生前多白扯，肉于死后便红烧"之类的嬉笑就很被一些"雅趣文人"翻了白眼，口诛笔伐，可是尘色依旧说得好："这样的诗，字句解读很容易，甚至会被嘲笑，然而其背后的惨痛嘶嚎，却非每一个读者都能读得出来的。"[①]面对困境、逆境，调侃从来就不是怯懦，而是勇敢和洒脱；幽默也从来就不是逃避，而是心酸和愤激。《鹧鸪天》中"时文"二句难道不是龚定庵"避席畏闻文字狱，著书只为稻粱谋"一联的苗裔？那些滑稽的笑容中是蕴蓄着苦涩和力量的。

《望江南·北漂》与两首《鹧鸪天》是李子"日常生活"词中引起过很多共鸣的，也可一读：

[①] 《断裂后的修复——网络旧体诗坛问卷实录：天台、伯昏子、齐梁后尘、尘色依旧》，《新文学评论》2014年第4期。按：尘色所谓"这样的诗"举"暴酒狂花夜不伦，很牛很鸟很天真。袒胸吃罢猪头肉，来做神州操蛋人"一首为例，实际也应包括上引诸篇。

蓝天上，一朵北漂云。我亦如云偏有梦，云还如我亦无根。明日赌青春。

生活原来亦简单，非关梦远与灯阑。驱驰地铁东西线，俯仰薪金上下班。　无一病，有三餐，足堪亲友报平安。偏生滋味还斟酌，为择言辞久默然。

三十余年走过来，空茫剩得旧形骸。徘徊有涉安危界，坎坷无关上下台。　千万里，一双鞋，走山走水走长街。肩头着尽风和雨，偏是人寰走不开。

"漂"在大城市、驱驰地铁俯仰薪金的上班族谁没有过"报平安"时"为择言辞久默然"的经验？谁没有过"肩头着尽风和雨，偏是人寰走不开"的无可奈何？谁又没有过"明日赌青春"的咬紧牙关？昔日黄景仁有"全家都在风声里，九月衣裳未剪裁"的"北漂"名句①，二百多年后李子毋宁似之？不同之处在于，黄氏还有"坐来云我共悠悠"的轻逸②，李子笔底则只剩下庄子式的"是云是我"的迷茫了。

然而这就是全部的日常生活么？每个人的日常生活都是具象、琐碎的，诗人并不能例外，然而诗人之所以为诗人，正是因为他/她具有超越"走不开"的日常生活的精神能量，而且，越是优秀的诗人，这种超越能量也就越巨大。李子如是说："你到世间来一趟，他们不说原因。一方屋顶一张门。门前有条路，比脚更延伸。　一块石头天不管③，你来安下腰身。远离青史与良辰。公元年月日，你是某行人。""远离青史与良辰"正是"日常生活""平民立场"的宣言，可是"青史""良辰"真的能"远离"？"公元年月日，你是某行人"的模糊时间坐标不正是超越性的一种表达？

---

① 《都门秋思》。
② 《黄鹤楼用崔韵》。
③ "天不管"原作"三不管"，改后佳。

二 "老树枝头岁月,粗瓷碗底村庄":李子的人文温度与哲学品格

日常生活是柄双刃剑,它既是使诗词"不会贫血"的营养,同时也是相当严紧的束缚。我的意思是说,如果李子一味写"柴米油盐吃喝拉撒",没有带着人文温度与生命意识去对抗与超越,那就只能陷入日常生活的井底污泥,从而充其量成为"北漂文学"的一小家数而已。

火热的日常生活里从来就不匮乏人文温度,关键是诗人有没有那样的情怀、眼光和笔力。且看《风入松·出台小姐》:

> 大城灯火夜缤纷,我是不归人。浅歌深醉葡萄盏,吧台畔、君且沉沦。莫问浮萍身世,某年某地乡村。 梦痕飘渺黑皮裙,梦醒又清晨。断云残雨青春里,赌多少、幻海温存。一霎烟花记忆,一生陌路红尘。

在古代中国,青楼是文人着力书写的重要题材之一,几乎无人笔下无之,且进而构成研讨中国文化、文学的一个重要门类。① 自新中国成立,娼妓被取消合法地位,在社会史、文化史、文学史层面的描述也相应销声匿迹。近数十年,这一古老行业死灰复燃,在叙事性为主的文学体裁中早已多有表现,诗词写作中则绝无涉及。与古典传统中同类题材进行历时性比较,我们会发现,李子的立足点全然不同。他既不是轻薄的玩赏和戏谑,也不是生死以之的爱怜和眷顾,更不是常见的站在高处、满怀优越感的指手画脚。词人带着平等和温情,对"出台小姐"的"浮萍身世""烟花记忆"倾吐出理解、同情、无奈和感伤。"断云残雨青春里,赌多少、幻海温存""一霎烟花记忆,一生陌路红尘",这样的句子更是从具体的社会身份抽象出普泛性的人生底蕴。《如梦令·"六一"儿童节写给大连空难遇难儿童》也是滚烫的作品,愈清浅,愈简单,愈催人之泪。胡僧《一纸行》不嫌其尽,这首《如梦令》则不嫌其短:

---

① 可参陶慕宁《青楼文学与中国文化》(东方出版社 2006 年版)、龚鹏程《中国文人社会阶层史论》(兰州大学出版社 2005 年版)等。

再没飞机诓你,再没老师熊你。你住那房间,仍像咱们家里。孩子,孩子,过节也该欢喜。

乡村镜像是李子以人文温度对抗凡庸日常生活的另一种利器。他说:

> 我所生活的江西大余县漂塘钨矿是一个大山沟里的国营企业……上世纪七十年代的大山沟贫穷而宁静,有一种灵性的别样之美……我的诗词塑造了这样的一群山里人,他们是我本人,也是我的伙伴。他们是"腰上柴刀藤挂,肩头柴伙藤缠"的砍柴人,是"黄泥朽叶两层深,鞁面伏腰乌十指"的挖冬笋人,是"卖个转圞钱,妻儿等那边"的赴圩人,是"肝胆风寒,头颅酒热"的老猎人,是"青枝摇曳红酥手"的山妹子,是"一支张口调,几抹印腮霞"的小山娃,是"拨烟柴火灶,写字土灰墙"的读书娃,是"夕阳红上快镰刀"的割禾人,是"旱烟杆子谷箩筐"的老爹老娘,是"几只火笼偏旺,一坛米酒偏黄"的新郎新娘……他们还是"弹弓在侧鸟窝偏"的快乐童年,是"对山她却喊人名"的泼辣爱情,是"春联好事成双"的美好憧憬,是"红椒串子石头墙,溪水响村旁"的农家生活,是"雨后艳阳天,山山红杜鹃"的别样绮丽,是"百岭森罗山抱日,一溪轻快水流天"的宁静时光。①

短短十数年"贫穷而宁静"的山村生活给了李子充满温情的无限怀想,它们会像母亲抚摩自己头发的双手,提供足够多的暖意来抵御冰冷的水泥丛林。赴墟人、山妹子、老猎人、读书娃……这些山村镜像固然是实存的,可也毋宁说是被敏慧心灵加工过的。那样恬淡静谧,那样暖意融融,都横卧在词人的记忆深处。

似乎应该全文读几首,仅靠断句的热量显然还不够让人感受到那份温暖:

---

① 《远离青史与良辰——谈谈十年诗词写作的心得》。

炊烟歇了，村口翁和媪。月下群山苍渺渺，迢递数声飞鸟。树林站满山岗，石头卧满河床。三两油灯土屋，禁他地远天荒。

——清平乐·山村之夜

一村老小，黄土生青草。打闹牛羊歌唱鸟，花朵见谁都笑。炊烟摇动天空，点燃落日之红。多少河流走过，石头睡在风中。

——清平乐

蟒雾拖山黑，鹞风簸露圆。石翻俥鼓水翻弦，隐约一坡青果讲方言。① 木客收残月，天光出峒边。半村烟起半村眠，屈指红霞烧去梦三千。

——南乡子·乡村之晨

红椒串子石头墙，溪水响村旁。有风吹过芭蕉树，风吹过、那道山梁。月色一贫如洗，春联好事成双。 某年某日露为霜，木梓赶圩场。某年某日三星在②，瓦灯下、安放婚床。几只火笼偏旺，一坛米酒偏黄。

炊烟摇曳小河长，柴垛压风凉。有关月亮和巫术，砍山刀、聚在山场。麻雀远离财宝，山花开满阳光。 旱烟杆子谷箩筐，矮凳坐爹娘。铁锅云朵都红了，后山上、祖墓安祥。老树枝头岁月，粗瓷碗底村庄。

——风入松

对于这样芭蕉风般吹拂心头的词篇，我们一方面可以"摘句图"的方式求之字句之间，如"树林站满山岗，石头卧满河床""打闹牛羊歌唱鸟，花朵见谁都笑""隐约一坡青果讲方言""老树枝头岁月，粗瓷

---

① 李子自述云此篇仍考虑修改，"一坡"或改"七坡""十坡"，窃以为"一坡"即"满坡"，非数字实指，不改为佳。
② "三星在"一作"天无雨"，亦佳。

碗底村庄""月色一贫如洗，春联好事成双"之类句子，"虽不识字人，亦知是天生好言语"①，另一方面，我们更应该给出属于它的诗史坐标。

自东晋陶渊明把田园真正纳入审美与文学的视野以来，历代均不乏高手佳作。就其主旨，则大抵可归为表达清逸姿态和疾言民生苦难两类，总之诗中均有作者或飘洒或忧患的投影在。李子对此有一针见血之论："中国古代的山水田园诗人，其心理总不出隐士与游客之间，而于山民原生态，于生活苦难，总隔了一层。即便是陶潜……与农人仍有微妙的差异。至于今人……总免不了要羡赞一下，然后表达归隐的愿望，实在矫情得很……我作为一个曾经的山民写山里人，就是要努力还原生活的原生态，还原'真'，不再玩雅趣、玩高洁、做游客、做隐士。"②带着这样的认知，他提出"以物证心"之说：

> 具体说，就是在诗词中尽量多做客观白描，尽量少用价值判断和抽象概念。好比一部故事片，自有它要表达的主旨，是谓"心"，然而这个"心"却要尽量让观众通过故事本身来体会，而不是时不时地弄出一堆画外音、解说词来……举个例子，"那时真好，黄土生青草"——"那时真好"这样的价值判断就很无谓，要坚决改掉。我改成了"一村老小"，这是白描。如果要说我的诗词特点，"以物证心"应该是首要的。③

我并不完全同意李子改掉"那时真好"四字，以为口角宛然，自有天趣，然而这一自白对于理解其"乡村镜像词"至关重要。李子的"以物证心"当然不是标榜"无我"，因为"物"乃是过程，终点还在于"心"，但我们又不能不指出，李子笔下的村庄是最为冷静的，也最为热烈的。冷静是因为作者只精心剪裁某些镜头，依序放映"默片"，全无"画外音"或"解说词"；热烈则是因为在作者的沉默背后，跳荡着对乡村魂萦梦系的珍爱和挂牵。这样的冷静与热烈的相融构成了李子

---

① 宋晁补之称秦观《满庭芳·山抹微云》中"斜阳外，寒鸦万点，流水绕孤村"数句"虽不识字人，亦知是天生好言语"。见胡仔《苕溪渔隐丛话》后集。
② 《远离青史与良辰——谈谈十年诗词写作的心得》。
③ 《李子访谈录》。

乡村词的异样张力，因而与前文所述许白凤等共同构成了田园诗史前所未有之奇观。我们有把握这样说：仅凭十几首乡村镜像类作品，李子即可以奠定自己在中国诗词史上重要的一席之地。

要补充的是，李子的这些山村记忆有时也不免凄厉与冷清，那是"原生态"与"真"不可或缺的一部分。读《临江仙·鬼故事。某人事故早夭，其宅遂传异事》：

> 大梦阴阳割了，居然疼痛生根。重来无复旧时真。用风声走路，以血迹开门。① 　我子床头酣睡，我妻灯下凝神。洗衣机响灶煤焚。夜深邻里静，我亦一家人。

人文温度烧热了日常生活，但没有生命意识的深度介入，势必也无法抵达人性深处，凸显思辨境界与哲学品格。李子在这一向度上的表现无疑也是值得称道的。试读《清平乐》与《踏莎行》：

> 颓墙老屋，四下喑呜哭。鬼影缤纷相倒仆②，生死那般孤独。铁中颤响寒风，灯如朽夜蛆虫。我把眼帘垂下，封存一架时钟。

> 黑洞猫瞳，恒星豆火，周天寒彻人寰坐。我来何处去何方，茫茫幻像云中舸。　沧海沉盐，荒垓化卵，时空旋转天光堕。小堆原子碳和氢，匆匆一个今生我。

诚如檀作文所说："诗词传统中的忧生之嗟包含了终极关怀的萌芽，李子将传统的忧生之嗟进一步推广，对于'我'与'生'的追问更加彻底。"③《清平乐》追问的是孤独与时间，"灯如朽夜蛆虫"的意象已足够令人惊悚；《踏莎行》则以现代科学概念追究"存在"这一永恒哲

---

① 此二句又作"用风声走路，以黑暗开门""用残尸走路，以碎骨开门"等，定稿作"用头颅走路，以骨血开门"，窃以为上文略胜。
② "颓墙"三句原作"白墙之屋，陌路遥声哭。鬼影三千能覆国"。
③ 檀作文：《颠覆与突围——"李子体"刍议》，网文。

学命题，表达的是"只有碳－氢长链构成的易朽肉身，没有轮回和天堂"的"唯物论者"特有的"敏感和悲观"。[1] 至于前文论观堂词部分尝征引过的《绮罗香》更是将传统的"忧生之嗟"整体性推到终极关怀的高度，毋论是"死死生生，生生死死，自古轮回如磨。你到人间，你要看些什么"的尖锐提问，还是"是谁在、跋涉长河；是谁在、投奔大火。太阳呵、操纵时钟，时钟操纵我"的痛切感喟，都给人带来无比巨大的内心震撼。对于现代人而言，那种烈度当然不是古典话语所能等比的。

由个体生存铺展至人类命运，李子的忧思显得更加深邃广远。他说：

你在桃花怀孕后，请来燕子伤怀。河流为你不穿鞋。因为你存在，老虎渡河来。 你把皇宫拿去了，改成柏木棺材。你留明月让人猜。因为你存在，我是笨童孩。

——临江仙·童话或者其它

你把鱼群囚海里，你跟蛇怪纠缠。你教老虎打江山。因为你高兴，月亮是条船。 然后他们就来了，他们举火寻欢。他们指认鼎和棺。他们摸万物，然后不生还。

——临江仙

这两首词算是李子评价分歧最大的作品，用他自己的话说："这些……引起了广泛的争议和强烈的批评，被认为是所谓'李子体'……不可否认，它们与古人的悟道诗、玄言诗、哲理诗，确实有完全不同的气息，它们完全立足于当下，立足于今天的哲学和科学。"[2] 可以看到，在带着一点委屈做上面解释的时候，李子也是带着"确实有完全不同的气息"的自信与自豪的。

可是，怎样的"气息"才是"完全不同"？作者自己的阐说一定会

---

[1] 《远离青史与良辰——谈谈十年诗词写作的心得》。
[2] 《远离青史与良辰——谈谈十年诗词写作的心得》。

比诸多揣测和歪曲更加可信。《远离青史与良辰》中,李子告诉读者,《童话或者其它》是对人类历史的一种扫描:"芸芸众生……裹挟在人类历史的长河中随波逐流,无法把握历史的走向,就像那个永远猜不中谜底的'笨婴孩'。"《有一种词以整个人类为抒写对象》中,李子更明确地指出:"(你把鱼群)是一首典型的'人类词'。上片写造物主的'布景',下片写人类的'走台',把极其伟大而漫长的人类文明史,浓缩成一幕舞台剧……这里的'你'指大自然、造物主,宗教信仰者也可理解为上帝;'他们'指人类。上片的鱼、蛇、虎,以及下片的人类,都是……自然意志的体现。"①

这些主旨李子表达得如何?读者当然还可以见仁见智,评说纷纭②,但谁也无法否认词中透现出的悲悯情怀和哲思品质。仍然在前文论观堂与二十世纪哲理词部分,我曾有过判断:"'哲理词'之可行与否已经成了一个无需回答的伪问题。从二十世纪的筚路蓝缕、独辟蹊径,到二十一世纪的踵事增华、匠心别裁,这个词国的'边缘化'新品种必会走向蔚成大观的绚烂繁华。"这条珠围玉绕的发光带上,李子无疑是非常鲜亮的一个环节。

三 "果实互相寻觅,石头放弃交谈":李子词的语言特质与诗体交涉

八十年代中期,韩东提出"诗到语言为止"的多义性命题③,它至少指出了这样一个事实:"不管诗人的生命体验多么具体和独特,它们最终必须在诗歌语言中得到沉淀和凝结。诗人必须以对母语的创造性理解和运用来营构自身的价值体系。"④ 这一命题显然是广义诗学的,它

---

① 网文,见李子博客。
② 李子有云:"还有许多人,不习惯里面的'你、我'这类人称,不理解鱼何以是'囚'在海里,不能接受'桃花怀孕'的写法。这实质上是日常思维与哲学思维的矛盾,也说明旧体诗词整体上缺乏思辨",《远离青史与良辰——谈谈十年诗词写作的心得》。
③ 见韩东《自传与诗见》,《诗歌报》1988年7月6日。这个命题实际提出的时间要更早一些,约在1986年"现代主义诗群大展"之际。关于其"多义性",可参见小海《诗到语言为止吗?》(《作家》1998年第9期)、张学敏、薛世昌《再探"诗到语言为止"命题的语意能指》(《当代文坛》2013年第2期)等。
④ 贺奕:《"诗到语言为止"一辨》,《诗探索》1994年第1期。

完全适用于李子这样优异的格律诗人。李子认为，真正诗人的标准应该包括"哀乐过人的天性、非凡的想象力……还要有最后的心灵出口，就是表达这种哀乐和想象力的文字能力……没有最后的'临门一脚'，不能形诸文字，就什么也不是了"①，这与"诗到语言为止"论无疑不谋而合。

李子首先继承和发掘的是口语的特殊表现力。在前文我们多次说过，口语的选择绝不是单纯的语体问题，而是与"性灵"密切相关的诗学立场问题。李子未必有着很强的理论自觉，但他对口语的"创造性理解和运用"天然地站在了胡适、顾随、毛泽东、启功、许白凤等画出的流线之上，而且攀升到了"风流犹拍古人肩"的高度。这一点在前文征引过的诸多词篇已经可以清晰地感受得到，但还是有必要重温《临江仙·今天俺上学了》一篇：

> 下地回来爹喝酒，娘亲没再嘟囔。今天俺是读书郎。拨烟柴火灶，写字土灰墙。　小凳门前端大碗，夕阳红上腮帮。远山更远那南方。俺哥和俺姐，一去一年长。

《临江仙》是"高频"词牌之一，古往今来，无虑万首，但如此素朴本色又奇妙锤炼到极致者，未之有也。"小凳门前端大碗，夕阳红上腮帮"二句更是剔透晶莹，一派天机。至于前文启功部分引述过的《长相思·拟儿歌》虽不及此篇，也以那份盎然的童心童趣构成了对"性灵"的有力阐释。口语在李子词中的运用是整体性的，过多寻章摘句，转成赘疣，不妨"整体性"地再读几首：

> 腰上柴刀藤挂，肩头柴火藤缠。砍山人歇响山泉，一捧清凉照脸。　山道夕阳明灭，山深虫唱无边。山洼阿母主炊烟，家在山梁那面。
>
> ——西江月·砍柴人

---

① 《李子访谈录》。

藤筐压背行还急，山风不减单衣湿。六月艳阳高，赴圩红辣椒。　往来山里路，黄鸟鸣高树。卖个转圜钱，妻儿等那边。
——菩萨蛮·赴圩人

远山无数，无数风烟南北路。落日天涯，我是行人没有家。青衫如故，如故童年乌桕树。噪晚归鸦，那串凌空黑火花。
——减字木兰花

"从严从速"，拍案凛然书记促："反腐关头，这等贪官岂可留！"　一声枪响，二百来斤全给党。"书记从前……"，交代终于未写完。
——减字木兰花·来自反腐战线的惊险故事

《西江月》一短篇中用两"柴"字、两"藤"字、五"山"字，读之不嫌复沓，反如"一捧清凉照脸"，那是得益于口语的奇异表现力。《菩萨蛮》之"转圜钱"、《减兰》之"那串凌空黑火花"也都是口头妙语。至于"反腐战线"一首则浅白中大有跌宕，将口语针对当下的特有叙事功能发挥到了相当的高度。

优秀的诗人必定是出色的语言"玩家"。能将常见语颠倒错杂，如弄魔方，如捏泥塑，那也是李子擅场的绝技之一。檀作文在《颠覆与突围——"李子体"刍议》中特设一节论述李子之"颠覆词语"，颇见眼力。

所谓"颠覆"，指的是李子对词语衍变过程中吸附的"文化义""常用义"予以大力剥离，使其回复到"字面本义"或出现新的"转义"。如"解手"取"分手、放手"意，"镇压"取"压在下面"意，"破绽"取"绽放"意，"流传"取"流动"意，那就形成了这首独特的《浣溪沙》：

解手天涯亦简单，箧中镇压旧衣衫。奔波容易转身难。　遍野春花风破绽，千江秋月水流传。而今消得一灯残。

檀作文指出:"这种对'常用义'(或曰'文化义')的颠覆本身有一种反讽的效果。让人在赞叹……的同时,回味一下词语的文化义,于是读者也便在这个颠覆过程获得一种阅读心理上的默契和愉悦。"① 如此"回到本义"的"颠覆"在李子词中不算很多,真正"发扬光大"者要推后文附说的无以为名,倒是"转义"更加常见一些。如《临江仙》上片:

> 野笋抽条坳上下,千虫百鸟歌喉。灵蛇并舞草摇头。乱红山失守,新绿雨同谋。

不说乱红满山,而说山挡不住乱红,所以用"失守";不说春雨润新绿,而说新绿与雨"同谋"酿出春意。这样的"转义"无疑是别致新异、耐人寻思的,同时我们又应该看到,这是当代新诗的经典手段之一,其中明显蕴涵着新旧诗体交涉的重要命题。

新旧诗体交涉并非新问题。本书前文已经提到胡适自认其新诗"不过是一些洗刷过的旧诗而已",更花了不少篇幅专论"以新精神写旧体诗",从而昂然直入"大家"之席的顾随。站在网络时代回望,我们还是忍不住惊叹苦水先生的先知先觉与卓绝努力。他以"新精神"作成的"旧体诗"虽在当世影响未广,追随者少,评价也不高,但在数十年后却得到了众多高水平的呼应、传承与发展,李子就是其中一个令人无法回避的巨大存在。田晓菲在指出"在很多诗中,李子都有意模糊旧体诗和新诗的边界""一些诗作实际上完全可以称得上是'旧体新诗(词)'"之后,做出如下归纳:

> 李子创作的可以说是一种全新的诗,亦即属于二十一世纪的旧体诗。这种诗歌的力量,正来自传统诗歌形式和现代人的情感、语汇和意象之间的相互交涉……李子的诗有力地向我们证明,我们的批评话语不能截然地割断现代汉语旧体诗和新体诗之间的联系。它们是一枚硬币的两面,它们相辅相成、互相依存,它们都是现代汉

---

① 《颠覆与突围——"李子体"刍议》。

诗，它们之间尴尬的关系就是现代汉诗的主叙事。①

檀作文《颠覆与突围——"李子体"刍议》则单列"新诗对接"一节，来专题讨论李子的这部分作品，"说它是旧体，只因为在格律和用韵上是旧的。至于意象和风格，则分明便是新诗。说到深层的思维方式和表现手法，更是如此。用新诗的方法来写旧体，将李子与传统的旧体诗人区别开来"。他以为，真正实现了旧诗新诗对接的经典例证是《采桑子》和《忆秦娥》（平韵格）：

亡魂撞响回车键，枪眼如坑，字眼如坑，智者从来拒出生。
街头走失新鞋子，灯火之城，人类之城，夜色收容黑眼睛。

夜斑斓，乌鸦劫走玻璃船。玻璃船，月光点火，海水深蓝。
满天星斗摇头丸，鬼魂搬进新房间。新房间，花儿疼痛，日子围观。

确如檀作文所说：到了这两首作品，李子已不再像早期的"革命无关菠菜铁，埋人只合亚洲铜"②那样简单地移植一两个海子诗的意象，也不再那么捉襟见肘式地"演义"海子的原作③，"而是在思维方式和表现手法上，整个地逼近新诗"④。李子在回答《忆秦娥》"这首词究竟是写什么"的问题时如是说："我也不知道它确切是写什么。实际上，它是这样一种诗：其文本只有审美价值和模糊的意义指向，却没有唯一的解读，或者说它可以有无数种解读。每位读者都可以根据自己的经验和知识，来对它进行解读，或者不解读，只享受一种审美的阅读快感。

---

① 田晓菲：《隐约一坡青果讲方言：现代汉诗的另类历史》，宋子江等译，《南方文坛》2009年第6期。
② 《浣溪沙》，全篇云："摇落寒星大野中，千山顶上起苍龙。一天风色蓦然红。　革命无关菠菜铁，埋人只合亚洲铜。清尊时满亦时空。"又改作"一盏残情雪夜红，青衫客老广场东。后天火杖下秦宫。　革命风鸣丹棘铁，埋人花发亚洲铜。铁腥铜臭转头空。"
③ 李子有：《虞美人·读海子诗演其义》，海子诗为《七百年前》。
④ 《颠覆与突围——"李子体"刍议》。

它实质上是一种由作者和读者共同完成的诗……就是由一连串幻象构成的审美文本,可以因人而异地无限解读。"[1] 可以清楚地看出,李子对这首词的阐释完全使用了现代语码和现代理论。这也清晰地显示出,这些作品在本质上离新诗的距离甚至比旧诗还要更进一步。

其实"整个地逼近新诗"者还远不止这两首,以下几首都是令人满口生香的上佳之作:

> 秋雨三千白箭,春花十万红唇。流年旧事候车人,背对山间小镇。　酒肆阑珊灯火,歌楼午夜风尘。繁华似梦似青春,似你回眸一瞬。[2]
>
> ——西江月

> 让花欢笑,让石头衰老。让梦在年轮上跑,让路偶然丢了。让鞋幻想飞行,让灯假扮星星。让碗钟情粮食,让床抵达黎明。
>
> 蛇群站起,幻觉之城市。抹黑像框人便死,马路弯成日子。金钱和血纠缠,血和空气纠缠。阴影一声尖叫,高楼欲火阑珊。
>
> ——清平乐

> 以星为字火为刑,疼痛像雷鸣。互为火焰和花朵,受刑者、因笑联盟。金属时刀时币,天空守口如瓶。　突然夜色向前倾,然后有枪声。冬眠之水收容血,多年后、流出黎明。你在仇家脑海,咬牙爱上苍生。

> 南风吹动岭头云,花朵颤红唇。草虫晴野鸣空寂,在西郊、独坐黄昏。种子推翻泥土,溪流洗亮星辰。　等闲有泪眼中温,往

---

[1] 《远离青史与良辰——谈谈十年诗词写作的心得》。

[2] 本篇是李子本人最喜欢的词之一,原作"秋雨三千白箭,春花十万红唇。流光不老昔年人,成就天涯长恨。　耿耿缘因入梦,梦余倾入清樽。银钱柜上九番陈,买得刘伶身份"。按:读者有喜"秋雨"二句者,有喜"繁华"二句者,我则最喜"流年"二句,以为无限苍凉。

事那般真。等闲往事模糊了,这余生,我已沉沦。杨柳数行青涩,桃花一树绯闻。

天空流白海流蓝,血脉自循环。泥巴植物多欢笑,太阳是、某种遗传。果实互相寻觅,石头放弃交谈。　　火光走失在民间,姓氏像王冠。无关领土和情欲,有风把、肉体掀翻。大雁高瞻远瞩,人们一日三餐。

——风入松

把古典样式的词填到如此"现代",确实给读者带来了太多"阅读的惊诧"和"文本的愉悦"。[①] 只要不戴有色眼镜,做先入为主的臆断,我们也应该承认:由于新诗思维、新诗意象、新诗手法的介入,李子及其同人们的作品也确实"突破了唐宋大师古老词汇的重围"[②]。周啸天说:"李子词中有一些对句,如'种子推翻泥土,溪流洗亮星辰''果实互相寻觅,石头放弃交谈'是很好的。若非有爱于新诗,何来这等语言,这等妙思"[③],檀作文说:"李子这一类型的旧诗,实在是比一流的新诗还要好"[④],而李子自己也说:如果照这样写下去,他的诗就要变得和新诗无区别了。问题是,如果这样的话,为什么不直接写新体诗呢?他说他自己也搞不明白。[⑤]

其实也许不难"搞明白",答案或者就在于"越界"的魅力。在面对"现代"这个巨大命题的时候,新诗诚然有着格律诗词不能比拟的表达优势和掘进深度,但当那些现代诗歌质素被"越界"纳入格律框架,以另一种熟悉而陌生的面目出现的时候,它难道没有因"陌生"而"漂亮",因"漂亮"而获得震撼人心的艺术效应,因震撼人心而令我们重新审视自己生存的这个时空么?"诗歌"之为"诗歌",外在形式从来就不是第二义的,它是诗歌灵魂不可切割的核心部分。在此意

[①] 引申田晓菲语,见其《隐约一坡青果讲方言:现代汉诗的另类历史》。
[②] 田晓菲:《隐约一坡青果讲方言:现代汉诗的另类历史》。
[③] 见《添枝加叶踵事增华——周啸天教授访谈录》(网文)。
[④] 《颠覆与突围——"李子体"刍议》。
[⑤] 田晓菲:《隐约一坡青果讲方言:现代汉诗的另类历史》。

上说，网络诗词的这种"越界"实际上正推启了千年诗词史之外一扇新的审美之门。如田晓菲所说："李子诗……所具有的最大魅力，就在于这种新旧交界与混合……他的诗把旧体诗的形式、传统诗歌语言和现代语汇……语境交相措置，这种措置所产生的张力和反讽，是纯粹的旧体诗或者纯粹的新诗所不具备的。"①

四 李子词余论

李子不算高产词人，他自谦"是个极愚拙极懒散的人……完全是一种'试错式'的写作。每作一首，甚或每下一字，修改百遍以上是常事……故十年来，积稿不多，算来只有百余首"②，自2009年写下这段话至今，李子的作品数量并没有显著增加。2014年春，得李子赐示新作《鹧鸪天·小站》《南乡子·凳板龙》《少年游·春娥》三首，民俗味浓，诸如"满哥摩托思佳客，堂客槟榔点绛唇""头上黄毛，口中白字，哄笑赤腮窝"等句也见工力③；另如近作《水调歌头·香山夜饮》下片及《风入松·诗会》极其炫变，但比之高峰期诸作，尚有不及：

> 西红柿，方便面，菜一盘。萧萧红叶天畔，余事瞰长安。漫说霾深梦诡，翻见风鸣月变，站队点朝班。四面海潮起，鸦叫夜阑珊。

> 那天金谷众丧尸，火并阮和嵇。手持月亮为兵器，共遭遇，十架飞机。然后点燃烟草，捧红某段谈资。 那天李在曲江池，杜在浣花溪。老陶采菊东篱下，曹瞒曰：乌鹊南飞。大伙体温恒定，四肢对偶如诗。

但值得注意的是，李子2017年新作《皂罗特髻·罐笼在井》透现出了突围、新变的迹象，为他准备精心营造的"矿山系列"添上五味

---

① 《隐约一坡青果讲方言：现代汉诗的另类历史》。
② 《远离青史与良辰——谈谈十年诗词写作的心得》。
③ "满哥"二句出自《鹧鸪天》，满哥、堂客，皆湖南方言，即"小伙子""小媳妇"。"头上"三句出自《少年游》，用聂绀弩写女列车员之"口中白字捎三二，头上黄毛辫一双"句。

杂陈的浓重一笔。① 李子近年结束"北漂"生涯,返居赣南②,如同希腊神话中安泰获得大地母亲的力量,生于斯长于斯的乡土必定会提供更加丰美的滋养:

> 罐笼在井,有四月繁花,大山无际。罐笼在井,有灶烟摇曳。扶门望,罐笼在井,有红绳、放在窑衣内。罐笼在井,有矿灯迢递。　　今日罐笼在井,有新坟三四。却依旧,罐笼在井,却依旧、四月花如沸。罐笼在井,有女儿三岁。

> 罐笼在井,又四月繁花,嫁衣初试。罐笼在井,又灶烟摇曳。扶门望,罐笼在井,又红绳,放在窑衣内。罐笼在井,又矿灯迢递。　　今日罐笼在井,又三年夫婿。却依旧,罐笼在井,却依旧,四月花如沸。罐笼在井,又父亲长睡。

孙黎卿、曹辉如此解说这两首新作:"它写了母女两代人,四个时间节点。第一首上片母亲新婚,下片女儿三岁;第二首上片女儿新婚,下片婚后三年父亲去世。母女俩都是矿工的妻子,一生做着同样的事……因此第二首皂罗特髻除了用一个'又'字表现时间推移之外,其他均高度重复第一首。这种不厌其烦的重复,意指两代女性命运的轮回……可以说,'吞噬与轮回'是底层矿工的宿命,也是李子这篇(组)杰出作品的深刻主题"③,以"杰出"二字称之,并不为过。

从这些情况看来,我们宁可相信李子创作正处于一个"积淀潜藏"期,同时,依据目前的创作状况也已经可以做出比较清晰的判断:只有"寒酸"的百余首创作量,李子就提供了从日常生活、平民立场到人文温度、哲学品格再到语言特质、诗体交涉等几乎全方位的理论分析价值。放眼千年词史,以"开新"气派达到如此水准的词人能有多少?

---

① 李子与笔者交流时谈及欲打造"矿山系列"词作。
② 李子有《浣溪沙·甲午岁,余届知命,返里僦居,时矿山大部下马》:"千里归来老故园,孤踪栖托废窿边。野风漫卷尾沙烟。　　对雨苍凉消永夜,与山和解趁生年。从今缘劫只由天。"
③ 孙黎卿、曹辉:《遇见那片神秘的大山:李子诗词中的巫蛊气息》,网文。

他的词史位置应该摆在何处不是很容易得出结论么？在回答百花潭"你认为你的诗词能否流传"的问题的时候，李子显得相当淡定而自信。他说："我认为我的诗词流传的可能性还是有的……当代诗词普遍对现代审美的拓展不足，对日常生活的抒写严重不足……这两点……是流传的重要因素，我虽然做得还很不够，但……毕竟有所尝试，时机赶得好，矮个里拔高个，没准就拔到我了。"①

但愿李子的预言能够成真，但愿他能如推翻泥土的种子、洗亮星辰的溪流，在芬芳的词苑里生动透亮地开花结果、淙淙作响。

五　"看我空中起舞"：论象皮词

李子成名于网络，也在网络上遭遇了相当普遍的攻讦，大抵皆不可语冰之类。倒是与李子风格相近或受其影响者中颇见颖秀，象皮与杨弃疾就足称李子的"护旗中军骁将"。先谈象皮。

象皮，网名又作莫谈诗，本名靳晖，生于七十年代初，郑州人，供职某出版社期间尝主持出版《网络诗三百》，率先对网络诗词予以初步扫描确认，厥功甚伟。② 象皮词以灵动见长，较古雅者如《虞美人》与《河满子》：

> 人生未料知如果，轻薄原为我。南风吹过许多时，逝去都归逝去莫谈诗。　东楼遥想高千尺，恍惚天边赤。轩窗推罢梦难成，听得曾经听得夜机声。

> 梦里飞花别院，醒时丝雨临窗。心似蝶儿停落处，当时人去凝香。莫道犹然衣紫，那堪从此灯黄。　闲看浮生六记，慢吟风月千章。记得南屏钟乱处，上天许我清狂。执手重温旧愿，折梅再访钱塘。

《虞美人》上下两结九字句皆极其回旋，笔致之巧原因用情之深。

---

① 《李子访谈录》。
② 大象出版社 2002 年版。

《河满子》写西湖畔一段旧情事,心绪折叠而笔致流宕。"衣紫""灯黄","浮生六记""风月千章",工丽而沉郁。2003年前后,网络诗词进入全面"井喷"期,象皮也在此际渐入佳境。读《菩萨蛮》二首:

> 黑云不过匆匆客,我之梦境成蓝色。月下白衣裙,素妆清减身。　风行愁自远,千里连江岸。新草几时萌,忽然听雨声。

> 谁知晴夜飘然雨,谁弹蓝调无情绪。已是病来侵,眩晕仍苦吟。　言欢成昨日,不敢留消息。每读更思卿,手机长久擎。

前篇"词眼"在"听雨"二字。"新草几时萌,忽然听雨声"既从谢灵运"池塘生春草,园柳变鸣禽"化出,又与李义山"留得枯荷"相映成趣。其意境有古典的一面,然而杂入"我之梦境"一句现代语,即生光彩。后一首"蓝调""手机"也是现代语,如果"守正"一点,换作"琵琶""鱼书"一类,亦非不佳,毕竟要隔一尘。由此开端,象皮词进入了语汇与格律发生"有机反应"的新阶段。如《清平乐》:

> 天边很黑,我梦游江北。是你么轻轻叹息,约略儿些疑惑。落花恋恋枝丫,随之影子篱笆。萨克斯声吹起,风停雨住归家。

> 按回车键,换老歌经典。再也难眠都已惯,昨日心情重现。当风吹过芭蕉,羞红一抹垂腰。此刻伊人在否,梦中滑铁卢桥。

> 盲之蝙蝠,黑暗中成熟。命运怎么能屈服,侧耳倾听风速。声波指点迷藏,内心自有阳光。看我空中起舞,自由自在飞翔。

> 可曾记得,斯卡波罗集[①]。遍地盛开兰草碧,还有人儿伫立。老歌又上高楼,春风着意排忧。检点亚麻衫裂,攒眉谁与重钩。

[①] 即斯卡波罗集市,英文作"Scarborough Fair",经典英文歌曲,曾作为名片《毕业生》(*The Graduate*)的插曲,曲调凄美婉转。

"有机反应"的魔力是显而易见的。无论是"是你么轻轻叹息，约略儿些疑惑""按回车键，换老歌经典"，还是"命运怎么能屈服，侧耳倾听风速""可曾记得，斯卡波罗集"，以及前文征引过的"什么是爱，为什么存在"①，都将现代口语点化剪裁得修短合宜，剔透玲珑。象皮《数雪集序》有云："吾旧事多不称意，一生恨事，总在雪中，然读旧句'前途细数三重雪，一笑东风立早春'，觉吾犹不失信念，必不永久沉沦"，"盲之蝙蝠"一篇与之意旨略同。面对"恨事"能葆有"内心阳光"，能放言"看我空中起舞，自由自在飞翔"，实为所有不屈服命运者之赞歌。

象皮的《水调歌头》一调也是佳作琳琅，《一千零一夜迪厅》就特有意味。迪厅，红尘色相之集散地，而词开篇用佛家语，即有解悟心、悲凉意。煞拍二句即空即色，大有禅味。李子《风入松·出台小姐》之作我尝诧为奇观，得此"迪厅"，允称"双璧"矣：

一切憎俱舍，惟爱不能忘。迪歌厅里声仄，晃动着迷茫。醉也今宵醉罢，从此前尘难再，暗自看卿狂。为谢托心话，我亦是荒唐。　曲暂歇，酒暂醒，转平常。莫留此处起舞，未必换愁肠。天意令人孤独，长笑何须更哭，细品味悲凉。明月回时路，带起夜来香。

另一首"千里独孤意"是传统的赏梅词，而语式意境皆能翻新出奇，煞拍尤其沉慨：

千里独孤意，我踏雪而来。楼窗极目望断，望不尽长淮。最是断肠时候，忽得故人消息，报道一枝开。惟有暗香赠，倩我上高台。　折在手，爱在手，诉情怀。纷繁休说天下，处处总阴霾。当哭青蝇浊水，却笑白云苍狗，何必想蓬莱。三十三天外，一样的尘埃。

---

① 我尝感和"象皮体"三首，即用此二句。姑录其一，以志因缘："什么是爱，为什么存在。人生自是有情债，重吟细把无奈。说到往梦沧桑，坐到月斜西廊。不如清歌一曲，沉醉换却悲凉"。

象皮 2003 年后匿声网间，十年后重现，以《落花诗》九十九首纵横谈"家国诸事"①，笔调甚锋锐，而未见词作。综论其词之品格特质，最与李子接近，而能自成峻岭，不为所掩，亦一时俊杰也。

六 "春在一行杨柳，两个小黄鹂"：论杨弃疾词

网间名词家中，最明确声称受到李子巨大影响的是杨弃疾（1972— ）。弃疾自述 2000 年上网读李子词后，将此前作品悉数删除，路数为之一改。② 其词之灵性洋溢，口语运用出神入化，颇有李子也难到之处。如前文尝征引的《减字木兰花·失学儿童》，过片用"噢乖听话，你的明天美如画"即是神来之笔。再如这几首童趣盎然的小词：

> 四月春装小背心，三年出落小千金。屋后为何有山靠，欢笑，喜欢就可以登临。　山里神仙都不老，真好，新鲜空气绿森林。到底林中多少鸟，奇妙，什么鸟也有知音。
>
> ——定风波·豆儿

> 月亮是银梭，织个纱窗星满河。带你漫游仙境里，陀螺，转出风中色彩多。　野果满山坡，秋色金黄装满箩。一个南瓜就能够，婀娜，再见青蛙王子哥。
>
> ——南乡子·儿歌

> 红豆生南国，春来发几枝。愿君后面是啥词。是愿君多采撷，此物最相思。　我再难难你，春天在哪儿。再难也不是难题。春在花期，春在草离离。春在一行杨柳，两个小黄鹂。
>
> ——喝火令·儿歌，给我家宝贝的……

何谓"童心"，何谓"性灵"，在"到底林中多少鸟，奇妙，什么鸟也有知音""春在一行杨柳，两个小黄鹂"中可以找到最佳答案，足

---

① 象皮《落花诗序》。
② 杨弃疾为笔者编纂之《网络诗词三十家》自撰小传。

与李子"打闹牛羊歌唱鸟,花朵见谁都笑"一竞高下。《临江仙·命题作文,想老婆了,时余在上海,妻在济南》与《好事近·周庄,四月十日,晴》两首风怀之作也是性灵栩栩:

> 第一吴门先拆掉,再来抹去金陵。徐州削却泰山平。苏州桥下水,直到济南城。　一叶扁舟就能到,约侬日暮溪亭。不须月也不须星。藕花深处事,鸥鹭莫相惊。

> 仍是在双桥,我问玉兰开未。最好擦身雨里,趁桨声灯市。梦如剪纸贴窗前,明月去装饰。不去桥头听水,只楼头看你。

《临江仙》上片连用六地名,下片"藕花"二句含蕴至极,皆才人手段,而尚不及《好事近》之腾挪闪变。"我是"句用王维《杂诗》"君自故乡来,应知故乡事。来日绮窗前,寒梅着花未"句法,"玉兰"意象则既是实写,又从胡适的新诗发轫之作《看花》中来。[①] "擦身雨里"令人想到戴望舒名作《雨巷》,"桨声灯市"当然是融化了著名诗性散文《桨声灯影里的秦淮河》的情境。[②] 词转下片,一望可知卞之琳《断章》的决定性影响,然而"如剪纸贴窗前""不去桥头听水"的句子,都是由卞诗增添而出,乃作者巧思慧心所在。短短一首小词,借鉴了多处新文学资源,融化得宜,灵气四射,确属妙品。

能随手皴擦,触处皆成妙谛,袁枚所谓"眼前语道出即是好诗"者,是乃杨弃疾的独门绝技。如下面几首《天仙子》:

> 风月来时厮料理,性相近者山和水。同行一路好花开,开在此,开在彼,般配风光般配你。　有意成人风景美,妙高台上徐凫底。关关白鸟向人飞,时相对,时相背,飞向竹林花那里。

> 去年妹过桃花寨,提足筒裙萦水带。惯将娇怯恼阿哥,花谁

[①] 胡适诗云:"院子里开着两朵玉兰花,三朵月季花。"
[②] 朱自清、俞平伯有同题之作,皆富诗意。

采，花谁戴，何时唢呐迎亲爱。　　如今哥在家门外，未许通融门槛碍。通行只好对歌声，一歌赛，一歌快，百灵掀起红头盖。

寒日横烧荞麦岸，粗云直落棉花畔。北风吹送信天游，山一转，水一转，不到黄河肠不断。　　玉米碗门黄两扇，花椒枣子红双线。大红窗纸小银刀，炕一半，灶一半，斗米貂蝉还斗面。①

第一篇题作《雪窦山遇妙龄伊，结伴同游半日》，其事洒脱，词亦随之，所谓发乎情止乎礼者，大可被丝竹管弦，长声歌之。后两首皆写地方风情，心敏手捷，宛如画家之速写。虽无深意，自饶"麻姑掷米，走珠跳星"之妙。②

自上引词当可看出，杨弃疾欢愉之词较多而工，愁苦之言难得一见，此亦经历心境使然，不必强求的。在某些较偏向"守正"的作品中，杨弃疾还是表现出了一些沉慨的思考。如《满江红·题漓江唱晚图》之"人间道，台上剧；当面手，平生膝"四短句，又如下面两首《水调歌头》：

天水共颜色，落日满江红。不堪漓水柔弱，插上此山雄。想对人间冷眼，唤出手中一笛，两袖荡清风。鸥鹭旧相识，一对主人翁。　　竹管家，松朋友，鸟书僮。仙人何处，应在山色有无中。都把平生意气，换取青蓑绿笠，追溯水流东。归去来兮也，此意莫匆匆。

——再题漓江唱晚图

达则行道义，穷则读诗书。十年打通经脉，百折认归途。有种中原逐鹿，乘兴东篱采菊，进退两欣如。说与尔曹辈，不要太区区。　　垄间牛，枝头鸟，水中凫。人间朋比无数，吾自共侬渠。识相杯中之物，着色溪头之月，品味美鲈鱼。半个神仙客，

---

① 本篇题作《信天游。陕北米脂，貂蝉故里也。时九月十五日》。
② 杨夔生：《续词品·灵活》。

两袖一支竿。

——遣兴

前篇品格在苏东坡、张茗柯之间，灵性自具，后篇也多不衫不履、脱略尘楼的名士风度，而在"想对人间冷眼""百折认归途"等句中还是流露出一点难以掩尽的酸辛味。《暗香·田子坊，旧上海风情石库门酒吧，旧法租界也。是日芒种》一首中充溢着青春不再的怅惘，煞拍数句尤其令人黯然。少了这一点"黯然"，词人的色泽诚然是会变得单调的：

趁肩明月，向弄堂深处，夜莺声滑。断续风铃，错落槐花梦相叠。划过火柴光亮，墙角有，暗香初结。木门转，红酒杯深，绚出小窗蝶。　　飘拂，过墙堞，看镜里梳妆，雨中离别。旧痕轻辙，衔过流光一相接。飞到梧桐叶底，听那个，少年人说。影象里，书卷里，那年飘雪。

七　"渐有自家面目"的殊同

杨弃疾之外，另一明确声称以李子为师的是与其并列"甘棠六子"的殊同，其自题网络小集《近词》云："余素不擅拟陈言，故词不宗宋，尝以今人曾少立为师，经年画虎不成，反渐有自家面目。"虽曰谦语，亦是实情，"素不擅拟陈言，故词不宗宋"更有一份傲岸自得在焉。

殊同本名高松，1976年生，辽宁抚顺人。2002年以诗"触网"，两年后之歌行《我亦好歌亦好酒》、绝句《北京西站送客》即大为时人传诵，"世人谓我恋长安，其实只恋长安某""说好不为儿女态，我回头见你回头"确乎极写性灵，情深之至，置之《随园诗话》亦不失为上品，而其近年所著之"别有闲情拘不住，胸中点墨要人知"的《诗词密码：漫谈声律启蒙》于"水煮"之际颇多直抵根本、撩去枝蔓之妙悟，尤能窥见"性灵"之底里。①

---

① 高松：《〈水煮声律启蒙〉定稿，卷后打油》句，该书为江西人民出版社2018年版。

所谓"以今人曾少立为师"者最典型当推《踏莎行·戏题黑洞》：

> 黑洞藏光，白星迸火，暗能暗质层层裹。银河浪卷几多重，粘天不过孤花朵。　　量子弹弦，高维上锁，猫兼生死由来可。茫茫世界既平行，这生做个从容我。

同样表达"只有碳－氢长链构成的易朽肉身，没有轮回和天堂"的"唯物论"[1]，同样用《踏莎行》，韵脚亦相近，无疑，这是向李子致敬之作，但李子词的煞拍"小堆原子碳和氢，匆匆一个今生我"更多是"敏感和悲观"[2]，殊同则无奈之余，较多旷达，这就是"渐有自家面目"之所在。

这种旷达的背面常常体现在安适生活下深藏于内心的那一抹惆怅和苍凉，说到底，那都是渐行渐稠的人生况味而已。如《蝶恋花·那年元旦》与《喝火令·记梦》：

> 十里长街灯一线，逆雪孤归，数影分深浅。楼后烟花看不见，楼头巨幕光弥漫。　　拐角那家新旅馆，路过时分，恰是西元换。那地那时那一叹，而今只做寻常看。

> 窄巷无人阔，低檐乱树高。晕灯三盏照墙标。斑驳木头篮架，谁挂绿书包。　　不问桑田事，生如海上漂。老来多梦乱清宵。梦见单车，梦见白裙飘，梦见紫花红伞，一路雨潇潇。

单车白裙，绿包红伞，或者就是"那地那时那一叹"之所由，然而一切都消磨成了中年"渐弯肩上担，半捧指间沙"的心境[3]，怎不令人徒唤奈何？《苏幕遮·近来词多诗少，友问何故，戏答之》也是写中年的，这一次的旷达里头就难免掺杂了若干的悲慨，唯出之以词论外壳，

---

[1] 李子：《远离青史与良辰——谈谈十年诗词写作的心得》。
[2] 李子：《远离青史与良辰——谈谈十年诗词写作的心得》。
[3] 高松：《临江仙·夜雨》句。

别有风味：

> 语由衷，言不枉。年少肝诗，一例拼思想。人到中年经事广。领悟颇深，反倒无从讲。　远江湖，轻草莽。逆骨新销，换个摧眉样。从此行文终是匠。不若填词，聊解心头痒。

殊同词还应读一首《临江仙·挽单老》：

> 课本参差桌上，球鞋零乱门旁。听书听睡少年郎。山高灯火矮，夜静小街凉。　三十功名一瞬，三千往事深藏。人间不见单田芳。霓虹蒸宿雨，都市叶初黄。

一代大家单田芳的逝世意味着一个评书时代的终结，捉笔悼念兼悼自家青春者颇为不少。我应门下弟子之请，亦用清初曹贞吉等赠柳敬亭韵涂《贺新郎》一首："嗓似公鸭叟。偏渲染、神道魔怪，龙虎鸡狗。也历桑田沧海劫，也看楼塌客走。老花眼、醉乜良久。何限往事苍凉甚，但婆娑、一指田头柳。芳溆气，悬河口。　倏然我亦中年后。数十载、苜蓿生涯，较升量斗。隋唐豪杰明英烈，三杯两盏淡酒。偶听起、如逢故友。声声醒木犹清越，问下回、尚能分解否。翁不应，但摇首。"与我的长调铺叙相比，殊同的《临江仙》更显空灵，除"人间不见单田芳"一句，大抵环绕"致青春"而结撰，而伤感之意在都市霓虹闪耀下愈益深沉，如宿雨下的黄叶，微微散出时光的馨香。如此"自家面目"，宁不可喜？

八　"为听天涯夜雨声"：论沙子石子词

两员"护旗中军骁将"及殊同之外，李子一节还需补入沙子石子。沙子石子本名董高瞻，约生于1970年，湖北人，就读于沪上大学理工专业，现从事IT业。诗词作品不自收拾，碰壁斋主好之，为辑《披沙集》，感其情乃自补之。沙子石子诗词兼长，皆称心而出，无多假借文饰，因而栩栩然见才思，见性情，见骨力，岿然为今之诗坛重镇之一。集中抒写时事者如《叶生慨然谈时局……为记九章》《岁暮归乡》《杂诗》等尤锋锐，最能勾勒其眉目。词中关切时局民瘼者不多，而《满江红》二首当归入匕首投枪之属：

> 方死方生，才几日、官仪如旧。便禁绝、失声羌竹，断肠杨柳。仙佛往来曾未歇，山川灵异今何有。纵山禽、泣血尽情啼，人知否。　钳不得，官家口；拦不住，官家手。但空囊一粟，何堪消受。也有春风枯冢上，更多磷火黄昏后。便嗟来、粥饭莫安排，知谁某。

> 蜀道连天，天何在、呼天不起。全不管，残墟下界，存身能几。故道已无云栈出，苍天只欲斯民死。听妻儿、噙泪说西南，无一是。　危崖下，不得已；危房下，谁为计。使儿童笑靥，与花同萎。猿鸟悬巢都坠落，官商熟技犹挪挤。但天灾、人祸互勾连，伊胡底。

词中所写或得之目击，也可能得之传闻，对此读者或有"可否证实"之类疑问。我以为，即便仅依据某些传闻而兴感亦是诗人的权利。诗人非记者，亦非法官；诗歌非报告文学，亦非呈堂证供，没有必要承担"核实"之责。只要类似事件确实在我们周围发生着或有可能发生，而诗人又非恶意的传谣者，那么在"兴、观、群、怨"的传统之下，他是有资格对此发表意见的。我向来不主张带着过激情绪看待历史和现实的某些问题，那并无助于问题的认识和解决，但即便诗作中略有"过激"之处，那也是诗人赤诚的忧患担当感所致，应该看到其中的"正能量"而不是相反。倘若只长吟风花雪月而对历史/现实缺乏起码的关注与个性化判断，网络诗词的"可观"度必然要大打折扣，甚至可以说，欠缺了对历史/现实的深刻省思，"网络诗词"将不复存在。

沙子词另有沉郁一品，多言寒微身世之感，笔路近乎湖海楼、两当轩。如《贺新郎·予大二即借穿张强夹克，离校始归还，毕业照尚着此》：

> 天裂何曾补。破空来，冰风彻骨，单衣寒苦。季子家贫何足问，冷暖难分我汝。竟六载、穿风过雨。相谢从来无一诺，到临歧、方肯归原主，颜色旧，若无睹。　　风中短褐犹飞舞。怪依然，人如陌上，浮尘飘絮。两鬓萧萧皆褪绿，秋草何堪一炬。尚记得、时来一语。自笑今生无赖极，怕从君、又借衣如故。当此际，君须许。

季子家贫，人间冷暖，写得极真切令人动容，结数句能脱出本事，更见苍凉峭拔。同调词《曾坐湖边，有卜卦者过，曰：观君气色不佳，然似仍有转机，愿一卜。余不许》亦是感怀身世的佳作。其下片云：

> 相逢卖卜情何好。偶湖边，匆匆一瞥，悲欢了了。为讶心魂零落尽，更说前途路杳。只报以，空空一笑。枫叶自红莲自苦，又何须、卜后才知道。早识矣，谢相告。

"枫叶自红莲自苦，又何须、卜后才知道"，其顾影自伤之态特近黄仲则。《浣溪纱·元夜》借节令倾吐一腔失意，更与黄氏《癸巳除夕偶成》如出一辙①：

> 土俗花灯赌赛神，几回春事换南邻。年租月赁往来频。　　惟有新愁如旧识，漫寻魔羯认星辰。蒙蒙积气问何人。

现实中"蒙蒙积气"导致的碰壁感必然反向激发出对山水田园的亲切感，此之谓"移情"效应。《南乡子·太湖》组词就写得"鲜活轻捷，气韵清灵，透明度很高"②，而心绪颇为沉郁，实不亚于郭麐一辈手笔。试读其二：

---

① 黄氏诗云："千家笑语漏迟迟，忧患潜从物外知。悄立市桥人不识，一星如月看多时"，"年年此夕费吟呻，儿女灯前窃笑频。汝辈何知吾自悔，枉抛心力作诗人"。

② 严迪昌评郭麐《灵芬馆词》语，《清词史》，第445页。

鸥鹭白涛间，相伴云帆上远天。试入湖心寻一醉，无边，水色苍苍入画船。　　旧径久流连，芦荻萧萧倍悄然。莫看飘零如乱絮，当年，曾酿平湖万顷烟。

凉露湿长亭，竹与流云过影轻。心事任如花一叶，凋零，不是黄梅雨季青。　　湖畔试闲行，笛里来寻去日情。守得芭蕉三两树，曾经，为听天涯夜雨声。

与李子一样，储存在回忆中的田园生涯也成了沙子石子撑抗逼仄现实的一道屏障，所以少见情感投入的深度，用笔也极敏慧，代表作是《南乡子·童年记忆》组词，前文启功部分已引，此处不妨再读三首：

村路入平冈，几树围成小牧场。放了牛儿闲不住，金黄，榭叶松针拾满筐。　　归去背斜阳，秋穗垂垂豆荚藏。垄上风来扶欲起，轻扬，野草闲花一路香。

野坳独经行，竹绕松溪路暂停。莎藓为茵石作枕，叮叮，一片泉声涧底听。　　山鸟未知名，叫断危崖觅应声。为报千呼风渐起，青青，吹过长坡草欲平。

阡陌草初青，处处溪渠水欲盈。年幼也知春有意，听听，布谷催耕雨又晴。　　一片乱蛙鸣，似笑田边识字声。几度心疑书有错，分明，细数瓢虫是七星。

如同李子的《风入松》、象皮的《清平乐》，《南乡子》是沙子石子的"招牌"词调。前引二首写太湖已经上佳，这一组更是处处充溢天籁之音，"放了牛儿闲不住，金黄，榭叶松针拾满筐""几度心疑书有错，分明，细数瓢虫是七星""莎藓为茵石作枕，叮叮，一片泉声涧底听"……无不触碰到我们内心最柔软纯真的部分。对童年、田园的"记忆放大"既是轻快的，也是沉重的。在《鹧鸪天·旅居偶记》中，漂泊无定的词人发出"逢人若问乡思苦，总说从来不在乎""布被蒙头事可伤,此心百孔与千疮"的长叹,那不是童年梦醒之后必须要面对的"骨感"生存现实么?在这一点上,沙子石子也是和李子声气相通的。

九 "解构大师"无以为名

在百花潭访谈中,李子有专门篇幅谈及无以为名:"无以为名是一个思维活跃、很有灵气的诗人。他的一些句子写得非常巧,令人拍案,惜其整体的浑成性略欠,这可能与他过于追求单句和对仗的巧妙有关。如果要说区别,我重客观叙事,他重主观议论;我写'小故事',他写'议论文'"[1],所说甚客观,评价也不低。

在"颠覆"/"解构"的层面而言,无以为名无疑是网络诗词最富于开新精神的标志性存在之一。如果说李子的"颠覆"还是兴之所至,浅尝辄止,无以为名则倾力为之,自板块性的"词语颠覆"进入整体性的"篇章解构",足称"解构大师"。

无以为名(1965—)本名姚平,上海人,法学专业毕业,现为公职律师。其诗词才情坌涌,风格独异,尤以七律之对仗为最,令人往往有"好对偶被放翁用尽"之叹。[2] 网间"无名体"云云,大抵指此类也。总论其品格,在樊增祥、易顺鼎之间而尤近乎哭庵。"整体解构"者则突过古人、别树新天矣。可先读组诗《后格律时代的七律探索》数篇:

> 可是霜初的确愁,终于淡化藕花洲。移交白石高升鹤,委托黄昏快递秋。无月支持山变态,有风领导水开头。完全一洗金陵梦,理解蓑衣不脱钩。
>
> ——黄昏快递的是金陵秋梦

> 满怀现实选秋香,何必支持菊半黄。天有色情霜腐蚀,地无声息草铺张。下岗雁被人缘碍,体面风随事业凉。未许愁来偷自慰,淋漓一抹酒边狂。
>
> ——选择是对秋的特别解读

---

[1] 《李子访谈录》。
[2] 刘克庄:《后村诗话》。

深林掩护鸟张罗，寂寞群山起伏坡。花不脱离春好色，雨非颠覆夜吞歌。一生梦想留成少，万里风波决定多。比划楼头重叠恨，如何劝解客经过？

——楼上看见的是万里风波

从题目到篇句可谓无一处不"解构"，曰"后格律"、曰"探索"，确乎名副其实。这一组诗三十二首，我在《网络诗词三十家》中选入其半，而仍多割爱者，可见激赏。我以为，首先，无以为名以"后现代"风格写"前现代"情怀，既兼顾了永恒之人性，亦表达出创造的能力与渴望；其次，诗中解构的不止是语汇，而且整体解构了我们对诗词的观感；最后，解构也是一种建设，诸多语汇因此获得全新意义。无以为名将解构"玩"至如此程度，足以自成一家，夺席诗界。

与诗相比，词非无以为名所长，但引入解构一体，自有可观。如《鹧鸪天》组词中"错怜终恨风轻薄，闲话何堪雨忽悠""可怜窗外梧桐叶，将就灯前翡翠衫""山重懒组新棋局，梦破聊缝旧布衫"等就仍是七律手段，而风情加多，尤入微妙。以篇章论，《定风波》《虞美人·本意》二首最佳：

月底关怀合约楼，花头揭露散装秋。分别那堪争执手，长久，一番忘我太温柔。　梦窄宽容风进步，何故，方程难为夜停留。多少水平山近似，排比，不归心系不归舟。

为秋何故真生气，自与秋关系。一方风险霜分摊，空白芦花无力向人残。　寒流的确难回绝，滤尽西江月。黯然撞破楚山魂，不许悲歌随我入荒村。

"解构"固然甚妙，而动人处更在"一番""不归"二句之绸缪，"空白""不许"二句之悲宕。无以为名善言风怀，不用心于"解构"则情更透明轻灵。读《浣溪沙》：

窄巷相逢伞让先，雨花难采手难牵。暗留追忆在心田。　　倒叙金陵钗十二，斜倾玉海酒三千。为谁无悔又无眠。

独忆闽南访客家，围炉夜话烛红斜。最难消受苦丁茶。　药选花间词漏片，愁箍马尾辫分丫。那团心结乱如麻。

烛影摇红左右斜，锦鳞难裹梦如纱。于无奈处墨涂鸦。　茶苦夜煎罗汉果，庭深雨打美人花。八行心事付琵琶。

"窄巷相逢伞让先""最难消受苦丁茶""庭深雨打美人花"，何等温馨绮丽！从这些篇章来看，作为"解构"或"不解构"词人的无以为名都是不可忽视的。

十　崔荣江、小崔

上述诸家之外，还有若干或明或暗与李子风格不期而合者，姑举崔荣江、小崔二家为例。

崔荣江（1957—　），网名自在飞花，河南郑州人，医生，有《飞花词集》《飞花诗集》《龙行九寨》（长篇小说）等著。崔荣江词偏于守正，以多性灵之故，遂不甚介意新旧古今之辨，时有动人之作。如《蝶恋花》：

忘掸烟灰烧寸指，痛未连心，始觉心如死。再读陈笺寻彼此，前痕已淡空空纸。　更倚轩窗天似水，人似流星，没在烟波里。北斗大杓捞不起，红尘少个痴情子。

"忘掸烟灰烧寸指，痛未连心，始觉心如死"，如此写情，颇见新意。《八声甘州·藏六世活佛仓央嘉措风流一生，被视为佛门叛逆。然为情而破戒，可悯可叹》《高阳台·那晚停电之一》也是言情佳篇，后一首虽述懊恼而笔墨轻灵，上片结拍尤具巧思：

一叠陈笺，三番嚼味，案前小巧台灯。照着弯眉，些微黛色春凝。说来懊恼停了电，令双眸、堕入冥冥。幸天边，细月如牙，咬破窗棂。　偷闲且上中庭去，看棠花开未，怜弄枝横。却恨蛮音，扰人静听花声。想来那朵应如我，趁中宵、检点心情。寄相思，挂在新钩，直到平明。

略具"李子味"者是《小重山·惜春》，常题而能活泼腾跃如此，大是不易：

> 燕子呢喃叩晓窗，唤人醒懒梦，快梳妆。东风开始敛春光，莫误了，最后的芬芳。　奔向小山冈，野花犹烂漫。白红黄。摘花装进柳条筐，春便去，我也有收藏。

在口语入词的作者中，江苏姜堰的小崔（约1970—　）也是有特色的一家。其词清浅略无深意，但不乏回味曲折。《如梦令·无题》云："好像已经很久，过去许多时候。我把月徘徊，隐约一些花瘦。然后，然后，放在你家门口"，小场景剪切出来，即有韵致。《临江仙·故事》更雕琢一点，但恰到好处，不伤自然：

> 只是如今还记忆，从前美好心情。我们一起看星星。当时流过泪，比现在晶莹。　最后风干成故事，依然叫作曾经。平常怕说给人听。除非追问到，隐去姓和名。

小崔甚擅《临江仙》一调，诸如《端午》《无题》写基层上班族生涯，小情调小心思都在不露声色中，颇有机趣。读后一首：

> 中午之前来两个，头儿了解民情。安排放在牡丹厅。干红和白酒，分别带三瓶。　边喝边聊荤段子，一旁我也偷听。似乎提到范冰冰。他们临走说，好像菜还行。

李子固有此体，但经营深细，愤懑较多也。

第三节　"石榴血溅，花间蝴蝶尖叫"：独孤食肉兽的"超现实"词

附　林杉、金鱼

一　"计算新旧语境间的唯美公约数"

论"开新"的气魄、深度与高度，能与李子把臂入林、相视而笑的当推自称"和李子一样属于拓新阵中单打独斗的另类文本"的独孤食肉兽。[①]

独孤食肉兽（1970—　），又网名摩登白石、秋渚采萤人等，本名曾峥，武汉人，出生前父亲遭"左祸"流逐随州，长年"阅旬揖峡探家"，故童年最多"夜雨灯船，悬舫归人"记忆[②]，是为日后创作的重要"意象源"之一。十五岁时偶读《唐诗三百首》而"来电"，"东方审美阅读大规模地始于……大学时代，与之并行无悖的是，雅克·德里达、弗朗索瓦·利奥塔尔、米歇尔·福柯、罗兰·巴特、米兰·昆德拉等蛮夷在其时及稍晚，正式为我生就的庄周牌脑磁盘安装了操作平台"[③]。2001年出版诗词集《格律摇滚Y2K》，现任职武汉某高校。

如果说李子大力开新，但从未明确"举旗"，"李子体"等一系列称谓均为他人"强加"的话，那么，食肉兽的理论自觉要比李子更胜一筹。他明确而自信地提出：

> 作为柏拉图诗王国中的绝对异端，我本能地拒斥充盈于传统文本中的精英圣哲理想，并愿以一介坚定的世俗主义者身份力倡"现代城市诗词"。拙见以为，西学为体、中学为娱，旧诗的泰坦之舟在抛弃所有和使命与意义有关的辎重后，以审美为桨舵，在现代性的汪洋中揳入一座坚白的语言冰山以供吾曹最后栖居，未始毫无可能。[④]

[①]《断裂后的修复——网络旧体诗坛问卷实录：李子、嘘堂、徐晋如、独孤食肉兽》，《新文学评论》2014年第2期。

[②] 独孤食肉兽《踏莎行·忆父母早年离居事》自注。

[③]《断裂后的修复——网络旧体诗坛问卷实录：李子、嘘堂、徐晋如、独孤食肉兽》。

[④]《我的诗词创作之路》，独孤食肉兽致笔者文稿。

这里首先要解释的是"现代城市"概念，食肉兽给出的说法显然不是社会学/现实意义的，而是更多基于诗学/幻象层面的：

> 基于公民社会的现代城市远未真实、完整地呈现于此岸、当下，它更类似卡尔维诺笔下的"虚构之城"，我们所椎足立身者，是"现实城市"，非"现代城市"……在我们的城市细节中，凭借个人体悟及浮想，提炼、展示现代城市，在技术上亦完全可行……现代城市是我自洽自适复自伤自艾的所在。①

可见，"现代城市"是以对"现实城市"的"体悟"为基础的，但又必须增加大量"虚构""浮想"的心灵元素，才能达到"自洽自适复自伤自艾"的目的。由此食肉兽确认了自己的"现代"与"世俗"两个最根本的创作立场。他说：

> 我与陶潜、竹林七贤乃至柳、周、姜、吴们时或暗含骚怨的个人写作迥异其趣……我以城市平民自甘……拒绝以深刻宏大为务，在诗旨上去精英化，在诗格上唯审美化，在诗技上超现实化，不将自己对此岸世界可疑复可怜的"悲悯""关怀"延入深不及膝的文本汪洋中。②

"以城市平民自甘""拒绝以深刻宏大为务"即是"世俗"，"在诗格上唯审美化，在诗技上超现实化"即是"现代"。他不仅拒绝了柳、周、姜、吴们的古典"骚怨"，而且对"悲悯""关怀"等现代人文向度也感到"可疑复可怜"。显然，这比李子的步伐还要快了一拍，透现出了浓浓的"后现代"气味。

在"后现代"气味的食肉兽那里，"现代城市，它真实且唯一地存在于语言中"③，所以他对语言/符码的阐说表现出了超乎寻常的兴趣：

---

① 《我的诗词创作之路》，独孤食肉兽致笔者文稿。
② 《我的诗词创作之路》，独孤食肉兽致笔者文稿。
③ 《我的诗词创作之路》，独孤食肉兽致笔者文稿。

旧诗写作面临的最大问题存在于符码层面，也即四、五、七言主打的旧体韵文句式与现代多音节语汇之间的不兼容……我……致力于解决该问题所采取的具体手法包括在坚拒"宝马香车""蛮笺象管"这类古典符码的同时，审慎滤用当代单字或双字语汇，如拙词"夜行车，撤走无数橱窗；锈铁轨，已被鲜花截断"中的"橱窗""铁轨"；或通过整体语境对符面略嫌刺目的当代物事进行"不在场"处理，如拙词"谁拭高楼窗一格，望春江"，当代品物"玻璃"貌似缺席而自在境中；还有一种手法，则是在受众的审美承受范围内进行符号改良，如拙诗"厢东静物陈素描，壁隅饼筒蚀浮绘"，三字现代语词"饼干筒""浮世绘"简缩为"饼筒""浮绘"，至于"静物""素描"，自是基于前述审慎心态的时语滤出。以上种种，无不旨在最大限度地消弭文、白界限，而所谓的典型"兽体"，即是此类能和谐融合新旧语境包括语汇的文本产品。[1]

现身说法，不厌其详，可谓对"诗到语言为止"之说的样板性解读。浓缩成一句话，那就是"津津于计算新旧语境间的唯美公约数"[2]。

关于这一"计算"还有两点需要说明：其一，这一"计算"与"李子体"存在着明显的对照效应。食肉兽以为，"李子体"与自己的差异在于"热衷于通过各类符码打造语言哈哈镜，其在符码层面的现代性更强，难度也更大，瓶颈也更多。譬如'杨柳数行青涩，桃花一树绯闻''月色一贫如洗，春联好事成双'……皆李氏独有之多义符码，然再过一分则滑，他手未易效颦"，这是惺惺相惜同时又相当客观的认识。其二，这样的"计算"自有其瓶颈。食肉兽坦承："作为代价，此类如履悬丝的审慎选择及改良加工，确实产生了……新问题，即无法全面有效地表达现代人的社会生活和思想情感"[3]，虽不无焦虑与无力感，更多则是对"全面有效地表达"的努力和渴望。

---

[1] 《断裂后的修复——网络旧体诗坛问卷实录：李子、嘘堂、徐晋如、独孤食肉兽》。
[2] 《断裂后的修复——网络旧体诗坛问卷实录：李子、嘘堂、徐晋如、独孤食肉兽》。
[3] 《断裂后的修复——网络旧体诗坛问卷实录：李子、嘘堂、徐晋如、独孤食肉兽》。

二 "山重水阔信灯红":独孤食肉兽的"火车词"

前文魏新河部分尝专门提及其"飞行词",论题材的鲜明度与独特性,可与之并辔齐驱的是食肉兽的"火车词"。试先读:

> 长车迥擘昆仑去,画图削落千帧。雪岭高低,花光浓淡,畴昔苍鹰目准。何由坐稳。正重茬元初,云流星殒。彼客昏昏,一厢瓷俑莫摇损。　砂轮轻擦宝石,碾烛花灯屑,何处村镇。野帐居人,浮窗旅梦,共此温柔一瞬。驿程休问。觉青海无边,月来如汛。过道空空,颊凉谁送吻。
>
> ——齐天乐·高原车站——西方快车

> 大黑元无阀。倩谁将、地层撬起,錾分天末。今夜北方高粱熟,被我车灯收割。更何处、金橙飘忽。往日村庄窗花隙,下雪岭、觉有群狼突。摇篮曲,听恍惚。　不知倦枕成飞帕,把前世今生、原野河流齐抹。对面车中燃烟客,与我梦魂轻擦。这底片、随风谁掇。洗手间中吟叹久,倚盲女、摩镜抽丝袜。过道静,门栓脱。
>
> ——贺新郎·北方快车

> 铁屋弥尸气。众男女、梦怀理性,此蒙安启。薄毯难容金字塔,报道有人勃起。辜负了、某声轻唭。楔向时空发源处,亘荒原、蛇眼盈珠泪。谁省得,大乘意。　一车人睡摇篮里。有分教、婴孩时代,慈悲无际。锈托盘中方杯稳,月下悠然飞济。所偕者、钟鸣鸥唳。尔外空明无余物,觉我亦、通透或消弭。驿灯小,泊烟水。
>
> ——贺新郎·杯渡·东方快车

> 晚安朋友,本班次、正在华胥行驶。饰梦碎光珠万颗,都被长车连缀。圆象旋玑,方舆分野,秘籍靡终始。铁逵南北,摇挠无数

眩趾①。　恍惚重过黄河，悬窗灯暖，斗厕谁遗矢。文轨朝宗声坎坎，恒此催眠暗示。败缛凝斑，初曦沐客，终点宏符指。早安朋友，播音到此为止。

——念奴娇·开往中心的快车

在食肉兽笔下，火车是"现代城市"得以组构的重要纽带之一，也是寄托其超现实技法的理想场域，因而成为他"现代城市诗词"的最核心意象。由于个人情性、审美趋向等原因，魏新河的"飞行"题材更多表达的还是古典情怀，食肉兽则在情有独钟的"火车"中大量使用"瓷俑""底片""盲女""丝袜""铁屋""尸气""理性""启蒙""消弭""催眠""暗示"等现代语汇，以超现实视角营造出或荒凉或飘忽或空明或诡异的"小世界"。如此篇章即便在新诗中也完全称得上"先锋"，付之格律，印象主义感觉就加倍鲜明。

穿行南北东西的火车运输着太多的东西：乡愁、爱情、青春、记忆、村庄、河流……食肉兽词中就有着"载我童年境"的随州老站，"划出仙踪绿野，楔入他乡明月，驶过梦中心"的恩施夜车，"向群山之罅，拉开光谱"的蜀道动车，"雨角风棱，敲碎江湖君莫听"的返乡列车，而"浮储光影""亘接秋冬"的站台也记录下"春水切开原野，白云移走天空"的时光魔法。②《洞仙歌·童年车站》更加迷离惝恍，字里行间飘动着温暖的记忆"微光"：

春光万幅，错列尘途畔。梦里原乡待重览。夜行车、撤走无数橱窗，锈铁轨、已被鲜花截断。　料天涯废站，笛影参差，漠漠回声落如糁。问童年或能追，空月台前，旧客票、都无人剪。长烟袅、訇隆向千山，那一串微光，不曾飘散。

---

① 作者自注："眩，多足长虫，此喻列车。"《网络诗词三十家》中笔者点评："篇中词语多诡异，我所不喜，然诡异之词篇必用诡异之词藻，亦不足为病。"

② 分别见《水调歌头·闻随州新火车站建成使用》《水调歌头·夜车——将抵恩施作》《惜秋华·动车蜀道》《减兰·改革开放初年的那些返乡火车——甲午冬日再感随州遗事默怀诸父执》《临江仙·站》。

"夜行车、撤走无数橱窗","锈铁轨、已被鲜花截断","旧客票,都无人剪",依然是蒙太奇式的画面剪拼,但写得流转轻盈,情韵悠长,全然不同于前引几首的诡谲冷冽。同样以新异语调搭建出温润情怀的是《定风波·山村列车》:

> 半世浮床夜语多,雪桥云栈一窗拖。无数梦中人与境,重省,只曾相望不相摩。　何处山村邮票小,谁到,那行灯眼客车过。或有儿童遥指顾,春雨,也将此景问阿婆。

"山村邮票小",妙喻来自福克纳小说[①],而"灯眼客车"之妙亦能相匹敌,充满"童心"感的视角与"半世浮床""梦中人境"的大感喟相融,别具一种苍凉。至于自己铭心刻骨的爱情,火车也在其中成为基本布景,扮演了主要配角。《山花子·初见》句云:"那日紫薇开正酣,车行已报过江南。此境梦成千万种,久如谙",《琐窗寒·处暑夜汉口站送伊人》句云:"街梧交苕,河水满身流过。向江南、列车骤鸣,一痕夜幕谁勾破",《夜飞鹊·诀》句云:"站台拥吻暗风里,初心未抵归心",《齐天乐·过期时刻表里那些经过武汉的火车》句云:"过期时刻表里,列车交幻影,频兑灯语……播荒野千花,故人眉妩。废站春曦,夜阑缘我驻",《甘州·北客2014》句云:"又撕残、挂历到当年,列车欲来时……啜吸霜花酽,熔我玻璃",从初见到怀念,火车的蒸汽和轰鸣几乎伴随着感情的全部运行轨迹。《念奴娇·你的故乡》是最具温婉之美的一篇,"某夜秋风深似水,来坐火车看你"之句令人心旌摇动:

> 常于梦里,行走在、无数陌生城市。某夜秋风深似水,来坐火车看你。绿月分衢,紫藤流壁,灯蘸帘波碎。镜花一侧,女婴睡靥恬美。　同住春伞江南,婷婷出落,烟雨人间世。只待那年萤夏末,伴我蓝桥听水。此岸游踪,殊方归侣,邂逅真无悔。荒原遗轨,不知前客归未。

---

① 作者自注。

《定风波·两个人的车站或秒速五厘米》则以苏联老电影与新海诚的经典动漫暗示着这段爱情的发生与折断①,"山重水阔信灯红"的坚执誓言只能驻留在回忆之中,徒增感伤:

> 城涌蓝窗浸客瞳,白云轮廓画晴空。润我柔唇如暖玉,轻触,月台投影暗霜浓。　　晚点车来深雨里,秋霁,那年人铸夕阳中。笑约樱花开遍处,同驻,山重水阔信灯红。

这是食肉兽"火车词"中最不"超现实"的一篇,作者仅仅过滤了"宝马香车"之类的古典符码,情感心绪划出的依旧是传统的"性灵"曲线。这再次提醒着我们"性灵"的永恒价值,同时也提醒我们重温"性灵"的真谛。还是嘘堂的话:"如果我们的文言诗不能说出我们是谁,我们居住在哪里,我们生活在一个怎样的世界中并如何真切地体验着这些情境,那么任何经营都无意义。"②

三　"石榴血溅,花间蝴蝶尖叫":独孤食肉兽的"变形城市"

在具象的意义上,独孤食肉兽如此阐说他眼中的现代城市:"日常、世俗、民动如烟……它是平民的故乡与归宿,而睥睨众生的贵族与自甘轻贱的蚁族,则或优越、或谦抑地居住在它的边缘……现代城市亦审美,然欠精致;现代城市亦忧伤,然不执着;现代城市亦思考,然不深刻;现代城市亦抗争,然不绝决;现代城市亦妥协,然有底线;现代城市亦紧张,然不持久;现代城市亦怠懒,然欠诗意。"③ 对于这个光怪陆离的多维构合体,食肉兽毫不隐瞒自己的欣赏和沉溺:"我生于兹,长于兹,恋于兹,还将死于兹……我拒绝像金斯堡们那样矫情地一边消

---

① 作者自注:"前苏联电影《两个人的车站》(1982)讲述一对陌生男女因火车误点,在冬雪飘飞的寒夜滞留同一车站并邂逅生情的故事……《秒速5厘米》(2007)是动漫大师新海诚的扛鼎之作,剧中,十三岁的男主远野贵树独自乘火车去看望转学到远方的小学同窗筱原明里,在冬雪中经过大半夜的耽延辗转,到达时车站只剩下男女主角两人。这也是他们最后一次见面。"
② 嘘堂:《时语入诗小议》,"衡门之下"微信公众号发布。
③ 《食蟹集:开启现代城市诗词创作的筚路蓝缕之什——独孤食肉兽千禧前作品选》序言,食肉兽致笔者文稿。

费它，一边诅咒它。"① 他更乐于站在现代城市的中心和边缘，用"无数否定式或两可式言说无序拼贴而成的话语虚构"来复现这个卡尔维诺定义的"由浸满蓝色月光、有如线团般纠结交横的街衢编织而成的梦境"②。

可先读《祝英台近·九九流行印象》：

> 黑胸针，银手袋，伞底眼神怪。街折旋弧，巴士疾如赛③。玻璃门上，飘浮万千人面，辨不出、门中门外。　怕超载。十载无梦无诗，还听旧磁带，愁外繁灯，城市夜如海。少年都是蓝天，人行路上，带不走、一丝云彩。

胸针、手袋、伞、眼神、巴士、玻璃门、旧磁带、人行路……一掠而过、零乱无章的"印象"游动拼贴，正与现代都市的纷繁庞杂契合得丝丝入扣。这一篇还属于不大"炫技"的，《念奴娇·千禧前最后的意象》尤其富于印象感和心理深度，意象组合颇具毕加索与达利"味"，堪称现代都市的"变形写真"：

> 火柴盒里，看对面 B 座，玻璃深窈。冬雨江城流水粉，树影人形颠倒。达利庄周，恍然皆我，午梦三纳秒。石榴血溅，花间蝴蝶尖叫。　频赴屏后良缘，移形换镜，像素知多少④。林外片云凝酽酪，月戴面模微笑。空巷笼音，古墙泌影，仿佛前生到。邮筒静谧，冬眠谁遣青鸟。

习惯了"庄周梦蝶"的古典派未必能适应加入达利其人以及"三纳秒"的时间长度，也许更难接受"石榴血溅，花间蝴蝶尖叫"的超

---

① 《食蟹集：开启现代城市诗词创作的筚路蓝缕之什——独孤食肉兽千禧前作品选》序言，食肉兽致笔者文稿。
② 《食蟹集：开启现代城市诗词创作的筚路蓝缕之什——独孤食肉兽千禧前作品选》序言，食肉兽致笔者文稿。
③ "街折"二句原作"雨幻灯箱，广告几回改"。
④ 此数句修改多次，初作"网上无数奇缘，单身周末，咸淡知多少"，改作"虚网勾织千屏，烟蓝淇汜，湛露知多少"，又改作"约赴屏后时空，烟蓝溇洧，像素知多少"。

现实影像，然而这恰恰是"凭借个人体悟及浮想""提炼、展示"出的"城市细节"①，其意义或者正在那种完全不动声色的"无意义"当中。

处于千禧交界的1999年是独孤食肉兽词创作进入高峰期的标志性年份，可称为他的"都市印象年"。除上引二篇，《念奴娇·有女同车——九九城市拼贴》《永遇乐·不来电的城市》《踏莎行·七夕》《雪梅香·九月十日》等一批佳篇亦皆作于此时。其中《雪梅香》结拍"谁见凉柯堕秋露，老街时有梦穿行。可知我、昨夜飞过，你的窗棂"飘逸灵动至极，甚得同人推重。再读《念奴娇》与《永遇乐》：

> 诗情漂泊，凭过期月票，往来城镇。邻座女郎双耳坠，同看一窗风景。广告牌前，立交桥首，偃塞丛楼影。一方卵色，人在都市天井。　　午夜谁泊房车，灯昏雨巷，几串风铃碰。花格伞沿人一笑，疑隔隐形眼镜。窥视孔中，单身公寓，怪梦翻长枕。口红笔断，一头乱发慵整。

> 城市浮游，万千因子，碰撞无限。对面车中，恍然是你，但发型都变。七年梦里，可曾有我，夜雨轻灯万点。又寒江、末班船去，堤长巷空人远。　　休闲时代，连场舞剧，总忌探戈贴面。旧曲谁听，幽吧对坐，荡浅玻璃盏。套中人老，莫论真假，长记高楼惊艳。眼神被、梭门夹住，缝中放电。②

《念奴娇》下片全以凭空想象组构之，不嫌琐碎幽深，而"口红笔断，一头乱发慵整"云云带出艳丽颓唐的画面感，诗思奇异，不可方物。《永遇乐》由大龄相亲的无奈而追忆一段"七年梦里，可曾有我"的远逝感情③，进一步写到"城市浮游""休闲时代""套中人老"，引出现代都市人普泛性的失落和忧伤。题为"不来电"，而以"放电"煞拍，心裁精工，不在两首《念奴娇》之下。

---

① 独孤食肉兽《我的诗词创作之路》，前文已引。
② "休闲"数句原作"休闲时代，恹恹分泌生活，一汪平面"，"套中"数句原作"人间戏剧，不关真假，长记高楼惊艳"。
③ 《独孤食肉兽编年诗词集》有副题"12月3日相亲作"，未刊稿。

一如现代城市本身，食肉兽的"话语虚构"也是多维多棱、立体透视的。无论是"彩色电车叮当响……有几栋，红房子"的沪上，"老瓦巡猫，昏隅嫁鼠……惯随阿母前坊去，夜深家访后，牵手穿衢"的武昌老城，还是"雾酿遥灯，船纹旧水……墨镜黑衣人，悄重来、江上看雨"的渡口，"无头模特倚橱窗……百年人事马灯黄"的步行街，或者"欲知蝴蝶双栖处，须到蜻蜓复眼中"的图书馆，"楼下持花，窗前挥手，换尽十年名姓"的大学生涯①，尽都信手拈来，追光摄色，速写入神。在这些"无序拼贴"中，"月光、街衢编织而成的梦境"也逐渐显影。

还可读两首"都市小品"《清平乐》，《后七十二家房客》上片冷悚，下片笑闹，看似平淡，内含奇崛，非"印象"高手不能办；"天蓝"一首则极冷隽恢奇，可为本小节作结：

谁抛瓦片，落地人蒙面。屋上冷星三两点，应有黑猫眨眼。
一楼胖妹临屏，二楼麻将成城。报道夫妻看碟，三楼喊捉流氓。

天蓝如昼，夜气浓如酒。好是雨晴风定后，一角霓云如绣。
楼瞳取次都缄，归人语昵无眠。啪地银灯乍熄，月光碎在窗前。

四 独孤食肉兽词余论

"火车词"与"变形都市词"足以彰显独孤食肉兽的超现实特质，然而还不足以完整凸显这位重量级词人的视野、情怀与造诣。即如两首《风入松》就不能归入上面两类，但笔意超妙，虽不及李子新异，亦有可竞美之处：

谁持吉它唱秋原，遥夜寂如磐。那些灯火微茫外，羡长车、暮去朝还。你在星空以北，我居国境偏南。　别来身世太荒寒，只有梦无端。几回相拥骊歌里，画离人、浩宇深蓝。同煜云河一瞬，

---

① 分别见《贺新郎·往事沪上》《高阳台·西城壕》《法曲献仙音·雨渡》《浣溪沙·岁晚江汉路步行街怀旧》《鹧鸪天·五月四日的W大学老图书馆》《齐天乐·毕业日》。

从教泪眼风干。

——星空

　　新凉湖馆暝烟平，曲港宿孤舲。澹波曾摄惊鸿影，渐西风、独对空溟。天上片时遗梦，人间四月柔情。　觉来身世未分明，谁为说前盟。残萤化作青衣队，正深宵、古苑传灯。明日枯荷万顷，不胜秋露之轻。

——秋露

再如《木兰花·乳神——初夏夜观德拉克罗瓦名画一幅》：

　　是时玉阙鸣金琐，旋毂既攻玄钺鞞。空帘竟绣血红花，谁向朽窗移豆火。　废城鞁月枯雯锁，三色旗欹腥麝渳。女神左衵硕其顽，籍籍两渠求乳我。

"乳神"即《自由女神引导人民》之名作。本篇风调较晦涩，但"籍籍两渠求乳我"，是求乳自由也，题旨正大，在"超现实"的外衣下隐寓着对"现实"的关怀。

这种关怀很大程度体现在 2014 年以来有关随州的一批作品中。这是其父的流逐之所，"诸父执"类似命运者多，故《减兰·甲午父亲节》《减兰·夜雨独宿曾都炎帝大酒店》《定风波·田叔》《水调歌头·卫姨》《风流子·许姨》《渡江云·随国野谈：父亲与曾侯乙的邂逅》等篇都一反"超现实"态度，相当朴素而小心翼翼地珍藏起这些私人记忆，同时也珍藏起背后的家国风云。《贺新郎·母亲》是其中感人的一篇，其序云："家母生于黄浦新闸，外祖考供职花旗银行，国初以瘵病殁。时内无丁男，外无赒济，举家藉外翁所遗股息度日，唯我母以幺女送养扬州外家，反右年间归沪。已而外祖妣罹脑疾，我母乃以未笄之龄孤身溯江诣汉往投舅氏。时维 1958 年秋（或翌春）"，词云：

　　目倦川途异。泊荒城、邻铺客去，叮咛再四。抱笈凭舷谁家女，续睇航灯如魅。说不尽、凄凉次第。雾隐高关红旗闪，雨其下、恸哭人间世。姨与子，团圆矣。　　故乡回首三千里，正外滩、楼台浮动，钟波溶泄。暗壁夹衢遗像在，寡母病将诸姊。甚丧乱、百年未已。得我春啼昙华下，便少孤、为客俱无悔。闻此语，但长跪。

序言文字寥寥，但苍凉氛围已经流漫浓重，倘再结合作者自注，那些历史的光影就更加闪亮摇动，增人感喟①，而现实元素在这位超现实词人笔下的加重也显示出其创作祈向的变化与延伸。

综观食肉兽词，我们会首先惊诧于他对于古典体式（如格律、语汇）和古典视域（如意象、情感）的洗刷、开拓的能力。他的优异作品所吸纳的现代文艺养分以及达成的表现效果较之朦胧诗以来的任何一首现代主义诗篇都毫不逊色。如果说李子的"诗体交涉"问题还值得存疑、争吵，食肉兽手里这一关则似乎天然通畅、理所当然。在"旧体新诗"概念成立的背景下，食肉兽与李子既是友军，也是更为"前驱"的一家。②

其次，回望网络诗词发展历程当可以发现，自2000年至2010年，几乎所有重要的诗人及其作品都已"登台亮相"，我们完全可以"黄金十年"指称二十一世纪伊始在诗词界出现的令人振奋的这一幕景观。同时我们也看到，2010年后大多数巨擘名家渐次进入了"阶段性凝冻期"，总体呈现萧条，似仅有独孤食肉兽还保持着比较强劲的态势与潜力。③ 这当然是我们愿意看到的，"现实"也好，"超现实"也好，他的

---

① 摘抄部分注文以助解读："舅氏"：予大舅祖考……负笈国立武汉大学，后留校任教。浩劫前夕，将娶汉口一印尼归侨，为组织所止，遂不婚。"荒城"：此指安庆。我母以弱龄舟行信次，颇得同舱媪祖孙三人照应……"姨与子，团圆矣"："姨"，予姨姐妣。曩在扬州，视我母如己出……及我母初抵汉口，姨祖妣接船于江汉关，姨、甥于高塔下相拥而哭。

② "旧体新诗"概念为土飚首次从学术意义上使用，田晓菲曾用之论李子词，见前文。

③ 据《独孤食肉兽编年诗词集》统计，2013—2015年创作诗词分别为28首、28首、19首。新作《长亭怨慢·丁酉中秋前二日携母濒海对月遥忆先父并大堤口》亦是感慨深沉之杰作，不可不亟录之："大堤口，童年之夜。轮渡悬空，江星贴画。双子楼高，电台颂圣播音罢。荒烟鄢蓼，初雪里，孤灯下。我父梦还家，成三影，风窗清话。　　远野。又列车呼啸，驶入石门庐舍。团圆能几，四十载、轮回万化。总如旧、母子相依，算唯有、播迁难卦。待银海胶凝，满月天涯双挂。"

奇思异想与陡峭笔调一直都在撑宽着诗词的表现边界，提醒着我们诗词所具有的无限可能。

五 "幽梦之瞳，时间之罅"：论林杉词

独孤食肉兽赐札云："我将拙作分为三大类型：一为早期学古……此类现在占比已极低；二为千禧前后的现代城市创作，以《雪梅香·九月十日》……为代表……三为超现实类，以1999年的《念奴娇·千禧前最后的意象》、千禧初的东西南北快车系列……为代表。这一类可谓完全新诗、西诗化，徒具格律其表，接受度极低。然我不以为意，且近乎完全抛弃了前两类的创作，一意主攻此类'新诗'"①，"接受度极低"云云从另一层面恰恰佐证了其词风前卫、难以追摹的事实。

林杉是与食肉兽格调最接近的一个，可视为"现代城市诗词"旗帜下单骑突出的"急先锋"。

林杉本名宋彬，80年代生人，诗词结为《流年集》，总量颇大，词占比较高，自谓"2013年初才开始逐渐形成自己的风格……表现形式上是古典与现代融合，表达意义上是寻求个体体验的实现，而表达手法则借鉴现代电影镜头语言，综合运用长镜头、特写镜头、跟镜、空镜头、画外音（旁白）、快切、闪回、变焦、蒙太奇等手段"②，这显然与食肉兽的路数高度契合，尽管"他自己并不以为然"③。

林杉以《意难忘·夜独行忆旧，赋此》《绛都春·几米地下铁之城市印象》为标本来解读自己的写作④：

> 夏令方初。有微风吹起，夜的裙裾。重城灯火灿，繁会等闲居。楼影短、月光虚。班驳碎青梧。向身旁、公交车移过，人面模糊。　　独行能与谁俱。任发丝疯长，泛起髭须。相逢心紧紧，再遇梦踌躇。当日事、恍如无，渐远渐分疏。又烟烬、依稀落在，某个街区。

---

① 2016年3月8日。
② 《断裂后的修复——网络旧体诗坛问卷实录（三）》，《新文学评论》2015年第3期。
③ 食肉兽赐札中语，2016年3月8日。
④ 《断裂后的修复——网络旧体诗坛问卷实录（三）》。

寻寻觅觅。在纷华城市，同为浮客。拉上箱囊，走向人行路之北。街灯闪过青黄色。正鼓噪、往来车笛。渐高楼宇，不见蝴蝶，梦无从役。　　谁识。参差面目，擦肩后，一片霓虹光迫。锁闭橱窗，模特无言罗历历。陌生笑靥终难捱。向栏角、恍然长立。我与风景无关，互相抵斥。

在篇幅不小的解读中，林杉完全运用了分镜头剧本的思路逐句扫描，如前一首："'夏令方初……'是一组客观的全景空镜头……'重城灯火灿……'是主人公视角的远景主观镜头……'独行能与谁俱……'一组跟境+快切镜头，使用蒙太奇手法。发丝变长、髭须泛出不是一时一刻发生的，而是使用电影镜头的快切，来体现在作者主观世界周围事物的无厘头变化……'又烟烬……'主人公出画，长镜头做结。"①从这里，既能看出他与食肉兽的诸多近似视角，也能大体抽离出两人的差异，如食肉兽所言："我超现实+现代，包括各种魔幻及玄想；他则现代+现实，比较实在……但亦多有哲思。"②

"有哲思"者诚然在林杉词中最见精彩，如"万物湮于此。进化到无明""且把行藏寄此，都楔入、时空侧面""一晌始卒轮回，有时空交叠。微瞑目、我是等待戈多，疯长之叶""方来不堪说也，算都是、随机密码。解不开、幽梦之瞳，时间之罅""封藏梦想，现实之中多绝望。去不言归，只是和城市别离"③，都展现出了诗思发酵后的"现代城市""日常生活"的超验感。《皂罗特髻·渐行渐远》是整体性的特出之篇：

渐行渐远，渐老去青春，我其谁也。渐行渐远，我是游离者。身和梦、渐行渐远，问当年、影事真耶假。渐行渐远，又纸烟燃罢。　　依旧渐行渐远，到荼蘼都谢。却今夕、渐行渐远，拥双臂、寂寂无人话。渐行渐远，在霓虹灯下。

---

① 《断裂后的修复——网络旧体诗坛问卷实录（三）》。
② 食肉兽赐札中语，2016年3月8日。
③ 分别见《水调歌头·大雨》《宜男草·午后Palm tree cafe bar小憩》《金盏子·恒河印象》《宴清都（程垓体）》《减字木兰花·さよなら歌舞伎町》。

如果用古典话语评说，这一首还是泛言"身世之感"的，《怨三三·漩涡》则以艳情出之，感喟更加具体而微：

> 一窗星火尽深谙，暮色娑娑。偎抱差肩或不衫，拥香颈、擦耳妆黏。　依稀呓语呢喃，陷入你、温柔指尖。只命运难参，迷离危险，误我沉酣。

爱情的"温柔指尖"其实也"迷离危险"，一如莫测"难参"之命运，句中的冷峭之感颇令人惊悚。同是写情，《太常引·代令狐冲祭别小师妹》《代令狐冲次韵任盈盈》二首走传统路数，看似游戏笔墨，而中含深情，熟稔金庸小说者自能辨之：

> 江湖匹马与谁行，长剑鞘中鸣。缱绻几多情，忍离去、新坟野亭。　人生如梦，何劳梦醒，恩怨一时清。琴瑟不堪听，剩一地、斜阳露英。

> 西风误我到亡何，心事与相磨。湖海久婆娑，擦肩后、能重见么。　那些记忆，那些情节，泛泛渺烟波。倚剑作长歌，且休问、曾经爱过。

六　"钥匙跌落，呼吸压韵，结局猜到"：论金鱼词

金鱼也是食肉兽较为推重的一家，其"金鱼体"介乎李子、食肉兽之间而较近李子，姑附此谈之。

金鱼（1982—　），网名又作金正鱼等，本名不详，现居沈阳，钢琴师。网间所谓"金鱼体"者，大约指其（1）用韵不拘于古，但求适口，（2）宗尚性灵，意趣天然洒脱，近杨诚斋，（3）多讽时政等数端，其诗词确乎多佳作，能副其声誉。如《清平乐·夜》与《鹧鸪天》：

> 河流沉没，夜色收容我。梦是一生的错过，失落远方灯火。
> 月光照亮悲伤，某些故事荒凉。听雨归于大地，听风吹过村庄。

存在虚无皆可疑,每于独坐感无稽。生活一部 RPG,角色几人 ABC。　心设定,梦随机,纵然多线亦结局。荧屏之后谁操纵,仰看星河缓缓移。

"过"字、"局"字等依古韵皆错,更不必说"RPG""ABC"了,但因一味拘泥而抑斥如此机智流宕的佳作,岂不偏狭之甚?金鱼对声律的突破既非兴之所至,也非无知无畏,而是经历了很审慎的思考与辨析的。他在"菊斋"网站发布《金鱼版格律诗写作教程》,分押韵、平仄、语言意境、浅说孤平原理等多讲,虽口气轻便,所论则甚通透。如第六讲《音乐的发展与诗歌体裁的变化》文末云:"纵观我国的诗歌体裁发展史,实际就是一部音乐发展史。当音乐功能出现了发展,某一种体裁不足以承载这种新的音乐变化时,便会有另一种新体裁出现并繁荣,而前一种体裁则不得不逐渐失去音乐性,成为纯文字的载体。但即使已经失去了音乐性……音乐终究在诗词体内留有基因,不是简单的平仄可以包括。这便是为何两个人写诗都格律无误,一个读来拗涩板滞,另一个却像伦勃朗的人物画,皮肤下仿佛有血液在流动",这是深知底蕴的本色之说,且性灵高张,启人忖思。

如此理论背景下的《生查子》"四季"系列也非凡响,《二月·镜》《四月·夜曲》《十月·迷宫》等篇皆可读:

清清一镜前,坐对双维我。喜怒乐哀愁,一切临摹我。　君为虚幻君,我是真实我?谁又四维中,正对三维我。

荒原开月光,四月尤残忍。灯与影深缠,指与琴轻吻。　玫瑰落夜莺,细雨弹霜刃。世界已失聪,世界何安稳。

重重夜幕中,雨过风游荡。泥水与霓虹,交换着模样。　迷宫般路街,无数之方向。灯火在身旁,虚构出天亮。

《镜》一篇灵感应来自唐寅《伯虎自赞》,加入现代空间概念即大有新意，也提高了哲思品质。①《夜曲》开篇用艾略特《荒原》诗意，后文则融入自家体验，一如《迷宫》煞拍之举重若轻，别有面目。《减兰》以火车为结构纽带，是气味较近食肉兽者，唯笔致疏爽，不大雕镂：

> 我将沉睡，窗影安详如铁轨。梦里村庄，梦在天涯更北方。巨狼之眼，刺破乌穹星数点。深雪残碑，刻尽时光磨尽谁。

至于《青门饮·意象》一篇也不刻意于语汇之奇峭，但跳跃思维营造出的诡异氛围较食肉兽有过之而无不及，极富"超现实"色彩：

> 薄弱星光，陌生城堡，离奇线索，孤独寻找。古老油灯，逆光蜥蜴，吸血蝙蝠尖叫。"谁会陪谁老"，灰尘下、残缺诗稿。拐角之右，无头雕像，忽然扑倒。　被转移的圈套！风信子迷失，鞋跟奔跑。腐烂台阶，崭新油画，怪异上扬唇角。谁在轻声笑，壁炉前，回音缥缈。钥匙跌落，呼吸压韵，结局猜到。

金鱼为专业音乐人，相关词篇亦别具手眼。肖邦 g 小调夜曲在他笔下以文字形式复现，足与乐曲相映生辉：

> 冷落风声，依微雾色，月光刺痛森林。叶子周旋，树枝历历伤痕。夜莺不扰精灵梦，野花摇、抖落回音。路阑珊，青草成熟，荧火天真。　仿佛听到谁微笑，又谁轻哭泣，谁付灵魂？硬币谁抛，生存毁灭生存？无人守护之河岸，影徘徊、遗忘原因。墓碑前，安睡钟声，安睡诸神。
>
> ——高阳台

《浣溪纱·醉歌》三首平易幽默，揭橥了"金鱼体"的另一种特质：

---

① 唐寅：《伯虎自赞》云："我问你是谁，你原来是我。我本不认你，你却要认我。嘻！我少不得你，你却少得我。你我百年后，有你没了我。"

渐少新诗多点评，证明我亦不年轻。已然无梦到黎明。　亏本亏心亏肾脏，怕官怕匪怕医生。且凭杯酒演豪情。

　　渐解生存靠竞争，长翻历史惯骚腥。莫如仰首望星星。　躲进琴房成一统，键盘之上起狂声。为谁悲壮为谁停。

　　渐懂天真不可行，人为刀俎我鱼丁。神州无地觅公平。　万事平安勤跑跑，一生强健要撑撑。如今凤姐易成名。

王思任尝云"爱山水，怕官府"，迅翁尝云"躲进小楼成一统"[1]，如今金鱼更杂入"长翻历史惯骚腥""人为刀俎我鱼丁"之类感受。所谓幽默，未必都无所用心；所谓郁愤，未必都金刚怒目。金鱼的词再次向我们揭示了这一点。

---

[1] 《谑庵自赞》《自嘲》。

第四章　网络词坛余论：词课三例与"草根"三词人

本编前三章已经以较大篇幅论析了网络词坛"守正""开新"两大群体的创作形态与理论审美祈向，由于视域关系，或仍有遗漏，然而也自信在一定程度上达到了描摹与总结的目的。前文所论大抵以词人/词人群为主轴，其实由于网络时代信息交换的便捷，群体唱和等"事件""现象"较之前更容易形成气候，只是由于文化氛围、创作水准等因素而显得稀落，有价值者尤觉匮乏而已。本章即试图关注网络词坛群体创作现象，以最具人气的网络诗词社团之一菊斋发起的三次词课为例补写当代词坛这一不可或缺的层级①，同时出于对"底层写作"的关注，对几位"草根"词人略予补说。

第一节　"于中来寄悲欢"："三国战隋唐"词课

词课历来是词社活动的核心形式。通过限调、限题、限韵等手段，词课可以表情写意、较短量长、砥磨笔力、增获道法，具有其他样式无可取替的重要功能，同时也不可避免带来"束缚心思"、为文造情、游戏笔墨等"副作用"。② 本书正文伊始浓墨书之的《庚子秋词》《春蛰吟》即是典型的词课结集，在相关分析中可以大体明确其样貌利弊。网络时代的词课以虚拟空间为发布平台者较多，"应者云集"效应显然更加强烈，而且唱和题材也突破咏物、怀古等传统类别，异思奇想，花样

---

① 本书绪论部分尝介绍"菊斋"简况，可以参看。
② "束缚心思"为王鹏运《庚子秋词序》中语，见本书前文。

翻新，深具时代气息与网络气质。

"三国战隋唐"是三次词课中时间最早、规模最大的一次。2004年7月，菊斋诗词坛发出一帖，名为"三国战隋唐"。参与者分成三国名将、隋唐英雄二"营"，以《沁园春》词调"打擂台"，或限同韵，或限同题，既比速度才气，亦比步韵技巧。① 至8月收战时，共得词帖百余，凡数百首。

如此创意之灵感大抵来自"怀古"传统，但融入"关公战秦琼"、穿越幻想等元素，一方面具有浓郁的游戏竞赛趣味，同时也具有相当的发散度与弹性空间，横涂竖抹，无所不宜，故能令诸多词坛高手见猎心喜，在笔墨游戏间贡献了颇多佳作。② 如开篇的《隋唐点将令》《三国点将令》二首③：

> 壮士前来！汝本英雄，奈何无名？正一城杨柳，乱飞江北；三千烽火，艳烧隋京。旧鬼凄凄，新魂耿耿，毕竟谁支天欲倾？好兄弟，把头颅义气，结个忠盟。　　峥嵘十八霜琼，刹那化、奔腾龙虎营。看枪激寒雪，铜欺新火；棒囚铁翼，锤劈流星。贫贱如何，纵横由我，匹马曾归十寨兵。待他日，晒征袍血甲，不负平生。

> 毅魄归来，烈烈旌旗，重点群星。视草莽揭竿，新烧劫火；烟尘啸聚，席卷长缨。七十二年，碑铭鼎鼎，谁恃河山带砺形？补天事，向诸公认取，歃血前盟。　　至今歌舞堪惊，有挂壁、龙泉不住鸣。料千载风姿，犹堪逐鹿；钧天浩气，正似雷霆。春水方生，檄敌宜退，睥睨关前十万兵。长安好，问能消多少，离乱承平？

虽偶见生硬率易处，但如"好兄弟，把头颅义气，结个忠盟""春水方生，檄敌宜退，睥睨关前十万兵"等句激扬奔涌，气势夺人，即置

---

① 唱和规则要求限时，如隋唐营发"挑战帖"，三国营须在24小时内按要求发出同韵或同题之"应战帖"，否则作负论，反之亦然。

② 其唱和多用"马甲"，难以一一辨考，姑隐其名，述氛围而已。其中多有女词人参与，而亦不暇"分拣"矣。

③ "隋唐点将令"一首为菊斋创办人任淡如作。

之稼轩词群、阳羡词派中，亦不逊色，可称怀古词之佳篇。

与大气磅礴的"点将令"相比，署名"隋唐英雄"之《红拂》多了一份婀娜之姿，但也不失风云之色，是个中上品：

此生休呵，此处别呵，此番去呵。把旧衣著尽，翠华洗了；前尘卷罢，红拂收授。肯约雄才，回看青眼，三万年中逢刹那。披霜雪，倚征鞍无语，一地婆娑。　此时风月如何，映宝剑、光寒奇气多。是江山付汝，汝还付我；两拼肝胆，誓守双幡。或者天公，作全缘份，九地欹倾为我么？甚乱世，忆虬髯孤客，几处消磨。

署名"三国名将"之"挑战帖"《隋唐阵中，真有英雄耶？》题目火药味浓，正文亦不无"跑题"之嫌，但就词而论，则幽光狂慧杂沓而来，对手固亦难当：

笑问天公，酒恼花颠，昔我谁曾。似人间青兕，一狂乃醉；禅中石虎，扑地还腾。世有空青，人无瞖目，纵有何妨侧耳听。空门里，却一襟花雨，万种风情。　是僧还似非僧，竟不死、春心一钵盈。恨花之开日，无人可语；梦渠深处，有泪如倾。旧孽先来，前欢未去，并向心头婉转生。茫然又，看月开千蕊，艳照当庭。

至于署名"秦小妹"所作《电视剧》之"挑战帖"特地注明"挑秦琼"，又要求同题，但不得次韵，可谓愈出愈奇，词亦深具感喟：

小也人生，大哉世界，咫尺屏前。看时惟弹指，惊添华发；地当换镜，顿隔云天。湖海传奇，春风故事，演义红尘未了缘。关情处，但弦歌杳渺，花月无言。　于中来寄悲欢，便随汝、随渠啼笑间。想古今有几，英雄事业；百年难得，行履平安。为我多情，寻常下泪，莫以虚诳摧肺肝。劳君等，把一场悲剧，演到团圆。

"于中来寄悲欢。便随汝、随渠啼笑间"，既咏物，也咏史，是妙于双关者，而亦不啻为这场"三国战隋唐"之"总结陈词"。对于此类

"文字游戏",我们的主流批评话语向来是持不屑态度的,我则以为,文字游戏虽有为文造情之嫌,但在有功力的作者手中,并不妨碍他们"寄悲欢"于"随汝随渠啼笑"之间,诸如集句、诗钟等文字游戏又哪里是腹笥俭啬、情致稀薄者可以"玩"好的呢?①

"隋唐英雄"与"三国名将"所撰二首《收兵》亦力量雄厚,足以羁勒泛滥奔腾的数百首和作。"三国名将"之上片云:"检点征衣,且按云烟,相视今吾。是生涯到此,千般皆淡;三春公案,一纸天书。似水年轮,如花色笑,尽付秋灯黄叶初。推枰起,待我先弃子,君意何如",笔致极其雅健。"隋唐英雄"之作全篇似更佳,"挑灯罢,任江湖夜雨,来袭书庐"之煞拍堪压整卷:

> 诧看今生,吾本古人,问君何如。忆七弦琴好,曾歌雅志;千斤锥在,将击狂胡。壁有龙吟,病销侠气,尘浣青衫奈久污。剩拍案,与风云诸旧,纸上相呼。　　生涯似此区区,肯谁约、尚能一拼无?试掩袍披甲,文成霹雳;回旗走马,笔幻的卢。恩怨军前,死生刀下,相惜何妨俱丈夫。挑灯罢,任江湖夜雨,来袭书庐。

十年后,"菊斋论坛"重新刊发部分作品于微信公众平台,其《谢幕词》有云:"这当然是文字游戏,算不得严谨的创作。以诗词为游戏,是耶非耶?当时就已经颇多争议,于今也难有定论。某谓:诗词亦无固定面目。游戏之于诗词,或如武侠之于文学。或者也可以说,诗词,原来也可以这样写去。"是的,"诗词,原来也可以这样写去",这或者就是此类词课的意义罢?

第二节　别样的"致青春":"班花豆蔻"词课

2010年4月13日,菊斋首发署名"初中小男生"者"写给初三二

---

① 诸如朱彝尊的集句词《蕃锦集》,见拙作《朱彝尊〈蕃锦集〉平议——兼谈"集句"之价值》,《南京师范大学文学院学报》2003年第3期。又如本书前文提及的诸多集句词与张伯驹的诗钟等。

班王小梅"的《满江红》,以"嫁"字为尾韵,词云:"忆昔初来,吾尝是、未知文者。颇见得,向伊拥簇,乱尘随马。黄竹江干闻响屣,乌衣子弟争罗帕。便珠灯、隔雨看多年,曾无话。　算几度,春潮打;换此日,鱼龙化。想云裾玉趾,不能忘也。觌面当言花月好,论痴岂在王荀下。却教人、翻笑使君愚,罗敷嫁。"仅一小时后,即有署名"初中小女生"者原韵唱和,"写给初中小男生":"往事从谈,当年是、万人英者。桃花底,阿谁横笛,青梅竹马。叶底飘红初覆屣,身前稚子递罗帕。那青春、岁月忆无端,轻声话。　冷雨落,飘窗打;十年矣,韶光化。若春回故里,犹能知也。少女情怀词半阕,萧郎心事书笔下。问人生、底事最堪怜,青娥嫁。"

显然,这是"过来人"一时兴起,将那些"青春岁月忆无端"的"轻声话"寄寓在"初中小男生""初中小女生"的设定情境当中的,形式很"游戏","便珠灯、隔雨看多年,曾无话"的心绪则很能勾动怅惘、沧桑之感。或者是唤起了"同桌的你"情结之故,也可能仅出于"凑热闹"心态,至4月20日的短短几天之间,围绕这一主题即得步韵《满江红》五十余首,七嘴八舌,钟鼓齐鸣,真令人忍俊不禁,心头又别有滋味。

与"三国战隋唐"相比,这一自发性质的"班花豆蔻"词课视角更为多元[1],层次更加递进,叙事性、戏剧感愈益增强。以小男生、小女生的两首唱和为由头,众多参与者纷纷寻找自己的角色定位与发言角度,于是,"初中班主任""代课老师""初中隔壁班女生""初中老校长""初中差等生""学校门口小流氓""初三一班李雷""初中小混混""初中校草""初中坏叔叔""传达室老大爷""校门口算卦的瞎子""新华记者[2]""教育局长""王小梅的妈妈""校长太太""南方都市报观察员""王小梅的姐姐王小菊"等各色人等尽皆粉墨登场,或幽默,或苦涩,或调侃,或真挚,俨然上演了一出"初中生早恋"事件下的"社会活报剧",更构成了"诗词,原来也可以这样写去"的又一力证。

---

[1] "诗评万象"微信公众号选发该组词,命名为"一朵班花怜豆蔻,三年情事成公案"。
[2] 原文如此,盖有意为之。

不妨先看"初中隔壁班女生"写给"初中小男生"的单恋情话：

那段时期，你常是、孤单行者。背人处，放声曾唱，金戈铁马。我在墙边偷望后，薄纱帐里烦罗帕。便秉烛、开锁记一行，悄悄话。　雨来侵，风来打；青梅味，随烟化。唯白衣去影，偶上心也。每悔当年轻错过，而今逢是痴情下。仍不敌、借笔小同桌，虽未嫁。

"我在墙边偷望后，薄纱帐里烦罗帕。便秉烛、开锁记一行，悄悄话"，豆蔻初开的少女情怀，真是穷形尽相，"仍不敌、借笔小同桌"的幽怨也口角宛然，神态如见。"初三一班李雷"写给王小梅的也是单恋情书，用笔较雅，而"不患君之不己知"之妙趣足与上篇相敌，煞拍亦款款情深：

绝代风华，应无视、暗追随者。青眼向，风尘外物，风流司马。玉树芝兰输咏絮，名媛闺阁争传帕。便围炉、共席只寒暄，无多话。　明镜里，流光打；花事竟，青涩化。只情怀依旧，未曾更也。不患君之不己知，少年梦寄梅花下。愿今生、静好岁月宁，安心嫁。

在词课自然形成的戏剧结构里，这些小儿女的恋情倾吐引发巨大的震荡波。"传达室老大爷"就"得见新生方入学，谁教老泪横流下。愿小梅、早与我孙儿，谈婚嫁"；"校门口算卦的瞎子"则"铁口直断"："料多年、以后忆从头，糊涂话"；"初中坏叔叔"更是以同情者口吻"寄语我的俊男美女学生们"："情窦初开，谁不是，心难禁者……你们呀，别怕打；砸破茧，蝶才化。老师吾当日，更加狂也。操场中间牵素手，夜深送到纱窗下"；"初中校长"作为"领导责任者"又别有心事："平地飞来今日祸，一头冷汗频掏帕。这苦衷，哑子咽黄连，都难话"，故对局长"将烟递，将火打"，殷勤解释"小孩儿，总是爱新鲜，聊婚嫁"。

最称活龙活现者当推"教育局局长"之大作。面对记者"围攻"

先是表态"一定要严肃处理":"校长带头都反省,王小梅先检讨下。到今年、没满十三龄,谈啥嫁",下一首更是将官样口吻高度还原,连同私下计算一并揭而出之:

> 大早上班,又面对、一群记者:我们局,整风教育,刚刚上马。不但狠抓德智体,还将搜检随身帕。啊你们、稍等几分钟,有电话。　对对对,要严打;是是是,补文化。哎果然您老,真英明也。校长暂时不用撤,那啥主任先揪下。正发愁、这祸找谁扛,拿他嫁。

居然可将"啊""那啥"等"语助词"纳入格律,局长本色,真乃栩栩如生,妙不可言。

在"班花豆蔻"事件中,有几处与早恋主题无关的"旁白"或曰"插话"也别有神采:

> 自笑而今,俨然亦、沐猴冠者。谁曾识,街头无赖,乱群劣马。班长座旁抄作业,女生桌斗偷香帕。更捕风、捉影造谣言,传闲话。　老师骂,同学打;冥顽久,终难化。愧十年落魄,不如人也。时运略输李广好,功名只在孙山下。算重逢、应是秋风老,春风嫁。
>
> ——初中差等生·闻同学聚会感寄昔日同窗

> 谁最横行,某昔日、号流氓者。巅峰时,爱穿白衣,不骑竹马。腰冷自藏透骨刃,夜深争逐红罗帕。就凄风、冷酒更能逞,英雄话。　常打人,亦被打;易结交,难教化。羡江湖喋血,皆是命也。一朝错尽四时花,半生终到三餐下。甚男儿、坏处女儿怜?无人嫁。
>
> ——学校门口小流氓

> 思绪如潮,难成寐、灯前影者。温旧册,校园青草,绿杨鞍马。眉眼清凉乌发瀑,衣裙深雪红梅帕。记分桑、合饼唱《童

年》，听蝉话。　　春几度，秋风打；星四散，流光化。便池塘榕树，无从觅也。明月天涯芳草远，芭蕉苦雨丁香下。看空中、焰火到深灰，倾城嫁。

——我是初中预科班·倾城嫁

初中差等生"班长座旁抄作业，女生桌斗偷香帕……老师骂，同学打"，"愧十年落魄，不如人也"的今昔对比，学校门口小流氓"腰冷自藏透骨刃，夜深争逐红罗帕……常打人，亦被打"的自豪自怜，皆如电影《老男孩》或《致青春》的光影闪回，迷离扑朔。《倾城嫁》则是"女神出嫁了，新郎不是我"主题的"古典文艺版"，上片"眉眼"二句勾勒的"女神"画像映带出下片"春几度，秋风打；星四散，流光化"的怅触无极，至煞拍"看空中、焰火到深灰"以幻觉写冰冷心意，亦令人动容。

"班花豆蔻"词课归结于署名"旁观者"的《既然大家这样开心，与时俱进一下，临屏步韵一首》：

一朵班花，奇妙事、身边坐者。常梦想，楼台近水，能成白马。一段青春蝴蝶结，三年心事鸳鸯帕。把琼瑶、小说摘些成，悄悄话。　　争盖帽，篮球打；争第一，数理化。要秋波暗赞，贤哉回也。当日那些玩笑语，今天请你思量下。道不如、怜取眼前人，何时嫁。

"一段青春蝴蝶结，三年心事鸳鸯帕"，如此工丽的对句诚是可以撩起我们这些"老初中生"的"代入感"的，不管那时你有没有自己的"王小梅"，而由多人联袂打造的这一幕"致青春"词课也应该以它别样的"豆蔻风情"被载入诗歌史册，成为特具光彩的一个插页。

第三节　"一曲从天降"："老歌翻唱"词课

2015年秋，菊斋诗社倡"唱响菊斋"活动，要求以《金缕曲》"题一首你最喜欢的歌……歌曲不限……各得其乐"，限韵上声三讲二十二养、去声三绛二十三漾通用。"为求整齐划一的月饼感,兼向古人致敬",一律以"这一曲,请君唱"煞拍①。一月之中,得词数十,诸如《海阔天空》《追梦人》《小城故事》《上海滩》《外婆的澎湖湾》《再回首》《花祭》《春天里》等一众老歌重现词坛,大是壮观。

先读高亢的《小城故事》:

> 尘世嗟无两。可人儿,雪冰妙质,玲珑模样。才启樱唇梁尘堕,愁绝人间天上。似乍饮、醍醐醇酿。方叹清圆珠玉落,又风吹、袅袅游丝荡。歌未竟,百花放。　　仙音自是天之贶。痛何速,月沉碧海,骨埋黄壤。此日歌星过江鲫,借问谁堪偶像。却来悼、筠园迷惘。身后三千俱经典,独小城、故事称难忘。这一曲,听君唱。

邓丽君一代歌姬,不仅艺术魅力无双,更因改革开放之初以特有的"靡靡之音"软化无数粗糙冷硬心灵而带有启蒙意味②,对此,李梦唐《吊邓丽君墓》三首表达得更为深切:"筠园孤冢小苍桑,旧日声名敌国倡。海内今多歌舞地,花前犹唱夜来香","攻心战起用韩娥,万户争传子夜歌。绝似春莺来海上,一声光复旧山河","洗尽风尘曲更新,偏安旧事等浮云。我来一默焚香祷,不吊英雄只吊君",笔笔剀切,几不让杜司勋咏史诸作。③ 与李诗相比,晋惠帝《独上西楼》与本篇在思想深度上颇见逊色,但本篇以要眇宜修之词笔刻写"才启樱唇梁尘堕,愁绝人间天上""歌未竟,百花放"之"听后感",亦可谓情见乎词。

---

① 秦月明发布之《公告》。实际创作中煞拍字样多稍变化,亦有不以此煞拍者。
② 郭剑敏:《声音政治:八十年代流行乐坛的邓丽君、崔健及费翔》有云:"邓丽君歌曲……在内地听众中的悄然流传从一开始就被蒙上了一层浓浓的政治色彩。对于刚刚从激烈的政治运动中走出来的中国人来说,邓丽君甜美柔和、亲切自然的歌声有着极大的抚慰与唤醒作用,那些曾被集体主义与英雄主义所征用的身体,在邓丽君的歌曲里一点点地苏醒。"《文艺争鸣》2015年第10期。
③ 李梦唐(1964—2016),本名宗金柱,河北任丘人,中国人民大学中文系毕业,供职于中新社。2001年开始诗词写作,现存二百余首,结为《家国集》。苏无名《点将录》称其"律绝尤擅……多为吊古,间发感概……以历事多,故诗皆能有切身之感,非徒向壁虚拟也"。论其品格,在中晚唐之间,取其明白晓畅一路,以思力胜场,高者接踵小李杜,次亦不失为袁子才。

作为怀念之作,当属上乘。

《小城故事》下片较弱,就整体而言,秦月明的《海阔天空》与柳五的《春天里》气韵沛然,似能略胜一筹:

> 一曲从天降。似寒宵、披襟冲雪,五湖横浪。要赴迢遥山海约,耿耿幽怀孤往。君不见、无边尘网。覆我残躯烟火色,把青春、热血从中葬。爱与恨,十年惘。　　某年某月某街巷。再相逢,潮音四面,耳边心上。李志曹蝾俱振起,是我少年模样。击节处,泪花微漾。君在高楼我在道,隔天空、海阔来相望。这一曲,共君唱。

> 梦也无形状。透霞光、忽然记取,少年模样。长发飘风春天里,奔跑无须方向。只破木、吉它嘶响。剪洞毛边牛仔裤,驭单车、怒吼看回浪。在旷野,在桥上。　　胡须蓄起成人相。便成天、灶前灯下,难逢俊赏。轻触床头风铃翼,摇碎些些迷惘。小公主、娇嗔倔强。似我当年偏青涩,困校园、九点才能放。遽有泪,迎风淌。

"老歌"之所以为"老",是因为它承载了最"闪亮的日子",而如今重听翻唱,又必然回想起"光阴的故事"。"覆我残躯烟火色,把青春、热血从中葬。爱与恨,十年惘""长发飘风春天里,奔跑无须方向。只破木、吉它嘶响……在旷野,在桥上",今日之"残躯"与昔日之"长发"的对比也足够使人心旌摇荡的了。

当年"魔岩三杰"窦唯、张楚、何勇各有所长,何勇的《垃圾场》是最震撼人心的杰作之一,"我们生活的世界/就像一个垃圾场/人们就像虫子一样/在这里面你争我抢/吃的都是良心/拉的全是思想……有没有希望/有没有希望/有没有希望/有没有希望",撕心裂肺般吼出了一代人的愤怒。王七的《金缕曲》有澎湃之气,亦能副之:

> 击节狂生唱。鼓天风,鲸呿鳌掷,洪涛滉漾。谁是云间鹏背客,下看劳生熙攘。都只是、蠕蠕模样。几个泥涂徒曳尾,更几

个、巾笥庙堂上。肥死哭，饿死怅。　　野狐山鬼吹烟瘴。助鱼虫、往来争剧，尘昏腻涨。几个良心刚食尽，几个已成思想。诉嗷嗷、情怀激荡。我亦此中驽骀辈，又何堪、骂座奋空嗓。魂未灭，永囚圹。

因为"鲸呿鳌掷，洪涛混漾"，故不能用"这一曲，请君唱"的舒缓悠长作结，"魂未灭，永囚圹"虽略嫌生硬，却也衬托出全篇的诡异激愤。菩提叶《年轻的朋友来相会》也是感慨丛生之作，"三十五年潮似水，鹿马悠悠依样……告与故人休再会，料故人、再会愁空涨。这一曲，怕君唱"勾人无数遐想：

旧曲难重赏。望神州，繁华爆眼，几多虚妄。报上屏间谈伏虎，恰似名伶说 Duang。怎消得、霾深雾障。诧异五毛传帖快，又怜他、囊里叮当响。些许事，细声讲。　　那年柳色天清旷，会同侪，轻歌快楫，兴豪千丈。三十五年潮似水，鹿马悠悠依样。谁倩我、凭栏怅惘。告与故人休再会，料故人、再会愁空涨。这一曲，怕君唱。

最后还可读很别致的《小鸡哔哔》，作者孟有怀：

神曲从天降。小鸡仔，懵懵懂懂，长街流浪。寻子母鸡迷道路，着急公鸡又往。心忐忑，恐遭罗网。古道热肠火鸡叔，却谁料、几被餐桌葬。鸽小姑，很迷惘。　　左邻右舍后前巷，齐出动，猫三狗四，牛下羊上。画影图形各张贴，可爱小鸡模样。疑霾耗、泪花荡漾。未见拖拉机下死，忽小鸡、街角探头望。这一曲，你丫唱。

《小鸡哔哔》改编自意大利儿童歌曲《El Pollito Pio》，被称为龚琳娜《忐忑》后又一"神曲"。这首《金缕曲》将原歌词的单纯音节改造成寻找走失小鸡的复杂情节，角色丰富，心理层次各异，更将原作拖拉机碾死小鸡的"残酷"易为"忽小鸡、街角探头望"的欢喜结局，童趣不失，新意转增，特富"网络味"。以此为网络词课一部分作结，诚也是"天然凑泊"的。

第四节 "草根"三词人王建强、刘泽宇、张一兵

近年来，现当代文学研究中的"底层文学"讨论颇为火热，其中也不免存在一些偏向，但最大的收获则是扬弃了"工农兵文学"的政治底色，回归到了生活和人性本体。"纯逻辑的语境中，底层文学可以展开为（1）指向底层的文学，（2）为了底层的文学，（3）底层自身的文学"①，这里我们没必要就"底层""底层文学""底层写作"的概念进行更多辨析，而只取其"底层自身的文学"一个维度略作盘点。

随着自媒体的传播与主流媒体的推动，来自底层的诗歌写作越来越为大众所熟悉。余秀华、陈年喜、李松山们的新诗电击读者心灵的常常不是语言和技巧，而是他们所在的"摇摇晃晃的人间"本身。② 实际上，旧体诗词界域中也不乏这样的作者，前文花不少笔墨提及的廖国华即是地道的"底层/草根人物"，只是由于诗词自身在文化传播系统中的边缘化地位，他们的作品并未引起较广泛的关注。

河北栾城的养鹌鹑能手王建强（1974—　）在养殖产业的名气似远大于诗词界，他曾"登陆"中央电视台第七套节目"致富经"栏目，但诗词集《逐梦成孤旅》出版后，仅若干同道知悉而已。③ 王建强自述"小令宗五代北宋，绝句主田园。始终坚持我手写我心"，宗法如何另当别论，"我手写我心"，也就是写自己鲜亮的生活这一点则最为动人。如他的绝句组诗《摆地摊》前三首云："初到街前总害羞，怕人问价盼人稠。记得一笔成交后，早有泪花遮眼眸"，"我与微灯两寂寥，偶于闲处看楼高。新衣挂满许多梦，都在那条绳上摇"，"白水一瓶共面包，晚餐既定省开销。小心掰下丁丁角，唤起街前流浪猫"，这是最幽微的生活细节与心绪，是眼光向下的"知识分子写作"（尽管那也很可贵）

---

① 王晓华：《当代文学如何表述底层？——从底层写作的立场之争说起》，《文艺争鸣》2006年第4期。
② 余秀华诗集题目。
③ 江苏凤凰文艺出版社2021年版。

所无法代言的。①

其小令《菩萨蛮·当年曾是小商贩》也是这种"逐梦"生涯的写照，看似随手，其实剪裁得宜，很具匠心：

> 风儿吹进骨头里，幸福装进箩筐里。冰雪未消融，单车推进城。　归来将夜半，月色撕成片。片片似鹅毛，遮天盖地飘。

至于"勤劳致富"、渐入佳境，"把酒话桑麻"之类的闲适之作也渐多，但烟火腾腾的底色并不改。如《清平乐》：

> 晨光渐早，庭院多飞鸟。妻子厨房呼饭好，时有暗香萦绕。小桌摆在屋前，说说日子酸甜。三两闲花飘落，悄悄落上杯盘。

王建强的言情、游历之作也有可观者。《卜算子·过敖汉访友》句云："谁把羊群赶上山，赶到白云底"，"老酒三坛喝到无，坐看星星坠"，都是眼前语，而颇有雄奇之致。《蝶恋花》一首则将一段怅惘的往情写得极富跌宕之感：

> 怕过门前今又过，丁字街头，向右还须左。小巷朱门常落锁，不经意里停一刻。　春花才放秋花落，十六年来，每自常萦索。尤记当时都有诺，纵然相见难说破。

王建强诗词兼擅，陕西蓝田人、自建筑工人"华丽转身"为小学教师的刘泽宇（1971—　）则自号"沙鸥庐词客"，较专意于词，数量既丰，门径也更宽阔一些。他的《蝶恋花·偶见二十年前手钞小山词，时为建筑工人，不禁慨然，即用小山韵题之》《南乡子·第二次来广州，十一年前送妻来此打工，曾作一日停留》与《踏莎行·街头被二十多

---

① "知识者能否为底层代言"也是争论颇多的问题，饶翔、刘旭为代表的批评家对此是持警惕、不信任态度的。见饶翔等《底层写作四人谈》（《文学自由谈》2006 年第 3 期）、刘旭《底层问题与知识分子的使命》（《天涯》2004 年第 4 期）等。

年前建筑工友小邱认出，立语久之。记小邱语》等追忆劳作生涯，皆很真挚，可读后者：

> 嘴变 O 形，眸藏疑意，"一连说甚教书事？"打量再问眼前人："当年不也居工地？"　廿载轻翻，一声弹指，"原来早变当年你。""问余何故认君来，依然满脸书生气！"

刘泽宇甚爱迦陵词风，集中悲慨之作不少，《贺新郎·雨夜驾飞船于宇宙间飞行》则又是一样气色，可谓游仙词的现代翻新之作：

> 凉雨随风飏。一丝丝、柔情千缕，略添惆怅。织却霓虹灯底雾，织就水晶帘帐。幸未织、人间愁网。且驾飞船凌空射，复回眸、俯瞰惟苍莽。星斗在，周遭亮。　诗心此际同明朗。脱埃尘、应无悲喜，骨清神王。寄语故人休忆我，我在星球流浪。恍见你、当初模样。却怪浮生缘未了，到三生、三世犹回放。天外客，竟难忘。

河南长垣瓦工张小兵（1975—　）又与刘泽宇相反，他的诗较多而佳，写自家生活者如"幸喜家贫堪手艺，可怜身老未名声"（《砌墙》）、"适情小觉睡当睡，万里山河一瓦工"（《工地午歇》）、"可叹寂寞叉诗手，只向灯前自补衣"（《工地衣破自补之》）真切而不乏情怀。其词虽以余力为之，但多为笔意淋漓之长调，也足以觇见那种"吾也狂生耳……四十年来家和国，一一声沉湖底"（《金缕曲》）的自我认知与期许，亦可谓"小隐隐于野"者。《水调歌头·客南中秋》一气流转而兼跌宕沉郁，极能凸显一己面目：

> 我是未归者，今夜月光明。千年把酒还似，苏子慰平生。也啖罗浮山下，又吃黄州城里，酒债不须惊。天地一游客，湖海万家灯。
> 醉已矣，醒已矣，听潮声。风清浪白，浮槎来去数星星。逢此中秋佳节，叹那前尘往事，真个涌心情。明日回乡转，负耒是秋耕。

《沁园春》一首是其笔下最高之作：

> 小院人家，鸟鸣深树，落雨时光。是夏初荷影，蜻蜓已立；针偏午刻，日子延长。忽坐棋盘，又临楼宇，不过南窗与北窗。天晴后，听瓦刀一响，万两金黄。　几时俗似平常，被酱醋、油盐追迫忙。忆中流击楫，有歌堪发；大山论道，无话可藏。乃学何如，此心即理，老子骑牛过一场。倩盛世，使而劳而获，岂问渔郎。

于"落雨时光"的短暂"休闲"念及天晴后的"瓦刀一响，万两金黄"，已令人失笑，然而由此"被酱醋、油盐追迫忙"的琐碎生活忽而延展到"中流击楫""大山论道"，乃至心学、道家，深得步步为营、抽丝剥茧之妙。如此佳篇，出于版筑之间，无疑是令人大感惊喜且诧异的。当年陈衍于《石遗室诗话》《近代诗钞》中称赏其仆张宗杨，颇为人嘲笑轻贱[①]，其实置之于现代观念，又何尝不是一种"指向底层"的难得眼光呢？诗词乃智者之事，本来就不是哪一个社会层级可以垄断的，三位"草根"词人的妙笔强有力地向我们重申了这一点。

---

① 汪辟疆：《光宣诗坛点将录》点张宗杨为"监造供应一切酒醋"的笑面虎朱富，赞云"小人张，主人衍"，乃轻鄙之意。王培军：《光宣诗坛点将录笺证》，中华书局 2008 年版，第 755 页。

第七编

中国港澳台、海外词坛

本书前六编依据历时性原则布局分述十九世纪末至今百余年的词史流程，一维的时间轴线用以划定词史坐标肯定会显现出不适应性，所以，有必要引入空间维度与性别视角展拓出繁杂多元的词史生态，撑构起"廊腰缦回，檐牙高啄"的词史场域。①

本编将要叙述的中国港澳台及海外词坛看似地域概念的又一次简单回归，但稍有常识者都不难明白：这一次的"地域回归"，其文化属性已经与纯古典语境下大不相同。一方面，"地域"已经空前放大到了"世界"的范围，其文化多元碰撞的强度旷古未有；另一方面，作为地域概念的中国港澳台及海外或长期为列强割据，或为民国孑遗，或为异域他国，意识形态、文化构合均与"祖国"／"中国"存在巨大差异，而其中又存在着相当坚牢的文化凝合力与传统趋同性，甚至在某些特定历史阶段，这些"孤悬海外"之所或"蛮夷之邦"反而成了中华文明的避风港和屏障。这些特质既是学科意义上的中国港澳台地区及海外华文文学成立的基础，也是我们将其"计划单列"、予以集中观照的主因。

---

① 王培军提出，依照时间主线写出的诗史可以叫作"嬗变诗史"，如果把空间作为主坐标，把诗人的具体分布描述出来，可以称为"分布诗史"，《王培军谈近代诗人排名风尚》，《东方早报·上海书评》2014年12月14日。

第一章　近百年中国香港、澳门词坛

第一节　"故国翻成海外洲"[①]：近百年香港词坛（上）

1898年，英国与清政府签订《展拓香港界址专条》，强租新界，租期九十九年，从而最终完成了今日之"香港"全境的布局。前此十一年，葡萄牙通过《中葡会议草约》和《中葡和好通商条约》的签订，也已正式通过外交文书的手续占领澳门。站在中国近代史的主流立场上看，这诚然是彼时积贫积弱国运下的大耻辱，然而也不能否认，因为"沦为"资本主义强国的海外殖民地，港澳基本避过了近百年的一系列变乱[②]，一定程度上赢得了和平发展的机缘，且成为持"不同政见的各路英雄"的"一段缓冲地带"，"中西混杂，新旧混杂，雅俗混杂，忠奸混杂，舞影灯光，繁华似梦"[③]，形成了色调斑驳、音声杂沓的"文化半岛"效应。

作为这一文化景观带的核心部分，文学及其主要分支的诗歌，自然在其中也有不俗的表现。兹录黄坤尧描述香江文坛的一段文字以见其概：

[①] 黄节：《题陈子丹香溁访陆图》二首其一，转引自黄坤尧《香港诗词论稿》，香港当代文艺出版社2004年版，第16页。

[②] 第二次世界大战期间，中国香港经历了三年零八个月的日治时期，而澳门则因葡萄牙威胁将已迁往巴西的日侨全部遣送回国未遭武力入侵。

[③] 黄坤尧：《陈步墀〈绣诗楼丛书〉与晚清文学在香港的延续和发展》，《香港诗词论稿》，第3页。

晚清以来，各类文人出入香港，汇聚香港，尽管立场互有同异，但天涯羁旅，投赠问路，声气潜通，而诗文往往就是表现思想情怀的最佳载体……革命成功、白话代兴以后，传统诗文仍然不断焕发出特有的魅力，左右文坛的报刊以至学校的语文教学，文白兼赅，六十年代仍未绝迹，仍然拥有广大的读者群……他们以诗会友，结成了一个又一个的文学中心，例如南社、粤社（广南社）、绣诗楼、正声吟社、千春社、硕果社、坚社、沧海楼等，往往都能文采竞秀，领导一时风气。[1]

黄节《题陈子丹香溧访陆图》二首其一云："故国翻成海外洲，此间何处著名流"，潘飞声《泊港上陈子丹招饮陶园，并示又农弟》云："乾坤扰扰身安托，文字荒荒舌尚存"，从中是很能见出文人与"海外洲"的因缘际会及其心绪主线的。具体到词坛，则方宽烈编纂之《二十世纪香港词钞》录词人近四百家、词作约一千二百首，虽稍宽滥，已能大体呈现其面貌。[2] 关志雄为该书序，以为该书与《花间集》相仿，均为"乱世中偏安一隅之文学制作"[3]，这一判断是包涵了历史、文化之大感喟的。

一 香江词坛"旧头领"廖恩焘 附陈步墀、黎国廉

香江词坛辈分最尊者当推潘飞声、廖恩焘，潘氏前文已有论说，此处即略论廖恩焘以冠兹编。

恩焘（1864—1954）[4]，字凤书，亦作凤舒，号忏庵，广东惠阳人，廖仲恺胞兄。弱冠为诸生，应顺天乡试未售[5]，遂入外交界，任清政府

---

[1] 黄坤尧：《陈步墀〈绣诗楼丛书〉与晚清文学在香港的延续和发展》，《香港诗词论稿》，第4页。
[2] 香港东西文化事业公司2010年版。
[3] 该书第21页。
[4] 有书廖氏生年为1865年、1866年者，此据《惠阳廖氏族谱》，见钱念民《廖恩焘词集笺注前言一》，载卜永坚、钱念民主编《廖恩焘词笺注》，广东人民出版社2016年版，第5页。
[5] 廖氏《思越人·广九路轨经惠阳……》一首自注"余弱冠赴京兆试"，故有关文献多以其为举人，实则此"京兆试"为顺天乡试。如乡试"获隽"，其文字中定有记载，故可推为"未售"。

驻古巴马丹萨领事馆翻译官，此后升任领事、总领事等，前后居留逾二十年，故所作《湾城竹枝词》《纪古巴乱事有感》《高阳台·阁龙公园晚步，瞻石像有感……》《望海潮·古巴革命军与西班牙战……》等言古巴历史文化最详。1918 年起又任驻日本、朝鲜、智利、古巴等国外交使节，后辞职经商。晚年充任汪伪政府委员，四十年代末移居香港，多与词人墨客如刘景堂、罗忼烈等往来，发起坚社，以其所居坚尼地道名之也①，是为公认之尊宿主盟。恩焘为如社、午社中坚，词名颇大，其寓港虽已在晚年，但推毂风气，功不可没，许为"旧头领"当无大谬。

恩焘早著诗名，梁启超《饮冰室诗话》即称道其粤讴《新解心》诸作为"绝世妙文"，称其"文界革命一骁将也"②，其七律《嬉笑集》更全以粤方言写成，有"粤语奇书""广东文献添新菜，中国诗坛起怪风"之誉③，致力填词则迟至半百以后。今正集所存最早词《琵琶仙·沪上候船渡太平洋……》作于 1926 年④，"雪点袍斑，霜丝镜影，人况迁客""忧患在、文章底事，误毕生、几两吟屐"云云即多白石、梦窗格调而颇有刚健意。《倦寻芳》作于此后不久：

  醉眉压恨，吟鬓黏愁，寒夜灯灺。细数花风，二十四番都过。短袂曾亲杨柳折，脆箫才引樱桃破。甚如今，又湖楼百尺，元龙高卧。 便庄蝶、栩栩招我。未卜三生，因证香火。梦雨飞回，慵翅湿红难亸。近市鲛人珠乍泣，隔邻雏女钱还簸。这销魂，没来由，俨成真个。

1931 年秋，恩焘自海外归沪上，持六年来所为词"亲诣就正"于

---

① 钱念民：《廖恩焘词笺注前言一》中转述其父钱天佐的回忆，云恩焘任"香港词会会长"，未见其他文献载录，见《廖恩焘词笺注》，第 9 页。
② 《新民丛报》第 38、39 合刊号，转引自朱志龙《廖恩焘先生年谱简编》，《廖恩焘词笺注》后附，该书第 1147 页。
③ "粤语奇书"见黄仲鸣《字里行间：廖恩焘的粤讴》，香港《文汇报》2016 年 1 月 19 日；"广东"二句见简又文《嬉笑集题后》。
④ 据《廖恩焘词笺注·集外词》部分，廖氏可见最早词为《金缕曲·题友人仗剑东归图》，风格豪迈，近辛陈一路。该篇载于邱炜萲《五百石洞天挥麈》卷七，该书为光绪二十五年（1899）刻本，其时恩焘年未不惑。

病中的彊村老人。彊村读后题云:"胎息梦窗,潜气内转,专于顺逆伸缩处求索消息,故非貌似七宝楼台者所可同年而语。至其惊采奇艳,则又得于寻常听睹之外,江山文藻,助其纵横,几为倚声家别开世界矣。"① 这首《倦寻芳》风情隐约,寄托闪烁,诚可谓"顺逆伸缩",而"醉眉""脆箫""慵翅""湿红"等也确乎"惊采奇艳",得梦窗高处,那也难怪彊村会深致奖勉、引为同调了。

关于廖氏踪迹梦窗一节,同人誉之者多,林鹍翔甚至称为"彊村师得梦窗之传而无此奇丽,海绡翁衍梦窗之绪而无此恣肆,海内无人能抗手矣"②,此虽友朋"阿私所好"语③,亦足见声价。至如夏敬观、夏承焘、龙榆生、刘景堂等,则更进一步指出其学唐五代词、"时亦出入稼轩"④,也较符合实际。诸家所未大留意者,廖恩焘对柳永词极具赏心⑤,亦自梦窗溯源而上之意也。其《添字采桑子》小序即揭橥了这一点:"余年五十学为倚声,颇嗜柳七词,自《黄莺儿》以下二十余阕,皆背诵极熟。探幽索微,确信周吴导源所自。尝谓读吴而得周之髓,读周而得柳之神,由柳追而上之,豁然悟南唐五代如天仙化人,奇妙不可测……拙著此稿将问世,殿此小令,亦饮水思源之意云尔"⑥,文中所谓"拙著此稿"系指《扪虱谈室词》,"饮水思源",极其推崇,意甚显明,而词亦佳:

> 沿花唤月阑干凭,月上阑干,花满阑干,月镜花容、无那带霜看。
> 井泉饮处闻歌柳,甚百年间,索解人难,大鹤仙飞、谁与起词屏。

当然也有对廖氏词风表示不满的,吴梅就再三批评其"殊少真性情,与周岸登《蜀雅》同病","涂金错采,不知于意云何,此学梦窗

---

① 廖恩焘:《忏庵词》卷首,《廖恩焘词笺注》,第3页。
② 《忏庵词续稿》末附,《廖恩焘词笺注》,第350页。
③ 廖氏《清平乐·丙戌春戏作……》其二云:"词坛故老,评我残年稿。金谓必传堪绝倒,遮莫阿私所好。"
④ 龙榆生:《半舫斋诗余序》,《廖恩焘词笺注》,第357页。两夏氏之说同见《半舫斋诗余序》,刘氏说见《影树亭集序》,《廖恩焘词笺注》,第717页。
⑤ 似唯刘景堂《影树亭词集序》顺笔提及。
⑥ 《廖恩焘词笺注》,第606页。

而得其晦涩者也"①。"殊少真性情""涂金错采"云云是学梦窗者的通病，不独廖氏为然，而且着眼于积极方面的话，廖氏阅世既广且久，其词颇具认识意义，笔调也不尽晦涩，比之寿玺、易孺一辈还是要明爽一些的。如《木兰花慢·岁暮客金陵，战云陡起，眷口在沪，途梗不得归，酒后怀古切声，不数仲宣登楼之赋已》：

> 冷笳次戍垒，搅残梦，秣陵潮。问赠别年年，隋堤几树，攀折纤腰。台高雨花散易，剩三峰、云气拂长桥。不见灯船傍岸，隔江笛步谁邀。　　萧条。吟袖漫空招，湖上莫愁桡。算金鸡未报，铜驼有泪，怕说前朝。离巢旧家燕子，到斜阳、巷口总魂销。记否头颅镜里，君王一笑无聊。

本篇作于辛未（1931）岁暮，名为"怀古"，实乃"感今"，时局不靖、山雨欲来之感充塞其间。至于1939年前后所作《还京乐·吾郡城在罗浮之东……去春日军陷落，不知如何矣。寒夜酒后，浩然有思，率拈此解》更是以"故山在，鹤悸猿惊，梦迹今记否。纵渡江胡骑，乱蹄踏后，芳菲依旧……千戈万劫心魂，试安排，自酹壶酒"等句直抒离乱心曲，不稍假借。《风入松·甲戌清明，粤中赋此调，今于乱离之际又逢佳节，新愁旧恨，何以为怀》也是长歌当哭之作：

> 花朝才过又清明，寰宇未销兵。斜阳流水寒鸦外，惜燎原、劫火飞星。不见降幡招展，笙歌残霸宫城。　　村帘出杏为谁青，巢燕殢春程。家家灶冷愁时节，甚行人、还管阴晴。啼到杜鹃无血，铜驼依旧荒荆。

廖氏以八十高龄出任汪伪政府委员，时论非之②，但不能否认上面

---

① 《瞿安日记》1934年12月28日、1936年3月18日，转引自朱志龙《廖恩焘先生年谱简编》，《廖恩焘词笺注》后附，该书第1184、1187页。按：日记所记为真实感受，至于信函仍多门面语，《忏庵词续稿》后吴梅就说"彊村丈、海绡翁之外，学梦窗而不囿于梦窗者，又遇一先生，读竟叹服不已"。世之喜开"作品研讨会"并洋洋标榜者，曷不自此闻见消息？

② 廖恩焘曾有《高山流水·汪主席挽词》，句云："公较留侯胆胜，半壁扶残。想生前，本当奇绝古人看。"

这些词作中"啼血""荒荆"感的真诚,更不能忽视那些深长喟叹中蓄蕴的认识意义。《浪淘沙·乞巧夕饮市垆,回山居,颓然就枕熟睡,为林鸟争斗声惊醒……》作于抗战胜利之初,词中不无为自己高龄"落水"辩解的意思,但理趣不可废:

> 鸠鹊为巢争,巧拙相形。巧偏甘任拙吞并。忍问中原纷逐鹿,谁败谁成。　　纸上厌谈兵,世局棋枰。典貂聊博卧银筝。夷甫诸人应愧我,老拥狂名。

心声心画,总还是值得倾听的。至于寓港后生活安逸,但也常兴起"劫避秦灰问水滨,帽檐犹拥故山云""世事形同花胜看,人生味似菜羹尝。黏鸡庭户又殊乡"之感①,说到底,种种风花雪月并没能掩尽这位躲过了"秦灰"的耆年老宿之内心凄凉的。

较廖恩焘行辈稍晚而同为香江词坛奠基者当推陈步墀、黎国廉两家。陈步墀(1870—1934),字子丹,号云僧,广东饶平(今澄海市)人,出身巨商之家,清末以廪生纳赀为"恩贡生候选道",1906年至港经营米业,兼任香港保良局经理,颇致力慈善事业,并刊刻《绣诗楼丛书》三十六种,为香港第一套丛书。②其中第四种为自作《双溪词》三卷,第十一种为自作《十万金铃馆词》两卷,凡百余首,其中不少"飘零书剑,漫英雄泪洒、支那人物""耻作声诗邻小道,文字鬼神能泣"一类豪迈不羁语③,而以风月题材为多,亦有佳作。《菩萨蛮》云:

> 洪流漂出河边骨,侠风吹上瑶台月。妾姓是垂杨,白花侬住乡。　　徐娘称妹八,独有须眉戛。惆怅一蟾圆,恫灾卖笑钱。

虽写声妓而情怀转在民瘼。潘飞声《在山泉诗话》所举《采桑子·寄题潘兰史山塘听雨图四阕》亦清丽可读:

---

① 《鹧鸪天》《浣溪沙·人日漫成》。
② 黄坤尧:《陈步墀〈绣诗楼丛书〉与晚清文学在香港的延续和发展》,《香港诗词论稿》,第12页。
③ 《念奴娇》(飘零书剑)(先生刚者)。

软尘才踏京华路，谁似潘郎，又历山塘，消受江花七里香。
　　湖烟湖雨迷离处，不见金阊，分付垂杨，绾取船灯入睡乡。

　　与陈步墀相比，与陈洵、刘景堂并称"后岭南三家"①、并与陈洵合刻《秝音集》的黎国廉词名显然要大得多。② 国廉（1874—1950）③，字季裴，号六禾，广东顺德人。生于世家，弱冠举乡试。庚子间被推举赴两宫西安行在，授道员衔，任福建兴泉永道。辛亥后任广东民政长，不久称疾去职，移居香港太平山。④ 国廉醉心谜语创作，有"谜中亚圣"之称，其《玉蕊楼词钞》亦"堆砌积襞……只从字面上学，故下笔艰而气靡，用语险而境窄"⑤，甚多"谜味"。集中如《南乡子·京华旅感》《新雁过妆楼·八月十七夕乘缆车登山看月》《八声甘州·送杨铁夫、黄慈博返里》等较具"清空跌宕"之致，"未可一笔抹倒也"⑥，可读《南乡子》：

　　风雨浩无端，百变沧洲引梦还。几度丹黄秋后叶，摧残，倚着斜阳仔细看。　　又感晓衣单，薄薄严霜入画阑。凄绝征鸿无去处，关山，越向南飞越自寒。

二　香江词坛第一人刘景堂

　　毋论居港时间之长、造诣之高、享誉之隆，刘景堂（1887—1963）都是无可争议的香江词坛第一人。
　　景堂字韶生，号伯端，别署璞翁、守璞等，广东番禺人，早年供职

---

① 后三家之说似出陈融《沧海楼词续钞题辞》其二："海绡飒丽失朝霞，玉蕊荒凉已暮鸦。幸有一丸沧海月，百年先后总三家。"小注云："旧刻岭南三家为汪芙生、叶南雪、沈伯眉，今似可援先例。"章士钊《为刘伯端题沧海楼卷子》其三亦有"先后三家壮五羊"句，《刘伯端沧海楼集》，商务印书馆（香港）有限公司2001年版，第146页。
② 《秝音集》之"秝"取"六禾"之"禾"与"述叔"（陈洵字）之"术"而合成，寓合集之意。
③ 黎国廉生年多不详，亦有作1872年者，此据刘斯翰《海绡词笺注》中《减字木兰花》（南唐丽句）笺，该书第43页，上海古籍出版社2002年版。
④ 刘斯翰《海绡词笺注》以为黎氏1949年前后寓港，据刘景堂《心影词自序》《玉蕊楼词钞跋》等，早在辛亥后不久黎氏即已居港，但常北游尔。
⑤ 朱庸斋《分春馆词话》语，转引自《二十世纪中华词选》，第1634页。
⑥ 刘梦芙：《冷翠轩词话》。

广东学务公所，与丘逢甲等前辈游处，甚得器重，又加入南社。1911年黄花岗事起后移居香港，任华民署文案。其间与黎国廉"昕夕过从，复亲韵事"①，倚声之业实始于香港。抗战时走澳门、桂平避难，回港后与廖恩焘共创坚社，又主持环翠阁周末茶座，奖倡风雅，功莫大焉。景堂以词鸣世，有《心影词》《海客词》《沧海楼词》《沧海楼词别钞》《沧海楼词续钞》《空桑梦语》等六卷，合以黄坤尧之"补编"，计可得六百七十余首，颇为丰硕。另有《词意偶释》及《宋三百首词说》残稿一种，可略窥其论词旨的。

在《词意偶释序》中，刘景堂明确批评张惠言、周济、谭献等论词"入主出奴""附会铺张，全无确论"，更指责省港词坛领袖陈洵说梦窗词"强半谓为忆姜，附会曲解"。如此"激越"的措辞尽管后来有所缓和②，但已足够清楚地表明：对于常州派及其分支的"梦窗派"，刘景堂是与之划开了清晰界限的。在"梦窗风"笼盖四野的岭南词界，这样毫不含糊的决绝立场似乎仅此一人而已。

在晚年的《沧海楼词自序》中，刘景堂如此阐说自己的宗尚所趋：

> 两宋词人，惟东坡、白石变化莫测……元、明无足数。有清一代，浙常两派迭为雄长……探骊何得，固亦难言。洎乎同光，百年以还，奇才崛起，如蒋、文、王、郑于浙常之外，各标新异。疆村晚岁兼众美而总其成，猗欤盛矣，然深心微旨，仅见于《宋词三百首》选及题清代诸名家词集后《望江南》二十六阕。后之学者仍多茫昧，难免歧趋……余生也晚……六十而后，自谓于此道颇有悟入……知我者其在水云、云起之间乎！③

于宋盛推苏、姜，于清同光以还虽标举多家，最心仪者还是蒋春霖、文廷式两位，而尤喜文氏之"兀傲"④。那就可以看出，景堂论词

---

① 刘景堂：《心影词自序》，《刘伯端沧海楼集》，第3页。
② 批评陈洵语为初稿，以"容易得罪时贤"故，定稿已删除。见黄坤尧《刘伯端沧海楼集前言》，该书第84页。
③ 序为1953年作，《刘伯端沧海楼集》，第86页。
④ 景堂晚年手录沈曾植赠文廷式《渡江云》词，识语中特别提及文氏之"兀傲"，见黄坤尧《刘伯端沧海楼集前言》，该书第87页。

主天趣性情，主刚健婉曲合一的词风，又较倾向于感慨爽健。自而立年前后结集的《心影词》以迄古稀所作《空桑梦语》，这些认识在他的创作中一直都体现得相当显明。

《心影词》是刘景堂首个词集，录 1916—1918 三年间作，感慨万端，已极动人，故此集一出，声名鹊起。如《金缕曲·和辛丈韵》云："栽桑海上仍尘簌。问几人、初心已负，芰衣淄涴……只橘里、乾坤真大"，《和前韵》云："荏苒流光过。怅年年、嫁衣压线，为他人作……且莫去、凭阑风大"，乱世生计，初心负尽，真是悲慨莫名。《定风波》一首乃秋日过广雅书局感怀而作，广雅书局即自己初入职的广东学务公所所在地，追记青春，怀念耆宿，感慨更加具体而微：

> 十笏峰头枕石眠，旧游如梦迹如烟。华表偶归辽海鹤，谁觉，一弹指顷十三年。　人世几回伤往事，还记，红桥六曲住神仙。依旧古槐黄不扫，秋老，不知门外是桑田。

至于《庆宫春·岁穷日暮，倚此抒怀》"极天回首，黯寒日、江山暮愁……膻乡七度残秋……百忧填臆，却聊把、清尊自酬"、《临江仙》"牢落平生豪兴尽，于今意气都平……百年如梦，同是未曾醒"云云，则将个人身世之萧瑟融入大时空而言之，尤具认识意义。如此"心影"，诚然是词人特别珍视的，在晚年的《寿楼春·自题心影词旧稿》中，他有这样的感喟：

> 寻衰兰歧踪，似惊弦铩羽，黏壁枯虫。卅载江湖词客，白头成翁。心敛素，情销红。问少年、疏狂谁同。记短烛探书，深杯引剑，人事水长东。　窥梁月，当襟风。任清歌一曲，归梦千重。不信蓬莱飙阻，翠禽能通。欢易尽，愁无穷。度软红、霜天初钟。正灰冷昆池，人间未应伤爨桐。

"衰兰""铩羽""枯虫""爨桐"，江湖词客白头之后用这些意象回忆着疏狂年少，那种复杂心绪正如另一首《祝英台近·忏盦为题心影旧稿，赋此答之》中所云："酒忘形，棋换世……风露孤檠，心住影难

住",怎一个沧桑了得?此类叹慨在刘景堂笔下触处皆是,且愈到晚境,愈趋老辣沉邃。试读:

> 银烛晕虚堂,风雨凄其夜未央。花外一铃闲自语,郎当,酒压愁城不肯降。　世短恨偏长,塞草黄时鬓亦苍。身后是非谁管得,茫茫,一卷新诗泪几行。
> ——南乡子·夜读《小休集》感赋

> 谈天有口,不学袁丝惟饮酒。今古如棋,青史由来失是非。周旋与我,欲寄秋心无雁过。歧路迷阳,茧足荒山益自伤。
> ——减字木兰花

> 人要新知酒要陈,偶然醉梦亦前因。春花秋月费殷勤。　欲洗还迷云水眼,再来已换绮罗身。青山不老笑痴人。
> ——浣溪沙

似稼轩,似迦陵,似欧晏,总以情致丰赡沉郁为旨归。其《鹧鸪天·夜梦浔州旧事,憭慄无欢,醒以短调写之》一首尤见沉慨:

> 野店孤村愁夜阑,断魂长是绕关山。鹧鸪啼后风兼雨,始信人间行路难。　沧海换,马蹄间,笙歌锋镝一般看。清商又警劳人梦,画角城头吹晓寒。

浔州,即广西桂平之别称,1944—1945年景堂自澳门避乱迁此,见四灵山葱郁崟崎,有埋骨之意①,故本篇"始信人间行路难""笙歌锋镝一般看"云云,实为战乱飘零的心灵记录。《鹧鸪天》一调是刘景堂的独擅绝技,集中凡用此调,几无不佳。晚年《沧海楼词续钞》与《空桑梦语》二集更是占比增大,妙笔层出,俨然有联章协奏之意。②

---

① 见《临江仙·如此青山》一首小序。
② 黄坤尧《读刘景堂沧海楼词》论《空桑梦语》点出这一特质,见《香港诗词论稿》,第53页。

仅以此一调而论，近百年中当与刘凤梧、杨启宇称三鼎足。不妨拣读若干以见意：

> 未了春心似茧蚕，卷帘犹忆月初三。都将十载伶俜意，一语酸辛寄雁南。　花寂寂，柳毵毵，旧游回首怨江潭。为君眼底空罗绮，风雨蒲团夜一盦。

> 世论纷纷有异同，从知蛇影易猜弓。兴亡泪共千秋洒，离合情随一梦空。　披秀句，酹琼钟，西窗啼烛暗销红。故人寂寞归何处，袖手残棋劫未终。
>
> ——题《不匮室、双照楼手写诗词》合卷

> 饱饭东坡百不能，惭君寄语慰平生。花开故国空回睇，日暮途穷任倒行。　心自醉，眼长醒，江湖杜牧旧知名。十年未了伤春泪，换得伊凉变徵声。
>
> ——纫诗、定华寄《读沧海楼词感赋》之作，倚此以答其意

> 睡起摊书眼倦摩，青山相对两嵯峨。秋风自古徂如客，春梦无端唤作婆。　寻旧苑，拂修萝，几回负手听行歌。人生哀乐消磨易，沧海生桑奈我何。
>
> ——睡起

> 难遇东风莫怨嗟，年来秃顶不生花。请看沧海尘飞日，多种红桑少种麻。　身到处，可为家，旧时流辈等抟沙。眼中别有长生路，一点晴光泛碧霞。
>
> ——感怀

毋论"为君眼底空罗绮"的言情、"袖手残棋劫未终"的感旧，还是"日暮途穷任倒行"的愤懑、"人生哀乐消磨易""旧时流辈等抟沙"的苍凉，都别有一种系人心处的郁勃力量。以越轶岭南词坛主流的高超

识见，又加"一唱三叹，哀响动人"之笔力①，称其为"香江词坛第一人"当无疑义。

三 坚社诸子

以廖恩焘、刘景堂为主盟的坚社是香江最重要的词社，其中俊彦不少，造诣綦深，以下略为盘点。

区少干（1903—1982），名权，广东南海人，其《浣溪沙》当作于五十年代，"楚汉更"云云深具感喟，较廖、刘更见情怀：

> 海外徒闻楚汉更，此身仍在已堪惊。尘笺醉墨竟何成。　一往定知诗是累，无端安有酒能平。人间天上欠分明。

与之同龄的曾希颖（1903—1985）词名更大，"气味"也更纯正一些。希颖号了庵，旗籍，世居广州，少年以诗名，与熊润桐、佟绍弼等合称"南园今五子"②，四十年代末移居香港，任教大专院校。有《潮青阁诗词》，存词四十八首。希颖有《浣溪沙》自道门户云："岭外词源一脉留，瓣香心许有千秋。忆江南馆海绡楼。　要悟声家严片玉，好从师法问常州。绵绵神理待探求"，可见是地道的岭南主流。集中如《烛影摇红·红棉谱就，感慨未阑……》"万感银壶未洗，任销磨、英姿霸气。海尘迷梦，边角呼愁，人间何世"云云即是颇具"绵绵神理"的写心之作。盖希颖早年留学莫斯科习军政，归国后任李宗仁军中参议，半生宦海而抑抑路穷，遁身讲席，此一红棉词中就颇多峭拔心绪，非泛泛流连光景者也。《点绛唇·癸丑春阑，山顶酒店雾中倚此》甚悲壮，比上篇别是一种"神理"：

> 六合茫茫，雾埋云塞天难问。酒边拚忍，付与啼鹃恨。　花信桐风，蓦地吹霜鬓。堪栖隐，万军西引，梦里长城阵。

---

① 黄坤尧：《读刘景堂沧海楼词》，《香港诗词论稿》，第48页。
② "今五子"皆陈融门下，详参陈永正《南园诗歌的传承》，载《沚斋丛稿》，中山大学出版社2011年版，第131—137页。

1952 年，粤剧红伶芳艳芬宴请坚社同人，获赠《满庭芳》十余阕，辑成《燕芳词册》。① 刘景堂首唱之外，林汝珩（1907—1959）之作刻写伤于哀乐的"丝竹中年"最为深挚，似可抡元：

> 掩扇清吭，连环密意，酒边无限悲欢。玉盘珠落，声韵自轻圆。还似桃根旧曲，空惆怅、恩怨无端。休回首，闲情未忏，丝竹入中年。　　谁怜。凄怨处、红牙细拨，粉泪偷弹。似低诉人间，万感幽单。同是狂歌当哭，今古事、一霎华鬘。何堪见，梁尘尚绕，灯火已阑珊。

坚社晚辈中以罗忼烈（1918—2009）词名最大，造诣最高，足称香江词坛一代健者。忼烈，广西合浦人，中山大学毕业后执教粤港等地大中学校，以香港大学教授荣休。其词曲研究驰誉学苑，著有《周邦彦清真集笺》《两小山斋论文集》等，又有《两小山斋乐府》，为词曲合集。② 刘梦芙以为"数量不多而首首精粹……以裁云镂月之章，蕴身世沧桑之感，洵南天尊宿、词苑正宗也"③，《高阳台·庚寅九月江楼聚别》《红林檎近·乙酉七月十八日……》《齐天乐·客道故园春事，憯然成赋》等皆"清真味"浓，能见出"身世沧桑之感"。读《齐天乐》：

> 鹃花开遍关山路，匆匆又过春半。宿酒灯前，乡心雁后，长恨春怀难遣。飘摇似燕。正孤馆寒深，病颜尘黯。十载伶俜，故园消息共天远。　　人间春梦最短。草头朝露在，陵谷先变。绿惨郊坰，红残里巷，凄绝啼鹃一片。羁魂易断。想松柏薪摧，旅葵谁荐。独立苍茫，夕阳清泪满。

坚社成员另如张叔俦（1885—1987）、王韶生（1904—1998）、王季友（1910—1979）、汤定华（1918—　）等亦各有所成，兹不赘，以

---

① 芳艳芬（1929—　），原名梁燕芳，广东恩平人，晚年尝获颁英国 M. B. E 勋衔及美国路德大学人文博士学位，可参黄坤尧《芳艳芬与燕芳词册》，《香港诗词论稿》，第 55—63 页。
② "两小山"谓晏几道、张可久也。
③ 《冷翠轩词话》，转引自《二十世纪中华词选》，第 1140 页。

下简谈唯一非粤籍成员任援道,唯一女士张纫诗则置诸后文。

四 香江词坛的另类风景:任援道的《鹧鸪忆旧词》

前文引黄坤尧语称百年香江"中西混杂,新旧混杂,雅俗混杂,忠奸混杂"[1],时与廖恩焘、刘景堂唱和的任援道即有"汉奸'奇人'"之称[2]。任氏大节不足数,而词才不可废,《鹧鸪忆旧词》也毕竟书写了近现代中国的一段风景。

任援道(1890—1980),字良才,江苏宜兴人,出身保定军官学校,曾参加辛亥起义,历任军界显职。抗战爆发后,任援道投身汪伪政府,任绥靖部长。抗战后期与国民政府接上关系,因在日本投降后被委任先遣军总司令及中将参议等职,旋以疑惧举家出逃香港,改名友安,晚年复定居加拿大。一代巨奸逃脱严惩,以高寿安终正寝,亦真不愧"奇人"之誉。

宜兴任氏为江南文学世家之一,任绳隗、任曾贻即于清初、中期大有词名[3],任援道虽厕列戎伍,而能承绍宗风,早年即与岳父蒋兆兰等举白雪词社[4],有《青萍词》之著,咏物感时,甚见功力,因而颇得朱祖谋、赵尊岳一辈词流称赏。[5]

其《鹧鸪忆旧词》作于1953年,其时香江局面初定,任氏静极思动,遂应《天文台报》社长陈孝威之邀,以"震泽长"笔名赋《鹧鸪天》词五十四首,"以记忆所及,追述四十年来亲历之事,间杂军政秘闻琐碎"[6],其《开篇词》第二首云,"木落风高心未枯,由他霜雪上头颅。高城极目神州路,刚忆钟山又后湖。　　倾斗酒,撚吟须,天涯海

---

[1] 黄坤尧:《陈步墀〈绣诗楼丛书〉与晚清文学在香港的延续和发展》,《香港诗词论稿》,第3页。

[2] 章慕荣:《汉奸"奇人"任援道其人其事》,《钟山风雨》2010年第2期。

[3] 任绳隗(1621—1679),字青际,号植斋,顺治十四年(1657)举人,著有《直木斋文集》等,为陈维崧领军之阳羡词派主将之一。任曾贻(约1702—?),字淡存,号悔堂,诸生,与史承谦、储国钧等结为诗社。有《矜秋阁词》等。

[4] 蒋兆兰(1855—1938),字香谷,所著《词说》最为有声,另有《青蕤盦词》四卷,凡三百余首。

[5] 《青萍词》为朱祖谋题签,赵尊岳作序。

[6] 《鹧鸪忆旧词·开篇词》后注,香港天文台报社1990年版,第1页。

角独愁余。一枝秃笔伤今古,不唱刀环唱鹧鸪",足见宗旨。

纯以词论,该集并不见佳,但任氏交游广阔,经历丰富,所忆者大多为辛亥元勋、党国大老、学苑尊宿、艺坛名人,词后更附有详注,纵横谈谐,虽时涉荒诞纰缪,亦颇具史料价值,或可视为以词牵串起的私家史著。最称典型者如《记所识靠拢分子由柳弃疾到陈明仁一大批》,词仅一首,而后记柳亚子、邵力子、章士钊、杨虎、郑洞国、傅作义、梅兰芳、陈明仁等十三人事迹,凡两万言,一声两歌之意甚明。另如为汪精卫、胡汉民手书诗词小简题词三首,甚见笔力,第二首较佳:

> 便使嵇康未作书,鸥盟浩荡亦生疏。两贤叹息何相扼,门户东西德遂孤。　担万石,导千车,缅怀峻坂共驰驱。当年阳武沙中铁,敢信为韩非自图。

五　梁羽生、金庸

刘景堂有《踏莎行》云:"家国凋零,关山离别,英雄儿女真双绝。玉箫吹到断肠时,眼中有泪都成血。　郎意难坚,侬情自热,红颜未老头先雪。想君定是过来人,笔端如灿莲花舌",此系题弟子梁羽生说部名著《白发魔女传》者,"新派武侠小说"的开山祖师梁羽生在香江词坛也应有其重要席位。

梁羽生(1924—2009),本名陈文统,广西蒙山人,岭南大学毕业后就职于香港大公报社。1954年初应好友罗孚之请创作《龙虎斗京华》,开启"新派武侠"之门。至1984年"封刀"共创作武侠小说三十五部,凡两千万字,其中《白发魔女传》《七剑下天山》《云海玉弓缘》等最负盛誉。

新派武侠"三驾马车"中,梁羽生的创作成就明显弱于金庸、古龙,词才则较胜之。他在一定程度上承继古典小说,特别是"林译"的传统,于说部中点缀词篇,深化主题,颇增雅致,而且由于"武侠"题材的特质,"剑""江湖""英雄"等意象在词中密集出现,从而将"剑气箫心"的文人理想挥扬到了一个新的境界。如《沁园春·白发魔女传开篇词》:

一剑西来，千岩拱列，魔影纵横。问明镜非台，菩提非树；境由心起，可得分明。是魔非魔，非魔是魔，要待江湖后世评。且收拾，话英雄儿女，先叙闲情。　　风雷意气峥嵘，轻拂了、寒霜妩媚生。叹佳人绝代，白头未老；百年一诺，不负心盟。短锸栽花，长诗佐酒，诗剑年年总忆卿。天山上，看龙蛇笔走，墨泼南溟。

词为通俗说部而作，不免有"说书"气味，略嫌粗疏，然而熟悉小说情节的读者自能体悟"境由心起，可得分明""是魔非魔，非魔是魔，要待江湖后世评"等句的意蕴。《白发魔女传》是梁氏笔下最见悲情感人之作，此篇也与小说相得益彰，难怪乃师刘景堂为之倾倒，赠以佳篇。《浣溪沙》"萍踪侠影录楔子"与"散花女侠开篇词"二首颇矫健熨帖，单以词论，固亦不恶也：

独立苍茫每怅然，恩仇一例付云烟。断鸿零雁剩残篇。　　莫道萍踪随逝水，永存侠影在心田。此中心事倩谁传。

万里江山一望收，乾坤谁个主沉浮。空余王气秣陵秋。　　自草新词消滞酒，任凭短梦逐寒鸥。散花人去剩闲愁。

由梁羽生可顺及武侠小说集大成者金庸（1924—2018）。作为近百年最优秀小说家之一的金庸是个言说不尽的话题，坊间学界各类评价可谓汗牛充栋，而谈其词者则空谷足音。

应该首先看到，金庸的诗词创作水平其实并不出色，对此他毫无讳言。1975年在《书剑恩仇录后记》里他说："（我）对诗词也是一窍不通，直到最近修改本书，才翻阅了王力先生的《汉语诗律学》而初识平仄。"1978年在《天龙八部》后记里他再次谈道："曾学柏梁台体而写了四十句古体诗，作为《倚天屠龙记》的回目，在本书则学填了五首词作回目。作诗填词我是完全不会的，但中国传统小说而没有诗词，终究不像样，这些回目的诗词只是装饰而已。"[①]

[①] 生活·读书·新知三联书店1999年版。

金庸诗词水平不及梁羽生，这是事实，任你怎样痴迷金庸也不能曲为之辩，但他的"花样"比梁氏要多得多。为《天龙八部》作回目的"学填"的五首词就回溯到词的源头，其词牌含义即与本册内容紧密相关，是为"本意"。如第一册写段誉游历奇遇，故调寄《少年游》；第二册写乔峰的胡汉身世之谜，故调寄胡地乐曲《苏幕遮》；第三册写萧峰助耶律洪基平楚王之叛，故调寄《破阵子》；第四册写虚竹与天山童姥、李秋水、梦姑之纠葛，故调寄《洞仙歌》；第五册写萧峰自尽之悲壮结局，故调寄声情凄壮之笛曲。虽近乎文字游戏，笔力用心也很不一般了，且此类"文字游戏"既非人人可玩，也不是才情窘狭者可以玩好的。五首"回目词"中，似应以《苏幕遮》《破阵子》《洞仙歌》较佳，意境之浑成雄厚则以《破阵子》称最：

千里茫茫若梦，双眸粲粲如星。塞上牛羊空许约，烛畔鬓云有旧盟。莽苍踏雪行。　　赤手屠熊搏虎，金戈荡寇鏖兵。草木残生颅铸铁，虫豸凝寒掌作冰。挥洒缚豪英。

由"塞上牛羊空许约"二句联想及萧峰一掌打死阿朱、偕隐之梦化为泡影之大转折，真令人仰天浩叹！金庸词作最佳者当推《书剑恩仇录》第十回中讽刺乾隆嫖院的那一首《西江月》：

铁甲层层密布，刀枪闪闪生光。忠心赤胆保君皇，护主平安上炕。　　湖上选歌征色，帐中抱月眠香。刺嫖二客有谁防？屋顶金钩铁掌。

于"铁甲""刀枪""忠心赤胆""君皇"等正大词句后紧接"上炕"二字，欲待不笑而不可得。后文"刺嫖二客"连用亦妙，至于"金钩铁掌"白振一代武林宗师，乃为防嫖客之用，更令人知权力之可畏也。凡此嬉笑怒骂，绵里藏针，有政论家的锋芒，非梁羽生辈可以措手也。

第二节 "故国翻成海外洲"：近百年香港词坛（下）

一 郑水心、香棣方

刘景堂以外，香江词坛尚有一位南社成员郑水心（1900—1975）。水心，字天健，广东中山人，早年从事报业，中岁参政从戎，后定居香港，历任教席，并创办海声词社。其词以小令见长，宗五代北宋，如《浣溪沙》：

> 转绿回黄认未真，五年归梦阻红尘。思量往事一酸辛。　　极浦重云仍挂雨，寒塘疏柳故摇春。平空著个倚栏人。

大抵常言，而煞拍入妙，能激活全篇。

以《江花四声词》著称的香棣方生平不详，从其三十年代初出版《中国国防论》、抗战初任国民党东莞县党部书记等行迹推测[1]，行辈当与刘景堂、郑水心相上下。其《江花四声词》"取前人最美之调倚声，一声不代，以明作词非四声所能桎梏"[2]，刘梦芙以为"并于词旁以符号标出每字之声，用功不可谓不深细，然细勘之，尚未能毫发无差。如李易安《念奴娇》（萧条庭院）、《凤凰台上忆吹箫》（香冷金猊）、东坡《水调歌头》（明月几时有）诸词，皆人所熟知者，香氏倚其四声，每词中皆有六七字与原谱未合……故所谓'一声不代'，未免标榜……悉守宋词四声，往往以声害义……今人为词，自不必过受拘窘也"[3]，所说极是。自古迄今特重声律而不知变通者如杨泽民、方千里、戈载、蔡守、易孺等皆无大成，是不必待智者而后知也。

---

[1] 《中国国防论》为民智书局1931年版。任党部书记事见梁剑华《赶集石马圩》，《东莞日报》2008年12月1日。
[2] 《江花四声词六项说明》，转引自《二十世纪中华词选》，第1586页。
[3] 刘梦芙：《冷翠轩词话》，《江花四声词六项说明》，转引自《二十世纪中华词选》，第1586页。

二　红豆蔻词人陈襄陵

朱庸斋有《高阳台·寄怀红豆蔻词人陈襄陵》句云："酒醒蓬瀛，春心尚困梢头……几换悲欢，风华少日都休。如今久断家山梦，问伊谁、共领温柔"，又详评曰："《红豆蔻词》六十八阕，一字一句，大都出自肺腑而沁人心脾，环诵再三，使人情怀亦随之转移，而不能自克……返秾丽为清绮，去雕琢求自然，其真切之情，宛委之意，悉能以浅语传之。看似不甚着力，实则酝酿甚深"[1]，凡此皆不难想见陈氏体格。这位"红豆蔻词人"足称刘景堂后又一座香江词坛重镇。

陈襄陵（1913—1989），名诵樵，号御香，广东南海人，自幼居港，少时就读圣士提反书院，与番禺高福永同学[2]，共研讨诗词粤曲，遂结终生交谊。其后行迹不明，但知性行高淡旷达[3]，酷嗜倚声，其《旧香楼词》汇集1936年至1989年半世纪所作，凡五百七十首之多，朱氏称道之《红豆蔻词》仅其中抄撮一小部分而已。

襄陵有着浓郁的"纳兰情结"，他中年时尝集纳兰词成三十六首绝句，诸如"不如前事不思量，不许孤眠不断肠。曾是向他春梦里，暗怜双蝶郁金香"，"半枕芙蓉压浪眠，九秋黄叶五更烟。楚天一带惊烽火，谁道飘零不可怜"，"经声佛火两凄迷，落尽梨花月又西。望里家山云漠漠，短长亭外短长堤"，皆流丽可诵，足见追慕浸淫的深度。朱庸斋所谓"返秾丽为清绮……悉能以浅语传之"之评语其实也指的是这一层意思。且读《临江仙》数首：

> 耐得春寒知信否，濒行但嘱加衣。轻罗待换却迟迟。旧香容易散，新梦不胜思。　去日愿长来日短，醉时一样醒时。玉纤弹泪涩琴丝。微波如可托，惟与问归期。

---

[1]　转引自《二十世纪中华词选》陈襄陵词后"集评"，该书第953页。
[2]　高氏号梵山，有《云湄楼诗词钞》，见李国明《旧香楼词序》，该书卷首，香港获益出版事业公司2012年版。
[3]　陈氏弥留时嘱家人勿发讣闻，并云时时可死，飘然而来，飘然而去。见李国明《旧香楼词序》。

何谓欢娱何谓恨，迷离直到而今。中宵闲话耐沉吟。衫痕藏别泪，帘影限初心。　　未必便无相见日，从来断梦难寻。花开花落画楼阴。十年哀怨事，瞒不过青禽。

重过那回携手处，幽丛一径参差。月华灯晕异当时。纷纷人境，惟念蔚蓝衣。　　如此相逢如此绝，不应如此相思。闻声无分见无期。更难忍泪，轻易让他知。

陈氏特爱《临江仙》一调，尝颜所居曰"临江仙馆"。这几首即颇具典型性，纯写"琼思绮梦"而能"沉绵馨逸，寄情极深"，自是"小词"之正道。①"旧香容易散"，但梦思却日新月异，经久愈坚，那不正是芬芳词心所酵酿的结晶？

"沉绵馨逸"也不单体现于"琼思绮梦"，抗战胜利后所作同调词《途经西关旧家，十年一梦》就"家国哀思，一时并集"②：

十载违离人顿老，重来事事堪怜。旧家门巷夕阳天。深情销短劫，残泪幻华年。　　丛菊至今还在否，凭谁问讯篱边。梦中才得小留连。一湾流水畔，顾影淡于烟。

至于收听香港电台播放自家所撰《旧欢如梦》《鬓丝禅榻夕阳天》等粤曲，当然更多少年往时的身世之感兜上心头，遂以《浣溪沙》《思佳客》写之：

画壁旗亭事几何，莫将情思托微波。旧欢如梦怕闻歌。　　黄卷录存音顿变，彩笺传写字俱讹。枉翻箫谱自观摩。

一枕游仙梦不成，茶烟禅鬓耐凄清。兰因絮果寻常事，玉暖金

---

① 刘梦芙：《五四以来词坛点将录》评语，陈氏点为"地乐星铁叫子乐和"。《中国诗学》第十辑，人民文学出版社2005年版。

② 朱庸斋评语，本篇后附。

寒片段情。　　涵泪点，诉心声，疑云疑雨欠分明。春风词笔巴人句，消得知音著意听。

"画壁旗亭事几何，莫将情思托微波""春风词笔巴人句，消得知音著意听"，襄陵类似绝精之令词举不胜举，其实长调亦多可采。《渡江云·闻有非余服御古朴为矫者，赋此谢之》即温厚中见棱芒，略具峥嵘头角：

春风何料峭，廿年寄旅，搜遍旧衣裳。沈郎憔悴久，墨晕檀痕，暗自惜余香。旌旗再易，应惯见，朝市炎凉。休更惊，朱颜白发，颠倒斗新妆。　　他乡。胡尘劫火，陋巷闲门，认青襟无恙。曾几番、三秋剪尺，尽费商量。轻裘瑞锦因人热，到岁寒、禁得冰霜。怀故国，低回顾影斜阳。

"旌旗再易，应惯见，朝市炎凉""轻裘瑞锦因人热，到岁寒、禁得冰霜"，自此类句子观之，这位继替纳兰、"以情致而论，其于南中国殆无抗手"的红豆蔻词人何尝不是以此逃世隐身的一员呢？[①]

三　傅子余、潘小磐、苏文擢

朱庸斋得读《红豆蔻词》系由 1975 年由傅子余"邮示"，傅氏与陈襄陵、陈荆鸿以诗词并称"二陈一傅"，亦是值得关注的名家。子余（1914—1998），号静庵，广东番禺人，尝任职香港广侨学院，先后创办鸿社及《岭雅》季刊，有《抱一堂集》。其诗学同光，词宗梦窗而罕见动人处，盖太平人声口也。其《点绛唇》论晚清以来诸家词九首最见作意，可纳入"论词词"系列一并研究梳理，兹引数首以存文献：

激宕沉雄，水云歌罢东台暮。雨僛风舞，历历淮南路。　　嘉道咸同，人物烦君数。声家杜。半襟尘土，愁向青琴诉。　（水云楼词）

[①] "以情致"云云系朱庸斋语，引自李国明《旧香楼词序》。

精索群材，古翁不袭兰亭面。气疏神变，旗鼓中原见。　　汐社遗民，泪洒东风遍。愁难剪。落花相怨，犹恐孤根断。（彊村语业）

一角湖山，渐多尘事归吟鬓。绮春清韵，消得啼红恨。　　王郑朱陈，不用商词品。知谁近。凤楼金粉，垂老来相趁。（读七家词志感）

邈矣朱陈，后来坛坫谁争霸。素缄盈架，胜似编词话。　　抹月批风，此道无常价。知音寡。水云流亚，妙笔追琴雅。（分春馆词）

与傅子余交好的潘小磐（1914—2001）词境较之更加开阔一些[1]，笔下颇多异域风景，而"秦楼楚馆，猎艳寻芳"之作颇引刘梦芙氏不满。[2] 其《浣溪沙》用心颇苦，庶几可免"格调尘下"之讥：

羽扇银灯百斛愁，早拚尘蜕盍归休。叫人无那误温柔。　　香骨幸令珠不碎，心瘢犹恐药难瘳。万红飞处一回头。

香江学苑名家中，苏文擢（1921—1997）学术成就较傅、潘更高，词也更佳。文擢名佐，广东顺德人，无锡国学专修学校肄业后历任香港端正、德明、中文大学等校，教授经义、诗文词，有大儒之号。其文宗韩愈，诗学陶、杜、苏诸家，有《黎简先生年谱》《韩文四论》《说诗晬语论评》等，《邃加室诗文集》中存词不足三十阕。刘梦芙以为"以沉郁之笔寓江山摇落之感，最为高境"[3]，是。《陌上花·一鹤新撰……才调直逼梅村，为题此阕》笔笔痛切，可为代表。《临江仙·丁未秋逊帝：蹕仪死于北京，道路有以横死闻者，赋此哀之》一首也很可读：

---

[1] 潘氏号余庵，广东顺德人，历任香港多校讲席，有《余庵诗》《余庵词》等。
[2] 《二十世纪中华词选》，第1001页。
[3] 《二十世纪中华词选》，第1188页。

赤马红举惊劫换，艰难一死还疑。中兴琵笛付酸悲。斜阳禁几度，辛苦看辞枝。　惆怅岸凌风雨后，殿春花事全非。落红身世耐矜持。江山龙种恨，迎泪壮鹃知。

四　饶宗颐、高旅

前文论观堂词部分尝联类所及的饶宗颐（1917—2018）以"文化昆仑"的高度创为"形上词"[1]，其基本主张与形貌已经得到讨论。这里想要强调指出的是：（1）饶氏为香江词坛重镇之一，其总体成就应仅亚于刘景堂、刘峻数子而居前席；（2）饶氏学究天人之际，自多有值得时贤后学仰望处，而世之论者多有震于其学术（包括词学）造诣因而不适当拔高其词创作成就的倾向。对此，我们应当有客观理性的廓清。

首先应该看到，饶氏"业精六学，才备九能"的学养的确为其词增添了不少"异色"与"亮色"。以学者身份为词，且将学养施之于词虽代不乏人，但选堂还是写出了自己的特质。前文引其《六丑·睡》《蕙兰芳引·影》《玉烛新·神》即足够看到这一点，不妨再读《满路花·自我》：

> 奥义书云："心每失于自我光明之中""惟智者求之自我"。叶芝本以论诗中贵有我，然谢客赋称："幸多暇日，自求诸己"，于词何独不然乎？
>
> 声随雀噪干，句压樱唇破。香篝凉似水，初添火。秋云罗帕，镇把愁红裹。更万千珍重，一树桃花，笑人还要高卧。　迷离绮语，作计何曾左。衰杨鸦蹴雪，侯门锁。相思路上，怕误钿车过。尽诗中有我，自作缠绵，但预防祖师呵。

这里表达的"自我"既是哲学的，又是文学的。词人以大量文学性意象——即"迷离绮语"——指向"但预防祖师呵"的哲学奥义，其词心别具一格，"形上"之说的非虚言。《水调歌头·将去星洲留别龚

---

[1] 文化界素有"南饶北钱"之说，以饶氏与钱锺书并称。

道运诸子》也是以学养见长的:

> 百年只一霎,珍重在须臾。至人用两致一,寸寸即工夫。尝踏重关万里,又绕离亭千树,飞隼出平芜。苍山渺无际,平地总长途。　　古今事,争旦夕,费踌躇。藏天下于天下,莫笑愚公愚。定久便知慧出,霜重自然冰至,辛苦待春锄。栏外春如旧,一任子规呼。

钱仲联为选堂诗词作序,称其"未屑盘旋"于"胜清三百年词坛"[1],而本篇题材笔意皆逼近张惠言同调名作,但"至人用两致一""定久便知慧出"等理趣更胜张氏尔。

其次还应该看到,这种以学养哲思为特质的创作路数具体到选堂身上,其缺陷即体现为致密陡峭有余,而情味韵致不足;以之参悟机锋有余,求摇荡心旌者不足。以选堂之绝代才学,而难以小词与诸家争胜,"余事""小道"岂易言哉!

选堂小令较多见情韵丰赡者,如《浣溪沙·久不得珍重阁书却寄》与《浣溪沙·三叠前韵》之二:

> 往事摩挲若有棱,远书珍重到何曾。一春花雨正相乘。　　物自多情天自老,心如寒水屋如僧。更谁同对照愁灯。

> 断送此生百绪捐,惺忪宿鸟惹人怜。爱他楼角出红嫣。　　怨去吹箫声转泪,老来簪发恨生钿。销魂总在夕阳前。

"摩挲""有棱""惺忪""红嫣",此等处即"据梧冥坐,湛怀息机"之"词境"与"风雨江山外……万不得已"之"词心"也[2],所以独佳。

相比深踞书斋而集大成的饶宗颐,高旅(1919—1997)显然更像一

---

[1] 《固庵诗词选序》,北京图书馆出版社 2006 年版,第 5 页。
[2] 况周颐《蕙风词话》语,参见前引文。

个在现实世界催马驰骋的斗士。其词笔略嫌粗粝，但元气淋漓，见地不凡，是香江词坛极可珍贵之"别调"。

高旅，江苏常熟人，本名邵元成，字慎之，另有笔名邵家天、孙然等。抗战时投身新闻界，1950年应《文汇报》总主笔聂绀弩之邀，任香港《文汇报》主笔，1968年辞职，十三年未发表任何文字，靠小生意维生、居家从事翻译而已，风骨可佩。著有小说、杂文、译作多种，另有《高旅诗词》逾千首，其中存词八十余首。

高旅以记者辣手著文章，以文人铁肩担道义，其诗始终强烈关注现实，凸显出难得的理性与洞察力。1974年所作《华香引·暮春书感》饶体婉曲意味，似乎是无关紧要的闲情，但考虑到词人正值抗议辞职时期，其中皮里阳秋处也就不难探得：

> 江山如故，人物凋零，道途岑寂。过客参差，挥鞭潦草曾未歇。又值林谷莺啼，报乱云消息。回顾沧溟，戍边还喜暮烟直。
> 从古英雄，问何殊、裤中虮虱。纷纷言定，闲阶侏儒对策。竖子风流推许，便自娱渔弋。遍地残春，暗将春意收拾。

高旅为聂绀弩至友，作于1978年的《念奴娇》即保存了两位灵犀暗通的独特诗人的晚年声容，也堪称"词史"之作：

> 绀弩释后有信来，然到港后失去，今春函告"信也无甚话，有一诗，其中一联为'老夫耄矣人谁信，微子去之迹近哀'，余不足道"，复嘱"不必介意"云，填念奴娇答之。
> 江南寥落，甚一番装点，是何机杼。却舞春衫呼进酒，犹抱乱弹吟谱。雨里颓垣，风前衰草，道是胜游处。这般光景，问谁方失樽俎？　何不齐向天门，同声一哭，且代登闻鼓。休自嗟叹人老去，九转金丹须煮。那管商王，况论微子，比喻漫泥古。十年梦恶，赢来端的如许。

上片闲闲说起，下片愈转愈深，"登闻鼓""漫泥古""梦恶""赢来"，细味之字字惊心，可以再次看出藏在"含蓄"之"绵"里头的针芒。

五　香江词坛中晚生代：刘峻、黄坤尧

饶宗颐、高旅、梁羽生一辈之下可以称"中晚生代"，当以刘峻（1930—1996）、黄坤尧（1950—　）为代表。

刘峻，字严霜，广东台山人，莫仲予称其"以名公子，诗词绍其家学。长与世忤，未得展其抱负，故寄酒为迹。酒酣，其诗尤豪宕横肆，有沉郁悲凉之响。人谓其狂，余谓狂始能见真也"[①]，陈永正称其"绝代才人，一生侘傺抑郁，赖有三五诗文知己，相濡以沫，苟全于世，悲哉"[②]，皆可想见遭遇为人。晚年寓居香港，穷愁潦倒以殁。刘梦芙《五四以来词坛点将录》以"天异星赤发鬼刘唐"许之，以为"平生抑塞不遇，苍莽不平之气，悉吐于词。非但取径苏、辛，于定庵、鹿潭、云起轩诸家，亦多有借鉴……卓异之才，笔力横绝，与朱庸斋并辔争驰，不知鹿死谁手"[③]，可见倾倒。

可先读《水调歌头》：

> 披发欲何往，醉眼向谁青。问天天亦无语，大壑月冥冥。掷笔寒林如咽，起舞苍山如睡，歌罢泪纵横。四顾无人迹，隐隐有狐鸣。
> 雾云绕，南与北，几宫城。废台残堞无数，莽莽古今情。泰岱松封千石，嵩岳山呼万岁，何处觅威灵。大笑龙蛇窟，惊起鬼神听。

从"披发"开始，"醉眼""掷笔""起舞""四顾""大笑""惊起"，一连串的动作吐露出汹涌的郁愤苍茫之感，诚可谓"卓异""横绝"。

如此剑气荒荒之作在刘峻笔下并非偶见，而且在酒渴高歌背后总伴随着点点泪光，最能呈显出他峭拔奇突的感情世界。如"沾襟零泪，忽不知、何世何因。空记得，江湖杯酒，侠士有精魂"，"斫地悲歌终何益，料吴钩、也做寻常铁"，"我似沉沙，君若断云，南海天阔。枯鳞绝叫谁听，倦翼又伤轻别"，"休更说，莫不是、文章魑魅能销骨"，"宝剑

[①]《严霜诗词钞序》，转引自《二十世纪中华词选》，第1317页。
[②]刘斯奋《读严霜杂文歌》篇后点评，《刘斯奋诗词选》网络版。
[③]《中国诗学》第十辑，人民文学出版社2005年版。

无声霞佩冷,树影苍然满地","醉墨淋浪,谁知都是,春心清泪。且高歌袒裼,更招屠狗,结秋风侣"①,听这些"清商变徵之音",哪能不在"怊怅"之余,更感受到其内心被抑塞的"狂"与"真"呢?②

刘峻长短调并工,莫仲予、刘梦芙均称其小令"取子野、《珠玉》之长""一往情深、风华绝代"③,其实雄奇瑰丽、略同长调者在所多有。试读:

  关河聚米,眼底芜城知几世。挥手高台,春梦秋心进一哀。
  红箫西子,珠水蛋歌休共拟。北知燕云,知否南溟鸥未驯。
——减字木兰花

  酒渴三更太寂寥,流萤深树一声枭。寒宵独拥襟如月,绝壑忽惊心上潮。　年欲晚,梦难招,琼楼漠漠向重霄。谁怜幽草生芒角,指向苍旻恨未消。
——鹧鸪天

  耿耿精魂不自持,夜倾碧血写芳词。十年心折待谁知。　枫赭秋城箫有泪,星辉银汉鹊何期。一花一絮奈情痴。
——浣溪沙

如月胸襟,绝壑心潮,芳词碧血,耿耿精魂,皆栩栩然站立于纸面之上。这位名不见传、面貌模糊的刘严霜确乎是可以"四顾苍茫云压野,嘶风老树一山秋"的独异气质与诸位大家争胜的。④

作为香港诗词的主要"观察员"与"评论员",黄坤尧的词创作也有可圈点处。坤尧,广东中山人,台湾师范大学毕业后于香港中文大学获哲学硕士、博士学位。现任香港中文大学教授。著有《诗歌之审美与

---

① 分别见《渡江云》(云崖风自起)、《贺新凉·怀陈寂园老人》《石州慢·怀斯奋》《摸鱼儿·呈逸老》《贺新郎·赠刘斯奋》《水龙吟》(越台郁郁苍云)。
② 莫仲予:《严霜诗词钞序》。
③ 《二十世纪中华词选》,第1317页。
④ 何永沂:《读严霜诗词钞有感》,见其《点灯集》,网络版。

结构》《香港诗词论稿》等，编纂《刘伯端沧海楼集》《番禺刘氏三世诗钞》《绣诗楼集》《香港旧体文学论集》等多种，自作诗词结成《清怀诗词稿》等。

坤尧词笔路较开阔，感怀酬唱，大抵以情运之，不大敷衍。《西江月》一首展露情怀，最称合作：

> 成败原无定准，人间宝剑新磨。清风吹舞月婆娑，意气直冲斗座。锦瑟无端难问，画眉深浅如何。江湖侠骨信无多，立马秋山泪堕。

第三节 以汪兆镛为中心的澳门词坛

港澳毗接，诸多方面具有共通性而常被视为整体，其实濠江亦自有其文化渊源与面目。仅就近百年词业而言，虽澳门远不及香港，但有汪兆镛（1861—1939）一峰突起，张树棠辅之，亦不算全然寂寞。

汪兆镛，字伯序，号憬吾，别署慵叟、微尚居士等，广东番禺人。兆镛早侍叔父汪瑔读书于随山馆①，后举学海堂专课生，为陈澧高足。光绪间以优贡授知县，未补，遂辗转游幕维生。辛亥后以遗民自居，赴香港、澳门避乱，虽异母少弟汪精卫敦请出山，不顾也。断续居澳门长达十三年至病逝，为澳门近百年文坛奠基之重要人物。兆镛富于史才，所著《碑传集三编》五十卷为"《碑传集》系列"殿军之著，另有《岭南画征略》《孔门弟子学行考》《晋会要》《元广东遗民录》等，亦备受学界嘉许。诗词多种，由今人裒为《汪兆镛诗词集》②，诗集中以《澳门杂诗》七十四首最见特色与史料价值，又含《雨屋深灯词》《续稿》《三编》，凡八十二首。③

---

① 汪瑔（1820—1891），字玉泉，号芙生，学者称谷庵先生。曾入刘坤一两广总督幕府，主持洋务。有诗集《随山馆猥稿》《随山馆续稿》《随山馆词稿》《随山馆词续稿》等，以词与叶衍兰、沈世良并称"粤东三家"。详可参看谢永芳《汪瑔词学活动考论》，《嘉应学院学报》2010 年第 9 期。

② 邓骏捷、陈业东编校，广东人民出版社 2012 年版。

③ 《汪兆镛诗词集》统计作八十一首，盖将《雨屋深灯词》中《菩萨蛮·集句感事》二首作一首计之故。合以该书"集外"一首，则汪氏词总数为八十三首。

第一章　近百年中国香港、澳门词坛

兆镛叔父、业师均为名词人，心仪浙西一派①，其深受影响乃必然之数，单看"雨屋深灯"四字取自张炎词即很明显②，故其词开笔即精工丽密而不乏情韵。如《忆旧游·登韶州九成台》：

> 隐林梢半角，危榭荒石，踏碎凉烟。无限苍茫意，恰泠泠虚籁，飞到吟边。晚风暗吹双鬓，秋影不堪怜。念津鼓敲寒，邮灯煮梦，消损华年。　　留连。感今古，问法曲南薰，遗响谁传。剩平芜残照，添数丝衰柳，摇落山川。怅触天涯情绪，凄咽答幽蝉。休更计明宵，疏篷冻雨人独眠。

如"踏碎凉烟""飞到吟边""摇落山川"等句，皆逼真玉田，而"津鼓敲寒，邮灯煮梦"又见出炼字之奇峭，很具自家特质。事实上，兆镛较乃叔乃师门径都要宽阔一些，时走悲慨豪纵的稼轩一路，这一点显然更具"浙派祖师"朱彝尊的兼收并蓄之风。③读《金缕曲·九日次沈忏盦韵》：

> 翻覆炎凉易。笑袞袞、鸾台凤阁，都非吾志。载酒江湖游已倦，谙尽天涯情味。更休计、停车问字。阶下榆钱青几许，任吹他、池水干何事。观世态，直儿戏。　　瓮头尚剩双弓米。且商量、闭门觅句，效陈无己。大地陆沉风雨急，行路又难如此。恰佳节、黄花开矣。郁郁胸中浇块垒，引深杯、看剑判长醉。谁识我，曲中意。

忏盦系同乡好友沈泽棠（1846—1928）号④，词以"九日"为由头发抒狂生心绪，可谓大放厥词，尽吐不平，但"大地陆沉"云云还是

---

① 冒广生《小三吾亭词话》谓汪瑔"诗及骈散文、词，色色皆似樊榭"，《词话丛编》，中华书局1986年版，第4683页。陈澧则有《白石词评》及《论词绝句》六首，于姜、张深致意焉。
② 张炎：《声声慢·题吴梦窗遗笔》。
③ 朱彝尊虽推尊姜张，其词自有豪健骨格，若《满江红·吴大帝庙》等直可与陈维崧竞美。此一流派词人间"互渗"现象颇值关注与阐说。
④ 沈泽棠字芷邻，号忏盦，广东番禺人，同治十二年（1873）举人，候选知县。有《忏盦词钞》《忏盦词话》等，叶恭绰《广箧中词》谓其"词取径朱厉而能去其碎"。

别有怀抱，自与泛常的嗟贫叹卑有别。《水调歌头·辛酉四月六十一初度感赋》已是晚年之作，毕生不如意事，出以肮脏之笔，"自署乖崖愚谷，尽笑聋丞聱叟"云云，很能窥见乱世心绪：

> 万物一刍狗，何有此形骸。况是余生多病，早分卧蒿莱。不识论功管晏，不识寓言庄列，那复识邹枚。但抚此心在，眼底尽尘埃。　禹穴石，圣湖水，几徘徊。刹那都已陈迹，凉梦问苍苔。自署乖崖愚谷，尽笑聋丞聱叟，评泊不须猜。古语寿多辱，感慨付深杯。

与《金缕曲》《水调歌头》相比，《台城路·自题雨屋深灯填词图》略显萧疏，能合姜、辛为一手，亦是生平杰作：

> 人间万事皆尘土，萧然一灯知己。乱叶摇凉，破苔弄暝，况是雨濛濛地。愁心滴碎。忍重忆年时，画楼春思。门掩梨花，虺残兀自照无寐。　蘋洲旧谱余几，向西窗琴荐，夜悄如水。多少英雄，吹箫击筑，暗老天涯身世。孤檠影底。算浙浙空阶，洗筝琶耳。百种闲情，淡描参画理。

兆镛小令亦佳，可读《浣溪沙》：

> 多少豺牙与鼠肝，向人何止笑啼难。不堪旧苑吊湘兰。　阮籍疏狂都有托，庾郎哀怨总无端。烛花知我泪阑干。

辛亥后，兆镛与吴道镕、张学华等在澳门二龙喉张园立"莲峰陶社"①，取渊明隐逸之意，执遗民顽贞立场。张学华亦能倚声，有《闿斋词》，然声名不及为其作年谱的张树棠为大。树棠（？—1948后），字

---

① 吴道镕（1853—1936），字玉臣，浙江绍兴人，光绪进士，以编修历潮州韩山等书院山长及两广高等学堂监督，著有《澹庵诗存》《文存》《广东文征》等。张学华（1863—1951），字汉三，号闿公，广东番禺人，以进士历翰林院检讨、监察御史等，著有《闿斋文稿》等。

荫庭，番禺人，与詹安泰、黄咏雩等友善，亦宗白石、梦窗而较少拟古习气，能述怀抱。《苏武慢·闻叫卖声有感》多人间烟火气而悲悯典雅，所以称佳：

> 箬笠冲风，筠笼沾雨，九陌六街行遍。晨霜菜把，暮网时鲜，似唱似谣高唤。河满泪声，邪许劳歌，无兹凄惋。念吹箫吴市，负薪东海，古今同叹。　　为问尔、蹀躞终朝，栖惶深夜，能几饱餐蔬饭。家中可有，翁子糟糠，几辈景升豚犬。生事万端，都是凭伊，双肩一担。试循声细想，怅触人生百感。

近百年澳门词坛，张树棠是足可称汪兆镛副将的一家。

第二章 "寂寥故国山中月，荡潏天风海上波"①：论近百年中国台湾词坛

光绪二十一年（1895）三月二十三日，中日两方全权代表李鸿章与伊藤博文签署《马关条约》，割让台湾岛及其附属各岛屿、澎湖列岛给日本，"四百万人同一哭，去年今日割台湾"②，是即台湾近百年曲折历史之开端。由日本殖民统治半世纪到胜利光复，由国民党政权退守一隅到蒋经国强力推动民主化进程，台湾文化/文学史进程从未离开这些"寂寥故国山中月，荡潏天风海上波"的大历史轨迹而独立运转。

具体到诗词界域，近百年台湾诗词史在一定程度上呈现与大陆的相似性，即：新旧诗体论争背景下新诗以较大优势获胜，旧诗体相对边缘化③，同时，由于台湾没有出现大陆的"文革"式断层，诗词生存环境整体上又舒缓得多，发展态势平稳得多。

综观台湾近百年诗词史程，其诗风甚盛而词风甚弱的特点极为显明。连横《瑞轩诗话》云，"填词一道，我台颇少能手"④，所说虽一时景况，亦能构成对台湾百年词业的基本判断。当然，"颇少能手"系与诗对比而言，有心搜罗，其可圈可点者亦颇有之。

---

① 易顺鼎：《将自唐山赴台湾，同人赋诗赠行，因和杨德甫兵部韵留别》其二。
② 丘逢甲：《春愁》。
③ 白坚《两岸诗词比较观》指出"两岸（诗词）均尚处于受歧视的不公平地位"，《台港与海外华文文学评论与研究》1995年第4期。陈友康《关于台湾的现代诗词及其研究问题》指出"台湾学术界……也存在尊崇新文学、轻视旧体诗的情况，现代诗词研究也处于边缘地位"，《云南社会主义学院学报》2012年第4期。
④ 许俊雅《黑暗中的追寻：栎社研究》后附，东方出版中心2006年版，第315页。

第一节 台湾近百年词坛（上）

一 台岛词苑第一人施士洁

论行辈之高、成就之大，台岛近百年词人当首推施士洁（1855—1922）。士洁，字应嘉，号沄舫，晚号耐公，台南人，名进士施琼芳子。① 同治十三年（1874）进士，授内阁中书，旋辞归，任海东书院山长，丘逢甲时即就读于此。甲午前夕，士洁应刘铭传聘请入幕，与许南英等募招义勇，坚执抗日，事败后别台遁居晋江。民国后受聘入福建修志局，寄居鼓浪屿，怀抱"生不如死"的心绪"赍恨长终"。② 著有《后苏龛诗抄》《后苏龛文稿》等，另存《后苏龛词草》一卷，凡五十余首。

士洁诗学欧、苏、范、陆诸家，激愤悲凉，沉郁深婉③，词则另走直抒胸臆一路，疏朗清通，圆转流宕，时有曲味而不失词体之特美④，盖未染时贤忸怩晦涩风气者也。如《满江红·台江舟夜》其一：

> 何物情魔，活牵扯、痴人到老。莽回首、半生离合，悲欢多少。惨绿年华尘过隙，落红时节泥留爪。任茫茫、一水万浮萍，天缘巧。　　剪不断，情丝袅；芟不净，情根绕。问为谁憔悴，为谁懊恼。枕畔空余春梦在，筝边只觉秋声好。听遥钟、百八醉中催，魂苏了。

词写风月事，无大深意，但通篇流动，言出笔随，其第二首下片"钗花惮，袖花绮；镜花笑，灯花喜。更心花馥郁，唾花甜美"云云尤

---

① 施琼芳（1815—1868），字见田，号珠垣，道光二十五年（1845）进士，任海东书院山长，著有《石兰山馆遗稿》。施琼芳与施士洁为台湾史上唯一一对父子进士。
② 二语出自施士洁《耐公六十自祭文》，《后苏龛合集》下册第387页，《台湾先贤诗文集》第一辑，龙文出版社1992年版。
③ 《后苏龛合集》书前小传。
④ 如《摸鱼儿·题倪云臞大令冰天跃马图》上片："忒楞楞、酸寒一个，烂银梦入仙界，青衫皂帽长安道，尽写酬嬉故态。乾坤大。这落拓迂倪、放眼壶天外。冰虫几辈，笑玉戏漫空，纥干山雀，冻杀奈何奈。"

其连用入妙，极见风韵。同调词《题卢震岳嵯尹除夕幻象摄影，图中具冠服，捧纸元宝斜睨而笑》二首讥刺世态，极辛辣之能事，又是一种笔路：

> 大陆腥膻，阿堵物、能令公喜。算只有、沉沉睡国，赤贫而已。俗吏不妨干鹊笑，贾胡其奈苍鹰视。想卢生、醉梦过邯郸，今醒矣。　　长太息，聊复尔；好袍带，新冠履。看周身媚骨，由颠及趾。万事神通挥手去，一声守房甘心死。箇人儿、幻出镜中魂，官耶鬼。

> 入手朱提，说甚么、阎罗包老。便笑骂、由他笑骂，宦囊须饱。岁暮呼来如愿婢，金多吓杀苏秦嫂。孔方兄、世世誓同袍，焚香祷。　　崔烈臭，三公早；和峤癖，千缗少。羡临川库满，邓通山好。园筑北邙袁广汉，绢抛南岭王元宝。把地球、五大部洲豪，齐推倒。

前篇重在冠服，后篇重在朱提，轻描淡写的谑笑背后隐含着奔腾磅礴的愤懑之情，为时世人心速写出了简笔图画。这种愤懑不是空泛的，它必然要烙上特定时空的印痕。《念奴娇·和卢坦公司马》即清晰呈现了"割台"造成的血淋淋伤口：

> 地球量遍，莽天涯那有，这般情种。吾血自凉君自热，懒作忧时面孔。骨铁成灰，肝冰化石，彼此酸辛共。无干净土，可容三尺诗冢。　　怪底海气嘘楼，市声沸鼎，搅破林泉梦。谁把俗尘千万斛，埋透老夫顶踵。隙里驹忙，灯前蛾险，冷籁秋风送。沧桑回首，至今痛定思痛。

上片明明说"懒作忧时面孔"，但"骨铁成灰，肝冰化石"，也还不能自控地想起割台之痛！如此"情种"神色诚然非施氏个人所独有，而是丘逢甲、许南英、连横等几代台岛精英知识群体的共同面相，同时更随着"隙里驹忙"持续发酵，创痛愈深。士洁晚年与词友沈琇莹

（傲樵）唱和，以《金缕曲》一调十二叠"哭"字韵，激扬顿挫，翘首高歌，平生心志吐露无遗。首唱《卧病紫阳古署，简沈傲樵》云：

> 最是冬萧索。对残更、孤灯闪碧，老怀无着。减字偷声真戏耳，谁信沈郎度曲。者神技、解医甜俗。笠屐衡山才入梦，又惊回、鬼鸟吟风恶。听窗纸，桐声落。　　年时小病狂难药。人道是、贫能铸病，六州皆错。到底狂生贫不病，万古词人落魄。是前世、首阳盟约。笑我颦施君瘦沈，镇相怜、槁饿芝田鹤。青白眼，穷途哭。

题为"卧病"，下片即连用诸多"病"字，而"青白眼，穷途哭"的"心病"似更甚于身体苦痛。这一组词末韵"哭"字当为词眼，作者也以"家山破，杜鹃哭""祢衡骂，唐衢哭""听歧路，杨朱哭""新人笑，旧人哭""田变海，歌当哭""天下事，君休哭""知音少，才人哭"等句一次又一次将郁结心潮推向最高峰。其《傲樵五叠见示，急景凋年，怆怀世局，六叠酬之》与《傲樵六叠索和，时予与允白话故乡事，七叠酬之》二首最为大气苍劲，值得细读：

> 老去尚书索。指宫门、铜驼卧地，沉沉睡着。痴绝国魂何日醒，羞听健儿铙曲。笑星使、辎轩问俗。亚雾欧风催急劫，把神州、卷入旋涡恶。桃源路，几村落。　　逃名合卖韩康药。怪挪揄、送人罗友，迷津又错。宦海纷纷萍与梗，拾芥难尉虎魄。更休说、三章法约。只觉尧年寒较甚，恐无端、冻杀笼中鹤。遗珠恨，鲛人哭。

> 同辈今离索。小轮回、毗耶佛海，天亲无着。鹿耳鲲身何处也，梦断云隈水曲。且解衣、相从裸俗，十丈长鲸吹黑沫，莽妖氛、满地腥膻恶。欃星指，枢星落。　　陆沉那有还魂药。廿年前、等闲瓯脱，江山绣错。大好家居撞坏了，使我摧肝荡魄。问何事、马关空约。城郭已非华表在，盍归来、化作辽东鹤。杜陵老，吞声哭。

"时局""故乡",被迫栖息海峡对岸的施士洁心中无非是这两个主题词罢了!"痴绝国魂何日醒"又何尝不是彼时国人心头的共频鸣响?仅凭这一组词,施士洁即堪称台岛近百年词坛成就最高之大手笔而无愧了。

二 台湾近代三大诗人词

上引施士洁词中"允白"即许南英号,其为许氏《窥园留草》作序云:"予与允白生同岁,长同里,处同笔砚,出同袍泽。凡所遭际,科名仕宦,兵革羁旅,举一生忧患盖未尝不同"[1],故可接谈之。

许南英(1855—1917),字子蕴,号允白、窥园主人等,台南人,光绪十六年(1890)进士,以兵部主事衔协修《台湾通志》。乙未(1895)之役任台南"筹防局"统领,事败后尽散私蓄,离台内渡,历任粤、闽多地县令。南英诗作颇多,其子许地山整理编辑为《窥园留草》,内含《窥园诗》千余首,《窥园词》近六十首。

南英诗忧愤真挚,"不事涂饰,栩栩然自镜其元象"[2],词则咏物记游,怀古酬答,颇为宽泛,但成就远不及施士洁尔。《东风齐著力·防海》记述抗日斗争,"方冀文章报国,谁知戎马劳身""翻恨庸臣,割地盟城下,何处鸣冤"云云辞气略伤劲直,而史笔如镜,具认识价值。《如梦令·自题小照》也能映见平生心事:

> 已矣旧邦社屋,不死犹存面目。蒙耻作遗民,有泪何从恸哭。从俗,从俗,以是头颅濯濯。

施、许诗名相埒,素与丘逢甲并称"台湾晚清诗坛三大家",其后亦有去施氏、增入连横而标目"台湾近代三大诗人"者。[3] 丘、连仅存词数首,但亦可说。

丘逢甲(1864—1912),字仙根,号蛰仙、仓海君,台湾府淡水厅

---

[1] 许南英:《窥园留草》卷首,载《台湾先贤诗文集》第一辑,龙文出版社1992年版。
[2] 汪春源:《窥园留草序》,《窥园留草》卷首,《台湾先贤诗文集》第一辑。
[3] 丘铸昌:《台湾近代三大诗人评传》即为代表,华中师范大学出版社2011年版。

（今苗栗县）客家人。《马关条约》签订后，逢甲刺指血书"拒倭守土"四字，上书愿与桑梓共存亡，清廷不纳，遂倡议台湾自立为民主之国，率台民领衔电奏十六字："台湾士民，义不臣倭。愿为岛国，永戴圣清"，并亲草宪法，以蓝地黄虎为国旗，"永清"为年号，拥署台湾巡抚唐景崧为总统。日军进攻中国台湾后，逢甲率义军与之血战二十余昼夜，终于败退内渡，定居祖籍镇平。为表示不忘光复台湾素志，为其子丘琮定别号"念台"，将房舍定为"念台精舍"。民国成立，被推举为参议院议员，未久即病重弥留，遗嘱"葬须南向，吾不忘台湾也"而长逝。①

丘逢甲不仅是台湾近代最伟大的诗人，置之中华诗史也应跻身最杰出之行列，所谓"其人不朽，其诗亦不朽""事业雄伟，其诗亦雄伟"者也。② 逢甲平生致力于诗，词甚寥寥，然《百字令·次廖伯鲁韵》雄浑可读，足见胸次：

> 峤南人物，问当今谁是，曲江风度？万劫不磨雄直气，空剩屈陈词赋。秦戍哀云，越台吊月，愁听秋虫诉。南宗未坠，菩提何碍无树？　历历弹指光阴，论橙品荔，乡味将人误。潦倒英雄成末路，饱领凉情热趣。倒海浇天，剖云行日，梦里留奇句。功名尘土，浩歌还谱朱鹭。

连横词亦甚少，因联类说之。连横（1878—1936），字天纵，号雅堂，又号剑花，台南人，曾入上海圣约翰大学学习俄文，回台后就职各报社，并加入栎社，创办《台湾诗荟》月刊与雅堂书局，鼓扬文风，与有功焉。连横致力台湾本土文化建构，所著《台湾通史》《台湾语典》等久孚盛誉，有"台湾太史公"之称③，而临终前遗言"中日终必一战，光复台湾此其时也"，遂为孙取名"战"，寓克敌制胜意等举动更是令人感奋不已。④ 连横《剑花堂诗集》"念台志痛"⑤，沉郁悲壮，

---

① 参见丘铸昌《台湾近代三大诗人评传》。
② 分别为吴芳吉、吴宓语，转引自《台湾近代三大诗人评传》，第2页。
③ 转引自《台湾近代三大诗人评传》，第241页。
④ 转引自《台湾近代三大诗人评传》，第294页。
⑤ 转引自《台湾近代三大诗人评传》，第296页。

被章太炎许为"英雄有怀抱"之作。① 现存四首词中，《如此江山·将去吉林，杨怡山嘱题写真册子，倚此志别》即将"英雄怀抱"发而出之：

> 青山一发怜憔悴，伤春赋诗何处？离恨天中，浇愁海上，多少英雄儿女。年华如许，便把尽沧桑，画图收取。蝶梦鹃魂，相逢莫作凄凉语。　　多君激昂慷慨，只一第一剑，自来自去。走马风流，屠龙身手，莫怨天涯迟暮。征骖且住。为君且高歌，为君起舞。为问他年，鬓丝如旧否？

至于《念奴娇·天津留别香禅》则是英雄气儿女情融集一手的佳作。题中"香禅"系其女弟子王梦痴字，梦痴为台省名旦，随连横学诗多时，尝有委身为侧室之意，后定居大陆。② 本篇以"美人迟暮"衬托"烈士蹉跎"心事，跌宕处很耐寻味：

> 武公归矣，正满天风雪，筝琶声起。老我关山归梦远，一日梦飞千里。孤馆吹箫，长空看剑，此意知谁是。青衫泪湿，满泻幽恨如水。　　争奈烈士蹉跎，美人迟暮，分手情难已。几度相逢抛不得，更有青山青史。听雨怀人，拈花证佛，且莫伤憔悴。江南春暖，扁舟同访西子。

三　栎社三词人林朝崧、陈怀澄、陈贯及闷红老人赖惠川

连横以为台湾于填词一道颇少能手，同时又推"痴仙特深三昧，不数屯田佳句也"③。痴仙系林朝崧号，这位栎社创始人确乎是台岛近代词坛之高手名家。

林朝崧（1875—1915），字俊堂，又号无闷道人，台湾台中人，十七岁"为诸生，不日课举子业而课诗。沧桑之后，诗酒两嗜，无日不

---

① 转引自连震东《连雅堂家传》，见连横《台湾通史》，商务印书馆1983年版，第733页。
② 连横外孙女林文月《青山青史——连横传》中对此尝有记述，参见《台湾近代三大诗人评传》，第279页。
③ 《瑞轩诗话》，许俊雅《黑暗中的追寻：栎社研究》后附，该书第315页。

饮，无饮不醉，而亦不醉无诗"①。尝内渡福建、上海，返台后与侄幼春及彰化赖绍尧等出面倡组栎社，为彼时台湾三大诗社之最早者②，则亦播扬文气之急先锋也。著有《无闷草堂诗存》，附录诗余一卷，凡六十一首。

朝崧词作数量与许南英相埒，工力则非许氏能等比。《南浦·赠别云从》中"浩歌归去，两肩风月无牵挂。卖赋千金贫似旧，都付酒钱花债"等句即颇潇洒出尘，《四和香》与《临江仙·次豁轩溪边书感韵》二首亦萧寥有致：

> 倚仗看山山正睡，鸟唤苍烟里。又近黄昏日将坠，溪水急，风吹袂。　我自荒寒逃物外，赚得诗人至。漫笑刘郎门深闭，聊种菜，消英气。

> 一幅流民图绘就，荒凉烟水堪嗟。不辞屐齿印平沙。溪流分燕尾，何处认人家。　茅屋石田成一梦，断崖树尚欹斜。最怜渔父好生涯。钓船流不去，依旧宿芦花。

"聊种菜，消英气""茅屋石田成一梦，断崖树尚欹斜"等句皆颇见怀抱才力。1911 年，梁启超应邀访问栎社，与朝崧多有唱和。《浣溪纱·次任公归舟晚眺韵》甚具气派，有梁氏味道：

> 落日苍茫赋七哀，六鳌犹自驾崔嵬。流波到海几时回。　芳草总成今日恨，锦帆空记昔人来。梦中影事重低徊。

林朝崧以下，栎社之擅词者可推陈怀澄（1877—1940）与陈贯（1882—1936）。怀澄，字槐庭，号沁园，彰化人，曾任鹿港区长、街长、台中州协议会会员等，著有《沁园诗存》《媢解集》等，以割台为界，变浮靡缠绵而为激楚凄苍。另有词十八首，附于《诗存》之后。③

---

① 林献堂：《无闷草堂诗存序》。
② 另外两个为 1906 年底成立的台南南社、1909 年成立的台北瀛社。
③ 《台湾先贤诗文集》第四辑影印陈氏手稿入集，而未详审其"词钞"皆过录同人作品，以林朝崧《无闷草堂诗余》独多，故目录误书陈氏词集名为《无闷词》，数量亦多至近百。

其《沁园春·春日散步小园有作》自言"作吏催租"身世，而所感甚大，可想见胸中丘壑：

> 西学东渐，裳衣颠倒，溺冠轻儒。问于陵隐处，趁春未暮；养鱼疏水，煞费工夫。判白批红，移花接木，造化争奇总是输。生涯拙，愧吐丝蚕蛹，结网蜘蛛。　　如何作吏催租，与新野、夷门同一途。看续貂狗尾，登场傀儡；莫嗤南郭，滥厕吹竽。薄纸人情，拜金主义，爱玩贤妻岂但吾。浇漓世，叹芸芸士庶，为我杨朱。

陈贯，字联玉，其号豁轩尤著名，常见诸各家唱和篇什中，苗栗人，曾任教员、记者等。林朝崧倡栎社，陈贯首应之，并加盟为社友。有《豁轩诗集》，内含词一卷。《全台词》陈氏小传称其词"体裁清秀，风格高华，兼青丘、文成二家之长"①，甚是，而其略工感慨处最不可废。《高阳台·题无闷草堂诗余》句云："藜床皂帽人憔悴，算文章、身外余名。只难禁，豪气依然，尘梦先醒"，颇能见出林朝崧之神采。《沁园春·写怀》系和上引陈怀澄词之作，勾勒自家面貌甚清晰：

> 白首穷经，案萤枯矣，任嗤迂儒。纵金银布气，掉头去也；来寻渔父，约伴樵夫。人事推迁，回红转绿，桔里无妨一着输。何须问，恁翟门罗雀，邺架垂蛛。　　江湖也要输租，莫信道、闲鸥无畏途。看忘言雪子，南华一卷；此心莫逆，天籁笙竽。草草人情，匆匆岁月，隐几何妨我丧吾。名山里，羡花间摊卷，滴露研朱。

其时热衷吟社活动、绰有词才者还有洪绣（1866—1929）与赖惠川（1887—1962）。惠川，本名尚益，以字行，号颐园，别署"闷红老人"，嘉义人，著有《闷红墨屑》，以八百四十余首竹枝词专题描写早期台岛风情，有"台湾风物志""末世之漫画师、魔术师"之誉。② 另有《闷红小草》《闷红咏物诗》《闷红墨滴》《闷红墨屑续》等，统编

---

① 许俊雅、李远志编：《全台词》，台湾文学馆2017年版，第471页。
② 可参见王惠铃《台湾诗人赖惠川及其〈闷红墨屑〉》，台湾文津出版社2001年版。

为《闷红馆全集》，其中《闷红词草》收词一百六十余首，为台岛词人创作较丰者。令词居多，学《花间》而去其靡丽，较多浑朴，如"禽言十三咏"之《长相思·提葫芦》：

　　提葫芦，提葫芦，提到前村把酒沽。归来日已晡。　　倒磁壶，倒磁壶，异味何庸觅远途。邻家是老屠。

第二节　台湾近百年词坛（下）

一　"作生命之梦"：方东美的《俟天阁诗余》

香港词坛有饶宗颐之"形上词"，台湾则有"一生扬国故，余生骂胡适"的哲学大家方东美（1899—1977）之作，不仅足以相敌，更能驾而上之。

方东美，名珣，以字行世，安徽桐城"桂林方氏"出身，就读金陵大学哲学系时参与创建"少年中国学会"，任南京分会负责人。[①] 1921年留学美国，师从杜威，获哲学博士学位，归国后就任东南大学、中央大学等校教授。1936年西安事变后，蒋介石拜方东美为师，学习《易经》、阳明心学、黑格尔与辩证法等。1943年蒋兼任中央大学校长，初次莅校讲话，随员仍按军校惯例撤出教师座位，准备让师生一同站立听训。方东美大怒云："既是校长，岂可以不敬师？我这个所长不干了！"竟拂袖而去。事后蒋虽严斥随从过失，方东美还是辞去所长职务。1948年方氏去台，受聘为台湾大学、辅仁大学教授。1961年应邀访问美国，先后任多所大学访问教授。著有《科学哲学与人生》《哲学三慧》《中国哲学之精神及其发展》《新儒家哲学十八讲》等。

方氏一生掌故最为人熟知者厥在"骂胡"。1924年其归国不久，方

[①] 方东美就读金大时佳话颇多。兹录数则：一、入学国文成绩特优，得免修三年。教务长刘伯明尝郑重荐之校长鲍尔文云："金大今后欲聘国文教员，须经两人同意：方东美、黄仲苏。"二、牧师训导人员查获方东美偷看小说，不读《圣经》，提议开除其学籍。后担任《大英百科全书》特约编撰的汉密尔顿教授说："我宁愿金大关门，也不愿失去方东美这样的学生。"三、1920年，方东美曾接待少年中国学会会友毛泽东，呼为"毛大哥"。1945年重庆和谈，方毛重见，仍以"毛大哥"称之。

与同门师兄胡适在上海会晤。胡称自己近作《五十年来之世界哲学》是近年来最用力写作的一篇文章，方则以为"恐怕连哲学的一半都够不上"，两人初会不欢而散。抗战爆发后，胡适出任驻美大使，发表讲演逾百场，胜任尽职。方东美对此很欣赏，声明十年不骂胡。十年期满，又恢复骂胡，直至 1975 年在课堂上犹对去世已久的胡适进行严厉批评。

这些批评不乏意气之争与无的放矢之处，根本上则表达出二人学术立场的相左，更清晰勾勒出方东美"一代大哲"的面影。如蒋国保所言："一个坚持自由主义的立场，一个坚持文化保守主义的立场……方东美对胡适的批评，不谈方法问题，也不谈主义问题，而是集中在……中国文化的价值问题……中国哲学的性质问题"，"方东美……认为中国文化在精神上超胜于西方文化，而他所以批评胡适不懂中国哲学，就是因为他基于自己的哲学方法而难以容忍胡适的'实用主义'思想方法……他觉得实用主义哲学太肤浅……转而信服柏格森的'生命哲学'以及怀特海的'历史哲学'"。[①]

方东美是哲人，更能将诗意、诗味融化入哲学生活当中。1973 年世界诗人大会在台北举行，方东美应邀做《诗与生命》的主题演讲，他自《二十四诗品》中选引"劲健""雄浑""流动入高古"三品，以代表儒家、道家、大乘佛家为生命礼赞的合鸣。他更常引歌德"诗的功能在作生命之梦"之说，以"帮助我们穿过悲惨生存的圈套，而开垦精神自由的新天地"[②]。在《坚白精舍诗集》以及从此析出的《倚天阁诗余》近百首词中，我们是能够深切感受到这一点的。如其早年作《调笑令》即将诗意哲思打叠一处：

> 生命，生命，谲幻真如优孟。狂情热意当前，顷刻化为冥烟。烟冥，烟冥，杳渺空虚难诃。

如此孕育生命感受之作在《倚天阁诗余》中颇不少见，可以再读：

[①] 蒋国保：《评方东美对胡适的批评》，《安徽史学》2004 年第 4 期。
[②] 以上综引方天华《坚白精舍诗集后记》，台湾黎明文化事业股份有限公司 1978 年版，第 496—497 页。

第二章 "寂寥故国山中月，荡潏天风海上波"：论近百年中国台湾词坛

濠上自知鱼乐，武陵谁觅花源。子规啼破奈何天，倚枕华胥梦断。　大化安排有我，乾元统贯无前。藏舟于壑总成颠，学道忘忧御变。

——西江月

故国山围，空城潮打，年年血泪春风洒。弹冠新沐习朝仪，狙公赋栗真和假。　鹦鹉能言，猕猴善耍，戴牛喻马恶乎马。物无非是是耶非，齐谐志怪毋惊诧。

——踏莎行

长风吹落颓阳去，元气纵横，海立山倾，虎变经宵宇宙平。珠光络月团香雪，踏碎琼英，八表神行，泄露天机鹤一声。

——采桑子·月夜鹤唳，遥想太平洋上风色

《西江月》是纯粹的"见道语"，《踏莎行》《采桑子》则合并时局言之，内藏忧患讽喻，而不匮哲人之玄想。如此之"形上"，似较饶宗颐氏更能弹动人心，具词体的"感发"本色。

东美诗词大抵作于抗战时期，所谓"生活愈苦……研读愈勤，诗情愈浓"[1]，字行间最多"一年苦，一年窘，一年凶""察时变，叹时运，说时空"的沉郁悲凉之感。[2] 其《定风波·磐溪郊宴止酒看花》《浣溪沙·追和东坡》二首可为典型：

莫把金瓯故恼人，看花不语黯伤神。昨夜斜风昨日雨，茹苦，思量无计可留春。　陌上征衫寻梦去，何处，莺声历乱旧啼痕。谢粉飘红香婉娩，泪眼，满涔云水碧粼粼。

为肉为鱼命未苏，在朝在市辇香车。人间底事本来无。　喑口衔诗肠百结，撑胸饮恨泪千珠。狂风吹面立髭须。

---

[1] 方天华：《坚白精舍诗集后记》，该书第495页。
[2] 方东美：《行香子·三十二年元旦》。

气味逼近苏黄,而泪光点点,哀痛胜之,正是乱世"生命之梦"的逼真再现。渡台之后,特别是晚年赴美后,方东美诗词创作渐少,《水龙吟》吊傅斯年一首词未称佳,但是存史之作,仍旧可读。其上片云:

> 是谁自诩非凡,乾坤一担都倾倒。安排时势,下中才质①,古今人表。堂阙摧颓,山河破碎,熊罴咆哮。散其间症结,穷根究柢,君历历,全谙晓。

方氏不以诗人自居,与诗词圈子无多交往,但自上引词观之,他是完全有资格在抗战词坛、台湾词苑乃至近百年词史都占据一席之地的。

二 八旗诗词史殿军溥心畬与名父之子易君左、陈定山

"以满族为主体,包括蒙古、汉军在内的'八旗'集群,自甲申(1644)定鼎北京,入主华夏,历经顺治、康熙二朝近八十年的全面吸纳汉族文化,于既融通又惕怵、亦喜亦忧的错综复杂历程中,构成史称'异族'的空前繁盛璀璨的文化文学景观。清代文学之有'八旗文学'这一重要组合部分,应是后世辨认该断代文学有异于前朝前代各历史阶段文学史实的关键性标志之一。"② 仅简单按行辈界定,与末代皇帝同辈的溥心畬(1896—1963)、溥侗(1877—1952)等已是八旗风流的最后一抹余晖。③ 心畬以画鸣世,与张大千、吴湖帆并称南北,工山水之外,人物、花卉及书法亦无不精,而诗词亦不俗,足称八旗诗词史之殿军。

心畬名爱新觉罗·溥儒,以字行,自号羲皇上人、西山逸士,恭亲王奕䜣之孙。十五岁入贵胄政治学堂,后隐居北京西山甚久。④ 溥仪任

---

① 傅氏请李方桂出任史语所所长,李云:"在我看来,研究人员是一等人才,教学人员是二等人才,当所长做官的是三等人才。"傅瞠目结舌,作长揖云:"谢谢先生,我是三等人才!"方用用此典故。

② 严迪昌:《八旗诗史案》,《西北师大学报》2004年第3期。

③ 溥侗,字后斋,亦作厚斋,别号红豆馆主,富收藏,精治印,酷爱剧艺,人称"侗五爷",列名"民国四公子"中。

④ 心畬自述曾留学柏林大学,获天文学、生物学博士学位,其事争议颇大,姑不采信。详可参王家诚《溥心畬传》"悬案"一节,百花文艺出版社2007年版。

第二章 "寂寥故国山中月，荡潏天风海上波"：论近百年中国台湾词坛

伪满洲国执政，心畲作《臣篇》告庙，内有"未有九庙不主，宗社不续，祭其非鬼，奉其非朔而可以为君者"之句，又作《与陈苍虬御史书》，预言日本败亡、苏联出兵、溥仪被俘等事，其高瞻远瞩如此。①1949 年赴台湾，执教于台湾师范大学至去世。著有《寒玉堂诗集》，词集则名《凝碧余音》，盖以寓亡国之思也。②

徐晋如甚称心畲之"但一开口便是贵族气息"，又指摘其"诗只是清雅而已"③，其实心畲诗凝厚萧瑟，绰有大历体格，非"清雅"二字可以尽之。徐氏又称心畲"词自大佳"，论之颇精详：

> 彼以盛清王孙，暮年寄寓田横海岛，追怀胜迹、魂萦故国之情，咸托于倚声，每能动人心魄。《浪淘沙·夜》："往事散如烟，锦瑟华年，三更风叶五更蝉。多少新愁无处寄，瘴雨蛮天。　高挂水晶帘，别恨频添，烛摇窗影不成圆。枕上片时归梦里，故国幽燕"，伤心具结，词采俊飞，方之后主亦未遑多让。至若《蝶恋花·望海》："苍海茫茫天际远，北去中原，万里云遮断。云外片帆山一线，殊方莫望衡阳雁。　管弦天上春无限，板荡神州，龙去蓬莱浅。杨柳千条愁不绾，乾坤依旧冰轮满"，更觉自然深挚，哀婉低回。浑是发抒生命体验，都不假雕饰，亦不暇雕饰。④

徐晋如从"生命体验"着眼读心畲词，自是正道。"王孙"身份给他带来天然的贵族气息，"末代"处境则给他带来绵长浓郁的忧伤。如此兴亡之感诚然是独异的，千年词史恐怕也只有李煜、纳兰性德等寥寥数人有之，那也难怪"家国""故乡/故园""江山/河山/湖山"等意象在他笔底如此频繁地闪现。试读：

> 沧海之东疆场，中原以外山河。年年春色等闲过，杜鹃繁似

---

① 《溥心畲年谱》，《溥心畲传》后附，该书第 309 页。
② 王维：《菩提寺禁，裴迪来相看，说逆贼等凝碧池上作音乐…示裴迪》："万户伤心生野烟，百僚何日更朝天。秋槐叶落空宫里，凝碧池头奏管弦。"
③ 《缀石轩诗话》，网络版。
④ 《缀石轩诗话》，网络版。

锦，无奈客愁何。　　啼鸟半窗花影，彩云别院笙歌。青天明月此宵多。家乡千万里，归梦绕烟萝。

——临江仙·春游

海外蛮邦，天涯孤客浑难渡。千里云树，家国知何处。　　烟水茫茫，不见来时路。人非故，新愁无数，谁得朱颜驻。

——点绛唇·迸萝客舍

青门津渡，雁断衡阳路。水面秋声云破处，不见故乡烟树。风风雨雨年华，茫茫浩浩平沙。万里江山家国，不堪回首天涯。

——清平乐·青门渡

并不新鲜的意象心绪背后，隐含的则是"独自莫凭栏，无限江山"般的猿啼鹃戛之声，避乱于"海外蛮邦"的晚年境遇尤令人难以为情。心畬词小令居多，长调也有佳作，《水龙吟·暮春感怀，寄一山左丞》可为典型，其中多化用杜诗语意，正是"国破山河在"的深度表达：

东风卷地花飞，可怜春尽谁家院。高楼玉笛，边沙落日，碧云低远。破碎山河，莺花如旧，芳菲空恋。望茫茫宇宙，天回玉垒，争留待，江流转。　　此际愁人肠断。送残春、骊歌声变。浮云蔽日，黄昏时近，登临恨晚。古戍荒城，边烽危照，凄凉到眼。问春归何日，平居故国，消沉鱼雁。

"望茫茫宇宙，天回玉垒，争留待，江流转"，以这样的历史感、生命感，溥心畬是足以为八旗诗词"殿军"，也为台岛词苑增一份色彩的。

溥心畬之下值得简说"名父"易顺鼎之子易君左（1899—1972）。君左原名家钺，以字行，号意园，笔名右君、空谷山人等，湖南汉寿人。幼有"龙阳才子"美称，就读北京大学时加入马克思主义研究会、文学研究会等，留学日本归国后参加北伐，任职于军界、报界。1949年初迁台湾，又迁香港，任教珠海学院、浸会学院等。晚年定居台湾，

第二章 "寂寥故国山中月，荡潏天风海上波"：论近百年中国台湾词坛

任政工干校教授。著有《杜甫今论》《中国文学史》及游记散文多种，诗作结集为《中兴集》《易君左四十年诗》等，数量颇丰，词仅百十首而已。

易君左最留名于现代文学史者，卒为三十年代初撰《闲话扬州》，因谈及扬州妓女引发公愤，最终以登报道歉、该书停止发行结案。[①] 这一"轻薄文人"形象因此坐实，以至于重庆谈判期间，易君左在毛泽东《沁园春·雪》和作中大唱反调，郭沫若、聂绀弩讥嘲之，"闲话扬州"事仍是最有利的话柄。[②] 然而，"轻薄文人"或"反动文人"之标签都不足以定位易君左其人。他既是颇为优秀的作家、学者，也是抗战中力主"脱离时代而言诗，放弃人生而说教，余未见其可。无论抒情言志，感时咏物，能常与时代同其呼吸，常与人生通其魂梦"的爱国志士[③]，其《中兴集》中大量激扬慷慨的篇章是足以与唐玉虬、卢前等共同奏响抗战诗歌最强音的。对这一点，我们不能视而不见或偏颇歪曲。

易君左词有与诗相通的一面，如《青玉案·平津告急，愤欲北上》《绮罗香·闻义勇军迫近辽阳》《蝶恋花·运河桥上》《八声甘州·寄卢冀野》等，忧愤沉郁，不逊其诗。至于《清平乐·卖花女》《玉楼春·夏夜清饮》轻倩流宕，《鹧鸪天》言情深挚，亦略得乃父遗韵。读后二首：

清宵小院凉如水，烹得鱼儿刚数尾。呼童冰酒酹佳人，对月吹箫移玉指。　　碧桃树下谈狐鬼，茉莉花开香入髓。银河一线耀繁星，那个鹅黄衫子美。

倾泪成河洗梦痕，忍寻絮果与萍因。明知幻境仍留影，但许相忘便是恩。　　蚕作茧，麝成尘，寒灰心篆已难温。箧中存有君书

---
① 易君左病逝，在台汉寿同乡会挽联曰："三代擅才名，早有文章惊海内；千秋成绝唱，更无闲话到扬州。"
② 郭词句云："传声鹦鹉翻娇，又款摆、扬州闲话腰……叹尔能言，不离飞鸟，朽木之材未可雕"，聂词句云："谬种龙阳，三十年来，人海浮飘……扬州闲话，江水滔滔……君左矣，似无盐对镜，自惹妖娆。"
③ 朱能毅：《龙阳诗星易君左轶事》，《传记文学》2002年第4期。

在，风雨蛮荒独掩门。

比之易顺鼎的天才自然远所不及，但"烹得鱼儿刚数尾""碧桃树下谈狐鬼""明知幻境仍留影，但许相忘便是恩"等句还是对得起"名父之子"这个头衔的。

与易君左行辈、名望相埒者是另一"名父"陈栩之子陈定山。陈定山（1897—1989），名蘧，以父名而别署小蝶，由小蝶改署蝶野，四十岁后改署定山①，十四岁入法政大学，后入圣约翰大学，因不合兴趣退学，佐蝶仙经商，并治诗文书画，名噪一时②。小蝶才情富艳，不让乃父，尝与父合作《弃儿》《柳暗花明》等，独撰《塔语斜阳》《香草美人》等多部"鸳蝴"小说，另有《春申旧闻》《蝶野论画三种》《定山脞语》等著述颇丰。其诗文早汇为《醉灵轩诗文集》，似难觅见。七十岁时又取寓台后十七年诗为《十年诗卷》，与同时所作《定山词》一百四十三首合并梓行。

定山之"有趣"酷肖蝶仙③，词则自白石、玉田入手，上追屯田、清真，"端庄"味浓，性灵稍淡，远不能逮其父，尤逊其妹小翠。《红罗袄》与《蝶恋花》二首较多感慨：

> 昨梦浑如醉，剧饮不拌归。似腻藕投怀，新酥覆手，此情谁会，未有人知。　渐天晓、户外星稀，再三重约佳期。沅芷变江蓠，怎一去、花药尽春悲。

> 东风着力追回雪，漂泊樱花，流水无情别。去住杨朱歧路泣，

---

① 1934年，小蝶拟在浙江东阳定山种桐二千亩以改善民生，蝶仙以为此举缓而不济，然有感于"定山"二字，云："四十不仕，可以知止而后定矣"，治"定山一名小蝶"印以赠，小蝶次年筑"定山草堂"纪之。1940年，上海沦陷，小蝶为日本宪兵强指为"重庆分子"，陷监狱七日，"小蝶"一名遂不可用，于是以"定山"行世。据蔡登山《洋场才子与小报文人》，金城出版社2012年版。

② 小蝶极有画名，亦擅货殖术，尝开一饭店名"蝶来"，开业日特请当红影星胡蝶、徐来剪彩，一时成热门新闻，见郑逸梅《天虚我生陈定山父子》，载《近代名人丛话》，中华书局2005年版，第322—326页。

③ 郑逸梅继陈栩后说他"又是一位有趣人物"，见其《天虚我生陈定山父子》。

霸陵斜日车临厕。　　云水重开天远阔，暝色寒香，一派神光接。怀抱殷勤空耿热，飞虫如雨孤灯灭。

卢元骏《定山词序》云："先生入台之岁，正黄图颎洞之秋……衣冠南渡，分作流人；烟柳危阑，只供溅泪……时作幽咽凄断之音，使读者醰醰如醉"[1]，于"沉芷变江蓠""飞虫如雨孤灯灭"之类词句中，是能感知那种"幽咽凄断"之情的。

三 "瀛边词人"江絜生　附袁荣法、成惕轩、周弃子、韦仲公

年辈稍晚于溥、易、陈而主持坛坫者为江絜生。江絜生（1903—1983[2]），本名伦琳，字仲篪，号絜生，又号意云、絜道人，安徽合肥人，青年学诗于陈三立，得其赏识，遂推介于朱祖谋门下，"虔心礼事，独得其秘"[3]。后入于右任所主监察院任职，颇得其指授[4]，与汪东、乔大壮、沈尹默、卢前、王陆一等交好，又为抗战著名期刊《民族诗坛》主要作者之一，颇张抗战诗歌大纛，砥砺人心[5]。迁台后主编《大华晚报》副刊"瀛海同声"栏目，又在台北峨嵋街夜巴黎酒家之茶肆开设沙龙，讲论词法[6]，"岿然领袖，三十年来造就词家无数"，"其著籍称高弟者，有宋天正、韦仲公、苏文婷诸子"[7]，身后有《瀛边片羽》传世，内含词一百一十九首、诗五十五首。

絜生词得彊村嫡传，自能稍具彊村精整沉厚体格，即如《莺啼序》

---

[1] 陈定山：《定山词》卷首，载《十年诗卷定山词》，台北正中书局1968年版。
[2] 江氏生卒年罕见记载，许日章《江絜生与张大千的诗画交往》（《江淮文史》1995年第3期）始明言之，证之《瀛边片羽》成惕轩、李猷序，甚是。
[3] 《瀛边片羽》李猷序，台北"国家图书馆"藏本。
[4] 江絜生载1938年第6期《民族诗坛》之《吟边札记》云："间得右任先生指示杜诗之精义"，载1938年第15期《青年向导》之《吟边札记》云："闻于右任先生言……'陈（三立）朱（祖谋）固为传人，但亦只结束其个人及其个人之时代而已，而吾人则另一时代之开始也'，谅哉此言！有志于诗而为古人旧诗所钳服者，可以投袂而起矣。"
[5] 1938年第6期《民族诗坛》之《吟边札记》云："值此蛮旗压境，世难如山，民族复兴，尤赖气节。诗人今日，亟宜继承工部之伟业，统一身心，宣扬忠义。"
[6] 以上小传有参考林佳蓉《一则古典的传奇——蓬瀛词人江絜生〈瀛边片羽〉探析》处，谨致谢忱。林文系民国旧体文学研讨会（2016年7月，南京）论文。
[7] 分别见《瀛边片羽》李猷序、成惕轩序。

长词最不易作，而絜生集中多至四首，均可圈点，此一端已足见工力。再如《扬州慢·帅南词长与余先后师承古微朱太世丈，来台后初偕醇士往访，连宵款话，意趣双洽，殆皆乐以古老为归者……》一首既自言门户渊源，手笔也酷肖乃师：

> 吴缟吸缁，蜀红开旧，剪灯缓计归程。费春风尉染，奈旅发难青。尽轻舍、家山万里，乱人心曲，慵道回兵。怕零丁辽鹤，归时齐换新城。　　眼明迓子，黯仙才、残世休惊。剩露苑娟灯，风柯乱羽，吹淡炎情。记得拜鹃西向，年年厌、粉蝶笳声。渐凄迷烟陌，新来都是愁生。

此种炉锤锻炼之笔在其短调中也表现得同样明显，如下面这几首：

> 春似海，裙屐镇如云。红醉山川花映脸，绿摇村郭水平茵。催老去年人。　　人似燕，孤屿黯巢痕。瘴雨消残无定絮，懒烟熏瘦未归魂。还度去年春。
>
> ——双调忆江南·台北春感

> 秋不语，秋在淡红汀。日黯敧红腰易冷，风摇冻柳眼难青。打桨与谁听。　　人不见，人似楚江萍。罗袜随波波化泪，蜃云淹鬟鬟飘星。寻梦梦冥冥。
>
> ——双调忆江南·台北秋感

> 岩草偷班，相逢客里，别样凄酸。赌墅棋残，烂柯人老，莫话长安。　　年年照影空滩，总暗觉、风侵鬓寒。自识闲愁，便和愁住，欲遣都难。
>
> ——柳梢青·淡水海滩观泳，蓦遇故人吴君，为道出都往事，泪与声俱，感成此解

两首《忆江南》之七言对句皆极考究，与黯然销魂的心境相得益彰，《柳梢青》则相对平易，大抵掩去雕琢印迹，其实更多浑朴悲凉之

第二章 "寂寥故国山中月，荡潏天风海上波"：论近百年中国台湾词坛

感。在《定山词序》中江絜生有对"常派"不以为然之论，可窥其浑朴质地之由来：

> 常派系出浙派，浙派始于竹垞、太鸿，上溯姜、张。玉田操觚率尔，微失之浮易，独《高阳台》一阕蔚成绝唱。如稍救之以白石之清刚疏峻，此道半已大备。常州皋文、晋卿、止庵诸君承之，追遵碧山咏物之径境，矩范益严，气量浸狭，不知词非专以咏物为能者。①

"矩范益严，气量浸狭，不知词非专以咏物为能者"，这是相当严厉的批评，从中可以看到江絜生越轶师传的一面。《踏莎行·拜石先生为新生报撰古春风楼琐记已十载矣，啸生社长征题赋答》也是如此审美倾向下的佳作：

> 劫苦江山，梦香罗绮，连篇多少悲欣事。溟楼彩笔绽春风，拈来雅俗都成史。　挥麈名流，凭栏危涕，关心天壤王郎最。渡江同是廿年人，青藜各煮疗饥字。

高拜石《古春风楼琐记》洋洋三百万言，状写清民五百余位人物色相，固一代掌故之雄也。絜生词中"悲欣""渡江""疗饥"等语皆能揭橥其心绪，大有沧桑意趣。以此意趣主持坛坫，造就词家，这位"瀛边词人"诚是台岛近百年不可忽视之重镇。

上引江氏《扬州慢》提及的"帅南词长"袁荣法也是承接彊村衣钵的一个。荣法（1907—1976），号沧洲，一号玄冰，湖南湘潭人，袁思亮从子，毕业于上海持志学院法律学系后执律师业。倭难既起，遂闭门家居，整理先世藏书以遣忧。去台后任"行政院"参议，又为"国防研究院"修订清史编纂委员、东吴大学教授等。著有《宋词曲宫调经见表》《沧洲诗集》《玄冰词》等，存词二百五十余篇。其词以乱离之作最为动人，如《鹧鸪天·倭人寇我三月矣，寒宵凄惊，怆然有

---

① 陈定山：《定山词》卷首，载《十年诗卷定山词》，台北正中书局1968年版。

思》与《沁园春·世事如斯，杞人之忧有不忍言者，聊托长歌，以当一哭》：

> 撼户狂飙变徵声，梦回刁斗动连营。山河破碎人千里，霜月模糊夜五更。　灯炯炯，漏丁丁，乱离谁信此身轻。人生天道那堪问，止向梅花索旧盟。

> 大陆龙蛇，玄黄未央，能无慨乎。况苍生都作，池鱼幕燕；朱衣半属，社鼠城狐。今日寰中，谁家天下，只恐亡羊计早疏。沉吟久，正杜鹃声切，渺渺愁余。　规模曾左罗胡，叹前代、中兴迹已芜。算新来得失，惟添歌哭；些时消长，也费乘除。竖子成名，昔人不见，莽莽神州谁丈夫。休搔首，愿江山无恙，老我头颅。

山河破碎，龙蛇起陆，"乱离谁信此身轻""人生天道那堪问"，如此句真写尽了填膺忧患。《浣溪沙·散释居士以小词悼歌者琴雪芳，属和，约用"马回回琴雪芳"六字，即次元韵》二首属早年风情游戏之作，而自见巧思才性：

> 檐马声稀雪压墙，匣琴尘冷月侵廊。倩魂何处觅幽芳。　有限相怜无限恨，几回厮见者回忘。东风吹泪注愁肠。

> 一桁珠帘一角墙，马缨花下旧回廊。琴心恐自愧寒芳。　靧面学娇成永忆，孋人香细总难忘。方回肠断更无肠。

行辈稍晚江氏而交游唱和甚密者是成惕轩、周弃子二氏，兹附谈之。

成惕轩（1911—1989），字康庐，号楚望，湖北阳新人，少年从名儒王葆心游，毕业于中央政治学校高等科后由陈布雷简任为国防最高委员会秘书，抗战胜利后转任考试院秘书，后改参事。1949年去台后，任总统府参事，同时执教于政治大学、师范大学等校。著有《汲古新议》《考铨丛论》等，诗文集成《楚望楼诗文集》，内含骈文二百余，诗逾千首，词仅四十余。

惕轩骈文有"薰香掬艳，不可方物"之誉，乃是台湾骈文乃至当代骈文的代表作家之一①，诗则"大都关系世运生灵"，"不用僻典，不求险怪，不屑为生涩纤秾、枯瘦寒俭，自然舂容大雅"②。与此相比，词确乎为"余事"，用力不深，但亦有佳作。如告别大陆去台前所作《浣溪沙》四首即颇具老杜《秋兴》流韵，可作一段词史读，引其二、三：

日日焚香吁太平，三年前喜告收京。晴空万里御风行。　逝尽千欢归一涕，江南萧瑟付秋声。小园今又别兰成。

望里关河百战场，十年中有万沧桑。朱楼以外只斜阳。　妄计灌园安作息，几曾华国藉文章。书生无用纸千行。

被成惕轩推为"连篇月露，务扫陈言；七宝楼台，都归弃物""独树一帜，乃自成其为弃子之诗"的周弃子乃台岛三大诗人后最有分量的一个③，词则余事尔。

弃子（1912—1984），名学藩，别署药庐，亦署未埋庵，湖北大冶人，湖北省立国学专修学校毕业后历任多个机构秘书、参议职务，终生"载笔依人，随缘托迹"④，然而"万卷罗胸，一生负气。愤人习脂韦，士乖月旦，黜太师如南郭，旌嫫母为西施，乃发讥诃，或伤激切"⑤，盖亦畸人不偶于世者。如悼鲁迅诗云："独守坚贞事已难，若论际遇亦辛酸。径寻寥廓逃矰缴，犹耐高寒惜羽翰。臧否岂皆无得失，罪功不免有褒弹。持平两字狂兼狷，为定千秋与盖棺"，又如忆雷震诗云："无凭北海知刘备，不死书生惜孔渊。铜像当年姑漫语，铁窗今日是周年。

---

① 龚鹏程：《楚望楼诗文集前言》，黄山书社2014年版，第6页。
② 冯永军：《当代诗坛点将录》，转引自龚鹏程《楚望楼诗文集前言》，该书第20页。
③ 《周弃子先生集序》，黄山书社2009年版，第3页。
④ 王开节：《周弃子先生行状》，《周弃子先生集》，第1页。
⑤ 成惕轩：《周弃子先生集序》，该书第3页。

途穷未必官能弃，棋败何曾卒向前。我论时贤尚美刺，直将本事入诗篇"①，皆能觇其禀性与风格。

弃子词仅十四首，又半数应酬之作，而《鹧鸪天》《浣溪沙·路边琵琶》等以诗笔为之者，亦颇不俗。《浣溪沙》尤有龚定庵风神：

> 隔座繁声沸似潮，有人低拨郁轮袍。千年沉梦警今宵。　散尽黄金余薄幸，赚来红豆得无聊。此愁谁信泪能浇。

江氏弟子韦仲公（1924—1998）于词亦称当家。仲公，字兼堂，江苏盐城人，东吴大学教授。著有《芝山词》，以长调为多，格律严细，其中去国怀乡之篇如《西子妆慢·故宫观沈石田吴门山水全图，余少时游钓处也》《齐天乐·余乡多子规，幼时不以为意，今居海上，偶一闻之，便觉凄然》《燕山亭·自作家山图》《扬州慢·余幼年家贫……》等皆凄恻动人。《暗香·余辞家之夕，自柳岸登舟，斜阳在树，霜气渐深。寡母攀枝痛哭，再四叮咛，谁知一别，竟未再归，每念此情，即为肠断。傅狷夫先生绘〈柳岸辞亲图〉以赠，盖以塞余之悲也》最称个中翘楚，小序即已令人酸心：

> 布帆掠日，任柳丝弄晚，波翻凄碧。怎肯别离，一夕西风送行客。针线啼痕湿遍，难付托、叮咛心意。忍白发、哭望溪桥，鸿影隔天北。　乡国。路不识。换劫后关河，鬓雪萧瑟。草堂梦寂。摇落江潭总非昔。凄绝儿时里巷，中夜月、空窥荒宅。书不到，归意苦，又无去翼。

四　台湾两作家词：柏杨、张大春　附张梦机

台湾近百年词当以两作家为殿军，首先是柏杨。柏杨（1920—2008），原名郭衣洞，河南辉县人，东北大学毕业后任职教育界与报界，迁台后十年始以笔名"柏杨"在《自立晚报》撰写专栏。1966年出任平原出版社社长，并负责《中华日报》家庭版的《大力水手漫画》专

---

① 二诗分别题为《悼鲁迅翁》《忆雷儆寰》。

栏。1968年初，因刊出父子购买小岛、建立王国、竞选总统之漫画，被当局定以"侮辱元首""通匪"罪名，并遭逮捕，是即震惊台湾的"大力水手事件"。自此柏杨身居囹圄近十年，在狱中完成了《中国人史纲》等三部书稿，出狱后更以《丑陋的中国人》引发巨大震动，被誉为鲁迅之后解剖国民性最彻底、最不留情面的作家。晚年的《柏杨版资治通鉴》《柏杨回忆录》等著述烛照古今、感怀身世，大申"带血的手，可掩盖一时，不能掩盖永远"，"追求民主，尊重人权"的目标[1]，从而为自己的良知创作生涯画上圆满的句号。

柏杨文风辛辣调谐，人所熟知，世称之"柏杨体"，而偶弄词笔，则苍凉劲健，与文章迥异。如《鹧鸪天》：

> 廿载风尘逐断萍，渔阳鼙鼓不堪听。可怜无计留黑发，一番对镜一番惊。　人已老，百未成，孤灯凄雨话生平。国愁家恨难挥泪，且把心情作笑声。

说是"且把心情作笑声"，其实还是泪点斑斑、难以为情。《满江红》似写于入狱期间，彼时柏杨与倪明华离婚，绝食二十一日，词也是那种"看过地狱回来"的血泪所凝结[2]：

> 午夜惊魂，推孤枕、灯花百裂。多少恨，誓言蜜语，都成喧咽。枯臂沾遍点点泪，薄襟染满斑斑血。只是非、恩怨霎时休，徒悲切。　数往事，如烟灭；便归去，关山绝。算场场恶梦，何时能歇。此命频逢落井石，一身恰似离枝叶。这颗心、到死也凄凉，千般劫。

"这颗心、到死也凄凉，千般劫"，只有遭遇了"千般劫"的人才能有此"野生动物"一样的哑声嘶吼。[3] 关于"看过地狱"，柏杨如是

---

[1] 《柏杨回忆录》后附《写给刘展华的一封信》，《柏杨全集》第24册，人民文学出版社2010年版，第256页。
[2] 《柏杨回忆录》之"自序：重飞来时路"，该书第14页。
[3] 《柏杨回忆录》第一章题为《野生动物》。

说："实际上，我不仅看过，而且我一生几乎全在地狱，眼泪远超过欢笑。"同时他又说："但我并不认为我是天下最苦难的人，绝大多数中国人都比我更苦。这是民族的灾难，时代的灾难，而不是某一个人的灾难，回顾风沙滚滚的来时路，能够通过这些灾难，我比更多的中国人幸运得多，使我充满感恩之情。"[①] 经历了人世幽暗、拨亮了历史长夜之后的柏杨写下如上"谢幕词"[②]，令人不能不对他的悲悯宽厚肃然而生敬意。

张大春（1957— ）以《城邦暴力团》《大唐李白》《水浒108》等小说、戏剧创作驰誉文坛，被莫言推为"台湾最有天分、最不驯，好玩得不得了的一位作家"，梁文道则称之小说家中"武器最齐备的侠客"[③]，而其诗词笔调也自不凡。如为话剧《水浒108》所作之《念奴娇》：

一江春水，向谁边流去，谁知痕迹。泊尽千帆飘荡久，聚散两般容易。妙舞轻吟，匆匆相看，乘醉听潮汐。英雄何觅，梁山山色如碧。　消得拍手狂歌，举杯邀月，天上来仙客。遍照人间委曲事，笑说沉沙折戟。放肆情怀，开张力气，教把贪狼射。知君知我，此心留取清白。

作为话剧的"插曲"，本篇在一定程度上对《水浒传》同调原作有所借鉴[④]，同时又消解淡化了原作中的香艳直白处，更集中凸显狂逸豪纵气息，其实是投射了作家本人的气质心性。《金缕曲·邀访，简半宾》笔调疏隽，"老花眼""猪排饭"云云意趣洋溢而古味不减，更能见出词人本色：

---

① 《柏杨回忆录》之"自序：重飞来时路"，该书第14页。
② "人世幽暗""历史长夜"系《柏杨回忆录提要》中语，该书第12页。
③ "网易新闻"2011年1月8日。
④ 《水浒传》第七十二回《柴进簪花入禁院，李逵元夜闹东京》："当时宋江落笔，遂成乐府词一首，道是：'天南地北，问乾坤何处，可容狂客。借得山东烟水寨，来买凤城春色。翠袖围香，鲛绡笼玉，一笑千金值。神仙体态，薄幸如何销得。　回想芦叶滩头，蓼花汀畔，皓月空凝碧。六六雁行连八九，只待金鸡消息。义胆包天，忠肝盖地，四海无人识。闲愁万种，醉乡一夜头白。'"

魂在成孤馆。问相逢、一身消瘦,二毛长短。客岁别时风压树,人去樱红乍满。料此意、唯君能断。卅载看春皆两地,况凝眸、不辨阡绵乱。谁治得,老花眼。　　犹将字句声声唤。阮堂诗、深堂独味,落英相伴。恰对霜秋无愁报,商略轻寒轻暖。正此阕、聊勾闲怨。未了清尊依圣德,更枰棋、儿语猪排饭。迎损友,掩书卷。

张大春词未多作,诗则存数百近千首,与其谊在师友之间的名诗人、学者张梦机也应附此一谈。

张梦机(1941—2010),湖南永绥人,就读台湾师范大学体育学系时即拜入李渔叔门下学诗,后由高明、郑骞指导,以《词律探原》论文获得文学博士学位,历任中央大学、台湾师范大学、文化大学等校教席。年届五十而中风,颜所居曰"药楼",而吟写不辍至病逝。著有《诗学论丛》《近体诗发凡》《鸥波诗话》等。诗词结为《梦机诗词》,内收词作七十五首,数量、质量均远弱于诗,或坐情韵之不足也。《天仙子·初饮川茶感作》一首较富雅人深致:

万里携来能沁齿,巴雨蜀云曾沃此。故人惠我佛泉茶,烹活水,鱼眼沸,浓郁香生全人袂。　　隽舌无端思锦里,勾起髫年多少事。病身恨不度沧溟,峨嵋寺,嘉陵鲤,都在迷离诗梦里。

第三章　海外词人词作举隅

由于文化环境的因素，中国港澳台之外的海外华文文坛中，格律诗词的地位当然更加边缘化，但麟角凤毛，向来不乏其例，唯文献沟通流播不易，难以囊括梳整，本章亦仅就所见，略予举隅，俟诸后来之有心者而已。

第一节　潘受的《海外庐诗余》

附　黄松鹤

潘受（1911—1999），原名国渠，字虚之，号虚舟，福建南安人，未弱冠即南渡新加坡，任《叻报》编辑，后执教于多所中学。1937年起任南洋华侨筹赈祖国难民总会主任秘书，极得主席陈嘉庚倚重。1953年参加筹办新加坡南洋大学，任执行委员会委员。1955年校长林语堂离校，受委出任大学秘书长，主持校政长达五年，为该校重要奠基者之一，晚年获颁新加坡卓越功绩勋章。著有《海外庐诗》《云南园诗集》《潘受诗选》等，其中《海外庐诗》经汪茂荣点校版行，学界始较多了解其诗词面貌。[1]

潘氏《海外庐诗》四卷夙负重名，章士钊甚至有"四季两公魁绝域，喜君下笔又如神"语，将其与黄遵宪、丘逢甲并提[2]，其悲壮慷慨亦确能逼近之。词则"偶录"而已，仅存三十三首[3]，大抵中年所作。成就虽远逊于诗，而骨力劲挺，头角峥嵘，精神气息与诗相通。如《湘

---

[1] 黄山书社2010年版。
[2] 转引自汪茂荣《海外庐诗前言》，该书第71页。
[3] 潘氏词附于《海外庐诗》之后，题曰《海外庐诗余偶录》。

月·花溪野行，采花示尔彬，次龚定庵韵》：

> 甚哉吾拙，念狂犹叹凤，愚争呼马。落拓青衫湖海影，甘受风尘陶冶。鼓瑟齐门，吹箫吴市，一例愁难写。轮囷肝胆，平生几辈知者。　　与君剩爱看花，采兰盈抱，采菊还盈把。觅取花溪花作伴，相对花光之下。花外笳声，花间剑气，肃杀凄中夏。江山雄郁，劝君忍泪休洒。

本篇作于1942年，其时潘受避日寇归国，小住黔中花溪，故"采花"闲逸外衣下满是"轮囷肝胆""笳声剑气"，下片连用六个"花"字，而终于聚焦"肃杀""雄郁"的江山之泪，海外游子与祖国血缘情浓的炽诚怀抱表露无遗。此种爱国情愫历久不磨，作于1949年的《满江红·新加坡东海岸勿洛，为一九四二年日占领军大屠杀华人之一处，今成歌台舞榭、呼卢喝雉之场所，月夜过此茗坐，感赋》将"血添波浪，海翻红哭"的大屠杀场景与"狐步舞""乌栖曲"的盛世太平色色对照，透现出无限感愤之情：

> 东房南窥，闻曾此、狂屠吾族。千义士、血添波浪，海翻红哭。何处鹃来凭吊骨，当时鱼避横飞肉。渐夜深、渔鬼火交明，悲风作。　　尘劫换，笙歌续；沿废垒，驰香毂。满月台花榭，酒春人玉。拂镜翩翩狐步舞，绕梁隐隐乌栖曲。尽座间、呼喝助寒潮，喧幺六。

潘受擅长集句，《海外庐诗》中《避寇归国，卜居渝州嘉陵江滨，春日多暇，感时抚事，集杜少陵句成五言律五十首》堪称集句诗史之杰作。同时潘氏亦将此长技施之于词，《临江仙·秋兴十阕，作于嘉陵江滨寓斋，五言各联，并集杜句》一组别开生面，才情俱臻高境。可读其三、四、八、十诸首：

> 万里炎荒黯淡，十年往事依稀。梦中壶峤海山微。白鸥原水宿，苍隼护巢归。　　性耻投人所好，世方与我相违。醉醒歌哭是

耶非。居然成漫落，未肯羡轻肥。

沉霭遥吞岸去，怒涛暗挟山浮。烛天灯火认巴州。无风云出塞，残夜水明楼。　　从仕翻疑皂盖，学仙未入丹丘。抛人岁月莽悠悠。我行何到此，客意已惊秋。

独坐敲壶拊缶，长吟击楫垂竿。近来渐似野人闲。自须开竹径，幸不爱云山。　　仰屋书空斫地，倚窗欹枕凭阑。渊明门设本常关。形容真潦倒，世事各艰难。

露泼南箕似簸，风摇北斗皆颠。余音顿挫语疏蝉。云溪花淡淡，石濑月娟娟。　　步月攒眉月下，看花搔首花前。芜城七十剑三千。偷生长避地，何日是归年。

词中五言集句皆极工致，一如己出，那是极见笔力的。可惜潘氏用心不在于词，中年以后偶然酬应而已，否则当有更加彪炳的成就，惜哉！

长期旅居印尼的黄松鹤（1909—1988）应附潘受之后简说。松鹤，字漱园，厦门人，少年时南渡印尼，治别业于万隆，"种竹栽花，登高舒啸，若东坡之居儋耳"[1]。二战期间因参加抗日工作被捕，出狱后居住香港，八十年代初回乡后再次旅居印尼。著有《漱园诗摘》《鹤唳集》《黄花草堂诗抄》《煮梦庐词草》等，存词四十余首。《木兰花慢·九日寄韦同芳》最多感慨，其上片云："向东篱采菊，又风雨，近重阳。自解绶人归，催租吏去，几度沧桑。黄粱梦犹未醒，那堪知、故国是他乡。独倚危阑望远，江山一片苍茫。"

松鹤交游甚广，为其《漱园诗摘》作序者多达七家，《煮梦庐词草》题词更有十七家之数，如董桥、陈荆鸿、张纫诗、潘思敏、潘小磐等更是香江名辈，从中固亦可觇一时风气也。

---

[1] 陈荆鸿：《黄花草堂别集序》。

第二节　萧公权的《画梦词》

作为近百年学术巅峰人物之一、有"中国宪政理论之父"美誉的萧公权（1897—1981）专攻政治学①，而于几乎为政治学另外一极端的诗词亦称名家②，但争议不小耳。

公权，字恭甫，号迹园，江西泰和人，1918 年考入清华学校高等科，两年后赴美就读，主修政治哲学，1926 年获康奈尔大学博士学位。回国后历任南开、东北、燕京、清华等大学教授③，并当选中央研究院首届院士。1948 年赴台任教，未经年而赴美，任华盛顿大学教授。著有《政治多元论》《中国政治思想史》《问学谏往录》等。其中《中国政治思想史》自先秦诸子论及辛亥革命，洋洋通贯，最能体现其"以学心读，以平心取，以公心述"的治学准则，影响亦最称深远。④ 诗词汇为《小桐阴馆诗词》，内含《迹园诗稿》十卷、《集外诗》一卷、《迹园诗续稿》一卷；又《画梦词》七卷二百首，主要为抗战八年所作，赴美后所作归入《集外词》，仅七首；又以词调译英国诗十八首，成《唾余集》一卷。

唐振常曾感慨民国时学界中人鲜有不知迹园者，而二十世纪九十年代谈起萧公权则好像出土文物⑤，那么时至今日，谈起诗人萧公权，其罕秘程度似乎犹有过之，专题系统论其诗者似只有刘士林《二十世纪中

---

① 胡文辉：《现代学林点将录》点萧氏为"天孤星花和尚鲁智深"，并云："罗隆基、殷海光、顾准诸人，西学淹通而中学薄弱，其思辨成绩，终不能与西人分庭抗礼，而萧氏则以西方政治学的视野，考掘中国传统的政治思想，遂能有第一流的独特贡献。"又在注释中引萧氏弟子鲁光桓云："中国通史是钱宾四先生首先踏进去的，中国哲学史是冯友兰先生踏进去的，中国佛教史是汤用彤先生踏进去的，中国外交史是蒋廷黻先生首先踏进去的，中国政治思想史则是萧公权先生踏进去的。"该书第 68、71 页，广东人民出版社 2010 年版。

② 胡文辉有"他的学术专业以西洋社会科学为宗，而文学趣味却归于中国本位的旧诗词。政治学与诗歌，几为两端"语，《现代学林点将录》，第 69 页。

③ 抗战时萧氏兼职于成都燕京大学，与陈寅恪、李方桂、吴宓等有"四大名旦"之号。胡文辉以为吴宓学无所成，不足为伍，故《点将录》萧氏条下诗云："政学师夷已上乘，归来故纸十年灯。华西坝上称名旦，四大如何共雨僧。"该书第 70 页。

④ 转引自《点将录》，第 69 页。

⑤ 《漫记萧公权先生》，《读书》1993 年第 2 期。

国学人之诗研究》。该书既以半章篇幅畅论萧氏诗作,更明确推为"最有诗才的现代学人","思维、语言和意境的华美流丽,可与曹植、李煜、李商隐、纳兰性德等相媲美,其用语之工,诗感之细、意境之纯、体式之广,则达到了二十世纪中国学人之诗的艺术最高峰"。①

刘氏之说诚然属于不知史亦不知诗的外行话②,但萧氏诗功颇深、固不失一名家席位的事实不能抹煞。他说自己"不想做诗人,不想自成一家……学诗便不分宗派,不守门户,顺心所喜,随兴所到,因遇所宜",也甚切实通达。③ 与诗相比,萧氏词的路数有近似处,成就亦能稍胜,而不为人道,更过其诗。

首先值得关注的是萧氏感怀时局、记录心声的一批作品。早在1932年,作者即有《金缕曲·壬申书愤用朱彊村寄王病山韵》,对于"一夜胡骑凭陵至,十万儿郎解甲。更谁省、陆沉浩劫"的东北事变极致忧患。迨全面抗战起,萧氏更有《鹧鸪天》(风景不殊)、《水调歌头·述梦》《翠楼吟·丁丑晚秋自燕避寇,间关入蜀……》《念奴娇·哀金陵》等一批沉慨之作,《忆旧游·甲戌岁寄寓北平……戊寅秋避寇入蜀,旅居锦官城北,小庭有花,陋室容膝,霜风时起,客意萧然。丁丑暮春金陵小住,丁卯丁丑间燕市游踪,又成隔世……》二首谱写个人行迹,实际是大众合唱的"流浪者之歌"。其一云:

> 料难消别恨,罢哭穷途,暂住流萍。玉垒秋摇落,有菊花伴我,吊影空庭。黄英又随霜尽,别恨也无凭。剩两处征愁,青衫点点,明镜星星。　　新亭。旧时泪,算洒遍天涯,不为飘零。玉树歌声歇,念吴头楚尾,烽火冥冥。庾郎漫吟,能得几人听。便梦入江南,山围故国空自青。

至于《鹧鸪天·星期评论有郭索君卖书之作,倚声和之,并赋卖衣一阕》二首更是写尽抗战后期的生涯艰难,但并不衰飒,且颇有苦中作

---

① 该书第六章,又见书末《作者附记》,安徽教育出版社2005年版,第332页。
② 刘梦芙有《指误》专文刊于《学术界》2006年第6期。
③ 《问学谏往录》,学林出版社1997年版,第181页。

乐的幽默感，堪与前文所引吴眉孙、张恨水诸人词并读：

> 冷灶停炊晓断烟，生财有道自悠然。寻来故旧随身本，换取些须买米钱。　携米袋，过书摊，分明认得旧题签。谁知才脱穷酸手，声价飞腾五十千。

> 馥郁香尘袖底香，青衫割爱付商场。钱来妇免炊无米，衣去情如妾下堂。　餐脱粟，且徜徉，街头瞥见旧衣裳。他人身上为寒暖，物是人非小断肠。

八年苦泪方消而内战旋起，词人自然感怆良多，故集中有《沁园春》和毛泽东一首，表达出"恶紫夺朱，将清换浊，苦累天工如许劳"的厌战情绪。另一首系和张恨水之作，心境甚恶而笔致甚辣：

> 我亦飘零，十载西南，林边水涯。似蝉鸣枉费，艰难果腹；鸠居暂借，毕竟非家。草草余生，腾腾噩梦，永夜功骧敌睡茶。流光迅，付秋风晚照，古树昏鸦。　江南几度繁花，料故巷、春归轻燕斜。认登堂新主，明珠量斗；弹冠多庆，吉日宣麻。误尽苍生，争雄赤地，战鼓妖声劫后哗。吾衰矣，望河清不见，倦眼云遮。

"误尽苍生，争雄赤地"云云诚是大清醒语，也是大愤激语。迨至"孤岛寄踪，难为高枕，和愁遣梦"及"去国离群"阶段[①]，虽境遇尚称平稳，"梦里楼台犹故国"之感则愈酿愈浓，无可消遣[②]。毋庸置疑，这当然是炽诚的海外赤子情怀，绝不因意识形态的分歧而分毫减色。试读：

> 月瘦不盈窗，花浓密压廊。坐秋宵、雨后新凉。絮絮家人闲话里，聊快意，说还乡。　久矣惯流亡，漂萍自在忙。乍回头、一

[①] 分别为《南浦》（羁魂倦翼）与《蝶恋花》（岁晚天涯）词序中语。
[②] 萧公权：《玉楼春·己酉生日口占》。

片沙场。到得海天空阔处,更还有,路茫茫。

——唐多令·岛居未周岁,将有北美之行,走笔感赋

  撩乱离人双倦眼,断碧零朱,秋后都成幻。凋尽枫林天不管,伤心画稿随时换。 故国山河颜色变,纵得来归,散尽登临伴。漫说分离前已惯,重洋更比重山远借一樵句。

——蝶恋花·去国离群,久未弄笔。癸巳仲冬,顾一樵寄示近作,勉成三阕以报……(其二)

  《画梦词》还值得特别一说的是附录之《唾余集》,作者自叙"长夏苦热,偶读英国近代诗选,其中有与五代两宋词境相邻者,爱意译之,凡令慢二十余阕。郢书燕说,贻笑方家;买椟还珠,唐突作者,题曰《唾余》,以志惶恐","惶恐"当然是谦辞,其实这组词是别出心裁的译作,也是特能体现才情的创作,有着海外词人的清晰印记。姑录其译卜朗德之《西江月》一首以见意。卜朗德,即艾米莉·勃朗特,《呼啸山庄》之作者:

  眼底浮云富贵,枕边晓梦声名。悲欢儿女世间情,一笑置之不省。 无所从天乞祷,惟求自在神行。逍遥一致死和生,有勇临终能忍。

  以格律形式译诗在民国时甚为常见,马君武译雨果题阿黛儿情书诗即是个中上品[1],其后格律寖失,今之治外文者绝少通之,此道也渐成绝响。前文谈及伯昏子翻译莪默、华兹华斯、普希金、莱蒙托夫、帕斯捷尔纳克、勃洛克等诗,钟锦译波德莱尔《恶之花》,与萧氏相较,后出而转大转精,令人惊喜。

  综之可以看出萧公权不徒能于海外称王霸之业,即置之中国,那也是有列土封疆的资格与实力的。

---

[1] 马氏译文云:"此是当年红叶书,而今重展泪盈裾。斜风斜雨人将老,青史青山事总虚。两字题碑记恩爱,十年去国总艰虞。茫茫乐土知何在,人世苍黄一梦如。"

第三节　周策纵、严寿澄、陈仰陵

一

"当时碎梦如何画，付与春残，又是秋寒，醉尽风霜意未阑。余生故国存天外，怨结芝兰，格佩琅玕，一代词坛落叶单。"这首《采桑子》系周策纵题写萧公权《画梦词》之作，以行辈、学术造诣与影响而言，萧公权以下当接谈周氏。

周策纵（1916—2007）字幼琴，号弃园主人，湖南祁阳（现祁东县）人，中央政治学校毕业后曾任重庆市政府编审、国民政府主席侍从室编审，蒋介石在"二二八事件"后之《告台湾同胞书》即出其手笔。1948年辞职赴美留学，获密歇根大学博士学位。由其论文扩写而成的《五四运动史》1960年由哈佛大学出版社梓行，再版多次，震动海内外。其余著述尚有《〈破斧〉新诂：诗经研究之一》《论王国维的诗词》《曹雪芹与红楼梦》（与余英时合著）等，颇为繁多，编辑中的《周策纵全集》或达二十七卷[①]。策纵历任密歇根大学、哈佛大学、哥伦比亚大学、威斯康星大学等名校教职，又发起并主持第一、第二届国际《红楼梦》研究会，称之"国际汉学大师"，亦非夸饰[②]。词为其余绪，早期之作逾三百首，大多毁佚。现存《白玉词》，仅五十余，而刘梦芙《二十世纪中华词选》选入四十，足窥其貌。

作为身体力行的诗人，周策纵对于"旧体"诗词的命运有着非常可贵的理论认识。在为萧公权《小桐阴馆诗词》所作序中，他说："文言与白话，各有其功能规律与短长……凡某一情景意趣可以白话新诗写出者，不必能以文言旧体诗词细尽之；另一情景意趣可以文言旧体诗词熔铸者，亦不必能以白话新诗透露之。此所以无数旧体诗词名句，一译为

[①] 王润华：《国际汉学大师周策纵：学术研究的新典范》，转引自胡文辉《现代学林点将录》，第308页。
[②] 胡文辉：《现代学林点将录》以其"兴趣繁杂，无所不窥，有如五枝之鼠，八爪之鱼"，点为地飞星八臂哪吒项充，又评云："周氏考古之学求新求深，极富于联想力，然多藉迂曲的文字训诂以作'探源'，以求'古义'，而每陷于生硬穿凿……宜乎举世皆颂扬其五四研究，而罕有称引其古典考证者矣。"该书第308页。

白话，即失其趣丽，反之亦然。故旧诗与新诗，略如水墨与油画……未可是丹而非素，因甲而废乙，亦不能谓今人后人决无写出旧体好诗词之理。"① 捍卫"旧体"乃意料中事，难得的是不取"是丹而非素，因甲而废乙"的通达，本书前文尝有"不薄新诗爱旧诗"之说，多处谈及二者的"盟友"而非"仇敌"关系，弃园主人之言可谓深得我心。

刘梦芙《冷翠轩词话》云："先生词中每多去国怀乡，感怆世变，托兴遥深，摛辞清婉，间有跌宕沉雄之作，洵能取两宋诸贤之长。至若写异域风光，平添奇采，亦为现代词拓开新境也"②，所说稍嫌过誉，亦自有由。其1986年所作《满庭芳》就是"去国怀乡，感怆世变"之佳作：

> 雪拥荒园，风摇异国，满天星月飘零。独沿旧梦，攀跻溯来生。清浅沧江堪剪，荷田荡、绿玉娉婷。湘灵眤、村烟无语，鸡犬自多情。　　烽惊，逢此日，干戈震魄，书剑谈兵。幸赢得生还，瞬息哀筝。大盗燕云狐鼠，襟袖上、锦卫膻腥。秦陵恨，谁偿浩劫，亡命是争鸣。

"锦卫""浩劫""争鸣"云云显然弦外有音，足见大洋彼岸的周氏对剧烈的"世变"毫不隔膜。《减字木兰花》系收到程千帆寄赠沈祖棻遗稿后作，"悼才伤逝，两不能堪"，所以"转成苦语"③，格外凄恻：

> 翻旋世事，生已难恋宁惜死。今古悠悠，婉约词心日夜流。
> 晚花凄苦，零落寒香无一语。旧憾能平，路断人人尽步兵。

所谓"海外最难知故国，人间毕竟有相思"④，说到底，名扬四海的周策纵也还是自视为痛哭穷途的阮籍一辈的。"路断人人尽步兵"，

---

① 转引自陈友康《周策纵的旧体诗论和诗作》，《楚雄师范学院学报》2008年第7期。
② 《二十世纪中华词选》，第1038页。
③ 本篇词题。
④ 周策纵：《浣溪沙·看星》。

这或者是那一代海外华人相当具普遍性的心音？

二

严寿澂（1946— ），字衍生，一字绶丞，上海人，华东师范大学毕业后获美国印第安纳大学博士学位，历任新西兰维多利亚大学、新加坡南洋理工大学等校讲席，著有《百年中国学术表微：经学编》《诗道与文心》《近世中国学术思想抉隐》等。刘梦芙称其"写游子之悲……用笔缠绵往复，极烟水迷离之致"[1]，验之以"飘渺鹃声，冥濛海气，消尽离人心素"，"万里羁魂，苍茫绝域，大招谁赋……萧条院落衰灯畔，挨不尽、黄昏冷雨"等句[2]，是已。1991年作于印第安纳的《浣溪沙》最能见出此种情怀：

> 哀乐当年去已遥，而今残梦绕中宵。梦回零雨又潇潇。　　桑海几回伤往劫，阴晴无据说明朝。平生凄感总魂销。

以年齿论，陈仰陵（1954— ）当为海外词坛之殿军。仰陵，字炳辉，广东新会人，自幼于香港就读英文小学、中学，寻赴海外，获神学硕士学位后为美国圣公会封立为牧师。其教育经历与职业背景与中国古典文化相去最远，而能于弱冠时即致力诗词写作，三十年间填词数百首，成《半僧词》《眷眷词》二集，亦可谓异数，同时也成为"中华文化花果尚未凋零"的一个力证。[3]

仰陵词言志近粗，言理嫌浅，唯言情较多可取，集名"半僧""眷眷"，显然寓有伤情之意。其中特别写与 Mary Ann 者，时间跨度超过三十年，确乎谱写了一部"半入相思半入禅"的恋慕风怀曲。[4]《八声甘州》或可视为这段感情历程的总结，唯提空写来，故不黏滞：

> 叹茫然、弹指又春归，算春住艰难。笑年来心事，萧疏怀抱，

---

[1] 《冷翠轩词话》，《二十世纪中华词选》，第1393页。
[2] 分别见《齐天乐》（倚阑凝望）、《月下笛》（万里羁魂）。
[3] 陈宝灵：《半僧词跋》，《半僧词》卷首，中大书局1984年版。
[4] 陈仰陵：《鹧鸪天》"忧患何曾"。

默默摧残。剩有酒痕泪影,点点渍阑干。无语拂衣起,辗转关山。

更向温柔乡里,试寻他好梦,觅个清欢。况韶光苦短,容易负朱颜。念斯人、空余感慨,奈雨风、总不送春还。销魂处,飘香流水,红落斑斑。

第八编

"天将间气付闺房"*：近百年女性词坛

---

* 语出纳兰性德《鹧鸪天》。间气，间世而出之灵气。

在前七编的写作过程中，我一直克制着将女性词人"加入"的剧烈冲动。一方面，女性性别特征不应构成这部《近百年词史》叙述的障碍，女词人之璀璨成就是完全可以得到理性平视的；另一方面，缺失了女性词人的词史叙述在共时性维度显然也缺失了"半边天"，从而导致结构性的单调与贫乏。然而再三斟酌，女性词史的自足性还是战胜了"平视"与"共时"的合理性，成为最优先尺度，最终使我做出了"计划单列"的选择。

众所周知，作为更多呈现女性特质的一种抒情诗体，词自诞生之日起即与女性同命脉、共呼吸。"绮筵公子，绣幌佳人……不无清绝之词，用助妖娆之态"①"诗庄词媚"云云都无可置疑地揭示了这一点。而从另一层面看，女性词创作既在"莫纵歌词，恐他淫语"的妇德规范笼覆下长期迟滞徘徊②，更因"误入""僭越"而谣诼纷起，污蔑丛集。在吐露幽怀、消解情累为主要功能的词的写作上，女性既从无真正意义上的话语权，也并未得到与男性词人完全平等的文学评议。③ 也就是说，女性"词"而能为"史"的外部条件显然是关隘林立、阴霾重重的。

女性"词"之形构成"史"的规模要自清代始。"清词的史称'中兴'，不能轻忽女性作家所作出的努力，一代清词之得以如此绚丽多彩，女词人们是与有功焉的"④，在此认识背景下，严迪昌师《清词史》专设《清代妇女词史略》一编，扼要论述徐灿以至秋瑾等数十家女词人，为一部完整女性词史的出现奠定了核心基础。2000 年，邓红梅撰成《女性词史》，以四十余万字的篇幅对千年女性词流变予以全景式梳述，是为词史/文学史研究的一大创获。在《女性词史》中，邓红梅以花为喻，将千年流程分为"试蕾的唐五代两宋期""殚萎的金元至明中期""初放的万历以后期""花影迷离的清前期""万花为春的清中期""花事将阑的清后期""花残春去的清末"等七个时段，并附论"篇终振响

---

① 《花间集序》。
② 宋若莘、宋若昭：《女论语》，文渊阁四库全书本。
③ 如对李清照词，在诸褒掖中尚有"然出于小聪挟慧，拘于习气之陋，而未适性情之正"之语。见杨维桢《东维子集》卷五《曹氏雪斋弦歌集序》，（民国）商务印书馆涵芬楼版。
④ 严迪昌：《清词史》，第 591 页。

的秋瑾词"一章，从而将繁灿如锦的"二十四番花信风"极具神韵地用工笔勾勒出来。

前辈时彦的开拓性贡献无须再冗赘称赏，需要补充的是，迪昌师《清词史》是以秋瑾为"一部词史的临终结点"的①，《女性词史》的"花事将阑""花残春去""篇终振响"等提法也明确传递了"谢幕"的信息。尽管在结语部分，邓红梅指出"女性为词的现象并没有随着清王朝大厦的颠覆马上画上了句号"，并也提及民国的吕碧城、丁宁、俞玫、伦灵飞、吕美荪、吕景蕙、吕凤、茅于美、沈祖棻等多位词人，但她还是斩钉截铁地说：

> 这些后代女性所写的词，大体缘借前贤，而且越到后来，她们对于唐五代小令词的模仿兴趣越明显。所以，除了她们表现新的社会思潮和政治变化加诸人心的影响之词，还能让人从中感受到一定的新意——一种历史信息的意义之外，在美感提供和心灵体验的新美度上，她们的词虽也有对于前代词史的细节的、个别的超越，但在总体上难以翻出新境界，由是我们就不打算对之加以详细介绍了。②

在没有引入"近百年/二十世纪诗词研究"的视野与方法论之前，得出上述结论是理所应当的，没有必要加以任何苛责。同时还必须指出，"花残春去的清末"所奠基的近百年女性词并非"在总体上难以翻出新境界"之谓。伴随着激变性的社会结构、社会文化调整，女性整体性走到舞台中心，从之前的"杂役""龙套"跃升为"女一号""女二号"，其中的"词人"也就完全可以在历史社会变迁、心灵体验、艺术技巧、审美价值等多个维度提供出诸多"全新""至美"的样本的。在与弟子赵郁飞合作的《二十世纪女性词史论纲》中，我们抽离清理了以下几点：

第一，从"闺音"原唱到"老凤新声"。二十世纪初"民主""平

---
① 《清词史》，第615页。
② 《女性词史》，山东教育出版社2000年版，第602页。

等"思潮带给传统女性最大的改变即是使她们突破狭隘的生存环境与生活体验。反映到创作上,一方面,词作不再拘囿于孤云淡月、落花飞絮等等典型闺阁化的轻约意象而转为牢笼万象、吟咏百端;另一方面,词的抒情方式也由曲折幽眇转为明朗质直。千年女性词的品貌在二十世纪发生了由"燕燕轻盈,莺莺娇软"的纤薄靡弱向"剑门秋雨,归鞍驴背"的"华丽转身"。①

第二,从苦闷渊薮到蹈扬性情。传统女性作词,笔下投射的精神形象不外少女、怨妇,而二十世纪的女性词中时常现出"襟怀朗彻"(陈小翠语)的文士、侠者等等"须眉面目",所抒之情亦由单一的"对情爱的盼望与怨尤"转变为对"国家的""民族的""政治的""社会的"甚至"宇宙的(哲思的)"真切悲悯与深沉感喟。女性词得从蒸郁着自抑与苦楚的窄小牢笼中突出,跃入表达自我、挥洒性情的广阔新天。

第三,从师心自铸到转益多师。"师其心而少师其人""自铸其辞而少袭人"的创作心态,塑造了旧式才女词纯真清慧而单调寡味的品格。进入二十世纪,女词人拥有了转益多师的幸运,女词人与广大男性词人的嘤鸣切磋、声气往还之便、之盛亦是从未有过的。②

那么,我们就不难得出两个结论:首先,自前述有关理念而言,本编的设置是续写《女性词史》所必需;其次,尽管这一"续写"在时段上不得不居于"续"的地位,但其能提供的多维度价值则完全能与此前的千年词史抗衡并骘,比翼高翔。本书《绪论》"千年词史与百年词史"之提法在这里获得了另一种意义阐释——所谓"天将间气付闺房",得到了间世迁变之灵气的近百年女性词坛的体量、质量、分量都是足以与之前的"千年"相等比的!

基于上述看法,我们必须意识到:近百年女性词研究的批评话语与批评标准都应该有所调整——(1)由于近百年的社会文化形态激变,女性已经全面走出闺阁,担当与男性完全平等的各种社会责任与使命,因而,不能再一味高悬李清照为圭臬用以其裁短量长,那样我们就会停

---

① 陈小翠:《绿梦词绫》,见刘梦芙编校《翠楼吟草》,黄山书社2010年版,第245页。
② 详见拙作《二十世纪女性词史论纲》(与赵郁飞合作),《吉林大学社会科学学报》2016年第3期。

陷在"古典""闺阁"之中而无从掘发现代女性词的艺术、文化价值。（2）也不能抱住"女性""女词人"一类话头不放，这一类提法或怜香惜玉式地降低了对女性词的艺术期待，或"头发长见识短"式地轻蔑以视之，两者都必然导致严重的认知偏颇。重塑一套自洽的话语、标准当然艰难，然而那是研究近百年女性词所必需，是我们无法回避的首要问题。

第一章　开启大幕的"吕碧城一代"

李清照之成为女性词史的千年高峰自有其无可置疑的缘由。从题材上讲，易安词南渡前的闺阁生态与南渡后的离乱心音几乎涵纳了女性词人可能触及的笔墨范围；就美学特质而言，其"堕情芬馨""飞想神骏"两条路径也几乎对此后女词人之创作形成了"全覆盖"①。故此，后代女词人品评中似没有能脱"易安流亚""漱玉苗裔""似蓄清照"一类说法者②，《漱玉词》也成为裁夺女性词史的唯一标尺，言长言短，或贬或褒，都只能生活在李清照投射下的巨大树荫之下。

女性词"断粉零香，篇幅畸零"的现象至清代始有较大改善③，自徐灿、顾贞立以下，诸如熊琏、吴藻、贺双卿、顾春等卓然挺秀，已渐能越轶易安藩篱。徐灿"故国茫茫，扁舟何许"的家国之思④，顾贞立"闺中漫洒神州泪"的愤懑心绪⑤，熊琏"安能尽是邯郸境，冷逗人间富贵场"的冷言冷语⑥，吴藻"一卷离骚一卷经，十年心事十年灯"的沉痛自述⑦，顾春"不堪回首，暮景萧条，穷途歌哭"的盛衰之感⑧，凡此皆逗露出"新变"或曰"突围"的信息。活跃于嘉道间的吴藻以身为女子而抱恨，作《饮酒读骚图》，自着男装入画，并作《乔影》杂剧，宗旨略同。以今人之眼观之，那已经可析离出颇为浓郁的"现代

---

① "堕情"二句系沈曾植评易安词语，见其《菌阁琐谈》。
② "似蓄清照"系陈维崧《妇人集》评李清照语。
③ 王鹏运：《小檀栾室汇刻百家闺秀词序》。
④ 徐灿：《踏莎行·初春》《青玉案·吊古》。
⑤ 顾贞立：《满江红·楚黄署中闻警》。
⑥ 熊琏：《鹧鸪天·纪梦》。
⑦ 吴藻：《浣溪沙》。
⑧ 顾春：《烛影摇红·听梨园太监陈进朝弹琴》。

性"了！自此，我们可以看到清民之际女性词坛的两条轨迹：一条以何振岱指引下的"寿香社词群"及罗庄、吕凤为代表，在闺阁花月之小径按既定惯性滑行；另一条则以吕碧城为渠帅，拉启开女性词"现代化"的大幕，在拓宽了的"快速路"上腾跃奔驰。

第一节　寿香社词群及罗庄、吕凤

一

有必要先谈古典气息纯度最高的寿香社词群，她们将成为"吕碧城一代"的良好参照坐标。狭义的寿香社词群当以1942年合出《寿香社词钞》的王真、王德愔、刘蘅、何曦、薛念娟、张苏铮、施秉庄、叶可羲八人为限，广义则还需加上何振岱妻郑叔端、何氏弟子王闲、洪璞等，规模声势甚是可观。

寿香社之"首席"当推刘蘅（1895—1998）。刘蘅，字蕙愔，号修明，幼失怙恃，与兄元栋相依成长。元栋牺牲于黄花岗时，刘蘅年甫十六，拜于陈衍、何振岱门下，治经史诗词，尤精绘事。尝任教福州业余大学，并加入中国美术家协会，有《蕙愔阁诗词集》。其词陈曾寿推为"气息深静……即境别有会心，常语转为妙谛"[1]，陈声聪则以为"好语如珠，女词人尤宜于小令，即长调亦多以小令之法为之"[2]，皆是。其《减兰》云：

漫言黄绮，一角商山成一世。我有蒲团，坐破人间岁月残。

梅花开好，尽日闻香消懊恼。夜色清晴，只是阑干又独凭。

上片之"蒲团坐破"确乎带有极"深静"的气息，而下片"懊恼""只是"云云又显现出潜在的心灵跃动。两相映照，所以为"妙谛"也。《苏幕遮·新寒》是常题，但笔致极新警不尘俗，煞拍尤为灵动，透现出古典韵味之外的新变企图，可惜一闪即逝，未能沿此前行：

---

[1]　陈曾寿：《蕙愔阁词序》。
[2]　《闽词谈屑》。

> 远山低，红日坠。雁背西风，冷透相思字。倚枕行吟俱不是。只是魂销，暗洒无声泪。　　绕疏林，窥浅水。秋在湖心，人在黄昏里。绝好新寒诗味美。我的心头，这是何滋味。

蕙憎词也有沉郁感浓足、具词史价值者。《八声甘州·题切庵先生蛰园勘词图》就颇具气象：

> 怅神州、八表正昏昏，珠光灿当前。念湘江人渺，滋兰芳绪，一脉犹连。收拾谁家凄怨，写上衍波笺。恨泪无消处，付与啼鹃。　　我也欲将清梦，谱江城玉笛，吹傍梅边。试凭高眺远，黯黯尽寒烟。向平沙、招来鸥鹭，且漫言、解忆旧词仙。曾知否、水西庄外，花月年年。

刘蘅座右当推何曦（1897—1982）、王闲（1906—1999）姑姪二位。何曦，字健怡，何振岱女，其《晴赏楼词》在闺秀韵度外别具浑脱雄健意思，为寿香社余子所罕见。如《临江仙·剑意》虽整体未能称上品，而"愿铲妖氛消众魅，至刚原属多情……好凭三尺，万恨为君平"云云吐属甚具侠气，《苏幕遮·菜畦社集》尤见襟抱：

> 接山青，连野翠，菜比秧齐，数亩分农事。挑荠风光人世外，小闭柴门，愁抚英雄髀。　　露芽香，烟甲脆，未上筠篮，早具杯盘意。已过斋期谋一醉，雨后园丁，添送家厨味。

最与何曦意趣相近者是其弟妹、何振岱次子敦敏夫人王闲。王闲，字翼之，号坚庐，幼从何振岱攻读经史，兼习诗词、书法和古琴，又擅画。其《味闲楼词》颇有警拔挺秀之篇，如《木兰花慢·雨夜寄怀云回》：

> 正层云弄暝，掩帘幕，蕙炉寒。爱煮茗催诗，呼灯剪韭，偏忆当年。迟眠惯寻远梦，奈通宵、海涨更盆翻。都把灵犀滴透，枕边不断潺潺。　　凄然满目疮痍，春纵好，酒无欢。念世累犹积，枝栖乍稳，烟霭漫漫。休怜返巢倦鸟，便飞翔、饮啄恐仍难。除却苍

穹雨粟，人间底处开颜。

上片"蕙炉""煮茗"云云犹存女儿声口，至过片"凄然"二字即宕开到"世累""枝栖""饮啄"等语，煞拍之殷忧苦盼更是大胸襟的表露。陈曾寿为之序，称道其"笃于学而资之深"①，是已。至如王闲之姊王真及寿香社其余才女亦有佳篇，叶可羲（1903—1985）最为杰出，其《减兰》"篷背诗新，载得秋山瘦似人"颇有樊榭山人味，而气魄终不及何、王，不必烦琐赘说。

二

与寿香社诸君行辈相埒而声名尤著、不限一隅者是"名父"罗振常之女罗庄。罗庄（1895—1941），字孟康，自小生长于淮安，短期寓居东瀛，后定居上海，嫁南浔周延年为继室。著有《初日楼稿》《续稿》《遗稿》等②，今人辑为《初日楼稿》四卷，其中存词最多，凡一百六十首。

因"名父""名伯"之渊源，又久居沪上"轴心"，罗庄深受诸大佬如况周颐、王国维、郑孝胥等之褒宠。况周颐就推其"立意新颖，语多未经人道"，欲罗致门下，而振常以"恐盛名损福"之门面语婉谢之，实则不甚惬意于蕙风之作派也。王国维赏识罗庄，欲为其词集作序，振常即喜甚，欲命拜师，虽原因种种，其事未成，亦足见彼时词坛老辈之赏会所趋，其人与民国词坛之关系也自然成为值得关注的话题。③

罗庄论词以"气息近古"为胜④，故宗南唐北宋，尤喜《阳春》《六一》《珠玉》诸家，所作气息和婉者居多。如《菩萨蛮》：

---

① 《王闲诗词书画集》，福建美术出版社2012年版，第6页。
② 振常教子女云："诗词当如初日芙蓉，而不当若晚秋杨柳。"罗庄遂题此集名。
③ 罗振常论词主"和雅"，故不甚满意朱、况为主的"非秦者去，为客者逐"的"某派"；在《历代词人考略》删订条例中，振常更批评况氏该书"贪多务得""遗讥大雅""任情拉扯""辱没衣冠""最无意味"等，皆可见反感。王氏欲序而未成，盖因长子之丧心情委顿、不久复自沉之故。详可参见彭玉平《夏承焘与二十世纪词学生态——以〈天风阁学词日记〉所记况周颐二事为例》（《词学》第三十五辑，华东师范大学出版社2016年版）、《罗庄论》（《第八届中国韵文学国际学术研讨会论文集》上）。
④ 罗庄：《赵举之词序》，载《初日楼稿》，上海辞书出版社2013年版，第57页。

>　　春风乍起春云展，寻春只道春犹浅。倚槛漫低回，飞花入领围。　愿栽千顷树，遮断春归路。还向绿阴中，留他一点红。

词亦常题，而连用诸多"春"字，过片二句气魄甚大，皆所谓"立意新颖"处，蕙风称赏之，或即因此。罗庄词之高境，大抵以此为最。罗振常出于慈护，周延年出于爱怜，罗继祖出于亲厚，乃有"摹《花间》即酷似《花间》，甚奇"，"运笔空灵，含思温婉，深得词家正宗"，"纵不能凌驾古人，亦复分庭抗礼"等赞语，其实是不能当真的。[①] 至于罗庄赠别从弟君楚的《金缕曲》煞拍云："异日壮游探远域，遂乘风、破浪宗生志。凭一语，祝吾弟"，此更庸常励志语耳，王国维推为"有力，不似闺阁手笔"，显然也大有抹不开情面的夸饰成分在。

由此而言，罗庄《初日楼续稿》后的这一段自记不能全视为自谦语："余……续稿所作强半与人赠答……境虽较熟，然熟则易流，难得绵密坚凝之作。大人自作，于此等词汰之务尽，而顾于余作过而存之，殆以闺帏弄墨，选之不必过苛欤"[②]，说得很清醒，也诚恳，"闺帏弄墨，选之不必过苛"更是点出了世人对才女"宽容"的另类眼光、别样标准。陆蓓容说得对，"才华与性别无关"[③]，这种"宽容"其实是无助于清晰认知罗庄，也无助于给出准确的词史判断的。

三

"倚声千首数乌丝，迭霸红妆冠一时。笑问明诚金石录，何如漱玉易安词"，冒广生此诗系题写吕凤词集者。吕凤（1868—1934）[④]，字桐花，江苏武进人，适同邑金石学家、赵翼五世孙赵椿年[⑤]，冒诗所谓"明诚金石录"，非虚言也。吕凤有《清声阁诗草》，又《清声阁诗余》

[①] 振常语评《菩萨蛮》《更漏子》，继祖评《渔家傲·十二月鼓子词》，周氏语见《初日楼遗稿序》。
[②] 《初日楼稿》，第49页。
[③] 陆蓓容：《罗庄：被男人宽容出来的才女》，《新京报》2013年9月7日。
[④] 吕凤生年据《清声阁词·词目》"光绪壬辰二十四岁"可推知为1868年；卒年据《中央时事周报》1934年第六—七期《女词家吕桐花》，逝于当年一月二十六日。
[⑤] 赵椿年（1870—1942），字剑秋，光绪进士，官至江西知府，入民后任农工商部议议、财政次长。著有《石鼓十种考释》《金石杂录》《覃翚斋诗文存》等。

四种六卷,存词六百七十三首,为彼时女词人创作量最大的一家。尤值得一提者,本书绪论部分论及之聊园词社中,吕凤是唯一"在场"的女性,且与王闿运、樊增祥、夏孙桐、冒广生、赵尊岳等名流唱酬频多,这本身就是彼时女性走出闺阁、深度介入文苑主流的明证。吕凤轨迹与罗庄相近,而功力成就皆远过之,是彼时传统路向上造诣最精深的一家,惜其生前即声光寂寞,而身后寥落尤甚罗氏。

吕凤晚年《金缕曲·记事自题拙稿并题清声阁填词图》中有"忍说填词师漱玉"之句,其词集中专设《和漱玉词》一卷五十七首,更印证了这一自白。"师漱玉"是个笼统说法,具体分擘,其中也还有师其皮毛、师其骨髓的分别,更何况漱玉词人的"芬馨""神骏"本来就是多样态、极具包容性的呢?《添字采桑子》乃是深得漱玉白描好处的佳作:

> 病眸入夜眠还醒,月照闲庭,月照闲庭,勾起乡心、忍怪月无情。　　愁添篱豆虫声紧,一片凄清,一片凄清,不是离人、触耳也难听。

《金缕曲·病感》一篇乃不惑之年所作,中岁心境,略近漱玉之寻觅冷清,而融化禅道意趣入之,又别具意味:

> 百计难排闷。怅孱躯,能禁多感,能禁多病。病到深沉拚梦觉,梦又未容轻醒。赚敧枕、悁悁愁损。钗凤倾残条脱落,抚巉岩、瘦骨无安顿。眉不展,鬟慵整。　　刀圭纵好闲愁困。又何须、灵蓍占寿,神方驻景。经卷药炉参凤果,早学维摩禅定。更懒向、莲台重证。有几欢情销已久,恐将来、魂也销无剩。尘世事,天难问。

应该特别指出吕凤转益多师、不自囿易安体格的一面,其集中另有多达二百五十余篇之《拟小山词》专辑即是明证,此外,"拟耆卿""拟清真"乃至追步六一、东坡、稼轩、碧山、竹山、定庵之作皆在所多有。《解佩令·用蒋竹山韵》就写得轻倩流美,极有风致,骎骎然能夺竹山之席：

> 花开也好，花残也好，花片儿、飘来更好。花片纷纷，绣出红娇香袅，更不妨、群花谢早。　琼窗人悄，绿杨莺小，滞春寒、雨尖风峭。才见春来，怪一霎、又将春老，好光阴，切莫负了。

至于《金缕曲·自题小影》更杂入苏辛意态，枯瘦中自饶劲挺：

> 短鬓偏相肖。只难描、病时衰象，客中孤抱。不信今吾非故我，眉上愁痕多少。看瘦面、苦寒生早。日暮天寒吟思薄，抚崚嶒、屏骨空余傲。向雪里，留鸿爪。　悲风啸雨精神耗。更休题、儿时情事，当年人老。无恙山川无恙月，依旧从容凭眺。怪底样、身心枯槁。从此加餐删俗虑，买壶春、博得朱颜好。开倦眼，披图笑。

与《病感》相比，本篇之"闺音"似仅"日暮天寒"一语而已，其"瘦面""屏骨"也不必再借经卷禅定安顿，而是加餐纵酒，颇见豪迈。其"闺音"的渐弱与须眉气的增重显然与随夫数十年南北游宦、交接文坛的阅历大有关系。《清平乐·阳历除夜》与《蝶恋花·为夔召南题夏闺枝词卷，词皆庚子在西安还京时作……》之四即甚悲慨雄厚，完全摆脱了"绸缪宛转之度"：

> 新声无价，灯月辉良夜。粉墨登场袍笏雅，儿女英雄描写。由他地棘天荆，赚将笙管陶情。闭户太平休笑，匆匆又庆年更。

> 小隐金门计非左，接地风云，得享安闲可。柳色花光仍婀娜，苍苍未许容高卧。　奇句推敲愁阵破，坛坫名珍，唱汝还予和。听罢悲笳闻楚些，吟怀难免添无那。

1176　第八编　"天将间气付闺房"：近百年女性词坛

施蛰存以"桐花""晓珠"二吕并称①，自"由他地棘天荆""苍苍未许容高卧"等句来看，这位桐花夫人确乎非同凡响，她是颇具与吕碧城并肩之资本的。

此期走传统闺阁路数者尚有许禧身（1858—1916）②、李慎溶（1878—1903）③、左又宜（1875—1912）④等名家，唯大抵匮乏新意。被钱仲联点为"地壮星母夜叉孙二娘"、以充近百年词苑三女将之席的左又宜更以抄袭盗名⑤，姑从略。

第二节　"江山奇气伴朝昏"⑥：论吕碧城词

附　吕惠如、吕美荪、薛绍徽、康同璧

一　吕碧城的"江山奇气"

当资产阶级民主革命的熹微晨光照亮沉晦阴霾的天幕之时，吕碧城无疑是最早得其"间气"且散播光大的一个。

吕碧城（1883—1943），原名贤锡，更名碧城，字遁天，号圣因，安徽旌德人，父凤岐乃光绪进士，历任国史馆协修、山西学政等，碧城12岁时病卒，遗产遭强族瓜分。寡母孤女遭禁闭后只能舍产避祸，碧

---

① 施蛰存：《还轩词北山楼钞本跋》："并世闺阁词流，余所知者有晓珠桐花二吕……擅倚声，卓而成家。"转引自《二十世纪中华词选》，1720页。

② 许禧身，字仲萱，浙江钱塘人，31岁始归陈夔龙为继室，随宦经年，数度履险而"气闲身静，临乱不惊""枪林弹中，不失常度"。有《亭秋馆词钞》四卷，存词百余。

③ 李慎溶（1878—1903），字樨清，闽词人李宗祎女，李宣龚妹，孙鸿谟室，有《花影吹笙词》二卷，林纾、王允晳、樊增祥、郭则沄、叶恭绰等皆称赏之，朱祖谋曾集其句为题咏。其《蝶恋花》有"飒飒墙蕉，恐是秋来路"句，因得名"李墙蕉"。

④ 左又宜，字鹿孙，左宗棠女孙，夏敬观继室，有《缀芬阁诗词》各一卷，存词63首。

⑤ 左氏一案似为文学史上最大剽窃事件，由门下弟子赵郁飞首为揭破（见其《晚清女词人左又宜〈缀芬阁词〉剽窃考述》，《文学遗产》2019年第3期）。仅对照翻查《小檀栾室汇刻闺秀词》，左氏60余篇传世作品中较大比例抄袭者即多达35首。其中抄袭邓瑜《蕉窗词》5首，吴藻《花帘词》及《香南雪北词》4首，左锡嘉《冷吟仙馆词》、李佩金《生香馆词》、鲍之芬《三秀斋词》、方彦珍《有诚堂诗余》各3首，曹慎仪《玉雨词》、左锡璇《碧梧红蕉馆词》、殷秉玑《玉箫词》、苏穆《贮素楼词》各2首，顾贞立《栖香阁词》、袁绶《瑶花阁词》、高佩华《芷衫诗余》、刘琬怀《补栏词》、顾翎《茝香词》各1首。故赵郁飞在所著《近百年女性词坛点将录》（《中国诗学》第24辑）中点其为"地贼星鼓上蚤时迁"。

⑥ 冒广生：《鹧鸪天·再题〈绘雪词〉，仍用自题原韵》。

城所谓"空记虥孤家难日,伊水祸水翻澜""登临试望乡关道,一片斜阳惨不开",纪实语也。① 数年后,碧城北上直隶塘沽投靠舅氏,因欲去天津探访女学遭舅叱骂,遂一怒出走,其畅诉愤懑一信被《大公报》经理英敛之所见,遂邀至报社任职,"由是京津间慕名来访者踵相接,与督署诸幕僚诗词唱和无虚日……予之激成自立,皆舅氏一骂之功也"②。

自此,吕碧城越轶闺闼,正式跨入了广阔社会的前台,成为女界革命的中军渠帅。她与英敛之、傅增湘等筹办北洋女子公学,自任总教习,辛亥后任袁世凯总统府秘书。及1920年赴美留学时已凭藉"略谙陶朱之学"所获厚利而"习奢华,挥金甚巨"③,其后更加入南社,晚年皈依佛法,倡议断屠护生,观念风采倾动欧美诸国。如此姿采斓斑的一生不仅在当时中国西方罕有匹敌,即便置之当下后世,"前卫度"、先锋性也毫不逊色。樊增祥称其"巾帼英雄,如天马行空","以一弱女子自立于社会,手散万金而不措意,笔扫千人而不自矜"④,的是确评。

吕碧城的传奇一生中,最为时人后世艳称惊诧者厥为"常作欧西之行,谒纳尔逊铜像及巴黎拿破仑墓,荡桨瑞士之日内瓦湖……驻足意大利,一吊罗马之夕阳,参观好莱坞诸明星……之宅墅"等行迹⑤,需要特别指出,吕碧城绝非一个流连风月的旅游者或寓居者。她发愿游历西方,已经是有感于"欧美自由之风潮,掠太平洋而东也,于是我女同胞如梦方觉,知前此之种种束缚,无以副个人之原理,乃群起而竞言自立"的时代消息⑥,旅美后未久,即翻译出版《美利坚建国史纲》,编纂《欧美之光》等。尽管她没有提出鲜明完整的民主自由思想体系与目标,并把诸多新知纳入旧有的儒释道框架中去认同⑦,但也还是毫不

---

① 吕碧城:《临江仙》《感怀》。
② 吕碧城:《欧美漫游录·吾之宗教观》,载《吕碧城集》,上海古籍出版社2015年版,第442页。
③ 吕碧城:《吕碧城集·题词》自注,上海中华书局1929年版。
④ 樊增祥:《手书二则》其二,《吕碧城集》后附,第724页。
⑤ 郑逸梅:《吕碧城》,《吕碧城集》后附,第703页。
⑥ 吕碧城:《女子宜急结团体论》,《吕碧城集》,第475页。
⑦ 关于吕氏思想格局,可参见徐新韵《吕碧城三姊妹文学研究》第三章第一节、第二节,暨南大学出版社2015年版。

含糊地指出"美为自由苦战"之事"值得黄金范……筚路艰辛须求己……翻史册,此殷鉴"①,客观上成为新学新知的有力播散者。晚清民国女杰之能够睁眼看世界、领略"江山奇气"者,康同璧为第一人,吕碧城虽稍后,然论广度、深度,则能驾而上之。

这种"江山奇气"当然首先丰沛地显呈在吕碧城久负盛誉的"海外新词"之中,从而为"花残春去"的女性词史续写出远振高扬的大音新曲。试读:

灵娲游戏,把晶屏十二,排成巉崄。簇簇锋棱临万仞,诡绝阴森天堑。雨滑琼枝,光迷银缬,鸾鹤愁难占。羲轮休近,炎威终古空瞰。

——念奴娇·游白琅克 MONT BLANC 冰山

一片斜阳,认古甃颓垣,蝌篆苔翳。倦影铜驼,催入野花秋睡。尽教残梦沉酣,浑不管、劫余何世。看凄迷、废垒萝蔓,犹似绮罗交曳。

——玲珑四犯·意国多古迹,佛罗罗曼 Fororomano 为千余年市场遗址,断础残甃,散卧野花夕照间,景最凄艳,赋此以志旧游之感

混沌乍启,风雷暗坼,横插天柱。骇翠排空窥碧海,直与狂澜争怒。光闪阴阳,云为潮汐,自成朝暮。认游踪、只许飞车到,便红丝远系,飙轮难驻。一角孤分,花明玉井,冰莲初吐。

——破阵乐·欧洲雪山以阿而伯士为最高……极险峻,游者必乘飞车 Teleferique……东亚女子倚声为山灵寿者,予殆第一人乎

海潮多。彤云乱拥迤逦。打孤舷、雪花如掌,漫空飞卷婆娑。落瑶簪、妆残龙女,挥银剑、舞困天魔。怒飓鸣骸,急帆驰箭,骞

---

① 吕碧城:《金缕曲·纽约港口自由神铜像》,全篇见本书绪论征引。

第一章　开启大幕的"吕碧城一代"

槎无恙渡银河。叹些许、夏腰瀛尾，咫翠有惊波。更休问，稽天大浸，夷险如何？　念伊谁、探梅孤岭，灞桥驴背清哦。越溪游、琼枝俊倚，谢庭咏、粉絮轻罗。迢递三山，间关万里，浪游归计苦蹉跎。待看取、晦霾消尽，晞发向阳阿。将舣岸，蜃楼灯火，射缬穿梭。

　　　　　　　　　　　　——多丽·大风雪中渡英海峡

蕙带荷衣惜旧香，梦回禁得水云凉。鱼书迢递诉愁肠。　已是槎浮通碧汉，更闻人语隔红墙。星源犹自见欃枪。

小劫仙都认梦痕，凄迷泪雨送芳辰。长空何处不消魂。　天际葬花腾艳霭，人间疑纬说祥云。人天谁忏可怜春。

　　　　　　　　　　　　　　　　——浣溪沙

"雨滑琼枝，光迷银缬，鸾鹤愁难占"的白琅克冰山，断础残甃、野花夕照的佛罗罗曼市场，"直与狂澜争怒"的阿而伯士雪峰，更有"怒飓鸣骸，急帆驰箭"的风雪英吉利海峡、槎浮碧汉、天际葬花的日内瓦湖……如此"江山"辐射出的"奇气"怎能不使吕碧城从"人替花愁""花替人愁"的泪眼愁眉中突围出来[1]，铸造成"英姿奇抱，超轶不羁"的"豪纵感激"境界[2]？若有意，若无意，时代风会的转移、历史更迁的契机总要落在某些秀出群伦的杰出人物身上，吕碧城的"应运而生"就恰恰证实了这一点。

《金缕曲》可视为"江山奇气"的另一层面表现，其序略谓影星范伦铁诺（R. Valentino）之死，世界亿万妇女赠以涕泪香花，而无黄金之赙，竟不克迁葬。其理事人发乞助之函千封于范氏富友，答者仅六函。于是碧城赋之寄慨，并偿梦中索诔文之夙诺。[3] 对于这位"欧洲柳永"的凄凉终局，碧城唱叹有情，颇寄自家身世之慨，新瓶旧酒融于一

---

[1]　吕碧城之名作《浪淘沙》云："……姹紫嫣红零落否，人替花愁……来日送春兼送别，花替人愁。"
[2]　孤云：《评吕碧城女士〈信芳集〉》，《吕碧城集》，第747页。
[3]　梦中索诔事见吕氏《欧美漫游录》。

手，亦可称奇作：

> 孰肯黄金市。叹荒丘、尘封峻骨，一棺犹寄。知否恩如花梢露，花谢露痕晞矣。况幻影、游龙清戏。人海茫茫银波外，问欢场、若个矜风义。原惯态，是非异。　　征轺曾访鸣珂里，黯余春、小桃零落，绮窗深闭。旧梦凄迷无寻处，消息翠禽重递。算吟债、今番堪抵。记取仙槎西来夜，荐灵风、倦枕惊涛里。残酒醒，绛灯炧。

此种"陆离炫幻，具炳天烛地之观"的词作诚然深得异域江山之助力①，同时，那些"奇气"又必然贯穿在吕碧城的全部创作当中。诸如"十年迁客沧波外，孤云心事谁省"，"鼎尚沸然，残膏未尽，腐鼠犹瞋""啼鸟惊魂，飞花溅泪，山河愁锁春深"，"入世早知身是患，长生多事饵丹砂。五千言外意无涯"，"闻鸡起舞吾庐，读奇书，记得年时拔剑斩珊瑚"，"何人袖手？对横流沧海，一样无情似湘水。任山留云住，浪挟天旋，争忍说、身世两忘如此"等句皆能直追易安居士之"神骏"②，非大胸襟大手笔不能为之。不妨整首再读：

> 绿蚁浮春，玉龙回雪，谁识隐娘微旨？夜雨谈兵，春风说剑，梦绕专诸旧里。把无限、忧时恨，都消酒樽里。　　君认取，试披图、英姿凛凛，正铁花冷射，脸霞生腻。漫把木兰花，错认作、等闲红紫。辽海功名，恨不到、青闺儿女。剩一腔豪兴，聊写丹青闲寄。
>
> ——法曲献仙音·题虚白女士看剑引杯图③

> 彗尾腾光明月缺，天地悠悠，问我将安托。一自鲁连高蹈绝，

---

① 沈轶刘：《繁霜榭词札》。
② 分别见其《霜叶飞》《丑奴儿慢》《高阳台》《浣溪沙》《相见欢》《洞仙歌》。
③ 此篇又有常见一版云："绿蚁浮春，玉龙回雪，谁识隐娘微旨？夜雨谈兵，春风说剑，冲天美人虹起。甚无限、忧时恨，都消酒樽里。　　君知未？是天生、粉荆脂聂，试凌波微步，寒生易水。漫把木兰花，错认作、等闲红紫。辽海功名，恨不到、青闺儿女。剩一腔豪兴，写入丹青闲寄。"据李保民校，《吕碧城集》，第224页。

千年碧海无颜色。　　容易欢场成落寞,道是消愁,试取金尊酌。泪迸尊前无计遏,回肠得酒哀愈烈。

——蝶恋花

梦笔生花总是魔,昙红吹影乱如梭。浪说鬘天春色靓,重省,十年心事定风波。　　但有金支能照海,更无珊网可张罗。西北高楼休着眼,帘卷,断肠人远彩云多。

——定风波

沧海成尘浑见惯,人天哀怨休论。韶华回首了无痕。行云空吊梦,残梦又如云。　　花外夕阳波外月,凭谁说与寒温?凄迷同度可怜春。流莺犹自啭,不信有黄昏。

——临江仙

凤德何曾衰末世,半壁丹山,十树红桐死。哀郢孤累空引睇,微波未许微辞递。　　夜有珠光能继晷,见说仙都,不作晨昏计。石破天惊成底事,闲供玉女投壶戏。

——鹊踏枝

《法曲献仙音》一篇据云为碧城十二岁所作,笔致精奇,已足令老宿敛手。《蝶恋花》一篇乃为"文字因缘,缔来已久"之杨圻"纳新姬"而发①,遂有"天地悠悠,问我将安托"之语,自伤身世而出以"激昂悲壮"之笔②,亦确乎罕觏。至如《定风波》之"十年心事定风波"、《临江仙》之"行云空吊梦,残梦又如云"、《鹊踏枝》之"石破天惊成底事,闲供玉女投壶戏"等句尤为旁人笔下之所无。怀抱奇,人事奇,笔墨遂不求奇而自奇,此真女性词史未有之奇观也!

1943年初,吕碧城预感大限将至,嘱遗体火化,骨灰和面为丸,投诸海中,结缘水族。其先,已将初刊《信芳词》复自删订,益以后来所作,汇印为《晓珠词》四卷,卷尾自识云:"慨夫浮生有限,学道

---

① 云若:《隔一重洋各自愁》,《北洋画报》第243期,转引自《吕碧城集》,第97页。
② 孤云:《评吕碧城女士信芳集》,转引自《吕碧城集》,第97页。

未成,移情夺境,以词为最。风皱池水,狎而玩之,终必沉溺,凛乎其不可留也。"又有绝笔诗云:"护首探花亦可哀,平生功绩忍重埋。匆匆说法谈经后,我到人间只此回。"或者晚年究心内典之故,她真的攀升到了以词为"理障"的境界,故有"沉溺""凛乎其不可留"的严峻语,然而终究是"移情夺境,以词为最",在依旧充满了"奇气"的遗嘱中,词难道不是她最为牵挂眷恋、难以割舍清净的那一部分生命?

二 "近三百年之殿军"与"后易安时代"

吕碧城晚年好友龙榆生名著《近三百年名家词选》中最后一家即为吕氏,时人后世因有"殿军"之目。

此"殿军"有不难理解处。以论年辈,吕碧城堪称清代最后一批跻身词坛者。辛亥鼎革之时,吕氏年未而立,而早成大名,依龙榆生精选"清词"之初衷①,以之"殿"清代词坛之"军",诚然是很理想的选择。只是,仅如此阐释"殿军"二字,未免简浅。既隔膜低估了吕碧城,也小看了龙榆生的眼光用心。

还应该明确两点:第一,吕碧城以奇丽之才、腾跃之笔记录下了动荡时代的诸多面相,从而使自己的词作深含"大题目"与"大意义",成为能够挥别闺襜、屹立前台的"大"词人。可读《二郎神·杨深秀所画山水便面,儿时常摹绘之,先严所赐。杨为戊戌殉难六贤之一,变政之先觉也》:

> 齐纨乍展,似碧血、画中曾污。记国命维新,物穷斯变,筚路艰辛初步。凤驭金轮今何在,但废苑、斜阳禾黍。矜尺幅旧藏,渊淳岳峙,共存千古。　　可奈鹰瞵蚕食,万方多故。怕锦样山河,沧桑催换,愁人灵旗风雨。粉本摹春,荷香拂暑,犹是先芬堪溯。待箧底、剪取芸苗麝屑,墨痕珍护。

词既咏"山水便面",而尤重"戊戌殉难""变政先觉",故多"国命维新,物穷斯变,筚路艰辛初步""鹰瞵蚕食,万方多故"之大感

---

① 龙氏此书实即《清名家词选》,因以抗清志士陈子龙冠首,遂以"近三百年"标目,为免玷污也。

喟,字里行间对国运民步忧患殷重。《浪淘沙》一篇则作于1915年袁世凯政府承认"二十一条"而举国震怒之际,其时碧城正在总统府秘书任上,殆为此事"目击者"之一。词中"江山""华年"云云便非浮泛皮相之语,两个"如此"更是令人难复为情:

  百二莽秦关,丽蝶回旋。夕阳红处尽堪怜。素手先鞭何处著,如此江山。 花月自娟娟,帘底灯边。春痕如梦梦如烟。往返人天何所住,如此华年。

迨人到中年,遨游四海,而心系故国,不无伤时念乱之感。《鹧鸪天》笔力奇重,那种沉醉问天、高丘独立的姿态可直接屈子心志:

  沉醉钧天吁不闻,高丘寂寞易黄昏。鲛人泣月常回汐,凤女凌霄只化云。 歌玉树,滟金尊,渔鼙惊破梦中春。可怜沧海成尘后,十万珠光是鬼磷。

近三百年词史精光四照,非寻常手笔可以"殿"之,而吕碧城恰能以传奇阅历、悱恻襟怀、奇丽笔墨而为时代所选择,成为"特殊历史节点"上的"特殊人物"[1],因而可以毫无愧色地"压住"这段词史高峰的"阵脚"。

第二,龙榆生《近三百年名家词选·后记》有云:"词学中兴之业,实肇端于明季陈子龙、王夫之、屈大均诸氏,而极其致于晚清诸老,余波至于今日,犹未全绝……物穷则变,来者难诬,因革损益,期诸后起。继此有作,其或别创新声,以鸣此旷古未有之变迁乎?"[2] 当"此旷古未有之变迁",龙氏本着"物穷则变,来者难诬"的信心,期待后人"继此有作"或能"别创新声",表现出通变因革的眼界与预见。

---

[1] 拙作《"二十世纪诗词史"之构想》有云:"古典诗歌乃是一座停止了喷发的火山,一条干涸了的旧河道……它默默地蓄积着极其汹涌的气派和能量,一旦处于某些特殊的历史节点,或与某些特殊的人物灵犀暗通,就会破茧而出,洄漩激荡,奏出或昂扬慷慨、或凄婉悱恻的异样音调和旋律。"《文学评论》2007年第5期,又见本书绪论部分。

[2] 《龙榆生全集·第八卷》,上海古籍出版社2015年版,第453页。

其实吕碧城也有类似的表态,她"深韪"叶恭绰的词学通变之说,因有《浣溪沙》云:"斯道尊如最上峰,楼台七宝未完工。故疆休被宋贤封。

音洗琵琶存正始,律调宫羽变穷通。万流甄采汇词宗","故疆""存正始""变穷通"云云皆与龙氏若合符节。碧城又有"年来……于词境渐厌横拓,而耽直陡"之新异说法①,"横拓"或指平白甜熟之铺排,"直陡"则谓生新特异之境域。凡此皆能看出她"在传统模式的缝隙间寻找回避因袭性的途径……对普泛性经验作了有限度的反抗"的努力。②

虽然看出了这种"寻找"与"反抗",刘纳还是做出如下"判决":"吕碧城在内的末代词人的出色表现,证明文言确实已被使用得老旧熟烂,它的词语与所传达的精神情感之间的联系已经紧密得定型了,因此……处于古典文学长链尾部的诗人词人即使拥有超越古人的才情也不可能再实现古人曾经实现的成就。"③类似说法很容易为人接受,却并没超出"五四"时代的认识水平。毋论诉诸理念抑或实证,近百年诗词研究都已经雄辩地说明:吕碧城并没有简单扮演一个"终结者"的角色。她不仅可以为古典词史之"殿军""终曲",更为走向"现代"的又一次词史辉煌演奏出了"前章""序曲"。从此意义上说,龙榆生选择吕碧城为"殿军"诚然别具心裁,那是传递出了近百年女性词坛即将远翥高扬的"报春第一声"的!

这"第一声"当然主要体现在对"易安阴影"的突破上,对此,论者已经有不少评说。如沈轶刘云:

> (碧城)积中驭西,青润滂沛,为万籁激越之音……奇哀刻骨,有不可语者在。使李清照读之,当不止江冷水寒之感。④

署名"孤云"的潘伯鹰说得更为精详⑤:"(碧城)生于海通之世,

---

① 吕碧城:《晓珠词跋》,《吕碧城集》,第 646 页。
② 刘纳:《风华与遗憾——吕碧城的词》,《中国文学研究》1998 年第 2 期。
③ 刘纳:《风华与遗憾——吕碧城的词》,《中国文学研究》1998 年第 2 期。
④ 转引自刘梦芙《二十世纪中华词选》,第 1663 页。
⑤ 潘伯鹰(1904—1966),名式,别署凫公,安徽怀宁人,历任北平中法大学、上海暨南大学等教席,有《玄隐庐诗》等。

游屐及于瀛寰，以视易安，广狭不可同年而语，词中奇丽之观，皆非易安时代所能梦见……此碧城环境、时代优于易安者，一也"；"易安纯乎阴柔，碧城则兼有刚气，此碧城个性强于易安者，二也"；最显著的特点是有"豪纵感激之气"，"其气体骞举，句势峥嵘，直与太白歌行相抗……岂非词中至难至奇之境？"①

这里面或不无过誉处，但两氏的论述已经揭橥了问题的本质——到吕碧城手里，"易安时代"已经处于终结点上。她正和同时代的一批新女性才人联袂拉开着一张新纪元的大幕！

三　吕惠如、吕美荪

"淮南三吕，天下知名"②，碧城为"北洋女学界之哥伦布"③，长姊惠如（1875—1925）、二姊美荪（1881—？）亦同为近代女性教育之先驱。惠如原名湘，行名贤钟，以字行，宣统间即任南京女子师范学校校长，"人多仰其行谊"④，"争遣子女来学，一时称盛"⑤。有《清映轩诗词稿》四卷，身后俱散佚，龙榆生辑成《惠如长短句》二十四首，刊于《词学季刊》中，碧城为附刻《晓珠词》后。

蔡嵩云推其"长调雅近玉田，小令颇得易安神味，造境绝高"，甚是。如《好事近》：

> 残雪寄崖阴，浅碧已生纤草。三两幽花谁见，有诗人能道。
> 春寒犹锁玉楼人，寻芳喜侬早。偏有小黄蝴蝶，更比侬先到。

笔调颇灵动，而不匮"易安神味"。另一首《好事近》"满袖落梅风，吹笛石头城下。杨柳小于娇女，倚赤栏低亚。　六朝金粉尽飘零，燕子伤心话。剩有齐梁夕照，罨青山如画"则以短调篇幅注入家国沧桑感，是迦陵手法，已渐越易安藩篱。再读长调之近玉田者：

---

① 转引自刘梦芙《二十世纪中华词选》，第1662页。
② 章太炎语，见其《〈巽言〉跋》，《甲寅》第一卷第四十三号。
③ 彼时总统府秘书沈祖宪语。
④ 吕碧城：《惠如长短句跋》。
⑤ 蔡嵩云：《惠如长短句附识》。

记襟分辽月,鬟染吴云,十载犹赊。老向江南住,把莫愁故里,当作侬家。青山待人情重,留与共烟霞。看转烛人情,抟沙世事,且伴梅花。　　独立水云侧,似信天翁鸟,饥守苍葭。没个消凝处,倚东风一笛,自遣生涯。平生不愿枯寂,冷处亦清华。正怕作愁吟,郊寒岛瘦谁效他。

——忆旧游·羁泊江南,匆匆十五年矣。桑海迁易,百忧填膺,行将卜居冶城山麓。以秣陵之烟树,作故山之猿鹤,胜地有缘,信天自喜,时藉倚声,聊摅襟抱

步苍厓,扶藓磴,一径入幽窈。绝壑云深,翠色带风筱。可能呼起冬心,倩他古笔,写出这、寺门残照。　　世缘少,待将结伴诛茅,乾坤一亭小。人哭人歌,甘向此中老。似闻鹤语空山,忍寒餐雪,总不向、红尘飞到。

——祝英台近·冬月六日,偕戚畹薄游清凉山,于扫叶楼清凉山之间别得古刹,境极邃僻。搴萝攀崖,藉草成兴,惜无画手写此冬山共话图也

"似信天翁鸟,饥守苍葭""忍寒餐雪,总不向、红尘飞到",此种清冷感确乎绝似玉田,而自家心绪亦颇分明。较之碧城,惠如是自有特质头角的。

与碧城颇为不睦的二姊美荪以诗著称①,所作达千余,词仅存九首,未成气候,兹从略。

---

① 美荪后行名贤钖,改名眉孙、眉生,又易今名,字清扬,历任北洋女子公学监督、奉天女子师范学堂总教习、安徽第二女子师范校长。晚年居青岛,与梁启超、严复、陈三立等皆有唱和,有《葂丽园诗》。其姊妹不睦之状碧城《浣溪沙》(裛蓼终天)一首附注中已云:"予……仅存一情死义绝、不通音讯已将卅载者。其人一切行为,予概不预闻,予之诸事亦永不许彼干涉。"见《晓珠词》卷三。郑逸梅则记曰:"两人以细故失和,碧城倦游归来,诸戚友劝之毋乖骨肉,碧城不加可否。固动之,她返身向观音礼拜,诵佛号南无观世音菩萨,戚友知无效,遂罢。"见其《南社丛谈》,中华书局2006年版,第162页。按:二人不睦原因不详,徐新韵、王忠和皆以为个性之故居多,分别见《吕碧城三姊妹文学研究》《吕碧城传》有关章节。

四 薛绍徽、康同璧

与吕碧城三姊妹同为女学先驱的薛绍徽近年渐受学界关注①，其词也有可圈点处。绍徽（1866—1911），字秀玉，号男姒，出身福建侯官士绅家庭，适同乡陈寿彭。戊戌变法中积极参与上海女学运动，创办女学会、女子刊物、女学堂；编纂《外国列女传》，并提出"中国女教"的主张。②变法败，退与寿彭合作编译西方文史、科技、小说等著作并编辑报刊，凡尔纳名著《八十天环游地球》首个译本即出其伉俪之手。③

绍徽诗有"诗史"之誉④，钱仲联谓其《老妓行》《丰台老媪歌》等歌行体长诗"可以接武梅村"⑤，而其《黛韵楼词集》中亦有秉笔大书、慷慨肮脏的纪史之作：

> 莽莽江天，忆当日、鳄鱼深入。风雨里、星飞雷吼，鬼神号泣。猿鹤虫沙淘浪去，贩盐屠豕如蚁集。踏夜潮、击楫出中流，思突袭。　咿哑响，烟雾湿；匐匋起，鱼龙蛰。笑天骄种子，仅余呼吸。纵逐波涛流水逝，曾翻霹雳雄师戢。惜沉沦、草泽国殇魂，谁搜辑。

——满江红

> 碧天莽莽浮云，云烟变灭沧桑里。鲲身睡稳，鸡笼唱罢，竟无坚垒。莫问成功可怜，靖海原来如此。算槐柯邦国，黄粱梦寐，只赢得，豪谈美。　说甚蓬莱蜃市，忽跳梁、长蛇封豕。鲸吞蚕

---

① 如钱南秀、杨万里的研究，林怡点校的《薛绍徽集》于2003年出版。
② 薛氏的主张较康、梁、秋、吕等保守，提出新"女四德"，自言"坚守中国女教本位，对西方女学思想不敢苟同也"。
③ 该书由陈寿彭口译，薛绍徽执笔，参见《曾掀起凡尔纳热潮的译坛伉俪——陈寿彭与薛绍徽》，载林本椿主编《福建翻译家研究》，福建教育出版社2004年版。
④ 钱南秀：《薛绍徽及其戊戌诗史》，载方秀洁、魏爱莲编《跨越闺门：明清女性作家论》，北京大学出版社2014年版，第287页。
⑤ 《近百年诗坛点将录》，载《当代学者自选文库·钱仲联卷》，安徽教育出版社1999年版，第684页。

食，戚俞难再，藩篱倾圮。汹汹波涛，岿岿金厦，相关唇齿。对春潮夜涨，深惭漆室，为天忧杞。

——海天阔处·闻绎如话台湾事

《满江红》写1884年马尾海战事。此役福建水师几陷灭顶，寿彭船政学堂同窗多有战死者，而当地乡民埋伏芦荡间，于次日清晨展开突袭，重伤法军主将孤拔，而乡民亦随船化为齑粉。此节多为正史所不载，赖绍徽词以记之，英雄魂灵遂不致永世淹没碧海狂涛中。《海天阔处》直书《马关条约》签订后"台湾民主国"事，无一字不悲愤，无一字不沉痛。这是倚声家之"大言"，足可与丘逢甲《春愁》、陈季同《吊台湾》等诗史杰作同列。

陈氏家藏闺秀诗词文集六百余，绍徽与女儿陈芸藉之致力清代妇女文学编纂、研究，成果斐然，惜声名未彰。① 陈芸有《小黛轩论诗诗》二百余首，其中论及女性词者卓识尤多②，为清民更迭之际重要诗、词论家。

此节最末当附为吕碧城赋诗赞为"英气飞腾荡绮思，亦仙亦侠费猜疑""而今蕙带荷衣客，谁识天花散后身"的康有为次女康同璧。同璧（1889—1969），字文佩，号华鬘，戊戌事败后，康南海流亡海外，同璧"以十九岁之妙龄弱质，凌数千里之莽涛瘴雾"③，孑身寻父，亲侍起居，自作诗云："若论女士西游者，我是支那第一人。"同璧随父历游十余国，于乃父思想宣传最力、维护最坚，数十年为女性解放事业奔波驱驰，历任万国妇女会副会长、中国全国妇女大会会长、山东道德会会长，新中国成立后则渐被边缘化至于"失声"状态。著有《华鬘诗》《华鬘词》，今全本已佚，仅存诗词三十余篇。其海外纪游诗词固不及吕碧城"空际散花，缤纷光怪"之奇丽④，亦颇有可观。如游印度大吉岭之《南歌子》、游士多啖岛之《鹧鸪天》皆备写骑马踏花之从容，欢

---

① 陈芸（1886—1911），字芝仙，号淑宜，母殁后四十日以哀毁卒。《陈孝女遗集》存词32首。
② 见王伟勇《清代论词绝句初编》，里仁书局2010年版。
③ 《饮冰室诗话》，舒芜校点，人民文学出版社1959年版，第3页。
④ 沈轶刘、富寿荪《清词菁华》评语。

呼载歌之闹热，甚见情致。《念奴娇·题步月写怀图》声调激越，英气耿耿，颇副其女杰身份：

> 斐尼汗漫，看琼楼、不是寻常宫阙。别有天风吹缥缈，寐泽星坡莹澈。上见飞龙，纷衔电闪，照眼惊明灭。珠光凝处，碧空香雾如织。　遥听凤啸鸾吟，悠扬疑是，曲按霓裳拍。回首人间知甚世，锦样山河分裂。金粉凋残，神州长望，妖氛漫漫结。谁挽银河，可能为浣腥血。

同璧尝有《题天女散花图》述志云："亿万芳魂未醒时，沉沉依旧困泥犁。惜花还问花知否，故现华鬘作女儿"，担当襟抱，一时无两，而"龙遭水逆悲难诉，雁遇风搏不忍闻"①，其晚年虽总体尚称平稳，内心则蕴涵着无数难以言说的悲情②。近百年文化史上，这是一个不应被遗忘的特异人物！

第三节　秋瑾及南社女词人群

"吕碧城一代"还理应涵括与其交往甚密的秋瑾，并延伸到以张默君、陈家庆、徐氏姊妹为代表的南社诸君。

一　秋瑾词的剑气箫心

1904年6月10日，吕碧城著述于《大公报》馆。馆役持红色名刺高叫："外边来了个梳头的爷们儿！"取视之，则"秋闺瑾"三字也。其人长袍马褂，作男装，而高绾发髻，自言亦曾以"碧城"为号，特来拜声誉鹊起之同名者也。两人接见甚欢，倾谈终夜。翌晨，碧城醒，惊见床畔男子官靴，转念乃省为秋瑾者，二人相视而笑。

这一段富于传奇色彩的会见形成了两个重要结果。一是秋瑾从此不

---

① 康同璧诗《渡太平洋有感》句。
② 康同璧、罗仪凤母女遭遇可参看章诒和相关论著。

再署"碧城"之名,让与吕氏"垄断"之;二是两人大体明确了共同的主张与各自的分歧——所愿救亡图存之目标同,但秋瑾主革命而碧城主教育、舆论。两人自此天各一方,来鸿去雁,钟鸣鼓应,以不同方式合作演绎出翻涌的民主革命风云。至于1907年秋瑾就义,吕碧城颇受牵连,赖袁克文浼袁世凯而得免,因此埋下了日后就任总统府秘书的又一段因缘。从此而言,这两位民初女界的巨星是有过云龙相逐的密切交集的。

在严迪昌师的《清词史》中,秋瑾是被推为"清代女性词史",也即"清代词史"之殿军席位的。值得注意的是,迪昌师并未花费笔墨谈其理论、技巧,而是着眼于"休嫌女子非英物,夜夜龙泉壁上鸣","身不得,男儿列;心却比,男儿烈"的"引吭长啸",及其传递出的"历代女性才人郁积数千百载的心声,实足为一代女词人壮声色"。[①]《如此江山》与《满江红》都是"壮声色"的一代之篇,百年下读之仍觉剑光寒于眉宇:

萧斋谢女吟秋赋,潇潇滴檐剩雨。知己难逢,年光似瞬,双鬓飘零如许。愁情怕诉,算日暮穷途,此身独苦。世界凄凉,可怜生个凄凉女。　日归也,归何处?猛回头,祖国鼾眠如故。外侮侵陵,内容腐败,没个英雄作主。天乎太瞽!看如此江山,忍归胡虏?豆剖瓜分,都为吾故土。

肮脏尘寰,问几个、男儿英哲!算只有蛾眉队里,时闻豪杰。良玉勋名襟上泪,云英事业心头血。醉摩挲、长剑作龙吟,声悲咽。　自由香,常思爇;家国恨,何时雪。劝吾侪今日,各宜努力。振拔须思安种类,繁华莫但夸衣袂。算弓鞋、三寸太无为,宜改革。

是的,谈鉴湖女侠词必当体认其剑气箫心,注意她与吕碧城携手拉开"后易安时代"大幕的词史贡献,而不能仅从技法入手评高论低,

---

① 严迪昌:《清词史》,第614页。

那将严重散淡其认识意义与历史价值,但也应注意不能因此一味拔高。据黄文吉主编的《词学研究书目》①,二十世纪八十年间(1912—1992)的词学研究论著共12702项中②,清词研究论著计1446项,以10000名词人计,人均仅拥有0.14项。此种"大数据"下,秋瑾以23项与陈维崧、陈廷焯并列第10名"高位",显然,其中有着大量的非文学因素在起作用,低效重复也不必待智者而后知了。

二 "秋风秋雨"词人群

"愁煞人"的"秋风秋雨"中,秋瑾殉难,四海震悼③,南社女杰吕碧城、徐自华、徐蕴华等皆参与悼念活动。以秋侠"刎颈之交"徐氏姊妹为眉目、虽属社外而深受秋瑾影响的刘韵琴、郭坚忍为外延,可名之"秋风秋雨"群体,作为民国女杰词人之代称。

徐自华(1873—1935),原名受华,别署寄尘,忏慧系诗词笔名,浙江石门(今桐乡)人。适南浔梅韶笙,1906年受聘入浔溪女学,结识秋瑾,遂成莫逆,盖共持"光明女界开生面,但织平权好合群"之宗旨也。④迨秋瑾因传播革命遭逐,自华亦愤而去职。《金缕曲·送秋璿卿妹之沪时将赴扬州》即作于此际:

> 送子春申去。好无聊、做愁天气,风风雨雨。萍梗江湖成浪迹,十事九同意忤。谁解得、用心良苦。仆仆尘劳嗟不已,问今宵、别后何时聚。君去也,留难住。　临歧记取叮咛语。慎风霜、客中珍重,勤传鱼素。闻说扬州烟景好,载酒虹桥秋暮。有几许、豪游佳句。劳我兼葭秋水感,望伊人、不见知何处。空目断,江南路。

翌年六月,秋瑾来石门商筹军饷,自华姊妹以黄金三十两倾箧相

---

① (台北)文津出版社1993年版。
② 论文与著作、论文集、校注、选本等均作一项统计。
③ "秋风"句秋瑾临终诵之,实为清人陶宗亮所作。
④ 徐自华:《赠秋璿卿女士》。

助，秋瑾脱腕上翠钏一双回赠。① 秋瑾就义后，自华风雪渡江，自绍兴迁其灵柩至杭，会同吴芝瑛埋侠骨于西泠桥堍②并赋《满江红》云："岁月如流，秋又去、壮心未歇。难收拾、这般危局，风潮猛烈。把酒痛谈身后事，举杯试问当头月。奈吴侬、身世太悲凉，伤心切。　亡国恨，终当雪；奴隶性，行看灭。叹江山已是，金瓯残缺。蒿目苍生挥热泪，感怀时事喷心血。愿吾侪、炼石效娲皇，补天阙。"如此生死以之、壮怀激烈之女性友情唯有谭嗣同之"去留肝胆两昆仑"可以比拟，足令之前所有脂粉泪水黯然无色，这是只能出现在民主革命氛围下的瑰丽篇章！

自华今存《忏慧词》《秋心楼词》六十八首，陈去病为之序，又于《病倩词话》称其"以白石、玉田为宗，含情绵邈，藻思琳玢"。就所占比例而言，陈氏所说或者不错，然而其词真具价值者显然不在"双桨轻划休太重，湖有鸳鸯，恐破鸳鸯梦"之类句子之间的。③ 还是徐蕴华《金缕曲·题寄尘忏慧词》评价得更中肯一些：

> 漱玉清音歇。可颉颃、女儿溪畔，犹留词笔。慧业忏除焚稿矣，黄鹄歌成凄绝。更又是、掌珠坠失。身世茫茫多感慨，抱愁怀、天地为之窄。谁解得，词人郁。　残山剩水悲家国，最伤心、秋风秋雨，西泠埋骨。风雪山阴劳往返，今日只留残碣。叹一载、空喷热血。造物忌才艰际遇，剩裁云、缝月金荃集。恐谱入，哀弦烈。

徐蕴华（1884—1962），谱名受润，字小淑，幼从姊课诗词，及长师事秋瑾，尝与自华同助秋瑾起事并两度义埋秋骨。后创办崇德女学、女子师范讲习所等，存世词不多，词风走梦窗、白石一路，与寄尘、秋瑾大异其趣。除上引题其姊词集有意追摩雄健风格外，《声声慢·岁暮哀感……奉题亚庐先生〈分湖旧隐图〉后》已经算是较为明爽的了：

---

① 自华有《返钏记》详记情形。
② 芝瑛（1868—1933），字紫英，吴汝纶女孙，户部郎中廉泉室。随宦京师时与秋瑾结义，助其东渡日本。秋瑾被难后，与自华奔走营葬，亲书墓表。有《吴芝瑛夫人遗著》。
③ 徐自华：《鬓云松·今春余君十眉曾约佩子与余探梅邓尉……》。

第一章　开启大幕的"吕碧城一代"

> 鸥夷泛舸，鹤市吹箫，羁心早晚秋潮。且向临邛琴台，酤肆堪消。休标向年高意，对疏香、芳雪凝消。伤神事，况松森永久，野圹萧条。　　一角西山可住，甚赋矜孙绰，资薄郗超。藏海藏山，人间无地归桡。独临画图深，悯顾淮南，小隐能招。殢情地，想帆过、别署正遥。

高咏"秋风秋雨送罗兰"的刘韵琴亦应在秋瑾身畔占一席位。[①] 韵琴（1884—1945），名羽诜，以字行，江苏兴化人，刘熙载女孙，十九岁只身赴沪上，任神州女校教师[②]，又旅居马来，任培德女校校长。归国后任上海《中华新报》记者，为护国运动中笔伐袁氏最力者之一。其诗词亦深具雄风，略同其文。如"二次革命"时期所作《满江红·癸丑乱后过金陵有感》：

> 大好江南，三年内、两经战事。触目处，颓垣断井、劫灰而已。钟阜龙蟠消王气，石头虎踞空营垒。只矶头、燕子不曾飞，今犹是。　　访故旧，存无几；桃叶渡，秦淮水。剩丝丝杨柳，冷清清地。无限沧桑怀古意，凄然一掬兴亡泪。况今人、愁较古人深，难言矣。

为秋瑾影响更巨者为郭坚忍。坚忍（1869—1940），原名宝珠，字筠笙，扬州人。清末维新，坚忍率先放足，为国内第一人，又筹立不缠足会，兴女学。秋瑾闻其名，与之通函，勉励备至。秋瑾就义后，毅然更名坚忍，字延秋，以继承鉴湖遗志自任。其后凡二次革命、护法运动、曹锟贿选诸重大政治事件，皆投身其中，奔走呼号。抗战军兴，坚忍避地乡下，以贫病卒于破庙中。著有《游丝词》，风格腾踔而未免粗豪，兹不具引。

[①] 全诗云："剑芒三尺逼人寒，莫作寻常粉黛看。肝胆烛天尘世暗，头颅掷地梦魂安。女权未许庸奴占，种界空嗟异类团。怅然东瀛初返棹，秋风秋雨送罗兰。"
[②] 秋瑾于1906年到访神州女校，极有可能曾与韵琴会面。

三 "平生哀感雄奇"的张默君词

"说破英雄惊杀人",资产阶级民主革命的光焰迸射开来,千百年被种种社会规约深锁闺阁的女性也随之爆裂出令人惊异的伟力。前文述及的女性词人已足够我们认识到这一点,而张默君似乎更有集"传奇"之大成的味道。

默君(1883—1965),初名昭汉,号涵秋,西名莎菲亚,湖南湘乡人。弱岁游学上海时为黄兴挽入同盟会。秋瑾兴革命,制炸弹于沪上,默君密为筹措计画,又尝阴护其党人,所全非一。1908年秋,端方延其任督署内模范小学教务,默君意有所图,慨然应之,数挟炸弹出入其内宅,竟未成事。临时政府成立后,默君发起神州女界共和协济社,疾呼"女界参政";又主《大汉报》,鼓吹民治女权。后历任杭州教育局长、立法院立法委员、考选委员,后赴台湾,仍任职教育界,一生树人无算,海内识与不识,皆呼先生。能自秋瑾式的任侠"破坏"转入吕碧城式的关怀"建设",其人生轨迹确乎是"惊采壮志""英耀逼人"的![1]

默君学识淹贯,著述颇丰,有《白华草堂诗》《红树白云山馆词》等多集,词存七十余首,多高朗俊迈、脱出尘樊之作。短调如《如梦令》:

> 依旧山容水态,只是朱颜都改。俯仰卷风云,才信年光无赖。天外,天外,遥指乱愁如海。

> 天予此生潇洒,不负雄奇骚雅。七尺碎珊瑚,中有泪珠盈把。行也,行也,浊世恩仇无价。

默君生长楚地,深得"雄奇骚雅"之遗韵流香,所谓"拾屈宋之香草……听湘灵之瑶瑟;按拍而玄鹤罢飞,擘笺则明月在手"者比比皆是。[2]

---

[1] 邵瑞彭、冒广生语,引自《张默君先生文集》,国民党中央委员会党史委员会编,1983年版。

[2] 邵瑞彭:《红树白云山馆词序》,载《清词序跋汇编(第四册)》,冯乾编校,凤凰出版社2013年版,第2136页。

如《水龙吟·偶成再叠伯秋韵》与《玉簟凉》:

> 平生哀感雄奇,惊人何必文章露。太玄在抱,灵光照宇,潜蛟欲舞。未老兰成,无边生意,漫伤枯树。悯人天沉醉,独醒自惜,待打叠,清明路。　　汉殿秦宫何许,甚衣冠,沐猴来去。高歌易水,吹箫吴市,酸辛无数。几见屠沽,偶倾肝胆,死生留取。试登临放眼,神州莽荡,总销魂处。

> 晶箔飘灯。正梦瘦梅花,月浸空庭。霜钟摇古怨,况雪意沉冥。红墙银汉缥缈,旧闻苑、髣髴曾经。云路冷,甚玉鸾啼处,哀断长更。　　平生。当筵说剑,浮海赋诗,游侠肯误功名。鱼龙看变幻,指弱水膻腥。青城幽话未已,忽化鹤、足乱繁星。花雨外,响九天,横展修翎。

太玄在抱,鱼龙变幻,弥漫着观照、改造世界的奇横气息,确乎不能"以古来闺秀相提并论"[1]。默君的"平生哀感雄奇"中也不能缺少旖旎情怀,她与同属民国名人的邵元冲之婚恋即颇为后人艳称。[2] 元冲幼于默君七岁,苦恋其十余年,"虽屡次输诚,不无堂高帘远难以接近之感"[3],至默君四十岁时二人始成婚。元冲称默君为"金闺良友",又自号"守默",以志不渝之意。与前引词相比,默君之言情篇什堪称"另付笔墨",亦有可称道处,兹不赘引。

综之,默君毕生未尝专意为词,然才气卓绝,风发踔厉,自有一种罕见特质,足以跻身近百年女性名家之林。

---

[1] 邵瑞彭语,邵瑞彭:《红树白云山馆词序》,《清词序跋汇编(第四册)》,冯乾编校,凤凰出版社2013年版,第2136页。

[2] 邵元冲(1890—1936),字翼如,浙江绍兴人。少与邵飘萍、陈布雷并称"浙高三笔",与孙中山、蒋介石关系至密,与汪精卫、戴季陶等同为总理遗嘱见证人,历任立法院代院长、首任杭州市长等,西安事变时为流弹击中身亡。著有《各国革命史略》《孙文主义总论》等,又为《中华民国国歌》作词者之一。

[3] 曹聚仁:《邵元冲与张默君》,载《天一阁人物谭》,生活·读书·新知三联书店2007年版,第85页。

四 "非关兴废亦凄然":论陈家庆词

南社女词人与张默君同乡、又可并称一时瑜亮者是陈家庆。家庆(1904—1970),字秀元,号碧湘,湖南宁乡人。1923年入北平师范大学,师从李审言、刘毓盘,1928年入东南大学吴梅门下。毕业后执教于上海松江女中及安徽大学、上海中医学院等高校。1958年被划"历史反革命",开除公职,赴新疆"改造"数年。因病南归沪上,以生计无着上书陈毅,得安置入上海文史馆为馆员。后为里弄"管制",扫弄堂"请罪"时昏倒不治。有《碧湘阁集》,存词一百八十余首,皆中年前所作,晚岁笔墨已尽毁于劫火,惜哉!

家庆能诗,《碧湘阁集》中所载皆而立前之作,但佳句纷纭,足动眼目。如"犹有花前两行泪,春风吹上客衣单""红到斜阳青到柳,江南人尽解春愁""乱后河山聊极目,樽前丝管总伤心""太息高楼灯火夜,有人凝睇蹙双蛾"[①],或擅风情,或工沉郁,而其集句亦能出奇翻新。如集定庵句赠夫婿徐澄宇二首[②]:"亦狂亦侠亦温文,朴学奇才张一军。难向史家搜比例,胸中灵气欲成云","三绝门风海内传,莫将文字换狂禅。一家倘许圆鸥梦,料理看山五十年",浑朴贴切,一如己出。《满江红·李涵初君索题出峡图,集宋人句》《台城路·集白石句》等也在一定程度上开拓了集句词的新局面。[③]

家庆词得力刘毓盘、吴梅之熏冶,能为大题目,出大意义,在"走出闺阁"的方向上有着特属于自己的卓绝表现。如《台城路·颐和园》记写慈禧驾幸颐和园事,"王母宸游,东皇御宴"的壮观犹在耳目,而"繁华应叹一梦",人间已换尽海桑,这正是"眼看他起高楼,眼看他宴宾客,眼看他楼塌了"大戏的又一次"翻拍":

---

① 分别出自《金陵送春》其四、《忆玄武湖樱花》其四、《甲子秋兴》其一、《戊辰感事》。
② 徐澄宇(1901—1980),原名英,以字行,湖北汉川人,就读北平中国大学哲学系,从章太炎、黄侃、林损等问学,历主上海交通大学、复旦大学等校讲席,著有《诗经学纂要》《楚辞札记》等。
③ 可引《满江红》一首见焉:"指引归舟,空怅望、江南天阔。回首处、故都禾黍,汉家陵阙。指点六朝形胜地,悲凉万古繁华歇。记一声、鼙鼓揭天来,金瓯缺。　铜驼恨,应难说;铜仙泪,几时竭。但沧波画里,晓风残月。归梦已随秋风远,故园莫遣音尘绝。待从头、收拾旧山河,肠先热。"

第一章　开启大幕的"吕碧城一代"

澄波十顷开妆镜，琼林又逢花事。王母宸游，东皇御宴，歌舞年年欢会。迷金醉纸，看仙殿嵯峨，佛香分泌。千折明廊，最怜宫眷驾亲侍。　　繁华应叹一梦，鼎湖龙去后，都换人世。阿监啼饥，遗民蹈海，几度共人歔欷。湖山耸翠。任蜡屐重寻，画船闲舣。莫放春归，杜鹃犹带泪。

如果说"几度共人歔欷""杜鹃犹带泪"尚限于吊古之题而意绪低回，那么当词人身处家国危亡之际，则毫无掩抑，投袂而起，慨然高歌：

西风容易惊秋老，愁怀那堪如许。胡马嘶风，岛夷入犯，断送关河无数。辽阳片土。正豕突蛇奔，哀音难诉。月黑天高，夜阑应有鬼私语。　　中宵但闻歌舞。叹隔江自昔，尽多商女。帐下美人，刀头壮士，别有幽怀欢绪。英雄甚处。看塞北烽烟，江南笳鼓，不信终军，请缨空有路。

　　　　　　　　　　　　——如此江山·辽吉失守和澄宇

残照关河，听几处、暮笳声切。更休唱、大江东去，水流呜咽。越石料应中夜舞，豫州肯擘横流楫。怕胡儿、铁骑正纵横，愁千叠。　　长城陷，金瓯缺；黄浦路，吴淞月。照当年战垒，霜浓马滑。三户图强惟有楚，廿年辛苦终存越。问中原、又见几人豪，肠空热。

　　　　　　　　　　　　——满江红·闻日人陈兵南翔感赋

海上繁华，江南佳丽，东风一夜愁生。看劫灰到处，尽化作芜城。忆当日、春光满眼，红酣翠软，歌舞承平。但而今、枯井颓垣，何限伤情。　　河山大好，又无端、弃掷堪惊。叹血饮匈奴，肉餐胡虏，一篑功成。百万雄师何在，君休笑、留待蜗争。想神京千里，不闻画角哀鸣。

　　　　　　　　　　　　——扬州慢

"辽阳片土。正豕突蛇奔,哀音难诉","长城陷,金瓯缺;黄浦路,吴淞月","叹血饮匈奴,肉餐胡虏,一篑功成",如此悲慨雄烈之声,即便置之卢前、刘永济等抗战词坛大作手中,亦能夺其前席了!抗战词史诸女将中,陈家庆应是冲在前阵之"霹雳火""急先锋"。

家庆有《论苏辛词》一文,于东坡、稼轩之风度襟怀再三致敬,认为"当有东坡、稼轩之心胸,而加以人工之研求,庶使无往不佳,无懈可击"①。基于以上理论认知的雄健手笔是贯串在其全部创作中的主要气脉,《青玉案》《鹧鸪天》《浣溪沙》都是所谓"闲情"之作,然而也精气凝聚,不见纤弱,塑造出了书剑江湖的英挺气质:

> 春愁黯黯腰宽带,休只去,倚栏再。诗事偏多难避债。吟肩消瘦,幽情都改,壮志今安在。　清狂谁似当时态,抱月怀风甚无赖。负尽流年终不解。飘零琴剑,蹉跎人海,目断斜阳外。

> 浅淡山容斗晚妆,客中闲过好时光。浓香翠软斜阳老,汉怨唐愁古泪荒。　频记取,漫思量,东君回首莫相忘。山川好处都消歇,那有闲情到谢堂。

> 塞上风光绝可怜,夕阳红欲上吟鞭。旧游辜负好春天。　缥缈家山留梦影,蹉跎岁月惜华年。非关兴废亦凄然。

"飘零"数句、"汉怨""山川"等句皆极沉郁,"非关兴废亦凄然"比之沈祖棻早年名句"有斜阳处有春愁"也似乎更见陡峭神色。即便清畅高朗为主导风格的词作,《碧湘阁词》也极少黏滞纤弱之"常见病",而多苏辛之畅达飘逸。读两首《好事近》:

> 心似野鹤闲,梦里海天深碧。何处苍波人语,怕楼船风急。夕阳如水下孤城,鸦阵带秋色。几度凭栏负手,听关山风笛。

---

① 《澄碧草堂集》,第225页。

吹笛柳阴船,悄共如飞双楫。梦得六朝风物,笑山河历历。
浮云踪迹一身轻,莫漫伤行色。何日寒潭秋水,与渔娃共席。

与张默君的恃才放旷、不主故常相比,陈家庆更显"守正"与"本色"一些。张、陈两家性情、才力俱臻高境,湖湘有此双璧,足为百年女性词坛生光。

第四节 "非倚傍老先生"的汤国梨《影观词》

一

"吕碧城一代"当以与张默君交称莫逆的另一位女杰汤国梨(1883—1980)为极亮丽之"煞拍"。她尝针对"名夫"章太炎云:"老先生声名盖世,虽擅诗文而不屑于词曲,我之习倚声,亦有意以示非倚傍老先生者!"① 其言特有味,又颇自负。汤国梨确实是能够独树一帜的词坛大名家,其造就当与吕碧城相沉潜。

国梨,字志莹,别署影观②,祖籍浙江乌镇,故晚号苕上老人,尝作《卜算子》回忆故乡云:"有客说青溪,来自青溪渚。我是青溪旧主人,记得青溪路。　窈窕梦青溪,花隔青溪雾。若使青溪似旧时,还愿青溪住。"1905年入上海务本女校,与张默君及张謇之女张敬庄同窗。民国建立后,同张默君、吴芝瑛等上书孙中山,筹创神州女界共和协济社、神州女学,并任《神州女报》编辑。国梨性高洁,反对包办婚姻,三十岁始由张默君之父、孙中山秘书长张通典作伐,与章太炎结缡。多年后国梨尝有自白云:"关于择配章太炎,对一个女青年来说,有几点是不合要求的:一是其貌不扬,二是年龄太大(比我长十三岁),三是很穷。可他为了革命,在清王朝统治时即剪辫示绝,以后为革命坐牢,办《民报》宣传革命,其精神骨气和渊博的学问却非庸庸碌碌者可企及。我想婚后可以在学问上随时向他讨教,便同意了婚

---

① 徐复:《影观词前言》,转引自《二十世纪中华词选》,第1678页。
② 为乳名"引官"所改。见章念驰《国事心常在,梨花手自载——先祖母汤国梨传》,《文史资料选辑》第12辑。

事"①，境界较今之"非诚勿扰"者不知高出几许。章、汤婚礼由蔡元培为证婚人，孙中山、黄兴、陈其美到场祝贺，宾客逾二千，为民国肇兴时新婚史美谈。②太炎即席口占诗云："吾生虽稊米，亦知天地宽。振衣涉高冈，招君云之端。"国梨亦出旧作《隐居》云："生来淡泊习蓬门，书剑携将隐小村。留有形骸随遇适，更无怀抱向人喧。消磨壮志余肝胆，谢绝尘缘慰梦魂。回首旧游烦恼地，可怜几辈尚生存"，琴瑟和鸣，风华可想。

章、汤新婚甫一月，太炎即"冒危入京师"讨袁，立遭羁禁，三年四迁囚所，屡次绝食，以"内念夫人零丁之苦，外思蛰公劝戒之言"③，保存元气，竟不能死。国梨为图营救，尝致电袁世凯、徐世昌请求释放，语颇恳切，时人竟据此编时事剧《救夫记传奇》④，可见舆论之倾动。

东北沦亡后，章太炎至苏州创办"国学讲习社"，国梨任教务长。太炎1936年去世治丧时，拒用青天白日旗覆盖遗体，而以其为辛亥革命五色旗出过力、坐过牢的理由改用五色绸结绞。⑤其后与沈延国、潘景郑等至上海开办"太炎文学院"，自任院长，以继"国学讲习社"的遗风。1949年后历任苏州市政协委员、民革苏州市委主席。"十年浩劫"中，国梨苦心保存太炎遗著，章氏《全集》终得在其身后不久陆续面世。⑥生前能卫其道，殁后能传其德，这恐怕是准备"娶妻当药用"的太炎先生当初料之不及的罢？⑦

---

① 姚传德：《汤国梨：中国近代妇女运动的先驱》，《团结》2011年第3期。
② 证婚词为太炎自撰，词采华赡，节录如下："盖闻梁鸿搭配，惟有孟贤；韩姞相攸，莫与韩乐。泰山之竹，结筹在乎山阿；南国之桃，箕实美其家室……媒约既具，伉俪以成，惟诗礼之无忝，乃德容之并茂。元培忝执牛耳，亲莅鸳盟，袗以齐言，申之信誓。佳偶立名故曰配，邦媛取义是曰媛。所愿文章黼黻，尽尔经纶；玉佩琼琚，振其辞采。卷耳易得，官人不二乎周行；松柏后凋，贞干无移于寒岁。"
③ 章太炎1914年10月17日家书。
④ 《救夫记传奇》初见于1914年8月7日《时报》之《余兴》副刊，作者署名焦心，故事完全符合汤国梨上书事。杜桂萍：《文献与文心：元明清文学论考》，中华书局2009年版，第245—247页。
⑤ 章念驰：《国事心常在，梨花手自载——先祖母汤国梨传》，《文史资料选辑》第12辑。
⑥ 上海人民出版社1982年出版第一辑，2016年出版第二辑。
⑦ 太炎有奇语："人之娶妻当饭吃，我之娶妻当药用。"

另一始料不及者恐怕就是章太炎本想娶一"文理通顺"之粗懂文墨女子而已①，结果迎进门的却是可以彪炳史册、自己亦有不及的诗词名家。太炎尝笑词人为词，颠倒往还不出二三百字，故视其体为卑。国梨则毫不客气地反驳道："二三百字颠倒往还，而无不达之情，岂非即其圣处？"太炎竟无以难。② 如此简短的论词之语既表达出国梨对词体的珍视，更以"无不达之情"五字揭示出自己重情致、不泥古的趋向，从而可与黄绍兰"直己以陈，不屑师古"、夏承焘"皆眼前语，若不假思索者……又十九未经人道"等语交相印证。③

二

"眼前语"的确是《影观词》最为突出的特色，无论身世跌宕、家国悲欢，或者郁积已久、一时兴感，国梨大抵都快人快语，不作扭捏之态。如：

> 闲将浊酒消长夜，说是疏慵，未是疏慵，醉里题诗墨未浓。
> 衾寒如铁惊残梦，心也朦胧，眼也朦胧，一穗青灯冷不红。
>
> 自怜身似孤明烛，心怎煎熬，泪落如潮，雨打风欺暗里销。
> 画堂记得双辉夜，眉样新描，花影光摇，未信人间有寂寥。
>
> ——采桑子
>
> 人间不少闲山水，到处可为家。万方多难，卅年羁旅，多了桑麻。　　且同斟酌，牵萝补屋，种竹栽花。楼高人远，孤衾梦醒，依旧天涯。
>
> ——人月圆

---

① 太炎1903年在《顺天时报》发布《征婚告白》，要求有五：鄂女为限；大家闺秀；文理通顺；不染学堂中平等自由之恶习；有从夫之美德。其时舆论大哗。
② 夏承焘：《章夫人词集题辞》。
③ 分别见二人所作《影观词序》。黄绍兰序署名"门下士蕲春黄朴"，其人即为黄侃始乱终弃之"痴梅"，事见黄侃一章。

䌽酒恹恹人闷损。薄暖轻寒,春也如人困。过了花朝寒食近,缠绵不断芳时恨。　岁岁东风消息准。转绿回黄,何以人无分。换了朱颜还不信,镜中万一回青鬓。

镜中万一回青鬓。月夕花晨,休再蹉跎尽。双燕来时须借问,如何弥补青春恨。　月样团圆花样俊。容易消磨,当日何曾忖。此际回肠怜寸寸,千回万转黄昏近。

——蝶恋花

疏慵寂寥,羁旅孤衾,月夕花晨,薄暖轻寒,国梨之心绪中一直有着浅淡的感伤,而书写起来却清畅流转,而又不乏层叠顿挫,格调在纳兰、顾随之间。至如感事抒情,则笔墨中更多一份沉郁气息:

怅望长河天欲黑,铁马金戈,塞外风云急。万水千山归不得,鱼沉雁断愁何极。　倚栏萧萧双鬓白,指点归鸿,涕泪空沾臆。木叶飘摇风不息,残阳影里啼乌集。

——蝶恋花·仲弟在辽阳,闻有战事,老母倚闾之思甚切,书此寄之

鼙鼓惊心海上催,孤山无恙暂徘徊。满身香雾看花回。　座上客来真不速,水边灯火尽楼台。一杯聊以写沉哀。

——浣溪沙·一二八之乱避地杭州,余君邀登楼外楼

辛苦天涯多是客,相逢怎慰飘零。逃禅还恐误虚名。艰难家国恨,俯仰涕纵横。　天下兴亡原有责,是谁误尽苍生。燃萁煮豆恨难平。徒劳悲漆室,余痛话新亭。

——临江仙·感事

雨亦无妨晴亦好,耐人连日轻阴。杏花时节薄寒深。一杯玫瑰酒,消得几侵寻。　乱后江山俱失色,更从何处登临。春江流水

咽潮音。支离双泪眼,憔悴一生心。

——临江仙·时上海已沦陷

所谓"艰难时世",最艰难莫过战乱,那种"沉哀"哪是"一杯玫瑰酒"所能消磨化解的?恐怕还只是加深了而已!国恨家愁使然,词风转为沉健几为必然规律,所以夏承焘称其"几更丧乱,不以忧患纷其用志,取境且屡变而益上"①,这是相当确当的判断。"变而益上"之代表作当推抗战胜利后写下的《鹧鸪天》组词十首,试读其二、三、六、九诸篇:

不解参禅不学仙,闲门长闭似林泉。浮生非雾非烟里,却为梅花一展颜。　花正好,月仍圆,月圆花好似当年。与谁更话当年事,话到当年亦惘然。(见梅花得句)

问舍求田素愿奢,屋前屋后种梅花。至今不见梅花树,还为梅花说忆家。　诗酒侣,旧情赊,飘零生死各天涯。红尘万劫闲身老,独自临窗看暮鸦。(忆家)

卅载缁尘浣客衣,白头犹自未成归。侯门岂是无僮仆,松菊虽存事已非。　青鬓改,不须悲,手栽芳树已成围。晚来尽有栖鸦处,秋梦能飞却懒飞。(有怀苏州寓庐)

手种梅花骨已灰,白头人尚滞江湄。此生岂分长为客,不是家乡懒得归。　孤屿路,断桥堤,梦魂来去总依依。何当结个茅庐住,更种梅花十万枝。(苏寓手种梅花已枯死)

其二重在"当年",其六、九重在"梅花",以爽利之笔抒述往复回旋之感伤,这一点没"变",而"红尘万劫闲身老""秋梦能飞却懒飞""手种梅花骨已灰"云云则都是历经"飘零生死"之后的大沉痛

---

① 夏承焘:《章夫人词集题辞》。

语，视之此前诸作，确乎"敛雄心，抗高调；变温婉，成悲凉"矣！同调词《病中得瞿禅寄词，有和》二首也是其平生杰作，夏承焘"洛诵数过，乃自悔早岁摹清真、拟稼轩为徒费气力"虽是应有的门面语①，但也未尝不由衷赞佩：

　　老至何能屏万缘，翻因多病觉身闲。平生未遂栖山志，付与吟边与梦边。　　赊酒债，买花钱，一齐分付药炉烟。传来好句千回读。抛我寒窗一夜眠。

　　旅怅羁愁一例删，药炉吟榻且盘桓。已经尝得枯禅味，何用空山说闭关。　　云渺渺，水漫漫，谁知海上有仙山。蜃楼海市无穷劫，只在行人指顾间。

昔日章太炎反袁被禁，及南归，至西湖南屏山谒张苍水墓，并撰文悼之。太炎殁于苏州后，堵申父为觅茔地于南屏山荔子峰下，与张苍水墓为邻，但因时局危乱，只能借厝旧宅，未克迁葬。汤国梨的《高阳台》与《南乡子》即是记此一段"异代萧条"的词史之作，后者尤其苍凉，值得一读：

　　抚缶一高歌，毕竟豪情比怨多。咤叱风云弹指事，婆娑，百岁韶光似掷梭。　　何为叹蹉跎，若不蹉跎又奈何。文采风流今在否，经过，冷冢荒烟暗薜萝。

本篇小序中，汤国梨感慨道："今每行吟其间，既念逝者，复自念也。旧日风流，而今安在哉。"是啊！风流总被雨打风吹去，抚缶高歌，咤叱风云，最终也不过"蜃楼海市无穷劫"，"付与吟边与梦边"，赢得"传来好句千回读，抛我寒窗一夜眠"的落幕罢！"变而益上"，不也在此类"见道语"——或曰沉痛语——之中？

---

① 夏承焘：《影观词序》。

第二章　近百年女性词的"黄金一代"

上一章所描述的"吕碧城一代"大抵出生于十九世纪，也就是说，民国建元时她们已基本成年。她们中的一部分仍受到诸多古典时代的规约塑造，生活或文学层面的"闺秀"味较为浓足；另外一部分则站立在"古典"与"现代"的夹缝交集之上，她们以"半边天"的姿态参与到资产阶级民主革命的洪潮当中，掀开了"现代"的帷幕，同时因为一维运动的时间原因，她们只能为"黄金一代"的到来担任前驱、铺路的角色。

前驱、铺路并不是降低了评价和意义，没有她们的筚路蓝缕、披荆斩棘，二十世纪前十年出生的陈小翠、沈祖棻、丁宁、周炼霞一代就不可能迎来那么高的成色、纯度和光彩。兹先谈声华最寂寞的陈小翠。

第一节　"却将凤折鸾摧意，去作龙吟虎啸人"①：论陈小翠词

附　温倩华、陈懋恒、顾青瑶等

一　从"诗灵画灵"到"雪压霜欺"

本着"知人论世，以意逆志"的社会—历史批评原则（我个人又称之为"内外交通"），在近百年词史的写作过程中必然要关涉、了解、扫描诸多作者的人生路径，并站在后知的立场时时生出浓重的感喟。在陈小翠这里，感喟又一次如浓雾重霾般弥漫开来。她以"诗灵画灵"

---

① 陈小翠：《新长恨歌》。

的"左家娇女"开篇,而以"雪压霜欺"的凄凉决绝落幕,生命轨迹的起伏无常真令人扼腕长叹!

小翠(1902—1967),原名璻,字翠娜①,别署翠侯、翠吟楼主、空翠居士②,浙江杭州人,陈栩女,陈小蝶妹。小翠天赋颖异,九龄能属对,十一能赋诗。1913年,陈栩发起成立"三人公司",翻译英美小说,小翠以十二髫龄分担记录职责,参与合译了包括《福尔摩斯探案集全集》在内的诸多长短篇小说。翌年又有《小园散步》《春日》《题背面美人图》等作载于《女子世界》。陈栩以为其诗格渐近李贺,"为改窜数字,辄不认为满意,潜复自存其原稿"③,殆今所谓"天才文学少女"也,而独立自尊个性极为显明。

出嫁前的陈小翠浑不知人间有忧愁事,笔端大抵是"诗灵画灵"的闺阁生活④,诸如"睡起梦魂缥缈,抱膝偶然微笑"的娇憨,"记络索、秋千海棠阴,问采伴鹦哥,盼侬来否"的狡黠,"骑蝶花天春梦小,系灯屏角晚烟昏"的绮靡,"小碗调羹,小扇题名,闲听凉蛙作水声"的闲淡,皆可谓"孕月为怀、刈花为舌"的活色生香语⑤:

> 荷蕖十万,拥孤亭如岛。寸寸莲房绿心小。对红阑枕水,翠槛围山,却偏被、凉月一弯寻到。　　卷帘人悄悄,吹罢瑶笙,一缕秋魂月中袅。仙骨不知寒,倚冷琼楼,只觉得、衣裳缥缈。待手挽、银河洗干戈,傍十二颓栏,星危风峭。
>
> ——洞仙歌

> 花影当窗人未寐。无赖银蟾,偷窥文鸳被。小梦载愁飞不起,和烟堕入蛮荒里。　　如豆灯花红欲死。坐起还眠,睡也无滋味。

---

① 诸文献多以"翠娜"字为小翠别名,从小翠自撰《半生之回顾》改,《宇宙风》1938年第62期。
② "空翠居士"之号为诸书所不载,仅见于周炼霞《满江红·题小翠终南夜猎手卷》词序。
③ 陈栩:《翠楼吟草序》,《翠楼吟草全集》卷首,台湾三友图书有限公司2001年版。
④ 陈小翠:《醉太平》句。
⑤ 顾佛影评小翠诗语。见《簸衍丛钞》。

漾皱罗帷风影细，模糊幻作蚕眠字。

——蝶恋花·病中作

这两首也是见诸《绿梦词》的早期作品，雅韵欲流中不乏奇崛拗折气，"星危风峭""小梦载愁""灯花红欲死"云云已能见出不囿于寻常花月的过人才情。

小翠二十六岁始归萧山汤彦耆①，名门大贾，足称联璧，然夫妇不睦，生女后即隔室而居。常有论者将这段婚姻归纳为封建礼教下的又一幕悲剧，其实内情复杂得多。汤陈二人固属"和平分手"，小翠彼时更有多首赠汤氏诗，虽有寥落感而心态大致不恶。② 到抗战烽烟燃起、父兄远赴西南、自己困居孤岛之前，小翠的生命色调大抵都是明爽的，然而剧变的时代又一次以暴烈混沌的颜料改变了"画风"。所谓"年来诗境伤离乱，不是艰辛学盛唐"③，小翠的词风也一变而成激越苍健：

呜咽边笳，把战地、菊花吹醒。危乱里，中原豪杰，一时都尽。香稻秋荒鹦鹉泣，江潮夜急鱼龙信。更骊山、烽火逼人来，时时近。

风雨里，菰蒲病；霜雪里，苍松劲。念伏波横海，长城千仞。草尽平原驰铁骑，秋高大漠盘鹰隼。想黄沙、一片断人行，旌旗影。

——满江红

天倾西北，暮东南海市，晚霞俱赤。废井颓垣浑不似，换了旧时宫阙。玉骨成灰，干戈影里，艳魄挽云立。故都何处，铜仙夜夜偷泣。

忍饥三月围城，青鸾咫尺，无计传消息。蜀道艰难悲望帝，难怪杜鹃啼血。唐韵书空，秦箫咽泪，何暇伤离别。人生到此，问天天竟何说。

——大江东去·十一月十二日上海失守

---

① 汤彦耆（生卒年不详），字长孺，浙江督军汤寿潜长孙，马一浮内侄。
② 郭梅《陈小翠戏剧创作中的新女性》（《中国现代文学研究丛刊》2016年第6期）对此分析最为中肯，其中引小翠分居后寄汤氏诗云："陋室无人尽苔绿，一琴一榻自安排。剧怜辛苦营巢燕，衔尽香泥待汝来"（《迁居，梦中作寄彦耆》），"红裙欲绝尚迟迟，回首空堂泪万丝。检点衣箱分一半，寒暖要他自家知"（《拟去妇吟》）。
③ 陈小翠：《题山水卷》句。

本来是"香稻啄余鹦鹉粒,碧梧栖老凤凰枝"的闲逸雕刻,现在全转化成"香稻秋荒鹦鹉泣,江潮夜急鱼龙信"的危疑凄紧。在时代的大潮中,每一滴海水都在随之疾漩,"左家娇女"又岂能例外?

更大的激变点出现在陈栩辞世之1940年,其词亦如锦瑟耄然裂弦,迸发出猿啼鹃戛之音响。那种隽雅的底子仍在,而由清唱渐悲鸣,由悲鸣渐幽咽,境遂转深:

山外斜阳仍故国,可怜名士新亭。飘零切莫悔多情。诗心词梦外,何计遣今生。　风雨摧花情更苦,不晴不雨冥冥。将身愿化护花铃。有祠皆祀鬼,无海可扬舲。

雨滴幽篁琴韵绿,春流绕砌争鸣。偶然相顾若为情。雍门存旧曲,凄绝不堪听。　凭损罗衣楼上望,碧天几点疏星。姮娥心事剧孤清。玉阶凉似水,无处着流萤。

往事长江流不尽,废苔几处朱门。人天何地寄情根。春波千万曲,曲曲是啼痕。　拥髻樊姬怜瘦影,银屏灯语宵分。断肠心事莫重论。连云新甲第,卧雪故将军。

——临江仙·甲申旧作,时在沦陷区(其一、二、四)

"有祠皆祀鬼,无海可扬舲",如此沉痛之句,代不数见,又岂是"气骨坚苍,蔚然深秀"一类考语所能尽之?

小翠1948年任无锡国专诗词曲教授,解放后被首批聘入上海中国画院。1954年,杭州市政府垦荒征地,龙驹岭陈氏祖坟奉令迁移,桃源岭陈栩墓道将充为公路。小翠归乡请愿,不许,只好以"人为不达方言命,产到全无转放心"之类狂极转狷的大悲怆语自嘲自慰。[①] 1959年清明,小翠寄陈定山信云:"海上一别,忽逾十年,梦魂时见,鱼雁鲜传。良以欲言者多,可言者少耳。兹以桃源岭先茔必须迁让,湖上一带坟墓皆已迁尽,无可求免,限期四月迁去南山或石虎公墓。人事难知,

---

① 陈小翠:《病中杂感》句。

沧桑倏忽，妹亦老矣。诚恐阿兄他日归来，妹已先化朝露，故特函告，俾吾兄吾侄知先茔所在耳"①，数语波澜不惊，竟将两代死生大事交代干净，直令人仰天发一浩叹。在高歌猛进、狂飙席卷的年代里，小翠振笔直书云："猿啼鹤唳满吟坛，文化从来渡劫难。我劝诸公去陈见，暂留元气镇中原。"②"清醒着是痛苦的"，重压之下积聚起的凄寥撞击心头，也注入笔头：

燕子归来春已暮。对我呢喃，忽地高飞去。皱水粼粼桃叶渡，诗魂一瞥无寻处。　玉弹金笼何所慕。珍重香泥，莫作惊人语。绿是侬心红是汝，千花百草同辛苦。
　　　　　　　　　　　　　　　　　　　——蝶恋花

猛忆少年游，语不惊人死不休。犹有回肠看断否，悠悠，雪压霜欺四十秋。　逝水莫回头，到海奔波岂自由。闻道蝶庄门外路，啾啾，新鬼悲啼旧鬼愁。
　　　　　　　　　　　　　　　　　　　——浪淘沙

九九消寒节。漫低帏、红炉扑尽，梦痕冰结。一夜朔风飞瑞雪，香透梅花心骨。凭寄予、故园消息。不是残年多杰作，要填平、万古乾坤缺！山尽白，水尤黑。　幽兰声价孤高绝。总输他、巴人下里，弦歌满邑。匹马南山看射虎，一代英雄豪杰。浑不数、袁安清逸。长笑凌云归去也，掷新诗、都化珠玑屑。天自冷，地逾热。
　　　　　　　　　　　　　　　　　——金缕曲·雪夜漫书

---

① 录陈定山寄诗备参："魂梦牵萦十九年，桃源陵谷几移迁。他年化鹤归来日，何处南山有墓田。""白发天涯忆老兄，阿兄顽健尚能胜。独怜有妹悲穷谷，手葬双亲泪似蒸。""未必频年两祭扫，何妨胜日一登临（先君自题墓联）。当年达语偏成谶，风木难防六贼侵。""望祭招魂泪涌泉，声闻犹可达于天。一氓并作生民泪，社稷丘墟未必然。""清明岁岁荐黄花，麦饭天涯不到家。已信深山无杜宇，此间还有杜鹃花。"见《十年诗卷定山词合刊》，（台北）正中书局1968年版。

② 陈小翠：《文坛》。

"雪压霜欺四十秋",这里的"四十"当然是举成数而言,但这位天才少女的后半生也真是够坎壈辛酸的了!"不是残年多杰作,要填平、万古乾坤缺",小翠"残年"所作《莲陂塘·题女评弹家朱雪琴自传》题人自题,尽吐"雪压霜欺"中苦苦撑持的那份心志:

> 是何人、琵琶一曲,凄凄切切如此。天回地转山河改,不是寻常兴废。君信未,只歌扇斑斑,犹渎前朝泪。教卿回比。问茶苦荠甜,梅酸桂辣,今昔竟何味。 当年事,生长蓬门贫里。敢辞弦管生计。低鬟掩袂登场日,多少攫人魑魅。风雨霁,算挨到,天明也自非容易。而今老矣。尽怨怨恩恩,生生死死,逼吐不平气。

"天回地转山河改,不是寻常兴废……尽怨怨恩恩,生生死死,逼吐不平气",时代的感怆,生命的迷思,至此为极,就是同样历经了"天迴地转"的辛稼轩、陈维崧一辈也未曾写得这般慷慨回荡!至于为"儿女庚词旧有缘"的老友施蛰存所作《湘月·甲辰正月施君来访感占》则可看作另一种笔墨的词体自传:

> 盈盈半月,纪髫龄、联珠缀玉,小名曾识。嚼蕊吹香三五卷,费我半生心血。湖上青萍,楼头翠柳,聚散皆陈迹。花天旧句,至今啼宇能说。 忽然岁晚寻来,崎岖门巷,可有当年雪。四十三年真一刹,谢女双鬓俱白。落落尘寰,寥寥知己,回首堪于邑。万尘奔马,蜉蝣生死朝夕。①

这件往事可以追溯到1922年1月,时《半月》杂志24号刊发施蛰存、陈小翠作《半月儿女词》二十四首,后有编者周瘦鹃按语云:"松江施青萍君惠题《半月》封面画,成《半月儿女词》十五阕,深用感佩。今《半月》已出至二十四号,而施君迄未续惠,因倩陈翠娜女士足成之,清词丽句,并足光我《半月》也。"施氏表叔、家庭工业社职员沈晓孙见此遂生文字因缘之想,旋代施蛰存提亲,陈栩提出须得施登

---

① 此词首数句与词谱有出入,应为作者记忆之误。

门拜访，施蛰存以"自愧寒素，何敢仰托高门"为由坚拒之。

1964年2月，施蛰存自郑逸梅处得知陈小翠住址，同月20日登门拜访。四十三年后，二人垂垂老矣，始得首次相会，怎能不充溢着"儿女庚词旧有缘，至今橐笔有余妍。碧城长恨蓬山隔，头白相逢亦惘然"的惆怅伤感？①与"施青萍君"的"惘然"相比，小翠词显得更加沉痛。由少年风华的"湖上青萍，楼头翠柳"转移到目下的"落落尘寰，寥寥知己"，而以萧寥的"蜉蝣生死朝夕"煞拍终篇。

这不是泛常的生死之叹，"天回地转""攫人魑魅"已经逼到眼前了！两年后，小翠因兄在台湾、女在巴黎的关系频遭凌辱，两次逃往外埠，均被捉回画院禁闭，又因私藏粮票遭"革命小将"毒打。避居友人陈懋恒处，亦被迫遣返。在《丙午冬避难沪西寄怀雏儿代书》"回思乱离日，犹是太平时"句下小翠有自注云"廿五年前曾携儿逃难，然未尝身遭血刃也"②，世界虽大，但她已走投无路！1968年7月1日晨，小翠甫及画院之门，即望见画师罗列成行接受批斗，返身逃回寓所，未料已被发觉，追踵而至。小翠坚闭其门不纳，引煤气自尽，绝命诗亦遭撕毁。"碎玉沉珠归大劫，燃萁煮豆泣同根"③，古今才人死于非命者多，而仓皇决绝，未有超乎此者④！

二 "三百年来女布衣"⑤：陈小翠词的"名士"风神

陈小翠命钟魔蝎，才秉间气，其书画驰誉艺苑，为世所宝，诗、词、曲亦能备一代之才，难怪名山老人钱振锽有诗云"老子目光高一世""连朝击节翠楼吟"⑥，与订忘年交；郑逸梅阅人无数，独于小翠有

---

① 施蛰存：《读翠楼吟草得十绝句殿以微忱二首赠陈小翠》。
② "廿五年"，原文作"十五年"，当误。
③ 陈小翠：《述怀》。
④ 陈巨来：《安持人物琐忆》对此有极不妥当之评说云："呜呼，盖又一不信党和政府终有宽大政策之人也。她与（庞）左玉均出身富室之女，封建小姐烙印太深，故有一样之悲惨下场也"，录之见彼辈遭"洗脑"程度之深。见该书第77页。
⑤ 转引自周采泉《女布衣陈小翠》，载浙江省文史研究馆编《孤山拾零》，上海书店出版社1993年版，第40页。
⑥ 引自钱悦诗《诗人陈小翠》，《世纪》2003年第4期。

"手屈一指""最为杰出"之评鉴。① 本书限于体例，只谈其词，至于成就同样绝高的诗、曲，唯能另俟专文。

首先应该关注到陈小翠"情太芳菲心太冷"的女性词人特质②，这一点于咏物词中呈现得最为显明。诸如"一勺水钗嫩……错认做、荷叶生时，小鱼长一寸""睡余授眼，灯花生缬；憨时折纸，人物如弓""细处疑蜂，飘来似蝶，一折春波一寸情"等句均可作为典型。③ 她以《庆春泽》同一调分咏白梅、红梅，能使人从"粉蛾冷抱春前泪，误瘗仙、毕竟天真"与"空山昨夜群仙醉，点苍苔、蜡泪汍澜"辨认出历历不同，也是相当高妙的手段。

至于《绿意·秋柳》及《洞仙歌》诸阕，尤能见楚楚动人的感发力量：

画园垂柳，渐萧条溅水，雨斜风短。倚遍危栏，蛙鼓池塘，又是夕阳人散。芦花赚得霜寒至，浑不管、吟蝉声变。且叮咛、休剪荒烟，留取一丝秋恋。　　旧日江南堪念。绿云楼外路，麹尘波软。系马湖堤，打桨画桥，长是毵毵拂面。天花散尽心禅定，负几许、风尘青眼。甚无端、流涕江潭，一树婆娑攀遍。

载春船小，恰春人双个。坐近湘裙并肩可。把罗襟兜月，玉笛吹烟，风催放、鬓角素馨一朵。　　四围山睡尽，瞒却鸳鸯，满载闲云过南浦。树影暗成村，如水罗衣，有几点、流萤飘堕。听落叶、萧萧下长堤，恰浅笑回眸，问人寒么？

斜阳满地，滤一重帘影。茉莉钗头向人靓。正飞泉噀雪，镜槛敲冰，悄悄地、深院日长人静。　　天鹅银扇小，摇动春葱，唤起秋风白云冷。鸿雁渺长空，不信相忘，难道是、归期渐近。念水国、连朝杂阴晴，莫孤艇寻愁，单衣催病。

---

① 郑逸梅：《才媛陈小翠》，《郑逸梅选集》第四卷，第758页。
② 陈小翠：《湘月·题何香凝女士画梅、余静之女士桃花、张聿光补柳合图》。
③ 分别见《绮罗香·咏莼》《沁园春·新美人手》《沁园春·新美人裙》。

第二章　近百年女性词的"黄金一代"

　　值得一说的是小翠特钟爱《洞仙歌》词调。《洞仙歌》自苏轼首创后佳篇寥寥①，清初朱彝尊《静志居琴趣》藉此抒发风怀，开出范式，而替人亦不多见。至陈栩及小蝶、小翠为核心的"栩园词群"，这一词调始再次"解冻"并攀越上新的高度，其中小翠又能超越父兄，策勋第一。除上引两首的空灵馨雅，小翠在1934年写下的《羽仙歌》组词融旷达、典丽、深情于一手，尤能称杰作。② 词前小序撰于陈栩去世之后：

　　　　甲戌之岁，家君自营生圹于西湖桃源岭。每春秋佳日，挈眷登临，辄徘徊不能去，曰：吾千秋万岁后，魂魄犹乐居于此。顾谓：翠儿为我作歌。予呈词三叠，藏家君箧中将七年矣。今春编遗稿，无意得之，为悲恸不自禁。嗟乎！慈父恩深，生我知我，一人而已。今距家君之殁又半年矣，故乡风鹤频惊，不克归葬，予既心魂丧乱，不能措一辞。爰录旧词存之，以志不忘，工拙所不计也。

词云：

　　　　人生何似，似飞鸿印雪。雪印鸿飞去无迹。是刘樊眷属，粉署仙官，却自来、留个诗坟三尺。　　登临成一笑，谁识庄周，栩栩蘧蘧二而一。不用咒桃花，窄径春风，早开了、满山蝴蝶_{满山蝴蝶花，色如紫云。}看一片、湖光扑人来，证明月前身，逝川今日。

　　　　桃源岭下，愿一抔终假。借与行云作传舍。向山头舒啸，月下长吟，有千首、世外新词未写。　　黄泉如有觉，咫尺松阴，亲戚何妨共情话_{予三姨丈夫妇子女一家四口，皆葬此山。}旷达竟如斯，知死知生，把千古、哑谜猜着。看蝴蝶、花开满山云，比坡老寒梅，一般潇洒。

---

①　此调原为唐教坊曲，后作词牌。敦煌曲、柳永《乐章集》中《洞仙歌》体式芜杂，今以《东坡乐府》"冰肌一首"为准。

②　即《洞仙歌》，名自宋潘纺始。称"羽仙"者，盖指陈栩也。

吾生多病，似未冬先冷。一寸心灰九分烬。只蛮鞋蹴雨，絮帽披云，忘不了、天下崇山峻岭。　　三生如可信，愿傍吾亲，明月清风共消领吾父拟于圹侧为予营冢，故云。种树小梅花，分占青山，浑不用、大书言行。遣翠羽、低低说平生，倘谥作诗人，死而无恨。

词史之咏父女之情者绝少，涉及生死大事者尤罕见，小翠组词则不仅补填这一空白，更以联章方式将父女二人之情感、心性、面目刻写得极为显豁鲜亮。自《羽仙歌》三首当可想到，前文提及陈栩遗嘱子女"为名士，勿为名人"在极大程度上打造出了小翠狷介高逸的"名士"精神特质，更进一步构成了她生命能量的最重要来源。早在及笄之年，小翠已有诗云："自笑孤高成底事，天涯潦倒女陈登。"[1] 除"女陈登"外，她又尝自比为"女东坡""女相如""香山女居士"[2]，表达出男性名士的强烈自我认知倾向。以此为基础，她就可以毫不扭捏而是"大踏步便出来"式地径入男性先贤群体中寻找精神符契的榜样与知音。她不仅论诗"爱雄奇""忌纤秾"[3]，下笔亦多豪情壮采，不逊须眉。其《偶书》中"太息中原豪杰尽，雨中立马望黄河"之句以及前文征引的《题双照楼诗》皆可为力证。

其实翠楼词的士气绝不亚于诗，《解佩令》《金缕曲·题迦陵集，夜读其年词，慷慨激昂，为击碎唾壶，占题即仿其体》二词堪称壮心激越，高蹈尘表：

黄河立马，青山射虎，论平生、肯被残书误。旧日豪华，销磨到、十分之五。尽悲歌、穷途日暮。　　燕卿金弹，信陵珠履。有多少、酒人徒侣。斗大孤城、且暂把、斜阳悬住。破江山、待侬来补。

---

[1] 小翠诗：《午夜书怀》句。此诗作于庚申年小蝶成婚前后，时年未满二十。
[2] 分别见《桐江夜游，逢二女道士，相指谓曰此必陈小翠也，戏占》《大风雨之夕》《戊寅感怀》《门前》诸作。
[3] 《山游杂记》云"我爱雄奇胜娟媚"，《偶过孤山路过曼殊上人墓》云"诗忌纤秾落小家"。

谁是知音者。猛悲歌、穷途日暮，泪珠盈把。季布千金轻一诺，不识绮罗妖冶。惭愧煞、龙门声价。十载依人厮养耳，被尘缰、缚煞横空马。吹铁笛，古城下。　　秋声一派清商泻。向三更、危楼黄叶，潇潇盈瓦。太华莲花千丈雪，上有神人姑射。口不似[①]、姮娥思嫁。碧海银涛三万里，冷江山、尚有荆关画。掷椽笔，自悲诧。

这是由书卷气质、才人心性、名士襟怀共同熔铸而成的佳篇。"却将凤折鸾摧意，去作龙吟虎啸人"，她发吴藻、顾贞立等闺阁人杰所未言，完秋瑾、吕碧城及南社诸贤所未竟，进一步扫荡了女性词家庸弱卑隘的习气，从而显示出作为"人"而不仅仅是"女人"的宝贵的精神力量——可以说，女性词史至陈小翠是焕发出了新的风神、升腾到了新的境界的。

还应补说小翠晚年作《金缕曲·寄候佛影居士病中》一首，这是她一段精神情史的"结案陈词"，亦为知人论世所必需，其本事见前文顾佛影部分：

又报维摩病。想宵来、瓶笙花影，更难安顿。索写墓碑身后事，要仿六朝亲铭。只戏语、报君何忍。王霸蓬头稚子小，料吹灯、煮粥应能任。且珍重，莫愁恨。　　念兄但祝兄长命。漫萧条、黄金气短，红禅心冷。我亦频年悲摇落，燕劫危巢未定。更多少、青蝇贝锦。万一重逢文字海，把飘零、诗稿从头整。吟翠集，待商订。

三　温倩华、顾飞、顾青瑶、陈乃文、陈懋恒

蝶仙女弟子温倩华为小翠"闺密"，也是"栩园词群"之重要一员。倩华（1896—1921），名不详，以字行，无锡人。十八岁问业栩园，与小翠缔金兰之交，往还甚密。二十六岁即以母丧哀毁卒，有《黛吟楼遗稿》传世，存词二十五首。小翠作《祭梁溪温氏姊倩华女士文》《黛吟楼图序》，极尽追思。

[①]　"不似"前脱一字。

倩华得天虚我生亲炙，词特多"鸳蝴"味。《鹊桥仙·为从兄企殷题并蒂莲花》直可作一则微型"鸳蝴"小说读：

> 玲珑心性，缠绵情绪，在地本为连理。绿波相照太分明，看花颊、也含羞意。　　莲侬蕙汝，形偎影倚，不怕蜂狂蝶忌。临风双笑傲鸳鸯，似说道、痴情胜你。

民国女界多词、艺两栖者，大多为"中华女子书画会"笼络①，与小翠投契者可得顾飞、顾青瑶、陈乃文、陈懋恒四人附之。

顾飞（1907—2008），字墨飞，亦作默飞，别署杜撰楼主，上海南汇人，顾佛影妹、上海中华书局"四大编审"之一裘柱常室。其画从黄宾虹，诗从钱名山，朱大可爱其诗才，直呼为"女虎头"。有《梅竹轩诗词集》②，存词五十八首，气息沉静真挚，是学北宋有得者。录《相见欢·过小翠杭州旧居》：

> 清波桥下啼鹃，梦如烟，只有斜阳红处、似当年。　　蕉不展，花不语，竹凄然。寂寞水禽三两、雨中眠。

陈栩谓爱女"居恒好静，绝少朋侪，惟与顾青瑶时通笔札"③，顾青瑶实为小翠生平第一知己。青瑶（1896—1978），名申，别署灵姝，生于吴中望族，擅书画，尤长篆刻，与金石家何卍庐于冷摊得汉鸳鸯印成眷属，为艺林佳话。④后移居香港，为新亚学院艺术讲师，七十年代赴加拿大，终老于北美。

《金缕曲·汪桂芳招引，与小翠游龙华归后作》最能见二人笃睦情

---

① "中国女子书画会"由冯文凤、陈小翠、顾青瑶、周炼霞等1934年发起成立于上海，鼎盛时会员数百，影响波及海内外，新中国成立后宣告解散。
② 与裘柱常合著，西泠印社2006年版。
③ 《翠楼吟草序》，《翠楼吟草全集》，第2页。
④ 卍庐、青瑶以"金鸳鸯印室"榜其斋，发愿与天下有情人结金石缘，凡有以新婚贤伉俪名号属刻合璧双印供钤婚书用者，无论亲疏，一律赠刻，不取分文润资。《红玫瑰》1929年第5卷第1期。又，小翠有《虞美人·青瑶嫁后久不晤，往访不值，戏占题壁》调之："知卿心似小回廊，只有重重卍字嵌中央。"

谊，孤愤心绪：

> 为是消愁耳。感殷勤、主人杯酒，把尊先醉。载去杜陵消瘦影，眼底春烟碾碎。记曲岸、柳溪风外。一阕放翁词入变，雪胸中、块垒都成水。千古憾，略相似。　　难言心事如潮起。更休论，母衰子幼，一身空寄。赢得十年知己感，肝胆文章相似。便何恨、今生都已。镇守心魂无别语，把飘零、诗卷从头理。孤愤处，昔今异。

词为纳兰"德也狂生耳"一首苗裔，陈、顾之盛才高谊也略如容若、梁汾，惜背后本事未详，否则当更能解会词人的"块垒"与"孤愤"。

"'小妹诗仙'小蝶诗[1]，西泠韵事记当时。狂飙吹散神州梦，蝶也南飞翠折枝"，以此沉痛绝句悼念小翠的陈乃文（1904—1991）也是中国女子书画会同人。乃文又名蕙漪，号蕙风楼主，上海崇明人。持志大学毕业后任教暨南大学附中，后兴办治中女学，矢志女性教育事业，晚年出任上海市文史馆馆员，与陈九思、陈声聪合称"海上三陈"。有《蕙风楼烬余词草》，录词九十首，大多手段平平，即处民国艺坛亦不能称佳。陈九思"无巾帼气、无脂粉气、无虚矫气、无萧瑟气"的评价已属过誉[2]，周采泉纳之入"前五强榜单"更为虚夸[3]。此亦罗庄之俦也。

小翠晚岁知交零落，可与歌哭者唯陈懋恒一人。懋恒（1901—1969），字槊常，福州人，陈宝琛女侄，合家称"十八姑"。懋恒为顾颉刚高弟，与丈夫赵泉澄双获燕京大学历史学硕士学位，先后任职东吴大学、圣约翰大学、上海历史研究所等。晚年遭里弄强制劳动后摔伤，赍志以终。[4]

---

[1] 陈小蝶有诗句："只有谢庭堪压倒，侬家小妹是诗仙。"

[2] 张嘉玲：《回忆母亲陈乃文》，载张晖整理《陈乃文诗文集》，上海社会科学院出版社2013年版，第1页。

[3] 周采泉：《金缕百咏》"间气中兴矣。女词人，祖荥怀蕙、怀枫一紫"，"双蕙"为陈乃文蕙漪、刘蘅蕙愔，"一紫"为周炼霞紫宜。

[4] 懋恒晚年寄儿信中云："吾尝发愿广写历史读物，俾使芸芸学子无埋头故纸之劳，而粗知中国史实，以激扬其正义爱国之心。今史料渐衰，而岁云暮矣，彼苍天者宁有知耶？如斯文之未丧，或能鉴吾之诚。来日大难，倘有必不可免者，吾宁折臂断足以当之。假吾数年，以成吾志。"卢美松：《陈懋恒诗文集前言》，福建文史馆编，海峡文艺出版社2011年版，前言页。

懋恒与小翠订交于四十年代。"文革"中,小翠避地无方,依懋恒所,懋恒慨然迎接,坚壁相守。当年张俭望门投止,救护者多,今世如陈懋恒者能有几人!难怪小翠赠诗云:"狼狈青毡百不存,解衣推食女平原。乞天暂缓三年死,我有平生未报恩",一字一泪,令人不忍卒读。小翠晚年手稿由懋恒及子媳许宛云履险保管,又多方奔走,力促《翠楼吟草全集》之出版。两代人生死因缘,懋恒真小翠平生第一功臣也!

懋恒义薄云天,而词多宗朱颂圣习气,未能称佳,兹不赘。

第二节 "无灯无月何妨":论周炼霞词

民国海上词坛堪与翠楼合称"双子星座"而"流光相皎洁"者,唯周炼霞可当之。炼霞(1906—2000),原名紫宜[1],号螺川,江西吉安人,名士周鹤年女。[2] 生于湖南湘潭,少随父移居沪渎。十六岁从郑德凝学画,不数年即播名艺界,为中国女子书画会创始元老之一。1927年适徐晚苹[3],解放后首批聘入上海中国画院,"文革"中饱受凌肆。晚年赴美与家人团聚,享寿逾九秩。

炼霞惊才绝艳,世之诬者多矣!陈巨来等据其涉情爱之诗词捕风捉影、深文周纳,又联想与吴湖帆、宋训伦、朱凤慰等名流间扑朔迷离的"情事"[4],从而坐实"炼师娘"之艳名[5],实乃几十年中最无聊

---

[1] 文献多有称炼霞生年为1908者,据刘聪考证,实因与丈夫同龄,出嫁时改小两岁之故,其说可从。

[2] 周鹤年(?—1940),光绪间以名举人候补湖南长沙知府,遂举家寓湖湘,尝从名家尹和白学画。

[3] 徐晚苹(1906—?),江苏嘉定人,曾祖徐郙为同治元年(1862)状元,累官三部尚书,兼协办大学士。1946年徐氏离家去台接管当地邮政,夫妇一别30余年。

[4] 宋训伦(1910—2010),字馨庵,曾供职上海金融机构,后移居香港、泰国,有《馨庵词稿》。朱凤慰(1893—?),浙江海盐人,同盟会、南社成员,以政界、文坛资历,人皆称"老凤"。

[5] 据刘聪考证,"炼师娘"之得名有两说:一说江南才子卢一方向其请教舞技,遂以"师娘"称之;又一说乃与老画师丁慕琴谈笑中得名。《无灯无月两心知:周炼霞其人其诗》,北京出版社2011年版,第19—20页。按:吴语"师娘"即"巫婆",明凌濛初《初刻拍案传奇》第三十九回:"直到如今,真有术的巫觋已失其传,无过是些乡里村夫、游嘴老妪,男称太保,女称师娘,假说降神召鬼,哄骗愚人。"元陶宗仪《南村辍耕录》卷十四:"世谓稳婆曰老娘,女巫曰师娘,都下及江南谓男觋亦曰师娘。"故"师娘"还可指对能言善辩女子的揶揄与嘲讽。

恶俗之例。① 今人刘聪《无灯无月两心知：周炼霞其人其诗》出，爬梳史事，澄清谣诼，始还炼霞以芳誉。本书既于该著得益良多，便不致陷外围琐屑事，专意谈螺川词业造诣可也。

一 艳词中"绘风手"②

炼霞当世即有词名，然多"不让李漱玉""诚今日之李易安""清照珠玑，祖棻才调"一类老调重弹③，反而不如某佚名论者之绝句"碧城姿首仗严妆，子苾犹熏漱玉香。若比灵心与仙骨，都教输与炼师娘"能抉发特质。④ 其"灵心""仙骨"，首在艳词。

这里所谓"艳词"，如同前文况周颐部分阐说的一样，我们仍取描写女性姿容体态及情词中"尺度"较大者的中性含义，且在一定程度上视之为"性灵"的有效载体。螺川词凡三百余，艳词居泰半，亦一生成就最高者，足为绵衍千年的艳词史添上活色真香的一章。先看《醉花阴》：

> 粉面团圞如满月，越显唇儿血。秋水剪双瞳，纵使无言，也有情难说。　玉纹圆领光于雪，扎个殷红结。着步总翩翩，如此丰神，软倒心肠铁。

词写女性神貌，设色明丽，刻画至微，是标准"艳科"，唯不知所咏何人，不妨视作螺川自题小影之作。炼霞又最喜以艳词题赠朋辈，以为调笑：

> 盛鬋齐眉，轻鬟贴耳，生成光滑油油地。怜她纤薄似春云，嫌他波皱如春水。　爱好天然，懒趋时事，淡妆不借兰膏腻。倘教

---

① 炼霞之"污名"多本自陈巨来《记螺川事》（《安持人物琐忆》，上海书画出版社2011年版），此即西方性别主义理论中"荡妇羞辱"也，书中事多不足征。
② 借陈廷焯评董以宁语。
③ 分别为冒广生、胡先骕、宋训伦语，转引自《无灯无月两心知：周炼霞其人其诗》，第105页。
④ 柳芜：《螺川韵语辑》，载《诗铎》（第二辑），复旦大学出版社2012年版，第379页。

侬作隔楼人，但闻香息不须寐。
——踏莎行·小翠不喜烫发，与其藁砧隔室而居，写此调之①

满阶黄叶飘凉吹，红楼犹倩斜阳媚。静极不闻声，娇眠人未醒。　梦魂酣且乐，甜笑留嘴角。未忍动经她，轻轻掩碧纱。
——菩萨蛮·访紫英留作

前首写小翠淡妆素服，实为烘托其高洁品性，是背面傅粉法。结句又谑其小姑独居事，非极知心好友不能、不敢作此。后首叙事如缀短镜头，语极新鲜俏丽，一眠一醒两佳人皆如画图。《采桑子·调蕙珍》则大胆刻露，略无遮掩：

斜袒酥胸闻笑语，宛转纤腰。罗袖轻撩，不是鸳鸯意也消。
梳罢云鬟重对镜，淡抹兰膏。双颊红潮，说为郎归特地娇。

"斜袒酥胸""双颊红潮"使置男性词人笔下，也足称得上淫艳儇佻、惊世骇俗的了。周炼霞的勇气来自何处？恐怕唯有胸无渣滓、一派率真，才能够无视世俗绳矩；唯有对自身才华、品貌有着高度自信和自豪，才敢于"纵笔所之，靡有纪极"罢！这样的艳词不是男性作者"花似伊，柳似伊"式的狎赏，也不是传统闺秀"人比黄花瘦"式的顾影自惜，是女性对自身美感与性魅力自觉的、极度的张扬。

炼霞又特擅写情。如《明月生南浦》《潇湘夜雨》《洞仙歌》：

云母天阶光似洗。仙乐铿锵，依旧临风起。道是当年酣舞地，逗他猜问谁同醉。　携手花阴娇语细。住住行行，行近芙蓉水。

---

① 词载1945年5月3日之《海报》。次日《海报》又刊小翠《虞美人·戏答周炼霞》，词云："虬髯鸳帔新妆束，越显人如玉。对卿原当画图看，可惜看时容易画时难。　灵心慧舌工调侃，戏汝何曾敢。背时村女怕梳头，那及南唐周后擅风流。"据《无灯无月两心知：周炼霞其人其诗》，第171—172页。又按：古代处死刑，罪人席藁伏于砧上，用铁斩之。铁、"夫"谐音，后因以"藁砧"为妇人称丈夫之隐语。陈维崧调紫云词云"努力作、藁砧模样"。

唤渡无人明月媚，小舟横在银云里。

　　凉月一弯，纤云四卷，迢迢银汉无波。有人数问夜如何。听隔院、竹声琐碎，看满地、花影婆娑。罗衣薄，重帏早下，怕又风过。　　销魂最是，胭脂醉颊，红晕双涡。遣酒兵十万，战退愁魔。休负了、千金良夜，消受者、一曲清歌。堪怜处，盈盈素手，含笑指银河。

　　三生花草，惜深埋幽径。湖石涵波碧摇影。正抛残象管，瞒过鹦笼，携手处、曲曲回廊语静。　　斜阳明又隐，小憩风庭，雪乳蒙蒙荐芳茗。何必费清才，难得偷闲，应莫负、眼前佳景。倩替挽、香囊暂更衣，指柳外红桥，那边相等。

柔情宛转，绮思芊眠，不让小翠同题材作品专美于前，而较陈作又多几分旖旎甘秾。昔陈廷焯称朱彝尊《静志居琴趣》之词为"仙艳"，螺川之作庶几近之。

螺川集中更多的，是那些因注入了自身情感体验而格外纯挚动人的情词。诸如"为惜眼波亲泪枕，解怜心事护梨涡""金粉扇题亲手字，银丝绒寄称身衣""溯相思、春梦难留。独对千金怀一刻，纵一刻，也千秋""欲凭芳草问东风，何时吹绿心头叶""相思何苦太殷勤。有限温存，无限酸辛""分取一双红豆颗，心事应全拖。两地记相思，我不忘君，君也休忘我"等等，无不令人心荡神驰、一见难忘。再看如下数首：

　　玉绳斜，银箭下。又是销魂，又是销魂也。百尺层楼容易画。千尺情难，千尺情难写。　　展新诗，怀旧话。字字珍珠，字字珍珠价。一寸函堆山枕亚。梦也温馨，梦也温馨煞。

——苏幕遮

　　三尺缕金裳，六幅青绫绔。一斛明珠百斛愁，抵多少、缠绵语。　　长被音书误，别恨何堪数。几度秋风几度春，空负了、华年五。

梦断落花深，酒醒斜阳暮。眉上春山眼上波，拦不住、愁来路。　　此意难分付，空把心期数。蜜有蜂房蔗有浆，解不得、相思苦。

——卜算子·又一体

炼霞有谈艺妙语云："我尝譬其（徐晚苹）跳舞如诗之苦吟也，其实好随便一点，自有性灵，跳舞然，治一切艺术，莫不皆然"①，"（我）觉得诗是现实的，词是现实的……词是有着摇曳的曲线式的韵味，仿佛是美妙的音乐，在幽静的夜晚奏出，会给人们的灵魂由飘忽而陶醉"②，与上引诸篇结合观之，正可以"解码"其"性灵""摇曳"的艺术风神，更与其率直豪爽、脱略形骸的处世风格具有了高度同一性。由此而言，冒广生"一破陈规，务为欢娱，以难好者见好，而有时流于骀荡"的评语未免难使人悦服——这表面上是"欢娱"和"愁苦"、"骀荡"和"矜庄"的题材路数选择问题，实则是真与伪、性灵与矫饰的争衡。

如此才容易解读螺川最负盛名的自度曲《庆清平·寒夜》："几度声低语软，道是寒轻夜犹浅。早些归去早些眠，梦里和君相见。　　丁宁后约毋忘，星眸泚泚生光。但使两心相照，无灯无月何妨。"炼霞一生情语夥矣，而此词非关风月。据刘聪《无灯无月两心知》此词下按语，其末二句盖暗陈日伪统治下上海灯火管制之时弊，以情爱旷达语作微言讽刺，这又何尝不是"性灵""摇曳"的手段使然？

诗人包谦六尝为炼霞辩诬云："少时颇端丽富文采，所作词语颇大胆……其实跌宕有节，有以自守，只是语业不受羁勒而已"③，评价可谓宽容，但问题是，为什么要"羁勒语业"？为什么要削足适履、矜束性情？在这样不可羁勒、逼面而来的性灵面前，这些"政治正确"的"官话"实在不值一哂。冒广生序《螺川韵语》云："多姚冶不可名状，虽有法秀呵山谷绮语为当堕马腹，螺川亦笑置之，仍其本乡先辈欧阳六一之余习，而风流自赏"④，所说甚是。螺川不以"空中语"一类话头

---

① 刘聪：《无灯无月两心知·周炼霞其人其诗》，第103页。
② 陆丹林：《介绍几位女书画家》。
③ 刘聪：《无灯无月两心知·周炼霞其人其诗》，第103—104页。
④ 冒鹤亭：《螺川韵语序》，转引自《无灯无月两心知：周炼霞其人其诗》，第424页。

琐琐申辩，亦不屑去寻析"艳"与"淫"之间若无若有、暧昧不清的界线①，更不为寄寓什么"重拙大"的家国情怀，不伪饰，不作态，口说我心，光风霁月，岂不愧杀须眉也欤？

二　"峻嶙奇气不堪驯"②

周采泉《金缕曲·寄怀吾家紫宜用钱释云丈忆小翠韵》对周炼霞深致意焉："倜傥风流游戏耳，孰知他、胸次波千迭。"事实是，炼霞之"倜傥风流"未必皆"游戏"，她是并不乏波涛块垒的一个，其"绣窗情思"与"女儿刚肠"实是天然才性的一体两面③，不应以"豪婉相兼"的寻常论调轻轻掩过。

螺川咏物、题画诸词，不唯见艺人本色，更能纵横跌宕、翻新生奇：

泥金镶裹，闪烁些儿个。引得神仙心可可，也爱人间烟火。
多情香草谁栽，骈将玉指拈来。宠受胭脂一吻，不惜化骨成灰。

香云不语，吐属清如许。灰到相思将尽处，终被黄金约住。
枝枝味遍心尖，几时辛苦回甘。解得看花笼雾，莫教错认三缄。

——清平乐·金头香烟

十尺生绡，描摹出、龙眠家学。分明处、浓钩淡染，墨痕新渥。不是诗魂吟月冷，错疑仙梦教云托。背西风、磷火闪星星，秋坟脚。　枭鸟泣，山魈恶；貙虎啸，神鹰跃。看挪揄身手，狰狞眉目。摄尽人间魑魅影，布成腕底文章局。猎终南、一夜剑光寒，钟馗乐。

——满江红·题小翠终南夜猎手卷

---

① 姚昌铭：《帆风词草序》："若夫巫山云雨，密约幽期，败俗伤风，本为恶道，大雅君子岂宜以腻粉残脂之缛缋作换声偷气之伎俩乎哉？"蒋重光《昭代词选序》："艳固不可以该词也，即艳矣，而绮丽芊绵，骚人本色，苟不亵狎而伤于雅，不可谓之淫也。"皆引自冯乾编校《清词序跋汇编（第二册）》，凤凰出版社2013年版，第511页。
② 周炼霞：《浣溪沙》中语。
③ 分别见其《菩萨蛮》与《临江仙·为郑子褒题香妃影片特刊》。

前两首"挥洒随意，收发自如"①，深得体物"不粘不离"之旨。后首更夭矫腾跃、奇语峥嵘，过片以下数句何减陈迦陵"男儿身手和谁赌，老来猛气还轩举"之笔力！那也难怪炼霞大言炎炎，自许"数江南、我亦填词手"②，"海角诗人原善饮，江南词客惯能文。一时低首尽称臣"③，而世人咸称之"金闺国士"了。螺川自撰《金闺画牒》为上引《满江红》一篇解题，语谑而能隽，足见其人胸次：

空翠居士以《终南夜猎卷》索题，且嘱必题得"艳丽清新"，是诚大难。试思"钟馗捉鬼"，艳丽将何从？费二日夜脑经，竟不得一艳句，恨极，几欲就画案，将钟馗涂脂傅粉，猬毛短髯，编成小辫，群鬼亦一一化妆，庶乎"削足适履"。然一细思，若果如此，非特大好画图成一幅怪现状，而居士必责令赔偿，是又将奈何！无已，取淡胭脂钩花纹于冷金笺上，然后为写《满江红》一阕以塞责。词虽不艳，而题法亦合乎"艳丽清新"也。④

炼霞非一味戏谑谈谐者，中年后所作词每有"第一趋时能媚俗，还要夫人学婢""好光阴、一局樗蒲戏"之类清醒避世语。《书落魄》则更是愤激牢骚、峰崚毕现：

憎命文章，喜人魑魅，古今同例。工商能富士长贫，侏儒饱煞臣饥死。笑无用书生，错怨天公忌。空领略，酸辛味。更休问起，破碎家山，乱离身世。　放眼嚣尘，商量出处，总成追悔。砚田何似稻田丰，笔耕未抵牛耕愚。叹百斛清才，不换升斗米。只赢得，穷愁累。故教子弟，但习生财，莫攻图史。

炼霞浩劫中以"毒草"画师身份遭批斗管制，后竟因"但使两心

---

① 刘聪：《无灯无月两心知·周炼霞其人其诗》，第95页。
② 周炼霞：《金缕曲·立秋次夕摩诃池畔饮冰，明日宋伉俪瞒人去姑苏避寿，免酬应之劳》。
③ 周炼霞：《浣溪沙》。
④ 《无灯无月两心知：周炼霞其人其诗》，第185页。

相照，无灯无月何妨"之词句见诬于"小将"，一目被殴打致盲，遂请友人代刻"一目了然""眇眇兮予怀"二印聊自解嘲，其旷达如此。昔日俊侣中，翠楼阑干已朽，左玉命同落花①，炼霞仍勉力求生，萧然自足，从未揭发他人，只手擎心灯捱过漫漫长夜。在"万里干戈、虫沙浩劫"卷地而来时②，陈、庞那样宁为玉碎的理想主义诚然是可贵的，但周炼霞这种坚忍、迂回的精神难道不是同样值得敬佩？螺川尝自陈心志云："脱手新词万口传。缥缈何用贮残编。从来得失存心间。　莫指江山怀旧梦，且抛哀乐过中年。松鬟一笑仰青天。"好一个"松鬟一笑仰青天"！螺川其人其词，将与长夜中的熠熠心光一道，历劫不磨，朗照百年。她的《庆清平》用作自我肖像无疑是恰切的：

　　任使无灯无月。一点仙心亮于雪。十分明洁十分清，更有十分凄切。　望中多少思量。盈盈秋风难忘。合是人间真美，千秋不死光芒。

第三节　"不种黄葵仰面花"：论丁宁词

一　"纸上呻吟"与"当时血泪"

如果说陈小翠、周炼霞的人生轨迹中弥漫着浓重的雾霾，那么至少我们还能在其前半生看到天才少女、沪上名家等若干"亮点"。与陈、周相比，丁宁的生命道路无疑显得更加凄苦寒凛。"绝代有佳人，幽居在空谷。自云良家子，零落依草木……天寒翠袖薄，日暮倚修竹"，杜甫吟咏过的这位"佳人"在丁宁词中被浓缩为"天寒袖薄平生惯"七字③，那也正是她自家人生况味的恰切写照。

丁宁（1902—1980），字怀枫，号昙影，又号还轩，生于江苏镇江，翌年随父任职迁扬州，故自认扬州人。幼年生母、父亲皆去世，十

---

①　周采泉：《金缕曲》有"闻道翠楼栏已朽，萦想同深哽咽"句。周炼霞"三反""五反"中有《感时诗》云："呼声动地电流波，别样网常四壁罗。销尽繁华春似梦，坠楼人比落花多。"

②　炼霞：《大江东去》中句。

③　《鹧鸪天·薄命妾辞和忍寒用遗山韵》（其三）。

六岁嫁与同邑一纨绔子弟,其夫五毒俱全,常施虐待,而丁宁倚为心灵寄托的小女文儿四岁时又不幸夭折。① 其集中《临江仙·秋宵不寐忆文儿》《一萼红·辛未清明前二日,出北门视文儿墓,归成此解》《台城路·夜凉不寐,闻隔院小儿唤母声,极似文儿,悲从中来,更不能已》《莺啼序·癸酉除夕,烛光如梦,往事萦心,文儿殁已十稔矣》等一批作品极写念忆亡女之情,皆凄恻万端,一字一泪。如《临江仙》与《台城路》:

> 心似三秋衰柳,情同五夜惊乌。柔肠已断泪难枯。愿教愁岁月,换取病工夫。　只道相寻有梦,那堪梦也生疏。西风凉沁一灯孤。魂牵还自解,分薄不如无。

> 微凉一枕音尘远,喁喁绿窗何处。聒耳呢喃,惊魂隐约,兜转伤心无数。低迷认取,似学步阶前,揽衣娇语。强起凭阑,絮蛩催泪堕如雨。　年来怕闻楚些,那堪温旧恨,灯下儿女。贴水犀钱,缨珠象珥,肠断优昙难驻。重逢莫误。待沤灭空泯,白杨黄土。唤月啼烟,北邙吾觅汝。

悼念夭折子女的词篇此前即或有之,也从没有如丁宁所写"情同五夜惊乌""分薄不如无""低迷认取,似学步阶前,揽衣娇语"这般令人肠断的!至此,丁宁向夫家提出彼时尚属石破天惊的离婚要求,终以发誓永不再嫁而获同意,是年丁宁仅二十三岁。其后,丁宁师从扬州名士陈含光、程善之、戴筑尧学习诗文,更从武术家刘声如习八卦掌、技击、剑术,渐从随人摆布之弱女子转变为自觉掌控命运、文武兼资的一代女杰。

从 1933 年起,丁宁任职扬州国学专修学校、南京私立泽存书库、南京中央图书馆、江苏省图书馆、安徽省图书馆等,几乎毕生与图书古籍为伴。她曾三次从日伪士兵、国民党要员和"破四旧小将"手中抢

---

① 程善之尝云:"丁宁女士幼丧父,十三能吟咏,二十能散文,三十善击剑,至其身世,颇类袁素文,恨无简斋为其兄耳。"见夏承焘《天风阁学词日记》1932 年 5 月 29 日。

救保护数十万册珍贵的古籍图书，为世人传为美谈。然而因为泽存书库系汪伪要员陈群所建，丁宁就职于此，颇有人以"小汉奸"称之，丁不能堪。后张溥泉见其词，曰："此人颇有志气，一小职员耳，何汉奸之有，且保全国家书籍，于民族文化有功"，此语堪为定评。[①] 倘一独立谋食之弱女子尚得谓之"汉奸"，这与"饿死事小，失节事大"的"以理杀人"又有甚么区别！顶着有形无形的巨大压力，丁宁临终自撰挽联云："无书卷气，有燕赵风，词笔谨严，可使漱玉倾心，幽栖俯首；擅技击谈，攻流略学，门庭寥落，唯有狸奴为伴，蠹简相依。"面对难堪的个人与时代之苦难，她最终以这样萧瑟而不嫌自负的口吻致上了属于自己的"谢幕词"。

当然要关注她自负"可使漱玉倾心，幽栖俯首"的"词笔"。在1957年三卷本《还轩词存》所作《自序》中，丁宁有如此回顾：

> 余幼嗜韵语……学为小诗，年十二，积稿盈寸……及长，以屡遭家难，处境日蹙，每于思深郁极时又学为小词，以遣愁寂。初亦随手弃置，自丁卯春始稍稍留稿，至癸酉成《昙影集》一卷，多半感逝伤离之作。甲戌以后情境稍异，得与词坛诸公时通声气，至戊寅春成《丁宁集》一卷，唱酬之作占半数。自戊寅夏至壬辰秋，历时十五年，其间备经忧患及人事转变，成《怀枫集》一卷，是后即不更作。盖知措语凄抑，已成积习。处幸福之世，为酸楚之音，言不由衷，识者所戒。于是结束吟笺，悉付尘箧，蠹穿鼠啮，已渐忘怀……窃念叩缶之音，本不应浪耗楮墨。第以一生遭遇之酷，凡平日不愿言不忍言者，均寄之于词。纸上呻吟，即当时血泪。果能一编暂托，亦暴露旧社会意识形态之一法也。

这里特别值得注意的是"措语凄抑"之后的一段话。因为"处幸福之世"，不能再为"凄抑"的"酸楚之音"，而又不愿"言不由衷"吐"幸福"之语，于是只好"结束吟笺，悉付尘箧"。这是说得很具几

---

① 黄稚荃：《张溥泉先生言行小记》，见其《杜邻存稿》，四川人民出版社1990年版，第173—174页。

分侠肠傲骨的。那么又为何刊布出来呢？虽然她不得已加上了"暴露旧社会意识形态"的时尚语，但焦点还是在"一生遭遇之酷，凡平日不愿言不忍言者，均寄之于词。纸上呻吟，即当时血泪"数语之上。是啊，那些纸上的血泪呻吟既是丁宁自己的，又何尝不是走过那时代者所共同发出的？

然而，这些"幸福之世"的"酸楚之音"已经为人所不乐闻。或者因为大受非议甚且大祸临头之故，丁宁将《还轩词存》寄了一本给郭沫若，冀求一点理想的回音。1963年3月，郭沫若回信盛赞《还轩词存》"清冷澈骨，悱恻动人，确是您的心声"，在指出丁词"微嫌囿于个人身世之感，未能自广"之后，更以"以人民的愿望为愿望，以时代的感情为感情，脱却个人哀怨，开拓万古心胸"等语勉之。①

郭氏之说颇有"俨若长官训政，殊令读者齿冷"之处，刘梦芙说得在理："怀枫……身即黎民……其词既为个人心灵悲苦之记录，亦为社会之真实写照，岂与人民愿望、时代感情无涉耶？"故"颇惜还轩词之明珠暗投也"②，然而郭氏对丁宁的肯定毕竟堪称眼光卓著，那些赞语也的确在一定程度上充任了挡箭牌之用，对丁宁处境不乏益处。此亦郭氏晚年为数不多之功德也。

不妨先听听那些惟抑酸楚的"纸上呻吟"罢：

> 雾暝云昏别翠楼，茫茫荆棘遍神州。眼前明月圆如梦，病里春光冷似秋。　花自落，水空流，当时谁省此中愁。炉香空有回文意，不到成灰不肯休。
>
> ——鹧鸪天·薄命妾辞和忍寒用遗山韵（其一）

> 历尽酸辛偿尽泪，灯前病里吟边。珠沉沧海玉生烟。寂寥春似梦，迢递夜如年。　一瓣心香无限意，尘劳忧患都蠲。芳韶长驻月长圆。枣花多结子，柳穗莫飘绵。
>
> ——临江仙·志恨

---

① 吴万平：《我与婉约词人丁宁》，《深圳商报》2003年7月7日。
② 《二十世纪中华词选》，第1722页。

乱离情，零落感，世味尝来遍。倚危阑，搔短鬓，归心真箇如茧。沉沉云树，渺渺山川，消息阻烽烟。怅望天涯，天涯不似故乡远。　　空说门庭安宴，未卜何年见。闲院北，小斋前。玉兰应又花满。思深易感，恨永难传，肠断更无言。漫数归鸿，凄凉独自遣。

——薄媚摘遍·己卯春日感赋

烟尘销岁月，又弹指，几沧桑。怅垂老幽栖，纵无从隐，何忍言狂。盈囊零笺断句，便不教、追忆也难忘。往事西风一梦，惊心欲唱迷阳。　　茫茫。甚处是吾乡，休更话行藏。念此日扁舟，匆匆归去，却似投荒。吟筇有谁共举，渺长堤、无复旧垂杨。莫问重来消息，相逢只怃凄凉。

——木兰花慢·春申重客，人事都非，追溯旧游，怳如梦寐，重阳后十日将归扬州，赋别髯公心叔

这些最"凄抑"的音声大抵鸣响于三四十年代，锦瑟华年，只有"乱离情，零落感"相伴，再加上"甚处是吾乡"的"茫茫"之感，哪能不生出"病里春光冷似秋""迢递夜如年""惊心欲唱迷阳"等"清冷澈骨，悱恻动人"的句子？至于《浪淘沙慢·庚辰冬至前一日……忽忆医士言胃疾将不治，生无少乐，死亦复佳，倚枕成歌，漫吟待曙》一首单看词题已令人难复为怀，"漫屈指、浮沉廿年事，幽怀万千叠……知泪也无多，和恨偏咽。倦魂暗结。寻旧吟，却化西园枯蝶"等语更是幽咽饮泣，凄楚万端。"呻吟""血泪"，并非虚言。

二 "不种黄葵仰面花"

上引词中所写确乎是"个人身世之感"，但自"茫茫荆棘遍神州"等句又完全能够看出词人的"忧世"情怀，她并不是只沉溺在自家畸零命运中不能超拔的一个。可看《金缕曲·午桥医师以毛刻〈谷音〉为赠，赋此谢之》与《满江红·甲申七月》：

抚卷增凄切。甚当时、残山剩水，竟多高节。渺渺蘋花无限

意，长共寒潮呜咽。算今古、伤心一辙。搔首几回将天问，问神州、何日烟尘歇。天不语，乱云叠。　　未酬素抱空存舌。更那堪、苍茫离黍，斜阳似血。惟有君家壶中世，销尽泉香酒冽。再休道、沧桑坐阅。好展平生医国手，把犀夫、旧恨从头雪。金瓯举，满于月。

匝地悲歌，叹此曲、有谁堪和。莫认作、雍门孤唱，楚湘凄些。白日昏昏魑魅喜，清谈娓娓家居破。问鲁戈、何日振灵威，骄阳挫。　　繁华梦，烟云过；鸥波乐，何时可。笑鸺鹠腐鼠，也言江左。鼋下金鱼难作胙，盘中紫苀偏成果。剩钟山、一逻向人青，遮风火。

《谷音》为元代杜本所辑宋末逸民诗专集，入其集者皆仗节守义之士，诗风古直悲凉，王渔洋《论诗绝句》曰："谁嗣箧中冰雪句，谷音一卷独铮铮"，品题甚确。很明显，丁宁并非在发思古之幽情，而是着意于"问神州、何日烟尘歇"的"今"之"伤心"。相比之下，《满江红》笔力更重，语致尤其生新，而"问鲁戈"一句直指日寇之太阳旗，意旨也更加显豁。

同样表达其搔首问天意态的是平生第一杰作《鹧鸪天·归扬州故居作》：

湖海归来鬓欲华，荒居草长绿交加。有谁堪语猫为伴，无可消愁酒当茶。　　三径菊，半园瓜，烟锄雨笠作生涯。秋来尽有闲庭院，不种黄葵仰面花。

1938年，与丁宁相依为命的嫡母病逝，翌年丁宁自沪上"湖海"归返维扬"荒居"，所以有"猫为伴""酒当茶"之句，虽不无牢落萧寥，更见骨力崚嶒，意态倔强。下片之"菊"与"瓜"既是实写，又融化"陶令""邵平"典故，极见情怀工力，且逼出煞拍的决绝妙句——"秋来尽有闲庭院，不种黄葵仰面花"。"尽有"，大有、广有也。虽然如此，可种菊，可种瓜，唯独"不种黄葵仰面花"！盖因葵花所朝向者，日寇国旗上之"骄阳"也！历来所谓"微言大义""比兴寄托"，当至此为极。如果说上片诸句还有些文士的幽忧柔软，这结末二句则充满着侠客的英刚气概，足堪为抗战大潮流中最具风骨的代表性宣言之一，更可凝定为丁宁毕生志节的绝好写照。如此妙语岂能说没有"脱却个人哀怨，开拓万古心胸"？

自这首词可以说起三点：第一，猫之入词历来不多，有限的一些或者作为闺阁"道具"，或者作为无所用心的咏物对象。清初朱彝尊氏以《雪狮儿》词调咏猫多至三首，钱芳标、厉鹗、吴焯等群起赓和，难怪有人讥讽这是"弄月嘲风之笔"，是"为有苗氏作世谱"。① 但是丁宁笔下的猫则迥然不同。在"有谁堪语猫为伴"里，猫是相依为命的伴侣与知音；在"向日猫如入定僧"里，猫的安逸则映照了自家的漂泊与迷茫。可以说，在丁宁的"猫意象"中是寄托着自家浓厚澎湃的生命感的，是她，真正"激活"了猫的抒情功能。②

第二，如邵瑞彭、刘景堂、刘凤梧、杨启宇等词人一样，《鹧鸪天》也是丁宁的标志性词牌之一，佳作绝多。《感赋寄味琴》③《旅窗即事》与《过兆丰花园感赋》三首不及上篇有名，心绪也稍低抑一些，但别有可寻味处：

> 风里轻蓬水上萍，一般身世两飘零。漫从去日占来日，未必他生胜此生。　新旧恨，别离情，清因薄幻自分明。如何弄影江潭柳，犹向斜阳着意青。

---

① 谢章铤：《赌棋山庄词话》卷九引其友人张任如语。
② 兹引石楠《怀念女词人丁宁先生》文中有关文字亦见丁宁之"猫缘"："她推开门，大约四五只猫咪就迎上来咪咪地叫，她宝宝宝宝地唤着它们，给它们拿吃的。可有只小黑猫并不去抢食，而是像个爱撒娇的小姑娘，绕着她的腿脚直打圈圈，一会舔她的鞋，一会咬住她的裤脚往铺着旧棉被的藤椅那里拉……在那饥饿年月，她养的一只大黄猫经常在夜里到逍遥津捉鱼。它却自己不吃，而是含回来给她……她还养过一只像雪球样的波斯猫……她说，那不是只猫，是一个精灵。每次她发胸口痛，它就伏到她的怀里，用一只右爪一下一下地给她轻轻捶拍。后来被人偷了去，她伤心了很久。我能感受得到，她是一个孤独的灵魂，在漫长人生岁月中，猫给了她很多慰藉。"《世纪》2010年第6期。
③ "味琴"乃丁宁业师戴筑尧之女，"才丰命蹇，秉性坚贞，卅载楼居，终身缟素"，与丁宁行迹略同，更是生平挚友，寄赠颇多。自丁宁迁皖后，音问阻绝，至晚年得乡人书，方知味琴去世已将十年，遂有《庆春泽慢》之"肝膈为碎"之作，见《还轩词》卷四。

> 寒鹊声声媚午晴，吟窗漫倚旅魂惊。随风叶似离乡客，向日猫如入定僧。　歌白纻，抚青萍，聊将闲梦遣浮生。南檐尽使如春暖，难解幽怀一片冰。
>
> 一载淞滨效避秦，寻幽问竹渐知津。昏昏白日云垂野，渺渺荒波海沸尘。　谁是主，孰为宾，红娇绿暗自成春。凭阑多少凄凉意，惟有黄花似故人。

预占来日的茫然幻灭，摩挲宝剑的愤激幽寂，避秦无路的孤栖独凭，丁宁的《鹧鸪天》呈现出的是何等丰富沉郁的一个心灵世界！《金缕曲·题醉钟馗横幅》别具一格，名为题画，实乃怪怪奇奇的讽世，也令读者窥见其心灵构架的重要侧面：

> 进士君休矣。想生前，触阶不第，几多失意。死后偏教传异迹，颠倒三郎梦呓。夸妙笔、又逢道子。写向人间图画里，入端阳、绿艾红榴队。如傀儡，同魑魅。　早知饕餮非常计。悔当年，希荣干禄，自残同类。鬼国纵横千载久，弱肉浑难胜记。到今日、独夫群弃。五鬼不来供使役，对蒲觞、未饮先成醉。掩两耳，昏昏睡。

本篇作于1943—1944年间，正值日寇汪伪败相大明而跳踉猖獗之时，词中"如傀儡，同魑魅""悔当年，希荣干禄，自残同类""到今日、独夫群弃"云云皆预拟汪、周、陈、梁一辈之心术下场，可谓笔扫千军、当者披靡之作。

第三，"不种黄葵仰面花"之心志呈现于日据时期，但也可视作丁宁毕生持守的基本原则。在特殊时代的惊风密雨里，丁宁虽不能不有"处幸福之世"的表态，眼光则大抵冷冽清醒，并不昏热或畏缩。《玉楼春》组词七首正是彼时诡谲风云的深曲折射，应全文一读：

> 冰霜销尽萍光转，绮陌清歌归缓缓。江南草长燕初飞，漠北沙寒春尚浅。　柳枝袅娜同心绾，枝上流莺千百啭。齐将好语祝东

风，地老天荒恩不断。

　　小桃未放春先勒，几日轻阴寒恻恻。梦中惜别泪犹温，醉里看花朱乱碧。　　鸣鸠檐外声偏急，云意沉沉天欲黑。呼晴唤雨两无成，却笑痴禽空着力。

　　石尤风紧腥波恶，鳞翼迢迢谁可托。任他贝锦自成章，岂忍隋珠轻弹雀。　　连朝急雨繁英落，过尽飞鸿春寂寞。休言花市在西邻，回首蓬山天一角。

　　当时常恐春光老，今日春来偏觉早。杜鹃啼罢鹧鸪啼，参透灵犀成一笑。　　怜他惠舌如簧巧，诉尽春愁愁未了。绿阴冉冉遍天涯，明岁花开春更好。

　　行人不畏征途苦，倾盖何劳相尔汝。幽情才谱惜分飞，密意先传胡旋舞。　　凄凉最是旗亭路，长记年时携手处。欢筵弹指即离筵，一曲骊歌谁是主？

　　雨云番覆桃呼李，暮四朝三惟自熹。欣看红粟趁潮来，愁见雁行随地起。　　离群独往由今始，带砺河山从此已。几回含笑向秋风，心事悠悠东逝水。

　　伯劳飞燕东西别，落日河梁风猎猎。纵教旧约变新仇，谁见新枝生旧叶。　　衷怀一似天边月，阅遍沧桑圆又缺。浮云枉自做阴晴，皎皎清辉常不灭。

了解那一段历史的人都不难明白"任他贝锦自成章，岂忍隋珠轻弹雀。连朝急雨繁英落，过尽飞鸿春寂寞""当时常恐春光老，今日春来偏觉早……怜他惠舌如簧巧，诉尽春愁愁未了""纵教旧约变新仇，谁见新枝生旧叶"等句的底里的。跟遭打各种异类者相比，丁宁总算履险如夷，而此种词史之笔毋宁更加客观真实？至于《台城路·一九七六年八月二十六日夜半，坐卓氏中庭，听扬州临震消息，回忆三十九年前沙洲避乱时，光景依约似之，感赋》从题序到正文都逼近《水云楼词》的凄壮苍劲，"光景依约似之"六字颇藏文章，那是"幸福之世"里很不和谐但是很真挚的"酸楚之音"：

> 惊霆骇浪人间世，藏舟已无余地。泜水孤萍，江关倦旅，又听秋林哀吹。凄凉故里。叹卅载因循，未成归计。转眼榛芜，竹西烟景付流水。　浮生可怜有几。风烟销岁月，陈梦犹记。野岸风高，荒洲露冷，夜半鸥声如魅。乡心欲碎。尽踸踔虚廊，苦吟无寐。怅望遥天，密云红似醉。

"惊霆骇浪人间世，藏舟已无余地"，三十九年前如此，现在竟还如此！劈头而来的这两句诚然是需要一点胆略才能下笔的。那么，从这些佳篇里岂不完全可以听出丁宁那些"呻吟""血泪"之外的鞳鞳大声？

作为"二十世纪三大女词人"之一①，丁宁的声音当然是层次丰赡、繁弦多态的。血泪呻吟、噌宏大响之外，《南歌子》二首用扬州土音点缀成篇，别具一格。虽无大深意，可也以灵动笔墨寄寓了对故乡的眷恋怀想，值得从地域文化角度给予关注：

> 小艇偏生稳，双鬟滴溜光。几回兜搭隔帘张，却道凫庄那块顶风凉。　杨柳耶些绿，荷花实在香。清溪虽说没多长，可是紧干排遣也难忘。

> 点个风儿没，丝毫雨也无。讨嫌偏是鹁鸪鸪，冷不溜丢花外一声呼。　索度邻家妪，唠叨故里书。大清早上费踌躇，无理无辜耽误好功夫。

---

① 刘梦芙：《五四以来词坛点将录》："二十世纪女词人⋯⋯吕碧城以后，丁怀枫与沈子苾为光芒熠耀之双子星座，迥出群伦。"

第四节　诗词整体观照下的《涉江词》

附　程千帆、尉素秋、盛静霞、梁璆、冯沅君、王兰馨

正如王国维、纳兰性德异军突起为清词研究中的"异数"①，沈祖棻（1909—1977）也是遭遇严重漠视的二十世纪诗词研究中一个莫大的"异数"。与年辈相近的夏承焘、詹安泰、龙榆生等耆宿名家相比，沈祖棻得到的研究关注有过之而无不及。即使纵目整部女性词史，亦仅弱于李清照、朱淑真、顾太清等几位享誉千百载的大名家而位列前席。②近二十年间，沈氏别集、论著一再重版，年谱、传记不断问世，更有"专享"的研究著作，甚至成立有"沈祖棻诗词研究会"，出版专题会刊多至 20 期以上。③女词家之得此殊荣者，诚是易安之后所仅见者！

虽然，沈祖棻研究并不能说就已经搞得很清楚了。尽管前贤时彦献替多端，有些重要问题还是并没有得到很好的解释——比如，对沈祖棻这样体量极巨的大家，以社会—历史批评手段"知人论世，以意逆志"不仅必不可少，而且首当其冲，然而，只就《涉江词》而谈"涉江词人"恐怕只能读懂"半截子"沈祖棻。必须将《涉江诗》《涉江词》融汇一处整体观照，这是理解其人/其词心的关键性锁钥。

一　《涉江诗》与《涉江词》

诗词分集整理刊刻当然极为常见，一般作者大抵呈同步雁行格局。

---

① 据黄文吉主编《词学研究书目》，20 世纪 80 年间（1912—1992）清词研究论著计 1446 项，王国维独得 458 项，纳兰性德 171 项，居第二位。
② 在"中国知网"检索 1980—2016 年中相关学术文章，篇名包含"李清照"者计 3043 篇、朱淑真 252 篇、顾太清 106 篇、沈祖棻 80 篇。秋瑾、吕碧城研究成果亦夥，但较难剔除文学以外成分，未划进比较范围。
③ 沈氏年谱有马兴荣《沈祖棻年谱》（《词学》2006 年第十七辑）、徐有富《程千帆沈祖棻年谱长编》（南京大学出版社 2013 年版）；传记有巩本栋《程千帆沈祖棻学记》（贵州人民出版社 1997 年版）、章子仲《易安而后见斯人》（当代中国出版社 2014 年版）；研究专著有黄阿莎《沈祖棻词学与词作研究》（华中师范大学出版社 2016 年版）。沈祖棻诗词研究会于上世纪九十年代在浙江海盐建立，现有会员千余人。

只解读词集或稍加参考诗作即不难辨知其心灵轨迹。沈祖棻的情况则比较特殊：其《涉江词》基本终止于1949年，共和国时期仅存词四首，程千帆且以为收入《外集》之举"子苾如存，未必以为然也"①，可见并非其真实心态的表呈。然而一向不为学界重视的《涉江诗》则反是，其四百零二篇中作于民国时期的仅二十三篇而已，其余三百七十九篇作于1955年至去世时的1977年。沈祖棻为何在晚年"自解包缠，舍词而诗"？②据其1949年春呈请汪东审定词集的信中云："近一年来，疾病淹缠，久已辍业，近以大局丕变，文学亦不能不受政治之影响，标准既不相同，解人亦愈来愈少，深有会于古微先生晚年所谓理屈词穷之戏言，因欲断手不复更作。"③

沈祖棻是敏感的，她已经预知到"大局丕变，文学亦不能不受政治之影响，标准既不相同，解人亦愈来愈少"的未来，诗也是在"断手"后很久的1955年才逐渐"捡回来"的。这其中的曲折还有待于进一步探察，但有一点很明显——《涉江词》只能呈现中年之前/民国的沈祖棻，而在共和国逐步走向晚境的沈祖棻，她的波折，她的哀痛，她的感怆……一切的一切都收纳记录在《涉江诗》当中。是的，只有细读《涉江诗》，才可能解析出"全部""立体"的沈祖棻。

《涉江诗》中最值一读的是"鹃啼猿啸不堪听""黄垆冷落笛声哀"的《岁暮怀人》组诗四十二首。④ 这组诗不仅是沈氏个人晚年的心灵历史，更是"夜思师友泪滂沱，光影犹存急网罗"的人文网络之展呈⑤，从而完全可以上升成为某一层面知识群体命运轨迹的写照。先读其《序》：

> 癸丑玄冬，闲居属疾。慨交亲之零落，感时序之迁流。偶傍孤檠，聊成小律；续有赋咏，随而录之。嗟乎！九原不作，论心已绝

---

① 《涉江词外集跋》，《沈祖棻诗词集》，江苏古籍出版社1994年版，第238页。
② 舒芜：《沈祖棻创作选集序》，载《沈祖棻创作选集》，人民文学出版社1985年版，第2页。
③ 徐有富：《程千帆沈祖棻年谱长编》，第161页。
④ 组诗第四十、四十二首中句。
⑤ 龚自珍：《己亥杂诗》第八十首。

于今生；千里非遥，执手方期于来日。远书宜达，天末长吟；逝者何堪，秋坟咽唱。忘其鄙倍，抒我离衷云尔。甲寅九月。

癸丑、甲寅，即 1973、1974 年，祖棻逝世前三四年。无论是寄望存者"千里非遥""远书宜达"，还是悲悼殁者"九原不作""逝者何堪"，组诗中那股穿透人心的悲凉感都远胜王渔洋、黄仲则的同题名作。① 显然的，那不仅是自然的"时序之迁流"所带来，更是人事代变所导致，令人欲告无门、欲哭无泪！篇幅所限，姑再读其四、九、十三、二十六、三十一、三十八诸篇：

  湖边携手诗成诵，座上论心酒满觥。肠断当年灵谷寺，崔巍孤塔对残阳。(曾子雍)

  悲风飒飒起高台，云鬓凋残剧可哀。空与故人留后约，江南魂断不归来。(杭淑娟)

  情亲童稚更谁同，聚散无端类转蓬。一曲池塘清浅水，白杨萧瑟起悲风。(杨白桦)

  长吟独自醉高楼，迟日园林记俊游。剩有旅魂终不返，那堪重听大刀头。(徐铭延)

  名花奇石每相邀，一夕离魂不可招。长记驿亭相送处，秋风吹袂雨潇潇。(陆仰苏)

  当日曾夸属对能，清词漱玉有传灯。浣花笺纸无颜色，一幅鲛绡泪似冰。(宋元谊)

"湖边"一首系怀曾昭燏（1909—1964）者。昭燏，字子雍，曾国

---

① 王士禛有同题绝句组诗六十首，黄景仁有同题绝句组诗三十首。

藩堂曾孙女,以主持发掘南唐二陵的考古学家身份入主南京博物院。"位高心寂……幽忧憔悴"①,1964年底不堪压力在灵谷寺跳塔自尽。对于这位中央大学中文系的老同学,祖棻早有"空说高文传海徼,身名荏苒总成尘"的悼念语②,本篇更直接点出绝命之地,"肠断"二字可谓倍极凄恻。曾子雍是大名人,至于其余篇章中所怀者,如被薙光头、终以瘐死的杭淑娟,在句容自沉的杨白桦,神经错乱、以菜刀自杀的徐铭延,为狂童所殴、伤一目、卒以冤死的陆仰苏,尤工属对、被辱自缢的宋育仁女孙宋元谊等大抵名不见经传,成为无辜牺牲品的命运则并无二致。出于性情与生存策略的原因,沈祖棻并没有发上指冠,直言怒斥,但这些低沉压抑的怀想难道不是一种可贵的勇气与清醒? 从中我们是能够很好辨识涉江词人的心地、品格与流动的生命感的。

记录下晚年真实心迹的还有《忆昔》五律一组,读一、三、四、六:

忆昔移居日,山空少四邻。道途绝灯灭,蛇蝮伏荆榛。昏夜寂如死,暗林疑有人。中宵归路远,只影往来频。

载物车难借,犹欣釜甑存。青蝇飞蔽碗,雄虺卧当门。草长遮残砌,泥深漫短垣。相看惟老弱,三户不成村。

市远多艰阻,平居生事微。邻翁分菜与,弱息负薪归。挑水晨炊饭,临湖晓浣衣。班行常夜值,谁与守空扉?

客子常多畏,群儿来近村。怒哗朝绕户,飞石夜敲门。斫树崩檐瓦,偷绳堕曝裈。秋风茅屋感,难共杜公论。

此组诗程千帆笺曰:"……皆纪实之作,朋辈读之,莫不伤怀。盖'文化大革命'既起,余家被迫自武汉大学特二区迁至小码头九区,其

---

① 程千帆笺注中语,《沈祖棻诗词集》,江苏古籍出版社1994年版,第276页。
② 《屡得故人书问,因念子雍、淑娟之逝,悲不自胜》之三。

地乃旧苏联专家汽车司机所住之临时建筑，废弃已久。迁移期限既促，又不许约人相助，且新居褊狭，亦难尽容旧有什物，辄思赠人，而无敢受者，无已，乃弃之门外，一夕皆尽。其可悲可笑如此。"① 比起朋辈死于非命的惨烈，小小迁居似乎微不足道，可是它所折射的荒诞迷乱哪有什么两样？"群儿来近村""秋风茅屋感"云云似乎是走了"杜公"的老路，但又何尝是追摹仿拟之作呢？至于"文章新变疾飙轮……卖尽藏书岂为贫"，"春风词笔都忘却，白发携孙一阿婆"，"历历悲欢沉万念，堂堂岁月付三餐"，"肉食难谋聊去鄙，菜根能咬岂为廉"，"回顾时流成侥幸，相看同辈得优游"等句②，不是能读出一些我们这个时代"专享"的沉郁悲愤么？

还应提到被朱光潜、荒芜、舒芜等名辈激赏的《早早》诗。沈祖棻以九百余言的家常"浅语"寄寓"童心"，曲达"深衷"。③ 舒芜说得对，其"深衷"并不在于抒述天伦之乐，而是"用童心的灯火照亮了苦难和屈辱的灵魂的暗隅"。④ 由此而言，荒芜说它"绝胜《骄儿》《娇女》诗"也是很精准的判断。⑤

以上花篇幅略说《涉江诗》应不是越界或者赘疣之谓，相反地，这是辨知沈氏词心的必由之路。不能领略沈祖棻身上那些汹涌激宕的生命感受，而只陷在《涉江词》就事论事，那就难免陈陈相因，得出低效的或偏狭的结论。

二 "涉江"意象与"词境一变"

沈祖棻将诗词集皆命名为"涉江"，其语源或可追溯到屈原《涉江》，或可追溯到《古诗十九首》"涉江采芙蓉"一章。此乃常识，不必赘说，问题在于，"涉江"意象到底表达了怎样的情怀呢？

---

① 《沈祖棻诗词集》，第306页。
② 分别见《优诏》《友人诗札每有涉及少年情事者，因赋》《漫成》之二、《漫成》之五、《漫成》之六。
③ 朱光潜题诗："独爱长篇题《早早》，深衷浅语见童心。"
④ 《沈祖棻创作选集序》，《沈祖棻创作选集》，第5页。
⑤ 对于《早早》诗，莫砺锋有更精详的解读，见《我的两位师母——沈祖棻与陶芸》，《人民政协报》2001年4月17日。

众所熟知，屈诗"带长铗之陆离兮，冠切云之崔嵬，被明月兮佩宝璐，世溷浊而莫余知兮，吾方高驰而不顾"等句所塑造的乃是"佩服殊异，抗志高远"，"宁甘愁苦以终身，而终不能变心以从俗"的男性士大夫形象①，这应该是祖棻一代"闯入"新天地的民国女性最为心仪者。至于"涉江采芙蓉，兰泽多芳草。采之欲遗谁，所思在远道。还顾望旧乡，长路漫浩浩。同心而离居，忧伤以终老"则是"十九首"中写乡愁离忧最凄婉委曲的一章，恰也与祖棻心迹行迹相合。那么，这两个语源就比较明确地指向了词人企慕的男性/中性气质，由此出发必然要摆落脂香粉腻的"雌声"，凝铸出刚柔并济的美学风格。当然，还有对楚骚以来曼衍汪洋的古典诗歌传统的礼敬。

对传统的虔诚礼敬势必造成一定程度的"词流又见步清真""漱玉清词万古情"一类拟古倾向②，从而导致古典意象遮蔽下的隔膜涣散。不仅《涉江词外集》中的很多篇什如此，就是"正集"五卷也不乏其例。如《甲稿》中《菩萨蛮》四首：

> 罗衣尘浣难频换，鬓云几度临风乱。何处系征车，满街烟柳斜。　危楼欹水上，杯酒愁相向。孤烛影成双，驿庭秋夜长。

> 熏香绣阁垂罗带，门前山色供眉黛。生小住江南，横塘春水蓝。　仓皇临间道，茅店愁昏晓。归梦趁寒潮，转怜京国遥。

> 钿蝉金凤谁收拾，烟尘颎洞音书隔。回首望长安，暮云山复山。　徘徊鸾镜下，愁极眉难画。何日得还乡，倚楼空断肠。

> 长安一夜西风近，玳梁双燕栖难稳。愁忆旧帘钩，夕阳何处楼。　溪山清可语，且作从容住。珍重故人心，门前江水深。

组词小序有云："丁丑之秋，倭祸既作，南京震动，避地屯溪，遂

---

① 王逸：《楚辞章句》、汪瑗：《楚辞集解》。
② 章士钊：《题涉江词》、沈尹默：《寄庵出示涉江词稿……》。

与千帆结缡逆旅。适印唐先在，让舍以居。惊魂少定，赋兹四阕。"这本是书写家国离乱极具价值的场景题材，岂不"正应该放纵心思，大张怀抱，以激荡恣肆、悲慨淋漓之笔把这场大事变尖锐切实地记录反映出来么"？① 然而"罗衣""熏香""钿蝉金凤""玳梁"等"韦冯遗响"的高频次震荡无疑是将那种真切感大大冲淡了的。汪东说这一组与《蝶恋花》（塞迥洲荒）、《临江仙》（昨夜西风）等皆"风格高华，声韵沉咽……一千年无此作矣"②，"风格"云云诚然有之，总评则未免拟古心理定势的作怪。③

汪东的眼光毕竟是很敏锐的，在《涉江词乙稿》之《点绛唇》（近水明窗）一首下他有批语云："自此以下，词境又一变矣。大抵如幽兰翠筱，洗净铅华，弥淡弥雅，几于无下圈点处，境界高绝。然再过一步，恐成枯槁，故宜慎加调节耳。"④ 这里所说的"词境一变"其实乃是"环境一变"直至"心境一变"，也就是我们一直强调的时世人心调整的必然结果。在"变"的向度上，沈祖棻比之前辈的《庚子秋词》创作显然要高明得多，生命感也浓郁得多。所以《西河》（天尽处）下汪东又按语曰："此以下格又变，易绵丽为清刚，盖心情境界酝酿如是乎。"⑤ 不妨看看这些"变格"：

> 近水明窗，烟波长爱江干路。乱笳声苦，移向山头住。　　径曲林深，惟有云来去。商量处，屋茅须补，莫做连宵雨。
>
> ——点绛唇

---

① 前文论《庚子秋词》部分语意。
② 与"韦冯遗响"之语并见《沈祖棻诗词集》，第58页。
③ 弟子赵郁飞《近百年女性词史研究》（博士学位论文，吉林大学，2017年）对沈氏"青雀西飞"等《鹧鸪天》组词八首、"兰絮三生"等《浣溪沙》组词十首有较多分析，并以我对《庚子秋词》的有关分析为基础有如下评说："沈词中固然有一批直陈时事、质直刚健的作品，但在五百余首的宏富体量中约仅占到10%弱的篇幅，效用被极大地稀释了。总体来看，《涉江词》那掩藏在柳色花光、烟霞幂云之后若显若晦的分明是一段个人化的'心史'，而远非承载重大的'词史'。但沈词的价值也正在此，它是时代风云映在心灵上的投影、是'大历史'中私人化的'小书写'，又何必强为拔高？"总体观点我不尽同意，但此语有见，值得深思。
④ 《沈祖棻诗词集》，第84页。
⑤ 《沈祖棻诗词集》，第93页。

灯窗乍晓，警报无端惊梦早。多少人家，才叠罗衾未煮茶。
断魂谁管，付与轻雷天外转。蓬户重归，又是疏帘卷落晖。

——减字木兰花

描花绣凤，不比年时空。针线欲拈还未动，绽尽罗衣金缝。
如今忍斗新妆，休怜响屐回廊。自制平头鞋子，何妨绿野寻芳。

——清平乐

茅屋、警报、平头鞋子，这才是漂流在抗战后方的真实生态，也就是"洗净铅华，弥淡弥雅"的"境界高绝"处。其实"境界高绝"哪有什么玄奥？不过是把那些流血的伤口不涂抹、不伪饰地撕开给人看罢了！"心情"既已不再"绵丽"，"境界"自然会转向"清刚"。敌机肆虐，一夕数惊，病痛缠身，夫妇仳离，如此离乱世界，个人的苦难感受势必放大到江山故国层面，声调必然调整到悲兀劲直的频率，"韦冯遗响"也将渐被"咖啡""播音""霓虹""柠檬""银幕""爵士"等现实意象所"侵入"：

碧槛琼廊月影中，一杯香雪冻柠檬。新歌争播电流空。　风扇凉翻鬓浪绿，霓灯光闪酒波红。当时真悔太匆匆。

——浣溪沙

沉沉银幕新歌起，容易重门闭。繁灯似雪钿车驰，正是万人空巷乍凉时。　相携红袖夸眉萼，年少当行乐。千家野哭百城倾，浑把十年战伐当承平。

地衣乍卷初涂蜡，宛转开歌匣。朱娇粉腻晚妆妍，依旧新声爵士似当年。　回鸾对凤相偎抱，恰爱凉秋好。玉楼香暖舞衫单，谁念玉关霜冷铁衣寒。

咖啡乳酪香初透，紫漾葡萄酒。市招金字作横行，更有参军蛮语舌如簧。　并刀如水森成列，晶盏明霜雪。朝朝暮暮宴嘉宾，应忆天南多少远征人。

——虞美人·成都秋词之一、二、四

电炬流辉望里赊,升平同庆按红牙。长衢冠带走钿车。　一代庙堂新制作,六朝烟水旧豪华。干霄野哭动千家。

——浣溪沙

并不是说掺入了几个新名词就一定多么杰出,祖棻也大有不借新词擅场的佳篇,问题在于,新名词的"拿来主义"本质上表达了对于现实世界,以及词体与其关系的立场——沈祖棻正在从"韦冯遗响"中蝉蜕出来,更有力、明确地书写着自己的生命体验。

三　"相思灰篆字,微命托词笺"

祖棻1940年病中《上汪方湖、汪寄庵两先生书》云:"偶自问,设人与词稿分在二地,而二处必有一处遭劫,则宁愿人亡乎?词亡乎?初犹不能决,继则毅然愿人亡而词留也。"① 又有《临江仙》云:"如此江山如此世,十年意比冰寒。蛾眉容易镜中残。相思灰篆字,微命托词笺。　独抱清商弹古调,琴心会得应难。几时相会在人间。平生刚制泪,一夕洒君前",她前半生的生命体验的确是托寄交付给轻薄纤微的"词笺"的。汪东在己丑年(1949)撰《涉江词稿序》中将祖棻十余年创作归纳为"三变":

方其肄业上庠,覃思多暇,摹绘景物,才情妍妙,故其辞窈然以舒。迨遭世板荡,奔窜殊域,骨肉凋谢之痛,思妇离别之感,国忧家恤,萃此一身。言之则触忌讳,茹之则有未甘,憔悴呻吟,唯取自喻,故其辞沉咽而多风。寇难旋夷,杼轴益匮。政治日坏,民生日艰。向所冀望于恢复之后者,悉为泡幻。加以弱质善病,意气不扬,灵襟绮思,都成灰槁,故其辞澹而弥哀。②

---

① 徐有富:《程千帆沈祖棻年谱长编》,第82页。
② 《沈祖棻诗词集》,第3页。

"覃思多暇",所以"窈然以舒";"憔悴呻吟",所以"沉咽而多风";"灵襟绮思,都成灰槁",所以"澹而弥哀"。汪东在这一段话里将"微命"与"词笺"的关联揭示得不能再清楚了。在"词笺"里沈祖棻如此记述自己的"微命":

《霜叶飞》序云:"岁次己卯,余卧疾巴县界石场,由春历秋。时千帆方于役西陲,间关来视,因共西上,过渝州止宿。寇机肆虐,一夕数惊。久病之躯不任步履,艰苦备尝,幸免于难,词以纪之。"

《宴清都》序云:"庚辰四月,余以腹中生瘤,自雅州移成都割治。未痊而医院午夜忽告失慎。奔命濒危,仅乃获免。千帆方由旅馆驰赴火场,四觅不获,迨晓始知余尚在,相见持泣,经过似梦,不可无词。"

《尉迟杯》序云:"医院被灾,余衣物尽毁于火。素秋、天白先后有绨袍之赠,赋此为谢。"

《水龙吟》(十年留命)序云:"丁亥之冬,余在武昌分娩,庸医陈某误诊为难产,劝令破腹取胎,乃奏刀之际,复遗手术巾一方于余腹中,遂致卧疾经年,迄今不愈。淹缠岁月,黯暗河山,聊赋此篇,以申幽愤。"

"宁做太平犬,不做乱离人",如此纷乱的世道,生命会加倍地微贱渺小。沈祖棻的这些个体的"骨肉凋谢之痛,思妇离别之感"又必然会"推而广之",促使她去感知"国忧""政治""民生"之类的大概念,这既是"天以百凶成就一词人"的古老命题[①],也是跨入"现代"的女性应有的意识与视野。那么我们才能读懂她那些"言之则触忌讳,茹之则有未甘"的"憔悴呻吟":

---

① 王国维语。

莫向西川问杜鹃，繁华争说小长安。涨波脂水自年年。　　筝笛高楼春酒暖，兵戈远塞铁衣寒。尊前空唱念家山。

　　　　　　——浣溪沙·客有以渝州近事见告者，感成小词

　　酿泪成欢，埋愁入梦，尊前歌哭都难。恩怨寻常，赋情空费吟笺。断蓬长逐惊烽转，算而今、易遣华年。但伤心，无限斜阳，有限江山。　　殊乡渐忘飘零苦，奈秋灯夜雨，春月啼鹃。纵数归期，旧游是处堪怜。酒杯争得狂重理，伴茶烟、付与闲眠。怕黄昏，风急高楼，更听哀弦。

　　　　　　——高阳台·岁暮枕江楼酒集，座间石斋狂谈，君惠痛哭……余近值流离，早伤哀乐，饱经忧患，转类冥顽，既感二君悲喜不能自已之情，因成此阕

　　肠枯眼涩，斗米千言难换得。久病长贫，差幸怜才有美人。体夸妙手，憎命文章供覆瓿。细步纤纤，一夕翩翩值万钱。

　　　　　　　　　　　　　　——减字木兰花·成渝纪闻

　　平生何事，寂寞人间差一死。天地悠悠，独立苍茫涕泗流。蓼虫辛苦，风雨挑灯谁可语。块垒难平，异代同悲阮步兵！

　　　　　　　　　　　　　　　　　　——减字木兰花

　　程千帆笺《减字木兰花·成渝纪闻》一首曰："抗日战争后期，大后方国事日非，民生贫困，以写稿为生、无固定收入之作家处境尤艰，甚至以贫病致死，则或有贵妇名媛为之举行舞会，以所得之款从事救济。时人遂谑云：先生们的手不如小姐的脚"，窥豹一斑，从中是不难领略《涉江词》的词史品格的。对《浣溪沙》一首程氏也有笺曰："台静农先生尝书此词，并跋云：'此沈祖棻抗战时所作，李易安身值南渡，却未见有此感怀也。'"这一评价的意义在于指出了沈氏特具的"现代性"，她与李清照原本就是"萧条异代不同时"的。如果千年以后女词人仍画地为牢，完全躲在易安居士的阴影里，我们的文学史还有书写、存在的必要么？

在《涉江词外集》之《浣溪沙》（飞絮濛濛）一首下汪东评云"在他人集中仍是佳词，于作者则常语矣"①，确乎如此。《涉江词外集》佳作已经不少，正集五卷当然更是满目琳琅，难以枚举。如此前提下我们还不得不集中表彰她的几首《鹧鸪天》：

倾泪成河洗梦痕，忍寻絮影认萍根。自怜久病惟羞死，但许相忘便是恩。　莲作寸，麝成尘，寒灰心字总难温。人间犹有残书在，风雨江山独闭门。

蜀国千山泣杜鹃，江潭倦柳不吹绵。多生哀乐空销骨，终古兴亡忍问天。　春似梦，夜如年，久拼沉醉向花前。人间别有难忘处，满目关河落照边。

长夜漫漫忍独醒，八荒风雨咽鸡鸣。从来天意知难问，如此人间悔有情。　歌倦听，酒愁倾，文章只恐近浮名。却怜年命如朝露，适俗逃禅两未能。

惊见戈矛逼讲筵，青山碧血夜如年。何须文字方成狱，始信头颅不值钱。　愁偶语，泣残编，难从故纸觅桃源。无端留命供刀俎，真悔懵腾盼凯旋。

祖棻尝有"一生低首小山词"之句及"情愿给晏叔原当丫头"之语②，可我以为没大必要揪住不放，不遗余力渲染演绎之。周啸天说得不错，"沈祖棻的创作实践，有一半与她的这个美学理想拧着"③，其实不"拧着"反而不对。晏小山"古之伤心人"，"高华绮丽之外表，不能掩其苍凉寂寞之内心。伤感文学，此为上品"④，但他毕竟是承平公

---

① 《沈祖棻诗词集》，第229页。
② 词出《望江南·题乐府补亡》"情不尽，愁绪茧抽丝。别有伤心人未会，一生低首小山词。惆怅不同时"，语出程千帆笺。
③ 周啸天：《一生低首小山词——评沈祖棻诗词》，《中华诗词》2013年第10期。
④ 冯煦：《蒿庵论词》、郑骞《成府谈词》语，转引自《唐宋词汇评》第一册，第332页。

子，尽自"磊隗权奇，疏于顾忌"①，那也是能见"升平气象"的②。相比之下，沈祖棻所经历是怎样的"满目关河""风雨江山"？"莲作寸，麝成尘"，"久拚沉醉向花前"，这样的句子诚然是小晏声口，然而"自怜久病惟差死，但许相忘便是恩""多生哀乐空销骨，终古兴亡忍问天""从来天意知难问，如此人间悔有情"之句又岂是那位落拓的太平公子写得出来的？

更值得一说的是"惊见戈矛"一首。1947年6月1日，武汉警备司令部纠集军警特务数千人包围武汉大学，枪杀学生三人，重伤三人，逮捕教师员工二十人，即震惊中外的"六一惨案"。直面暴行，祖棻一反似水的柔情与伤感，戟指怒向屠刀，"何须文字方成狱，始信头颅不值钱……无端留命供刀俎，真悔憣腾盼凯旋"的凌厉苍劲、精悍剀切，又怎么可能不"与她的这个美学理想拧着"呢？

辩说这些当然不是要推翻沈祖棻的美学理想，也不是要否认小晏对她的重要影响。这里我们想说的是——只要你"相思灰篆字，微命托词笺"，想把自己感知到的特定时空中的特定生命感"原生态"地书写出来，那就不能不"变"，不能不"拧着"，不能不形成自己卓特无法替代的样貌面目。这一点，厕身"民国四大词人"之列的沈祖棻当然是清楚的，她也是做得极其出色的。

应在此附带简说程千帆词。"合昏苍黄值乱离，经筵转徙际明时。廿年分受流人谤，八口曾为巧妇炊。历尽新婚垂老别，未成白首碧山期。文章知己虽堪许，患难夫妻自可悲。"这首《千帆沙洋来书，有四十年文章知己、患难夫妻，未能共度晚年之叹，感赋》系沈祖棻十年浩劫中作。迨其逝世忽近期年，程千帆为刊遗词，怆然成《鹧鸪天》二首悼之。程氏并不擅词，所作亦少，但这两首足可追配亡妻，甚而上埒东坡、方回、梦窗之杰作而无愧：

衾凤钗鸾尚宛然，眼波鬓浪久成烟。文章知己千秋愿，患难夫

---

① 黄庭坚：《小山词序》，转引自《唐宋词汇评》第一册，第328页。
② 王铚：《默记》"贺方回……不如晏叔原，尽见升平气象"，见《唐宋词汇评》第一册，第330页。

妻四十年。　哀窈窕，忆缠绵，几番幽梦续欢缘。相思已是无肠断，夜夜青山响杜鹃。

燕子辞巢又一年，东湖依旧柳烘烟。春风重到衡门下，人自单栖月自圆。　红绶带，绿题笺，深恩薄怨总相怜。难偿憔悴梅边泪，永抱遗编泣断弦。

四　尉素秋及梅社群从

1932年秋，中央大学五位女生王嘉懿、曾昭燏、龙芷芬、沈祖棻、尉素秋以词社集于梅庵六朝松下，既以地名，又关联乃师吴梅，遂号"梅社"。其后杭淑娟、徐品玉、张丕环、章伯璠、胡元度、游寿等相继入社，声势颇盛。① 作为民国时期唯一的女性词社，梅社诸女朝夕过从，裙屐飞扬，为民国词坛写下极清丽一页，然其作品没有系统存世，今可辨清面目者，沈祖棻以外唯尉素秋而已。

素秋（1914—2003），字江月②，徐州人。1931年入中央大学中文系，先后从吴梅、汪东学词。瞿安勉之曰："徐州一带，自徐树铮死后，词学已成绝响。现在素秋起来，又可以接续风雅了。"③ 素秋毕业后旅食沪上，至"八一三"沪战起沦漂赣、蜀、宁间，后辗转赴台，先后任教于成功大学、东海大学等，为"梅社"中唯一未中断教研、未荒废词业者。比之同学少年的种种遭际，尉素秋是幸运的，然故国之思未尝须臾去怀，"怅望关河，天涯人自老""几番吞泪望神州，西北阻高楼"之情绪几乎充溢后期创作全部篇幅④，又诚可哀可叹。《齐天乐·南京故居有老杏一株，疏枝着花如梅。己丑春，南京沦陷，余避乱出走。比归，杏已黄熟，摘取之后，杏树突然枯死。乃就其托根之处凿一井，名之曰杏泉。来台之后曾发表〈杏泉之歌〉〈忆杏泉〉以纪其事》可为代表：

---

① 尹奇岭：《梅社考》，《新文学评论》2012年第4期。
② 素秋本无字，后截在梅社时笔名"西江月"为字。尉素秋：《词林旧侣》，载巩本栋编《程千帆沈祖棻学记》，贵州人民出版社1997年版，第403页。
③ 尉素秋：《〈秋声词〉校后记》，台湾帕米尔书店1967年版，第112页。
④ 尉素秋：《关河令》《荷叶杯·壬辰春暮游阿里山，月冷霜浓，酷似深秋，凭高远眺，凄然动莼鲈之思》句。

一江南北烽烟满，惊心范阳筎鼓。六代豪华，金陵王气，都入庾郎哀赋。荒园废囿。剩绕树鸦啼，留春鹃语。院落凄凉，伴人惟有窗前树。　　垂垂枝上嫩子，渐微酸退减，红晕如许。夏昼初长，秋阴未动，谁信芳菲凋殂。天涯倦旅。又泪堕岩荒，梦萦中土。昔日园林，杏泉今在否？

"天涯倦旅。又泪堕岩荒，梦萦中土"，此等句可谓道出了去国渡台一辈人的共同心声。汪东尝言祖棻小令特佳，长调嫌弱；而素秋长调较胜，小令也能作[①]，《尉迟杯·吾师汪旭初先生患骨结核症，卧病歌乐山数年。壬午秋，余自赣返巴蜀，谒先生于静石湾寄寓，相违仅四年耳，先生须发已皤然白矣。越数日，先生以〈尉迟杯〉词见寄，余乃赋是阕以呈》《解连环·辛巳夏，日机连续轰炸重庆。余自赣归来，访南岸山中故居，惟见一片瓦砾……》等篇以长调纪史述怀，确有"较胜"处，而其小令亦多佳作。1941年夏所作《浣溪沙》组词写离乱行色，既沉咽，也疏快，为其毕生高境。其四、五云：

一代文章百世诗。流风韵余柳侯祠。烟波澹荡草萋萋。　　满目江山身似寄，一川愁绪雨如丝。渐行玉骨渐支离。

　　　　　　　　——过柳州，谒柳侯祠。侯即柳宗元也

瘴雾冥迷白昼昏。羊肠石径阻轮奔。乱山深处隐苗村。　　风景宛然摩诘画，衣冠仿佛葛天民。优游我亦武陵人。

　　——贵定旅次。贵定在贵州境，城外为花苗集居地，余因行车故障，留三宿始去

五　盛静霞、梁璆

不去寻思怕断肠，绿杨烟里是家乡。满湖醇碧醉韶光。　　四

[①] 尉素秋：《梦秋词跋》，载《汪旭初先生遗集》，台湾文海出版社1974年版，第137页。

壁风声人入梦,一灯棋子指生凉。此时往事怎生忘。

——浣溪沙·和祖棻

汪东有云:"中央大学出了两位女才子,前有沈祖棻,后有盛静霞"①,以此《浣溪沙》观之,即已所言不虚。静霞(1917—2006),字弢青,扬州人,1936年入中央大学,适蒋礼鸿。其诗特佳,尝作新乐府四十首充为毕业论文②,其中大笔直书抗战时事之《大刀吟》《警钟行》《哀渝州》《天都烈士歌》《飞缆子》《张总司令歌》最享时誉。《频伽室语业》存词八十余首,较诗成就略弱,然亦能在子苾之下自成一体。总体观之,沈词浓挚,盛词温淡;沈词"深"且"怨",盛词"清"而"慧"。如同样的寄外题材,子苾每善造"药盏经年愁渐惯,吟笺遣病骨同销""刻意伤春花费泪,薄游扶醉夜听歌"的"有我之境"③,弢青则将相思书写得空灵摇曳,烟水迷蒙:

款款清宵款款风,山楼沉入月明中。星河浪静接天东。　粉蝶飞迷千里路,落花飘下一声钟。眼波犹漾小帘栊。

——浣溪沙

铸语自然馨逸,造境开阖得宜,为弢青笔下压卷之作。过片二句直可与少游"夜月一帘幽梦,春风十里柔情"相抗手,又可准"沈斜阳"之例,呼为"盛落花"。同样流宕自然的秀辞丽句还有"月易朦胧天易妒,人间别有烟与雾","忽如有会微凝伫,万籁无声听杜鹃","几杵疏钟未散,一带谢桥斜"等,而与夫婿蒋礼鸿唱和之情词数量最丰。如《菩萨蛮》组词的第四、六两首:

---

① 蒋礼鸿、盛静霞:《怀任斋诗词·频伽室语业合集》,(香港)天马图书有限公司2004年版,前言页。
② 静霞之子蒋遂《粉蝶飞迷千里路,落花飘下一声钟:盛静霞的诗意人生》:"盛静霞就要毕业了,她一向怕写论文,于是向汪辟疆先生征求意见说:'可否以四十首《新乐府》代替论文?'汪先生说:'别人不可以,你可以。'"《之江大学的神仙眷侣——蒋礼鸿与盛静霞》,杭州出版社2012年版,第17页。
③ 沈祖棻:《浣溪沙》十首之三、五。

恒沙流尽天难老，烧痕暗发原头草。油壁认香车，梦中犹有家。　　瑶华辞玉树，准拟频伽驻。莫更种夫容，恐君愁怨浓。

瑶台不许惊禽驻，低徊又向分携路。双鬓湿凄烟，萧萧风满船。　　水深波浪急，无数愁鱼泣。恩怨等难填，明珠何处衔。

词有自注云："大鹤词八首，系'托志房帏，缅怀君国'之作。云从爱其婉媚，逐首和之，余亦奉和，但与大鹤的寄托不同。时我已往白沙先修班任教。两人词中均有患得患失、忧谗畏讥等情绪，盖关系未完全肯定也。"组词意象重叠明灭，沉艳处上摹花间。在"房帏"上升到"君国"、再由"君国"转回到"房帏"的过程中，词人完成了情感的高度提纯和技艺的取法乎上。弢青情词也有不那么"雅"而明畅慧黠的一面，如《定风波·雨中与云从共伞过白堤》：

急雨斜风堤上秋，一枝莲叶覆鸳俦。风骨如君原可爱，无奈，在侬伞下要低头。　　湿透祫衣都不管，指点，烟中西子令人愁。泼墨谁能摹国色，奇极，却从黯黯见风流。

相比沈祖棻托寄至微的危苦之辞，"在侬伞下要低头""湿透祫衣都不管"似乎更显生机而接近爱情的常态，也更能使平凡儿女会心解颐。周炼霞之外，盛静霞诚亦一时写情之"绘风手"也。

与盛静霞、陶希华并称"三才女"的梁璆也附谈于此。梁璆（1913—2005），字颂笙，福建闽侯人，适同窗徐益藩[①]。益藩去世后赴连云港海州师范学校任教，旋被革去教职，划为右派，下放至图书馆。今存《颂笙诗词集》为平反后有司退还剩纸所辑。

颂笙才不及子苾、弢青，《菩萨蛮·五都词》哀愤峻健，值得一读，兹引《西都》一首：

[①] 徐益藩（1915—1955），字一帆，浙江崇德人，徐自华、蕴华堂侄，潜社社员，曾编印《潜社汇刊》。

千年史事彤毫秃，伤心一片连昌竹。谁与话昭阳，卷帘飞燕忙。　　霓裳迷旧曲。天宝繁华速。无地避干戈，北邙残骨多。

六　冯沅君、王兰馨

既作为女性学者，又作为"民国四大词人"之一的沈祖棻的涟漪荡漾开去，我们可以发现一批"轨道"略似的"卫星"式存在。兹简述冯沅君、王兰馨两家。

沅君（1900—1974），原名恭兰，改名淑兰，字德馥，河南唐河县人。冯氏为唐河书香望族，四代衣冠雍穆[1]，沅君濡染家学，又熏沐"五四"风潮，旧学根柢与时代精神俱足。她初涉文坛即投身新文学创作，以小说《卷葹》等受到鲁迅奖掖。1922年自北京女高师毕业后，考入北京大学研究所国学门胡适门下，成为该所首位女研究生。后历主金陵女子大学、北京大学等教席，1932年与丈夫陆侃如同时考入巴黎大学攻读文学博士，新中国成立后任教于山东大学。

在去国离乡、飘流江海的十年中，这对年轻的学人伉俪完成了《中国诗史》的写作，其中"近代诗史"即词曲部分由沅君执笔。[2]《诗史》以"传信自勉"[3]，在导言中，陆侃如将所"传"之"信"做了如下一番阐释：

> 我国诗歌历三千余年之久，所产生的作品实在不止恒河沙数，若要在诗史里一一叙述，不但势有所不能，抑且理之所不必。因此，不能不替它们分个轻重先后……例如汉以后的"骚"，无论是

---

[1] 冯沅君祖父冯玉文（1826—1892）有《梅村诗稿》；父冯台异（1866—1908），光绪戊戌科进士，官湖北崇阳知县，为张之洞洋务帮办。有《复斋遗集》《复斋诗集》；长兄冯友兰为当代著名哲学家；仲兄冯景兰为著名地质学家、中科院院士；友兰女冯宗璞为著名作家；景兰女冯钟云为北京大学教授；钟云丈夫张岱年、沅君堂妹冯镶云丈夫任继愈均为著名哲学家。据赵金钟《倚树听流泉：唐河冯氏家族文化评传》（郑州大学出版社2013年版），吕友仁、查洪德《中州文献总录》（中州古籍出版社2002年版）等。

[2] 陆侃如在《诗史·序例》中作说明云："此书是我和沅君合写的。起初我打算一个人写……便写成'导论'及《古代诗史》……并续写《中代诗史》。时沅君在上海讲词曲，故以《近代诗史》托付她。我自己又写一篇附论，全书就此完成了。"张可礼：《陆侃如、冯沅君先生〈中国诗史〉的主要贡献》，《文史哲》2002年第2期。

[3] 《陆侃如冯沅君合集》第一卷，安徽教育出版社2011年版，第3页。

庄忌还是王逸，大都是无病呻吟，不值一读。又如近数百年的诗词，无论是李东阳或是陈维崧，也都不值得占我们宝贵的篇幅，为什么？因为它们是"劣作"。

这实在对两位作者的业师王国维"文学代际观"及胡适"文学进化论"的直接承继和倡扬！① 站在今天"通变"与"全景"的理论立场上看，不能不说是文学观念的重大疏失，然而具体到词史的写作中，冯沅君不徒对王、胡某些过于"粗线条""情绪化"的观点予以纠偏矫枉，其中一些论断如"苏柳相关""辛词雅洁"等尤具片言折狱之功。曾大兴直言冯氏之词史"比刘毓盘的《词史》和王易的《词曲史》要'新'，比胡云翼的《中国词史大纲》和薛砺若的《宋词通论》要'细'。它是二十世纪前半叶问世的一部最好的词史"②。"最好"与否或可见仁见智，但它确乎与《南宋词人小记》《张玉田》等著作一道，奠定了冯氏在现代词学史上"第二代拓荒者"的地位。从时序上看，二十世纪首位女性词学名家的称号，除冯沅君外不应作第二人想。

较之新文学创作与古典文学研究领域，沅君词名显得低调许多。今《四余词稿》《四余续稿》存词一百零一首，始于1939年前后，终于1944年③，可直目为词人抗战时期流徙生涯中的心灵简史。总体上看，冯词无观堂之理趣，更不类胡适之创体，在"守正"阵营中，是民国女性词人中较少见的"南宋派"。沅君平生不作长篇，小令中特精《点绛唇》一调：

小阁支离，擎杯兀坐惊风雨。奔流千尺，情雪霏眉宇。　　落落离堆，午夜听涛处。忘归去。澄江如练，依约蛟龙语。

——黄果树观因忆嘉州滩声

---

① 《诗史》体例设计曾征求胡适意见，胡适对此不持异议。见《词学的星空——20世纪名家传》，第97页。
② 《词学的星空——20世纪词学名家传》，第97页。
③ 由早期存词《点绛唇·翠湖》《点绛唇·曲靖待车却寄》等可知应作于1939年应武汉大学聘由昆明往嘉定途中；《续稿》倒数第二首《蝶恋花·甲申元日》可知作于1944年。参见袁世硕、严蓉仙《冯沅君先生传略》，载《冯沅君创作译文集》，山东人民出版社1983年版。

> 风定云开，远林推上明明月。扁舟如叶，稳泛蛟龙窟。隐隐前村，渔火明还灭。沧江阔。人天悲郁，一啸千岩烈。
>
> ——阳朔道中

> 拔地孤峰，濡毫须用如天纸。长天如纸，不尽沧桑意。冻雨飘风，袖底重云起。群山外。晴空无际，偷得哥窑翠。
>
> ——卓笔峰遇雨

词之劲拔郁慨大有稼轩风味，"擎杯兀坐""人天悲郁"云云分明是辛老子沦隐英雄形象。更近稼轩者还有《生查子》之"酒味几曾知，牢落常如醉"、《临江仙》之"大芋高荷鸣夜雨，听风听雨无眠"、《霜天晓角》之"浮生还尔尔，眼看人尽醉"等。在"不存好恶于心"的词史中①，沅君唯独对稼轩有"貌如青兕，精神尤健于猛虎""（辛词）不独为晏、秦诸人所未梦到，苏轼当之也有愧色"的逾常褒举。② 此类致敬之篇还有《蝶恋花》《踏莎行·感时》：

> 中酒情怀何狡狯，作弄畸人，午夜难成寐。惊月栖乌声四起，清辉一抹明窗纸。墙角秋虫尤好事，啼到鸡鸣，直凭凄清地。驰骤回旋屏障底，鼠饥却解闲游戏。

> 契阔肠回，沦飘心捣，廿年电抹真潦草。料量往事惜余生，余生久分风尘老。虏骑纷拿，烽烟夭矫，四方瞻顾伤怀抱。几番西笑向长安，茫茫只见云山绕。

如果说稼轩风是烽烟年代中带有一定必然性的创作倾向，对白石风调的激赏则是纯个体化的审美选择。在词史"姜夔"一节中，沅君尝作如下评述："他的性格是偏于高雅萧闲方面的……他不汲汲于功名，仅只是'来稌奉常议，识笳鼓羽葆'而已；他不沉湎于声色，仅只是

---

① 《词学的星空——20 世纪词学名家传》，第 98 页。
② 陆侃如、冯沅君：《中国诗史》，百花文艺出版社 2008 年版，第 386、389 页。

'自作新词韵最娇，小红低唱我吹箫'而已。他喜欢静观，他喜欢细细地玩味，他爱好的是清旷，他贪恋的是寂静……但同时他又是个富于感情的人，对于家国都有很深浓的感情。"对此种作风的心摹手追贯穿沉君创作始终，故其词几不作一字秾艳语、熟软语。写节序则云："乍喜桃笙云母滑，一凉恩到骨"；写景则云："洞里读书人去，烟鬟隔水飞来""隔山冷冷钟磬，没苍烟丛里"；写情则云："知谁误。心随云去，独立江天暮"。《点绛唇·横塘。塘在澄江南门外，纵横数亩，芰荷弥望》《好事近》二首更是整体神肖白石：

  水佩风裳，辰稀月皎横塘路。流萤无数，烟柳迷前浦。 一袖天香，夜气清尘虑。花深处。喁喁私语，鸥鹭惊飞去。

  江上数峰苦，红日半规初落。拄杖都忘归去，爱朱霞灼灼。窥人老鹯坐林枝，吠沼蛙声恶。草气雨余清美，更流萤轻掠。

沅君晚期词由南宋而窥清人堂奥，两首《谒金门》俱能险丽警炼，深而不涩，有大鹤神味：

  斜阳没，鱼尾明窗霞赤。烦惋轮囷不可说，无言三叹息。别泪沾襟犹湿，一一都成尘迹。夏雪冬雷江水竭，飞龙甘骨出。
  ——书《上邪》后

  销魂极，果而相逢今夕。阿缌轻衫玉雪色，双眸岩电发。夜寂星繁月黑，艳艳烛花红圻。执手闲阶成小立，人间同恍惚。
  ——癸未生朝思往事

  沅君1942年偕夫入川，受聘设于三台的东北大学，生活稍定，填词也渐少，抗战后更将全副才力投入教研，百首《四余词》遂成绝响。冯词辞清、形瘦、味冷的特质承继了稼轩、白石余绪，在民国学人词坛可称名气未彰而风神独异的一家，同时也将她那牢落不群、踽踽独行的背影留在了女性词史长卷上。

王兰馨（1907—1992），号景逸，广东番禺人，就读于北京师范大学期间得钱玄同、俞平伯指授，1934年出版《将离集》即由钱氏题签。兰馨适新文学名家李广田，历任西南联大、南开、清华、云南大学等教席，诗词、论文汇为《将离·晚晴集》，近年印行于澳门。①

　　兰馨青年所作词汇入《将离集》者凡一百五十余，大抵"缠绵凄恻，清丽幽窈……于世事时局绝无反映"②，是典型的"闺阁风"。至于五十年代以后所作《晚晴集》中词则"尽扫前情，紧随形势……与早期词相较，判若两人，可见历经运动，令知识人士丧失个性。悲夫"③！《江城梅花引》尚有空灵感，应为早期之佳者，可以一读：

　　　　城头碎柝已三敲，夜迢迢，雨潇潇，又是跳珠乱点滴芭蕉。寂寞绿窗人一个，怀往事，谱新词，似那宵。　那宵那宵太无聊，灯半挑，香半消，睡也睡也睡不稳，听彻琼箫。只有隔帷明灭一灯摇。一夜落红知多少，春去也，在江南，第几桥。

---

① 澳门学人出版社2006年版。
② 刘梦芙语：《二十世纪中华词选》，第1744页。
③ 刘梦芙语：《二十世纪中华词选》，第1744页。

第三章 潜行波谷的二十世纪后半期女性词坛

本编前两章以"开启大幕""黄金一代"为标目,尽可能呈现了近百年女性词坛逐步自种种闺帷"铁幕"拔步抽身、夭矫飞腾的基本轨迹。以"黄金一代"沈、陈、丁、周为核心,女词人从古典时代偶见亮色的女配角晋升成了戏份浓足、分庭抗衡的女主角。这是千年词史从未有过的魅力景观!然而,正如历史昭示我们的那样,作为国家"软实力"一部分的文化/文学发展虽自有其强韧,但很多时候,在社会动荡、意识形态需求乃至绝对意志面前,它又显得那样孱弱松脆、不堪一击。共和国初期疾瀌的文化飓风迅速将女性词坛的茵茵绿草包裹席卷、荡涤一空,原本内蕴葱郁生机的短诵长吟不可避免地陡转向贫瘠枯槁、苍白嘶哑。那些真实心绪的流露或遭无情捐弃,或成暗夜独语,能免于贾祸已经算是幸运。[①] 李遇春、朱一帆在《现代中国女性旧体诗词的历史浮沉与演变趋势》一文中将内地女性诗词的写作方向概括为"对社会主义新生活的持续热情讴歌"与"对花木兰式女英雄的审美书写"两端[②],就已经在事实上揭示了问题的本质——女性词坛正在一天天被新时代的文化巨浪冲刷、铲平。

伴随着"新时期"曙光的氤氲弥漫,女性词坛也和荒凉太久的其他文化分支一道,渐自压抑窒息的波谷划出上扬弧线。从长远的历史立场而言,源于人性最深处的对于真善美的渴慕追寻毕竟不是外在力量可以

[①] 前文谈及沈祖棻新中国成立后所作数篇即是显例,还可参考李遇春、朱一帆《现代中国女性旧体诗词的历史浮沉与演变趋势》一文。

[②] 《天津社会科学》2017年第1期。

束缚剥夺的——"有些鸟是关不住的,因为她们的羽翼太光辉了"[①]。本章即以中国大陆为主,兼及中国港澳台和海外创作集群,继续绘制近百年女性词坛的完整图景。

第一节　名家女弟子群体扫描

在古典时代,怀珠抱璧的才女们有着李清照那样的幸运者(父亲、夫君均为风雅之士)毕竟还是太少了,所以,一当社会文化的沉酷锁链稍有松动,她们就会如饥似渴地奔赴袁枚、陈文述等文坛大匠之门,斧斤琢磨,嘤鸣求友,形成既颇著声势、又饱受非议的"随园女弟子""碧台仙馆女弟子"等集群。这些冲出闺阃的努力在现代文明时空里变得轻而易举了——从1905年设立于北京的华北协和女子大学到随后的华南女子大学、金陵女子大学、北京女子高等师范学校,至1920年东南大学、北京大学开启男女同校先河,女性接受系统、现代的高等教育已经不再遥不可及。从此,她们不仅在内具的"才华层",而且在外部的"环境层"可以堂而皇之渐与男性分庭抗礼。"名家女弟子"不再是世人侧目的怪诞景象,而成为社会生活中再正常不过的一部分。本节大体依行辈简述之,请先说黄墨谷。

一　黄墨谷

黄墨谷(1913—1998),名潜,以号行世,福建同安人,鼓浪屿慈勤女中毕业后考入厦门大学中文系,抗战期间于重庆南京大学、中央大学旁听乔大壮、唐圭璋课程,并拜乔氏门下为词弟子。解放后先后任职中科院文学研究所、河北省师范学院、中央文史研究馆等。墨谷精研词学,有《重辑李清照集》《唐宋词选析》等,诗词集名《谷音》。

乔大壮词风奇崛爽健,墨谷颇受陶染,遂能于明秀中蕴雄直气,如其特精的《临江仙》一调:

> 大好河山余半壁,谁云天网恢恢。征程万里赋归来。风雨如

[①] 美国电影《肖申克的救赎》台词。

晦，黎民叹劫灰。　　残烛半遮屏影静，十年前事堪哀。此生何计可安排。断云浮岭外，流水绕城隈。

——余于"九一八"事变后去国，太平洋战争爆发，壬午除夕，由缅甸飞抵渝州。风涛南北，荏苒十载，凄然感赋

望极高城春睌晚，凭阑此际谁同。微云淡扫隔江峰。草生行处碧，花落逝波红。　　画阁沉沉垂绣幕，长更细雨斜风。锦书无计托归鸿。狼烟连塞北，残泪注天东。

前一首之襟抱，后一首之字句，皆大有乃师意思。有弟如此，大壮可谓道不孤也。乔氏居雍园尝时为客"出示墨谷词，激赏逾恒"①，又手书"澄之不清，扰之不浊；难者弗避，易者弗为"联赠墨谷，虽云勉勖，毋宁说知己互赏更为恰当。抗战胜利后，乔大壮渡海出任台湾大学教职。丁亥（1947）岁暮寄墨谷书，谓"此间言语不通，不如各自还乡"，墨谷遂制《苏幕遮》奉答，词云："大江横，残漏滴。一夜天涯，魂梦空寻觅。窗外霜寒风又急。寂寂书围，宝鼎生烟碧。　　岁将阑，家远隔。身世萧条，万事难将息。强把断肠题素帛。付与征鸿，聊作惺惺惜。"大壮作和词二首，前文所引"壁上四弦曾裂帛。拨到无声，断了何人惜"之句即出于此。师弟虽"风涛南北"，而颓唐心绪并无二致。在自己的得意门生面前，乔氏是能够卸下心防、袒露心声的。

新中国成立后墨谷偏重研究，论词于李清照尤有会心，除对《词论》颇多申解外②，又特别致力为其晚节辩诬，属"未改嫁"派中著名代表。在今天看来，脱离史本位而一意讨论"名节"不免近迂，易安改嫁与否既无损人品，更无关其词业成就，然这也正体现了那一代风雅正传学人"以道自洁"的宝贵品格。

墨谷晚期杰作《永遇乐·题蒲松龄故居》也值一读：

---

① 唐圭璋：《回忆词坛飞将乔大壮》。
② 黄墨谷有文《谈"词合流于诗"的问题：与夏承焘先生商榷》刊于《文学遗产》1959年第284期，后收入《重辑李清照集》，中华书局2009年版。

子夜灯昏，荒斋案冷，满腔孤愤。狐鬼奇文，风雷绝唱，托寄痴狂怨。汨罗沉石，寒郊骑弩，一例吞声饮恨。想当年、呕心沥血，总为苍生泪揾。　　松溪映带，三间茅舍，依旧烟霞隐隐。魂返归来，青林黑塞，比黄州困顿。藏之名山，传诸后代，春秋微义谁引。算知我、刺贪刺虐，诗人笔奋。

"狐鬼奇文""刺贪刺虐"固贴近留仙事迹，而"汨罗沉石""吞声饮恨"云云能不令人有所联想？汪东悼乔大壮词《水龙吟》亦有"屈原何事沉湘""吞声死别"句，墨谷心底想必是常有恩师影子的。她说"大壮先生之于美成，可谓既知音，又知人"，她自己于乔氏非仅知音知人，更能继其志、光其学，护其"飞将"英魂不坠，功非小焉。

二 "慷慨使气"的吕小薇词

吕小薇（1915—2006），名蕴华，以字行，号竹村，江苏武进人。父祖绶，东京陆军士官学校肄业后参加辛亥革命，为常州光复之先锋，入民后论功得少将衔，又尝向章太炎执弟子礼，允文允武，有幼安遗风，教女云："汝气类近词，而诗则未可"，"词之为体，多哀怨窈眇，虽风云月露，宜可寄托，然吾期汝勿为纤弱哀靡，宜见振拔。苏辛所作，开拓心胸，沉雄气骨，汝当以此陶铸性情，涵泳神致耳"[1]，小薇"奉此勿敢替也"[2]。在此庭训基础上，加之就读无锡国专时从游唐文治、钱基博、陈衍、王蘧常等一辈大师，遂形成"女郎诗好，固不仅要眇宜修；时代感强，亦何妨慷慨使气"之创作理念[3]。所谓"苏辛气骨""慷慨使气"，自其抗战中流寓江西，乃至从事教学及古籍整理工作之后半生，始终贯联不变，从而涤荡尽绮罗香泽，以哀乐过人的情志与关切现实的士君子精神铸成自家风貌。

小薇青年时代下笔即不凡，为同窗、恋人所作词每不为儿女态，不

---

[1] 吕小薇：《先世纪闻》，转引自李永圻、张耕华《吕思勉先生年谱长编》，第20—21页。
[2] 吕小薇：《先世纪闻》，转引自李永圻、张耕华《吕思勉先生年谱长编》，第20—21页。
[3] 傅义：《读武进吕小薇女词家词》，摘自熊盛元博客。

作温款语,有胸罗社稷、目极河山之概:

> 劝君莫问今何夕,潮痕早没沙滩血。残垒在西边,哀鸿绕暮烟。　　霓虹灯似雾,歌媚《毛毛雨》。谁唱大刀环,长城山外山。时指认淞沪抗战遗迹,国事苍茫,共起唏嘘
> 　　——菩萨蛮·一九三四年秋,与卢沅、周振甫、吴德明等同学五六人,游吴淞野宴。诸君各携酒肴,为余饯别也。醉成三阕,今但记其二矣

> 昨夜山灵语。道姑苏、天平幽胜,待小薇去。晓起驰轮三百里,惊破空山烟雾。便谢却、人间尘土。怪石嶒崚森万戟,甚朝天、玉版奴媚主!看列阵,刑天舞。　　吴宫废址今何许?上荒台、渺然四顾,凉生袂举。目极沧浪悬一棹,记取盟心尔汝。肯闲誓、明朝牛女?夭矫龙蛇影外路,共斯人、忧乐迈千古。同下拜,松间墓。
> 　　——金缕曲·一九三六年七夕前,应衡九约,游姑苏天平山。观山前所谓"万笏朝天"者。既而独上觅吴王台……归作《金缕曲》二阕,以纪兹游相许盟心之约……一九八七年老薇追记

前首藉"故垒""哀鸿"忆血战事,堪与沈祖棻《虞美人·成都秋词》称姊妹篇。后首全篇壮志奇情流动,将儿女情怀与家国忧思打叠一处,"目极沧浪悬一棹,记取盟心尔汝","共斯人、忧乐迈千古",古今情词未有似此大气磅礴、洞见肝胆者!作于抗战鏖酣时的《曲游春·咏燕》《南乡子·为人题寒鸦营巢图》虽名题咏寄托,亦锋颖毕露:"怎新巢挈侣将雏,忘了旧家风物","羞再绕、垂杨争腰折",这是讽刺汪伪政权[1];"经营,要与严冬作斗争","合力共扶倾,多少盘空子弟兵",这是直喻空军将士。小薇抒情不耐曲折,不屑婉晦,总是这样一气贯注到底的。

---

[1] 从熊盛元说。《师门学词散记》,《述林》第三辑,武进南风词社2008年编。

"慷慨使气"还表现在能"转消沉而为坚励"①。抗战鏖酣时,满面尘灰、困顿不堪的词人犹有"小唱太销魂,写罢容华,掷笔怆然起"的挺健腰骨,有"要坚信、河清能俟"的乐观态度。② 至八九十年代亦"丝毫无老手颓唐"之态③,"后劲"饱足,《百字令·读〈铜弦词〉为铅山蒋士铨二百年祭》《南乡子·为青云谱八大山人纪念馆作》能以淋漓笔书大题旨:

> 高秋盛集,把清樽共醉,信江词魄。遗响风雷空丽载,孤凤一生曾厄。百折黄流,千寻赤壁,怪底飘零咽。铜弦水调,此中似闻消息。　江山异代藻思,起君应恨,生不同今日。白发青颜来万里,翔骞鹅湖秋翮。丘壑烟云,风骚坛坫,更树千秋业。词人往矣,为君啜醨扬粕。

> 哭笑岂无端,零落王孙道路难。奕代相残民族泪,斑斑,休作朱明一姓看。　郁勃涌霜纨,生面翎鱼澈肺肝。似不似间真得似,宗传,艺苑千秋照逝川。

如果说上引诸篇还大体处于古典话语体系的话,《忆江南·一九九○年十月十九夜,重读鲁迅先生〈野草〉数页,吟此记念先生逝世五十四周年》则充溢着浓足的现代神采。其实作者此时已逾古稀,衰年变法,笔新而健,非大手笔不能为也:

> 诗人口,大笑复长吟。欢喜腐亡成过去,证知生命继来今。野草自芳馨。

> 诗人泪,曾抹小红花。灼灼于今千万朵,仰看双枣铁权丫。风雨怎摇它!

---

① 吕小薇评安易《贺新凉·登高有感》句。《竹村说词》,《述林》第三辑。
② 《醉花阴·题所临易安居士折菊图》《贺新凉·避寇泰和,病中两得晴梅馆自沪来书,谱此寄答》。
③ 熊盛元:《师门学词散记》。

诗人爱，记莫小青虫。赴火身投光一闪，敲窗声破户千封。鬼眼闪秋空。

吕氏晚年栽植桃李，门中弟子熊盛元、段晓华、李舜华、蔡淑萍等俱名驰吟坛，可见本书之前后文中。

三 张珍怀、王筱婧

本书绪论部分尝引其《减字木兰花·近阅天文研究云，银河系星球有高级动物，智慧远胜地球人，居水中者，楼阁宏丽》的张珍怀（1916—2005）也是名家弟子。珍怀，别署飞霞山民，浙江永嘉人，无锡国学专修学校肄业，受古文学于王蘧常、钱仲联，问词于夏敬观、龙榆生、夏承焘。珍怀长期从事教学及古籍整理工作，尝协助龙氏整理校勘《唐宋词格律》，所辑《词韵简编》为学词者案头工具书；又网罗海外遗珍，辑有《日本三家词笺注》，并与夏氏合编《域外词选》。《飞霞说词》收论清代女词人文三十五篇，学理、情感俱臻其妙，更兼有断代、性别文学双重意义，可作一部清代女性词史观。[1]

珍怀词为王蘧常、陈九思、周退密等名辈所推挹，陈声聪称其格调在"清真二窗之间，而时有新题新意，谱时代之新声"[2]，直揭其词师古而能新之特质，所论最足取。"新声"已经看过，此处可看创作于1946年的组词《鹧鸪天·六阕悼亡》第一、五、六首：

遍野迷阳却曲行，身存长是负深情。超神独翥重霄上，薄祜难胜一羽轻。　三月暮，好春倾，如潮鹃语不堪听。清愁才逐飞花去，又著繁阴翳翳生。

顾影回灯费泪珠，聪明终古不如愚。遁尘未肯抛吟卷，损福多因好读书。　人静后，酒醒初，华年依约梦模糊。浮生窥隙千欢

---

[1] 后由台北文史哲出版社辑为《清代女词人选集》，于1997年出版。又，张珍怀学术研究总评可参看徐培均《张珍怀词学研究的特色》，载《岁寒居论丛》，黄山书社2011年版，第400页。

[2] 《飞霞山民诗词》，第14页。

逝，孤抱阑宵万感殊。

　　一咉风吹万古尘，花开顷刻抵千春。稽天巨浸滔滔世，斫地哀歌滟滟尊。　　愁缱绻，忆纷纭，芳华有翼梦无痕。心光忆旧明如电，客意于今冷似云。

珍怀青年孀居，词中多此题材。自古闺中怀思词罕见佳者，大抵写怨苦易，熔入忧患感难。组词第一首尚围绕一"愁"字生发，后二首则从一己境遇中擢跃而出，观照"浮生千欢""万古尘""稽天巨浸"的人生与世界，那是无论从视角（女悼男）还是从境界都丰富了悼亡词的内涵的。

王筱婧（1931—　）六十年代初得夏承焘称赏，并以通讯形式受业于龙榆生，为其私淑弟子，故与张珍怀并谈。筱婧别号青女，福建福州人，上海外国语学院俄语系毕业后执教福建师范大学。其词大抵是"妍丽"的花月朦胧声口①，《金缕曲·邓拓同志逝世廿周年纪念》一首突作风雷叱咤：

　　忧国书生事。记东林、头颅掷尽，茫茫劫里。三百年来花开落，何意重逢天圮。星乱陨、红羊祸起。万丈罡风吹血雨，问避秦、可有容身地？千载恨，倩谁记。　　家山故宅今犹是。想明朝、功成四化，策勋情味。华表归来回首处，猿鹤沙虫俱已。但左海、英灵长识。欲话燕山新消息，向夜台、秉笔应无忌。还更吐，浩然气。

词开篇以明末东林事引入，又关合邓氏"莫谓书生空议论，头颅掷处血斑斑"之名句，其后振笔直书，不稍掩讳，将"血雨"劫难源头指向"天圮"。下片写英雄魂返，"欲话"以下数句为词眼所在，愈沉痛，愈昂扬，真能"摧肝裂胆、泣鬼惊神"②。此词当一字不易，勒石

---

① 陈声聪：《读词枝语》，《填词要略及词评四篇》，第116页。
② 刘梦芙语。《二十世纪名家词述评》，第320页。

以垂不朽。

四 "妾有夜光珠,采掬经沧海":论茅于美词

吕小薇之后,名家女弟子之又一扛鼎者当推茅于美(1920—1998)。于美,字灵珊①,江苏镇江人,其父即著名工程学家茅以升。于美1938年以同等学力资格考取西南联大中文系,后转学至浙江大学(时在遵义)外文系,选习中文系缪钺教授词选课,是为填词之始。1943年入清华大学(西南联大)研究院,随吴宓修英国文学,1947年入美国华盛顿大学,获英国文学硕士学位。1950年在"新政""嘉惠"消息中买得"归船"②,偕丈夫徐璇共同放弃博士学位归国,先后于中央编译局、社科院文研所从事翻译、研究工作,后长期担任中国人民大学语言文学系教授。③

茅氏今存《夜珠》《海贝》二集,词凡三百二十六首,十九乃令词。于美词缺乏题旨重大、内蕴深广的一面,然清丽真淳、情见乎辞,托捧出了一颗明珠朝露般莹澈的词心,在现代词史中留下一帧含情凝睇的面影。

《夜珠词》作于1937年至1945年间,为其少女时代"深于哀乐,好修为常"生活实录④,专以情语动人。古来情语之深挚者,大抵非"空中语"而有其本事,若纳兰悼亡词、朱彝尊《静志居琴趣》之属皆是也。

与朱彝尊《静志居琴趣》一样,茅于美《夜珠词》以数十言情之篇串起了密约、相思、盟誓、离别、追忆的终始:

---

① 据吴宓书信,见下文。
② 茅于美:《好事近·有人自国内来美,盛赞新中国各项政策》:"消息半传闻,来客竞夸新政。都道这番嘉惠,到寻常百姓",《浣溪沙·一九四九年五月二十四日上海解放,与璇兄喜候船回国》:"故国春回新梦里,客怀顿改一年前。只凭风讯买归船。"
③ 因外文系为"阶级斗争"旋涡之一,1958—1971年间,茅于美曾三度下放,并随"高等院校院系调整"多次更换工作单位。见《茅于美年谱》,载茅于美《中西诗歌比较研究》,中国人民大学出版社2012年版。
④ 缪钺:《〈夜珠词〉序》。《缪钺全集(第7、8合卷)·冰茧庵序跋随笔》,河北教育出版社2004年版,第6页。

小院月华来，流影深怀贮。共倚危栏百尺楼，暗把行人数。含笑指青桑，灭烛重相语："拚得春蚕未了丝，织就君衣着。"

——卜算子

夜久落灯花，未敢问伊消息。人意不如流水，任春归犹碧。别来魂梦几回同，不道了无益。解道梦魂难据，怕窗儿先黑。

——好事近

拥髻向灯前，又是梦回时候。双睫盈盈揉了，认疏棂依旧。别怀欲诉诉还非，惆怅独归后。可奈薄衾单枕，有微寒初透。

——好事近

惜春莫便愁如结，行见荷花开胜雪。那时言，重见说，终古馨香无断绝。　算曾经，千万劫。信得侬心如月。却怕碧云重叠，晴光长似缺。

——应天长

重帷忆昔勤将护，犹自君前说苦。别后晓阴轻雾，不道寒如许。　舟行重到曾游处，惊见湖山如故。但记梦中花树，莫识愁来路。

——桃源忆故人·九月五日，意强决。七日，首途赴昆明。考入清华研究院为研究生。自一九四零年夏别昆，倏忽三年矣，湖山如故，怅然心惊。缅怀年内遇历，恍然在梦，因书此抒感

珍重今宵，试看取、空碧冰轮寒彻。身影相伴清辉，人天共芳洁。应更惜、去年今日，笑谈里总关离别。一梦钧天，当时怎似，离恨休说。　愿终守千载心期，任时序匆匆换凉热。明月纵随灯尽，夜珠光奇绝。频忆起、临歧絮语，怪旧愁、惘惘难辍。多少马迹蛛丝，那堪重拾。

——琵琶仙·十二月六日，岁逢阴历十一月初十。层云过尽，天色晴朗。昆明地势高旷，夜月绝佳，迥异黔境。小院徘

徊，爱不忍寐，心有所触，恍然得此阕

诸篇柔思缱绻，楚楚动人，又每引喁喁情话，口角宛然，几不亚朱氏之"绝唱"①。

在这段情缘中，于美尽管也有"如何才了心期得，拚尽一生难必"的失落感，有"剪破人间情网，任他帘月玲珑"的决绝语，甚至有"灯前焚尽模糊字"的黛玉式举动②，总体的格调仍是纯笃温厚、怨而不伤：

> 妾有夜光珠，采掬经沧海。悱恻以贻君，奇处凭君解。　近偶失君欢，断弃平生爱。不敢怨华年，但惜珠难再。
> ——生查子

展读这样的词作，谁能不被唤起初恋的记忆？谁能不为之心折神伤、沉吟久之？写情至此，已不是纳兰、小山辈所能措手，直可越唐轶宋，使置于《子夜歌》卷中而光彩不失。民国至当代词家中，不可不读茅于美；今人选今词者，尤不可不录此篇。

写下这首绝唱的三年后，于美去国，于太平洋舟中作《卜算子》："昨夜月明时，云净天如洗。万顷波深澄且蓝，宛忆君眸子。　长念久凝眸，问我忧何事。云月迢迢路几千，寄意凭流水。"少女的心胸在海天的环抱中开阔了，渐由一泓深碧的湖泊流淌成明澈奔跃的河流，曾经的苦恋也随之一去不返。这应该是此段情史的"结案陈词"了罢？

茅于美还有一类"中外交通"维度的创作也格外值得注意。她尝如是说："中西诗人的作品，于巨大处，反映了时代和民族的精神气质；于细微处，倾吐出个人幽深奥秘的心声。诗人之间的诗意与诗风的相似相通，竟有不可思议的地方……若济慈生于中国宋朝，会写出晏小山的'当时明月在，曾照彩云归'那样清艳绝伦的词来；而辛弃疾若生于19

---

① 严迪昌：《清词史》称朱氏《琴趣》为"爱情词之绝唱"。
② 分别见其《清平乐》《玉楼春》。

世纪的英国，可能唱出拜伦的《哀希腊》那样壮怀激烈的诗篇来呢！"①又有创作论云："我借鉴中西诗歌抒情的技巧，来表达自己的思想感情，开拓词体的新意境，几乎不觉得它那谨严的格律对我有多大的约束力。"② 这都清晰显示出她在中西诗歌的交汇处确立不同以往的填词道路的一种努力。

在求学浙大时，于美就以《菩萨蛮》译英国 19 世纪诗人但丁·罗塞蒂《幸福的女郎》诗意：

> 模糊往事重思忆，梦余惆怅偏无极。蜡炬忆前时，成灰总不辞。　七星云汉上，一霎人间望。楼阁称玲珑，金栏隐约红。

罗塞蒂诗歌最早由闻一多、吴宓等引介入中国，以辞句典丽、想象大胆③与义山、飞卿的绮靡风调不期而合，茅词能取神遗形，虽未称"信"而可臻"雅""达"境界。这类词还如《思越人》之"花余红瑰开犹嫩，满园绿意相衬。一夕但愁吹蕊尽，夜阑独与深吻"，颇具王尔德诗《爱神的花园》唯美感伤气质；《卜算子》之"生命似危舟，一舵相依系。双桨朝朝暮暮情，挣扎风波里"则暗合柯勒律治《古舟子咏》之旨。再如《卜算子·……试译英国十七世纪抒情诗人赫立克（R. Herrick）小诗两首入词调……原诗题为〈赠朱丽叶〉》：

> 萤火明君眸，星点侍君侧。别有晶莹细目虫，故故与君昵。鬼火莫君亲，蛇蝎莫君逼。去去君行坦且安，行行勿畏怯。

> 圆月睡诚酣，黑暗毋须惧。似烛天星亮且繁，为尔明今夕。于此望君来，我爱唯君识。静夜若聆君足音，预卜两心结。

将相当忠实于原作的译文纳入词体，略无"违和"感，一如出于己

---

① 茅于美：《〈中西诗歌比较研究〉自序》，中国人民大学出版社 2012 年版，第 2 页。
② 《〈茅于美词集〉自序》，第 9 页。
③ 邵洵美语。《一朵朵玫瑰》，上海书店 2012 年版，第 31 页。

手；而格调高古，得古乐府神味，尤不易为。茅于美的"移植"功夫或许根柢尚浅，且还显出水土不服的"副作用"症候①，但这株在中西诗歌精神的双重哺育下萌出的嫩苗还是生机充盈地生长起来了，沿着这条道路走下去的后来者的"跨诗体"创作理念大体不离此。如此看来，茅于美笔下的串串珠玉不仅没有"永沉埋"②，从词体发展角度看，那还是颇具灯塔般的导引意义的。

五 "人生易老梦偏痴"：论叶嘉莹词 附李祁

诗教讲坛领起风骚者，数十年来必首推"叶旋风"叶嘉莹。③ 嘉莹（1924— ），别号迦陵，原姓叶赫那拉，满洲镶黄旗人，生于燕京旧家。少年时由伯父开蒙，1941年入辅仁大学国文系，从顾随受唐宋诗、词选诸课。1948年随夫往台湾，1954年起任教于台湾大学。六十年代赴北美，任不列颠哥伦比亚大学终身教授，1989年被授予"加拿大皇家学会院士"。七十年代末即返大陆讲学，2014年正式结束"候鸟"生涯，归国定居南开大学。

嘉莹著述美富，当世仅见。其"感发""弱德"诸说镕合观堂、驼庵、彦威三氏义理④，复寝馈于西人思想，成一家闳论，果不负乃师"别有开发，自成建树，成为南岳下马祖"之厚望。⑤《论词绝句五十首》原为与缪钺合著《灵溪词说》篇章前导语⑥，然警颖精赡，可胜多许。选三首：

---

① 如《卜算子·词用希腊神话故事：普罗米修斯窃火种给人类造福，我则要窃取仙国花朵，播向人间也》《荷叶杯》等作品尚嫌其浅易俚直。
② 茅于美：《昼夜乐》词句："珠贝永沉埋，寂寥人间世。"
③ 叶嘉莹晚年讲学大陆，享有盛誉，有"叶旋风"之称，弟子赵郁飞《近百年女性词坛点将录》点其为"天贵星小旋风柴进"，极贴切。
④ 叶氏自言"平生论词，早年曾受王国维《人间词话》及羡季先生教学之影响"（《学词自述》，《迦陵诗词稿》，中华书局2007年版，第3页），"前后曾经有两本评赏诗词的书，分别给了我很大的启发和感动：一本是王静安先生的《人间词话》，另一本就是缪先生的《诗词散论》……《人间词话》是我在学习评赏古典诗词的途径中，为我开启门户的一把钥匙；而《诗词散论》则是在我已经逐渐养成了一己评赏之能力以后，使我能获得更多之灵感与共鸣的一种光照"（《〈唐宋词名家论稿〉前言》，河北教育出版社2000年版，第1页）。
⑤ 顾随1946年7月13日致叶嘉莹书，见前论顾随部分引文。
⑥ 创作论词绝句之始末见《灵溪词说》前言，上海古籍出版社1987年版。

平生心事黯销磨，愁诵当年煮海歌。总被后人称腻柳，岂知词境拓东坡。（柳永）

顾曲周郎赋笔新，惯于勾勒见清真。不矜感发矜思力，结北开南是此人。（周邦彦）

楼台七宝漫相讥，谁识觉翁寄兴微。自有神思人莫及，幽云怪雨一腾飞。（吴文英）

嘉莹尝自述创作之路曰："吾平生作词，风格三变。最初学唐五代宋初小令，以后伤时感事之作，又尝受苏辛影响；近数年中，研读清真、白石、梦窗、碧山诸家词，深有体会，于是所作亦趋于沉郁幽隐，似有近于南宋者矣。"[1] 从中可以看到：（1）叶氏词乃其学之余绪，为冯沅君、沈祖棻、李祁后又一学术研究与创作实践的"良性交互"。（2）所谓"近于南宋"而毕竟未脱北宋衣胞，以"平稳出新、自然隽永"之体貌[2]，似更宜"由南返北"[3]。

顾随视嘉莹为传法弟子[4]，于批改稿中劝掖者再："作诗是诗，填词是词，谱曲是曲，青年有清才若此，当善自护持，勉之勉之"，"太凄苦，青年人不宜如此"[5]。迦陵习作《踏莎行·一九四三年春，用羡季师韵，试勉学其作风，苦未能似》"闲行花下问东风，可能吹暖人间世""楼高莫更倚危阑，空城惟有寒潮至"之眼前景语颇有乃师神味，顾随也确于后句密加圈点。区别处是苦水朴厚，那种对人世的"不可言说的温爱"时时倾注笔端[6]；嘉莹易感少年，只是偶一为之。被苦水

---

[1] 转引自缪钺《〈迦陵诗词稿〉序》，《迦陵诗词稿》，第 3—4 页。
[2] 沈轶刘：《繁霜榭词札》评叶词语，转引自《二十世纪中华词选》，第 1821 页。
[3] 缪钺：《〈迦陵诗词稿〉序》，《迦陵诗词稿》，第 4 页。
[4] 顾随 1946 年 7 月 13 日致叶嘉莹书："然不佞却并不希望足下能为苦水传法弟子而已。假使苦水有法可传，则截至今日，凡所有法，足下已尽得之。"《顾随与叶嘉莹》，河北教育出版社 2009 年版，第 6 页。
[5] 《顾随与叶嘉莹》，第 21、39 页。
[6] 沈从文语。《〈边城〉题记》，《大公报·文艺副刊》1934 年 4 月 25 日。顾随《生查子》："越不爱人间，越觉人间好。"

誉为"飞动中有沉着之致,颇得辛老子笔意"的《贺新郎·夜读〈稼轩词说〉感赋》中多见知音赏会,读之仿佛见师生共辛老子促席谈:

> 此意谁能会。向西窗、夜灯挑尽,一编相对。时有神光来纸上,恍见上堂风致。应不愧、稼轩知己。爱极还将小语谑,尽霜毫、挥洒英雄泪。柏树子,西来意。　今宵明月应千里。照长江、一江白水,几多兴废。无数青山遮不住,此水东流未已。想人世、古今同此。把卷空余千载恨,更无心、琐琐论文字。寒漏尽,夜风起。

嘉莹亦"百凶"成就之学者词人也。叶门弟子黄晓丹有《春日忆迦陵师》一文,极笃诚动人,文中云:"先生的人生和学术中最有力的地方,正是在人天两造往返间体现出的巨大的韧性,是承担琐碎艰难的生活后依然能投入精美而持久的精神活动的能力。"[①] 正是这种以柔克强、千折不回的韧性,向"浮木断柯"般的生命中灌注了丰沛的能量。[②] 迦陵近年多以小令摹写心曲,兼有高骞恳挚之致,"遗音沧海如能会,便是千秋共此时","莲实有心应不死,人生易老梦偏痴"等句非刊落声华、净洗心胸不能作也:

> 广乐钧天世莫知,伶伦吹竹自成痴。郢中白雪无人和,域外蓝鲸有梦思。　明月下,夜潮迟,微波迢递送微辞。遗音沧海如能会,便是千秋共此时。
> ——鹧鸪天·偶阅黛安·艾克曼(Diane Ackerman)女士所写《鲸背月色》(*The moon by Whale Night*)一书,谓远古之世海洋未被污染以前蓝鲸可以隔洋传语,因思诗中感发之力,其可以穿越时空之作用盖亦有类乎此,昔杜甫曾有"摇落深知宋玉悲"之言,清人亦有以"沧海遗音"题写词集者,因赋此阕

---

① 见叶门弟子黄晓丹豆瓣网日记。
② 见叶门弟子黄晓丹豆瓣网日记。

又到长空过雁时,云天字字写相思。荷花凋尽我来迟。　莲实有心应不死,人生易老梦偏痴。千春犹待发华滋。

——浣溪沙·为南开马蹄湖荷花作

自叶嘉莹可附谈李祁(1902—1989)。李祁,字稚愚,长沙人。早受业于李肖聃、刘麟生,1933年由庚款招考入牛津大学攻读英国文学,归国后辗转主湖南大学、浙江大学、岭南大学等校讲席,嗣应傅斯年召,讲学台湾。1951年由香港赴美,先后执教于加州大学、密歇根大学及加拿大温哥华B.C大学。著有《诗人朱熹》《朱熹的文艺批评》等。李祁四十年代执教浙大时,有《浣溪沙》组词状写西湖,夏承焘读至"半湖青玉随风皱"句,即大声称道:"以三分之一西湖换此一句,何如?"李答:"否。"夏曰:"那就半个西湖。"可见倾倒。① 施议对亦秉师教亟称之,《当代词综》中推为"第二代十大词人"之一,并选录其词高达三十篇,足觇基本风貌,而有过誉之嫌。李祁早年作多哀惋之意,如"只今世味都尝遍,解说伤心是费词","人间摇落吾何恋,生死苍茫有梦知"②,皆俊句也。中岁后居海外,多抒写去国离思,《满江红·一九六五年二月温哥华》下片云:

地之角,当西北;天欲坠,谁撑得。问鹏程初起,可愁天窄。碧海观澜昨倦矣,清宵听雨今闲极。又回思、故国雨声多,春逾急。

《减兰》三首系晚年为六十年前"中国哲学史"课程作业《论庄子》而作,并回忆授课者雷海宗教授"读书过目不忘,上堂讲演……滔滔一往,余等均为带入一哲学世界中"之往事,足备故实。其三更有悟道意思:

蔷薇有信,岁岁篱边香益润。造化情殷,惠我怡然又一春。

---

① 施议对:《当代词综前言》,该书第43页。
② 《鹧鸪天》(长忆孤舟)、(病怯新凉)。

春来无已，回环不脱盈虚理。问我何方，我报而今渐坐忘。

六　苏些雩领衔的分春馆女弟子词群

前文尝专论朱庸斋及分春馆词群，但为本编完整性起见，未列入女弟子群体，此处即可递补之。

首先应略谈分春门下长师姊沈厚韶。厚韶（1914—？），字晋笙，一字进思，画家沈仲强长女，就读中山大学时从朱庸斋学词，虽年长于庸斋而始终以弟子礼事之，同门皆呼"韶姐"。"分春无弱士"，晋笙为侪辈中最早露泄"春信"者。其《画余词草》有《琵琶仙·萝岗探梅，分春同门各自倚声，余更绘图，以志雅兴》纪门中盛事，下片云：

> 与愁寄、羁旅迢遥，怕惹尘襟旧离恨。空把卅年醒醉，换星星华鬓。风露峭，横斜舞态，裹素妆，胜染金粉。待得春满前川，玉人休问。

晋笙画人，词艺未娴，俟六十年代朱氏正式设馆授徒，陈永正、吕君忾等人杰竞起，梁雪芸、苏些雩等踵武赓续[1]，那才真正是"春满前川"了。

梁雪芸（1948—　），原名雪卿，号浣香，南海人，曾任《诗词报》编委，现居美国，有《浣香亭词草》。雪芸入手填词正值"试问生灵禁得几摧残"之"文革"初期[2]，数十载恪守梦窗门风，为人所重。刘梦芙甚推赏之，谓其"才华艳发，小令清丽婉妙，长调英爽高秀"[3]，《八声甘州·癸亥春分哭分春馆庸斋朱师》即是心绪沉郁、锤炼精微之作：

> 甚春分、万感痛分春，危弦乍遗音。剩词追南岭，钩笺润墨，戛玉敲金。种得依依桃李，苦系一生心。睕晚吹寒急，月落星沉。

---

[1] 广州诗社2004年出版之《分春门人集》收弟子19家。
[2] 1966年所作《乌夜啼》句。
[3] 转引自《二十世纪中华词选》，第1856页。

长记楼题泰华，认几时曾见，初领微吟。叹十年孤抱，消得几晴阴？尽相期、云山料理，却何堪、病榻送疏砧。空回睇，影留斜照，从步江浔。

雪芸晚岁不尚涂饰，"素颜"示人，愈臻佳境。如《思佳客·辛巳春分答吕君忾词兄兼寄分春馆同门》：

寄语春分隔海听，可曾酾酒踏西城？可曾溪畔寻芳去？可有诗成天地惊？　　多宝路，荔湾情，生生难拚系心旌。刺桐花树开还未？荷叶荩菱青未青？

竟全以问句结撰，真情深而手妙者，而擅此路数、别具风致者还当推苏些雩。

苏些雩（1951—　），广州人，生于行伍世家[1]，因有"我亦将门后"句。下乡七年，务工五年，后从事银行工作至退休。词结集名《拾翠台》，又散见各选本，存量应在二百首左右。些雩词名不若雪芸之盛，论家亦鲜少抉中其特质[2]，然苏氏以清新明畅之风调"从梦窗打出"[3]，不佞古，不媚雅，亭亭独立于分春馆诸侪外，正是难得之"性灵词人"：

春潮晚涨，拍拍舟轻漾。乳燕掠榕阴，问此时、劲歌谁唱？绿女红男，乘兴踏香来，三两两，寻画舫，淡淡葡萄酿。　　流光溢彩，夹岸华灯放。何处认虹霓，倚翠堤、风衣半敞。碧涛东去，一笛彻长空，看快艇，腾白浪，梦也江波上。

——蓦山溪·长堤春晚

---

[1] 苏些雩曾祖苏桂森同治间任福建水师提督、台湾总兵等职；父苏鸣一民国间追随蒋光鼐多年，得其倚重，有《百杖翁诗稿》。

[2] 刘梦芙《冷翠轩词话》评曰："些雩……承乃师法乳，长调有南宋标格……惟以女性视野与思路所限，故未臻沉郁高浑之境，于意内言外之旨，终隔一层。"转引自《二十世纪中华词选》，第1860页。"南宋标格"论之既不当，归咎于"女性视野与思路"尤不确。

[3] 张尔田：《与龙榆生论苏辛词》，转引自孙克强、杨传庆、裴喆编《清人词话（下）》，第2069页。

月笼沙。把渔灯点上,追浪听喧嚣。抛却烦嚣,忘怀都市,濯足履印些些。少年梦、扬帆大海,但留得、好梦尽咨嗟。岸远山遥,云翻波涌,一枕烟霞。　　曾说青春无悔,怅蓦然回首,两鬓飞花。小岛秋临,长河雾淡,堪忆似水年华。晚凉渐、涛声四起,有鸥鹭、扑扑恋轻槎。不信江流日夜,不到天涯。

——一萼红·听浪感赋

人或病其"绿女红男""忘怀都市"字面浅俗,岂不知"风衣半敞""把渔灯点上"等眼前即景、脱略笔致之可贵?

些零早年亦颇有一批古味浓重的作品,后数年中曾三赋水仙,从"金盏谢她相待,分明水国梅花"到"青青飘带同心,今宵肯一醉",再到"灯红酒绿满人间,送君一盏玲珑月",愈来愈舒展跃宕,很能读出其由量而质的"变法"轨迹。变法既成,就必会于传统技法中旁逸斜出、自成机杼,传达出或深沉或鲜活的生命感:

翩然飞下,雏凤归巢也。古调谁弹星月夜,拾得雪翎盈把。不如簪上鬓边,不如佩在襟前。总有清香一路,何悭唤我少年!

——清平乐·拾白兰

"雏凤归巢""雪翎盈把"琢语尖新鲜洁,如目见手触,煞拍较王国维"看花终古少年多,只恐少年非属我"、李子"采采少年郎,中有从前我"亦不逊色。[①] 将白话运遣得更为纯熟、回味也更悠长者如《忆少年·殒星》及姊妹篇《忆少年·对昙花》:

无需花好,无需月满,无需莺和。千金值一刻,把遥空划破。拚尽年光冰与火。问何曾、寸阴虚过。迷茫向长夜,怅无言是我。

相期若梦,相邀对月,相倾凭酒。琼卮酹夜色,问青山醉否?

[①] 分别见其《玉楼春》《生查子》。

摘取浮云留永昼。这星空，也曾拥有。清芬任一刻，亦天长地久。

现实与梦境、瞬间与永恒，都融化成满怀的馨香、莫可名状的怅惘。这样的"白话化"当然是更好传递了现代人的"生命感"的。

些零笔下亦多田园风光，可视作其白话词的另一种笔墨：

小陌轻车，疏篱老屋，山如屏障月如烛。松风满枕夜凉时，豆花零落荷花馥。　彩蝶翩翩，白鹅扑扑，青蔬摘罢又新谷。呼儿早起下田垄，一声蝉唱一番熟。

——踏莎行·山居

春涧浅，板桥高，斑鸠啼上嫩芭蕉。"阿妹新村何处去？""柏油路，新刻里程三百五。"

青石路，小桃枝，赶墟鸡鸭闹多时。花伞斜撑遮落照，花花袄，手捧新书《三季稻》。

灯影淡，月牙斜，相呼里巷共单车。花犬随人村外去，闻歌鼓，银幕高悬棕榈树。

——南乡子·山村小调一、三、五

当代田园风情词，平湖许白凤必推翘楚，苏些零则是女性词人中得风气之先的一个。她摄取乡村生活若干典型镜像，以白描笔法稍事连缀，便使人翠意满眼、清香满怀。词中或远景、特写，或画外音，夏蝉的鸣唱中，阿妹的花袄上，村外的露天影院里，无处不充溢着朴质又清新的生活气息。昔有论者云许氏词"如农家少女，不施脂粉，祇裯跣足跳跃陇亩之间"[1]，移之谓些零词亦大感恰切。

---

[1] 沈本千语。见许白凤《亭桥词　丁卯庐诗》，浙江省平湖市文史资料委员会1993年版，第5页。

最后看些雩笔下声调最豁亮、精神最昂扬之《夜游宫·往游丹霞山途中因交通阻塞，车不能前往，遂乘夜徒步廿余里。天黑路滑，时雨时晴，汗雨淋漓莫辨，作此以记》：

> 闻道丹霞似画，急急地、兼程连夜。我约流萤早迎迓，笑鸣虫，向林间，吹打打。　　路在天之下，人世间，行、行、行也。历雨经风中跋涉者，有晨星，在高山，遥遥挂。

"路在天之下。人世间，行、行、行也"，不就是"谁怕，一蓑烟雨任平生"的现代白话翻版？东坡有知，当为之掀髯大笑！在白话词的实践上，些雩虽也有矫枉过正的尝试①，但在一片风雅正声中高唱"添油"调②，已具有了足够的理论自觉。在"李杜苏辛俱远去"的今天③，些雩挟着"彩蝶翩翩，白鹅扑扑"般跃动着的生机，不仅完足和推进了分春馆词业，更在二十世纪白话词史中占据了重要的一席之地。

第二节　"全都给我，悲惨哀吟枷与锁"：女词人的沧桑书写

在二十世纪后半期种种山奔海立般的中国剧变里，女性词人也不可能独善其身、萧然自放，她们既是亲历者，也是目击者、记录者，而那些记录、反思和感慨当然是值得仔细倾听、用心回味的。

一　周素子与张雪风

首先应谈有"平民章诒和"之誉的周素子。素子（1935—2022），号白芷、芷阁④，浙江乐清人，福建师范大学艺术系毕业，曾任高校教

---

① 如《点绛唇·网事戏题》《玉楼春·致偷手机之贼》等。
② 苏些雩词《玉楼春·打油诗贺新年》："诸君风雅我添油。"
③ 些雩词《金缕曲·远眺玉龙雪山》句。
④ "芷阁"盖其杭州旧住处，钱君匋为题额。

师、杂志编审等职。素子适温岭陈朗①，五十年代起随其生涯流徙，由西北而东南，由山野而海陬，浮家泛宅，迄无宁日。②晚年移居海外后，发愿为"辱没烟沉五十年"间结交之老友书一独家小史③，今已将所成数十则汇成《情感线索》行世④，其中所记词人如吴鹭山、吴藕汀、程十发等皆为可史补白，弥足珍贵。

由此其诗词便不得不发抒"抑塞盘郁之气"⑤，字句间不得不"流荡了一整个时代的肃杀"⑥。素子工哀诔之辞，《减字木兰花·雁荡铁城障悼吴鹭山先生，时墓新筑成》之"铁障连城，骨与名山一样清"、《浣溪沙·悼徐行恭先生》之"词苑难求玄发叟，吟坛岂少白头人"俱贴合人事，可称定谳。而集中"大包涵、大承担"者⑦，当属为同事沈奇年、胞兄周昌谷的长歌当哭之作：

> 三尺坟堆起。来年期、偏遭阳九，我今来此。化蝶纸灰飞灭处，淫雨霏霏又至。添多少、同侪清泪。莫道孑然单形影，有苍然、松柏相依倚。朝与暮，啸吟替。　　石人峰下云根底。有当年、魏君雪窦，堪称知己。异代英雄应非寂，共话布衣滋味。也抵得、恶风猖厉。况有我师刊章在。较千寻、华表高多矣。冰雪操，汝其比。

——金缕曲·为沈奇年周年祭作⑧

> 孩提往事，历历几人同。和泥土，寻书蠹，比鱼龙。骋芳风。尝有筑巢志，长相聚，勿离别，雁荡麓，山溪厄，旧游踪。师法天然，泼墨写生处，林木葱茏。叹如椽彩笔，输与一毫锋。负笈武

---

① 陈朗其人其事见前文。
② 见周素子《辗转的户口》《西域探夫记》，载《晦侬往事》，生活·读书·新知三联书店2013年版。
③ 余英时诗句。《情感线索序》。
④ 素子又一书《晦侬往事》记乱世中个人家史。
⑤ 林锴语。《周素子诗词钞序二》，台湾朗素园书局2015年版。
⑥ 何英杰《周素子诗词钞跋：休再提、世难年荒》。同前注。
⑦ 施议对：《周素子诗词钞序》。同前注。
⑧ 奇年与素子交契，遂同执贽周采泉门下，事详《情感线索》。

林，觅潘翁。　　渐关河破，红尘堕，分襟乍，各西东。居难稳，机易失，少何养，老何终。膝下斑衣痛。唯一点，孝心通。不由己，不由彼，梦成空。留得丹青，只把众生相，涂抹其中。共湖边苏白，南北两高峰。烟水蒙蒙。

————六州歌头·哭胞兄昌谷[①]

未发一字抢地呼天语，而哀感淋漓、摧人肝肠莫逾于此。施议对评后首曰"负载极为沉重，足堪以血书之"，以为"编中所录第一"，诚是。据陈朗《情感线索后记》，素子被驱逐兰州前曾遭遇抄家，"家徒四壁，惟对一榻"。是夕素子寻得幸存《金石录》一册，捧读《后序》大哭。"哭何？哭金兵渡江，宋室南迁，家庭残破？抑或哭赵明诚？抑或哭文化受摧残、遭泯灭？兼而有之。"[②] 素子书《情感线索》《晦依往事》虽云个人史，但又何妨看作我们这个时代的易安文章？

再接谈前文陈沧海部分提及之张雪风。雪风与陈沧海结一生情友之缘，其《蝶恋花》组词所叙情事时间跨度二十余年，可视为这段奇缘的完整纪传，读之令人感慨丛生：

织得新词轻似缕，多谢西风，吹到巴山去。你若春泥初着絮，我为落叶飘何处。　　万绿丛中闲佛宇，一点红灯，是我当年意。此意从来不肯语，夜深相对秋深雨。

燕剪湘帘春雨细，抽尽蚕丝，不尽春蚕意。昔日同寻诗料处，白头啼老五桥树。　　重到西青无一语，扇弃秋风，人在风前住。自料今生偿不已，欠君一钵鹃红泪。

荷锄种梅人远去，瓣瓣芳心，开到离人处。制就寒衣寄未寄，寒风已到江南地。　　梅自多情人有意，摘朵梅花，共枕衣裳睡。

[①] 昌谷事见《晦依往事》之《谷哥米哥》篇。素子又有诗《清明忆胞兄昌谷》《蚓书颂为亡兄昌谷书法作》。

[②] 陈朗：《情感线索后记》，第382页。

夜雪无声来万里，梅花梦冷人三起。

沧海洪波今又起，燕子香笺，烧到名和字。一撮寒灰一勺水，背人葬入回肠底。　　检点旧盟犹在臂，衣袂松烟，只是当时翠。十载重愁何处寄，秋风秋雨夜郎地。

投钵匆匆弄鞭去，失手蟾宫，误损桂花树。踏破冰霜千万里，十年塞北苦寒地。　　杨柳板桥依次记，驻马题诗，梦也何曾遇。心事如来难共语，袈裟还有胭脂泪。

痴缠幽丽，挚诚耿耿，直可上埒静志、饮水，而"沧海洪波""十载重愁"中所传达出的时代沧桑感又远胜二氏之作。"制就寒衣"之本事前文有述，合沧海出狱后所制《金缕曲》六首观之，益令人读之泫然。雪风存诗词不多，然一观即叹为人间至情，虽有格律不莳处，而不能掩白璧真价。

二 "全都给我，悲惨哀吟枷与锁"：蔡淑萍的《萍影词》

持社主力之一蔡淑萍（1946—　）也是沧桑书写中引人注目的一员。淑萍，四川营山县人，自幼因家庭成分"归另册"[①]，高中毕业后未准大学录取，回原籍务农，二十二岁赴新疆阿尔泰兵团工作、生活，1985年始自戈壁返重庆巴县任教师。八十年代末入四川诗词学会，历任常务理事、副会长。著有《萍影词》，收入词作三百六十余篇，加其博客所存作品，总数在四百首以上，数量、成就绝可跻身当代名手，而以"边雁啼秋"的远戍题材最著特色。

淑萍1968年先入兵团农场连队"家属队"，属体制外成员，艰辛可想。其《就业》诗云"绝塞漠风急，檄文中夜传。普天皆革命，寸土岂平安？忍辱一弹指，偷生十七年。唯余堪忆者，雪夜牧羊鞭"，寥寥数语，令人酸鼻。1982年冬蔡淑萍参加教师进修学院"边风词社"，作

[①] 淑萍诗：《可叹复可笑》语。

第三章 潜行波谷的二十世纪后半期女性词坛

词始于"大雪封门的漫漫寒夜"中①,下笔不久即以《兰陵王》记写千回百折的"西出阳关"旅途:

> 暮闻笛,车发何须悢疾。心神黯,呵去积霜,泪眼盈盈隔窗泣。经年竟一夕。长忆,蛾眉屡嫉。千般恨,今日去休,一任天山限南北。　和丰宿孤驿。但冷月凄清,荒野沉寂。何堪回首伤离席。伊瘦损依旧,乱愁新种,今宵何处月下立,怕徒惹忧戚。斜日。晚风急。正两两三三,牛马归匿。苍茫大漠思无极,待雁字重到,雪原新碧。关山飞度,似梦里,觅旧迹。

从车窗积霜、泪眼相送到投宿孤驿、月下悄立,再到斜日晚风中抵达"苍茫大漠",如逐帧播放默片,十数年青春岁月倏忽而逝。词人惯看"炎日彤云,疾风飘雪,素毡白草黄沙"②,听熟"驼铃,如诉声声"③,生起"苇棚篝火","拾枯枝,烤冻馕"④。在这样普泛性的时代悲剧面前,连"国家不幸诗家幸"的名言都显得过于轻佻了!以蔡淑萍为典型的这一代词人承受着史无前例的命运巨石的重压,但诗心不死,她们仍然顽强地吐露茁发出鲜嫩的生命之绿——

> 惆怅关山月。又依然、大江东去,浊波千叠。廿载风华如水逝,负了青春热血。回首处,荒原飞雪。欲逐归鸿寻旧梦,奈风吹、旧梦如秋叶。恨此意,与谁说。　听君金缕情犹热。愧平生、辛酸都味,竟非英物。敢望好风舒羽翼,正怕人间缧绁。对夕照、茕茕踽踽。欸乃一声牵望眼,却扁舟、过处烟波阔。心魄动,泪盈睫。
>
> ——金缕曲·自疆返渝答友人

"却扁舟、过处烟波阔"何尝不是东坡"天容海色本澄清"遗意?

---

① 淑萍博文:《回忆阿尔泰》语,摘自微信公众平台"远山星际"。
② 淑萍词:《扬州慢·戈壁车行感怀》句。
③ 淑萍词:《扬州慢·戈壁车行感怀》句。
④ 淑萍词:《小秦王·忆往事五首》句。

但东坡的窜逐是他为"万事委命,直道而行"的原则所付出的代价①,如今无辜的蔡淑萍一辈真能轻易说出"九死南荒吾不恨,兹游奇绝冠平生"吗?本篇末有自注云:"终于回到重庆,本应欣慰,但情绪反而更为波动激愤,这或者是从懵懂惶惑到理性思考一个必经的过程吧。"何谓"从懵懂惶惑到理性思考"?这其中恐怕不只有个人的际遇,更有着对历史、对国运的反思与瞻望罢?

本着如此"理性思考",淑萍有言:"学习作词写诗那一刻,曾定下一个原则:写实。只写自己亲身所历、亲眼所见、亲耳所闻、真心所想的,对自己不了解的东西(无论是怎样的大题材、大事件)保持沉默。艺术水准如何可能由不得自己,但说真话、不人云亦云,却是自己完全能够把握的。"②她的这种"誓不与心违"的态度不唯在创作中有自我导引意义③,更是那个年代拨乱反正、唯实是求的风气下被率先从"集体无意识"状态唤醒的心音。

这样看来,仅以技法来考察《萍影词》恐怕未必能得到很"瓷实"的结果④,应该有"诗家风旨在真诚""彩毫偏与庶黎亲"眼光才能真正读懂她的这些作品⑤:

> 遥天风静时,百足翻腾久。一日坠平芜,道路争回首。　我心伤猛禽,曷被柔丝纠。凡鸟自飞飞,壮志埋尘垢。
> ——生查子·闻某县上空,一蜈蚣风筝连日盘旋不去。后坠地,乃一鹰翅缠筝绳,苦不得脱而死

> 侄儿年十余,美目清如水。道我远归来,遗我双红鲤。　鱼鲜新出池,问告阿爷未。含笑只摇头,此我课余饲。
> ——生查子·小学生

---

① 苏轼:《与千之侄》,载《苏轼文集》第六十卷,孔凡礼点校,中华书局1986年版,第1839页。
② 蔡淑萍博文《再读〈萍影词〉》。
③ 蔡淑萍:《水调歌头》句。
④ 周啸天:《读〈萍影词〉》:"这个质朴的点评(指谭优学之评)比'出于清真''出于白石''出于玉田'之类的套话,瓷实多多。"
⑤ 周济夫:《浣溪沙·读蔡淑萍新版〈萍影词〉》、张结《萍影词》序。

溪桥那畔有人家。径横斜，菜花遮。新竹娇柔，绰约绕篱笆。三点两株桃李树，红与白，满枝桠。　少妇园中正种瓜。小娇娃，坐爬沙。篱外人声，笑问崽他爹。上月买来新解放，疯不够，肯还家。

——江城子·故乡行四首·春日即事

或不着典故、不倩镂饰而蕴深意，或明白如话、生趣盎然，大旨则同趋"写实"二字，再向上一步又可曰"性灵"。但生当忧患之世，"性灵"岂能离开忧患之眼而悬空存在？试读《浣溪沙》与《寿楼春》：

卅载重来心倍酸，败茅瑟瑟掩颓垣。忍听邻妇说当年。　底事群氓人作兽，无端江水碧成殷。深悲巨愤泪汍澜。

——浣溪沙·悼少年刘永

欢声盈街衢。正迎春节下，人竞欢愉。忽报东邻玉陨，女兮何愚！魂魄渺，黄泉途。忍弃他、哀夫孤雏。料惨怛回眸，应伤白发，肠断泪都枯。　知生计，长拮据。但辛勤料理，淡饭粗蔬。可耐青春抛掷，梦总成虚。如蚁死，徒唏嘘。看满城、豪车华居。愿惊使君心，春阳一缕分得无？

——寿楼春·哀邻女　某邻家女，职高毕业，向无工作。辛巳春节后九日，又招工应试不取，竟自缢而亡，年二十余，遗一子，二三岁

"底事群氓人作兽，无端江水碧成殷"，在这里，词人终于无法再"冷静"地"写实"了，而是要把"深悲巨愤"径直倾泻出来。这样直面现实、披肝沥胆的创作精神或为和雅雍容的倚声家们所不屑、不容，而蔡氏夺目光彩，恰在于斯。

淑萍晚岁创作生命力犹健旺，《减字木兰花》为近年思想、艺术俱臻高境之佳作，可以作结：

百年屹立，为你自由呼与吸。灯盏高擎，缄默双唇听有声。

全都给我，悲惨哀吟枷与锁！瞻彼金门，劳瘁流民之母亲。

三 "风铎自鸣、孤怀自宣"的丁小玲

丁小玲（1947— ）亦特殊年代中"困顿浮沤"、以诗词书"苦寒章"者。[1] 丁氏自号半丁[2]，浙江嵊县人，下放十年，于企业退休，四十后始学诗，有《半丁集》，存词百四十余。半丁生平未详，以《自序》中"劫历万千"，"于家不家中形影相吊久矣"语可推知惨酷之状。[3] 自云创作"未敢有所期，风铎自鸣、孤怀自宣而已"[4]，平淡中已微见风霜不平气息。《贺新郎·知青十年》上片记下放劳作生涯。"一霎酴醾雨。想年时、嚣泥东水，插秧南亩。饤饾荠花星星白，五月周遭杜宇。强作了，牵车孺犊。老柳卧途犹未斫，阻百盘、千折青山路。记弹羽，在天暮"，尚能闲闲道来，同调之《第一楼》《天目湖》则悲怀难抑，满腔孤愤透纸而出：

> 第一楼前路。漫寻思，盐车汗血，羁云归处。千柳妆成澄波底，一带疏花怪树。三二蝶、巡畦问圃。行迹悠悠重过眼，俱付他、沙岸闲蛙鼓。帆远近，荻翻舞。　　休从烟月言吴楚。肯沉销、大旗人物，劫灰龙虎。种树先生人久去，我亦枝头朝露。听惯了、秋蝉噪暑。华发当歌歌当哭，已端阳、风雨重阳误。天易老，孰与语。

> 说甚天公目！正迷离、萍花荇草，莠良并蓄。都说耕烟人不老，指马今仍成鹿。枉把笔、枝枝摇秃。千里来寻天目水，待归时、好展眉山麑。烟雨湿，几行竹。　　天如有眼天俱哭。尽排空、云堆雪浪，牢愁难属。帆影湖风狂飙起，叩壁呵天再续。比拟是，峨冠簪菊。敲日羲和玻璃响，把玄黄、一曲从头祝。余醉矣，懒敲筑。

---

[1] 丁小玲：《贺新郎·重五偕诗友登焦山万佛塔》《临江仙·再寄曲阿》（其一）句。
[2] 取"生不在，男儿列"意。
[3] 《〈半丁集〉自序》，南京出版社2014年版，第4页。
[4] 《〈半丁集〉自序》，南京出版社2014年版，第4页。

北固山、天目湖乃形胜佳丽之地，于词人冷眼中却是"疏花怪树""莠良并蓄"。前首有注云"十年知青，作马牛于北固山前，过往不知凡几"，"作马牛"三字愤欲生芒，刺目锥心，令人不忍细忖。在《浣溪沙·戒诗寄金陵李静凤》中丁小玲将牢骚愤激吐露无遗："不信有天长似醉，最怜无眼识新衣。谁倾银汉一醒之。"这词句间的芒刺是看得再清楚不过了。

还应补说的是，半丁特擅对偶。短调中如"海月一轮看李白，寒花万朵说黄巢""沈括溪山芦荻月，寄奴巷陌海门潮""子规思小杜，虫梦响深山""晚来双燕子，轻剪一行烟""月巡江远，林筛霜入"句或琢刻，或自然，俱备极精工，虽闲淡语亦呕沥钬刿而后成也。

四　李蕴珠、宋亦英

前文说过，若准当代文学之命名，则记录"文革"创痛之诗词作品可称"伤痕文学"一大分支。以词为刀匕剥剖时代伤痕、作深刻省思者还有李蕴珠、宋亦英，可并简谈。

李蕴珠（1958—　），号猗竹阁主，甘肃天水人，从事会计工作，先后问学于张举鹏、文怀沙、袁第锐，词载《海岳弦歌集》。蕴珠"半路出家"者，《蝶恋花·听宝琴女史鼓琴》之"拨碎芭蕉心上雨，窥人月在闲窗户"、《金缕曲·送别》之"情字难图画。问从来、有谁量过，相思尺码"等颇能见才性。《酹江月》一首最具思想精光：

> 高加索冷，有群鹰啄食，殷殷心血。欲使人间知黑暗，窃火照红妖孽。皓月清霜，丰城剑气，万里寒光彻。铁窗孤胆，壮怀能向谁说。　　强权主宰黎元，千年一慨，抗手真豪杰。饮弹从容奇女子，冷眼不图昭雪。填海移山，补天逐日，青史彪英烈。沉吟抚卷，望空涕泪如泄。

宋亦英（1919—2004），安徽歙县人，苏州美专毕业，四十年代投身革命，解放后以画艺供职美术部门。亦英诗词为个人革命史之记录，故多富时代感与战斗气息。在时代颂歌之外，还有思想、艺术水准超越一般"老干体"的作品，如《满江红·读张志新烈士事迹有感》：

> 怒发冲冠，问此是、人间何世？有多少、一字倾家，一言弃市。真理斗争人有几，英雄末路空垂泪。恸丹心、碧血委黄沙，谁之罪？　　天地转，群魔溃；云雾散，风光媚。喜沉冤昭雪，石人飞泪。此事此情人共奋，何时何地无斯例。乞杨枝、洒水一般匀，山河翠。

以词论不及李蕴珠之作，而"人间何世""谁之罪"之说问亦振聋发聩[①]，足以儆醒万千"苟活者"[②]。亦英又有《张志新之歌》，以古风体束缚较小故，发语更淋漓痛切。肯于盛世光景中做清醒反思已属难得，而出自主流创作者笔下尤显可贵，似此"致良知"之作当然是读之每见快慰，且不惮其多的。

第三节　激荡上扬的新时期女性词坛

一　"不变惟此变，渤海半扬灰"[③]：论刘柏丽词

上一节中诸位词人的沧桑书写其实已经在时序上进入了"新时期"，可见，女性词界亦是在弃旧图新、转寒回暖的大气候下划出激荡上扬的美丽弧线的。

如果说新时期的词界如同星座弥天的夜空，那么刘柏丽堪称其中夭矫腾跃、郁勃淋漓的一座北斗大宿，不徒可于闺阃称翘楚也。柏丽（1928—2001），原名伯利，湖南长沙人。周南女中毕业后入北京师范大学外文系，1953年投笔从戎，任军委联络部翻译。1958年划为右派，下放唐山、桦甸。"摘帽"后辗转豫、鲁各地水电站，1982年调水利部天津勘测设计研究院，从事英语研究工作至退休，有《柏丽诗词稿》、小说《人间只有情难死》、译著《怒湃译草》等。

柏丽词最鲜明的特质即是学稼轩一派，其自觉程度之高、造诣之深，置之近百年词史亦罕有比肩，更不必说脂粉蛾眉群从了。她一方面

[①] 《谁之罪》为张志新狱中诗题。
[②] 韩瀚纪念诗歌《重量》："把带血的头颅/放在生命的天平上/让所有的苟活者，都失去了/——重量。"
[③] 刘柏丽词《水调歌头·书张惠言〈春日赋示杨生子掞〉五首后》其五句，全词见后文。

明确宣言要走出闺阁,所谓"耻向针神称弟子","大放金莲量地脚"①,更进一步声称"辛青兕及王家拗相公亦吾崇拜偶相"②,"犹剩香菱痴一点,偏好辛陈标格"③。《贺新郎·书辛陈唱和词后,即用其韵》最能见倾倒追慕之意:

> 八百年传说。叹辛陈、壮怀一世,殷忧覃葛。胡仆姑征讨梦,膻腥几时湔雪。空白了、冲冠英发。痴孝愚忠谁具眼,叩帝阍、枉费年和月。靖胡虏,柱胶瑟。　情知造物心肠别。唯尔汝、胸襟激荡,云烟开合。西北神州今一统,堪慰鹅湖英骨。长短句、读来奇绝。安得庄生能起死,看今朝、华夏真如铁。共工活,不周裂。

> 安坐?浑胡说!耻酸儒,研精阐细,滥拉藤葛。万古心胸开拓处,烈雨迅雷崩雪。奇气在,粗豪英发。猬磔鸿毛俱已矣,拨浮云、终见团圆月。经春暖,恨秋瑟。　隋珠鱼目宁无别。谙倚伏、何须磊块,哭歌遇合?百世之长一朝短,谁解千金市骨。淝水破、战歌雄绝。正好长驱无反顾,进洪炉、百炼分金铁。燕雀死,蛰龙裂。

> 佳气东南说。怀北固、孙权孺子,敢当刘葛。六百诗余多警句,最爱松枝微雪。垂天翼、昆仑朝发。歇脚潭州梳羽翰,引吭鸣、驱策风雷月。榆塞角,楚灵瑟。　诗情难再诗肠别。年少事、回旋万马,气吞六合。杀贼连呼南岳动,此老忠贞到骨。与同父、一时双绝。火种千年燃不熄,转丹砂、点化寻常铁。镰斧举,庙堂裂。

辛陈鹅湖之会及其后的长歌唱和是千年词史最具气魄和血性的章节,他们的悲叹、笑语和呼啸穿透了八百年的时空,至今仍能震荡出崩

---

① "耻向"为柏丽《定风波》引顾贞立句;"大放"为《满江红·壬寅有赠》句。
② 刘柏丽诗《1992年11月桂林"李商隐学术研讨会"作》下自注。
③ 刘柏丽:《贺新郎》句,全词见后文。

云裂岸般的回响——这一组词就是与之同频共振的曲调中最强劲的音符之一。第一首中"西北神州今一统""看今朝、华夏真如铁"的正大题旨自然是和词应有之义，然也不乏"痴孝愚忠谁具眼""靖胡虏，柱胶瑟"的深刻省思。次首起句"安坐"指辛弃疾《美芹十献》中"苟朝廷不以为然，择沉鸷有谋、厚重不泄之人，付以沿边州郡，假以岁月，安坐图之，虏人之变可立而待"之论。[①] 边火燃眉之际，"安坐图之"实是消极抵抗的下下策，稼轩安有不知？柏丽借此发挥，对庙堂上嫉功害能的"酸儒""研精阐细，滥拉藤葛"之行径直予痛骂。其后长驱直下，至后首"镰斧举，庙堂裂"，高视阔步，神完气足。组词固是对稼轩传奇经历、峻伟人格与词业成就的表彰，更可直目为辛派传人的传法宣言。

刘柏丽对辛弃疾的接受是相当全面的。对稼轩"平生滑稽怪伟之最"的《沁园春·止酒》，她即有效作《沁园春·词仙问答，学稼轩体》二首：

> 词负余乎，飞马行空，且驻若骖。甚颐颔气使，于君安忍；发髭面墨，谓我何堪。平仄难调，短长不葺，大吕黄钟得未谙。供驱使，愿神游玉兔，汗渍银蟾。　为人性僻偏耽。怪幼妇、黄绢作笑谈。写新愁旧恨，黄添绿减[②]；晨歌晚啸，宋馥清香覃。汗简无门，垂青有目，自断今生作茧蚕。能弹指，吐古香今艳，织霭裁岚。

> 刘小哉言，怡情养气，不亦善乎？按亮节崔巍，楚濡晋染；清词警策，月积年储。学忌无恒，文须有骨，廿纪旁搜得裕如。无他诀，似山蜂酿蜜，海蚌胎珠。　词源阔接天衢。况黑洞、银河有尽无。若万吨筛矿，得铀些许[③]；频年观虱，命中须臾。国步安危，时潮进退，史笔词流痛切肤。功夫到，会水清鱼出，霓聚云舒。

[①] 刘乃昌编：《李清照志·辛弃疾志》，山东人民出版社2009年版，第344页。

[②] 作者自注："新愁旧恨，莎翁剧《第十二夜》中作'青愁黄恨'（green and yellow melanchol），余甚爱之。"

[③] 作者自注："马雅可夫斯基认为：造句炼词，如从万吨矿中炼取几微克精品。"

此二篇不如稼轩、半塘之纵横排奡、深曲重大，然"自断今生作茧蚕"，"国步安危，时潮进退，史笔词流痛切肤"的痴诚和担当感还是很能打动人，更何况随手将莎士比亚、马雅可夫斯基、黑洞、银河等镶嵌在内，尤出奇翻新，富于现代人文感。在《沁园春》"止酒"二首的接受史中，刘柏丽是开当世先河的一位。

柏丽晚年甚爱《定风波》一调，常一作数首，极跌宕潇洒之致，如见其人高谈大笑于前。又以多摹写自家创作、研究心境，特具知识分子情怀趣味。试读：

> 把酒花前月似钩，伤春伤别望重楼。黄金台夜燃兰烛，停足，怀素狂书在上头。　江河难实金卮漏，空怒，乐游原暗使人愁。漆室涂山挥泪雨，无语，天倾西北漫黄流。(伤苏联解体)

> 稗史翻残落蠹虫，情为何物叩天公。芸阁痴嫌银汉浅，无奈，深情我辈独能钟。　风雅不亡缘善变，生面，酿雷蕴霭碧翁翁。我见青山多媚妩，何补，青山见我笑凡庸。

应该关注"风雅不亡缘善变"七个字，这是刘柏丽对自己创作理念的回顾与总结，其中包涵着充分的理论自觉。自八十年代始，柏丽有意识地进行自我革新，将"通变"践行得格外全面和彻底，"实验""先锋"感日益强烈。先读其《水调歌头·书张惠言〈春日赋示杨生子掞五首〉后》之一、二、五：

> 春夜夜班冷，炉炭敛余温。不知南极北极，仍否雪为坟。告别十年恶梦，乍听龙蛇蛰动，凌汛挟冰崩。掩卷携琴剑，青鸟致昆仑。　谒太白，叩疑义，析奇文。斗杓东指，卫星出没测天津。毕竟迎来青帝，酝酿明晨绿意，淑气渐氤氲。笑劝团圆月，休泫旧啼痕。

> 棠棣棣棠俊，春晚晚春嫣。四季蝉联取代，地轴转须偏。浇尽千年血泊，赢得十围苍翠，云锦灼红棉。欢乐颂交响，悲怆曲回

旋。　瞰川黔，骋河洛，鬻幽燕。阳春有翅，银柳飞嫁古穷边。唐汉驼铃雁字，今又丝绸舶市，芳草更芊芊。纵说黄昏近，霞彩欲烧天。

不变唯此变，渤海半扬灰。京垓宇宙皆尔，何必为春悲。十八姨虽多妒，香雪海偏潮怒，错铸九骏追。春亦旅游惯，或去乌拉圭。　由春去，留春住，待春归。斯须涓滴，五洋终古汇奔陉。日怒云危长夏，黍熟果繁秋夜，天道喜循回。曲折征遐迩，纡转探宏微。

茗柯五首水调向为论家推美，柏丽词则在承继其"胸襟学问""赋手文心"的基础上极尽横涂竖抹、机变万端之能事，将"南极北极""卫星""地轴""欢乐颂""悲怆曲""宇宙""乌拉圭"等现代语汇缀嵌其中，从而"提亮""激醒"了大段文本。组词作于1983年，此时的"春"既指节序轮转中的一季，亦是"思想解放""抢回为'极左'路线耽误的十年光阴"风气中酝变出的乐观昂扬的时代主旋律。"告别十年恶梦，乍听龙蛇蛰动"的"春气"沾沐全民，当然也毫无偏私地吹拂到词人案头。她的思绪从夜班的办公室起飞，由俯览津沽到叩访祖国边陲，最后纵目"五洋"、驰想"宇宙"，这种神游或为古人笔下所有，但品格、精神都是崭新的，其中显然泼染出了现代人文主义的星点光芒。

更迥特奇创者如《定风波·读顾随苦水先生仿醉翁把酒花前之什，深叹其美。颇不自量力，丁卯上元，对月戏发诸问。并呈苦水先生高弟叶嘉莹教授一粲。——破折号后，乃姮娥答语》，也可读数首：

把酒花前问素娥："一生圆月几嵯峨？孤另自寻缘窃药？"——猜着，璇机云锦入天魔。　"射日枭雄非怨偶？"——无咎，世间儿女怎如他？[①] 错许长生天却妒，回顾，西番莲颤橡哆嗦。[②]

[①] 作者自注："文廷式句。"
[②] 作者自注："希腊神话：厄律西克同（掘地者）斧砍神圣森林，挂着感恩牌的橡树亦不免，诸神怒罚砍树者永恒饥饿，终至擘食自己内脏而死。"

把酒花前问月华:"几生修得到诗家?"诗路历程高且陡,难走,狄安娜境必清嘉。① ——枝空月桂颁冠冕,芽浅,老瘿丹桂剩丫杈。境界天人为底设?驰掣,诗词新意本无涯。

把酒花前问月皇:"中西诗道可相妨?"——亚波罗亦诗歌主,跋扈,长庚无赖掩天狼。 "桃金娘对仙人掌,天壤,人为局限惹忧伤。好趁银潢航电子,宁死,不为诗狷定诗狂。"

于浅语中传达人生真味是苦水长技,其"仿醉翁把酒花前之什"中"镜里星星难整顿,双鬓,今年已比去年新","明岁花如今岁好,人老,悲今吊古总成痴"的思致虽较永叔原作翻进一层,然毕竟没有突破感时伤怀的古典语境。柏丽词则只沿用其体,言辞意趣可称旷古未有。新名词、新思维倏往忽来,令人目不暇给,若观万花筒,若乘旋转木马,抵得一篇科普奇文。除了纳新入旧,词中还有关于"中西诗道"的严肃一问——"长庚"与"天狼"、"桃金娘"与"仙人掌"、"银潢"与"电子"的对决,其实正是中西诗歌"打通"过程中所呈现出的"错位之美",并深具理论自觉地打出了"境界天人为底设?驰掣,诗词新意本无涯"的旗号。这是此期词坛最具自信、最有价值的声音之一。惜其时苦水老已谢世近三十年,不然定当闻言心喜、颔首微笑也。

作为毕生"结案陈词"的《满江红·壬申有赠》则从心所欲,抟合新旧典、眼前事,学养趋厚,气息亦趋沉郁老健:

一掷何尤,能几度、武夷酬酢?书斗大、钟繇字妙,蔡邕碑卓。酒阵褰旗牌免战,诗城斩将图行乐。慰卅年、羁怨故山云,平峰壑。 黑漆漆,君网脱;苦兮兮,吾胆割②。悟腐史膑孙,刖余刀斫。银晶晶随山雪下,郁葱葱共芳芽茁。定猴年、马月雾翳开,欣相酌。

---

① 作者自注:"月神狄安娜,已成志行高洁的淑女之同义词。"
② 作者自注:"余 1989 年因结石作胆切除手术。"

落落平生，年六四、冷渊热薮。都阅遍、楚榆京柏，鲁槐沽柳。大放金莲量地脚，全皈玉楮钩沉手。纵词心、七窍比干输，巴河藕。　　人去往，离合钮；心向背，开关牖。数今生契阔，得未曾有。袁虎之余皆鸟鼠，董龙以外非鸡狗。才一滴、差足酹波斯，葡萄酒。

女性词史出一刘柏丽，亦"得未曾有"也！柏丽颇以"炫奇"见讥①，余不谓然。盖诗道之大，浮载万物，何来新即鄙拙、古必高雅之论？岂不闻"刘郎不敢题糕字，虚负诗中一世豪"之论么？"新""旧"本是相对而言，好诗人大抵不离古，不忌新，驰骋于今古两间。龚鹏程《晚清诗话》说得最通透不过：

诗家搜罗物象，本无之而不可，所谓牛溲马渤，尽成雅言，岂有新材料旧材料之说？自妄人不知谁何者，揭出此义，世遂哄哄，若诗果不宜于用新名词，果不能写当时事……夫雅俗自有品格，岂着一古衣冠即以为雅耶？唐宋人写秋千写玻璃，又岂非当时之物耶？②

还应简说刘柏丽的集句词作。她晚年"痛读诸家，撷其妙句"③，尝一年中集义山、东坡、半塘、芸阁、定庵乃至今人林锴诗句作《定风波》二十四首，足为集句词史添一抹异彩。选二首为小结：

倾盖相逢胜白头，乞浆得酒更何求。顾我已无当世望，愚妄，堆墙败笔如山丘。　　四十三年如电抹，须豁，岁寒松柏肯惊秋。

---

① 刘梦芙评曰："（柏丽词）意象过于稠叠，章句尚未浑融，乍读之新鲜，细品则乏味。盖倚声一道……若一味炫奇……终觉色艳而香微。"《二十世纪名家词述评》，第317页。此评语不应简单看作风格论，深层原因盖在于刘柏丽对"婉约蕴藉"之"性别期待"打破过于彻底，易引人不适也。

② 《当代诗词丛话》，黄山书社2009年版，第593—594页。

③ 刘柏丽：《定风波集句一打》自注，《柏丽诗词稿》，中州古籍出版社1994年版，第103页。

望断碧云空日暮，蟾度，会看光满万家楼。(集苏轼)

可解骚人万古情，不情端恐负神明。指点齐州烟点外，慷慨，一杯举手劝长星。　似锦年光浑忆旧，悠谬，十年踪迹楚江萍。人生只有情难死，奚止，哀猿啼急雨冥冥。(集文廷式)

二　"书生意气偏好古"的段晓华与最重"襟抱"的景蜀慧

"50后"女词人之首座当推段晓华（1954—　）。晓华，字翘芝，号颖庐，祖籍江西萍乡，1985年南昌大学硕士毕业后留校任教，现为广州大学中文系教授。辑、注、校有《清词三百首详注》《周济词集辑校》《遍行堂集》等。

颖庐诗特佳，诸体中七律最精。如《修人先师百年祭，同门筹议整理出版夫子学术论文集》："奔电流云拱大星，拜山楼外总青青。著书愿拭秦民泪，托梦频牵楚畹馨。风气百年沦典雅，苍坚两宋警顽冥。爨余犹有心弦在，一掬灰红试起听"，又如《读玄隐庐诗感赋，用其〈梦畲山茶花〉韵》："放逐无论九曲滨，神州何处可呼群。吞声野老诗凝泪，吊夜寒蕤影怯春。先谂唸然窥网破，中微幸甚与禽邻。至今讳数魔王蘖，斫地修蟾乏大斤"，皆沉郁遒健，非大手笔，大担当不能为。以诗法入词者如"草甸风轻容放鹤，桃湾水浅不胜篙""哭笑两间鸥独立，凄迷中夜月同昏""摊书有味拈奇字，枕手无眠数阵鸿"等，至若《浣溪沙》"自拂冰弦自赏吟，西楼一角逗轻阴，盘花髻子落梅襟。蝶羽难扇新旧梦，鳞波岂送去来心。等闲莫续广陵琴"则极见情性心志，不啻才人自画。颖庐之精雅本色首先直接体现在对前辈词彦的追慕瓣香：

涉江临去秋波顾，波光百年如诉。沸海嘘凉，空桑斫瘦，谁共伤心人语？难通锦素。听风拍灵襟，夜台深处。变入秋声，耆然吹落碎星雨。　回灯漫思换羽。向空弹一曲，遥岸知否？恋縠轻尘，衔香倦蝶，应怕重寻归路。簪花剩谱。尽梦里高飞，病中南渡。托命红蚕，织愁今更苦。

——台城路·沈子苾先生百年祭

霜痕镂空,红蜕词华冻。一瓣痴心千迭梦,要补夐天劫缝。拓来烟语①余馨,穗帏隔代传灯。夜半浏然环佩,人间认作秋声。

——清平乐·新河以白石老人所镌梦碧翁印蜕属题

萤窗拓取青青薤,魂断沧波外。骊歌变徵袭余馨,掩卷不堪闲卧月中听。　远游公子萍难住,一瓣词心苦。思归总在乱尘中,孤桨梦遥愁水更愁风。

——虞美人·题《乔大壮先生手墨遗稿》

帘外已斜阳,静室生凉。何人盥手检残章。乱叠书衣浑不觉,墨淡笺黄。　海国卷枯桑,向此深藏。应怜叶叶拓流光。临去秋波惊一顾,小笔留香。

——浪淘沙·中山图书馆坐阅数日,偶见旧册中所夹冼玉清大家手迹

几首作品单以词论已属上佳,更不易作处是对沈、寇、乔、冼几家人格词心的通透解会,隐现在辞句中的论断语"梦里高飞,病中南渡""一瓣词心苦""隔代传灯"等俱下得极精准深刻。

灵犀的"打通"赖于才华,更关乎学养、品位。当代女词家中,颖庐无疑是最富书卷气的一个。其自云"书生意气偏好古"②,此处之"古"不仅指"说部英雄脂粉里,角招歌彻老鳞残"的幽思,"深流枯瘦成滩,犹将冷眼旁看。空坏干卿何事?朝朝一炷香檀"的灵悟③,更在于那些咏古物之篇什。如《徵招·题文文山履式遗砚》《采绿吟·得影印密韵楼蓝字本〈草窗韵语〉依蘋洲渔笛谱》:

如何勘得人寰古?星尘此间扬簸。血雨会须凉,褪漫漫天火。

---

① 词下有注:"梦翁好用'烟语'一词。'小篆吐秋心,隔纱烟语深','隔帘消息怯笼鹦,漫道星星烟语欠分明'。"
② 《溇陂行》诗句。
③ 分别见其《平韵满江红·与乐乐、晦窗、凝月诸兄雨中游巢湖姥山岛》《清平乐·乐山大佛》。

劫华开一朵，是娲石、淬成挬妥。叩壁铜声，聚池铅滴，夜深犹和。　甚夥。转飙轮，兴亡事、都从梦边经过。万死荩臣心，被愁涒恨涴。更无蟾啮锁。莽天地、只身担荷。又还怕，神骄腾挪，踏紫衣都破。

蚁国凉声起，知快雨、打叶楼西。新裁握素，古馨栖影，小砚匀诗。扫尘还独坐，苔丝袅、润青染入琉璃。抚云轻，游心窈，沉沉秋夜堪寄。　兴废等池灰，低眉问、阿谁能比柔脆。尤物自千秋，佩薜带绤衣。共茶烟，消与分阴，空今古、长拍诵无题。摩挲久，曦色透帘，灯痕式微。

前首破空一问即定下高华基调，"血雨""劫华"空处着笔，"莽天地、只身担荷"则极言文山孤忠，古今、虚实"都从梦边经过"，浑化无迹；后首意象较前作为密，然落字在浓淡之间，故能流动不板实。

颖庐近年治清词颇有功，发余绪为词，那种"蠹蝶游蟫"中拍肩古人、寄寓浮生的情致颇深沉动人：

大实惊舟，摇楚佩、萍波空绿。依稀见、隔花弹泪，斯人幽独。残鬓尘吹分罥路，九垠电笑投壶曲。甚谈手、凉局子无多，穷征逐。　汗血马，曾批竹；窥肉隼，方钩足。砌百年块垒，难平笺幅。砺坼带回红雾里，箕扬彗走银潢北。燧神火、排闼海飙来，山如魘。

——满江红·东萍女史赠示《云起轩词笺注》，漏夜环诵感赋步文氏韵

芸屏迭影，凝尘不到画楼深。乌丝素轴披寻。阅尽人天无恙，铿尔没弦琴。只低眸消领，满把光阴。　酸风罢吟。向古艳、一推襟。寄得浮生短梦，蠹蝶游蟫。嗜他残叶，浑忘却，飘摇在海心。任帘外，暮雪飞临。

——婆罗门引·岁暮上图检校甲午腊八前后，于上图检索周止庵数据，所获多有。尤为意外者，得武进盛氏《止庵遗集》

红本,犹今之所谓"清样"也。封面有赵叔雍手迹,抚诵沉吟良久。又见周词有《齐天乐》一阕,"蠹蝶"二字,触目惊心。归来赋此

如此"书生好古",也难免高峭窄险,令人生"水清无鱼之恨"。[1] 其实颖庐也有轻灵宛转、"冰雪聪明"一格。[2]《苏幕遮·题新河工笔蜻蜓》云:"诧轻盈,怜薄翠。未雨低飞,怎拣荷心睡?红浅纱儿青虿尾,偶上香鬟,痴与搔头配。　拟千回,裁一纸。除却相思,拈管浑无味。凉梦风前容易坠,写个虫虫,点破空明水。"《醉太平·灯夕雨》云:"风清夜清,鱼灯兔灯。梅心梦湿珠莹,抱枝头旧馨。　三声四声,零琵碎筝。春天隔个帘旌,要伊人细听。"

至于《喝火令·邂逅》全用平易家常语,而韵味醇厚,接武老杜,又是一种格调,足见颖庐之路径宽阔也:

> 执手看秋鬓,呼名敛泪光。浅涡犹认辫梢长。流水廿年无响,生趣在空忙。　事比云烟乱,回头更易忘。几曾留意路边香。但说儿孙,但说岁胜常。但说晚来天气,不似旧时凉。

与颖庐年齿相若、交接甚密而称"一时瑜亮"者是景蜀慧(1956—　)。蜀慧,祖籍山东章丘,生于重庆,1978 年入四川大学历史系,后随缪钺治魏晋南北朝史,博士由缪钺、叶嘉莹联合培养[3],现为中山大学历史系教授。缪钺尝以其名作嵌头联语勉之曰"蜀道艰难,此地有崇山峻岭;慧心缥缈,乘风去玉宇琼楼",足见爱重。

蜀慧创作理路陶化自乃师"论词似悬最高境,奇气灵光兼有之……由来此事关襟抱,莫向瑶笺费丽辞"之教诲。虽不废"瑶笺丽辞",而最重"襟抱"。如其《水龙吟·梅花,七十年代,予从军陕南驻地。后山有野梅花,每岁花开,幽香数里。霜晨雪暮,辄与一二友人入山访

---

[1] 周济:《宋四家词选序言》语。《词话丛编》,中华书局 1986 年版,第 1644 页。
[2] 刘梦芙语。
[3] 1988 年,缪钺出面提议并报请有关部门同意,聘请叶嘉莹为兼职导师,共同参加培养。景蜀慧:《殷殷滋兰意——浅记彦威师晚年对学生的辛勤培养》,载《魏晋诗人与政治》,中华书局 2007 年版,第 277 页。

第三章　潜行波谷的二十世纪后半期女性词坛　1297

之。徘徊花下，逸兴遄飞。倏然已过十年，感念旧踪，爰赋此解》：

> 恍然梦里溪山，苔枝又缀疏疏蕊。幽红淡白，当年几树，露凝寒翠。缥缈孤鸿，联翩双鹤，欲飞还止。正闻风人远，冷香凝雾，想三弄，空山里。　过眼韶华易逝。待归来、旧时环佩。堪惊绝艳，缟衣尘满，愁生汀蕙。金缕歌残，玉龙吹彻，东君沉醉。待深宵暗对，横窗瘦影，诉相思意。

此一篇为"鸿雪社"第四期课作，诸评委擢为榜眼。[①] 粗看虽皆白石、玉田常用之"丽辞"，但"当年""旧时"中"有'我'在"[②]，故能动人。景词之"襟抱"更体现在关切历史、现实的一面，这显然是更得乃师真传处。如《八声甘州·癸酉秋读〈陈寅恪诗集〉，仰怀大师，感慨时事，赋此二阕》：

> 渐金风、凄凉满神州，落叶又惊秋。更蒹葭凝露，蘋花似雪，雁去悠悠。尘聚蜂房蚁穴，槐国亦封侯。乱句棋枰外，独上高楼。　记取衰翁心事，怅名园寥落，沧海西流。漫存身夷惠，兰柳暗生愁。任哀时、江关迟暮，写兴亡、诗史自堪留。青空碧，锁孤鸾影，月冷沙洲。

> 对一编、遗墨冷秋烟，歌哭问苍天。记沉湘心事，河汾旧梦，幽恨销残。几度南飞乌鹊，惆怅换人间。海沸桑枯后，何处家园。　满目湖山依旧，正江枫叶落，桂影高寒。费吴刚斤斧，蟾月已娟娟。便千年、文章弦箭[③]，倚新妆、眉样尽争妍。芸窗下，望秋

[①] 鸿雪社1990年由王蛰堪、刘梦芙、熊盛元首倡，遍邀海内中青年词人入社，聘沈轶刘、缪钺、周汝昌、孔凡章、陈机锋、张珍怀等前辈为导师。社员作品均寄蛰堪，由其重抄糊名，呈导师评览，导师批改社员课作并评出前三甲。鸿雪社前后历时二载，成员30余名，活跃者除王、刘、熊外，还有魏新河、段晓华、景蜀慧等。
[②] 陈机锋评语。
[③] "弦箭文章"乃余英时语，盖指刘斯翰（笔名冯衣北）与其关于陈寅恪晚年心态文章论战之事，参见前文论刘斯翰部分。

河转，露重霜繁。

"尘聚蜂房蚁穴，槐国亦封侯"，"便千年、文章弦箭，倚新妆、眉样尽争妍"等句笔力重大，沉痛至极，其哀时刺世之意是远绍陈翁、近接缪师，很见情怀的。

> 东篱休叹黄花瘦，春水未生秋水皱。寒鸦衰柳自相哀，午夜清飙来远岫。　刘郎已去蓬山久，王母白云深户墉。华林园冷月将斜，劝汝长星一杯酒。
>
> ——玉楼春·乙巳岁末感赋

> 佳人鹤发娉婷出，舞乱银屏罗袖窄。镜中自赏旧时妆，眉上频添新黛色。　何郎粉面堪经国，右相元功称盛德。独持杯酒向黄昏，今古茫茫风露白。
>
> ——玉楼春·电视新闻

这两首词中"刘郎""王母""佳人""右相"等应俱有所指，虽针线谨密，难于察究，但"襟抱"俨然，不难解会。与段晓华相比，蜀慧虽总体稍弱，但不仅"好古"，眼光更聚焦于"今"，是其偏胜处。段景并称，亦良有以也。

三　"衣边吹散余馨"[①]：论李静凤词　附周燕婷、韩倚云

较段、景行辈较晚而粹然为当代婉约大宗者是李静凤（1964—　）。静凤，字羽闲，别署青凤，南京人，生于扬州，师从俞律治诗词。《散花词》《散花词续》凡六百八十二首，非徒数量为百年女词家之冠，俞律更以为"得非常情之情，非常理之理，非常趣之趣。翰墨会心，真有须眉不能及处"[②]，非泛常师弟间浮夸勉励语也。

青凤序刘晏如《小庭霜月杂存》有云："想吾人皆为耽于文字者，

[①] 李静凤词《夜飞鹊》句。
[②] 《〈散花集〉序》，转引自"九凤斋书画"微信公众平台。

或共慕于千古同构高贵绝美之化境，或共沦于累世之文字宿命乡愁。而负此种种怀想，辗转觅诸红尘。"[1] 2015 年，青凤在《诗书画》期刊撰文，进一步发潜阐幽，向我们展示了她丰美的心灵世界[2]：

> 昔帝释与修罗战，修罗败北，走避藕孔不见，则藕孔实为避地藏身一大佳处。吾人生此世中，有诸多身不由己、事不得已，障眼红尘避无可避。况余非有勇力者，凡事皆欲逃之避之，而当避无可避时，则生出大苦恼。文字一道，遂为余之藕孔矣……盖以文字悟入人生之苦境，又将此苦境化为美境，得相与慰藉也。因美乃是弃绝现世一切利害关系之物，故诗词度人超脱，以助精神上升不堕……故此，偶有兴会，若虚室枯坐，有忽来之风雨，若夜窗独寤，见乍到之明月，一时得句，如同天机触发者，是为最自然浑成之上品……天地间原有一种音节、文采，必待吾心皈依、暗合于此道……斯亦藕孔中别有之天地也。

一席倾谈，可谓明心见性。"文字一道，遂为余之藕孔矣""诗词度人超脱，以助精神上升不堕""天地间原有一种音节、文采，必待吾心皈依、暗合于此道"，诚然如是！而诗词之功亦大矣！秉持着如此严敬的创作态度，乃有《忆旧游·题旧稿》中"我"与"痴语"的往复周旋：

> 对斜行矮卷，褪染轻绡，金焰身前。旧迹浑非是，甚名山慧业，拭粉吹绵。暗窗病叶惊坠，光景逼灯间。料化蝶心灰，风长翼短，冷砌堆烟。　　清妍。爨桐后，问灶底丹成，须到何年。九转精禽恨，共娲天同炼，难补娲天。剩些蔡楮仓字，痴语爇三千。怅敛手寒温，樽空鬘绿人未眠。

为何如林的婉约词作者中青凤能不沦为"清浅才人"而卓然成家？

---

[1] 见刘童新浪博客。
[2] 《吟坛女诗人六家》，《诗书画》2015 年第 4 期。

在上面的自白中是并不难觅得答案的,那也就容易读懂这些借"红尘清况"以造"藕孔"之《踏莎行》:

> 屋角停筝,风前小睡,后湖多少荷花水。解怜昨夜谢红衣,闲窗的的青莲子。　与雁呼凉,和虫作计,两般无赖无情味。还无一语抵深愁,真书临遍麻黄纸。

> 山雨初横,梧风渐紧,窗前听过雷车阵。耽秋早是惯阴晴,阴晴转尽心犹肯。　人世千年,天宫一瞬,秋星不信无情分。能存一字到神仙,回肠拚付银鱼吻。

> 淮水邀灯,台城看柳,红尘清况年时有。做场风雨自生秋,怅然绿鬓斟红酒。　身转浮萍,琴传素手,仙方驻景谁能够。秋如小病已磨人,思量病与秋长久。

> 桐叶如花,桐花似凤,飘零合是无人懂。修成痴福羡枯蝉,无愁无闷泥中蛹。　春瘦千回,秋清一种,算来都是醒时痛。小灯如月照醒人,不知醒也还如梦。

"屋角停筝,风前小睡""身转浮萍,琴传素手",如此生涯清气袭人,"回肠拚共银鱼吻""秋如小病已磨人"诸句则能出人意表,风韵独绝。笔调更绵丽也更古香古色的是《生查子》与《醉太平》,前篇的"酴醾妥""烟欺我",后篇的"尘花慢香""雨倦灯凉",其实皆眼前语,经词人妙笔雕刻即成不凡之响:

> 吹残白絮风,熟透红蚕果。瘦了紫桐花,卧倒酴醾妥。　龙涎迷迭香,鱼钥葳蕤锁。裙绿草埋烟,镜古烟欺我。

> 尘花慢香,情昏意伤。夜来雨倦灯凉,对眉心淡黄。　云仙绿章,天荒地荒。蝶衣晒遍莓墙,在风旁露旁。

能在雅正婉约的"主干"上，旁逸斜出其他审美质素的"枝叶"，形成积苍叠翠的"复合型"美感（即一般所谓"厚"者）在《散花》集中也在在可见。她有"大法螺吹兵似豆，金刚杵坏鬼如麻。怪他月白碍归鸦"，"怕爨火、试将奇石，禅天须烂煮"的拗峭①，有"雷声并，倒山推海，烛龙翻挺"，"江山龙战血，碧落飞黄叶"的奇横②。既能将"太宇光浮，瑶舱电闪"的火箭发射、"舞残百合枝底，匀趁足尖行"的芭蕾舞剧纳入笔底，又能庄谐并作，雅俗杂出。《清平乐·兴化得板桥道情手迹影印本》云："渔樵旧事，鼓板青衫记。介竹撇兰都是字，瘦作人间寒士。　如何乱石铺街，有人乘醉归来。月是扬州精怪，醒时化个梅胎"，居然十足板桥风味。青凤之雅，雅得宽豁，雅得丰盈。

至于灵动天然一格，青凤偶一为之，也绝无逊色。《虞美人·辛卯乞巧前夕于思明海边》《浣溪沙·南京火车站与鸿儿》二首即全出白描，别有机趣：

　　龙腥泛了银河暗，月小飞云乱。何人跣足白如霜，一任海潮来去夜茫茫。　波涛未比尘天阔，细数恒沙沫。扶舷灯火正模糊，那块黑礁曾坐美人鱼。

　　寒轨悠悠一线长，车厢些小待徜徨。蓓情蕾梦付行囊。　红绿街灯如问答，咖啡夜色等微茫。繁华今属少年郎。

"和云和月""为冰为雪"，《散花词》之色貌也；"非雨非晴""疑今疑古"，《散花词》之品格也。青凤的高情雅趣，也正是其词的成就与特色——这是词学批评史上"词品出于人品"的经典话题了。昔年王昶论友人江宾谷词云："君耿介峭冷，熏心炙手之地，望望去之。每逢荒溪幽汀，孤游独谣，归而掩关却扫，日以图史、金石、笔墨、香茗为伴侣，俗客罕闯其户……而诗与词之工实在于是。"③青凤的人品与词

---

① 《浣溪沙》《花犯·子春赠戚邑红叶》。
② 《翠楼吟·滆夏雷雨夜》《菩萨蛮·蒋鹿潭子夜歌七阕，谢玉岑以为怨骚之遗，遂有继作，余慕而仿焉》。
③ 王昶：《江宾谷〈鹤梅词〉序》，《清词序跋汇编》（第二册），第539页。

品之"雅",皆发乎天性,绝非今日词坛顾盼自赏之"媚雅"俗子所能习摹[1],她的创作,就是文人雅词在当代最血统纯正的承传。

同时较有影响之婉约作手还有周燕婷(1962—),广州人,中学物理教师。早岁学词于张采庵,适熊东遨,又与熊盛元、王蛰堪、魏新河、苏些雩、段晓华等往还密迩,颇极风雅之盛。其《小梅窗吟稿》存词数百,触目晓月残风、花愁柳怨,不出晏、欧牢笼,溺于一"雅"字难自脱也。《好事近》《眼儿媚·百花生日寄菊斋主人》可称轻捷流丽不作态,各拣其半以读之:"何处一声箫,吹落杏花如雪。悄倚碧阑干下,把茜裙轻褶""美人头上幡风绕,初蕊可宜簪?思量明日,一枝撷取,和露封函"。

尝为周氏绘《小梅窗填词图》的韩倚云也是圈内同人。[2] 倚云(1977—),河北保定人,工学博士后,发表《科技与诗词综述》《科技与诗词之技法》等文章,独具一格。现任北京某高校教师。倚云尝以《鹊桥仙》译拜伦《兰叶清泪》,以《金缕曲》译歌德《恨别》,单以词论已属妙品,"凿通"手段之细腻融妥则较茅于美更进一步,确乎"化意绪、成诗绾绾":

> 幽幽兰叶,溥溥零露,都在罗兰娇靥。清扬巧笑闪灵光,任流眄,人间风物。　纤云抱日,绮霞染水,化作斑斓一抹。欢颜暂借悦双情,更些影,深心珍摄。

> 策马心驰远。越群山、树笼秦栈,岭云疏卷。入目迷茫层榭立,辽阔霜天横雁。念去去、无为泪眼。红叶秋江凝碧思,可阻拦、襟抱兰香散?鸦过处,助天晚。　凭栏再忆桃花面。笑春风、催鬓飞雪,故颜偷换。些许旧愁都消去,莫使新愁弥漫。化意绪、成诗绾绾。信有飞鸿城隅过,望君怀、与我同肝胆。分辉月,共流眄。

---

[1] 陈舒劼:《认同生产及其矛盾:近二十年来的文学叙事与文化现象》:"'媚雅'源发于对高于自身实际水准的文化素质与文化品位的渴慕,但这种渴慕并不除朝向真正意义上的修习实践,而是转化为对高品位文化的符号化篡改,并以消费这些文化符号的方式营造出一种占有的表象。"江苏大学出版社2013年版,第220页。

[2] 题《小梅窗填词图》为王蛰堪首倡,后得网间五十余家响应,为近年吟坛盛事。

四　剑气箫心的李舜华词

年辈较晚而俊迈如"快马斫阵，登高一呼"的李舜华（1971—　）可推为当代学人词"射雕手"[1]。舜华号复庵，江西广昌人，先后就读于山东师范大学、北京师范大学，现为华东师范大学中文系教授，从事古典戏曲、小说研究，有《冰栀楼剩稿》《复我庵吟稿》《沪上吟稿》。陈永正谓"复庵之词，当世学人罕有"[2]，这句"罕有"既潜含着学界"文雅不闻，伪体斯兴"的代际性共识[3]，也是有感于诗坛卑庸之风劲吹、"江湖侠骨已无多"后的喟叹。

舜华十七岁始作诗即手眼甚高，"等闲风月等闲诗，夜半忽听碧玉辞。一自蓬山孤凤杳，桐花空发两三枝"中的矜许感最近于"一睨人材海内空"的龚自珍。其后夙志不改，"铿然宝剑欲何屠，肯教高情对酒沽。一自九州风雨骤，扁舟挟策啸江湖""无数繁花过眼明，百年深巷梦犹馨。谁教四面八方雨，惊破龙蛇四壁声""看尽山寮共水寮，铜鸾无处证芭蕉。愿焚三万六千障，不许春深过二乔"等句，使杂《己亥杂诗》卷中亦难辨楮叶，顶礼定庵之心志颇昭明。

故此其为词必"耻为娇喘与轻颦"[4]，不作一字软媚平熟语。《蝶恋花·春暮忆江南》《蝶恋花·上巳感怀》《浪淘沙·丁亥秋沪上别涣斋》为怀思、送外的婉约题面，而以"待理琴弦歌素志。深山一夜春鹃起""梦底琵琶声似铁，天风吹落檐前月""截断行云崖上雨，出没孤鸿"煞尾"提神"。即如《六丑：咏海棠》《曲江秋·白莲》等熟题下亦有"教烂春、遣放平生志，休随海汐""欲怅古连桥，双星隔断空明灭"的奇气横逸而出。《卜算子·丙戌六月》是径直述志之作，小序即颇苍劲：

> 偶然整理旧纸，得少作《咏柳》五首，分题四季，复总一篇，以拟一生之追悟。事隔一十八秋，不意当年所语尽皆成谶。忆得少

---

[1]　郭麐：《词品·雄放》语。
[2]　转引自《徐晋如谈〈百年文言〉：风雅不灭，高贵长存》，网文。
[3]　钱之江：《〈春冰集〉序》，河北教育出版社2005年版，第1页。
[4]　龚自珍：《己亥杂诗》第二百五十三句。

奉冰心语，以为生命必历百劫而不悔，始称圆满，不知今日一一历尽后，犹能不悔否？圆满二字，又当何解？怅怅不已。复题词五首，回首沧桑，俱结于"柳"，或亦中麓前有《卧病江皋》、后有《中麓小令》之意耶？

读第一、二、四首：

歌尽绿芜琴，怕问东阳瘦。几处梧桐碧可怜，花灿黄昏后。梦欲挽长河，谁是经纶手。放眼青山皆不言，匹马长堤柳。

风定午阴圆，绿满新荷瘦。一点黄蜂扑素经，莫道寻芳后。阅遍古今辞，翻笑文章手。青鬓长青总是痴，策杖东坡柳。

落叶满京华，蝶冷雕鞍瘦。玉砌朱栏只等闲，生小横塘后。暗老丁香梦，闲看翻云手。已觉西风百样愁，更着斜阳柳。

"总是痴""百样愁"可证其"哀乐过人""万感幽单"的词家质素，而"梦欲挽长河，谁是经纶手""阅遍古今辞，翻笑文章手"的少年自负必定在涉阅人事后转化为或沉郁、或披扬、或苍凉、或岑寂的中年况味。舜华寄情于景的长调最能见坎壈胸次，所谓"风雨江山外万不得已者"[①]：

断鸿影里斜阳，黄芦一片秋无际。江南塞北，伤心又是，萧然归矣。燕子楼头，百花洲外，依稀清丽。恍流年似水，红颜如梦，付风雨、斓斑里。　　惆怅与谁拼醉。共西风、泪倾如水。萧萧狂去，悠悠愁起，推排无计。何事年来，剑喑箫冷，栖尘如此。待寒江月落，千笳声动，逐孤云逝。

——水龙吟

[①] 况周颐《蕙风词话》语。

第三章　潜行波谷的二十世纪后半期女性词坛　1305

噫我归欤，望七星岩，听邻院蕉。念鸳盟虽证，人生难百；文坛逐鹿，毕竟蓬蒿。半月千江，万荷一梦，十载江湖对雪消。灵山好，问流连底事，不解霜袍。　秋风难唱渔樵。争不见、深林翔朔枭。顿金刚嗔目，地皇发愿；魔生种种，劫变滔滔。我本无根，君归何处，满目疮痍待酒浇。凭栏久，恍鱼龙俱动，松影如潮。

——沁园春·重过青雨寺八月中，同涣斋……重过青雨寺，攀七星岩不得而返。旧地重游，少年意兴，俱成流水，而此后荆途，犹自苍茫，能无深慨乎

千嶂烟深，四郊莺起，朝阳初上花野。粲粲游人，翩翩飞辇，悄向春边倚马。怕问垂裳日，试弦索、清真偏写。半生箫鼓烟霞，可怜都作虚话。　欹倒红醪醉也。任散发芳溪，泠泪盈把。掷剑龙惊，题兰人老，莫道古今都冶。行尽天涯絮，待唤影、芭蕉荫下。一砚如冰，文章销尽长夜。

——探春慢·沚斋、蝠堂、童轩诸先生招上巳雅集奉题，用白石韵

这绝不是寻常的登高怀古、临流赋诗。"人生难百""毕竟蓬蒿"背后的人世无常感，"萧萧狂去，悠悠愁起""掷剑龙惊，题兰人老"传达出的浩茫情怀，底里都是中国文人那种失落已久的狷狂标格，而"散发芳溪"的遗世姿态与激亢啸傲尤令人耸然动容。长调之外，形制较短的词作以情绪较"浓缩"而更易感及：

苦雨腥风梦易寒，重添春蜡坐参禅。层云万里迷孤影，都是冻蕊千重裹寸丹。　分碧海，破苍山，乘风欲去又茫然。不如挂剑磻溪上，楚些周诗带醉看。

——鹧鸪天

爆竹声中欲断魂，暂携村醴过阊门。华灯夺月迷千眼，破帽遮颜剩几人。　春梦影，旧歌痕，已凉鹃血倩谁温。等闲浇遍芙蓉

土，千树桃花漫水坟。

——鹧鸪天·上元

卅载流年任转输，偶然南粤结松庐。苍崖已没三君篆，红烛还看四壁图。　　乘赤豹，撷芙蕖，梦来悒悒欲何如。屠龙事业生花笔，尽付灯前一策书。

——鹧鸪天·寄怀

湘扇谁题幽思赋，销尽流年，犹有余香驻。打桨西湖斜日暮，当时红叶应无数。　　欲寄愁心关塞阻，蝶梦无端，携入春兰谱。回首津桥惊一羽，天风吹下星如雨。

——蝶恋花

神色虽比前举几首略颇淡些，然"不如挂剑磻溪上，楚些周诗带醉看""等闲浇遍芙蓉土，千树桃花漫水坟""乘赤豹，撷芙蕖""天风吹下星如雨"诸句仍然银钩铁画，光耀纸面，在一片"小红低唱"中显得殊为可贵。复庵词的锋锐面目是审美取向、个人经历共同造就，而总由情性先导。与其交谊颇深的徐晋如2016年末首作《踏雪行》，刘斯翰、陈初越等倡应，舜华亦有唱酬之作。[①] 在唱酬中，男性的胡马有"篆灰争得似侬心？侬心已似霜冰冷"的深情，女性的复庵偏作"天风尽处铁枝横，一一教写刀霜冷"的劲峭，其实那都是"禅心剑气相思骨"的"复合型"审美祈向之一端，大可合而观之。这种芳菲悱恻的情怀与高蹈超俗的笔路已是稀缺元素，但它恰是一泓未曾断流的活水，一旦与英卓才人心会神合，就会呈现出独异的艺术品貌，龚定庵、文芸阁如此，徐晋如、李舜华亦如此。

五　迦陵两弟子曾庆雨、石任之

叶嘉莹门下两位女弟子曾庆雨、石任之齿序稍晚于李舜华，词各有可观，可以接谈。

[①]《踏雪行》即《踏莎行》，名自《鸣鹤余音》。

曾庆雨（1975— ），河北廊坊人。1998 年即拜入叶门，2004 年正式考入南开大学治词学，并从王蛰堪习创作。庆雨词心纯厚，故《定风波·送别迦陵师》《鹧鸪天·读迦陵师梦中得句三首感赋》诸作无肤俗之弊。又虽为半梦庐弟子①，实则受梦窗沾染较少而能入清人法门：

> 掩词笺，依然旧月如银。映千花、交光泪影，幻成笔底乾坤。爱湖梅、色深情重；怜移菊、景短霜频。处士孤怀，遗民断梦，信芳遥接楚骚魂。更别有，闲情幽显，离合雪中春。沉吟久，然疑任我，否可凭君。　叹寒灰、星星宿火，岂能回照荒坟。继家风、臣心未死；罹末世、晚节尤屯。无始飘零，无终缱绻，苍茫独咏竟何人。只余韵，似传微旨，香国写前因。风来处，落英点水，水又成文。
>
> ——多丽·题苍虬咏花词

庆雨硕士学位论文题为《末代遗民陈曾寿及其咏花词研究》，颇能抉中苍虬深心。是篇《多丽》沉郁折宕，一咏三叹，上下片几处对句或点化陈氏词意，或为其定评，皆合洽工致。更能觇见功力者为《春日和王鹏运鹊踏枝》组词。其一、九云：

> 风剪长云千万片。静映澄江，动又因波转。枉向人间悲聚散，死生不为愁城限。　乱蕊繁花纷觌面。一似前春，只较前春浅。果复童心花底见，不辞业眼寻春遍。
>
> 小住长留皆有尽。梦未圆时，一例因春困。漫倚虚空书爱恨，剧终犹恋残妆粉。　人海遥时天路近。冬雪春雷，各递人天信。月鉴山河谁更隐，垂髫老至繁霜鬓。

"枉向人间悲聚散，死生不为愁城限"，"月鉴山河谁更隐，垂髫老

---

① 蛰堪门庭广大，女弟子还有谷海鹰、杨敏、林素芳、霍梅雪、赵亚娟、郭珍爱、王黎娜等，窃以为庆雨为个中翘楚。

至繁霜鬓",那种"于千万年之中,时间的无涯的荒野里"踽踽独行的寂寞感,非现代人不能言。① 从这个意义上说,她突越了王半塘、冯正中"郁伊惝恍,义兼比兴"的传统抒情路径②,恰因其"现代"反而具有了经典性。

石任之(1983—),江苏徐州人,先后毕业于首都师范大学、南开大学,现供职扬州大学。任之而立年始学词而手眼不凡,盖有夙慧也。自云诗词"于义山、稼轩、苍虬、还轩特有情结在,处乎太上不及之间"③,自辑《未凉灰集》《西海玄珠集》,存词百余。在《未凉灰集》小序中,任之有一番"细入毫芒"的自述④:

> 倚声之道,予中岁始学之,不过以哀乐过人,无由自遣。癸巳中,寓南海普陀禅院,野旷天荒,平居但一二飞鹭过我。入夜,心田就芜,意海微澜,一点青灯如死。而庭中疾风疏竹,朗月孤松,吾闻天籁也,吾见天心也。郁积于中不可遽解者,悉发而为词。乃知死生忧患之外无诗,去就爱憎之外无词……非人能主之,情实主之。今以二三年之涂写,哀为未凉灰集。火尽灰存,虽惧大方之哂,而我不能心死也。

未凉灰者,不能心死,集中"一寸成灰彻底藏","第几炉香袅月痕","已死焚灰不肯寒"等即申纾此意。任之有言"喜爱还轩词多过涉江"⑤,其楚恻幽窈中隐伏骨力之体格确实很得怀枫遗意:

> 梦觉扪之一片冰,逆风人在梦中行。可无上座当头喝,幸有西湖向眼青。　千万念,两三城。此生修不到无情。新尝世味如梅卤,渐解酸咸味外成。

——鹧鸪天·甲午夏,又之广陵

---

① 张爱玲散文《爱》中语。
② 王鹏运原词前序。
③ 石任之自传。摘自"光影掬尘"微信公众平台。
④ 钱基博评况周颐词论语,转引自《二十世纪中华词选》,第131页。
⑤ 摘自其微博。

梦澜微起,四月东君死。兼署雨师销愁使,掐落道旁新李。逆风吹折红榴,不从仙侣同舟。万一霎然惊破,水心身世浮沤。

——清平乐·骤雨

芙蓉藏萼谁同老,高阁逢秋杪。江枫气候带微腥,小坐纷来万念过流萤。　火中池下三千炬,未抵心灰数。西风一唱眼犹酸,匪石何为此夜不能言。

——虞美人

类此似达实伤、纠葛缠绕语在任之笔下俯拾即是。如《菩萨蛮·见人送小猫》"无毡与卧无鱼食,怀中分别成南北。软软小衔蝉,团团作可怜"之温馨,《相见欢·楼外红叶李》"花道我,不是主,亦非宾,五十亿年才共此星尘"之超脱,皆不能多见。《鱼游春水·可惜我是双鱼座》《定风波·幸亏上升射手座》则可称奇辟纵横:

年年分春地,春向银河南岸指。东风睡觉,又把双鱼唤起。一尾多情梦是魔,一尾无情心为累。冰藕触鳞,垂花抛饵。　易感还容易悔,赤鲤藏书空满纸。重重拂了前言,无言可寄。有客歌哭不曾学,有客沉哀犹未已。看浩浩海,尽盈盈泪。

知我平生爱自由,向空一掷化星丘。如露在花非可泥,教坠,破甑余沥肯生愁。　十二迷宫人似醉,谁二,鸡虫蛮触勿相尤。明日太阳依旧至,磨蚁,休将乘瓠等蓏流。

从题到意,俱大有"网络味",而倡应菊斋"《金缕曲》老歌翻唱"词课所作《括港乐〈囍帖街〉》《括港乐〈一丝不挂〉》已是对网络词界的直接参与。自传统"家门"论,任之为驼庵再传弟子、迦陵门生,行辈不低。从时序上看,其填词始于2010年后,应划入网坛"晚生代"。因着这种奇妙的"时差",石任之正可为异才秀出、万花为春的网络词坛张启帷幕。

第四节　中国港台及海外女性词坛

作为地域概念的中国香港、中国台湾及海外在近百年词史的"回归",其文化属性已经与纯古典语境下大不相同。这一点我们在上一编中阐述已详,这里要补充的是,中国香港、台湾地区及海外诸国女词人数量不丰,但艺术成就之高如张纫诗、与民国文化界关联密切如张充和等,都应在主流词史视角下予以充分观照,成为"潜行波谷"之又一形态。至于张默君、尉素秋、顾青瑶、周素子、叶嘉莹、李祁等相关词人已于前文安置,故不列入本节。

一　南海女子张纫诗为主帅的香江女性词坛

纵目百年香江词苑,若廖恩焘可目为"旧头领",刘景堂是毫无争议的集大成者,那么张纫诗(1911—1972)则应是女性第一名家。纫诗,原名宜,后名转换,自署南海女子,纫诗其字。纫诗少年受业于叶士洪及翰林桂坫,以诗古文辞见称,书法钟王,擅写牡丹,又尝为民国政要、诗人陈融掌书录。寓广州时加盟越社、棉社。1950年赴港,"纱幔授徒,自修慧业"①,后入坚社、硕果社②,人称"诗姑"。1958年挟艺走东南亚、北美,倾动一时。1965年适越南华侨蔡念因③,偕隐太平山。著有《文象庐诗集》《仪端馆词》《文象庐文集》《张纫诗题画诗集》等。④

纫诗早岁与叶恭绰、冒广生、詹安泰、朱庸斋、黄咏雩、陈寂、佟

---

① 高拜石:《妹夫棒打鸳鸯——陈协之棠梨之恋》,载《古春风楼琐纪(九)》,台湾新生报1979年版,第221页。
② 硕果社由伍宪子、黄棣华、冯渐逵、谢熉彝等1945年创立,每月两会,赋诗填词,时敲诗钟。后社员发展至70余人,为香港历史较久之重要诗社。
③ 蔡念因(1913—2013),原籍广东三水,越南传奇华侨企业家,晚年居美国旧金山。蔡、张结缡,各方名流以诗画祝贺,遂刊《百年好合集》酬赠友好,并志纪念。纫诗《文象楼诗文集》《仪端馆词集》均为蔡氏手刻。
④ 张纫诗生平参考自余祖名《广东历代诗钞》(香港能仁书院1980年版)、黄昏《画里有诗诗有画——诗画兼工的张纫诗》(《岭南才女》,广东人民出版社2002年版)等。又,生年有1911年、1912年二说,俟考。此从黄昏说法。

绍弢诸公交游，在港时同廖恩焘、刘景堂、饶宗颐、潘小磐、黄松鹤等文酒酬唱，数十年间往来者俱一时隽才，真可谓身负半部岭南词史。其词才富艳，时誉颇隆，刘景堂、饶宗颐至有"一洗近代靡靡之习，进而直叩两宋之阃""绮靡缘情，未易接武，佳篇络绎，调感怆于融会之中"之评。[1] 举同时期中国港台及海外，女词人之首座不应作第二人想，然僻处粤港，致声名不逾珠江，未得角逐中原，惜哉。

纫诗父尝为择配某氏子，不合，遂赋仳离。后与陈融有婚姻之约，为陈氏妹婿胡汉民所阻而含恨分手[2]，故纫诗早期情词皆有所本：

> 一从抛撇似云泥，秋压远山眉。女娲留石磨金剑，照当时、绿鬓飘丝。泪眼乍晴又雨，灰心欲死犹痴。　英雄肝胆美人诗，两两不相宜。词中短梦成幽谶，怪如今、梦影都非。青鸟不传消息，绿窗关住相思。
>
> ——风入松[3]

> 一段无情芳草地。问谁有，嬉游意。更谁念、梨云深院闭。花未落，春心死；春未老，花心死。　若见红泥须踏碎。莫再任，因风起。怕吹上、枝头成血泪。行去也，人憔悴；归去也，天憔悴。
>
> ——酷相思·踏青

痴耽旷达，笃挚决绝的风调摇曳字间，足当"哀艳"二字，别具特色的情语似此前女词人笔下所罕。

友人卢鼎公为纫诗《仪端馆词》跋，称其"处处有己，亦处处有人"，又举集中俊句佐证"处处有己"的判断："《玉楼春》之'江山千古在诗中，不放天涯三月去'，其抱负也；《小重山》之'知君不肯

---

[1] 《张纫诗诗词文集》1962年自印本，第1页。
[2] 参见高拜石《妹夫棒打鸳鸯——陈协之棠梨之恋》。陈融（1876—1955），字协之，号颙庵，广东番禺人。早年肄业于菊坡精舍，后留学日本，加入同盟会。广东光复后，历任司法厅厅长、政府秘书长等，著有《读岭南人诗绝句》《黄梅花屋诗稿》《颙园诗话》等。
[3] 较1949年第66期《岭雅》原作略有改动。

嫁东风。天作主,休问为谁红',其操守也;《双调天仙子》之'天阙莫嫌今夜短,人生百年如露电',其人生观也……《唐多令》之'怅醒时、不是前身'、《玉楼春》之'试从天上念人间,人爱春晴人爱雨',殆人而仙者乎?而《画堂春》之'有酒有诗换日,栖心人境何妨'、《换巢鸾凤》之'修到神仙也相思,分沉人海悲天老',则仙而佛矣。"[1] 张纫诗确乎在主性情的基础上不落斧凿痕地抟合了多层次的美感,形成了一种丰融和谐、情文相生的风格,"仙""佛"云云虽太夸张,亦言出有故也。纫诗另有眼前语托寄沧桑感之格调,似平淡而极厚重:

　　绿灯如海,颇黎窗户,乍忆儿时。阿娘裁胜,阿爷剪柏,鸦髻读唐诗。　而今文酒游宴,情绪都非。明朝又是,春花压担,风雨一帘低。
　　　　　　　　　　　　　　　　　——庆春时

　　今岁清明逢上巳,沧海题襟,四十三年事。一半模糊如梦寐,东风又到人间世。　为问归梁双燕子,知否前身,此日谁家里。检点春词千万字,平生都替花垂泪。
　　　　——蝶恋花·今岁清明逢上巳,梅溪词也,四十三年前伯端曾用此句谱此调。今又逢之,再赋,索和。溯时余尚未来人世也

　　风过低墙,车后尘香。地浮烟、不见垂杨。十分情绪,送了斜阳。怕花开,怕灯上,怕宵长。　如此春光,燕未归梁。任新词、弹入清商。人间半老,何日能忘。旧阑干,旧星斗,旧梳妆。
　　　　——行香子·燕归馆主人有"春何必夜"之句,属赋其意,我本无愁,恐言之尚浅耳

至于《多丽·木棉》一首以咏物常题缅忆故国、感怀身世,亦是真切动人的有为之作,不可泛泛视之:

---

[1] 《仪端馆词跋》,《张纫诗诗词文集》,第32页

第三章　潜行波谷的二十世纪后半期女性词坛

　　旧江山。夕阳留客盘桓。近清明，东君渐老，天南高树初殷。百年来，风云身世；半生在，烟雨人间。收拾豪情，消磨景物，故家乔木不成看。念鹃梦，一回醒后，春事一回残。休重问，刘王歌舞，赵蔚呼銮。　剩斑枝，撑持日月，霸图还与谁论。野尘终，绛绡憔悴；层楼外，黄鸟绵蛮。万姓祷袍，几番心力，吹绵无计被清寒。但换得，登临瘦杖，划损碧苔痕。猩红照，英魂聚处，新火燎原。

刘景堂有云，"吾老矣，所期于纫诗切于自期"[1]，从这些创作来看，作为港岛词界女头领的张纫诗对这份厚望是未尝有负的。

张纫诗下可续谈与之交接甚密的潘思敏（1920—　）与蔡德允（1905—2007）。[2] 思敏，广东南海人，"人甚爽朗，胜于纫诗"[3]，适名士陈荆鸿[4]，时人比之赵管。"擅诗文，词学尤夺魁"[5]，有《词林雅故》连载于香港《华侨日报》艺文副刊。今门人代辑之《茹香楼存稿》存词一百三十首。何乃文称其词"有序有物，尤觉有气势，类丈夫之言"[6]，而傅静庵将"无半点闺阁气"的原因更具体地判为"学稼轩"[7]，明确揭橥其治词门径。

于吊古伤今中曲折吐露侘傺失意之感、将典实融化入自家郁勃襟怀，是"学稼轩"应有之义。读《摸鱼儿·九日登太平山》：

　　傍虚栏、白云黄叶，匆匆时序如许。凉秋九月无凉意，料得佩萸人苦。怜倦旅。怕一霎商声，乍起连风雨。吟秋旧处。渐菊老岩柯，霜零木杪，暮色满平楚。　齐烟外、信有尧封可睹。登临知甚情绪？纷纷蛮触争蜗角，多难愁闻金鼓。夸武库。君不见，星津

---

[1] 《张纫诗诗词文集》，第1页。
[2] 《张纫诗诗词文集》中有与二氏唱和之作。
[3] 傅静庵致朱庸斋信中语。《朱庸斋先生年谱》，第175页。
[4] 陈荆鸿（1903—1993），字贯同，号蕴庐，广东顺德人。与吴昌硕、黄宾虹为忘年交，为"岭南三子"之一。抗战时赴香港，先后任《循环日报》社社长、圣士提反书院教师等，晚年以书艺获英女皇颁授荣誉勋衔。著有《蕴庐诗草》《独漉诗笺》等。
[5] 黄绍丰：《〈茹香楼存稿〉跋》，2012年自印本，第49页。
[6] 《〈茹香楼存稿〉序》，第2页。
[7] 傅静庵致朱庸斋信，《朱庸斋先生年谱》，第175页。

月地浮槎渡。何堪再语。叹度曲楼荒，思悲响歇，高会未能赋。

思敏娴于长调，而以直笔出之的《渔家傲·过青山红楼，当年孙总理中山曾寓于此》别有大感喟存焉，似更佳：

满眼西风黄叶地，当年谁会幽栖意？亿万黄魂呼欲起，嗟已矣，尊前慷慨空余泪。　　历尽红桑楼半圮，定巢燕子归无计。纵目屯门悲逝水，今古事，问君独醒何如醉。

蔡德允，号愔愔室主，江苏湖州人，近世古琴名宿，中岁定居香港。①《愔愔室诗词稿》存词二百，卷端有饶宗颐所题《金缕曲》，以"翕响如君真美手，便声清、张急徽能别。余音在，久难绝"称许其琴、词二艺。

或与其乐人身份有关，德允较潘氏而言更谨守清真、白石等宋贤矩度，故相当程度地湮没自我，能"入"而未见"出"。《琐窗寒》一首可目为词体自传：

冷瘦斜阳，红翻落叶，数鸦归去。漫漫远道，谙尽天涯风露。恁凄其，芳尘渐遥，慰情独忆闲言语。而向灯前懊恼，琴边惆怅，梦时伤苦。　　难驻。空延伫。只静拨炉烟，搅长愁缕。吟怀欲谢，目断鸡窗侪侣。笑从来，按谱倚声，几番赚得英武妒。慨当年，漱玉风华，也只余黄土。

二　"过江名士，海陬人杰"②：台湾女词家举述

台湾近世女性词人最早可追溯至石中英（1889—1980）③与李德

---

① 蔡德允三十年代移居香港，1942年日军侵占港岛，遂举家北上沪渎，1950年再返港。
② 张荃：《念奴娇》句意，全词见下文。
③ 石中英，字俪玉，号如玉，出身台南石鼎美望族。二十年代设芸香阁书房授女徒，以振兴诗学自任。日据时期多次离台内渡，与夫婿从事抗日工作，光复后定居台北。有《芸香阁俪玉吟草》，存诗千首、词八十余。丘逢甲之子丘念台序曰："其诗幽雅安丽，其词尤清整纤美，不独无颓丧沦亡之音，而有怀古攘夷之意。"

和①（1893—1972）。二氏皆生长于台湾，故特多"吾土吾民"的忧悯。如石中英作于日据时期的《捣练子·伤时》"烽火炽，角声哀，鼙鼓惊天动地来。炮发花开人浴血，可怜无处不罹灾"，直笔纪史，激厉痛切。其后鼎革簸荡之际的"过江名士，海甸人杰"中也颇多优秀的女词人，可缕述之。

琦君（1917—2006），原名潘希真、希珍，浙江永嘉人。杭州弘道女中卒业后保送入之江文理学院国文系，为夏承焘及门弟子，龙榆生曾为代课。抗战后，榆生以出任伪职遭审判下狱，希真时供职苏州高等法院，遂以学生身份上书有司，为其申请保外就医并获准，"琦君"之笔名即为纪念此事。②琦君1949年赴台，供职司法界，同时从事教育、写作，成一代小说、散文名家，被誉为"台湾文坛上闪亮的恒星"③，电视连续剧《橘子红了》即为其原作改编。

以同乡父执之谊④，瞿禅对琦君关怀勉励备至，有如亲女。《天风阁学词日记》与通信中不唯可觇得师生亲厚，"勉为此业"的惊人预见力尤可见对琦君禀赋、性情的熟谙与知赏：

希真来，谈至暝去。予劝其亟亟用功。⑤

希真健谈，如春云卷舒，聆之移神。⑥

---

① 李德和，字连玉，号罗山女史等，出身云林西螺世家，为清儒学劝导李昭元长女。少年即有诗书画三绝之誉，婚后组织琳琅山阁诗会、题襟亭填词会，晚年居日本。德和诗《震灾吟》百三十二韵，悲壮沉痛，论者谓足与《孔雀东南飞》颉颃千古。今《张李德和诗文集》存词15首。

② 龙、夏通信时为免嫌疑，乃以"琦"字称希真，盖瞿禅尝以"希世之珍琦"许之。龙为表礼貌，再赘"君"字。事详琦君《我的笔名》，《忍寒庐学记　龙榆生的生平与学术》，张晖编，生活·读书·新知三联书店2014年版，第66—67页。

③ 方忠：《台湾散文纵横论》，江苏教育出版社2008年版，第49页。

④ 夏承焘早年与琦君父辈交好，尝作诗云："我年十九客瞿溪，正是希真学语时。"琦君《卅年点滴忆师恩》："我入之江大学，完全是遵从先父之命，要我追随这位他一生心仪的青年学者与词人。"《夏承焘教授纪念集》，吴无闻编，中国文联出版公司1988年版，第154页。

⑤ 《天风阁学词日记·1939年9月4日》，载《夏承焘全集》第六卷，浙江古籍出版社1992年版，第129页。

⑥ 《天风阁学词日记·1941年8月19日》，第328页。

小岚自温州来……谓希真近极愁郁瘦削，既失其伯母欢，近又以与黄君兴趣不合，去书商量解约。此至可惊讶。此子聪敏而多不幸，惧其竟不永年。午后作书，录歌德语慰之，望其能背定人生，勿为命运所玩侮，并录子在川上二语，说知其不可为而为之精神。①

比来耽阅小说，于迭更司《块肉余生》一书，尤反复沉醉，哀乐不能自主，念汝平生多拂逆，苟不浪费精力，亦可勉为此业。流光不居，幸勿为烦恼蚀其心血。如有英文原本，甚望重温数过，定能益汝神智，富汝心灵，不但文字之娱而已也。②

琦君擅说词，《词人之舟》《寂寞词心——我读辛弃疾词》等甚得夏翁心传，创作亦能接天风阁高朗健拔之余韵而自拔于闺帷常格。下引《水调歌头》即个中典型：

何处寄幽愤，翘首望苍穹。月华千里如练，清啸和长风。梦到中原禾黍，误了平生书剑，痛饮竟谁雄。日日登临意，碌碌百无功。　　斜阳外，送归雁，落遥空。凌凭意气自负，独立抚孤松。不记秋归早晚，但觉愁添两鬓，此恨几人同。慷慨一杯酒，弹铗且雍容。

较感慨沉郁的《齐天乐》艺术水准似更高，词序、语意（如"斓斑""无据"词汇的借用）及技艺（如过片处理）与定庵《减字木兰花》颇肖似，家国身世感也略同③：

余在中学肄业时，尝戏以鲜花嫩叶，排成图案，夹置书中。十年来颜色非故，而娇姿丽质，犹似当年，睹物感怀，怅触靡已，爰取素娟依样绣五彩花卉，旁缀琵琶，什袭珍藏，藉资纪念。因赋此

---

① 《天风阁学词日记·1943年4月19日》，第483—483页。
② 琦君：《卅年点滴忆师恩》，《夏承焘教授纪念集》，第167页。
③ 龚自珍词云：人天无据，被侬留得香魂住。如梦如烟。枝上花开又十年。　　十年千里，风痕雨点斓斑里。莫怪怜他，身世依然是落花。

阕，以寄相思

缥囊也似藏春坞，纷纷断红无数。玉蕊斓斑，娇姿瘦损，莫问春归何处。纱窗夜雨，欲唤取春魂，与他同住。十载天涯，也应谙尽飘零苦。　　飘零莫随尘土。拈金针绣入，万花新谱。一点芳心，无边幽恨，还向琵琶低诉。君应解语，叹渐尽韶华，梦痕无据。写入幺弦，赏心人听取。

瞿禅有诗云"我门儿裙襜，宋张扬前麾"①，另一位夏门词弟子张荃（1911—1957）可并谈。张荃字荪簃，原籍广东揭阳，生于北京，之江文理学院毕业。抗战中流落港、闽间，1945年赴台湾，应聘于台湾大学、台湾师范大学等，逝世于马来西亚。

荪簃承乃师词人谱牒之学，有《刘后村年谱》传世。《张荃诗文集》中留存词作三十五首，才调多有可取，不让琦君。雄厚悲慨、可为一代渡海才人代言之作当属《念奴娇》：

霁峰千叠，问危楼高耸，谁家城阙？一曲笙歌天不夜，未数江南风物。急管多情，幺弦易怒，梁绕声凄切。过江名士，海陬多少人杰！　　犹有呜咽胥潮，兴亡前恨，摇撼堤风咽。楚水吴山都历遍，始信乾坤空阔。万里归云，三年零雨，忍问家残缺。江山遥望，只今空剩寒月。

琢字精警、境界奇矫，故而深具"瞿禅味"者如《渔家傲》：

回浪平沙随地涡，惊涛碎剪银花朵。远浦渔舟明豆火，微雨过，阴霾四合天如堕。　　霁月忽然来照坐，沙鸥相对参功课。听到潮生娱梦可，珍珠颗，岩根啮浪成龙唾。

瞿髯词才绝代，琦君得其气骨，荪簃得其情致，而大抵精粗杂陈，未臻大成。就保存词业一息危脉而言，皆可称功臣。

---

① 宋指宋清如。

"过江名士"中,还应包括张雪茵(1906—)①与江芷(1912—1987)。她们都在西子湖畔度过了青春岁月,对故国特别是对"江南"的怀恋,几乎成了笔下唯一的主题。

雪茵,字双玉,湖南长沙名门之后②,湖南私立艺芳大学毕业后历任湖南省民政厅秘书、《湘报》主编等职,赴台湾后仍任职政界,同时从事新文学创作与研究,以"典雅而秀"驰名文坛③,有《双玉吟草》。

雪茵才力不能称富,集中成就最高者《梦江南》组词于词调本意下连赋"江南好""江南月""江南水""江南劫""江南别""江南望",意切辞尽,哀婉动人。读"江南忆"二首:

> 江南忆,最忆是杭州。绿柳因风才结夏,新莲堕粉又边秋。扶梦住湖楼。

> 江南忆,心事倩谁传?容易天涯芳草绿,偏教明月别时圆。归梦一年年。

江芷,字沅子,出身江西婺源书香仕宦之家④,幼年接受新式教育,自上海务本女学考取浙江大学化学系唯一名额,与化学家周厚复结缡。1946年以夫病,举家迁台湾。江芷毕生从事教育,被誉为台湾"一代化学名师",夫妇作品合刊为《春云秋梦诗词》。林庚白《子白楼随笔》载其词句"夜凉如水楼休倚,怕西风、吹冷旧温柔",谓足抗手易安。⑤以庚白之矜傲,此评语可谓难得。

江芷的一部《秋梦词》是从"此时初识雨西湖"(《浣溪沙》)开始的。她惯看"跳珠声里西湖好"(《丑奴儿》)、"西泠桥畔柳丝柔"

---

① 张雪茵生年颇多异说,从《张雪茵自选集》改。
② 雪茵祖父张百熙(1847—1907),晚清时官至吏、户二部尚书,谥文达。百熙为近代教育改革先驱者,曾制定《钦定学堂章程》,被誉为"大学之父"。
③ 王晋民:《台湾当代文学史》,广西人民出版社1986年版,第392页。
④ 江芷祖父江峰青(1860—1931),光绪十二年(1886)进士,累官至道员,入民国为安徽省议员,有《林深吟唱集》《醉绿吟红草》等。父江家玠曾任省参议会议员。
⑤ 见夏承焘《天风阁学词日记·1941年4月8日》,《天风阁全集》第六卷,第293页。全词已佚。

(《临江仙》)。去大陆后，无时或忘"晓寒遍踏六桥霜"(《浣溪沙·杭州杂忆》)、"燕掠斜阳天欲暮，归程载满烟和雾"(《蝶恋花·湖游忆旧》)，又收束在对"星棋密布，河汉凝烟"的"三潭月夜"的追忆中。江芷词宗花间、宋初一格，《苏幕遮》一首闲雅雍容，如子野、永叔一辈语：

旧西湖，新燕子，浮拭闲尘，来饮桃花水。苏小风流何处是。烟柳盈盈，千古登临意。　　酒当前，休引避。草草人生，难得消愁计。珍重今宵拚一醉。明日春归，便化胭脂泪。

三　海外女性词坛

海外女性词坛当以张充和（1914—2015）为大蠹。充和，安徽合肥人，生于上海，为淮军主将、北洋功臣张树声曾孙女，先后就读于上海务本女校、光华实验中学，1934年以国文满分、数学零分成绩考入北大。抗战中辗转西南，以曲人、书画家身份蜚声文化界。1947年就聘北大，1949年与新婚丈夫、德裔汉学家傅汉思同赴美国，先后主加州大学伯克利分校、耶鲁大学教席，致力昆曲教学与传播。

充和为张家十姊弟中唯一系统接受旧式教育者，传统文化"以通驭专"的特质浸润了她的一生。那则著名的联语"十分冷淡存知己，一曲微茫度此生"及沈从文墓四言嵌名诔文"不折不从，亦慈亦让；星斗其文，赤子其人"已能见诗家手眼。她曾不无自谦地说，"我这辈子就是玩"，而"玩票"性质的诗词创作足称萧散沉静，一如其人。

充和四十年代流寓陪都时供职教育部音乐教育委员会，拜入吴梅、沈尹默门庭[1]，得与诸名流朝夕过从。她性情简淡，无意声名，却偶然地成为"桃花鱼"与"仕女图"两次诗词唱和活动的中心，"以百年身世，悠游俯仰"[2]，参与到词史的恢宏叙事中。

《临江仙·嘉陵江曲有所谓桃花鱼者，每桃花开时出，形似皂泡。

---

[1] 事见张充和《从洗砚说起——纪念沈尹默师》，载《张充和诗文集》，生活·读书·新知三联书店2016年版，第350—355页。余英时赠诗有"霜崖不见秋明远"句。
[2] 陆蓓容：《一曲微茫度此生》，《更与何人说》，第227页。

余盛以玻璃盏，灯下细看，如落花点点。余首咏之，诸师友亦和咏》约作于1943年，引来包括汪东、卢前在内的十余位词家的同题、同韵和作①：

> 记取武陵溪畔路，东风何限根芽。人间装点自由他。愿为波底蝶，随意到天涯。　　描就春痕无写处，最怜泡影身家。试将飞盖约残花。轻绡都是泪，和雾落平沙。②

词深得体物摹神抉髓之妙谛，格调甚高，在一众高水准作品中轻取头筹。"泡影身家"不就是那一批萍飘蓬转的才士的贴切写照？至于全篇词眼"人间装点自由他"则是充和咏物自咏的格外用心所在。

"桃花鱼"唱和次年，充和依秋明诗意，于郑肇经（泉白）书斋中随手作合眼仕女图一幅，后竟得沈尹默、汪东、乔大壮、潘伯鹰、姚鹓鶵、章士钊诸家题词。此画遗失于"十年动乱"中，至半个多世纪后始自拍卖市场赎回。③ 大洋彼岸的充和感不自胜，遂题小令三首于卷端。读《菩萨蛮》《玉楼春》：

> 画上群贤掩墓草，天涯人亦从容老。渺渺去来鸿，云山几万重。　　题痕留俊语，一卷知何所。合眼画中人，朱施才半唇。

> 新词一语真成谶，谶得风烟人去汉。当时一味恼孤桐④，回首阑珊筵已散。　　茫茫夜色今方旦，万里鱼笺来此岸。墨花滟滟泛

---

① 唱和者计汪东、王韬甫、冯白华、卢前、韦均一等十余家。
② 桃花鱼吟咏者甚罕，此数篇外唯今人李静凤之《玉漏迟·咏镜湖桃花水母》。词云："大荒灵泽渺，涟漪冷却，团团飘影。坏劫柔肠，问是九仙几等。还道如环似阕，为孤月、浮沉金镜。兀自肯。蔌根竹杪，雨行风暝。　　谁省了尽纤尘，但玉骨娇支、冰心光莹。来去茫茫，天女豢龙谁聘。吹水桃鬟气息，任度与、天台寒磬。初梦醒。清虚白云飞剩。"
③ 事见张充和《〈仕女图〉始末》，《张充和诗书画集》，第376—383页。
④ 章士钊观充和《游园惊梦》后，作诗云："文姬流落与谁事，十八胡笳只自怜。"充和以比拟不伦，不悦。孤桐复以诗自辩："珠盘和泪争跳脱，续续四弦随手拨。低眉自辨各种情，却恨旁观说流落。青山湿遍无人觉，怕被人呼司马错。为防又是懊侬词，小字密行书纸角。"《一生充和》，第164页。

春风，人与霜毫同雅健。

——泉老来书云，大难后余少作仕女图已失去，题咏诸师长竟无一存者。命将我处图影放大，并嘱系以小词，用志爪迹

这位"闲静而有致"[1]的"画中人"带着一段民国记忆，以百岁高龄"合眼"了。她是生长于古典土壤、又移根异邦的风雅与通识之花，她见证过20世纪文化史的真山真水，又甘作一角小小留白。[2]在百年女性词视角下对张充和的评赏与解会，正有助于我们拨开"最后的才女"一类熟滥的追谥，进而窥见那个如孤飞野云般"自由而无用"的灵魂。

赵文漪（1923— ），字举之，江苏武进人，赵尊岳长女，适谭泽闿第三子谭德。"赵氏不幸，迭遭丧乱"[3]，二十年中赵尊岳长子典尧、夫人王季淑、幼女芬、长婿谭德相继去世。文漪"其后十余年间仆仆于中、美、加三国，居无定所"[4]，仍勉力主持出版先父遗著《珍重阁词》《高梧轩诗》。今人咏馨楼主云："赵先生有此女，可谓一生不幸中之大幸也。"[5]

文漪早承家学，少年时即遍和《珠玉词》一百三十一首，与乃父《和小山词》合刊，但仿拟学步而已，未能养成一己风格，时人"大小晏"之称奖大多出于情面耳。[6]叔雍不能尽传蕙风高才，文漪就更等而下之了。至于其他海外女性词家如阚家蓂[7]（1921— ）、成应璆[8]（1916—2000）、刘情玉（1943— ）等，才力尤不足观。

---

[1] 沈尹默：《仕女图》题词。
[2] 苏炜语意。见人民网2015年6月24日文《张充和：她是真山真水之间的留白》。
[3] 赵文漪：《〈和小山词〉跋》，载《和小山词·和珠玉词》，上海古籍出版社2004年版，第159页。
[4] 赵文漪：《〈和小山词〉跋》，第160页。
[5] 冯永军：《海上又见珍重阁》，"天涯论坛·闲闲书话"。
[6] 如卢前：《望江南》题词："蘋香例，常派有斯人。直向易安分一席，高梧家学本清真。二晏得传薪"，其下又注曰："……同叔父子并有继响，当不寂寥矣。"《和小山词·和珠玉词》，第1页。
[7] 阚家蓂出身合肥官宦家庭，1940年入浙江大学史地系，抗战后由台湾赴美求学，后任教麻省理工学院、三一学院等，有《阚家蓂诗词集》。
[8] 成应璆又名应求，号慕梅，湖南宁乡人。1938年毕业于湖南大学中文系，晚年旅美，有《琅玕室词存》。

第四章 作为"白银一代"的网络女性词坛

民国三十年的"黄金时代"已成春风尘迹，日居月诸，文气潜行，女性词史在划过了一段"U"形曲线后又在新世纪的前十数年中迎来了"白银时代"。以段晓华、李静凤等为代表的"前网络"词人仍吟写不辍，成色璀璨。更主要的是，数以百千计的70、80、90年代女词人凭藉网络大举介入创作场域，她们在这个有史以来最为开放、自由、多元的创作时代中闪耀着栩栩性灵之光。

女词人姜学敏总结得很好："当今信息化时代，在诗词创作之新的视点、角度、机遇和平台上，女性诗词中展现的是对自己独特于他人的精神自诩，和对世间万物诸相、社会历史领域的感性、理性之双重思考及精神关怀。"① 是的，对女性而言，文学的舞台从未如此平展广阔，自我表达从未如此快意。十几年来，词坛留下了问余斋主人、月如这样墨笔淋漓、雄风鼓荡的书写印记，出现了添雪斋这位驰风骋雨、卓诡变幻的"开新"名家，以孟依依—发初覆眉—夏婉墨一脉为代表的"纯女性化写作"更是云追景从，一呼百应……女性词史就这样以自己的姿态向前蜿蜒流淌，网络时代远不是她的终章，正如诗词不死，风雅永存。

第一节 早期网络女词人群体扫描

"却顾所来径，苍苍横翠微"，网络诗词鸿蒙初开时，即有女性的

---

① 《吟坛女诗人六家》。

参与和贡献。① 带着"礼失求诸野"的江湖意味,一批诗词网站诞生了,其中的"菊斋论坛"几乎拢聚了此期所有优秀的女词人。那些藏在闪灭头像后的天南海北、各行各业的作者,代表着早期网络女性词创作的最高水平。将菊斋作为网络女性词史的"第一站",是天然合宜的。

一 "菊斋主人"任淡如与"葬花教主"孟依依

2000年,任淡如创办"菊斋论坛",内设"诗词曲联"版块。在BBS从风靡一时至元气中衰的十数年间,菊斋始终保持着较高的用户质量、活跃度与"清雅"品位②,今已注册诗友四万余名,发布今人诗词近百万篇③,成为网间最重要的诗词阵地之一。

如同所有"承担了几乎所有的象征Web2.0的使命"的BBS社区一样,菊斋网"近乎垄断性地围住了需求鲜明的精准用户"④——身负才华、惺惺相惜的网络诗词作手,总由版主吸引凝聚,如孤屿连聚成皋陆。任淡如辛卯年自寿诗有云"刻木十年羁此舟,未知身过大江流。云逢道路二三子,忽忘平生天地囚",适足为这位才干、识量俱不凡的"菊斋主人"做一写照,故读任淡如词难免以沉着大气之"壮音"为第一印象:

> 咄咄堪谁识。觑人间、奇才俊彦,狂生迁客。垂耳苍髯依稀是,天纵骅骝骏骼。正乱雨、蓬蓬击壁。舟楫急摇离古渡,向风前、解缆催人剧:"看得么?上船吓。" 茫茫嗟尔生偏僻。似听闻、空中传语:吾九汝七。瘦骨难同英雄老,困倚江山一色。料岁岁、春潮生碧。天意从来岂能问,且野花、深处寻村陌。桨影碎,橹声寂。
>
> ——貂裘换酒·九马画山

---

① 据多方考证,第一位网络女词人为莲波。
② 菊斋网"诗词曲联"高悬版主声明曰:菊斋……多年来保持清雅氛围,如有出言肮脏者,秉性油滑者,意非在诗词而其心卑下者……将暂时封禁。
③ 引自"菊斋网"微信公众平台。
④ 阑夕新浪博客文章《借着西祠胡同,让我们来谈一谈渐行渐远的BBS社区》。

如月明明，似歌隐隐，照我前生。忽诡峨奇石，须臾自现；苍茫怒海，彳亍危行。我本何身，魂其何待？与彼知能共此程？待回首，有模糊淡影，侧目相惊。　　哀哉朽木痴症。竟一语、不听何所成。尽九分热血，前生借去；数钱薄福，本命消沉。徒费推心，几曾作戏，可笑人情两皆清。正一恸，被风前竹雨，飒飒催醒。

——沁园春·梦

九马画山在桂林漓江侧，传说为天马误入石壁而化，游客以辨认数目多者为富贵之兆。词意不仅在纪游，其神光所聚即词眼在由"吾九汝七"逸闻引出的"天意从来岂能问"一句，煞拍"桨影碎，橹声寂"遂生无限空幻沧桑味。次首为稼轩"止酒"体苗裔，在与前生之"我"问答间，今生性情全出。

在前文论及的"三国战隋唐"词课中，任淡如作为菊斋之主，必登高一呼，以造声势，其《隋唐点将令》《三国点将令》首唱二篇即肝胆开张，豪气充塞，远绍辛老子、陈迦陵遗韵。在引得诸名将、英雄"攘臂而加入混战"之际[1]，任淡如又乘兴作"李靖""单雄信"二首，其中"君已非君，我来识汝：流落民间三尺神"，"魂魄来时，拂衣稍坐，犹带当年铁骨香"数语粗中带细，颇能点画出英雄眉目。这场云集了一时高手的"战役"是菊斋对网络诗坛一次重要的阶段性点兵，其后"战国风云录""古龙群侠传"乃至"班花豆蔻""老歌翻唱"等活动皆由此滥觞。将视角拉远，从词史发展大背景看，又是词课在网络时代"转型"的最成功案例。

任淡如云"愿意别人网上当她是中性人"[2]，主创菊斋之功也使人几乎忘记了她"遥知月也觇吾，久不见、眉儿暂且舒""盈盈今向东风祝，趁此日，缓缓催葭"的清丽一面。[3] 再引《西江月》一首觇其侠骨柔肠：

---

[1] 阚夕新浪博客文章《借着西祠胡同，让我们来谈一谈渐行渐远的 BBS 社区》。
[2] 孟依依：《十年》，"网络诗词百花潭"网站。
[3] 见其《沁园春》《渡江云》。

道是不如不见，相逢何处何乡。旧书一束坐新凉，忽忆槐花小巷。　　我已十年无梦，忘了明月如霜。知君心事换流光，须是双双无恙。

"三国战隋唐"词课之骁将"秦小妹"真身即网络词坛早期第一偶像孟依依。[1] 正如言诗词网站不能不举菊斋，谈网络女词人尤不可不提孟依依。依依又网名谢青青、秦绕绕等，居北京。2000年"出道"于天涯论坛，不久转投菊斋，任版主。十数年间"倾慕者夥夥矣如草虻江鲫"而依依始终不肯见一人[2]，真容至今为网坛悬案。孟依依《月出集》存诗二百、词百五十余，又多有作品散于网间，传诵弥广，时人有评语曰"清水芙蓉，全无雕饰，唯存灵性"，"浅浅深深，冰雪聪明，其玄光妙语，俯拾皆是"，其赏爱如此。

依依于爱情题材抒写最多，又多出之婉约，自许笔下"除却离愁即是痴"[3]，"葬花教主"之号遂不可作第二人想。《金缕曲·五月五日》似写自家一段情事："此日终无悔？者三年、消磨不尽，心头滋味。时向空中虚应诺，唤我声声在耳。忽自笑、真如天使。一堕凡尘千丝网，纵天堂、有路归无计。甘为汝，折双翅。　　聪明反被多情累。奈无情、人间风雨，别离容易。百结愁肠如能解，不过相忘而已。海天隔、莫知生死。重访桃花题门去，便有缘、亦在他生里。今生事，止于此。""时向空中虚应诺，唤我声声在耳""今生事，止于此"等句皆真切沉痛之极。但真正为"依依体"典型者还是其小令：

名园事若烟花散，折柳祈三愿。为君一愿祝平安，二愿好风借力上云天。　　剩将三愿留诸己，自此相思止。他生他世莫重逢，莫累他年他月复愁中。

——虞美人·许愿

---

[1] 孟依依曾获2008年北京中华诗词（青年）峰会"偶像奖"。
[2] 苏无名：《网络诗坛点将录》。
[3] 《减字木兰花·检零三诗稿》。

树树杂花开远近。卷地香浓，风暖游人困。裙下落红堆一寸，寻芳竟入桃花阵。　春尽今生缘也尽。收拾痴心，封个相思印。他世重逢如有分，拆开此印从头问。

——蝶恋花

立久，呵手。雪濛濛。歌舞喧阗市东。鲜衣绣帽与谁同，灯笼，向人双脸红。　提着玻璃灯易碎，流光里，歌阕生查子。送年华，粲若霞，烟花，不曾留一些。

——河传·元夕忆童年

清浅明畅，小女儿态度宛然。《虞美人》自冯延巳《长命女》名篇生发，然下片以决绝语反其意而行之，愈见情深；《蝶恋花》"相思印"语奇；《河传》辞、境皆佳，通体自然流转，晶莹剔透。即纪新事、咏新物，亦不离儿女情长，而多一种郁纡低回：

一寸离程愁一寸，满目山河，芳草清明近。解道情深偏自吝，闲言只报花开讯。　雨误风怨都不问，湖海归期，后约无凭准。有限人生堪用尽，绵绵销此无穷恨。

——蝶恋花·寄手机短信

开也寻常，何能异众？花中独占三千宠。谁人好事许多情，批风支月年年种。　除却殷勤，百无一用。惯将儿女相欺哄。自君买取赠春风，至今尚有春风痛。

——踏莎行·情人节咏玫瑰

"依依体"最称灵俏新巧、蜚声网界者还要推《南歌子·周末网上算命》与《减字木兰花·灰姑娘》：

抱枕人迟起，居家发懒梳。蓬头且作小妖巫，卜卜将来那个是儿夫。　已自心中有，如何命里无？刷新之后再重输，不信这台电脑总欺奴。

南瓜车马，未许良辰成永夜。十二楼台，遗落瑶阶一只鞋。

多情王子，访我殷勤须凭此。深坐春城，只待郎来试水晶。

孟依依和她的清丽小词在古典情怀被刚刚唤醒的网络诗词发轫期横空出世，自有其成就特色，"守正"之功尤在网络女性词界可名一家[1]，正投了大众对传统才女的想象。故"佳评如涌，虽多洞见之语，然亦颇存爱屋及乌之意……所评常觉夸饰难惬"[2]。如苏无名《网络诗坛点将录》点为"智多星吴用"，将《月出集》与碰壁斋主《荷塘集》并举为"双璧"，即使在并不以座次论英雄的品藻理念之下[3]，也明显推许过情了。网间诸多评语中，以留取残荷（刘斌）对孟依依的认识最为允正，可为本部分作结："对于许多普通读者来说，《月出集》的影响大概今世难有侔者，孟的粉丝之多、分布之广、争议之热烈，可以为此语之注脚。我想对许多人而言，孟便好似天上下来的接引使者，孟便是他们的津梁渡筏。因为读孟，他们心生爱诗慕词之心，遂为古典诗词增加了无数拥趸。从这个意义上，"'孟子'之功，亦可谓大焉"。

二 秦月明、看朱成碧等

庄谐并作、风神健朗的秦月明以"卓仟菊斋"[4]，又与孟依依同任版主多年，正宜于任、孟二子后接谈。月明，法学博士，任职河北工业大学，诗词结为《金错刀》《小神锋》《归匣》诸集。月明才兼史、诗，《菊斋春秋》虽一时游戏作，而文采性情俱大佳，可与苏无名氏《网络诗坛点将录》《苏子世说》鼎足而三。诗最擅七言[5]，律能气接老杜，绝则直入定庵，自云"海岳填胸意不平，八方风雨洗月明。一歌一哭金石质，不作寻常呜咽声""沧海归来势已雄，人生长灌水长东。岂因宠

---

[1] 如本书绪论引其模拟万树"堆絮体"之作。

[2] 《君要归来，君要归来早——残荷评孟依依月出全集》，诗词吾爱网。

[3] 《网络诗坛点将录》引言："点将录例有魁定甲乙，以座次论高低之嫌，余作点将录，力避其弊，名次前后不必诗才高低。"

[4] 苏无名《网络诗坛点将录》。

[5] 时人谓现下真正能作七律的女性唯秦月明与贺兰雪（即后文问余斋主人）。转引自"白菜"新浪博客。

辱更颜色，开我胸襟八面风"，恰副其慷慨任侠、踔厉风发之面目，网人遂直呼"秦王"。

"秦王"的士气与侠气较少沾濡于词，《浣溪沙·有诗兄作〈悼念〉读而有感》是能熔铸诗心史笔之作：

> 吟罢长诗意惘然，滔滔往事淡如烟。谁家如此旧江山？　愧我沉浮心渐冷，感君慷慨泪无端。不堪闹市起歌弦。

作品背后隐藏一段痛史，故上下两结俱沉痛无已，大有徒唤奈何之慨。《满江红·阅微载爱书者死，子孙典卖藏书，夜中闻鬼哭，复感董曲江语》与《夜读迦陵》二首亦大题目之下透发大意义者。"词鬼痴心真大梦，名王事业终一赌""只合晴秋游上党，岂宜盛世谈王霸"，辞锋所指，盖在当下。月明嗜陈维崧诗词，以为"气场合"，此二篇置于阳羡诸贤册中，确乎难辨楮叶：

> 灯下何人，隔海望、百年愁苦？摩挲尽、曲江花月，晓岚故物？题柱悠悠云水客，登临谁是湖山主？惹多情、看剑起悲歌，中宵舞。　冷落了，将军目；吹散了，幽灵怒。叹谁倾华厦，谁哭于柱。词鬼痴心真大梦，名王事业终一赌。者中间、多少可怜虫，吾犹汝。

> 掩卷游思，想君是、鲜衣怒马。春风里，高歌驰过，绿珠楼下。一凤初鸣湖海望，千金曾诩长门价。渐消磨、风雨过中年，鸡窗话。　伤羁旅，江淮夜；悲摇落，南柯下。正人间尽道，的卢堪炙。只合晴秋游上党，岂宜盛世谈王霸？念须眉、敷粉老迦陵，同悲诧。

网坛早期女性名家还有看朱成碧（1979—　）与秦紫箫（1977—　）。二氏"论交倾盖，天涯俊赏"，菊斋亦凤以朱紫并称。看朱成碧原名秦萤亮，黑龙江人，供职国企企宣部门，有《珞瓔集》，风度出入稼轩、东山、樊榭间，又以居北方工业城市，故别具一种泛着"冷金属"光泽的质感。看《蝶恋花》：

> 铁色黄昏任俯仰。落日荒原，车轨沿天响。一路苍茫何所向，浮生失却珠擎掌。　我与春风无过往。生老原乡，四野萧然旷。应是行人长寻望，年年冰雪芦花荡。

"铁色黄昏""落日荒原""四野萧然旷""冰雪芦花荡"皆眼前景，非北人不能刻画至此。《破阵子·春雷》《西江月》佳处略同而愈见锤炼：

> 天际横生水墨，临空蘸下霜锋。渐次远来春轨迹，波澜翻涌到前庭。仰首暮云平。　空自电光坼裂，何曾雪练倾城。千里冬袍花欲染，人间待见草青青。江海破春冰。

> 回首金依林杪，觉来翠抱双肩。铜阳铅月久沉潭，淬得凉波如练。　去路黄花四野，离人红叶三千。西风一入九州寒，遥饮天星对岸。

秦紫箫，原名李文卿，广东佛山人。其《恃酒集》中虽也有"异乡新雪，故人旧语，齐逼心潮立"，"汝亦称刀，何以生斯世。美人指，不妨一试，血色犹佳耳"的峥嵘笔路①，然整体较阿朱为和婉，被评为菊斋2009年度最佳词作《南乡子·记我的亲亲宝贝》组词最可读，"初生""满月""四十朝后理胎毛""病好了"几首题、意俱词史之未有：

> 心事说应奇，乍见亲亲信复疑。玉琢冰搓娇好甚，如斯，实抱怀中是我儿。　不比少年期，从此肝肠只为伊。顿感深恩怜父母，方知，爱我一如育我时。

---

① 《青玉案·次韵》《点绛唇·手指为菜刀割破》。

赐我万明珠，能及亲亲一笑无？地有山川天有日，何如，如此娇儿真属予。　　姓氏自宗吴，想个名儿好唤渠。宝贝乖乖都唤遍，猪猪，犹记猪猪满月初。

剃个小光头，生小欺她未识羞。嘱咐行刀须仔细，轻柔，伺立身旁不转眸。　　从此便无愁，烦恼离伊一去休。见说胎毛堪辟煞，忙收，珍重如金为保留。

开口笑天真，虽是寒冬一室温。月样弯眉星样目，朱唇，渐有雏形近美人。　　合掌谢天恩，幸甚儿今壮健身。从此平安无痛病，亲亲，为汝能消爱几分。

母爱发乎天性，自然而然，"亲亲""乖乖"唤小儿声，填入长短句中，居然天籁。网间哀苦之音夥矣，此为最温馨动人一页。

为孟依依许为"花冠魔杖小神仙"的萼绿华又网名成昆、能饮一杯无。词多缥缈游仙境界，读之使人顿生尘外之想。《疏影·雨天有感》悱恻幽艳，辞微旨远：

雨潺梦浅，又静日小年，闲尽风片。渺渺山川，漠漠云林，去去烟波何限。无端莫怅清愁满，更读取、汉家经传。念西风、残照至今，月老天荒地远。　　惊彻光阴百代，羡赤松举止，王母眉黡。石骨糯香，细字蚕眠，青冥浩然瑶殿。长生非为琼花面，缥渺去、星霄踏遍。待归来、翠影桑田，重把三千史卷。

菊斋"采薇茶馆"栏目之"掌柜"采薇与兰之幽兮为格调较婉约的两家，《清平乐·海的女儿》《清平乐·绿藤》一深情、一恬淡，糅入现代感，予人印象深刻：

娉婷豆蔻，初为情消瘦。一尾双分巫女咒，不悔人间邂逅。

晨曦殒落星星,梦魂碧海飘零。宁任相思成沫,终生守口如瓶。①

回廊深曲,晓色明如玉。底事风来吹若麼,一泻壁间凉绿。
闲情摘取无端,指尖露转清圆。那日君家巷外,忽然已是多年。

三 如月之秋、蓝小蚁等

菊斋之外,早期网坛重要女词人还有如月之秋、蓝小蚁、蓝烟、绿烟及留社女成员等②,可略作一盘点。

如月之秋,本名、生年、经历俱不详,重庆人。如月出道时功力已甚纯熟,刘梦芙评价特高:"词心玲珑,警句迭出,吹气若兰,风韵独绝……心丝一缕,不断绵绵,凄凉中寓火热,虽九死而未悔"③,苏无名谓之"花间风度,江西手段",城南僧则直以"词妖"呼之。如月《未转头集》中隽句如"此时低语,君亦旧曾闻,云散后,两忘中,谁识来春碧""月度楼中,照见小瓶花淡红""瓶花听落,脉脉还送残香,而今恐是无心惜""雨至如佳客,对我说秋凉",宛转迷蒙,空灵澄澈,风格大抵如是。与古贤如逢故人、心灵相通处,堪称白石、玉田当代传人:

清音一阕,想泛流弄影,当年狂客。万里归来,寂寞家山,悲怀竟与谁说?盟鸥买酒西泠路,怕见得、芙蓉消歇。却醉吟,字字都愁,题落一江红叶。　聊忆繁华旧事,尽教与草木,萤幻烟灭。独有词笺,笔墨幽香,还写素心如雪。而今惆怅无人续,恐已作、广陵弦绝。但偶然,倾盖相逢,如见古时明月。

——疏影·于旧书摊上偶得张炎白云词。如逢故人,怜其飘零,为赋

---

① 女词人何璇有同题作《鹧鸪天·小美人鱼》,绮思深殆同:"一掬韶华如水晶,可曾涸辙悔多情。心灯已如风灯冷,希望终从希望生。　人世事,命何轻,空蝉浮梗雨飘樱。是君错寄年华信,是我错听打马声。"
② 此几位女词人亦短暂介入菊斋,但与核心成员瓜葛不深,如如月之秋只于2002年发表数帖而已。
③ 《二十世纪中华词选》,第1978页。

只有厚重的精神底蕴，才能使词品不止步于"空中语"。如月还有沉着老辣一格，比之清空婉约之作毫不逊色：

> 我乃先生蠹。想当时、虫沙纷化，竟为灵物。闻道此中黄金屋，策杖欣然来住。却几卷、残章朽赋。尝遍五经同嚼蜡，况史多、腥秽诗酸苦。名盛耳，味无趣。　先生更莫称知遇。看如今，文轻纸贵，渐成饥腹。若不弹铗思归早，一旦埋身尘土。还羡那、朝歌暮舞。怀诈弄权皆同列，笑食书者瘦食人富。言也尽，别君去。
>
> ——贺新郎·代蠹答我哭我笑笑复哭

"我哭我笑笑复哭"，《贺新郎·再与书蠹》一篇本书绪论尝称引之，本篇佳处略同，"史多腥秽诗酸苦""食书者瘦食人富"之警策尤在原作之上。如月于原作下跟帖云"蠹鱼口快，先生笔快。同此一快，是所谓有其主必有其蠹也"，联珠合璧，网络词坛一小佳话也。

另一位豪婉相兼之女性作手为蓝小蚁（1978—　）。蓝小蚁本名向春雷，字殷苏，号嗅薇轩，四川泸州人，网间存词甚多。《满江红·癸巳秋上青城山谒岳飞手书前后出师表》思、力俱足一观：

> 气压崔嵬，但一片、苍然石矣。浑不管、怒猊惊骥，挟云欲起。带血残阳休久望，经霜乔木还重倚。青山下、独自立秋风，真男子。　蜀相恨，公为祭；公有恨，凭谁涕。甚头颅掷处，胜游佳地。社稷无须愁变换，英雄原自轻生死。况如今、歌舞醉年年，升平世。

《好女儿·电影〈你的名字〉》"一霎流星雨""你我皆成梦""手心小字"句俱关合影片情节，以词论亦佳制，煞拍尤其楚楚动人：

> 梦嬗天涯。难上仙槎。隔明河、一霎流星雨，坠苍茫川野，阑珊灯火，暗换年华。　欲把云笺重展，只心影、尚留些。纵相逢、你我皆成梦，恁无端忘了，手心小字，人外樱花。

蓝烟（1971— ）与绿烟（1978— ）网名、词风差近，可合观。蓝烟原名李亚丹，浙江宁波人，从事教育工作，作品入选《海岳天风集》《九野采萍录》等。绿烟原名郭竞芳，湖南长沙人，现居株洲，会计师。两家以抒写闺中情思见长，纤巧有余而沉厚不足。兹各引一首：

> 沧海生波烟起碧。夜夜蟾光，不照倾城色。今我耳边明月泽，是谁怀里晶莹滴。　一向凄凉人未识。辗转经年，记忆何曾失？身已清圆无可剔，深心尚与繁华隔。
>
> ——蓝烟《蝶恋花·珍珠耳环》

> 去年红泪，今年红泪，拟换珍珠十斛。夜阑忍对月明时，一颗映、相思一幅。　心期又冷，归期又晚，纵写新词谁读？看人笑语映霓灯，替人向、苍冥深祝。
>
> ——绿烟《鹊桥仙·七夕》

第二节　网坛"二斋"：问余斋主人与添雪斋

　　附　陆蓓容、飞廉、灏子、月如

网络词坛前、中期女性领军人物当推问余斋主人与添雪斋，二氏以杰特的创作成就与鲜明的艺术风格卓立于流辈之外，成南北掎角之势，理应辟一节专谈。

一　上揖湖海楼的问余斋词　附陆蓓容

问余斋主人本名于戎，曾用网名贺兰雪，70后，山东人，现居北京，任"秋雁南回"论坛诗词版版主、网络诗词百花潭潭主等。问余1999年即涉网，成名既早，地位亦高：苏无名《网络诗坛点将录》擢为五虎上将之"双枪将董平"；嘘堂称为"当代最好的女诗人"，"网络诗坛，离开她去谈则毫无意义"[①]，其推重如此。问余斋有"人工作诗

[①] 嘘堂与弟子赵郁飞谈话中语。

机"美誉,今存诗词三百余篇中,虽丛芜之病难免,然佳制亦夥,读之若海雨天风觌面而来。网间名家对此多有品评,如胡不归谓之"雄深雅健",青凤谓之"大气浑涵,清刚劲峭,略无脂粉习气",绍兴师爷谓之"若怒潮欲举,铁骑将腾,有薛校书《筹边楼》之气势",不约而同地指向了她越轶性别藩篱、雄风鼓扬的精神气质。

词史上的雄性之美也有很多种:东坡式的、方回式的、稼轩式的、芸阁式的……问余斋词最近乎"苍茫中见骨力"的陈维崧。[①] 其《沁园春·自述》曰:"不羡梅花,不立危楼,不弃前嫌。任铮铮穷骨,得名愚鲁;谦谦君子,笑我刁顽。半壁尘烟,平生才气,只借江山作手谈。闲情里,听风扬碧水,燕语红檐。 归途误许征帆,饮几日、离亭酒半酣。数故人去处,何关淮北;新愁来路,多在江南。好梦难长,欢容未久,眼外云天忘卷帘。欣然事,把吴钩对影,染就青衫",那种纠合了诗酒风流与家国之思的才调声口,分明一女迦陵也。

严迪昌师《清词史》云:"构成陈维崧词'精悍''横霸'之风格的基因……是他的史实、史才"[②],这同样也是问余斋词坚实饱满的精神内核。对于时事,问余斋较同期其他女词人要关切敏感得多,下笔每涉大题材,或即事直陈,或曲尽深心:

  盛世如斯,歌舞乱、杯盘难歇。疑此地,座旁多肉,碑石无鳖。报上略无三两句,网中幸有君成阕。堪慰处,公道在人心,立新碣。

  南京血,东海月;中夜望,食犹咽。奈此情谁记,此心谁切。击楫中流今在耳,强胡一日终可蔑。民意深,纵此际无言,仇千结。

  ——满江红·和伯昏子。有感于南京盛岛大酒店于大屠杀纪念日开业[③]

---

① 陈廷焯:《白雨斋词话》评语。
② 严迪昌:《清词史》,第214页。
③ 2000年12月,南京盛岛酒店因设址需要私拆正觉寺遇难同胞纪念碑等行径,触发强烈舆论反应。网间诗词界亦闻风而兴。伯昏子词云:"千古秦淮,繁霜里、风流未歇。庆生辰、门盈朱紫,镂腾鱼鳖。漠漠寒城伤古道,煌煌盛岛翻新阕。吊苍生,郁郁断垣边,寻残碣。 钟山草,凋明月;下关水,声犹咽。对冤魂咫尺,迓宾歌切。世事易忘忧不解,民情难泯谁相蔑。正襟听、官样好文章,舌堪结。"

一树梅花万树春，熏风不肯记霜痕。守寒无奈已无人。　留得芳心成底事，但随垂柳过朱门。残山剩水梦同温。

——浣溪纱·南京慰安所遗址将拆，哀南京屡见此类事件。2005年2月24日，最长寿慰安妇朱巧妹去世，终年96岁

以上二首选自问余斋纪念抗战诗词作品集《东事集稿》。其实早在"国家公祭日"设立之前，网络诗词界即有相当成规模的纪念与反思，十数年间诞生了如嘘堂《死战》、冯乾《战城南》、军持《如玉歌》、月如《跑反歌》等一批杰出的作品。①"岂图报寇仇，君子恒夕惕"，"唯有数文字，聊以志其光"②，能于身侧歌舞升平之际先天下而忧悯，正是现代人文主义所必有、"诗史"与"词史"所特有的宝贵情怀。

即便如此，问余斋仍在访谈中针对网络诗词的思想性提出尖锐批评："总体说网络诗词对民生的关注甚少，传统意义上的现实主义作品式微……符号意义大于体验。写自身经历的作品大多技术尚浅，望元白新乐府犹差数筹，况乎老杜"③，她自己就以创作实践勉力靠近自元白、老杜传递下来的现实主义精神。问余斋之史心士气绝不仅限于与时闻史事直接关联的题材，在较易以平顺语出之的寄赠词中，也通篇充溢着"纵横议论，洞照古今"的峥嵘心音④：

十万丹山，百代逐臣，珠海琼崖。自男儿意气，须行险路；英雄风味，要向天涯。成败不言，是非当畏，寄柬长听两部蛙。君知否，莫求田问舍，壮志虚嗟。

——沁园春·再赠W君（上片）

议酒言欢，议笔言狂，议史言悲。看金陵城上，漫天霜角；秦淮河畔，一片歌吹。借典非难，愤俗何用，无奈书生力最微。知别

---

① 俱见：《勒石集——抗战暨反法西斯战争胜利七十周年纪念专辑》，"衡门之下"微信公众平台。
② 胡僧：《纪事》、十方《七十周年祭先烈二章》句。
③ 《宁静以致远——问余斋主人访谈录》，网络诗词百花潭。
④ 严迪昌：《清词史》，第214页。

后，纵风清月炯，莫绕残碑。　黔娄岂可扬眉。让半寸、春光过锦帏。记彭宣说义，青笺埋没；伏波聚米，战马空肥。迁地由巢，择邻孟母，短棹歌残知为谁。传诗路，觅无情杨柳，有限余晖。

——沁园春·重赠 W 君

W 君为问余斋挚友，昧词意，应为放逐"珠海琼崖"一青衫落拓书生，遂典故招来挥去，不嫌杂冗，格调则由"男儿意气，须行险路；英雄风味，要向天涯"的劝慰遽转为"借典非难，愤俗何用，无奈书生力最微"的哀激。问余斋此二篇虽云赠人，底里情绪实是伤人自伤、别有怀抱的。

小笔书大字不可，斗笔书小字则偏宜，以墨饱腕强也。将丰富"信息量"与悠长喟叹纳入小令也是迦陵长技，问余斋虽气势有所不及，深曲笔致及浓足弦外意亦颇肖之：

隔代书文不可听，驱虏逐鼎土还腥。覆亡依旧北来兵。　虐士深知遥胜宋，奴颜犹未重于清。可怜无运满荧屏。

——浣溪沙·南游记之南京明孝陵

古塔名成却为斜，田园初绿柳新芽。檐前偶展数枝花。　劈石剑长成底用，涌潮恨好送鱼虾。小儿争指卖糖家。

——浣溪沙·南游记之苏州虎丘

问余斋亦托命于词者，在"奇葩逸藻，波腾云卷"的同时[1]，别有一种江海飘零、烟波日暮感，这与陈维崧词"多声复调"的丰厚艺术内蕴也是接近的。勘破世事的清醒与略微消沉的心绪时时反映在词中：面对金粉故迹，她有"春风犹在，为谁乍暖征席"的诘问，也有"烂柯山里，元来都是行客"的彻悟[2]；她自许"旗亭歌咏，频来画壁，中流击桨，几度争先"，又感叹"向来风骨不合时"，自嘲"算此生困顿，

---

[1] 董俞：《贺新郎·怀陈其年》句。
[2] 《念奴娇·怀古》。

空怀忧愤;虚名误我,我误云烟",甚至发出了"宗相筹谋,岳王豪气,却事徽钦"的牢骚①;她有"习儒看剑都虚,要一苇渡江到太湖"的出世愿望,但深知"人事无常,寸望能成,深愿偏乖""俳优看我亦俳优",最后"且向瑶台花下老,做个书虫"②。再读《贺新郎》与《渡江云》:

> 甚白云苍狗。问尘间、河清海浚,几时能够。倾尽弦胶无人惜,惜取楼头章柳。看遍地、犀觥称寿。东房西夷窜狐鼠,尚春呵、秋逐求其友。人与我,竟长久?　亡秦三户君知否。奈身在、庙堂高处,岂容消瘦。聚落成村村千牧,凄绝风宵雪昼。敌不过、寒衣吹透。骏骨市金真铸错,只从前、心意留身后。蓬岛事,莫回首。

> 平生投刺处,朱门紫苑,意气几曾舒。向千江立马,莫御苍茫,流水意踟蹰。英雄老去,问东山、何处归欤?星星鬓,不知星转,还道少年初。　萧疏。蛮笺人倦,锦句囊空,恐良宵都误。先过了、铜驼青棘,铅泪红蕖。九州铁字黄金铸,到云楼、难计贤愚。天下事,可怜依样葫芦。

笔力固不如湖海楼滂沛恣肆,调子也较消沉,然"倾尽弦胶无人惜,惜取楼头章柳。看遍地、犀觥称寿"与"耳热杯阑无限感,目送塞鸿归尽。又眼底、群公衮衮"③、"英雄老去,问东山、何处归欤"与"我在京华沦落久,恨吴盐、只点离人发。家何在?在天末"④,一何相似!三百年下,问余斋同那位烟尘满面、涕泪满襟的陈检讨一样,奔走在长安市上,以词笔丈量"今昔、盛衰、得失、哀乐"之间的距离⑤。她无法驯从于"云泥冷落,江天萧瑟,波纹谲诡"的现实,更难以触

---

① 分别见《沁园春·拟自寿》《朝中措·寄远》《沁园春·重过拒马河》《一萼红·记梦》。
② 分别见《沁园春·再赠小饮归来》《沁园春·饮酒行》《临江仙》《浪淘沙·夜饮三章》。
③ 陈维崧《贺新郎·题曹实庵〈珂雪词〉》句。
④ 陈维崧《贺新郎·秋夜呈吴芝麓先生》句。
⑤ 严迪昌:《清词史》,第205页。

及"石解听经,花能知语"的理想境界①;她告诫友人"功名慎取",自我宽慰"把笔书生事,何必问中流",但"无聊际,敢时发谬论,偶忆南山"②……长啸短歌,悲欣交集,这些复杂微细的不同侧面,合力构成了问余斋词沉郁悲凉的艺术风貌。

问余斋特精长调,往往一挥数首,辑为联章,这种阳羡派习好在惯以小令陶写柔情幽思的女词家中并不多见。《满江红·杂咏五首,韵寄有子万事足》与《贺新凉·2002年5月七首》是网络时代、也是百年女性词史中罕见的杰作,各选二首读之:

一向伤怀,无非是、春时秋候。更不待、长阶苔满,剑铭都锈。阡草劫余犹可划,诗情去后偏重有。笑此生、辜负梦中人、樽中酒。　　收长叹,钳恨口;刚易折,柔难守。遇釜下无焰,由他燃豆。欲换清肠移傲骨,祝黄天厚青天寿。酒醒时,愁海正茫茫,羲鞭朽。

枫叶新红,偏相值、千田褪绿。收割罢、几家能粥,几人食肉。放赦鸡鸣疑跫喜,金吾大道相驰逐。今宵月、曾照绮罗筵、逃亡屋。　　春不见,天雨粟;秋不见,苍生足。只欢歌唱似,故陵名曲。北毒南船西陕水,更深恻恻鬼听哭。愿明堂、富贵迫人来,时扪腹。

事已何堪说。到斯时,燕台秦桎,炎凉裘葛。饱死侏儒笑方朔,六月飞霜跨雪。语明晨、荼蘼花发。诗笔因斯寒彻底,欲归来,写老窗前月。经战场,听琴瑟。　　风情雨片终无别。叹由来,神州长夜,眼心难合。蹈海沉沙同博笑,衰却英怀侠骨。问谁不、故园心绝。更惜铸错成一字,人道是、此地元多铁。补天罢,必重裂。

---

① 《水龙吟·感事寄某君》《沁园春·游百里峡见回首观音》。
② 分别见《摸鱼儿·寄Y君》《水调歌头·代人送己》《沁园春·欣闻Y君右迁》。

屡误春光约。总杯前、易川湘涧,平生长酌。且放胸中山与水,削尽巉峰锦阁。昔年事、思来拒却。白雪从今关世用,待神仙、附和人间乐。双竖子,不须药。　　曾经云际看飞鹗。傲群生,横空电掠,浮尘安擭。笼底金莺喑笑里,闹市倒悬两脚。是还否、相邻一发。满耳城郭尧吠犬,感怀时、都是丁家鹤。名远志,埋沟壑。

交叠顿挫,映带连环,胸中积郁倾泻而出。网络时代似此大手笔,数人而已。横向来说,问余斋词艺术个性极鲜明,思想深度尤远轶同期女词家;纵向上,她是稼轩—迦陵一体当代接受史中的重要一环,拓开了女性词的抒情疆域。所谓"闺词雄音"还仅是将女性视作文学的"他者"的旧论调[1],在网络时代,问余斋和她的创作实践有力地证明了:当女性作为与男性毫无二致的人格独立、完满的个体,她就并不会被传统性别的二元分野所限。"豪气笑难藏,标格凌人骨亦方"[2]——文学的"性别天花板"绝不是牢不可破的!

在与古为徒、现实担当两方面与问余斋声气相接者是陆蓓容(1987—　),蓓容,杭州人,网名宛凌,中国美术学院中国美术史专业博士,著有《更与何人说》《宋荦和他的朋友们:康熙年间上层文人的收藏、交游与形象》,词作结集为《人间行路词》。

蓓容为人较低调,几不入吟坛,自外于网间争逐。对自己的创作道路,她有相当真诚而深刻的自白:

予词不甚佞古,复无意于趋新。当代吟坛曾经涉足,深知诸君子具备万物,妙造自然,抑予不欲长争竞之气,亦遂自甘一隅。所谓学古人者,则取其精神可感而已。[3]

---

[1] [新加坡]王力坚《清代"闺词雄音"的二难困境》:"闺词雄音,即清代女性词中所表现的男性化(masculine)风格……是对词学婉约(阴性)传统的颠覆","'闺词雄音'作品的内容大都为怀古感时的政治情怀,一反闺词以儿女情事为核心内容的隐形传统,显现'豪情壮采'的风貌"。《中华词学》第三辑,东南大学出版社2002年版。

[2] 问余斋:《南乡子》。

[3] 《吟坛女诗人六家》,《诗书画》2015年第4期。

蓓容词之"精神可感"首先体现在未能尽销的"儿女情"。《望江南·有寄东瀛》似为恋人所作："春晼晚，闲花隔水深。起看芊绵连到海，十分雨色在眉心。香地梦初沉""天水碧，青枝裛絮飞。小冷还成东望极，重樱万朵照芳蹊。为我向伊垂"，是清丽缠绵的言情佳什。然集中最杰出的应是那一声声"浩歌悲泣"即表达忧生之嗟、忧时之叹的作品。读《金缕曲·乙酉夏洪水作。沙兰小学校中惨死儿童数十。生命已逝，手印犹在。闻之惨苦无端，不能沉默。拈金缕曲为调，写怀代柬示人》与《水龙吟》：

向晚浑无味。偶然间、滔滔情绪、竟来胸次。磊落光阴萧条意，一一倾之如水。天降我、终究何事？曾在长街深夜里，看茫茫、一个人间世。灯冷落、车流逝。　浩歌悲泣皆于此。似刑天、舞其干戚，陨身无悔。惯见花凋人殒后，终有心怀未死。长拚作、逡巡再四。伊甸桃源终古梦，纵繁华、我哂之而已。书不尽，为君示。

谁斟桑落新醅，一樽对此茫茫世。听风江上，看云山里，吟诗燕市。暗里频惊，优游俯仰，俱成流水。总轻抛浪掷，纷然不记，青骢马、曾经系。　似此匆匆去岁。向风前，沉吟无已。寒天似诉，波心地底沙兰洪水、七台河矿难也，几多新鬼。怕过新年，怕韶光老，怕情怀异。怕萧条夜里，又还抱恨、又还伤逝。

二词作于 2005 年高考后，十八岁的陆蓓容已经有了强烈的现实担当感，面对"波心地底，几多新鬼"，陡生"看茫茫、一个人间世"的浩叹，终于"不能沉默"，振笔直书。这种怵惕恻隐的士子情怀今已久焉不闻，又特为词界晚生一代所罕。蓓容近年事科研，涵泳文学、艺术史，为词每苍劲沉郁，如出野遗老宿之手。雅趣之外，尤可觇青年学人的"与古为徒"的精诚志节：

三百年间，故迹丛残，矧可具陈。想戴牛韩马，其存其毁；虞山娄水，常见常闻。朝市初成，儿郎好手，一辈英贤爱古人。闲屈指，计当时雅士，半数耆臣。　我来凭吊逶巡，甚重劫、之后换局新。对天涯霜雪，徒呼负负，高楼风雨，频唤真真。逝者如斯，道之云远，敢遣苍茫入释文。空筹笔，任满身秋气，幻作春温。

——沁园春·博士论文后记

二　"这一抹、灵魂澄碧"①：论添雪斋词

不徒打破了文学的"性别天花板"，更将其"审美天花板"戳得千疮百孔者是"色相纷呈，笔墨灵幻""幽幻妩媚，重颖谲丽"② 的添雪斋（1976—　）。添雪斋，本名未详而用网名 Lamses、西丝、紫藤萝、影青等甚多，广东人，其诗词"异质感"之浓郁，于网络苑囿中不能作第二人想。先读以下二诗：

我是深秋夜女郎，发丝淹没了斜阳。星如冷眼冰蓝色，一瞥千年世界霜。

——魇语之诗篇·妖夜八章其二

昔之世界有精灵，摇落群星作夜萤。两种天真盈我手，绮光注入水晶瓶。

——星座宫神话题记

这位"深秋夜女郎"星眼所瞥处，有千年积雪，有暗夜残月，有风中孤萤，有雨余寒花，而又与那些被一代代才人之手盘弄得温润香腻的雪、月、风、花绝不相同。她是闯入传统又"挥一挥手，不带走一丝云彩"的"客"，是在看似阡陌交通的古典世界"失路"，又最终反客为主、树立起新的美学原则的创造者。

添雪好友尘色依旧在《做一树梅花添雪斋》中独具只眼地指出"琉璃朵曾经炽热，暗瓦曾经光明，碧火也是一种燃烧……添雪眼中一

---

① 添雪斋：《金缕曲·冬雨中的小叶榕》句。
② 二语分别见《添雪斋简介》（《21 世纪新锐吟家诗词编年（第二辑）》，华中师范大学出版社 2016 年版）、苏无名《网络诗坛点将录》。

切的冷,正是心中热的渴望"①,敏哉斯言!然而对于诗词兼能的添雪斋来说,她的"炽热"一面更多地表现在了诗中,如《Khmer Rouge》写柬埔寨红色高棉之劫②,《雏鸟为李思怡作》③《童话及五一二的孩子》以四言"童话体"为殒于人祸天灾的孩子招魂,《琴曲歌词十二操》笔锋所指广涉黑砖窑、厦门化工、水灾等敏感时事……那种贯穿于历史、现实的担当感确实有着烙痛眼睛的炽烈温度。冷与热、高隐与入世是可以统摄于一手的,添雪的诗心有多热,词心就有多冷。与诗不同,词是她彻底践行美学理想的"不动道场"。

冷若冰霜的添雪词风不是一夕养成,她也曾娴静婉媚过——作于2003年的《魔语词之浣溪沙·七色夜》之《第七晚·黑夜》"串串星辰垂小楼,时光挂在梦肩头,黑纱遮下夜之眸。　风笛一声飞冷冷,青藤半壁锁柔柔。归于熟悉那深秋",在其他女词人笔下是常态,出于添雪竟是颇不和谐的变调了。她自己似也觉察到这一点,所以在最近一次"筛滤"作品入选集时干脆删去④,只保留了最有"添雪味"的《第五晚·绿夜》与《第六晚·紫夜》:

疑问生于亘古因,苍苔储藏旧灵魂。预谋复活在初春。　老巷看穿青石路,故吾抛弃旧罗裙,风中埋葬是天真。

隔世情怀多一些,天空魅影已倾斜。谁将哭泣变流沙。　开始秾华诸相灭,低头幻影刹然加。满池黯紫睡莲花。

"抛弃旧罗裙",换上夜行衣。这种糅和了谲丽、幽深、森寂的冷色调之美在其后十余年中渐次铺展为添雪词的背景色。她不去礼赞繁华,而是痴迷于描绘繁华焚尽后的"锦灰堆"。她将流星陨灭、落花飘

---

① 《诗书画》2016年第4期。
② 详参拙作《"种子推翻泥土,溪流洗亮星辰"——网络诗词平议》,《文学评论》2013年第4期。
③ 详参拙作《"种子推翻泥土,溪流洗亮星辰"——网络诗词平议》,《文学评论》2013年第4期。
④ 指《20世纪新锐吟家诗词编年(第二辑)》。

零录入慢镜头,捕捉生命最后一瞬的燃烧与盛放。昔人论李贺,谓他人作诗如在白底子上作画,唯长吉是在黑底子上作画,故色彩格外强烈炫目①,此语也正好可为添雪斋写照。

添雪之长在体物,集中咏物词凡廿九,又特注重词牌与所咏之物的巧妙关合。她以《露华》咏露、《白雪》咏雪、《采绿吟》咏祖母绿宝石、《輥红》咏"雪后的红山茶"、《滴滴金》咏"此刻世上最古老的琥珀"……无不手到擒来,调遣自若。其中咏花诸作最为特出:

> 有人山之上,从星驾、薛服衣云纱。有人山之阿,初心幽立;遥听夜窣,歌溯上邪。待某世、媞媞而远逝,弃者木兰车。覆手握空,已知成谶;三生皆梦,如幻如嗟。　精魂将何去?低声答:今日笔焰孵花。明日银觯浮白,酏影风斜。后日擎青莲,刃光千瓣;剖分星脉,砭骨清些。末日素乌振羽,掠向天涯。
>
> ——风流子·一株玉兰的轮回

> 吾魂七月化青莲,雨无边,梦无边。默立丛生,冷冷对苍然。缈缈天香风欲起,氤氲里,只悄看,人世间。　世间,世间,三千年。星不悬,月不悬。业也果也,幻者也,露泡相缠。覆水痴痴,照影淡如烟。一瞬幽光生即泯,悲或喜,漫空冥,夜坠肩。
>
> ——江城梅花引·青莲

《风流子》一首遐想木兰树为仙人弃车所化,其下时间状语"今日""明日""后日""末日"俱为扣紧"轮回","笔焰孵花""银觯浮白",警秀夺目。《江城梅花引》摒弃莲之具象而专写"吾魂",全词若"烟笼寒水月笼沙",淡不可画,渺不可听。添雪从千年沿袭、逼仄不堪的传统赋形路数跳脱而出,全凭艺术直觉落笔,专力表现"色彩感、构图感与镜头感"②,故能化腐为奇,面目一新。应该认识到,添

---

① 汪曾祺西南联大时期为闻一多唐诗课所做读书报告《黑罂粟花——〈李贺诗歌编〉读后》。
② 添雪斋:《我的创作道路》,《21世纪新锐吟家诗词编年(第二辑)》,第231页。

雪斋的咏物词与传统的比兴寄托是有本质区别的：自我的强烈疏离使创作提纯为超越主观的审美活动，所谓"有明暗，有黑白，有寂动，有痛痒；无善恶，无褒贬，无是非，无今古"①。苏无名《点将录》点添雪斋为"急先锋索超"，其于词功兼破立，造诣独绝，诚网坛被坚执锐、一骑当千之"美学先锋"也！

古典话语的衰朽与诗词在网络时代的全面回归，构成了一座矛盾重重、然而也生机勃勃的创作场域，欲于此中自立，必须另辟蹊径，然而，"对于添雪斋狭而深的诗歌内容，究竟是要批评其表现境界狭窄，还是将之视为一个自足的文本空间……在'当代网络旧体诗词'这种兼有传统与现当代的两重性身份下，这类作品是用传统的诗词审美理论还是引入西方现代文论来进行文学批评"②？研究者提出的这个问题当然是值得解答，而我们也一直在努力解答的。

比如，她曾如此定位自己和"实验体"的关系："网上说这是'实验体'，我不置可否，因为实不实验与我无关"③——，对此，我们大约可得出两点判断：（1）实验体作者群体的主要阵地还是诗（尤以格律较为宽松的古风为最），而"开新"风格的著名词人如李子、独孤食肉兽、添雪斋等更倾向单打独斗，并未明确表现出对"实验"理论的皈依；（2）"实验"其实是个延展性极强、内涵极丰富的概念，对传统诗词内容、形式任一层面上的改造都可视作实验，同时也不一定要以"实验"之名来逼窄门径、划分壁垒。按其实，争论添雪斋是否从属于"实验体"并无太大意义，她的奇光异彩是无论如何也掩藏不住的：

残梦结寒分两境，叶上斜阳，叶底枯黄影。堆积层层秋气冷，淡烟天末吹无定。　　忽又扶风如蝶醒，骤死知生，魇语无须应。辐射微光呈线性，穿过暗碧深林径。

——蝶恋花·落叶。入冬，近郊树林见落叶堆积，乡人焚之

---

① 矫庵：《影青词序》
② 倪博洋：《"而今童话中藏"——添雪斋的诗词造景与情感倾诉》，《现代语文》2013年第5期。
③ 添雪斋：《我的创作道路》，《21世纪新锐吟家诗词编年（第二辑）》，第231页。

冬凛何萧瑟。故淋漓、冲寒漱叶，夜衢深墨。忽有流灯侵榕影，浸出霁青釉色。这一抹、灵魂澄碧。相悖时光如叛教，理与真、分割成双域：天国的、人间的。　众生匍匐诸神侧。正见证、诸神已死，希音沦匿。银像熔融垂铅泪，暖笑浮于唇额。是谛信、自由未熄。是以重申春华气，是祭徒、欲破千年壁。风展翼、雨鸣镝。

——金缕曲·冬雨中的小叶榕

"辐射微光成线性""相悖时光如叛教""是祭徒、欲破千年壁"的语言充满"跨界"意味，"理与真、分割成双域：天国的、人间的"的特殊句法尤令人匪夷所思。添雪的创造力不止于"用旧砖瓦盖新房"，她是"用旧的泥土烧出新的砖瓦，再用这些新的砖瓦来盖新房……为文言诗注入现代性的特质，在写作中自由地创造和运用非传统的意象和符号，从而产生出合乎现代审美价值标准的旨趣。这种旨趣可能是传统审美观念追求的谐和之美，但也可能是现代审美标准更为关注的半谐和之美，乃至不谐和之美"[1]。以下两首从题到意、从表面字句到内部精神都达到全面"陌生化"的作品，就堪称以"新砖瓦"筑造的"新建筑"之典范：

忽丝成蛹，勒停驹隙，太虚前夜。叠折时空谒其神，众神已、长辞也。　裂界谁抟风之驾？在花开之野。星陨投光化春冰，照见了、归来者。

——留春令·遏停六十秒的光

故事低声咽。圣歌中、精灵哭泣，众神垂睫。耳畔依稀曾相诺，许下生生笑靥。风信子、初开季节。金色陨星悄折翼，正恍然、唇角绯红灭。黝黑夜，灰蓝月。　淡银发辫温柔结。待时光、凝如琥珀，收藏心蝶。地久天长之奢望，不是风间一瞥。恋恋者、无从隔绝。迷迭香和玫瑰色，缀白纱、七十年如雪。覆你我，终同穴。

——贺新郎·埃利斯。埃利斯：17世纪瑞典一个矿难的故事

---

[1] 伯昏子：《"现代文言诗"与现代精神》。

吟咏"遏停六十秒的光"与17世纪瑞典矿难故事,究竟有何意义可言?这种既不言志也不言情、在格律外壳中盛放、并不古典甚至毫不"中国"的内容的作品,还能不能被称作诗词?去功利化甚至去意义化的诗词写作是否可行?换句话说,旧体诗词到底可不可以"到语言为止"?这是添雪斋的创作给我们带来的完全不同以往的思考。有时,"形式即内容"——这种一反传统的观念,反而是当代诗词研究者应该具有的理论储备。将视角放远一些,添雪斋相当精准地吻合和呼应了西方唯美主义与象征主义文学"为艺术而艺术"的创作主张,词笔起落间剑光如虹,中西诗道已被悫然叩破:

愈黑,愈沉凝夜壁风垂翼。愈天地如水灯如砾。愈幽蓝镝上腥红滴。　尽悉,尽磷光网结荒城寂。尽枯骨春卵千千亿。尽塞壬海底悲歌息。　人愈瞽,锷尽熠。皆神愈说尽将来式。剪丝者深瞳,隐去冰霜色。是星官失落过客。

——踏歌·神话外传二首之卡珊德拉。卡珊德拉(Cassandra),特洛伊公主,不为人所信之预言家。预言特洛伊战争、灭亡、自己死亡,却无力改变

履长街、独息归其穴。一把披荆残骨。一夜风魂生槁叶。怀抱着、秋之蝶。春之尾、夏之丘,终等到、冬之月。照戈多者,来影明灭。　颓址立死生,销铄观波劫。陌上繁花谁说。只在无家声里歇。尘化也、骸形裂。窥幻昧、界三千,还记否、深眸澈。梦中人、白发如雪。

——塞孤·街头的微型骷髅。西班牙艺术家 Isaac Cordal 的作品

前文提及,独孤食肉兽自谓"和李子一样属于拓新阵中单打独斗的另类文本"[1],其实他们身边至少还并肩站立着添雪斋这一员女将。与李子、食肉兽不同的是,添雪斋的视野和才力使她自觉远离传统审美资

---

[1] 《断裂后的修复——网络旧体诗坛问卷实录:李子、嘘堂、徐晋如、独孤食肉兽》,《新文学评论》2014年第2期。

源,以诗词为杓打捞起内心幽深幻影中的吉光片羽,用以营造自己的新的美学世界。她是以一种新的"魅"来"祛魅",手段更加"形而上"。从这个意义上看,"实验"或靠近"实验"的创作,其实是同质异构、殊途同归的。添雪斋与"开新"一军的同人们正在挟疾风迅雷之势,合力向传统发起冲陷。若说"诗词未死",那么它迥乎前代、充满魅力的"今生今世",正是由这些才人所缔造。

三 飞廉、灏子

飞廉(1982—)与添雪斋交谊颇厚,词风亦最近。飞廉本名张印瞳,江苏无锡人,现居美国华盛顿。自云"生于沪上,长于纽约,二处依般亲近,无能割舍。于是字里行间,还分得甚东西古今"①,故奇采异质有过于添雪斋者。古诗《飞廉歌》为释名而作,"飞廉徕,徒四海。濯汪洸,文豹采……飞廉徕,天地穷。使衙衙,以渢渢"云云很能副其豪言。可读《鹊桥仙·次韵非烟》与《玉京秋·摩羯》:

夜时风缓,醉中香冷,谁正铸殇成璧。羽飞不到夏洲西,着幻梦、寥天浪迹。　　霓光荏苒,尘霜一再,磨却捻花心力。冀云为我酹遥星,漫消得、月华将息。

天斗北。璃浆不曾舀,讵归南雪。挂角吴州,出河大尾,凝光于睫。看了参辰日月。者人间、多少离别。还吹拂。一身星火,与风长颭。　　未识云华尘刹。只三星、煌煌烨烨。极目清寒,渠侬堪毁,烟波飘兀。瘴海痴仙,叹莫叹、临丑神宫如汨。最难歇。心下些些酕醄。

奇谲幻诞之意象、句法纷至沓来,确乎"煌煌烨烨""不可方物",去传统路径则愈远。驱遣冷僻辞句当然需要高明的功力,也的确很能见其高蹈特立品质,但刻意搜奇抉异,"虽弃凡庸而近乎生硬深艰也"②。

---

① 转引自"雅集文化"公众微信平台。
② 严迪昌论沈曾植语。《近代词钞》,第1673页。

同样富于新创色彩、以奇丽一路擅场的灏子堪与飞廉称添雪斋麾下两副帅。灏子（1968— ），本名汪顺宁，西方美学博士，现任上海财经大学副教授，著有《醉的泛音乐化——论尼采的艺术与权力意志》《诗歌、女性与古典传统》，诗词结为《廊尔集》。灏子词得益于所学，色彩光影感如印象派画，格调在添雪斋、独孤食肉兽之间。《一斛珠·明晨谷雨》之"素坛鸟骨沉簧管"、《减兰·夏日雨后的窗前盆花》之"褐灰栀子，殓迹收香开后死"、《疏影·绿旗袍》之"光影如禅似定，有黑猫醒坐，空里游息"，皆诡靡艳冶，令人称异。再读《风敲竹·有木屋的风景》与《洞仙歌·鸢尾》：

阔叶镶油画。绿浓深、枝桠攞就，褐红砖瓦。薜荔半缠窗半隐，木格纱帘淡挂。一声后、有鸦飞罢。料得中宵灯火满，蘸醇灰、蜜紫挥和洒。风窸窣，起于夜。　是谁走在今年夏。兀低头、三横两点，看荫成卦。唿哨偶来无着处，有蕊悄然碰下。晚霞影、与身同化。蹑足慊慊经过也，望人家、院落秋千架。檐与彼，默无话。

是希腊绉，萨福绸裙子？是海沉蓝到薰紫？是穿苍夜划、蹈浪而来，醇黄月，透入微香芦纸？　传奇藏种种，至此悄声，裂作窑烧一花事。只不似冰瓷、散乱欹斜，留与问、春龟卜筮。细看取、肌理宛然生，魅犹笑：谁言佛将拈指？

《风敲竹》中，"油画""木格纱帘"的现代语汇与"院落秋千架"的典型中式意象并无驳杂感，而回忆现实间由过片"是谁走在今年夏"统摄。与其说运用了中国诗歌"移步换景"的传统手段，莫若说借鉴西方"蒙太奇"自由拼贴、剪辑的视觉艺术。后首"海沉蓝到薰紫""醇黄月"指鸢尾色彩，"冰瓷""春龟卜筮"喻花瓣肌理，已令人称异，而由萨福写至佛祖更可谓奇绝。其实包括添雪斋在内的这一路作者都难免落入逞奇炫技格套，予人"刺口剧菱芡"之印象，但这也是创作理念新故代谢中必会伴随而生的副作用，所谓新滩必有险石，宽谅并期待可也。

四 月如

军持弟子、曾任"诗三百"及"光明顶"论坛版主的月如也是富于新的审美风格的一家,可附添雪斋简谈之。月如生于长沙,现旅居澳大利亚,诗词作品结为《苤苢》(初、二)、《水边歌唤》三集。诸篇中以《坦克曼》《权力的游戏》组诗最为精光熠耀,录《龙母歌》一首以觇才力:

> 危城向日凝血色,拥岬鲸涛聚沫白。铁链昆奴臂古铜,重门扃关喧暂息。城下鼙鼓鬼伯惊,伫听龙母龙盘鸣。金发飘扬森长载,回照鳞甲双紫睛。吾乃暴风降生之王女,七国全境之领御,大草原之卡丽熙,血火三龙之圣母。吾乃旧国犟乱之传人,烈火中之不焚身,奴隶湾之征服者,打碎枷锁之龙神。驰目彼岸翼影迅,五王之战雷殷殷。不知火龙喷焰拍碧波,白衣龙母千军肃步正逼近。

月如词稍不及诗,然风神多端,不拘一隅,深情刻骨,真气充盈,其生命感如野风猎猎,不可抑遏,亦有着极其鲜明的神貌:

> 为谁系了青丝带,更抹个、疯油彩。瓶颈应嫌光线矮。那时人过,金黄正是、年少狷狂态。　幽窗渐渐尘如海,便把尘心向窗外。一霎悲生疼不解,几团浓烈,分明都喊:我在我存在。
>
> ——青玉案·向日葵致奈儿

> 沐露于晨,撷光于午,抱影哭过长夜。鸢尾丝绦,菊黄金盏,惜惜唤侬阿姐。狷狂殊异,都俘获、凡高笔下。深意画成谁解,惟解商贾名价。　何时攫争肯罢。信宫人、刺花闲话。不见辟邪宝典,果能传者。甚矣其衰孰赦。且倚柱听园歌啸也,向鲁阳开,随秦雨谢。
>
> ——天香·向日葵步小眉韵

"疯油彩""疼不解""抱影哭过长夜"诸语色调之炽烈、情绪之饱足已经为前人笔下所罕有,"我在我存在",放声一呼,又何其痛快!

作者自谦为词不解"含蓄",然其可贵处正在"直白"的"年少猖狂态"。这种"拙"而"真",实是胜过那些雕章琢句、惺惺作态的作品百倍的。月如尝云:"时事之诗难作,盖言他人之苦、国家之难也。若无切肤之痛、深刻之思,慎莫为之。非感同身受,第欲以他人之苦难成就一己之诗篇,孰若不作。"[①]《河传·苤苢》《南乡子·惘然记》即第一视角写作之联章情词,故能兼"切肤之痛、深刻之思"。后者将儿女悲情与重大时事打叠一处,在承平年代尤属难得。"我是雪皑皑,君是初阳耿素怀","岁月于今是永刑"等句以写情至哀深,令人过目难忘:

> 双影印青苔,肩并熏风款款来。过尽晨昏仍不觉,相偕,小巷呢喃荫绿槐。　我是雪皑皑,君是初阳耿素怀。山自失棱天自合,无猜,只恐情浓化不开。(五月)

> 旧梦惘然醒,膝下娇儿鬓脚星。莫向庭前深树望,青青,谁倩红禽唤我名。　是我负前盟,君亦何其负我轻。泉下相怜还速忘,狰狞,岁月于今是永刑。(廿年)

月如未以"实验体"擅名,而以《水调歌头》咏咖啡,以《金缕曲》《生查子》赋英文儿歌、日剧《昼颜》,皆以才情阔大而不嫌隔膜,妙趣横生。看《金缕曲·戏为小女歌〈五只小南瓜〉(*Five Little Pumpkins*)》:

> 怕莫三更近。坐门墩、支颐鼓腹,便便而奋。老大唔哝行将晚,管是饱餐添笨。看老二、连眉生晕。尖叫女巫飞月下,曳长袍、扫帚争奇运。迟到未,惶思忖。　老三漫道无当紧。谁介怀、它时落幕,糖都分尽。老四狂言须为乐,此刻何妨蠢蠢。趁膛肚、烛光暂稳。老五高呼同归去,向风中、光影从容进。万圣夜,抱头滚。

《减兰四章》分咏四季,其宏大静穆感与西方史诗有精神相通处。其夏、冬云:

---

① 转引自微信公众平台"芸香社"。

>诸神执炬，瞻护幽蝉于絮絮。绽放初心，菡萏挥穹于翰音。不须人子，庶赦魂灵于抵死。生命悠长，静待风雷于远方。

>瑶华梦语，沉睡山河于慢舞。狼骋冰原，情死情生于至寒。恸声长夜，未许微光于惑者。更始形骸，待振骁腾于覆埋。

"生命"二句、"狼骋"二句皆能耸动耳目，其中传达出的雄拔气韵、深邃哲思绝不应仅划归"实验"之作而一笔带过。月如之功在于"破"，而文学创作中的"破格"每与作者生命体验直接关联：元气越充沛，冲击则越强；感受越敏锐，体察到的事物则越广大深刻。当今诗词界不主依傍、避俗趋新而才力眼界阔大者，月如应高踞一席。

第三节 "池中素色莲"发初覆眉与性灵小兽夏婉墨[①]

附 非烟、让眉、苏画舸、岛姬

一 从"痴儿我是莲"到"鬓上销风雨"

网间继孟依依、添雪斋后又一可称"现象级名家"者是发初覆眉（1985— ）。发初覆眉本名许方冬子，又有网名书生骨相、素手把芙蓉，上海崇明人。2004年未满二十"出道"，甫二三载即声闻遐迩：名词人军持代集其作品为《空花集》，倾力揄扬；刘梦芙《二十世纪中华词选》选近百年词人凡八百三十八家，小眉乃"题名处最少年"；苏无名《点将录》拟为"毛头星孔明"，称"前途无量"。十数年来毋论网上网下，万口竞传，积誉累累，学步乃至摹窃者不绝如缕。发初覆眉的登场，将网络词史带入"小眉纪元"。

发初覆眉《空花》《后身》《天涯清露》《小淹留》四集分别存2007年以前、2007—2013年、2013—2016年、2017年至今所作词约四百。"惨绿少年情绪，红余半生词句"[②]，她的创作历程，亦正一部"致

[①] 发初覆眉词《减兰·我》句。
[②] 发初覆眉《天香·归寄》。

青春"心史也。①

小眉最早惊艳网坛的,是一批叙写初恋情怀的作品。如《喝火令》《临江仙·中秋夜有寄》与《洞仙歌·别后有寄》:

> 那夜谁曾语,痴儿我是莲。爱君腕底有缠绵。一诺江湖烟水,不记几生前。 除却伤心事,深情未可怜。江南昨日落花天。淡了红笺,淡了好容颜。淡了许多言语,之后许多年。

> 永夜天心斑驳色,危垂一线深蓝。银河发瀑坠凉簪,诸星光褪处,开出淡优昙。 我亦人间孤独者,与君揖手清谈。许多言语不如缄,无为轻合眼,有籁吚喃喃。

> 是谁失语,是谁微微叹。是梦初醒是初见。是人间、与子相看深深,人散后,容我垂眉缓缓。 无情终此夕,握指冰凉,泪湿青丝不能挽。说此去如何,此恸如何,当此际、相逢已晚。待忘里、他年擦肩过,有一唤回头,那时心暖。

"那夜谁曾语,痴儿我是莲""无为轻合眼,有籁吚喃喃""待忘里、他年擦肩过,有一唤回头,那时心暖"……谁能不为如此豆蔻情怀、楚楚风致所打动?至于那组传布最广的《忆王孙·那年春》,更是将这种烂漫深情发抒到极致:

> 重来我亦为行人,长忘曾经过此门。去岁相思见在身,那年春,除却花开不是真。(崔护)

> 落花时节不逢君,空捻空枝空倚门。空着眉间淡淡痕,那年春,记得儿家字阿蒓。(桃花女)

> 等闲烟雨送黄昏,谁是飞红旧主人?也作悠扬陌上尘,那年

---

① 发初覆眉《菩萨蛮》:"何以致青春,斯言终未陈。"

春，我与春风错一门。(桃花)

小眉早期词格大体如此。题材、风格的纯粹一方面使她挟鲜明的个人特色迅速地从同期作者中脱颖而出，另一方面也收获了"初看尚可，十首八首后，便觉无味。终是不厚"一类质疑。① 《后身集》即"变法"之始，如同样是端午词，她已从"午酌菖蒲新制酒，怀旧。光阴渐转镂花窗"之清浅渐入"世间未有我和君，存此一江微照一江云"之沉潜，透见"自我"之感也更强烈。再看数首：

不须歌到梅花引，双桨惊潮韵。摘秋星拨一湖云，坐近碧天渐老白鸥驯。　嗟如指上拈风露，鬓上销风雨。寂如心上返流晖，流去山无眉目水无悲。

——虞美人·湖上

醉里听潮，醒时看月，不为古梦不为蝶。夏花身世自幽寻，坐待风蝉相感我沉吟。　烟水黄昏，故人白发，昔怜红萼今红叶。芳情题且到光阴，又觉尘心已较去年深。

——踏莎美人·病中口占

云踪雨迹人千里，还猛省、苍凉气。大梦逾奇心逾悔。月光华美，时光栖止，君亦生兹世。　落花何幸先吾死，三十繁枝空如纸。未得风流着一字。少年情事，中年情味，渐与愁深似。

——青玉案·夜不能寐

有论者谓《虞美人》一篇可称《后身集》压卷②，其实后两首亦佳。"指上""鬓上""夏花""秋蝉""落花""繁枝"，斑斑驳驳，岁月的印记流渗在不动声色的意象之间，感慨一何深也！

类此收纳苍凉于平淡笔墨者还有《定风波·朱家角印象四首》组

---

① 天涯诗词比兴网名"叶孤乘"者评语。
② 松鼠吃松鼠鱼《发初覆眉词的艺术特色》，"诗歌大观"微信公众平台。

词，可读其二：

> 巧篆凉垂发滑簪，盘丝系腕唱江南。摇壁风灯光蜡染，花瓣，化身岁月歇深蓝。　有美蹩然过老屋，华服，朱颜肯爱布衣衫？见说人生如锦绣，看透，飞红落尽不开帘。（蓝印花布铺女掌柜）

> 一马风蹄是的卢？一人催鼓或花奴？灯夜何年临古镇，中隐，春秋纸剪亦成书。　绮陌繁华无过往，深巷，我于世事久糊涂。永忆失传皮影戏，吴记，人间相忘即江湖。（剪纸艺人）

从纯澈如一泓秋水的《空花集》到"和光同尘"《后身集》，再到"万感悲凉"的《天涯清露集》[1]，发初覆眉多思易感的心性脱然而出。术法可磨炼，学养可累积，唯一种殷挚执着、痴情孤注之天性教不得、学不得。所谓"小眉体"，其核心支撑处应该在此。

二　"白是情痴红是慧"的小眉体[2]

至迟在 2005 年，网间即有"小眉体"之称谓。发初覆眉词辨识度极高——这首先是一个感性体认，而所以成"体"则应有较为清晰的理论内涵。除了上文所说，"小眉体"还可以从以下几个维度给予认知。

1. "词癖心魔"的创作态度

2014 年也即学词十载后，已淡出网坛的发初覆眉回顾心路云："与人性不同，诗兴是自由、反常、荒唐甚至非理性的，需要对人生保持高度的敏感……他人把诗词当作话语、思想、情绪，而我认为诗词……唯一值得思考的就是它把生命与自己之间的距离拉长还是拉短。"[3] 这种古典的、全情投入的态度在创作观念多元的当下显得格外珍贵，对其作

---

[1] 发初覆眉《天涯清露集》前自序云："再不作刻意争气的'聪俊'语，依然未能浑雅，亦渐失之激烈，只余一点点沉闷而又绵邈的情愁，见证了这万感悲凉的三年。"引自其新浪微博，"和光同尘"语出处同。

[2] 网名"从丰田与"者有《网络诗词七体》一文，总结十年中网坛影响较大的风格流派，"覆眉体"名列其中。"白是情痴红是慧"为《蝶恋花·第七年》句。

[3] 本段首发于发初覆眉新浪微博，后半依"长安诗社"微信公众平台刊载版本。

品尤具有重要的认识意义。

小眉这样诉说"词"与"我"相互依存的关系——"写到泫然惟两字,谱入新词,谶在他年事""续就那回金缕曲,偿了十年诗债""笔花开尽心花秃。是前生、镜花身世,此生难赎""案上流光笺上注,词癖心魔,不与君相遇"①……最能体现词作为"撑起心灵空间的最重要载体"功能者当推本书前文征引的《减兰·我》以及下面这首《水调歌头》②:

> 我与我鏖战,相斫卧寒僵。人间倚伏,踟蹰未死意颉颃。海岱辞锋流辈,浮世劳歌吾党,清露识行藏。梦败智人语:"慎勿作芬芳"。　兹夕永,惊故故,去堂堂。风潮四面,万虑皎皎激中肠。愿照尘骸犀火,更判春心泥絮,峭冷固其常。千载隔晨矣,斯雨转新阳。
>
> ——水调歌头

《减兰·我》八句皆以"我"发端,绝不仅意在创体,更是在"生""死""离""归"四个生命维度的晶光明灭间完成了深刻幽折的自我观照。③《水调歌头》则径言"我与我鏖战,相斫卧寒僵",是小眉作品中罕有的激言烈响。两首词写作间隔近十年,那个喃喃自语"我是池中素色莲"的少女沉浮世事,经历犹疑、失意、痛楚后,仍选择丹心不死、拥抱生命。从此意义而言,"小眉体"是活的,它伴着词人的生命历程而成长,与作者品格高度"正相关"。

2. 极致空灵的艺术风貌

小眉体一纸风行的原因,正在那摄魂夺魄的摇曳空灵。上文盘点小眉词十年来凡三变,然字句间那一线清气或潜或浮,未曾塞绝。可再读三首:

---

① 分别见其《蝶恋花》(无那尘缘)、《金缕曲·有寄》《金缕曲·夜坐夜饮,兼自寿》《千秋岁引·与连连》。
② 本书前文论郑文焯语。
③ 作者自言首句灵感系来自文艺复兴时期名画《维纳斯的诞生》。

若非宿命，我寤春风君不醒。世事如尘，一脉传奇到掌纹。
死生契阔，过去未来谁可说。午夜回声，变换誓言为永恒。

——减兰·第二夜

弦月开成满月，白蛇逢着青蛇。缟袂三生参夜话，人世百年修到花。问君何以嗟。　负尽斜阳微雨，诀他沧海天涯。春也小瓶风骨好，秋也小窗岁月赊。旧香淡一些。

——破阵子·题栀子图

新月，初雪，想清晖。相对一枝一卮，相看开时摇落时。将离，春风起路歧。　远道客裳犹露迹，值梦夕，贪此隔花忆。是绸缪，是温柔，是愁，如吾者白头。

——河传·白芍药

不涉理路、不落言筌，白石无此垂眉敛睫之婉委，竹垞无此晶莹剔透之清寒，发初覆眉确乎将词的空灵一格打开了新境界。

3. "诗家自有诗家语，非关白话与文言"[1]

小眉为体，或直目为古典，或划归为实验，皆未尽惬。比之添雪斋摧陷廓清式的奇创，小眉的"变"是润物无声的。有好事者举添雪诗"末世界中遗世音，教堂谁奏管风琴。风中淹灭玫瑰色，冷漠何如圣母心"与小眉词句"城市遥遥闻圣唱，终古靡音，爱有风琴响。合眼默然然合掌，一年祈去平安望"对照，以为神似，其实二者虽题材相近，而内在精神与审美祈向则相去甚远。读《蝶恋花》调下的"今题"《平安夜》与《写在情人节前》：

一带镜天生秘字，冷色炎光，烟火流如矢。肖紫满城失姓氏，白衣吹却珠尘事。　我自长街行且止，呵气灯窗，静与冰花拭。圣诞红开青岁尾，年年谢在春风始。

---

[1] 书生霸王《彼岸诗话》。

漠漠深寒花夜缟,婉娩流年,消得眉枯槁。长似莲开颜色好,有人传说江南老。　　去住成悲归远道,采采终朝,所思心如扫。遗我风中香一抱,是谁种作情人草。

仅以"圣诞红""情人草"稍事点染,而所蕴情感仍是极具古典味的相思相望,更不消说后首"去住成悲归远道,采采终朝,所思心如扫"几乎就是"采之欲遗谁,所思在远道"的词体改写。小眉词只求适意,不欲以新题自脱于古,这与添雪斋的创作理路是绝不相同的。

小眉词对今典偶有受纳,而能圆融于整体风格,略无斧凿痕。如"为谁打马,过客魂兮亦无那"脱化自郑愁予新诗《错误》意;"想见人生,一袭华衣矣","江湖身世冷,第一炉香定"是对张爱玲名句名篇的演绎;"不须沧海忆斜晖,且唱《红玫瑰》复《白玫瑰》"直接嵌入陈奕迅歌曲名而自然合度。[1]至于较显眼的白话倾向如《金缕曲·莲恋莲》组词之"忘了吧,那年夏","如不可知君知么,管定那时开么",则全是"行于所当行",并未刻意出以白话。这与以解构为能事的"实验派"作品虽有交集而手段殊异,不可一概而论。

女性与文学遇合时产生的美妙的"化学反应",往往为世所惊诧。正如三四十年前,舒婷、席慕蓉为新诗铺就了一条玫瑰路,发初覆眉以女性特有的敏慧多情填平了古典词体与普通读者间的"阅读落差"[2],其辐射之广、影响之深网间殆无第二人。小眉作词或属偶然,由"小眉体"而生发出的"发初覆眉现象"则是词史运转到网络时代的必然。

三　非烟、让眉、苏画舸、岛姬

非烟(1970—　),原名姜学敏,又网名段云,辽宁丹东人,作品入选《海岳天风集》。非烟虽略早一辈,而灵心慧思与女性化特质皆近似发

---

[1]　分别见其《暗香·古镇夜归》《蝶恋花·是夜重读张爱玲》《菩萨蛮·香座》《踏莎美人·得林君赠玫瑰》。

[2]　借松鼠吃松鼠鱼文章说法。

初覆眉，宜划入"小眉词群"。

在网络女性作者中，非烟是较有理论自觉的一个，她关于性别文学的一番论述，虽与本书观点不完全相合，仍以真切深刻、本色当行，足可借观：

> 女性诗词作品完全可以独立于既有审美体系及标准，亦完全不必以竞争的心态和方式，去复制或填补男性的姿态和语言……至当今信息化时代，在诗词创作之新的视点、角度、机遇和平台上，女性诗词中展现的是对自己独特于他人的精神自诩，和对世间万物诸相、社会历史领域的感性、理性之双重思考及精神关怀。
>
> 恰诗词是偏重于感性的产物。女子原就有较胜于男子的原始感性，加之以人性的自我内在之本质，是最适合以挚诚的诗心和语言来表现的……所以，随缘且保持住自己的特质吧：女性，可以是一个很女人的诗人，慧之纤之；也可以是一个很汉子的诗人，豪之烈之。①

秉持着这种"原始感性"，非烟词用力不在题材与风格的拓土开疆，而在内向的精与深、"慧"与"纤"上：

> 小菊花间栖小蝶。一缕阳光，一梦凭莹澈。肯与姗姗同细说，记谁初挂眉边月。　　信是重来重为黪。摄我于魂，镂汝于双靥。盈手清风真可悦，借他百转千千结。
>
> ——蝶恋花·蝶与菊

> 忘也如何忘。是当时、擦肩一瞬，神思都恍。流水浮云都无数，只此人间相望。相望五湖烟浪。我有翠裳君执佩，被青山、照取盟双掌。翻叠作、春形状。　　夕阳几度红潮涨。算飘来、前尘万点，夜光为酿。手捻风华眉藏月，伫待梅花新放。暗香里、最宜同唱。信我今生终能候，这容颜、莫许成凄惘。暂一曲，听清旷。
>
> ——金缕曲·听歌曲《传奇》

---

① 《吟坛女诗人六家》，《诗书画》2015年第4期。

"流水浮云都无数,只此人间相望"之心境固不必女性独有,然"摄我于魂,镌汝于双靥""我有翠裳君执佩""手捻风华眉藏月,伫待梅花新放"似只有诉诸女子之口才妥适自然。余者如《定风波令》"执手曾看千里地,倚窗重画一双鱼"之深情、《玉楼春·推窗》"一江水共一窗云,缓缓分将春两半"之妍巧、《春声碎》"深愁若能卸,况我相逢此夜"之娟静,皆是"我"之幽绪慧思与词体的"花面交映"。"纯女性写作"在当代大不乏人,而多数止步于清浅才人层面而整体呈同质化,非烟是其中眉目清晰、艺术成就较高的一位。

世学"小眉体"者大多肖形而遗神(如后来所谓"流年体"等),能抉精髓、纳秀气而自具特色者应推让眉与苏画舸两家。让眉,80后,北京人,现任光明顶诗词论坛版主,有《泯恩集》《冰沤集》《秋听集》三编,因"苍茫人海,两处闲云,同一个眉字"[1],网中戏称"小小眉"。让眉词亦多抒写女儿情怀而才调不凡,读《虞美人·听刘若英演唱会》与《喝火令·听莫文蔚〈当你老了〉》:

情歌飘曳回澜止,遗壁听幽事。悬嘤忽复噎花前,证此零瀼轻笑是他年。　后来芳草合前夏,艳语秋坟下。不能忘亦不应悲,不管归时一月正当眉。

梦梦红炉火,盈盈白蕊花。百年影事绿窗纱。映见小鬟簪底,霜雪正低哗。　此夜曾深坐,谁人会暂嗟?到无清怨与年赊。始是情真,始是两天涯。始是茫茫广宇,星子又添些。

刘若英、莫文蔚是80后一代人的偶像,《当你老了》更是近年热歌,写来则古味悠然。"不能忘亦不应悲","始是情真,始是两天涯。始是茫茫广宇,星子又添些",这样的情语和经典金曲一样,能够刺透时空,在每个人的心头叩弹出深长共鸣。这样看来,"古""今"之限到底是为庸人所设,自由"穿越"的能力,为真挚诗心供应源源不绝的能量。

---

[1] 让眉词《眉妩·寄小眉姐姐》句。

苏画舸本名郭姹妍，80后，温州人，从事广告策划业，2007年入手学词，有《枕手集》《画舸集》。画舸早期受小眉体影响，近年渐具面目，《金缕曲·与设计师饮酒徒为广告人一叹》《定风波·温州朔门棉花糖》等作品能结合自家心绪与时代感，其中又以《定风波·温州印象之财富中心》最佳：

  恣夜浮城小黑裙，经年鬓影马车轮。童话生涯香迭灭，陈列，隔窗有美忘回身。 肯爱人前灰白调？微笑，繁荣与我错毗邻。十里霓虹楼厦晚，流转，华灯不照壁前尘。

与发初覆眉交往甚密的岛姬（1985— ）涉足网坛较浅，作品亦不多，然词格殊异，不可不谈。岛姬，南京人，供职海关①，谐谑放达，人多悦之，《沁园春·2008自寿》之"算卦哲学，诗词歌赋，陪我值班与下厨。得闲来，看星星月亮，谈百科书"正可活画出其慧黠眉眼。在遍植愁桃怨柳的女性词苑中，岛姬的《弃疗》《撸猫》二集不啻一株令人宽心启颜的忘忧草。其最脱出常轨、令人耳目一新的应是《卜算子·各种死系列》组词。看其中几首：

  斟盏月光凉，掺以情花蜜。快快干了这一杯，好捡今宵醉。
  对饮两欢欣，共向云乡坠。你在忘川盼我时，我在红尘尾。（服毒）

  吹落紫莲花，锁尽青窗户。开到荼蘼那点香，是我芳情吐。
  如此梦沉酣，似与君曾度。淡了铅华与锦年，只映腮红故。（煤气）

  敬启俏甜心，亲爱的安娜："海上花开海浪升，我是初来者。"
  前路必无歧，鼓枕听车马。或有村头小黑鸦，识我于荒野。
（卧轨）

---

  ① 岛姬有为"12306海关"代言之《双调望江南》，诙谐有味："我强调！我们不订票！燕窝水果检疫扣！不用钢戳盖护照！以上感叹号！ 新年到，还请多关照。一祝邮包发得快，二祝通关都高效。Not at all！"

眸是紫罗兰，腰是金星桦。白马高歌 Катюша，万物安然夏。莫许凯而旋，莫许归来嫁。听那前方号角声，до свидания！（AK47）①

咏"死"者求诸诗歌史或还能屈指数之，咏"死之方式"则旷古未有。令人悚惧的词题下，其实是饱含想象力与黑色幽默、且并未走失词体之美的奇作。不论对殉情、中毒情状的形象摹绘，还是对东欧经典文艺形象安娜·卡列尼娜、喀秋莎甚至俄语单词的巧妙调和，都出人意表，转而抚掌称异。这一组匠心独运的词作，究其精神内核，乃是对死亡的艺术化解构。然岛姬也并不走添雪斋、无以为名那样深拗晦涩的实验路线，她的探索点到即止，且始终是围绕着梁任公所谓"趣味主义"的。

岛姬嗜蟹，若袁中郎、袁子才然，特作《貂裘换酒·初蟹》云："酬矣相思债！又经年、西风浩荡，别来无怪？一握绒螯犹亲切，细数尖团凸盖。旋煮酒、乌梅姜块。可羡笠翁知三昧，笑随园、落釜非真爱。秋尚久，静心待。　　战袍轻解黄金铠。束寒蒲、红脂封玉，黍禾香在。君是人间深隽味，遂使调和醯醢。要痛饮、名流潇洒。堪叹谁谁终痴绝，道湖光不用青钱买。多大事，且食蟹。"词前半还略嫌平熟，至下片"要痛饮"后则愈出愈佳，直托起结句"多大事，且食蟹"。好个"多大事，且食蟹"！在好景佳肴的千金一刻面前，俗世劳扰不过如西风掠耳，"痴绝"大不必也。这不单单是字面的诙谐通透，更传递出了一种似曾相识的豁达超然的人生态度——这不就是坡翁的"日啖荔枝三百颗，不辞长作岭南人"？不就是启功的"天知道，今天且唱渔家傲"？不就是林语堂口中那种"秉性难改的乐天派"？② 如同千年、百年词史不能独缺俳谐一格，这样的作品自有值得珍视的"人间深隽味"；何况女性自古善病工愁，于俳谐鲜有创获？岛姬其人其词，曰好奇，曰出格，实不过"真名士自风流"耳！

---

① 词下自注：两个俄文单词分别是"喀秋莎"和"再见"（音若"达斯维达尼亚"）。
② 《苏东坡传》，陕西师范大学出版社2006年版，第6页。

四　性灵小兽夏婉墨

年略长于发初覆眉而出道、成名均稍晚，可占新生代词人领衔又一席者是夏婉墨（1982—　）。夏婉墨本名尹椿溢，又常用网名豹嘤嘤、悟七宝、一切观见池、野孩子等，重庆人，铭社成员，诗词结集《嘤嘤集》《野仙子》《非天》等。婉墨词特质极鲜明，网评曰"拗俏活泼，常能于今人浮辞中得人耳目"①，甚确。网络词坛三代"偶像级"女性词人作品风格有其嬗迁、进化过程——孟依依的"清""隽"使人重拾关于传统才女的温馨记忆；发初覆眉以"痴""慧"足销魂夺魄，将词体抒情深度掘至极幽邃；夏婉墨的关键词，则正是那知易行难、历久愈新的两字——性灵。

自学词之初到成为网络名手的七八年间，夏婉墨有一以贯之的明确表达②："写作只是一种生命生活的需要"，"文章……因真而妙，而非因妙而真"。她标举"赤子之心"，以为诗词真旨：

> 赤子之心……的定义，其实是指人对某事某物的原始感受。例如稚子学画……儿童在这一域所表现出来的精炼和老辣，盖连成人亦有所不及。原因无非是他们心无旁骛，以简单回应简单。作诗词也是一样的道理，拈到最初的那丝感受，反映出来，好诗词的基础也便建好。至于修辞润色，多半还是打磨功夫……只有感受的真相，若捕捉不到，又或者强为更改，那便连诗词本身也伪，从而失去写作的意义了。

"拈到最初的那丝感受"，"以简单回应简单"，最诚朴，亦最难为。将其投注于创作实践，首先体现在"人之大欲"即饮食男女的最"私我"空间。看夏婉墨的爱情词：

---

① "国风诗社"微信公众平台。
② 本节夏婉墨自我论述引自2008年"邳州论坛网"采访与2015年第4期《诗书画》之《吟坛女诗人六家》，下文不一一标注。

晓梦初醒窗户左。半盏红茶迷局破。风吟露响卜花声，伊爱我，不爱我。蝴蝶馱些轻叹过。　云影依依金粉堕。一线年光高下簸。十岁我，廿岁我，等是噙香栏角坐。

——天仙子①

花气恼人，是秋梦醒、翻身乍。啸从寒发，嫩嫩的、蛮将风惹。点额经营些力，宿露怦然下。光景似、笑逐他打。　那时诈。赌手上、瓣单瓣复，要押个、心中话。投红掷白，总不肯、和盘舍。觑见指头绷着，忍耐星星怕。弹来却、轻吻依依也。

——簇水

城黛苍苍，雪意茫茫。与个人、偎坐灯窗。玉糕酥烙，翠茗稍凉。试绵滋味，甜风趣，糯心肠。　影斜对对，眸接双双。笑新诗、才二三行。移瓶来就，苞愈声张。乍疯颜色，活花气，闹思量。

——行香子

风中卜花，卜的是"伊爱我，不爱我"，写尽女儿相思情状，弹额轻吻的情趣；"偎坐灯窗"的旖旎，又何减古人之"一向发娇嗔，碎挼花打人"，"走来窗下笑相扶，爱道画眉深浅入时无"？情词这个看似被写滥了的主题，在夏婉墨笔下因无限趋"真"而洗尽铅华，回到了与南唐北宋时"最初的模样"。

食事入词，也是婉墨一大创举。除了写到"玉糕酥烙"的《行香子》外，还有相当一批佳作：

山骨吹凉，深青未了，分与灯窗。鞋软声轻，漫回头处，来叠衣裳。　接眸笑说先尝。小炉上、温烟热香。暮巷人归，檐花颤

---

① 石任之读后作同调词云："刻玉为簪琼玉脆。检梦抽丝盈竹纸。织成去翼不归来，白是悔，红是悔。蝴蝶秋前终见髓。　触手新词如掬泪。楼外蝉声鸣此世。如何哀乐总相偕，影在地，光在地。一样年华飘与坠"，风调各异而俱臻佳境。

雨,一碗浓汤。

——柳梢青

窗树倾光,胖玲珑月,小寂寥香。众叶鸣风,阶虫问蕊,说道秋凉。　合书一霎惊霜,欲拂案、溶溶似糖。柚茗深杯,海棠数脯,来荐宵长。

——柳梢青

与子成言,一宿三餐。共檐下、忙碌安闲。风翻雪吒,月转花鼾。是长伴护,相语笑,度经年。　此身他事,分付芸编。更厨中、解释温寒。虎斑知绕,鞋畔衣边。觑河间胰,湖心腴,海头鲜。

——行香子·与男友议饮食事有记

雨脚,轻落,入人烟。与子石桥并肩,行行笑笑青伞圆。风前,行过潮一湾。　循声寻到清阴满,天似晚。漫把咸亨见,豆回香,笋剥双。"尝尝。趁些黄酒汤。"

——河传·绍兴小食

没有奇险的境界,没有高深的哲思,有的只是居家言语、日常态度。时至今日,词不能仅是士大夫的案头清供,不能仅用来摹写那些去现代生活日远的古趣遗韵。词的生命力,在小店中的数支青笋,在深秋的一盏柚子茶,在暮雨独归后家人端上的"一碗浓汤"——如果日常生活就是如此诗意盎然,那么镜头实录下的作品风格必然还是更偏向于雅的。夏婉墨的雅化的日常生活词,是女性审美与现代精神的调和,也在实践层面予李子等人的"日常生活"论以积极补益。

至于"灵",则应是婉墨词开卷第一观感,至论者有谓"词的精灵"云。[1] 昔杨夔生《续词品·灵活》这样形象描述:"天孙弄梭,腕无暂停。麻姑掷米,走珠跳星。荷露入握,菊香到瓶。如泉过山,如屋

---

[1] 网友"小尾寒羊"新浪微博评语。

建瓴。"若想达到这种流动跳跃、通透圆活的境界，就要相应地放弃对深邃、孤高等风格的追求，不能反复地皴擦琢刻，而应专力于泼墨、点染等写意技法，才能做到"拽之通体俱动"，构建成网间独一无二的"豹体"：

  一岁花飞趁酒阑，偏冷清馥倚栏杆。余勇谁言犹可恃，in silence。路人经过久相看。 年少偕行纤手执，greet thee。莫从灯火忆今番。天气增凉街等是，with tears。酴醾重贾暗流连。①
——定风波

  坐坐行行，来来去去，晚晴树隙如霖。夏长春生轻印，仰首惜惜。分暖飞花剔却，记当时、与子沉吟。息息并、卧连云芳草，耳角风侵。 挂碍鬓丝一线，抿犹怕、惊了梦蝶初临。漫胃指尖眉上，别后光阴。笑说催人太易，曳思量、频过深心。又秋近、问长平安否，却付提琴。
——声声慢·Like Sunday, Like Rain②

"我还是走自己的路数最好，最畅快。这不仅是一种写作状态的需求，也是心理上的满足"——夏婉墨的雅化的性灵，是对时下盛行的拟古风气的纠偏肃弊。她的"路数"，代表着网络词坛未来最具希望的发展方向。

  若说前一千年词史中的婉约一脉大抵是一部"男子作闺音"的合唱，为数不多的女性作者因束肩敛息的创作姿态，审美开拓极为有限；那么在今天，经由女词人自由选择后"复得返自然"的女性化书写能走多远？从孟依依到发初覆眉，再到夏婉墨，我们收获了一份惊才绝艳的答卷。再将视角拉远，百年女性词史从时序上由吕凤启幕，又由豹嘤嘤（夏婉墨）收关，这条"凤头豹尾"的时间线实在天然凑泊之至。桐花夫人的盈盈凝望，曾给世纪之初的词苑增添了几分绰态柔情，而夏

---

① 三处英文应摘自拜伦《春逝》，词意亦靠近英文诗。
② Like Sunday, Like Rain 为美国 2014 年文艺电影。

婉墨正在以性灵、以气象，为网络词、也为百年词史的末页留下一笔大写的"她说"：

> 十年前打吴门桨_{吴藻}，花雨层台上_{顾太清}。乾坤苍莽蕴奇忧_{吕碧城}，如此江山留与后人愁_{李清照}。　眼前明月圆如梦_{丁宁}，把酒何时共_{朱淑真}。阳春歌在唤新词_{鱼玄机}，她说临风容易得相思_{柳如是}。
> ——虞美人·丁酉元宵集句

结语（代后记）

作为一个学术概念的"二十世纪诗词研究"其实还处在蹒跚学步的孩提期，而且依然是一个充满悖论的"异端"性存在——它有点像寓言中的蝙蝠，飞禽走兽都不认可它的身份。大家对它既关注，又陌生；既好奇，又排斥；既议论丛杂，又不大能说到点子上。但如果稍微跳脱成见，拂去雾翳，擦亮眼睛，就应该能够看出——尽管还有着不小的争议、质疑和隔膜，二十世纪诗词研究已经渐次崛起学林，并成为一颗很具亮度的"超新星"。它所面临的巨大阻力其实也正折射出了它本身特具的巨大研究魅力和理论潜力。

关于二十世纪诗词研究本身的一些提问，诸如能否入史的问题、现代性的问题，尽管尚未达成完全一致的结论，但已经探讨得相当充分，那么就有必要跨出"诗词"疆界开展更加广阔深入的基质性思考。比如，应该站在怎样的文学立场看待这一跨越现有文学史"分治"格局的新增生长点？"中国文学"到底应该是一个持续运动着的整体还是应该被强行割裂成两个"鸡犬之声相闻，老死不相往来"的界域？我们是不是到了打通"中国古代文学"与"中国现当代文学"的"任督二脉"的节点上了？

如果再从文学立场迈进文化场域提问，那就会显现出更多极具价值的命题：以格律/旧体诗词为代表的文化保守主义到底应该在当代中国饰演什么样的角色？对文化激进主义及其原教旨变种的文化极端主义乃至文化毁灭主义又应该做怎样的反思？而对于这个史无前例的光怪百年，诗词是不是构成了其文化命运的一种隐喻？

如此丰富且超重量级的问题显然不是我的微弱学力和浅薄思力能够给出答案的，但本书试图从"近百年词史"入手，以横切面的方式揭下初步思考的按钮。自 2006 年前后，初步整理自己关于"二十世纪诗词史"的有关想法，至今已逾十年；自 2010 年准备词史之写作，至今已近八年；自 2012 年初动笔撰述，不觉间竟也五阅春秋了。时间不能算短，功夫花费颇多，然而与近百年词的庞大存量、高绝造诣相比，这部超过百万字的书稿还只能说是急就章，其中肯定还有着太多的阙漏不足。比如，现下这种"地毯式处理"是不是一种合适的方式？① 会不会因为枝蔓过多而导致有效信息被淹没，显出消化不遑、吸收不足的症状？那些横涂竖抹、自出己意的判断又是不是能做到比较恰切呢？……凡此也只能期待同人读者诸君的批判郢正了。

本书前三编曾以《晚清民国词史稿》之名出版②，其后又有一定幅度的增删。在那本书的《余论（代后记）》中有一些应有的说明和由衷的感慨，本书大多不再重复，但须啰唆一点：既为"词史"，对诸词家裁断定位即成为本书的中心任务，唯诸词家皆宽泛意义上的"现当代人"，本人或后辈、门人大抵尚活跃于今之文坛学苑，有些评价难免会引发歧议——这既是"现当代"诗词研究的难处所在，也是其魅力所在——似乎应该特别"温馨提示"：本书所有判断皆本乎作者有限的词史眼光，无私谊恩怨一类考量。其有褒贬失当者，皆学问浅薄鄙陋所致，非敢昧心以为之，对于前辈学者某些判断的不同意见亦当作如是观。

另外要特别补充的一点是，本书第八编《近百年女性词坛》是我与门下弟子赵郁飞的合作成果。其中吕碧城、秋瑾、汤国梨、沈祖棻、丁宁等小部分为我独立撰写，其余在郁飞博士论文《近百年女性词史研究》基础上删订而成。郁飞论文的一部分已以《晚清民国女性词史稿》之名出版③，其中与本书重复的部分皆出自她的手笔。应赘数语，以示实事求是、不敢掠美之意。

感谢师友们的热诚提携奖勉。诸如刘中树、彭玉平、刘世南、杨海明、董乃斌、钟振振、黄仁生、顾之京、施议对、王兆鹏、张福贵、蒋

---

① 王德威语，见《"诗"虽旧制，其命维新——夏中义教授〈百年旧诗人文血脉〉序》，载《百年旧诗人文血脉》，上海文艺出版社 2017 年版，第 4 页。
② 华中师范大学出版社 2016 年版。
③ 时代文艺出版社 2019 年版。

寅、赵仁珪、王树海、刘梦芙、徐正考、姚毓春、孙克强、张海鸥、刘锋焘、陈水云、蔡世平、杨志新、艾明秋、王静、陈骥等先生的谬赞过誉,诸如李超、李琳、何吉贤、杜桂萍、张未民、孟春蕊、马兴荣、朱惠国、徐燕婷、秦曰龙、罗时进、李本红、李遇春、王清溪、王洪军、孙艳红、焦宝、王贺、石健、闵军、谢小萌等先生拨出宝贵篇幅刊登拙作,都给予我巨大的精神支撑与鼓励。

全书终于杀青,但绝无想象中的轻松卸负之感。当年带着几分懵懂踏入"二十世纪诗词研究"这片榛莽丛生的处女地的时候,并不曾意识到下面深埋的是怎样丰美的矿藏。如今这部书稿只是尽一己之所能"浅层开挖"而已,还需要自己的加倍努力,需要更多同道者的加盟,才能实现更加深入的掘进。"溯洄从之,道阻且长;溯游从之,宛在水中央",本书论及的很多人物都是"以诗词托命"者,其实我们又何尝不是在"以诗词研究托命"呢?愿诗词托举起的那个真善美的世界不会崩塌,且日渐欣欣向荣!愿与诸君共觇望之!

我之前出版的每一本书都是送给恩师严迪昌先生的,这一本尤其不能例外。谨以呈迪昌师,并媵《鹧鸪天》二首,聊当述怀:

忍向萧斋耐冷寒,著书况味减枯禅。架上尘编未三绝,湖浒红杏看五年。　新世界,旧词篇,拍案讲史当桃源。含情欲说人间事,总付吟边与酒边。

忽来蕙风潜北窗,摩挲小字欲生凉。不朽功让诸公立,无聊事须我辈忙。　新打扮,旧声腔,人天格斗两苍茫。腐儒那有名山业,付与时人冷笑场。(书稿杀青,红雨兄以为名山事业,赋此答之)

马大勇
丁酉盛夏于佳谷斋

补　　记

本书自 2012 年初动笔，至 2017 年夏完成初稿，并在 2017 年国家社科基金结项时被评为"优秀"等级。由于各种原因，至今始谋全本付梓。岁月不居，忽焉蹉跎，思之不能无叹慨焉。

感谢吉林大学青年学术领袖培育计划、吉林大学文学院高水平著作出版项目给予的资助，感谢中国社会科学出版社原副总编辑王茵、编辑张潜两位老师的青眼接纳与高效工作，使得本书得以顺利出版，并以令人较为满意的面貌呈显于世。尽管多方增删补订，其间肯定还有诸多未安妥处，诚望读者方家斧正。

辛丑深秋于佳谷斋

本书部分章节刊发情况表

刊名、刊期	文章题目	对应本书章节	转载情况
《文学评论》2007年第5期	二十世纪诗词史之构想	绪论一	《新华文摘》2008年第1期全文转载
《文学评论》2011年第6期	二十世纪旧体诗词研究的回望与前瞻	绪论一、二、六	《中国社会科学文摘》2012年第3期全文转载，《中华诗词研究年鉴》（2011）全文转载
《文学评论》2013年第4期	种子推翻泥土，溪流洗亮星辰——网络诗词平议	绪论四、第六编	
《文学评论》2015年第4期	我词非古亦非今：论顾随词	第三编第三章第四节	《中华诗词研究》第二辑全文转载
《文学评论》2018年第3期	性灵说的当代回响——以启功、许白凤为例	第五编第二章	
《社会科学战线》2014年第1期	"兀傲故难双"：论文廷式词——兼论清民之际"稼轩风"	第一编第三章第一节	
《文艺争鸣》2008年第1期	论现代旧体诗词不可不入史——与王泽龙先生商榷	绪论四	《中文文艺论文年度文摘（2008年度）》全文转载
《文艺争鸣》2012年第5期	近百年词社考论	绪论五	
《文艺争鸣》2013年第1期	偶开天眼觑红尘：论王国维词——兼谈20世纪哲理词的递嬗	第一编第三章第二节	
《求是学刊》2013年第1期	留得悲秋残影在：论庚子秋词	第一编第一章第一节	

1372 本书部分章节刊发情况表

续表

刊名、刊期	文章题目	对应本书章节	转载情况
《求是学刊》2015 年第 2 期	南中国士，岭海词宗：论詹安泰词——兼论"民国四大词人"	第三编第三章第三节	
《吉林大学社科学报》2008 年第 2 期	略论新诗创作对古典诗歌资源的接受与整合	第三编第三章第四节	
《吉林大学社科学报》2016 年第 5 期	二十世纪女性词史论纲	第八编引言	
《中国诗学》第 20 辑（2016）	一代词宗夏承焘与天风阁词群	第三编第三章第二节	
《中国诗学》第 29 辑（2020）	"故国翻成海外洲"：论近百年港澳词坛	第七编第一章	
《词学》第 29 辑（2013）	论易顺鼎及其词	第一编第四章第一节	
《词学》第 31 辑（2014）	论龙榆生标举苏辛的词学祈向	第三编第二章第二节	
《词学》第 33 辑（2015）	刘永济与抗战词坛	第三编第四章第二节	
《词学》第 35 辑（2016）	"情所寄，有欢笑，有悲愁"：论吴眉孙《寒竽阁词》	第二编第三章第一节	
《词学》第 38 辑（2017）	寂寥故国山中月，荡潏天风海上波：论近百年台湾词坛	第七编第二章	
《词学》第 41 辑（2019）	诗词整体观照下的《涉江词》	第八编第二章第四节	
《词学》第 42 辑（2020）	梦边寻梦更何人：张伯驹与现当代词坛	第四编第三章第一节	
《词学》第 49 辑（2022）	偏师亦足壮吾军：论晚清民国云贵词坛	第一编第四章第三节	
《苏州大学学报》2013 年第 5 期	曲名遮蔽下的词坛名家：吴梅、卢前合论	第三编第一章第一节	

续表

刊名、刊期	文章题目	对应本书章节	转载情况
《学术界》2022年第9期	近百年安徽词史论略	第11编第一章第二节等	
《贵州社会科学》2018年第7期	落手龙蛇意未平：论钱仲联《梦苕庵词》	第四编第一章第二节	
《现代中文学刊》2016年第6期	"千秋不竭心源水"：论寇梦碧及津沽词群	第四编第二章第四节	
《长江学术》2016年第1期	漆室之叹与曲江之悲：论《春蛰吟》及"庚春词人群"	第一编第一章第二节	
《古典文学知识》2019年第3期	"活人剑，涂毒鼓，祖师禅"：论马一浮词	第四编第三章第二节	

注：本表仅为部分期刊。

主要参考文献

《顾随全集》，河北教育出版社2000年版。
《新文学史料》编辑部：《我亲历的文坛往事·忆大事》，人民文学出版社2004年版。
白敦仁：《水明楼诗词论集》，巴蜀书社2006年版。
白吉庵：《章士钊传》，作家出版社2004年版。
《柏杨全集》，人民文学出版社2010年版。
包世臣：《齐民四术》，中华书局2001年版。
卞僧慧：《陈寅恪先生年谱长编》，卞学洛整理，中华书局2010年版。
卞孝萱、唐文权：《民国人物碑传集》，凤凰出版社2011年版。
卞孝萱、唐文权：《辛亥人物碑传集》，凤凰出版社2011年版。
蔡德允：《愔愔室诗词文稿》，香港浸会大学出版社2003年。
蔡若虹：《灵犀小唱：蔡若虹诗词集续集》，大众文艺出版社1997年版。
蔡世平：《南园词》，中国青年出版社2012年版。
蔡淑萍：《萍影词》，巴蜀书社2011年版。
蔡嵩云：《柯亭长短句》（附词论），中华书局1948年版铅印本。
曹大铁：《梓人韵语》，南京出版社1993年版。
曹聚仁：《天一阁人物谭》，生活·读书·新知三联书店2007年版。
曹辛华：《二十世纪中国古代文学研究史·词学卷》，东方出版中心2006年版。
曹辛华编撰：《全民国词·第一辑》，浙江古籍出版社2018年版。
查继佐：《罪惟录》，北京图书馆出版社2006年版。
陈宝琛：《沧趣楼诗文集》，上海古籍出版社2013年版。
陈沧海：《沧海楼诗词钞》，朗素园书局2014年版。

陈存仁：《抗战时代生活史》，上海人民出版社 2001 年版。
陈定山：《十年诗卷·定山词》，正中书局 1968 年版。
《陈方恪诗词集》，潘益民辑注，江西人民出版社 2007 年版。
陈匪石：《陈匪石先生遗稿》，刘梦芙校，黄山书社 2012 年版。
陈匪石：《宋词举（外三种）》，钟振振校点，江苏古籍出版社 2002 年版。
陈赣一：《新语林》，上海书店 1997 年版。
陈汉平：《抗战诗史》，团结出版社 1995 年版。
《陈衡恪诗文集》，刘经富辑注，江西人民出版社 2009 年版。
陈鸿祥：《人间词话·人间词注评》，江苏古籍出版社 2003 年版。
陈怀澄：《台湾先贤诗文集汇刊》（第四辑），《沁园诗存》，龙文出版社 2006 年版。
陈寂：《枕秋阁诗文集》，陈方编订，陈永正、刘梦芙校，黄山书社 2010 年版。
陈巨来：《安持人物琐忆》，上海书画出版社 2011 年版。
陈朗：《西海诗词集》，朗素园书局 2016 年版。
《陈懋恒诗文集》，海峡文艺出版社 2011 年版。
陈乃乾：《清名家词》，上海书店 1982 年版。
《陈乃文诗文集》，上海社会科学院出版社 2013 年版。
陈平原：《从文人之文到学者之文——明清散文研究》，生活·读书·新知三联书店 2004 年版。
陈平原：《进入历史与触摸五四》，北京大学出版社 2005 年版。
陈平原：《作为学科的文学史》，北京大学出版社 2011 年版。
陈庆元：《福建文学发展史》，福建教育出版社 1996 年版。
《陈去病诗文集》，殷安如等编，社会科学文献出版社 2009 年版。
陈仁德：《新编声律启蒙》，自印本，2013 年。
陈锐：《袌碧斋集》，民国十九年（1930）刻本。
陈声聪：《兼于阁诗》，上海古籍出版社 1985 年版。
陈声聪：《填词要略及词评四篇》，广东人民出版社 1986 年版。
陈书良：《湖南文学史》，湖南教育出版社 2008 年版。
陈舒劼：《认同生产及其矛盾：近二十年来的文学叙事与文化现象》，江苏大学出版社 2013 年版。

陈思和：《中国当代文学史教程》，复旦大学出版社1999年版。

陈田：《明诗纪事》，上海古籍出版社1993年版。

陈徒手：《故国人民有所思——1949年后知识分子思想改造侧影》，生活·读书·新知三联书店2013年版。

陈徒手：《人有病，天知否——1949年后中国文坛纪实》，生活·读书·新知三联书店2013年版。

陈维崧等：《清八大名家词集》，钱仲联选编，陈铭校点，岳麓书社1992年版。

陈伟：《岭东二十世纪诗词述评》，中国戏剧出版社2009年版。

陈襄陵：《旧香楼词》，香港获益出版事业有限公司2012年版。

陈小翠：《翠楼吟草》，刘梦芙编校，黄山书社2010年版。

陈小翠：《翠楼吟草全集》，陈克言、汤翠雏编，三友图书有限公司2001年版。

陈栩：《天虚我生诗词稿》（附曲），中华图书馆1916年版。

陈栩：《栩园丛稿二编》，上海著易堂书局民国十三年（1924）刻本。

陈衍：《石遗室诗话》，郑朝宗、石文英校点，人民文学出版社2004年版。

陈仰陵：《半僧词》，中大书局1984年版。

陈仰陵：《眷眷词》，香港静轩艺苑2010年版。

陈谊：《夏敬观年谱》，黄山书社2007年版。

陈永正：《岭南文学史》，广东高等教育出版社1993年版。

陈永正：《沚斋词》，澳门学人出版社2011年版。

陈永正：《沚斋丛稿》，中山大学出版社2011年版。

陈永正：《沚斋诗词钞》，花城出版社1993年版。

陈曾寿：《苍虬阁诗集》，张寅彭、王培军校点，上海古籍出版社2009年版。

陈正平：《庚子秋词研究》，花木兰文化出版社2007年版。

陈仲齐：《秋半轩诗词钞》，朗素园书局2015年版。

陈宗枢：《琴雪斋韵语》，自印本，1988年版。

成惕轩：《楚望楼诗文集》，龚鹏程编，黄山书社2015年版。

程滨：《矫庵集》，刘梦芙校，巴蜀书社2011年版。

程千帆：《程千帆全集》，河北教育出版社2000年版。

程颂万：《程颂万诗词集》，徐哲兮校点，湖南人民出版社2009年版。

莼鲈归客等：《网络诗三百：中国网络原创诗歌精选》，大象出版社 2002 年版。

邓红梅：《女性词史》，山东教育出版社 2000 年版。

邓云乡：《邓云乡集·诗词自话》，河北教育出版社 2004 年版。

丁文江、赵丰田：《梁任公先生年谱长编》，欧阳哲生整理，中华书局 2010 年版。

丁小玲：《半丁词》，南京出版社 2014 年版。

杜桂萍：《文献与文心：元明清文学论考》，中华书局 2009 年版。

杜兰亭：《饮河轩诗词稿》，王运熙自印本，1997 年版。

段晓华等：《二十世纪诗词文献汇编·诗部第一辑》，巴蜀书社 2009 年版。

樊增祥：《樊樊山诗集》，涂小马、陈宇俊校点，上海古籍出版社 2004 年版。

范伯群：《中国近现代通俗文学史》，江苏教育出版社 2010 年版。

方宽烈：《二十世纪香港词钞》，香港文学研究社 2010 年版。

丰子恺：《丰子恺诗词选》，吴浩然编，齐鲁书社 2010 年版。

冯永军：《当代诗坛点将录》，华东师范大学出版社 2011 年版。

冯友兰：《三松堂全集》，河南人民出版社 2001 年版。

《冯沅君创作译文集》，山东人民出版社 1983 年版。

福建省政协文史资料委员会：《文史资料选编》，福建人民出版社 2001 年版。

傅尃：《傅熊湘集》，颜建华校，湖南人民出版社 2010 年版。

富寿荪：《晚晴阁诗存》，自印本，1990 年。

甘阳：《古今中西之争》，生活·读书·新知三联书店 2006 年版。

高拜石：《古春风楼琐记》，作家出版社 2003 年版。

《高二适诗存》，李静凤编校，黄山书社 2011 年版。

高旅：《高旅诗词》，香港新华彩印出版社 2012 年版。

《高燮集》，谷文娟编，中国人民大学出版社 1999 年版。

高旭：《高旭集》，郭长海、金菊贞编，社会科学文献出版社 2003 年版。

戈革：《半甲园丛稿》，香港天马图书有限公司 2006 年版。

葛虚存：《清代名人轶事》，山西古籍出版社 1997 年版。

龚鹏程：《近代思潮与人物》，中华书局 2007 年版。

龚鹏程：《中国文学史》（上，下），世界图书出版社 2009、2011 年版。

《龚自珍全集》，上海古籍出版社 1975 年版。

巩本栋：《程千帆沈祖棻学记》，贵州人民出版社 1997 年版。
谷海鹰：《捞月集》，熊盛元编校，黄山书社 2010 年版。
谷应泰：《明史纪事本末》，中华书局 1977 年版。
顾佛影：《佛影丛刊》，浦东旬报社 1924 年版。
郭长海：《弘一大师李叔同诗文试读》，吉林大学出版社 2014 年版。
郭坚忍：《游丝词》，自印本，2014 年。
郭建鹏：《南社人物史编年》，团结出版社 2014 年版。
郭梅、张茜：《"坚净翁"：启功传》，江苏人民出版社 2010 年版。
郭沫若：《郭沫若旧体诗词系年注释》，王继权、姚国华、徐培均编注，黑龙江人民出版社 1982 年版。
郭则沄：《龙顾山房全集》，侯官郭氏民国二十五年（1936）刻本。
郭则沄：《清词玉屑》，屈兴国点校，浙江古籍出版社 2014 年版。
杭州市政协文史委员会：《之江大学的神仙眷侣——蒋礼鸿与盛静霞》，杭州出版社 2012 年版。
何永沂：《点灯集》，澳门学人出版社 2003 年版。
何永沂：《后点灯集》，花城出版社 2014 年版。
何振岱：《何振岱集》，刘建萍、陈叔侗点校，福建人民出版社 2009 年版。
胡不归等：《胡适传记三种》，安徽教育出版社 2002 年版。
《胡风全集》，湖北人民出版社 1999 年版。
胡平：《禅机 1957：苦难的祭坛》，广东旅游出版社 2004 年版。
胡朴安：《南社丛选》，解放军文艺出版社 2000 年版。
胡士莹：《霜红词》，民国二十年（1931）自刻本。
胡士莹：《宛春杂著》，浙江人民出版社 1981 年版。
胡适：《尝试集》，亚东图书馆 1920 年版。
胡适：《词选》，刘石导读，中华书局 2007 年版。
《胡适古典文学研究论集》，上海古籍出版社 1988 年版。
《胡适文集》，欧阳哲生编，北京大学出版社 1998 年版。
胡适、周作人：《胡适周作人论近世文学》，海南出版社 1994 年版。
胡文辉：《现代学林点将录》，广东人民出版社 2010 年版。
《胡先骕诗文集》，熊盛元、胡启鹏编校，黄山书社 2013 年版。
胡先骕：《胡先骕文存》（上卷），张大为、胡德熙、胡德焜合编，江西高校出版社 1995—1996 年版。

胡迎建：《民国旧体诗史稿》，江西人民出版社 2005 年版。

黄昏：《岭南才女》，广东人民出版社 2002 年版。

黄侃：《黄季刚诗文钞》，湖北人民出版社 1985 年版。

黄坤尧：《清怀诗词稿》，学海出版社 1989 年版。

黄坤尧：《香港诗词论稿》，香港当代文艺出版社 2004 年版。

黄人：《黄人集》，江庆柏、曹培根整理，上海文化出版社 2001 年版。

黄松鹤：《漱园诗摘》（附煮梦庐词草），自印本，1985 年。

《黄万里文集》，自印本，2001 年。

黄万里：《治水吟草》，自印本，1991 年。

黄文吉：《词学研究书目 1912—1992》，文津出版社 1993 年版。

黄咏雩：《天蠁词》，黄汉清评注，中国艺术出版社 2007 年版。

黄兆汉、林立：《二十世纪十大家词选》，台北学生书局 2009 年版。

黄稚荃：《杜邻存稿》，四川人民出版社 1990 年版。

霍松林：《唐音阁诗词集》，河北教育出版社 2000 年版。

霍松林：《唐音阁诗词选集》，北京图书馆出版社 2004 年版。

江庆柏：《清代人物生卒年表》，人民文学出版社 2005 年版。

江絜生：《瀛边片羽》，台北"国家图书馆"藏本。

姜胎石、姜可生：《姜胎石姜可生诗文选》，姜慈猷等编，香港天马出版有限公司 2009 年版。

蒋景祁：《瑶华集》，中华书局 1982 年版。

蒋礼鸿、盛静霞：《怀任斋诗词·频伽室语业合集》，香港天马图书有限公司 2000 年版。

蒋寅：《中国古代文学通论·清代卷》，傅璇琮主编，辽宁人民出版社 2005 年版。

金安平：《合肥四姐妹》，生活·读书·新知三联书店 2015 年版。

金冲及：《二十世纪中国史纲》，社会科学文献出版社 2009 年版。

金天羽：《天放楼诗文集》，周录祥校点，上海古籍出版社 2007 年版。

金庸：《书剑恩仇录》，花城出版社 2006 年版。

金庸：《天龙八部》，花城出版社 2006 年版。

景蜀慧：《魏晋诗人与政治》，中华书局 2007 年版。

巨传友：《清代临桂词派研究》，上海古籍出版社2008年版。
柯愈春：《清人诗文集总目提要》，北京古籍出版社2001年版。
孔凡章：《回舟后集》，香港天马图书有限公司2000年版。
孔凡章：《回舟集》，巴蜀书社1990年版。
孔凡章：《回舟三集》，人民出版社1994年版。
孔凡章：《回舟四集》，内蒙古文化出版社1998年版。
孔凡章：《回舟续集》，中国文联出版社1992年版。
寇梦碧：《夕秀词》，魏新河编，黄山书社2009年版。
来新夏：《近三百年人物年谱知见录》，中华书局2010年版。
赖惠川：《台湾先贤诗文集汇刊》（第四辑），《闷红馆全集》，龙文出版社2006年版。
李伯元：《南亭四话》，薛正兴校点，江苏古籍出版社2000年版。
李慈铭：《越缦堂读书记》，由云龙辑，中华书局2006年版。
李慈铭：《越缦堂日记说诗全编》，张寅彭、周容编校，凤凰出版社2010年版。
李德和：《台湾先贤诗文集汇刊·张李德和诗文集》，龙文出版社1992年版。
李剑亮：《夏承焘年谱》，光明日报出版社2012年版。
李洁：《文武北洋》，广西师范大学出版社2004年版。
李洁非、杨劼：《共和国文学生产方式》，社会科学文献出版社2011年版。
李经纶：《李经纶诗词选》，哈尔滨出版社2005年版。
李灵年等：《清人别集总目》，安徽教育出版社2000年版。
李祁：《李祁诗词集》，自印本，1975年。
李汝伦：《性灵草》，花城出版社1986年版。
李汝伦：《紫玉箫二集》，澳门学人出版社2002年版。
李汝伦：《紫玉箫集》，广州人民出版社1988年版。
李汝伦主编：《旧瓶·新酒·辩护词：当代诗词研讨文集》，广东人民出版社1992年版。
李瑞清：《清道人遗集》，段晓华点校整理，黄山书社2011年版。
李文约：《朱庸斋先生年谱》，香港素茂文化出版有限公司2012年版。
李谊：《历代蜀词全辑》，重庆出版社1992年版。
李谊：《历代蜀词全辑续编》，重庆出版社1994年版。

李遇春：《21世纪新锐吟家诗词编年》，华中师范大学出版社2016年版。

李遇春：《中国当代旧体诗词论稿》，华中师范大学出版社2010年版。

李志毓：《惊弦：汪精卫的政治生涯》，香港牛津大学出版社2014年版。

梁璆：《颂笙诗词集》，自印本，2003年。

梁羽生：《统览孤怀：梁羽生诗词、对联选辑》，杨健思编，香港天地图书出版公司2008年版。

廖恩焘：《廖恩焘诗词笺注》，卜永坚、钱念民主编，广东人民出版社2016年版。

林朝崧：《台湾先贤诗文集汇刊》（第一辑），《无闷草堂诗存》，龙文出版社1992年版。

林达：《我也有一个梦想》，生活·读书·新知三联书店2006年版。

林庚白：《丽白楼遗集》，周永珍编，中国人民大学出版社1996年版。

林鹍翔：《半樱词》《半樱词续》，民国十六年（1927）、民国二十七年（1938）铅印本。

林立：《沧海遗音——民国时期清遗民词研究》，香港中文大学出版社2012年版。

林思进：《清寂堂集》，刘君惠、王文才等选编，巴蜀书社1989年版。

刘柏丽：《柏丽诗词稿》，中州古籍出版社2004年版。

刘成禺：《世载堂杂忆》，辽宁教育出版社1997年版。

刘凤梧：《蕉雨轩诗钞》，刘梦芙编，黄山学社2012年版。

刘季平：《刘三遗稿》，李伟国、乔荣兴、刘永明编，上海人民出版社2009年版。

刘景堂：《刘伯端沧海楼集》，黄坤尧编纂，商务印书馆（香港）有限公司2001年版。

刘峻：《严霜诗词钞》，广东人民出版社1994年版。

刘梦芙：《二钱诗学之研究》，黄山书社2007年版。

刘梦芙：《二十世纪名家词述评》，安徽文艺出版社2006年版。

刘梦芙：《二十世纪中华词选》，黄山书社2008年版。

刘梦芙：《近百年名家旧体诗词及其流变研究》，学苑出版社2013年版。

刘梦芙：《近现代诗词论丛》，学苑出版社2007年版。

刘梦芙：《啸云楼诗词》，黄山书社2010年版。

刘乃昌：《李清照志·辛弃疾志》，山东人民出版社2009年版。
刘师培：《刘师培全集》，中共中央党校出版社1997年版。
刘世南：《大螺居诗文存》，黄山书社2009年版。
刘斯翰：《海绡词笺注》，刘斯瀚笺注，上海古籍出版社2002年版。
刘斯翰：《童轩词》，陈永正等点评，中国文艺学术出版社2012年版。
刘衍文：《寄庐茶座》，汉语大辞典出版社2004年版。
刘衍文：《寄庐杂笔》，上海书店出版社2000年版。
刘逸生：《刘逸生诗词》，广东人民出版社1993年版。
刘永济：《诵帚词集·云巢诗存》（附年谱、传略），中华书局2010年版。
刘永湘：《寸心集·快心居词稿》，中华诗词出版社2009年版。
刘毓盘：《濯绛宦存稿·噉椒词》，宣统元年（1909）刻本。
刘韵琴：《韵琴诗词》，李西亭注，武汉工业大学出版社1996年版。
刘征：《风花怒影集》，北京图书馆出版社2004年版。
刘志荣：《潜在写作1949—1976》，复旦大学出版社2007年版。
柳无忌、殷安如：《南社人物传》，社会科学文献出版社2002年版。
《柳亚子文集：磨剑室文录》，中国革命博物馆编，上海人民出版社1993年版。
《柳亚子文集补编》，郭长海、金菊贞编，社会科学文献出版社2004年版。
柳亚子：《磨剑室诗词集》，中国革命博物馆编，上海人民出版社1985年版。
柳亚子：《南社纪略》，柳无忌编，上海人民出版社1983年版。
柳亚子、陈去病等：《南社丛刻》，广陵古籍刻印社1996年版。
龙榆生：《近三百年名家词选》，上海古籍出版社1979年版。
《龙榆生词学论文集》，上海古籍出版社1997年版。
龙榆生：《忍寒诗词歌词集》，复旦大学出版社2012年版。
卢文芸：《中国近代文化变革与南社》，社会科学文献出版社2008年版。
《鲁迅全集》，人民文学出版社1981年版。
陆键东：《陈寅恪的最后二十年》，联经出版社1997年版。
陆侃如、冯沅君：《中国诗史》，百花文艺出版社2008年版。
陆维钊：《陆维钊诗词选》，西泠印社1995年版。
吕碧城：《吕碧城词笺注》，李保民笺注，上海古籍出版社2001年版。

吕凤：《清声阁诗余》，民国二十五年（1936）刻本。
吕君忾：《无斋诗词钞》，广州诗社内印本，2005年版。
伦明：《伦明全集（一）》，东莞图书馆编，广东人民出版社2012年版。
罗惠缙：《民初"文化遗民"研究》，武汉大学出版社2011年版。
罗检秋：《新会梁氏》，中国人民大学出版社1999年版。
罗尚：《戒庵诗存》，龚鹏程、孙吉志编校，黄山书社2014年版。
罗志田：《变动时代的文化履迹》，复旦大学出版社2010年版。
罗志田：《裂变中的传承》，中华书局2009年版。
罗庄：《初日楼稿》，徐德明、吴琦幸整理，上海辞书出版社2013年版。
马大勇：《二十世纪诗词史论》，时代文艺出版社2014年版。
马大勇：《清初庙堂诗歌集群研究》，吉林人民出版社2007年版。
马大勇：《晚清民国词史稿》，华中师范大学出版社2016年版。
马大勇：《网络诗词三十家》，未刊稿。
马叙伦：《马叙伦诗词选》，周德恒编，周振甫校，文史资料出版社1985年版。
马亚中：《中国近代诗歌史》，复旦大学出版社2011年版。
《马一浮全集》，吴光主编，浙江古籍出版社2013年版。
马勇：《1911中国大革命》，社会科学文献出版社2011年版。
麦孟华、潘之博：《粤两生集》，民国十年（1921）刻本。
毛谷风：《当代八百家诗词选》，浙江大学出版社1990年版。
毛谷风：《二十世纪名家诗词钞》，华东师范大学出版社1993年版。
毛谷风、熊盛元：《海岳风华集》，浙江文艺出版社1998年版。
《毛泽东诗词集》，中共中央文献研究室编，中央文献出版社2003年版。
《茅于美词集》，湖南人民出版社1985年版。
冒广生：《冒鹤亭词曲论文集》，冒怀辛整理，上海古籍出版社1992年版。
冒怀苏：《冒鹤亭先生年谱》，学林出版社1998年版。
闵军：《顾随年谱》，中华书局2006年版。
《缪钺全集》，河北教育出版社2004年版。
缪钺：《诗词散论》，上海古籍出版社1982年版。
缪钺、叶嘉莹：《灵溪词说》，上海古籍出版社1987年版。
纳兰性德：《饮水词笺校》，赵秀亭、冯统一笺校，中华书局2005年版。

南京大学中文系全清词编纂研究室：《全清词·顺康卷》，中华书局 2002 年版。

南京大学中文系全清词编纂研究室：《全清词·雍乾卷》，南京大学出版社 2012 年版。

南京图书馆：《中国近现代人物像传》，上海古籍出版社 2011 年版。

《聂绀弩诗全编（增补本）》，罗孚等注，学林出版社 1999 年版。

聂绀弩等：《倾盖集》，福建人民出版社 1984 年版。

宁调元：《宁调元集》，湖南人民出版社 2008 年版。

欧阳祖经：《欧阳祖经诗词集》，百花洲文艺出版社 2007 年版。

潘飞声：《说剑堂集》，香港龙门书店有限公司 1977 年版。

潘受：《海外楼诗》，汪茂荣编校，黄山书社 2010 年版。

潘思敏：《茹香楼存稿》，自印本，2012 年。

潘益民、潘蕤：《陈方恪年谱》，江西人民出版社 2007 年版。

庞石帚：《养晴室笔记》，屈守元整理，四川文艺出版社 1985 年版。

庞树柏：《庞檗子遗集》，民国六年（1917）铅印本。

裴维俿：《香草亭词草》，裴氏家藏油印本。

彭靖：《岩石诗词集》，光明日报出版社 1995 年版。

碰壁斋主等：《春冰集：网络诗词十五家》，河北教育出版社 2005 年版。

《溥儒集》，浙江人民美术出版社 2015 年版。

琦君：《琦君小品》，黎明文化事业股份有限公司 1975 年版。

《启功丛稿》，中华书局 1999 年版。

《启功口述历史》，北京师范大学出版社 2004 年版。

《启功全集》，北京师范大学出版社 2009 年版。

《启功韵语》，北京师范大学出版社 2009 年版。

钱基博：《现代中国文学史》，江苏文艺出版社 2008 年版。

钱理群、袁本良：《二十世纪诗词注评》，漓江出版社 2011 年版。

钱钟书：《宋诗选注》，人民文学出版社 2005 年版。

钱仲联：《当代学者自选文库·钱仲联卷》，安徽教育出版社 1999 年版。

钱仲联：《广清碑传集》，苏州大学出版社 1999 年版。

钱仲联：《近代诗钞》，江苏古籍出版社 2001 年版。

钱仲联：《梦苕庵诗话》，齐鲁书社 1986 年版。

钱仲联：《梦苕庵诗文集》，周秦、刘梦芙编校，黄山书社 2008 年版。

钱仲联：《清诗纪事》，凤凰出版社 2004 年版。

乔曾劬：《波外乐章》，民国二十九年（1940）茹古书局刻本。

秦鸿：《履错集》，刘梦芙审订，黄山书社 2013 年版。

丘逢甲：《岭云海日楼诗钞》，丘铸昌校点，上海古籍出版社 2009 年版。

丘铸昌：《台湾近代三大词人评传》，华中师范大学出版社 2011 年版。

饶宗颐：《固庵诗词选》，北京图书馆出版社 2006 年版。

任铭善：《无受室文存》，浙江人民出版社 2005 年版。

任援道：《青萍词》，民国二十九年（1940）宜兴任氏刻本。

任援道：《鸥鹄忆旧词》，香港《天文台》报社，1990 年版。

桑兵：《晚清民国的学人与学术》，中华书局 2008 年版。

邵嘉平：《吴藕汀研究资料集》，自印本，2007 年。

邵燕祥：《邵燕祥诗抄·打油诗》，广西师范大学出版社 2005 年版。

邵迎武：《南社人物吟评》，社会科学文献出版社 1994 年版。

邵祖平：《词心笺评》，复旦大学出版社 2007 年版。

沈粹芬等：《清文汇》，北京出版社 1996 年版。

沈厚韶等：《分春门人集》，广州诗社自印本，2004 年版。

沈眉若、沈颖若：《吴江沈氏长次二公剩稿》，沈有美编，中国人民大学出版社 1994 年版。

沈卫威：《回眸"学衡派"——文化保守主义的现代命运》，人民文学出版社 1999 年版。

沈铁刘：《繁霜榭诗词集》，刘梦芙编校，黄山书社 2009 年版。

沈铁刘、寿富荪：《清词菁华》，安徽文艺出版社 1986 年版。

《沈尹默诗词手迹》，上海世纪出版集团，上海教育出版社 2003 年版。

沈泽棠等：《近现代词话丛编》，刘梦芙编校，黄山书社 2009 年版。

《沈曾植集校注》，钱仲联校注，中华书局 2001 年版。

沈曾植等：《沧海遗音集》，民国二十二年（1933）刻本。

沈宗畸：《南雅楼诗斑·繁霜词》，民国五年（1916）铅印本。

沈祖棻：《涉江词》，湖南人民出版社 1982 年版。

《沈祖棻创作选集》，江苏古籍出版社 1994 年版。

施士洁：《台湾先贤诗文集汇刊》（第一辑），《后苏龛合集》，龙文出版社 1992 年版。

施议对：《当代词综》，海峡文艺出版社 2002 年版。

施议对：《胡适词点评》，中华书局 2006 年版。

施议对：《今词达变》，澳门大学出版中心 1999 年版。

石声汉：《荔尾词存》，定机等整理，中华书局 1999 年版。

石中英：《台湾先贤诗文集汇刊·芸香阁俪玉吟草》，龙文出版社 1992 年版。

司马朝军、王文晖：《黄侃年谱》，湖北人民出版社 2005 年版。

宋若莘、宋若昭：《女论语》（文渊阁四库全书本），上海古籍出版社 1987 年版。

苏利海：《晚清词坛"尊体运动"研究》，中国社会科学出版社 2013 年版。

苏渊雷：《苏渊雷全集》，华东师范大学出版社 2008 年版。

眭谦：《由蘖斋吟稿》，刘梦芙校，巴蜀书社 2011 年版。

孙克强、裴喆：《论词绝句二千首》，南开大学出版社 2014 年版。

孙克强等：《清人词话》，南开大学出版社 2012 年版。

孙曜东：《浮世万象》，宋路霞整理，上海教育出版社 2004 年版。

孙玉明：《红学：1954》，北京图书馆出版社 2003 年版。

谈迁：《国榷》，中华书局 1988 年版。

谭献：《复堂日记》，范旭仑整理，河北教育出版社 2000 年版。

谭献：《清词一千首·箧中词》，罗仲鼎校点，浙江古籍出版社 1996 年版。

谭新红：《词学档案》，武汉大学出版社 2012 年版。

谭新红：《清词话考述》，武汉大学出版社 2009 年版。

唐圭璋：《词话丛编》，中华书局 1986 年版。

唐圭璋：《词学论丛》，上海古籍出版社 1986 年版。

唐圭璋：《梦桐词》，上海古籍出版社 1987 年版。

唐圭璋：《唐宋词简释》，上海古籍出版社 1981 年版。

陶慕宁：《青楼文学与中国文化》，东方出版社 2006 年版。

陶世杰：《复丁烬余录》，杨启宇编校，黄山书社 2010 年版。

滕伟明：《滕伟明诗词选》，巴蜀书社 2011 年版。

添雪斋：《添雪韵痕》，刘梦芙校，黄山书社 2010 年版。

田遨：《田遨丛稿》，天津古籍出版社 2008 年版。
屠岸：《屠岸诗文集》，人民文学出版社 2016 年版。
万柳：《清代词社研究》，中州古籍出版社 2011 年版。
汪辟疆：《光宣诗坛点将录笺证》，王培军笺证，中华书局 2008 年版。
汪东：《梦秋词》，齐鲁书社 1985 年版。
汪荣祖：《康章合论》，新星出版社 2006 年版。
汪涌豪：《中国文学批评范畴及体系》，复旦大学出版社 2007 年版。
汪兆镛：《汪兆镛诗词集》，广东人民出版社 2012 年版。
汪兆镛：《雨屋深灯词续稿》三编，宣统三年（1911）刻本。
王道：《一生充和》，生活·读书·新知三联书店 2017 年版。
王德愔等：《寿香社词钞》，民国三十四年（1945）刻本。
《王国维诗词笺注》，陈永正笺注，上海古籍出版社 2011 年版。
《王国维文学论著三种》，商务印书馆 2001 年版。
王惠铃：《台湾诗人赖惠川及其〈闷红墨屑〉》，文津出版社 2001 年版。
王季思：《王季思诗词录》，浙江人民出版社 1983 年版。
王家葵：《近代书林品藻录》，山东画报出版社 2009 年版。
王家葵：《近代印坛点将录》，山东画报出版社 2008 年版。
王晋光等：《旧体诗文集叙录 1919—1949》，江苏教育出版社 1998 年版。
王兰馨：《将离集》，北平著者书店民国二十三年（1934）刻本。
王鹏运等：《春蛰吟》，清光绪二十七年（1901）刻本。
王鹏运等：《庚子秋词》，清光绪二十六年（1900）刻本。
王圻：《稗史汇编》，北京出版社 1993 年版。
王士禛：《王士禛全集》，袁世硕主编，齐鲁书社 2007 年版。
王卫民：《吴梅和他的世界》，河北教育出版社 2002 年版。
王伟勇：《清代论词绝句初编》，里仁书局 2010 年版。
王闲：《王闲诗词书画集》，何琇编，海峡文艺出版社 2012 年版。
王学泰：《清辞丽句细评量》，东方出版社 2015 年版。
王以敏：《檗坞词存》，光绪十二年（1886）刻本。
王翼奇等：《当代诗词丛话》，刘梦芙编校，黄山书社 2009 年版。
王用宾：《王用宾诗词辑》，北岳文艺出版社 2011 年版。
王允皙：《碧栖诗词》，民国二十三年（1934）铅印本。

王蛰堪:《半梦庐词》,刘梦芙、魏新河校,黄山书社2010年版。
王蛰堪等:《二十世纪诗词文献汇编·词部第一辑》,巴蜀书社2009年版。
尉素秋:《秋声词》,台湾帕米尔书店1967年版。
魏新河:《词林趣话》,黄山书社2009年版。
魏新河:《秋扇词》,黄山书社2009年版。
《文廷式集》,汪叔子编,中华书局1993年版。
文廷式:《云起轩词笺注》,何东萍笺注,岳麓书社2011年版。
《吴白匋诗词集》,南京大学出版社2000年版。
《吴晗史学论著选集》,人民出版社1984年版。
吴湖帆:《佞宋词痕》,上海书店2002年版。
吴鹭山:《光风楼诗词》,大众文艺出版社2010年版。
吴眉孙:《寒竽阁词》,1957年油印本。
《吴梅全集》,王卫民校注,河北教育出版社2002年版。
《吴宓诗集》,商务印书馆2004年版。
《吴宓书信集》,生活·读书·新知三联书店2011年版。
吴藕汀:《药窗诗词集》,自印本,2011年。
吴藕汀:《药窗诗话》,中华书局2015年版。
《吴世昌全集》(第11册)《罗音室诗词存稿》,吴令华编,河北教育出版社2009年版。
吴文治:《中国文学史大事年表》,黄山书社1993年版。
吴相湘:《风云际会下的书生:中国近现代二十七位学人列传》,中国工人出版社2009年版。
《吴熊和词学论集》,杭州大学出版社1999年版。
吴熊和等:《唐宋词汇评》,浙江教育出版社2004年版。
吴战垒:《止止居诗词草》,浙江古籍出版社2006年版。
吴智龙、钟振振:《词坛耆硕唐圭璋》,南京师范大学出版社2012年版。
夏承焘:《瞿髯论词绝句》,吴无闻注,中华书局1979年版。
夏承焘:《天风阁学词日记(二)》,浙江古籍出版社1992年版。
夏承焘:《天风阁学词日记(一)》,浙江古籍出版社1984年版。
《夏承焘集》,浙江古籍出版社,浙江教育出版社1996年版。
夏晓虹:《晚清社会与文化》,湖北教育出版社2001年版。

夏中义：《百年旧诗人文血脉》，上海文艺出版社2017年版。

先著、程洪：《词洁》，刘崇德、徐文武点校，河北大学出版社2007年版。

向迪琮：《柳溪长短句》，双流向氏民国十八年（1929）刻本。

萧艾：《王湘绮评传》，岳麓书社1997年版。

萧公权：《画梦词》，香港万有图书公司1973年版。

萧公权：《问学谏往录——萧公权治学漫忆》，学林出版社1997年版。

萧公权：《小桐阴馆诗词》，联经出版事业公司1983年版。

谢俊美：《常熟翁氏》，中国人民大学出版社1999年版。

谢孝苹：《雷巢文存》，中国文联出版社1999年版。

《谢章铤集》，陈庆元主编，吉林文史出版社2009年版。

熊东遨：《忆雪堂选评当代诗词》，长江文艺出版社2015年版。

熊鉴：《路边吟草》，中州古籍出版社1994年版。

熊鉴：《路边吟草》第二辑，澳门学人出版社2000年版。

熊鉴、老憨、古求能：《同声集》，梅州市作家协会自印本，1998年。

嘘堂：《须弥座》，自印本，2009年。

徐长鸿、郑雪峰、王震宇：《辽西三家诗》，作家出版社2006年版。

徐定戡：《北驾南舣集》，自印本，1988年。

徐晋如：《忏慧堂集》，海南出版社2010年版。

徐晋如等：《甘棠初集》，自印本，2006年版。

徐珂：《纯飞馆词初稿》，光绪十九年（1893）刻本。

徐珂：《清稗类钞》，中华书局1986年版。

徐乃昌：《小檀栾室汇刻百家闺秀词》，光绪二十二年（1896）南陵徐氏刻本。

徐培均：《岁寒居论丛》，黄山书社2011年版。

徐续：《对庐诗词集》，广东人民出版社1997年版。

徐雁平：《清代文学世家姻亲谱系》，凤凰出版社2010年版。

徐一士：《一士类稿》，中华书局2007年版。

徐映璞：《两浙史事丛稿》，浙江古籍出版社1988年版。

徐映璞、陈瘦愚：《徐陈唱和词》，自印本。

徐有富：《程千帆沈祖棻年谱长编》，南京大学出版社2013年版。

《徐蕴华林寒碧合集》，社会科学文献出版社1999年版。

《徐蕴华林寒碧诗文合集》，周永珍编，社会科学文献出版社1999年版。
徐震堮：《梦松风阁诗文集》，华东师范大学出版社1991年版。
徐自华：《徐自华集》，郭长海、郭君兮编校，浙江古籍出版社2014年版。
许白凤：《平湖文史资料第五辑·亭桥词》，浙江省平湖市政协文史资料委员会，1993年。
许俊雅：《黑暗中的追寻：栎社研究》，东方出版中心2006年版。
许南英：《台湾先贤诗文集汇刊》（第一辑），《窥园留草》，龙文出版社1992年版。
薛绍徽：《薛绍徽集》，林怡点校，福建省地方志编纂委员会整理，方志出版社2003年版。
薛玉坤：《汪东年谱》，河南文艺出版社2013年版。
严迪昌：《近代词钞》，江苏古籍出版社1996年版。
严迪昌：《近现代词纪事会评》，黄山书社1995年版。
严迪昌：《清词史》，江苏古籍出版社1990年版。
严迪昌：《清诗史》，浙江古籍出版社2001年版。
《严迪昌自选论文集》，中国书店2005年版。
严迪昌：《阳羡词派研究》，齐鲁书社1993年版。
杨柏岭：《近代上海词学系年初编》，上海教育出版社2003年版。
《杨度集》，刘晴波主编，湖南人民出版社2009年版。
杨奎松：《开卷有疑：中国现代史读书札记》，江西人民出版社2007年版。
杨圻：《江山万里楼诗词钞》，马卫中、潘虹校点，上海古籍出版社2003年版。
杨天石：《晚清史事》，中国人民大学出版社2007年版。
杨天石：《哲人与文士》，中国人民大学出版社2007年版。
杨天石、王学庄：《南社史长编》，中国人民大学出版社1995年版。
姚达兑：《现代十家词精萃》，花城出版社2011年版。
姚亶素：《姚亶素词集》，中国社会科学出版社2015年版。
姚光：《姚光全集》，姚昆群、姚昆因、姚昆遗编，社会科学文献出版社2007年版。
姚华：《弗堂词》，民国二十五年（1936）文通书局刻本。
姚鹓雏：《姚鹓雏剩墨》，杨纪璋编，社会科学文献出版社1994年版。

《姚鹓雏文集·诗词卷》，上海古籍出版社2008年版。

叶恭绰：《广箧中词》，傅宇斌点校，人民文学出版社2011年版。

叶恭绰：《全清词钞》，中华书局1982年版。

叶恭绰：《遐庵汇稿》，上海书店1990年版。

叶嘉莹：《迦陵诗词稿》，中华书局2007年版。

叶嘉莹：《迦陵诗词稿注》，华东师范大学出版社2014年版。

叶嘉莹：《清代名家词选讲》，北京大学出版社2007年版。

叶嘉莹：《唐宋词名家论稿》，河北教育出版社2014年版。

叶嘉莹、安易：《王国维词新释辑评》，中国书店2006年版。

叶玉森：《啸叶庵词集》，宣统元年（1909）刻本。

一得愚生等：《网络诗词年选2001—2005卷》，首都师范大学出版社2006年版。

佚名：《中国近代学人像传》，广陵古籍刻印社1997年版。

易顺鼎：《易顺鼎诗文集》，陈松青校点，湖南人民出版社2010年版。

尹奇岭：《民国南京旧体诗人雅集与结社研究》，中国社会科学出版社2011年版。

俞锷：《南社俞剑华先生遗集》，台北三民书局1984年版。

俞律：《菊味轩诗钞》，李静凤编校，黄山书社2011年版。

俞平伯：《唐宋词选释》，人民文学出版社1979年版。

《俞平伯全集》，花山文艺出版社1997年版。

俞润民、陈煦：《德清俞氏》，中国人民大学出版社1999年版。

袁枚：《随园诗话》，顾学颉校点，人民文学出版社1982年版。

《袁枚全集》，王英志主编，江苏古籍出版社1993年版。

袁行云：《清人诗集叙录》，文化艺术出版社1994年版。

袁志成：《晚清民国福建词学研究》，福建人民出版社2013年版。

曾大兴：《20世纪词学名家研究》，中华书局2011年版。

曾大兴：《词学的星空：20世纪词学名家传》，河北人民出版社2009年版。

曾意丹、徐鹤苹：《福州世家》，福建人民出版社2001年版。

曾峥：《格律摇滚Y2K》，中国文联出版社2001年版。

詹安泰：《詹安泰全集》，上海古籍出版社2011年版。

《张伯驹集》，上海古籍出版社2013年版。

张伯驹、黄君坦:《清词选》,中州书画社1982年版。
张伯驹潘素文献整理编辑委员会:《回忆张伯驹》,中华书局2013年版。
张采庵:《春树人家诗词钞》,广东人民出版社1995年版。
张充和:《张充和诗文集》,白谦慎编,生活·读书·新知三联书店2016年版。
《张岱诗文集》(增订本),夏咸淳辑校,上海古籍出版社2014年版。
张恩岭:《张伯驹传》,花城出版社2013年版。
张恩芑:《顾随先生百年诞辰纪念文集》,河北大学出版社2000年版。
张耕华、李永圻:《吕思勉先生年谱长编》,上海古籍出版社2012年版。
张宏生:《清词探微》,上海古籍出版社2008年版。
张晖:《龙榆生先生年谱》,学林出版社2001年版。
张健等:《安隐击壤集》,中国文联出版社2011年版。
张俊才:《林纾评传》,中华书局2007年版。
《张梦机诗文选编》,龚鹏程校,黄山书社2013年版。
张明观:《柳亚子史料札记》,上海人民出版社2008年版。
张鸣:《辛亥:摇晃的中国》,广西师范大学出版社2011年版。
张默君:《张默君先生文集》,中国国民党党史委员会编,1983年。
《张牧石诗词集》,自印本,1997年版。
张强:《现当代学人年谱与著述编年》,上海三联书店2007年版。
《张荃诗文集》,明文书局1990年版。
张纫诗:《张纫诗诗词文集》,自印本,1962年。
张素:《南社张素诗文集》,大众文艺出版社2008年版。
张雪风:《鹃红集》,自印本,1990年。
张雪茵:《双玉吟草》,彩虹出版社1975年版。
张寅彭:《民国诗话丛编》,上海书店2002年版。
张璋等:《历代词话续编》,大象出版社2005年版。
张珍怀:《飞霞山民诗词》,刘梦芙编校,黄山书社2009年版。
张宗橚:《词林纪事》,成都古籍书店1982年版。
章士钊、程潜:《章士钊诗词集·程潜诗集》,陈书良、胡如虹编校,湖南人民出版社2009年版。
章子仲:《易安而后见斯人:沈祖棻的文学生涯》,当代中国出版社2014

年版。

赵诚:《长河孤旅: 黄万里九十年人生沧桑》, 长江文艺出版社2004年版。

赵尔巽等:《清史稿》, 中华书局1977年版。

赵林涛、顾之京:《顾随与叶嘉莹》, 河北教育出版社2009年版。

赵朴初:《无尽意斋诗词选》, 北京图书馆出版社2006年版。

《赵熙集》, 王仲镛主编, 巴蜀书社1996年版。

赵杏根:《诗学霸才钱仲联》, 北京大学出版社2009年版。

赵翼:《廿二史劄记校证》, 王树民校证, 中华书局1984年版。

赵雨:《元典之命运》, 香港国际学术文化资讯出版公司2007年版。

赵园:《明清之际士大夫研究》, 北京大学出版社2000年版。

赵尊岳:《明词汇刊》, 上海古籍出版社1992年版。

赵尊岳、赵文漪:《和小山词·和珠玉词》, 上海古籍出版社2004年版。

郑德涵:《廑庐词剩甲稿》, 自印本。

郑炜明:《况周颐先生年谱》, 上海古籍出版社2009年版。

郑文焯:《大鹤山房全书》, 光绪三十年(1904)周氏刻本。

郑文焯:《大鹤山人词翰》, 光绪三十三年(1907)上海图书馆刻本。

郑文焯:《大鹤山人词话》, 南开大学出版社2009年版。

郑文焯:《瘦碧诗词稿》, 稿本。

郑雪峰:《来鸿楼诗词》, 浙江古籍出版社2013年版。

郑逸梅:《近代名人丛话》, 中华书局2005年版。

郑逸梅:《南社丛谈: 历史与人物》, 中华书局2006年版。

郑逸梅:《清末民初文坛轶事》, 中华书局2005年版。

郑逸梅:《文苑花絮》, 中华书局2005年版。

郑逸梅:《艺林散叶》, 中华书局2005年版。

郑逸梅:《艺林散叶续编》, 中华书局2005年版。

中国社会科学院近代史研究所:《庚子纪事》, 中华书局1978年版。

中国史学会:《义和团》(一), 上海人民出版社1957年版。

钟树梁:《钟树梁诗词集》, 巴蜀书社2005年版。

周岸登:《蜀雅》, 上海中华书局, 民国二十年(1931)铅印本。

周采泉:《金缕百咏》, 澳门九九学社1997年版。

周笃文:《影珠书屋吟稿》, 北京图书馆出版社2004年版。

周厚复、江芷:《春云秋梦诗词合刊》,自印本,1988年。

周炼霞:《无灯无月两心知——周炼霞其人其诗》,刘聪著辑,北京出版集团2012年版。

周实、阮式:《无尽庵遗集》(附阮烈士遗稿),朱德慈校,陕西人民出版社2009年版。

周素子:《晦侬往事》,生活·读书·新知三联书店2013年版。

周素子:《情感线索》,花城出版社2013年版。

《周素子诗词钞》,朗素园书局2016年版。

《周退密诗文集》,刘梦芙、汪茂荣编校,黄山书社2011年版。

周学藩:《周弃子先生集》,汪茂荣编校,黄山书社2009年版。

周作人:《中国新文学的源流》,华中师范大学出版社1996年版。

朱崇才:《词话丛编续编》,人民文学出版社2010年版。

朱德慈:《常州词派通论》,中华书局2006年版。

朱德慈:《近代词人考录》,中国社会科学出版社2004年版。

朱惠国:《中国近世词学思想研究》,上海古籍出版社2005年版。

朱彭寿:《清代人物大事纪年》,朱鳌、宋苓珠整理,北京图书馆出版社2005年版。

朱彝尊:《曝书亭集》,王利民校点,吉林文史出版社2009年版。

朱庸斋:《分春馆词话》,广东人民出版社1989年版。

朱则杰:《清诗考证》,人民文学出版社2012年版。

朱正:《1957年的夏季:从百家争鸣到两家争鸣》,河南人民出版社1998年版。

朱祖谋:《彊村语业笺注》,白敦仁笺注,巴蜀书社2002年版。

朱祖谋:《彊村语业卷三手稿》,民国二十三年(1934)龙榆生影印本。

朱祖谋、况周颐:《鹜音集》,光绪三十一年(1905)刻本。

祖保泉:《王国维词解说》,安徽教育出版社2006年版。

左鹏军:《晚清民国传奇杂剧文献与史实研究》,人民文学出版社2011年版。

[美]罗斯·特里尔:《毛泽东传》,中国人民大学出版社2006年版。

[日]木山英雄:《人歌人哭大旗前:毛泽东时代的旧体诗》,生活·读书·新知三联书店2016年版。